DAVID BALDACCI

DER PRÄSIDENT

2 ROMANE IN EINEM BAND

DIE WAHRHEIT

BASTEI LÜBBE

BASTEI LÜBBE TASCHENBUCH
Band 25 939

Vollständige Taschenbuchausgabe der im Gustav Lübbe Verlag
erschienenen Hardcoverausgaben

Bastei Lübbe Taschenbücher und Gustav Lübbe Verlag sind
Imprints der Verlagsgruppe Lübbe

Titel der amerikanischen Originalausgaben:
Absolute Power und *The Simple Truth*

Umschlaggestaltung: HildenDesign, München
Satz: hanseatenSatz-bremen, Bremen
Druck und Verarbeitung: Elsnerdruck, Berlin
Printed in Germany
ISBN 3-404-25939-4

Sie finden uns im Internet unter
http://www.luebbe.de

Der Preis dieses Bandes versteht sich einschließlich
der gesetzlichen Mehrwertsteuer.

DAVID BALDACCI

DER PRÄSIDENT

ROMAN

Aus dem Amerikanischen von
Michael Krug

BASTEI
LÜBBE

Für Michelle, meine beste Freundin,
meine geliebte Frau, meine Komplizin:
Ohne dich wäre dieser Traum
nur ein Funke in einem müden Auge geblieben.

Für meine Mutter und meinen Vater:
Keine Eltern hätten mehr tun können als ihr.

Für meinen Bruder und meine Schwester:
Ihr habt eine Menge von eurem
kleinen Bruder aushalten müssen und wart
doch immer für mich da.

DANKSAGUNG

Mein Dank gilt Jennifer Karas für ihre Freundschaft und großartige Unterstützung, die seinerzeit den Ball ins Rollen brachte. Ferner Karen Spiegel, meinem größten Fan an der Westküste; möge es viele große Filme und kleine Oscars in ihrer Zukunft geben. Und Jim und Everne Spiegel für ihre Unterstützung und Ermutigung.

Außerdem Aaron Priest, dem Mann, der mich entdeckte, meinem Agenten und Freund auf Lebenszeit – und ein netter Kerl obendrein –, und seiner Assistentin Lisa Vance, die gewissenhaft all meine Fragen beantwortete, so seltsam sie auch sein mochten. Sowie Francis Jane Miller, Mitarbeiterin der Priest Agency, deren wohlüberlegte Anmerkungen und Kommentare mir Anlass gaben, mich in meine eigenen Figuren zu vertiefen, und den Roman dabei viel besser machten.

Meiner Lektorin Maureen Edge, dass sie meine erste Buchveröffentlichung zu so einer schmerzlosen und erfreulichen Erfahrung werden ließ. Und für Larry Kirschbaum, der sehr spät in der Nacht etwas las und mein Leben dadurch grundlegend veränderte.

Stephen Wilmsen, einem Schriftstellerkollegen, der weiß, wie schwer das Schreiben ist, und der mir die ganze Zeit guten Rat und jede Menge Ermutigung zuteil werden ließ. Danke, mein Freund!

Steve und Mary Jenings für technischen Rat, Recherche und dafür, dass sie die besten Freunde waren, die man sich wünschen kann. Richard Marvin und Joe Barry für technische Hinweise zu Sicherheitssystemen.

Und Art, Lynette, Ronni, Scott und Randy für ihre Liebe und Unterstützung.

Hier fehlen mir wirklich die Worte.

»Absolute Macht korrumpiert absolut.«
Lord Acton

KAPITEL 1

Locker umfasste er das Lenkrad, als der Wagen mit abgeschalteten Lichtern langsam zum Stehen kam. Ein paar Schotterkörner sprangen noch aus dem Reifenprofil, danach umgab ihn Stille. Er ließ sich einen Augenblick Zeit, um sich an die Umgebung zu gewöhnen, dann holte er ein abgewetztes, aber noch brauchbares Fernglas hervor. Langsam kam das Haus in den Blick. Gelassen, ruhig drehte er sich auf dem Sitz herum. Die Muskeln seiner hageren Gestalt waren so straff wie immer. Auf dem Vordersitz neben ihm lag ein Sportbeutel. Das Innere des Wagens war ausgebleicht, aber sauber.

Der Wagen war außerdem gestohlen. Und seine Herkunft war schwer zurückzuverfolgen.

Vom Rückspiegel hing ein Paar Miniaturpalmen. Er lächelte verkniffen, als sein Blick darauf fiel. Bald schon würde er selbst ins Land der Palmen reisen. Ruhiges, blaues, klares Wasser, lachsfarbene Sonnenuntergänge, langes Ausschlafen. Er musste aufhören. Die Zeit war reif. Das hatte er sich zwar schon oft gesagt, aber diesmal war er sicher.

Luther Whitney war sechsundsechzig Jahre alt und hatte somit offiziell Anspruch auf Rente oder eine staatliche Unterstützung. Die meisten Männer seines Alters hatten bereits eine zweite Berufung als Großväter gefunden, ließen als Teilzeiteltern für die Kinder ihrer Kinder die alten Knochen in vertraute Ruhesessel sinken, während sich die Arterien mit den im Laufe eines Lebens angesammelten Ablagerungen verschlossen.

Luther war sein ganzes Leben lang nur einem Beruf nachgegangen. Dieser bestand darin, in anderer Leute Wohnungen oder Geschäfte einzusteigen – meist bei Nacht, so wie jetzt – und so viel von ihrem Eigentum mitzunehmen, wie er tragen konnte.

Wenngleich er eindeutig auf der falschen Seite des Gesetzes stand, hatte er doch nie in Wut oder Angst eine Pistole abgefeuert oder ein Messer geschleudert, außer in einem ziemlich undurchschaubaren Krieg, der im Grenzgebiet zwischen Nord- und Südkorea ausgetragen worden war. Selbst Schläge hatte er ausschließlich in Bars ausgeteilt, und dann nur zum Selbstschutz, wenn der Alkohol Männer mutiger machte, als gut für sie war.

Und er stahl nur von jenen, die den Verlust ohne weiteres verschmerzen konnten. Er sah keinen Unterschied zwischen sich und den Heerscharen, deren täglich Brot es war, um die Reichen herumzuscharwenzeln und sie ständig zu überreden, Dinge zu kaufen, die sie gar nicht brauchten.

Einen nicht unbeträchtlichen Teil seines Lebens hatte er in verschiedenen Besserungsanstalten mittlerer und später hoher Sicherheitsstufe entlang der Ostküste verbracht. Wie Fußfesseln hingen ihm drei Vorstrafen in drei verschiedenen Staaten an. Jahre waren aus seinem Leben gerissen worden – wichtige Jahre. Doch daran konnte er nichts mehr ändern.

Seine Fähigkeiten hatte er so weit verfeinert, dass er hoffen durfte, keine vierte Verurteilung mehr zu erleben. Die Folgen eines weiteren Fehltritts lagen klar auf der Hand: Er würde die vollen zwanzig Jahre bekommen. Und in seinem Alter bedeuteten zwanzig Jahre die Todesstrafe. Ebenso gut konnten sie ihn auf dem elektrischen Stuhl braten, wie es der Staat Virginia mit seinen schwärzesten Schafen zu tun pflegte. Die Bürger dieses überaus geschichtsträchtigen Staates waren durch und durch gottesfürchtige Menschen, und eine Religion, die auf dem Prinzip von Schuld und Sühne beruhte, forderte konsequent die Höchststrafe. Der Staat konnte sich rühmen, mehr Anwärter auf die Todesstrafe zu haben als alle anderen Staaten, mit Ausnahme von zweien. Und diese, nämlich Texas und Florida, teilten die moralischen Ansichten ihres Südstaatennachbarn. Bei schlichtem Einbruch war man da im guten alten Virginia geradezu noch gnädig.

Doch selbst angesichts aller Risiken konnte er den Blick nicht von diesem Haus abwenden. Von diesem Anwesen, besser gesagt. Schon seit einigen Monaten ließ es ihn nicht mehr aus seinem Bann.

Middleton, Virginia. Fünfundvierzig Autominuten westlich von Washington, D. C. Ein Ort riesiger Landsitze, wo ein Jaguar nichts Besonderes war, ebenso wenig wie Pferde, deren Wert die Bewohner eines Großstadtapartmenthauses ein Jahr lang hätte ernähren können. Die Häuser in diesem Gebiet erstreckten sich über so viel Land und waren so prunkvoll, dass sie eigene Namen rechtfertigten. Die Ironie des Namens dieses speziellen Anwesens – *The Coppers* – war ihm nicht entgangen. ›Coppers‹ hießen im Slang die Polizisten.

Nichts, was er je erlebt hatte, kam dem Adrenalinstoß gleich, der einen Einbruch wie diesen begleitete. Er stellte sich vor, dass sich ein Schlagmann beim Baseball so fühlen musste, wenn er lässig über die Male trottet und sich dafür alle Zeit der Welt lässt, nachdem das soeben geschlagene Leder irgendwo draußen auf der Straße gelandet ist. Die Menge ist aufgesprungen, fünfzigtausend Augenpaare sind auf einen einzigen Menschen gerichtet, alle Luft der Welt scheint eingesogen und angehalten zu sein, bis sie schließlich, dem grandiosen Schwung des Schlägers folgend, wieder freigesetzt wird.

Luthers immer noch scharfe Augen suchten die Gegend gründlich ab. Nur ein vereinzeltes Glühwürmchen blinkte ihm zu. Davon abgesehen, war er allein. Einen Augenblick lauschte er dem an- und abschwellenden Zirpen der Grillen, dann jedoch verblasste der Chor ins Unterbewusstsein, so allgegenwärtig war er für jemanden, der längere Zeit in diesem Gebiet gelebt hatte.

Er fuhr ein Stück weiter die geteerte Straße hinab und setzte das Auto dann rückwärts in einen kurzen Feldweg, der in einer kleinen Gruppe dicht gewachsener Bäume endete. Sein stahlgraues Haar war von einer schwarzen Skimütze verdeckt, in das lederne Gesicht hatte er Tarnfarbe geschmiert. Ruhige, grüne Augen blickten über der breiten Kinnlade in die Dunkelheit. Er sah aus wie der Army Ranger, der er einst gewesen war. Luther stieg aus dem Wagen.

Hinter einen Baum geduckt, beobachtete er sein Ziel. Wie viele Landsitze, die über keine echten Farmhäuser und Scheunen verfügten, hatte auch *The Coppers* ein riesiges, reich verziertes Eisentor zwischen zwei gemauerten Pfeilern. Einen Zaun um das Grundstück gab es jedoch nicht. Es war direkt von der Straße oder den umliegenden Wäldern aus zugänglich. Luther wählte letzteren Weg.

Er brauchte zwei Minuten, um das Maisfeld zu erreichen, das an das Haus grenzte. Offenbar benötigte der Eigentümer kein selbst angebautes Getreide, nahm seine Rolle als Gutsbesitzer aber ernst. Darüber konnte sich Luther nicht beklagen; schließlich verschaffte ihm dieser Umstand praktisch einen verborgenen Weg zur Eingangstür.

Er verharrte einen Augenblick, dann verschwand er im hohen Dickicht der Maisstauden.

Glücklicherweise war der Boden frei von Geröll, und seine Tennisschuhe verursachten kein Geräusch, was hier sehr wichtig war, da man jeden Laut weithin hörte. Die Augen hielt er starr geradeaus gerichtet, während seine Füße sich vorsichtig einen Weg durch die schmalen Reihen suchten. Die Nachtluft war nach der lähmenden Hitze eines weiteren drückenden Sommers kühl, aber nicht annähernd kalt genug, um Atemwölkchen entstehen zu lassen, die aus der Entfernung von aufmerksamen oder schlaflosen Augen hätten wahrgenommen werden können.

Den Zeitplan dieser Operation war Luther während des letzten Monats immer und immer wieder in Gedanken durchgegangen, wobei er stets am Rand des Feldes anhielt, bevor er das Grundstück vor dem Gebäude betrat und das

Niemandsland durchquerte. In seinem Kopf war jede Einzelheit Hunderte Male abgelaufen wie ein Film, bis sich seinem Gedächtnis eine genaue Abfolge aus Gehen, Warten und Weitergehen eingeprägt hatte.

Am Rand des Grundstücks vor der Villa kauerte er sich nieder und ließ einen weiteren langen Blick über das Gelände schweifen. Er hatte keinen Grund zur Eile. Es gab keine Hunde, wegen denen er sich Sorgen machen musste, und das war gut so. Ganz gleich wie jung und flink ein Mensch auch sein mochte, einem Hund entkam keiner. Doch es war vor allem der Lärm, den Hunde machten, der Männern wie Luther einen Strich durch die Rechnung machte. Es gab auch keine automatischen Bewegungsmelder, wahrscheinlich wegen der unzähligen Fehlalarme, die Rotwild, Eichhörnchen und Waschbären verursacht hätten, welche das Gebiet scharenweise durchstreiften. Dennoch würde er sich in Kürze einer höchst raffinierten Alarmanlage gegenübersehen. Nur dreiunddreißig Sekunden hatte er, um sie außer Betrieb zu setzen, eingerechnet der zehn Sekunden, die er allein brauchen würde, um die Schalttafel abzumontieren.

Der private Sicherheitsdienst war vor zwanzig Minuten vorbeigekommen. Diese Pseudo-Polizisten sollten eigentlich die Route ständig wechseln, die Überwachungsbereiche stündlich kontrollieren. Aber nach einem Monat Beobachtung hatte Luther mühelos ein bestimmtes Muster ausmachen können. Drei Stunden blieben ihm mindestens, bevor sie das nächste Mal vorbeikommen würden. Das war weit mehr Zeit, als er brauchte.

Ringsum war es stockfinster, und dichte Sträucher, für Luther und seinesgleichen so wichtig wie die Luft zum Atmen, reihten sich entlang der mit Kopfsteinen gepflasterten Auffahrt wie Raupenkokons am Ast eines Baumes. Er überprüfte jedes Fenster des Hauses. Alle waren dunkel, alles ruhig. Er hatte die Wagenkolonne beobachtet, mit der die Bewohner des Hauses vor zwei Tagen Richtung Süden gefahren waren. Sorgfältig hatte er sowohl die Bewohner als auch das Personal gezählt, um sicherzugehen, dass keiner mehr übrig blieb. Und das nächste Anwesen lag eine gute Meile entfernt.

Tief atmete er ein. Luther hatte alles vorausgeplant, Tatsache aber war, dass man in diesem Beruf niemals mit allem rechnen konnte.

Er lockerte den Griff um seinen Rucksack und erhob sich. In langen, zügigen Schritten überquerte er den Rasen. Zehn Sekunden später stand er vor der robusten Holztür mit verstärktem Stahlrahmen, mit einem Schloss, das auf der Hitliste der einbruchssicheren Schlösser ganz oben stand. Nichts davon bereitete Luther auch nur die geringsten Sorgen.

Er holte eine Nachbildung des Schlüssels der Eingangstür aus der Jackentasche und steckte ihn ins Schlüsselloch, ohne ihn jedoch herumzudrehen.

Abermals lauschte er einige Sekunden. Dann nahm er den Rucksack ab und wechselte die Schuhe, damit er keine Dreckspuren hinterließ. Er zog den batteriebetriebenen Schraubendreher hervor, der ihm den Schaltkreis, den es zu überlisten galt, zehnmal schneller offen legen konnte, als es von Hand möglich war.

Der nächste Ausrüstungsgegenstand, den er vorsichtig aus dem Rucksack holte, wog genau hundertsiebzig Gramm, war etwas größer als ein Taschenrechner und – neben seiner Tochter – die beste Investition seines Lebens. Das kleine Gerät mit Spitznamen »WIT« hatte Luther bei den letzten drei Einsätzen geholfen, ohne ihn auch nur einmal im Stich zu lassen.

Die fünf Zahlen, aus denen sich der Sicherheitscode dieses Hauses zusammensetzte, waren Luther bereits zugetragen worden und in seinem Computer programmiert. Die richtige Abfolge war ihm noch ein Rätsel, doch dieses Hindernis würde kurzerhand von seinem Kumpel aus Metall, Draht und Mikrochip beseitigt werden müssen, wenn er das ohrenbetäubende Schrillen vermeiden wollte, das sofort an allen vier Ecken dieser knapp tausend Quadratmeter großen Festung aus den Lautsprechern ertönen würde. Danach würde der namenlose Computer, mit dem Luther in wenigen Augenblicken in den Clinch gehen musste, einen Anruf bei der Polizei tätigen. Außerdem verfügte das Haus über druckempfindliche Fenster und Bodenplatten, des Weiteren über manipulationssichere Türmagnete. All das war bedeutungslos, wenn Luther diesen einen Kampf gewann.

Während er auf den Schlüssel in der Tür starrte, hakte er WIT mit einer geübten Bewegung in den Werkzeuggurt, sodass er locker an seiner Seite hing. Dann streifte er sich ein Paar Plastikhandschuhe mit einer zusätzlichen Gummischicht an Fingerspitzen und Handballen über. Beweise zu hinterlassen war nicht sein Stil.

Tief durchatmend wappnete sich Luther gegen das nächste Geräusch, das er hören würde, nämlich den tiefen Ton der Alarmanlage, der den Eindringling vor einem verhängnisvollen Schicksal warnte, sollte die korrekte Antwort nicht innerhalb der vorgesehenen Zeit – und keine Zehntelsekunde später – eingegeben werden.

Der Schlüssel ließ sich widerstandslos im Schloss drehen. Dann stemmte Luther sich gegen die Tür.

Sogleich setzte ein Summton ein. Jetzt ging es um Sekunden. Rasch schlüpfte er in das riesige Foyer und wandte sich nach rechts, dem Schaltkasten zu.

Der automatische Schraubendreher drehte sich geräuschlos, die sechs Schrauben fielen in Luthers Hand und verschwanden in einer Tragetasche am Gürtel. Mondlicht drang durch das Fenster neben der Tür und schien auf dünne Drähte, die von WIT herabbaumelten. Dann fand Luther, nachdem er kurz das Innere des Kastens untersucht hatte wie ein Chirurg die Brusthöhle seines Patienten, die richtige Stelle, steckte dort die Litzen an und schaltete seinen Kumpel ein.

Aus der Eingangshalle starrte ein roter Schlitz auf Luther herab. Der Infrarotmelder hatte bereits auf seine Wärmeenergie angesprochen. Während die Sekunden verstrichen, wartete er geduldig darauf, dass ihm das »Gehirn« der Alarmanlage mitteilte, ob es sich bei dem Eindringling um Freund oder Feind handelte.

Schneller, als das Auge folgen konnte, flimmerten die Zahlen neongelb über WITs Anzeige; die verbleibenden Sekunden wurden in einem kleinen Kästchen am rechten oberen Rand heruntergezählt.

Fünf Sekunden verstrichen, dann erschienen die Zahlen 5, 13, 9, 3 und 11 auf WITs kleinem Bildschirm und verharrten.

Unvermittelt brach das Summen ab. An die Stelle des roten Lichts trat ein freundliches Grün; Luther war im Geschäft. Er entfernte die Drähte, schraubte die Schalttafel wieder an, verstaute seine Ausrüstung und schloss die Eingangstür sorgfältig hinter sich ab.

Das Schlafzimmer der Hausbesitzer befand sich im dritten Stock, wohin man vom Erdgeschoss über einen Aufzug gelangen konnte, der sich rechts von der Eingangshalle befand. Luther entschied sich stattdessen für die Treppe. Je weniger er sich von etwas abhängig machte, das er nicht völlig unter Kontrolle hatte, desto besser. Mehrere Wochen lang in einem Aufzug festzusitzen, gehörte eindeutig nicht zu seinem Schlachtplan.

Er blickte zum Detektor an der Decke, der mit seinem rechteckigen Mund auf ihn herabgrinste, doch der Überwachungsmechanismus war nun außer Funktion. Dann ging Luther die Treppe hinauf.

Die Schlafzimmertür war nicht verschlossen. Innerhalb weniger Sekunden war die batteriebetriebene Niedervoltlampe einsatzbereit, und Luther sah sich einen Augenblick um. Der grüne Schimmer einer zweiten Schalttafel, die neben der Schlafzimmertür montiert war, durchbrach die Dunkelheit.

Das Haus selbst war innerhalb der letzten fünf Jahre errichtet worden. Luther hatte die Daten im Amtsgericht überprüft; es war ihm sogar gelungen, Zugang zu einem Satz Planpausen aus dem Büro des Bauinspektors zu bekommen. Das Haus war so groß, dass es von der örtlichen Verwaltung gesondert hatte genehmigt werden müssen. Als ob die den Reichen je einen Wunsch abgeschlagen hätte!

Die Pläne enthielten keine Überraschungen. Es war ein großes, solides Haus, das den mehrfachen Millionenbetrag allemal wert war, den der Besitzer dafür auf den Tisch gelegt hatte.

Luther war schon einmal in diesem Haus gewesen, am helllichten Tag; überall waren Leute umhergelaufen. Genau in diesem Zimmer hatte er sich aufgehalten und dabei alles gesehen, was er sehen musste. Und deshalb war er heute Nacht hier.

Fünfzehn Zentimeter breite Deckengesimse starrten auf ihn herab, als er sich neben das riesige Himmelbett kniete. Neben dem Bett stand ein Nachttisch, auf dem sich eine kleine silberne Uhr, der neueste Roman von Jackie Collins und ein antiker, versilberter Brieföffner mit dickem Ledergriff befanden.

Alles in dem Raum war groß und teuer. In diesem Zimmer gab es drei begehbare Schränke, jeder so groß wie Luthers Wohnzimmer. Zwei waren voll gestopft mit Damenbekleidung und -schuhen, Handtaschen und allen möglichen anderen Accessoires, für die man – sinnvoll oder auch nicht – Geld ausgeben konnte. Luther erblickte die gerahmten Bilder auf dem Nachttisch und betrachtete belustigt die zierliche Frau in den Zwanzigern neben ihrem Gatten, der hart auf die achtzig zuging.

Es gab viele Arten von Lotterien auf der Welt, und nicht alle betrieb der Staat.

Einige der Fotos betonten die Proportionen der Hausherrin beinahe bildfüllend, und eine rasche Überprüfung des Schrankes offenbarte ihm, dass auch ihr Geschmack für Kleider nicht sehr zurückhaltend war.

Er sah zu dem Ganzkörperspiegel an der Wand und betrachtete die geschnitzte Leiste an dessen Rändern. Als Nächstes untersuchte er die Seiten. Es war eine feine, eine tolle Arbeit, dem äußeren Anschein nach in die Wand eingelassen, doch Luther wusste, dass in den leichten Einbuchtungen, fünfzehn Zentimeter vom oberen und unteren Rand entfernt, versteckte Türangeln montiert waren.

Er wandte sich wieder dem Spiegel zu. Luther verfügte über den klaren Vorteil, ein solches Ganzkörpermodell schon bei einem Einbruch vor einigen Jahren gesehen zu haben, wenngleich er damals nicht vorgehabt hatte, es aufzubrechen. Aber man ließ ein zweites goldenes Ei nicht links liegen, nur weil man schon eines in der Hand hielt, und in jenem Fall war das zweite Ei fünfzigtausend Dollar wert gewesen. Der Preis auf der anderen Seite dieses unauffälligen Spiegels würde vermutlich etwa zehnmal so hoch sein.

Mit brutaler Gewalt und einer Brechstange war der Schließmechanismus in der Zierleiste des Spiegels sicher zu überwinden, doch ein solches Unterfangen würde wertvolle Zeit kosten. Darüber hinaus würden deutliche Zeichen eines Einbruchs zurückbleiben. Zwar dürfte das Haus, soweit er wusste, während der nächsten paar Wochen leer stehen, doch man konnte nie vorsichtig genug sein. Wenn er ging, würde es keinen offensichtlichen Beweis dafür geben, dass er je hier gewesen war. Selbst bei ihrer Rückkehr würde man den Tresor vermutlich erst nach einiger Zeit überprüfen. Wie auch immer, er musste nicht den harten Weg nehmen.

Rasch ging Luther hinüber zu dem Großbildfernseher, der an einer Wand des gewaltigen Zimmers stand. Dieser Bereich war als Wohnzimmer eingerichtet, mit zum Raum passenden brokatbezogenen Stühlen und einem großen Kaffeetisch. Sein Blick fiel auf die drei Fernbedienungen, die dort lagen. Eine war für den Fernseher, eine für den Videorecorder und eine würde seine Arbeit heute Nacht um neunzig Prozent erleichtern. Jede trug einen Markennamen, und eine sah der anderen ziemlich ähnlich, doch ein kurzer Versuch ergab, dass zwei die entsprechenden Geräte steuerten und eine nicht.

Er ging durch das Zimmer zurück, wies mit der Fernbedienung auf den Spiegel und drückte den einzelnen roten Knopf am unteren Ende des Geräts. Normalerweise trat dadurch ein Videorecorder in Bereitschaft, oder ein Bildschirm leuchtete auf. Heute Nacht, in diesem Zimmer, öffnete mit diesem Knopfdruck die Bank ihre Pforten für den einzigen, glücklichen Kunden.

Luther sah zu, wie die Tür auf den nun bloßgelegten wartungsfreien Angeln sanft und leise aufschwang. Aus alter Gewohnheit legte er die Fernbedienung genau dorthin zurück, wo sie gewesen war, holte einen zusammenfaltbaren Sportbeutel aus dem Rucksack und betrat den Tresor.

Als der Schein seiner Lampe durch die Dunkelheit strich, erblickte er zu seiner Überraschung in der Mitte des etwa zwei mal zwei Meter großen Tresorraums einen ledergepolsterten Sessel. Auf der Lehne lag dieselbe Fernbedienung, offenbar als Schutz dagegen, unbeabsichtigt eingesperrt zu werden. Dann ließ er den Blick über die Regale an beiden Seiten schweifen.

Zuerst wanderten seine Augen über das fein säuberlich gebündelte Bargeld, dann über den Inhalt kleiner Schatullen, der eindeutig kein Modeschmuck war. Luther zählte Anleihen im Wert von etwa zweihunderttausend Dollar sowie andere Wertpapiere, des Weiteren zwei kleine Kassetten mit antiken Münzen und eine dritte mit Briefmarken, darunter ein Fehldruck, bei dessen Anblick Luther kräftig schluckte. Er ließ die Blankoschecks und die Fächer mit Dokumenten außer Acht, die für ihn wertlos waren. Die rasche Bestandsaufnahme endete bei fast zwei Millionen Dollar, vielleicht auch mehr.

Noch einmal sah er sich um und vergewisserte sich, dass er keinen Winkel übersehen hatte. Die Wände waren dick. Vermutlich waren sie feuerfest, zumindest so feuerfest, wie Wände überhaupt sein konnten. Der Raum war nicht hermetisch verschlossen, denn die Luft war frisch, nicht abgestanden. Hier konnte man sich tagelang verschanzen.

Zügig fuhr die Limousine, gefolgt von einem Kastenwagen, die Straße entlang. Die beiden Lenker waren erfahren genug, dieses Kunststück ohne Scheinwerferlicht zu vollbringen.

Im geräumigen Fond der Limousine befanden sich ein Mann und zwei Frauen. Eine der Frauen war ziemlich beschwipst und gab sich alle Mühe, den Mann und sich selbst an Ort und Stelle zu entkleiden, ungeachtet der sachten, aber nicht ungeschickten Abwehrversuche ihres Opfers.

Die andere Frau saß ihnen schweigend gegenüber und gab vor, diesem lächerlichen Schauspiel, das von mädchenhaftem Kichern und heftigem Gekeuche begleitet wurde, keine Beachtung zu schenken. Doch in Wahrheit entging ihr nicht die kleinste Einzelheit, die sich zwischen dem Paar abspielte. Ihre Aufmerksamkeit wechselte ständig zwischen einem großen Buch voller Termine und Notizen, das aufgeschlagen in ihrem Schoß lag, und dem Mann, der ihr gegenübersaß. Er nutzte gerade die Gelegenheit, sich einen weiteren Drink einzugießen, während seine Gefährtin die hochhackigen Schuhe von den Füßen streifte. Was er an Alkohol vertragen konnte, war enorm. Er konnte die doppelte Menge trinken, die er heute Nacht schon konsumiert hatte, und trotzdem gäbe es keine äußeren Anzeichen – kein undeutliches Artikulieren, keine Beeinträchtigung seiner Bewegungen –, wie sie für einen Mann in seiner Position tödlich sein konnten.

Sie musste ihn einfach bewundern, seine Triebhaftigkeit, seine Schwächen, die ihn doch nicht daran hinderten, der Welt ein Bild vorzugaukeln, das Ehrlichkeit und Stärke, Normalität und zugleich Größe vermittelte. Jede Frau in Amerika war verliebt in ihn, ganz gleich, welcher Altersschicht sie angehörte. Sie alle waren hingerissen von seinem zeitlos guten Aussehen, seinem immensen Selbstbewusstsein und dem, was er für sie alle darstellte. Und er erwiderte diese allgemeine Bewunderung mit einer Leidenschaft, die sie immer wieder in Erstaunen versetzte.

Leider war sie selbst nie Ziel dieser Leidenschaft gewesen, ungeachtet der versteckten Andeutungen, der Berührungen, die ein klein wenig zu lange dauerten; ungeachtet dessen, dass sie es stets so einfädelte, dass sie ihn gleich morgens traf, wenn sie am besten aussah; ungeachtet der sexuellen Anspielungen während ihrer Lagebesprechungen. Sie war lediglich einer seiner Laufburschen. Doch es war noch genug Zeit. Bis ihre Zeit kam – und sie würde kommen, das hielt sie sich ständig vor Augen –, würde sie geduldig sein.

Sie sah aus dem Fenster. Das alles dauerte zu lang. Solche Improvisationen hasste sie, denn sie brachten alles andere durcheinander. Missfällig verzog sie den Mund.

Luther hörte die Autos die Auffahrt heraufkommen. Seine Augen bestätigten ihm, was die Ohren ihm bereits mitgeteilt hatten. Ihm war sofort klar, dass der Rückweg abgeschnitten war und dass er sich etwas einfallen lassen musste.

Er wechselte an ein anderes Fenster, um dem Weg der Wagen um die Ecke zu folgen. Luther zählte vier Personen, die aus der Limousine stiegen; eine weitere stieg aus dem Kastenwagen. Wer waren diese Leute? Die Gruppe war zu klein, als dass es sich um die Bewohner des Hauses handeln konnte, andererseits so groß, dass es kaum jemand sein konnte, der nur im Haus nach dem Rechten sehen wollte. Gesichter auszumachen war unmöglich. Einen Augenblick kam Luther der ironische Gedanke, dass in das Haus zweimal in derselben Nacht eingebrochen werden sollte; dann jedoch schüttelte er den Kopf. Das wäre ein gar zu großer Zufall gewesen. In diesem Geschäft, wie auch in vielen anderen, vermied man Zufälle tunlichst. Außerdem fuhren Einbrecher nicht mit mehreren Fahrzeugen vor und trugen Kleider, die eher für einen Streifzug durch das Nachtleben einer Großstadt geeignet waren.

Seine Gedanken rasten, als Lärm zu ihm drang, offenbar von der Hinterseite des Hauses her.

Luther zwang sich zur Ruhe, ergriff den Sportbeutel, aktivierte, voll stummer Dankbarkeit für die zweite Schalttafel im Schlafzimmer, die Alarmanlage des Hauses, schlich durch das Zimmer in den Tresorraum und zog vorsichtig die Tür hinter sich zu, bis sie einschnappte. Dann kauerte er sich in die hinterste Ecke des kleinen Raumes. Nun musste er abwarten.

Er fluchte auf sein Pech, nachdem alles so glatt gegangen war. Dann schüttelte er den Kopf, um die Gedanken zu ordnen, und zwang sich, gleichmäßig zu atmen. Es war wie beim Fliegen. Je öfter man flog, desto größer war die Wahrscheinlichkeit, dass etwas passierte. Luther konnte nur abwarten und hoffen, dass die soeben angekommenen Gäste des Hauses keine Einlage bei der Privatbank vorzunehmen hatten, die er jetzt besetzte.

Ein Schwall Gelächter, gefolgt von Stimmengewirr, drang zu ihm. Gleichzeitig setzte das laute Summen ein, das sich anhörte, als brauste ein Jet unmittelbar über seinen Kopf hinweg. Anscheinend gab es leichte Probleme mit dem Sicherheitscode. Schweißperlen traten auf Luthers Stirn, als er sich vorstellte, was wäre, wenn der Alarm losginge und die Polizei käme, um jeden Winkel des Hauses zu durchsuchen, nur um ganz sicherzugehen. Angefangen bei seiner kleinen Kammer.

Luther fragte sich, wie er wohl reagieren würde, wenn er hörte, wie die verspiegelte Tür sich öffnete und ein Lichtstrahl hereindrang, der ihn unmöglich verfehlen konnte. Fremde Gesichter, die hereinstarrten, gezückte Waffen, das Verlesen seiner Rechte. Es war lachhaft. Er saß in der Falle wie eine gottverdammte Ratte, ohne jeden Ausweg. Fast dreißig Jahre lang hatte er keine Zigarette mehr geraucht, jetzt aber sehnte er sich verzweifelt nach einem Zug. Leise legte er den Beutel auf den Boden und streckte langsam die Beine aus, damit sie nicht einschliefen. Dann wartete er.

Schwere Schritte ertönten auf den Eichenstufen der Treppe. Wer immer auch kam, gab sich keine Mühe, unbemerkt zu bleiben, was gut und schlecht war. Er zählte vier, möglicherweise fünf Personen. Sie wandten sich nach links und bewegten sich in seine Richtung.

Mit leisem Knarren wurde die Schlafzimmertür geöffnet. Luther überlegte fieberhaft. Er hatte alles mitgenommen oder wieder an seinen Platz gelegt. Außer der Fernbedienung hatte er nichts berührt, und die hatte er genau in Übereinstimmung mit dem Staubmuster zurückgelegt. Jetzt vernahm er nur drei Stimmen, einen Mann und zwei Frauen. Eine der Frauen klang betrunken, die andere durch und durch geschäftsmäßig. Dann verschwand Ms Geschäftsmäßig, die Tür wurde geschlossen, aber nicht abgesperrt, und Ms Betrunken und der Mann blieben allein zurück. Wo waren die anderen? Wohin war Ms Geschäftsmäßig verschwunden? Das Kichern ging weiter. Schritte näherten sich dem Spiegel. Luther drückte sich, so tief er konnte, in die Ecke und hoffte, dass der Stuhl ihn verdecken würde, wenngleich er wusste, dass dies unmöglich war.

Dann traf ihn eine Lichtexplosion genau in die Augen. Seine winzige, völlig finstere Welt war so plötzlich von grellem Licht erfüllt, dass es ihm beinahe den Atem verschlug. Hastig blinzelte er, um die Augen der neuen Helligkeit anzupassen; die Pupillen verengten sich in Sekundenschnelle auf Stecknadelgröße. Doch da war nichts außer Licht. Das Licht blieb, aber es gab keine Schreie, keine Gesichter, keine Waffen.

Schließlich, nachdem eine volle Minute verstrichen war, lugte Luther an dem Stuhl vorbei. Ein neuer Schock traf ihn. Die Tresortür war nicht mehr da! Er starrte direkt in das verfluchte Zimmer. Beinahe wäre er nach hinten umgekippt, konnte sich aber noch fangen. Schlagartig begriff Luther, wozu der Sessel diente.

Er erkannte die beiden Leute im Raum. Die Frau hatte er heute Nacht schon auf den Fotos gesehen. Es war die zierliche Frau mit der Vorliebe für gewagte Kleider von zweifelhaftem Geschmack.

Den Mann kannte er aus einem ganz anderen Grund; um

den Hausherrn handelte es sich eindeutig nicht. Langsam und verblüfft schüttelte Luther den Kopf und stieß den Atem aus. Seine Hände zitterten, Übelkeit legte sich über ihn. Er kämpfte das Gefühl nieder und schaute in das Zimmer.

Die Tresortür diente auch als Einwegfenster. Da draußen das Licht eingeschaltet und die kleine Kammer dunkel war, wirkte die Spiegeltür wie ein gigantischer Fernsehbildschirm.

Dann erblickte er die Halskette der Frau, und die Luft blieb ihm weg. Sein erfahrener Blick schätzte sie auf zweihunderttausend Dollar, vielleicht auch mehr. Und es war die Sorte Klunker, die man normalerweise im Heimtresor verstaute, bevor man zu Bett ging. Schließlich entspannte er sich, als er sah, wie sie das gute Stück abnahm und achtlos auf den Boden warf.

Seine Angst legte sich so weit, dass er es wagte aufzustehen, zu dem Sessel vorzuschleichen und sich hineinzusetzen. Hier also pflegte der alte Mann zu sitzen und zu beobachten, wie seine zierliche Frau sich mit strammen jungen Burschen, die noch von der großen Freiheit träumten, die Seele aus dem Leib vögelte.

Luther sah sich um, entspannte sich ein wenig, ließ die Ohren aber gespitzt für jedes Geräusch der anderen Personen im Haus. Aber was konnte er schon machen? In den über dreißig Jahren seiner Laufbahn als Dieb war ihm noch nie etwas Derartiges widerfahren; also beschloss er, das einzig Mögliche zu tun. Obwohl ihn nur zwei Zentimeter Glas vom völligen Untergang trennten, machte er es sich in dem ledergepolsterten Stuhl bequem und wartete.

KAPITEL 2

Drei Blocks vom strahlend weißen Gebäudekomplex des Kapitols der Vereinigten Staaten entfernt, öffnete Jack Graham die Tür zu seiner Wohnung, warf den Mantel auf den Boden und ging schnurstracks zum Kühlschrank. Mit einem Bier in der Hand ließ er sich auf die abgewetzte Couch im Wohnzimmer fallen. Prüfend wanderte sein Blick durch das kleine Zimmer, während er die Flasche ansetzte.

Es bestand ein ziemlicher Unterschied zu dem Ort, an dem er gerade gewesen war. Er behielt das Bier einen Augenblick im Mund und schluckte es dann hinunter. Die Kiefermuskulatur spannte und lockerte sich. Langsam verflogen die nagenden Zweifel, aber sie würden wiederkommen; das taten sie immer.

Jack Graham kam von einer weiteren bedeutenden Dinnerparty bei seiner zukünftigen Frau, deren Familie und dem Kreis ihrer gesellschaftlichen und geschäftlichen Bekannten. Menschen auf diesem Niveau hatten anscheinend keine einfachen Freunde, mit denen sie nur herumhingen. Jeder erfüllte eine bestimmte Funktion, wobei das Ganze mehr ergab als die Summe der einzelnen Teile. Zumindest war es so gedacht, wenngleich Jack seine eigene Meinung zu dem Thema hatte.

Die Industrie- und Finanzwelt war ausgiebig vertreten und warf mit Namen um sich, die Jack im *Wall Street Journal* las, bevor er auf die Sportseiten umblätterte, um zu sehen, wie es bei den Skins oder Bullets lief. Politiker waren eifrig unterwegs, um Stimmen für die Zukunft und Dollars für die Gegenwart abzustauben. Die Gruppe wurde abgerundet durch die allgegenwärtigen Anwälte, zu denen auch Jack gehörte, einen Arzt, der etwas konservatives Flair einbringen sollte, und ein paar Vertreter öffentlicher Einrichtungen, was zum Ausdruck bringen sollte, dass die Mächtigen auch Mitgefühl für die Nöte der Durchschnittsbürger besaßen.

Nachdem Jack das Bier ausgetrunken hatte, stellte er den Fernseher an. Er streifte die Schuhe ab und warf die gemusterten Vierzig-Dollar-Socken, die ihm seine Verlobte gekauft hatte, achtlos über den Lampenschirm. Mit der Zeit würde sie ihm vermutlich Zweihundert-Dollar-Hosenträger und dazu passende handbemalte Krawatten umhängen. Scheiße!

Während er sich die Zehen rieb, zog er ernsthaft ein zweites Bier in Erwägung. Dem Fernseher gelang es nicht, seine Aufmerksamkeit zu fesseln. Jack strich sich das dichte, dunkle Haar aus den Augen und machte sich zum tausendsten Mal Gedanken darüber, in welche Richtung sich sein Leben neuerdings bewegte – und zwar mit der Geschwindigkeit eines Spaceshuttle.

Die Firmenlimousine hatte ihn und Jennifer Baldwin in ihre Stadtwohnung im Nordwesten von Washington gebracht, wohin Jack nach der Hochzeit wahrscheinlich ziehen würde; denn Jennifer hasste seine Wohnung. Irgendwie hatte er sich herausgeredet, um nicht über Nacht bleiben zu müssen, weil er sie einfach keine Minute länger hatte ertragen können. Die Hochzeit lag nur noch sechs Monate in der Zukunft, was für ein Brautpaar überhaupt keine Zeit zu sein schien, und er saß hier und fragte sich, ob das wirklich alles so richtig war.

Jennifer Ryce Baldwin war so wunderschön, dass sich Frauen ebenso oft nach ihr umdrehten wie Männer. Darüber hinaus war sie klug und ehrgeizig, stammte von altem Geldadel ab und hatte die Absicht, Jack zu heiraten. Jennifers Vater leitete eine der größten Baufirmen des ganzen Landes. Einkaufszentren, Bürogebäude, Radiostationen, ganze Parzellenareale – es gab nichts, in dem er nicht die Finger hatte. Ihr Urgroßvater väterlicherseits war einer der echten Industriemagnaten des Mittelwestens gewesen, und der Familie ihrer Mutter hatte einst ein beträchtlicher Teil der Bostoner Innenstadt gehört. Die Götter meinten es schon in jungen Jahren überaus gut mit Jennifer Baldwin. Jack kannte keinen aus seiner Altersklasse, der ihn nicht zutiefst beneidete.

Er rutschte auf dem Sofa hin und her und massierte sich die steife Schulter. Seit einer Woche hatte er nicht mehr trainiert. Die Muskeln seines einsfünfundachtzig großen Körpers waren auch mit zweiunddreißig Jahren noch genauso klar definiert wie während der Highschool-Zeit, wo er den anderen in praktisch jeder Sportart überlegen gewesen war, und der Zeit am College, wo die Konkurrenz dann um einiges härter wurde, er aber als Schwergewichtsringer noch gut genug für das zweite All-American- und das erste All-Academic-Team war. Diese Kombination hatte Jack an die Juristische Fakultät der Universität von Virginia gebracht. Dort schloss er als einer der Besten seiner Klasse ab und wurde gleich darauf Pflichtverteidiger für Strafrecht im Gerichtsbezirk District of Columbia.

All seine Studienkollegen hatten sich nach der Uni für große Firmen entschieden. Mehr als einer von ihnen hatte ihn angerufen und ihm einen guten Psychiater empfohlen, der ihn von seiner geistigen Verwirrung heilen sollte. Jack lächelte. Fünf Jahre als Pflichtverteidiger. Er holte sich noch ein Bier. Nun war der Kühlschrank leer.

Die meisten Menschen waren sich der Tatsache nicht bewusst, dass die Pflichtverteidigerschaft aus höchst fähigen Anwälten bestand. Jack hatte Glück gehabt, gleich nach der Ausbildung in ihre Reihen aufgenommen zu werden. Wenn also ein erfahrener Pflichtverteidiger im Gerichtssaal gegen einen Anklagevertreter der Vereinigten Staaten antrat, standen sich meist zwei nahezu ebenbürtige Gegner gegenüber.

Jacks erstes Jahr, in dem er lernte, wie alles ablief, war hart gewesen. Er verlor mehr Fälle, als er gewann. Mit der

Zeit ging er zu schwereren Delikten über. Und da er all seine jugendliche Energie, seine natürliche Befähigung und sein gesundes Urteilsvermögen in jeden dieser Fälle einbrachte, begann das Blatt sich zu wenden.

Und dann fing er an, einigen Leuten im Gericht heftig auf die Zehen zu steigen.

Bald entdeckte Jack, dass er ein Naturtalent für diese Rolle war, dass er für Kreuzverhöre genauso viel Begabung mitbrachte wie damals, als er viel größere Männer über eine fünf Zentimeter dicke Matte wirbelte. Er fühlte sich in die Highschool-Zeit zurückversetzt, war wieder allen überlegen, sogar den erfahrensten Staatsanwälten. Die Richter wurden auf ihn aufmerksam. Sie brachten ihm, einem Anwalt, Respekt und Sympathie entgegen, das musste man sich mal vorstellen!

Dann hatte er bei einem Empfang der Anwaltskammer Jennifer getroffen. Sie war Stellvertretende Leiterin für Entwicklung und Marketing bei Baldwin Enterprises. Unschwer war zu erkennen, dass sie ihre Sache hervorragend machte. Neben ihrer dynamischen Erscheinung besaß sie die Gabe, jedem, mit dem sie sprach, das Gefühl zu vermitteln, dass seine Meinung wichtig sei, auch wenn sie sich ihr nicht unbedingt anschloss. Kurz, sie war eine Schönheit, die sich nicht ausschließlich auf dieses Attribut verlassen musste.

Unter dem Aufsehen erregenden Äußeren lag noch mehr verborgen. Zumindest schien es so. Jack wäre kein Mann gewesen, hätte er sich nicht von ihr angezogen gefühlt. Und sie hatte bereits sehr bald deutlich zu erkennen gegeben, dass diese Anziehung auf Gegenseitigkeit beruhte. Dabei zeigte sie sich zunächst beeindruckt von dem Idealismus, den er für die Benachteiligten der Gesellschaft aufbrachte, die in der Bundeshauptstadt eines Verbrechens angeklagt wurden; doch Schritt für Schritt hatte sie ihn davon überzeugt, dass er seinen Teil für die Armen, die Dummen und die Pechvögel geleistet hatte und vielleicht anfangen sollte, sich um sich selbst und die eigene Zukunft zu kümmern, und dass sie vielleicht Teil dieser Zukunft sein könnte. Als Jack schließlich als Pflichtverteidiger zurücktrat, gab das Büro der Staatsanwaltschaft ihm zu Ehren eine Abschiedsfeier mit allem Drum und Dran, ein deutliches Zeichen dafür, dass man froh war, ihn loszuwerden. Das allein hätte ihm damals zeigen müssen, dass es noch eine Menge Armer, Dummer und Pechvögel gab, die seine Hilfe benötigten. Er erwartete nicht, dass sich das erregende Gefühl, das er als Pflichtverteidiger empfunden hatte, noch steigern ließ; solche Abschnitte gab es wohl nur einmal im Leben, danach nie wieder. Aber man konnte nicht immer auf der Stelle treten. Sogar kleine Jungs wie Jack Graham mussten eines Tages erwachsen werden. Vielleicht war die Zeit wirklich reif.

Er schaltete den Fernseher aus, griff sich eine Tüte Chips und trottete ins Schlafzimmer. Dabei musste er über einen Haufen schmutziger Wäsche hinwegsteigen, der vor der Tür lag. Dass sie seine Wohnung nicht mochte, konnte er Jennifer nicht verübeln. Er war nun mal ein Chaot. Was ihn aber störte, war die Gewissheit, dass Jennifer auch dann nicht hier wohnen würde, wenn alles blitzsauber wäre. Ein Grund dafür war die Gegend. Natürlich lag die Wohnung in Capitol Hill, aber nicht im kultivierten Teil davon, weit gefehlt.

Dann war da noch die Größe. Ihre Wohnung musste knapp fünfhundert Quadratmeter groß sein, ohne dabei die Dienstunterkünfte für die Hausmädchen und die Doppelgarage zu berücksichtigen, in der ihr Jaguar und ihr brandneuer Range Rover untergebracht waren. Als ob man in den verkehrsüberlasteten Straßen von Washington, D. C., ein Auto brauchte, das in gerader Linie einen Sechstausender erklimmen konnte!

Jacks Wohnung verfügte über vier Zimmer, wenn man das Badezimmer mitzählte. Er betrat das Schlafzimmer, zog sich aus und ließ sich ins Bett fallen. An der gegenüberliegenden Wand hing eine kleine Plakette, die seinen Eintritt bei Patton, Shaw & Lord verkündete. Sie hatte zuvor in seinem Büro gehangen, bis es ihm zu beschämend geworden war, sie anzusehen. PS&L war in der Bundeshauptstadt die Nummer eins unter den Anwaltskanzleien für Körperschaftsrecht. Die Gesellschaft betreute Hunderte von Firmen besten Rufes, einschließlich der seines künftigen Schwiegervaters, die für das Unternehmen ein Honorarvolumen von mehreren Millionen bedeutete. Es war Jack zu verdanken, dass der Baldwin-Konzern nun bei PS&L war, und als Gegenleistung winkte ihm bei der nächsten Gehaltsüberprüfung die Teilhaberschaft. Die Teilhaberschaft bei Patton, Shaw & Lord war durchschnittlich mindestens eine halbe Million Dollar pro Jahr wert. Für die Baldwins war das ein Trinkgeld, aber schließlich war er kein Baldwin. Zumindest noch nicht.

Er zog die Decke hoch – die Wärmedämmung des Gebäudes ließ ziemlich zu wünschen übrig –, steckte ein paar Aspirin in den Mund und spülte sie mit dem Rest einer Cola hinunter, der noch auf dem Nachttisch stand. Dann sah er sich im Durcheinander des kleinen Schlafzimmers um. Es erinnerte ihn an das Zimmer, in dem er aufgewachsen war; eine warme, angenehme Erinnerung. Ein Zuhause sollte das Gefühl vermitteln, dass darin gelebt wurde; es sollte immer an die Rufe von Kindern erinnern, mit denen sie von Raum zu Raum stürmten, auf der Suche nach neuen Abenteuern und neuen Dingen, die sie kaputtmachen konnten.

Auch das war so eine Sache mit Jennifer: Sie hatte unmissverständlich klargestellt, dass das Tapsen von Kinderfüßchen fürs Erste nicht geplant und überhaupt ungewiss sei. An erster Stelle stand für sie die Karriere in der Firma ihres Vaters, und Jack hatte das Gefühl, dass er selber auf ihrer Werteskala noch ein gutes Stück weiter hinten rangierte. Aber er wollte die Baseball-Spiele seiner Kinder nicht erst vom Rollstuhl aus miterleben.

Als er sich zur Seite drehte und gerade die Augen schließen wollte, blies der Wind gegen das Fenster. Jack schaute in diese Richtung. Sofort versuchte er, den Blick wieder abzuwenden, doch dann ließ er die Augen resignierend zurück zu der Schachtel wandern.

Darin befand sich ein Teil der Sammlung von Trophäen und Auszeichnungen aus der Highschool und dem College. Doch es war etwas anderes, das seine Aufmerksamkeit gefangen hielt. Im Halbdunkel streckte er einen Arm danach aus, entschied sich dagegen und überlegte es sich dann wieder anders.

Nicht zum ersten Mal zog er das gerahmte Foto heraus. Es war fast schon ein Ritual geworden, insbesondere seit er mit Jennifer Baldwin verlobt war. Er musste sich keine Sorgen darüber machen, dass seine Verlobte je über diesen besonderen Besitz stolperte, denn sie weigerte sich standhaft, mehr als eine Minute in seinem Schlafzimmer zuzubringen. Wenn sie gemeinsam unter die Laken schlüpften, dann entweder in ihrer Wohnung, wo Jack immer auf dem Bett lag und an die über drei Meter hohe Decke starrte, die Gemälde mit mittelalterlichen Reitern und jungen Mädchen zierten. Unterdessen vergnügte sich Jennifer auf ihm, bis sie nicht mehr konnte, und rollte sich dann nach unten, damit er es auf ihr zu Ende brachte. Oder sie taten es im Landhaus ihrer Eltern, wo die Decken noch höher und die Gemälde aus einer römischen Kirche des dreizehnten Jahrhunderts kopiert waren. Dies alles vermittelte Jack das Gefühl, dass Gott dabei zusah, wie die wunderschöne und splitternackte Jennifer Ryce Baldwin auf ihm ritt, und dass er für diese wenigen Augenblicke fleischlichen Genusses auf ewig in der Hölle schmoren würde.

Die Frau auf dem Foto hatte seidiges braunes Haar, das sich an den Spitzen leicht wellte. Ihr Bild lächelte ihn an, und Jack erinnerte sich an den Tag, an dem er es aufgenommen hatte.

Es war auf einer Fahrradtour in die ländliche Umgebung des wunderschönen Albemarle County gewesen. Er hatte gerade mit dem Studium begonnen; sie war im zweiten College-Jahr an der Jefferson-Universität. Es war erst ihre dritte Verabredung, doch schien es, als hätten sie schon ihr ganzes Leben miteinander verbracht.

Kate Whitney.

Fast andächtig sprach er den Namen aus, fuhr dabei mit der Hand unbewusst die Kurve ihres Lächelns nach, bis hin zu dem einzelnen Grübchen gleich über der linken Wange, das ihr Gesicht ein wenig schief wirken ließ. Die mandelförmigen Wangenknochen grenzten an eine zierliche Nase über einem Paar sinnlicher Lippen. Das scharfe Kinn ließ unmissverständlich erkennen, dass sie stur sein konnte. Jack fuhr das Gesicht wieder hinauf und hielt an den tropfenförmigen Augen inne, die stets ein kleines bisschen schelmisch blickten.

Jack drehte sich wieder auf den Rücken und stellte das Foto auf die Brust, sodass sie ihn direkt ansah. Er konnte nicht an Kate denken, ohne gleichzeitig das Bild ihres Vaters vor Augen zu haben, mit seinem lebhaften Charme und dem schiefen Lächeln.

Jack hatte Luther Whitney oft in dem kleinen Reihenhaus besucht, in einer Gegend von Arlington, die bessere Tage erlebt hatte. Stundenlang tranken sie Bier und erzählten Geschichten, wobei Luther meist erzählte und Jack zuhörte.

Kate besuchte ihren Vater nie, und er versuchte nicht, mit ihr in Kontakt zu treten. Eher zufällig hatte Jack von ihm erfahren und hatte trotz Kates heftiger Einwände den Mann kennen lernen wollen. Selten sah man auf ihrem Gesicht etwas anderes als ein Lächeln, doch darüber lächelte sie nie.

Nachdem Jack seinen Abschluss gemacht hatte, zogen sie nach Washington, wo Kate sich an der Juristischen Fakultät von Georgetown einschrieb. Das Leben war eine Idylle. Sie kam zu seinen ersten paar Prozessen, bei denen er noch mit den Schmetterlingen im Bauch kämpfte und dem Piepsen, das aus seiner Kehle drang; bei denen er stets krampfhaft versuchte, sich zu erinnern, an welchen Anwaltstisch er sich zu setzen hatte. Doch mit der Schwere der Vergehen, deren man seine Klienten beschuldigte, schwand ihre Begeisterung.

Noch in seinem ersten Jahr als Anwalt hatten sie sich getrennt.

Die Gründe lagen auf der Hand: Kate konnte nicht begreifen, warum er sich der Aufgabe verschrieben hatte, Menschen zu vertreten, die das Gesetz brachen. Außerdem kam sie nicht darüber hinweg, dass er ihren Vater gut leiden konnte.

Jack erinnerte sich an die allerletzten Augenblicke ihres gemeinsamen Lebens, als sie genau in diesem Zimmer saßen und er sie gebeten, ja, angefleht hatte, ihn nicht zu verlassen. Doch sie war gegangen. Das war vor vier Jahren gewesen; seither hatte er sie weder gesehen noch etwas von ihr gehört.

Er wusste, dass sie einen Job im Büro der Staatsanwaltschaft in Alexandria, Virginia, angenommen hatte, wo sie zweifelsohne rastlos seine früheren Klienten hinter Gitter brachte, weil sie das Gesetz ihrer Wahlheimat mit Füßen traten. Abgesehen davon war Kate Whitney eine Fremde für ihn.

Aber während er so dalag und ihr Lächeln ihm Millionen Dinge erzählte, die er von der Frau, die er in sechs Monaten heiraten sollte, nicht wusste, fragte sich Jack, ob er sich damit abfinden musste, wo sein Leben nun doch viel komplizierter zu werden drohte, als er es je gedacht hatte. Er griff zum Telefon und wählte.

Nach viermaligem Läuten hörte er die Stimme. Eine Schärfe lag darin, an die er sich nicht erinnern konnte; vielleicht war sie auch neu. Der Piepton erklang, und er wollte eine Nachricht hinterlassen, etwas Witziges, einfach so aus dem Stegreif, doch dann, ganz unvermittelt, wurde er nervös und legte auf. Seine Hände zitterten, sein Atem ging heftig. Jack schüttelte den Kopf. Verdammt! Fünf Mordfälle hatte er hinter sich gebracht, und nun zitterte er wie ein dummer Sechzehnjähriger, der allen Mut zusammennimmt, um seinen Schwarm zur ersten Verabredung einzuladen.

Jack legte das Bild beiseite und stellte sich vor, was Kate wohl gerade machte. Wahrscheinlich war sie noch im Büro und brütete darüber, wie viele Jahre sie aus irgendjemandes Leben reißen sollte.

Dann dachte Jack an Luther. Befand er sich im Augenblick auf der falschen Seite einer Hausschwelle? Oder verließ er gerade eine Wohnung mit einem Bündel hübscher Dinge im Gepäck?

Was für eine Familie, Luther und Kate Whitney! Beide so unterschiedlich und doch so gleich. Beider Leben so zielgerichtet, wie man es selten fand; aber zwischen ihren jeweiligen Zielen lagen Welten. An jenem letzten Abend, als Kate aus seinem Leben trat, war er zu Luther gegangen, um ihm Lebewohl zu sagen und ein letztes Bier mit ihm zu trinken. Sie hatten in seinem gepflegten Garten gesessen und die Klematis und den Efeu betrachtet, die an der Ziegelmauer emporrankten. Der Duft von Flieder und Rosen hing wie eine schwere Wolke über der Terrasse.

Der alte Mann hatte es ruhig aufgenommen, wenig Fragen gestellt und Jack alles Gute gewünscht. Manche Dinge sollten einfach nicht sein. Luther verstand das so gut wie jeder andere. Aber als Jack an jenem Abend ging, hatte er einen feuchten Schimmer in den Augen des Alten bemerkt, und dann war die Tür hinter diesem Teil seines Lebens zugefallen.

Schließlich schaltete Jack das Licht aus und schloss die Augen, in der Gewissheit, dass ihn bald ein neuer Morgen erwartete. Sein goldener Topf, die einmalige Chance seines Lebens, war der Wirklichkeit wieder einen Tag näher gekommen. Nur war auch das noch keine Garantie für einen ruhigen Schlaf.

KAPITEL 3

Während Luther durch das Glas starrte, kam ihm plötzlich der Gedanke, dass die beiden ein äußerst attraktives Paar abgaben. Unter den gegebenen Umständen war dies eine absurde Überlegung; nichtsdestoweniger empfand er es so. Der Mann war groß, gut aussehend, ein sehr gepflegter Mittvierziger. Die Frau konnte nicht viel älter als zwanzig sein; sie hatte volles goldenes Haar, ein rundes, liebliches Gesicht und unglaublich tiefblaue Augen, die nun verzückt zu dem eleganten Antlitz des Mannes emporblickten. Er berührte ihre glatte Wange, sie schmiegte die Lippen an seine Hand.

Der Mann hielt zwei Gläser, die er aus einer Flasche voll schenkte, welche er mitgebracht hatte. Ein Glas reichte er der Frau. Nachdem sie angestoßen hatten, sahen sie einander tief in die Augen. Er leerte das Glas in einem Zug, sie brachte nur einen kleinen Schluck hinunter. Sie stellten die Gläser ab und umarmten sich inmitten des Zimmers. Seine Hände glitten über ihren Rücken, dann wieder hinauf zu den nackten Schultern. Ihre Arme und Schultern waren gleichmäßig sonnengebräunt. Bewundernd streichelte er über ihre Arme, als er sich hinabbeugte, um ihren Hals zu küssen.

Luther wandte die Augen ab. Es war ihm peinlich, diese sehr persönliche Begegnung mit anzusehen. Ein seltsames Gefühl angesichts der Tatsache, dass er immer noch in Gefahr schwebte, entdeckt zu werden. Doch er war noch nicht so alt, dass ihn die Zärtlichkeit und Leidenschaft, die sich vor ihm entfalteten, nicht bewegt hätten.

Als er die Augen aufschlug, musste er lächeln. Das Pärchen tanzte mittlerweile eng umschlungen durch den Raum. Offenbar hatte der Mann einige Übung darin; seine Partnerin wirkte eher unbeholfen, doch er führte sie sanft durch die einfachen Schritte, bis die beiden schließlich neben dem Bett landeten.

Der Mann hielt inne, um sein Glas nachzufüllen, und trank es dann zügig aus. Die Flasche war nun leer. Als er die Arme erneut um sie schlang, schmiegte sie sich an ihn, zerrte an seiner Jacke und begann, seine Krawatte zu lösen. Die Hände des Mannes wanderten zum Reißverschluss ihres Kleides und dann langsam Richtung Süden. Das schwarze Kleid glitt zu Boden; genüsslich stieg sie heraus, wodurch sie einen schwarzen Slip und hohe Seidenstrümpfe entblößte, jedoch keinen BH.

Sie besaß einen jener Körper, der weniger gut gebaute Frauen vor Neid erblassen ließ. Jede Kurve saß, wo sie hingehörte. Luther hätte ihre Taille mit den Händen umfassen können. Als sie sich zur Seite wandte, um aus den Strümpfen zu schlüpfen, bemerkte Luther, dass ihre Brüste groß, rund und voll waren. Die Beine waren schlank und durch zahlreiche Tennis- und Aerobicstunden wohl geformt.

Rasch entkleidete der Mann sich bis auf die Boxershorts. Am Bettrand sitzend sah er der Frau zu, wie sie langsam die Unterwäsche abstreifte. Ihr Hinterteil war rund und fest und hob sich cremig-hell gegen den dunklen Hintergrund der zwanzigtausend Dollar teuren Hawaii-Sonnenbräune ab. Nachdem sie das letzte Kleidungsstück abgelegt hatte, huschte ein Lächeln über das Gesicht des Mannes. Die weißen Zähne waren gerade und gesund. Trotz des Alkohols wirkten seine Augen klar und aufmerksam.

Sie lächelte über den bewundernden Blick und bewegte sich anmutig auf ihn zu. Als sie vor ihm stand, packte er sie mit den langen Armen und zog sie an sich. Sie streichelte seine Brust.

Abermals wollte Luther den Blick abwenden. Mehr als alles andere wünschte er, das Schauspiel möge bald vorbei sein und die Leute würden gehen. In ein paar Minuten könnte er beim Wagen sein, und diese Nacht würde als absolut einmalige, wenngleich um ein Haar verhängnisvolle Erfahrung in seine Erinnerung eingehen.

In diesem Augenblick sah er, wie der Mann kraftvoll den Hintern der Frau umfasste. Dann schlug er zu, wieder und wieder. Luther zuckte angesichts der wiederholten Schläge mitfühlend zusammen. Die weiße Haut leuchtete nun rot. Entweder war die Frau zu betrunken, um den Schmerz zu fühlen, oder sie genoss eine solche Behandlung; denn ihr Lächeln verschwand nicht. Luther fühlte, wie sich sein Magen zusammenkrampfte, als der Mann die Finger in das weiche Fleisch bohrte.

Die Zunge des Mannes glitt über ihre Brüste; mit den Fingern fuhr sie durch sein dichtes Haar, als sie sich zwischen seine Beine schob. Sie warf den Kopf zurück und schloss die Augen; ihre Lippen formten ein wollüstiges Lächeln. Dann schlug sie die Augen wieder auf und küsste ihn leidenschaftlich auf den Mund.

Die kräftigen Finger ließen von ihrem misshandelten Hinterteil ab und begannen, sanft ihren Rücken zu massieren. Dann gruben sie sich tiefer hinein, bis sie schließlich zusammenzuckte und von ihm zurückwich. Halb lächelte sie, und er hielt inne, als sie seine Finger mit den ihren berührte. Wieder wandte er die Aufmerksamkeit ihren Brüsten zu und begann, daran zu saugen. Abermals schloss sie die Augen, ihr Atem wurde zu einem tiefen Stöhnen. Erneut beugte der Mann sich über ihren Nacken; sein Blick stierte in Luthers Richtung, ohne etwas von dessen Anwesenheit zu ahnen.

Luther sah den Mann an, sah in diese Augen, und ihm gefiel nicht, was er dort sah. Er blickte in rot geränderte Tiefen, in denen ein Schatten lauerte, einem finsteren Planeten gleich, den man durch ein Teleskop erspäht. Plötzlich überkam ihn das Gefühl, dass sich die nackte Frau in Händen befand, die nicht so liebevoll und zärtlich waren, wie sie sich das wahrscheinlich vorstellte.

Schließlich wurde die Frau ungeduldig und drückte ihren Liebhaber aufs Bett. Rittlings kletterte sie auf ihn und offenbarte Luther dadurch einen Anblick, der eigentlich ihrem Gynäkologen und ihrem Mann vorbehalten sein sollte. Sie richtete sich auf, aber in einem plötzlichen Energieausbruch stieß er sie grob zur Seite und bestieg sie, ergriff ihre Beine und hievte sie nach oben, bis sie senkrecht zum Bett standen.

Luther stockte der Atem, als er sah, was der Mann des Weiteren tat. Er packte die Frau am Hals, zerrte sie hoch und zog ihren Kopf zwischen seine Beine. Die Plötzlichkeit der Geschehnisse ließ sie nach Luft schnappen; ihr Mund war kaum zwei Zentimeter von seinen Genitalien entfernt. Dann lachte er und stieß sie wieder aufs Bett. Einen Augenblick lang war sie völlig verwirrt, doch schließlich gelang ihr ein unsicheres Lächeln. Sie stützte sich auf die Ellbogen, während er über ihr aufragte. Mit einer Hand umfasste er sein steifes Glied, mit der anderen spreizte er ihre Beine. Als sie sich entspannt zurücklehnte und sich für ihn bereit machte, starrte er wirr auf sie hinab.

Doch anstatt sich zwischen ihre Beine zu stürzen, umfasste er ihre Brüste und drückte sie, offenbar zu fest, denn Luther vernahm einen Schmerzensschrei, und die Frau versuchte, den Mann abzuwehren. Er ließ sie los und schlug brutal zurück, und Luther sah, wie Blut aus ihrem Mundwinkel tropfte und über die vollen, mit Lippenstift geschminkten Lippen rann.

»Du mieser Scheißkerl!« Sie glitt vom Bett und blieb am Boden sitzen, rieb sich den Mund und schmeckte das Blut. Ihr alkoholumnebelter Verstand war einen Augenblick klar. Die ersten deutlich ausgesprochenen Worte, die Luther in dieser Nacht hörte, trafen ihn wie ein Schmiedehammer. Er stand auf und trat ein Stück auf den Spiegel zu.

Der Mann grinste. Luther erstarrte, als er dieses Grinsen sah. Es glich mehr der Fratze eines wilden Tieres, das zu töten bereit ist.

»Mieser Scheißkerl«, wiederholte sie, diesmal etwas leiser und undeutlicher.

Als sie aufstand, ergriff er ihren Arm und drehte ihn herum, dass sie hart zu Boden fiel. Der Mann saß auf dem Bett und schaute triumphierend auf sie hinab.

Luther, auf der anderen Seite des Spiegels, atmete heftig, wobei er unwillkürlich die Fäuste ballte. Während er weiter zusah, fragte er sich, wohin die anderen gegangen waren. Er hoffte, dass sie zurückkämen. Er spähte zur Fernbedienung auf dem Stuhl, dann wandte er die Augen wieder dem Schlafzimmer zu.

Die Frau kam allmählich wieder zu Atem und raffte sich halb auf. Jedwede Romantik, die sie empfunden hatte, war verflogen, das erkannte Luther an ihren vorsichtigen und kontrollierten Bewegungen. Ihr Gefährte bemerkte die Veränderung und das wütende Blitzen ihrer Augen offenbar nicht, andernfalls hätte er sich nicht erhoben und ihr die Hand hingestreckt, die sie auch ergriff.

Das Lächeln des Mannes löste sich abrupt auf, als ihr Knie ihn genau zwischen die Beine traf. Er krümmte sich, die Erektion erschlaffte. Außer dem angestrengten Atmen drang kein Laut über seine Lippen, als er sich auf dem Boden wand. Sie hob ihre Unterwäsche auf und begann, sich anzuziehen.

Als sie das Höschen halb hochgezogen hatte, packte er ihren Knöchel und zog sie zu Boden.

»Du kleine Fotze«, stieß er mühevoll hervor, während er versuchte, wieder zu Atem zu kommen, dabei ihren Knöchel festhielt und sie näher zu sich zog.

Sie trat nach ihm, traf seine Rippen, doch er ließ nicht los. »Du billige, kleine Hure«, zischte er.

Der drohende Unterton, der die Worte begleitete, trieb Luther dazu, noch näher auf den Spiegel zuzugehen. Seine Hand legte sich auf die glatte Fläche, als könnte er hindurchgreifen, den Mann packen und ihn zwingen aufzuhören.

Mühsam kam der Mann auf die Beine. Bei seinem Anblick lief Luther ein kalter Schauer über den Rücken.

Die Hände des Mannes schlossen sich um die Kehle der Frau.

Ihr vom Alkohol umnebelter Verstand arbeitete plötzlich wieder auf Hochtouren. Die nun völlig von Angst erfüllten Augen rasten suchend nach links und rechts, während der Druck um ihre Kehle stärker wurde und ihr die Luft abschnürte. Ihre Finger kratzten über seinen Arm, zogen tiefe Furchen.

Luther sah, wie das Blut in den Kratzern aufwellte, doch der Mann ließ nicht locker.

Sie trat um sich, krümmte und wand sich, aber ihr Peiniger war beinahe doppelt so schwer wie sie und rührte sich nicht von der Stelle.

Abermals blickte Luther auf die Fernbedienung. Er konnte die Tür öffnen. Er konnte all dem ein Ende bereiten. Doch seine Beine wollten sich nicht bewegen. Hilflos starrte er durch die Scheibe, Schweiß stand ihm auf der Stirn, schien aus jeder Pore seines Körpers zu dringen; sein Atem kam in kurzen Stößen. Er legte beide Hände auf das Glas.

Luther hielt den Atem an, als die Augen der Frau kurz an dem Nachttisch verharrten. Dann ergriff sie mit einer verzweifelten Bewegung den Brieföffner und traf mit einem blinden Hieb den Arm des Mannes.

Der stöhnte auf, ließ sie los und fasste sich an den blutigen Arm. Einen schauerlichen Augenblick lang starrte er ungläubig auf die Wunde; er konnte nicht fassen, dass diese Frau ihn derart verletzt hatte.

Als der Mann wieder hochblickte, fühlte Luther das mordlüsterne Knurren beinahe, bevor es von den Lippen des Mannes drang.

Dann schlug er zu, härter, als Luther je einen Mann eine Frau hatte schlagen sehen. Die geballte Faust prallte auf das weiche Fleisch; Blut spritzte aus Nase und Mund.

Luther wusste nicht, ob es an all dem Alkohol lag, den sie getrunken hatte, aber der Schlag, der einen Menschen normalerweise außer Gefecht gesetzt hätte, machte sie nur noch rasender. Mit der Kraft der Verzweiflung gelang es ihr aufzustehen. Als sie sich dem Spiegel zuwandte, erkannte Luther in ihrem Gesicht das plötzliche Entsetzen über den Verlust ihrer Schönheit. Ungläubig betastete sie die geschwollene Nase, dann fuhr sie mit einem Finger in den Mund und befühlte ihre Zähne. Von einer perfekten Ikone war sie plötzlich zu einem verschmierten Porträt geworden.

Als sie sich wieder zu dem Mann hindrehte, sah Luther die Muskeln in ihrem Rücken so deutlich hervortreten, als wären sie aus Holz geschnitzt. Sie rammte den Fuß in den Unterleib des Mannes. Sofort knickte er wieder zusammen. Die Beine versagten ihm den Dienst; Übelkeit übermannte ihn. Er ging zu Boden, rollte sich mit angezogenen Knien auf den Rücken, die Hände schützend über den Genitalien, und wimmerte.

Mit blutüberströmtem Gesicht, aus dessen Augen plötzlich nicht mehr schiere Angst, sondern Mordlust sprach, ließ sich die Frau neben ihm auf die Knie sinken und hob den Brieföffner hoch über den Kopf.

Luther ergriff die Fernbedienung und machte, mit dem Finger auf dem Knopf, einen Schritt auf die Tür zu.

Als der Mann den Brieföffner erblickte, der auf seine Brust niederstieß, um seinem Leben ein Ende zu bereiten, schrie er mit aller noch verbliebenen Kraft. Der Schrei blieb nicht ungehört.

Luthers Blick fuhr zu der Schlafzimmertür, die urplötzlich aufgerissen wurde.

Zwei Männer mit kurzem Haar und saloppen Anzügen, die den stattlichen Körperbau nicht verbargen, stürmten mit gezückten Waffen in das Zimmer. Bevor Luther noch einen Schritt tun konnte, hatten sie die Lage erkannt und eine Entscheidung getroffen.

Beide Waffen feuerten fast gleichzeitig.

Kate Whitney saß in ihrem Büro und ging die Akte noch einmal durch.

Der Kerl hatte vier Vorstrafen und war bei sechs anderen

Gelegenheiten verhaftet, aber nicht verurteilt worden, weil die Zeugen zu verängstigt gewesen waren, um auszusagen, oder in Müllcontainern geendet hatten. Dieses Ekel war eine wandelnde Zeitbombe, die jederzeit ein weiteres Opfer in Stücke reißen konnte. Alle Opfer waren Frauen gewesen.

Die aktuelle Anklage lautete auf Mord in Tateinheit mit Raubüberfall und Vergewaltigung, was nach den Gesetzen von Virginia die Kriterien für ein Kapitalverbrechen erfüllte. Und sie war fest dazu entschlossen, es diesmal zu Ende zu bringen: Todesstrafe. Noch nie hatte sie dieses Strafmaß beantragt, aber wenn es jemand verdiente, dann dieser Kerl; und der Staat verhielt sich nicht zimperlich bei der Verhängung von Todesstrafen. Warum sollte gerade so einer weiterleben dürfen, der auf grausame und brutale Weise dem Leben einer neunzehnjährigen Collegestudentin ein Ende gesetzt hatte, nur weil sie den Fehler beging, am helllichten Tage in ein Einkaufszentrum zu gehen, um sich Nylonstrümpfe und ein Paar neue Schuhe zu kaufen?

Kate rieb sich die Augen und band sich die Haare mit einem Gummiband von ihrem Schreibtisch zu einer Art Pferdeschwanz zusammen. Ihr Blick wanderte durch das kleine, überfüllte Büro. Überall im Zimmer stapelten sich Aktenberge, und zum unzähligsten Male fragte sie sich, ob es je besser werden würde. Natürlich nicht. Höchstens schlimmer, und sie konnte nur ihr Möglichstes tun, um wenigstens den Versuch zu machen, dem Blutvergießen Einhalt zu gebieten. Mit dem Tod von Roger Simmons jr. wollte sie beginnen, der mit seinen zweiundzwanzig Jahren einer der schlimmsten Gewohnheitsverbrecher war, mit denen sie sich je befasst hatte. Und das waren in ihrer noch kurzen Laufbahn bereits wahre Horden gewesen. Sie erinnerte sich an den Blick, den er ihr vor Gericht zugeworfen hatte. Das Gesicht des jungen Mannes hatte weder Reue noch Mitgefühl oder eine andere positive Regung erkennen lassen. Es drückte nur Hoffnungslosigkeit aus, und seine Lebensgeschichte, die sich wie der Albtraum einer Kindheit las, untermauerte diesen Eindruck. Aber das war nicht ihr Problem. Sie hatte genug andere Probleme.

Kate schüttelte den Kopf und sah auf die Uhr: Schon nach Mitternacht. Da ihre Konzentration nachließ, stand sie auf, um sich noch Kaffee zu holen. Der letzte Staatsanwalt war vor fünf Stunden gegangen, das Reinigungspersonal vor drei. Auf Strümpfen ging sie den Flur hinab zur Küche. Wäre Charles Manson dieser Tage unterwegs, um sein Unwesen zu treiben, so wäre er einer der harmloseren Fälle; ein Amateur im Vergleich zu den Monstren, die heutzutage frei herumliefen.

Mit einer Tasse Kaffee in der Hand ging sie ins Büro zurück und hielt einen Augenblick inne, um ihr Spiegelbild im Fenster zu betrachten. Für ihre Arbeit spielte das Aussehen keine Rolle; Teufel noch mal, sie hatte seit über einem Jahr keine Verabredung gehabt. Doch sie konnte den Blick nicht abwenden. Sie war groß und schlank, an manchen Stellen wahrscheinlich sogar ein wenig zu dünn, aber sie joggte nach wie vor jeden Tag vier Meilen, während die tägliche Kalorienzufuhr beständig abnahm. Hauptsächlich ernährte sie sich von ungesundem Kaffee und Crackern, obwohl sie zumindest ihren Zigarettenkonsum auf zwei pro Tag eingeschränkt hatte und hoffte, mit ein bisschen Glück ganz aufhören zu können.

Kate war sich klar über den Raubbau, den sie ihrem Körper zumutete; die endlosen Stunden und den Stress, den sie in einen schrecklichen Fall nach dem anderen investierte. Doch was sollte sie tun? Kündigen, weil sie nicht wie die Frauen auf dem Titelblatt des *Cosmopolitan* aussah? Sie tröstete sich damit, dass deren Arbeit darin bestand, vierundzwanzig Stunden am Tag gut auszusehen, während sie damit beschäftigt war, sicherzustellen, dass Menschen bestraft wurden, die das Gesetz brachen. Aus welchem Blickwinkel sie es auch betrachtete, sie kam zu dem Schluss, dass sie mit ihrem Leben etwas weitaus Produktiveres anstellte.

Sie fuhr sich durch die Mähne; die Haare mussten geschnitten werden, aber woher sollte sie die Zeit dafür nehmen? Ihr Gesicht, stellte sie fest, hatte die vier Jahre mit neunzehnstündigen Arbeitstagen und zahllosen Prozessen noch einigermaßen gut überdauert. Aber vermutlich würde dies nicht so bleiben. Sie seufzte. Im College hatte sie stets die Aufmerksamkeit ihrer gesamten männlichen Kommilitonen auf sich gezogen – das reizvolle Ziel vieler Blicke, der Auslöser für schneller pochende Herzen und kalte Schweißausbrüche. Aber nun, da sie auf die dreißig zuging, wurde ihr bewusst, dass ihr dieses Attribut, eine Gabe, die sie viele Jahre als selbstverständlich erachtet hatte, nicht mehr lange erhalten bleiben würde. Und wie bei so vielen Dingen, die man als selbstverständlich betrachtete oder als unwichtig abtat, wusste sie, dass sie die Fähigkeit vermissen würde, einen Raum durch bloßes Betreten in Schweigen zu versetzen.

Angesichts der Tatsache, dass sie während der letzten paar Jahre verhältnismäßig wenig für ihr Aussehen getan hatte, war es bemerkenswert, wie gut sie sich gehalten hatte. Gute Gene, das war wohl der Grund; ein Glück für sie. Dann jedoch musste sie an ihren Vater denken, und sie kam zu dem Schluss, dass sie in Sachen Erbanlagen wohl doch nicht das große Los gezogen hatte. Ein Mann, der von anderen stahl und dennoch vorgab, ein ganz normales Leben zu führen. Ein Mann, der jeden täuschte, einschließlich seiner Frau und seiner Tochter. Ein Mann, der nie da war, wenn man ihn wirklich brauchte.

Kate setzte sich an den Schreibtisch, nahm einen kleinen Schluck von dem heißen Kaffee, warf mehr Zucker hinein und betrachtete Mr Simmons, während sie in den schwarzen Tiefen ihres nächtlichen Aufputschmittels herumrührte.

Dann griff sie zum Telefon und rief bei sich zu Hause an, um die Nachrichten auf dem Anrufbeantworter abzuhören. Es waren fünf. Zwei von anderen Anwälten, eine von einem Polizisten, den sie gegen Mr Simmons in den Zeugenstand rufen wollte, und eine von einem Ermittler der Staatsanwaltschaft, der sie mit Vorliebe zu den unmöglichsten Zeiten anrief, um ihr überwiegend nutzlose Informationen zu geben. Sie sollte ihre Telefonnummer ändern lassen. Bei der letzten Nachricht wurde aufgelegt. Aber sie konnte am anderen Ende der Leitung tiefes Atmen hören, außerdem glaubte sie ein oder zwei Worte wahrzunehmen. Irgendetwas daran klang vertraut, doch sie konnte es nicht zuordnen. Vermutlich irgend so ein Typ, der nichts Besseres zu tun hatte.

Der Kaffee strömte in ihre Blutbahnen, und sie konnte sich wieder auf die Akte konzentrieren. Kurz fiel ihr Blick auf das kleine Bücherregal. Darauf stand ein Foto, das ihre verstorbene Mutter und die elfjährige Kate zeigte. Luther Whitney war aus dem Bild herausgeschnitten. Eine große Lücke neben Mutter und Tochter. Ein großes Nichts.

»Verdammte Scheiße!« Der Präsident der Vereinigten Staaten setzte sich auf. Mit einer Hand bedeckte er die schlaffen und übel zugerichteten Genitalien, in der anderen hielt er den Brieföffner, der noch einen Augenblick zuvor als Werkzeug seines Todes gedacht war. Nun war darauf mehr als nur sein Blut. »Verdammt noch mal, Bill, du hast sie umgebracht!«

Die Zielscheibe seiner Schimpfkanonade bückte sich, um ihm aufzuhelfen, während sein Kollege den Zustand der Frau überprüfte; eine sinnlose Geste, wenn man bedachte, dass zwei schwerkalibrige Geschosse ihr Gehirn durchschlagen hatten.

»Es tut mir Leid, Sir, ich hatte keine Wahl. Tut mir Leid, Sir.«

Bill Burton war seit zehn Jahren Agent beim Secret Service. Davor war er acht Jahre lang bei der Staatspolizei von Maryland gewesen. Er hatte einen Collegeabschluss in Geschichte und den Magister in Strafrecht, und eine seiner Kugeln hatte soeben den Kopf einer wunderschönen jungen Frau zerfetzt. Trotz seiner intensiven Ausbildung zitterte er wie ein kleines Kind, das gerade aus einem Albtraum erwacht ist.

Schon einmal hatte er in Ausübung seiner Pflicht getötet, bei einer routinemäßigen Verkehrskontrolle, die aus den Fugen geriet. Aber der damals Verstorbene war ein vierfach vorbestrafter Verbrecher gewesen, mit einer tief greifenden Abneigung gegen uniformierte Polizisten; außerdem hatte er eine halbautomatische Pistole auf ihn gerichtet gehabt, unverkennbar in der Absicht, ihm den Kopf von den Schultern zu pusten.

Burton schaute hinunter auf die zierliche, nackte Gestalt und glaubte, sich übergeben zu müssen. Sein Partner, Tim Collin, sah zu ihm herüber und fasste ihn am Arm. Schwer schluckend nickte Burton. Er würde nicht zusammenklappen.

Behutsam halfen die beiden dem Mann auf die Beine, dem ihre ganze Aufmerksamkeit galt: Alan J. Richmond, vierundvierzigster Präsident der Vereinigten Staaten, politischer Held und Leitfigur für Menschen aller Altersklassen, im Augenblick aber bloß nackt und betrunken. Der Präsident sah zu ihnen auf. Das anfängliche Entsetzen schwand, als der Alkohol wieder Oberhand gewann. »Ist sie tot?« Die Worte kamen undeutlich, die Augen schienen wie Murmeln nach hinten in den Kopf zu rollen.

»Ja, Sir«, antwortete Collin knapp. Eine Frage des Präsidenten, ob betrunken oder nicht, ließ man nicht unbeantwortet.

Burton trat einen Schritt zurück. Er warf einen zweiten Blick auf die Frau, dann wieder auf den Präsidenten. Das war ihr Job, sein Job. Den gottverdammten Präsidenten zu beschützen. Ganz gleich, was es kostete, dieses Leben durfte nicht enden, schon gar nicht auf diese Weise. Wie ein Schwein aufgeschlitzt von irgendeinem betrunkenen Flittchen!

Der Präsident verzog den Mund. Es sah fast aus wie ein Lächeln, obwohl weder Collin noch Burton es als solches in Erinnerung behalten sollten. Der Präsident erhob sich.

»Wo sind meine Sachen?«, fragte er.

»Gleich hier, Sir.« Burton, der wieder voll da war, bückte sich und hob die Sachen auf. Sie waren über und über mit Blut befleckt. Wie alles in dem Zimmer, überall. Mit ihrem Blut.

»Helft mir schon hoch und zieht mich an, verdammt noch mal. Ich muss doch sicher irgendwo vor irgendwem 'ne Rede halten, oder nicht?« Schrill lachte er auf. Burton sah Collin an, Collin sah Burton an. Dann sahen beide zum Präsidenten, als er auf das Bett kippte.

Als die Schüsse ertönten, hatte sich Stabschefin Gloria Russell in der Toilette im ersten Stock befunden, so weit entfernt vom Schlafzimmer wie nur möglich.

Sie hatte den Präsidenten bei vielen Eskapaden dieser Art begleitet, doch anstatt sich daran zu gewöhnen, fand sie es nur jedes Mal abstoßender, sich vorzustellen, wie ihr Boss, der mächtigste Mann auf Erden, mit all diesen Edelnutten, diesen politischen Groupies, ins Bett stieg. Es ging über ihren Verstand hinaus, doch sie hatte beinahe gelernt, darüber hinwegzusehen. Beinahe.

Russell hatte sich die Strumpfhose wieder hochgezogen, die Tür aufgerissen, war den Flur entlanggelaufen und die Treppen hochgerannt, wobei sie trotz der Stöckelschuhe zwei Stufen auf einmal nahm. Als sie die Schlafzimmertür erreichte, hielt Agent Burton sie auf.

»Sie wollen das bestimmt nicht sehen, Ma'am, es ist kein schöner Anblick.«

Sie drängte sich an ihm vorbei. Dann blieb sie aus eigenen Stücken stehen. Ihr erster Gedanke war, wieder hinauszulaufen, die Stiegen hinunter und in die Limousine, weg von hier, weg aus diesem Staat, weg aus diesem elenden Land. Mitleid für Christy Sullivan empfand sie nicht; diese kleine Nutte verdiente ein solches Ende. Sie wollte vom Präsidenten gevögelt werden. Schon seit zwei Jahren war das ihr erklärtes Ziel gewesen. Nun, manchmal bekam man nicht, was man wollte; manchmal mehr als das.

Russell fasste sich und trat Agent Collin gegenüber.

»Was ist passiert?«

Tim Collin war jung, zäh und dem Mann ergeben, zu dessen Schutz er abgestellt war. Er war dafür geschult worden, in Verteidigung des Präsidenten sogar sein Leben zu opfern, und für ihn stand außer Frage, dass er es auch tun würde, sollte es einst nötig werden. Vor nunmehr beinahe vier Jahren hatte er schon einmal einen Angreifer überwältigt, auf dem Parkplatz eines Einkaufszentrums, wo der damalige Präsidentschaftskandidat Alan Richmond einen Wahlkampfauftritt absolvieren sollte. Collin hatte den potenziellen Attentäter zu Boden gezwungen und bewegungsunfähig gemacht, bevor der Kerl die Waffe ganz aus der Tasche ziehen konnte – bevor überhaupt irgendjemand reagiert hatte. Collin betrachtete es als Lebensaufgabe, Alan Richmond zu beschützen.

Innerhalb einer Minute schilderte er Russell das Geschehen in kurzen, zusammenhängenden Sätzen. Burton bestätigte die Darstellung mit ernster Miene.

»Es hieß er oder sie, Ms Russell. Es gab keine andere Möglichkeit einzuschreiten.« Instinktiv blickte Burton zum Präsidenten hinüber, der immer noch auf dem Bett lag, und dem im Augenblick alles egal war. Die heikleren Zonen seines Körpers hatten sie mit einer Decke verhüllt.

»Wollen Sie mir erzählen, Sie hätten nichts gehört? Keine Anzeichen von Gewalt, bevor das da passiert ist?« Sie deutete auf die Schweinerei im Zimmer.

Die Agenten sahen einander an. Sie hatten schon vielerlei Geräusche aus Schlafzimmern gehört, in die sich ihr Boss verirrt hatte. Manche konnte man vielleicht mit Gewalt in Verbindung bringen, andere wiederum nicht. Aber bisher waren immer alle Beteiligten gesund und munter wieder herausgekommen. Die Frauen kamen stets die Treppe herunter, zupften ihre Blusen und Röcke zurecht und hatten dabei ein so seliges Lächeln auf den Lippen, als hätten sie soeben den Papst berührt. Dann stolzierte der Präsident mit geschwellter Brust heraus, wie der Hahn im Hühnerhof.

»Nichts Ungewöhnliches«, antwortete Burton, »aber dann hat der Präsident geschrien, und wir sind hineingestürmt. Das Messer war vielleicht noch zehn Zentimeter von seiner Brust entfernt. Nur eine Kugel war schnell genug.«

Er richtete sich zu voller Größe auf, stand so gerade, wie er konnte, und sah ihr unmittelbar in die Augen. Collin und er hatten ihre Arbeit getan, und diese Frau würde sie nicht vom Gegenteil überzeugen. Ihm würde sie nichts anhängen.

»In diesem Zimmer war ein gottverdammtes Messer?« Ungläubig starrte sie Burton an.

»Wenn es nach mir ginge, gäbe es keine solchen ... solchen Abenteuer. Meistens erlaubt uns der Präsident nicht, dass wir vorher alles überprüfen. Wir hatten keine Möglichkeit, das Zimmer zu durchsuchen.« Er blickte sie an. »Schließlich ist er der *Präsident*, Ma'am«, fügte er sicherheitshalber hinzu, als rechtfertigte die Tatsache alles und jedes. Und für Russell traf dies meist auch zu, ein Umstand, dessen sich Burton voll bewusst war.

Russell sah sich im Zimmer um, prägte sich alles genau ein. Sie war ordentliche Professorin für Politikwissenschaften an der Stanford-Universität gewesen, als die Anfrage von Alan Richmond gekommen war, der damals seinen Stab zusammenstellte. Er war der Mann der Stunde gewesen, jung, erfolgreich, dynamisch; jeder hatte auf seinen Zug aufspringen wollen. Da hatte sie ihre Chance genutzt.

Seit drei Jahren war sie nun Stabschefin des Weißen Hauses, mit viel versprechenden Aussichten auf den Posten des Außenministers, wenn Richmond wiedergewählt wurde, wobei man allgemein erwartete, dass ihm das mit Leichtigkeit gelingen sollte. Wer konnte schon vorhersagen, wie sich alles entwickelte? Vielleicht war sogar ein gemeinsames Team Richmond-Russell im Entstehen begriffen. Sie ergänzten einander hervorragend. Russell war die Strategin; er war unübertroffen, was die Öffentlichkeitsarbeit anging. Ihre Zukunft schien mit jedem Tag strahlender zu werden. Und jetzt? Jetzt hatte sie eine Leiche und einen betrunkenen Präsidenten in einem Haus, das eigentlich leer stehen sollte.

Im Geiste sah sie den Expresszug ihrer Karriere stoppen. Doch dann schaltete ihr Verstand um. Nicht wegen dieser kleinen Nutte, dieses Haufens menschlichen Abfalls. Niemals!

Burton meldete sich zu Wort. »Soll ich jetzt die Polizei anrufen, Ma'am?« Russell glotzte ihn an, als hätte er den Verstand verloren.

»Burton, darf ich Sie daran erinnern, dass es Ihr Job ist, die Interessen des Präsidenten immer und überall zu schützen, und dass nichts, aber rein gar nichts, Vorrang vor dieser Aufgabe hat. Ist das klar?«

»Ma'am, die junge Dame ist tot. Ich glaube, wir –«

»Richtig. Sie und Collin haben die Frau erschossen, und jetzt ist sie tot.« Die Worte hingen in der Luft. Collin rieb sich die Hände, instinktiv wanderte eine Hand zu der Waffe im Schulterhalfter. Er blickte zu der verstorbenen Mrs Sullivan, als könnte er sie durch bloße Willenskraft wieder zum Leben erwecken.

Burton spannte die mächtigen Schultern und trat einen Schritt näher an sie heran, sodass der Größenunterschied voll zum Tragen kam.

»Hätten wir nicht geschossen, wäre der Präsident jetzt tot. Das ist unsere Aufgabe. Für seine Sicherheit und Gesundheit zu sorgen.«

»Wieder richtig, Burton. Und nun, da Sie seinen Tod verhindert haben, wie wollen Sie der Polizei, der Frau des Präsidenten, Ihren Vorgesetzten, den Anwälten, den Medien, dem Kongress, den Finanzmärkten, dem Land und dem Rest der ganzen verfluchten Welt erklären, warum der Präsident hier war? Und was er hier wollte? Und die Umstände, die dazu geführt haben, dass Sie und Agent Collin die Frau eines Mannes erschossen haben, der zu den wohlhabendsten und einflussreichsten Männern der Vereinigten Staaten zählt? Denn wenn Sie die Polizei anrufen, wenn

Sie überhaupt irgendjemanden anrufen, dann werden Sie genau das tun müssen. Wenn Sie also bereit sind, die volle Verantwortung für alles zu übernehmen, dann gehen Sie zum Telefon und rufen Sie an.«

Burtons Gesicht wechselte die Farbe. Er wich einen Schritt zurück. Die körperliche Überlegenheit nützte ihm nichts mehr. Collin beobachtete versteinert den stummen Zweikampf der beiden. Noch nie hatte er erlebt, dass jemand so mit Bill Burton gesprochen hatte. Der große Kerl hätte Russells Genick mit einer einzigen Handbewegung brechen können. Doch diese besondere Eigenschaft war hier und jetzt völlig wertlos für ihn.

Abermals schaute Burton auf die Leiche hinab. Wie konnte man das so erklären, dass sie alle heil aus der Sache herauskamen? Die Antwort war einfach: Gar nicht.

Aufmerksam musterte Russell sein Gesicht. Burton blickte wieder auf, doch seine Augen flackerten merklich; sie sahen nicht mehr direkt in ihre. Sie hatte gewonnen. Zufrieden lächelnd nickte sie. Von nun an hatte sie das Ruder in der Hand.

»Gehen Sie jetzt und machen Sie Kaffee, eine ganze Kanne«, befahl sie Burton, wobei sie den Wechsel der traditionellen Machtverhältnisse in vollen Zügen genoss. »Dann beziehen Sie an der Eingangstür Posten, nur für den Fall, dass wir nächtliche Besucher bekommen.

Collin, Sie gehen zum Wagen und reden mit Johnson und Varney. Erzählen Sie nichts von dem hier. Sagen Sie vorerst nur, dass es einen Unfall gegeben hat, dass der Präsident aber wohlauf ist. Mehr nicht. Und dass sie sich bereit halten sollen. Verstanden? Ich melde mich, wenn ich Sie brauche. Ich muss erst einmal nachdenken.«

Burton und Collin nickten und gingen hinaus. Keinem der beiden war beigebracht worden, derartige Befehle von höherer Stelle zu missachten. Außerdem wollte Burton bei dieser Sache nicht das Kommando übernehmen. Dafür konnte ihm niemand genug bezahlen.

Seit die Schüsse den Kopf der Frau in Stücke rissen, hatte Luther sich nicht bewegt. Er hatte einfach Angst. Der Schock war schließlich vorübergegangen, doch seine Augen wanderten immer wieder auf den Boden, wo etwas lag, das vor kurzem noch ein lebendiges, atmendes menschliches Wesen war. In all den Jahren als Krimineller hatte er nur einmal miterlebt, wie jemand umgebracht worden war. Dabei hatte es sich um einen dreifach verurteilten Kinderschänder gehandelt, dem von einem Mithäftling eine zehn Zentimeter lange Klinge in den Rücken gejagt wurde. Die Empfindungen, die ihn jetzt überschwemmten, waren völlig anderer Natur. Er fühlte sich wie der einzige Passagier eines Schiffes, das einen fremden Hafen anlief. Nichts wirkte auch nur im Mindesten vertraut oder bekannt. Jedes Geräusch konnte tödlich für ihn sein; dennoch ließ Luther sich wieder langsam auf den Stuhl nieder, bevor die zitternden Beine unter ihm wegknicken konnten.

Er beobachtete, wie Russell im Zimmer umherging, sich neben der toten Frau bückte, sie aber nicht berührte. Als Nächstes hob sie den Brieföffner auf, wobei sie ihn mit einem Taschentuch am Ende der Klinge hielt. Lange und eindringlich betrachtete sie den Gegenstand, der beinahe dem Leben des Präsidenten ein Ende bereitet hätte und der letztendlich beim Tod eines anderen Menschen eine entscheidende Rolle gespielt hatte. Vorsichtig legte sie ihn auf den Nachttisch und steckte das Taschentuch wieder ein. Sie warf einen flüchtigen Blick auf das verrenkte Gebilde, das noch kurz zuvor Christine Sullivan gewesen war.

Russell konnte nicht anders, als Richmond dafür zu bewundern, wie er seine außerplanlichen Aktivitäten abwickelte. All seine »Gespielinnen« waren reiche und gesellschaftlich hoch angesehene Frauen, und alle waren verheiratet. Dadurch war sichergestellt, dass seine Seitensprünge nie in der Boulevardpresse erscheinen würden. Die Frauen, mit denen er ins Bett stieg, hatten ebenso viel zu verlieren wie er selbst, wenn nicht noch mehr, und sie waren sich dieser Tatsache sehr wohl bewusst.

Überhaupt, die Presse. Russell lächelte. Heutzutage, in diesem Zeitalter, wurde der Präsident auf Schritt und Tritt beobachtet. Weder konnte er auf den Lokus gehen, noch eine Zigarre rauchen oder rülpsen, ohne dass die Öffentlichkeit jede Einzelheit darüber erfuhr. Zumindest glaubte die Öffentlichkeit das. Hauptgrund dafür war, dass die Presse und deren Fähigkeit, jedes noch so winzige Detail einer Story zum Vorschein zu bringen, weit überschätzt wurde. Etwas wurde nämlich übersehen: Zwar hatte das Amt des Präsidenten über die Jahre hinweg einen Teil der enormen Macht eingebüßt, da die Probleme einer aus den Fugen geratenen Welt zu groß geworden waren, als dass ein einzelner Mensch sie wirkungsvoll hätte bewältigen können. Doch der Präsident war von absolut loyalen und überaus fähigen Leuten umgeben, die, was verdeckte Operationen anging, in einer höheren Liga spielten als die großkotzigen Journalisten, für die das Aufspüren einer tollen Story darin bestand, einen Kongressabgeordneten mit Allerweltsfragen zu überhäufen, der für das Privileg, in den Abendnachrichten erwähnt zu werden, mehr als bereit war, mit ihnen zu reden.

Tatsache war, dass sich der Präsident, wenn ihm der Sinn danach stand, frei bewegen konnte, ohne fürchten zu müssen, dass irgendjemand seinen Aufenthaltsort in Erfahrung bringen konnte. Es war ihm sogar möglich, sich den Augen der Öffentlichkeit zu entziehen, solange er wollte, wenngleich dies dem genauen Gegenteil dessen entsprach, was ein erfolgreicher Politiker als sein Tagewerk betrachtete. Und dieses Privileg lief auf einen gemeinsamen Nenner zusammen.

Den Secret Service. Sie waren die Besten der Besten. Das hatte diese Elitetruppe über die Jahre hinweg wiederholt bewiesen. Wie auch bei der Planung dieser jüngsten Eskapade.

Kurz nach zwölf Uhr mittags hatte Christy Sullivan den Schönheitssalon im Nordwesten von Upper Washington verlassen. Nachdem sie einen Block weit gegangen war, betrat sie das Foyer eines Apartmenthauses und verließ es einige Augenblicke später wieder, allerdings in einen knöchellangen Mantel gehüllt, den sie in der Tasche gehabt hatte. Eine dunkle Brille verdeckte ihre Augen. Sie ging ein paar Blocks weiter und nahm dann die U-Bahn zum Metro-Center. Nachdem sie die U-Bahn verlassen hatte, schlenderte sie noch zwei Blocks weiter und verschwand in einer Gasse zwischen zwei Gebäuden, die noch dieses Jahr abgerissen werden sollten. Zwei Minuten später fuhr ein Wagen mit getönten Scheiben aus der Gasse. Collin saß am Steuer, Christy Sullivan auf dem Rücksitz. Dann war sie von Bill Burton an einem »sicheren« Ort verwahrt worden, bis der Präsident später am Abend zu ihr stoßen konnte.

Das Anwesen der Sullivans hatte man als perfekte Bühne für das Zwischenspiel gewählt, weil ironischerweise ihr Landsitz der letzte Ort war, an dem man Christy Sullivan vermutet hätte. Russell wusste außerdem, dass es gerade leer stand und die Alarmanlage kein Hindernis für ihre Pläne darstellte.

Russell ließ sich auf einem Stuhl nieder und schloss die Augen. Ja, sie hatte zwei der fähigsten Leute des Secret Service hier in diesem Haus. Und zum allerersten Mal bedauerte die Stabschefin diesen Umstand. Der Präsident persönlich hatte die vier Agenten, die ihn und Russell begleiteten, aus über hundert zu seinem Schutz abgestellten Männern für seine kleinen Abenteuer ausgewählt. Sie alle waren durch und durch loyal und höchst kompetent. Sie kümmerten sich um den Präsidenten und hielten den Mund, gleichgültig, was von ihnen verlangt wurde. Bisher hatte Präsident Richmonds Leidenschaft für verheiratete Frauen noch keine größeren Schwierigkeiten hervorgerufen. Doch die Ereignisse dieser Nacht stellten alles Bisherige in Frage. Russell schüttelte den Kopf.

Luther musterte das Gesicht. Es war ein intelligentes, attraktives, gleichzeitig aber auch sehr hartes Gesicht. Man konnte die Gedankengänge beinahe sehen, als sich die

Stirn abwechselnd runzelte und glättete. Die Zeit verging, doch sie rührte sich nicht. Endlich schlug Gloria Russell die Augen auf und ließ sie durch das Zimmer wandern, studierte jede Einzelheit.

Unwillkürlich zuckte Luther zusammen, als ihr Blick über ihn hinwegstreifte wie ein Suchscheinwerfer über einen Gefängnishof. Dann schaute sie zum Bett und verharrte dort. Eine lange Minute starrte sie auf den schlafenden Mann. Danach trat ein Ausdruck in ihr Gesicht, den Luther nicht zu deuten vermochte. Es war eine Mischung aus Lächeln und Grimasse.

Russell stand auf, trat ans Bett und sah auf den Mann hinab. Ein Mann des Volkes; zumindest glaubte es das Volk. Ein großer Mann, ein Jahrhundertmann. Im Augenblick sah er nicht so groß aus. Mit gespreizten Beinen lag er halb auf dem Bett, die Füße berührten fast den Boden; für einen nackten Mann war das, gelinde ausgedrückt, eine peinliche Stellung.

Ihre Augen begutachteten den Körper des Präsidenten, wobei sie an einigen Stellen verweilten. Dieses Verhalten versetzte Luther in Anbetracht der Leiche auf dem Fußboden in Erstaunen. Er hatte Sirenen erwartet, Polizisten, Ermittlungsbeamte, Gerichtsmediziner und vielleicht sogar Pressesprecher, die hier überall herumschwirrten, während sich draußen die Wagenkolonnen der Journalisten stauten. Offenbar hatte diese Frau einen anderen Plan.

Luther hatte Gloria Russell auf CNN und den anderen wichtigen Sendern gesehen, unzählige Male in der Zeitung und einmal in Person bei einer Veranstaltung zum 4. Juli. Sie hatte einprägsame Gesichtszüge. Eine lange Adlernase zwischen hohen Wangenknochen war das Erbe eines Cherokee-Vorfahren. Das glatte, pechschwarze Haar fiel bis auf die Schultern. Die Augen waren groß und von so intensivem Blau, dass sie den tiefsten Stellen des Meeres ähnelten; zwei Seen, in denen Unvorsichtige und Unachtsame ertrinken konnten.

Langsam, leise, regte sich Luther auf dem Stuhl. Diese

Frau vor einem schmucken offenen Kamin in einem antiken Ohrensessel im Weißen Haus zu sehen, wie sie über die jüngsten politischen Probleme dozierte, war eine Sache. Eine völlig andere Sache war es, sie dabei zu beobachten, wie sie durch ein Zimmer ging, in dem eine Leiche lag, und einen betrunkenen, nackten Mann anstierte, der als Führer der Freien Welt galt. Es war ein Schauspiel, das Luther nicht länger mit ansehen wollte, doch konnte er die Augen nicht davon abwenden.

Russell warf einen Blick zur Tür, durchschritt rasch das Zimmer, holte ein Taschentuch hervor, schloss die Tür und sperrte sie ab. Flink ging sie zurück, um erneut auf den Präsidenten hinabzustarren. Sie streckte die Hand aus; ahnungsvoll zuckte Luther zusammen, doch sie streichelte nur sein Gesicht. Luther atmete auf, doch dann sah er, wie ihre Hand auf seine Brust sank, auf der dichten Behaarung verweilte, dann noch weiter auf den flachen Bauch wanderte, der sich in festem Schlaf gleichmäßig hob und senkte.

Danach glitt ihre Hand noch tiefer. Langsam zog sie die Decke weg und ließ sie auf den Boden fallen. Sie fasste zwischen seine Beine und verharrte. Als Nächstes spähte sie abermals zur Tür und kniete sich vor dem Präsidenten nieder. Schließlich musste Luther die Augen schließen. Die voyeuristischen Vorlieben des Hausbesitzers teilte er nicht.

Einige lange Minuten verstrichen, dann öffnete Luther die Augen. Der Präsident war nicht annähernd bei Bewusstsein; seine Augen waren immer noch geschlossen, doch ein wesentlicher Teil seiner Anatomie war hellwach. Nun streifte Gloria Russell die Strumpfhose ab und legte sie ordentlich auf einen Sessel. Danach stieg sie auf das Bett und ließ sich über dem Präsidenten nieder.

Erneut schloss Luther die Augen. Er fragte sich, ob man unten das Bett quietschen hörte. Wahrscheinlich nicht; es war ein ziemlich großes Haus. Und selbst wenn, was konnten die Agenten schon tun?

Die Zeit verging, und endlich vernahm Luther ein kurzes, unwillkürliches Keuchen des bewusstlosen Mannes und ein tiefes Stöhnen der Frau. Doch Luther ließ die Augen geschlossen. Er wusste nicht genau, warum. Es schien eine Mischung aus blanker Angst und Abscheu zu sein, Abscheu über die Pietätlosigkeit gegenüber der toten Frau.

Als er schließlich die Augen aufschlug, blickte ihn Russell direkt an. Einen Augenblick lang blieb ihm das Herz stehen, bis ihm der Verstand mitteilte, dass alles in Ordnung war. Rasch schlüpfte sie in die Strumpfhose. Danach trug sie mit selbstsicheren, gleichmäßigen Strichen im Spiegel den Lippenstift wieder auf.

Um ihre Lippen spielte ein Lächeln, die Wangen waren gerötet. Sie wirkte jünger. Luther schaute zum Präsidenten. Er war wieder in tiefen Schlaf verfallen. An die letzte halbe Stunde würde er sich vermutlich als besonders realistischen und angenehmen Traum erinnern. Luther wandte den Blick zurück zu Russell.

Es war beklemmend, dass ihm die Frau direkt ins Gesicht sah, in diesem Zimmer des Todes, ohne zu wissen, dass er hier war. Aus dem Gesicht der Frau sprach Macht. Und Luther erkannte einen Blick, den er in diesem Raum bereits gesehen hatte. Diese Frau war ebenfalls gefährlich.

»Ich will, dass alles im Zimmer desinfiziert wird, ausgenommen das da.« Russell deutete auf die verstorbene Mrs Sullivan. »Nein, warten Sie. Wahrscheinlich war er auf ihr. Burton, ich will, dass Sie jeden Millimeter ihres Körpers absuchen und alles beseitigen, was auch nur im Entferntesten so aussieht, als ob es nicht hingehört. Danach ziehen Sie sie wieder an.«

Mit behandschuhten Händen machte sich Burton daran, den Auftrag auszuführen.

Collin saß neben dem Präsidenten und flößte ihm eine weitere Tasse Kaffee ein. Das Coffein würde helfen, die Benommenheit zu überwinden, aber nur die Zeit konnte den Rausch völlig vertreiben. Russell setzte sich neben ihn. Sie nahm die Hand des Präsidenten in die ihre. Mittlerweile war er vollständig angezogen, lediglich sein Haar war noch zerzaust. Sein Arm schmerzte, aber sie hatten ihn, so gut es ging, verbunden. Er war in ausgezeichneter Verfassung; die Wunde würde rasch heilen.

»Mr President? Alan? ALAN?« Russell nahm sein Gesicht zwischen die Hände und drehte es zu sich.

Hatte er gespürt, was sie mit ihm getan hatte? Sie bezweifelte es. So sehnlich hatte er sich eine heiße Nummer für die Nacht gewünscht, hatte in eine Frau eindringen wollen. Unaufgefordert hatte sie ihm ihren Körper dargebracht. Technisch gesehen, hatte sie ihn vergewaltigt. Rein technisch. Tatsächlich aber wusste sie zuversichtlich, dass sie ihm den Traum vieler Männer erfüllt hatte. Es spielte keine Rolle, wenn er sich an ihr Opfer nicht erinnerte. Dafür würde sie verdammt sicherstellen, dass er mitbekam, was sie nun für ihn tat.

Die Augen des Präsidenten blickten mal klar, mal wieder verschwommen. Collin rieb sich den Nacken. Langsam kam der Mann wieder zu sich. Russell spähte auf die Uhr. Zwei Uhr morgens. Sie mussten zurückfahren. Sie schlug ihn ins Gesicht, zwar nicht fest, aber doch hart genug, um seine Aufmerksamkeit zu erlangen. Dabei bemerkte sie, wie Collin zusammenzuckte. Gott, diese Kerle waren so einfältig.

»Alan, hast du Sex mit ihr gehabt?«

»Was ...«

»Hast du Sex mit ihr gehabt?«

»Was ... nein. Glaub ich nicht. Weiß nicht ...«

»Geben Sie ihm noch mehr Kaffee, mit Gewalt, wenn es sein muss, aber machen Sie ihn nüchtern!« Collin nickte und tat, wie ihm geheißen.

Russell ging zu Burton, der mit behandschuhten Händen sorgfältig jeden Fingerbreit der verblichenen Mrs Sullivan untersuchte.

Burton war bei zahlreichen Polizeiermittlungen dabei gewesen. Er wusste ganz genau, wonach Polizeibeamte suchten und wo sie danach suchten. Nie hätte er sich träumen lassen, dieses besondere Wissen einmal einsetzen zu müssen, um Ermittlungen zu behindern; aber schließlich hätte er sich auch nie träumen lassen, dass er in eine derartige Lage schlittern konnte.

Er sah sich im Zimmer um und überlegte, welche Bereiche er noch bearbeiten musste, welche anderen Räume sie benutzt hatten. Gegen die Male am Hals der Frau konnten sie nichts unternehmen, ebenso wenig gegen andere mikroskopisch kleine Beweise, die sich zweifellos in ihrer Haut finden würden. Der Gerichtsmediziner würde sie aufspüren, ganz gleich, was sie versuchten. Aber realistisch betrachtet, konnte keiner dieser Beweise in Richtung des Präsidenten zurückverfolgt werden, sofern die Polizei ihn nicht als Verdächtigen betrachtete. Das jedoch lag weit jenseits des Denkbaren.

Einen Zusammenhang zwischen der versuchten Strangulierung einer zierlichen Frau und dem tatsächlichen Tod durch Kugeln herzustellen blieb der Vorstellungskraft der Polizei überlassen.

Burton wandte sich wieder der Leiche zu und begann vorsichtig, ihr das Unterhöschen über die Beine zu streifen. Er spürte, wie ihm jemand auf die Schulter klopfte.

»Sehen Sie nach!«

Burton blickte nach oben. Er wollte etwas erwidern.

»Sie sollen nachsehen!« Russell zog die Augenbrauen hoch. Schon Tausende Male hatte Burton gesehen, wie sie mit dem Stab des Weißen Hauses so verfahren war. Alle hatten höllischen Respekt vor ihr. Zwar hatte er selber keine Angst, doch er war klug genug, sich zurückzuhalten, wenn sie anwesend war. Zögernd tat er, was ihm befohlen wurde. Dann legte er den Körper wieder genauso hin, wie er gefallen war. Er teilte Russell seine Erkenntnisse durch ein einziges Kopfschütteln mit.

»Sind Sie sicher?« Russell wirkte nicht überzeugt, obwohl sie durch ihr Zwischenspiel mit dem Präsidenten wusste, dass er höchstwahrscheinlich keinen Verkehr mit der Frau gehabt oder den Akt zumindest nicht vollendet hatte. Aber es könnten Spuren zurückgeblieben sein. Was man heutzutage aus den geringsten Samenspuren ablesen konnte, war einfach teuflisch.

»Verdammt noch mal, ich bin kein Frauenarzt. Ich habe nichts gefunden, und ich glaube, das hätte ich, aber ich trage nicht ständig ein Mikroskop mit mir herum.«

Russell musste es dabei bewenden lassen. Es gab noch so viel zu tun und nur wenig Zeit dafür.

»Haben Johnson und Varney etwas gesagt?«

Collin blickte herüber. Er saß noch neben dem Präsidenten, der gerade die vierte Tasse Kaffee hinunterspülte. »Sie fragen sich natürlich, was hier los ist, wenn Sie das meinen.«

»Sie haben doch nicht ...«

»Ich habe ihnen gesagt, was Sie angeordnet haben, mehr nicht, Ma'am.« Er sah sie an. »Das sind gute Männer, Ms Russell. Sie sind seit dem Wahlkampf beim Präsidenten und werden keine Probleme machen, okay?«

Russell belohnte Collin mit einem Lächeln. Ein gut aussehender Junge. Und, was viel wichtiger war, ein loyales Mitglied des persönlichen Stabs des Präsidenten. Collin würde ihr sehr nützlich sein. Burton konnte ein Problem werden. Er war älter, weiser, und Russell hielt ihn für einen Klugscheißer. Aber sie hatte einen starken Trumpf. Er und Collin hatten abgedrückt, vielleicht in Ausübung ihrer Pflicht, aber wer konnte das schon so genau sagen? Auf jeden Fall steckten die beiden bis zum Hals mit in der Sache drin.

Luther beobachtete das Treiben mit einer Hochachtung, die ihm unter den gegebenen Umständen geradezu Schuldgefühle bereitete. Diese Männer waren gut; sie gingen methodisch und gewissenhaft vor und übersahen nichts. Qualifizierte Gesetzeshüter und professionelle Verbrecher waren gar nicht so verschieden. Die Fähigkeiten und Verfahren waren ziemlich ähnlich, lediglich der Einsatzzweck war ein anderer; doch gerade der machte letztendlich den ganzen Unterschied aus. Oder etwa nicht?

Die Frau war inzwischen vollständig angezogen und lag genau an der Stelle, an der sie gefallen war. Collin wurde gerade mit ihren Fingernägeln fertig. Unter jeden hatte er eine Flüssigkeit gespritzt, und ein kleines Sauggerät hatte sämtliche Hautpartikel und andere belastende Spuren beseitigt.

Das Bett war frisch überzogen und gemacht worden; das beweisträchtige Laken war bereits in einem Beutel verstaut und blickte seinem letzten Bestimmungsort, einem Verbrennungsofen, entgegen. Das Erdgeschoss war Collin bereits durchgegangen.

Alles, was sie berührt hatten, war abgewischt worden, mit Ausnahme eines Gegenstandes. Burton bearbeitete gerade Teile des Teppichs mit einem Staubsauger. Er sollte der letzte sein, der rückwärts den Raum verlassen und peinlich genau alle restlichen Spuren verwischen würde.

Luther sah zu, wie sie den Raum durchstöberten. Ihre augenscheinliche Absicht brachte ihn trotz allem zum Lächeln. Einbruch. Die Halskette verschwand mitsamt der Unmenge an Ringen in einem Beutel. Es würde so aussehen, als hätte die Frau einen Einbrecher überrascht, der sie ermordet hatte. Bei all dem wussten sie nicht, dass knapp zwei Meter entfernt ein echter Einbrecher alles sah und hörte, was sie taten.

Ein Augenzeuge!

Luther war noch nie Augenzeuge eines Einbruchs gewesen, abgesehen von denen, die er selbst begangen hatte. Verbrecher hassten Augenzeugen. Auch diese Leute würden Luther hassen, wüssten sie, dass er hier war. Sie würden ihn töten, das stand außer Frage. Es ging um den Präsidenten. Eine Menge stand auf dem Spiel. Ein alter Krimineller, ein dreifach Verurteilter, war in diesem Fall kein großes Opfer. Nicht im Vergleich zum Idol des Volkes.

Der immer noch benommene Präsident kam mit Burtons

Hilfe auf die Beine und taumelte die Treppe hinunter. Russell beobachtete, wie die beiden hinausgingen. Vorsichtig hob Collin den Brieföffner auf und wollte ihn gerade abwischen. Unwillkürlich zuckte Luther zusammen, als er sah, wie Russell die Hand des jungen Agenten ergriff.

»Tun Sie das nicht!«

Collin war nicht so gerissen wie Burton, und ganz gewiss spielte er nicht in Russells Liga. Verwirrt glotzte er sie an.

»Aber überall auf dem Ding sind seine Fingerabdrücke, Ma'am. Auch die der Frau, außerdem noch andere Beweise, Sie wissen schon. Es ist Leder, hat sich alles vollgesaugt.«

»Agent Collin, ich wurde vom Präsidenten als Strategie- und Taktikexpertin geholt. Was für Sie ganz offensichtlich erscheint, bedarf meiner Meinung nach reiflicher Überlegung. Bis das geschehen ist, werden Sie diesen Gegenstand nicht abwischen. Stecken Sie ihn in einen eigenen Beutel und geben Sie ihn mir.«

Collin wollte protestieren, doch Russells drohender Blick ließ ihn davon Abstand nehmen. Pflichtbewusst steckte er den Brieföffner in einen Plastikbeutel und gab ihn ihr.

»Seien Sie bitte vorsichtig damit, Ms Russell.«

»Tim, ich bin immer vorsichtig.«

Abermals belohnte sie ihn mit einem Lächeln. Er lächelte zurück. Noch nie hatte sie ihn beim Vornamen genannt. Er war gar nicht sicher gewesen, ob sie ihn überhaupt kannte. Außerdem fiel ihm zum ersten Mal auf, dass die Stabschefin eine äußerst gut aussehende Frau war.

»Ja, Ma'am.« Er machte sich daran, die Ausrüstung zu verstauen.

»Tim?«

Er blickte zurück zu ihr. Russell ging auf ihn zu, schlug die Augen nieder, dann trafen sich ihre Blicke. Sie sprach mit leiser Stimme. Für Collin wirkte sie beinahe beschämt.

»Tim, wir sind mit einer ziemlich außergewöhnlichen Situation konfrontiert. Ich muss mir erst über alles klar werden. Verstehen Sie das?«

Collin nickte. »Ich würde auch sagen, dass es eine außergewöhnliche Situation ist. Ich hatte eine Höllenangst, als ich sah, wie dieses Messer auf die Brust des Präsidenten zuging.«

Die Stabschefin berührte ihn am Arm. Ihre Fingernägel waren erstaunlich lang und perfekt manikürt. Sie hielt den Brieföffner hoch. »Das hier muss unter uns bleiben, Tim, in Ordnung? Weder der Präsident noch Burton erfahren davon.«

»Ich weiß nicht recht …«

Sie ergriff seine Hand. »Tim, ich brauche hierbei wirklich Ihre Unterstützung. Der Präsident hat keine Ahnung, was passiert ist. Und ich glaube, Burton steht der ganzen Sache augenblicklich nicht sehr rational gegenüber. Ich brauche jemanden, auf den ich mich verlassen kann. Ich brauche Sie, Tim. Das hier ist einfach zu wichtig. Sie verstehen das doch, nicht wahr? Wäre ich nicht sicher, dass Sie dem gewachsen sind, würde ich Sie nicht darum bitten.«

Er lächelte über das Kompliment und sah sie offenherzig an.

»Okay, Ms Russell. Was immer Sie sagen.«

Russell betrachtete das etwa achtzehn Zentimeter lange Metallstück, das beinahe ihre politischen Ambitionen zerstört hätte. Wäre der Präsident getötet worden, es hätte keine Möglichkeit gegeben, die Sache zu vertuschen. Vertuschen, das war ein hässliches Wort, aber oft unvermeidlich in der Welt der Spitzenpolitik. Beim Gedanken an die Schlagzeilen schauderte sie leicht. »Präsident tot aufgefunden, im Schlafzimmer des Hauses eines guten Freundes. Frau wegen Mordes verhaftet. Stabschefin Gloria Russell wird von den Parteiführern dafür verantwortlich gemacht.« Aber das war nicht geschehen. Und es würde nicht geschehen.

Der Gegenstand, den sie in der Hand hielt, war mehr wert als ein ganzer Berg waffentaugliches Plutonium, mehr als die gesamte Ölproduktion Saudi-Arabiens.

Wer konnte sagen, was mit diesem Gegenstand in ihrem Besitz alles möglich war? Vielleicht eine gemeinsame Russell-Richmond-Kandidatur? Die Möglichkeiten waren nahezu uneingeschränkt.

Sie lächelte, ließ den Beutel in der Handtasche verschwinden und legte sie auf den Nachttisch.

Der Schrei ließ Luther herumfahren.

Schmerz schoss durch seinen Nacken, und er hätte sich beinahe durch einen Laut verraten. Der Präsident stürmte ins Schlafzimmer. Die Augen waren weit aufgerissen, aber immer noch halb vom Alkohol umwölkt. Die Erinnerung an die letzten Stunden war wie eine Boeing 747 in seinem Gehirn gelandet.

Burton tauchte hinter ihm auf. Der Präsident rannte auf die Leiche zu. Russell und Collin stoppten ihn auf halbem Weg.

»Gottverdammt! Sie ist tot. Ich hab sie umgebracht. O gütiger Jesus, hilf mir. Ich habe sie getötet!« Brüllend, schluchzend, abermals brüllend versuchte er die Mauer vor sich zu durchbrechen, doch er war noch zu schwach. Burton hielt den Präsidenten von hinten zurück.

Mit einer verzweifelten Anstrengung riss Richmond sich los, raste durch das Zimmer und krachte gegen die Wand. Er fiel gegen den Nachttisch, und schließlich stürzte der Präsident der Vereinigten Staaten zu Boden und blieb, zusammengekrümmt wie ein Embryo, wimmernd neben der Frau liegen, mit der er die Nacht hatte verbringen wollen.

Angewidert beobachtete Luther die Szene. Er rieb sich den Nacken und drehte den Kopf hin und her. Die Unglaublichkeit der Ereignisse wurde langsam zu viel für ihn.

Unbeholfen setzte sich der Präsident auf; er machte einen völlig verwirrten Eindruck. Burton sah so aus, wie Luther sich fühlte, schwieg aber. Collin schaute zu Russell und wartete auf Anweisungen. Russell bemerkte den Blick und nahm die subtile Wachablösung wie selbstverständlich zur Kenntnis.

»Gloria?«

»Ja, Alan?«

Luther hatte gesehen, wie Russell das Messer anstarrte. Nun wusste er etwas, was sonst niemand im Raum wusste.

»Kommt wieder alles in Ordnung? Du bringst doch alles in Ordnung, Gloria, nicht wahr? Bitte! O Gott, Gloria!«

Sie legte ihm die Hand auf die Schulter, so beruhigend, wie sie es bei unzähligen Gelegenheiten während des Wahlkampfes getan hatte. »Es ist alles unter Kontrolle, Alan. Ich habe alles im Griff.«

Der Präsident war viel zu betrunken, um die Bedeutung ihrer Worte zu begreifen, doch das war ihr einerlei. Was er dachte, interessierte sie eigentlich nicht mehr.

Burton fasste an seinen Ohrempfänger und lauschte einen Augenblick angestrengt. Er wandte sich an Russell.

»Wir sollten besser schleunigst von hier verschwinden. Varney hat gerade einen Streifenwagen gesehen, der die Straße runterkommt.«

»Die Alarmanlage ...?« Fragend sah Russell ihn an.

Burton schüttelte den Kopf. »Wahrscheinlich ist es nur ein privater Wachdienst auf Routinefahrt, aber wenn er was Verdächtiges sieht ...« Er musste nichts weiter hinzufügen.

Ironischerweise war es in dieser reichen Gegend vermutlich die beste Tarnung, in einer Limousine wegzufahren. Sie dankte Gott für die Routine, die sie entwickelt hatte. Stets mietete sie Limousinen ohne Fahrer für Ausflüge dieser Art. Selbst wenn sie gesehen wurden, die Namen auf den Formularen waren allesamt falsch, Leihgebühr und Kaution waren bar bezahlt, und der Wagen wurde nach Dienstschluss abgeholt und zurückgegeben. Mit der ganzen Abwicklung ließen sich keine Gesichter in Verbindung bringen. Das Auto musste natürlich desinfiziert werden. Es würde sich für die Polizei als Sackgasse erweisen, sollte sie überhaupt je diese Spur verfolgen, was höchst zweifelhaft war.

»Gehen wir!« Russell wurde nun doch von leichter Panik ergriffen.

Sie halfen dem Präsidenten auf. Russell führte ihn hinaus. Collin packte die Beutel. Dann hielt er inne.

Luther schluckte schwer.

Collin drehte sich um, griff sich Russells Handtasche vom Nachttisch und eilte hinaus.

Burton nahm den kleinen Staubsauger in Betrieb, schloss seine Arbeit in dem Zimmer ab und verließ es, wobei er die Tür zumachte und das Licht abdrehte.

Luthers Welt wurde wieder pechschwarz.

Nun war er zum ersten Mal mit der toten Frau allein im Zimmer. Die anderen hatten sich offenbar an den blutigen Körper auf dem Boden gewöhnt; achtlos stiegen sie über das leblose Objekt hinweg oder daran vorbei. Luther aber hatte sich noch nicht mit der Anwesenheit der Toten abfinden können, die kaum zweieinhalb Meter entfernt lag.

Zwar konnte er die blutbefleckten Kleider und den leblosen Körper nicht mehr sehen, doch er wusste, dass beides da war. »Eine reiche Schlampe weniger«, würden manche auf der Straße denken, wenn auch nicht laut sagen. Ja, sie hatte ihren Mann betrogen, was ihn im Übrigen nicht zu stören schien. Aber sie hatte es nicht verdient, auf diese Weise zu sterben. Richmond hätte sie umgebracht, daran bestand kein Zweifel. Hätte sie nicht ihren überraschenden Gegenangriff gestartet, der Präsident wäre zum Mörder geworden.

Den Männern vom Secret Service konnte er eigentlich keine Schuld geben. Sie hatten nur ihre Aufgabe erledigt. Christine Sullivan hatte sich einfach den falschen Mann ausgesucht, den sie in der Hitze des Gefechts töten wollte. Vielleicht war es besser so. Wäre sie ein wenig schneller gewesen oder hätten die Agenten ein wenig langsamer reagiert, sie hätte vermutlich den Rest ihres Lebens hinter Gittern verbracht. Wahrscheinlich stand sogar die Todesstrafe auf Ermordung des Präsidenten.

Luther setzte sich auf den Stuhl. Seine Beine fühlten sich an wie Gummi. Er zwang sich zur Ruhe. Bald würde er sich auf die Socken machen müssen, als wäre der Teufel hinter ihm her.

Es gab eine Menge zu überdenken. Schließlich war Luther Whitney nichts ahnend zum Verdächtigen Nummer eins bei einem Verbrechen geworden, das zweifellos als abstoßend und grauenvoll angesehen werden musste. Der Reichtum des Opfers würde einen gewaltigen Ermittlungsaufwand bedingen, der für die Ergreifung des Übeltäters bürgen sollte. Aber die Aussichten, dass man in der Pennsylvania Avenue 1600 nach dem Mörder suchte, waren gleich Null. Man würde in eine andere Richtung ermitteln, und trotz Luthers ausgeklügelter Vorbereitungen war es durchaus möglich, dass sie ihn aufspürten. Er war gut, sehr gut sogar, doch er war auch noch nie mit den Kräften konfrontiert gewesen, die man auf dieses Verbrechen ansetzen würde.

Rasch ging er den gesamten Plan durch, der zu dieser Nacht geführt hatte. Dabei stieß er auf keine offensichtlichen Fehler, aber für gewöhnlich waren es die weniger offensichtlichen, über die man stolperte. Luther schluckte, beugte und dehnte die Finger und streckte die Beine, um sich zu beruhigen. Eins nach dem anderen. Noch war er nicht hier raus. Vieles konnte schief gehen, und das eine oder andere davon würde schief gehen.

Zwei Minuten wollte er noch warten. In Gedanken zählte er die Sekunden, stellte sich vor, wie sie in den Wagen stiegen. Gewiss würden sie auf ein Geräusch oder Zeichen der Streife warten, ehe sie losfuhren.

Leise öffnete Luther den Sack, der einen Großteil des Inhalts dieses Raumes enthielt. Beinahe hatte er vergessen, dass er hergekommen war, um zu stehlen, und auch gestohlen hatte. Sein Wagen stand gut eine Viertelmeile weit entfernt. Gott sei Dank hatte er schon vor vielen Jahren mit dem Rauchen aufgehört; jeden Kubikzentimeter Luft in den Lungen würde er jetzt dringend brauchen. Wie viele Agenten des Secret Service hatte er als Gegner? Mindestens vier. Scheiße!

Die verspiegelte Tür schwang auf, und Luther betrat das Zimmer. Nochmals betätigte er die Fernbedienung und warf sie zurück auf den Stuhl, während die Tür zuglitt.

Sein Blick fiel auf das Fenster. Er hatte bereits einen zweiten Fluchtweg durch diese Öffnung geplant. In seinem Sack befand sich eine Dreißig-Meter-Rolle extrem starken Nylonseils, mit Knoten in Abständen von fünfzehn Zentimetern.

Um die Leiche machte er einen weiten Bogen, sorgsam darauf bedacht, nicht in die Blutflecken zu treten, deren Lage er sich genau eingeprägt hatte. Nur einen einzigen, flüchtigen Blick warf er auf die Überreste von Christine Sullivan. Ihr Leben war dahin, unwiederbringlich. Luther musste sich darum kümmern, sein eigenes zu retten.

In wenigen Sekunden erreichte er den Nachttisch und fasste dahinter.

Luthers Finger fanden den Plastikbeutel. Als der Präsident gegen das Möbelstück geprallt war, hatte er dadurch Gloria Russells Handtasche umgeworfen. Der Plastikbeutel und sein ungemein wertvoller Inhalt waren herausgefallen und hinter den Nachttisch gerutscht.

Durch das Plastik betastete Luther die Klinge des Brieföffners, bevor er ihn in seinem Sportbeutel verschwinden ließ. Rasch ging er ans Fenster und schaute abwägend hinaus. Die Limousine und der Kastenwagen waren immer noch da. Das war nicht gut.

Er durchquerte das Zimmer, holte das Seil hervor und sicherte es unter einem Bein der unglaublich schweren Kommode. Dann zog er das Seil zu dem Fenster, welches auf die hintere Seite des Hauses führte, die von der Straße aus auch nicht einzusehen war. Behutsam öffnete Luther das Fenster und betete um ein gut geöltes Scharnier. Das nahezu geräuschlose Aufgleiten war seine Belohnung.

Er warf das Seil hinaus und beobachtete, wie es sich entlang der Ziegelmauer des Hauses nach unten wand.

Gloria Russell blickte die massive Front der Villa empor. Dahinter steckte eine Menge Geld. Geld und eine Stellung, die Christine Sullivan nicht verdient hatte. Beides hatte sie durch ihre Titten erlangt, den kunstvoll zur Schau gestellten Hintern und ihr wertloses Geschwätz. Es musste den alternden Walter Sullivan irgendwie beeindruckt, ein Gefühl in ihm geweckt haben, das lange Zeit in den Tiefen seiner Seele geschlummert hatte. In einem halben Jahr würde er sie nicht mehr vermissen. Seine Welt unantastbaren Reichtums und unglaublicher Macht würde sich weiterdrehen.

Dann traf es sie wie ein Blitz.

Sie war bereits halb aus der Limousine gesprungen, als Collin sie am Arm packte. Er hielt die Ledertasche hoch, die sie in Georgetown für hundert Dollar gekauft hatte und die nun für sie unvergleichbar mehr wert war. Sie sank zurück in den Sitz, ihre Atmung beruhigte sich. Beinahe beschämt lächelte sie Collin an.

Der Präsident, der wie ein Mehlsack in sich zusammengesunken war, bemerkte den Blickwechsel nicht.

Russell lugte in die Tasche, nur um sicherzugehen. Sie riss den Mund weit auf, die Hände durchwühlten panisch den Inhalt der Tasche. All ihre Willenskraft musste sie aufbieten, um nicht laut aufzukreischen, als sie den jungen Agenten entsetzt anstarrte. Der Brieföffner war nicht da. Er musste noch im Haus sein.

Collin rannte die Treppen zum Haus zurück; der völlig verwirrte Burton hetzte hinter ihm her.

Luther befand sich auf halbem Weg die Mauer hinunter, als er sie kommen hörte.

Noch drei Meter.

Sie rissen die Tür auf.

Noch eineinhalb Meter.

Verblüfft starrten die beiden Agenten des Secret Service auf das Seil. Burton hechtete danach.

Noch ein halber Meter. Luther ließ das Seil fahren und sprintete los.

Burton stürzte ans Fenster. Collin stieß den Nachttisch zur Seite: Nichts. Er hetzte zu Burton ans Fenster. Luther war bereits um die Ecke verschwunden. Burton wollte gerade aus dem Fenster klettern, doch Collin hielt ihn zurück. Der Weg, den sie gekommen waren, würde schneller sein.

Sie stürmten zur Tür hinaus.

Luther preschte durch das Maisfeld. Er achtete nicht mehr darauf, ob er Spuren hinterließ, es ging nur noch darum, den Rest der Nacht zu überleben. Der Sportbeutel behinderte ihn ein wenig, doch er hatte während der letzten Monate zu hart gearbeitet, um nun mit leeren Händen abzuziehen.

Er brach aus der schützenden Deckung der Maisstauden hervor und sah sich in die gefährlichste Phase seiner Flucht katapultiert: etwa hundert Meter offenes Gelände. Der Mond war zwar hinter dichten Wolken verschwunden, und es gab keine Straßenbeleuchtung auf dem Land; es sollte nahezu unmöglich sein, ihn in der schwarzen Kleidung auszumachen. Doch das menschliche Auge war meisterlich darin, Bewegungen in der Dunkelheit aufzuspüren, also rannte er, so schnell er konnte.

Die zwei Agenten des Secret Service hielten einen Augenblick bei dem Kastenwagen an. Gemeinsam mit Agent Varney starteten sie wieder los und hetzten weiter.

Russell ließ das Fenster hinunter und sah ihnen nach. Bestürzung stand ihr ins Gesicht geschrieben. Sogar der Präsident merkte, dass etwas vor sich ging, doch sie beruhigte ihn rasch, und er verfiel wieder in seinen Halbschlaf.

Collin und Burton setzten Nachtsichtgeräte auf; sofort ähnelte ihr Blickfeld einer Art von Computerspiel. Wärmeenergiefelder erschienen rot, alles andere war dunkelgrün.

Agent Travis Varney, ein großer, langbeiniger Bursche, wusste nur vage, worum es ging. Er lief vor ihnen, mit den geübten Bewegungen des Tausendfünfhundertmeter-Läufers, der er am College gewesen war.

Varney war seit drei Jahren beim Secret Service. Er war ungebunden, gab sich ganz seinem Beruf hin und betrachtete Burton als Ersatz für den Vater, der aus Vietnam nicht wieder zurückgekommen war. Sie verfolgten jemanden, der etwas in diesem Haus angerichtet hatte. Etwas, das den Präsidenten betraf; deshalb betraf es auch Varney. Er bewunderte und respektierte Alan Richmond, und sollte es ihm gelingen, den Unbekannten einzuholen, dann gnade ihm Gott ...

Luther hörte die Geräusche der hinter ihm herjagenden Männer. Sie hatten die Verfolgung schneller aufgenommen, als er gedacht hatte. Sein Vorsprung war zwar geschwunden, dennoch sollte er ausreichen. Einen schweren Fehler hatten sie begangen, indem sie nicht in den Kastenwagen gesprungen und hinter ihm hergefahren waren. Sie mussten schließlich damit rechnen, dass er ein Fahrzeug hatte und nicht etwa mit dem Hubschrauber eingeschwebt war. Es war nicht so, dass er den Fehler bedauerte. Vielmehr war Luther dankbar, dass sie nicht ganz so ausgebufft waren, wie sie hätten sein müssen. Andernfalls dürfte er den nächsten Sonnenaufgang wohl nicht mehr erleben.

Er nahm eine Abkürzung über einen Waldweg, den er bei seiner letzten Begehung des Geländes entdeckt hatte. Das brachte ihm etwa eine Minute ein. Sein Atem ging stoßweise, wie Maschinengewehrfeuer. Die durchgeschwitzten Kleider klebten schwer an ihm; die Beine schienen sich in Zeitlupe zu bewegen, wie in einem Albtraum.

Endlich brach er aus dem Wald hervor, erblickte den Wagen und war erneut dankbar dafür, dass er sich die Zeit genommen hatte, ihn hier abzustellen.

Hundert Meter hinter ihm sahen Burton und Collin erstmals eine andere Wärmeenergie auf dem Bildschirm als jene Varneys. Es war ein Mann, der rannte, verzweifelt rannte. Ihre Hände flogen an die Schulterhalfter. Keiner trug eine Waffe, die für große Entfernungen konstruiert war, doch sie hatten im Augenblick keine Zeit, sich darüber Gedanken zu machen.

Ein Motor brüllte auf; Burton und Collin liefen, als klebte ein Tornado an ihren Fersen.

Varney war immer noch links vor ihnen. Er hatte die bessere Schussposition, aber würde er auch feuern? Etwas sagte den beiden, dass er es nicht tun würde; es war nicht Teil seiner Ausbildung gewesen, auf einen Flüchtenden zu schießen, der keine Gefahr für den Mann darstellte, den zu beschützen er geschworen hatte. Doch Varney wusste auch nicht, dass hier weit mehr auf dem Spiel stand als das Leben eines Menschen. Es ging um eine ganze Institution, die unwiderruflich zusammenbrechen konnte. Darüber hinaus war die Karriere zweier Secret-Service-Agenten gefährdet, die überzeugt waren, nichts falsch gemacht zu haben, aber auch intelligent genug, um zu wissen, dass man ihnen einen Großteil der Schuld in die Schuhe schieben würde.

Burton war nie ein großer Läufer gewesen, aber bei diesen Gedanken beschleunigte er die Schritte, dass der jüngere Collin nur noch mühevoll mithalten konnte. Dennoch wusste Burton, dass es zu spät war. Er wurde bereits langsamer, als der Wagen losschoss und von ihnen wegraste. Augenblicke später war er bereits zweihundert Meter die Straße hinuntergebraust.

Burton hielt an, fiel auf die Knie, zielte mit der Waffe, doch alles, was er noch sehen konnte, war der Staub, den das davonpreschende Fahrzeug aufwirbelte. Dann gingen die Rücklichter aus, und Sekunden später hatte er das Ziel aus den Augen verloren.

Er wandte sich um und erblickte Collin, der neben ihm stand und auf ihn herabstarrte, während ihm die ganze Tragweite des Geschehens zu Bewusstsein kam. Langsam erhob sich Burton und steckte die Waffe weg. Er nahm die Nachtsichtgläser ab. Collin tat es ihm gleich.

Sie sahen einander an.

Burton holte tief Luft; seine Knie zitterten. Nun, da der Adrenalinfluss versiegte, reagierte der Körper auf die eben durchgemachte Anstrengung. Es war vorbei, oder etwa nicht?

Dann kam Varney gelaufen. Burton war nicht zu müde, um mit einem Anflug von Neid – und auch ein bisschen Stolz – zu bemerken, dass der junge Mann noch nicht einmal außer Atem war. Er würde dafür sorgen, dass Varney und Johnson nicht mit ihnen untergingen. Sie hatten es nicht verdient.

Für ihn und Collin gab es keine Rettung, aber das war's dann auch. Es tat ihm Leid wegen Collin, doch daran konnte er nichts ändern. Als jedoch Varney die Stimme erhob, drang in Burtons düstere Zukunftsvisionen ein kleiner Funken Hoffnung.

»Ich habe das Kennzeichen, Boss.«

»Wo, zum Teufel, hat er sich versteckt?« Ungläubig sah sich Russell im Schlafzimmer um. »War er etwa unter dem verfluchten Bett?«

Sie versuchte, Burton in Grund und Boden zu starren. Der Kerl war nicht unter dem Bett gewesen, ebenso wenig in einem der Schränke. Burton hatte überall dort nachgesehen, als er das Zimmer desinfizierte. Das teilte er Russell unmissverständlich mit.

Burton betrachtete das Seil, dann das offene Fenster.

»Himmel, es scheint, als hätte uns der Kerl die ganze Zeit beobachtet, als hätte er genau gewusst, wann wir das Haus verlassen haben.« Burton beendete den Satz, dann sah er sich nach weiteren unerwünschten Gästen um, die sich möglicherweise irgendwo versteckt hielten. Sein Blick fiel auf den Spiegel, wanderte weiter, hielt inne, und wanderte zurück.

Er starrte auf den Teppich vor dem Spiegel.

Immer und immer wieder war er mit dem Staubsauger darüber gefahren, bis er glatt gewesen war. Der teure Plüschteppich war gut einen halben Zentimeter dicker gewesen, als er damit fertig war, vielleicht sogar mehr. Niemand war dort aufgetreten, seit sie ins Zimmer zurückgekommen waren.

Und dennoch, als er sich hinunterbeugte, entdeckte er grobe Fußspuren. Vorher hatte er sie nicht bemerkt, da der ganze Bereich niedergedrückt schien, als ob etwas herausgeschwungen wäre … Er streifte die Handschuhe über, lief zum Spiegel, und zerrte und fummelte an dessen Rändern herum. Dann brüllte er Collin zu, er sollte Werkzeug holen, während Russell verblüfft zusah.

Burton setzte die Brechstange etwa in der Mitte der Seitenleiste des Spiegels an. Collin und er stemmten sich mit voller Kraft dagegen. Das Schloss war nicht übermäßig stark. Das Schutzprinzip beruhte mehr auf Täuschung denn auf Widerstandsfähigkeit.

Ein quietschendes Geräusch ertönte, gefolgt von einem Krachen, dann schwang die Tür auf.

Burton stürmte hinein, gleich hinter ihm Collin. An der Wand befand sich ein Lichtschalter. Das Licht ging an, und die Männer sahen sich um.

Russell spähte hinein und entdeckte den Stuhl. Als sie sich umwandte, versteinerte ihr Blick. Dort, wo der Spiegel gewesen wäre, starrte sie genau auf das Bett. Das Bett, auf dem sie vor kurzem … Sie rieb sich die Schläfen, als ein plötzlicher Schmerz durch ihren Kopf zuckte.

Ein Einwegspiegel.

Sie drehte sich um. Burton schaute über ihre Schulter hinweg auf die Spiegeltür. Seine Bemerkung darüber, dass jemand sie beobachtet haben musste, hatte sich soeben als prophetisch erwiesen.

Hilflos starrte er Russell an. »Er muss die ganze Zeit über hier gewesen sein. Die ganze verdammte Zeit. Scheiße, das ist kaum zu glauben. Wahrscheinlich hat er eine Menge mitgehen lassen, Bargeld und Wertsachen.«

»Wen interessiert das!«, fuhr Russell ihn an und deutete auf den Spiegel. »Dieser Kerl hat alles gehört und gesehen, und Sie haben ihn entwischen lassen.«

»Wir haben sein Autokennzeichen.« Collin hoffte auf ein weiteres Lächeln als Belohnung. Er bekam es nicht.

»Und? Glauben Sie, er legt jetzt die Hände in den Schoß und wartet, bis wir seine Adresse herausgefunden haben und bei ihm an die Tür klopfen?«

Russell setzte sich auf das Bett. Ihre Gedanken wirbelten durcheinander. Wenn der Kerl da drin gewesen war, hatte er alles gesehen. Sie schüttelte den Kopf. Eine ernste, aber kontrollierbare Lage hatte sich plötzlich in eine unzusammenhängende Katastrophe verwandelt, die sie ganz und gar nicht mehr unter Kontrolle hatte. Besonders angesichts der Information, die Collin ihr anvertraut hatte, als sie ins Schlafzimmer gekommen war.

Der Kerl hatte den Brieföffner! Fingerabdrücke, Blut, alles, alles wies geradewegs auf das Weiße Haus.

Sie schaute zum Spiegel hinüber, vor dem sie kurz zuvor den Präsidenten bestiegen hatte. Instinktiv zog sie die Jacke enger. Plötzliche Übelkeit ergriff Besitz von ihr; sie klammerte sich an den Bettpfosten.

Burton trat aus dem Tresorraum. »Hey, er hat ein Verbrechen begangen. Er kann ziemlichen Ärger bekommen, wenn er zu den Bullen geht.« Dieser Gedanke war Burton gekommen, als er sich im Tresorraum umsah.

Er hätte besser zweimal darüber nachdenken sollen.

Russell unterdrückte den starken Drang, sich zu übergeben. »Er muss sich nicht unbedingt stellen, um ihnen das hier zu erzählen, Burton. Verflucht noch mal, haben Sie schon mal etwas von Telefon gehört? Wahrscheinlich ruft er gerade die *Washington Post* an. VERDAMMT! Und danach die Boulevardpresse, und Ende der Woche können wir ihn vermutlich bei Talk-Shows erleben, die ihn mit verdecktem Gesicht von irgendeiner kleinen Insel einspielen, auf die er sich zurückgezogen hat. Dann kommt das Buch und dann der Film. SCHEISSE!«

Russell sah vor sich, wie ein gewisses Päckchen in Donald Grahams Büro bei der Post ankam oder beim FBI im J. Edgar Hoover Building oder im Büro der Bundesstaatsanwaltschaft oder im Büro des Minderheitssprechers des Senats. All das waren mögliche Adressen, die ein Maximum an politischem Schaden anrichten konnten, ganz zu schweigen vom rechtlichen Nachspiel.

Die beiliegende Nachricht würde dazu auffordern, die Fingerabdrücke und das Blut mit Gewebeproben des Präsidenten der Vereinigten Staaten zu vergleichen. Wie ein Witz würde es sich anhören; trotzdem würden sie es tun. Selbstverständlich würden sie es tun. Richmonds Fingerabdrücke waren bereits archiviert. Die DNA würde übereinstimmen. Man würde die Leiche finden, das Blut überprüfen und sie mit Fragen überhäufen, auf die sie unmöglich Antworten finden konnten.

Sie waren erledigt; sie waren so gut wie tot. Und dieser Mistkerl hatte einfach hier gesessen und auf seine Chance gewartet. Dabei hatte er noch gar nicht gewusst, dass ihm diese Nacht den größten Erfolg seines Lebens bescheren sollte. Nicht bloß Dollars. Er konnte einen Präsidenten mit wehenden Fahnen in den Untergang schicken, ihn ohne Hoffnung auf Überleben zur Erde krachen lassen. Wie oft bot sich eine derartige Gelegenheit? Bernstein und Woodward waren zu Helden geworden, nachdem sie den Watergateskandal aufgedeckt hatten. Das hier war Watergate in vielfacher Potenz. Es war verdammt noch mal zu viel, um damit fertig zu werden.

Nur mit Mühe schaffte es Russell bis ins Badezimmer. Burton betrachtete die Leiche, dann sah er Collin an. Keiner sprach ein Wort. Ihre Herzen schlugen schneller, während sich die Erkenntnis über das Ausmaß der Situation wie eine bleierne Wolke auf sie senkte. Da ihnen nichts anderes einfiel, holten Burton und Collin pflichtbewusst die Desinfektionsausrüstung wieder hervor, während Russell sich übergab. Innerhalb einer Stunde hatten sie wieder alles verpackt und waren verschwunden.

Leise zog Luther die Tür hinter sich zu.

Vermutlich hatte er bestenfalls ein paar Tage, vielleicht

auch weniger. Er ging das Risiko ein, Licht anzumachen. Rasch flogen seine Augen über die Einrichtung des Wohnzimmers.

Sein zuvor normales – oder annähernd normales – Leben hatte sich in einen Albtraum verwandelt.

Luther nahm den Rucksack ab, schaltete das Licht aus und schlich ans Fenster.

Nichts; alles war ruhig. Die Flucht aus dem Haus war die nervenaufreibendste Erfahrung seines Lebens gewesen, schlimmer noch als der Ansturm schreiender Nordkoreaner im Krieg. Immer noch zuckten seine Hände. Auf dem Rückweg schien jedes Auto die Scheinwerfer direkt in sein Gesicht zu bohren, um dort nach dem entsetzlichen Geheimnis zu fahnden. Zweimal war ein Streifenwagen an ihm vorbeigefahren; der Schweiß war ihm von der Stirn geströmt, und seine Kehle war wie zugeschnürt gewesen.

Er hatte den Wagen wieder zum Verwahrungsparkplatz für sichergestellte Fahrzeuge gebracht, von wo er ihn zuvor »geliehen« hatte. Das Kennzeichen würde sie nicht weiterbringen, aber vielleicht irgendetwas anderes.

Luther bezweifelte, dass sie ihn richtig gesehen hatten. Selbst wenn, wären ihnen nur seine Größe und Statur bekannt. Alter, Rasse und Gesichtszüge mussten ihnen verborgen geblieben sein, und ohne das hatten sie nichts in der Hand. Und nach der Geschwindigkeit, mit der er gerannt war, nahmen sie wahrscheinlich an, er wäre ein jüngerer Mann. Es gab nur ein Leck, und er hatte auf der Rückfahrt darüber nachgedacht, wie er es stopfen konnte. Für den Augenblick begnügte er sich damit, so viel aus den letzten dreißig Jahren zusammenzupacken, wie in zwei Taschen Platz fand; hierher würde er niemals zurückkehren.

Morgen früh wollte er sein Konto leer räumen. Mit dem Geld konnte er sich ziemlich weit absetzen. In seinem langen Leben hatte er mehr als genug Gefahren getrotzt. Aber die Wahl zwischen Untertauchen und einem Kampf gegen den Präsidenten der Vereinigten Staaten bedurfte keiner langen Überlegung.

Die Beute dieser Nacht hatte Luther an einem sicheren Ort versteckt. Drei Monate Arbeit für einen Preis, der ihn das Leben kosten konnte.

Er schloss die Tür hinter sich ab und verschwand in der Nacht.

KAPITEL 4

Um sieben Uhr morgens öffneten sich die vergoldeten Lifttüren, und Jack betrat das aufwändig dekorierte Areal, das Patton, Shaw & Lord als Empfang diente.

Lucinda war noch nicht da, deshalb war die zentrale Empfangstheke unbesetzt, ein Stück aus solidem Teakholz, das gut tausend Pfund wiegen mochte, wobei jedes Pfund etwa zwanzig Dollar gekostet hatte.

Er schlenderte unter dem sanften Licht der Wandleuchten den hellen Flur entlang, wandte sich nach rechts, dann nach links, und öffnete eine Minute später die massive Eichentür zu seinem Büro. Im Hintergrund kündete das Läuten unzähliger Telefone davon, dass die Stadt zu einem weiteren Arbeitstag erwachte.

Sechs Stockwerke und gut zehntausend Quadratmeter Nutzfläche in einer der besten Adressen der Innenstadt beherbergten über zweihundert hoch bezahlte Anwälte; außerdem gab es eine zweistöckige Bibliothek, einen vollständig ausgestatteten Fitnessraum, eine Sauna, Duschen und Umkleideräume für Männer und Frauen, zehn Konferenzräume, Hilfspersonal im Umfang von mehreren hundert Personen sowie – und das war am wichtigsten – eine Klientenliste, die sich jede größere Firma im Land gewünscht hätte. Das war das Imperium von Patton, Shaw & Lord.

Die Firma hatte die magere Zeit gegen Ende der achtziger Jahre überdauert und nach der Rezession kräftig zugelegt. Nun lief das Geschäft auf vollen Touren, denn viele der Mitbewerber hatten zwischenzeitlich Personal abgebaut.

Für jeden Rechtsbereich – zumindest für die lukrativsten – verfügte man über die besten Anwälte. Viele hatte man anderen führenden Firmen abgeworben, indem man sie mit Eintrittsprämien köderte, außerdem mit dem Versprechen, nicht zu sparen, wenn es um die Werbung neuer Klienten ging.

Drei ranghohe Teilhaber waren von der derzeitigen Regierung in Spitzenpositionen gehievt worden. Die Firma hatte ihnen Abfindungen in Höhe von über zwei Millionen Dollar gezahlt, unter anderem für die stillschweigende Vereinbarung, dass sie nach ihrer Amtszeit in die Firma zurückkehrten und zig Millionen Dollar aus Rechtsgeschäften mitbrächten, die ihre neu erworbenen Kontakte im In- und Ausland versprachen.

Die ungeschriebene, aber strikt befolgte Regel der Firma war, keine Klienten anzunehmen, deren Anliegen nicht mindestens Honorarnoten über hunderttausend Dollar rechtfertigten. Die Geschäftsführung hatte entschieden, dass alles darunter nur Zeitverschwendung für die Firma wäre. Und trotz Einhaltung dieser Regel florierte das Geschäft. Die Leute kamen in die Hauptstadt der Nation, weil sie die Besten suchten, und sie waren bereit, für dieses Privileg zu bezahlen.

Die Firma hatte nur eine Ausnahme von der Regel gestattet, und ironischerweise handelte es sich dabei um Jacks einzigen Klienten neben Baldwin. Er hatte im Sinn, die Regel zunehmend auf die Probe zu stellen. Wenn er bei dieser Firma blieb, dann sollte es zu seinen eigenen Bedingungen geschehen, soweit das möglich war. Er war sich bewusst, dass er diesbezüglich fürs Erste nur mit kleinen Erfolgen rechnen konnte, aber damit konnte er leben.

Er setzte sich an den Schreibtisch, öffnete den mitgebrachten Kaffeebecher und sah die Post durch. Patton, Shaw & Lord hatte fünf Küchen und drei ganztags beschäftigte Hauswirtschafterinnen, die sogar über eigene Computer verfügten. In der Firma wurden täglich vermutlich fünfhundert Kannen Kaffee konsumiert, aber Jack brachte sich den seinen von dem kleinen Kiosk an der Ecke mit, denn er konnte das Zeug nicht leiden, das er hier bekam – eine importierte Spezialmischung, die ein Vermögen kostete und wie Pferdemist mit Seetang schmeckte.

Jack lehnte sich auf dem Sessel zurück und betrachtete sein Büro. Für das Büro eines Sozius einer großen Firma war es ziemlich geräumig, etwa viereinhalb mal viereinhalb Meter, und es bot einen hübschen Ausblick auf die Connecticut Avenue.

Bei der Pflichtverteidigerschaft hatte Jack ein Büro mit einem anderen Anwalt geteilt. Es hatte kein Fenster gegeben, nur ein riesiges Poster, das einen Strand in Hawaii zeigte. Jack hatte es an einem entsetzlich kalten Morgen aufgehängt. Aber der Kaffee hatte dort besser geschmeckt.

Sobald man ihn zum Teilhaber machte, würde er ein neues Büro bekommen, zweimal so groß. Vielleicht noch kein Eckbüro, doch selbst das war absolut möglich. Mit Baldwin als Klient war er nun der viertgrößte Devisenbringer der Firma, und die obersten drei waren bereits über fünfzig beziehungsweise sechzig Jahre alt und verbrachten mehr Zeit auf dem Golfplatz als im Büro. Er sah auf die Uhr. Zeit, sich in die Arbeit zu stürzen.

Normalerweise war Jack einer der ersten im Büro, aber bald schon würde reges Treiben herrschen. Patton, Shaw & Lord zahlten Gehälter, die denen der besten New Yorker Unternehmen entsprachen; dafür erwarteten sie jedoch auch uneingeschränkten Einsatz. Die Firmen, die sie vertraten, waren von enormer Größe, ebenso ihre juristischen Ansprüche. Auf diesem Niveau konnte ein Fehler zur Folge haben, dass ein Rüstungsauftrag über vier Milliarden Dollar den Bach hinunter ging oder eine ganze Stadt den Bankrott erklären musste.

Jeder ihm bekannte Sozius und Juniorpartner der Firma klagte über Magenbeschwerden, ein Viertel von ihnen unterzog sich der einen oder anderen Therapie. Oft betrachtete Jack die bleichen Gesichter und schlaffen Körper, wenn sie Tag um Tag durch die makellosen Gänge von

PS&L schlurften, gebeugt unter der Last einer weiteren juristischen Schwerstaufgabe. Das war der Preis für eine Gehaltsstufe, die sie bundesweit unter die obersten fünf Prozent aller Berufsgruppen reihte.

Ihm allein blieb das Buhlen um die Teilhaberschaft erspart. Die Klientel, die man anwarb, war der große Gleichmacher im juristischen Gewerbe. Zwar war er erst seit etwa einem Jahr bei PS&L, ein Neuling im Körperschaftsrecht, doch man zollte ihm genauso viel Respekt wie den ranghöchsten und erfahrensten Mitarbeitern der Firma.

Eigentlich müsste er sich deshalb schuldig fühlen, dieser unverdienten Gunst halber. Und das hätte er auch, wäre er nicht so restlos unglücklich über sein übriges Leben gewesen.

Jack steckte den letzten Mini-Doughnut in den Mund, beugte sich auf dem Sessel vor und schlug eine Akte auf. Vertragsangelegenheiten waren oft eintönig, und angesichts seiner juristischen Qualifikationen mochten solche Aufgaben nicht unbedingt besonders aufregend erscheinen. Pachtverträge prüfen, Einträge ins Handelsregister vorbereiten, Gesellschaften mit beschränkter Haftung errichten, Vertragsvereinbarungen abklopfen und Papiere für finanzielle Transaktionen aufsetzen – all das gehörte zur täglichen Arbeit, und die Tage wurden immer länger; aber er lernte schnell. Das musste er auch, um zu überleben; denn seine Kenntnisse aus dem Gerichtssaal waren hier praktisch nutzlos.

Aus alter Tradition übernahm die Firma keine Rechtsstreitigkeiten. Man zog es vor, sich auf die lukrativeren und weniger riskanten Körperschafts- und Steuerangelegenheiten zu beschränken. Tauchte ein Rechtsstreit auf, so wurde er an eine von mehreren ausgewählten, hochrangigen Kanzleien übergeben, die sich ausschließlich mit derlei Dingen beschäftigten. Diese wiederum verwiesen sämtliche Klienten, die keinen Prozessbeistand benötigten, an Patton, Shaw & Lord. Es war eine Übereinkunft, die sich über die Jahre hinweg hervorragend bewährt hatte.

Bis Mittag hatte Jack zwei Aktenstapel aus dem Eingangspostkorb in den Ausgangspostkorb transferiert, drei letzte Checklisten für vertragsreife Abschlüsse sowie ein paar Briefe diktiert – und vier Anrufe von Jennifer entgegengenommen, die ihn an das Dinner im Weißen Haus erinnerte, an dem sie heute Abend teilnehmen würden.

Ihr Vater sollte von irgendeiner Organisation zum Geschäftsmann des Jahres gekürt werden. Es sprach Bände über die enge Beziehung des Präsidenten zur Geschäftswelt, dass ein solches Ereignis einen Empfang im Weißen Haus wert war. Zumindest aber bot sich Jack auf diese Weise die Gelegenheit, den Mann einmal aus der Nähe zu sehen. Zwar würde er ihn wohl kaum persönlich kennen lernen, aber man konnte ja nie wissen.

»Haben Sie eine Minute Zeit?« Barry Alvis steckte den zunehmend kahler werdenden Kopf zur Tür herein. Er war Leitender Sozius, was bedeutete, dass er bei der Vergabe der Teilhaberschaft bereits dreimal übergangen worden war. Tatsächlich würde er niemals die nächste Sprosse der Karriereleiter erklimmen. Er war intelligent und arbeitete hart; jede Firma konnte sich glücklich schätzen, einen Anwalt wie ihn in den Reihen zu haben. Doch seine Redegewandtheit und damit die Fähigkeit, Kunden zu werben, war gleich Null. Pro Jahr verdiente Alvis hundertvierzigtausend Dollar, und er arbeitete hart genug, um weitere fünfzehntausend jährlich an Prämien zu kassieren. Seine Frau war nicht berufstätig, die Kinder besuchten Privatschulen, er fuhr einen einigermaßen neuen BMW; er hatte somit wenig, worüber er sich beklagen konnte.

Alvis war ein überaus erfahrener Anwalt, der auf zehn Jahre intensiver und hochkarätiger Vertragsarbeit zurückblickte, und er hatte allen Grund, Jack seine Position übel zu nehmen. Was er auch tat.

Jack winkte ihn herein. Er wusste, dass Alvis ihn nicht

mochte, wusste warum und ließ es dabei bewenden. Er konnte genauso viel einstecken wie alle anderen auch, wenngleich mit dem Bewusstsein, dass er sich zur Wehr setzen könnte, wenn es nicht mehr anders ginge.

»Jack, wir müssen die Bishop-Fusion ankurbeln.« Verblüfft sah Jack ihn an. Diese Transaktion, eine äußerst lästige Angelegenheit, war abgeblasen worden. Zumindest hatte er das angenommen. Mit zitternden Händen zog er einen Notizblock hervor.

»Ich dachte, Raymond Bishop wollte sich nicht mit TCC einlassen.«

Alvis nahm Platz, legte die fast vierzig Zentimeter dicke Akte, die er bei sich trug, auf den Tisch und lehnte sich zurück.

»Manche Geschäfte sterben und stehen dann aus dem Grab wieder auf. Wir brauchen Ihre Stellungnahme über die Unterlagen zur Sekundärfinanzierung bis morgen Nachmittag.«

Jack ließ beinahe den Kugelschreiber fallen. »Das sind vierzehn Verträge und über fünfhundert Seiten, Barry. Wann haben Sie das erfahren?«

Alvis stand auf. Jack glaubte, ein verstohlenes Lächeln auf dem Gesicht des Mannes zu erkennen.

»Fünfzehn Verträge, die offizielle Seitenzahl beträgt sechshundertdreizehn, einzeilig geschrieben. Anlagen nicht mitgezählt. Danke, Jack, PS&L weiß es zu schätzen.« Er drehte sich um. »Oh, viel Spaß beim Präsidenten heute Abend. Und grüßen Sie Ms Baldwin.«

Alvis ging hinaus.

Jack betrachtete den Stapel und rieb sich die Schläfen. Er fragte sich, wann der kleine Mistkerl tatsächlich erfahren hatte, dass die Bishop-Fusion wieder zum Leben erweckt worden war. Irgendetwas sagte ihm, dass es nicht erst heute Morgen geschehen war.

Er sah auf die Uhr. Über das Sprechgerät wies er seine Sekretärin an, alle Termine für den Rest des Tages abzusagen; dann packte er die vier Kilo schwere Akte und machte sich auf den Weg zu Konferenzraum Nummer neun. Es war der kleinste und abgelegenste Konferenzraum der Firma, ideal, um sich zurückzuziehen. Wenn er sich dort sechs Stunden in die Arbeit hineinkniete, zu dem Empfang ging, danach das Weite suchte, die Nacht durchrackerte, sich im Dampfbad duschte und rasierte und dann seine Stellungnahme abfasste, würde er es gerade noch schaffen, sie bis drei, spätestens vier Uhr auf Alvis' Schreibtisch zu packen. Der kleine Dreckskerl!

Nach vier Verträgen aß Jack die letzten Chips, trank die Cola aus, zog die Jacke an und rannte die zehn Stockwerke zur Lobby hinunter.

Vor seiner Wohnung sprang er aus dem Taxi. Er blieb abrupt stehen, als er sah, was auf der Straße parkte.

Es war ein Jaguar. Das Wunschkennzeichen »SUCCESS« bestätigte, dass seine künftige Angetraute oben auf ihn wartete. Wahrscheinlich war sie wütend auf ihn. Jennifer Baldwin ließ sich niemals dazu herab, in seine Wohnung zu kommen, wenn sie nicht über irgendetwas verärgert war und ihn das wissen lassen wollte.

Die Uhr verriet ihm, dass er zwar ein wenig spät dran war, es aber immer noch leicht schaffen konnte. Während Jack die Eingangstür aufsperrte, rieb er sich das Kinn; vielleicht konnte er sich eine Rasur sparen, um so zusätzlich Zeit zu gewinnen.

Jennifer saß auf der Couch, über die sie vorsorglich eine Decke gebreitet hatte. Er musste zugeben, dass sie umwerfend aussah; ein echtes Blaublut, was auch immer das heutzutage heißen mochte. Sie stand auf und musterte ihn mit unbewegter Miene.

»Du bist spät dran.«

»Ich weiß. Aber ich bin nun mal nicht mein eigener Herr.«

»Das ist keine Entschuldigung. Schließlich arbeite ich auch.«

»Sicher, der Unterschied ist nur, dass dein Boss denselben Nachnamen hat und sich von seiner hübschen kleinen Tochter um den Finger wickeln lässt.«

»Meine Eltern sind schon vorausgefahren. Die Limousine kommt in zwanzig Minuten.«

»Das schaffe ich leicht.« Jack zog sich aus und sprang unter die Dusche. Er schob den Vorhang zur Seite. »Jenn, kannst du mir den blauen Zweireiher raushängen?« Sie kam ins Badezimmer und sah sich unverhohlen angewidert um.

»Auf der Einladung steht aber schwarzer Abendanzug.«

»Schwarzer Abendanzug *erwünscht*«, verbesserte er sie und rieb sich die Seife aus den Augen.

»Jack, tu das nicht. Wir gehen ins Weiße Haus, um Himmels willen. Wir treffen den Präsidenten.«

»Man darf selbst entscheiden, ob man einen schwarzen Abendanzug anziehen will. Ich nehme mein Recht wahr, es nicht zu tun. Außerdem habe ich keinen Smoking.« Grinsend zog er den Vorhang zu.

»Du solltest dir doch einen besorgen.«

»Hab ich vergessen. Komm schon, Jenn! Niemand wird mich ansehen, niemanden wird interessieren, was ich anhabe.«

»Danke. Danke vielmals, Jack Graham. Ich habe dich nur um einen kleinen Gefallen gebeten.«

»Weißt du, was die Dinger kosten?«

Die Seife brannte in den Augen. Er dachte an Barry Alvis und daran, dass er die ganze Nacht würde arbeiten müssen und wie er es Jennifer und danach ihrem Vater erklären sollte, und plötzlich schwang Wut in seiner Stimme mit. »Und wie oft werde ich den verdammten Fetzen tragen? Einmal oder zweimal im Jahr?«

»Nach der Hochzeit werden wir an vielen Veranstaltungen teilnehmen, wo ein schwarzer Abendanzug nicht wahlfrei sondern verpflichtend ist. Es ist eine gute Investition.«

»Lieber investiere ich in Baseball-Sammelkarten.« Er schob den Kopf heraus, um ihr zu zeigen, dass er scherzte, doch sie war nicht da.

Jack rieb sich mit dem Handtuch durch die Haare, schlang es um die Taille und ging in das kleine Schlafzimmer, wo ein neuer Smoking an der Tür hing. Lächelnd kam Jennifer herein.

»Mit den besten Wünschen von Baldwin Enterprises. Es ist ein Armani. Er wird dir hervorragend stehen.«

»Woher weißt du meine Größe?«

»Du bist ein Musterbeispiel für Größe 42; du könntest Dressman sein. Jennifer Baldwins privater Dressman.« Sie schlang die parfümierten Arme um seine Schultern und presste sich an ihn. Als er ihre Brüste im Rücken spürte, fluchte er innerlich, dass die Zeit nicht reichte, um die Gunst der Stunde zu nutzen. Vielleicht wäre es ganz anders, einmal ohne diese verdammten Deckenmalereien, ohne Engel und Streitwagen.

Sehnsüchtig blickte er auf das kleine, unordentliche Bett. Und er musste die ganze Nacht arbeiten, wegen dieses Idioten Barry Alvis und des wankelmütigen Raymond Bishop.

Warum nur wünschte er sich jedes Mal, wenn er mit Jennifer zusammen war, dass die Dinge zwischen ihnen anders sein könnten? Wobei anders für besser stand. Dass sie sich ein bisschen änderte; oder er. Oder dass sie sich irgendwo in der Mitte treffen würden? Sie war so wunderschön; die ganze Welt schien ihr zu Füßen zu liegen. Gott, was stimmte bloß nicht mit ihm?

Mühelos bahnte sich die Limousine den Weg durch die Ausläufer des Berufsverkehrs. Nach sieben Uhr abends war die Innenstadt von Washington an Wochentagen ziemlich verlassen.

Jack betrachtete seine Verlobte. Ihr leichter, aber exorbitant teurer Mantel verhüllte nicht den tief ausgeschnittenen Kragen. Die makellose Haut rundete die feinen Gesichtszüge ab, über die gelegentlich ein makelloses Lächeln blitzte. Das dichte, rotbraune Haar hatte sie hochgesteckt. Für gewöhnlich trug sie es offen. Jennifer sah aus wie eines jener Supermodels ohne Nachnamen.

Er rückte näher zu ihr. Sie lächelte ihn an, überprüfte ihr perfektes Make-up und tätschelte seine Hand.

Zärtlich streichelte er ihren Schenkel und schob das Kleid hoch, doch sie stieß ihn weg.

»Später vielleicht«, flüsterte sie, damit der Fahrer sie nicht hören konnte.

Jack lächelte und bedeutete ihr, dass er später vielleicht Kopfschmerzen haben könnte. Sie lachte; dann erinnerte er sich, dass es heute Nacht kein »später« geben würde.

Er ließ sich in den weich gepolsterten Sitz zurücksinken und starrte aus dem Fenster. Im Weißen Haus war er noch nie gewesen. Jennifer schon zweimal. Sie wirkte nicht nervös; er schon. Als sie auf den Executive Drive bogen, zupfte er an der Fliege herum und glättete sein Haar.

Das Wachpersonal des Weißen Hauses überprüfte sie routinemäßig. Alle Anwesenden, Männer wie Frauen, bedachten Jennifer wie üblich mit einem zweiten oder gar dritten Blick. Als sie sich bückte, um ihren Stöckelschuh zu richten, wogte sie beinahe aus dem fünftausend Dollar teuren Kleid und ließ die Herzen einiger Mitarbeiter des Weißen Hauses höher schlagen. Jack wurde wie gewöhnlich zugewinkt und -genickt; einige Männer bedachten ihn mit den üblichen neidischen Blicken. Dann betraten sie das Gebäude und zeigten ihre Einladungskarten einem Marinesergeant vor, der sie durch die Eingangshalle im Erdgeschoss geleitete und dann die Treppe hinauf in den East Room.

»Verdammt!« Der Präsident hatte sich gebückt, um eine Kopie seiner Rede für den Empfang des Abends aufzuheben, und der Schmerz fuhr ihm bis in die Schulter. »Ich glaube, eine Sehne ist angerissen, Gloria.«

Gloria Russell saß auf einem der breiten Plüschsofas, mit denen die Gattin des Präsidenten das Oval Office ausgestattet hatte.

Die Frau hatte einen guten Geschmack, das musste man ihr lassen. Sie war zudem hübsch anzusehen, wenn auch etwas unterbemittelt auf intellektuellem Gebiet. Keine Gefahr für die Macht des Präsidenten, aber ein Plus bei den Meinungsumfragen.

Ihr familiärer Hintergrund war tadellos: alter Geldadel, beste Beziehungen. Die Nähe des Präsidenten zu den Vertretern des konservativen Wohlstandes und Einflusses im Land hatte sein Ansehen bei der liberalen Wählerschaft nicht im Mindesten beeinträchtigt. Hauptsächlich war das auf sein Charisma und sein Talent für Kompromisslösungen zurückzuführen. Und auf sein gutes Aussehen, das weit mehr ausmachte, als man gemeinhin zugeben wollte.

Ein erfolgreicher Präsident musste eindrucksvolle Reden schwingen können, und Alan Richmond schwang seine so gut wie Ted Williams, die amerikanische Baseball-Legende, den Schläger.

»Ich glaube, ich brauche einen Arzt.« Der Präsident war nicht unbedingt bester Laune, aber das war Russell auch nicht.

»Und wie willst du den Schreiberlingen, die über das Weiße Haus berichten, eine Schnittwunde erklären, Alan?«

»Was ist bloß aus dem Vertrauensverhältnis zwischen Arzt und Patient geworden!«

Russell rollte mit den Augen. Trotz aller rhetorischen Fähigkeiten konnte er manchmal ziemlich dumm sein.

»Du bist wie eines der Topunternehmen des Landes, Alan. Alles, was dich betrifft, ist von öffentlichem Interesse.«

»Nicht alles.«

»Das wird sich noch zeigen, nicht wahr? Die Sache ist noch lange nicht ausgestanden.« Seit letzter Nacht hatte Russell drei Packungen Zigaretten geraucht und zwei Kannen Kaffee getrunken. Ihr Leben, ihre Karriere, alles konnte jeden Augenblick zusammenbrechen. Vielleicht stand die Polizei schon vor der Tür. Sie musste sich mit Gewalt zusammenreißen, um nicht schreiend aus dem Zimmer zu laufen. Eine Art Übelkeit schwappte ständig in Wellen über sie hinweg. Sie biss die Zähne zusammen und umklammerte die Sofalehne. Das Bild wollte nicht aus ihrem Kopf weichen.

Der Präsident überflog den Zettel, prägte sich das eine oder andere ein, den Rest würde er aus dem Stegreif halten. Er hatte ein phänomenales Gedächtnis; eine Gabe, die ihm schon so manchen wertvollen Dienst erwiesen hatte.

»Dafür habe ich doch dich, Gloria. Damit du alles in Ordnung bringst.«

Er sah sie an.

Einen Augenblick überlegte sie, ob er es wusste. Ob er wusste, was sie mit ihm angestellt hatte. Sie erstarrte, entkrampfte sich dann aber wieder. Er konnte es nicht wissen, das war unmöglich. Sie erinnerte sich noch an sein betrunkenes Gebrabbel; oh, wie sehr doch eine Flasche Whiskey einen Menschen verändern konnte.

»Natürlich, Alan. Aber es müssen einige Entscheidungen getroffen werden. Je nachdem, was auf uns zukommt, müssen wir uns verschiedene Vorgehensweisen überlegen.«

»Meinen Terminplan kann ich nicht gut absagen. Außerdem glaube ich kaum, dass uns der Kerl was anhaben kann.«

Russell schüttelte den Kopf. »Da wäre ich mir nicht so sicher.«

»Denk doch mal nach! Er müsste einen Einbruch gestehen, um überhaupt glaubhaft zu machen, dass er dort war. Kannst du dir vorstellen, wie er mit der Geschichte in den Abendnachrichten auftritt? Die stecken ihn doch in die Klapsmühle, bevor er nur Piep sagt.« Der Präsident schüttelte den Kopf. »Nein, Gloria, der Bursche kann mich nicht zu Fall bringen; nicht in einer Million Jahren.«

Schon auf dem Rückweg in die Stadt hatten sie in der Limousine eine Übergangsstrategie festgelegt. Sie würden schlicht und einfach alles kategorisch bestreiten und die Absurdität der Beschuldigung – falls es überhaupt je dazu kommen sollte – für sich nutzen. Und es war eine absurde Geschichte, abgesehen davon, dass sie absolut der Wahrheit entsprach. Das Weiße Haus würde Mitleid für den armen, gestörten Kerl zeigen, der zudem erwiesenermaßen ein Verbrecher war. Und für seine vor Scham im Erdboden versinkende Familie.

Natürlich gab es noch eine andere Möglichkeit, aber Russell hatte sich entschlossen, diese nicht ausgerechnet jetzt mit dem Präsidenten zu erörtern. Tatsächlich betrachtete sie es als das wahrscheinlichere Szenario.

»Es sind schon merkwürdigere Dinge passiert.« Sie sah ihn an.

»Das Zimmer wurde desinfiziert, oder? Es gibt dort nichts zu finden außer ihr, richtig?«

»Richtig.« Russell fuhr mit der Zunge über die Lippen. Der Präsident wusste nicht, dass sich der Brieföffner mit seinen Fingerabdrücken und seinem Blut nun im Besitz ihres verbrecherischen Augenzeugen befand.

Die Stabschefin erhob sich und schritt im Zimmer auf und ab. »Über gewisse Spuren sexuellen Kontakts kann ich natürlich nichts sagen. Aber das würde man ohnehin nicht mit dir in Verbindung bringen.«

»Gott, ich kann mich gar nicht erinnern, ob wir es getan haben oder nicht. Ich glaube, wir haben.« Bei dieser Bemerkung musste Russell unwillkürlich lächeln. Der Präsident wandte sich um und blickte sie an.

»Was ist mit Burton und Collin?«

»Was meinst du?«

»Hast du mit ihnen gesprochen?« Die Botschaft war unmissverständlich.

»Sie haben genauso viel zu verlieren wie du, Alan, findest du nicht?«

»Wie *wir*, Gloria, wie wir.« Er band sich im Spiegel die Krawatte. »Schon irgendeinen Hinweis auf unseren kleinen Spanner?«

»Noch nicht; sie überprüfen gerade das Kennzeichen.«

»Wann glaubst du, wird man sie vermissen?«

»Nachdem es den ganzen Tag so warm war, schätze ich bald.«

»Sehr witzig, Gloria.«

»Man wird sie vermissen und Nachforschungen anstellen. Man wird ihren Mann benachrichtigen, er wird zum Haus kommen. Morgen, vielleicht übermorgen, allerspätestens in drei Tagen.«

»Und dann wird die Polizei ermitteln.«

»Dagegen können wir nichts machen.«

»Aber du wirst doch am Ball bleiben?« Eine Spur von Besorgnis huschte über die Stirn des Präsidenten, als er die verschiedenen Möglichkeiten durchdachte. *Hatte er Christy Sullivan gevögelt? Er hoffte es. Dann wäre die Nacht zumindest kein völliges Debakel gewesen.*

»Soweit es möglich ist, ohne zu viel Verdacht zu erregen.«

»Das ist nicht allzu schwierig. Als Vorwand kannst du angeben, dass Walter Sullivan mein enger Freund und politischer Verbündeter ist. Es wäre völlig normal, dass ich persönliches Interesse an dem Fall hätte. Nachdenken, Gloria, dafür bezahl ich dich!«

Und du hast mit seiner Frau geschlafen, dachte Russell. *Ein schöner Freund.*

»Die Idee ist mir schon gekommen, Alan.«

Sie zündete eine Zigarette an und blies den Rauch langsam aus. Das tat gut. In dieser Angelegenheit musste sie ihm einen Schritt voraus bleiben. Nur einen winzigen Schritt, dann war alles in Ordnung. Es würde nicht einfach sein; er war gerissen. Aber er war auch arrogant. Arrogante Menschen neigten dazu, die eigenen Fähigkeiten überzubewerten, die aller anderer hingegen zu unterschätzen.

»Und niemand hat gewusst, dass sie dich treffen wollte?«

»Ich glaube, wir können davon ausgehen, dass sie diskret war, Gloria. Christy hatte nicht viel im Oberstübchen, ihre Gaben waren etwas tiefer gesät, aber selbst sie wusste, was auf dem Spiel stand.« Der Präsident zwinkerte seiner Stabschefin zu. »Sie hatte etwa achthundert Millionen zu verlieren, wenn ihr Mann dahinterkam, dass sie durch die Gegend hurte, und sei's mit dem Präsidenten.«

Russell musste an den Spiegel und den Sessel dahinter denken, was Walter Sullivans Vorstellungen von ehelicher Treue in etwas anderem Licht erscheinen ließ. Dennoch konnte man nicht sagen, wie er auf Seitensprünge reagieren würde, von denen er nicht gewusst, die er nicht beobachtet hatte. Gott sei Dank war es nicht Sullivan gewesen, der dort in der Dunkelheit gesessen hatte.

»Alan, ich habe dich gewarnt, dass uns deine kleinen Eskapaden eines Tages in Schwierigkeiten bringen würden.«

Richmond musterte sie missbilligend. »Hör mal, glaubst du, ich bin der Erste, der dieses Amt innehat und sich nebenbei etwas Spaß gönnt? Tu doch nicht so naiv, Gloria! Zumindest bin ich sehr viel diskreter als einige meiner Vorgänger. Ich nehme die Pflichten dieses Amtes wahr ... und die Vergünstigungen. Verstanden?«

Russell rieb sich nervös den Hals. »Vollkommen, Mr President.«

»Es geht also nur um diesen einen Kerl, der eigentlich gar nichts in der Hand hat.«

»Einer reicht, um das Kartenhaus zum Einsturz zu bringen.«

»Ja? Nun, in diesem Haus leben eine Menge Leute. Vergiss das nicht!«

»Das tue ich niemals, Boss.«

Es klopfte an der Tür. Russells Assistent lugte herein. »Noch fünf Minuten, Sir.« Der Präsident nickte und winkte ihn hinaus.

»Ein großartiges Timing für diese Veranstaltung.«

»Ransome Baldwin hat viel zu deinem Wahlkampf beigetragen, wie all deine Freunde.«

»Über politische Schulden brauchst du mir nichts zu erzählen, Herzchen.«

Russell stand auf und ging auf ihn zu. Sie ergriff seinen gesunden Arm und blickte ihn eindringlich an. Auf der linken Wange hatte er eine kleine Narbe. Die Erinnerung an einen Granatsplitter, den er während eines kurzen Einsatzes bei der Armee gegen Ende des Vietnamkriegs abbekommen hatte. Als seine politische Karriere ins Rollen kam, war sich die Frauenwelt darüber einig, dass die kleine Unvollkommenheit seine Attraktivität noch steigerte.

»Alan, ich tue, was nötig ist, um deine Interessen zu wahren. Du wirst es überstehen, aber wir müssen zusammenarbeiten. Wir sind ein Team, Alan, ein verdammt gutes Team. Niemand kann uns zu Fall bringen, nicht wenn wir an einem Strang ziehen.«

Einen kurzen Augenblick musterte der Präsident ihr Gesicht, dann belohnte er sie mit einem Lächeln, wie es sonst immer die Schlagzeilen auf den Titelseiten begleitete. Er küsste sie leicht auf die Wange und drückte sie an sich. Sie erwiderte die Umarmung.

»Ich liebe dich, Gloria. Du bist ein treuer Soldat.« Richmond nahm seine Rede. »Es ist Showtime.«

Damit wandte sich der Präsident um und ging aus dem Zimmer.

Russell starrte dem breiten Rücken nach, rieb sich einmal über die Wange und folgte ihm hinaus.

Jack betrachtete den übertriebenen Prunk des gewaltigen East Room. In dem Saal befanden sich einige der mächtigsten Männer und Frauen des Landes. Überall wurden hochkarätige Kontakte geknüpft und gepflegt, und Jack konnte nichts tun, als dazustehen und zu gaffen. Er sah, wie sich seine Verlobte auf der anderen Seite des Raumes an einen Kongressabgeordneten aus irgendeinem westlichen Staat heranmachte. Zweifellos trug sie ihm vor, wie wichtig die Unterstützung des geschätzten Gesetzgebers für das dringende Anliegen von Baldwin Enterprises hinsichtlich der Uferanliegerrechte wäre.

Jennifer verbrachte einen Großteil ihrer Zeit damit, Verbindungen zu Leuten aus allen Schichten aufzubauen, die Macht besaßen. Egal, ob es sich um Bezirksräte oder Senatsvorsitzende handelte, Jennifer schmeichelte den richtigen Egos, schüttelte die richtigen Hände, und stellte sicher, dass jeder die richtige Position einnahm, wenn Baldwin Enterprises ein weiteres Mammutgeschäft über die Bühne bringen wollte. Die Kapitalverdoppelung des Firmenimperiums ihres Vaters innerhalb der letzten fünf Jahre war in erheblichem Maße darauf zurückzuführen, dass Jennifer ihre Aufgabe hervorragend löste. Aber welcher Mann war schon gegen sie gefeit?

Ransome Baldwin war eins sechsundneunzig groß, hatte dichtes weißes Haar und eine Baritonstimme. Er absolvierte gerade eine Begrüßungsrunde. Selbstsicher schüttelte er die Hände von Politikern, die er bereits für sich gewonnen hatte, und machte sich derweil an die paar heran, die es noch zu überzeugen galt.

Die Verleihungszeremonie war gnadenvoll kurz gewesen. Jack blickte auf die Uhr. Bald musste er ins Büro zurück. Auf der Fahrt hierher hatte Jennifer eine private Party im Willard Hotel um elf Uhr erwähnt. Er fuhr sich durchs Gesicht. Ausgerechnet jetzt noch!

Gerade wollte er sein Glas austrinken und Jennifer beiseite nehmen, um ihr zu erklären, warum er gehen musste, als er sah, wie der Präsident auf sie zutrat. Ihr Vater kam hinzu, und einen Augenblick später waren alle drei auf dem Weg in Jacks Richtung.

Er stellte das Glas weg und räusperte sich, damit er nicht wie ein völliger Idiot dastand, wenn er den Mund aufmachte. Jennifer und ihr Vater sprachen mit dem hohen Herrn wie mit einem alten Bekannten. Sie lachten, redeten und benahmen sich, als handle es sich um Cousin Ned aus Oklahoma. Aber das war nicht Cousin Ned, es war der Präsident der Vereinigten Staaten!

»Sie sind also der Glückliche?« Das Lächeln des Präsidenten war direkt und einnehmend. Sie reichten einander die Hände. Er war genauso groß wie Jack, und Jack bemerkte bewundernd, dass es ihm selbst bei diesem Job gelang, sich fit zu halten.

»Jack Graham, Mr President. Es ist eine Ehre für mich, Sir.«

»Ich habe das Gefühl, Sie bereits zu kennen, Jack. Jennifer hat mir so viel von Ihnen erzählt. Überwiegend Gutes.« Er grinste.

»Jack ist Partner bei Patton, Shaw & Lord.« Jennifer hakte sich beim Präsidenten ein. Sie sah Jack an und schenkte ihm ein zuckersüßes Lächeln.

»Nun, Partner noch nicht gerade.«

»Nur eine Frage der Zeit«, warf Ransome Baldwin ein. »Mit Baldwin Enterprises als Klienten kann man jeder Firma des Landes seinen Preis diktieren. Vergiss das nicht. Lass dich von Sandy Lord bloß nicht über den Tisch ziehen.«

»Hören Sie auf ihn, Jack. Der Mann spricht aus Erfahrung.« Der Präsident erhob das Glas und zuckte unwillkürlich zusammen. Jennifer taumelte und ließ seinen Arm los.

»Tut mir Leid, Jennifer. Zu viel Tennis. Der verdammte Arm macht mir wieder Probleme. Nun, Ransome, scheint so, als hätten Sie da einen viel versprechenden Zögling gefunden.«

»Na, er wird mit meiner Tochter um das Imperium kämpfen müssen. Vielleicht kann Jack Königin und Jenn König werden. Wie wäre das für die Gleichberechtigung?« Ransome lachte dröhnend, alle stimmten mit ein.

Jack fühlte, wie er errötete. »In erster Linie bin ich Rechtsanwalt, Ransome; ich suche nicht unbedingt nach einem leeren Thron, den ich besteigen kann. Es gibt auch andere Ziele im Leben.«

Jack nahm sein Glas. Die Unterhaltung entwickelte sich nicht so, wie er es sich vorgestellt hatte. Er fühlte sich in der Defensive. Jack biss auf einen Eiswürfel. Was mochte Ransome Baldwin tatsächlich von seinem künftigen Schwiegersohn halten? Vor allem jetzt im Augenblick? Der springende Punkt war, dass es Jack eigentlich überhaupt nicht interessierte.

Ransome hörte auf zu lachen und musterte ihn scharf. Jennifer legte den Kopf schief, wie sie es immer tat, wenn er etwas sagte, das sie für unpassend hielt. Was häufig der Fall war. Der Präsident sah alle drei an, lächelte unverbindlich und entschuldigte sich. Er ging hinüber in die Ecke, wo eine Frau stand.

Jack schaute ihm nach. Wie ganz Washington hatte auch er die Frau im Fernsehen gesehen, wie sie die Standpunkte des Präsidenten zu Millionen verschiedenen Themen verteidigte. Gloria Russell sah im Augenblick nicht übermäßig glücklich aus, doch bei all den Krisen auf der Welt war Glück wahrscheinlich ein seltenes Gut im Zuge ihrer Arbeit.

Das war das Stichwort. Jack hatte den Präsidenten getroffen, hatte ihm die Hand geschüttelt. Mehr konnte er nicht erwarten. Er zog Jennifer zur Seite und entschuldigte sich für den Rest des Abends. Sie war alles andere als begeistert.

»Das ist unmöglich, Jack. Hast du eigentlich daran gedacht, dass es für Daddy ein ganz besonderer Tag ist?«

»He, ich bin nur ein kleiner Angestellter. Weißt du das nicht? Nach Stunden bezahlt.«

»Das ist doch lächerlich! Und du weißt es. Niemand in der Firma kann das von dir verlangen, schon gar keine Null von einem Sozius.«

»Jenn, das ist keine große Sache. Es war ein toller Abend. Dein Dad hat seine Auszeichnung erhalten. Jetzt ist es an der Zeit, dass ich mich wieder an die Arbeit mache. Alvis ist ganz in Ordnung. Er tritt mir zwar ein wenig auf die Zehen, aber er arbeitet genauso hart wie ich, wenn nicht noch härter. Durch so was muss jeder mal durch.«

»Das ist nicht okay, Jack. Das passt mir nicht.«

»Jenn, das ist mein Job. Ich hab dir gesagt, du sollst dir keine Gedanken darüber machen, also lass es gut sein. Wir sehen uns morgen. Ich nehme ein Taxi zurück.«

»Daddy wird sehr enttäuscht sein.«

»Daddy wird mich bei all den Industriekapitänen, die Lobeshymnen auf ihn singen, nicht einmal vermissen. He, trink einen für mich mit. Und erinnerst du dich, was du wegen später gesagt hast? Das können wir auf ein andermal verschieben. Vielleicht zur Abwechslung mal bei mir?«

Sie ließ sich von ihm küssen. Aber gleich nachdem Jack gegangen war, stürmte sie zu ihrem Vater.

KAPITEL 5

Kate Whitney stellte ihren Wagen vor dem Haus ab. Die Einkaufstasche schlug gegen ein Bein, die voll gestopfte Aktentasche gegen das andere, als sie die vier Treppen zu ihrer Wohnung hinauflief. Gebäude dieser Preisklasse verfügten zwar über Aufzüge, allerdings über keine, die ununterbrochen funktionierten.

Rasch zog sie den Jogginganzug an, hörte die Nachrichten auf dem Anrufbeantworter ab und lief wieder hinaus. Vor der Statue von Ulysses S. Grant machte sie erst ein paar Streckübungen, um sich aufzuwärmen, dann begann sie ihre Runde.

Kate trabte Richtung Westen, vorbei am Luft- und Raumfahrt-Museum und am Smithsonian Castle, das mit seinen Türmen und Zinnen und seiner italienischen Architektur im Stil des zwölften Jahrhunderts am ehesten wie das Haus eines verrückten Wissenschaftlers aussah. Ihr lockerer, gleichmäßiger Laufschritt führte sie über die breiteste Stelle der Mall, danach umkreiste sie zweimal das Washington Monument.

Mittlerweile ging ihr Atem etwas schneller. Schweiß begann durch das T-Shirt zu sickern und das Georgetown-Law-Sweat-Shirt zu benetzen, das sie trug. Als sie sich den Weg am Rand des Tidal Basin vorbeibahnte, wurde die Menschenmenge dichter. Der Frühherbst brachte aus dem ganzen Land Flugzeuge, Busse und Autos voller Menschen, die hofften, so um den Sommeransturm der Touristen und die berüchtigte Hitze von Washington herumzukommen.

Als sie einen Bogen lief, um einem verirrten Kind auszuweichen, stieß sie mit einem Jogger zusammen, der aus der anderen Richtung kam. Die beiden stürzten in einem Knäuel von Armen und Beinen zu Boden.

»Mist.« Der Mann rollte sich behände zur Seite und sprang wieder auf die Beine. Sie wollte gerade aufstehen und sah mit einer Entschuldigung auf den Lippen zu ihm auf, als sie sich unvermittelt wieder hinsetzte. Ein langer Augenblick verstrich, während kameraschwingende Horden aus Arkansas und Iowa um sie herumschwirrten.

»Hallo, Kate.« Jack hielt ihr die Hand hin und half ihr unter einen der nun kahlen Kirschbäume, die rings um das Tidal Basin wuchsen. Groß und majestätisch thronte das Jefferson Memorial über dem ruhigen Wasser, die riesige Silhouette des dritten Präsidenten des Landes war in dem Rundbecken deutlich sichtbar.

Kates Knöchel schwoll an. Sie zog Schuh und Socke aus und begann, ihn zu massieren.

»Ich hätte nicht gedacht, dass du noch Zeit zum Joggen hast, Jack.«

Sie sah ihn an: kein zurückweichender Haaransatz, kein Bauch, keine Falten im Gesicht. Die Zeit war für Jack Graham stillgestanden. Großartig sah er aus, das musste sie gestehen. Sie dagegen war ein völliges Fiasko.

Heimlich fluchte sie, dass sie die Haare noch nicht hatte schneiden lassen; gleich darauf verfluchte sie sich für diesen Gedanken. Auf ihrer Nase bildete sich ein Schweißtropfen, den sie gedankenverloren mit der Hand wegwischte.

»Dasselbe habe ich von dir gedacht. Ich hätte nicht geglaubt, dass Staatsanwälte vor Mitternacht nach Hause dürfen. Du lässt wohl nach, was?«

»Genau.« Sie rieb sich den Knöchel, der ziemlich wehtat. Jack sah es ihr an, beugte sich vor und nahm den Fuß in die Hände. Sie zuckte zurück. Er sah sie an.

»Weißt du noch, ich habe das fast berufsmäßig gemacht, und du warst mein bester und einziger Kunde. Noch nie habe ich eine Frau mit so schwachen Knöcheln gesehen, dabei siehst du sonst kerngesund aus.«

Sie entspannte sich und ließ ihn den Fuß bearbeiten. Bald erkannte sie, dass er das richtige Gefühl nicht verloren hatte. Ob er wohl ernst meinte, was er über ihr Aussehen sagte? Sie runzelte die Stirn. Schließlich hatte *sie* mit ihm Schluss gemacht. Und damit das einzig Richtige getan.

»Ich habe von der Sache mit Patton, Shaw & Lord gehört. Glückwunsch.«

»Ach, Quatsch. Jeder Anwalt mit einem millionenschweren Klienten an der Hand hätte dasselbe geschafft.« Er lächelte.

»Ja, von der Verlobung habe ich auch in der Zeitung gelesen. Nochmals meinen Glückwunsch.« Darüber lächelte er nicht. Sie fragte sich, wieso.

Schweigend zog Jack ihr Socke und Schuh wieder an und schaute ihr ins Gesicht. »Er ist ziemlich geschwollen, du wirst einen oder zwei Tage lang nicht laufen können. Mein Wagen steht gleich da drüben. Ich nehm dich mit.«

»Ich kann ein Taxi rufen.«

»Du vertraust einem Washingtoner Taxifahrer mehr als mir?« Er tat beleidigt. »Außerdem sehe ich keine Hosentaschen. Willst du eine Gratisfahrt aushandeln? Viel Glück.«

Kate blickte auf die Turnhose hinunter. Den Schlüssel trug sie in einer Socke. Die Ausbuchtung hatte er bereits bemerkt. Er grinste über ihr Dilemma. Sie presste den Mund zusammen und fuhr mit der Zunge über die Unterlippe. An diese alte Gewohnheit erinnerte er sich. Obwohl er das jahrelang nicht gesehen hatte, schien es ihm vollkommen vertraut.

Er streckte die Beine aus. »Ich würde dir ja was leihen, aber ich bin selber gerade pleite.«

Sie stand auf und legte ihm einen Arm um die Schultern, als sie versuchte, mit dem Knöchel aufzutreten.

»Ich dachte, in der Privatwirtschaft gäbe es mehr zu holen.«

»Stimmt, aber du weißt doch, mit Geld konnte ich noch

nie umgehen.« Das war nur allzu wahr. Das Haushaltsgeld hatte ausschließlich sie verwaltet. Auch wenn es damals nicht viel zu verwalten gegeben hatte.

Jack stützte sie an einem Arm, als sie auf den Wagen zuhumpelte, einen zehn Jahre alten Subaru Kombi. Verblüfft betrachtete Kate das Auto.

»Du hast das alte Ding immer noch?«

»Hey, der ist noch für eine Menge Meilen gut. Außerdem steckt er voller Erinnerungen. Siehst du den Fleck dort drüben? Das war das Karamelleis, mit dem du in der Nacht vor meiner Abschlussprüfung in Steuerrecht gekleckert hast, 1986. Du konntest nicht schlafen, ich konnte nicht mehr lernen. Weißt du noch? Du hast die Kurve zu schnell genommen.«

»Du hast ein lausiges Gedächtnis. Soweit ich mich erinnere, hast du mir deinen Milchshake über den Rücken gegossen, weil ich mich über die Hitze beschwert habe.«

»Oh, das auch.« Lachend stiegen sie ins Auto.

Kate untersuchte den Fleck eingehender und betrachtete das Innere des Wagens. So viele Erinnerungen brachen plötzlich über sie herein. Als sie auf den Rücksitz schaute, zog sie die Augenbrauen hoch. Wenn dieser Ort sprechen könnte! Sie wandte sich wieder um, bemerkte, dass er sie anstarrte, und errötete.

Die beiden reihten sich in den nicht sehr dichten Verkehr ein und fuhren Richtung Osten. Kate war nervös, aber das Gefühl war nicht unangenehm. Es war, als wäre das Rad der Zeit vier Jahre zurückgedreht worden, als wären sie bloß ins Auto gesprungen, um einen Kaffee trinken zu gehen, die Zeitung zu holen, oder im *Corner* in Charlottesville oder einem anderen der über Capitol Hill verstreuten Cafés zu frühstücken. Aber sie rief sich ins Gedächtnis, dass dies alles Vergangenheit war. Die Gegenwart sah völlig anders aus. Sie kurbelte das Fenster ein wenig herunter.

Mit einem Auge achtete Jack auf den Verkehr, mit dem anderen auf sie. Es war kein Zufall gewesen, dass sie sich getroffen hatten. Seit sie beide nach Washington gezogen waren, wo sie in dem kleinen Apartmenthaus ohne Aufzug im Südwesten nahe Eastern Market gelebt hatten, lief sie auf der Mall, tatsächlich sogar genau diese Route.

Heute Morgen war Jack mit einer Verzweiflung aufgewacht, die er nicht mehr empfunden hatte, seit Kate ihn vor vier Jahren verlassen hatte und ihm nach etwa einer Woche klar geworden war, dass sie nicht zurückkommen würde. Nun, da seine Hochzeit bevorstand, hatte er beschlossen, dass er Kate irgendwie sehen musste. Er würde und konnte die Flamme nicht verlöschen lassen, noch nicht. Aller Wahrscheinlichkeit nach war er von ihnen beiden der Einzige, in dem der Funke noch glomm. Zwar hatte er nicht den Mut aufgebracht, auf dem Anrufbeantworter eine Nachricht zu hinterlassen, doch er war sicher, dass er mit ihr reden konnte, wenn es ihm nur gelänge, sie auf der Mall unter all den Touristen und Einheimischen ausfindig zu machen. Er hatte es darauf ankommen lassen.

Vor dem Zusammenstoß war Jack eine Stunde gelaufen, hatte die Menschenmenge beobachtet und nach dem Gesicht aus dem Bilderrahmen Ausschau gehalten. Etwa fünf Minuten vor der abrupten Begegnung hatte er sie entdeckt. Hätte sich sein Herzschlag nicht schon durch das Laufen verdoppelt, so spätestens in dem Augenblick, als er sie mühelos durch die Menge laufen sah. Den Knöchel wollte er ihr nicht verrenken, aber eigentlich saß sie nur deshalb in seinem Wagen. Nur deshalb durfte er sie nach Hause fahren.

Kate strich die Haare zurück und band sie mit einem Gummiband, das sie ums Handgelenk getragen hatte, zu einem Pferdeschwanz.

»Wie läuft es denn bei der Arbeit?«, fragte sie.

»Ganz gut.« Er wollte nicht über Arbeit reden. »Wie geht es deinem alten Herrn?«

»Das müsstest du doch besser wissen als ich.« Sie wollte nicht über ihren Vater reden.

»Ich habe ihn seither nicht mehr gesehen ...«

»Ein Glück für dich.« Sie verfiel in Schweigen. Jack schüttelte den Kopf über seine eigene Dummheit, dass er das Thema zur Sprache gebracht hatte. Er hatte gehofft, dass es vielleicht im Laufe der Jahre zu einer Versöhnung zwischen Luther und Kate gekommen war. Offenbar war das jedoch nicht der Fall.

»Man hört großartige Dinge über deine Arbeit bei der Staatsanwaltschaft.«

»Ach, ja?«

»Ich meine es ernst.«

»Seit wann?«

»Jeder wird einmal erwachsen, Kate.«

»Nicht Jack R. Graham. Alles, nur das nicht!«

Er bog nach rechts auf den Constitution Drive und fuhr auf die Union Station zu. Dann besann er sich eines Besseren. Er wusste zwar, welche Richtung er nehmen musste, wollte aber nicht, dass Kate das merkte. »Ich fahre im Moment einfach so durch die Landschaft, Kate. Wo muss ich lang?«

»Tut mir Leid. Um das Kapitol herum, Richtung Maryland, dann nach links in die Third Street.«

»Magst du die Gegend?«

»Für mein Gehalt lebt es sich dort ganz gut. Lass mich raten, du wohnst wahrscheinlich in Georgetown, in einem der großen Apartmenthäuser mit eigenem Quartier für das Personal, richtig?«

Er zuckte die Schultern. »Ich bin nicht umgezogen. Ich habe noch dieselbe Wohnung wie früher.«

Ungläubig starrte sie ihn an. »Jack, was machst du bloß mit dem ganzen Geld?«

»Ich kaufe mir, was ich will. Ich will bloß nicht allzu viel.« Er starrte zurück. »Wie wäre es mit einem Dairy-Queen-Karamelleis?«

»So etwas gibt es in dieser Stadt nicht, ich habe schon alles abgesucht.«

Grinsend über die hupenden Fahrer machte Jack kehrt und brauste los.

»Anscheinend, Frau Staatsanwältin, haben Sie nicht genügend recherchiert.«

Eine halbe Stunde später rollten sie auf Kates Parkplatz. Er rannte um den Wagen herum, um ihr herauszuhelfen. Der Knöchel war noch dicker angeschwollen. Das Karamelleis hatte sie fast aufgegessen.

»Ich helfe dir.«

»Nicht nötig.«

»Ich hab dir den Knöchel verrenkt. Lass mich für einen Teil der Schuld Buße tun.«

»Ich schaffe es schon, Jack.« Der Tonfall war ihm auch nach vier Jahren noch vertraut. Mit einem matten Lächeln trat er einen Schritt zurück. Sie hatte sich vorsichtig die Hälfte der Treppe hinaufgekämpft, und er wollte gerade in den Wagen steigen, als sie sich umdrehte.

»Jack?« Er schaute zu ihr hinauf. »Danke für das Eis.« Damit verschwand Kate im Haus.

Als Jack losfuhr, sah er nicht den Mann, der sich neben der kleinen Baumreihe an der Einfahrt zum Parkplatz verbarg.

Luther Whitney trat aus dem Schatten der Bäume und blickte das Apartmenthaus hoch.

Sein Aussehen hatte sich innerhalb von zwei Tagen drastisch gewandelt. Glücklicherweise wuchs sein Bart rasch. Die Haare waren kurz geschoren, darüber trug er einen Hut. Eine Sonnenbrille verdeckte die wachsamen Augen, ein schwerer Mantel verhüllte die hagere Gestalt.

Er hatte gehofft, sie noch einmal zu sehen, bevor er untertauchte. Als er Jack erblickte, war er überrascht gewesen; doch es war ihm keineswegs unlieb. Er mochte Jack.

Luther zog den Mantel enger. Der Wind wurde stärker; es war kälter, als man es im September in Washington gewohnt war. Er schaute zum Fenster seiner Tochter hinauf.

Apartment Nummer vierzehn. Er kannte es gut, war schon des Öfteren dort gewesen. Natürlich wusste seine Tochter nichts davon. Das Standardschloss der Eingangstür war ein Kinderspiel für ihn. Jemand mit einem Schlüssel brauchte länger, um es zu öffnen. Meist hatte er dann auf dem Sofa im Wohnzimmer gesessen und hundert verschiedene Dinge betrachtet, die allesamt Erinnerungen aus vielen Jahren in sich trugen. Manche davon waren angenehm, die meisten jedoch ernüchternd.

Manchmal schloss er auch einfach die Augen und nahm die verschiedenen Gerüche in sich auf. Er wusste, welches Parfüm sie benutzte; es war ein unaufdringlicher Duft, und sie trug nur sehr wenig auf. Die Möbel waren groß, stabil und ein wenig abgenutzt. Der Kühlschrank war stets leer. Beim Anblick des kärglichen und ungesunden Inhalts der Vorratsschränke war er jedes Mal entsetzt gewesen. Sie hielt die Wohnung in Ordnung, war aber nicht penibel; es war ein Ort, wo jemand hauste, mehr nicht.

Und sie bekam jede Menge Anrufe. Manche hörte er sich an, und manche ließen ihn wünschen, sie hätte einen anderen Beruf ergriffen. Da er selbst auf der anderen Seite des Gesetzes stand, wusste er, wie viele wirklich verrückte Mistkerle da draußen herumliefen. Aber es war zu spät, um seinem einzigen Kind einen Laufbahnwechsel zu empfehlen.

Luther war sich bewusst, dass es eine seltsame Beziehung zwischen Vater und Tochter war, doch er sagte sich, dass er es selbst nicht besser verdiente. Das Bild seiner Frau drängte sich in seine Gedanken; einer Frau, die ihn geliebt und all die Jahre zu ihm gehalten hatte, und wofür? Nur für Schmerz und Elend. Und dann, nachdem sie zur Vernunft gekommen war und sich von ihm hatte scheiden lassen, war sie viel zu früh gestorben. Abermals, wohl zum hundertsten Mal, fragte er sich, warum er all die Jahre Verbrechen verübt hatte. Gewiss nicht des Geldes wegen. Er hatte stets ein einfaches Leben geführt; einen Großteil der Beute aus den Einbrüchen hatte er über die Jahre hinweg verschenkt. Die Wahl, die er für sein Leben getroffen hatte, hatte seine Frau vor Sorge fast in den Wahnsinn, seine Tochter aus seinem Leben getrieben. Und zum hundertsten Mal wusste er keine wirkliche Antwort auf die Frage, was ihn dazu trieb, von den wohlbehüteten Reichen zu stehlen. Wahrscheinlich tat er es nur, um zu zeigen, dass er es konnte.

Erneut blickte Luther zum Apartment seiner Tochter hinauf. Er war nicht für sie da gewesen, warum also sollte sie für ihn da sein? Aber er konnte die Verbindung nicht ganz abbrechen lassen, auch wenn sie das getan hatte. Wenn sie es wollte, würde er für sie da sein; aber das war nur eine Hoffnung, und er glaubte selbst nicht daran.

Rasch ging Luther die Straße hinunter, verfiel dann schließlich in Laufschritt, um den Metro-Bus zu erwischen, der zur U-Bahn an der Union Station fuhr. Er war immer ein sehr selbstständiger Mensch gewesen, der sich nie übermäßig auf andere verlassen hatte. Er war ein Einzelgänger und wollte es nicht anders. Nun fühlte Luther sich einsam, und diesmal war das Gefühl nicht so angenehm.

Es begann zu regnen. Als der Bus abfuhr, saß Luther auf der hinteren Bank und starrte zurück. Das Wasser perlte die glatte Oberfläche der Heckscheibe hinab und ließ die Sicht auf Kates Haus verschwimmen. Er wusste, er würde es nie wieder sehen, so sehr er es auch wollte.

Luther drehte sich auf dem Sitz herum, zog den Hut tiefer ins Gesicht und schnäuzte sich in ein Taschentuch. Dann hob er eine weggeworfene Zeitung auf und überflog die alten Schlagzeilen. Wann würde man sie wohl finden? Wenn es soweit war, würde er es erfahren. Wenn reiche Leute starben, waren das Nachrichten für die Titelseite. Arme Leute und Durchschnittsbürger kamen nicht über die Lokalnachrichten hinaus. Christine Sullivan würde gewiss auf Seite eins erscheinen, oben in der Mitte.

Luther warf die Zeitung auf den Boden und drückte sich tiefer in den Sitz. Er musste noch einen Anwalt aufsuchen, danach wollte er verschwinden. Der Bus brummte weiter, und schließlich schloss Luther die Augen, aber er schlief nicht. Im Geiste befand er sich im Wohnzimmer seiner Tochter, und diesmal war sie bei ihm.

KAPITEL 6

Luther saß an dem kleinen Konferenztisch eines sehr schlicht möblierten Zimmers. Die Stühle und der Tisch waren alt und ziemlich zerkratzt. Der Teppich war mindestens ebenso alt und alles andere als sauber. Außer seiner Akte befand sich auf dem Tisch lediglich ein Kartenständer. Er nahm eine der Karten zwischen die Finger. »Legal Services, Inc.« Diese Leute gehörten nicht zu den Top-Leuten der Branche; sie waren weit entfernt von den Hallen der Macht in der Innenstadt.

Sie alle hatten ihren Abschluss an drittklassigen Universitäten gemacht, hatten somit keinerlei Aussicht, in einer namhaften Firma unterzukommen, und mussten nehmen, was sie kriegten, in der Hoffnung, irgendwo in der Zukunft einen Zipfel des großen Glücks zu erhaschen. Doch mit jedem Jahr, das verstrich, verblassten die Träume von großen Büros, großen Klienten, und – vor allem – vom großen Geld ein bisschen mehr. Luther aber brauchte nicht die Besten. Er brauchte nur jemanden, der eine Zulassung als Anwalt und die richtigen Formulare hatte.

»Es ist alles in Ordnung, Mr Whitney.« Der Junge sah aus wie fünfundzwanzig, noch voller Hoffnung und Energie. Dieser Ort war nicht sein endgültiges Ziel. Daran glaubte er noch unverkennbar. Das erschöpfte, verhärmte, schwammige Gesicht des älteren Mannes hinter ihm brachte keine derartige Hoffnung mehr zum Ausdruck. »Das ist Jerry Burns, der geschäftsführende Anwalt. Er wird als zweiter Zeuge für Ihren Letzten Willen fungieren. Wir haben Ihre rechtsgültige, eigenhändige Vollmacht, wir müssen also nicht vor Gericht erscheinen, um klären zu lassen, ob wir das Testament bezeugt haben oder nicht.« Eine etwa vierzigjährige Frau betrat mit ernster Miene den Raum. Sie hatte Füllfeder und Notariatssiegel bei sich. »Phyllis ist unser Notar, Mr Whitney.« Alle nahmen Platz. »Möchten Sie, dass ich Ihnen die Bedingungen des Testaments vorlese?«

Jerry Burns hatte am Tisch gesessen, tödlich gelangweilt in die Luft gestarrt und von all den Plätzen geträumt, an denen er jetzt lieber wäre. Jerry Burns, der geschäftsführende Anwalt. Er vermittelte den Eindruck, als würde er lieber auf einer Farm im Mittelwesten Kuhmist schaufeln. Nun bedachte er seinen jungen Kollegen mit einem verächtlichen Blick.

»Ich habe sie gelesen«, antwortete Luther.

»Gut«, meinte Jerry Burns. »Können wir also anfangen?«

Eine Viertelstunde später verließ Luther Legal Services, Inc., mit zwei Kopien seines Testaments in der Manteltasche.

Verdammte Juristen. Man konnte ohne sie weder leben noch sterben. Weil nämlich alle Gesetze von Juristen gemacht wurden. So hatten sie den Rest der Welt fest im Griff. Luther dachte an Jack und lächelte. Jack war nicht wie sie. Jack war anders. Dann dachte er an seine Tochter, und das Lächeln verschwand. Auch Kate war nicht wie sie. Aber Kate hasste ihn.

In einem Fotogeschäft kaufte er eine Polaroidkamera und eine Packung Filme. Luther hatte nicht vor, irgendjemand die Bilder entwickeln zu lassen, die er machen wollte. Dann kehrte er zurück zum Hotel. Eine Stunde später hatte er insgesamt zehn Fotos geschossen. Er wickelte sie in Papier, danach legte er sie in eine Kartonmappe, die er tief in seinem Rucksack verstaute.

Er setzte sich und schaute aus dem Fenster. Beinahe eine Stunde verstrich, bevor er sich wieder bewegte, zum Bett wankte und sich hineinfallen ließ. Was für ein zäher Kerl er doch war. Zu einfühlsam, um beim Anblick des Todes nicht zusammenzuzucken, um nicht entsetzt zu sein von einem Ereignis, bei dem einem Menschen das Leben geraubt wurde, der noch viel länger auf Erden hätte wandeln sollen. Und der Gipfel war, dass der Präsident der Vereinigten Staaten darin verwickelt war. Ein Mann, den Luther respektiert, dem er seine Stimme gegeben hatte. Ein Mann, der das höchste Amt des Landes bekleidete und der in betrunkenem Zustand mit bloßen Händen beinahe eine Frau ermordet hätte. Selbst der Anblick seines nächsten Verwandten, der kaltblütig jemanden zu Tode prügelte, hätte Luther nicht schwerer treffen können. Es war, als wäre er selbst das Opfer gewesen, als hätte er die mörderischen Hände um den eigenen Hals gespürt.

Doch noch etwas anderes ließ ihn nicht los. Etwas, das er nicht wahrhaben wollte. Er wühlte das Gesicht in die Kissen und schloss die Augen in dem vergeblichen Versuch einzuschlafen.

»Es ist toll, Jenn.« Jack betrachtete die Villa aus Ziegel und Stein, die von einem Ende zum anderen mehr als sechzig Meter maß und über mehr Zimmer als ein Collegeinternat verfügte. Er fragte sich, warum sie überhaupt hier waren. Die kurvenreiche Auffahrt endete hinter dem massiven Bau in einer Garage für vier Autos. Der Rasen war so perfekt gepflegt, dass er in Jacks Augen einem mit Jade gefüllten Swimmingpool glich. Das Grundstück hinter dem Haus war in drei Terrassen angelegt, auf jeder befand sich ein eigener Pool. Das Anwesen entsprach dem Standard der Reichsten: Tennisplätze und Reitställe sowie zweihundert Hektar Grund, auf dem man umherstreifen konnte – das alles kam im nördlichen Virginia einem wahren Grundstücksimperium gleich.

Die Immobilienmaklerin wartete an der Eingangstür. Ihr neuer Mercedes parkte neben einem großen Springbrunnen aus Stein, den faustgroße Rosen aus Granit zierten. In ihrem Kopf rotierten bereits die Provisionssummen. Waren die beiden nicht ein fantastisches junges Paar? Das hatte sie so oft wiederholt, dass Jacks Schläfen inzwischen pochten.

Jennifer Baldwin nahm ihn am Arm; zwei Stunden später hatten sie den Rundgang beendet. Jack schlenderte zum Rand des großzügig angelegten Rasens und bewunderte die stämmigen Bäume; in einer zusammengewürfelten Gruppe drängten sich Ulmen, Fichten, Ahornbäume, Pinien und Eichen um die Vorherrschaft. Die Blätter begannen bereits, sich zu verfärben, und Jack betrachtete das erste Laub, das sich rot, gelb und orange leuchtend über das Anwesen verteilte, das zum Kauf angeboten wurde.

»Also, wie viel?« Er fühlte sich berechtigt, diese Frage zu stellen. Aber das hier musste über ihre Verhältnisse hinausgehen. Zumindest über seine. Er musste gestehen, dass es günstig gelegen war. Nur fünfundvierzig Minuten in der Hauptverkehrszeit von seinem Büro entfernt. Aber der Preis? Erwartungsvoll sah er seine Verlobte an.

Jennifer wirkte nervös und spielte mit ihrem Haar. »Drei Millionen achthundert.«

Jack wurde bleich. »Drei Millionen achthunderttausend Dollar?«

»Jack, es ist dreimal so viel wert.«

»Warum verkaufen sie es dann für drei Millionen achthunderttausend? Wir können es uns nicht leisten, Jenn. Vergiss es.«

Sie antwortete, indem sie die Augen verdrehte. Beschwichtigend winkte sie der Immobilienmaklerin zu, die im Wagen saß und den Vertrag vorbereitete.

»Jenn, ich verdiene hundertzwanzigtausend im Jahr. Du kassierst genauso viel, vielleicht ein bisschen mehr.«

»Wenn du erst Teilhaber bist –«

»Stimmt. Ich bekomme mehr Gehalt, aber nicht genug für das da. Wir können die Hypothek nicht bezahlen. Ich hatte ohnehin angenommen, wir würden zu dir ziehen?«

»Das ist nicht der passende Ort für ein Ehepaar.«

»Nicht der passende Ort? Es ist ein verdammter Palast.«

Jack ging zu einer waldgrün gestrichenen Bank und setzte sich.

Mit verschränkten Armen und entschlossenem Blick baute sie sich vor ihm auf. Ihre Sonnenbräune begann zu verblassen. Sie trug einen hellbraunen Hut, unter dem ihr das lange Haar um die Schultern wehte. Die maßgeschneiderte Hose war exakt der eleganten Form der schlanken Beine angepasst. Die Füße steckten in polierten Lederstiefeln, die unter den Hosenbeinen verschwanden.

»Wir brauchen keine Hypothek, Jack.«

Er sah zu ihr auf. »Wirklich? Schenken sie uns das Haus, weil wir ein so fantastisches junges Paar sind?«

Sie zögerte, dann sagte sie: »Daddy bezahlt bar dafür, und wir zahlen es ihm zurück.«

Darauf hatte Jack gewartet.

»Wir zahlen es ihm zurück? Wie zur Hölle sollen wir es ihm zurückzahlen, Jenn?«

»Er bietet uns einen sehr großzügigen Rückzahlungsplan an, der zukünftige Einkommenserwartungen berücksichtigt. Um Himmels willen, Jack, ich könnte das Haus mit den aufgelaufenen Zinsen aus einem meiner Fonds bezahlen, aber ich wusste, dass dir das nicht recht wäre.« Jennifer setzte sich neben ihn. »Ich dachte, wenn wir es so machen, könntest du dich bei der ganzen Sache besser fühlen. Ich weiß, wie du über das Geld der Baldwins denkst. Wir *müssen* es Dad zurückzahlen. Es ist kein Geschenk. Es ist ein Darlehen, mit Zinsen. Ich verkaufe meine Wohnung. Dafür bekomme ich etwa achthunderttausend. Du wirst auch Geld beisteuern müssen. Wir kriegen es nicht gratis.« Spielerisch piekte sie ihn mit dem Finger in die Brust, um die Wirkung ihrer Worte zu unterstreichen. Sie blickte über die Schulter zum Haus zurück. »Ist es nicht wundervoll, Jack? Wir werden hier so glücklich sein. Wir sind dafür bestimmt, hier zu leben.«

Jack schaute ebenfalls zur Vorderseite des Hauses, ohne sie wirklich zu sehen. Alles, was er sah, war Kate Whitney, in jedem einzelnen Fenster des verdammten Klotzes.

Jennifer drückte seinen Arm und lehnte sich an ihn. Jacks Kopfschmerzen steigerten sich ins Unerträgliche. Der Verstand verweigerte den Dienst. Seine Kehle fühlte sich trocken an, die Beine steif. Sanft löste er sich von seiner Verlobten, stand auf und ging schweigend zurück zum Wagen.

Jennifer blieb noch einen Augenblick sitzen. Ungläubigkeit war das vorherrschende Gefühl, das ihr Gesicht widerspiegelte. Wütend folgte sie ihm.

Die Immobilienmaklerin, die in ihrem Mercedes saß und das Gespräch der beiden aufmerksam beobachtet hatte, hörte auf, an dem Vertrag zu schreiben. Missbilligend verzog sie den Mund.

Es war früher Morgen, als Luther das kleine Hotel verließ, das zwischen den dicht aneinander gebauten Häuserreihen im Nordwesten Washingtons verborgen lag. Er nahm ein Taxi zur U-Bahn-Station Metro Center und bat den Fahrer, einen Umweg zu nehmen. Als Vorwand gab er an, einen Blick auf eine Reihe von Sehenswürdigkeiten werfen zu wollen. Der Wunsch überraschte den Taxifahrer nicht. Ohne nachzudenken, schlug er die Route ein, die er tausend Mal fuhr, ehe die Touristensaison offiziell zu Ende ging, sofern das in dieser Stadt je tatsächlich der Fall war.

Der Himmel drohte mit Regen, was jedoch nichts bedeuten musste. Das unberechenbare Wetter wirbelte und peitschte nur so durch die Region; entweder ging es an der Stadt vorbei oder aber es ließ seine ganze Naturgewalt an ihr aus, bevor es weiter gen Atlantik zog. Luther blickte hinauf in das dunkle Gewölk, gegen das die aufgehende Sonne vergeblich ankämpfte.

Würde er in sechs Monaten überhaupt noch am Leben sein? Vielleicht nicht. Es war durchaus denkbar, dass sie ihn trotz aller Vorsichtsmaßnahmen aufspürten. Aber er hatte vor, die Zeit zu genießen, die ihm noch blieb.

Mit der U-Bahn fuhr er zum Washington National Airport, wo er einen Zubringerbus zum Hauptterminal nahm.

Das Gepäck hatte er bereits im Voraus für den Flug der American Airlines aufgegeben, der ihn nach Dallas/Fort Worth bringen sollte. Dort würde er die Fluglinie wechseln und nach Miami weiterreisen, wo er übernachten wollte, um am nächsten Morgen einen weiteren Flug nach Puerto Rico zu nehmen. Ein letzter Flug schließlich würde ihn nach Barbados bringen.

Alles war bar bezahlt. Sein Reisepass wies ihn als Arthur Lanis aus, 65 Jahre alt, aus Michigan, USA. Er besaß ein halbes Dutzend solcher Ausweise; alle waren feinste Handarbeit, wirkten hochoffiziell und waren doch ausnahmslos gefälscht. Der Reisepass war noch acht Jahre gültig und zeigte, dass er häufig reiste.

Luther setzte sich in die Wartehalle und gab vor, eine Zeitung zu lesen. Die Halle war erfüllt von Lärm und Getriebe, wie es für einen gewöhnlichen Werktag auf dem viel frequentierten Flughafen üblich war. Gelegentlich spähte Luther über die Zeitung, um sich zu vergewissern, dass ihm niemand mehr als nur zufällige Aufmerksamkeit schenkte, doch er bemerkte nichts dergleichen. Und mittlerweile war er lange genug im Geschäft, dass sich etwas in ihm geregt hätte, wäre ein Grund zur Sorge vorhanden gewesen. Sein Flug wurde aufgerufen, man überreichte ihm die Bordkarte, und er trottete die Treppe hinab auf das schlanke Geschoss zu, das ihn in drei Stunden im Herzen von Texas absetzen sollte.

Das Ziel Dallas/Ft. Worth war einer der häufig gebuchten Flüge der American Airlines, überraschenderweise aber fand Luther einen leeren Sitz neben sich vor. Er legte seinen Mantel darauf ab, um niemanden in Versuchung zu führen, dort Platz zu nehmen. Dann setzte er sich und schaute aus dem Fenster.

Als das Flugzeug auf die Startbahn zurollte, konnte er durch den dichten, wirbelnden Nebel des kaltfeuchten Septembermorgens die Spitze des Washington Monument erkennen. Nur knapp eine Meile entfernt würde seine Tochter bald aufstehen, um zur Arbeit zu gehen, während ihr Vater in die Wolken abhob, um notgedrungen und nicht unbedingt leichten Herzens ein neues Leben zu beginnen.

Während die Maschine sich in die Lüfte erhob, schaute er nach unten und betrachtete den Potomac, der sich durch die Landschaft schlängelte, bis er außer Sicht geriet. Einen Moment lang schweiften Luthers Gedanken zu seiner vor langer Zeit verstorbenen Frau, dann zurück zu seiner überaus lebendigen Tochter.

Luther blickte in das freundliche, aufmerksame Gesicht der Flugbegleiterin, bestellte Kaffee und nahm eine Minute später auch das einfache Frühstück an, das sie ihm reichte. Er stürzte das heiße Getränk hinunter, dann griff er ans Fenster hinüber und berührte die mit seltsamen Streifen und Kratzern übersäte Oberfläche. Als er die Brille putzte, erkannte er, dass seine Augen heftig tränten. Rasch sah er sich um; die meisten Passagiere beendeten gerade das Frühstück oder lehnten sich zurück, um vor der Landung noch ein kurzes Nickerchen zu halten.

Er klappte das Tablett hoch, öffnete den Gurt und ging auf die Toilette, wo er sich im Spiegel betrachtete. Seine Augen waren geschwollen und blutunterlaufen. Die Tränensäcke hingen schlaff nach unten; innerhalb der letzten sechsunddreißig Stunden war er merklich gealtert.

Luther ließ sich Wasser über das Gesicht laufen, wartete, bis sich die Tropfen unter dem Kinn sammelten, und benetzte es ein zweites Mal. Abermals rieb er sich die Augen. Sie schmerzten. Er lehnte sich gegen das winzige Waschbecken und versuchte, die zuckenden Gesichtsmuskeln unter Kontrolle zu bekommen.

Trotz aller Willensanstrengung wanderten die Gedanken zurück zu jenem Zimmer, wo er gesehen hatte, wie eine Frau brutal geschlagen wurde. Der Präsident der Vereinigten Staaten war ein Säufer, ein Ehebrecher, und er prügelte Frauen. Er grinste in Pressekameras, küsste Babys und flirtete mit alten Damen, die bezaubert von ihm waren; er nahm an bedeutenden Konferenzen teil, flog als oberster

Repräsentant seines Landes in alle Welt – und er war ein verdammtes Arschloch, das verheiratete Frauen vögelte, sie zusammenschlug und umbringen ließ.

Was für eine Kombination!

Es war mehr Wissen, als ein einzelner Mensch mit sich herumschleppen sollte.

Luther fühlte sich sehr einsam. Und stinksauer.

Das Traurigste daran war, dass der Mistkerl damit durchkommen würde.

Die ganze Zeit hatte Luther sich eingeredet, dass er den Kampf aufgenommen hätte, wenn er dreißig Jahre jünger gewesen wäre. Aber das war er nicht. Noch immer hatte er stärkere Nerven als die meisten, doch wie Flussgestein waren sie über die Jahre hinweg erodiert; sie waren nicht mehr, was sie einst gewesen waren. In seinem Alter überließ man solche Schlachten anderen, die sie entweder gewannen oder verloren. Seine Zeit war nun endlich gekommen. Luther Whitney war zu alt für die Herausforderung. Sogar er musste diese Tatsache einsehen und sich damit abfinden.

Abermals betrachtete er sich im Spiegel. Ein Schluchzen staute sich in der Kehle, bis es schließlich herausdrang und den kleinen Raum erfüllte.

Es gab keine Entschuldigung, die rechtfertigen konnte, was er *nicht* getan hatte. Er hatte die verspiegelte Tür nicht geöffnet. Er hatte den Mann nicht von Christine Sullivan heruntergezerrt. Er hätte den Tod der Frau verhindern können; das war die einfache Wahrheit. Hätte er gehandelt, sie wäre noch am Leben. Seine Freiheit, wahrscheinlich sogar sein Leben, hatte er gegen ein anderes eingehandelt. Gegen das Leben eines Menschen, der Hilfe gebraucht hätte, der gegen den Tod ankämpfte, während Luther nur zusah. Ein menschliches Wesen, das knapp ein Drittel von Luthers Zeit auf Erden verbracht hatte. Er war zu feige gewesen, und diese Erkenntnis umklammerte ihn wie eine wilde Anakonda, die ihn zu zerquetschen drohte.

Tief beugte er sich zum Waschbecken hinunter, als die

Beine unter ihm nachgaben. Er war geradezu dankbar dafür. Er konnte sein Gesicht im Spiegel nicht länger ansehen. Als die Maschine durch ein Luftloch sackte, wurde ihm speiübel.

Einige Minuten verstrichen; er tränkte ein Papierhandtuch mit kaltem Wasser und wischte sich damit über Gesicht und Nacken. Schließlich gelang es ihm, an seinen Platz zurückzutaumeln. Während das Flugzeug weiterdröhnte, schien sein Schuldgefühl mit jeder Meile zu wachsen.

Das Telefon klingelte. Kate sah auf den Wecker. Elf Uhr. Normalerweise ließ sie Anrufe um diese Zeit aufzeichnen. Aber irgendetwas veranlasste sie, die Hand auszustrecken und den Hörer abzunehmen, bevor die Maschine sich einschalten konnte.

»Hallo.«

»Warum bist du nicht mehr bei der Arbeit?«

»Jack?«

»Wie geht's deinem Knöchel?«

»Weißt du eigentlich, wie spät es ist?«

»Ich muss mich doch nach meiner Patientin erkundigen. Ärzte schlafen nie.«

»Der Patientin geht es gut. Danke für die Fürsorge.« Sie musste unwillkürlich lächeln.

»Karamelleis. Diese Medizin hat mich noch nie im Stich gelassen.«

»Aha, es gab also auch andere Patientinnen?«

»Mein Anwalt hat mir geraten, auf diese Frage nicht zu antworten.«

»Ein guter Anwalt.«

Jack konnte sich genau vorstellen, wie sie dasaß und mit einem Finger an den Haarspitzen spielte, wie damals, wenn sie gemeinsam gelernt hatten; er hatte Sicherheitsvorschriften gepaukt, sie Französisch.

»Dein Haar wellt sich auch ohne Hilfe an den Enden.«

Sie zog den Finger zurück, lächelte, dann runzelte sie die

Stirn. Diese Bemerkung rief eine Menge Erinnerungen wach. Nicht alle davon waren angenehm.

»Es ist spät, Jack. Ich habe morgen einen Gerichtstermin.«

Jack stand auf und schritt mit dem schnurlosen Hörer auf und ab. Blitzschnell überlegte er, wie er sie noch ein paar Sekunden am Telefon halten konnte. Er fühlte sich schuldig, als schnüffelte er herum. Unwillkürlich blickte er über die Schulter. Aber da war niemand, zumindest niemand, den er sehen konnte.

»Tut mir Leid, dass ich so spät noch angerufen habe.«

»Schon in Ordnung.«

»Und überhaupt, dass ich dir den Knöchel verrenkt habe.«

»Dafür hast du dich doch schon entschuldigt.«

»Ja. Wie geht's dir so? Ich meine, abgesehen vom Knöchel?«

»Jack, ich brauche wirklich ein bisschen Schlaf.«

Er hatte gehofft, dass sie das sagen würde.

»Gut, dann erzähl es mir morgen beim Mittagessen.«

»Ich hab dir doch gesagt, dass ich einen Gerichtstermin habe.«

»Nach dem Gerichtstermin.«

»Jack, ich weiß nicht, ob das eine gute Idee ist. Eigentlich bin ich ziemlich sicher, dass es eine lausige Idee ist.«

Er fragte sich, was sie damit wohl meinte. Es war schon immer eine seiner schlechten Angewohnheiten gewesen, zu viel aus ihren Bemerkungen herauszulesen.

»Ach, komm, Kate. Es ist nur ein Mittagessen. Ich bitte dich doch nicht, mich zu heiraten.« Er lachte, wusste aber bereits, dass er voll ins Fettnäpfchen getreten war.

Kate spielte nicht mehr mit ihrem Haar. Auch sie stand auf. Sie betrachtete im Spiegel auf dem Flur, wie sie am Kragen des Nachthemdes zupfte. Falten traten deutlich auf der Stirn hervor.

»Es tut mir Leid«, rief er rasch. »Es tut mir Leid, das habe ich nicht so gemeint. Hör zu, ich lade dich ein. Für irgendetwas muss ich mein Geld schließlich ausgeben.« Jack sprach in tiefe Stille hinein. Tatsächlich war er nicht sicher, ob sie überhaupt noch dran war.

Die letzten zwei Stunden lang hatte er die Unterhaltung geprobt. Jede mögliche Antwort, jeden Wortwechsel, jede Abweichung. Er betont unbekümmert, sie verständnisvoll. Sie hätten sich prima verstanden. Bisher jedoch war überhaupt nichts nach Plan verlaufen. Also griff er auf Plan B zurück. Er beschloss zu betteln.

»Bitte, Kate. Ich möchte wirklich mit dir reden. Bitte.«

Kate setzte sich wieder hin, verschränkte die Beine und rieb sich die langen Zehen. Sie holte tief Luft. Die Jahre hatten sie doch nicht so sehr verändert, wie sie glaubte. War das gut oder schlecht? Im Augenblick konnte sie sich darüber nicht den Kopf zerbrechen.

»Wann und wo?«

»Morton's?«

»Zum Mittagessen?«

Er sah sie vor sich, ihr ungläubiges Gesicht bei dem Gedanken an das ultrateure Restaurant. Wie sie sich fragte, in welchen Kreisen er mittlerweile verkehrte. »Na gut, wie wär's mit dem Bistro in Old Town, am Founders Park, so gegen zwei? Dann kommen wir nicht in den Mittagstrubel.«

»Schon besser. Aber ich kann dir nichts versprechen. Wenn ich es nicht schaffe, rufe ich dich an.«

Langsam blies er den Atem aus. »Danke, Kate.«

Er legte den Hörer rasch auf, bevor sie es sich anders überlegen konnte, und warf sich auf die Couch. Nun, da sein Plan funktioniert hatte, überlegte er, was er sich eigentlich vorstellte. Was würde er sagen? Was würde sie sagen? Streiten wollte er nicht mit ihr. In dieser Hinsicht hatte er sie nicht belogen; er wollte einfach mit ihr sprechen, sie sehen. Das war alles. Zumindest redete er sich das ein.

Jack ging ins Badezimmer, ließ das Waschbecken mit kaltem Wasser voll laufen und steckte den Kopf hinein. Dann holte er sich ein Bier und ging nach oben zum Dachpool;

dort saß er in der Dunkelheit und beobachtete, wie Flugzeuge über den Potomac hinweg in Richtung National Airport flogen. Die beiden grellroten Lichter des Washington Monument blinkten tröstend zu ihm herüber. Die Straßen, acht Stockwerke unter ihm, waren ruhig, abgesehen von vereinzelten Polizei- und Rettungssirenen.

Während er die ruhige Oberfläche des Pools betrachtete, streckte er den Fuß in das mittlerweile abgekühlte Wasser und schaute zu, wie sich die Wellen verteilten. Jack trank das Bier aus, ging nach unten und schlief auf einem Stuhl im Wohnzimmer ein; der Fernseher dröhnte weiter. Das Telefon läutete, aber er hörte es nicht; es wurde auch keine Nachricht hinterlassen. Fast zweitausend Meilen entfernt legte Luther Whitney den Hörer auf und rauchte die erste Zigarette seit über dreißig Jahren.

Langsam fuhr der Laster des Federal Express die abgelegene Landstraße entlang; der Fahrer suchte auf den rostigen, schief stehenden Briefkästen nach der richtigen Adresse. Noch nie hatte er hier draußen eine Lieferung zugestellt. Der Wagen schien die schmale Straße vollständig auszufüllen.

Er bog in die Auffahrt des letzten Hauses ein und wollte gerade zurücksetzen. Zufällig sah er sich um und entdeckte die Adresse auf einem kleinen Holzschild neben der Tür. Kopfschüttelnd lächelte er. Manchmal war es wirklich nur Glück.

Das Haus war klein und in keinem besonders guten Zustand. Die verwitterten Markisen aus Aluminiumblech über den Fenstern, die etwa zwanzig Jahre vor der Geburt des Fahrers modern gewesen waren, neigten sich nach unten, als wären sie inzwischen müde und wollten sich ausruhen.

Die alte Frau, die an die Tür kam, trug ein geblümtes Kleid und hatte sich einen dicken Pullover um die Schultern gebunden. Ihre dicken roten Knöchel ließen auf Durchblutungsstörungen und zahlreiche andere Gebrechen schließen. Sie wirkte überrascht, als habe sie das Päckchen nicht erwartet, unterschrieb aber bereitwillig dafür.

Der Fahrer warf einen Blick auf die Unterschrift auf dem Block: Edwina Broome. Dann stieg er in den Wagen und fuhr weg. Sie sah ihm nach, bevor sie die Tür schloss.

Das Sprechfunkgerät knisterte.

Fred Barnes hatte diesen Job seit mittlerweile sieben Jahren. Er fuhr durch die Wohngegenden der Reichen, sah protzige Häuser und von Gärtnern gepflegte Grundstücke; gelegentlich beobachtete er auch, wie teure Autos mit mannequinähnlichen Insassen die sauber asphaltierte Auffahrt herunter und durch die wuchtigen Tore brausten. Noch nie hatte er eines der Häuser betreten, für deren Bewachung er bezahlt wurde; er erwartete auch nicht, dass dies je geschehen werde.

Fred blickte an dem eindrucksvollen Gebäude hinauf. Vier bis fünf Millionen Dollar, schätzte er. Mehr Geld, als er in fünf Leben verdienen konnte. Manchmal war die Welt einfach nicht gerecht.

Über das Funkgerät gab er eine Meldung durch. Er sollte hier nach dem Rechten sehen. Was los war, wusste er nicht genau. Ihm war lediglich bekannt, dass der Hausbesitzer angerufen und gebeten hatte, man möge einen Wagen zur Überprüfung losschicken.

Die kalte Luft, die ihm ins Gesicht wehte, ließ Barnes an eine Tasse heißen Kaffee und Plundergebäck denken, gefolgt von acht Stunden Schlaf, bevor er wieder hinausmusste, um eine weitere Nacht lang seine Runden zu drehen und die Besitztümer der Reichen zu beschützen. Die Bezahlung war nicht übel, die Sozialleistungen jedoch unter aller Kritik. Auch seine Frau hatte eine Ganztagsarbeit, und bei drei Kindern kamen sie mit dem gemeinsamen Einkommen gerade über die Runden. Aber schließlich hatten es alle schwer. Barnes schaute zu der fünftorigen Garage auf der Hinterseite, betrachtete den Swimmingpool und die Tennisplätze. Nun, manche vielleicht nicht ganz so.

Als er um die Ecke rollte, entdeckte er das herabhängende Seil, und die Gedanken an Kaffee und Plundergebäck verpufften. Er duckte sich, und seine Hand fuhr automatisch nach der Waffe im Schulterhalfter.

Über das Mikrofon erstattete er Bericht, wobei seine Stimme sich vor Aufregung fast überschlug. In ein paar Minuten würde die echte Polizei hier sein. Er konnte auf sie warten oder selbst nach dem Rechten sehen. Aber für acht Dollar die Stunde, sagte er sich, war das entschieden zu viel verlangt.

Als Erster traf Barnes' Vorgesetzter in dem grellweißen Lieferwagen mit dem Firmenlogo ein. Eine halbe Minute später kam der erste von fünf Streifenwagen die Asphaltauffahrt heraufgefahren, bis die Autos schließlich wie ein wartender Zug vor dem Haus parkten.

Zwei Beamte sicherten das Fenster. Wahrscheinlich hatten die Einbrecher den Tatort schon lange verlassen, doch Mutmaßungen waren im Polizeialltag gefährlich.

Vier Polizisten gingen zur Vorderseite, zwei weitere deckten die Hinterseite. Paarweise drangen die vier Beamten in das Haus ein. Sie bemerkten, dass die Eingangstür unversperrt und die Alarmanlage ausgeschaltet war. Sie überprüften das Erdgeschoss und stiegen vorsichtig die breite Treppe hinauf, alle Sinne in höchster Alarmbereitschaft auf jedes Zeichen eines Geräusches oder einer Bewegung.

Als sie den Treppenabsatz zum zweiten Stock erreichten, witterte die Nase des verantwortlichen Sergeants, dass es sich hierbei um keinen gewöhnlichen Einbruch handelte.

Vier Minuten später standen die Polizisten im Kreis um die Überreste einer ehemals jungen, hübschen Frau. Die gesunde Gesichtsfarbe der Männer war einem fahlen Weiß gewichen.

Der Sergeant, ein dreifacher Familienvater, der die fünfzig bereits überschritten hatte, schaute dankbar zum offenen Fenster hinüber. Doch selbst mit der frischen Luft von draußen war der Gestank im Zimmer betäubend. Nach einem weiteren Blick auf die Leiche schritt er rasch ans Fenster und sog gierig die klare Luft ein.

Er hatte eine Tochter in etwa demselben Alter. Einen Augenblick lang stellte er sich vor, sie läge dort auf dem Fußboden, mit kaum mehr erkennbarem Gesicht, das Leben brutal ausgelöscht. Die Angelegenheit fiel nun nicht mehr in seinen Zuständigkeitsbereich, dennoch hatte er einen Wunsch: Er wollte dabei sein, wenn derjenige geschnappt wurde, der dieses abscheuliche Verbrechen begangen hatte.

KAPITEL 7

Lieutenant Seth Frank kaute an einem Stück Toast und versuchte gleichzeitig, seiner sechsjährigen Tochter die Zöpfe für die Schule zurechtzumachen, als der Anruf kam. Der Blick seiner Frau sagte ihm alles. Sie übernahm die Haarbänder. Seth klemmte den Hörer zwischen Ohr und Schulter, während er die Krawatte band und den ruhigen, knappen Worten des Anrufers lauschte. Zwei Minuten später saß er bereits im Wagen. Obwohl überflüssig, war das Einsatzlicht auf dem Dach des Ford befestigt, der ihm als Dienstwagen zur Verfügung stand, und verstreute weithin sichtbar sein Unheil verkündendes Blau, als er durch die nahezu verlassenen Landstraßen des County brauste.

Franks großer, schwerknochiger Körper wies bereits erste Anzeichen der unvermeidlichen Erschlaffung auf, auch die schwarzen Locken waren nicht mehr so dicht wie einst. Er war einundvierzig, Vater dreier Töchter, die jeden Tag komplizierter und befremdlicher wurden, und er hatte inzwischen gelernt, dass nicht alles im Leben einen Sinn ergab. Aber insgesamt betrachtet, war er ein glücklicher Mann. Das Leben hatte ihn mit keinen allzu schweren Schicksalsschlägen gestraft. Noch nicht. Er war lange genug Gesetzeshüter, um zu wissen, dass sich das schlagartig ändern konnte.

Frank wickelte einen Streifen Juicy Fruit aus, den er gemächlich kaute, während dichte Reihen von Pinien am Fenster vorbeiflogen. Er hatte seine Laufbahn als Streifenpolizist in den schlimmsten Vierteln von New York City begonnen, wo der Begriff »Wert des Lebens« ein Widerspruch in sich war und wo er praktisch jede mögliche Art gesehen hatte, wie Menschen einander umbringen konnten. Schließlich war er Detective geworden; seine Frau war vor Freude ganz aus dem Häuschen gewesen. Zumindest würde er nun am Ort des Verbrechens eintreffen, wenn die bösen Jungs bereits verschwunden waren. Sie schlief nachts besser, seit sie wusste, dass der gefürchtete Anruf, der ihr Leben zerstören konnte, wahrscheinlich ausbleiben würde. Das war das Höchste, was sie als Frau eines Polizisten erhoffen durfte.

Schließlich war Frank dem Morddezernat zugeteilt worden, was in seinem Beruf vermutlich die größte Herausforderung darstellte. Nach ein paar Jahren war er zu dem Schluss gekommen, dass er die Arbeit und die Herausforderung mochte, nicht aber im Ausmaß von sieben Leichen pro Tag. Also war er in den Süden gezogen, nach Virginia.

Hier durfte er sich Leiter des Morddezernats von Middleton County nennen, was sich tatsächlich besser anhörte, als es eigentlich war, denn er war zugleich der einzige Ermittler in Mordfällen, den das County sich leistete. Aber in dem relativ harmlosen ländlichen Gebiet waren über die Jahre hinweg nicht viele anspruchsvolle Aufgaben auf ihn zugekommen. Dazu waren die Bewohner in der Regel einfach zu gut betucht. Zwar wurden Menschen ermordet, doch abgesehen von Frauen, die ihre Ehemänner erschossen und umgekehrt, und erbgierigen Kindern, die ihre Eltern um die Ecke brachten, gab es nichts Aufregendes. Die Täter waren in diesen Fällen ziemlich offensichtlich; es handelte sich weniger um geistige als vielmehr um Laufarbeit. Der Anruf von vorhin konnte das alles möglicherweise ändern.

Die Straße wand sich durch bewaldetes Gebiet und erstreckte sich dann zwischen umzäunten, grünen Weiden, auf denen langbeinige Vollblutpferde träge dem neuen Morgen entgegenblickten. Hinter eindrucksvollen Toren und langen, gewundenen Auffahrten befanden sich die Residenzen der Reichen, von denen es in dieser Gegend nur so wimmelte. Frank kam zu dem Schluss, dass er von den Nachbarn bei diesem Fall nicht viel Hilfe erwarten konnte. Hatten sie sich erst in ihren jeweiligen Festungen verschanzt, sahen und hörten sie vermutlich nichts mehr von dem, was draußen vor sich ging. Zweifellos wollten sie es so und zahlten teuer für dieses Privileg.

Als Frank sich dem Anwesen der Sullivans näherte, rückte er im Rückspiegel die Krawatte gerade und strich ein paar verirrte Strähnen aus der Stirn. Er empfand keine besondere Sympathie für die Reichen, aber auch keine ausgeprägte Abneigung. Sie waren Teile des Puzzles. Ein Rätsel, das längst nichts mehr mit einem Spiel zu tun hatte. Das wiederum führte zum befriedigendsten Aspekt seiner Arbeit. Denn zwischen all den unerwarteten Wendungen eines Falles, den Täuschungen, falschen Spuren und offensichtlichen Fehlern lauerte eine unumstößliche Wahrheit: Wer einen Menschen tötete, fiel in die Zuständigkeit von Seth Frank und wurde letztlich bestraft. Normalerweise interessierte er sich nicht dafür, wie diese Strafe aussah. Was ihn sehr wohl interessierte, war, dass solche Menschen vor Gericht kamen, und – im Falle einer Verurteilung – die über sie verhängte Strafe verbüßten. Ganz gleich, ob es sich nun um Reiche, Arme oder Mittelständler handelte. Seine Fähigkeiten mochten ein wenig eingerostet sein, doch die Instinkte waren immer noch da. Alles in allem hatte er sich auf Letztere stets verlassen können.

Als er in die Auffahrt bog, bemerkte Frank einen Mähdrescher, der sich durch ein angrenzendes Maisfeld wühlte. Der Fahrer beobachtete das rege Treiben der Polizei aufmerksam. Bald schon würde sich die Neuigkeit wie ein Lauffeuer in der Gegend verbreiten. Der Mann konnte nicht wissen, dass er gerade Spuren einer Flucht vernichtete. Ebenso wenig wusste es Seth Frank, als er aus dem Wagen stieg, die Jacke anzog und durch die Eingangstür eilte.

Die Hände tief in den Hosentaschen vergraben, ließ der Kommissar den Blick langsam durch den Raum wandern, vom Boden über die Wände hinauf an die Decke; anschließend zurück zur verspiegelten Tür und an die Stelle, an der die Verstorbene während der letzten paar Tage gelegen hatte. Seine Augen nahmen jede Einzelheit auf.

»Ich will jede Menge Fotos, Stu«, sagte Seth Frank. »Sieht so aus, als könnten wir sie brauchen.«

Der Polizeifotograf schritt, ausgehend von der Leiche, in einem exakten Raster durch den Raum, um jeden Aspekt des Zimmers auf Film zu bannen, einschließlich des einzigen Bewohners. Danach würde eine vollständige Videoaufnahme des gesamten Tatorts mit Erläuterungen erfolgen. Das war zwar vor Gericht nicht unbedingt zulässig, doch es war von unschätzbarem Wert für die Ermittlungen. So wie Footballspieler sich auf Video Spiele ansahen, durchforschten Fahnder immer öfter Videos nach zusätzlichen Hinweisen, die sie erst nach der achten, zehnten, oder hundertsten Betrachtung entdeckten.

Das Seil war noch an der Kommode befestigt und hing aus dem Fenster. Nur war es mittlerweile mit schwarzem Fingerabdruckpulver bedeckt, wenngleich sie kaum etwas finden würden. Im Normalfall trug man Handschuhe, wenn man ein Seil hinunterkletterte.

Sam Magruder, der Einsatzleiter, trat an Frank heran, nachdem er gerade zwei Minuten aus dem Fenster gebeugt nach frischer Luft geschnappt hatte. Er war Mitte fünfzig, mit einem buschigen roten Haarschopf über dem rundlichen, bartlosen Gesicht, und er hatte Mühe, das Frühstück im Magen zu behalten. Man hatte einen tragbaren Ventilator ins Zimmer gebracht, und die Fenster standen weit offen. Das gesamte Ermittlungspersonal trug geruchsfilternde Masken, dennoch war der Gestank unerträglich. Der Abschiedsgruß der Toten an die Lebenden. Wunderschön in einem Augenblick, im nächsten nur noch faules Fleisch.

Frank sah Magruders Notizen durch, als er die grünliche Gesichtsfarbe des Einsatzleiters bemerkte.

»Sam, wenn du vom Fenster wegbleibst, stellt sich dein

Geruchssinn in etwa vier Minuten darauf ein. So machst du es nur schlimmer.«

»Ich weiß, Seth. Mein Verstand sagt es mir, aber meine Nase will nicht darauf hören.«

»Wann hat ihr Mann angerufen?«

»Heute Morgen, sieben Uhr fünfundvierzig Ortszeit.«

Frank versuchte, das Gekritzel des Polizisten zu entziffern. »Und wo ist er?«

»Auf Barbados.«

Frank sah hoch. »Wie lange schon?«

»Das überprüfen wir gerade.«

»Gut so.«

»Wie viele Visitenkarten haben sie hinterlassen, Laurie?« Frank wandte sich der Spurensicherungsexpertin, Laurie Simon, zu.

Sie schaute auf, ohne ihm in die Augen zu sehen. »Viel finde ich nicht, Seth.«

Frank ging zu ihr hinüber. »Komm schon, Laurie. Sie muss überall im Zimmer gewesen sein. Was ist mit ihrem Mann? Dem Hausmädchen? Hier müssen überall verwertbare Abdrücke sein.«

»Ist aber nicht viel da.«

»Du willst mich wohl auf den Arm nehmen?« Simon, die ihre Arbeit sehr ernst nahm, war die beste Aufspürerin von Fingerabdrücken, mit der Frank je zusammengearbeitet hatte, das New York Police Departement mit eingeschlossen. Beinahe entschuldigend sah sie ihn an. Überall war Karbonpulver, und es gab keine Abdrücke? Ganz im Gegensatz zum weit verbreiteten Glauben hinterließen zahlreiche Verbrecher Fingerabdrücke am Tatort. Man musste nur wissen, wo man danach zu suchen hatte. Leider wusste Laurie Simon, wo sie zu suchen hatte, und meldete dennoch Fehlanzeige. Hoffentlich ergab sich nach der Laboranalyse etwas. Viele latente Abdrücke waren einfach mit bloßem Auge nicht zu erkennen, ganz gleich, aus welchem Winkel man Licht darauf warf. Deshalb nannte man sie auch latente Abdrücke. Man konnte nur alles bepulvern und abnehmen, von dem man annahm, die Täter könnten es berührt haben. Und vielleicht hatte man Glück.

»Ich hab ein paar Sachen zusammengepackt, die ich mir im Labor näher ansehen will. Wenn ich sie mit Ninhydrin präpariert und die Reste mit Super Glue bearbeitet habe, kommt vielleicht was dabei raus.« Pflichtbewusst machte sie sich wieder an die Arbeit.

Frank schüttelte den Kopf. Super Glue, ein Cyanoakrylat, war vermutlich das beste Dampfverfahren und konnte Fingerabdrücke zum Vorschein bringen, die man nicht für möglich halten würde. Das Problem war, dass es Zeit brauchte, bis der Zauber wirkte. Und Zeit hatten sie keine.

»Ach komm, Laurie, so wie die Leiche aussieht, haben die bösen Jungs ohnehin schon einen gehörigen Vorsprung.«

Sie sah ihn an. »Ich habe ein anderes Zyanoakrylester, das ich ausprobieren möchte. Es arbeitet schneller. Notfalls kann ich den Super Glue immer noch anzünden, um die Sache zu beschleunigen.« Sie lächelte.

Der Kommissar zog eine Grimasse. »Genau. Bei deinem letzten Versuch mussten wir das ganze verfluchte Gebäude evakuieren.«

»Nichts in dieser Welt ist vollkommen, Seth.«

Magruder räusperte sich. »Sieht so aus, als hätten wir es hier mit echten Profis zu tun.«

Seth bedachte den Einsatzleiter mit einem strengen Blick. »Das sind keine Profis, Sam, das sind Mörder. Die haben kein College besuchen müssen, um so etwas zu lernen.«

»Nein, Sir.«

»Ist es sicher, dass es die Hausherrin ist?«, wollte Frank wissen.

Magruder wies auf das Foto auf dem Nachttisch. »Christine Sullivan. Natürlich lassen wir sie noch identifizieren.«

»Irgendwelche Zeugen?«

»Nicht, dass ich wüsste. Ich habe noch nicht mit den Nachbarn gesprochen. Das werd ich heute Morgen machen.«

Frank begann, sich ausführliche Notizen über den Raum sowie den Zustand des Opfers zu machen; dann fertigte er eine genaue Skizze des Zimmers und des Mobiliars an. Ein guter Verteidiger konnte einen unvorbereiteten Zeugen der Staatsanwaltschaft wie den letzten Idioten aussehen lassen. Unvorbereitet zu sein bedeutete, dass schuldige Verbrecher freikamen.

Die einzige Lektion, die er zu dem Thema je brauchen sollte, hatte Frank bei einer Verhandlung wegen Einbruchs gelernt. Er war damals noch Anfänger und als Erster am Tatort gewesen. Nie zuvor in seinem Leben war ihm beschämter oder deprimierter zu Mute gewesen als in dem Augenblick, als er den Zeugenstand verließ. Der Verteidiger hatte seine Zeugenaussage förmlich zerpflückt und auf dieser Grundlage am Ende einen Freispruch für den Angeklagten erwirkt. Hätte Frank im Gerichtssaal seine 38er tragen dürfen, gäbe es seit jenem Tag einen Anwalt weniger auf Erden.

Frank ging durch das Zimmer zum Gerichtsmediziner, einem feisten, weißhaarigen Mann, der trotz der Morgenkälte, die draußen herrschte, heftig schwitzte. Er zog gerade den Rock der Leiche herunter. Frank kniete nieder und untersuchte eine der in Plastikbeutel gehüllten Hände, dann betrachtete er das Gesicht der Frau. Es sah so aus, als wäre sie grün und blau geschlagen worden. Die Kleidung war durchtränkt mit ihren Körperflüssigkeiten. Mit dem Tod ging die fast unverzügliche Entspannung der Schließmuskeln einher. Die daraus entstandene Geruchskombination war alles andere als angenehm. Glücklicherweise war der Insektenbefall trotz des offenen Fensters äußerst gering.

»Hast du schon den ungefähren Todeszeitpunkt?«, fragte Seth Frank den Gerichtsmediziner.

»Das Rektalthermometer hilft mir hier nicht viel, wenn du verstehst, was ich meine. Zweiundsiebzig bis vierundachtzig Stunden. Genaueres kann ich sagen, sobald ich sie aufgemacht habe.« Der Gerichtsmediziner stand auf.

»Schusswunden am Kopf«, fügte er hinzu, wenngleich für niemanden im Raum Zweifel hinsichtlich der Todesursache der Frau bestanden.

»Mir sind die Male am Hals aufgefallen.«

Der Leichenbeschauer musterte Frank einen Augenblick, dann zuckte er die Schultern. »Die sind da. Ich weiß noch nicht, was sie bedeuten.«

»Ich hätte gerne einen raschen Bericht über diesen Fall.«

»Den bekommst du. Hier draußen gibt's nicht viele Morde. Die wenigen haben normalerweise Vorrang.«

Bei der sarkastischen Bemerkung zuckte der Kommissar zusammen. Der Gerichtsmediziner sah ihn an. »Ich hoffe, du schlägst dich gerne mit den Pressefritzen herum. Auf das hier stürzen sie sich bestimmt wie ein Bienenschwarm auf einen Topf Honig.«

»Eher wie ein Wespenschwarm.«

Abermals zuckte der Gerichtsmediziner die Schultern. »Besser du als ich. Für diesen Mist bin ich viel zu alt. Von mir aus könnt ihr sie wegschaffen.«

Der Leichenbeschauer verstaute seine Instrumente und ging.

Frank hielt die zierliche Hand zu seinem Gesicht hoch und betrachtete die professionell manikürten Nägel. Zwei der Nagelhäute waren mehrfach eingerissen, was darauf hindeuten mochte, dass es einen Kampf gegeben hatte, bevor man sie abknallte. Der Körper war aufgebläht; überall wüteten Bakterien, die den Verwesungsprozess vorantrieben. Die Totenstarre hatte schon lange eingesetzt, was bedeutete, dass sie seit mindestens achtundvierzig Stunden tot war. Die Gliedmaßen fühlten sich geschmeidig an, da sich die weiche Hautschicht des Körpers auflöste. Frank seufzte. Sie lag tatsächlich schon eine ganze Weile hier. Das war gut für den Mörder, schlecht für die Polizei.

Vorsichtig hob er den Kopf der Leiche an und drehte jede Seite gegen das Licht. An der rechten Seite klafften zwei Eintrittswunden, an der linken ein großes, gezacktes Austrittsloch. Sie hatten es mit schwerkalibrigen Geschossen zu tun. Stu hatte die Wunden bereits aus allen möglichen Winkeln fotografiert, einschließlich direkt von oben. Die rundlichen Schürfränder und das Fehlen von Brand- oder Druckstellen an der Hautoberfläche ließen Frank darauf schließen, dass die Schüsse aus mehr als einem halben Meter Entfernung abgefeuert worden waren.

Kleinkalibrige Kontaktwunden, verursacht durch Schüsse aus weniger als fünf Zentimeter Distanz oder unmittelbare Mündungsberührung mit der Haut konnten vielerlei verschiedenartige Eintrittswunden am Opfer hinterlassen. Doch wenn sie es mit einer Kontaktwunde zu tun hatten, wären noch Pulverrückstände im Gewebe entlang der Geschossbahn vorhanden. Die Autopsie würde in diesem Punkt Gewissheit bringen.

Als Nächstes begutachtete er die Quetschung am rechten Kiefer. Teilweise wurde sie durch die natürliche Blasenbildung des verwesenden Körpers verdeckt, doch Frank hatte genug Leichen gesehen, um den Unterschied zu erkennen. Die Hautoberfläche an der Stelle war ein merkwürdiges Gemisch aus Grün, Braun und Schwarz. Nur ein gewaltiger Schlag konnte so etwas verursacht haben. Ein Mann? Das war merkwürdig. Er rief nach Stu, damit er von dem Bereich Fotos mit einer Farbskala machte. Dann legte er den Kopf mit der Ehrfurcht zurück, die der Verstorbenen gebührte, selbst unter den überwiegend klinischen Umständen.

Bei der nachfolgenden Autopsie würde man nicht so viel Pietät zeigen.

Langsam hob Frank den Rock hoch. Die Unterwäsche war unbeschädigt. Der Autopsiebericht würde die offensichtliche Frage klären.

Frank sah sich den Raum an, während die Mitglieder des Untersuchungsteams weiterarbeiteten. Es hatte etwas Gutes, in einer reichen, wenn auch eher ländlichen Gegend zu leben: Die Steuereinnahmen reichten problemlos aus, um eine kleine, aber erstklassige Untersuchungsmannschaft für den Tatort auszurüsten, mit der neuesten Technologie und allen Geräten, die es theoretisch erleichterten, Verbrecher zu fangen.

Das Opfer war auf die linke Körperseite gefallen, von der Tür abgewandt. Die Knie waren teilweise angezogen, der linke Arm ausgestreckt, der rechte ruhte an der Hüfte. Das Gesicht wies nach Osten, weg von der rechten Bettseite; sie lag in beinahe fötaler Stellung. Frank rieb sich die Nase. Vom Anfang zum Ende, wieder zurück zum Anfang. Niemand konnte wissen, auf welche Weise man von Mutter Erde schied, nicht wahr?

Mit Simons Hilfe vermaß er die Lage des Leichnams; das Maßband quietschte, als es ausgezogen wurde. In diesem Raum des Todes klang es irgendwie blasphemisch. Er betrachtete die Tür und die Lage des Körpers. Dann nahmen Simon und er eine vorläufige Flugbahnbestimmung der Kugeln vor. Daraus ergab sich, dass die Schüsse höchstwahrscheinlich von der Tür aus abgegeben worden waren. Bei einem Einbruch, wenn der Täter auf frischer Tat ertappt wurde, hätte man das Gegenteil erwartet. Doch es gab noch ein Beweisstück, das mit großer Wahrscheinlichkeit bestätigen würde, welchen Weg die Kugeln zurückgelegt hatten.

Abermals kniete Frank sich neben die Leiche. Es gab keine Schleifspuren auf dem Teppich, auch die Blutflecken und Spritzmuster deuteten darauf hin, dass die Tote genau an dieser Stelle gefallen war. Sachte drehte Frank die Leiche um und hob erneut den Rock hoch. Nach Eintritt des Todes sammelte sich das Blut an den untersten Stellen des Körpers, ein Umstand, der *Livor mortis* genannt wird. Nach vier bis sechs Stunden bleibt der *Livor mortis* unverändert. Folglich führt eine Bewegung des Körpers zu keiner Änderung der Blutverteilung im Körper. Frank legte die Leiche zurück. Alles wies darauf hin, dass Christine Sullivan genau hier gestorben war.

Die Blutspuren erhärteten ferner den Schluss, dass die Verstorbene wahrscheinlich zum Bett hingesehen hatte, als der Tod sie ereilte. Wenn dem so war, wen oder was hatte sie angeschaut? Normalerweise würde jemand, der erschossen werden sollte, den Mörder anblicken und um Gnade flehen. Christine Sullivan hätte gebettelt, dessen war Frank sicher. Der Fahnder betrachtete das prunkvoll ausgestattete Zimmer. Sie besaß eine Menge, wofür es sich zu leben lohnte.

Eingehend untersuchte Frank den Teppich, wobei er mit dem Gesicht bis auf wenige Zentimeter an die Oberfläche heranging. Die Blutspritzer waren ungleichmäßig verteilt, als hätte etwas vor oder neben dem Opfer gelegen. Das konnte sich in weiterer Folge noch als wichtig erweisen. Über Spritzmuster war schon viel geschrieben worden. Frank sah sie als nützliche Indizien, versuchte aber, nicht zu viel daraus erkennen zu wollen. Aber wenn etwas den Teppich teilweise vor Blut geschützt hatte, dann wollte er wissen, worum es sich dabei gehandelt hatte. Verwirrend fand er auch, dass auf dem Kleid keinerlei Blutflecken waren. Das musste er sich notieren; es konnte ebenfalls von Bedeutung sein.

Simon öffnete ihren Spezialkoffer und nahm mit Franks Hilfe einen Abstrich an der Vagina der Toten vor. Als Nächstes kämmten sie sowohl durch ihr Kopf- als auch Schamhaar, wobei keine offensichtlichen Fremdkörper zu Tage traten. Schließlich stopften sie die Kleidung des Opfers in Plastikbeutel.

Frank betrachtete die Leiche eingehend. Er warf Simon einen Blick zu. Sie erriet den Gedanken.

»Es wird keine geben, Seth.«

»Tu mir den Gefallen, Laurie.«

Pflichtbewusst breitete Simon das Fingerabdruck-Set aus und trug Pulver auf, an den Handgelenken, Brüsten und Innenseiten der Oberarme. Nach ein paar Sekunden sah sie zu Frank auf und schüttelte den Kopf. Dann verstaute sie die Ausbeute ihrer Arbeit.

Frank beobachtete, wie der Leichnam in ein weißes Tuch gehüllt und in eine Leichentasche gepackt wurde. Danach wurde Christine Sullivan hinausgetragen, wo ein Rettungswagen sie ohne Sirenen an einen Ort bringen würde, den zu sehen sich niemand wünschte.

Danach untersuchte Frank den Tresorraum, wo ihm Stuhl und Fernbedienung ins Auge stachen. Auf dem Boden des Tresors waren Staubmuster aufgewirbelt. Simon hatte den Bereich bereits bearbeitet. Die Sitzfläche des Stuhls war voll mit dem schwarzen Pulver. Der Tresorraum war aufgebrochen worden, Tür und Wand wiesen Beschädigungen auf, wo das Schloss geknackt worden war. Sie würden den Hebelansatzpunkt als Beweisstück herausschneiden und versuchen, eine Werkzeugsbestimmung vorzunehmen. Nochmals blickte Frank durch die Tresortür und schüttelte den Kopf. Ein Einwegspiegel. Wie fein. Noch dazu im Schlafzimmer. Er konnte es kaum erwarten, den Hausbesitzer kennen zu lernen.

Frank ging zurück ins Zimmer und betrachtete das Foto auf dem Nachttisch. Fragend schaute er zu Simon hinüber.

»Habe ich schon, Seth«, sagte sie. Er nickte und ergriff das Bild. Eine hübsche Frau, dachte er, wirklich hübsch auf eine gewisse Komm-und-fick-mich-Art. Das Foto war in diesem Zimmer geschossen worden, die kürzlich Verblichene saß auf dem Sessel neben dem Bett. Dann bemerkte er die Delle in der Wand. Es waren echte Stuckaturwände, nicht der übliche Schnellputz, dennoch war die Einbuchtung tief. Frank stellte außerdem fest, dass der Nachttisch bewegt worden war; der dicke Teppich zeigte noch die ursprüngliche Stellung. Er wandte sich zu Magruder um.

»Sieht so aus, als wäre jemand dagegengerannt.«

»Wahrscheinlich während des Kampfes.«

»Wahrscheinlich.«

»Habt ihr die Kugel schon gefunden?«

»Eine steckt noch in ihr drin, Seth.«

»Ich meine die andere, Sam.« Ungehalten schüttelte Frank den Kopf. Magruder deutete an die Wand neben dem Bett, in der sich ein kleines, kaum sichtbares Loch befand.

Frank nickte. »Schneidet den Bereich aus; die Jungs vom Labor sollen die Kugel herausholen. Fingert bloß nicht selbst daran herum.« Im letzten Jahr waren die ballistischen Tests zweimal nutzlos geworden, weil ein übereifriger Uniformierter ein Projektil aus der Wand gekratzt und dabei die Schleifspuren zerstört hatte.

»Hülsen?«

Magruder schüttelte den Kopf. »Wenn die Mordwaffe leere Hülsen ausgespuckt hat, dann hat sie jemand aufgehoben.«

Frank wandte sich Simon zu. »Irgendetwas aus dem E-Vak?« Der spezielle Hochleistungsstaubsauger, den sie verwendeten, war ein höchst nützliches Gerät; er arbeitete mit einer Reihe von Filtern und wurde verwendet, um den Teppich und andere Materialien nach Fasern, Haaren und sonstigen winzigen Objekten zu durchforsten, die sich oftmals als große Hilfe erwiesen. Denn was der Täter nicht sah, konnte er auch nicht entfernen.

Magruder versuchte, witzig zu sein. »Ich wünschte, mein Teppich wäre so sauber.«

Frank wandte sich an das Untersuchungsteam. »Haben wir irgendeine Spur, Leute?« Alle sahen einander an und überlegten, ob Frank wohl scherzte oder nicht. Das fragten sie sich immer noch, als er den Raum verließ und die Treppe hinunterging.

An der Eingangstür sprach ein Vertreter der Alarmanlagenfirma mit einem Beamten. Ein Mitglied des Untersuchungsteams packte gerade die Abdeckplatte und die Drähte in Plastikbeutel für Beweisstücke. Man zeigte Frank, wo die Farbe leicht zerkratzt war, außerdem einen mikroskopisch kleinen Metallsplitter, der darauf hinwies, dass die Schalttafel abmontiert worden war. An den Drähten waren geringfügige zahnartige Einbuchtungen erkennbar. Bewundernd betrachtete der Fachmann für Alarmanlagen die Handarbeit des Einbrechers. Magruder trat zu ihnen; langsam kehrte Farbe in sein Gesicht zurück.

Der Vertreter nickte mit dem Kopf. »Sieht so aus, als hätten sie einen Zähler benutzt.«

Seth sah ihn an. »Was ist das?«

»Ein computerunterstütztes Verfahren, um Unmengen von Zahlenkombinationen in die Erkennungsbank des Systems zu schaufeln, bis man die richtige Kombination hat. Sie wissen schon, wie die Dinger, die zum Knacken von Geldautomaten verwendet werden.«

Frank blickte zu dem leer geräumten Schaltschrank, dann zurück zu dem Mann. »Überrascht mich, dass ein solches Haus über kein besseres System verfügt.«

»Es ist ein hervorragendes System.« Der Vertreter klang geradezu beleidigt.

»Eine Menge Gauner benützen heutzutage Computer.«

»Ja, aber der springende Punkt ist, dass dieses Baby hier fünfzehn Stellen hat, nicht zehn, außerdem ein Zeitlimit von dreiundvierzig Sekunden. Wenn man es nicht innerhalb der Zeit schafft, schnappt die Falle zu.«

Frank rieb sich die Nase. Er musste nach Hause, um zu duschen. Der Gestank des Todes, der sich mehrere Tage lang in dem heißen Zimmer ausgebreitet hatte, hinterließ kaum entfernbare Rückstände in Kleidung, Haaren und Haut. Und in den Nasenhöhlen.

»Also?«, fragte Frank.

»Also, die tragbaren Modelle, die man wahrscheinlich für einen Einbruch wie den hier verwenden würde, können einfach in dreißig Sekunden nicht genügend Kombinationen durchspielen. Bei einer fünfzehnstelligen Konfiguration hat man es mit über dreiunddreißig Trillionen Möglichkeiten zu tun! Und es ist ja nicht so, dass die Kerle PCs mit sich herumschleppen.«

Der Einsatzleiter schaltete sich ein. »Warum dreißig Sekunden?«

Frank antwortete. »Man braucht auch ein wenig Zeit, um die Abdeckung loszuschrauben, Sam.« Er wandte sich wieder dem Sicherheitsspezialisten zu. »Was also wollen Sie damit sagen?«

»Ich will damit sagen, dass er bereits einige der möglichen Stellen ausgeschlossen haben muss, wenn er diese Anlage mit einem Nummernsucher überlistet hat. Vielleicht die Hälfte, vielleicht auch mehr. Ich meine, vielleicht haben sich die Typen ja selbst etwas zusammengebastelt, um diese Nuss zu knacken. Und wir reden hier auf keinen Fall von billiger Hardware und irgendwelchen Pennern, die in ein Elektrogeschäft gehen und mit einem Taschenrechner wieder herauskommen. Aber es bleibt ein Haken dabei: Die Computer werden zwar jeden Tag schneller und kleiner, doch man muss auch wissen, dass die Geschwindigkeit der *eigenen* Hardware das Problem nicht löst. Entscheidend ist, wie schnell der Computer der Alarmanlage auf die eingegebenen Kombinationen reagiert. Wahrscheinlich um einiges langsamer als die eigene Maschine. Kurz und gut, man braucht für so einen Job eine Rückversicherung, verstehen Sie? In dem Gewerbe kriegt man keine zweite Chance.«

Frank begutachtete die Montur des Mannes, dann die Schalttafel. Er wusste, was es bedeutete, sollte der Bursche Recht haben. In diese Richtung hatte er schon selbst gedacht und zwar auf Grund der Tatsache, dass an der Eingangstür weder Gewalt angewendet, noch sonst irgendeine Spur hinterlassen worden war.

Der Vertreter der Alarmanlagenfirma redete weiter: »Tatsächlich könnten wir die Möglichkeit der Manipulation sogar ganz ausschließen. Wir haben Systeme, die sich weigern, auf riesige Zahlenmengen zu reagieren, die man hineinstopft. Das Problem ist nur, solche Anlagen sind so störungsempfindlich, dass sie auch immer wieder bei den Besitzern anschlagen, wenn die sich nicht beim ersten oder zweiten Versuch an die Kombination erinnern. Wir hatten so viele falsche Alarme, dass die Polizeireviere uns schon Rechnungen geschickt haben. Stellen Sie sich das mal vor ...«

Frank dankte ihm und nahm sodann den Rest des Hauses in Augenschein. Wer immer das Verbrechen begangen hatte, wusste, was er tat. Dieser Fall würde sich nicht im Schnellverfahren lösen lassen. Gute Planung vor dem Verbrechen bedeutete meist ebenso gute Planung danach. Die

Hausherrin umzupusten war jedoch vermutlich nicht vorgesehen gewesen.

Plötzlich lehnte sich Frank gegen den Türrahmen und dachte über das Wort nach, das sein Freund, der Gerichtsmediziner, gebraucht hatte: *Schusswunden*.

KAPITEL 8

Er war zu früh dran. Die Uhr zeigte fünf nach halb zwei. Den Tag hatte er sich freigenommen und den ganzen Vormittag überlegt, was er anziehen sollte. Noch nie hatte er sich darüber Gedanken gemacht, heute aber schien es unglaublich wichtig zu sein.

Jack zupfte an der grauen Tweedjacke, fingerte an einem Knopf des weißen Baumwollhemdes herum und rückte zum zehnten Mal die Krawatte zurecht.

Er spazierte zum Kai hinunter und beobachtete, wie die Deckshelfer die *Cherry Blossom* putzten, ein Rundfahrtschiff, das einem alten Mississippidampfer nachgebaut war. Kate und er waren in ihrem ersten Jahr in Washington einmal damit gefahren, an einem der seltenen freien Nachmittage. Es war ein warmer Tag gewesen, so wie heute, aber klarer. Nun zogen von Westen her dunkle Wolken auf. Um diese Jahreszeit musste man täglich mit einem Nachmittagsgewitter rechnen.

Neben der kleinen Hütte des Hafenmeisters setzte Jack sich auf eine verwitterte Bank und betrachtete die Möwen, die träge über dem aufgewühlten Wasser kreisten. Von diesem Aussichtspunkt konnte man das Kapitol sehen. Lady Liberty thronte majestätisch über der berühmten Kuppel. Man hatte sie erst kürzlich von dem Schmutz befreit, der sich in über hundertdreißig Jahren angesammelt hatte. In dieser Stadt bleibt niemand vom Dreck verschont, dachte Jack; es musste wohl an der Umgebung liegen.

Seine Gedanken wanderten zu Sandy Lord. Er sorgte für

die ergiebigsten Geldzuströme der Firma und war der größte Egozentriker, der je bei Patton, Shaw & Lord ein Büro besetzt hatte. In den Justiz- und Politikreisen von Washington, D. C., war Sandy fast schon etwas wie eine fixe Einrichtung geworden. Die anderen Teilhaber sprachen seinen Namen so ehrfurchtsvoll aus, als wäre er soeben vom Berge Zion herabgestiegen und hätte seine eigene Version der Zehn Gebote verkündet, beginnend mit den Worten: »Du sollst für Patton, Shaw & LORD so viel Geld wie möglich machen.«

Ironischerweise hatte Sandy Lord einen Teil des Reizes ausgemacht, als Ransome Baldwin die Firma damals erwähnte. Wenn Lord nicht das allerbeste Beispiel für einen einflussreichen Anwalt in der Stadt war, dann zumindest eines der besten. Er spielte in der obersten Liga, die es für Anwälte gab. Lords Möglichkeiten waren grenzenlos. Jack wagte jedoch zu bezweifeln, ob das allein für ein glückliches Leben ausreichte.

Er war auch nicht sicher, was er sich von diesem Mittagessen erwartete. Sicher war nur, dass er Kate Whitney sehen wollte. Das wünschte er sich aus ganzem Herzen. Je näher die Hochzeit rückte, desto tiefer zog er sich in seine Gefühlswelt zurück. Und wo sonst konnte dieser Rückzug enden als bei der Frau, der er vor mehr als vier Jahren einen Heiratsantrag gemacht hatte? Rasch schüttelte Jack den Kopf, als die Erinnerung über ihn hereinbrach. Er hatte eine Heidenangst davor, Jennifer Baldwin zu heiraten. Eine Heidenangst davor, dass er sich vielleicht bald nicht mehr mit seinem Leben identifizieren konnte.

Irgendetwas brachte ihn dazu, sich umzudrehen; er wusste selbst nicht genau, was. Aber da stand sie am Rand des Piers und beobachtete ihn. Der Wind wehte den langen Rock um ihre Beine. Zwar brach die Sonne nur mühsam durch die Wolken, dennoch fielen einige Strahlen auf Kates Gesicht, während sie die langen Haarsträhnen aus den Augen strich. Ihre Waden und Knöchel waren sonnengebräunt. Die weite Bluse gab den Blick auf die Schultern frei, mit all den Sommersprossen und dem winzigen Halbmond, den Jack so gerne mit dem Finger nachzog, nachdem sie einander geliebt hatten. Wie gerne hatte er sie betrachtet, wenn sie schlief.

Als Kate auf ihn zukam, lächelte er. Sie musste zu Hause gewesen sein, um sich umzuziehen. Das war zweifellos nicht die Kleidung, mit der sie vor Gericht auftrat. Was sie trug, offenbarte eine durch und durch feminine Seite von Kate Whitney, eine Seite, die ihre Gegner vor Gericht nie zu Gesicht bekommen würden.

Gemeinsam schlenderten sie die Straße zu dem kleinen Bistro hinunter. Sie bestellten und verbrachten die ersten paar Minuten damit, aus dem Fenster auf die Vorboten des nahenden Sturms zu starren, die durch die Bäume peitschten. Dazwischen tauschten sie verlegene Blicke aus, als wäre dies ihr erstes Rendezvous und jeder von ihnen zu schüchtern, dem anderen fest in die Augen zu schauen.

»Freut mich, dass du dir Zeit genommen hast, Kate.«

Sie zuckte die Schultern. »Ich bin schon lange nicht mehr hier gewesen. Ein bisschen Abwechslung tut ganz gut. Normalerweise esse ich am Schreibtisch.«

»Cracker und Kaffee?« Lächelnd betrachtete er ihre Zähne. Darunter war einer, der sich leicht nach innen neigte, als wollte er seinen Nachbarn umarmen. Den mochte Jack am liebsten. Es war der einzige winzige Schönheitsfehler, der ihm je an Kate aufgefallen war.

»Cracker und Kaffee.« Sie lächelte zurück. »Nur noch zwei Zigaretten pro Tag.«

»Gratuliere.« Der Regen setzte im selben Augenblick ein, als sie das Essen bekamen.

Sie schaute vom Teller auf, sah zum Fenster hinaus und dann plötzlich in Jacks Gesicht. Dabei ertappte sie ihn, wie er sie anstarrte. Jack lächelte verlegen; rasch trank er einen Schluck.

Kate legte die Serviette auf den Tisch.

»Ist schon merkwürdig, dass ausgerechnet wir zusammengestoßen sind. Die Mall ist ein ziemlich großer Platz, findest du nicht auch?«

Jack sah sie nicht an. »In letzter Zeit habe ich eine Glückssträhne.« Nun blickte er ihr ins Gesicht. Sie wartete. Schließlich sackten seine Schultern nach unten. »Na gut, es war kein reiner Zufall, ein wenig Planung war auch im Spiel. Aber du musst zugeben, dass es nicht umsonst war.«

»Wieso? Weil wir jetzt zusammen Mittag essen?«

»Ich schaue nicht voraus, nehme immer nur eine Stufe. Meine neue Lebensauffassung. Die Veränderung hat mir ganz gut getan.«

Unverhohlen sarkastisch meinte sie: »Na ja, zumindest verteidigst du keine Vergewaltiger und Mörder mehr.«

»Und Einbrecher?«, schoss er zurück, bereute es aber sogleich.

Kate wurde blass.

»Tut mir Leid, Kate. Das war nicht so gemeint.«

Sie holte Streichhölzer und Zigaretten aus der Tasche, zündete eine an und blies ihm den Rauch ins Gesicht.

Jack fächelte den Qualm beiseite. »Ist das heute deine erste oder zweite?«

»Die dritte. Irgendwie treibst du mich immer dazu, über die Stränge zu schlagen.« Sie starrte aus dem Fenster und schlug die Beine übereinander. Dabei berührte sie mit dem Fuß sein Knie und zog ihn hastig zurück. Dann drückte sie die Zigarette aus, stand auf und ergriff ihre Tasche.

»Ich muss zurück an die Arbeit. Wie viel bin ich dir schuldig?«

Verwirrt glotzte er sie an. »Ich habe dich zum Mittagessen eingeladen. Obwohl du gar nichts gegessen hast.«

Kate kramte eine Zehndollarnote hervor und warf sie auf den Tisch, bevor sie zur Tür hinauslief.

Jack warf einen weiteren Schein dazu und rannte hinter ihr her.

»Kate!«

Vor der Tür holte er sie ein. Mittlerweile regnete es stärker. Obwohl er das Jackett über ihre Köpfe hielt, waren sie innerhalb kürzester Zeit nass bis auf die Knochen, was Kate gar nicht zu bemerken schien. Hastig stieg sie in den Wagen, er huschte auf der Beifahrerseite hinein. Sie schaute ihn an.

»Ich muss wirklich zurück.«

Jack holte tief Luft und wischte sich Wasser aus dem Gesicht. Der Regen trommelte heftig auf das Wagendach. Er fühlte, wie ihm alles aus den Händen glitt und hatte keine Ahnung, was in dieser Lage zu tun war. Aber irgendetwas musste er sagen.

»Ach komm, Kate. Wir sind triefnass, und es ist schon fast drei Uhr. Weißt du was? Wir ziehen uns um und gehen ins Kino. Besser noch, wir könnten aufs Land fahren. Erinnerst du dich noch an das Windsor Inn?«

Völlig verblüfft starrte sie ihn an. »Jack, alles was recht ist, hast du darüber mit der Frau gesprochen, die du bald heiratest?«

Jack schlug die Augen nieder. Was sollte er darauf antworten? Dass er Jennifer Baldwin nicht liebte, obwohl er sie gebeten hatte, seine Frau zu werden? Im Augenblick konnte er sich nicht einmal daran erinnern, sie überhaupt gefragt zu haben.

»Ich möchte nur ein wenig Zeit mit dir verbringen, Kate. Das ist alles. Was soll daran so falsch sein?«

»Alles, Jack. *Alles.*« Sie wollte den Schlüssel ins Zündschloss stecken, doch er hielt sie zurück.

»Ich will nicht mit dir streiten.«

»Jack, du hast deine Entscheidung gefällt. Für das hier ist es jetzt ein bisschen zu spät.«

Jack glaubte, nicht recht gehört zu haben. »Entschuldige mal, meine Entscheidung? Ich hatte vor vier Jahren beschlossen, dich zu heiraten. Das war meine Entscheidung. Deine war es, Schluss zu machen.«

Ungeduldig strich sie die nassen Haare aus den Augen. »Na gut, es war meine Entscheidung. Und?«

Er drehte sich ihr zu und packte sie an den Schultern.

»Hör zu, mir ist gestern Nacht ein Licht aufgegangen. Ach, Quatsch, nicht erst gestern. Jede Nacht, seit du mich verlassen hast. Ich weiß, dass es ein verdammter Fehler war! Aber ich bin kein Pflichtverteidiger mehr. Du hast es selbst gesagt, ich verteidige keine Verbrecher mehr. Ich führe ein normales, rechtschaffenes Leben. Ich, wir ...« Als er den erstaunten Gesichtsausdruck sah, wusste er plötzlich nicht mehr weiter. Seine Hände zitterten. Er ließ sie los und sackte in den Sitz.

Jack nahm die völlig durchnässte Krawatte ab und steckte sie achtlos in die Tasche, dann stierte er auf die kleine Uhr an der Konsole. Kate betrachtete eindringlich den Tachometer, schließlich wanderte der Blick zu ihm. Obwohl Schmerz in ihren Augen lag, sprach sie mit sanfter Stimme.

»Jack, es war schön, mit dir zu Mittag zu essen. Es hat gut getan, dich wiederzusehen. Aber mehr kann daraus nicht werden. Es tut mir Leid.« Sie biss sich auf die Lippen, was er nicht mehr sah, denn er stieg bereits aus dem Wagen.

Noch einmal steckte Jack den Kopf herein. »Ich wünsche dir viel Glück, Kate. Wenn du je etwas brauchst, ruf mich an.«

Sie starrte den breiten Schultern nach, während er durch den heftigen Regen zu seinem Wagen ging, einstieg und losfuhr. Noch mehrere Minuten saß sie im Wagen. Eine Träne rollte ihr über die Wange. Wütend wischte Kate sie weg, startete das Auto und fuhr in entgegengesetzter Richtung davon.

Am nächsten Morgen griff Jack zum Telefon, hob den Hörer, ließ ihn aber langsam zurücksinken. Was hatte es für einen Sinn? Heute Morgen war er seit sechs Uhr im Büro, hatte die dringendsten Sachen bereits aufgearbeitet und machte sich nun an Projekte, die seit Wochen anstanden. Er starrte aus dem Fenster. Beton- und Ziegelsteingebäude reflektierten die Sonnenstrahlen. Er rieb sich die geblendeten Augen und ließ die Jalousien herunter.

Kate würde nicht Hals über Kopf in sein Leben zurückkehren, und damit musste er sich abfinden. Die Nacht hatte er damit zugebracht, alle möglichen Entwicklungen durchzuspielen; die meisten davon waren gänzlich wirklichkeitsfremd. Jack zuckte die Schultern. So etwas passierte sowohl Männern als auch Frauen, in jedem Land der Erde, jeden Tag. Manchmal sollte es einfach nicht sein. Auch wenn man es sich noch so sehr wünschte. Man konnte niemanden zwingen, Liebe zu erwidern. Das Leben ging weiter. Eine strahlende Zukunft erwartete Jack. Vielleicht war es an der Zeit, sich mit dieser so viel greifbareren Zukunft anzufreunden.

Er setzte sich an den Schreibtisch und ging die nächsten anstehenden Projekte durch: Ein Joint-Venture-Unternehmen, für das er niedrigste, anspruchsloseste Routinearbeit erledigte, und ein Projekt für Tarr Crimson, den einzigen Klienten, den er neben Baldwin hatte.

Crimson besaß eine kleine Audio-Video-Firma. Der Mann war ein Genie, was computergenerierte Grafiken und Bilder anging, und verdiente einen ordentlichen Batzen Geld damit, in verschiedenen Hotels im Land AV-unterstützte Konferenzen für Firmen zu arrangieren. Außerdem fuhr er Motorrad, trug abgeschnittene Jeans, rauchte alles und jedes – sogar ab und zu eine Zigarette – und sah aus wie der verkommenste Kiffer der Welt.

Jack und er hatten sich kennen gelernt, als Tarr von einem Freund von Jack wegen Trunkenheit und Erregung öffentlichen Ärgernisses vor Gericht gestellt worden war. Und gewonnen hatte. Tarr war in einem dreiteiligen Anzug und mit Aktenkoffer aufgekreuzt, Haare und Bart frisch gestriegelt. Überzeugend brachte er vor, dass die Zeugenaussage des Polizisten nicht zulässig, da voreingenommen sei, weil die Verhaftung nach einem Konzert von Grateful Death stattgefunden hatte. Ferner führte er aus, dass der Alkoholtest unzulässig sei, weil der Beamte ihm seine Rechte nicht vorgelesen habe, und letztlich auch deshalb, weil das beim Test verwendete Gerät nicht ordnungsgemäß funktioniert habe.

Der Richter, der sich mit mehr als hundert Anklagen wegen Trunkenheit und Erregung öffentlichen Ärgernisses im Zuge des Konzertes herumschlagen musste, wies die Klage ab. Nicht jedoch bevor er den Beamten ermahnt hatte, sich künftig strikt an die Verfahrensregeln zu halten. Jack verfolgte das Schauspiel fasziniert. Zutiefst beeindruckt verließ er mit Tarr gemeinsam das Gericht. An diesem Abend hatten sie miteinander ein Bier getrunken und sich rasch angefreundet.

Sah man von gelegentlichen, relativ harmlosen Reibereien mit dem Gesetz ab, war Crimson ein guter, wenn auch nicht sehr willkommener Klient. Jack hatte bei seinem Eintritt die Bedingung gestellt, dass Tarr, der seinen vorigen Rechtsanwalt gefeuert hatte, ihm zu Patton, Shaw & Lord folgen durfte. Selbstverständlich hatte die Firma dem neuen Vier-Millionen-Dollar-Mann diesen Wunsch nicht abgeschlagen.

Jack legte den Kugelschreiber hin und ging abermals ans Fenster, als die Gedanken zurück zu Kate Whitney wanderten. Eine Idee begann Gestalt anzunehmen. Als Kate ihn damals verlassen hatte, war Jack zu Luther gegangen. Der alte Mann hatte Jack weder mit Weisheiten überhäuft, noch eine Blitzlösung für das Problem gehabt. Tatsächlich war Luther Whitney wohl der letzte Mensch auf Erden, der einen Rat erteilen konnte, wie man das Herz seiner Tochter eroberte. Und dennoch hatte Jack immer mit Luther reden können. Über alles. Der Mann hörte wirklich zu. Er wartete nicht bloß auf eine Atempause, damit er den eigenen Kummer loswerden konnte. Jack war nicht sicher, was er erzählen sollte. Aber das spielte im Grunde keine Rolle; Luther würde sich alles anhören. Und das musste ganz einfach reichen.

Eine Stunde später summte der Alarm von Jacks elektronischem Terminkalender. Er sah auf die Uhr und schlüpfte in das Jackett.

Jack eilte den Flur entlang. In zwanzig Minuten sollte er sich mit Sandy Lord treffen. Bei dem Gedanken, mit dem

Mann allein zu sein, wurde ihm etwas flau im Magen. Um Sandy Lord rankten sich Legenden, und die meisten, vermutete Jack, entsprachen der Wahrheit. Er wollte mit Jack Graham zu Mittag essen. Jack hatte die Nachricht heute Morgen von seiner Sekretärin erfahren. Und was Sandy Lord wollte, das bekam er auch. Leise hatte ihn seine Sekretärin an diese Tatsache erinnert, was Jack ein wenig verunsicherte.

Zwanzig Minuten, doch zuerst musste Jack bei Alvis vorbeischauen, ob mit den Bishop-Unterlagen alles in Ordnung war.

Jack musste lächeln bei dem Gedanken an Barrys Gesicht, als er die Entwürfe dreißig Minuten vor Ablauf der Frist ordentlich auf den Schreibtisch gelegt hatte. Mit unverhohlenem Erstaunen hatte Alvis die Akten durchgesehen.

»Das sieht nicht übel aus. Mir ist klar geworden, dass die Frist sehr knapp war. Ich tue so etwas nicht gerne.« Er wandte die Augen ab. »Ich weiß das wirklich zu schätzen, Jack. Es tut mir Leid, wenn ich Ihre Pläne durcheinander gebracht habe.«

»Schon in Ordnung, Barry, dafür werde ich schließlich bezahlt.« Jack wollte gehen. Barry stand vom Schreibtisch auf.

»Äh, Jack, wir haben eigentlich noch keine Gelegenheit gehabt, miteinander zu reden, seit Sie hier sind. Die Firma ist so verdammt groß. Was halten Sie von einem Mittagessen in den nächsten Tagen?«

»Klingt großartig, Barry. Ihre Sekretärin soll meiner einen Termin geben.«

In dem Augenblick erkannte Jack, dass Barry Alvis gar kein so übler Kerl war. Er hatte Jack auf die Probe gestellt, na und? Verglichen damit, wie die leitenden Teilhaber mit ihren Untergebenen umsprangen, war Jack mit einem blauen Auge davongekommen. Außerdem war Barry ein erstklassiger Fachmann für Körperschaftsrecht, von dem Jack eine Menge lernen konnte.

Jack kam am Tisch von Barrys Sekretärin vorbei, doch Sheila war nicht da. Dann fielen ihm die Schachteln auf, die sich an der Wand stapelten. Die Tür zu Barrys Büro war geschlossen. Jack klopfte, bekam jedoch keine Antwort. Er blickte über die Schulter, dann öffnete er die Tür. Als er die leeren Regale erblickte, kniff er ungläubig die Augen zusammen. An der Wand hoben sich deutlich jene Stellen von der Tapete ab, die nicht von der Sonne ausgebleicht waren; Diplome und Zeugnisse hatten dort gehangen.

Was ging hier vor sich? Jack schloss die Tür, drehte sich um und stieß mit Sheila zusammen.

Seit zehn Jahren war Sheila Barrys Sekretärin. Normalerweise verhielt sie sich durch und durch geschäftsmäßig und korrekt. Jedes Haar saß, wo es hingehörte, die Brille ruhte stets gerade auf der Nase. Heute aber war Sheila völlig konsterniert. Sie starrte Jack an; Feuer blitzte in ihren blassblauen Augen auf und war dann wieder verschwunden. Sie wandte sich um, ging in ihre Kabine zurück und begann, die Schachteln zu füllen. Fassungslos starrte Jack sie an.

»Sheila, was wird hier gespielt? Wo ist Barry?« Sie antwortete nicht. Stattdessen arbeitete sie schneller, bis sie die Sachen geradezu in die Schachteln schmiss. Jack ging zu ihr hinüber und schaute auf die zierliche Gestalt hinab.

»Sheila? Was ist los? Sheila!« Er packte ihre Hand. Sie schlug nach ihm und war darüber so erschrocken, dass sie sich unwillkürlich hinsetzte. Schwer sank ihr Kopf auf den Schreibtisch, wo er liegen blieb. Leise begann sie zu schluchzen.

Jack sah sich abermals um. War Barry etwa tot? Hatte es einen Unfall gegeben, von dem ihm niemand erzählt hatte? War die verdammte Firma wirklich so groß, so gefühllos? Würde er es erst aus einer Hausmitteilung erfahren? Er betrachtete seine Hände. Sie zitterten.

Er ließ sich auf den Schreibtischrand nieder und berührte sanft Sheilas Schulter. Erfolglos versuchte er, sie zu beruhigen. Hilflos blickte Jack sich um, während das Schluchzen weiterging und immer heftiger wurde. Schließlich kamen zwei Sekretärinnen um die Ecke und führten Sheila schweigend weg. Beide warfen Jack einen Blick zu, den man nicht gerade freundlich nennen konnte.

Was, zum Teufel, hatte er denn getan? Er schaute auf die Uhr. In zehn Minuten sollte er Lord treffen. Plötzlich war er sehr erpicht auf dieses Mittagessen. Lord wusste über alles Bescheid, was in der Firma vor sich ging, für gewöhnlich sogar im Voraus.

Dann keimte in seinem Hinterkopf ein Gedanke auf, ein wahrhaft entsetzlicher Gedanke. Das Dinner im Weißen Haus und seine aufgebrachte Verlobte fielen ihm ein. Er hatte ihr gegenüber Barry Alvis Namen erwähnt. Aber sie hatte doch nicht …?

Jack sprintete den Flur geradezu hinunter, dass seine Rockschöße hinter ihm herflatterten.

Fillmore's stellte eines der Wahrzeichen Washingtons aus der neueren Epoche dar. Die Türen waren aus massivem Mahagoni und mit dickem, schwerem Metall verziert. Die Teppiche und Gardinen waren handgewebt und überaus teuer. Jeder Tisch war ein in sich geschlossener Bereich, in dem man auch während des Essens uneingeschränkt dem Geschäft frönen konnte. Telefon, Faxgerät und Kopierer standen zur Verfügung und wurden auch weidlich genutzt. Rund um die kunstvoll geschnitzten Tische standen weichgepolsterte Stühle, auf denen die Elite der Wirtschafts- und Politkreise Washingtons zu thronen pflegte. Die Preise bürgten dafür, dass die Klientel unter sich blieb.

Zwar war das Restaurant gut besucht, dennoch gab es keine Hektik. Die Gäste waren nicht gewohnt, in irgendeiner Form bevormundet zu werden, und gaben selbst das Tempo vor. Manchmal reichte allein die Anwesenheit an einem bestimmten Tisch, eine hochgezogene Augenbraue, ein unterdrücktes Husten oder ein viel sagender Blick, um ihnen oder der Institution, die sie vertraten, gewaltige Einnahmen zu sichern. Geld und pure Macht wanderten beinahe sichtbar durch den Raum, kreuzten und entwirrten sich in einem verschlungenen Geflecht.

Kellner in adretten Hemden und mit biederen Fliegen tauchten in unaufdringlichen Intervallen an den Tischen auf. Man verhätschelte die Gäste, bediente sie, hörte ihnen zu oder ließ sie allein, wenn die Umstände es erforderten. Und die Trinkgelder zeugten von der Zufriedenheit der Kundschaft.

Fillmore's war Sandy Lords bevorzugtes Restaurant zum Lunch. Über die Speisekarte hinweg durchsuchten seine tiefgründigen grauen Augen den riesigen Saal nach möglichen Geschäften oder anderweitig Interessantem. Er bewegte seine massige Gestalt, die dennoch einer gewissen Anmut nicht entbehrte, und rückte sorgfältig ein paar graue Haarsträhnen zurecht. Ärgerlich war, dass vertraute Gesichter mit der Zeit ausblieben. Entweder raffte der Tod sie hinweg, oder aber sie zogen sich in den Süden aufs Altenteil zurück. Er seufzte und entfernte einen Staubfleck von einem seiner gravierten Manschettenknöpfe. Lord hatte dieses Restaurant, vielleicht die ganze Stadt, gesäubert.

Er drückte einen Knopf auf dem Mobiltelefon, um die Nachrichten auf dem Anrufbeantworter abzuhören. Walter Sullivan hatte sich nicht gemeldet. Wenn Sullivan sein Geschäft durchzog, würde dies bedeuten, dass Lord eines der früheren Ostblockländer als Klienten gewonnen hätte.

Ein ganzes verdammtes Land! Wie viel konnte man einem Land für juristische Beratung in Rechnung stellen? Normalerweise eine ganze Menge. Das Problem war nur, dass die früheren Kommunisten kein Geld hatten, es sei denn, man meinte damit Rubel, Zloty und Kopeken oder was auch immer man dort als Zahlungsmittel benutzte. Ebenso gut konnte man sich damit den Hintern abwischen.

Doch diese Tatsache bereitete Lord keinen Kummer. Die Ex-Kommunisten verfügten nämlich über Rohstoffe im Überfluss, und Sullivan geiferte danach, diese zu bekommen. Deshalb hatte Lord drei lausige Monate dort verbracht. Aber wenn Sullivan Erfolg hatte, war es das wert gewesen.

Lord hatte gelernt, über jedermann Zweifel zu hegen. Doch wenn jemand das Geschäft an Land ziehen konnte, dann war es Walter Sullivan. Alles, was er anfasste, schien sich in Gold zu verwandeln. Und was dabei für seine Handlanger abfiel, war wirklich nicht zu verachten. Der Mann war fast achtzig Jahre alt und hatte noch keinen Deut zurückgesteckt. Er arbeitete fünfzehn Stunden am Tag und war mit einer knapp über Zwanzigjährigen verheiratet, die er in irgendeinem Autokino aufgegabelt hatte. Derzeit befand sich Sullivan auf Barbados, wohin er mit drei höchstrangigen Politikern geflogen war, um ihnen einen Eindruck zu vermitteln, wie man im Westen Geschäfte abwickelte und sich vergnügte. Sullivan würde anrufen. Und auf Sandys kurzer, aber ausgewählter Klientenliste würde ein weiterer Name aufscheinen – und was für einer.

Lord wurde auf die junge Frau mit dem Aufsehen erregend kurzen Rock und den hohen Stöckelschuhen aufmerksam, die durch den Speisesaal stolzierte.

Sie lächelte zu ihm herüber. Mit leicht hochgezogenen Augenbrauen erwiderte er den Blick. Das war eine seiner Lieblingsgesten, weil sie so mehrdeutig war. Die Frau unterhielt die Kontakte zum Kongress für einen der großen Vereine aus der 16. Straße. Nicht dass ihn das besonders interessiert hätte. Sie war hervorragend im Bett; das interessierte ihn.

Der Anblick rief zahlreiche angenehme Erinnerungen wach. Er musste sie in nächster Zeit anrufen. Rasch schrieb er eine diesbezügliche Anmerkung in sein elektronisches Notizbuch. Dann wandte er – wie auch die meisten der anwesenden Damen – die Aufmerksamkeit der großen, kantigen Gestalt von Jack Graham zu, der quer durch den Raum geradewegs auf ihn zumarschierte.

Lord erhob sich und streckte die Hand aus. Jack ergriff sie nicht.

»Sagen Sie, was ist mit Barry Alvis passiert?«

Lord begegnete der Konfrontation mit einem seiner Unschuldsblicke und nahm wieder Platz.

Ein Kellner steuerte auf den Tisch zu, zog sich aber nach einem kurzen Wink von Lord zurück. Lord musterte Jack, der nach wie vor stand.

»Sie verlieren wohl keine Zeit, was? Raus aus dem Mund und direkt rein ins Gesicht. Manchmal ist das eine gute Strategie, aber nicht immer.«

»Ich scherze nicht, Sandy, ich will wissen, was los ist. Barrys Büro ist leer geräumt, und seine Sekretärin schaut mich an, als hätte ich persönlich das Feuer auf ihn eröffnet. Ich will ein paar Antworten.« Jack wurde lauter und zog zunehmend Blicke auf sich.

»Was auch immer Sie auf dem Herzen haben, ich bin sicher, wir können das ein wenig stilvoller besprechen. Warum nehmen Sie nicht Platz und fangen an, sich wie ein Teilhaber der besten verdammten Anwaltskanzlei der Stadt zu benehmen?«

Ihre Blicke blieben noch ganze fünf Sekunden ineinander verhaftet, bevor Jack sich langsam setzte.

»Was zu trinken?«

»Bier.«

Der Kellner kam an den Tisch und zog mit einer Bestellung über ein Bier und Sandys Gin Tonic wieder ab. Sandy zündete sich eine Raleigh an und blickte beiläufig aus dem Fenster, dann zurück zu Jack.

»Sie wissen also schon über Barry Bescheid.«

»Ich weiß nur, dass er nicht mehr da ist. Den Grund dafür will ich von Ihnen erfahren.«

»Da gibt es nicht viel zu erzählen. Er wurde mit heutigem Datum entlassen.«

»Warum?«

»Was hat das mit Ihnen zu tun?«

»Barry und ich haben zusammengearbeitet.«

»Aber Sie waren nicht miteinander befreundet.«

»Wir hatten noch keine Gelegenheit, Freunde zu werden.«

»Wieso, um Himmels willen, sollten Sie Freundschaft mit Barry Alvis schließen? Der Mann war ein ewiger Sozius, glauben Sie mir; von der Sorte habe ich schon reichlich kennen gelernt.«

»Er war ein verdammt guter Anwalt.«

»Nein, technisch gesehen war er ein höchst kompetenter Sachbearbeiter für Körperschaftsrecht und Steuerangelegenheiten, mit Spezialkenntnissen im Bereich der Vorsorgeaufwendungen. Er hat keinen einzigen Cent an Geschäften hereingebracht und hätte es auch nie getan. Deshalb war er kein ›verdammt guter Anwalt‹.«

»Sie wissen genau, was ich meine. Er war sehr wertvoll für die Firma. Man braucht auch jemanden, der die Drecksarbeit macht.«

»Wir haben rund zweihundert Anwälte, von denen jeder fähig ist, die Drecksarbeit zu machen. Dagegen haben wir nur etwa ein Dutzend Leute, die neue Klienten ins Haus bringen. Das ist nicht unbedingt ein wünschenswertes Verhältnis. Eine Unmenge Soldaten, aber zu wenige Anführer. Sie betrachten Barry Alvis als wertvolle Unterstützung, wir sahen ihn als hoch bezahlte Verbindlichkeit. Er stellte genug Honorarnoten aus, um selbst reichlich zu verdienen. Aber damit machen wir, die Teilhaber, nicht das große Geld. Deshalb wurde die Entscheidung getroffen, die Zusammenarbeit zu beenden.«

»Sie wollen mir also weismachen, dass es keinen kleinen Anstoß von Baldwin gegeben hat?«

Lords Miene vermittelte echte Überraschung. Als Anwalt mit über fünfunddreißig Jahren Erfahrung, der den Leuten Rauch ins Gesicht blies, war er ein geübter Lügner. »Warum, um alles in der Welt, sollten sich die Baldwins für Barry Alvis interessieren?«

Eine ganze Minute lang musterte Jack das füllige Gesicht eingehend, bevor er leise den Atem ausstieß. Er sah sich im Restaurant um und kam sich plötzlich ziemlich dumm vor. Hatte er sich grundlos aufgespielt? Aber wenn Lord nun log? Abermals betrachtete er den Mann, doch das Gesicht blieb unbewegt. Warum sollte er lügen? Jack fielen mehrere Gründe ein, doch keiner davon ergab einen Sinn. War es möglich, dass er sich irrte? Hatte er soeben vor dem mächtigsten Teilhaber der Firma einen kompletten Narren aus sich gemacht?

Lords Stimme klang nun sanfter, beinahe tröstlich. »Barry Alvis' Entlassung war Teil eines Konzepts zur Lichtung der toten Bäume in Gipfelnähe. Wir wollen mehr Rechtsanwälte, die *sowohl* die Arbeit erledigen als *auch* Geld hereinbringen können. Leute wie Sie. So einfach ist das. Barry war nicht der Erste und nicht der Letzte. Wir arbeiten schon lange daran, Jack. Tatsächlich haben wir schon damit begonnen, bevor Sie überhaupt zur Firma gestoßen sind.« Lord setzte ab und musterte Jack eindringlich. »Ist da irgendetwas, das Sie mir verheimlichen? Wir sind bald Partner, und vor seinen Partnern soll man keine Geheimnisse haben.«

Innerlich kicherte Sandy. Die Liste von geheimen Geschäften, die er mit seinen Klienten getätigt hatte, war ziemlich lang.

Jack war dicht daran, mit der Sprache herauszurücken, entschied sich aber dagegen.

»Ich bin noch nicht Teilhaber, Sandy.«

»Reine Formsache.«

»Man soll den Dingen nicht vorgreifen.«

Unbehaglich rutschte Lord auf dem Sessel hin und her und schwang die Zigarette wie einen Zauberstab. Also stimmten die Gerüchte vielleicht doch, wonach Jack vorhatte abzuspringen. Die Gerüchte waren der Grund dafür, warum Lord nun mit dem jungen Anwalt hier saß. Die beiden Männer musterten einander. Um Jacks Lippen spielte ein Lächeln. Jacks Vier-Millionen-Dollar-Etat war ein unwiderstehlicher Leckerbissen. Insbesondere weil dabei für Sandy Lord vierhundert Riesen heraussprangen. Nicht, dass er sie unbedingt gebraucht hätte, aber er war ihnen auch alles andere als abgeneigt. Er stand im Ruf, einem ziemlich kostspieligen Lebenswandel zu frönen. Und Anwälte traten nicht in den Ruhestand. Sie arbeiteten, bis sie tot umfielen. Die besten verdienten eine Menge Geld, aber verglichen mit Spitzenpolitikern, Rockstars und Schauspielern spielten sie einkommensmäßig immer noch in der zweiten Liga.

»Ich dachte, Ihnen gefällt unser Laden.«

»Sicher.«

»Also?«

»Also was?«

Erneut schweifte Sandys Blick durch den Speisesaal. Er entdeckte eine weitere weibliche Bekannte. Sie trug ein gepflegtes, teures Kostüm, und Sandy hatte berechtigten Grund zu der Annahme, dass sie nichts darunter trug. Er trank seinen Gin Tonic aus und wandte sich wieder Jack zu. Langsam wurde Lord ärgerlich. Dieser dumme, grüne Mistkerl.

»Sind Sie schon mal hier gewesen?«

Jack schüttelte den Kopf. In der umfangreichen Speisekarte suchte er nach einem Burger mit Pommes frites, fand jedoch keinen. Dann wurde ihm die Speisekarte aus der Hand gerissen; Lord beugte sich zu ihm herüber und blies schweren, schalen Atem in Jacks Gesicht.

»Nun, warum sehen Sie sich dann nicht um?«

Lord hob einen Finger, und man brachte Whiskey und Wasser. Jack nahm den Oberkörper zurück, doch Lord rückte näher und lag beinahe auf dem geschnitzten Tisch.

»Ob Sie es glauben oder nicht, ich war schon vorher in Restaurants, Sandy.«

»Nicht in diesem, oder? Sehen Sie die niedliche Lady dort drüben?« Lords erstaunlich dünne Finger wiesen die Richtung. Jacks Blick fiel auf die Kongressbetreuerin. »Fünf Mal habe ich diese Frau in den letzten sechs Monaten gevögelt.« Lord konnte sich ein Lächeln nicht verkneifen, als Jack die Dame abschätzend betrachtete und überaus angetan von ihr zu sein schien.

»Und nun überlegen Sie, warum ein so holdes Wesen sich dazu herablässt, mit einem alten Fettsack wie mir ins Bett zu gehen.«

»Vielleicht hat sie Mitleid mit Ihnen.« Jack lächelte.

Lord lächelte nicht. »Wenn Sie das wirklich glauben, dann verfügen Sie über mehr Naivität, als die Polizei erlaubt. Glauben Sie tatsächlich, dass die Frauen in dieser Stadt auch nur eine Spur besser sind als die Männer? Warum sollten sie? Nur weil sie Titten haben und Röcke tragen, heißt das noch lange nicht, dass sie sich nicht nehmen, was sie wollen und dafür jedes zur Verfügung stehende Mittel einsetzen.

Sehen Sie, mein Junge, sie tut es, weil ich ihr geben kann, was sie will, wenn auch nicht im Bett. Sie weiß es, ich weiß es. Ich kann ihr Türen öffnen, zu denen in dieser Stadt nur eine Hand voll Menschen Schlüssel hat. *Quid pro quo.* Als Gegenleistung darf ich sie ficken. Es ist eine rein geschäftliche Vereinbarung, die zwei intelligente, kultivierte Parteien miteinander eingehen. Was meinen Sie dazu?«

»Was soll ich dazu schon meinen?«

Lord setzte sich wieder hin, zündete eine neue Zigarette an und blies vollendete Rauchringe an die Decke. An seiner Lippe zupfend kicherte er.

»Was ist so komisch, Sandy?«

»Ich habe mir nur gerade vorgestellt, wie Sie sich über Leute wie mich an der Uni lustig gemacht haben. Wahrscheinlich haben Sie sich vorgenommen, niemals so zu werden wie ich. Lieber illegale Einwanderer zu verteidigen, die um politisches Asyl ansuchen, oder arme Idioten aus der Todeszelle freizukriegen, die ein paar Leute zu viel aufgeschlitzt haben und die Schuld darauf schieben, dass ihnen Mama immer den Hintern versohlte, wenn sie schlimm waren. Nun mal ehrlich, Jack, so war es doch, oder nicht?«

Jack lockerte die Krawatte und trank einen Schluck Bier. Er hatte Lord schon in Aktion erlebt, und er witterte eine Falle.

»Sie sind einer der besten Anwälte weit und breit, Sandy, das sagt jeder.«

»Quatsch, ich habe schon jahrelang nicht mehr praktiziert.«

»Weil Sie es so wollten.«

»Und was wollen *Sie*, Jack?«

Jack fühlte, wie sich sein Magen leicht, aber wahrnehmbar zusammenkrampfte, als er hörte, wie sein Name über Lords Lippen glitt. Es ließ eine künftige Intimität erahnen, die ihn erschreckte. Partner? Jack holte tief Luft und zuckte die Schultern.

»Wer weiß schon, was er mal tun will, wenn er erwachsen ist?«

»Aber Sie sind erwachsen, Jack, und es ist Zeit, Farbe zu bekennen. Also, was wollen Sie?«

»Ich weiß nicht, was Sie meinen.«

Lord beugte sich wieder herüber, mit geballten Fäusten, wie ein Schwergewichtsboxer, der auf einen Deckungsfehler des Gegners lauert. Tatsächlich schien er einen Augenblick lang zuschlagen zu wollen. Jack zog den Kopf ein.

»Sie halten mich für ein Arschloch, nicht wahr?«

Jack griff wieder zur Speisekarte. »Was empfehlen Sie?«

»Rücken Sie schon raus damit, Junge, Sie halten mich für ein gieriges, egozentrisches, machtverliebtes Arschloch, das sich einen Dreck um jeden schert, der nichts für mich tun kann. Ist es nicht so, Jack?« Lords Stimme schwoll an, der füllige Leib war halb aus dem Sessel erhoben. Er drückte die Speisekarte zurück auf den Tisch.

Nervös schaute Jack durch den Raum. Niemand schien sie zu beachten, was darauf schließen ließ, dass jedes Wort der Unterhaltung aufmerksam mitgehört wurde. Lords rote Augen starrten direkt in Jacks, zogen sie förmlich an.

»Sehen Sie, ich weiß, dass ich das bin. Genau das, Jack.«

Triumphierend ließ Lord sich auf den Sessel zurückfallen. Obwohl er sich angewidert fühlte, war Jack zum Lächeln zu Mute.

Fast, als hätte er dies gespürt und wollte ihm keinen Raum geben, sich zu entspannen, rutschte Lord mit dem Stuhl näher an Jack heran. Einen Augenblick lang dachte Jack ernsthaft darüber nach, dem älteren Mann eins aufs Auge zu geben. Was zu viel war, war zu viel.

»Genau so ist es, Jack, all das bin ich, all das und noch einiges mehr. Aber wissen Sie was, Jack? So bin ich nun mal. Ich versuche weder, es zu verbergen, noch zu erklären. Jeder Hundesohn, der mir je über den Weg gelaufen ist, wusste genau, mit wem er es zu tun hatte. Ich glaube an das, was ich tue. Bei mir gibt es keine Heuchelei.« Lord holte tief Luft und blies sie langsam wieder aus. Kopfschüttelnd versuchte Jack seine Gedanken zu ordnen.

»Was ist mit Ihnen, Jack?«

»Was soll mit mir sein?«

»Wer sind Sie, Jack? Woran glauben Sie? Wenn Sie überhaupt an etwas glauben.«

»Ich war zwölf Jahre lang an einer katholischen Schule; an irgendetwas muss ich glauben.«

Müde schüttelte Lord den Kopf. »Sie enttäuschen mich. Ich habe gehört, Sie wären ein kluger Kopf. Entweder hat man mich schlecht informiert, oder Sie haben dieses dämliche Grinsen im Gesicht, weil Sie Angst haben, etwas Falsches zu sagen.«

Jack umklammerte Lords Handgelenk wie ein Schraubstock.

»Sagen Sie, was wollen Sie von mir?«

Lord lächelte und tätschelte sanft Jacks Hand, bis er den Griff lockerte.

»Mögen Sie Orte wie diesen? Mit Baldwin als Klienten werden Sie in solchen Restaurants speisen, bis Sie alt und grau sind. In etwa vierzig Jahren werden Sie vielleicht auf irgendeinem Golfplatz in der Karibik den Löffel abgeben und dadurch Ihre dritte, junge Frau reich machen. Aber Sie werden glücklich sterben, glauben Sie mir.«

»Für mich ist ein Ort wie der andere.«

Lords Hand krachte auf den Tisch. Diesmal drehten sich mehrere Köpfe nach ihnen um. Der Oberkellner blickte in ihre Richtung, wobei er versuchte, seine Besorgnis hinter dem dichten Schnurrbart und der distanzierten Ausstrahlung zu verbergen.

»Genau darum geht es, mein Junge. Sie können sich nicht entscheiden!« Er senkte die Stimme, als er sich wieder hinsetzte, beugte sich aber weiterhin viel zu dicht zu Jack. »Ein Ort ist definitiv nicht wie der andere. Sie haben den Schlüssel zu Orten wie diesem in der Hand. Ihr Schlüssel ist Baldwin und seine hübsche Tochter. Zu klären ist nun: Werden Sie die Tür öffnen oder nicht? Was uns interessanterweise zu meiner ursprünglichen Frage zurückbringt. Woran glauben Sie, Jack? Denn wenn Sie nicht an das hier glauben« – Lord machte eine ausholende Bewegung –, »wenn Sie nicht der Sandy Lord der nächsten Generation werden möchten, wenn Sie nachts aufwachen und über meine Eigenart – meine Arschlöchrigkeit, wenn Sie so wollen – lachen oder fluchen, wenn Sie wirklich und fest glauben, Sie stehen darüber, wenn Sie es wirklich nicht ertragen können, mit Ms Baldwin zu rammeln, und Sie nicht ein verdammtes Gericht auf der Speisekarte finden, das Ihnen schmeckt, warum sagen Sie dann nicht einfach, ich soll mich zum Teufel scheren? Und stehen auf und gehen erhobenen Hauptes, reinen Gewissens und gestärkten Glaubens zur Tür hinaus? Denn ehrlich gesagt: Dieses Spiel ist zu bedeutsam und zu rücksichtslos für Unentschlossene.«

Lord sank zurück auf den Sessel. Seine Masse quoll nach außen, bis sie die Sitzfläche vollkommen ausfüllte.

Draußen vor dem Restaurant entfaltete sich ein wahrhaft wundervoller Herbsttag. Weder Regen noch übermäßig viele Wolken trübten den klaren Himmel. Eine sanfte Brise blies durch weggeworfene Zeitungen. Die Hektik der Stadt schien vorübergehend nachzulassen. Weiter unten in der Straße, im LaFayette-Park, lagen Sonnenanbeter im

Gras und hofften, noch etwas Bräune abzubekommen, bevor der Herbst einsetzte. Radboten machten gerade Pause und schlenderten durch die Gegend, um vielleicht einen Blick auf unverhüllte Beine und leicht geöffnete Blusen zu erhaschen.

Im Restaurant starrten Jack Graham und Sandy Lord einander an.

»Sie reden nicht um den heißen Brei herum, was?«

»Dafür hab ich keine Zeit, Jack. Hatte ich in den letzten zwanzig Jahren nicht. Wenn ich nicht sicher wäre, dass man mit Ihnen unverblümt reden kann, hätte ich Ihnen irgendeinen Mist erzählt und es dabei belassen.«

»Was wollen Sie jetzt von mir hören?«

»Ich will nur wissen, ob Sie dabei sind oder nicht. Die Wahrheit ist, dass Sie mit Baldwin als Klienten zu jeder anderen Firma in der Stadt wechseln könnten. Ich nehme an, Sie haben sich für uns entschieden, weil Ihnen gefallen hat, was Sie sahen.«

»Baldwin hat Sie empfohlen.«

»Er ist ein kluger Mann. Viele Menschen würden seinem Rat folgen. Sie sind jetzt seit einem Jahr bei uns. Wenn Sie sich entschließen zu bleiben, machen wir Sie zum Teilhaber. Offen gesagt war die Wartezeit von zwölf Monaten eine reine Formsache, um zu sehen, ob wir zueinander passen. Danach werden Sie niemals Geldsorgen haben, auch nicht ohne das beträchtliche Vermögen Ihrer künftigen Gattin. Ihre Hauptbeschäftigung wird darin bestehen, Baldwin bei Laune zu halten, diese Geschäftsbeziehung auszubauen und jede weitere an Land zu ziehen, die Sie kriegen können. Sehen wir der Wahrheit doch ins Gesicht, Jack, die einzige Sicherheit eines Anwalts ist sein Klientenstamm. An der Uni bringt einem das keiner bei, obwohl es die wichtigste Lektion ist, die man zu lernen hat. Vergessen Sie das niemals, wirklich niemals. Dem gegenüber sollte sogar die Arbeit Nachrang haben. Es wird immer jemanden geben, der die Arbeit erledigen kann. Sie haben freie Hand, um Klienten zu werben. Niemand macht Ihnen Vorschriften, ausgenommen Baldwin. Die Arbeit, die wir für Baldwin erledigen, müssen Sie nicht überwachen, dafür haben wir andere. Alles in allem kein so schlechtes Leben.«

Jack starrte auf seine Hände. Jennifers Gesicht erschien dort. So vollkommen. Er fühlte sich schuldig, da er angenommen hatte, sie hätte Alvis feuern lassen. Dann dachte er an die endlosen Stunden als Pflichtverteidiger. Schließlich wanderten die Gedanken zu Kate, wo sie unvermittelt zum Stillstand kamen. Was konnte er sich in dieser Richtung erhoffen? Die Antwort lautete: Gar nichts. Er blickte wieder auf.

»Eine dumme Frage: Kann ich weiterhin als Anwalt tätig bleiben?«

»Wenn Sie wollen.« Lord musterte ihn eindringlich. »Darf ich das nun als ›Ja‹ auffassen?«

Jack las in der Speisekarte. »Der Krabbencocktail hört sich verlockend an.«

Breit lächelnd blies Sandy Rauch an die Decke. »Ich liebe ihn, Jack. Verdammt noch mal, ich liebe ihn.«

Zwei Stunden später stand Sandy Lord in seinem riesigen Büro und starrte auf den regen Verkehr hinunter, während er sich per Konferenzschaltung durch eine telefonische Besprechung quälte.

Dan Kirksen kam zur Tür herein. Die konservative Fliege und das gestärkte Hemd verhüllten den schlanken Körper eines regelmäßigen Joggers. Er hatte uneingeschränkte Kontrolle über jeden hier, ausgenommen Sandy Lord. Und nun wahrscheinlich Jack Graham.

Lord bedachte ihn mit einem gleichgültigen Blick. Kirksen nahm Platz und wartete geduldig, bis sich die Teilnehmer der Konferenzschaltung voneinander verabschiedet hatten. Lord schaltete den Lautsprecher aus und ließ sich auf dem mächtigen Ruhesessel nieder. An die Decke starrend, zündete er sich eine Zigarette an. Der Gesundheitsfanatiker Kirksen wich vom Schreibtisch zurück.

»Was gibt's?« Endlich blickte Lord in Kirksens schmales, bartloses Gesicht. Der Mann brachte beständig Geschäfte im Wert von knapp unter sechshunderttausend Dollar pro Jahr, was ihm bei PS&L eine langfristige und ungefährdete Position sicherte. Für Lord jedoch waren solche Summen Hühnerdreck, und er gab sich keine Mühe zu verbergen, dass er den geschäftsführenden Teilhaber der Firma nicht ausstehen konnte.

»Wir haben uns gefragt, wie das Mittagessen verlaufen ist.«

»Kleine Fische, Danny. Ich habe keine Zeit für kleine Fische. Das ist was für Sie.«

»Wir hatten eben beunruhigende Gerüchte gehört, und dann musste auch noch Alvis gekündigt werden, nachdem Ms Baldwin anrief.«

Lord machte eine verächtliche Handbewegung. »Darum habe ich mich schon gekümmert. Es gefällt ihm hier, er bleibt. Und ich habe zwei Stunden verplempert.«

»Bei dem Betrag, der auf dem Spiel stand, Sandy, dachten wir alle, es wäre besser und würde ihn am ehesten beeindrucken, wenn Sie –«

»Ja. Ich weiß, um welche Beträge es geht, Kirksen. Besser als Sie. Okay? Jacky-Boy bleibt an Bord. Mit ein bisschen Glück verdoppelt er bis in zehn Jahren seinen Ertrag, und wir alle können uns früh zur Ruhe setzen.« Lord fixierte Kirksen, der unter dem Blick des massigen Mannes immer kleiner zu werden schien. »Der Bursche hat mehr auf dem Kasten als alle anderen, die ich hier kenne.«

Kirksen zuckte zusammen.

»Um ehrlich zu sein, ich mag den Jungen.« Lord schaute wieder aus dem Fenster und beobachtete, wie eine mit Schnüren aneinander gekettete Vorschulklasse zehn Stockwerke tiefer die Straße überquerte.

»Dann kann ich dem Vorstand einen positiven Bericht erstatten?«

»Sie können berichten, was Sie wollen. Merken Sie sich nur eines: Belästigen Sie mich nie wieder mit solchen Dingen, es sei denn, es ist wirklich ungemein wichtig, verstanden?«

Lord bedachte Kirksen mit einem weiteren kurzen Blick, dann starrte er wieder aus dem Fenster. Sullivan hatte immer noch nicht angerufen. Das war nicht gut. Er fühlte, wie ihm das große Geschäft aus den Fingern glitt, so wie die Kinder um die Ecke verschwanden. Futsch.

»Danke, Sandy.«

»Ja.«

KAPITEL 9

Walter Sullivan starrte in das Gesicht oder was davon übrig war. Der bloßliegende Fuß trug das offizielle Namensschild des Leichenschauhauses. Während seine Begleiter draußen warteten, saß er schweigend allein bei ihr. Die Identifizierung war bereits formell erfolgt. Die Polizisten waren weggefahren, um ihre Berichte zu ergänzen, die Reporter, um ihre Storys vorzubereiten.

Doch Walter Sullivan, einer der mächtigsten Männer der Gegenwart, der aus nahezu allem, was er seit dem vierzehnten Lebensjahr anpackte, ein Vermögen machte, fühlte sich mit einem Mal aller Energie, jedweder Willenskraft beraubt.

Für die Presse waren Christy und er ein gefundenes Fressen gewesen, nachdem seine erste Frau nach siebenundvierzig Jahren Ehe gestorben war. Aber mit fast achtzig Jahren wollte er einfach etwas Junges und Lebendiges an seiner Seite haben. Nach so vielen Todesfällen wollte er mit jemandem zusammen sein, der ihn mit ziemlicher Sicherheit überleben würde. So viele seiner engen Freunde und nahen Verwandten waren in letzter Zeit verschieden; er hatte es einfach satt, ewig nur zu trauern. Alt zu werden war nicht einfach, nicht einmal für die Reichsten.

Doch Christy Sullivan hatte ihn nicht überlebt. Und das wollte er nicht ohne weiteres hinnehmen. Sie so im Gedächtnis zu bewahren, wie er sie gekannt hatte, das reichte nicht aus. Dazu blieb ihm zu wenig Zeit.

Es war gut, dass Walter Sullivan nicht wusste, was mit der Leiche seiner Frau geschehen würde, sobald er diesen

Raum verließ. Der Beobachter hinter dem Einwegspiegel, der keinen Blick von ihm wandte, wusste es umso besser. Es war ein notwendiges Verfahren, doch eines, das nicht im Mindesten geeignet war, die Familie des Opfers zu trösten.

Als Erstes würde ein Techniker hereinkommen, um die verstorbene Mrs Sullivan in den Autopsiesaal zu bringen, wo eine schier endlose Prozedur folgen sollte: das Wiegen und Messen des Leichnams. Das Fotografieren, zunächst angekleidet, dann nackt. Dann Röntgen, Abnahme der Fingerabdrücke. Eine komplette äußerliche Untersuchung der Leiche, um möglichst viele brauchbare Beweise und Anhaltspunkte zu gewinnen. Entnahme von Proben der Körperflüssigkeiten für die Toxikologie, wo man diese nach Alkohol und Drogen untersuchen und andere Tests damit durchführen würde. Ein Y-Schnitt, der die Leiche von Schulter zu Schulter, von der Brust zu den Genitalien öffnete – selbst für den abgebrühten Beobachter ein grauenvoller Anblick. Eine Analyse und Wiegung sämtlicher Organe. Eine Untersuchung der Genitalien auf Anzeichen für Geschlechtsverkehr oder Verletzungen. Die Einsendung jedweder Spur von Samen, Blut oder fremden Haaren zu einer DNA-Analyse.

Eine äußere Untersuchung des Schädels, die Aufzeichnung der Wundmuster. Danach ein Schädeldeckenschnitt mit einer Säge rund um den Kopf, damit man die Schädeldecke abnehmen und das Gehirn durch die obere Schädelpartie entfernen konnte. Die Sicherstellung der Kugel, die als Beweismittel markiert und der Ballistik bereitgestellt wurde.

Nach Abschluss dieses Verfahrens würde Walter Sullivan seine Frau zurückerhalten.

Die Toxikologie würde den Mageninhalt sowie Spuren von Fremdsubstanzen in Blut und Urin überprüfen.

Schließlich würde man einen Autopsiebericht erstellen, der Todesursache, Todeshergang, alle relevanten Erkenntnisse und die offizielle Stellungnahme des Gerichtsmediziners enthielt.

Zusammen mit sämtlichen Fotos, Röntgenaufnahmen, Fingerabdrücken, toxikologischen Berichten und anderen Informationen würde der Autopsiebericht dem zuständigen Ermittler zugeleitet werden.

Endlich erhob sich Walter Sullivan, bedeckte die sterblichen Reste seiner toten Frau und wandte sich um.

Hinter dem Einwegspiegel folgte der Blick des Beobachters dem gramgebeugten Mann, bis dieser verschwunden war. Dann setzte Seth Frank den Hut auf und verließ seinerseits schweigend den Raum.

Konferenzraum Nummer Eins, der größte der Firma, befand sich in bester Lage, gleich hinter dem Empfang. Hinter den dicken Schiebetüren wurde soeben eine Sitzung aller Teilhaber abgehalten.

Zwischen Sandy Lord und Al Bund saß Jack Graham. Zwar war er offiziell noch kein Teilhaber, doch heute war das Protokoll nicht so wichtig, und Sandy Lord hatte darauf beharrt.

Das Hauspersonal goss Kaffee ein, reichte Gebäck herum, zog sich daraufhin zurück und schloss die Türen.

Alle Köpfe wandten sich Dan Kirksen zu. Er trank seinen Saft, tupfte sich den Mund mit der Serviette ab und erhob sich.

»Wie Sie gewiss schon erfahren haben, hat sich für einen unserer bedeutendsten Klienten« – Kirksen warf einen raschen Blick auf Lord –, »besser gesagt, für unseren bedeutendsten Klienten eine Tragödie ereignet.« Jack schaute den achtzehn Meter langen Tisch entlang. Die meisten Blicke blieben auf Kirksen geheftet, in manche Ohren flüsterten die Nachbarn, was geschehen war. Jack hatte die Schlagzeilen gelesen. Zwar hatte er nie an irgendeiner Sache für Sullivan gearbeitet, doch er wusste, dass sein Bedarf an Rechtsberatung groß genug war, um vierzig Anwälte der Firma fast ganztags zu beschäftigen. Er war sicherlich mit Abstand PS&Ls wichtigster Kunde.

Kirksen fuhr fort. »Die Polizei ermittelt mit großem Eifer in der Angelegenheit. Bisher gibt es noch keine Fortschritte.« Kirksen hielt inne, blickte abermals zu Lord, dann setzte er fort. »Sie können sich vorstellen, dass dies eine überaus schmerzliche Zeit für Walter Sullivan ist. Um ihm die Abwicklung seiner Geschäfte in der Zwischenzeit möglichst zu erleichtern, ersuchen wir alle Anwälte, Sullivans Fällen besondere Aufmerksamkeit zu widmen und nach Möglichkeit jedes potenzielle Problem im Keim zu ersticken. Wir glauben zwar, dass es sich um einen gewöhnlichen Einbruch mit furchtbaren Folgen handelt, der in keiner Weise mit Walters geschäftlichen Angelegenheiten in Zusammenhang steht, dennoch bitten wir Sie alle, auf Ungewöhnlichkeiten bei Transaktionen zu achten, an denen Sie für Walter arbeiten. Verdächtige Vorgänge sind unverzüglich zu melden, entweder mir persönlich oder Sandy.« Einige Köpfe drehten sich nach Lord um, der in der ihm eigenen Art an die Decke starrte. Drei Zigarettenkippen lagen im Aschenbecher vor ihm, daneben stand der Rest einer Bloody Mary.

Ron Day, Abteilung internationales Recht, ergriff das Wort. Sein kurz geschnittenes Haar umrahmte ein eulenhaftes Gesicht, das teilweise von schmalen, runden Brillengläsern verdeckt wurde. »Die Sache hat doch nichts mit Terrorismus zu tun, oder? Ich errichte gerade eine Reihe von Gemeinschaftsunternehmen in Nahost für Sullivans Tochtergesellschaft, und diese Leute arbeiten nach eigenen Regeln, das können Sie mir glauben. Muss ich um meine persönliche Sicherheit fürchten? Ich soll heute Abend nach Riad fliegen.«

Lord drehte den Kopf herum, bis sein Blick auf Day fiel. Manchmal erstaunte es ihn, wie kurzsichtig, ja, geradezu idiotisch einige der Teilhaber dachten. Auch Day war Vorstandsmitglied; seine größte – und in Lords Augen einzige – Stärke war, dass er sieben Sprachen beherrschte und wusste, wie man den Saudis in den Hintern kroch.

»Ich würde mir da keine Sorgen machen, Ron. Wenn es

sich um eine internationale Verschwörung handelt, dann sind Sie nicht wichtig genug, um hineingezogen zu werden. Sollten Sie wirklich zur Zielscheibe werden, sind Sie tot, bevor Sie etwas davon mitbekommen.«

Day fummelte unbehaglich an seiner Fliege herum, als unterdrückte Heiterkeit die Runde machte.

»Danke für die Klarstellung, Sandy.«

»Nichts zu danken, Ron.«

Kirksen räusperte sich. »Seien Sie versichert, dass alles nur Erdenkliche veranlasst wird, um dieses abscheuliche Verbrechen aufzuklären. Man sagt sogar, der Präsident persönlich wolle eine Sonderkommission auf die Sache ansetzen. Wie Sie wissen, hat Walter Sullivan mehrere Regierungen in verschiedenen Funktionen unterstützt, außerdem ist er einer der engsten Freunde des Präsidenten. Ich glaube, wir können davon ausgehen, dass die Verbrecher bald in Haft sind.« Kirksen nahm Platz.

Lord schaute in die Runde, zog die Augenbrauen hoch und drückte die letzte Zigarette aus. Die Sitzung war zu Ende.

Seth Frank schwenkte mit dem Sessel herum. Sein Büro war ein zwei mal zwei Meter großer Pferch; das einzige geräumige Zimmer in dem kleinen Gebäude des Polizeihauptquartiers stand dem Sheriff zu. Der Bericht des Gerichtsmediziners lag auf Franks Schreibtisch. Es war erst halb acht Uhr morgens, doch Frank hatte bereits jedes Wort des Berichts dreimal gelesen.

Bei der Autopsie war er dabei gewesen. Das gehörte einfach zu den Aufgaben eines Ermittlers, aus vielerlei Gründen. Wohl hatte er schon buchstäblich Hunderten davon beigewohnt, dennoch hatte er sich nie richtig damit anfreunden können, wie an den Toten herumhantiert wurde, als handle es sich dabei um die Tierkadaver, in denen jeder Biologiestudent herumwühlen musste. Wurde ihm mittlerweile auch nicht mehr schlecht bei dem Anblick, so fuhr er doch danach meistens erst einmal zwei bis drei Stunden ziellos durch die Gegend, bis er wieder soweit war, sich auf die Arbeit konzentrieren zu können.

Der Bericht war umfassend und sauber mit Maschine geschrieben. Christy Sullivan war seit mindestens zweiundsiebzig Stunden tot gewesen, wahrscheinlich länger. Die Schwellungen und Blasenbildungen der Leiche sowie der Beginn bakterieller Zersetzung und Gasbildung in den Organen legten mit ziemlicher Sicherheit eine solche Zeitspanne nahe. Im Zimmer war es jedoch sehr warm gewesen, was die nach dem Todeseintritt begonnene Verwesung des Leichnams beschleunigt hatte. Dieser Umstand wiederum gestaltete die Bestimmung des tatsächlichen Todeszeitpunkts einigermaßen schwierig. Keinesfalls aber weniger als drei Tage, dessen war sich der Gerichtsmediziner sicher. Außerdem hatte Frank zusätzliche Informationen, die darauf schließen ließen, dass Christine Sullivan Montagnacht ihrem Schöpfer gegenübergetreten war, was wieder genau in die Zeitspanne von drei bis vier Tagen passte.

Unwillkürlich legte Frank die Stirn in Falten. Mindestens drei Tage. Das bedeutete, er musste einer eiskalten Spur folgen. Jemand, der wusste, was er tat, konnte in drei oder vier Tagen vom Antlitz der Erde verschwinden. Hinzu kam, dass er inzwischen schon Zeit genug gehabt hatte, sich Gedanken zu machen, aber mit den Ermittlungen noch keinen Schritt weiter war als zu Beginn. Er konnte sich an keinen Fall erinnern, bei dem es so wenig Anhaltspunkte gegeben hatte.

Soweit sich das überprüfen ließ, gab es keine Zeugen für den Vorfall im Anwesen der Sullivans, ausgenommen das Opfer selbst und den Mörder. Sie hatten mit jedem Hausbesitzer innerhalb von drei Meilen gesprochen. Alle waren schockiert, wütend und verängstigt gewesen. Letzteres hatte Frank aus Augenzucken, hochgezogenen Schultern und nervösem Händereiben erkannt. Die Sicherheitsvorkehrungen in dem kleinen County würden künftig noch schärfer werden als bisher. So viele Emotionen und keine brauchbaren Auskünfte. Auch die Angestellten sämtlicher

Nachbarn waren eingehend befragt worden. Nichts. Sullivans Hauspersonal, das ihn nach Barbados begleitet hatte, war über Telefon interviewt worden. Auch sie wussten nichts Überwältigendes zu berichten. Außerdem hatten sie alle ein felsenfestes Alibi. Obwohl auch solche nicht unbedingt unumstößlich waren. Frank vermerkte sich das im Hinterkopf.

Darüber hinaus wussten sie nicht viel über den Verlauf von Christine Sullivans letztem Tag unter den Lebenden. Sie war in ihrem Haus ermordet worden, vermutlich spät nachts. Aber wenn sie Montagnacht getötet worden war, was hatte sie tagsüber gemacht? Frank glaubte, die Antwort auf diese Frage würde einen Anhaltspunkt liefern.

Um halb zehn Uhr morgens an jenem Montag war Christine Sullivan in der City von Washington gesehen worden, in einem noblen Schönheitssalon. Frank hätte zwei Wochenlöhne hinblättern müssen, um seiner Frau dort eine Behandlung zu bezahlen. Nun galt es herauszufinden, ob Christy Sullivan sich für ein nächtliches Stelldichein hatte herausputzen lassen oder ob reiche Damen sich solche Besuche regelmäßig gönnten. Die Nachforschungen hatten nichts über Mrs Sullivans Verbleib ergeben, nachdem sie den Salon gegen Mittag verlassen hatte. Soweit man dies feststellen konnte, war sie nicht in ihre Stadtwohnung zurückgekehrt und hatte auch kein Taxi genommen.

Die junge Frau musste doch einen Grund dafür gehabt haben, dass sie zurückblieb, als die anderen in den sonnigen Süden flogen, mutmaßte Frank. Mit wem mochte sie in jener Nacht zusammen gewesen sein? Mit dem Kerl wollte er reden, ihm vielleicht sogar Handschellen anlegen.

Kurioserweise stellt Mord in Tateinheit mit Einbruch in Virginia kein Kapitalverbrechen dar, Mord in Tateinheit mit bewaffnetem Raubüberfall hingegen sehr wohl. Für einen Raubmord konnte man zum Tode verurteilt werden. Wer irgendwo einbrach und dabei jemanden umbrachte, erhielt schlimmstenfalls lebenslänglich, was bei den barbarischen Bedingungen der meisten Staatsgefängnisse keinen großen Unterschied machte. Aber Christine Sullivan hatte teuren Schmuck getragen. In jedem Bericht, den der Fahnder in die Hand bekam, wurde sie als große Liebhaberin von Diamanten, Smaragden und Saphiren beschrieben. Es gab nichts, was sie nicht besaß. An der Leiche war kein Schmuck gefunden worden, wenngleich man noch deutlich erkennen konnte, wo sie die Ringe getragen hatte. Sullivan bestätigte außerdem, dass die Diamantenhalskette seiner Frau fehlte. Auch der Besitzer des Schönheitssalons erinnerte sich, das kostbare Stück am Montag gesehen zu haben.

Ein guter Staatsanwalt konnte aus den Fakten einen Raubüberfall machen, dessen war Frank sicher. Die Täter hatten das Opfer erwartet, die ganze Sache war geplant gewesen. Warum sollte das brave Volk von Virginia zwanzig Riesen pro Jahr zahlen müssen, um einen kaltblütigen Mörder durchzufüttern, zu kleiden und zu beherbergen? Einbruch? Raubüberfall? Wen interessierte das schon? Die Frau war tot. Von irgendeinem Mistkerl über den Haufen geschossen. Juristische Feinheiten dieser Art behagten Frank nicht sonderlich. Wie viele Ordnungshüter fand er, das Strafrechtssystem sei zu sehr auf den Vorteil des Angeklagten bedacht. Oft kam es ihm so vor, als ginge in dem ganzen verschlungenen Prozess mit komplizierten Vergleichen, juristischen Spitzfindigkeiten und aalglatten Verteidigern die Tatsache unter, dass jemand tatsächlich das Gesetz gebrochen hatte; dass ein Mensch verletzt, vergewaltigt oder getötet worden war. Das war durch und durch verkehrt. Frank hatte keine Möglichkeit, das System zu ändern, doch er konnte ein bisschen daran drehen.

Er zog den Bericht näher heran, setzte die Brille auf und nahm einen weiteren Schluck starken schwarzen Kaffee. Todesursache: Laterale Schusswunden im Schädel, verursacht durch ein Halbmantelgeschoss mit freiliegendem Bleikern, das aus einer Hochgeschwindigkeitswaffe abgefeuert worden war und eine Durchbruchswunde zur Folge hatte; sowie durch eine zweite Kugel unbekannter Zusammensetzung aus einer unbekannten Waffe, die eine Durchdringungswunde herbeigeführt hatte. Mit anderen Worten: Ihr Gehirn war von ziemlich schweren Geschossen zerfetzt worden. Außerdem gab der Bericht als Todesart Tötung an. Nach Franks Auffassung war das der einzige klare Punkt an dem Fall. Er bemerkte, dass er die Entfernung, aus der die Schüsse abgegeben worden waren, richtig eingeschätzt hatte. Am Wundeintritt fanden sich keine Pulverspuren. Die Schüsse waren aus mehr als einem halben Meter Abstand abgefeuert worden. Frank nahm an, dass die Entfernung weniger als zwei Meter betragen hatte, doch das war nur so ein Gefühl. Natürlich war Selbstmord nie in Betracht gezogen worden. Aber gedungene Mörder zogen es für gewöhnlich vor, den Lauf so nahe wie möglich an das Opfer zu bringen, da dies erfahrungsgemäß die Fehlerrate erheblich minderte.

Frank beugte sich dichter über den Schreibtisch. Warum mehr als einen Schuss? Mit Sicherheit hatte bereits die erste Kugel zum Tod geführt. War der Angreifer ein Sadist, der eine Ladung um die andere in einen toten Körper pumpte? Aber schließlich hatten sie nur zwei Eintrittwunden festgestellt, was man kaum als Trommelhagel eines Irren bezeichnen konnte. Dann waren da noch die Kugeln selbst. Ein Dumdumgeschoss und eines unbekannter Art.

Er hielt einen Plastikbeutel mit seinem Zeichen darauf hoch. Aus dem Leichnam hatte man nur eine Kugel gewonnen. Sie war unter der rechten Schläfe eingetreten, durch den Aufprall flach gedrückt und geweitet worden, hatte den Schädel und das Gehirn durchschlagen, und dabei eine Schockwelle durch die weiche Hirnmasse gejagt, wie sie bei einem Peitschenschlag entstand.

Vorsichtig berührte er, was von dem Objekt im Beutel noch übrig war. Es handelte sich um ein abscheuliches Projektil, dafür geschaffen, durch Aufprall flach gedrückt zu werden, um danach alles in Stücke zu reißen, was sich in den Weg stellt. Bei Christine Sullivan hatte es wie vorgesehen funktioniert. Das Problem war, dass Dumdumgeschosse mittlerweile überall zu bekommen waren. Und die Verformung der Kugel war enorm. Ballistische Tests waren da nahezu nutzlos.

Der zweite Schuss war einen Zentimeter unter dem anderen eingedrungen, hatte das gesamte Gehirn durchdrungen und war auf der anderen Seite wieder ausgetreten, wo ein klaffendes Loch zurückblieb, viel größer als die Eintrittswunde. Der Schaden an Knochen und Gewebe war beträchtlich gewesen.

Der Verbleib dieser Kugel hatte sie alle überrascht. In der Wand neben dem Bett hatte man ein fünfzehn Millimeter großes Loch gefunden. Normalerweise wurde in solchen Fällen das Gipsstück herausgeschnitten, und die Labortechniker lösten das Geschoss mit speziellen Werkzeugen vorsichtig heraus, damit das Schleifmuster erhalten blieb. Damit ließ sich zunächst die Art der Waffe näher festlegen, und man konnte es – was zu hoffen blieb – schließlich einem bestimmten Lauf zuordnen. Fingerabdrücke und ballistische Tests gehörten zu den sichersten Beweisen in dieser Branche.

Nur gab es in diesem Fall zwar ein Loch, aber keine Kugel darin, auch kein weiteres Projektil im Raum. Als ihn das Labor angerufen hatte, um ihm die Entdeckung mitzuteilen, war er selbst hinuntergegangen, um sich zu vergewissern. So wütend war er schon lange nicht mehr gewesen.

Warum sollte sich jemand die Mühe machen, eine Kugel aus der Wand zu kratzen, wenn doch noch eine andere in der Leiche steckte? Wie konnte das eine Geschoss mehr verraten als das andere? Es gab verschiedene Möglichkeiten.

Frank machte sich ein paar Notizen. Das fehlende Projektil konnte ein anderes Kaliber oder von anderer Machart sein, was ein Indiz dafür wäre, dass es einen zweiten Schützen gegeben hatte. Bei aller Fantasie konnte sich Frank nicht vorstellen, dass ein Einzeltäter in jeder Hand eine Waffe schwang und auf die Frau ballerte. Also gab es vermutlich zwei Verdächtige. Das hätte auch die verschiedenen Wundmuster beim Eintritt, Austritt und im Gehirn erklärt. Das Eintrittsloch des sich verformenden Dumdumgeschosses war wesentlich größer als das der anderen Kugel. Die hatte den Schädel auf geradem Weg durchschlagen und dabei einen Tunnel von der halben Breite eines kleinen Fingers hinterlassen. Wahrscheinlich war die Projektilverformung minimal, was aber bedeutungslos war, da er die verdammte Kugel nicht hatte.

Frank sah seine ersten Notizen über den Tatort durch. Noch war er dabei, Informationen zu sammeln, doch er hoffte, dass er dabei nicht ewig festsitzen würde. Zumindest musste er sich bei diesem Verbrechen um die Verjährung keine Gedanken machen.

Zum wiederholten Male schaute er in den Bericht; erneut legte er die Stirn in Falten.

Er griff zum Telefon und wählte. Zehn Minuten später saß er dem Gerichtsmediziner in dessen Büro gegenüber.

Der massige Mann kratzte mit einem alten Skalpell an seinen Fingernägeln herum und blickte schließlich zu Frank auf.

»Strangulationsmale. Zumindest *versuchte* Strangulation. Das heißt, der Kehlkopf war nicht eingedrückt, obwohl es geringfügige Gewebeschwellungen gab, außerdem habe ich eine leichte Fraktur der Gaumenplatte festgestellt. Ferner Spuren von Petechien in der Bindehaut unter den Augenlidern. Keine Ligatur. Steht alles im Bericht.«

Frank dachte darüber nach. Petechien, winzige Blutungen in der Binde- oder Schleimhaut der Augen und Augenlider, konnten durch Strangulation und den dadurch auf das Gehirn ausgeübten Druck entstehen.

Er lehnte sich auf dem Sessel vor und betrachtete die Diplome an der Wand, die bescheinigten, dass sein Gegenüber schon lange und hingebungsvoll als Gerichtsmediziner arbeitete.

»Mann oder Frau?«

Der Pathologe zuckte die Schultern.

»Schwer zu sagen. Wie du weißt, ist die menschliche

Haut nicht gerade eine geeignete Oberfläche für Abdrücke. Tatsächlich gibt es außer an einigen versteckten Stellen so gut wie nie welche, und sofern je etwas vorhanden war, ist es nach einem halben Tag verschwunden. Aber ich kann mir nur schwer vorstellen, dass eine Frau versucht, eine andere mit bloßen Händen zu erwürgen, obwohl auch das schon vorgekommen ist. Man braucht nicht allzu viel Kraft, um den Kehlkopf einzudrücken. Trotzdem, normalerweise morden eher Machos durch Erwürgen mit bloßen Händen. Unter hundert Fällen von Strangulation habe ich noch keinen erlebt, bei dem erwiesenermaßen eine Frau die Täterin war. Außerdem erfolgte der Angriff von vorne«, fügte er hinzu. »*Mit bloßen Händen*. Dafür muss man schon ziemlich von seiner körperlichen Überlegenheit überzeugt sein. Meine professionelle Einschätzung? Wenn du mich fragst, es war ein Mann.«

»Im Bericht steht auch, dass an der linken Kieferseite Quetschungen und Schwellungen waren, des Weiteren lockere Zähne und Abschürfungen im Mund.«

»Sieht so aus, als hätte ihr jemand ein ziemliches Ding verpasst. Einer der Backenzähne hatte beinahe die Wange durchdrungen.«

Frank schaute in die Akte. »Die zweite Kugel?«

»Der angerichtete Schaden lässt darauf schließen, dass es ein schweres Kaliber war, genau wie die erste.«

»Irgendeine Vorstellung von der ersten?«

»Ich kann nur Vermutungen anstellen. Vielleicht eine 357er oder 41er. Könnte auch eine 9mm gewesen sein. Himmel, du hast die Kugel gesehen. Das verdammte Ding war flach wie ein Pfannkuchen, die Hälfte davon in der Gehirnmasse und -flüssigkeit verteilt. Keine Rillen, keine Zug- oder Drallmerkmale. Selbst wenn es dir gelingt, eine mutmaßliche Mordwaffe zu finden, wäre es unmöglich zu beweisen, dass die Kugel daraus abgefeuert wurde.«

»Wenn wir das zweite Projektil in die Hände bekämen, hätten wir einen besseren Anhaltspunkt.«

»Vielleicht auch nicht. Wer auch immer sie aus der Wand

holte, hat wahrscheinlich die Schleifspuren unbrauchbar gemacht. Die Ballistiker könnten damit nichts anfangen.«

»Ja, aber vielleicht sind Haar-, Blut- oder Hautpartikel in der Spitze der Kugel eingebettet. Das wären Hinweise, die ich liebend gern unter die Lupe nehmen würde.«

Der Gerichtsmediziner kratzte sich gedankenvoll am Kinn. »Durchaus möglich. Aber erst musst du sie finden.«

»Wahrscheinlich wird uns das nicht gelingen.« Frank lächelte.

»Man kann nie wissen.«

Die beiden Männer sahen einander an. Beide wussten, dass es keinerlei Möglichkeit gab, das zweite Geschoss zu finden. Selbst wenn es ihnen gelingen sollte, konnten sie es nicht mit dem Tatort in Verbindung bringen, solange keine Spuren der Toten daran waren; sie mussten überdies die dazugehörige Waffe in die Hände bekommen und diese mit dem Tatort in Verbindung bringen. Für beides hätten sie ein kleines Wunder benötigt.

»Irgendwelche Hülsen?«

Frank schüttelte den Kopf.

»Dann sucht ihr wirklich nach der Nadel im Heuhaufen, Seth.«

»Ich habe nie behauptet, dass es einfach sein würde. Übrigens, lassen dir die Oberen genügend Zeit, damit du dich um den Fall kümmern kannst?«

Der Gerichtsmediziner lächelte. »Die verhalten sich erstaunlich ruhig. Ja, wenn man Walter Sullivan umgepustet hätte! Ich habe meinen Bericht schon nach Richmond geschickt.«

Dann stellte Frank die Frage, wegen der er eigentlich gekommen war.

»Warum zwei Schüsse?«

Der Gerichtsmediziner hörte auf, an den Nägeln herumzuschaben, legte das Skalpell auf den Tisch und musterte Frank.

»Warum nicht?« Seine Augen flatterten. Er befand sich in der wenig glücklichen Lage, für die gelegentlichen Vorkommnisse in dem ruhigen County mehr als qualifiziert zu sein. Er war einer von etwa fünfhundert Gerichtsmedizinern des Staates. Zudem besaß er eine gut gehende Praxis für Allgemeinmedizin, war jedoch persönlich fasziniert von polizeilichen Ermittlungen und Gerichtsmedizin. Bevor er sich in Virginia zu einem ruhigeren Leben niederließ, hatte er fast zwanzig Jahre lang in Los Angeles als stellvertretender Coroner gearbeitet. Schlimmere Morde als in L. A. bekam man kaum zu sehen. Dennoch stellte dieser Fall eine echte Herausforderung für ihn dar.

Frank sah ihn eindringlich an. »Beide Schüsse wären ganz offensichtlich tödlich gewesen. Zweifellos. Warum also eine zweite Kugel? Vieles spricht dagegen. Zunächst mal der Lärm. Zweitens, wenn man so schnell wie möglich verschwinden will, warum sollte man sich dann Zeit nehmen, eine zweite Ladung Blei in das Opfer zu pumpen? Und mehr noch, warum sollte man eine zweite Kugel zurücklassen, die als Beweismittel dienen könnte? Hatte Mrs Sullivan den Täter überrascht? Wenn ja, warum verlief der Schuss von der Tür ins Zimmer und nicht umgekehrt? Und warum war die Schusslinie fallend? Kniete sie? Wahrscheinlich, oder der Schütze war überdurchschnittlich groß. Wenn sie kniete, warum? Eine Hinrichtung? Aber es gab keine Kontaktwunden. Und dann sind da noch die Male am Hals. Warum versucht jemand, sie zuerst zu erwürgen, lässt von ihr ab, greift zur Kanone und pustet ihr den Kopf weg? Schießt noch mal. Nimmt eine Kugel mit. Warum? Warum eine zweite Waffe? Warum wurde versucht, das zu verschleiern? Ich sehe keinen Sinn darin!«

Frank erhob sich und schritt im Zimmer auf und ab, die Hände tief in den Taschen vergraben. Das war eine Gewohnheit, wenn er angestrengt nachdachte. »Und der Tatort war so verdammt sauber, dass ich es kaum glauben konnte. Nichts ist zurückgeblieben, absolut nichts. Keine Fasern, keine Flüssigkeiten, keine Haare, nichts. Wundert mich, dass man die zweite Kugel nicht operativ entfernt hat.

Also, ich meine, dieser Kerl *war* ein Einbrecher. Vielleicht will man uns das auch nur glauben lassen. Jedenfalls *wurde* der Tresor ausgeräumt. Etwa viereinhalb Millionen Dollar Beute. Und was hat Mrs Sullivan dort gewollt? Sie hätte eigentlich in der Karibik in der Sonne liegen sollen. Kannte sie den Kerl? Hatte sie auch heimliche Affären? Wenn dem so war, hängt beides irgendwie zusammen? Und wieso spaziert jemand zur Eingangstür hinein, überlistet die Alarmanlage und klettert dann über ein Seil aus dem Fenster? Jede Frage, die ich mir stelle, wirft eine neue auf.« Ein wenig erstaunt über den eigenen Wortschwall setzte Frank sich wieder.

Der Pathologe lehnte sich im Sessel zurück, zog die Akte zu sich und überflog sie eine Minute lang. Er nahm die Brille ab, putzte sie am Ärmel und klemmte die Unterlippe zwischen Daumen und Zeigefinger.

Franks Nasenflügel bebten. »Nun sag schon, was hältst du von der Sache?«

»Du hast gesagt, am Tatort gab es nichts zu finden. Darüber habe ich nachgedacht. Du hast Recht. Es war zu sauber.« Gemächlich zündete der Gerichtsmediziner sich eine Pall Mall an, filterlos, wie Frank bemerkte. Alle Leichenbeschauer, die er kannte, hatten geraucht. Der Gerichtsmediziner blies Rauchringe in die Luft. Anscheinend genoss er die geistige Herausforderung.

»Die Fingernägel waren zu sauber.«

Verwirrt glotzte Frank ihn an.

Der Pathologe fuhr fort. »Ich will damit sagen, da war kein Schmutz, auch kein Nagellack, obwohl sie so ein hellrotes Zeug getragen hat. Keine Rückstände, die man normalerweise finden würde. Nichts. Es schien, als wären sie ausgeputzt worden; verstehst du, was ich meine?« Er machte eine Pause, dann sprach er weiter. »Außerdem habe ich geringfügige Spuren einer Lösung gefunden.« Abermals hielt er inne. »Ähnlich einem Reinigungsmittel.«

Frank machte einen Erklärungsvorschlag. »Sie war an

dem Morgen in einem dieser schicken Schönheitssalons. Ließ sich die Nägel richten und all so was.«

Sein Gegenüber schüttelte den Kopf. »Dann wären mehr Rückstände zu erwarten gewesen, nicht weniger, bei all den Chemikalien, die dort benutzt werden.«

»Worauf willst du hinaus? Dass man ihr die Fingernägel absichtlich ausgeputzt hat?«

Der Gerichtsmediziner nickte. »Da war jemand sorgfältig darauf bedacht, nichts zu hinterlassen, was in irgendeiner Form der Identifizierung dienen könnte.«

»Das heißt, jemand hatte panische Angst davor, irgendwelche äußeren Beweise zu hinterlassen.«

»Das haben die meisten Täter, Seth.«

»Bis zu einem gewissen Grad. Aber Fingernägel auszuspritzen und einen Ort so zu hinterlassen, dass unser Staubsauger praktisch leer blieb, ist schon ein bisschen übertrieben.«

Frank blätterte den Bericht durch. »Du hast auch Spuren von Öl an ihren Handballen gefunden?«

Der Pathologe nickte und blickte den Ermittler eindringlich an. »Ein Imprägniermittel. Du weißt schon, wie man es für Textilien, Leder und Ähnliches verwendet.«

»Sie hat also möglicherweise etwas in der Hand gehabt, von dem die Rückstände stammen?«

»Genau. Obwohl wir natürlich nicht sicher sein können, wann das Öl an ihre Hände kam.« Der Mediziner setzte die Brille wieder auf. »Glaubst du, sie kannte den Täter, Seth?«

»Nichts weist darauf hin, es sei denn, sie hat ihn eingeladen, in das Haus einzubrechen.«

Plötzlich hatte der Gerichtsmediziner eine Eingebung. »Vielleicht hatte sie den Einbruch geplant. Kannst du mir folgen? Sie hat genug von dem alten Mann, lässt ihren neuen Stecher das nötige Kleingeld stehlen und setzt sich dann mit ihm ab?«

Frank überdachte die Theorie. »Aber die beiden zerstreiten sich, oder der Täter treibt die ganze Zeit ein Doppelspiel, und letztlich bekommt sie eine Ladung Blei ab?«

»Es passt zu den Fakten, Seth.«

Frank schüttelte den Kopf. »Soweit wir wissen, *liebte* sie es, Mrs Walter Sullivan zu sein. Nicht nur wegen des Geldes, wenn du weißt, was ich meine. Überall auf der Welt kam sie mit Berühmtheiten in Berührung, mit manchen wahrscheinlich sogar ziemlich intim. Das ist schon etwas für jemanden, der früher bei Burger King serviert hat.«

Der Gerichtsmediziner starrte ihn an. »Ist nicht wahr?«

Der Fahnder lächelte. »Achtzigjährige Milliardäre haben manchmal seltsame Anwandlungen. Wohin setzt sich ein vierhundert Kilo schwerer Gorilla? Wohin es ihm gefällt.«

Grinsend schüttelte der Leichenbeschauer den Kopf. Milliardär? Was würde er mit einer Milliarde Dollar anfangen? Er betrachtete den Tintenlöscher auf dem Schreibtisch. Dann drückte er die Zigarette aus und schaute auf den Bericht, danach zu Frank. Er räusperte sich.

»Ich glaube, die zweite Kugel war ein Halbmantel- oder Vollmantelgeschoss.«

Frank löste die Krawatte und stützte sich mit den Ellbogen auf den Schreibtisch. »Einverstanden.«

»Es hat auf beiden Seiten die Schädelwand durchschlagen und dabei ein Austrittsloch hinterlassen, das mehr als doppelt so groß wie das Eintrittsloch war.«

»Wir sprechen also definitiv von zwei Waffen.«

»Außer der Kerl hat verschiedene Munition in ein und dieselbe Waffe gepackt.« Eingehend musterte er den Fahnder. »Scheint dich nicht zu überraschen, Seth.«

»Vor einer Stunde hätte es das noch. Jetzt nicht mehr.«

»Wahrscheinlich gibt es also zwei Täter.«

»Zwei Täter, zwei Kanonen. Wie groß war die Frau?«

Der Gerichtsmediziner musste seine Notizen nicht zu Rate ziehen. »Hundertsiebenundfünfzig Zentimeter, dreiundfünfzig Kilo.«

»Also eine zierliche Frau und vermutlich zwei männliche Täter, die versuchen, sie zu erwürgen, sie dann verprügeln, und abschließend gemeinsam das Feuer auf sie eröffnen, um sie zu töten.«

Beinahe musste der Gerichtsmediziner lächeln. Die Fakten waren ziemlich verwirrend.

Frank las in dem Bericht nach. »Bist du sicher, dass sie vor ihrem Tod gewürgt und geschlagen wurde?«

Der Gerichtsmediziner schien fast ein wenig beleidigt zu sein. »Selbstverständlich. Ziemlich kurios, was?«

Frank blätterte den Bericht durch, wobei er sich Notizen machte. »Kann man wohl sagen. Keine versuchte Vergewaltigung? Nichts in der Art?«

Der Leichenbeschauer antwortete nicht.

Schließlich schaute Frank zu ihm auf, nahm die Brille ab, legte sie auf den Tisch und lehnte sich zurück. Er nahm einen Schluck des schwarzen Kaffees, der ihm zuvor angeboten worden war.

»Im Bericht steht nichts über sexuelle Gewalt«, erinnerte er seinen Freund.

Endlich antwortete der Gerichtsarzt. »Der Bericht ist korrekt. Es gab keine sexuelle Gewalt. Keine Samenspuren, keine Anzeichen für ein Eindringen, keine offensichtlichen Male. Was mich offiziell zu der Schlussfolgerung führt, dass keine sexuelle Gewalt angewendet wurde.«

»Und? Du bist mit dieser Aussage nicht ganz zufrieden?« Frank blickte erwartungsvoll drein.

Der Gerichtsmediziner trank einen Schluck Kaffee und streckte die langen Arme, bis die altgedienten Gelenke angenehm knackten.

»Geht deine bessere Hälfte gelegentlich zum Frauenarzt?«

»Sicher, tut das nicht jede Frau?«

»Du würdest dich wundern«, antwortete der Gerichtsmediziner trocken und fuhr fort. »Es ist so, bei jeder Untersuchung, egal wie gut der Gynäkologe auch sein mag, entstehen leichte Schwellungen und geringfügige Abschürfungen an den Genitalien. Ist nun mal so. Wenn man es gründlich machen will, muss man hineingreifen und darin herumbohren.«

Frank stellte den Kaffee ab und setzte sich anders hin.

»Was willst du damit sagen? Dass sie mitten in der Nacht, kurz vor ihrem Tod, einen Hausbesuch ihres Frauenarztes hatte?«

»Die Zeichen sind geringfügig, geradezu winzig, aber sie sind da.« Er hielt inne, suchte nach den richtigen Worten. »Es geht mir nicht aus dem Kopf, seit ich das Protokoll eingereicht habe. Versteh mich richtig, vielleicht ist es gar nichts. Sie könnte es auch selbst getan haben, weißt du. Jedem das seine. Aber so wie es aussieht, kann ich mir das nicht vorstellen. Ich denke, jemand hat sie kurz nach ihrem Tod untersucht. Vielleicht zwei Stunden danach, möglicherweise auch früher.«

»Wieso? Um nachzusehen, ob sie Verkehr hatte?« Frank gab sich keine Mühe, seine Ungläubigkeit zu verbergen.

Der Gerichtsmediziner blickte ihm ins Gesicht. »Sonst gibt es in einer solchen Situation wohl nicht viel, wonach man dort unten suchen könnte, oder?«

Lange starrte der Ermittler den Mann an. Diese Information trug das ihre zu Franks pochenden Schläfen bei. Er schüttelte den Kopf. Schon wieder die Ballontheorie. Man drückte an einer Seite hinein, an der anderen entstand eine Ausbuchtung. Mit gerunzelter Stirn kritzelte er ein paar Notizen und griff dabei unbewusst zum Kaffee.

Der Pathologe betrachtete ihn. Es handelte sich um keinen einfachen Fall, aber bis jetzt hatte der Fahnder an den richtigen Stellen angesetzt, gute Fragen gestellt. Zwar stand er vor einem Rätsel, doch das gehörte dazu. Selbst die besten Ermittler fanden nie die Antworten auf alle Fragen. Aber sie blieben auch nicht ewig ahnungslos. Wenn man Glück hatte und sorgfältig arbeitete, was sich verschieden auf die Fälle verteilte, knackte man die Nuss letztlich, und die Teile fügten sich zusammen. Der Gerichtsmediziner hoffte, dass es in diesem Fall so sein würde. Bislang jedoch sah es noch nicht danach aus.

»Sie war ziemlich betrunken, als es passiert ist.« Frank las den toxikologischen Befund durch.

»Zwei Komma ein Promille. Ich selbst habe solche Werte seit meiner Studentenzeit nicht mehr gesehen.«

Frank lächelte. »Nun, ich frage mich, woher sie die zwei Komma eins hatte.«

»Im Haus gab es genug Alkohol.«

»Ja, aber wir haben keine schmutzigen Gläser, keine offenen Flaschen, auch nichts im Müll gefunden.«

»Dann hat sie vielleicht woanders gesoffen.«

»Und wie kam sie nach Hause?«

Der Gerichtsarzt überlegte einen Augenblick und rieb sich die Müdigkeit aus den Augen. »Ich schätze, sie ist gefahren. Ich habe schon Leute mit höheren Werten hinter dem Steuer erlebt.«

»Im Autopsieraum, meinst du wohl?« Frank fuhr fort. »Das Problem mit dieser Theorie ist, dass keiner der Wagen aus der Garage bewegt wurde, seit die Hausbewohner in die Karibik gereist sind.«

»Woher weißt du das? Nach drei Tagen ist kein Motor mehr warm.«

Frank blätterte sein Notizbuch durch, fand, wonach er suchte und schob es seinem Freund hin.

»Sullivan hat einen eigenen Chauffeur. Ein alter Kerl namens Bernie Kopeti. Er kennt die Wagen, ist penibel wie ein Buchhalter und führt genaue Aufzeichnungen über Sullivans Fuhrpark. Schreibt die Zählerstände aller Autos in ein Fahrtenbuch, das er *zweimal* täglich aktualisiert, kannst du dir das vorstellen? Ich habe ihn gebeten, die Kilometerzähler aller Wagen in der Garage zu überprüfen. Höchstwahrscheinlich waren es die einzigen, zu denen die Frau Zugang hatte, außerdem standen nur diese Autos in der Garage, als man die Leiche fand. Und Kopeti hat bestätigt, dass kein Fahrzeug fehlt. Bei keinem Wagen war auch nur ein zusätzlicher Kilometer auf dem Zähler. Christine Sullivan ist mit keinem davon nach Hause gefahren. Wie also kam sie heim?«

»Mit einem Taxi?«

Frank schüttelte den Kopf. »Wir haben mit jeder nur erdenklichen Taxifirma gesprochen. In jener Nacht wurde niemand zu Sullivans Haus gefahren. Und einen solchen Ort würde man kaum vergessen, was meinst du?«

»Außer vielleicht, es war der Taxifahrer, der sie ermordet hat und sich nun ausschweigt.«

»Willst du damit andeuten, sie hätte einen Taxifahrer in ihr Haus eingeladen?«

»Ich meine nur, sie war betrunken und hat wahrscheinlich nicht gewusst, was sie tat.«

»Das passt aber nicht zu dem Umstand, dass an der Alarmanlage manipuliert wurde oder dass ein Seil aus dem Fenster hing. Oder dass wir es wahrscheinlich mit zwei Tätern zu tun haben. Ich habe noch nie ein Taxi mit zwei Fahrern gesehen.«

Frank hatte eine Idee, die er in den Notizblock kritzelte. Er war sicher, dass Christine Sullivan von jemandem nach Hause gefahren worden war, den sie kannte. Da sich der- oder diejenige nicht gemeldet hatte, glaubte Frank den Grund dafür ziemlich genau zu kennen.

Der Gerichtsmediziner lehnte sich zurück. Ihm fiel nichts mehr ein. Er breitete die Arme aus. »Irgendwelche Verdächtigen?«

Frank schrieb zu Ende. »Vielleicht.«

Der Pathologe musterte ihn nachdenklich. »Was sagt der Ehemann? Einer der reichsten Männer des Landes.«

»Der ganzen Welt.« Frank steckte das Notizbuch weg, nahm den Bericht und schüttete den Rest Kaffee hinunter. »Sie hat sich auf dem Weg zum Flughafen entschlossen auszusteigen. Ihr Mann glaubt, sie wollte zurück, um in ihrer Stadtwohnung in Watergate zu bleiben. Das wurde bestätigt. Der Privatjet sollte sie drei Tage später abholen und zu Sullivans Haus in Bridgetown, Barbados, bringen. Als sie nicht am Flughafen aufkreuzte, machte sich Sullivan Sorgen und rief an. Das ist seine Geschichte.«

»Hat sie ihm irgendeinen Grund genannt, warum sie ihre Pläne änderte?«

»Keinen, den er mir gesagt hätte.«

»Reichen Typen ist alles zuzutrauen. Er lässt es nach einem Einbruch aussehen, während er viertausend Kilometer entfernt in der Hängematte liegt und Inselcocktails schlürft. Glaubst du, er ist einer von der Sorte?«

Einen langen Augenblick starrte Frank an die Wand. Er dachte zurück an Walter Sullivan, wie er schweigend im Leichenschauhaus neben seiner Frau gesessen hatte. Wie gramerfüllt er ausgesehen hatte, als er sich unbeobachtet wähnte.

Frank blickte den Gerichtsmediziner an. Dann stand er auf, um zu gehen.

»Nein. Glaube ich nicht.«

KAPITEL 10

Bill Burton saß in der Unterkunft des Secret Service im Weißen Haus. Langsam legte er die Zeitung hin, die dritte, die er an diesem Morgen las. In jeder fanden sich Folgeberichte über den Mord an Christine Sullivan. Die Fakten glichen praktisch denen aus den ersten Berichten. Offensichtlich gab es keine wesentlichen Fortschritte.

Er hatte mit Varney und Johnson gesprochen. Bei einer Grillparty bei sich zu Hause. Nur er, Collin und die beiden Kollegen. Der Kerl war im Tresorraum gewesen und hatte den Präsidenten und die Frau gesehen. Er war herausgekommen, hatte den Präsidenten niedergeschlagen, die Frau getötet und war trotz aller Bemühungen Burtons und Collins entwischt. Die Geschichte passte zwar nicht ganz zum tatsächlichen Ablauf der Ereignisse jener Nacht, doch beide Agenten schenkten Burtons Version uneingeschränkt Glauben. Außerdem zeigten sich beide wütend und entrüstet, dass jemand Hand an den Mann legte, den zu beschützen sie geschworen hatten. Der Verbrecher sollte seine gerechte Strafe erhalten. Von ihnen würde niemand erfahren, dass der Präsident in den Vorfall verwickelt war.

Nachdem sie gegangen waren, hatte Burton sich wieder auf die Terrasse gesetzt und noch ein Bier getrunken. Sie hatten ja keine Ahnung. *Er* leider schon. Sein ganzes Leben lang war Bill Burton ein aufrichtiger Mensch gewesen und konnte sich mit der neuen Rolle als Lügner ganz und gar nicht anfreunden.

Burton schlürfte die zweite Tasse Kaffee und sah auf die

Uhr. Er goss sich eine weitere Tasse ein und schaute sich um.

Immer schon hatte er von diesem Posten geträumt. Er war Mitglied einer Elitetruppe, die den bedeutendsten Menschen auf Erden beschützte. Die Größe der Verantwortung, die Fähigkeit und das Wissen eines Agenten des Secret Service, die enge Kameradschaft. Jederzeit mit der Erwartung zu leben, das eigene Leben für das eines anderen zu opfern, zum Wohle der Allgemeinheit. Allein diese Gewissheit zeugte von einer höchst edlen Gesinnung in einer zunehmend tugendloseren Welt. All das hatte dafür gesorgt, dass Agent William James Burton jeden Morgen mit einem Lächeln im Gesicht aufgewacht war und nachts ruhig geschlafen hatte. Nun war das Gefühl verschwunden. Er hatte nur seine Arbeit getan, und das Gefühl war verschwunden. Kopfschüttelnd steckte er sich eine Zigarette an.

Er saß auf einem Pulverfass. Sie alle. Je eindringlicher Gloria Russell ihm versicherte, alles käme in Ordnung, desto weniger glaubte er daran.

Der Wagen war ein völliger Reinfall gewesen. Äußerst diskrete Nachforschungen hatten direkt zum Verwahrungsparkplatz für sichergestellte Fahrzeuge in Washington geführt. Es war zu riskant, weiter daran zu rühren. Russell war stinksauer gewesen. Sollte sie. Sie gab vor, alles unter Kontrolle zu haben. Von wegen.

Burton faltete die Zeitung wieder zusammen und legte sie ordentlich für den nächsten Agenten zurück.

Zum Teufel mit Russell! Je mehr Burton darüber nachdachte, desto ärgerlicher wurde er. Aber es war zu spät, um noch etwas zu ändern. Sie alle steckten bis zum Hals in der Sache drin. Er fasste an die linke Seite seines Jacketts. Die zementgefüllte 375er lag gemeinsam mit Collins 9mm am Grund des Severn River, an der abgelegensten Stelle, die sie finden konnten. Die meisten hätten das wahrscheinlich für übertriebene Vorsicht gehalten, doch für Burton gab es keine übertriebene Vorsicht. Die Polizei hatte eine nutzlose

Kugel und würde die zweite niemals finden. Selbst wenn, der Lauf seiner Magnum wäre blitzsauber. Burton machte sich keine Sorgen darüber, dass ihn die ballistische Abteilung der Bezirkspolizei von Virginia zu Fall bringen konnte.

Dennoch würde es früher oder später geschehen. Irgendwo, irgendwie, würde der Mann an die Öffentlichkeit treten und der ganzen Welt erzählen, was sich zugetragen hatte. Es war nur eine Frage der Zeit. Der Präsident der Vereinigten Staaten war ein Ehebrecher. Seine Bettgefährtin für die Nacht hatte er so brutal verprügelt, dass sie ihn umbringen wollte, und die Agenten Burton und Collin hatten sie töten müssen.

Und dann hatten sie alles vertuscht. Das ließ Burton jedes Mal zusammenzucken, wenn er in den Spiegel blickte. Die Vertuschung. Sie hatten gelogen. Durch ihr Schweigen hatten sie gelogen. Aber hatte er das nicht die ganze Zeit über getan? Bei all den nächtlichen Stelldicheins? Wenn er morgens die First Lady grüßte? Wenn er im Garten hinter dem Haus mit den beiden Kindern des Präsidentenpaares spielte? Und ihnen verheimlichte, dass der Ehemann und Vater Alan J. Richmond, Präsident der Vereinigten Staaten, nicht so nett, so freundlich, so liebenswürdig war, wie sie vermutlich glaubten? Wie das ganze Land glaubte.

Secret Service. Geheimdienst. Burton verzog das Gesicht. Aus einem befremdlichen Grund war es eine treffende Bezeichnung. Über die Jahre hinweg hatte er jede Menge Mist gesehen. Doch Burton hatte stets weggeschaut. Wie alle Agenten gelegentlich wegschauten. Es war ein besonderer, wenn auch unangenehmer Aspekt der Arbeit. Macht trieb Menschen in den Größenwahn; sie fühlten sich unbezwingbar. Das konnte gefährlich sein.

Mehr als einmal hatte Burton schon zum Telefon gegriffen, um den Chef des Secret Service anzurufen. Er wollte ihm alles erzählen, wollte retten, was noch zu retten war. Doch jedes Mal hatte er den Hörer wieder aufgelegt, unfähig, die Worte auszusprechen, die seine Karriere und damit sein Leben ruiniert hätten. Mit jedem Tag wuchs Burtons

Hoffnung, dass alles vorübergehen werde, wenngleich der gesunde Menschenverstand ihm sagte, dass dies unmöglich war. Er wusste, es war mittlerweile zu spät, um die Wahrheit zu sagen. Hätte er einen oder zwei Tage danach angerufen und den Vorfall berichtet, wäre das noch erklärbar gewesen; inzwischen war es das nicht mehr.

Seine Gedanken kreisten um die Ermittlungen zu Christine Sullivans Tod. Mit großem Interesse hatte Burton den Autopsiebericht gelesen, den die Bezirkspolizei auf Anfrage des ach so betroffenen Präsidenten freundlicherweise zur Verfügung stellte. Zum Teufel auch mit dem Präsidenten!

Zerschmetterter Kiefer und Würgemale. Diese Verletzungen stammten nicht von seinen und Collins Schüssen. Christine Sullivan hatte allen Grund gehabt, den Mann umbringen zu wollen. Aber so etwas konnte Burton nicht zulassen, unter keinen Umständen. Es gab nicht mehr viel Unumstößliches, doch diese Tatsache zählte dazu, so sicher wie das Amen im Gebet.

Er hatte richtig gehandelt. Tausende Male sagte er sich das vor. Dafür war er praktisch sein ganzes Leben lang geschult worden. Gewöhnliche Menschen konnten nicht wissen, konnten unmöglich begreifen, wie sich ein Agent fühlte, wenn etwas schief ging, während er Dienst versah.

Vor langer Zeit hatte Burton mit einem von Kennedys Leibwächtern gesprochen. Der Mann war nie über Dallas hinweggekommen. Er war direkt neben der Limousine des Präsidenten marschiert und hatte doch nichts tun können. Der Präsident war gestorben. Genau vor seinen Augen war der Schädel des Präsidenten zerplatzt. Es wäre nie zu verhindern gewesen; dennoch redete man sich ein, man hätte irgendetwas tun, zusätzliche Sicherheitsvorkehrungen treffen können. Nach links statt nach rechts zu schauen, ein Gebäude aufmerksamer zu beobachten, als man es getan hatte. Die Menge ein wenig wachsamer im Auge zu behalten. Der Agent war nie wieder der Alte geworden. Er kündigte beim Secret Service, seine Ehe ging in die Brüche.

Den letzten Atemzug tat er zwar in irgendeinem Rattenloch in Mississippi, doch gedanklich hatte er die letzten zwanzig Jahre seines Lebens nur noch in Dallas verbracht.

Bill Burton würde das nicht passieren. Deshalb hatte er sich vor sechs Jahren vor Alan Richmonds Vorgänger geworfen und trotz der kugelsicheren Weste zwei 38er Kugeln abbekommen. Eine durch die Schulter, eine durch den Unterarm. Wie durch ein Wunder traf keiner der Schüsse ein lebenswichtiges Organ oder eine Arterie, sodass Burton nur ein paar Narben und den tief empfundenen Dank der ganzen Nation davontrug. Was noch wichtiger war, er hatte sich dadurch die Hochachtung seiner Kollegen errungen.

Und deshalb hatte er auf Christine Sullivan gefeuert. Heute würde er es wieder genauso machen. So oft es nötig war, würde er sie töten. Er würde den Abzug betätigen, zusehen, wie die hundertachtzig Gramm schwere Kugel mit mehr als dreihundert Metern pro Sekunde ihre Schläfe zerschmetterte und dem jungen Leben ein Ende bereitete. Sie hatte es so gewollt, nicht er.

Burton ging zurück an die Arbeit. Solange er es noch konnte.

Stabschefin Russell ging mit forschem Schritt den Flur entlang. Sie hatte soeben mit dem Pressesprecher des Präsidenten die angemessene Stellungnahme zum Russisch-Ukrainischen Konflikt durchgesprochen. Rein politisch betrachtet, hätte man sich auf Russlands Seite schlagen müssen, doch in der Regierung Richmond wurden Entscheidungen selten auf rein politischer Grundlage getroffen. Zwar verfügte Russland nun über sämtliche nukleare Interkontinentalwaffen, doch die Ukraine hatte weitaus bessere Aussichten, sich zu einem wichtigen Handelspartner für den Westen zu entwickeln. Walter Sullivan, der enge und jüngst von einem schweren Schicksalsschlag getroffene Freund des Präsidenten, verfolgte ein größeres Geschäft mit der Ukraine. Dieser Umstand war das Zünglein an der Waage zu Gunsten der Ukraine. Sullivan und seine Freunde hatten auf verschlungenen Pfaden etwa zwölf Millionen Dollar zu Richmonds Wahlkampf beigesteuert und ihm jede wichtige Unterschrift besorgt, die er für den Weg ins Weiße Haus brauchte. Richmond konnte nicht umhin, diese Bemühungen mit einem gewaltigen Gefallen seinerseits zu vergüten. Folglich würden die Vereinigten Staaten die Ukraine unterstützen.

Russell sah auf die Uhr. Sie war heilfroh, dass es auch noch andere Gründe gab, Kiew Moskau vorzuziehen, wenngleich sie sicher war, dass Richmond seine Entscheidung ohnehin nicht anders gefällt hätte. Loyalität war ihm überaus wichtig. Man blieb keinen Gefallen schuldig. Nur war ein Präsident eben in der Lage, Gefälligkeiten auf breiter, weltweiter Basis zu erweisen. Nun, da sie ein ernstes Problem beseitigt hatte, ließ sie sich am Schreibtisch nieder und wandte die Aufmerksamkeit einer ständig wachsenden Krisenliste zu.

Nach nur fünfzehn Minuten politischen Grübelns stand Russell wieder auf und trat langsam ans Fenster. Auf der bekanntesten Straße der Bundeshauptstadt herrschte nach wie vor reger Verkehr. Das Leben nahm in Washington seinen seit zweihundert Jahren nahezu unveränderten Lauf. Überall in der Stadt schickten Interessengruppen Geld, Intellekt und bekannte Persönlichkeiten auf das politische Schlachtfeld. Hauptsächlich drehte es sich darum, andere über den Tisch zu ziehen, bevor die es tun konnten. Russell kannte die Regeln besser als die meisten. Sie liebte und beherrschte das Spiel. Hier war sie ganz in ihrem Element; seit sie diesen Job hatte, fühlte sie sich so glücklich wie schon lange nicht mehr. Der Umstand, dass sie unverheiratet und kinderlos war, hatte ihr damals erstmals zu schaffen gemacht. Die beruflichen Auszeichnungen waren eintönig und bedeutungslos geworden. Doch dann trat Alan Richmond in ihr Leben und rüttelte sie wieder wach. Durch ihn erhielt sie die Möglichkeit, höhere Stufen zu erklimmen. Möglicherweise sogar eine Stufe, die nie zuvor eine Frau erreicht hatte. Der Gedanke hielt sie so sehr gefangen, dass die Erwartung sie manchmal erbeben ließ.

Und plötzlich riss ein verdammtes Stück Metall ein Loch in dieses fein gesponnene Netz. Wo war das Ding? Warum meldete der Mann sich nicht? Zweifellos wusste er, was sich in seinem Besitz befand. Wenn er bloß Geld wollte, würde sie zahlen. Die Schmiergeldfonds, über die sie verfügen konnte, reichten selbst für irrwitzige Forderungen, und Russell rechnete mit dem Schlimmsten. Das war einer der wundervollen Aspekte des Weißen Hauses. Niemand wusste, wie viel Geld tatsächlich erforderlich war, um den Betrieb aufrechtzuerhalten. Deshalb steuerten zahlreiche Ministerien einen Teil ihres Budgets und Personals bei, um das Weiße Haus zu unterstützen. Bei all dem finanziellen Durcheinander ließ sich selbst für die aufwändigsten Investitionen stets problemlos Geld auftreiben. Nein, dachte Russell, Geld war das geringste Problem. Dennoch blieben genügend andere, die ihr Kopfzerbrechen bereiteten.

Wusste der Mann, dass der Präsident sich wegen des Vorfalls längst keine Gedanken mehr machte? Die Frage lag Russell schwer im Magen. Was, wenn er versuchte, mit dem Präsidenten direkten Kontakt aufzunehmen, anstatt den Weg über sie zu wählen? Sie begann zu zittern und ließ sich auf einen Sessel neben dem Fenster fallen. Plötzlich war ihr kalt. Richmond würde Russells Absichten sofort erkennen, das stand völlig außer Zweifel. Zwar war er arrogant, doch gewiss kein Narr. Er würde sie vernichten. Richmond auffliegen zu lassen hätte auch keinen Sinn. Beweisen konnte sie gar nichts. Sein Wort stünde gegen ihres. Mit Schimpf und Schande würde sie im politischen Abfalleimer enden und, was viel schlimmer war, in Vergessenheit geraten.

Irgendwie musste sie den Kerl finden und ihm mitteilen, dass er sich ausschließlich bei ihr melden sollte. Nur ein Mensch konnte ihr dabei helfen. Sie setzte sich an den Schreibtisch, atmete einmal tief durch und nahm die Arbeit wieder auf. Panik war im Augenblick fehl am Platz. Sie musste stärker sein als je zuvor in ihrem Leben. Immer noch konnte sie es schaffen; immer noch hatte sie es in der Hand, das Ende der Geschichte zu beeinflussen, wenn sie nur die Nerven behielt und den erstklassigen Verstand benutzte, mit dem Gott sie gesegnet hatte. Sie konnte aus dem Schlamassel herauskommen. Und sie wusste, wie sie es anstellen musste.

Die Vorgangsweise, die Gloria Russell sich zurechtgelegt hatte, wäre jedem, der sie kannte, höchst seltsam erschienen. Doch die Stabschefin hatte eine Seite, die viele überrascht hätte. Seit sie in die Politik gegangen war, hatte ihre Aufgabe alles andere in ihrem Leben in den Schatten gestellt. Einschließlich der privaten Beziehungen, die man in ihrem Alter zu unterhalten pflegte. Dennoch verfügte Gloria Russell über eine feminine Seite, die einen krassen Gegensatz zu ihrem förmlichen Auftreten als Stabschefin bildete. Die rasch verfliegenden Jahre trugen hinlänglich dazu bei, dass sie sich dieser Unausgeglichenheit ihres Daseins zunehmend bewusst wurde. Zwar hatte sie in dieser Hinsicht keine konkreten Pläne, schon gar nicht angesichts der drohenden Katastrophe, mit der sie sich auseinander setzen musste, doch sie glaubte zu wissen, wie sie diese taktische Aufgabe am besten erfüllen und sich dabei gleichzeitig ihre Attraktivität bestätigen lassen konnte. Ihren Gefühlen konnte sie sich ebenso wenig entziehen wie ihrem Schatten. Warum also sich nicht ihrer bedienen? Sie vertraute ohnehin darauf, dass der feine Unterschied dem geplanten Opfer der Strategie nicht bewusst werden würde.

Zwei Stunden später schaltete sie das Licht aus und bestellte den Wagen. Dann warf sie einen Blick auf den aktuellen Dienstplan des Secret Service und griff zum Telefon. Nach drei Minuten stand Agent Collin vor ihr, die Hände in typischer Agentenmanier vor sich gefaltet. Sie bedeutete ihm, einen Augenblick zu warten, während sie ihr Make-up überprüfte, mit den Lippen ein perfektes Oval formte und den Lippenstift nachzog. Aus dem Augenwinkel betrachtete sie den großen, schlanken Mann neben dem Schreibtisch. Sein Aussehen, das des Titelblatts eines Frauenmagazins durchaus würdig war, wäre von jeder normalen Frau schwerlich zu ignorieren. Sein Beruf, der ein ständiges Leben in Gefahr bedingte, und der Umstand, dass er selbst gefährlich sein konnte, trugen nur vorteilhaft zum Gesamtbild bei. Es war dasselbe wie mit den bösen Buben an der Highschool, zu denen sich Mädchen stets hingezogen fühlten, und sei es nur, um die Stumpfheit der eigenen Existenz zeitweilig hinter sich zu lassen. Sie war überzeugt, dass Tim Collin in seinem relativ jungen Leben schon das Herz so mancher Frau gebrochen hatte.

Ihr Terminkalender für den Abend war leer, was nicht häufig vorkam. Sie rollte mit dem Stuhl zurück und schlüpfte in die Stöckelschuhe. Dabei entging ihr, dass Agent Collins Blick kurz auf ihre Beine wanderte, bevor er wieder geradeaus starrte. Hätte sie es bemerkt, sie wäre vermutlich erfreut gewesen, nicht zuletzt aus dem offensichtlichen Grund.

»Der Präsident gibt nächste Woche im Gericht von Middleton eine Pressekonferenz, Tim.«

»Ich weiß, Ma'am, um neun Uhr fünfunddreißig morgens. Wir arbeiten gerade an den Vorbereitungen.« Er starrte weiterhin geradeaus.

»Finden Sie das nicht ein wenig ungewöhnlich?«

Collin sah sie an. »Wieso sollte ich, Ma'am?«

»Ich bin nicht mehr im Dienst, Sie können mich Gloria nennen.«

Unsicher trat Collin von einem Fuß auf den anderen. Sie konnte ein Lächeln über seine augenscheinliche Verlegenheit nicht unterdrücken.

»Sie kennen doch das Thema der Pressekonferenz, nicht wahr?«

»Der Präsident wird sich über«, Collin schluckte merklich, »über den Mord an Mrs Sullivan äußern.«

»Stimmt genau. Ein Präsident gibt eine Pressekonferenz zur Ermordung einer Privatperson. Finden Sie das nicht merkwürdig? Ich glaube, das ist einmalig in der Geschichte, Tim.«

»Das weiß ich nicht, Ma'– … Gloria.«

»Sie haben doch kürzlich viel Zeit mit ihm verbracht. Ist Ihnen etwas Ungewöhnliches am Präsidenten aufgefallen?«

»Wie zum Beispiel?«

»Wirkte er vielleicht übermäßig gestresst oder angespannt? Mehr als üblich?«

Zögernd schüttelte Collin den Kopf. Er hatte keine Ahnung, wohin das Gespräch führen sollte.

»Ich fürchte, wir könnten ein kleines Problem bekommen, Tim. Ich glaube, der Präsident braucht unsere Hilfe. Sie sind doch bereit, ihm zu helfen?«

»Er ist der Präsident, Ma'am. Meine Aufgabe ist es, mich um ihn zu kümmern.«

Während sie in der Handtasche kramte, meinte sie: »Haben Sie heute Abend etwas vor, Tim? Um neun ist doch Ihr Dienst zu Ende, nicht wahr? Der Präsident bleibt heute Nacht hier.«

Er nickte.

»Sie wissen, wo ich wohne. Kommen Sie um zehn Uhr vorbei. Ich möchte das Gespräch gerne privat mit Ihnen weiterführen. Wollen Sie mir und dem Präsidenten helfen?«

Collins Antwort kam wie aus der Pistole geschossen. »Heute Abend um zehn, Gloria.«

Nochmals klopfte er an die Tür. Keine Antwort. Die Jalousien waren heruntergezogen, kein Licht drang aus dem Haus. Entweder schlief er, oder aber er war nicht zu Hause. Jack sah auf die Uhr. Es war neun. Soweit er sich erinnern konnte, ging Luther Whitney selten vor zwei oder drei Uhr morgens zu Bett. Der alte Ford stand in der Einfahrt. Das Tor der kleinen Garage war geschlossen. Jack spähte in den Briefkasten neben der Tür. Er quoll über vor Post. Das sah nicht gut aus. Wie alt war Luther mittlerweile? Mitte sechzig? Würde er seinen alten Freund auf dem Boden liegend finden, mit kalten, an die Brust gepressten Händen? Jack sah sich um, dann hob er einen tönernen Blumentopf an, der neben der Tür stand. Der Reserveschlüssel lag immer noch darunter. Abermals blickte er sich um, dann steckte er den Schlüssel ins Schloss und ging hinein.

Das Wohnzimmer war sauber und aufgeräumt. Alles befand sich an seinem Platz.

»Luther?« Er ging durch den Flur und rief sich die einfache Raumanordnung ins Gedächtnis. Links das Schlafzimmer, rechts das Bad, an der Hinterseite des Hauses die Küche. Über der Hintertür ein kleines Wetterdach, dann der Garten. Luther befand sich in keinem der Räume. Jack betrat das kleine Schlafzimmer, das – wie der Rest des Hauses – sauber und ordentlich war.

Auf dem Nachttisch standen mehrere gerahmte Fotos; verschiedene Bilder von Kate schauten ihn an. Rasch wandte er sich ab und verließ den Raum.

Die winzigen Kammern im Obergeschoss standen weitgehend leer. Angestrengt lauschte er einen Augenblick. Nichts.

In der Küche nahm er auf dem kleinen Plastiksessel Platz und sah sich um. Das Licht machte er nicht an, sondern zog es vor, im Dunkeln zu sitzen. Jack beugte sich vor, öffnete den Kühlschrank und grinste. Zwei Sechserpack Budweiser lächelten ihn an. Man konnte sich immer darauf verlassen, dass Luther ein kaltes Bier zu Hause hatte. Mit einer Dose in der Hand öffnete er die Hintertür und trat hinaus.

Der Garten wirkte verwahrlost. Obwohl sie im Schatten einer mächtigen Eiche wuchsen, ließen Spitzwegerich und Farn die Köpfe hängen; die Klematis, die sich am Lattenzaun entlangrankte, war völlig verdorrt. Jack begutachtete Luthers geliebtes Saisonblumenbeet und entdeckte mehr Opfer als Überlebende des Washingtoner Backofens.

Er hob das Bier an die Lippen und nahm einen Schluck.

Luther war eindeutig eine Weile nicht hier gewesen. Na und? Sein Freund war erwachsen und konnte gehen, wohin er wollte, wann er wollte. Trotzdem, irgendetwas stimmte nicht. Aber schließlich war es schon einige Jahre her. Gewohnheiten änderten sich. Jack dachte gründlicher darüber nach. Luther würde seine Gewohnheiten nicht ändern. Das entsprach nicht seiner Art. Er war grundsolide, der zuverlässigste Mensch, den Jack je kennen gelernt hatte. Ein überquellender Postkasten, vertrocknete Blumen, das Auto vor der Garage; so hätte Luther sein Zuhause niemals freiwillig zurückgelassen.

Jack ging zurück ins Haus. Auf dem Anrufbeantworter war keine Nachricht. Nochmals marschierte er in das kleine Schlafzimmer, abermals überraschte ihn die muffige Luft, als er die Tür öffnete. Erneut blickte er prüfend durch den Raum. Verdammt, er war doch kein Detektiv! Dann musste er über sich lachen. Wahrscheinlich ließ es sich Luther gerade ein paar Wochen auf irgendeiner Insel gut gehen, und er stand hier und mimte die besorgte Amme. Luther war gewiss in der Lage, auf sich selbst aufzupassen. Zudem ging es ihn nichts mehr an. Die Familie Whitney war nicht mehr sein Bier, weder Vater noch Tochter. Warum war er eigentlich hier? Wollte er die alten Zeiten wiederaufleben lassen? Wollte er über den alten Mann Kates Herz zurückerobern? Das war wohl das Unwahrscheinlichste, was man sich vorstellen konnte.

Vielmehr suchte er eine Schulter, an der er sich ausweinen konnte.

Beim Hinausgehen schloss Jack die Tür wieder ab und legte den Schlüssel zurück unter den Blumentopf. Nach einem letzten Blick auf das Haus trottete er zum Auto.

Gloria Russells Wohnung befand sich in einer Sackgasse in der Nähe der River Road in einem ziemlich noblen Vorort von Bethesda. Durch ihre Beratertätigkeit für viele der größten Firmen des Landes, verbunden mit ihrem Gehalt zunächst als Professorin und nun als Stabschefin, das sie über die Jahre klug angelegt hatte, besaß sie mehr als genug zum Leben, und sie umgab sich gerne mit schönen Dingen. Den Eingang zierte eine alte Laube, überwuchert von kräftigem, dichtem Efeu. Der gesamte Vorhof, von einer hüfthohen, gewundenen Ziegelsteinmauer umfangen, war als abgeschiedener Garten eingerichtet, komplett mit Tischen und Sonnenschirmen. In der Dunkelheit, die nur vom fahlen Licht aus dem Erkerfenster an der Vorderseite des Hauses durchbrochen wurde, gurgelte und plätscherte ein Springbrunnen.

Gloria Russell saß an einem der Gartentische, als Agent Collin in seinem Cabriolet vorfuhr. Der Anzug war nach wie vor makellos, die Krawatte fest geknüpft, und er stand da, als hätte er einen Besenstiel verschluckt. Auch die Stabschefin hatte sich nicht umgezogen. Sie lächelte ihn an. Gemeinsam schlenderten sie über den Gartenweg ins Haus.

»Etwas zu trinken? Sie sehen mir nach Bourbon mit Wasser aus.« Russell betrachtete den jungen Mann und trank genüsslich ihr drittes Glas Wein. Es war lange her, dass sie einen jüngeren Mann zu sich eingeladen hatte. Vielleicht zu lange, dachte sie, obwohl der Alkohol dafür sorgte, dass sie nicht allzu klar dachte.

»Bier, wenn Sie welches dahaben.«

»Kommt sofort.« Kurz blieb sie stehen, um die Stöckelschuhe von den Füßen zu streifen, dann ging sie weiter in die Küche. Collin betrachtete das riesige Wohnzimmer, mit den wallenden, maßgefertigten Vorhängen, den Relieftapeten und den geschmackvollen Antiquitäten. Wieso war er eigentlich hier, überlegte er. Hoffentlich beeilte sie sich mit dem Drink. Er war ein hervorragender Sportler, weshalb er schon früher von Frauen verführt worden war. Schon seit der Highschool, aber das hier war nicht die Highschool, und Gloria Russell war kein Cheer-Leader. Collin kam zu dem Schluss, dass es an der Zeit war, sich einen anzutrinken. Eigentlich hatte er Burton von der ungewöhnlichen Einladung erzählen wollen, doch irgendetwas hatte ihn zurückgehalten. Burton benahm sich in letzter Zeit sonderbar. Was sie getan hatten, war nicht falsch gewesen. Zugegeben, die Umstände waren ziemlich heikel; deshalb musste eine Tat, die ihnen normalerweise das Lob eines ganzen Landes eingebracht hätte, geheim gehalten werden. Es tat ihm Leid, dass er die Frau hatte töten müssen, doch er hatte keine andere Wahl gehabt. Immer wieder fand der Tod ein Opfer, ständig ereigneten sich Tragödien. Diesmal war sie an der Reihe gewesen. Christine Sullivans Nummer war aufgerufen worden.

Collin schlürfte das Bier und betrachtete die Hinteransicht der Stabschefin, während sie auf dem breiten Sofa ein Kissen aufschüttelte, ehe sie Platz nahm. Genüsslich am Wein nippend, lächelte sie ihn an.

»Wie lange sind Sie schon beim Secret Service, Tim?«

»Seit sechs Jahren.«

»Sie sind rasch aufgestiegen. Der Präsident hält große Stücke auf Sie. Er hat nicht vergessen, dass Sie ihm das Leben gerettet haben.«

»Das freut mich. Wirklich.«

Während sie ihn mit Blicken abtastete, nahm sie einen weiteren Schluck Wein. Er saß kerzengerade. Seine augenscheinliche Nervosität belustigte sie. Zutiefst beeindruckt schloss sie die Begutachtung ab. Dem jungen Agenten war ihre Aufmerksamkeit nicht entgangen. Indem er die zahlreichen Gemälde an den Wänden betrachtete, versuchte er, sein Unbehagen zu verbergen.

»Hübsch.« Er deutete auf die Kunstwerke.

Sie lächelte ihn an und beobachtete, wie er zügig das Bier austrank. *Hübsch*. Dasselbe hatte sie gerade gedacht.

»Setzen wir uns doch an einen gemütlicheren Ort, Tim.« Russell erhob sich und blickte auf ihn hinab. Sie führte ihn aus dem Wohnzimmer durch einen langen, schmalen Flur und schließlich durch Doppeltüren in eine große Bibliothek. Das Licht ging von selbst an. Collin bemerkte, dass er durch eine weitere Doppeltür das Bett der Stabschefin erkennen konnte.

»Sie haben doch nichts dagegen, wenn ich mich rasch umziehe? Ich stecke schon viel zu lange in den Sachen.«

Collin sah ihr nach, als sie ins Schlafzimmer schlenderte. Die Türen blieben offen. Von seinem Sitzplatz aus konnte er durch einen Spalt in das Zimmer spähen. Er wandte den Blick ab und versuchte stattdessen, sich auf einen altmodischen, offenen Kamin zu konzentrieren, in dem bald ein Feuer knistern würde. Kaum hatte er den Rest des Biers hinuntergekippt, wünschte er sich schon ein weiteres. Er ließ sich in die weiche Polsterung zurücksinken. Zwar bemühte er sich wegzuhören, dennoch vernahm er jedes Geräusch, das sie verursachte. Schließlich konnte er nicht mehr widerstehen. Er drehte den Kopf, schielte durch die offene Tür. Mit leichtem Bedauern stellte er fest, dass es nichts zu sehen gab. Zunächst. Dann schritt sie an dem offenen Spalt vorbei.

Es dauerte nur einen Augenblick, während sie am Bettende innehielt, um irgendein Stück Wäsche anzuziehen. Stabschefin Gloria Russell nackt zu Gesicht zu bekommen traf Collin wie ein Schlag, obwohl er es irgendwie erwartet hatte.

Da nun feststand, wie die Nacht verlaufen sollte, wandte sich Collin wieder ab, vermutlich ein wenig zu langsam. Von der Bierdose leckte er die letzten Tropfen der goldgelben Flüssigkeit. Der Griff der neuen Waffe bohrte sich ihm in die Brust. Normalerweise fühlte sich das kalte Metall gut auf der Haut an. Heute tat es weh.

Seine Gedanken kreisten um die Regeln über interne Beziehungen. Es war bekannt, dass die Agenten des Secret Service der First Family sehr am Herzen lagen. Im Laufe der Jahre hatte es immer wieder Gerede über diverse Affären gegeben; die offizielle Haltung zu dem Thema war jedoch unmissverständlich. Sollte man Collin hier vorfinden, während sich im Nebenzimmer die nackte Stabschefin aufhielt, wäre er erledigt.

Fieberhaft überlegte er. Noch konnte er gehen und Burton Bericht erstatten. Aber wie sähe das aus? Russell würde alles leugnen. Collin stünde da wie ein Idiot, und seine Karriere wäre wahrscheinlich dennoch vorbei. Sie hatte ihn aus einem bestimmten Grund eingeladen, hatte gesagt, der Präsident brauche seine Hilfe. Im Augenblick fragte er sich, wem er wohl tatsächlich helfen sollte. Zum ersten Mal fühlte sich Agent Collin gefangen. In der Falle. Seine Athletik, die raschen Reflexe, die 9mm, all das nutzte ihm hier und jetzt nicht das Geringste. Auf geistiger Ebene konnte er der Frau nicht das Wasser reichen. In der offiziellen Machthierarchie stand er so weit unter ihr, als starrte er mit einem Fernrohr aus einem Abgrund hinauf und könnte dennoch nicht einmal einen Blick auf ihre Absätze erhaschen. Er machte sich auf eine lange Nacht gefasst.

Walter Sullivan schritt im Zimmer auf und ab, während Sandy Lord ihn beobachtete. Alles war wie immer, abgesehen vielleicht von der großen Flasche Scotch auf Lords Schreibtisch. Draußen durchbrach der gedämpfte Schein der Straßenlaternen die Finsternis. Die Hitze war kurzzeitig zurückgekehrt, und Lord hatte angeordnet, dass die Klimaanlage bei Patton, Shaw heute Nacht für diesen ganz besonderen Gast eingeschaltet bleiben musste.

Der Besucher unterbrach seine Wanderung und starrte auf die Straße hinunter. Ein paar Häuserblocks entfernt befand sich das vertraute weiße Gebäude, das Zuhause von Alan Richmond, der Schlüssel zu Sullivans und Lords Geldsegen. Heute Nacht jedoch dachte Sullivan nicht ans Geschäft. Lord sehr wohl. Doch er war viel zu gerissen, sich das anmerken zu lassen. Heute Nacht widmete er sich seinem Freund und Klienten. Er würde seinem Kummer lauschen, würde ihn sich alles von der Seele reden lassen, würde Sullivan die kleine Nutte beweinen lassen. Je rascher das erledigt war, desto eher konnten sie sich auf die wirklich wichtigen Dinge stürzen.

»Es war eine ergreifende Beisetzung, man wird sich noch lange daran erinnern.« Sorgsam wählte Lord die Worte.

Walter Sullivan war ein alter Freund, doch die Freundschaft beruhte auf dem Verhältnis von Anwalt zu Klient, daher konnte sich das Fundament unvorhergesehen verschieben. Außerdem war Sullivan der einzige Mensch in Lords Umfeld, der ihn nervös machte; denn Lord wusste, dass er den alten Mann nicht völlig unter Kontrolle hatte. Sullivan war ihm zumindest ebenbürtig, wahrscheinlich sogar überlegen.

»Ja, war es.« Sullivan starrte weiter auf die Straße hinunter. Er nahm an, dass es ihm letztendlich gelungen war, der Polizei klar zu machen, dass der Einwegspiegel nichts mit dem Verbrechen zu tun hatte. Ob er sie völlig überzeugt hatte, stand auf einem anderen Blatt. Auf jeden Fall war es ein ziemlich peinlicher Augenblick gewesen, und Sullivan war dergleichen nicht gewohnt. Der Ermittler, an dessen Namen er sich nicht erinnern konnte, hatte ihm nicht den schuldigen Respekt gezollt. Das hatte den alten Mann verärgert. Denn wenn er etwas verdiente, dann war es Respekt. Es war der Sache zudem nicht unbedingt zuträglich, dass Sullivan keinen Funken Vertrauen in die Fähigkeit der Bezirkspolizei setzte, die Personen aufzuspüren, die für die Tat verantwortlich waren.

Beim Gedanken an den Spiegel schüttelte er den Kopf. Zumindest hatte man der Presse gegenüber nichts davon erwähnt. Diese Art Aufmerksamkeit konnte Sullivan nicht ertragen. Der Spiegel war Christines Einfall gewesen. Doch er musste zugeben, dass auch er Spaß daran gefunden hatte. Nun, da er zurückdachte, erschien es ihm grotesk. Zunächst hatte es ihn fasziniert, seine Frau mit anderen Männern zu beobachten. Er selbst war über das Alter hinaus, in dem er sie selbst hätte befriedigen können, doch er wusste keinen vernünftigen Grund, warum er ihr die körperlichen Freuden verbieten sollte, die er längst hinter sich gelassen hatte. Aber die ganze Sache war absurd gewesen, einschließlich der Heirat. Nun erkannte er das. Sullivan hatte versucht, seine Jugend zurückzugewinnen, doch er hätte wissen müssen, dass sich die Natur nicht zwingen ließ, gleichgültig, wie reich man auch sein mochte. Nun fühlte er sich beschämt, und er war zornig.

Schließlich wandte er sich Lord zu.

»Ich habe nicht allzu viel Vertrauen zu dem Kommissar, der die Untersuchung leitet. Was können wir tun, damit sich die Bundespolizei der Sache annimmt?«

Lord nahm die Brille ab, holte eine Zigarre aus einem Kästchen in einer der Schreibtischladen und wickelte sie bedächtig aus.

»Mord an Privatpersonen ist kein Grund für eine Bundesermittlung.«

»Richmond will sich einschalten.«

»Eine Augenauswischerei, wenn du mich fragst.«

Sullivan schüttelte den massigen Kopf. »Nein. Er schien wirklich betroffen zu sein.«

»Vielleicht. Verlass dich aber nicht darauf, dass die Anteilnahme lange anhält. Er muss sich um tausend andere Dinge kümmern.«

»Ich will, dass die Leute geschnappt werden, die das getan haben, Sandy.«

»Das kann ich gut verstehen, Walter. Keiner versteht das besser als ich. Man wird sie kriegen. Du musst Geduld haben, das waren keine Strauchdiebe. Die wussten, was sie taten. Aber jeder macht Fehler. Man wird sie vor Gericht stellen, das kann ich dir versichern.«

»Und was dann? Lebenslänglich, richtig?«, meinte Sullivan verächtlich.

»Wahrscheinlich wird man sie keines Kapitalverbrechens beschuldigen, also werden sie lebenslänglich bekommen. Aber ohne Aussicht auf Bewährung, Walter, glaub mir. Die werden nie wieder ungesiebte Luft atmen. Und nach ein paar Jahren, während der sie jede Nacht einen reingeschoben bekommen, werden sie sich wünschen, man hätte sie mit der Spritze in den Arm gepiekst.«

Sullivan setzte sich hin und musterte seinen Freund. Walter Sullivan wollte überhaupt keine Verhandlung, wo all die Einzelheiten des Verbrechens offenkundig würden.

Ihm schauderte bei dem Gedanken, dass alles von vorne aufgerollt werden könnte. Fremde würden intime Einzelheiten aus seinem Leben und dem seiner verstorbenen Frau erfahren. Das würde er nicht ertragen. Er wollte nur, dass die Männer geschnappt wurden. Um den Rest wollte er sich selbst kümmern. Lord meinte, der Staat Virginia würde die Verantwortlichen lebenslang hinter Gitter sperren. In jenem Augenblick beschloss er, dem Staat die Kosten eines langfristigen Gefängnisaufenthaltes zu ersparen.

Gloria Russell rekelte sich am Ende des Sofas. Die nackten Beine hatte sie unter einen weiten Baumwollpullover gezogen, der bis knapp über die Unterschenkel reichte. Wo der Stoff ausgeschnitten war, stach ihm das dünne Dekolleté ins Auge. Collin hatte sich noch zwei Bier geholt und schenkte ihr ein weiteres Glas Wein aus der Flasche ein, die er mitgebracht hatte. Sein Kopf fühlte sich mittlerweile ein wenig heiß an, als lodere darin ein winziges Feuer. Die Krawatte hatte er gelockert, Jackett und Waffe lagen auf dem gegenüberstehenden Sofa. Sie hatte das Schießeisen in die Hand genommen, als er es ablegte.

»Ist ziemlich schwer.«

»Man gewöhnt sich dran.« Die Frage, mit der man ihn üblicherweise konfrontierte, stellte sie nicht. Dass er bereits getötet hatte, wusste sie.

»Würden Sie wirklich für den Präsidenten eine Kugel abfangen?« Die Lider wurden zunehmend schwerer. Immer wieder hämmerte sie sich ein, dass sie konzentriert bleiben musste. Das hatte sie jedoch nicht davon abgehalten, diesen jungen Mann an die Schwelle ihres Schlafzimmers zu führen.

Mit fast übermenschlicher Anstrengung versuchte sie, etwas von ihrer Selbstkontrolle zurückzugewinnen. Was stellte sie sich eigentlich vor? Ihr Leben steckte in einer Krise, und sie führte sich auf wie eine Prostituierte. So durfte sie an die Sache nicht herangehen, das wusste sie. Das Drängen, das sie aus einem anderen Teil ihrer Seele verspürte, einem Teil, der jahrelang verdrängt worden war, beeinträchtigte den Prozess der kühlen, rationalen Überlegung. Das durfte sie nicht zulassen, nicht jetzt.

Sie sollte sich wieder umziehen und ihn ins Wohnzimmer zurückführen oder aber ins Arbeitszimmer, wo das dunkle Eichenholz und die Bücherwände das erregende Knistern zunichte machen würden.

Eindringlich musterte er sie. »Ja.«

Sie wollte gerade aufstehen, kam aber nicht mehr dazu.

»Ich würde auch für dich eine abfangen, Gloria.«

»Für mich?« Ihre Stimme bebte. Mit weit aufgerissenen Augen starrte sie ihn an. Die Strategie war vergessen.

»Ohne nachzudenken. Es gibt eine Menge Secret-Service-Agenten. Aber nur eine Stabschefin. So läuft das nun mal.« Er schlug die Augen nieder und flüsterte: »Das ist kein Spiel, Gloria.«

Als er noch ein Bier holte, bemerkte er, dass sie mittlerweile so nahe herangerückt war, dass ihr Knie seine Hüfte berührte, als er sich hinsetzte. Russell streckte die Beine aus, rieb sie an seinen und legte sie dann auf den Tisch vor ihnen. Auf wundersame Weise war der Pullover hochgerutscht und entblößte lange, schlanke Unterschenkel und volle, cremigweiße Hüften. Es waren die Beine einer reiferen Frau – und zwar einer verflucht attraktiven. Langsam wanderten Collins Augen über die nackte Haut.

»Weißt du«, sagte sie, »ich habe dich immer bewundert. Ich meine, alle Agenten.« Sie wirkte beinahe beschämt. »Ich weiß, manchmal betrachtet man euch als Selbstverständlichkeit. Du sollst wissen, ich bin froh, dass ihr auf uns aufpasst.«

»Ist 'n guter Job. Ich würd ihn gegen nichts eintauschen.« Er schlürfte das nächste Bier und fühlte sich besser. Seine Atmung beruhigte sich.

Sie lächelte ihn an. »Ich bin froh, dass du heute Nacht vorbeigekommen bist.«

»Stets zu Diensten, Gloria.« Sein Selbstvertrauen stieg in selbem Maße wie der Alkoholpegel. Nachdem er das letzte

Bier ausgetrunken hatte, deutete sie mit bebenden Fingern auf einen Getränkewagen an der Tür. Er mixte zwei Drinks, dann setzte er sich wieder hin.

»Ich fühle, dass ich dir vertrauen kann, Tim.«

»Das kannst du.«

»Ich hoffe, du fasst das nicht falsch auf, aber bei Burton bin ich da nicht so sicher.«

»Bill ist 'n Spitzenagent.«

Russell berührte seinen Arm, ließ die Hand dort ruhen.

»So habe ich es nicht gemeint. Ich weiß, dass er gut ist. Ich werde manchmal einfach nicht schlau aus ihm. Es ist schwer zu erklären. Nur so ein Instinkt.«

»Du solltest auf deine Instinkte vertrauen. Mache ich auch.« Collin sah sie an. Sie wirkte jünger, viel jünger, wie eine Collegeabsolventin, bereit, die Welt zu erobern.

»Der Instinkt sagt mir, dass ich mich auf dich verlassen kann, Tim.«

»So ist es.« Er kippte den Drink hinunter.

»Immer?«

Collin musterte sie, stieß mit dem leeren Glas an ihres. »Immer.«

Seine Lider fühlten sich schwer an. Er dachte zurück an die Highschool. Als er den entscheidenden Touchdown für die Football-Meisterschaft gemacht hatte. Cindy Purket hatte ihn genauso angesehen. Mit einem durch und durch bereitwilligen Blick.

Die Hand legte er auf ihre Hüfte und begann, sie zu streicheln. Die Haut fühlte sich geschmeidig an, überaus weiblich. Gloria wehrte sich nicht, sondern rückte noch näher. Dann schob er die Hand unter den Pullover, strich über den immer noch festen Bauch, berührte die Unterseite ihrer Brüste. Mit dem anderen Arm umfasste er ihre Taille und zog sie dichter an sich. Danach fasste er hinunter an ihr Gesäß und packte zu. Mit einem tiefen Ein- und Ausatmen ließ sie sich an seine Schulter sinken. Er fühlte, wie die Brüste seinen Arm berührten; die wogende Masse war warm und weich. Sie legte die Hand zwischen seine Schenkel, wo sich die Erregung bemerkbar machte, und drückte zärtlich zu. Ihre Lippen berührten sich; sanft wich sie zurück und blickte ihn an.

Sie stellte den Drink ab und schlüpfte langsam, verführerisch aus dem Pullover. Leidenschaftlich stürzte er sich auf sie, seine Hände glitten unter die Träger des BH und lösten ihn; ihre Brüste wogten auf ihn zu, er vergrub das Gesicht in den sanften Hügeln. Dann riss er ihr das letzte Kleidungsstück, ein schwarzes Spitzenhöschen, vom Leib; sie lächelte, als sie es gegen die Wand segeln sah. Sie hielt den Atem an, während er sie mühelos aufhob und ins Schlafzimmer trug.

KAPITEL 11

Langsam rollte der Jaguar die lange Auffahrt hinauf und hielt an. Zwei Leute stiegen aus.

Jack schlug den Mantelkragen hoch. Regenschwangere Wolken zogen auf; es war ein kühler Abend.

Jennifer kam um den Wagen herum und kuschelte sich an ihn, als sie sich gegen den Luxuswagen lehnten.

Jack betrachtete das Anwesen. Dichter Efeu wucherte über der Eingangstür. Das Haus strahlte Beständigkeit und Sicherheit aus. Vermutlich würde ein Großteil davon auf die Bewohner übergehen. Gerade jetzt konnte er so etwas in seinem Leben gebrauchen.

Er musste gestehen, dass es wunderschön war. Was konnte so falsch an schönen Dingen sein? Als Teilhaber war er für vierhunderttausend Dollar gut. Wer konnte vorhersagen, in welche Höhen sein Gehalt steigen würde, wenn es ihm gelänge, weitere Klienten in die Firma zu bringen? Lord verdiente fünfmal so viel, zwei Millionen im Jahr, und das war nur sein Grundgehalt.

Die Entlohnung der Teilhaber war streng vertraulich und wurde in der Firma noch nicht einmal bei den ungezwungensten Unterhaltungen besprochen. Jedoch hatte Jack das Passwort zur Computerdatei über die Teilhaber herausgefunden. Der Code lautete »Gier«. Irgendeine Sekretärin musste sich darüber wohl ausgeschüttet haben vor Lachen.

Jack begutachtete den Rasen vor dem Haus, dessen Größe der eines Flugzeugträgers entsprach. Eine Vision zog an ihm vorbei. Er blickte seine Verlobte an.

»Hier ist genug Platz, um mit den Kindern Football zu spielen.« Er lächelte.

»Ja, wirklich.« Sie lächelte zurück und küsste ihn zärtlich auf die Wange. Dann ergriff sie seinen Arm und schlang ihn sich um die Hüfte.

Jack schaute zurück zu der Villa, die bald sein drei Komma acht Millionen Dollar teures Zuhause werden sollte. Jennifer nahm den Blick nicht von ihm. Das Lächeln wurde breiter, als sie seine Hand ergriff. Selbst in der Dunkelheit schienen ihre Augen zu glänzen.

Während Jacks Blick weiter über das Gemäuer schweifte, stellte er mit Erleichterung fest, dass er diesmal nur Fenster sah.

In elftausend Meter Höhe lehnte sich Walter Sullivan in die weiche Polsterung des Flugzeugsessels zurück und starrte aus dem Fenster der Boeing 747 in die Finsternis. Da sie von Osten nach Westen flogen, hatte Sullivans Tag einige Stunden mehr, doch Zeitverschiebungen waren noch nie ein Problem für ihn gewesen. Je älter er wurde, desto weniger Schlaf benötigte er, und sonderlich viel Schlaf hatte er nie gebraucht.

Der Mann ihm gegenüber nutzte die Gelegenheit, um den alten Mann eingehend zu studieren. Überall auf der Welt war Sullivan als rechtschaffener, wenngleich manchmal harter Geschäftsmann bekannt. Rechtschaffen. Das war das Schlüsselwort, das sich durch Michael McCartys Gedanken zog. Normalerweise war es für rechtschaffene Geschäftsleute weder erforderlich noch wünschenswert, mit Männern aus McCartys Berufssparte zu sprechen. Doch wenn man über verschlungene Kanäle erfuhr, dass einer der reichsten Männer der Welt ein Treffen wünschte, dann erschien man auch. McCarty war nicht deshalb einer der weltweit gefragtesten Berufskiller geworden, weil ihm die Arbeit besondere Freude bereitete. Vielmehr genoss er das Geld und den damit verbundenen Luxus.

Außerdem verfügte er über den Vorteil, selbst wie ein Geschäftsmann zu wirken. Er hatte das gepflegte Äußere eines Hochschulabsolventen, was gar nicht so weit hergeholt war, denn er besaß ein Diplom der Universität Dartmouth in Internationaler Politik. Mit den dichten blonden Locken, den breiten Schultern und dem faltenlosen Gesicht hätte er ein ehrgeiziger Unternehmer auf dem Weg nach oben oder ein Filmstar auf dem Höhepunkt seiner Karriere sein können. Der Umstand, dass er sein Geld verdiente, indem er Menschen umbrachte und dabei über eine Million Dollar pro Mord kassierte, dämpfte weder seinen jugendlichen Enthusiasmus noch seine Lebensfreude.

Schließlich wandte Walter sich ihm zu. Obwohl McCarty uneingeschränkt auf seine Fähigkeiten vertraute und unter Druck absolute Ruhe bewahrte, machte ihn der bohrende Blick des Milliardärs nervös. Die Elite war unter sich.

»Ich möchte, dass Sie jemanden für mich töten«, erklärte Sullivan schlicht. »Leider weiß ich derzeit noch nicht, um wen es sich handelt. Aber mit ein bisschen Glück erfahre ich es noch. Bis dahin möchte ich Sie unter Vertrag nehmen, damit mir Ihre Dienste im Bedarfsfall jederzeit zur Verfügung stehen.«

Lächelnd schüttelte McCarty den Kopf. »Vermutlich kennen Sie meinen Ruf, Mr Sullivan. Meine Dienste sind sehr gefragt. Wie Sie sicher wissen, führt mich die Arbeit in die ganze Welt. Würde ich Ihnen meine gesamte Zeit widmen, bis sich die Gelegenheit ergäbe, entgingen mir andere Aufträge. Ich fürchte, sowohl mein Konto als auch mein Ruf würden darunter leiden.«

Sullivan antwortete, ohne zu zögern: »Einhunderttausend Dollar pro Tag bis zu Ihrem Einsatz, Mr McCarty. Nach erfolgreicher Erledigung des Auftrags dürfen Sie Ihre übliche Gage verdoppeln. Ich kann zwar nichts tun, um Ihren Ruf zu wahren, aber ich bin sicher, das Tageshonorar kann jedweden Schaden von Ihrem finanziellen Status abwenden.«

McCartys Augen weiteten sich ein wenig, dann gewann er die Fassung zurück.

»Ich denke, das ist angemessen, Mr Sullivan.«

»Es versteht sich von selbst, dass ich nicht nur vollstes Vertrauen in Ihre Fähigkeiten bei der Beseitigung von Personen setze, sondern auch in Ihre Diskretion.«

McCarty unterdrückte ein Lächeln. Er war in Istanbul um zwölf Uhr nachts Ortszeit in Sullivans Flugzeug gestiegen. Die Besatzung hatte keine Ahnung, wer er war. Niemand hatte ihn je identifiziert, es bestand also kein Grund zu der Sorge, jemand könnte ihn wiedererkennen. Dass Sullivan sich persönlich mit ihm traf, schloss eine weitere Gefahr aus, nämlich einen Mittelsmann, der Sullivan in der Hand gehabt hätte. McCarty hingegen hatte keinen vernünftigen Grund, Sullivan zu hintergehen, ganz im Gegenteil.

Sullivan fuhr fort. »Die Einzelheiten erfahren Sie, sobald ich sie weiß. Sie finden sich im Stadtgebiet von Washington, D. C., ein, obwohl der Auftrag selbst überall auf der Welt auszuführen sein könnte. Sie müssen mir auf Abruf zur Verfügung stehen. Ihren Aufenthaltsort teilen Sie mir ständig mit. Über eine abhörsichere Geheimleitung, die ich noch einrichten lasse, rufen Sie mich täglich an. Ihre Spesen tragen Sie selbst aus dem Tageshonorar. Für die Bezahlung erteile ich einen Überweisungsauftrag auf ein Konto Ihrer Wahl. Wenn es soweit ist, stehen Ihnen meine Flugzeuge zur Verfügung. Alles klar?«

McCarty nickte, ein wenig befremdet durch den Befehlshagel seines Klienten. Aber schließlich wurde man nicht Milliardär, ohne auf die eine oder andere Weise anspruchsvoll zu sein, nicht wahr? Außerdem hatte McCarty Berichte über den Mord an Christine Sullivan gelesen. Wer, zur Hölle, konnte es dem alten Mann verdenken?

Sullivan drückte einen Knopf an der Sessellehne.

»Thomas? Wann sind wir in den Staaten?«

Die Antwort aus dem Lautsprecher kam rasch und präzise. »In fünf Stunden und fünfzehn Minuten, Mr Sullivan, wenn wir die derzeitige Reisegeschwindigkeit und Flughöhe beibehalten können.«

»Sorgen Sie dafür.«

»Ja, Sir.«

Sullivan drückte einen anderen Knopf, und die Flugbegleiterin servierte beflissen ein Abendessen, wie es McCarty noch nie in einem Flugzeug gereicht worden war.

Nachdem das Geschirr abgeräumt war und der junge Mann von der Flugbegleiterin in die Schlafkoje geführt werden sollte, hielt Sullivan ihn zurück. Auf eine Handbewegung Sullivans hin entfernte sich die Stewardess in den hinteren Teil des Flugzeuges.

»Nur noch eine Frage, Mr McCarty. Haben Sie je bei einem Auftrag versagt?«

McCartys Augen verengten sich zu Schlitzen, als er den Blick seines neuen Arbeitgebers erwiderte. Zum ersten Mal wurde deutlich, dass der junge Mann brandgefährlich war.

»Einmal, Mr Sullivan. Die Israelis. Manchmal scheinen sie übermenschlich zu sein.«

»Bitte leisten Sie sich das kein zweites Mal. Danke.«

Seth Frank streifte durch die Hallen von Sullivans Villa. Draußen hingen noch die gelben Polizeiabsperrungen, die sanft in der zunehmend stärkeren Brise flatterten. Immer dichter werdende, dunkle Wolkenbänke drohten mit starkem Regen. Sullivan wohnte im Stadtzentrum, in seinem Penthouse in Watergate. Die Hausangestellten befanden sich in der Residenz ihres Arbeitgebers auf Fisher Island in Florida, wo sie sich um Sullivans Verwandte kümmerten. Frank hatte bereits jeden Einzelnen aus der Dienerschaft persönlich befragt, doch man würde sie in Kürze zu einer weiteren Befragung einfliegen.

Einen Augenblick nahm er sich Zeit, die Umgebung zu bewundern. Er fühlte sich, als wanderte er durch ein Museum. All das viele Geld. Der Ort stank geradezu danach. Angefangen bei den superteuren Antiquitäten bis zu den verschiedensten Gemälden, die überall hingen und alle handsigniert waren. Anscheinend gab es in dem Haus ausschließlich Originale.

Er schlenderte in die Küche, danach ins Esszimmer. Der Tisch glich einer Brücke, die sich über den blassblauen Läufer spannte, der auf dem versiegelten Parkettboden ausgebreitet lag. Franks Füße schienen in den dichten, schweren Fasern zu versinken. Am Kopfende des Tisches nahm er Platz. Rastlos wanderten die Augen durch den Raum. Soweit sich das feststellen ließ, war hier nichts geschehen. Die Zeit verstrich, und sie machten kaum Fortschritte.

Draußen brach kurzzeitig die Sonne durch die dichten Wolken und bescherte Frank den ersten wirklichen Erfolg bei dem Fall. Da sein Vater Zimmermann war, bestaunte er die Deckenfriese, deren Verbindungen glatt wie ein Babypopo waren. Hätte er das nicht getan, wäre es ihm nicht aufgefallen.

Denn dabei bemerkte er den Regenbogen, der über die Decke flimmerte. Während er das Farbenspiel betrachtete, rätselte er über dessen Ursprung. Eingedenk der Sage vom Goldschatz am Ende des Regenbogens, blickte er suchend durch das Zimmer. Nach einigen Sekunden fand er es. Hastig kniete er sich neben dem Tisch auf den Boden und lugte unter eines der Tischbeine. Bei dem Tisch handelte es sich um einen Sheraton, achtzehntes Jahrhundert, schwer wie ein Sattelschlepper. Frank brauchte zwei Anläufe. Schweiß strömte ihm von der Stirn, und ein Tropfen rann ihm ins rechte Auge und brachte es zum Tränen, doch schließlich gelang es ihm, den Tisch zu verschieben und das Ding herauszuziehen.

Er setzte sich hin und betrachtete seinen neuen Besitz; vielleicht war es ja ein Goldschatz. Das kleine Stück silberfarbenen Materials diente zum Schutz der Möbel, damit feuchte Teppiche nicht das Holz oder die Polsterung beschädigen und die Möbel nicht in die feuchten Fasern ausbluten konnten. Mit Hilfe von Sonnenlicht erzeugte die reflektierende Oberfläche einen hübschen Regenbogen. Auch Frank hatte solche Dinger im Haus gehabt, als seine Frau wegen eines Besuchs der Schwiegereltern ganz aus dem

Häuschen gewesen war und beschlossen hatte, dass umfangreiche Aufräumarbeiten erforderlich wären.

Er holte sein Notizbuch hervor. Die Hausangestellten sollten morgen Vormittag um zehn Uhr in Dulles ankommen. Frank bezweifelte, dass sie die kleine Folie, die er in der Hand hielt, in diesem Haus so lange unter dem Tischbein gelassen hätten. Es konnte nichts bedeuten. Es konnte alles bedeuten. Wenn er großes, wirklich großes Glück hatte, lag die Wahrheit irgendwo in der Mitte.

Erneut sank er zu Boden und schnüffelte an dem Läufer, fuhr mit den Fingern durch die Fasern. Man konnte nie wissen, was für Zeug heutzutage für die Reinigung verwendet wurde. Es war geruchlos und trocknete innerhalb weniger Stunden. Bald würde er erfahren, wie lange es tatsächlich gedauert hatte; vorausgesetzt, man fand Rückstände auf der Folie. Er hätte Sullivan anrufen können, aber aus einem bestimmten Grund wollte er es von jemand anderem als dem Hausherrn hören. Der alte Mann stand zwar nicht weit oben auf der Liste der Verdächtigen, doch Frank war erfahren genug, Sullivan darauf zu belassen. Ob er in der Rangordnung nach oben oder unten rutschte, hing davon ab, was Frank heute, morgen oder nächste Woche herausfand. So einfach war das, wenn man die Sache nüchtern betrachtete. Das tat gut, denn bislang war nichts an den Ermittlungen zu Christine Sullivans Tod einfach gewesen. Während er den Raum verließ, grübelte er über die seltsame Beschaffenheit von Regenbogen und polizeilichen Nachforschungen im Allgemeinen nach.

Burton ließ die Augen durch die Menschenmenge wandern. Collin stand neben ihm. Alan Richmond trat an das schmucklose Rednerpult, das auf den Stufen des Gerichtsgebäudes von Middleton aufgestellt worden war, einem großen Klotz aus vermauerten Ziegeln mit grellweißen Stuckleisten und einer verwitterten Freitreppe. Die allgegenwärtige amerikanische Flagge flatterte und wirbelte neben ihrem Gegenstück aus Virginia in der Morgenbrise.

Punkt neun Uhr fünfunddreißig begann der Präsident seine Rede. Hinter ihm stand Walter Sullivan mit ausdruckslosem, zerfurchtem Gesicht, daneben der schwergewichtige Herbert Sanderson Lord.

Collin rückte ein wenig näher an die Schar der Reporter, die an den Stufen des Gerichtsgebäudes drängten und Position bezogen wie Basketballspieler, die abwarteten, ob der Freiwurf sich in den Korb senkte oder davon abprallte. Er hatte die Wohnung der Stabschefin um drei Uhr morgens verlassen. Was für eine Nacht! Was für eine Woche! Im öffentlichen Leben wirkte Gloria Russell unbeugsam und gefühllos, doch Collin hatte eine andere Seite der Frau kennen gelernt. Noch immer empfand er es wie einen arglosen Tagtraum, dass er mit der Stabschefin des Präsidenten geschlafen hatte. So etwas durfte einfach nicht geschehen. Doch es war geschehen. Und es sollte sich wiederholen. Sie hatten vereinbart, sich heute Abend zu treffen. Vorsicht war geboten, doch sie waren beide von Natur aus vorsichtig. Wohin das Ganze führen sollte, wusste Collin nicht.

Er war in Lawrence, Kansas, aufgewachsen und von den traditionellen Werten des Mittelwestens geprägt worden. Man ging miteinander aus, verliebte sich, heiratete und zeugte vier oder fünf Kinder, genau in dieser Reihenfolge. Das konnte er sich in diesem Fall kaum vorstellen. Fest stand, dass er sie wiedersehen wollte. Er schaute zu ihr hinauf und betrachtete sie einen Augenblick; sie stand links hinter dem Präsidenten. Sanft wehte der Wind durch ihr Haar. Russell trug eine Sonnenbrille und schien alles um sich herum fest im Griff zu haben.

Burton beobachtete die Menschenmenge, warf dann kurz einen Blick zu seinem Partner, gerade noch rechtzeitig, um zu sehen, wie dessen Augen kurz auf der Stabschefin verweilten. Burton runzelte die Stirn. Collin war ein guter Agent, der seinen Beruf geradezu mit Übereifer ausübte, ein Wesenszug, der sich in ihrer Branche durchaus nicht nachteilig auswirkte. Aber man ließ die Augen auf der Menschenmenge, nur dort. Was ging hier vor sich? Burton schielte aus den Augenwinkeln zu Russell, doch sie blickte starr geradeaus und schenkte dem Mann, der zu ihrem Schutz abgestellt war, anscheinend keine Beachtung. Burton schaute zurück zu Collin. Nun ließ der Junge den Blick über die Menge schweifen, wobei er den Rhythmus ständig änderte; von links nach rechts, von rechts nach links, inzwischen wieder nach oben, unverhofft geradeaus. Es gab kein erkennbares Muster, auf das sich ein möglicher Attentäter verlassen konnte. Doch Burton ging der Blick nicht aus dem Sinn, mit dem Collin die Stabschefin bedacht hatte. Hinter der Sonnenbrille hatte Burton etwas gesehen, das ihm nicht behagte.

Alan Richmond beendete seine Ansprache, indem er mit ausdrucksloser Miene in den wolkenlosen Himmel starrte, während der Wind durch sein perfekt gestyltes Haar blies. Er schien Gott um Hilfe anzuflehen, doch in Wirklichkeit versuchte er, sich daran zu erinnern, ob er den japanischen Botschafter heute Nachmittag um zwei oder drei Uhr empfing. Aber der abwesende, beinahe überirdische Blick würde sich in den Abendnachrichten gut machen.

Im richtigen Augenblick kam er wieder zu sich, wandte sich Walter Sullivan zu und versah den trauernden Witwer mit einer Umarmung, wie es einem Mann von dessen Stand geziemte.

»Es tut mir so Leid, Walter. Mein tief empfundenes Beileid. Wenn ich irgendetwas für dich tun kann, dann lass es mich wissen. Du weißt, ich bin immer für dich da.«

Sullivan ergriff die ihm dargebotene Hand. Seine Beine begannen zu zittern; unsichtbar für die Öffentlichkeit stützten ihn kräftige Arme aus seiner Gefolgschaft.

»Danke, Mr President.«

»Alan, bitte. Wir reden hier von Freund zu Freund, Walter.«

»Danke, Alan. Du weißt gar nicht, wie sehr ich zu schätzen weiß, dass du dir die Zeit hierfür genommen hast.

Christy wäre so bewegt von deinen heutigen Worten gewesen.«

Nur Gloria Russell, die das Paar aufmerksam beobachtete, bemerkte den leichten Ansatz eines Lächelns um die Mundwinkel ihres Chefs. Dann, nur ein Augenzwinkern später, war es wieder verschwunden.

»Ich weiß, dass es keine Worte gibt, die dem gerecht werden, was du empfinden musst, Walter. Immer öfter scheint auf der Welt etwas völlig ohne Grund zu geschehen. Wäre Christine nicht krank geworden, sie wäre mitgeflogen, und die Tragödie hätte sich nie ereignet. Ich kann nicht erklären, warum solche Dinge passieren, niemand kann das. Aber du sollst wissen, dass du auf mich zählen kannst, wenn du mich brauchst. Immer und überall. Wir haben so viel gemeinsam durchgestanden. Und oft hast du mir durch mächtig schwere Zeiten geholfen.«

»Deine Freundschaft war mir immer sehr wichtig, Alan. Ich werde dir das hier nicht vergessen.«

Richmond legte dem alten Mann einen Arm um die Schultern. Im Hintergrund hingen Mikrofone von langen Stangen. Wie Köder an riesigen Angelruten umgaben sie die beiden Männer, trotz der vereinten Bemühungen der jeweiligen Gefolgschaften.

»Walter, ich werde mich in die Ermittlungen einschalten. Gewiss wird manch einer sagen, das gehöre nicht zu meinen Aufgaben, und ich darf mir in meiner Position keine persönliche Beteiligung erlauben. Aber verflucht noch mal, Walter, du bist mein Freund, und ich werde nicht einfach zusehen. Wer immer es getan hat, wird dafür bezahlen.«

Abermals umarmten sich die beiden Männer, während die Fotografen ein Blitzlichtgewitter entflammten. Die sechs Meter lange Antenne, die aus einer Flotte von Sendewagen ragte, übertrug den bewegenden Augenblick pflichtbewusst in alle Welt. Ein weiteres Beispiel, das verdeutlichte, dass Präsident Alan Richmond mehr als nur ein Präsident war. Die Abteilung für Öffentlichkeitsarbeit des Weißen Hauses rieb sich bei dem Gedanken an die ersten Meinungsumfragen zur Vorwahl freudig erregt die Hände.

Der Fernseher wechselte von MTV auf Grand Ole Opry, auf einen Zeichentricksender, auf QVC, auf CNN, dann auf Pro Wrestling, dann zurück auf CNN. Der Mann richtete sich im Bett auf und drückte die Zigarette aus. Er legte die Fernbedienung beiseite. Der Präsident gab eine Pressekonferenz. Seine Miene war ernst und angemessen entsetzt über den abscheulichen Mord an Christine Sullivan, der Frau des Milliardärs Walter Sullivan, eines der besten Freunde des Präsidenten. Außerdem empörte er sich über den Symbolwert des tragischen Ereignisses, was die zunehmende Gewalt im Land betraf. Niemand fragte danach, ob der Präsident denselben Aufwand betrieben hätte, wäre das Opfer eine arme Schwarze, Latino oder Asiatin gewesen, die mit aufgeschlitzter Kehle in irgendeiner Seitengasse im Südosten von Washington gefunden wurde. Der Präsident sprach mit fester, klarer Stimme und brachte die richtige Nuance Zorn und Härte ein. Die Gewalt musste ein Ende haben. Die Menschen mussten sich wieder sicher in ihren Häusern oder, in diesem besonderen Fall, Villen fühlen können. Es war ein eindrucksvolles Schauspiel.

Die Reporter bissen bereitwillig an und stellten die richtigen Fragen.

Auch Stabschefin Gloria Russell war zu sehen. Sie trug schwarz und nickte zustimmend, wenn der Präsident die Schlüsselworte seiner Strategie zu Verbrechen und Bestrafung nannte. Die Stimmen der Polizisten und Rentner hatte er damit in der Tasche. Vierzig Millionen Wähler, das war den kleinen Aufwand wert.

Russell wäre nicht ganz so glücklich gewesen, hätte sie gewusst, wer sie in diesem Augenblick beobachtete, wessen Augen sich in ihr Gesicht und das des Präsidenten bohrten, während die Erinnerung an jene Nacht, die ständig unter der Schwelle des Bewusstseins schwelte, wieder aufflammte wie ein Waldbrand, der seine zerstörerische Hitze in alle Richtungen trieb.

Der Flug nach Barbados war ereignislos verlaufen. Der Airbus war ein riesiges Luftschiff, dessen gewaltige Triebwerke das Flugzeug mühelos von der Startbahn in San Juan, Puerto Rico, abhoben und in wenigen Minuten auf die Reisehöhe von elftausend Meter trugen. Der Flieger war voll, denn San Juan diente als Verkehrsknotenpunkt für Touristen, die unterwegs zu einer der zahlreichen Inseln des karibischen Ferienparadieses waren. Reisende aus Oregon und New York sowie allen möglichen Orten dazwischen blickten hinaus auf die dunklen Wolkenbänke, als das Flugzeug nach links schwenkte und die Ausläufer eines Tropensturmes der Vorsaison hinter sich ließ, der nie die Gewalt eines Hurrikans erreichte.

Über eine metallene Treppe verließen die Passagiere das Flugzeug. Ein für amerikanische Begriffe winziger Wagen fuhr mit fünf von ihnen auf der falschen Straßenseite vom Flughafen nach Bridgetown, Hauptstadt der früheren britischen Kolonie. Die lange Kolonialzeit schlug sich noch deutlich in Sprache, Kleidung und Gebaren der Insulaner nieder. Mit melodiöser Stimme berichtete der Fahrer von den zahlreichen Wundern der kleinen Insel und erklärte ihnen im Vorbeifahren die Piratenschifftour. Das Schiff mit der Totenkopfflagge stampfte in der immer noch aufgewühlten See. An Bord ließen sich käsige Touristen, deren Haut sich bereits zu röten begann, mit Rumpunsch verwöhnen. Die konsumierten Mengen würden dafür sorgen, dass sie alle betrunken und/oder seekrank sein würden, wenn sie später am Nachmittag wieder am Dock anlegten.

Auf dem Rücksitz des Wagens schmiedeten zwei Ehepaare aus Des Moines eifrig abenteuerliche Pläne. Die Gedanken des älteren Mannes auf dem Beifahrersitz, der stumpf durch die Windschutzscheibe starrte, kreisten um Dinge zweitausend Meilen weiter nördlich. Ein- oder zweimal vergewisserte er sich, wohin sie fuhren; er gab damit dem tiefsitzenden Instinkt nach, seine Umgebung auszukundschaften. Es gab relativ wenig auffällige Landschaftsmerkmale. Die Insel war kaum einundzwanzig Meilen lang und maß an der breitesten Stelle vierzehn Meilen. Eine ständige Brise milderte die nahezu ununterbrochene Hitze von dreißig Grad. Das Geräusch des Windes tauchte letztlich ins Unterbewusstsein, verschwand aber nie zur Gänze, wie ein blasser und dennoch lebendiger Traum.

Das Hotel war ein Hilton und entsprach dem amerikanischen Standard. Es befand sich an einem künstlich angelegten Strand, der sich über eine Seite der Insel erstreckte. Das Personal war gut geschult, höflich und mehr als bereit, sich zurückzuziehen, wenn die Kundschaft dies wünschte. Während sich die meisten Gäste durchaus gern verwöhnen ließen, scheute einer jeden Kontakt. Er verließ das Zimmer nur, um die abgelegenen Gebiete des weißen Strandes oder des hügeligen Geländes auf der Seite zum Atlantischen Ozean entlangzuschlendern. Die übrige Zeit verbrachte er im Hotel. Der Raum war schwach beleuchtet, der Fernseher lief ständig, während sich auf dem Teppich und den Korbmöbeln die Tabletts des Zimmerservice ansammelten.

Am ersten Tag war Luther in ein Taxi vor dem Hotel gestiegen und nach Norden gefahren, fast bis ans Meer, wo auf einem der zahlreichen Hügel der Insel die Villa der Sullivans thronte. Luther hatte nicht rein zufällig Barbados ausgewählt.

»Sie kennen Mr Sullivan? Er ist nicht da. Zurück nach Amerika geflogen.« Die Worte des Taxifahrers rissen Luther aus seiner Gedankenwelt. Die massiven Eisentore am Fuße des grasbewachsenen Hügels verdeckten eine lange, gewundene Auffahrt zu der Villa, die sich mit lachsfarbenen Stuckaturmauern und fünf Meter hohen Marmorsäulen seltsam in das üppige Grün fügte, wie eine gewaltige lila Rose, die aus einem Busch erblüht.

»Ich war schon einmal in seinem Haus«, antwortete Luther. »In den Vereinigten Staaten.«

Mit neu gewonnenem Respekt betrachtete der Taxilenker seinen Fahrgast.

»Ist irgendjemand hier? Vielleicht jemand vom Hauspersonal?«

Der Mann schüttelte den Kopf. »Alle weg. Heut Morgen.«

Luther sank zurück in den Sitz. Der Grund lag auf der Hand. Man hatte die Dame des Hauses gefunden.

Die nächsten Tage verbrachte Luther auf den strahlend hellen Stränden. Er sah zu, wie ganze Scharen von Passagieren aus Kreuzfahrtschiffen stiegen, um die Duty-Free-Shops heimzusuchen, die überall im Stadtzentrum verstreut waren, während rastalockige Insulaner mit abgewetzten Koffern voller Uhren, Parfüms und anderer Plagiate ihre Runden zogen.

Für fünf amerikanische Dollar schnitten die Inselbewohner ein saftiges Aloeblatt auf und füllten die Flüssigkeit in Glasfläschchen. Man konnte sie auftragen, wenn die Sonne der weißen Haut zusetzte, die bisher stets unberührt unter Anzügen und Blusen verborgen gewesen war. Eine handgeflochtene Zopffrisur kostete vierzig Dollar und dauerte etwa eine Stunde. Zahlreiche Frauen mit schwammigen Armen und dicken, unförmigen Füßen lagen geduldig im Sand und ließen die Prozedur über sich ergehen.

Die Schönheit der Insel hätte Luther bis zu einem gewissen Grad aus seiner Melancholie reißen müssen. Und schließlich war es der warmen Sonne, den angenehmen Brisen und dem ungezwungenen Lebenswandel der Insulaner auch gelungen, seine blank liegenden Nerven so weit zu beruhigen, dass er gelegentlich einem Passanten zulächelte, sich einsilbig mit dem Bartender unterhielt und bis tief in die Nacht am Strand lag und Cocktails schlürfte. Die Brandung rauschte in der Dunkelheit und trug ihn sanft von seinem Albtraum fort. In ein paar Tagen hatte er weiterziehen wollen. Er war noch nicht sicher gewesen, wohin.

Doch dann erschien beim Umschalten die CNN-Übertragung auf dem Fernsehschirm, und hilflos wie ein Fisch an der Angel wurde Luther mitten in die entsetzliche Erinnerung zurückgeschleudert, der zu entkommen er mehrere tausend Dollar ausgegeben und mehrere tausend Meilen zurückgelegt hatte.

Gloria Russell kroch aus dem Bett und ging hinüber zum Schreibtisch, wo sie eine Packung Zigaretten hervorkramte.

»Die Dinger verkürzen dein Leben um zehn Jahre.« Collin rollte sich herum und betrachtete mit Genuss ihre nackten Verrenkungen.

»Das hat mein Job bereits getan.« Sie zündete sich eine Zigarette an, inhalierte einige Sekunden lang tief, blies den Rauch wieder aus und kletterte zurück ins Bett. Mit dem Rücken schmiegte sie sich an Collin und lächelte befriedigt, als er sie in seine langen, muskulösen Arme nahm.

»Die Pressekonferenz ist ganz gut gelaufen, findest du nicht auch?« Sie spürte, wie er nachdachte. So einfach war er zu durchschauen. Ohne die dunkle Brille waren das vermutlich alle Agenten.

»Solange niemand rausfindet, was wirklich passiert ist.«

Sie drehte sich ihm zu, fuhr mit dem Finger über seinen Nacken und beschrieb ein V auf seiner Brust. Richmonds Brust war behaart, und einige der Büschel waren bereits ergraut und an den Enden gewellt. Collins war glatt wie ein Babypopo, doch sie konnte die harte Muskelmasse unter der Haut fühlen. Es hätte ihn nicht mehr als eine beiläufige Bewegung gekostet, Russells Genick zu brechen. Flüchtig überlegte sie, wie sich das anfühlen musste.

»Du weißt, dass wir ein Problem haben.«

Fast hätte Collin laut aufgelacht. »O ja, irgendwo da draußen läuft ein Typ rum, der ein Messer mit den Fingerabdrücken und dem Blut des Präsidenten und der toten Frau hat. Ich würde sagen, das kann man als Problem bezeichnen.«

»Was meinst du, warum meldet er sich nicht?«

Collin zuckte die Schultern. Er an der Stelle des Kerls hätte sich aus dem Staub gemacht. Hätte die Beute geschnappt und wäre verschwunden. Millionen Dollar. So treu ergeben Collin auch sein mochte, mit dermaßen viel

Geld ließ sich schon einiges anfangen. Auch er wäre untergetaucht. Eine Zeit lang. Er betrachtete sie. Hätte er so viel Geld, ließe sie sich dann wohl dazu herab, mit ihm zusammenzuleben? Dann dachte er wieder über das eigentliche Thema nach. Vielleicht war der Mann ein Parteigänger des Präsidenten; vielleicht hatte er für ihn gestimmt. Wie auch immer, warum sollte er sich auf den ganzen Ärger einlassen?

»Wahrscheinlich hat er Angst«, antwortete er schließlich.

»Es gibt aber auch Möglichkeiten, anonym dabei zu bleiben.«

»Vielleicht ist der Bursche nicht so ausgebufft. Oder er sieht keinen Nutzen darin. Möglicherweise ist es ihm auch scheißegal. Du kannst es dir aussuchen. Wenn er die Absicht hätte, sich zu melden, hätte er es wahrscheinlich längst getan. Macht er's trotzdem, werden wir es wohl bald merken.«

Russell richtete sich im Bett auf.

»Tim, ich mache mir deshalb wirklich Sorgen.« Die Furcht in ihrer Stimme veranlasste ihn, sich ebenfalls aufzusetzen. »Es war meine Entscheidung, das Messer nicht anzurühren. Wenn der Präsident das herausfindet …« Sie sah ihn an. Aus ihren Augen las er die Botschaft, strich ihr übers Haar und berührte mit der Hand ihre Wange.

»Von mir erfährt er es nicht.«

Sie lächelte. »Das weiß ich, Tim, da bin ich ganz sicher. Aber was, wenn dieser Kerl irgendwie versucht, mit dem Präsidenten persönlich Kontakt aufzunehmen?«

Verdutzt blickte Collin sie an. »Warum sollte er?«

Russell rutschte an den Bettrand und ließ die Füße über den Boden baumeln. Zum ersten Mal fiel Collin das kleine, rötliche, runde Muttermal in ihrem Nacken auf, nur halb so groß wie ein Penny. Als Nächstes bemerkte er, dass sie zitterte, obwohl es im Zimmer warm war.

»Warum sollte er, Gloria?« Collin rückte näher.

Sie sprach gegen die Schlafzimmerwand. »Hast du dir schon mal überlegt, dass dieses Messer jetzt einer der teuersten Gegenstände der Welt ist?« Sie drehte sich zu ihm um, zauste ihm das Haar und musste über den ratlosen Gesichtsausdruck lächeln. Langsam begriff er.

»Erpressung?«

Sie nickte.

»Du meinst, den Präsidenten?«

Die Stabschefin stand auf, warf einen leichten Morgenmantel über und goss sich aus der nahezu leeren Karaffe einen Drink ein.

»Als Präsident ist man nicht immun gegen Erpressungsversuche. Man hat sogar viel mehr zu verlieren ... oder zu gewinnen.«

Gedankenverloren rührte sie den Drink um, ließ sich auf dem Sofa nieder und nahm einen Schluck. Warm und wohltuend glitt die Flüssigkeit die Kehle hinunter. In letzter Zeit trank sie weit mehr als das übliche Maß. Zwar beeinträchtigte es in keiner Weise ihre Arbeit, dennoch musste sie Acht geben, gerade jetzt, in dieser kritischen Zeit. Doch sie beschloss, morgen damit zu beginnen. Heute Nacht, mit dem Gewicht einer möglichen politischen Katastrophe auf den Schultern und einem jungen, gut aussehenden Mann im Bett, würde sie trinken. Sie fühlte sich fünfzehn Jahre jünger. Mit jedem Augenblick, den sie mit ihm verbrachte, fühlte sie sich begehrenswerter. Das Hauptziel durfte sie nicht aus den Augen verlieren, doch wo stand geschrieben, dass sie den Weg dorthin nicht genießen konnte?

»Was soll ich tun?« Collin sah sie an.

Russell hatte auf die Frage gewartet. Ihr eigener junger, hübscher Secret-Service-Agent. Eine moderne Version des edlen Ritters, von dem sie als Mädchen immer geträumt hatte. Mit dem Glas in der einen Hand musterte sie ihn. Mit der anderen zog sie verführerisch langsam den Morgenmantel aus und ließ ihn zu Boden fallen. So viel Zeit musste sein, besonders für eine siebenunddreißigjährige Frau, die nie eine längerfristige Beziehung zu einem Mann unterhalten hatte. Für alles war genug Zeit. Der Alkohol spülte die Furcht, die lauernde Panik fort. Und gleichzeitig die Vorsicht, die sie im Übermaß nötig hatte. Doch nicht heute Nacht.

»Es gibt da etwas, das Du für mich tun könntest. Aber das hat Zeit bis morgen.« Sie lächelte, legte sich auf das Sofa und streckte die Hand aus. Gehorsam erhob er sich und kam zu ihr. Kurze Zeit später war nur noch das Stöhnen zweier Menschen und das beständige Quietschen der überlasteten Couch zu vernehmen.

Einen halben Block von Russells Haus entfernt saß Agent Bill Burton mit einer Dose Cola Light zwischen den Beinen im unscheinbaren Chevy Bonneville seiner Frau. Gelegentlich schaute er zu dem Haus, das sein Partner um zweiundzwanzig Uhr vierzehn betreten hatte. Dabei erhaschte er mitunter einen Blick auf die Stabschefin. Sie trug Kleidung, die darauf schließen ließ, dass es sich nicht um ein dienstliches Treffen handelte. Mit dem Teleobjektiv hatte er Fotos von zwei bestimmten Situationen geschossen. Russell hätte gemordet, um an die Bilder heranzukommen. Die Lichter im Haus hatten den Weg der beiden durch die Wohnung bis in den Osttrakt beschrieben. Vielsagend war der Raum verdunkelt worden.

Burton betrachtete die ausgeschalteten Rücklichter des Wagens seines Partners. Der Junge machte einen großen Fehler; das hier konnte sowohl seine als auch Russells Karriere beenden. Das Ende jener Nacht kam Burton in den Sinn: Collin war ins Haus zurückgestürmt. Russell war kalkweiß gewesen. Weshalb? In all der Aufregung hatte Burton vergessen, danach zu fragen. Und dann waren sie durch Maisfelder hinter jemandem hergejagt, der nicht in dem Zimmer hätte sein dürfen, aber todsicher dort gewesen war.

Collin war nicht grundlos zurück ins Haus gelaufen. Und Burton fand es an der Zeit, dass er den Grund erfuhr. Er hatte das dumpfe Gefühl, dass sich eine Verschwörung anbahnte. Man hatte ihn nicht eingeweiht; folglich nahm er an, dass er nicht unbedingt davon profitieren sollte. Keine Sekunde lang glaubte er, dass Russell ausschließlich daran interessiert war, was hinter dem Reißverschluss seines Partners verborgen hing. Das passte nicht zu ihr, in keiner Weise. Alles, was sie tat, diente einem bestimmten Zweck, einem wichtigen Zweck. Eine flotte Nummer mit einem jungen Burschen war nicht annähernd wichtig genug.

Weitere zwei Stunden verstrichen. Burton blickte auf die Uhr, dann sah er Collin durch die Tür kommen, langsam den Gehsteig entlangschlendern und in sein Auto steigen. Als Collin losfuhr, duckte Burton sich tief in den Sitz. Leichte Schuldgefühle plagten ihn, weil er einen Kollegen beschattete. Er sah, wie der Blinker anging, als der Ford auf die Hauptstraße einbog.

Burton schaute wieder zum Haus. Drinnen ging ein Licht an, vermutlich im Wohnzimmer. Es war spät, doch offenbar legte die Dame des Hauses gerade erst los. Im Weißen Haus rankten sich Legenden um ihr Durchhaltevermögen. Flüchtig überlegte Burton, ob sie im Bett ebenso ausdauernd sein mochte. Zwei Minuten später war die Straße verlassen. Das Licht im Haus blieb eingeschaltet.

KAPITEL 12

Das Flugzeug setzte auf und donnerte über den kurzen Asphaltstreifen, der die Hauptlandebahn des National Airport darstellte. Nur wenige hundert Meter entfernt von einem kleinen Seitenarm des Potomac, der an Wochenenden als Zugang zum Fluss für die Schwärme der Hobbykapitäne diente, beschrieb der Flieger eine Linkskurve und rollte zu Flugsteig Nummer Neun.

Ein Sicherheitsbeamter der Flughafenverwaltung beantwortete Fragen einer Gruppe aufgeregter, kameraschwingender Touristen und beachtete den Mann nicht, der eilig an ihm vorbeihuschte. Es bestand ohnehin keine Ausweispflicht.

Luthers Rückreise war dem Verlauf der Hinreise gefolgt. Abermals hatte er einen Zwischenstopp in Miami eingelegt und war dann über Dallas/Ft. Worth weiter nach Washington geflogen.

Er rief ein Taxi und beobachtete den Stoßverkehr auf dem George Washington Parkway Richtung Süden, wo sich müde Pendler nach Hause kämpften. Der Himmel sah nach weiterem Regen aus, der Wind fegte durch die Allee, die sich träge entlang des Potomac dahinwand. In kurzen Abständen stiegen Flugzeuge auf, schwenkten nach links und verschwanden rasch in den Wolken.

Luther hatte sich entschieden. Ein Bild beherrschte nunmehr sein Leben: Das Bild des ach so entrüsteten Präsidenten, der während seiner leidenschaftlichen Rede gegen die Gewalt auf das Pult hämmerte, mit der selbstgefälligen Stabschefin an seiner Seite. Der alte, erschöpfte und verängstigte Mann, der aus dem Land geflohen war, hatte Müdigkeit und Angst abgeschüttelt. Das überwältigende Schuldgefühl, einer jungen Frau beim Sterben zugesehen zu haben, war durch überwältigenden Hass verdrängt worden, einen Zorn, der durch den ganzen Körper pulsierte. Wenn das Schicksal ihn als Christine Sullivans Racheengel auserkoren hatte, so wollte er der Aufgabe mit all der Energie und Gerissenheit nachkommen, die er noch besaß.

Luther lehnte sich im Sitz zurück und kaute ein paar Cracker, die er aus dem Flugzeug mitgenommen hatte. Er überlegte, wie nervenstark sich Russell bei dem gewagten Spiel erweisen würde.

Seth Frank schaute aus dem Wagenfenster. Die persönliche Befragung der Hausangestellten Walter Sullivans hatte zwei interessante Punkte ans Licht gebracht. Zunächst die Firma, vor der Frank gerade parkte. Der zweite Punkt konnte warten. In einem langen grauen Betonklotz in der Gewerbezone von Springfield, nahe dem Autobahnring, war die Firma Metro Steam Cleaner untergebracht. Das Firmenschild verkündete, dass man seit 1949 im Geschäft war. Diese Art von Beständigkeit beeindruckte Frank nicht. Eine Menge alteingesessener, rechtschaffener Unternehmen diente mittlerweile als Fassade für das organisierte Verbrechen, sei es die chinesische oder die selbst gezüchtete Version der Mafia. Und ein Teppichreiniger, der für wohlhabende Hausbesitzer arbeitete, verfügte über ausgezeichnete Voraussetzungen, um Alarmanlagen, Bargeld- und Schmuckbestände und Verhaltensmuster der geplanten Opfer und deren Angestellten auszukundschaften. Frank wusste nicht, ob er es mit einem Einzelgänger oder einer ganzen Organisation zu tun hatte. Noch wahrscheinlicher war, dass er mit Volldampf in eine Sackgasse brauste, aber es war zumindest einen Versuch wert. Drei Autominuten entfernt standen drei Streifenwagen bereit. Nur für alle Fälle. Frank stieg aus.

»Das waren Rogers, Budizinski und Jerome Pettis. Jawoll, 30. August, neun Uhr morgens. Drei Etagen. Das verdammte Haus war so groß, die haben sogar zu dritt den ganzen Tag gebraucht.« George Patterson stöberte in seinen Aufzeichnungen, während Frank sich in dem schmutzigen Büro umsah.

»Kann ich mit ihnen sprechen?«

»Mit Pettis. Die anderen beiden sind nicht mehr da.«

»Überhaupt nicht mehr?« Der andere nickte. »Wie lange haben sie bei Ihnen gearbeitet?«

Patterson ging die Mitarbeiterakte durch. »Jerome arbeitet seit fünf Jahren für mich. Er ist einer meiner besten Leute. Rogers war etwa zwei Monate hier. Ich glaube, er ist aus der Gegend weggezogen. Budizinski war etwa vier Wochen bei uns.«

»Ziemlich kurz.«

»So ist das nun mal in diesem Gewerbe. Man wirft jede Menge Geld raus, um die Kerle anzulernen, und – schwups – weg sind sie. Das ist nicht unbedingt ein Job, in dem man Karriere machen kann, Sie verstehen? Es ist eine heiße, dreckige Arbeit. Und mit der Bezahlung kann man sich kaum einen Urlaub an der Riviera leisten, wenn Sie wissen, was ich meine.«

»Haben Sie die Adressen von beiden?« Frank holte sein Notizbuch hervor.

»Nun, wie ich schon sagte, Rogers ist umgezogen. Pettis ist heute hier, wenn Sie mit ihm reden wollen. In etwa einer halben Stunde hat er drüben in McLean einen Auftrag. Er ist jetzt hinten und belädt den Wagen.«

»Wer entscheidet, welche Mannschaft zu welchem Haus fährt.«

»Ich.«

»Immer?«

Patterson zögerte. »Nun, ich habe Arbeiter, die auf unterschiedliche Gebiete spezialisiert sind.«

»Wer hat sich auf teure Gegenden spezialisiert?«

»Jerome. Wie gesagt, er ist mein bester Mann.«

»Wer hat ihm die anderen beiden zugewiesen?«

»Ich weiß nicht, das wird immer verschieden gehandhabt. Hängt manchmal auch davon ab, wer überhaupt zur Arbeit kommt.«

»Können Sie sich daran erinnern, dass einer der drei besonderes Interesse daran zeigte, in Sullivans Haus zu arbeiten?«

Patterson schüttelte den Kopf.

»Was ist mit Budizinski? Haben Sie von ihm eine Adresse?«

Patterson schrieb sie auf ein Stück Papier. »Drüben in Arlington. Ich weiß nicht, ob er noch dort wohnt.«

»Ich brauche Anstellungsverträge, Sozialversicherungsnummern, Geburtsdaten, berufliche Laufbahn, alles, was Sie haben.«

»Lorie kann Ihnen das geben. Das Mädchen am Eingang.«

»Danke. Haben Sie Fotos von den Männern?«

Patterson starrte Frank an, als hätte er den Verstand verloren. »Das soll wohl ein Witz sein. Wir sind hier doch nicht beim FBI!«

»Können Sie mir eine Beschreibung geben?«, erkundigte Frank sich geduldig.

»Ich habe fünfundsechzig Mitarbeiter und eine Fluktuation von über sechzig Prozent. Normalerweise laufe ich den Kerlen gar nicht mehr über den Weg, nachdem ich sie eingestellt habe. Nach einer Weile sehen sie ohnehin alle gleich aus. Pettis kann sich bestimmt erinnern.«

»Sonst noch etwas, was mir vielleicht weiterhelfen könnte?«

Patterson schüttelte den Kopf. »Glauben Sie, einer der drei hat die Frau umgebracht?«

Frank erhob und streckte sich. »Ich weiß es nicht. Was glauben Sie?«

»Hey, ich habe alle möglichen Typen hier. Mich überrascht nichts mehr.«

Frank wandte sich zum Gehen, drehte sich aber noch einmal um. »Ach, übrigens, ich brauche eine Aufstellung über alle Häuser und Wohnungen in Middleton, die während der letzten zwei Jahre von Ihrer Firma gereinigt wurden.«

Patterson sprang auf. »Sind Sie verrückt?!«

»Haben Sie die Aufzeichnungen?«

»Ja, hab ich.«

»Gut, dann rufen Sie mich an, wenn ich sie haben kann. Schönen Tag noch.«

Jerome Pettis war ein großer, ausgezehrter Schwarzer Anfang fünfzig, dem ständig eine Zigarette aus dem Mundwinkel hing. Bewundernd beobachtete Frank, wie der Mann planvoll und geübt die schweren Reinigungsgeräte in den Wagen lud. Der blaue Overall zeigte, dass er ein leitender Mitarbeiter bei Metro war. Er sah Frank nicht an, sondern ließ die Augen bei der Arbeit. Überall in der riesigen Garage wurden weiße Kastenwagen in ähnlicher Weise beladen. Ein paar Männer schauten kurz zu Frank herüber, wandten sich aber sogleich wieder der Arbeit zu.

»Mr Patterson meinte, Sie hätten ein paar Fragen?«

Frank ließ sich auf die vordere Stoßstange des Lasters nieder. »Ein paar. Am 30. August dieses Jahres haben Sie im Haus von Walter Sullivan in Middleton einen Auftrag erledigt.«

Pettis runzelte die Stirn. »August? Teufel auch, ich arbeite jeden Tag in etwa vier Häusern. An alle kann ich mich nicht erinnern.«

»Bei dem haben Sie einen ganzen Tag gebraucht. Es ist ein großes Haus in Middleton, Virginia. Rogers und Budizinski waren bei Ihnen.«

Pettis lächelte. »Ach ja. Mann, das war das größte Haus, das ich je gesehen habe. Und ich hab schon eine Menge gesehen.«

Frank lächelte ebenfalls. »Genau das habe ich auch gedacht, als ich es sah.«

Pettis richtete sich auf und zündete die Zigarette wieder an. »Das Problem waren die Möbel. Wir mussten jedes einzelne Stück verschieben, und ein paar von den Dingern waren wahnsinnig schwer; so was wird heute überhaupt nicht mehr gebaut.«

»Sie waren also den ganzen Tag dort?« Frank hatte die Frage anders stellen wollen.

Pettis kniff die Augen zusammen, sog an der Camel und lehnte sich gegen die Tür des Lasters. »Wieso interessieren sich die Bullen eigentlich dafür, wie Teppiche gereinigt werden?«

»In dem Haus wurde eine Frau ermordet. Anscheinend hat sie Einbrecher überrascht. Lesen Sie keine Zeitung?«

»Nur den Sportteil. Und Sie fragen sich, ob ich einer der Kerle bin?«

»Nicht unbedingt. Ich sammle nur Informationen. Jeder, der kürzlich in der Nähe des Hauses war, interessiert mich. Als Nächstes rede ich wahrscheinlich mit dem Postboten.«

»Für einen Bullen sind Sie ganz witzig. Glauben Sie, ich hab die Frau umgelegt?«

»Ich glaube, wenn Sie es getan hätten, wären Sie schlau genug, nicht hier herumzuhängen, bis ich bei Ihnen aufkreuze. Die beiden Männer, die bei Ihnen waren, was können Sie mir über die erzählen?«

Pettis rauchte seine Zigarette aus und blickte Frank an, ohne zu antworten. Frank wollte das Notizbuch wieder wegstecken.

»Wollen Sie einen Anwalt, Jerome?«

»Brauche ich einen?«

»Soweit es mich betrifft nicht, aber es liegt an Ihnen. Ich habe jedenfalls nicht vor, Ihnen Ihre Rechte vorzulesen, wenn Sie sich darüber Gedanken machen.«

Schließlich schaute Pettis auf den Betonboden, trat die Zigarette aus und sah wieder zu Frank auf. »Hören Sie, Mann, ich bin schon lange bei Mr Patterson. Komme jeden Tag her, mach meine Arbeit, nehm den Lohn und geh nach Hause.«

»Klingt, als hätten Sie nichts zu befürchten.«

»Stimmt. Aber wissen Sie, vor einer ganzen Weile hab ich

mal Scheiße gebaut. Hab ein bisschen Zeit abgesessen. Ihr Computer spuckt's Ihnen in fünf Sekunden aus. Also hab ich nicht vor, hier rumzusitzen und Sie zu verscheißern, klar?«

»Klar.«

»Ich habe vier Kinder und keine Frau. In das Haus bin ich nicht eingebrochen, und ich hab der Frau nichts getan.«

»Ich glaube Ihnen, Jerome. Rogers und Budizinski interessieren mich weit mehr.«

Mehrere Sekunden lang musterte Pettis den Fahnder. »Machen wir einen kleinen Spaziergang.«

Die beiden Männer verließen die Garage und marschierten auf einen alten, schiffsgroßen Buick zu, der nur noch vom Rost zusammengehalten wurde. Pettis stieg ein. Frank folgte ihm.

»Zu viele Ohren in der Garage, Sie verstehen?«

Frank nickte.

»Brian Rogers. Wir haben ihn Slick genannt, weil er ein guter Arbeiter war und schnell gelernt hat.«

»Wie hat er ausgesehen?«

»Ein Weißer um die fünfzig, vielleicht älter. Nicht allzu groß, etwa eins fünfundsiebzig. Hat gern geredet. Und hart gearbeitet.«

»Und Budizinski?«

»Buddy. Jeder hier kriegt einen Spitznamen. Ich bin ›Skel‹. Kommt von Skelett, wissen Sie.« Darüber musste Frank lächeln. »Auch ein Weißer, eine Spur größer. Vielleicht ein wenig älter als Slick. Hat kaum was von sich gegeben. Er hat getan, was man ihm sagte, aber keinen Handstrich mehr.«

»Wer hat das Schlafzimmer der Hausbesitzer gemacht?«

»Wir alle. Wir mussten das Bett und den Schreibtisch hochheben. Hat beides ein paar Tonnen gewogen. Mein Rücken tut immer noch weh.« Jerome fasste auf den Rücksitz und holte eine Kühlbox nach vorn. »Hatte heute Morgen noch keine Zeit fürs Frühstück«, erklärte er, als er eine Banane und ein Eiersandwich herausnahm.

Unbehaglich rutschte Frank auf dem abgewetzten Sitz hin und her. Ein Metallstück bohrte sich ihm in den Rücken. Der Wagen stank nach Zigarettenqualm.

»War einer der beiden mal allein im Schlafzimmer oder im Haus?«

»Es war immer irgendjemand im Haus. Viele Leute arbeiten dort. Slick und Buddy könnten aber allein hinaufgegangen sein. Hab nicht ständig auf die beiden geachtet. War nicht mein Job.«

»Wieso haben gerade Rogers und Budizinski an diesem Tag mit Ihnen zusammengearbeitet?«

Jerome überlegte einen Augenblick. »Weiß ich nicht mehr genau. Ich kann mich erinnern, dass ich schon früh losfahren sollte. Kann sein, dass sie einfach als Erste hier waren. Manchmal reicht das schon.«

»Wenn die beiden also vorher gewusst hätten, dass Sie an dem Tag schon früh zu dem Haus sollten, und sie vor allen anderen da gewesen wären, hätten sie mit Ihnen rausfahren können?«

»Ja, schon möglich. Mann, wir brauchen bloß kräftige Hände, verstehen Sie? Für diesen Mist muss man kein Gehirnchirurg sein.«

»Wann haben Sie die beiden zum letzten Mal gesehen?«

Sein Gegenüber runzelte die Stirn und biss in die Banane.

»Vor ein paar Monaten, kann aber auch schon länger her sein. Buddy ist als Erster gegangen. Hat nie gesagt, warum. Diese Typen kommen und gehen ständig. Ich bin neben Mr Patterson am längsten hier. Slick ist weggezogen, glaube ich.«

»Wissen Sie, wohin?«

»Ich glaube, er hat mal irgendwas von Kansas gesagt, von einer Baufirma. Früher war er Zimmermann. Hat seine Arbeit hier oben verloren, als die Zeiten härter wurden. Hatte geschickte Hände, der Bursche.«

Frank notierte sich die Auskunft, während Jerome sein Frühstück aufaß. Zusammen gingen sie zur Garage zurück.

Frank schaute in den Laster, auf all die Schläuche, Düsen, Flaschen und schweren Reinigungsmaschinen.

»Sind Sie mit diesem Laster zu Sullivans Haus gefahren?«

»Das ist seit drei Jahren mein Wagen. Der beste der Firma.«

»Und Sie haben immer dieselbe Ausrüstung dabei?«

»Verdammt richtig.«

»Dann suchen Sie sich wohl besser vorübergehend einen neuen Wagen.«

»Was?« Langsam kletterte Jerome vom Fahrersitz herunter.

»Ich rede mit Patterson. Dieser hier ist beschlagnahmt.«

»Verarschen Sie mich?«

»Nein, Jerome. Ich fürchte nicht.«

»Walter, das ist Jack Graham. Jack, Walter Sullivan.« Sandy Lord wuchtete sich auf den Sessel. Jack und Sullivan schüttelten einander die Hände, dann setzten sie sich an den kleinen Tisch in Konferenzraum Nummer fünf. Es war acht Uhr morgens, und Jack war nach zwei durchgearbeiteten Nächten seit sechs Uhr im Büro. Drei Tassen Kaffee hatte er bereits getrunken, eine vierte goss er sich soeben aus der silbernen Kaffeekanne ein.

»Walter, ich habe Jack von dem Geschäft mit der Ukraine erzählt. Wir sind das Gerüst durchgegangen. Der Kongress steht der Sache recht positiv gegenüber. Richmond hat die richtigen Fäden gezogen. Der russische Bär ist tot. Kiew kriegt den silbernen Pantoffel. Dein Plan ist aufgegangen.«

»Alan ist einer meiner besten Freunde. Ich erwarte das von meinen Freunden. Aber ich dachte, wir hätten genug Anwälte, die daran arbeiten. Willst du die Rechnung rauftreiben, Sandy?« Sullivan erhob sich und starrte aus dem Fenster in den klaren Morgenhimmel, der einen wunderschönen Herbsttag für die Bundeshauptstadt versprach. Während Jack sich letzte Notizen über das nächtliche

Schnellstudium von Sullivans jüngster Transaktion machte, warf er aus den Augenwinkeln einen Blick auf den Mann. Sullivan schien nicht übermäßig daran interessiert zu sein, das internationale Multi-Milliarden-Dollar-Geschäft abzuschließen. Jack konnte nicht wissen, dass die Gedanken des alten Mannes zurück zu einer Leichenhalle in Virginia wanderten und um ein bestimmtes Gesicht kreisten.

Als Lord ihm feierlich offenbart hatte, dass er neben Lord den zweiten Platz beim größten derzeit in der Firma laufenden Projekt einnehmen sollte, war Jack zunächst die Luft weggeblieben. Lord überging damit mehrere höchstrangige Teilhaber und so manchen Sozius, der schon bedeutend länger hier arbeitete als Jack. In den feudalen Hallen von Patton, Shaw & Lord waren bereits erste Spannungen zu verspüren. Im Augenblick war Jack das gleichgültig. Niemand hatte Ransome Baldwin als Klienten. Es spielte keine Rolle, wie er es angestellt hatte, aber er brachte Geld in die Firma, eine Menge Geld. Er war es Leid, sich seiner Position wegen schuldig zu fühlen. Lord wollte offensichtlich Jacks Fähigkeiten auf die Probe stellen. Nun, wenn er das Geschäft durchgezogen haben wollte, würde Jack dafür sorgen. Philosophisches, politisch korrektes Gelaber aus der grauen Theorie war hier fehl am Platz. Nur die Ergebnisse zählten.

»Jack ist einer unserer besten Anwälte. Er ist auch Baldwins Rechtsbeistand.«

Sullivan schaute zu den beiden Anwälten hinüber. »Ransome Baldwin?«

»Jawohl.«

Sullivan betrachtete Jack in einem anderen Licht, dann drehte er sich erneut zum Fenster.

»Die Sache ist die, unser Handlungsfreiraum wird jeden Tag kleiner«, fuhr Lord fort. »Wir müssen festlegen, wer an der Sache mitarbeitet und sicherstellen, dass Kiew verdammt genau weiß, was zu tun ist.«

»Kannst du das nicht machen?«

Lord sah Jack an, dann zurück zu Sullivan. »Natürlich kann ich es erledigen, Walter, aber glaub bloß nicht, du könntest dich gerade jetzt aus der Sache zurückziehen. Du spielst noch immer eine entscheidende Rolle. Für alle Beteiligten ist es unbedingt erforderlich, dass du weiterhin mit dabei bist.« Sullivan zeigte keine Regung. »Walter, das ist der krönende Höhepunkt deiner Karriere.«

»Das sagst du mir jedes Mal.«

»Kann ich etwas dafür, wenn du dich immer wieder selbst übertriffst?«, schoss Lord zurück.

Schließlich lächelte Sullivan fast unmerklich, zum ersten Mal seit jenem Anruf aus den Staaten, der sein Leben in einen Trümmerhaufen verwandelt hatte.

Lord entspannte sich ein wenig und schielte zu Jack hinüber. Den nächsten Schritt hatten die beiden mehrere Male geprobt.

»Ich würde vorschlagen, dass du mit Jack rüberfliegst. Du schüttelst die richtigen Hände, klopfst auf die richtigen Schultern, zeigst ihnen einfach, dass du die Sache immer noch voll im Griff hast. Die brauchen das. Kapitalismus ist noch sehr neu für sie.«

»Und Jacks Rolle?«

Lord gab Jack ein Zeichen.

Jack stand auf und trat ans Fenster. »Mr Sullivan, ich habe die letzten achtundvierzig Stunden damit verbracht, alles über das Projekt in Erfahrung zu bringen. Alle anderen Anwälte bearbeiten nur Teile davon. Ich glaube, außer Sandy weiß niemand in der Firma besser als ich, was Sie erreichen möchten.«

Langsam wandte sich Sullivan Jack zu. »Das sind ziemlich große Worte.«

»Nun, es handelt sich auch um ein ziemlich großes Projekt, Sir.«

»Sie wissen also, was ich erreichen möchte?«

»Ja, Sir.«

»Nun, warum klären Sie mich dann nicht darüber auf, was das Ihrer Meinung nach ist.« Sullivan nahm Platz, verschränkte die Arme und blickte erwartungsvoll zu Jack hoch.

Der verlor keine Zeit damit, zu schlucken oder Luft zu holen. »Die Ukraine verfügt über reiche Rohstoffvorkommen, über alles, was die Schwerindustrie auf der ganzen Welt verwendet und braucht. Die Frage ist nun: Wie bekommt man die Rohstoffe, angesichts der dortigen politischen Lage, zu den geringsten Kosten und mit dem kleinstmöglichen Risiko aus der Ukraine heraus?«

Sullivan streckte die Arme aus, setzte sich aufrecht hin und nippte an seinem Kaffee.

Jack fuhr fort. »Der Haken an der Sache ist folgender: Sie wollen, dass die Ukraine glaubt, Ihre Firma vergüte die Exporte durch Investitionen in die Zukunft der Ukraine. Das sind langfristige Geldanlagen, zu denen Sie sich – so nehme ich an – nicht verpflichten möchten.«

»Ich hatte mein ganzes Leben lang Angst vor diesen roten Hunden. An *Perestroika* und *Glasnost* glaube ich nicht mehr als an die Märchenfee. Ich betrachte es als meine patriotische Pflicht, den Kommunisten so viel wie möglich wegzunehmen. Damit sie nicht mehr über die Mittel verfügen, die Welt zu beherrschen, was sie, trotz dieser jüngsten Demokratieanwandlungen, auf lange Sicht planen.«

Jack erwiderte: »Genau, Sir. Wegnehmen ist das Schlüsselwort. Dem angeschlagenen Riesen so viel wie möglich wegnehmen, bevor er sich selbst zu Grunde richtet ... oder angreift.« Jack machte eine Pause und studierte die Reaktion der beiden Männer. Lord starrte an die Decke, man konnte unmöglich etwas aus seinen Zügen ablesen.

Sullivan regte sich. »Fahren Sie fort. Sie kommen gerade zum interessanten Teil.«

»Der interessante Teil ist: Wie kann man es einrichten, dass Sullivan & Company bei dem Projekt nur geringe oder überhaupt keine Risiken erwachsen, trotzdem aber die größtmöglichen Vorteile? Sie können das Geschäft entweder vermitteln, oder aber selbst von der Ukraine kaufen und an internationale Konzerne weiterverkaufen. Einen kleinen Teil des Gewinns lassen Sie in der Ukraine.«

»Genauso ist es. Letztlich ist das Land leergeräumt, und ich habe mindestens zwei Milliarden Dollar Reingewinn in der Tasche.«

Jack warf einen Blick zu Lord, der mittlerweile aufrecht im Sessel saß und aufmerksam lauschte. Nun kam der Knaller. Erst gestern war Jack darauf gekommen.

»Aber warum soll man der Ukraine nicht das wegnehmen, was sie wirklich gefährlich macht?« Jack schwieg einen Augenblick. »Und gleichzeitig den Reingewinn verdreifachen.«

Sullivan starrte ihn an. »Wie?«

»IRBMs. Mittelstreckenraketen. Die Ukraine hat massenweise davon. Und da der 94er Atomwaffensperrvertrag in die Binsen gegangen ist, bereiten die Dinger dem Westen wieder ziemliches Kopfzerbrechen.«

»Was also schlagen Sie vor? Dass ich die Dinger kaufe? Was soll ich damit?«

Jack bemerkte, dass Lord sich nun sogar vorlehnte und setzte fort. »Sie kaufen sie zu einem Spottpreis, vielleicht für eine halbe Milliarde, indem Sie einen Teil der Einnahmen aus den Rohstoffverkäufen dafür heranziehen. Sie zahlen mit Dollars, mit denen die Ukraine ihrerseits andere wichtige Dinge auf dem Weltmarkt kaufen kann.«

»Wieso zu einem Spottpreis? Jedes Land in Nahost wird mitbieten.«

»Aber die Ukraine kann nicht an diese Länder verkaufen. Die G-7-Nationen würden es niemals zulassen. Widersetzt sich die Ukraine, wird sie von der EU und anderen westlichen Wirtschaftsmächten boykottiert. Und wenn das geschieht, krepiert die Ukraine.«

»Ich kaufe die Raketen also. Und wem verkaufe ich sie dann?«

Jack konnte ein Grinsen nicht unterdrücken. »An uns. An die Vereinigten Staaten. Sechs Milliarden Dollar sind nur eine vorsichtige Schätzung des Wertes. Zum Teufel, das waffentaugliche Plutonium in den Dingern ist unbezahlbar. Wahrscheinlich würden sogar die übrigen G-7er ein paar Milliarden beisteuern. Nur Ihre Beziehung zu Kiew macht das ganze Projekt möglich. Man wird Sie als Retter der freien Welt betrachten.«

Sullivan war sprachlos. Er wollte aufstehen, überlegte es sich aber wieder. Selbst für ihn waren die möglichen Beträge atemberaubend. Geld hatte er zwar genug, mehr als genug sogar. Aber so könnte er das Elend der Welt zumindest um einen Teil der nuklearen Bedrohung erleichtern ...

»Und wessen Idee war das?« Sullivan schaute zu Lord, als er die Frage stellte. Lord deutete auf Jack.

Sullivan lehnte sich im Sessel zurück und blickte zu dem jungen Mann hinauf. Dann stand er mit einer Behändigkeit auf, die Jack überraschte. Der Milliardär umfasste Jacks Hand mit eisernem Griff.

»Junger Mann, Sie werden es weit bringen. Was dagegen, wenn ich mitziehe?«

Lord strahlte übers ganze Gesicht wie ein stolzer Vater. Jack musste einfach lächeln. Er hatte fast vergessen, was für ein Gefühl es war, einen Volltreffer zu landen.

Nachdem Sullivan gegangen war, saßen Jack und Sandy am Tisch.

Schließlich meinte Sandy: »Ich weiß, dass es keine einfache Aufgabe war. Wie fühlen Sie sich?«

Jack konnte sich ein Grinsen nicht verkneifen. »Als hätte ich gerade mit dem hübschesten Mädchen der Highschool geschlafen. Ein durch und durch prickelndes Gefühl.«

Lord lachte und stand auf. »Sie fahren jetzt besser nach Hause und ruhen sich ein wenig aus. Sullivan ruft seinen Piloten wahrscheinlich noch vom Wagen aus an. Zumindest«, fügte er hinzu, »denkt er nicht mehr an die kleine Schlampe.«

Der letzte Teil entging Jack, da er bereits eilig den Raum verlassen hatte. Im Augenblick fühlte er sich, zum ersten Mal seit langer Zeit, wieder richtig gut. Er sah keine Probleme, nur Möglichkeiten. Unbegrenzte Möglichkeiten.

An jenem Abend saß er lange mit einer begeisterten Jennifer Baldwin zusammen und erzählte ihr alles. Danach erlebte das Paar bei einer Flasche gekühlten Champagner und einer eigens zu Jennifers Wohnung gelieferten Austernplatte den lustvollsten Liebesakt, seit sie zusammen waren. Zum ersten Mal stieß Jack sich nicht an den hohen Decken mit den Malereien. Tatsächlich begann er, Gefallen daran zu finden.

KAPITEL 13

Im Weißen Haus treffen jährlich Millionen »inoffizieller« Postsendungen ein. Jede wird sorgfältig untersucht und dementsprechend behandelt. Diese Aufgabe wird von internen Mitarbeitern erfüllt, welche vom Secret Service weitgehend unterstützt und beaufsichtigt werden.

Rein äußerlich wirkten die beiden Briefe völlig harmlos, obwohl sie an Gloria Russell adressiert waren, während die meisten Schriftstücke an den Präsidenten oder an Mitglieder der First Family gingen, oft sogar an das Haustier der Familie, derzeit ein Golden Retriever namens Barney.

Beide waren in Blockbuchstaben beschriftet, die Umschläge weiß und billig und somit überall erhältlich. Russell bekam sie gegen zwölf Uhr in die Hand, an einem Tag, der bis zu diesem Zeitpunkt recht gut verlaufen war. In einem befand sich ein einzelnes Blatt Papier, im anderen ein Objekt, das sie mehrere Minuten lang anstarrte. Folgende Worte, ebenfalls in Blockbuchstaben, standen auf dem Bogen:

Frage: Was stellt ein Verbrechen oder Vergehen dar?
Antwort: Ich glaube nicht, dass Sie es herausfinden möchten.
Wertvolles Objekt zu verkaufen, weitere Einzelheiten
folgen, Chefin. Gezeichnet: Kein heimlicher Verehrer.

Wenngleich sie es erwartet, ja, verzweifelt darauf gehofft hatte, es endlich zu erhalten, spürte sie doch, wie ihr Herz schneller schlug und gegen die Brust trommelte. Ihr Mund wurde so trocken, dass sie nach einem Glas Wasser griff und es gierig hinunterstürzte. Sie schenkte nach und wiederholte den Vorgang, bis sie endlich den Brief halten konnte, ohne zu zittern. Dann betrachtete sie den zweiten Gegenstand. Ein Foto. Der Anblick des Brieföffners ließ die albtraumhaften Ereignisse wieder über sie hereinbrechen. Krampfhaft umklammerte sie die Armlehnen des Stuhls. Schließlich ging der Anfall vorüber.

»Zumindest ist er verhandlungsbereit.« Collin legte die Nachricht und das Foto zurück und setzte sich wieder. Er bemerkte, dass die Stabschefin aschfahl war und fragte sich, ob sie stark genug war, die Sache durchzustehen.

»Vielleicht. Es könnte auch ein Täuschungsmanöver sein.«

Collin schüttelte den Kopf. »Glaube ich nicht.«

Russell lehnte sich zurück, massierte sich die Schläfen und schluckte noch eine Tylenol. »Wieso nicht?«

»Warum sollte er uns auf diese Weise täuschen wollen? Warum sollte er uns überhaupt täuschen wollen? Er hat alles, was er braucht, um uns fertig zu machen. Er will Geld.«

»Er hat doch die Millionen von Sullivan.«

»Möglich. Aber wir wissen nicht, wie viel davon Bargeld war. Vielleicht hat er es auch versteckt und kommt nicht ran. Vielleicht ist er aber auch nur gierig. Die Welt ist voll von solchen Leuten.«

»Ich brauche einen Drink. Kannst du heute Abend vorbeikommen?«

»Der Präsident ist zum Abendessen in der kanadischen Botschaft eingeladen.«

»Scheiße. Kannst du niemanden finden, der für dich einspringt?«

»Möglicherweise, wenn du ein paar Fäden ziehst.«

»Betrachte sie als gezogen. Wann, glaubst du, hören wir wieder von ihm?«

»Er scheint nicht besonders verängstigt zu sein, obwohl er bestimmt vorsichtig ist. Ich an seiner Stelle wäre es.«

»Großartig. Also darf ich jetzt täglich zwei Packungen Mentholzigaretten rauchen, bis er sich bequemt, sich wieder bei uns zu melden. Bis dahin bin ich wahrscheinlich an Lungenkrebs gestorben.«

»Was machst du, wenn er Geld will?«, fragte der Agent.

»Je nachdem, wie viel er will, lässt sich das ohne größere Schwierigkeiten regeln.« Nun wirkte sie ruhiger.

Collin stand auf und wollte gehen. »Du bist der Boss.«

»Tim?« Russell kam zu ihm herüber. »Halt mich einen Augenblick fest.«

Als er sie umarmte, spürte er, wie sie über die Waffe strich.

»Tim, wenn er mehr als Geld will; wenn wir den Brieföffner nicht zurückbekommen ...«

Collin blickte auf sie hinab.

»Dann kümmere ich mich um ihn, Gloria.« Mit den Fingern berührte er ihre Lippen, drehte sich um und ging.

In der Halle stand Burton, um auf Collin zu warten.

Von oben bis unten musterte der andere Agent den jungen Mann. »Wie kommt sie damit zurecht?«

»Ganz gut.« Collin marschierte weiter den Flur entlang, bis Burton ihn am Arm packte und zu sich herumwirbelte.

»Was, zum Teufel, spielt sich da ab, Tim?«

Collin löste sich aus dem Griff seines Partners. »Das ist weder die richtige Zeit noch der richtige Ort, Bill.«

»Nun, dann sag mir Zeit und Ort. Ich werde da sein, denn wir müssen uns unterhalten.«

»Worüber?«

»Sag mal, willst du mich allen Ernstes verarschen?« Grob zerrte er Collin in eine Ecke.

»Ich möchte, dass du über die Frau da drin ganz genau Bescheid weißt. Sie interessiert sich einen Scheißdreck für dich, mich, oder sonst irgendjemand. Die will nur ihren eigenen kleinen Hintern retten. Ich weiß nicht, mit welchem Märchen sie dich einwickelt, und ich weiß nicht, was ihr beide ausbrütet, aber ich rate dir, sei vorsichtig. Ich will nicht mit ansehen müssen, wie du ihretwegen alles wegwirfst.«

»Ich bin dir wirklich dankbar für deine Fürsorge, Bill, aber ich weiß, was ich tue.«

»Ach wirklich, Tim? Gehört es zum Aufgabengebiet eines Secret-Service-Agenten, die Stabschefin zu vögeln? Warum zeigst du mir nicht, wo genau das in der Dienstordnung steht? Ich möchte es gerne selbst lesen. Und wenn wir gerade dabei sind, warum zur Hölle beglückst du mich nicht mit dem Grund, warum wir ins Haus zurückgerannt sind? Denn was immer wir gesucht haben, wir haben es nicht, und ich glaube ziemlich genau zu wissen, wer es hat. Mein Hintern steht hier genauso auf dem Spiel, Tim. Und wenn ich schon untergehe, dann will ich wissen, wieso.«

Eine Haushilfe kam im Gang an ihnen vorbei und warf einen seltsamen Blick auf die beiden Männer. Burton lächelte, nickte und wandte die Aufmerksamkeit wieder Collin zu.

»Komm schon, Tim, mal ehrlich, was würdest du an meiner Stelle tun?«

Der junge Mann blickte seinen Freund an, und der harte Gesichtsausdruck, den er üblicherweise im Dienst zur Schau stellte, löste sich auf. Was würde er an Burtons Stelle tun? Die Antwort war einfach. Er würde einigen Leuten vors Schienbein treten, bis er Antworten bekäme. Burton war sein Freund; er hatte es wiederholt bewiesen. Vermutlich stimmte, was er über Russell sagte. Collins Verstand hatte sich in ihrer Seidenunterwäsche nicht vollends aufgelöst.

»Hast du Zeit für ’ne Tasse Kaffee, Bill?«

Frank lief die zwei Treppen hinab, wandte sich nach rechts und öffnete die Tür zum Labor. Es war klein und konnte einen neuen Anstrich vertragen, doch der Raum war überraschend ordentlich. Überwiegend war dies darauf zurückzuführen, dass Laura Simon eine Ordnungsfanatikerin war. Frank stellte sich ihre Wohnung genauso aufgeräumt und sauber vor, obwohl dort zwei Vorschulkinder herumwirbelten und Laura hinlänglich auf Trab hielten. Überall im

Raum stapelten sich unbenutzte Beweissätze, deren intakte orange Siegel einen krassen Gegensatz zu den abblätternden grauen Wänden bildeten. In einer anderen Ecke standen sorgfältig beschriftete Kartons übereinander. In wieder einem anderen Winkel befand sich ein kleiner Safe auf dem Boden, der die wenigen Beweisstücke beherbergte, für die zusätzliche Sicherheitsmaßnahmen erforderlich waren.

Der Fahnder betrachtete ihren schmalen Rücken, während sie sich am anderen Ende des Raumes über ein Mikroskop beugte.

»Du hast mich angerufen?« Frank lehnte sich vor. Auf dem Glasscheibchen befanden sich winzige Fragmente irgendeiner Substanz. Er konnte sich nicht vorstellen, die Tage damit zu verbringen, wer weiß welche mikroskopisch kleinen Teile zu begutachten, doch er war sich sehr wohl bewusst, dass Laura Simon durch ihre Tätigkeit entscheidend zur Überführung von Straftätern beitragen konnte.

»Sieh dir das mal an.« Simon deutete auf die Linse.

Frank nahm die Brille ab, die er noch auf der Nase hatte. Nach einem Blick durch das Mikroskop richtete er sich wieder auf.

»Laurie, du weißt, dass ich nie eine Ahnung habe, was ich da sehe. Also, was ist es?«

»Es ist eine Probe des Teppichs aus Sullivans Schlafzimmer. Wir hatten sie nicht bei der ersten Tatortuntersuchung mitgenommen, sondern erst später.«

»Und was ist so bedeutsam daran?« Frank hatte sich angewöhnt, der Technikerin überaus aufmerksam zuzuhören.

»Der Teppich im Schlafzimmer ist eines dieser superteuren Modelle, die pro Quadratmeter über zweitausend Dollar kosten. Allein für das eine Zimmer muss der Boden beinahe eine Viertelmillion gekostet haben.«

»Heiliges Kanonenrohr!« Frank stopfte noch einen Kaugummi in den Mund. Der Versuch, mit dem Rauchen aufzuhören, wirkte sich verheerend auf seine Zähne und seine Leibesmitte aus. »Zweihundertfünfzigtausend für etwas, worauf man herumläuft?«

»Er ist unglaublich widerstandsfähig, man könnte mit einem Panzer darüberrollen, und die Fasern würden sich problemlos wieder aufrichten. Er liegt dort erst seit etwa zwei Jahren. Damals wurde einiges renoviert.«

»Renoviert? Das Haus selbst ist doch erst ein paar Jahre alt.«

»Zu der Zeit hat die Verstorbene Walter Sullivan geehelicht.«

»Oh.«

»Frauen haben zu solchen Dingen ihre eigene Meinung. Tatsächlich hatte sie, was Teppiche anging, einen guten Geschmack.«

»Schön, und wohin bringt uns ihr guter Geschmack?«

»Sieh dir die Fasern noch einmal an.«

Frank seufzte, tat aber wie ihm geheißen.

»Siehst du die Spitzen? Schau dir mal den Querschnitt an. Sie wurden abgeschnitten. Vermutlich mit einer nicht allzu scharfen Schere. Obwohl die Fasern, wie erwähnt, ungemein widerstandsfähig sind, ist der Schnitt ziemlich ausgefranst.«

Er sah sie an. »Der Schnitt? Wozu sollte das jemand tun? Wo hast du die Fasern gefunden?«

»Diese Probe wurde an der Tagesdecke gefunden, die auf dem Bett lag. Wer auch immer die Fäden abgeschnitten hat, hat wahrscheinlich nicht bemerkt, dass ein paar Fasern an seiner Hand hängen geblieben sind. Dann hat er die Bettdecke angefasst, und voilà!«

»Hast du auf dem Boden das entsprechende Gegenstück gefunden?«

»Gleich unter der linken Bettseite, wenn man aus etwa zehn Zentimeter Entfernung in rechtem Winkel hinsieht. Die Stelle war geringfügig, aber nachweisbar ausgeschnitten.«

Frank richtete sich auf und setzte sich auf einen der Stühle neben Simon.

»Das ist noch nicht alles, Seth. Auf einem der Fragmente habe ich auch Spuren einer Lösung gefunden. Wie von einem Fleckentferner.«

»Das könnte von der Teppichreinigung vor kurzem stammen. Oder vielleicht haben die Dienstmädchen etwas verschüttet.«

Simon schüttelte den Kopf. »Nein. Die Reinigungsfirma arbeitet mit Dampfgeräten. Für die Entfernung einzelner Flecken verwenden die einen besonderen Reiniger auf organischer Grundlage. Ich hab's überprüft. Das hier ist handelsübliches Putzmittel auf Petroleumbasis. Und die Hausmädchen verwenden den vom Hersteller empfohlenen Reiniger. Auch organisch. Eine ganze Ladung von dem Zeug steht im Haus. Außerdem ist der Teppich chemisch imprägniert, damit sich keine Flecken einsaugen können. Mit einem Mittel auf Petroleumbasis würde man wahrscheinlich alles nur noch schlimmer machen. Vermutlich haben sie deshalb ein Stück herausgeschnitten.«

»Wir können also davon ausgehen, dass der Täter die Fasern mitgenommen hat, weil sie etwas Bestimmtes zeigen. Ist es so?«

»Nicht die Probe, die ich habe. Aber vielleicht hat er auch noch um den eigentlichen Fleckenbereich herumgeschnitten, um auf Nummer Sicher zu gehen, und wir haben ein paar der sauberen Fasern erwischt.«

»Was kann auf dem Teppich gewesen sein, das irgendjemandem wichtig genug erschien, um einen Zentimeter tief Fasern herauszuschneiden? Muss sich um einen wahren Fluch gehandelt haben.«

Simon und Frank dachten beide dasselbe, sogar mehrere Augenblicke lang.

»Blut«, meinte Simon schlicht.

»Und nicht vom Opfer. Wenn ich mich recht erinnere, war dort in der Nähe kein Blut von ihr«, fügte Frank hinzu. »Ich glaube, du musst noch einen Test machen, Laurie.«

Sie nahm ein Aluminiumköfferchen von einem Haken

an der Wand. »Ich habe schon alles dafür vorbereitet, wollte dir nur vorher Bescheid geben.«

»Kluges Mädchen.«

Die Fahrt dauerte dreißig Minuten. Frank kurbelte das Fenster hinunter und ließ sich den Wind ins Gesicht blasen. Das vertrieb auch den Rauchgestank, der immer noch im Wagen hing.

Auf Franks Anordnung hin war das Schlafzimmer versiegelt geblieben.

Von einer Ecke in Walter Sullivans Schlafzimmer aus beobachtete er, wie Laura Simon sorgsam die Chemikalien mischte und das Gebräu in einen Zerstäuber aus Plastik füllte. Dann half ihr Frank dabei, Handtücher unter die Tür zu stopfen und braunes Packpapier über die Fenster zu kleben. Sie zogen die schweren Vorhänge zu und sperrten damit praktisch jedes natürliche Licht aus.

Abermals ließ Frank die Augen über den Raum schweifen. Er betrachtete den Spiegel, das Bett, das Fenster und die Schränke; schließlich blieb sein Blick am Nachttisch und dem klaffenden Loch dahinter hängen, wo ein Stück aus der Mauer geschnitten worden war. Dann schaute er zurück zu dem Bild. Er nahm es in die Hand.

Wieder wurde er daran erinnert, dass Christine Sullivan eine äußerst schöne Frau gewesen war, alles andere als das zerstörte Wrack, das er vorgefunden hatte. Auf dem Foto saß sie in dem Stuhl neben dem Bett. Der Nachttisch war an der linken Seite deutlich erkennbar. Der Bettrand ragte an der rechten Seite ins Bild. Es war schon ironisch, wenn man bedachte, wie ausgiebig sie diesen bestimmten Einrichtungsgegenstand vermutlich benutzt hatte. Für die Federn war aller Voraussicht nach ein Service fällig. Danach würden sie wahrscheinlich nicht mehr allzu sehr in Anspruch genommen werden. Frank erinnerte sich an den Ausdruck in Walter Sullivans Gesicht. Viel Energie hatte nicht mehr darin gelegen.

Der Lieutenant stellte das Foto zurück und beobachtete

wieder Laura bei der Arbeit mit den Flüssigkeiten. Er warf noch einen flüchtigen Blick zurück auf das Bild; irgendetwas daran störte ihn, doch was auch immer das sein mochte, entschwand ihm, bevor er es fassen konnte.

»Wie heißt das Zeug noch mal, Laurie?«

»Luminol. Es wird unter verschiedenen Namen verkauft, aber es ist immer dasselbe Reagens. Ich bin soweit.«

Sie hielt die Flasche über den Teppichabschnitt, aus dem die Fasern geschnitten worden waren.

»Gott sei Dank musst du den Teppich nicht bezahlen.« Der Ermittler grinste sie an.

Simon wandte sich um und sah ihn an. »Das wäre mir egal. Ich würde mich einfach für bankrott erklären. Man könnte meinen Lohn bis in alle Ewigkeit pfänden. Das ist der Ausgleich der armen Leute.«

Frank drückte auf den Lichtschalter und tauchte dadurch den Raum in tiefschwarze Finsternis. Ein leises Zischen ertönte, als Simon die Pumpe des Zerstäubers betätigte. Fast unverzüglich begann ein kleiner Teil des Teppichs blassblau zu leuchten, wie ein Schwarm Leuchtkäfer. Dann war die Erscheinung verschwunden. Frank schaltete das Licht wieder ein und blickte Simon an.

»Also haben wir das Blut einer zweiten Person. Mordsmäßiger Fund, Laurie. Kannst du irgendwie genug zusammenkratzen, um die Blutgruppe zu bestimmen? Eine DNA-Analyse vorzunehmen?«

Zweifelnd sah Simon ihn an. »Wir können den Teppich beiseite ziehen, um zu sehen, ob etwas durchgesickert ist, aber das bezweifle ich. Durch einen imprägnierten Teppich dringt nicht viel. Außerdem ist es mit anderem Zeug vermischt. Verlass dich also nicht darauf.«

Frank dachte laut nach. »Nun gut, ein Täter wird verwundet. Es gibt zwar nicht viel Blut, aber doch ein wenig.« Er blickte zu Simon, damit sie ihm die Feststellung bestätigte, was sie durch zustimmendes Nicken auch tat. »Verwundet, aber womit? Sie hatte nichts in der Hand, als wir sie gefunden haben.«

Simon erriet seine Gedanken. »Und nachdem der Tod so plötzlich eintrat, setzte vermutlich Reflexstarre ein. Sie hätten ihr fast die Finger brechen müssen, um ihr etwas aus der Hand zu nehmen.«

Frank führte den Gedanken zu Ende. »Und dafür gab es bei der Autopsie keine Anzeichen.«

»Außer die Hand öffnete sich, als die Kugeln einschlugen.«

»Wie oft kommt so etwas vor?«

»In diesem Fall reicht einmal.«

»Gut, nehmen wir mal an, sie hatte eine Waffe, und diese Waffe fehlt nun. Was für eine Waffe könnte es wohl sein?«

Simon dachte darüber nach, während sie die Ausrüstung wieder verstaute.

»Eine Schusswaffe können wir wahrscheinlich ausschließen, denn sie hätte es zumindest schaffen sollen, eine Kugel abzufeuern, aber an ihren Händen war kein Pulver. Und das hätte sich auch nicht entfernen lassen, ohne deutliche Spuren dabei zu hinterlassen.«

»Gut. Außerdem gibt es keine Hinweise darauf, dass jemals eine Waffe auf sie zugelassen war. Und dass es im Haus keine Waffe gab, wurde bereits bestätigt.«

»Also keine Kanone. Dann vielleicht ein Messer. Schwer zu sagen, um was für eine Wunde es sich dann handelt, vielleicht um eine Schnittwunde. Wahrscheinlich eher eine oberflächliche. Es wurden nur wenige Fasern ausgeschnitten, daher kann die Wunde kaum lebensgefährlich gewesen sein.«

»Sie sticht also auf einen der Täter ein, vielleicht in den Arm oder ins Bein. Dann kommen ihm die anderen zu Hilfe und erschießen sie? Oder sticht sie im Sterben begriffen auf ihn ein?« Sofort verbesserte sich Frank. »Nein. Sie starb auf der Stelle. Sie sticht in einem anderen Zimmer auf einen der Täter ein, läuft hierher und wird erschossen. Als die Mörder dann über ihr stehen, verliert der Verwundete ein paar Blutstropfen.«

»Aber der Tresor ist in diesem Zimmer. Es ist viel wahrscheinlicher, dass sie die Einbrecher auf frischer Tat ertappt hat.«

»Na gut, aber denk daran, die Schüsse kamen von der Tür ins Zimmer. Und die Flugbahn verlief nach *unten*. Das ist es, was mir noch den letzten Nerv raubt.«

»Warum haben sie das Messer mitgenommen? Vorausgesetzt, es war ein Messer.«

»Weil es auf irgendeine Weise jemanden identifizieren könnte.«

»Fingerabdrücke?« Simons Nasenflügel bebten bei dem Gedanken an das Beweisstück irgendwo da draußen.

Frank nickte. »Das könnte es sein.«

»Hatte die verstorbene Mrs Sullivan die Angewohnheit, ständig ein Messer bei sich zu tragen?«

Frank antwortete, indem er sich so heftig mit der Hand auf die Stirn schlug, dass Simon zusammenfuhr. Er stürzte zum Nachttisch und ergriff das Foto. Kopfschüttelnd reichte er es ihr.

»Da hast du dein verdammtes Messer.«

Simon betrachtete das Bild. Darauf war auf dem Nachttisch ein langer Brieföffner mit Ledergriff zu sehen.

»Das erklärt auch die öligen Rückstände an ihren Handballen.«

Beim Hinausgehen hielt Frank an der Eingangstür inne. Er schaute auf die Schalttafel der Alarmanlage. Dann erhellte ein Lächeln sein Gesicht.

»Laurie, hast du die Ultraviolettlampe im Kofferraum?«

»Ja, warum?«

»Würdest du sie wohl holen?«

Verwirrt gehorchte Simon. Sie kam zurück in die Eingangshalle und steckte die Lampe an.

»Leuchte mal genau auf die Schalttafel.«

Was unter dem UV-Licht zu Tage trat, brachte Frank abermals zum Lächeln.

»Verdammt, ist das raffiniert.«

»Was soll das bedeuten?« Simon runzelte die Stirn.

»Das bedeutet zweierlei. Erstens, sie hatten eindeutig

Unterstützung von innen; zweitens, unsere Einbrecher waren wirklich sehr einfallsreich.«

Frank saß in dem kleinen Befragungszimmer. Nach kurzer Überlegung entschied er sich gegen eine weitere Zigarette und stopfte sich stattdessen ein Kaugummidrops in den Mund. Er betrachtete die gemauerten Wände, den billigen Metalltisch und die heruntergekommenen Sessel und kam zu dem Schluss, dass dies ein deprimierender Ort für eine Befragung war. Das war gut so. Deprimierte Menschen waren verwundbar, und verwundbare Menschen neigten – wenn man ein wenig nachhalf – zum Reden. Und Frank würde zuhören. Den ganzen Tag würde er zuhören.

Der Fall selbst war immer noch höchst verwirrend, doch bestimmte Teile wurden zunehmend klarer.

Buddy Budizinski lebte noch in Arlington und arbeitete nun in einer Autowaschanlage in Falls Church. Er hatte zugegeben, in Sullivans Haus gewesen zu sein, hatte über den Mord gelesen, wusste darüber hinaus aber nichts. Frank war geneigt, ihm zu glauben. Der Mann war nicht gerade eine Leuchte, wies keine Vorstrafen auf, und hatte sein Leben lang relativ minderwertige Arbeiten verrichtet, was zweifellos daher rührte, dass er über die fünfte Klasse nie hinausgekommen war. Sein Apartment war bescheiden, um nicht zu sagen armselig. Budizinski war eine Sackgasse.

Rogers hingegen hatte sich als wahre Fundgrube erwiesen. Die Sozialversicherungsnummer, die er bei seiner Bewerbung angegeben hatte, gab es zwar durchaus, doch sie gehörte einer Beamtin des Außenamtes, die seit zwei Jahren in Thailand den Dienst versah. Er musste gewusst haben, dass die Teppichreinigungsfirma es nicht überprüfen würde. Warum sollte sie auch? Die Adresse auf der Bewerbung war ein Motel in Beltsville, Maryland. Im letzten Jahr hatte sich dort niemand unter dem Namen eingetragen, und niemand war dort gesehen worden, auf den die Beschreibung passte. Der Staat Kansas verfügte über keine

Aufzeichnungen über ihn. Darüber hinaus hatte er keinen einzigen Lohnscheck von Metro eingelöst. Das allein sprach Bände.

Gemäß Pettis' Erinnerung wurde nebenan gerade ein Phantombild angefertigt, das überall in der Gegend verteilt werden sollte.

Rogers war ihr Mann; Frank hatte es im Gespür. Rogers war im Haus gewesen, war verschwunden und ließ dabei eine Spur falscher Angaben zurück. In diesem Augenblick untersuchte Simon peinlich genau Pettis' Laster, in der Hoffnung, dass irgendwo noch Rogers' Fingerabdrücke auf sie warteten. Sie hatten zwar keine Fingerabdrücke vom Tatort zum Vergleich, aber wenn sie Rogers identifizieren konnten, würden Vorstrafen zu Tage treten, so sicher wie das Amen in der Kirche. Und Franks Fall würde sich schließlich zusammenfügen. Es wäre ein gewaltiger Schritt vorwärts, sollte sich die Person, die er erwartete, dazu entschließen, mit ihm zusammenzuarbeiten.

Walter Sullivan hatte bestätigt, dass tatsächlich ein antiker Brieföffner aus dem Schlafzimmer fehlte. Frank hoffte fieberhaft, eines Tages dieses mögliche Juwel von einem Beweis in die Finger zu bekommen. Er hatte Sullivan die Theorie offenbart, dass dessen Frau den Angreifer mit dem Gegenstand verletzt hatte. Der alte Mann schien die Information gar nicht richtig wahrzunehmen. Frank fragte sich, ob Sullivan bereits aufgegeben hatte.

Der Ermittler überprüfte nochmals die Liste von Sullivans Hausangestellten, obwohl er sie mittlerweile auswendig kannte. Eigentlich interessierte er sich nur für eine Person.

Die Aussage des Fachmannes für Alarmanlagen fiel ihm wieder ein. Die Variationsmöglichkeiten, für fünfzehn Positionen einen Code aus fünf Zahlen in der richtigen Abfolge zusammenzustellen, waren für einen tragbaren Computer in der kurzen Zeit wahrscheinlich unmöglich zu knacken, insbesondere, wenn man die alles andere als rasante Reaktionszeit des Computers der Alarmanlage berücksichtigte.

Um das zu bewerkstelligen, musste man einige der Kombinationen von vornherein ausschließen können. Wie war das möglich?

Eine Untersuchung der Tasten hatte ergeben, dass eine nur unter ultraviolettem Licht sichtbare Chemikalie – Frank hatte den genauen Namen vergessen, obwohl Simon ihn gewusst hatte – auf jeder Zahlentaste aufgetragen worden war.

Frank lehnte sich zurück und stellte sich vor, wie Sullivan, der Butler oder wer auch immer den Alarm aktivierte in die Eingangshalle hinunterging, um den Code einzugeben. Der Finger drückt die richtigen Tasten, insgesamt fünf, und der Alarm ist aktiviert. Die Person geht weg und hat keine Ahnung, dass sie nun an den Fingern winzige Spuren einer Chemikalie trägt, die mit freiem Auge nicht sichtbar und geruchlos ist. Wichtiger noch, die Person hat keinen blassen Schimmer davon, dass sie soeben die Zahlen preisgegeben hat, die den Code der Alarmanlage bilden. Unter UV-Licht ist es den Einbrechern möglich zu erkennen, welche Zahlen eingegeben wurden, denn die Chemikalie ist auf diesen Tasten verschmiert. Mit diesem Wissen brauchte der Computer nur noch die richtige Abfolge zu finden. Der Alarmanlagenexperte war sicher, dass dies in der zulässigen Zeit möglich war, da ja nun 99,9 Prozent der möglichen Zahlenfolgen ausgeschlossen waren.

Blieb die Frage: Wer hatte die Chemikalie aufgetragen? Zunächst hatte Frank angenommen, dass Rogers, oder wie auch immer sein richtiger Name sein mochte, es getan haben könnte, als er im Haus war. Doch zu vieles sprach dagegen. Erstens war das Haus stets voller Leute gewesen, und selbst für den arglosesten Beobachter musste ein Fremder, der um die Schalttafel der Alarmanlage schlich, Verdacht erregen. Zweitens war die Eingangshalle groß und offen, der am ehesten einsehbare Ort im Haus. Zu guter Letzt hätte es Zeit und Sorgfalt gekostet, das Mittel aufzutragen. Diesen Luxus hatte sich Rogers nicht leisten können. Selbst der geringste Verdacht, der flüchtigste Blick, hätte seinen ganzen Plan zum Scheitern verurteilen können. Wer sich diesen Einbruch ausgedacht hatte, war niemand, der solch ein Risiko einging.

Nein, Rogers war es nicht gewesen. Doch Frank glaubte ziemlich sicher zu wissen, wer.

Auf den ersten Blick wirkte die Frau so dürr, dass sie den Eindruck vermittelte, die Magerkeit könnte womöglich auf Krebs zurückzuführen sein. Bei näherer Betrachtung ließen die Farbe der Wangen, der zierliche Körperbau und die anmutigen Bewegungen folgern, dass sie sehr schlank, aber kerngesund war.

»Bitte nehmen Sie Platz, Ms Broome. Ich danke Ihnen, dass Sie gekommen sind.«

Die Frau nickte und ließ sich auf einem der Stühle nieder. Sie trug ein geblümtes, knielanges Kleid. Um den Hals hing eine unechte Perlenkette. Die Haare hatte sie zu einem sauberen Knoten gebunden; einige Strähnen auf der Stirn wurden bereits silbergrau, wie Tinte, die sich in Papier saugt. Nach der glatten, faltenlosen Haut zu urteilen, hätte Frank ihr Alter auf Ende dreißig geschätzt. Tatsächlich war sie ein paar Jahre älter.

»Ich dachte, Sie brauchten mich nicht mehr, Mr Frank.«

»Nennen Sie mich doch Seth. Rauchen Sie?«

Sie schüttelte den Kopf.

»Ich habe nur ein paar Nachfragen, reine Routine. Das betrifft nicht nur Sie. Ich habe gehört, dass Sie bei Mr Sullivan kündigen?«

Sie schluckte merklich, sah zu Boden, dann wieder hoch. »Ich stand Mrs Sullivan ziemlich nahe. Es ist ziemlich schwer, wissen Sie …« Ihre Stimme verlor sich.

»Ich weiß, ich weiß. Eine schreckliche Sache.« Frank schwieg einen Augenblick. »Wie lange arbeiten Sie schon bei den Sullivans?«

»Etwas über ein Jahr.«

»Sie putzen und …?«

»Ich helfe beim Putzen. Wir sind zu viert, Sally, Rebecca und ich. Und Karen Taylor, die Köchin. Ich habe mich auch um Mrs Sullivans Sachen gekümmert. Ihre Kleider und was weiß ich noch alles. Ich glaube, man könnte sagen, ich war eine Art Zofe für sie. Mr Sullivan hatte seinen eigenen Diener, Richard.«

»Möchten Sie Kaffee?«

Frank wartete die Antwort nicht ab. Er öffnete die Tür.

»Hey, Molly, kannst du mir zwei Tassen frischen Kaffee bringen?« Er wandte sich zu Ms Broome um. »Schwarz? Mit Milch?«

»Schwarz.«

»Zweimal ohne alles, Molly, danke.«

Er schloss die Tür und setzte sich wieder hin.

»Verdammt kalt heute, mir will einfach nicht richtig warm werden.« Er klopfte an die raue Wand. »Diese Ziegel helfen auch nicht viel. Was haben Sie gerade über Mrs Sullivan gesagt?«

»Sie war wirklich nett zu mir. Ich meine, sie hat mit mir über verschiedene Dinge geredet. Sie war keine dieser … dieser Klassefrauen, so würde man es wohl nennen. Sie hat hier in Middleton die Highschool besucht, genau wie ich.«

»Der Altersunterschied zwischen Ihnen beiden war wohl auch nicht allzu groß, was?«

Die Bemerkung zauberte ein Lächeln auf ihre Lippen; unbewusst hob sie die Hand, um eine unsichtbare Haarsträhne gerade zu rücken.

»Größer, als ich zugeben möchte.«

Die Tür öffnete sich, und der Kaffee wurde hereingebracht. Gott sei Dank war er heiß und frisch gebrüht. Was die Kälte anging, hatte Frank nicht gelogen.

»Ich würde nicht sagen, dass sie unbedingt in diese Welt passte, aber man hat ihre Art akzeptiert. Sie hat nicht versucht, sich anzugleichen, wenn Sie verstehen, was ich meine.«

Frank hatte allen Grund, das zu glauben. Nach allem,

was er gehört hatte, war die verstorbene Mrs Sullivan in vielerlei Hinsicht ein ziemlicher Feger gewesen.

»Wie würden Sie das Verhältnis der Sullivans zueinander bezeichnen ... gut, schlecht, mittelmäßig?«

Sie antwortete, ohne zu zögern. »Ausgezeichnet. Ich weiß, was viele Leute über den Altersunterschied und so denken, aber sie war gut für ihn, und er war gut für sie. Davon bin ich überzeugt. Er hat sie geliebt, das kann ich Ihnen versichern. Vielleicht eher wie ein Vater seine Tochter, aber es war dennoch Liebe.«

»Und sie?«

Nun zögerte sie doch merklich. »Sie müssen wissen, Christy Sullivan war eine sehr junge Frau, in manchen Dingen vielleicht weniger reif als andere Frauen ihres Alters. Mr Sullivan hat ihr eine ganz neue Welt eröffnet, und ...« Sie brach ab, da sie nicht wusste, wie sie fortfahren sollte.

Frank wechselte das Thema. »Was ist mit dem Tresor im Schlafzimmer? Wer hat davon gewusst?«

»Keine Ahnung. Ich jedenfalls nicht. Ich nehme an, dass Mr und Mrs Sullivan davon wussten. Richard, Mr Sullivans Kammerdiener, dürfte es auch gewusst haben. Aber da bin ich nicht sicher.«

»Also haben Christine Sullivan oder ihr Mann Ihnen gegenüber nie erwähnt, dass sich hinter dem Spiegel ein Safe befand?«

»Nie im Leben! Ich war eine Art Freundin für sie, aber trotzdem war ich eine Angestellte. Und erst seit einem Jahr dort. Mr Sullivan hat eigentlich nie richtig mit mir geredet. Und so was gehört auch nicht gerade zu den Dingen, die man jemandem wie mir anvertrauen würde, oder?«

»Ich schätze, nein.« Frank war sich ziemlich sicher, dass sie log, aber er konnte es nicht beweisen. Christine Sullivan war das Musterbeispiel eines Menschen, der seinen Reichtum für ihresgleichen zur Schau stellte, und sei es nur, um zu zeigen, in welche Höhen sie plötzlich aufgestiegen war.

»Also haben Sie auch nicht gewusst, dass man von hinten durch den Spiegel ins Schlafzimmer schauen konnte?«

Diesmal wirkte die Frau aufrichtig überrascht. Frank bemerkte Röte unter dem leichten Make-up aufsteigen.

»Wanda – darf ich Sie Wanda nennen? – Wanda, Sie wissen doch, dass die Alarmanlage von den Einbrechern außer Betrieb gesetzt wurde, oder? Sie wurde ausgeschaltet, indem der richtige Code eingegeben wurde. Wer aktiviert die Alarmanlage abends?«

»Richard macht das«, antwortete sie wie aus der Pistole geschossen. »Manchmal auch Mr Sullivan selbst.«

»Also kannte jeder im Haus den Code?«

»O nein, natürlich nicht. Nur Richard. Seit fast vierzig Jahren ist er bei Mr Sullivan. Außer den Sullivans kennt nur er den Code, soweit ich weiß.«

»Haben Sie je gesehen, wie er den Alarm aktivierte?«

»Um diese Zeit war ich normalerweise schon im Bett.«

Frank musterte sie. *Ich wette, das warst du, Wanda, ganz bestimmt sogar.*

Wanda Broomes Augen weiteten sich. »Sie ... Sie glauben doch nicht, dass Richard etwas mit der Sache zu tun hat, oder?«

»Nun, Wanda, irgendwie konnte irgendjemand die Alarmanlage ausschalten, der dazu eigentlich nicht in der Lage sein durfte. Und selbstverständlich fällt der Verdacht auf jeden, der Zugang zum Code hatte.«

Wanda Broome sah aus, als würde sie gleich in Tränen ausbrechen, doch dann fasste sie sich. »Richard ist fast siebzig Jahre alt.«

»Dann brauchte er vielleicht eine kleine Altersvorsorge. Es versteht sich doch von selbst, dass alles, was ich Ihnen erzähle, streng vertraulich bleiben muss?«

Sie nickte, gleichzeitig putzte sie sich die Nase. In hastigen Schlucken trank sie nun den Kaffee, den sie bisher nicht angerührt hatte.

Frank fuhr fort. »Und bis mir irgendjemand erklären kann, wie die Alarmanlage überlistet wurde, muss ich natürlich alle Möglichkeiten in Betracht ziehen, die einen Sinn ergeben.«

Er nahm den Blick nicht von ihr. Den vergangenen Tag hatte er damit zugebracht, so viel wie möglich über Wanda Broome in Erfahrung zu bringen. Mit einer Ausnahme war ihr Leben ziemlich gewöhnlich verlaufen. Sie war vierundvierzig, zweifach geschieden, hatte zwei erwachsene Kinder. Sie wohnte im Hausdienerflügel bei den übrigen Angestellten. Etwa vier Meilen entfernt lebte ihre Mutter, einundachtzig Jahre alt, in einem recht bescheidenen, etwas verkommenen Haus und kam mit der Sozialhilfe und der Eisenbahnerpension ihres Mannes ganz gut über die Runden. Broome war von den Sullivans, wie sie erwähnt hatte, vor etwa einem Jahr eingestellt worden. Dieser Umstand hatte zunächst Franks Aufmerksamkeit erregt. Sie war mit Abstand das jüngste Mitglied der Dienerschaft. Das allein musste noch nichts bedeuten, doch nach allem, was man hörte, behandelte Sullivan seine Angestellten sehr gut, und die Loyalität von dauerhaften, gut bezahlten Beschäftigten hatte schon etwas für sich. Auch Wanda Broome vermittelte den Eindruck, als könnte sie sehr loyal sein. Die Frage war nur: Wem gegenüber?

Die Ausnahme bestand darin, dass Wanda Broome im Gefängnis gewesen war. Das lag mehr als zwanzig Jahre zurück. Man hatte sie wegen Unterschlagung verurteilt, als sie bei einem Arzt in Pittsburgh als Buchhalterin arbeitete. Die anderen Hausangestellten waren blitzsauber. Sie war also fähig, das Gesetz zu brechen, und sie hatte bereits eingesessen. Damals war ihr Name Wanda Jackson gewesen. Nachdem sie wieder frei gewesen war, hatte sie sich von Jackson scheiden lassen; besser gesagt, er ließ sie sitzen. Seither gab es keine Aufzeichnungen über strafbare Handlungen ihrerseits. Da sie einen anderen Namen trug, und die Verurteilung weit in der Vergangenheit lag, hatten die Sullivans bei einer Überprüfung vermutlich nichts gefunden; vielleicht war es ihnen aber auch gleichgültig gewesen. Wanda Broome galt in den letzten zwanzig Jahren als aufrichtige, hart arbeitende Bürgerin. Frank überlegte, weshalb sich das wohl geändert haben konnte.

»Fällt Ihnen noch etwas ein, das mir vielleicht helfen könnte, Wanda?« Frank versuchte, so arglos wie möglich zu wirken, öffnete sein Notizbuch und gab vor, etwas hineinzukritzeln. Wenn sie die Komplizin war, dann wollte er um alles in der Welt vermeiden, dass sie zu Rogers lief und er in der Folge noch tiefer abtauchte. Andererseits, wenn es ihm gelang, sie weich zu kochen, wechselte sie möglicherweise die Fronten.

Er stellte sich vor, wie sie in der Eingangshalle Staub wischte. Es wäre so einfach gewesen, so unglaublich einfach, die Chemikalie auf das Tuch aufzutragen und dann ganz beiläufig damit über die Schalttafel zu wischen. So natürlich hätte es ausgesehen, niemand, selbst jemand, der sie direkt dabei beobachtete, hätte sich etwas dabei gedacht. Nur ein gewissenhaftes Hausmädchen, das seine Arbeit verrichtete. Dann, als alle schliefen, hätte sie hinunterschleichen und die Schalttafel rasch anleuchten können. Damit wäre ihre Aufgabe erfüllt gewesen.

Rechtlich gesehen musste man das wohl als Beihilfe zum Totschlag werten, denn dass bei einem Einbruch Menschenleben gefährdet wurden, galt als angemessen wahrscheinliche Folge. Doch Frank war kaum daran interessiert, Wanda Broome für ein Gutteil ihres restlichen Lebens hinter Gitter zu bringen. Die Frau ihm gegenüber hatte den Plan nicht ausgeheckt. Sie hatte eine kleine, wenn auch nicht unwichtige Rolle gespielt. Frank jedoch wollte den Mann, der abgedrückt hatte, und er war durchaus bereit, den Staatsanwalt dazu zu bringen, Wanda ein Geschäft vorzuschlagen, um sein Ziel zu erreichen.

»Wanda?« Frank beugte sich über den Tisch und ergriff mit aufrichtiger Miene ihre Hand. »Fällt Ihnen noch etwas ein? Irgendetwas, das mir helfen könnte, den Mörder Ihrer Freundin zu schnappen?«

Schließlich erntete er als Antwort ein leichtes Kopfschütteln. Frank lehnte sich zurück. Viel hatte er von dieser Runde nicht erwartet, doch zumindest einen Punkt hatte er gemacht. Die Mauer begann zu bröckeln. Sie würde den

Kerl nicht warnen, dessen war Frank gewiss. Er drang zu Wanda Broome durch, Schritt für Schritt.

Wie er noch herausfinden sollte, war er bereits zu weit gegangen.

KAPITEL 14

Jack warf sein Handgepäck in die Ecke, schleuderte den Mantel auf die Couch und kämpfte gegen den Drang, an Ort und Stelle auf dem Teppich zusammenzuklappen. Die Ukraine hin und retour in nur fünf Tagen war mörderisch gewesen. Die Zeitverschiebung von sieben Stunden hatte ihm schwer genug zugesetzt, doch für jemanden, der auf die achtzig zuging, hatte sich Walter Sullivan als schier unermüdlich erwiesen.

Man hatte sie mit dem Zuvorkommen durch die Sicherheitskontrollen geschleust, wie es Sullivans Reichtum und Ruf gebührte. Von da an hatte eine schier endlose Reihe von Treffen begonnen. Sie besichtigten Produktionsstätten, Bergbauanlagen, Bürogebäude und Krankenhäuser; der Bürgermeister von Kiew lud sie zum Essen ein und betrank sich mit ihnen gemeinsam. Am zweiten Tag empfing sie der Präsident der Ukraine. Innerhalb einer Stunde hatte ihn Sullivan so weit, dass er ihm aus der Hand fraß. Kapitalismus und Unternehmertum genossen in der nun freien Republik höchstes Ansehen, und Sullivan war das Musterbeispiel eines Kapitalisten. Alle hatten mit ihm sprechen, ihm die Hand schütteln wollen, als übertrüge er dadurch eine Brise des geldbringenden Zaubers auf sie und verschaffe ihnen innerhalb kürzester Zeit enormen Reichtum.

Das Ergebnis übertraf ihre kühnsten Hoffnungen, denn die Ukrainer waren mit dem wirtschaftlichen Aspekt des Geschäfts mehr als einverstanden und brachten überschwängliches Lob für dessen Weitblick zum Ausdruck. Der Dreh mit den Dollars für Atomwaffen würde zu angemessener Zeit folgen. Was für ein Vermögen! Ein unnötiges Vermögen, das sich zu Geld machen ließ.

Sullivans aufgerüstete 747 war nonstop von Kiew nach Washington geflogen, und seine Limousine hatte Jack soeben abgesetzt. Er trottete in die Küche. Im Kühlschrank stand nur saure Milch. Das ukrainische Essen war gut, aber außergewöhnlich schwer gewesen. Nach den ersten paar Tagen hatte er nur noch darin herumgestochert. Und es hatte viel zu viel Alkohol gegeben, ohne den sich anscheinend kein Geschäft abschließen ließ. Dagegen muteten die in den Staaten üblichen zwei Martini zum Mittagessen geradezu asketisch an.

Jack rieb sich über das Gesicht. Der massive Schlafentzug machte ihm schwer zu schaffen. Tatsächlich war er zu müde, um zu schlafen. Aber er war hungrig. Er sah auf die Uhr. Seine innere Uhr meinte, es wäre bald acht Uhr morgens. Die Armbanduhr beharrte darauf, es sei erst nach Mitternacht. Zwar war die Bundeshauptstadt nicht New York, wo jeder Appetit und jedes Interesse rund um die Uhr befriedigt werden konnten, doch Jack kannte ein paar Plätze, wo es an einem Werktag trotz der späten Stunde noch etwas zu essen gab.

Als er sich in den Mantel mühte, läutete das Telefon. Jack war schon auf dem Weg nach draußen, dann zögerte er. Er lauschte der kurzen Mitteilung, auf die ein Piepton folgte.

»Jack?«

Eine Stimme aus der Vergangenheit stieg in ihm auf, bis sie schließlich ins Bewusstsein blitzte wie ein unter Wasser gehaltener Ball, den man plötzlich loslässt. Er riss den Hörer von der Gabel.

»Luther?«

Das Restaurant war ein besseres Loch in der Wand und somit eines von Jacks bevorzugten Lokalen. Hier konnte man jederzeit, Tag und Nacht, irgendetwas Essbares bekommen. Es gehörte zu den Gaststätten, in die Jennifer nie auch nur einen Fuß gesetzt hätte und in denen Kate und er häufig zu essen pflegten. Noch vor kurzer Zeit hätte ihn das Ergebnis dieses Vergleichs beunruhigt. Doch inzwischen hatte er einen Entschluss gefasst, den zu überdenken er nicht beabsichtigte. Das Leben war nun mal nicht vollkommen. Man konnte sein Dasein damit fristen, auf diese Vollkommenheit zu warten, er jedoch wollte das nicht tun.

Jack verschlang Rühreier, Schinken und vier Scheiben Toast. Heiß rann der frisch gebrühte Kaffee seine Kehle hinunter. Nach fünf Tagen Instantkaffee und Mineralwasser schmeckte er köstlich.

Er betrachtete den Mann gegenüber, der an seinem Kaffee nippte; bald schaute er durch die schmutzige Spiegelglasscheibe hinaus auf die dunkle Straße, bald ließ er den Blick durch das kleine, schmuddelige Lokal schweifen.

Jack stellte die Tasse ab. »Du siehst müde aus.«

»Du auch, Jack.«

»Ich war im Ausland.«

»Ich auch.«

Das erklärte den Zustand des Hinterhofs und der Post. Eine unnötige Sorge. Jack schob den Teller weg und winkte nach mehr Kaffee.

»Ich habe gestern bei dir vorbeigeschaut.«

»Wieso das?«

Diese Frage hatte Jack erwartet. Luther Whitney hatte nie etwas anderes als das direkte Gespräch gesucht. Doch etwas im Voraus zu wissen und eine Antwort parat zu haben, waren zwei Paar Schuhe. Jack zuckte mit den Schultern.

»Ich weiß nicht. Ich glaube, ich wollte dich einfach mal besuchen. Ist schon eine Weile her.«

Luther nickte zustimmend.

»Triffst du dich wieder mit Kate?«

Jack schluckte einen Mund voll Kaffee, bevor er antwortete. Die Schläfen begannen zu pochen.

»Nein. Warum?«

»Ich dachte, ich hätte euch beide vor kurzem zusammen gesehen.«

»Wir sind uns bloß irgendwie über den Weg gelaufen. Das ist alles.«

Jack war nicht sicher, doch Luther schien betrübt über die Antwort. Der alte Mann bemerkte, dass Jack ihn aufmerksam musterte, und lächelte.

»Früher warst du für mich die einzige Möglichkeit herauszufinden, ob es meinem kleinen Mädchen gut geht. Du warst mein Nachrichtendienst, Jack.«

»Hast du je daran gedacht, mit ihr persönlich zu sprechen, Luther? Weißt du, es könnte einen Versuch wert sein. Die Jahre vergehen.«

Luther winkte ab und starrte wieder aus dem Fenster.

Jack studierte ihn eingehend. Das Gesicht war schmaler als üblich, die Augen geschwollen. An der Stirn und rings um die Augen befanden sich mehr Falten, als Jack in Erinnerung hatte. Aber schließlich war es vier Jahre her. Luther war mittlerweile in ein Alter gekommen, in dem der Alterungsprozess rasch voranschritt und der Verfall jeden Tag deutlicher wurde.

Er ertappte sich dabei, dass er in Luthers Augen starrte. Diese Augen hatten Jack schon immer fasziniert. Sie waren tiefgrün und groß, wie die Augen einer Frau, und sie strahlten unglaubliches Selbstvertrauen aus. Wie bei Piloten sprach aus ihnen gelassene Ruhe dem Leben gegenüber. Nichts konnte solche Menschen erschüttern. Jack hatte auch Freude in diesen Augen gesehen, als Kate und er ihre Verlobung ankündigten; öfter jedoch hatte er Traurigkeit darin entdeckt. Und nun bemerkte Jack dicht unter der Oberfläche zwei Dinge, die er noch nie zuvor in Luther Whitneys Augen gesehen hatte. Er sah Angst. Und er sah Hass. Was ihn mehr beunruhigte, konnte er nicht sagen.

»Luther, steckst du in Schwierigkeiten?«

Luther holte seine Brieftasche hervor und bezahlte trotz Jacks Einwänden das Essen.

»Lass uns einen Spaziergang machen.«

Sie fuhren mit einem Taxi zur Mall und schlenderten

schweigend zu einer Bank gegenüber dem Smithsonian Castle. Frostige Nachtluft senkte sich über die beiden. Jack schlug den Mantelkragen hoch. Er saß auf der Bank, während Luther stehen geblieben war und eine Zigarette rauchte.

»Das ist neu.« Jack betrachtete den Rauch, der sich träge in die klare Nachtluft kräuselte.

»Was soll's, in meinem Alter?« Luther schnippte das Streichholz zu Boden und begrub es mit dem Fuß im Dreck. Er setzte sich hin.

»Jack, ich möchte dich um einen Gefallen bitten.«

»Okay.«

»Du kennst den Gefallen noch nicht.« Plötzlich stand Luther auf. »Stört es dich, wenn wir weitergehen? Meine Gelenke werden steif.«

Sie ließen das Washington Monument hinter sich und spazierten auf das Kapitol zu, als Luther das Schweigen brach.

»Ich sitze irgendwie in der Patsche, Jack. Noch ist es nicht allzu tragisch, aber ich habe das Gefühl, es könnte eher früher als später schlimmer werden.« Luther sah ihn nicht an. Er schien nach vorne auf die imposante Kuppel des Kapitols zu starren, ohne sie jedoch wahrzunehmen.

»Ich weiß im Augenblick noch nicht, wie sich die Dinge weisen werden, aber wenn sich alles so entwickelt, wie ich befürchte, dann brauche ich einen Anwalt, und ich will dich, Jack. Ich will keinen Klugscheißer, und ich will keinen grünen Neuling. Du bist der beste Strafverteidiger, den ich kenne, und ich habe viele gesehen, ganz persönlich, aus nächster Nähe.«

»So etwas mache ich nicht mehr, Luther. Ich wälze jetzt Papier, wickle Geschäfte ab.« In dem Augenblick erkannte Jack, dass er eigentlich mehr Geschäftsmann als Anwalt war. Diese Einsicht war nicht besonders angenehm.

Luther schien ihn nicht gehört zu haben. »Du sollst es nicht umsonst tun. Ich bezahle dich. Aber ich will jemanden, dem ich vertrauen kann. Und du bist der Einzige, dem ich vertraue, Jack.« Luther hielt inne und drehte sich dem jüngeren Mann zu. Er wartete auf eine Antwort.

»Luther, willst du mir nicht erzählen, was los ist?«

Vehement schüttelte er den Kopf. »Nicht, bevor es sein muss. Das wäre weder gut für dich noch für irgendjemand sonst.« Eindringlich musterte er Jack, bis es dem Jüngeren unbehaglich wurde.

»Jack, falls du mein Anwalt in der Sache wirst, muss ich dir sagen, dass es eine kitzlige Angelegenheit wird.«

»Was meinst du damit?«

»Ich meine, dass dabei Menschen verletzt werden könnten, Jack. Auf die Art, wie sie nicht mehr im Krankenhaus behandelt wird.«

Jack hielt an. »Wenn dir solche Typen auf den Fersen sind, solltest du besser sofort einen Handel herausschinden, dir Immunität verschaffen und in irgendeinem Zeugenschutzprogramm untertauchen. Viele machen das. Ist nichts Außergewöhnliches.«

Luther lachte lauthals auf. Er lachte, bis er husten musste und sich schließlich krümmte und das Wenige erbrach, das er im Magen hatte. Jack half ihm wieder auf die Beine. Er spürte, wie die Knie des alten Mannes zitterten. Was er nicht erkannte, war, dass er vor Zorn bebte. Der Ausbruch widersprach so ganz und gar dem Wesen des Mannes, dass Jack ein kalter Schauer über den Rücken lief. Ihm fiel auf, dass er schwitzte, obwohl sein Atem kleine Wölkchen im nächtlichen Frost bildete.

Luther bekam sich wieder in den Griff. Er atmete tief durch und wirkte beinahe beschämt.

»Danke für den Rat, schick mir die Rechnung. Ich muss gehen.«

»Gehen? Wohin, zur Hölle, willst du gehen? Ich will wissen, was los ist, Luther.«

»Sollte mir etwas zustoßen, dann –«

»Verdammt noch mal, Luther, ich habe langsam den Kanal voll von diesem geheimnisvollen Getue.«

Luthers Augen verengten sich zu Schlitzen. Urplötzlich

kehrte die Selbstsicherheit zurück, verbunden mit einem Hauch von Wut. »Ich tue nichts ohne Grund, Jack. Wenn ich dir jetzt nicht die ganze Geschichte erzähle, dann habe ich auch dafür einen verdammt guten Grund. Im Augenblick verstehst du es vielleicht nicht, aber ich versuche nur, dich nach Möglichkeit nicht in Gefahr zu bringen. Ich würde dich da überhaupt nicht mit hineinziehen, wenn ich nicht wissen müsste, ob du bereit wärst, für mich zu kämpfen, wenn und falls ich dich brauche. Denn wenn nicht, dann vergiss das Gespräch – und vergiss, dass du mich je gekannt hast.«

»Das kannst du doch nicht ernst meinen.«

»Todernst, Jack.«

Die beiden Männer musterten einander. Die Bäume hinter Luthers Kopf hatten bereits die meisten Blätter verloren. Die kahlen Zweige ragten gen Himmel, wie dunkle, gefrorene Blitze.

»Ich werde für dich da sein, Luther.« Geschwind ergriff Luther seine Hand, und einen Augenblick später war der alte Mann in den Schatten der Nacht verschwunden.

Das Taxi setzte Jack vor dem Apartmenthaus ab. Gleich auf der gegenüberliegenden Straßenseite befand sich ein Münztelefon. Er hielt einen Augenblick inne und sammelte Kraft und Nerven, die er brauchen würde, um durchzustehen, was er vorhatte.

»Hallo?« Die Stimme klang schlaftrunken.

»Kate?«

Jack zählte die Sekunden, bis ihr Verstand erwachte und die Stimme erkannte.

»Jack? Weißt du, wie spät es ist?«

»Kann ich zu dir rüberkommen?«

»Nein, kannst du nicht. Ich dachte, wir hätten das ein für alle Male geklärt.«

Er zögerte, wappnete sich. »Darum geht es nicht, es geht um deinen Vater.«

Das ausgedehnte Schweigen war schwer zu deuten.

»Was ist mit ihm?« Der Tonfall war nicht so abweisend, wie Jack erwartet hatte.

»Er steckt in Schwierigkeiten.«

Nun kehrte der vertraute Klang zurück. »Ach? Und wieso überrascht dich das immer noch?«

»Ich meine, in ernsten Schwierigkeiten. Er hat mir einen Mordsschrecken eingejagt, ohne mir wirklich etwas zu erzählen.«

»Jack, es ist spät, und in was auch immer mein Vater hineingeschlittert ist –«

»Kate, er hatte Angst, richtige Angst. So große Angst, dass er sich übergeben musste.«

Abermals eine lange Pause. Jack konnte sich ihre Gedankengänge vorstellen, als sie über den Mann nachgrübelte, den sie beide so gut kannten.

Luther Whitney und Angst? Das ergab keinen Sinn. Sein Berufszweig erforderte Nerven wie Drahtseile. Zwar war er kein gewalttätiger Mensch, doch hatte er sein ganzes Leben am Rande der Gefahr verbracht.

Kurz angebunden fragte sie: »Wo bist du?«

»Gleich über die Straße.«

Jack sah nach oben, als er eine schlanke Gestalt bemerkte, die an ein Fenster des Gebäudes trat und hinausblickte. Er winkte.

Auf Jacks Klopfen hin öffnete sich die Tür, und er bekam gerade noch mit, wie sie in der Küche verschwand. Dann hörte er einen Teekessel klappern, Wasser wurde eingegossen, und das Gas am Herd angezündet. Er stand einfach an der Tür, sah sich im Zimmer um und kam sich ein wenig töricht vor.

Kate trottete zurück ins Zimmer. Der flauschige Bademantel, den sie trug, endete an den Knöcheln. Sie war barfuß. Jack ertappte sich dabei, wie er auf ihre Füße starrte. Sie folgte dem Blick und schaute ihn an. Er zuckte zurück.

»Wie geht es dem Knöchel? Sieht gut aus.« Er lächelte.

Mit gerunzelter Stirn erwiderte sie knapp: »Es ist mitten in der Nacht, Jack. Was ist mit Luther?«

Er schritt in das winzige Wohnzimmer und setzte sich. Ihm gegenüber nahm sie Platz.

»Vor ein paar Stunden hat er mich angerufen. Wir haben in der kleinen Kneipe am Eastern Market einen Happen gegessen und sind dann spazieren gegangen. Er meinte, er müsste mich um einen Gefallen bitten. Und dass er Ärger hätte. Ziemlichen Ärger, mit Leuten, die ihm dauerhaften Schaden zufügen könnten. Unheilbaren Schaden.«

Der Teekessel pfiff. Kate sprang auf. Er schaute ihr nach. Der Anblick der vollendet geformten Rückenpartie, die sich unter dem Bademantel abzeichnete, brachte eine Flut von Erinnerungen, von der Jack lieber verschont geblieben wäre.

»Was für einen Gefallen?« Sie nippte an ihrem Tee. Jack rührte den seinen nicht an.

»Er sagte, er brauchte einen Anwalt. Er brauchte vielleicht einen Anwalt. Obwohl die Sache auch so ausgehen könnte, dass es nicht nötig wäre. Er wollte, dass ich dieser Anwalt bin.«

Sie stellte den Tee ab. »Ist das alles?«

»Reicht das nicht?«

»Für einen aufrichtigen, ehrbaren Bürger vielleicht, für ihn nicht.«

»Mein Gott, Kate, der Mann hatte Angst. Ängstlich habe ich ihn noch nie erlebt, du etwa?«

»Ich habe alles von ihm gesehen, was ich sehen musste. Er hat sich seinen Lebensstil selbst ausgesucht, und nun bekommt er anscheinend die Rechnung dafür präsentiert.«

»Verdammt noch mal, er ist doch dein Vater!«

»Jack, ich habe keine Lust, mich weiter darüber zu unterhalten.« Sie wollte aufstehen.

»Was ist, wenn ihm etwas zustößt? Was dann?«

Gefühllos blickte sie ihn an. »Dann passiert es. Das ist nicht mein Problem.«

Jack erhob sich und wandte sich zur Tür. »Gut. Ich erzähle dir dann, wie die Beerdigung war. Aber wenn ich's mir recht überlege, was interessiert dich das? Ich sorge einfach dafür, dass du eine Kopie des Totenscheins für dein Poesiealbum bekommst.«

Nie hätte er für möglich gehalten, dass sie sich so blitzartig bewegen konnte, doch er sollte den Schlag noch eine Woche lang spüren, als hätte ihm jemand Säure über die Wange gegossen. Ein besserer Vergleich, als er im Augenblick annahm.

»Was fällt dir eigentlich ein?« Ihre Augen funkelten ihn an, während er sich verdutzt die Wange rieb.

Dann brachen die Tränen mit solcher Gewalt aus ihr hervor, dass sie bis auf den Bademantel tropften.

Leise, so sanft er konnte, meinte er: »Lass es nicht an mir aus, Kate. Ich habe es Luther gesagt, und ich sage es dir: Das Leben ist viel zu kurz für solchen Unsinn. Meine Eltern habe ich schon vor langer Zeit verloren. Na gut, du hast Gründe, den Kerl nicht zu mögen. Das ist deine Sache. Aber der alte Mann liebt dich und sorgt sich um dich. Auch wenn du der Meinung bist, er habe dein Leben zerrüttet, musst du diese Liebe anerkennen. Das ist mein Rat für dich, nimm ihn an oder lass es bleiben.«

Er schritt auf die Tür zu, doch abermals war sie schneller.

»Du weißt gar nichts darüber.«

»Gut, ich weiß gar nichts darüber. Geh zurück ins Bett, ich bin sicher, du schläfst gleich wieder ein, und nichts wird dein Gewissen trüben.«

Sie packte ihn mit solcher Kraft am Mantel, dass sie ihn herumgewirbelt hätte, wäre er nicht vierzig Kilo schwerer als sie gewesen.

»Als er zum letzten Mal ins Gefängnis wanderte, war ich zwei Jahre alt. Als er herauskam, war ich neun. Kannst du dir eigentlich vorstellen, wie entsetzlich sich ein kleines Mädchen schämen muss, dessen Vater im Gefängnis sitzt? Dessen Vater sein Geld damit verdient, dass er das Eigentum anderer Leute stiehlt? Wie es bei der Vorstellrunde in der Schule ist? Ein Vater ist Arzt, ein anderer Lastwagenfahrer, dann bist du an der Reihe, und die Lehrerin schlägt die Augen nieder, erzählt der Klasse, dass Katies Vater weggehen musste, weil er etwas Schlimmes angestellt hatte, und nimmt das nächste Kind dran?

Nie war er für uns da. *Nie!* Mom war die ganze Zeit krank vor Sorge um ihn. Aber sie hat ihm immer vertraut, bis zum bitteren Ende. Sie hat es ihm leicht gemacht.«

»Letztlich hat sie sich von ihm scheiden lassen, Kate«, erinnerte Jack sie freundlich.

»Nur, weil ihr nichts anderes mehr übrig blieb. Und gerade, als sie ihr Leben langsam in den Griff bekam, fand man einen Knoten in ihrer Brust und sechs Monate später war alles vorbei.«

Kate lehnte sich an die Wand zurück. Es war schmerzvoll, mit anzusehen, wie erschöpft sie aussah. »Und weißt du, was das Verrückteste daran ist? Sie hat nie aufgehört, ihn zu lieben. Nach all dem unsagbaren Elend, in das er sie gestürzt hat.«

Kate schüttelte den Kopf. Sie konnte kaum glauben, was sie da von sich gegeben hatte. Mit leicht bebendem Kinn blickte sie zu Jack auf.

»Aber das macht nichts, weil ich genug Hass für uns beide in mir trage.« Sie sah ihn an. Eine Mischung aus Stolz und Selbstgerechtigkeit lag in ihren Zügen.

Jack wusste nicht, ob es an der völligen Erschöpfung lag, die er verspürte, oder an dem Umstand, dass sich die Worte, die ihm auf der Zunge lagen, so viele Jahre lang in ihm aufgestaut hatten. Jahre, in denen er über diese Farce hinweggesehen hatte, zu Gunsten der Schönheit und Lebendigkeit der Frau ihm gegenüber, seiner Traumfrau.

»Ist das deine Vorstellung von Gerechtigkeit, Kate? Genug Hass gegen genug Liebe, und alles gleicht sich aus?«

Sie trat einen Schritt zurück. »Was soll das heißen?«

Er ging auf sie zu, während sie weiter in den kleinen Raum zurückwich. »Ich habe deiner verfluchten Leidensgeschichte so lange zugehört, dass sie mir wirklich zum Hals heraushängt. Du hältst dich für die unfehlbare Beschützerin der armen Opfer. Nichts hat dem gegenüber Vorrang. Nicht du, nicht ich, nicht dein Vater. Der einzige Grund, warum du jeden Hundesohn anklagst, der dir über den Weg läuft, ist, dass dein Vater dir wehgetan hat. Jede Verurteilung ist ein weiterer Pfeil in das Herz deines alten Herrn.«

Ihre Hand schnellte auf sein Gesicht zu. Er fing sie ab, hielt sie fest. »Dein ganzes Leben ist ein einziger Rachefeldzug gegen deinen Vater. Für all das Unrecht. Für all den Schmerz. Dafür, dass er niemals für dich da war.« Er presste ihre Hand zusammen, bis Kate hörbar nach Luft schnappte. »Ist dir eigentlich je der Gedanke gekommen, dass du vielleicht nie für ihn da warst?«

Er ließ die Hand los. Sie stand da und starrte ihn mit einem Blick an, den er nie zuvor an ihr gesehen hatte.

»Verstehst du es denn nicht? Luther liebt dich so sehr, dass er nie versucht hat, mit dir Kontakt aufzunehmen, ein Teil deines Lebens zu werden; weil er wusste, dass du es so wolltest. Du bist sein einziges Kind und lebst nur ein paar Meilen von ihm entfernt, aber er ist völlig von deinem Leben abgeschnitten. Hast du dir je überlegt, wie er sich fühlen muss? Oder hat das dein Hass nicht zugelassen?«

Sie antwortete nicht.

»Hast du dich nie gefragt, warum ihn deine Mutter geliebt hat? Ist dein Bild von Luther so verzerrt, dass du nicht erkennen kannst, weshalb sie ihn liebte?«

Jack packte sie an den Schultern und schüttelte sie. »Lässt dein verfluchter Hass jemals Mitgefühl zu? Lässt er dich jemals lieben, Kate?«

Er stieß sie weg. Kate stolperte rückwärts, doch ihre Augen hafteten an seinem Gesicht.

Einen Augenblick zögerte er. »Die Wahrheit ist, du verdienst ihn nicht.« Abermals zögerte er, dann entschloss er sich, ihr den Rest zu geben. »Du verdienst nicht, geliebt zu werden.«

Grimmig fletschte sie die Zähne; ihr Gesicht verwandelte sich in eine Fratze der Wut. Kreischend stürzte sie sich auf ihn, hämmerte mit den Fäusten gegen seine Brust, schlug ihn ins Gesicht. Die Tränen rollten über ihre Wangen; Jack spürte keinen ihrer Hiebe.

Der Anfall brach so jäh ab, wie er begonnen hatte. Bleiern hingen ihre Arme an seinem Mantel, klammerten sich daran fest. Dann fing sie an zu keuchen und sank zu Boden. Tränen strömten aus ihren Augen, das Schluchzen hallte in dem winzigen Raum wider.

Mühelos hob er sie hoch und legte sie sanft auf die Couch.

Neben ihr kniend ließ er sie ausweinen; sie brauchte lange dafür. Immer wieder verkrampfte und entspannte sie sich, bis Jack schließlich selbst schwach wurde. Seine Hände fühlten sich kalt und feucht an. Endlich legte er die Arme um sie und lehnte sich mit der Brust an ihre Seite. Ihre schlanken Finger gruben sich krampfhaft in den Mantel, während beide Körper scheinbar eine Ewigkeit gemeinsam zitterten.

Als es vorüber war, richtete sie sich langsam auf. Ihr Gesicht war rot gefleckt.

Jack wich von ihr zurück.

Sie sah ihm nicht in die Augen. »Raus hier, Jack.«

»Kate –«

»*Raus!*« Obwohl sie brüllte, klang ihre Stimme zerbrechlich und schwach. Sie vergrub das Gesicht in den Händen.

Er drehte sich um und ging zur Tür hinaus. Als er die Straße entlangmarschierte, schaute er zurück zum Haus. Ihre Silhouette zeichnete sich im Fenster ab. Zu ihm herunter blickte sie nicht. Er war nicht sicher, wohin sie starrte; vermutlich wusste sie es selbst nicht. Während er sie weiter beobachtete, trat sie vom Fenster weg. Kurz darauf ging das Licht in ihrem Apartment aus.

Jack wischte sich die Augen, drehte sich um und lief weiter die Straße entlang. Nach einem der längsten Tage, an die er sich erinnern konnte, war er endlich auf dem Weg nach Hause.

»*Verdammt!* Wie lange?« Seth Frank stand neben dem Wagen. Es war noch nicht ganz acht Uhr morgens.

Der junge Streifenpolizist des County Fairfax wusste

nicht um die Bedeutung des Ereignisses und war erschrocken über den Wutausbruch des Kommissars.

»Wir haben sie vor etwa einer Stunde gefunden. Ein Jogger hat den Wagen entdeckt und uns angerufen.«

Frank stapfte um das Auto herum und spähte von der Beifahrerseite aus hinein. Der Gesichtsausdruck war friedlich, ganz anders als bei der letzten Leiche, die er gesehen hatte. Das lange, offene Haar strömte an den Seiten des Sitzes hinunter und ergoss sich über den Boden. Wanda Broome sah aus, als schliefe sie.

Drei Stunden später war die Tatortuntersuchung abgeschlossen. Man hatte vier Pillen auf dem Wagensitz gefunden. Die Autopsie sollte bestätigen, dass Wanda Broome an einer massiven Überdosis Digitalis gestorben war. Die Tabletten hatte sie mit einem Rezept für ihre Mutter bekommen, offenbar aber nie bei ihr abgeliefert.

Als man die Leiche auf einer abgelegenen Seitenstraße gefunden hatte, die rund um einen zwanzig Hektar großen Teich verlief, war Wanda bereits seit zwei Stunden tot gewesen. Der Teich lag nur etwa acht Meilen vom Anwesen der Sullivans entfernt, gleich hinter der Bezirksgrenze.

Das einzig greifbare Beweisstück neben den Tabletten steckte in einem Plastikbeutel, den Frank zurück zum Hauptquartier mitnehmen wollte, sobald er von der Staatsanwaltschaft seines Nachbarbezirkes die Zustimmung hatte. Die Nachricht stand auf einem Stück Papier geschrieben, das von einem Spiralblock abgerissen worden war. Es war die Handschrift einer Frau, geschwungen und geschnörkelt. Wandas letzte Worte waren ein verzweifeltes Flehen um Vergebung. Ein Schuldbekenntnis in fünf Worten.

Es tut mir so Leid.

Frank fuhr durch das rasch verwelkende Laub auf dem Feldweg entlang des nebeligen Sumpfes vorbei. Er hatte die Sache königlich vermasselt. Aber nie im Leben hätte er diese Frau für eine Selbstmordkandidatin gehalten. Ihre

Lebensgeschichte wies Wanda Broome als Überlebenstyp aus. Unwillkürlich empfand Frank Mitleid für die Frau, war jedoch gleichzeitig wütend über ihre Dummheit. Er hätte für sie etwas aushandeln können, Bedingungen, bei denen jeder Ganove mit der Zunge geschnalzt hätte. Dann wurde ihm bewusst, dass ihn sein Instinkt in einer Hinsicht nicht getäuscht hatte. Wanda Broome *war* eine durch und durch loyale Person gewesen. Sie war loyal gegenüber Christine Sullivan gewesen und konnte nicht mit der Schuld leben, dass sie, wenngleich unbeabsichtigt, zu ihrem Tod beigetragen hatte. Eine verständliche, zugleich jedoch bedauerliche Reaktion. Doch mit ihrem Tod war auch Franks aussichtsreichste und vermutlich einzige Möglichkeit gestorben, den dicken Fisch an die Angel zu bekommen.

Die Erinnerung an Wanda Broome verblasste ins Unterbewusstsein, als er sich darauf konzentrierte, wie er den Mann vor Gericht bringen konnte, der nunmehr den Tod von zwei Frauen auf dem Gewissen hatte.

»Verdammt, Tarr, hatten wir heute ausgemacht?« Jack starrte seinen Klienten am Empfang von Patton, Shaw & Lord an. Der Mann wirkte hier ebenso fehl am Platze wie ein Müllhaldenköter auf einer Hundeausstellung.

»Zehn Uhr dreißig. Jetzt ist es elf Uhr fünfzehn, heißt das, ich bekomme fünfundvierzig Minuten gratis? Übrigens, du siehst aus wie hingespuckt.«

Jack schaute auf den zerknitterten Anzug hinunter und fuhr mit der Hand durch das ungekämmte Haar. Seine innere Uhr schlug immer noch nach ukrainischer Zeit, und die schlaflose Nacht fügte seinem Aussehen das ihre hinzu.

»Glaub mir, ich sehe besser aus, als ich mich fühle.«

Die beiden Männer schüttelten einander die Hände. Tarr hatte sich für das Treffen herausgeputzt, was bedeutete, dass in den Jeans keine Löcher klafften und er Socken in den Tennisschuhen trug. Das Kordjackett war ein Relikt aus den frühen Siebzigern, den Kopf zierte das übliche Gewirr von Locken und Strähnen.

»Hey, wir können das auch ein andermal machen, Jack. Ich habe Verständnis für durchfeierte Nächte.«

»Nicht, wo du dich so rausgeputzt hast. Komm mit nach hinten. Ich brauche nur etwas zu futtern. Essen wir zusammen zu Mittag. Ich setze dir die Restaurantrechnung auch nicht auf die Honorarnote.«

Als die beiden Männer den Gang hinunter verschwanden, atmete Lucinda, die sich wie üblich sittsam und züchtig in das Bild der Firma fügte, erleichtert auf. Mehr als nur ein Teilhaber von PS&L war durch ihr Reich geschlendert und hatte dabei einen entsetzten Blick auf Tarr Crimson geworfen. Diese Woche würde es wieder Memoranden hageln.

»Tut mir Leid, Tarr, in letzter Zeit koche ich an etwa zwölf Herden gleichzeitig.« Jack warf den Mantel über einen Stuhl und ließ sich schwer in den Sessel fallen, hinter einem fünfzehn Zentimeter hohen Stapel rosaroter Mitteilungen, der sich auf dem Schreibtisch türmte.

»Ich habe gehört, du warst außer Landes. Hoffentlich hattest du auch ein wenig Spaß dabei.«

»Kaum. Wie läuft das Geschäft?«

»Blendend. Möglicherweise kannst du mich schon bald als ordentlichen Klienten bezeichnen. Dann würden sich deine Partner um einiges besser fühlen, wenn sie mich in der Empfangshalle sitzen sehen.«

»Scheiß auf sie, Tarr. Du bezahlst deine Rechnungen.«

»Besser ein großer Klient, der einige Rechnungen löhnt, als ein kleiner, der sie alle bezahlt.«

Jack lächelte. »Du hast uns durchschaut, was?«

»Hey, Mann, kennst du einen Anwalt, kennst du alle.«

Jack öffnete Tarrs Akte und las sie rasch durch.

»Deine neue Firma ›S‹ haben wir bis morgen errichtet. Eine Eintragung in Delaware mit Zulassung im District of Columbia. Richtig?«

Tarr nickte.

»Wie willst du sie finanzieren?«

Tarr holte einen Notizblock hervor. »Ich habe die Liste der möglichen Investoren. Dieselben wie beim letzten Mal. Bekomme ich einen vergünstigten Tarif?« Tarr lächelte. Er mochte Jack, aber Geschäft war Geschäft.

»Ja, diesmal musst du nicht die Lernphase eines überbezahlten und unterinformierten Sozius mitbezahlen.«

Beide lächelten.

»Ich halte die Rechnung so niedrig wie möglich, Tarr, wie immer. Übrigens, was macht diese neue Firma?«

»Ich habe eine Option auf eine neue Technologie für Überwachungssysteme.«

Jack schaute von seinen Notizen auf. »Überwachung? Das liegt doch etwas außerhalb deines Interesses, nicht?«

»Hey, man muss mit der Zeit gehen. Das Geschäft mit Firmen ist am Boden. Aber als der tüchtige Unternehmer, der ich nun mal bin, sehe ich mich nach anderen Möglichkeiten um, wenn ein Markt versiegt. Überwachungstechnik im privaten Bereich war schon immer ein Bombengeschäft. Der neueste Dreh heißt Überwachungstechnik im Dienste der Polizei.«

»Das hört sich ein wenig seltsam an für jemanden, der während der Sechziger in jeder größeren Stadt in den Bau gewandert ist.«

»Hey, das waren harmlose Kleinigkeiten. Außerdem werden wir alle mal erwachsen.«

»Wie funktioniert die Sache?«

»Auf zwei Arten. Zum einen werden tief fliegende Satelliten auf stationären Umlaufbahnen mit Polizeibodenstationen in den Großstädten gekoppelt. Die Dinger haben vorprogrammierte Überwachungsradien. Sie erkennen Ärger und senden fast augenblicklich ein Signal mit genauen Angaben über den Zwischenfall an die Bodenstation. Für die Bullen läuft das ganze in Echtzeit ab. Beim zweiten Verfahren bringt man paramilitärische Überwachungsmodule mit Sensoren und Zielspürgeräten an Telefonleitungsmasten, Außenwänden von Gebäuden oder unterirdisch mit Oberflächensensoren an. Die genauen Aufstellungsorte sind natürlich geheim, aber man will die Geräte in den schlimmsten Verbrechensgebieten einsetzen. Wenn es irgendwo zu Kampfhandlungen kommt, wird die Kavallerie gerufen.«

Jack schüttelte den Kopf. »George Orwell muss sich wohl im Grab herumdrehen. Ich könnte mir gut vorstellen, dass ein paar Bürgerrechtler auf die Barrikaden steigen.«

»Wem sagst du das. Aber es sind wirkungsvolle Methoden.«

»Bis die bösen Jungs verduften.«

»Ist ziemlich schwer, einem Satelliten zu entkommen, Jack.«

Abermals schüttelte Jack den Kopf und konzentrierte sich wieder auf die Akte.

»Hey, was machen die Hochzeitsvorbereitungen?«

Jack schaute auf. »Ich weiß nicht, ich versuche, mich da rauszuhalten.«

Tarr lachte. »Oh, Mann, Julie und ich hatten insgesamt zwanzig Dollar für die Hochzeit, einschließlich der Flitterwochen. Für zehn Dollar haben wir einen Friedensrichter angeheuert. Mit dem Rest haben wir eine Kiste Bier gekauft und sind mit der Harley runter nach Miami gebraust. Dort haben wir am Strand geschlafen. War eine verdammt schöne Zeit.«

Kopfschüttelnd lächelte Jack. »Ich glaube, den Baldwins schwebt etwas geringfügig Formelleres vor. Obwohl sich dein Vorschlag nach wesentlich mehr Spaß anhört.«

Tarr betrachtete ihn zweifelnd, als ihm plötzlich etwas einfiel. »Hey, was ist eigentlich mit der Puppe, mit der du ausgegangen bist, als du noch die kriminellen Elemente dieser gerechten Stadt verteidigt hast? Kate, richtig?«

Jack blickte auf den Schreibtisch. »Wir haben beschlossen, getrennte Wege zu gehen«, flüsterte er.

»Und dabei habt ihr ein so glückliches Paar abgegeben.«

Jack schaute ihn an, leckte sich über die Lippen, und schloss dann kurz die Augen, bevor er antwortete. »Nun, der äußere Eindruck kann manchmal täuschen.«

Tarr musterte ihn eindringlich. »Bist du sicher?«
»Ich bin sicher.«

Nach dem Mittagessen und nachdem er längst überfällige Arbeit erledigt hatte, beantwortete Jack die Hälfte der Telefonmitteilungen und beschloss, die andere Hälfte für morgen aufzuheben. Während er aus dem Fenster starrte, kreisten seine Gedanken ausschließlich um Luther Whitney. Worin der alte Mann verwickelt war, konnte Jack nur raten. Das Verwirrendste daran war, dass Luther im privaten wie auch im beruflichen Leben stets ein Einzelgänger gewesen war. In seiner Zeit als Pflichtverteidiger hatte Jack einige von Luthers Vorstrafen überprüft. Er arbeitete alleine. Sogar bei den Fällen, für die er nicht verhaftet, sondern nur verhört worden war, gab es keine Anzeichen darauf, dass mehr als eine Person beteiligt gewesen war. Wer also konnten diese Leute sein? Ein Hehler, den Luther übers Ohr gehauen hatte? Aber Luther war schon viel zu lange im Geschäft, um so etwas zu tun. Es lohnte sich nicht. Seine Opfer vielleicht? Möglicherweise konnten sie nicht beweisen, dass Luther das Verbrechen begangen hatte, und führten stattdessen einen Rachefeldzug gegen ihn. Doch wer konnte solchen Groll entwickeln, weil bei ihm eingebrochen worden war? Das wäre verständlich gewesen, wenn Luther jemanden verletzt oder umgebracht hätte, doch dazu war Luther nicht fähig.

Jack ließ sich an seinem kleinen Konferenztisch nieder und dachte flüchtig an die vorige Nacht zurück. Es waren die schmerzvollsten Augenblicke seines Lebens gewesen, schlimmer noch als damals, als Kate ihn verlassen hatte. Aber er hatte nur gesagt, was gesagt werden musste.

Er rieb sich die Augen. In dieser Phase seines Lebens konnte er die Whitneys nicht gut brauchen. Doch er hatte Luther sein Versprechen gegeben. Warum bloß hatte er das getan? Jack löste die Krawatte. Irgendwann musste er einen Schlussstrich ziehen, den Faden abschneiden, und sei es nur seiner seelischen Ausgeglichenheit wegen. Im Augenblick konnte er nur hoffen, dass der versprochene Gefallen niemals eingefordert wurde.

Nachdem er sich aus der Küche ein Mineralwasser geholt hatte, setzte er sich zurück an den Schreibtisch und stellte die Honorarnoten für den letzten Monat fertig. Die Firma verrechnete Baldwin Enterprises um die dreihunderttausend Dollar pro Monat, und die Arbeit mehrte sich rasch. Während Jacks Abwesenheit hatte Jennifer zwei neue Fälle herübergeschickt, die ein Regiment von Anwälten für etwa sechs Monate beschäftigen würden. Überschlagsmäßig rechnete Jack seinen Gewinnanteil für das Quartal aus und pfiff leise durch die Zähne. Es war fast zu einfach.

Das Verhältnis zwischen Jennifer und ihm entwickelte sich tatsächlich zum Besseren. Der Verstand riet ihm, daran nicht zu rühren. Das Organ in seiner Brust hingegen zeigte sich weniger überzeugt, doch Jack war der Meinung, es sei an der Zeit, dass der Verstand das Kommando über sein Leben übernähme. Es war nicht so, dass sich die Beziehung selbst verändert hatte. Verändert hatten sich nur Jacks Erwartungen. War das ein Kompromiss seinerseits? Vermutlich. Aber wer konnte schon von sich behaupten, das Leben ohne Kompromisse zu meistern? Kate Whitney hatte es versucht, und Jack hatte erlebt, was aus ihr geworden war.

Er rief in Jennifers Büro an, doch sie war nicht da. Für heute hatte sie bereits Feierabend gemacht. Er warf einen Blick auf die Uhr. Halb sechs. Wenn Jennifer Baldwin nicht auf Reisen war, verließ sie das Büro nur selten vor acht Uhr. Jack sah in seinen Kalender. Sie war die ganze Woche über in der Stadt. Als er gestern Nacht versucht hatte, sie vom Flughafen aus anzurufen, hatte er sie auch nicht erreicht. Hoffentlich war alles in Ordnung.

Gerade als er sich bereit machte zu gehen und zu ihrem Haus zu fahren, steckte Dan Kirksen den Kopf zur Tür herein.

»Haben Sie einen Augenblick Zeit?«

Jack zögerte. Der kleine Mann, der stets eine Fliege trug, irritierte Jack; den Grund dafür kannte er sehr genau. So respektvoll Kirksen sich auch verhielt, ohne die Millionen Dollar, die Jack kontrollierte, hätte er ihn wie ein Stück Dreck behandelt. Darüber hinaus wusste Jack, dass Kirksen sich sehnsüchtig wünschte, Jack trotzdem wie ein Stück Scheiße behandeln zu dürfen, und dass er hoffte, dieses Ziel eines Tages zu erreichen.

»Ich wollte gerade gehen. In letzter Zeit habe ich ziemlich hart gerackert.«

»Ich weiß.« Kirksen lächelte. »Die ganze Firma spricht davon. Sandy sollte sich besser vorsehen; nach allem, was man hört, ist Walter Sullivan geradezu begeistert von Ihnen.«

Innerlich lächelte Jack. Lord war der einzige, dem Kirksen noch sehnsüchtiger in den Hintern treten wollte als ihm. Ohne Sullivan wäre Lord verwundbar. All diese Gedanken konnte Jack lesen, während sie hinter den Brillengläsern des geschäftsführenden Teilhabers der Firma vorbeizogen.

»Ich glaube nicht, dass Sandy sich über irgendetwas Sorgen machen muss.«

»Natürlich nicht. Es dauert nur ein paar Minuten. Konferenzraum Nummer eins.« Kirksen verschwand so schnell, wie er gekommen war.

Was hat das zu bedeuten, fragte sich Jack. Er packte seinen Mantel und marschierte den Flur hinunter. Als er im Gang an ein paar Kollegen vorbeiging, warfen sie ihm versteckte Seitenblicke zu, die Jacks Verwirrung nur steigerten.

Die Schiebetüren des Konferenzraumes waren geschlossen. Das war ungewöhnlich, sofern sich dahinter nicht etwas abspielte. Jack zog eine der robusten Türen auf. Urplötzlich erstrahlte der dunkle Raum vor ihm in grellem Licht, und Jack glotzte erstaunt, als er begriff, dass eine Feier im Gang war. Das Spruchband an der gegenüberliegenden Wand erklärte alles: WILLKOMMEN, TEILHABER!

Lord hatte den Vorsitz über ein reichhaltiges Getränkesortiment und eine teure, üppige Tafel. Jennifer war da, ebenso ihr Vater und ihre Mutter.

»Ich bin so stolz auf dich, mein Schatz.« Sie hatte bereits etwas getrunken, und die sanften Augen ließen Jack erahnen, dass die Dinge sich heute Nacht nur noch besser entwickeln konnten.

»Nun, wir können uns bei deinem Dad für die Teilhaberschaft bedanken.«

»Aber, aber, Liebling. Wäre Dad nicht zufrieden mit deiner Arbeit, würde er dich ohne mit der Wimper zu zucken absetzen. Sei nicht so streng mit dir. Glaubst du, Sandy Lord und Walter Sullivan sind leicht zufrieden zu stellen? Schatz, du hast Walter Sullivan nicht nur zufrieden gestellt, du hast ihn sogar beeindruckt, und es gibt gerade eine Hand voll Anwälte, die das je geschafft haben.«

Jack schlürfte den Rest seines Drinks und dachte darüber nach. Es klang vernünftig. Bei Sullivan hatte er einen hervorragenden Eindruck hinterlassen, und wo stand geschrieben, dass Ransome Baldwin seine Fälle nicht jemand anderem übertragen hätte, wäre Jack der Aufgabe nicht gewachsen gewesen?

»Vielleicht hast du Recht.«

»Selbstverständlich habe ich Recht, Jack. Wäre diese Firma ein Footballteam, man hätte dich zum wertvollsten Spieler oder zum Anfänger des Jahres gewählt, vielleicht zu beidem.« Jennifer nahm sich einen neuen Drink und schlang den Arm um Jacks Hüfte. »Außerdem kannst du es dir jetzt leisten, mir den Lebensstil zu bieten, an den ich mich gewöhnt habe.« Sie grinste.

»An den du dich gewöhnt hast. Genau!« Sie gaben einander einen raschen Kuss.

»Du mischst dich besser unters Volk, Superstar.« Jennifer schob ihn beiseite und machte sich auf die Suche nach ihren Eltern.

Jack sah sich im Raum um. Jeder Anwesende war Millionär. Augenblicklich war er mit Abstand der Ärmste von ihnen, doch seine Zukunftsaussichten übertrafen vermutlich die aller anderen. Sein Grundgehalt hatte sich soeben vervierfacht. Der Gewinnanteil würde dieses Jahr gut das Doppelte ausmachen. Er begriff, dass er nun selbst, rein theoretisch, Millionär war. Wer hätte das gedacht? Noch vor vier Jahren hatte er geglaubt, eine Million Dollar sei mehr Geld, als überhaupt auf der Welt existiere.

Nicht des Geldes wegen hatte er das Gesetz zu seinem Beruf gemacht. Jahrelang hatte er wie ein Pferd geschuftet, für einen Apfel und ein Ei. Er hatte es sich doch verdient, oder? Dies war schließlich der typische amerikanische Traum, nicht wahr? Warum nur fühlte man sich schuldig, wenn er endlich in Erfüllung ging?

Ein massiger Arm legte sich auf Jacks Schulter. Als er sich umwandte, blickte er in Lords rot geränderte Augen.

»War doch 'ne Mordsüberraschung, was?«

Dem musste Jack zustimmen. Sandys Atem war eine Mischung aus harten Getränken und Roastbeef. Dabei musste Jack an seine erste Begegnung mit Lord bei *Fillmore's* denken; nicht unbedingt eine angenehme Erinnerung. Diskret wich er einen Schritt von seinem betrunkenen Partner zurück.

»Sehen Sie sich doch mal in diesem Zimmer um, Jack. Hier ist kein Einziger, der nicht in Ihren Schuhen stecken möchte, ausgenommen vielleicht meine Wenigkeit.«

»Das ist ziemlich überwältigend. Es kommt mir alles so schnell vor.« Jack schien eher mit sich selbst als mit Lord zu sprechen.

»Das geht immer so. Die wenigen Glücklichen erklimmen mir nichts, dir nichts in Sekundenschnelle den Gipfel. Unglaublicher Erfolg ist genau das: unglaublich. Aber gerade deshalb ist er so ungemein befriedigend. Übrigens, lassen Sie mich Ihnen die Hand dafür schütteln, dass Sie sich so aufmerksam um Walter gekümmert haben.«

»War mir ein Vergnügen, Sandy. Ich kann den Mann gut leiden.«

»Oh, ich gebe am Samstag bei mir zu Hause eine kleine

Party. Es werden einige Leute da sein, die ich Ihnen vorstellen möchte. Versuchen Sie, Ihre überaus attraktive bessere Hälfte zu überreden mitzukommen. Für sie könnte sich im Bereich Marketing etwas ergeben. Das Mädchen ist ein Arbeitstier, genau wie der Vater.«

Jack schüttelte jedem Teilhaber im Raum die Hand, einigen sogar mehrmals. Gegen neun Uhr brachte Jennifers Firmenlimousine sie und Jack nach Hause. Gegen ein Uhr hatten sie sich bereits zweimal geliebt. Gegen ein Uhr dreißig schlief Jennifer tief und fest.

Jack nicht.

Er stand am Fenster und starrte hinaus auf die vereinzelten Schneeflocken, die vom Himmel schwebten. Ein frühes Wintersturmtief hing über dem Gebiet, obwohl den Voraussagen nach keine heftigen Niederschläge zu erwarten waren. Jacks Gedanken jedoch kreisten nicht um das unfreundliche Wetter.

Er schaute zu Jennifer hinüber. Sie trug ein seidenes Nachthemd, lag eingekuschelt in Satinlaken, in einem Bett, das der Größe von Jacks Schlafzimmer entsprach. Sein Blick wanderte hinauf zu seinen alten Freunden, den Deckenmalereien. Ihr neues Heim sollte zu Weihnachten fertig sein, obwohl die sittsame Familie Baldwin kein offizielles Zusammenleben der beiden erlauben würde, bevor nicht die Ringe getauscht waren. Die Innenausstattung wurde unter dem gestrengen Auge seiner Verlobten renoviert; einerseits, um ihren und Jacks individuellen Geschmack einzubringen, andererseits, um dem Haus eine persönliche Note zu verleihen, was immer das auch bedeuten mochte. Als er die mittelalterlichen Gesichter an der Decke musterte, hatte Jack den Eindruck, sie lachten ihn aus.

Soeben war er Teilhaber der renommiertesten Kanzlei in der Stadt geworden; er war der Liebling der einflussreichsten Leute, die man sich vorstellen konnte und von denen jeder bestrebt war, seinen ohnehin schon kometenhaften Aufstieg noch weiter voranzutreiben. Er hatte alles. Angefangen bei der wunderschönen Prinzessin über den reichen, alten Schwiegervater und den abgebrühten, zugleich entsetzlich rücksichtslosen Mentor bis hin zu einem Haufen Geld auf der Bank. Hinter ihm stand eine Armee mächtiger Gönner, vor ihm lag eine wahrhaft grenzenlose Zukunft, doch Jack hatte sich nie einsamer gefühlt als in dieser Nacht. Und trotz aller Bemühungen kehrten seine Gedanken ständig zurück zu einem alten, verängstigten und zornigen Mann und dessen emotional ausgezehrter Tochter. Die beiden Gestalten geisterten durch seinen Kopf, während er schweigend dem sanften Fall der Schneeflocken zusah, bis ihn die ersten Strahlen der Sonne wissen ließen, dass ein neuer Morgen anbrach.

Die alte Frau beobachtete durch die verstaubten Jalousien vor dem Wohnzimmerfenster, wie die dunkle Limousine in ihre Auffahrt einbog. Die Arthritis in den dick angeschwollenen Knien bereitete ihr unsägliche Schmerzen beim Aufstehen, erst recht, wenn sie versuchte, umherzugehen. Ihr Rücken war dauerhaft gekrümmt, und die Lungen waren nach fünfzig Jahren Misshandlung durch Teer und Nikotin gnadenlos kurzatmig. Ihr Leben neigte sich dem Ende zu; bald hatte der Körper so lange ausgehalten, wie er konnte. Länger als der ihrer Tochter.

Sie betastete den Brief in der Tasche ihres alten rosa Hauskleides, das die roten, blasenübersäten Knöchel nicht ganz bedeckte. Früher oder später hatte die Polizei ja auftauchen müssen. Nachdem Wanda vom Polizeirevier zurückgekommen war, hatte sie gewusst, dass es nur noch eine Frage der Zeit war, bis etwas dergleichen geschehen würde. Tränen traten in ihre Augen, als sie an die letzten Wochen dachte.

»Es war meine Schuld, Momma.« Ihre Tochter hatte in der winzigen Küche gesessen. Als kleines Mädchen hatte sie ihrer Mutter dort oft dabei geholfen, Kuchen zu backen oder Tomaten und Stangenbohnen einzukochen, die sie aus dem kleinen Gartenstreifen hinter dem Haus geerntet hatten. Unaufhörlich hatte sie die Worte wiederholt, auf dem Tisch zusammengesunken, von einem krampfhaften Schluchzen geschüttelt. Edwina hatte versucht, mit ihrer Tochter zu reden; doch sie war nicht wortgewaltig genug, um die Mauer der Schuld um die schlanke Frau herum zu durchbrechen, deren Leben als pummeliges Baby mit dichtem, dunklem Haar und O-Beinchen begonnen hatte. Sie hatte Wanda den Brief gezeigt, doch auch das hatte nichts geholfen. Die alte Frau hatte ihr Kind einfach nicht zur Vernunft bringen können.

Nun war sie für immer gegangen, und die Polizei stand vor der Tür. Und nun musste Edwina das Richtige tun. Edwina Broome war einundachtzig Jahre alt und eine gottesfürchtige Frau, doch sie würde die Polizei belügen; denn das war alles, was sie tun konnte.

»Es tut mir sehr Leid wegen Ihrer Tochter, Mrs Broome.« Franks Worte klangen aufrichtig in den Ohren der alten Frau. Eine einzelne Träne rollte ihr übers Gesicht.

Frank gab Edwina Broome die Nachricht, die Wanda hinterlassen hatte. Mit einer dicken Lesebrille, die stets in Reichweite auf dem Tisch lag, studierte sie den Zettel. Sie schaute in das ernste Gesicht des Ermittlers. »Ich habe keine Ahnung, was sie damit gemeint haben könnte.«

»Sie wissen, dass im Haus der Sullivans ein Einbruch stattgefunden hat? Und dass Christine Sullivan dabei ermordet wurde?«

»Ich habe im Fernsehen davon gehört, gleich nachdem es passiert ist. Das war schrecklich. Einfach schrecklich.«

»Hat Ihre Tochter je mit Ihnen über den Vorfall gesprochen?«

»Natürlich. Das alles hat sie ziemlich mitgenommen. Sie und Mrs Sullivan kamen gut miteinander aus, sehr gut sogar. Wanda war völlig am Boden zerstört.«

»Was glauben Sie, wieso hat sie sich das Leben genommen?«

»Wenn ich Ihnen das sagen könnte, Sir, ich würde es tun.«

Sie ließ die zweideutige Bemerkung im Raum stehen, bis Frank schließlich den Zettel wieder zusammenfaltete.

»Hat Ihre Tochter irgendetwas über ihre Arbeit erzählt, das Licht auf den Mordfall werfen könnte?«

»Nein. Sie mochte die Arbeit sehr. Nach allem, was sie mir erzählte, wurde sie dort sehr gut behandelt. Hat ihr gut gefallen, in einem so großen Haus zu leben.«

»Mrs Broome, ich habe erfahren, dass Wanda vor einer Weile mit dem Gesetz in Konflikt geriet.«

»Das ist alles lange her, Mr Frank, sehr lange, und seitdem hat sie ein anständiges Leben geführt.«

»Davon bin ich überzeugt«, fügte Frank rasch hinzu. »Hat Wanda in den letzten paar Monaten jemanden hierher mitgebracht?«, fuhr er fort. »Vielleicht jemanden, den Sie nicht kannten?«

Edwina schüttelte den Kopf. Das entsprach tatsächlich der Wahrheit.

Frank musterte sie einen langen Augenblick. Die vom grauen Star befallenen Augen hielten seinem Blick stand.

»Soweit ich weiß, war Ihre Tochter im Ausland, als das Verbrechen verübt wurde?«

»Sie war mit den Sullivans auf dieser Insel. Jedes Jahr fahren sie dorthin.«

»Aber Mrs Sullivan ist nicht mitgereist.«

»Das nehme ich an, denn ich habe gehört, dass sie hier ermordet wurde, während die anderen dort unten waren, Sir.«

Beinahe musste Frank lächeln. Die alte Dame war keineswegs so einfältig, wie sie vorgab.

»Sie haben nicht zufällig eine Ahnung, warum Mrs Sullivan nicht mitgefahren ist? Hat Ihnen Wanda irgendetwas darüber gesagt?«

Edwina schüttelte den Kopf, während sie eine grau-weiße Katze streichelte, die ihr auf den Schoß gesprungen war.

»Nun, ich danke Ihnen für das Gespräch. Ich möchte Ihnen nochmals versichern, dass es mir sehr Leid tut wegen Ihrer Tochter.«

»Danke, Sir, mir auch. Sehr Leid.«

Als sie sich hochquälte, um ihn zur Tür zu begleiten, glitt der Brief aus ihrer Tasche. Ihr müdes Herz machte einen Satz, als Frank sich bückte, das Papier aufhob, und es ihr zurückgab, ohne einen Blick darauf zu werfen.

Sie sah zu, wie er die Auffahrt hinunterrollte. Behutsam ließ sie sich in den Stuhl am Kamin sinken und faltete den Brief auseinander.

Die Handschrift war ihr bestens vertraut: *Ich war es nicht. Aber du würdest mir nicht glauben, wenn ich dir erzählte, wer es war.*

Edwina Broome brauchte nicht mehr zu wissen. Luther Whitney war ein alter Freund, und er war nur Wandas wegen in das Haus eingebrochen. Sollte ihn die Polizei schnappen, dann gewiss nicht mit ihrer Hilfe.

Und sie wollte tun, worum ihr Freund sie gebeten hatte. Bei Gott, es war das Mindeste, was sie tun konnte.

Seth Frank und Bill Burton schüttelten einander die Hände und setzten sich. Sie befanden sich in Franks Büro; die Sonne war noch nicht ganz aufgegangen.

»Ich weiß zu schätzen, dass Sie sich Zeit für mich nehmen, Seth.«

»Es ist ein wenig ungewöhnlich.«

»Verdammt ungewöhnlich, wenn Sie mich fragen.« Burton grinste. »Stört es Sie, wenn ich mir eine anstecke?«

»Was halten Sie davon, wenn ich mitrauche?« Beide Männer holten ihre Päckchen hervor.

Burton riss das Streichholz an, während er sich in den Sessel zurücklehnte.

»Ich bin schon lange beim Secret Service und habe so etwas noch nie gemacht. Aber ich kann es verstehen. Der alte Mr Sullivan ist einer der besten Freunde des Präsidenten. Er hat ihm beim Einstieg in die Politik geholfen. Die beiden haben viel gemeinsam durchgemacht. Ganz unter uns gesagt, ich glaube, der Präsident will eigentlich nicht mehr, als dass wir den Eindruck erwecken, wir würden uns beteiligen. In keiner Weise wollen wir Ihnen auf die Zehen treten.«

»Dazu hätten Sie auch überhaupt keine Ermächtigung.«

»Sie sagen es, Seth, ganz genau. Wissen Sie, ich war selbst acht Jahre lang bei der Polizei. Ich weiß, wie Ermittlungen ablaufen. Das Letzte, was Sie brauchen, ist jemand, der Ihnen ständig über die Schulter guckt.«

Allmählich wich der Argwohn aus Franks Augen. Ein früherer Polizist als Secret-Service-Agent. Der Bursche hatte Karriere gemacht. Viel mehr konnte man nach Franks Ansicht nicht erreichen.

»Was also schlagen Sie vor?«

»Ich betrachte mich als Informationsleitung zum Präsidenten. Wenn es etwas Neues in dem Fall gibt, rufen Sie mich an, und ich gebe es dem Präsidenten weiter. Wenn er dann Walter Sullivan trifft, kann er etwas Vernünftiges zu den Ermittlungen von sich geben. Glauben Sie mir, es ist nicht alles nur Schall und Rauch. Der Präsident ist wirklich betroffen von dem Vorfall.« Innerlich lächelte Burton.

»Und die Bundespolizei mischt sich nicht ein? Keine Klugscheißerei?«

»Hören Sie, ich bin doch nicht vom FBI! Das ist keine Bundesangelegenheit. Betrachten Sie mich als den inoffiziellen Abgesandten einer wichtigen Persönlichkeit. Eigentlich handelt es sich um kaum mehr als eine Aufmerksamkeit unter Kollegen.«

Franks Augen wanderten durch den Raum, während er über die Lage nachdachte. Burton folgte dem Blick und versuchte, sein Gegenüber dabei einzuschätzen. Er hatte im Lauf der Zeit schon viele Kriminalbeamte kennen gelernt. Die meisten verfügten über durchschnittliche Fähigkeiten, die angesichts einer außergewöhnlich rasch steigenden Flut von Fällen nur zu sehr niedrigen Verhaftungs- und noch niedrigeren Verurteilungsraten reichten. Doch er hatte Seth Frank überprüft. Der Kerl war früher beim New York Police Department gewesen, und die Liste seiner Auszeichnungen war ellenlang. Seit er nach Middleton County gezogen war, hatte es hier keinen einzigen ungeklärten Mord gegeben. Keinen einzigen. Zwar handelte es sich um ein ländliches Gebiet, dennoch war eine hundertprozentige Aufklärungsrate höchst beeindruckend.

Auf Grund all dieser Tatsachen fühlte sich Burton nicht sonderlich wohl in seiner Haut. Der Präsident hatte ihn aufgefordert, in Kontakt mit der Polizei zu bleiben, um sein Versprechen Sullivan gegenüber zu erfüllen, doch Burton hatte durchaus ein eigenes Interesse daran, die Ermittlungen im Auge zu behalten.

»Wenn sich sehr rasch etwas ergibt, habe ich vielleicht nicht die Möglichkeit, sofort Bescheid zu geben.«

»Ich erwarte keine Wunder, Seth. Nur eine kleine Information, wenn Sie Zeit dazu haben. Das ist alles.« Burton erhob sich und drückte die Zigarette aus. »Sind wir uns einig?«

»Ich tue mein Bestes, Bill.«

»Mehr kann man nicht verlangen. Nun denn, gibt es schon irgendwelche konkreten Hinweise?«

Seth Frank zuckte die Schultern. »Vielleicht. Könnten sich aber auch im Sand verlaufen, schwer zu sagen. Sie wissen, wie das ist.«

»Das können Sie laut sagen.« Burton war im Begriff zu gehen, schaute aber noch einmal zurück. »Hey, als Gegenleistung rufen Sie mich an, wenn Sie Probleme mit Behördenkram haben oder Zugang zu Datenbanken brauchen. Ich sorge dafür, dass Ihre Anfragen höchste Priorität bekommen. Hier ist meine Nummer.«

Frank nahm die ihm angebotene Karte. »Ich weiß das zu schätzen, Bill.«

Zwei Stunden später griff Frank zum Telefon, und nichts rührte sich. Kein Freizeichen, keine Freileitung. Die Telefongesellschaft wurde benachrichtigt.

Als Seth Frank eine Stunde später erneut zum Telefon

griff, war das Freizeichen da. Die Anlage funktionierte wieder. Der Telefonschaltschrank wurde ständig unter Verschluss gehalten, doch selbst wenn jemand einen Blick hineingeworfen hätte, so wäre das Durcheinander der Leitungen und anderer Bauteile völlig nichts sagend für den Laien gewesen. Überdies machte sich die Polizei gewöhnlich auch keine Gedanken darüber, dass jemand ihre Leitungen anzapfen könnte.

Bill Burtons Informationsleitung war nun geöffnet, weiter geöffnet, als Seth Frank es sich je hätte träumen lassen.

KAPITEL 15

»Ich halte es für einen Fehler, Alan. Ich finde, wir sollten versuchen, uns aus den Ermittlungen herauszuhalten, nicht, sie zu übernehmen.« Gloria Russell stand neben dem Schreibtisch des Präsidenten im Oval Office.

Richmond saß am Tisch und ging aktuelle Gesetzesvorlagen zur Gesundheitsvorsorge durch; gelinde ausgedrückt, handelte es sich dabei um ein einziges Minenfeld, für das er vor der Wahl nicht viel politisches Kapital aufzuwenden gedachte.

»Gloria, halte dich ans Programm, ja?« Richmond war mit anderen Dingen beschäftigt. Zwar lag er in den Umfragen weit voran, dennoch war er der Meinung, der Abstand müsste größer sein. Sein voraussichtlicher Gegner, Henry Jacobs, war klein und weder besonders gut aussehend noch ein brillanter Redner. Alles, was er vorzuweisen hatte, waren dreißig Jahre Plackerei für die Bedürftigen und Benachteiligten des Landes. Folglich war er eine wandelnde Medienkatastrophe, und gerade im Zeitalter der Kurzinterviews und Schnappschüsse war es unabdingbar, gut auszusehen und sich großartig ausdrücken zu können. Jacobs war noch nicht einmal der Beste aus einer überaus schwachen Gruppe, deren beide führende Kandidaten über verschiedene Skandale sexueller wie auch anderer Art gestolpert waren. Aus all diesen Gründen war es Richmond ein Rätsel, weshalb sein Vorsprung nur zweiunddreißig und nicht fünfzig Punkte betrug.

Schließlich wandte er seine Aufmerksamkeit der Stabschefin zu.

»Hör mal, ich habe Sullivan versprochen, an der Sache dranzubleiben. Das habe ich vor der ganzen verdammten Nation als Publikum gesagt, und es hat mir in den Umfragen ein Dutzend Punkte gebracht, die dein eingespieltes Wiederwahlteam offenbar nicht verbessern kann. Muss ich erst losziehen und einen verfluchten Krieg vom Zaun brechen, damit die Meinungsumfragen so aussehen, wie sie sollten?«

»Alan, wir haben die Wahl in der Tasche, das wissen wir beide. Aber wir dürfen kein Risiko eingehen. Wir müssen vorsichtig sein. Dieser Kerl läuft immer noch da draußen rum. Was, wenn man ihn schnappt?«

Aufgebracht sprang Richmond aus dem Sessel. »Wirst du ihn wohl endlich vergessen! Wenn du doch nur für eine Sekunde nicht mehr daran denken würdest! Die Tatsache, dass ich mich persönlich mit der Sache befasse, nimmt dem Kerl jede wie auch immer geartete Glaubwürdigkeit. Hätte ich nicht öffentlich mein Interesse an dem Fall bekundet, würde vielleicht irgendein neugieriger Reporter hellhörig werden, wenn es heißt, der Präsident hätte irgendetwas mit dem Tod von Christine Sullivan zu tun. Aber jetzt, da ich der Nation erzählt habe, ich sei erzürnt und fest entschlossen, den Täter vor Gericht zu bringen, werden die Leute glauben, der Kerl hätte mich im Fernsehen gesehen und sei ein Spinner, falls er die Anschuldigung überhaupt vorbringt.«

Russell setzte sich auf einen Stuhl. Das Problem war, dass Richmond nicht alle Fakten kannte. Hätte er dieselben Schritte unternommen, wenn er von dem Messer wüsste? Und von der Nachricht und dem Foto, die Russell erhalten hatte? Sie enthielt ihrem Boss Informationen vor, Informationen, die sie beide vollständig und unwiderruflich zerstören konnten.

Als Gloria den Flur entlang zu ihrem Büro marschierte, bemerkte sie Bill Burton nicht, der sie von einem Korridor aus beobachtete. Sein Blick verriet alles andere als Zuneigung.

Dumme, blöde Schlampe. Von seinem Standort aus hätte er ihr drei Kugeln in den Hinterkopf jagen können. Kein Problem. Nach seiner Unterhaltung mit Collin war er jetzt über alles im Bilde. Hätte er in jener Nacht die Polizei angerufen, es hätte Ärger gegeben, aber nicht für ihn und Collin. Der Präsident und seine Handlangerin hätten den ganzen Brocken schlucken müssen. Die Frau hatte ihn verladen. Und nun wandelte er hart am Rande dessen, wofür er gearbeitet, geschwitzt, ja, sogar Kugeln abgefangen hatte.

Viel besser als Russell wusste er, worauf sie sich da eingelassen hatten. Und auf Grund dieses Wissens hatte er letzte Nacht eine Entscheidung gefällt. Keine einfache zwar, doch die einzig mögliche. Deshalb hatte er Seth Frank aufgesucht; und deshalb hatte er auch die Telefonleitung des Ermittlers anzapfen lassen. Burton war sich bewusst, dass die Vorgehensweise vermutlich riskant war, doch für sie alle gab es keinerlei Garantien mehr. Sie mussten mit den Karten spielen, die sie in der Hand hatten, und hoffen, dass ihnen das Glück irgendwann hold sein würde.

Abermals schüttelte sich Burton vor Zorn über die Lage, in die ihn dieses Weibsstück gebracht hatte. Über die Entscheidung, die er auf Grund ihrer Dummheit hatte fällen müssen. Er musste an sich halten, um nicht die Treppe hinunterzustürmen und ihr den Kragen umzudrehen. Aber eines schwor er sich: Bill Burton wollte dafür sorgen, dass diese Frau leiden musste, und wenn es das Letzte sein sollte, was er tat. Aus dem sicheren Schoß ihrer machtvollen Position würde er sie reißen und sie direkt in die beschissene Wirklichkeit schleudern, und jeden Augenblick davon würde er genießen.

Gloria Russell überprüfte im Spiegel ihr Haar und den Lippenstift. Sie wusste, dass sie sich töricht wie ein verliebter Teenager aufführte, doch Tim Collin besaß eine so naive und doch maskuline Ausstrahlung, dass sie tatsächlich von ihrer Arbeit abgelenkt wurde. So etwas war noch niemals vorgekommen. Doch es war eine historische Tatsache, dass Männer in machtvollen Positionen sich nebenher auch etwas Spaß gönnten. Russell war keine überzeugte Feministin und fand daher nichts dabei, es ihren männlichen Gegenstücken gleichzutun. Sie betrachtete es einfach als eine Vergünstigung, die mit ihrer Position einherging.

Während sie aus dem Kleid und der Unterwäsche und in ihr durchsichtigstes Nachthemd schlüpfte, erinnerte sie sich daran, weshalb sie den jungen Mann verführte. Aus zwei Gründen brauchte sie ihn. Zum einen wusste er über den Mist Bescheid, den sie mit dem Messer gebaut hatte, und sie musste zweifelsfrei sicherstellen, dass er es für sich behielt. Zum anderen brauchte sie seine Hilfe, um das Beweisstück zurückzubekommen. Das waren triftige, vernünftige Gründe – und dennoch, heute Nacht, so wie in all den Nächten zuvor, dachte sie nicht im Entferntesten vernünftig.

Im Augenblick fühlte sie sich, als könnte sie den Rest ihres Lebens jede Nacht mit dem Mann ins Bett steigen, ohne der Gefühle überdrüssig zu werden, die nach jeder Vereinigung ihren Körper durchfluteten. Ihr Gehirn wusste tausend Gründe aufzuzählen, warum sie besser damit aufhören sollte, doch der Rest ihres Körpers wollte diesmal nicht hören.

Ein wenig zu früh klopfte es an der Tür. Rasch machte sie ihre Haare fertig, überprüfte abermals das Make-up und schlüpfte hastig in die Stöckelschuhe, während sie bereits den Gang entlangeilte. Als sie die Eingangstür öffnete, glaubte sie, jemand hätte ihr einen Dolch in die Brust gestoßen.

»Was wollen Sie denn hier?«

Burton stellte einen Fuß in die halb geöffnete Tür und stemmte eine Hand dagegen.

»Wir müssen uns unterhalten.«

Unbewusst suchte Russell hinter ihm nach dem Mann, mit dem sie heute Nacht ins Bett zu gehen gedacht hatte.

Burton bemerkte den Blick. »Tut mir Leid, heute gibt es kein Schäferstündchen, Chefin.«

Sie versuchte, die Tür zuzuschlagen, konnte den hundertzwanzig Kilo schweren Burton jedoch keinen Millimeter bewegen. Mit niederschmetternder Leichtigkeit schob er die Tür auf, trat herein und schlug sie hinter sich zu.

In der Diele stehend musterte er die Stabschefin, die mittlerweile verzweifelt zu verstehen versuchte, was er hier wollte, und gleichzeitig danach trachtete, heikle Zonen ihres Körpers zu bedecken. Beides verlief erfolglos.

»Raus hier, Burton! Wie können Sie es wagen, hier einzudringen? Das werden Sie bereuen.«

Burton trat ins Wohnzimmer, wobei er sie wie beiläufig zur Seite schob.

»Entweder reden wir hier oder anderswo. Das liegt an Ihnen.« Sie folgte ihm ins Wohnzimmer.

»Wovon, zum Teufel, sprechen Sie? Ich habe gesagt, Sie sollen verschwinden. Sie vergessen wohl, wo Sie in der offiziellen Hierarchie stehen, was?«

Er wandte ihr den Blick zu. »Gehen Sie immer so angezogen an die Tür?« Collins Interesse an ihr konnte er verstehen. Das Nachthemd war kaum geeignet, die sinnliche Figur der Stabschefin zu verbergen. Wer hätte das gedacht? Trotz vierundzwanzig Jahren mit derselben Frau und vier Kindern, die dieser Ehe entstammten, hätte Burton sich diesen Reizen kaum verschließen können, wenn er die halb nackte Frau vor sich nicht so abgrundtief verabscheut hätte.

»Scheren Sie sich zum Teufel! Fahren Sie geradewegs zur Hölle, Burton.«

»Dort enden wir wahrscheinlich alle, also warum ziehen Sie sich nicht etwas an, wir unterhalten uns, und ich verschwinde wieder. Aber vorher gehe ich nirgendwo hin.«

»Sind Sie sich eigentlich bewusst, was Sie tun? Ich kann Sie zerquetschen.«

»Ach ja!?« Er holte die Fotos aus der Tasche seines Jacketts hervor und warf sie auf den Tisch.

Russell gab sich Mühe, ihnen keine Beachtung zu schenken, doch schließlich hob sie die Bilder auf. Mit einer Hand musste sie sich am Tisch abstützen, um die zitternden Beine zu entlasten.

»Sie und Collin sind ein hübsches Paar. Wirklich. Ich denke, die Medien werden das angemessen zum Ausdruck bringen. Könnte einen interessanten Aufmacher der Woche abgeben. Meinen Sie nicht auch? Stabschefin vögelt sich mit jungem Secret-Service-Agenten die Seele aus dem Leib. Man könnte es auch den ›Fick, der um die Welt ging‹ nennen. Das klingt doch ziemlich reißerisch, was?«

Russell schlug ihn, härter als sie jemals jemanden geschlagen hatte. Schmerz schoss durch ihren Arm. Es fühlte sich an, als hätte sie gegen einen Baumstamm gedroschen. Burton packte ihre Hand und drehte sie ihr auf den Rücken, bis sie vor Schmerz nach Luft schnappte.

»Hören Sie zu, Lady, ich weiß über die ganze Scheiße Bescheid. Wirklich über alles. Über das Messer. Wer es hat. Wichtiger noch, wie er es bekommen hat. Und über die Post von unserem diebischen Spanner. Egal, wie man es dreht oder wendet, wir haben ein mächtiges Problem, und da Sie von Anfang an alles versaut haben, halte ich einen Kommandowechsel für angebracht. Also ziehen Sie jetzt diese Nuttenklamotten aus und kommen dann wieder her. Wenn Sie wollen, dass ich Ihren geilen kleinen Arsch rette, werden Sie genau tun, was ich Ihnen sage, verstanden? Denn wenn Sie das nicht tun, schlage ich vor, wir finden uns zu einem Plausch beim Präsidenten ein. Liegt ganz bei Ihnen, Stabschefin!« Das letzte Wort spie Burton aus, sodass unverhohlen seine ganze Abneigung gegen sie zur Geltung kam.

Langsam ließ er ihren Arm los, thronte aber weiterhin über ihr wie ein Turm. Seine riesenhafte Gestalt schien ihre Denkfähigkeit zu hemmen. Behutsam rieb Russell den Arm und starrte beinahe ängstlich zu ihm hinauf, während sie sich der Hoffnungslosigkeit der Lage bewusst wurde.

Sie rannte ins Badezimmer und übergab sich. Damit

schien sie zunehmend Zeit zu verbringen. Das kalte Wasser im Gesicht konnte schließlich die Wellen der Übelkeit verdrängen, sodass sie sich aufsetzen und danach ins Schlafzimmer schleppen konnte.

Während die Gedanken durch ihren Kopf rasten, zog sie lange Hosen und einen dicken Pullover an. Das Negligé warf sie aufs Bett. Es war ihr zu peinlich, das Kleidungsstück anzusehen, während es hinabschwebte. Ihr Traum von einer Nacht der Freuden war mit erschreckender Plötzlichkeit zerschmettert worden. Statt in die roten Stöckelschuhe schlüpfte sie in ein Paar brauner Pantoffeln.

Als sie das Blut aufsteigen spürte, tastete sie ihre Wangen ab. Sie fühlte sich, als hätte ihr Vater sie mit der Hand eines Jungen unter dem Rock erwischt. Das war tatsächlich geschehen, und es hatte vermutlich dazu beigetragen, dass sie sich völlig auf ihre Karriere konzentriert und alles andere hintangestellt hatte. So beschämt hatte sie der Vorfall damals. Ihr Vater hatte sie als Hure beschimpft und sie so sehr verprügelt, dass sie eine Woche lang nicht zur Schule gehen konnte. Ihr ganzes Leben lang hatte sie gebetet, dass sie nie wieder derart bloßgestellt würde. Bis heute Abend waren ihre Gebete erhört worden.

Russell zwang sich, gleichmäßig zu atmen. Als sie ins Wohnzimmer zurückkehrte, bemerkte sie, dass Burton das Jackett abgelegt hatte und dass auf dem Tisch eine Kanne Kaffee stand. Sie schielte auf den stabilen Schulterhalfter mit dem tödlichen Gegenstand.

»Milch und Zucker, richtig?«

Es gelang ihr, ihm in die Augen zu blicken. »Ja.«

Burton goss den Kaffee ein und nahm ihr gegenüber Platz.

Den Blick auf die Tasse geheftet, meinte sie: »Wie viel hat Ihnen Ti- … Collin erzählt?«

»Über Sie beide? Eigentlich gar nichts. Das ist nicht seine Art. Ich glaube, Sie haben es ihm ziemlich angetan. Sie haben ihm den Kopf verdreht und mit seinen Gefühlen gespielt. Haben Sie gut hinbekommen.«

»Sie verstehen aber auch überhaupt nichts, was?« Russell schoss geradezu aus dem Sessel hoch.

Burton blieb nervenaufreibend ruhig. »Ich verstehe so viel: Wir sind knapp einen Zentimeter von einem Abgrund entfernt, dessen Boden ich noch nicht einmal erkennen kann. Ganz ehrlich, mir ist scheißegal, mit wem Sie schlafen. Darum bin ich nicht hier.«

Russell setzte sich wieder hin und zwang sich, den Kaffee zu trinken. Endlich begann ihr Magen sich zu beruhigen.

Burton beugte sich vor und ergriff, so sanft es ihm möglich war, ihren Arm.

»Hören Sie, Ms Russell. Ich bin nicht hier, um Sie zu verscheißern und Ihnen zu erzählen, dass ich Sie für die Größte halte und Ihnen aus der Patsche helfen will. Und Sie müssen nicht vorgeben, mich zu mögen. Aber so wie ich das sehe, stecken wir gemeinsam in der Sache drin, ob Ihnen das passt oder nicht. Und die einzige Möglichkeit, die ich sehe, um das Ganze durchzustehen, heißt Zusammenarbeit. Das kann ich Ihnen anbieten.« Burton lehnte sich zurück und musterte sie.

Russell stellte die Tasse ab und tupfte sich mit einer Serviette die Lippen.

»In Ordnung.«

Sofort beugte sich Burton wieder vor. »Nur zur Auffrischung: Auf dem Brieföffner sind immer noch die Fingerabdrücke des Präsidenten und von Christine Sullivan. Und das Blut von beiden. Richtig?«

»Ja.«

»Jeder Staatsanwalt würde nach dem Ding geifern. Wir müssen es zurückbekommen.«

»Wir bezahlen dafür. Er will es verkaufen. In der nächsten Mitteilung sagt er uns, wie viel er will.«

Zum zweiten Mal schockierte Burton sie. Er warf ihr einen Umschlag zu.

»Der Kerl hat Grips, aber irgendwann muss er uns sagen, wie die Übergabe ablaufen soll.«

Russell nahm den Brief heraus und las ihn. Wie zuvor war er in Blockschrift verfasst. Die Mitteilung war kurz:

Einzelheiten folgen demnächst. Empfehle die finanziellen Mittel vorzubereiten. Schlage mittleren siebenstelligen Betrag für ein derart kostbares Gut vor. Möchte ferner anregen, die Folgen eines Fehlers gründlich zu überdenken. Antworten Sie bei Interesse über die Privatanzeigen der Washington Post.

»Interessanter Schreibstil, nicht? Kurz und bündig, aber man weiß, was er will.« Burton schenkte sich noch eine Tasse Kaffee ein. Dann warf er ihr ein weiteres Foto des Gegenstandes zu, den Russell sehnsüchtig wiederzuerlangen hoffte.

»Es gefällt ihm anscheinend, uns zu quälen, finden Sie nicht auch, Ms Russell?«

»Zumindest klingt es so, als sei er verhandlungsbereit.«

»Wir reden hier von immensen Summen. Sind Sie darauf vorbereitet?«

»Lassen Sie das meine Sorge sein, Burton. Geld ist nicht das Problem.« Die Arroganz kehrte gerade rechtzeitig zurück.

»Wahrscheinlich nicht«, stimmte er zu. »Übrigens, warum durfte Collin das Ding nicht abwischen?«

»Darauf muss ich nicht antworten.«

»Nein, eigentlich nicht, *Mrs President*.«

Russell und Burton lächelten einander tatsächlich an. Vielleicht hatte sie sich geirrt. Burton war zwar eine Landplage, doch er war gerissen und umsichtig. Nun erkannte sie, dass sie diese Eigenschaften dringender benötigte als Collins ritterliche Naivität, selbst wenn sie dort als Zugabe einen jungen, muskulösen Körper bekam.

»Eine Frage ist noch offen, Stabschefin.«

»Und die wäre?«

»Wie zimperlich sind Sie, wenn es an der Zeit ist, den Kerl umzubringen?«

Russell verschluckte sich an ihrem Kaffee, und Burton musste ihr buchstäblich auf den Rücken klopfen, bis sie wieder normal atmen konnte.

»Ich schätze, damit ist die Frage beantwortet.«

»Was meinen Sie damit, Burton?«

»Sie verstehen immer noch nicht, worum es hier geht, was? Ich dachte, Sie wären irgendwo mal eine brillante Professorin gewesen. Die Universitäten sind wohl nicht mehr, was sie mal waren. Vielleicht brauchen Sie aber auch nur ein bisschen gesunden Menschenverstand. Ich werde es Ihnen ganz einfach erklären. Dieser Typ ist ein Augenzeuge. Er hat gesehen, wie der Präsident versucht hat, Christine Sullivan umzubringen, wie Christy den Gefallen erwidern wollte und wie Collin und ich unsere Arbeit getan und sie umgenietet haben, bevor sie den Präsidenten wie eine Rinderhälfte zerstückeln konnte. Ein Augenzeuge! Merken Sie sich den Begriff. Ich war nämlich der Meinung, wir wären ohnehin geliefert, schon bevor ich von dem netten Beweisstück erfahren habe, das Sie zurückgelassen haben. Der Kerl lässt die Geschichte irgendwie durchsickern, und wir werden von einer Fragenlawine überrollt. Irgendetwas hätten wir bestimmt nicht erklären können.

Aber es ist nichts geschehen, und ich nahm an, wir hätten Glück gehabt, und er sei zu verängstigt, um sich zu melden. Und nun finde ich heraus, dass er uns erpresst, und ich frage mich, was das bedeuten soll.«

Burton sah Russell fragend an.

»Er will ganz einfach Geld für den Brieföffner. Das ist sein großer Glückstreffer. Was sonst sollte es bedeuten?«

Burton schüttelte den Kopf. »Nein, es bedeutet, dass er uns verarscht. Er spielt mit uns. Es bedeutet, dass da draußen ein Augenzeuge ist, der ein bisschen verwegen, ein bisschen waghalsig wird. Außerdem konnte nur ein Profi in Sullivans Haus einbrechen. Er ist also bestimmt niemand, der sich leicht einschüchtern lässt.«

»Und? Haben wir nicht alles überstanden, wenn wir den Brieföffner zurückhaben?« Russell begann ansatzweise zu begreifen, worauf Burton hinauswollte, doch es war ihr noch nicht völlig klar.

»Wenn er nicht Fotos davon behält, die jederzeit auf der Titelseite der *Post* erscheinen könnten. Ein vergrößertes Bild des Handflächenabdrucks des Präsidenten auf einem Brieföffner aus Christine Sullivans Schlafzimmer auf Seite eins. Würde wahrscheinlich eine interessante Artikelreihe abgeben. Auf jeden Fall Anlass genug für die Zeitungen, tiefer zu graben. Der kleinste Hinweis auf eine Verbindung zwischen dem Präsidenten und dem Mord an Sullivan genügt, und alles ist vorbei. Sicher können wir argumentieren, dass der Typ ein Spinner und das Foto eine gute Fälschung ist, vielleicht kommen wir sogar damit durch. Aber eines dieser Bilder in der Post bereitet mir nicht halb so viel Sorgen wie unser anderes Problem.«

»Und das wäre?« Russell saß mittlerweile vorgebeugt. Sie sprach leise, beinahe heiser, denn etwas Entsetzliches dämmerte ihr.

»Anscheinend haben Sie vergessen, dass der Kerl alles gesehen hat, was wir in dieser Nacht gemacht haben. Alles. Was wir anhatten. Er kennt alle Namen. Er weiß, wie wir das Zimmer desinfiziert haben; ich bin sicher, darüber zerbricht sich die Polizei immer noch den Kopf. Er kann ihnen sagen, wie wir gekommen und gegangen sind. Er kann sie auffordern, den Arm des Präsidenten auf Spuren einer Schnittverletzung zu untersuchen. Er kann ihnen beschreiben, wie wir eine Kugel aus der Wand gekratzt haben, und wo wir standen, als wir abgedrückt haben. Zuerst werden sie annehmen, er weiß nur deshalb so viel, weil er dort war und selbst geschossen hat. Aber dann werden die Bullen herausfinden, dass es für die ganze Sache mehr als einen Mann gebraucht hat. Sie werden sich fragen, woher er das alles weiß. Sie können einiges überprüfen, das er sich nicht ausgedacht haben kann. All die kleinen Einzelheiten, welche einfach keinen Sinn ergeben, die dieser Bursche aber einwandfrei zu erklären vermag.«

Russell stand auf, ging an die Bar und goss sich einen

Scotch ein. Auch für Burton goss sie einen ein. Sie dachte über Burtons Ausführungen nach. Der Mann hatte alles mit angesehen. Einschließlich ihres Geschlechtsverkehrs mit dem bewusstlosen Präsidenten. Den grässlichen Gedanken verdrängte sie.

»Weshalb sollte er sich stellen, nachdem er sein Geld kassiert hat?«

»Wer sagt, dass er sich stellen muss? Erinnern Sie sich nicht daran, was Sie damals gesagt haben? Er könnte es auch aus der Entfernung tun. Auf dem Weg zur Bank könnte er sich ins Fäustchen lachen und eine Regierung zu Fall bringen. Ach, er kann es auch niederschreiben und an die Bullen faxen. Sie müssten der Sache nachgehen, und wer unterschreibt mir, dass sie nicht irgendetwas finden? Wenn sie auch nur ein Beweisstück aus dem Schlafzimmer haben, eine Haarwurzel, Speichel, Samenflüssigkeit, brauchen sie nur noch jemanden, zu dem es passt. Im Augenblick haben sie keinen Grund, bei uns nach demjenigen zu suchen, aber wer weiß, wie es dann aussieht? Wenn sie eine DNA-Probe haben, die zu Richmond passt, sind wir erledigt. Erledigt.

Aber selbst wenn der Kerl nichts dergleichen tut. Der Ermittler an dem Fall ist kein Dummkopf. Mein Gefühl sagt mir, dass er den Hundesohn irgendwie früher oder später aufspürt. Und jemand, der ein Leben im Gefängnis oder möglicherweise gar die Todesstrafe zu erwarten hat, redet sich den Mund fusselig, glauben Sie mir. Ich habe das oft genug miterlebt.«

Russell fühlte plötzlich Eiseskälte. Was Burton sagte, hörte sich durch und durch vernünftig an. Der Präsident hatte so überzeugend geklungen. Weder er noch sie hatten sich je Gedanken dieser Art gemacht.

»Außerdem, ich weiß ja nicht, wie das mit Ihnen ist, aber ich habe nicht vor, den Rest meines Lebens mit der Angst zu verbringen, das Beil könnte jeden Augenblick heruntersausen.«

»Aber wie sollen wir ihn finden?«

Es amüsierte Burton, dass die Stabschefin offensichtlich ohne große Widerworte mit seinem Plan einverstanden war. Ein Leben war dieser Frau anscheinend nicht viel wert, wenn ihr eigenes Wohlbefinden auf dem Spiel stand. Nichts anderes hatte er erwartet.

»Bevor ich von den Briefen erfahren habe, dachte ich, es sei aussichtslos. Aber bei einer Erpressung gibt es immer irgendwann eine Übergabe. Das ist sein wunder Punkt.«

»Er wird einfach verlangen, dass wir es überweisen. Wenn Sie Recht haben, dann ist der Kerl zu gerissen, um in einem Abfalleimer nach dem Geld zu kramen. Und wir erfahren erst, wo sich das Messer befindet, nachdem er schon längst über alle Berge ist.«

»Vielleicht, vielleicht auch nicht. Darum kümmere ich mich. Wichtig ist nur, dass Sie ihn eine Weile hinhalten. Wenn er das Geschäft in zwei Tagen abwickeln will, machen Sie vier daraus. Was auch immer Sie in die Anzeige schreiben, es muss ehrlich klingen. Das überlasse ich Ihnen, Frau Professor. Aber Sie müssen ein wenig Zeit für mich herausschinden.« Burton erhob sich. Sie packte ihn am Arm.

»Was haben Sie vor?«

»Je weniger Sie darüber wissen, desto besser. Aber Ihnen ist doch klar, dass wir alle erledigt sind, wenn die Sache auffliegt, einschließlich des Präsidenten? Dagegen könnte und würde ich nichts unternehmen. Soweit es mich betrifft, verdienen Sie es nicht besser. Und Richmond auch nicht.«

»Sie nehmen kein Blatt vor den Mund, was?«

»Habe ich nie für besonders hilfreich gehalten.« Er zog den Mantel an.

»Übrigens, Sie wissen doch, dass Richmond Christine Sullivan brutal verprügelt hat, nicht? Im Autopsiebericht klingt es so, als hätte er versucht, einen Knoten in ihren Hals zu machen.«

»Ich weiß. Ist das wichtig für Sie?«

»Sie haben keine Kinder, nicht wahr?«

Russell schüttelte den Kopf.

»Ich habe vier. Davon zwei Töchter, die nicht viel jünger als Christine Sullivan sind. Als Vater denkt man über so etwas nach. Dass sie von einem Arschloch wie Richmond zusammengeschlagen werden könnten. Ich wollte nur, dass Sie wissen, was für ein Mensch unser Boss ist. Sollte er also mal zudringlich werden, denken Sie besser zweimal darüber nach.«

Er ließ sie im Wohnzimmer zurück, damit sie über ihr zerrüttetes Leben nachgrübeln konnte.

Als er in den Wagen stieg, nahm er sich die Zeit, eine Zigarette anzuzünden. Die vergangenen paar Tage hatte Burton damit verbracht, die letzten zwanzig Jahre seines Lebens zu überdenken. Der Preis, den er dafür zahlen sollte, diese Jahre zu bewahren, schnellte in astronomische Höhen. War es das wert? War er bereit, ihn zu bezahlen? Er konnte zu den Bullen gehen. Ihnen alles erzählen. Selbstverständlich wäre seine Karriere vorbei. Die Polizei konnte ihm Behinderung der Justiz und Verschwörung zum Mord vorwerfen, ihm eine blödsinnige Klage wegen Totschlags anhängen, weil er Christine Sullivan erschossen hatte, außerdem verschiedene Kleinigkeiten. Trotzdem würde einiges zusammenkommen. Selbst wenn er sich Vergünstigungen aushandelte, würde er eine gewisse Zeit absitzen müssen. Aber das konnte er überleben. Auch über den Skandal könnte er hinwegkommen. Über all den Mist, den die Zeitungen schreiben würden. Er würde als Krimineller in die Geschichte eingehen. Untrennbar wäre sein Name mit der eklatant korrupten Präsidentschaft Richmonds verbunden. Doch selbst das hätte er ertragen können, wenn es notwendig war. Was der knallharte Bill Burton hingegen nicht hätte ertragen können, war der Blick in den Augen seiner Kinder. Niemals wieder würde er darin Stolz und Liebe erblicken. Und das vollkommene und uneingeschränkte Vertrauen, dass ihr Daddy, dieser Berg von einem Mann, unbestreitbar zu den Guten zählte. Das war sogar für Burton zu viel.

Seit seiner Unterhaltung mit Collin war ihm genau das immer wieder durch den Kopf gegangen. Ein Teil von ihm wünschte, er hätte Collin nie gefragt und nie etwas von dem Erpressungsversuch erfahren. Denn das hatte ihm eine Möglichkeit eröffnet. Und Möglichkeiten bedeuteten stets, dass man eine Wahl hatte. Burton hatte die seine getroffen. Stolz war er nicht darauf. Sollte alles nach Plan verlaufen, würde er tunlichst versuchen zu vergessen, dass es je geschehen war. Und wenn es nicht funktionierte? Nun, das wäre ganz einfach Pech. Doch wenn er schon untergehen musste, dann gewiss nicht allein.

Dieser Gedanke löste einen anderen Einfall aus. Burton beugte sich zur Seite und öffnete das Handschuhfach. Er holte ein Diktiergerät und ein paar Kassetten heraus. Während er die Zigarette paffte, blickte er hinauf zum Gebäude.

Burton legte den Gang ein. Als er am Haus der Stabschefin vorbeifuhr, nahm er an, dass die Lichter noch lange eingeschaltet bleiben würden.

KAPITEL 16

Laura Simon hatte die Hoffnung schon fast aufgegeben, noch etwas zu finden.

Auf der Suche nach Fingerabdrücken war der Laster innen wie außen bepulvert und bedampft worden. Sogar einen Speziallaser hatte man vom Hauptquartier der Staatspolizei in Richmond gebracht, doch sooft Simon etwas fand, stammte der Abdruck von jemand anderem. Von jemandem, den sie bereits zuordnen konnten. Pettis' Abdrücke kannte sie mittlerweile auswendig.

Er hatte den Nachteil, dass seine Fingerabdrücke ausschließlich Bögen aufwiesen, eine der seltensten Zusammensetzungen überhaupt; außerdem hatte er eine winzige Narbe auf dem Daumen, durch die er seinerzeit wegen Autodiebstahls hatte verurteilt werden können. Gauner mit Narben auf den Fingern waren die besten Freunde eines Spurensicherungsexperten.

Budizinskis Abdrücke waren einmal aufgetaucht. Er hatte den Finger in eine Lösung gesteckt und danach gegen ein Stück Sperrholz gepresst, das hinten auf dem Laster mitgeführt wurde. Der Abdruck war so perfekt, als hätte Simon ihn persönlich abgenommen.

Alles in allem gab es dreiunddreißig brauchbare Abdrücke, und sie suchte noch immer nach dem vierunddreißigsten, nach dem Siegestreffer. Mitten in dem Kastenwagen sitzend, sah sie sich im Inneren um. Jede Stelle, an der man vernünftigerweise einen Abdruck vermuten konnte, hatte sie bereits überprüft. Jeden Winkel des Fahrzeugs hatte sie mit dem Handlaser durchleuchtet. Langsam gingen ihr die Ideen aus, wo sie noch suchen konnte.

Zum zwanzigsten Mal vollzog sie die Bewegungen der Männer nach: wie sie den Laster beluden, wie sie ihn fuhren – der Rückspiegel war ein idealer Platz für Abdrücke –, wie sie mit der Ausrüstung hantierten, die Flaschen mit Reiniger heraushoben, die Schläuche auszogen, die Türen öffneten und schlossen. Simons Aufgabe wurde durch den Umstand erschwert, dass Fingerabdrücke dazu neigen, mit der Zeit zu verschwinden. Das hängt von Oberfläche und Umfeld ab. In feuchter und warmer Umgebung halten sie sich am besten, in trockener und kühler am schlechtesten.

Sie öffnete das Handschuhfach und ging zum wiederholten Male den Inhalt durch. Jedes Stück war bereits verzeichnet und bepulvert worden. Müßig blätterte sie das Wartungsbuch des Lasters durch. Lila Flecken auf dem Papier erinnerten sie daran, dass der Ninhydrinvorrat im Labor zur Neige ging. Die Seiten waren abgegriffen, obwohl der Wagen äußerst wenig Pannen gehabt hatte, seit er vor drei Jahren in Betrieb genommen worden war. Offenbar achtete die Firma auf konsequente Wartung. Jeder Eintrag war gewissenhaft beschrieben und datiert. Die Firma unterhielt ein eigenes Wartungsteam.

Als sie die Seiten durchsah, sprang ihr ein Eintrag ins Auge. Alle anderen waren entweder mit »G. Henry« oder »H. Thomas« bestätigt worden, beide arbeiteten als Mechaniker bei Metro. Dieser Eintrag jedoch war mit »JP« abgezeichnet. Jerome Pettis. Er gab an, dass der Wagen zu wenig Öl hatte und ein paar Liter nachgefüllt wurden. All das war kaum besonders aufregend, abgesehen vom Datum. Es war der Tag, an dem Sullivans Haus gereinigt worden war.

Simon atmete heftiger, als sie mit gekreuzten Fingern aus dem Wagen stieg. Sie öffnete die Haube und ließ den Blick bedächtig über den Motor gleiten. Mit der Lampe leuchtete sie darüber, und in weniger als einer Minute fand sie, wonach sie suchte. Ein öliger Daumenabdruck prangte seitlich am Flüssigkeitsbehälter für die Scheibenwischanlage. Genau dort stützte man sich ab, wenn man sich vorbeugte, um den Öldeckel zu öffnen oder zu schließen. Mit einem Blick erkannte sie, dass es sich um keinen Abdruck von Pettis handelte. Ebenso wenig von einem der Mechaniker. Sie holte eine Karteikarte mit Budizinskis Fingerabdrücken darauf. Zu neunundneunzig Prozent war sie überzeugt, dass er nicht von ihm stammte, und sie sollte Recht behalten. Sorgsam bepulverte sie den Abdruck und nahm ihn ab, füllte eine Karte aus und rannte beinahe den ganzen Weg zu Franks Büro. Sie erwischte ihn mit Hut und Mantel, die er sogleich wieder ablegte.

»Du willst mich wohl auf den Arm nehmen, Laurie.«

»Frag doch Pettis, ob er sich erinnern kann, dass Rogers an dem Tag das Öl nachgefüllt hat.«

Frank rief bei der Reinigungsfirma an, doch Pettis hatte für heute bereits Feierabend gemacht. Bei ihm zu Hause ging niemand ans Telefon.

Simon betrachtete die Abdruckskarte, als handle es sich um das wertvollste Juwel auf Erden. »Lass gut sein. Ich vergleiche ihn mit unseren Aufzeichnungen. Wenn's sein muss, bleibe ich die ganze Nacht. Wir können Fairfax bitten, auf das AFIS der Staatspolizei zuzugreifen, unser verdammtes Terminal ist noch immer kaputt.« Simon sprach vom ›Automatischen-Fingerabdruck-Identifikations-System‹, das in Richmond verwaltet wurde. Mit Hilfe dieses Systems konnten Fingerabdrücke, die am Tatort gefunden wurden, mit den im Computer der Staatspolizei erfassten verglichen werden.

Frank überlegte einen Augenblick. »Ich weiß etwas Besseres.«

»Was denn?«

Frank zog eine Karte aus der Tasche, griff zum Hörer und wählte. Er sprach ins Telefon. »Agent Bill Burton, bitte.«

Burton holte Frank ab. Gemeinsam fuhren sie zum Hoover Building des FBI. Den meisten Touristen war das Gebäude als ziemlich hässlicher Betonklotz bekannt, den sie bei einem Besuch in Washington keinesfalls auslassen durften. Hier befand sich das National Crime Information Center (NCIC), eine vom FBI betriebene EDV-Anlage, welche vierzehn zentral verwaltete Datenbanken sowie zwei Untersysteme umfasste. Zusammengenommen ergab das die größte Datensammlung der Welt über bekannte Verbrecher. Das Automatische Identifikations-System des NCIC war der beste Freund jedes Polizisten. Bei zig Millionen erfasster Fingerabdruckskarten erhöhten sich die Chancen beträchtlich, dass Frank einen Treffer landete.

Burton und Frank standen in der Halle und tranken nervös Kaffee, nachdem sie den Abdruck an die Techniker des FBI übergeben hatten. Unmissverständlich hatte Burton sie angewiesen, den Auftrag möglichst weit vorne in der Liste einzureihen.

»Das wird eine Weile dauern, Seth. Der Computer wird einen Haufen Möglichkeiten ausspucken. Die endgültige Identifikation müssen die Techniker immer noch von Hand vornehmen. Ich bleibe hier und informiere Sie, sobald man eine Entsprechung gefunden hat.«

Frank sah auf die Uhr. Seine jüngste Tochter spielte in einer Schulaufführung mit, die in vierzig Minuten beginnen sollte. Zwar verkörperte sie bloß ein Gemüse, doch im Augenblick war es für das kleine Mädchen das Wichtigste auf der Welt.

»Sind Sie sicher?«

»Geben Sie mir nur eine Nummer, unter der ich Sie erreichen kann.«

Frank schrieb sie ihm auf und eilte hinaus. Der Abdruck konnte sich als bedeutungslos erweisen, vielleicht als der eines Tankstellenwärters, doch irgendetwas sagte Frank, dass dies nicht der Fall war. Christine Sullivan war mittlerweile seit einiger Zeit tot. Derart kalte Fährten blieben für gewöhnlich so kalt wie das Opfer, das zwei Meter unter der Erde ruhte. Die längsten zwei Meter, die ein Mensch zurücklegen musste. Aber diese kalte Spur war mit einem Mal brennend heiß geworden. Nun blieb abzuwarten, ob sie sich wieder abkühlen würde. Im Augenblick genoss Frank die Wärme. Er lächelte, und nicht ausschließlich über den Gedanken an seine fünfjährige Tochter, die als Gurke über die Bühne hüpfen würde.

Burton schaute ihm nach. Auch er lächelte, doch aus ganz anderem Grund. Das FBI arbeitete mit einem Erkennungsgrad und einer Wahrscheinlichkeit von über neunzig Prozent, wenn Fingerabdrücke durch das AFIS bearbeitet wurden. Das System würde am Ende höchstens zwei mögliche Entsprechungen ausspucken, wahrscheinlich überhaupt nur eine. Zudem hatte Burtons Anfrage eine höhere Priorität erhalten, als Frank glaubte. All das bedeutete für Burton den Gewinn von Zeit – wertvoller Zeit.

Später an jenem Abend starrte Burton auf einen ihm völlig fremden Namen.

LUTHER ALBERT WHITNEY.

Geboren 5.8.1933. Sozialversicherungsnummer 179-82-1244; die ersten drei Ziffern, 179, deuteten darauf hin, dass sie in Pennsylvania ausgestellt worden war. Hundertdreiundsiebzig Zentimeter groß, etwa sechzig Kilo, fünf Zentimeter lange Narbe auf dem linken Unterarm.

Über die so genannte 31-Datenbank des NCIC, den Interstate Identification Index, hatte Burton auch einen Einblick in die Vergangenheit des Mannes erhalten. Der Bericht enthielt drei Vorstrafen wegen Einbruchs in drei verschiedenen Staaten. Whitney hatte einige Zeit eingesessen, zuletzt war er Mitte der siebziger Jahre aus dem Gefängnis gekommen. Seither gab es nichts mehr. Zumindest nichts, von dem die Behörden wussten. Burton war solchen Männern schon früher über den Weg gelaufen. Es waren Leute, die sich auf ein Gebiet spezialisierten und darin immer besser wurden. Whitney zählte todsicher zu diesem Typ.

Einen Haken gab es jedoch: Die letzte bekannte Adresse war in New York, und sie war fast zwanzig Jahre alt.

Burton entschied sich für die einfachste Methode. Er eilte den Flur entlang zu einer Telefonzelle und packte sich sämtliche Telefonbücher der Umgebung. Zuerst versuchte er es mit Washington; überraschenderweise gab es dort niemanden dieses Namens. Dann folgte Virginia Nord. Hier waren drei Luther Whitneys aufgeführt. Er rief bei der Staatspolizei von Virginia an, wo er alte Bekannte hatte. Über den Computer wurde auf die Abteilung für Kraftfahrzeuge zugegriffen. Zwei der Luther Whitneys waren zweiunddreißig beziehungsweise fünfundachtzig Jahre alt. Doch Luther Whitney, wohnhaft 1645 East Washington Avenue, Arlington, war am 5. August 1933 geboren, und die Sozialversicherungsnummer, die in Virginia zugleich als Führerscheinnummer verwendet wurde, bestätigte, dass es sich um den Mann handelte. Aber war er auch Rogers?

Burton holte sein Notizbuch hervor. Frank war sehr zuvorkommend gewesen und hatte Burton die Ermittlungsakten durchsehen lassen. Dreimal läutete das Telefon, ehe Jerome Pettis den Hörer abnahm. Burton gab sich vage als einer von Franks Mitarbeitern zu erkennen und stellte die Frage. Fünf Sekunden verstrichen, während Burton sich bemühte, Ruhe zu bewahren und dem flachen Atem des Mannes am anderen Ende der Leitung lauschte. Die Antwort lohnte das kurze Warten.

»Ja, verdammt, das stimmt. Der Motor hätte sich fast festgefressen. Irgendjemand hatte den Öldeckel nicht richtig zugeschraubt. Hab Rogers gesagt, er soll's machen, weil er auf dem Ölkanister saß, den wir immer mithaben.«

Burton dankte ihm und hängte auf. Er sah auf die Uhr. Noch blieb ihm Zeit, bevor er Frank informieren musste. Dass Luther Whitney sich nach dem Mord nicht in die Nähe seines Hauses gewagt hatte, war so sicher wie das Amen im Gebet. Doch Burton wollte eine bessere Vorstellung von dem Kerl gewinnen und vielleicht einen Hinweis darauf, wo er sich verkrochen haben konnte. Am besten war dies möglich, indem er sich dort umsah, wo Whitney gelebt hatte. Bevor die Bullen es taten. So rasch ihn die Beine trugen, lief er zum Wagen.

Kalt und regnerisch war es wieder geworden; Mutter Natur spielte mit der mächtigsten Stadt auf Erden. Unerbittlich flogen die Scheibenwischer über die Windschutzscheibe. Kate wusste nicht genau, weshalb sie hier war. In all den Jahren hatte sie den Ort ein einziges Mal besucht. Damals saß sie im Wagen, während Jack hineinging, um ihrem Vater zu erzählen, dass sein einziges Kind und Jack heiraten wollten. Jack hatte darauf bestanden, obwohl sie behauptete, es wäre dem Mann sowieso egal. Offenbar hatte sie sich geirrt. Er war auf die Veranda getreten und hatte mit einem Lächeln zu ihr herübergeschaut. Aus seiner Haltung erkannte sie, dass er zögerte, sich ihr zu nähern. Er wollte ihr gratulieren, wusste aber nicht, wie er es angesichts der schwierigen Umstände anstellen sollte. Also schüttelte er Jack die Hand, klopfte ihm auf den Rücken und sah dann zu ihr herüber, als erwarte er ihre Zustimmung.

Unnachgiebig hatte Kate den Blick abgewandt und die Arme verschränkt, bis Jack schließlich zurück in den Wagen stieg und losfuhr. Im Seitenspiegel beobachtete sie die kleine Gestalt, während sie wegrollten. Luther wirkte viel kleiner als in ihrer Erinnerung, geradezu schmächtig. In ihrem Gedächtnis würde ihr Vater auf ewig als ein gewaltiges Mal all dessen dastehen, was sie verabscheute und fürchtete, ein Klotz, der alles um sich herum ausfüllte und allein durch seine überwältigende Masse jedem den Atem raubte. Offensichtlich hatte ein solches Wesen nie existiert, dennoch weigerte sie sich, das zuzugeben. Doch obwohl sie sich vorgenommen hatte, an diesem Bild nie mehr zu rütteln, konnte sie nicht wegschauen. Mehr als eine Minute lang, während der Wagen beschleunigte, blieb ihr Blick auf das Spiegelbild des Mannes geheftet, der ihr das Leben geschenkt und später wieder genommen hatte, so wie das ihrer Mutter, mit grausamer Endgültigkeit.

Während der Wagen davonfuhr, schaute er ihr weiterhin nach. Seine Züge verrieten eine Mischung aus Traurigkeit und Resignation, was sie überraschte. Doch sie erklärte sich das als einen weiteren seiner Tricks, ihr Schuldgefühle einzuflößen. Keiner seiner Handlungen konnte sie positive Aspekte abgewinnen. Er war ein Dieb. Er achtete das Gesetz nicht. Er war ein Barbar inmitten einer zivilisierten Gesellschaft. In seiner Brust war kein Platz für auch nur ein Quäntchen Aufrichtigkeit. Dann waren sie um eine Ecke gebogen und das Bild war verschwunden, als hätte es an einem Faden gehangen und wäre plötzlich weggezogen worden.

Kate bog in die Auffahrt ein. Das Haus war völlig dunkel. Von der Rückseite des vor ihr parkenden Autos wurde das Scheinwerferlicht zurückgeworfen und blendete sie. Sie schaltete die Lichter ab, holte tief Luft und stieg aus dem Wagen in das kalte Unwetter.

Der Schneefall der vergangenen Tage war nicht heftig gewesen; letzte Reste davon knirschten unter ihren Füßen, als sie zur Eingangstür hinaufstapfte. Die Temperaturen ließen erwarten, dass sich über Nacht Eis bilden würde. Sie stützte sich mit einer Hand am Wagen ihres Vaters ab, um nicht auszurutschen. Obwohl sie nicht erwartete, ihn zu Hause anzutreffen, hatte sie die Haare gewaschen und zurechtgemacht, eines der Kostüme angezogen, die sie üblicherweise nur vor Gericht trug und tatsächlich mehr als bloß einen Hauch Make-up aufgetragen. Immerhin war sie eine erfolgreiche Frau, und sollten sie einander zufällig von Angesicht zu Angesicht gegenüberstehen, sollte er erkennen, dass sie trotz seiner Vernachlässigung nicht nur überlebt hatte, sondern dass es ihr gut ging.

Der Schlüssel befand sich immer noch an derselben Stelle, von der ihr Jack vor vielen Jahren erzählt hatte. Sie hatte es immer als widersprüchlich empfunden, dass ein berufsmäßiger Einbrecher sein Eigentum so leicht zugänglich zurückließ. Als sie die Tür aufschloss und langsam hineintrat, bemerkte sie weder den Wagen, der auf der gegenüberliegenden Straßenseite anhielt, noch den Fahrer, der sie wachsam beobachtete und bereits ihr Kennzeichen notierte.

Das Haus hatte den muffigen Geruch eines lange verlassenen Ortes entwickelt. Gelegentlich hatte sie überlegt, wie es wohl im Inneren aussehen musste. Sie hatte sich stets vorgestellt, dass es sauber und ordentlich sein musste, und sie wurde nicht enttäuscht.

Ohne das Licht einzuschalten, setzte sie sich auf einen Stuhl im Wohnzimmer. Sie konnte nicht wissen, dass es der Lieblingssessel ihres Vaters war und dass Luther dasselbe getan hatte, als er ihre Wohnung heimsuchte.

Das Foto, das auf dem Kaminsims stand, musste beinahe dreißig Jahre alt sein. Kate, in den Armen ihrer Mutter, war von Kopf bis Fuß eingewickelt; unter dem rosa Häubchen lugten nur ein paar dunkle Haarbüschel hervor, obwohl sie mit einem auffallend dichten Wuschelkopf zur Welt gekommen war. Ihr Vater stand mit ruhigem Gesichtsausdruck und Schlapphut auf dem Kopf an der Seite ihrer Mutter. Seine mächtige Hand berührte Kates winzige Finger.

Dasselbe Foto hatte Kates Mutter bis zu ihrem Tod auf der Kommode stehen gehabt. Kate hatte es noch am Tag der Beerdigung weggeworfen. Sie fluchte auf die Intimität zwischen Vater und Tochter, die das Bild darstellte. Gleich nachdem ihr Vater in ihr Haus gekommen war, hatte sie es in den Müll verbannt. Sie war auf ihn losgegangen, mit einer Wut, einem Gefühlsausbruch, der immer unkontrollierter wurde, da er nicht darauf reagierte, sich in keiner Weise wehrte, sondern einfach dastand und den Hagel über sich ergehen ließ. Je ruhiger er wurde, desto weiter steigerte sich ihr Zorn, bis sie schließlich mit beiden Händen auf ihn einschlug. Man musste sie mit Gewalt zurückhalten. Erst da setzte ihr Vater den Hut wieder auf, legte die mitgebrachten Blumen auf den Tisch, ging zur Tür hinaus und schloss sie hinter sich. Sein Gesicht war gerötet von den Schlägen gewesen, und in seinen Augen hatten, aus einem anderen Grund, Tränen gestanden.

Als Kate nun auf dem Stuhl ihres Vaters saß, erkannte sie, dass auch er an diesem Tag getrauert hatte, getrauert um eine Frau, die er ein gut Teil seines Lebens gekannt und auf seine Art geliebt hatte; auch sie hatte ihn zweifelsohne geliebt. Kate fühlte einen Kloß im Hals, den sie eilig bekämpfte, indem sie sich an die Kehle fasste.

Sie stand auf und wanderte durch das Haus. Vorsichtig lugte sie in jeden Raum und wich wieder zurück. Je tiefer sie in das Privatleben ihres Vaters eindrang, desto nervöser wurde sie. Die Schlafzimmertür war nur angelehnt, und schließlich rang sie sich dazu durch, sie ganz aufzustoßen. Sie trat in den Raum und wagte, das Licht anzudrehen. Sobald die Augen sich der neuen Helligkeit anpassten, fiel ihr Blick auf den Nachttisch. Kate schritt näher darauf zu und setzte sich auf das Bett.

Die Fotosammlung war im Wesentlichen ein ihr gewidmeter Schrein. Die Bilder erzählten ihr ganzes Leben, von den ersten Tagen an. Offenbar war sie das Letzte, was ihr Vater jeden Abend sah, wenn er zu Bett ging. Am meisten jedoch überraschten sie die Fotos aus ihrem späteren Leben. Die Graduierung vom College und der Juristischen Fakultät. Ganz bestimmt war ihr Vater zu diesen Anlässen nicht eingeladen gewesen, doch hier waren sie dokumentiert. Auf keinem der Fotos blickte sie den Betrachter an. Entweder ging sie, oder sie winkte irgendjemandem zu, oder sie stand einfach da, augenscheinlich ohne sich der Kamera bewusst zu sein. Sie wandte sich dem letzten Bild zu. Darauf stieg sie die Stufen des Gerichtsgebäudes in Alexandria hinunter. Ihr erster Tag bei Gericht; höllisch nervös war sie gewesen. Zwar hatte es sich nur um eine Klage wegen eines geringfügigen Vergehens gehandelt, doch das breite Grinsen im Gesicht zeigte den absoluten Triumph.

Kate fragte sich, wie um alles in der Welt es möglich war, dass sie ihn nie bemerkt hatte. Vielleicht hatte sie ihn gesehen, wollte es sich aber nicht eingestehen.

Die erste Empfindung war Wut. All die Jahre hatte ihr Vater ihr nachspioniert. All diese außergewöhnlichen Augenblicke ihres Lebens. Er hatte sie vergewaltigt. Vergewaltigt durch seine unerwünschte Anwesenheit.

Die zweite Reaktion war wesentlich subtilerer Natur. Doch sie reichte aus, dass sie jäh von der Bettkante aufsprang und sich zur Tür wandte, um aus dem Zimmer flüchten.

Dabei krachte sie direkt in den riesenhaften Kerl, der dort stand.

»Nochmals Verzeihung, Ma'am, ich wollte Sie bestimmt nicht erschrecken.«

»Erschrecken? Mir ist vor Angst fast das Herz stehen geblieben.« Kate saß auf dem Bettrand und versuchte, sich wieder in den Griff zu bekommen, nicht mehr zu zittern. Die Kälte im Haus war dabei keine große Hilfe.

»Entschuldigen Sie die Frage, aber warum interessiert sich der Secret Service für meinen Vater?«

Sie betrachtete Bill Burton mit einem Blick, in dem so etwas wie Furcht lag. Zumindest deutete er es als Furcht. Er hatte sie im Schlafzimmer beobachtet, wie sie flink die Bilder durchsah, und er hatte aus den feinen Botschaften ihrer Körpersprache gelesen. Diese Fähigkeit hatte er im Laufe der Jahre entwickelt, in denen er unzählige Menschenmengen nach den ein oder zwei wirklich gefährlichen Gestalten absuchte, die dort lauern konnten. Tochter und Vater waren einander entfremdet. Schließlich war sie gekommen, um nach ihm zu sehen. Langsam fügte sich ein Bild zusammen, das Burton für seine Zwecke durchaus dienlich erschien.

»Tun wir eigentlich gar nicht, Ms Whitney. Die Polizei in Middleton dafür umso mehr.«

»Middleton?«

»Ja, Ma'am. Sicher haben Sie vom Mord an Christine Sullivan gehört.« Er ließ die Bemerkung in der Luft hängen, um zu beobachten, wie sie darauf reagierte. Wie erwartet. Völlig ungläubig.

»Sie meinen, mein Vater hat etwas damit zu tun?« Es war eine berechtigte Frage. Und sie klang nicht, als wollte sie ihn schützen. Burton erachtete das als bedeutsam und ebenfalls positiv für den Plan, den er sich zurechtgelegt hatte, als er sie erblickte.

»Der mit dem Fall betraute Ermittler will es nicht ausschließen. Anscheinend war Ihr Vater kurz vor dem Mord als Mitarbeiter einer Teppichreinigungsfirma unter falschem Namen in Sullivans Haus.«

Kate schnappte nach Luft. Ihr Vater hatte Teppiche gereinigt? Natürlich hatte er den Ort ausgekundschaftet, nach Schwachstellen gesucht, wie er es stets zu tun pflegte. Er hatte sich kein bisschen verändert. Aber Mord?

»Ich kann nicht glauben, dass er die Frau umgebracht hat.«

»Gut, aber dass er versucht hat, in das Haus einzubrechen, das können Sie glauben, nicht wahr, Ms Whitney? Ich meine, es wäre nicht das erste, auch nicht das zweite Mal, oder?«

Kate starrte auf ihre Hände. Schließlich nickte sie.

»Menschen ändern sich, Ma'am. Ich weiß zwar nicht, wie nahe Sie Ihrem Vater in letzter Zeit standen« – Burton bemerkte die winzige, doch erkennbare Regung in ihren Zügen –, »aber es weist alles darauf hin, dass er irgendwie darin verwickelt ist. Und die Frau ist tot. Vermutlich haben Sie schon mit weniger Beweisen Schuldsprüche erzielt.«

Kate bedachte ihn mit einem argwöhnischen Blick. »Woher wissen Sie so viel über mich?«

»Nun, wenn ich eine Frau in das Haus eines Mannes schleichen sehe, der von der Polizei gesucht wird, tue ich, was jeder Kriminalbeamte tun würde. Ich habe Ihr Kennzeichen überprüfen lassen. Ihr Ruf eilt Ihnen voraus, Ms Whitney. Die Staatspolizei hält große Stücke auf Sie.«

Sie sah sich im Zimmer um. »Er ist nicht hier. Sieht aus, als wäre er schon länger nicht hier gewesen.«

»Ja, Ma'am, ich weiß. Sie haben nicht zufällig eine Ahnung, wo er sich aufhalten könnte? Er hat nicht versucht, mit Ihnen in Kontakt zu treten oder so?«

Kate dachte an Jack und seinen nächtlichen Besucher.

»Nein.« Die Antwort kam rasch, ein wenig zu rasch für Burtons Geschmack.

»Es wäre besser, wenn er sich stellt, Ms Whitney. Da draußen laufen eine Menge schießwütiger Streifenpolizisten herum.« Vielsagend zog Burton die Augenbrauen hoch.

»Ich weiß nicht, wo er ist, Mr Burton. Mein Vater und ich ... wir standen uns ... lange Zeit nicht sehr nahe.«

»Aber jetzt sind Sie hier, und Sie wussten, wo er den Reserveschlüssel aufbewahrt.«

Ihre Stimme schwoll um eine Oktave an. »Ich habe heute zum ersten Mal einen Fuß in dieses Haus gesetzt.«

Burton studierte ihren Gesichtsausdruck und entschied, dass sie die Wahrheit sagte.

»Gibt es irgendeine Möglichkeit, wie Sie ihn erreichen können?«

»Wieso? Ich will mit der ganzen Sache wirklich nichts zu tun haben, Mr Burton.«

»Nun, in gewisser Weise haben Sie das bereits, Ms Whitney. Sie sollten besser mit uns zusammenarbeiten.«

Kate packte ihre Handtasche und erhob sich.

»Hören Sie, Agent Burton, Sie können mir nichts vormachen, ich bin schon zu lange im Geschäft. Wenn die Polizei unbedingt ihre Zeit damit verschwenden will, mich zu befragen, ich stehe im Telefonbuch. Im Bundestelefonbuch unter Staatsanwälte. Auf Wiedersehen.«

Sie ging auf die Tür zu.

»Ms Whitney?«

Im Zurückdrehen bereitete sie sich auf ein verbales Gefecht vor. Secret Service oder nicht, sie würde sich von dem Kerl keinen Unsinn erzählen lassen.

»Wenn Ihr Vater ein Verbrechen begangen hat, dann sollte er vor unabhängige Geschworene gestellt und verurteilt werden. Ist er unschuldig, kommt er frei. So ist das System gedacht. Das wissen Sie besser als ich.«

Kate wollte eben antworten, als ihr Blick auf die Bilder fiel. Ihr erster Gerichtstag. Er schien ein Jahrhundert zurückzuliegen, und das traf die Sache weit besser, als sie sich je eingestanden hätte. Das Lächeln, die naiven Träume, mit denen jeder begann; Vollkommenheit das einzige Ziel. Schon vor langer Zeit war sie auf den Boden der Realität zurückgeholt worden, und nicht ausschließlich von der Schwerkraft.

Die bissige Bemerkung, die sie auf der Zunge gehabt hatte, entschwand ihr; verlor sich im Lächeln einer jungen Frau, die so viel aus ihrem Leben hatte machen wollen.

Bill Burton sah zu, wie sie sich umwandte und hinausging. Er schaute zu den Bildern hinüber und wieder zurück zu der Tür, durch die sie verschwunden war.

KAPITEL 17

»Verdammt noch mal, das hätten Sie nicht tun sollen, Bill. Sie haben gesagt, Sie würden sich nicht in die Ermittlungen mischen. Ich sollte Sie gleich dafür einbuchten. Das würde Ihrem Boss sicher gut gefallen.« Seth Frank stieß die Schreibtischlade zu und stand auf. Seine Augen funkelten den großen Mann an.

Bill Burton, der bis dahin auf und ab gegangen war, setzte sich. Er hatte ein Donnerwetter erwartet.

»Sie haben Recht, Seth. Aber, verflucht noch mal, ich war lange Zeit Bulle. Ich konnte Sie nicht erreichen, also bin ich bloß hingefahren, um mich umzusehen. Plötzlich sehe ich, wie eine Frau hineinhuscht. Was hätten Sie getan?«

Frank erwiderte nichts.

»Hören Sie, Seth, treten Sie mir ruhig in den Hintern; aber glauben Sie mir, mein Freund, diese Frau ist unser Ass im Ärmel. Mit ihr können wir den Kerl festnageln.«

Seths Züge entspannten sich, der Zorn löste sich auf.

»Wovon reden Sie?«

»Das Mädchen ist seine Tochter, sein einziges Kind. Luther Whitney ist ein dreifach vorbestrafter Berufsverbrecher, der offenbar mit zunehmendem Alter besser geworden ist. Seine Frau hat sich letztlich von ihm scheiden lassen, richtig? Sie konnte es nicht mehr ertragen. Und als sie ihr Leben endlich in den Griff bekommt, stirbt sie an Brustkrebs.«

Er hielt inne.

Nun lauschte Seth Frank mit beiden Ohren. »Nur weiter.«

»Kate Whitney ist total am Boden zerstört, als ihre Mutter stirbt, und gibt ihrem Vater die Schuld. So verbittert ist sie, dass sie sich völlig von ihm lossagt. Sie studiert Jura und wird stellvertretende Staatsanwältin. Damit nicht genug, sie erarbeitet sich den Ruf, besonders unerbittlich bei Eigentumsdelikten wie Einbruch, Diebstahl und Raub zu sein. Für gewöhnlich beantragt sie in solchen Fällen die Höchststrafe, die sie, wie ich hinzufügen möchte, auch meist durchsetzt.«

»Woher wissen Sie das alles?«

»Aus ein paar gezielten Telefonaten. Die Menschen reden gerne über den Kummer anderer; es gibt ihnen das Gefühl, ihr eigenes Leben sei besser, auch wenn das selten zutrifft.«

»Und wohin führt uns das familiäre Chaos?«

»Seth, bedenken Sie doch die Möglichkeiten. Das Mädchen hasst seinen alten Herrn. Hasst ihn, fett gedruckt und großgeschrieben.«

»Sie wollen sie also benützen, um an ihn heranzukommen. Wie soll das funktionieren, wenn die beiden einander so entfremdet sind?«

»Das ist der springende Punkt. So wie es aussieht, geht der Hass nur von ihr aus. Nicht von ihm. Er liebt sie, liebt sie mehr als alles andere. Er hat ihr einen regelrechten Schrein in seinem Schlafzimmer eingerichtet. Glauben Sie mir, er wird anbeißen.«

»Falls – und ich betrachte es nach wie vor als großes FALLS – sie bereit ist, mit uns zusammenzuarbeiten, wie soll sie mit ihm in Kontakt treten? Er wird nicht zu Hause vor dem Telefon lungern, so viel steht wohl fest.«

»Nein, aber ich möchte wetten, dass er den Anrufbeantworter abhört. Sie sollten sein Haus sehen. Der Kerl ist so was von penibel. Alles steht dort, wo es hingehört. Die Rechnungen sind wahrscheinlich im Voraus bezahlt. Und er hat keine Ahnung, dass wir ihm auf den Fersen sind. Zumindest noch nicht. Vermutlich überprüft er den Anrufbeantworter ein- bis zweimal jeden Tag. Nur für alle Fälle.«

»Sie soll also eine Nachricht hinterlassen und einen Treffpunkt vereinbaren, wo wir ihn uns dann greifen?«

Burton stand auf, schnippte zwei Zigaretten aus der Packung und reichte Frank eine. Es dauerte einen Augenblick, bis beide angezündet waren.

»Ich persönlich glaube, es könnte funktionieren. Außer Sie haben eine bessere Idee.«

»Wir müssen sie erst noch überzeugen. Nach allem, was Sie erzählen, scheint sie nicht allzu bereitwillig zu sein.«

»Sie sollten besser allein mit ihr reden. Vielleicht bin ich zu grob mit ihr umgesprungen. Das passiert mir öfter.«

Frank nahm Hut und Mantel, dann hielt er inne.

»Hören Sie, ich wollte Ihnen nicht auf die Füße treten.«

Burton grinste. »Sicher wollten Sie das. Hätt ich an Ihrer Stelle ebenso gemacht.«

»Ich bin dankbar für die Hilfe.«

»Jederzeit.«

Seth wollte hinausgehen.

»He, Seth, tun Sie einem alten Furz von einem Ex-Bullen einen Gefallen?«

»Welchen?«

»Lassen Sie mich dabei sein, wenn die Falle zuschnappt. Ich möchte unbedingt sein Gesicht sehen, wenn die Handschellen klicken.«

»Genehmigt. Ich ruf Sie an, nachdem ich mit ihr gesprochen habe. Dieser Bulle geht jetzt heim zu seiner Familie. Sie sollten das Gleiche tun, Bill.«

»Nachdem ich meine Zigarette ausgeraucht habe.«

Frank verließ den Raum. Burton setzte sich, rauchte gemächlich zu Ende und löschte den Stummel in einer halb vollen Tasse Kaffee aus.

Natürlich hätte er Whitneys Namen dem Kommissar vorenthalten können; er hätte ihm nur zu sagen brauchen, das FBI habe nichts gefunden. Aber das war ein allzu gewagtes Spiel. Hätte Frank es jemals entdeckt – und dafür bestanden Dutzende Möglichkeiten –, dann hätte Burton dagehangen. Nur die Wahrheit hätte ihm dann noch helfen können, und die Wahrheit stand selbstverständlich nicht zur Debatte. Außerdem war es für Burton unerlässlich, dass Frank Whitneys Identität kannte. Der Plan des Secret-Service-Agenten sah vor, dass der Ermittler den Exsträfling für ihn aufspüren sollte. Finden ja, verhaften nein.

Burton stand auf, zog sich den Mantel an. Luther Whitney. Zur falschen Zeit am falschen Ort, mit den falschen Leuten. Nun, zumindest würde er es nicht kommen sehen, wenn das ein Trost war. Er würde nicht einmal den Schuss hören. Sekundenbruchteile, bevor die Synapsen den Impuls an das Gehirn senden konnten, würde er bereits tot sein. So konnte sich das Blatt wenden. Manchmal zum Guten, manchmal zum Schlechten. Wäre ihm nun noch etwas eingefallen, wie er den Präsidenten und die Stabschefin dabei an den Kanthaken kriegen konnte, der Tag wäre ein voller Erfolg gewesen. Das jedoch, so fürchtete Burton, ging selbst über seine Möglichkeiten hinaus.

Collin parkte den Wagen ein Stück weiter unten an der Straße. Sanft segelten die letzten bunten Blätter, die träge in der Brise trieben, auf ihn herab. Er war leger gekleidet: Jeans, Baumwollpullover und Lederjacke. Die Jacke war an der Schulter nicht ausgebeult. Sein Haar war noch feucht von einer hastigen Dusche. Die bloßen Knöchel lugten aus den Halbschuhen hervor. Er sah aus, als wäre er auf dem Weg in die Universitätsbibliothek, um noch spät zu lernen, oder zu einer Party nach dem allsamstäglichen Footballspiel.

Während er zum Haus hinaufging, wurde er nervös. Ihr Anruf hatte ihn überrascht. Geklungen hatte sie normal. In ihrer Stimme lag keine Schärfe, keine Strenge. Burton meinte, sie hätte es verhältnismäßig gut aufgenommen. Doch er wusste, wie grob Burton sein konnte, und deshalb machte er sich Sorgen. Burton an seiner Stelle zu dem Rendezvouz gehen zu lassen war vermutlich kein Geniestreich gewesen. Aber es stand zu viel auf dem Spiel. Das hatte Burton ihm klar gemacht.

Auf sein Klopfen hin öffnete sich die Tür; Collin trat ein. Als er sich umdrehte, wurde die Tür geschlossen. Da stand sie und lächelte. Sie trug ein glattes, weißes Negligé, das an den richtigen Stellen zu kurz und zu eng war, und stellte sich auf die Zehenspitzen, um ihn zärtlich auf die Lippen zu küssen. Dann nahm sie ihn an der Hand und führte ihn ins Schlafzimmer.

Sie bedeutete ihm, sich aufs Bett zu legen. Vor ihm stehend, löste sie die Träger, die den dünnen Stoff hielten und ließ das Hemd zu Boden fallen. Er wollte sich aufrichten, doch sie drückte ihn sanft zurück.

Gemächlich bestieg sie ihn und fuhr ihm mit den Fingern durchs Haar. Eine Hand ließ sie nach unten auf seine Erektion gleiten und strich mit der Spitze ihres Fingernagels über die Jeans. Beinahe schrie er auf, als die Hose zu eng wurde. Abermals versuchte er, sie zu berühren, doch sie hielt ihn ab. Sie öffnete seinen Gürtel und machte die Hose auf, zog sie ihm aus. Dann befreite sie sein restlos steifes Glied. Es sprang ihr förmlich entgegen, und sie klemmte es zwischen die Beine, drückte es fest zwischen die Schenkel.

Die Lippen senkte sie auf die seinen hinab, dann flüsterte sie ihm ins Ohr.

»Tim, du willst mich doch, nicht wahr? Du willst mich so sehr, oder?«

Stöhnend fasste er ihr an den Hintern, doch sie schob die Hände sofort weg.

»Oder?«

»Ja.«

»Ich wollte dich vergangene Nacht auch so sehr. Und dann kam er.«

»Ich weiß, es tut mir Leid deswegen. Wir haben geredet, und …«

»Ich weiß, er hat es mir erzählt. Auch, dass du nichts

über uns gesagt hast. Dass du dich wie ein Ehrenmann verhalten hast.«

»Dieser Teil ging ihn nichts an.«

»Genau, Tim. Es ging ihn nichts an. Und jetzt willst du mich ficken, nicht?«

»Ja, ja, Gloria. Natürlich will ich.«

»So sehr, dass es wehtut.«

»Es bringt mich um. Verdammt, es bringt mich um.«

»Du fühlst dich so gut an, Tim. Gott, fühlst du dich gut an.«

»Warte, Baby, warte. Du weißt noch nicht, was gut ist.«

»Doch, Tim. Ich kann an nichts anderes mehr denken, als mit dir zu schlafen. Das weißt du doch, nicht wahr?«

»Ja.« Collins Verlangen schmerzte mittlerweile so sehr, dass seine Augen tränten.

Belustigt leckte sie an den Tränen.

»Und du bist sicher, dass du mich willst? Bist du ganz sicher?«

»JA!«

Collin wusste es, bevor der Verstand es tatsächlich registrierte. Es fühlte sich an wie ein kalter Luftstoß.

»Raus mit dir!« Die Worte kamen langsam, überlegt, als wären sie häufig geübt worden, damit sie auch bestimmt den richtigen Klang und Tonfall hatten. Jede Silbe war betont. Russell stieg von ihm herunter, sorgsam darauf bedacht, genug Druck auf seine Erektion auszuüben, dass er nach Luft schnappte.

»Gloria –«

Noch bevor er sich aufrichten konnte, flogen ihm die Jeans ins Gesicht. Als er sie wegnahm und sich aufsetzte, hatte sie bereits einen dicken, knöchellangen Bademantel um sich geschlungen.

»Raus aus meinem Haus, Collin. Sofort.«

Rasch zog er sich an. Es war ihm peinlich, dass sie danebenstand und ihn beobachtete. Sie folgte ihm zum Eingang, und als er gerade hinausgehen wollte, stieß sie ihn durch die Tür und warf sie hinter ihm zu.

Einen Augenblick schaute er zurück und überlegte, ob sie hinter der Tür wohl lachte, weinte, oder überhaupt keine Gefühlsregung zeigte. Verletzen hatte er sie nicht wollen. Bloßgestellt hatte er sie zweifellos. Aber sie hatte ihm die Erniedrigung heimgezahlt, indem sie ihn an die Schwelle äußerster Erregung brachte und wie ein Versuchskarnickel manipulierte, um dann das Beil auf ihn herabsausen zu lassen.

Während er die Straße hinunterging und an ihren Gesichtsausdruck zurückdachte, empfand er Erleichterung, weil die kurze Beziehung vorbei war.

Zum ersten Mal, seit sie im Büro der Staatsanwaltschaft arbeitete, meldete Kate sich krank. Sie hatte die Bettdecke bis ans Kinn gezogen und starrte, auf Kissen gestützt, hinaus in den trostlosen Morgen. Sooft sie versuchte, aus dem Bett zu steigen, türmte sich das Bild von Bill Burton vor ihr auf wie ein scharfkantiger Granitblock, der sie zu zerquetschen drohte.

Kate rutschte tiefer unter die Decke, ließ sich in die weiche Matratze sinken wie in warmes Wasser, unter die Oberfläche, wo sie weder hören noch klar sehen konnte, was um sie herum vor sich ging.

Bald würden sie kommen. Wie bei ihrer Mutter, vor all den Jahren. Leute, die sich hereindrängten und Kates Mutter mit Fragen bombardierten, die sie unmöglich beantworten konnte. Auf der Suche nach Luther.

Sie dachte an Jacks Gefühlsausbruch in jener Nacht und schloss fest die Augen, als sie versuchte, seine Worte zu verdrängen.

Zum Teufel mit ihm!

Kate war müde, müder als je ein Prozess sie gemacht hatte. Luther hatte ihr das angetan, genauso, wie er es ihrer Mutter angetan hatte. In sein Netz hatte er Kate hineingezogen, obwohl sie davon nichts wissen wollte, es verabscheute und vernichtet hätte, wäre das in ihrer Macht gestanden.

Unfähig zu atmen, setzte sie sich wieder auf. Fest umklammerte sie mit den Fingern die Kehle, während sie versuchte, einen weiteren Anfall zu unterdrücken. Als er vorüberging, rollte sie sich auf die Seite und betrachtete das Bild ihrer Mutter.

Er war alles, was sie noch hatte. Fast war ihr zum Lachen zu Mute. Luther Whitney war ihre ganze Familie. Gott helfe ihr!

Sie drehte sich auf den Rücken und wartete. Wartete auf das Klopfen an der Tür. Von Mutter zu Tochter. Nun war sie an der Reihe.

Im selben Augenblick, kaum zehn Minuten zu Fuß entfernt, starrte Luther abermals auf den alten Zeitungsartikel. Neben seinem Ellbogen stand unbeachtet eine Tasse Kaffee. Im Hintergrund summte der kleine Kühlschrank. In der Ecke lief CNN. Ansonsten war es völlig ruhig im Zimmer.

Wanda Broome war eine Freundin gewesen. Eine gute Freundin. Seit sie sich damals in Philadelphia bei der Bewährungshilfe kennen gelernt hatten, nachdem Luther seine letzte und Wanda ihre erste und einzige Haftstrafe abgesessen hatte. Nun war auch sie tot. In dem Artikel stand, dass sie sich das Leben genommen hatte. Man hatte sie vornübergebeugt auf dem Vordersitz ihres Wagens gefunden, mit einem Haufen Pillen im Magen.

Luther hatte nie ein normales Leben geführt; dennoch wurde das hier selbst für ihn allmählich zu viel. Ein fortwährender Albtraum hätte es sein können, doch jedes Mal, wenn er in den Spiegel blickte, und Wasser von den rasch ergrauenden und mit jedem Tag eingefalleneren Zügen troff, wusste Luther, dass er nicht daraus erwachen würde. Dieser Albtraum hatte kein Ende.

Die Ironie im Schatten von Wandas tragischem Tod war, dass der Einbruch bei Sullivan ihre Idee gewesen war. Rückblickend war es eine lausige, eine schlimme Idee gewesen, doch sie war Wandas erstaunlichem Einfallsreichtum entsprungen. Und ungeachtet Luthers und ihrer Mutter Warnungen hatte sie unbeirrt daran festgehalten.

Gemeinsam hatten sie das Vorhaben geplant, ausgeführt hatte er es. So einfach war das. Und bei genauerer Überlegung musste er sich eingestehen, dass er es als eine Herausforderung angesehen hatte, die zudem reiche Beute versprach. Zusammengenommen ergab das einen Reiz, dem zu widerstehen schwer fiel.

Wie Wanda sich wohl gefühlt haben musste, als Christine Sullivan nicht in das Flugzeug gestiegen war und keine Möglichkeit bestand, Luther mitzuteilen, dass die Bahn nicht annähernd so frei war, wie sie angenommen hatten.

Sie war Christine Sullivans Freundin gewesen, hatte die Frau aufrichtig gemocht, den einzigen wirklichen Menschen in Walter Sullivans opulentem Leben, wo alle anderen nicht nur schön wie Christine Sullivan, sondern auch gebildet und niveauvoll waren und über hervorragende Beziehungen verfügten. Eigenschaften, die Christine Sullivan nie besaß und nie erlangt hätte. Auf Grund dieser sich entwickelnden Freundschaft hatte Christine Sullivan begonnen, Wanda von Dingen zu erzählen, die sie besser für sich behalten hätte, letztlich sogar vom Versteck und Inhalt des Tresors hinter dem Spiegel.

Wanda war überzeugt, die Sullivans besäßen so viel, dass sie auf das Wenige sicher verzichten konnten. Doch die Welt dreht sich nicht nach diesem Prinzip. Luther wusste das, vermutlich auch Wanda, aber es hatte keine Rolle gespielt. Nun schon gar nicht mehr.

Nach einem Leben voll harter Arbeit, in dem Geld stets Mangelware war, griff Wanda nach ihrem Glückstreffer. Genauso, wie Christy Sullivan es getan hatte. Keine der beiden hatte erkannt, wie hoch der Preis für solche Dinge tatsächlich war.

Luther war nach Barbados geflogen und hätte Wanda dort eine Nachricht zukommen lassen, wäre sie nicht bereits abgereist gewesen. So sandte er den Brief an ihre Mutter. Gewiss hatte Edwina ihn ihr gezeigt. Doch hatte sie ihm geglaubt? Christine Sullivans Leben war der Preis gewesen. Der Preis für Wandas Gier und Sehnsucht nach Dingen, auf die sie kein Recht hatte; so hätte Wanda es empfunden. Luther konnte sich gut vorstellen, welche Gedanken seine Freundin bewegt hatten, als sie allein an die einsame Stelle hinausfuhr, den Deckel von dem Tablettenglas schraubte und in den Schlaf ohne Erwachen sank.

Und er hatte nicht einmal dem Begräbnis beiwohnen können. Ebenso wenig konnte er Edwina Broome mitteilen, wie Leid es ihm tat, ohne dabei zu riskieren, sie in seinen Albtraum hineinzuziehen. Edwina stand er genauso nahe wie früher Wanda, in mancher Hinsicht vielleicht noch näher. Zahlreiche Nächte hatten Edwina und er erfolglos versucht, Wanda von ihrem Vorhaben abzubringen. Erst als klar wurde, dass Wanda es mit oder ohne Luther getan hätte, bat Edwina Broome Luther, sich um ihre Tochter zu kümmern, sie nicht wieder ins Gefängnis wandern zu lassen.

Schließlich wandte er die Aufmerksamkeit den Privatanzeigen in der Zeitung zu. Nach wenigen Sekunden fand er, wonach er suchte. Kein Lächeln trat in sein Gesicht, als er die Anzeige las. Wie Bill Burton war Luther, wenn auch aus anderen Gründen, der Ansicht, dass Gloria Russell über keinerlei positive Eigenschaften verfügte.

Hoffentlich nahmen sie an, ihm ginge es nur um Geld. Er holte ein Blatt Papier hervor und begann zu schreiben.

»Überprüfen Sie das Konto.« Burton saß der Stabschefin in ihrem Büro gegenüber. Er nippte an einer Cola Light, sehnte sich aber nach etwas Stärkerem.

»Ich bin schon dabei, Burton.« Russell steckte sich den Ohrring wieder an und legte den Telefonhörer zurück auf die Gabel.

Collin saß schweigend in einer Ecke. Die Stabschefin hatte bisher noch keine Notiz von seiner Anwesenheit genommen, obwohl er gemeinsam mit Burton ins Zimmer gekommen war. Collin nahm nicht an, dass sich daran etwas ändern würde.

»Wann will er noch mal das Geld?« Burton sah sie an.

»Wenn nicht bis Geschäftsschluss eine Überweisung auf dem angegebenen Konto eingeht, hat keiner von uns eine Zukunft.« Sie ließ den Blick zu Collin wandern, dann zurück zu Burton.

»Scheiße.« Burton stand auf.

Finster blickte Russell ihn an. »Ich dachte, Sie wollten sich darum kümmern, Burton?«

Er ignorierte den Blick. »Wie soll die Übergabe verlaufen?«

»Sobald er das Geld erhalten hat, teilt er uns mit, wo wir den Gegenstand finden.«

»Also müssen wir ihm vertrauen?«

»Sieht ganz so aus.«

»Woher weiß er überhaupt, dass Sie den Brief schon bekommen haben?« Burton begann, im Zimmer auf und ab zu laufen.

»Er lag heute Morgen im Briefkasten. Die Post wird aber erst nachmittags zugestellt.«

Burton ließ sich in einen Stuhl fallen. »Im Briefkasten! Sie meinen, er war bei Ihrem Haus?«

»Ich bezweifle, dass er für diese besondere Mitteilung einen Überbringer gewählt hätte.«

»Wieso wussten Sie, dass Sie in den Briefkasten sehen mussten?«

»Die Flagge war oben.« Beinahe musste Russell lächeln.

»Der Kerl hat wirklich Nerven, Chefin, das muss man ihm lassen.«

»Anscheinend bessere als Sie beide.« Sie verlieh der Bemerkung Nachdruck, indem sie Collin eine volle Minute lang anstarrte. Er wand sich unter ihrem Blick und schlug schließlich die Augen nieder.

Innerlich grinste Burton über den Blickwechsel. Es war

gut so; in ein paar Wochen würde ihm der Junge dafür dankbar sein, dass er ihn aus dem Netz dieser schwarzen Witwe gerettet hatte.

»Mich überrascht gar nichts, Chefin. Nicht mehr. Wie steht's mit Ihnen?« Er sah erst sie, dann Collin an.

Russell überging die Anspielung. »Wenn wir das Geld nicht überweisen, müssen wir damit rechnen, dass er bald an die Öffentlichkeit geht. Was wollen Sie dagegen tun?«

Das kühle Gebaren der Stabschefin war nicht gespielt. Sie war zu dem Schluss gekommen, dass sie genug geweint hatte und dass sie es satt hatte, sich ständig übergeben zu müssen. Sie war so verletzt und bloßgestellt worden, dass es ihr bis ans Lebensende reichte. Was auch kommen mochte, sie fürchtete nichts mehr. Es war ein überraschend angenehmes Gefühl.

»Wie viel will er?«, fragte Burton.

»Fünf Millionen«, antwortete sie trocken.

Burtons Augen weiteten sich. »Und Sie haben so viel Geld? Wo?«

»Das geht Sie nichts an.«

»Weiß der Präsident davon?« Burton stellte die Frage, obwohl er die Antwort bereits kannte.

»Auch das geht Sie nichts an.«

Burton ließ es dabei bewenden. Was kümmerte es ihn auch?

»Schon gut. Nun, um Ihre Frage zu beantworten, wir *werden* etwas dagegen unternehmen. Ich an Ihrer Stelle würde mir schon eine Möglichkeit überlegen, das Geld später irgendwie zurückzuholen. Jemand, der nicht mehr unter den Lebenden weilt, kann mit fünf Millionen Dollar nicht viel anfangen.«

»Sie können niemanden töten, an den sie nicht rankommen«, schoss Russell zurück.

»Stimmt. Stimmt genau, Chefin.« Burton setzte sich wieder hin und dachte zurück an die Unterhaltung vom Vortage mit Seth Frank.

Als Kate ihren Besucher empfing, war sie vollständig angezogen. Aus irgendeinem Grund hatte sie das Gefühl gehabt, dass sie, bloß im Bademantel, die Befragung länger ausstehen, mit jeder Frage verwundbarer erscheinen müsste. Verwundbar wollte sie unter keinen Umständen wirken, denn genau so fühlte sie sich.

»Mir ist nicht klar, was Sie eigentlich von mir wollen.«

»Nur ein paar Auskünfte, das ist alles, Ms Whitney. Ich weiß, dass Sie bei Gericht arbeiten, und glauben Sie mir, es widerstrebt mir, Sie mit all dem zu belasten, aber augenblicklich ist Ihr Vater mein Hauptverdächtiger in einem äußerst brisanten Fall.« Frank blickte sie ernst an.

Die beiden saßen in dem kleinen Wohnzimmer. Frank hatte sein Notizbuch herausgeholt. Kate saß kerzengerade am Rand der Couch und versuchte, ruhig zu bleiben, obwohl ihre Finger ständig zu der zarten Halskette hinaufgingen und sie in kleine, wirre Knoten rollten.

»Nach allem, was Sie mir erzählen, Lieutenant, haben Sie nicht viel in der Hand. Wäre ich bei diesem Fall der Staatsanwalt, ich glaube nicht, dass ich genug hätte, um einen Haftbefehl ausstellen zu lassen, geschweige denn, um ein Verfahren einzuleiten.«

»Vielleicht, vielleicht auch nicht.« Frank beobachtete, wie sie mit der Kette spielte. Er war nicht wirklich hier, um Auskünfte einzuholen. Wahrscheinlich wusste er mehr über ihren Vater als sie selbst. Aber er musste sie behutsam in die Falle locken. Denn so betrachtete er es, als Falle. Eine Falle für jemand anderen. Außerdem, wieso sollte sie Einwände haben? Es war eigentlich anzunehmen, dass es ihr ziemlich egal sein müsste, was mit ihrem Vater passierte; zumindest machte es die Sache für ihn einfacher.

Frank fuhr fort. »Ich erzähle Ihnen von ein paar interessanten Zufällen. Wir haben die Fingerabdrücke Ihres Vaters am Lastwagen einer Reinigungsfirma gefunden, von dem wir *wissen,* dass er kurz vor dem Mord bei Sullivans Haus war. Dadurch konnten wir ihn identifizieren. Ferner ist es eine Tatsache, dass er einen falschen Namen, eine falsche

Adresse und eine falsche Sozialversicherungsnummer angegeben hat, als er sich um den Job bewarb. Außerdem wissen wir, dass Ihr Vater in dem Haus war, sogar in dem Schlafzimmer, kurz bevor das Verbrechen verübt wurde. Dafür haben wir zwei Augenzeugen. Und es ist eine Tatsache, dass er anscheinend verschwunden ist.«

Kate sah ihn an. »Er ist vorbestraft. Wahrscheinlich hat er die richtigen Daten nicht angegeben, weil er fürchtete, die Arbeit sonst nicht zu bekommen. Dann meinen Sie, er sei verschwunden. Haben Sie je daran gedacht, er könnte unterwegs sein? Selbst Ex-Knackis machen mal Urlaub.« Unglaublich, aber wahr, die Prozessanwältin ertappte sich dabei, dass sie instinktiv ihren Vater verteidigte. Greller Schmerz schoss durch ihren Kopf. Unwillkürlich rieb sie sich die Schläfen.

»Eine weitere aufschlussreiche Entdeckung ist, dass Ihr Vater mit Wanda Broome befreundet war, Christine Sullivans Hausdame und persönliche Vertraute. Ihr Vater und Wanda Broome hatten damals in Philadelphia denselben Bewährungshelfer. Offenbar haben die beiden in all den Jahren nie den Kontakt zueinander verloren. Ich wette, Wanda wusste von dem Safe im Schlafzimmer.«

»Und?«

»Also habe ich mit Wanda Broome gesprochen. Es war offensichtlich, dass sie mehr über die Angelegenheit wusste, als sie zugeben wollte.«

»Warum reden Sie dann nicht mit ihr, anstatt hier mit mir Ihre Zeit zu verschwenden? Vielleicht hat sie das Verbrechen selbst begangen.«

»Sie befand sich zu der Zeit außer Landes, das können hundert Augenzeugen bestätigen.« Frank ließ sich einen Augenblick Zeit und räusperte sich. »Außerdem kann ich nicht mehr mit ihr reden, denn sie hat Selbstmord begangen. Sie hat eine Nachricht hinterlassen, in der steht, es täte ihr Leid.«

Kate erhob sich und starrte mit leerem Blick aus dem Fenster. Eiskalte Hände schienen sie zu umfassen.

Frank wartete ein paar Minuten. Während er sie betrachtete, überlegte er, wie sie sich wohl dabei fühlen musste, den immer stichhaltigeren Indizien gegen ihren Vater zu lauschen. Gegen den Mann, der geholfen hatte, sie zu zeugen, und der sie dann offenbar im Stich gelassen hatte. War da noch Liebe? Frank hoffte nicht. Zumindest hoffte es der Fahnder der Mordkommission nicht. Der Vater von drei Kindern jedoch fragte sich, ob dieses Gefühl jemals völlig ausgelöscht werden konnte, ganz gleich, was vorgefallen sein mochte.

»Ms Whitney, ist alles in Ordnung?«

Kraftlos wandte sich Kate vom Fenster ab. »Können wir irgendwo hingehen? Ich habe schon eine ganze Weile nichts mehr gegessen und habe nichts hier.«

Ihr Weg führte sie in dasselbe Restaurant, wo Jack und Luther sich getroffen hatten. Während Frank sich gierig über seine Portion hermachte, rührte Kate nichts an.

Er schaute auf ihren Teller hinüber. »Sie haben das Lokal ausgesucht, also nahm ich an, Sie mögen das Essen. Wissen Sie, das ist nichts Persönliches, aber Sie könnten ein paar Pfund mehr durchaus vertragen.«

Endlich blickte Kate zu ihm auf. Ein schwaches Lächeln trat in ihr Gesicht. »Sind Sie nebenher auch noch Gesundheitsapostel?«

»Ich habe drei Töchter. Die älteste ist siebzehn; sie führt sich auf wie eine Vierzigjährige und ist felsenfest davon überzeugt, fett zu sein. Ich meine, sie hat vielleicht fünfzig Kilo und ist schon beinahe so groß wie ich. Hätte sie nicht so rosige Wangen, könnte man sie für magersüchtig halten. Und erst meine Frau! Du lieber Himmel, sie macht ständig irgendeine Diät. Für meine Begriffe sieht sie großartig aus, aber es muss wohl irgendein merkwürdiges Ideal geben, das jede Frau anstrebt.«

»Jede Frau außer mir.«

»Essen Sie auf. Das sage ich meinen Töchtern jeden Tag. Esst!«

Kate nahm die Gabel in die Hand und brachte die Hälfte

ihrer Portion hinunter. Während sie ihren Tee trank und Frank an einer großen Tasse Kaffee nippte, kühlte sich die Atmosphäre wieder merklich ab, als die Unterhaltung zurück auf Luther Whitney kam.

»Wenn Sie so sicher sind, genug in der Hand zu haben, um ihn hochzunehmen, warum tun Sie es dann nicht?«

Frank schüttelte den Kopf und stellte die Tasse auf den Tisch. »Sie waren in seinem Haus. Er ist seit einer Weile weg. Wahrscheinlich hat er sich aus dem Staub gemacht, gleich nachdem es passiert ist.«

»*Wenn* er es getan hat. Ihr ganzer Fall beruht nur auf Indizien, die einer Beweiskraft noch nicht einmal nahe kommen, Lieutenant.«

»Kann ich offen mit Ihnen reden, Kate? Darf ich Sie Kate nennen?«

Sie nickte.

Frank stützte die Ellbogen auf den Tisch und blickte zu ihr hinüber. »Mal ganz im Ernst, warum fällt es Ihnen so schwer zu glauben, dass Ihr alter Herr diese Frau umgebracht hat? Drei Vorstrafen hat er bereits. Ganz offensichtlich hat der Kerl sein ganzes Leben am Rande der Legalität verbracht. Man hat ihn wegen einem Dutzend weiterer Einbrüche verhört, konnte ihm aber nie etwas nachweisen. Er ist Berufsverbrecher. Sie kennen solche Typen doch. Ein Menschenleben ist denen einen Scheißdreck wert.«

Kate trank den Tee aus, bevor sie antwortete. Berufsverbrecher? Natürlich war ihr Vater das. Sie hegte keinerlei Zweifel, dass er während all der Jahre weiterhin Verbrechen begangen hatte. Anscheinend lag ihm das im Blut. Wie bei einem Kokainabhängigen. Unheilbar.

»Er tötet nicht«, erwiderte sie ruhig. »Er mag zwar stehlen, aber er hat noch nie jemanden verletzt. Das ist nicht sein Stil.«

Was genau hatte Jack gesagt? Ihr Vater hatte Angst gehabt. Solche Angst, dass er sich übergeben musste. Die Polizei hatte ihrem Vater niemals Angst eingejagt. Aber wenn er die Frau getötet *hatte?* Vielleicht war es nur ein Reflex gewesen, der die Waffe abfeuerte und Christine Sullivans Leben durch eine Kugel beendete. All das hätte sich im Bruchteil von Sekunden ereignen können. Keine Zeit zu überlegen, nur zu handeln. Um zu verhindern, dass er für immer ins Gefängnis wanderte. Verdammt noch mal! Es war durchaus möglich. Wenn ihr Vater die Frau getötet hatte, würde er Angst haben; er wäre entsetzt, es hätte ihm auf den Magen geschlagen.

Trotz all des Kummers war ihr die Freundlichkeit ihres Vaters am deutlichsten im Gedächtnis geblieben. Wie seine großen Hände die ihren umschlossen hatten. Gegenüber den meisten Menschen war Luther von einer geradezu rigorosen Schweigsamkeit gewesen. Doch mit ihr hatte er sich unterhalten. Mit ihr, nicht von oben herab, auch nicht von unten hinauf, wie das die meisten Erwachsenen tun. Er hatte mit ihr über Dinge gesprochen, die ein kleines Mädchen interessierten. Über Blumen, Vögel, und wie der Himmel plötzlich die Farbe änderte. Außerdem über Kleider, Haarreifen und Wackelzähne, mit denen sie ständig zu kämpfen hatte. Das waren kurze, aber herzliche Augenblicke gewesen, Augenblicke zwischen Vater und Tochter, die urplötzlich durch seine Verhaftung, seine Gefängnisstrafe abgeschnitten wurden. In den folgenden Jahren gab es nur noch wenige Gelegenheiten, mit ihm zu reden. Und als er endlich wieder frei war, hatte längst die Beschäftigung des Mannes mit der freundlichen Maske und den großen, sanften Händen ihr Leben, ihr Bild von Luther Whitney zu prägen begonnen.

Wie konnte sie behaupten, dieser Mann könnte nicht töten?

Frank beobachtete die heftig blinzelnden Augen. Sie wurde weich. Er fühlte es.

Der Fahnder griff nach dem Löffel und schaufelte mehr Zucker in den Kaffee. »Sie meinen also, es wäre unvorstellbar, dass Ihr Vater diese Frau getötet hat? Haben Sie nicht gesagt, Sie beide hätten in letzter Zeit keinen Kontakt miteinander gehabt?«

Kate wurde aus ihren Gedanken gerissen. »Dass es unvorstellbar ist, habe ich nicht gesagt. Ich meine nur …« Sie verhaspelte sich. Hunderte von Zeugen hatte sie bereits verhört, doch sie konnte sich an keinen erinnern, der so stümperhaft aufgetreten war wie sie im Augenblick.

Hektisch kramte sie in ihrer Tasche nach der Packung Benson & Hedges. Der Anblick der Zigaretten ließ Frank nach seinem Kaugummi greifen.

Sie blies den Rauch von ihm weg und betrachtete den Kaugummi. »Versuchen Sie auch gerade aufzuhören?« Ein Anflug von Belustigung huschte über ihr Gesicht.

»Ja, allerdings erfolglos. Was wollten Sie gerade sagen?«

Sie nahm einen weiteren Zug und versuchte angestrengt, die Nerven im Zaum zu halten. »Wie ich schon sagte, ich habe meinen Vater seit Jahren nicht mehr gesehen. Wir stehen uns nicht sehr nahe. Möglich, dass er die Frau umgebracht hat. Alles ist möglich. Aber das zählt nicht vor Gericht. Vor Gericht zählen immer nur Fakten.«

»Und wir versuchen, einen Fall gegen ihn aufzubauen.«

»Haben Sie irgendwelche handfesten Beweise, die ihn mit dem Tatort in Verbindung bringen? Fingerabdrücke? Zeugen? Irgendetwas in der Art?«

Frank zögerte, dann entschloss er sich zu antworten. »Nein.«

»Haben Sie irgendetwas von der Beute aufgespürt?«

»Bislang ist nichts aufgetaucht.«

»Und die Ballistik?«

»Negativ. Ein unbrauchbares Projektil und keine Waffe.«

Kate lehnte sich im Sessel zurück. Nun, da sich die Unterhaltung in eine rechtliche Analyse des Falles wandelte, fühlte sie sich wesentlich wohler.

»Mehr haben Sie nicht?« Sie bedachte ihn mit einem skeptischen Blick.

Abermals zögerte er, dann zuckte er die Schultern. »Das ist alles.«

»Das ist nichts, Lieutenant. Gar nichts!«

»Ich habe meine Instinkte, und die sagen mir, dass Luther Whitney in jener Nacht im Haus und im Schlafzimmer war. Und ich will wissen, wo er jetzt ist.«

»Da kann ich Ihnen nicht helfen. Das habe ich gestern Nacht schon Ihrem Kumpel gesagt.«

»Aber Sie waren in seinem Haus. Warum?«

Kate zuckte die Schultern. Sie war fest entschlossen, die Unterhaltung mit Jack nicht zu erwähnen. Hielt sie Beweismaterial zurück? Vielleicht.

»Ich weiß es nicht.« Das entsprach, zumindest teilweise, der Wahrheit.

»Kate, Sie machen mir den Eindruck eines Menschen, der niemals etwas grundlos tut.«

Jacks Gesicht tauchte vor ihr auf. Wütend schob sie es beiseite. »Sie wären überrascht, Lieutenant.«

Demonstrativ schloss Frank das Notizbuch und beugte sich vor.

»Ich brauche unbedingt Ihre Hilfe.«

»Wozu?«

»Was ich Ihnen jetzt sage, steht nicht im Protokoll, ist inoffiziell, wie Sie es auch nennen wollen. Ich bin mehr an Ergebnissen als an juristischen Spitzfindigkeiten interessiert.«

»Merkwürdig, dass Sie so etwas ausgerechnet einem Staatsanwalt erzählen.«

»Ich habe nicht gesagt, dass ich mich nicht an die Regeln halte.« Frank gab der Versuchung schließlich nach und holte seine Zigaretten hervor. »Ich sage nur, dass ich mich der Mittel bedienen muss, die sich mir bieten. Okay?«

»Schon gut.«

»Ich habe erfahren, dass Ihr Vater sich noch immer vor Sehnsucht nach Ihnen verzehrt, obwohl Sie nichts mehr von ihm wissen wollen.«

»Wer hat Ihnen das erzählt?«

»Himmel, ich bin Ermittler. Stimmt es also oder nicht?«

»Keine Ahnung.«

»Verdammt noch mal, Kate, treiben Sie keine dummen Spielchen mit mir. Stimmt es oder nicht?«

Zornig drückte sie die Zigarette aus. »Es stimmt! Zufrieden?«

»Noch nicht, aber es wird. Ich habe einen Plan, wie wir den Kerl hochnehmen können, und Sie müssen mir dabei helfen.«

»Ich kann mir nicht vorstellen, wie ich Ihnen dabei helfen könnte.« Kate wusste, was als Nächstes kommen musste. Sie konnte es von Franks Augen ablesen.

In zehn Minuten hatte er seinen Plan erklärt. Dreimal lehnte sie ab. Eine halbe Stunde später saßen sie immer noch am Tisch.

Frank lehnte sich im Sessel zurück und schnellte dann unvermittelt nach vorne. »Hören Sie, Kate, wenn Sie es nicht tun, haben wir nicht die geringste Chance, den Kerl je in die Finger zu bekommen. Behalten Sie Recht und haben wir nicht genügend Beweise, geht er frei. Aber wenn er es getan hat und wenn wir es beweisen können, dann sollten Sie eigentlich die Letzte auf Erden sein, die mir einreden will, er sollte damit davonkommen. Wenn Sie der Meinung sind, ich liege falsch, bringe ich Sie zurück nach Hause und vergesse, dass ich je mit Ihnen gesprochen habe. Und Ihr alter Herr kann weiterhin stehlen ... und vielleicht töten.« Unverwandt starrte er sie an.

Kate öffnete den Mund, brachte jedoch kein Wort heraus. Ihre Augen wanderten über seine Schulter, wo schemenhaft ein Bild aus der Vergangenheit auftauchte und plötzlich wieder verblasste.

Mit fast dreißig Jahren war Kate Whitney längst nicht mehr das kleine Mädchen, das kicherte, wenn der Vater sie durch die Luft wirbelte; das ihm bedeutende Geheimnisse anvertraute, die sie mit keinem anderen teilte. Sie war verantwortungsbewusst und erwachsen und lebte seit geraumer Zeit ihr eigenes Leben. Darüber hinaus war sie Juristin, mehr noch, eine Staatsanwältin, die geschworen hatte, das Gesetz und die Verfassung des Staates Virginia zu verteidigen. Es war ihre Aufgabe sicherzustellen, dass Menschen, die das Gesetz verletzten, bestraft wurden. Ungeachtet der Herkunft und Verwandtschaftsverhältnisse.

Dann drang ein anderes Bild in ihre Gedanken. Das Bild ihrer Mutter, die Nacht für Nacht an der Tür saß und darauf wartete, dass er nach Hause kam; die sich sorgte, ob es ihm gut ging; die ihn im Gefängnis besuchte, eine Liste der Dinge machte, über die sie mit ihm reden wollte; die Kate für solche Besuche herausputzte und immer aufgeregter wurde, je näher das Entlassungsdatum rückte. Als handelte es sich um einen verdammten Helden, der die Welt rettete, und nicht um einen Dieb. Jacks Worte fielen ihr wieder ein und nagten an ihr. Er hatte ihr ganzes Leben als einzige Lüge bezeichnet. Seiner Meinung nach sollte sie Mitgefühl für einen Mann aufbringen, der sie im Stich gelassen hatte. Als wäre Luther Whitney schlecht behandelt worden und nicht sie. Nun, Jack sollte geradewegs zur Hölle fahren. Sie dankte Gott, dass sie damals beschlossen hatte, ihn nicht zu heiraten. Ein Mann, der ihr solch fürchterliche Dinge an den Kopf warf, verdiente sie nicht; verdiente nicht, glücklich zu sein. Und Luther Whitney verdiente alles, was ihm widerfuhr. Vielleicht hatte er die Frau nicht getötet. Vielleicht aber doch. Es war nicht ihre Aufgabe, diese Entscheidung zu fällen. Ihre Aufgabe war sicherzustellen, dass überhaupt eine Entscheidung getroffen werden konnte, und zwar von unabhängigen Geschworenen. Ihr Vater gehörte ohnehin ins Gefängnis. Zumindest konnte er dort niemanden verletzen und kein Leben mehr zerstören.

Mit diesem letzten Gedanken stimmte Kate zu, dabei zu helfen, ihren Vater der Polizei auszuliefern.

Als die beiden aufstanden, um zu gehen, hatte Frank fast so etwas wie ein schlechtes Gewissen. Ganz aufrichtig war er nicht mit Kate Whitney gewesen. Tatsächlich hatte er ihr, was – abgesehen von der großen Preisfrage, wo sich Luther Whitney augenblicklich aufhielt – den wichtigsten Punkt des Falles betraf, ins Gesicht gelogen. Er war nicht unbedingt stolz auf sich. Ordnungshüter mussten gelegentlich lügen, wie jeder andere auch. Diese Gewissheit machte es aber nicht leichter für ihn, vor allem, da er jemanden belog, den er auf Anhieb gemocht hatte und nunmehr aufrichtig bemitleidete.

KAPITEL 18

Noch in jener Nacht rief Kate an. Frank wollte keine Zeit verlieren. Die Stimme auf dem Anrufbeantworter überraschte sie; zum ersten Mal seit Jahren hörte sie diesen Klang. Ruhig, selbstbewusst, gemessen, wie die geübten Schritte eines Infanteristen. Als die Stimme erklang, begann sie tatsächlich zu zittern und musste all ihre Willenskraft aufbieten, um die einfachen Worte aufzusagen, die ihn ködern sollten. Sie durfte nicht vergessen, wie gerissen er sein konnte. Sie wolle ihn sehen, sagte sie, mit ihm sprechen. Sobald wie möglich.

Dann überlegte sie, ob sein verschlagener, alter Verstand die Falle riechen würde; als sie jedoch daran zurückdachte, wie sie sich zum letzten Mal von Angesicht zu Angesicht gegenübergestanden waren, erkannte sie, dass er niemals damit rechnen würde. Niemals würde er dem kleinen Mädchen, das ihm seine größten Geheimnisse anvertraut hatte, eine solche Heimtücke zutrauen. Das musste selbst sie ihm zugestehen.

Kaum eine Stunde später klingelte das Telefon. Als sie die Hand danach ausstreckte, wünschte sie inbrünstig, sie hätte Franks Bitte niemals zugestimmt. Es war eine Sache, in einem Restaurant zu sitzen und einen Plan auszuhecken, um einen mutmaßlichen Mörder zu schnappen. Sich tatsächlich an einer Hinterlist zu beteiligen, die ausschließlich dazu gedacht war, den Vater an die Behörden auszuliefern, war etwas ganz anderes.

»Katie.« Sie bemerkte das leichte Beben der Stimme. Ein Hauch Ungläubigkeit schwang darin mit.

»Hallo, Dad.« Dankbar nahm sie zur Kenntnis, dass die Worte wie von selbst kamen. Im Augenblick schien sie unfähig, selbst den einfachsten Gedanken auszudrücken.

Ihre Wohnung war nicht gut. Das verstand er. Zu klein, zu persönlich. Sein Haus kam aus offensichtlichen Gründen nicht in Frage, das wusste sie. Er schlug vor, sie könnten sich auf neutralem Boden treffen. Natürlich ging das. Sie wollte mit ihm reden, er war mehr als bereit zuzuhören. Er sehnte sich danach zuzuhören.

Eine Zeit wurde vereinbart, morgen, vier Uhr, in einem kleinen Café in der Nähe ihres Büros. Um diese Zeit würde es menschenleer und ruhig sein; sie könnten sich Zeit lassen. Luther sagte zu. Kate war überzeugt, dass selbst der Tod ihn nur schwer würde aufhalten können.

Nachdem sie aufgelegt hatte, rief sie Frank an und nannte ihm Zeit und Ort. Während sie der eigenen Stimme lauschte, wurde ihr allmählich klar, was sie soeben getan hatte. Sie spürte, dass ihr plötzlich alles aus der Hand glitt und sie nichts dagegen tun konnte. Kate knallte den Hörer auf die Gabel und brach in Tränen aus.

Frank hatte den Hörer einen Augenblick länger am Ohr gehalten und wünschte nun, er hätte es nicht getan. Er schrie ins Telefon, doch sie hörte ihn nicht mehr. Nicht dass es irgendetwas geändert hätte. Sie handelte richtig. Es gab nichts, dessen sie sich schämen oder gar schuldig fühlen musste. Wie ein Streichholz im Sturm verlosch der Augenblick der Freude darüber, dass er seinem Fang ein Stück näher gerückt war, als er endlich aufgab und den Hörer auflegte.

Seine Frage war somit beantwortet. Sie liebte ihn immer noch. Seth Frank, der Kriminalbeamte, empfand den Gedanken zwar als unangenehm, konnte aber damit leben. Seth Frank, dem Vater von drei Kindern, trieb der Gedanke Tränen in die Augen, und mit einem Mal mochte er seine Arbeit nicht mehr besonders.

Burton legte den Hörer auf. Frank hatte Wort gehalten und

wollte den Agenten dabei sein lassen, wenn die Falle zuschnappte.

Minuten später saß Burton in Russells Büro.

»Ich will gar nicht wissen, wie Sie es machen.« Russell wirkte besorgt.

Innerlich lächelte Burton. Sie wurde zimperlich, genau wie er es vorhergesehen hatte. Die Stabschefin wollte die Arbeit erledigt wissen, ohne sich dabei die hübschen Hände schmutzig zu machen.

»Sie müssen lediglich dafür sorgen, dass der Präsident erfährt, wo es stattfindet. Außerdem müssen Sie unbedingt dafür sorgen, dass er es Sullivan vorher erzählt. Das *muss* er tun.«

Russell sah verwirrt drein. »Wieso?«

»Zerbrechen Sie sich darüber nicht den Kopf. Denken Sie daran, tun Sie nur, was ich sage.« Bevor Russell über ihn herfallen konnte, verließ er den Raum.

»Ist die Polizei sicher, dass sie den Richtigen hat?« In der Stimme des Präsidenten lag ein Hauch Besorgnis, als er vom Schreibtisch aufblickte.

Russell, die im Zimmer auf und ab schritt, hielt inne und sah ihn an. »Nun, Alan, ich nehme an, sie würden kaum den ganzen Ärger auf sich nehmen, um ihn zu verhaften, wären sie nicht sicher.«

»Sie haben schon öfter Fehler gemacht, Gloria.«

»Keine Frage. Genau wie wir alle.«

Der Präsident schloss die Mappe, die er gerade durchgesehen hatte, und erhob sich. Durch das Fenster betrachtete er das Grundstück um das Weiße Haus herum.

»Also wird der Mann bald in Haft sein?« Er drehte sich um und schaute Russell an.

»So ist es geplant.«

»Was soll das heißen?«

»Nun, selbst die besten Pläne schlagen bisweilen fehl.«

»Weiß Burton davon?«

»Burton scheint das Ganze eingefädelt zu haben.«

Der Präsident ging zu Russell hinüber und legte ihr die Hand auf den Arm.

»Was meinst du damit?«

Russell schilderte ihrem Boss die Ereignisse der letzten paar Tage.

Der Präsident rieb sich das Kinn. »Was hat Burton vor?« Die Frage war mehr an ihn selbst als an Russell gerichtet.

»Warum funkst du ihn nicht an und fragst ihn selbst? Alles, worauf er bestanden hat, war, dass du Sullivan die Nachricht übermittelst.«

»Sullivan? Warum sollte ich Sullivan ...« Der Präsident führte den Satz nicht zu Ende. Er ließ Burton rufen, doch man teilte ihm mit, dass dieser plötzlich krank geworden sei und sich ins Krankenhaus begeben habe.

Die Augen des Präsidenten bohrten sich in die der Stabschefin. »Hat Burton das vor, was ich glaube?«

»Kommt darauf an, was du glaubst.«

»Lass diese Spielchen, Gloria. Du weißt genau, was ich meine.«

»Wenn du meinst, Burton will verhindern, dass man den Kerl verhaftet: Ja, der Gedanke ist mir auch schon durch den Kopf gegangen.«

Der Präsident nahm einen schweren Brieföffner vom Schreibtisch, setzte sich auf den Stuhl und starrte aus dem Fenster. Beim Anblick des Brieföffners schauderte Russell. Ihren eigenen hatte sie weggeworfen.

»Alan? Was soll ich tun?« Sie starrte auf seinen Hinterkopf. Er war der Präsident, und man musste stillhalten und geduldig warten, auch wenn man am liebsten hinübergelangt und ihn erwürgt hätte.

Endlich drehte er sich herum. Die Augen waren dunkel, kalt, durch und durch berechnend. »Nichts. Du tust gar nichts. Ich sollte jetzt wohl besser Sullivan anrufen. Gib mir noch mal Zeit und Ort.«

Als Russell die Daten wiederholte, dachte sie, was sie bereits zuvor gedacht hatte. *Ein schöner Freund*.

Der Präsident griff zum Telefon. Russell fasste hinüber

und legte die Hand auf die seine. »Alan, im Bericht steht, dass Christine Sullivan Blutergüsse im Gesicht und Würgemale am Hals hatte.«

Der Präsident schaute nicht auf. »Ach, wirklich?«

»Was genau ist im Schlafzimmer passiert, Alan?«

»Nun, soweit ich mich erinnern kann, wollte sie ein bisschen härter spielen als ich. Die Male am Hals?« Er hielt inne und legte den Hörer wieder auf. »Sagen wir so, Christy hatte eine Vorliebe für gewisse abartige Praktiken, Gloria. Du weißt schon, für manche ist es das höchste der Gefühle, wenn sie um Luft ringen und gleichzeitig zum Höhepunkt kommen.«

»Von so etwas habe ich schon gehört, Alan, ich hätte nur nie gedacht, dass du dich dafür hergibst.« Sie klang ziemlich barsch.

Der Präsident schnappte zurück. »Werde nicht übermütig, Russell. Ich bin weder dir noch sonst jemandem Rechenschaft schuldig.«

Zurückweichend erwiderte sie hastig: »Natürlich. Tut mir Leid, Mr President.«

Richmonds Züge entspannten sich. Er stand auf und breitete versöhnlich die Arme aus. »Ich habe es für Christy getan, Gloria, was soll ich noch sagen. Manchmal wirken Frauen merkwürdig auf Männer. Ich bin gewiss nicht dagegen gefeit.«

»Warum hat sie dann versucht, dich umzubringen?«

»Wie ich schon sagte, sie wollte härter spielen als ich. Sie war betrunken und verlor die Kontrolle. Bedauerlich, aber so etwas kommt vor.«

Gloria schaute an ihm vorbei zum Fenster hinaus. Das Stelldichein mit Christine Sullivan hatte sich nicht zufällig ergeben. Die Planung und Vorbereitung für das Rendezvous hatte beinahe das Ausmaß einer groß angelegten Wahlkampagne erreicht. Sie schüttelte den Kopf, als die Bilder jener Nacht auf sie eindrangen.

Der Präsident trat hinter sie, packte sie an den Schultern und drehte sie zu sich herum.

»Es war für uns alle eine entsetzliche Erfahrung, Gloria. Ich wollte bestimmt nicht, dass Christy getötet wird. Das war das Letzte, was ich wollte. Ich bin dort hingefahren, um eine stille, romantische Nacht mit einer wunderschönen Frau zu verbringen. Mein Gott, ich bin doch kein Monster.« Ein entwaffnendes Lächeln huschte über sein Gesicht.

»Ich weiß, Alan. Es ist nur – all die Frauen, immer wieder. Irgendetwas in der Art musste mal passieren. Etwas Schlimmes.«

Der Präsident zuckte die Schultern. »Nun, ich bin nicht der Erste in diesem Amt, der sich solchen kleinen Seitensprüngen hingibt. Und sicher nicht der Letzte.« Er nahm ihr Kinn in die Hand. »Gloria, du kennst die Anforderungen meines Amtes, besser als die meisten. Auf der ganzen Welt gibt es keinen vergleichbaren Job.«

»Ich weiß, dass der Druck enorm ist. Ich weiß das, Alan.«

»Stimmt genau. Es ist eine Arbeit, die eigentlich mehr erfordert, als ein Mensch geben kann. Manchmal muss man sich der Tatsache stellen, indem man sich gelegentlich aus der Umklammerung, von dem Druck befreit. Wie ich mit dem Druck umgehe, ist wichtig, denn davon hängt ab, wie gut ich dem Volk dienen kann, das mich gewählt und sein Vertrauen in mich gesetzt hat.«

Er drehte sich wieder zum Schreibtisch um. »Im Übrigen ist es eine relativ harmlose Art der Stressbekämpfung, die Gesellschaft schöner Frauen zu genießen.«

Wütend starrte Gloria auf seinen Rücken. Erwartete er ausgerechnet von ihr, dass sie auf die leeren Worte, dieses verlogene patriotische Gefasel hereinfallen sollte?

»Für Christine Sullivan war es alles andere als harmlos«, platzte sie heraus.

Richmond wandte sich zu ihr um; das Lächeln war verschwunden. »Ich habe wirklich keine Lust mehr, darüber zu reden, Gloria. Vorbei ist vorbei, denk lieber an die Zukunft. Verstanden?«

In formeller Zustimmung senkte sie das Haupt und verließ den Raum.

Erneut griff der Präsident zum Telefon. Er würde seinem guten Freund Walter Sullivan alle erforderlichen Einzelheiten über den Polizeieinsatz zukommen lassen. Der Präsident lächelte, als er den Anruf tätigte. Anscheinend würde bald, sehr bald, alles ausgestanden sein. Auf Burton war Verlass. Man konnte darauf zählen, dass er das Richtige tat. Das Richtige für sie alle.

Luther sah auf die Uhr. Kurz vor eins. Er duschte, putzte sich die Zähne und stutzte den Bart, den er sich hatte wachsen lassen. Sein Haar bearbeitete er so lange, bis er vollauf damit zufrieden war. Sein Gesicht sah heute besser aus. Der Anruf von Kate hatte wahre Wunder gewirkt. Immer wieder klemmte er den Hörer zwischen Schulter und Ohr und spielte die Nachricht ab, nur um der Stimme und den Worten zu lauschen, die zu hören er niemals wieder erwartet hatte. Luther war das Wagnis eingegangen, einen Herrenausstatter in der Innenstadt aufzusuchen, wo er sich eine Hose, ein Sportjackett und Lederschuhe kaufte. Auch eine Krawatte zog er in Betracht, verwarf diese Idee jedoch wieder.

Er schlüpfte in die neue Jacke. Gut fühlte sie sich an. Die Hose war ein wenig weit, da er abgenommen hatte. Er musste mehr essen. Beginnen konnte er damit vielleicht, indem er seine Tochter zu einem frühen Abendessen einlud. Wenn sie es erlaubte. Darüber musste er noch nachdenken; drängen wollte er sie keinesfalls.

Jack! Es musste Jack gewesen sein. Er hatte ihr von dem Treffen erzählt und dass ihr Vater in Schwierigkeiten steckte. Das war die Verbindung. Natürlich! Wie dumm von ihm, es nicht gleich zu erkennen. Doch was bedeutete es? Dass sie sich Sorgen um ihn machte? Ein Schauder kroch ihm vom Nacken bis in die Knie. Nach all den Jahren? Nur musste es ausgerechnet jetzt sein? Verdammt, warum gerade jetzt! Doch er hatte einen Entschluss gefasst; nichts konnte daran noch etwas ändern. Nicht einmal sein kleines Mädchen. Eine himmelschreiende Ungerechtigkeit musste gesühnt werden.

Luther war sicher, dass der Präsident nichts von dem Briefwechsel mit der Stabschefin wusste. Russells einzige Chance bestand darin, so rasch wie möglich zurückzukaufen, was Luther hatte, und sicherzustellen, dass es niemand je zu Gesicht bekäme. Sie klammerte sich an die Hoffnung, er würde verschwinden, nachdem sie ihn ausbezahlt hatte, und die Welt erführe niemals etwas. Den ordnungsgemäßen Eingang des Geldes auf dem angegebenen Konto hatte Luther überprüft. Das sollte die erste Überraschung werden.

Die zweite jedoch würde sie das Geld vollkommen vergessen lassen. Und das Beste daran war, dass Richmond nichts von all dem ahnte, was auf ihn zukam. Luther hegte ernste Zweifel, ob der Präsident tatsächlich hinter Gitter wandern würde. Andererseits, wenn das hier nicht die Anforderungen für eine Amtsenthebung erfüllte, dann verstand er die Welt nicht mehr. Im Vergleich dazu wirkte Watergate wie ein harmloser Ulk. Er überlegte, was des Amtes enthobene Ex-Präsidenten wohl machten. Schmoren in den Flammen ihrer eigenen privaten Hölle, war zu hoffen.

Luther holte den Brief aus der Tasche. Er wollte dafür sorgen, dass die Stabschefin ihn just zu dem Zeitpunkt erhielt, wo sie die letzten Anweisungen erwartete. Die Abrechnung. Sie alle würden bekommen, was ihnen zustand. Es war die Mühe wert, Russell Blut schwitzen zu lassen, und das tat sie, ganz bestimmt sogar.

So sehr sich Luther bemühte, er konnte nicht vergessen, wie die Frau lustvoll den Präsidenten bestiegen hatte, neben einer noch warmen Leiche; als wäre die tote Frau ein Haufen Dreck, den man einfach links liegen ließ. Und dann Richmond. Dieser versoffene, schleimige Bastard! Abermals brachten die Bilder Luther zum Kochen. Er biss die Zähne zusammen, dann lächelte er plötzlich.

Was auch immer Jack für ihn herausschlagen konnte, er würde es akzeptieren. Zwanzig Jahre, zehn Jahre, zehn Tage. Für Luther spielte es keine Rolle mehr. Zum Teufel mit dem Präsidenten und seinem Gefolge! Zum Teufel mit der ganzen verfluchten Stadt!

Doch zuerst würde er ein wenig Zeit mit seiner Tochter verbringen. Danach war ihm alles wirklich egal.

Auf dem Weg zum Bett hinüber hielt Luther ruckartig inne. Etwas anderes war ihm gerade eingefallen. Etwas, das ihn schmerzte, das er jedoch verstehen konnte. Er setzte sich aufs Bett und trank ein Glas Wasser. Wenn es stimmte, konnte er sie dafür verdammen? Außerdem konnte er zwei Fliegen mit einer Klappe schlagen. Als er sich aufs Bett legte, kam er zu dem Schluss, dass Dinge, die zu schön schienen, um wahr zu sein, meist tatsächlich nicht wahr waren. Verdiente er etwas Besseres von ihr? Die Antwort war völlig klar: Nein.

Als die Überweisung bei der Distrikt Bank eintraf, liefen automatisch zuvor erteilte Buchungsaufträge an. Das Geld wurde unverzüglich auf Konten bei fünf verschiedenen Gebietsbanken überwiesen, in Beträgen von je einer Million Dollar. Von dort gelangte das Geld auf verschlungenen Pfaden wieder zurück auf ein einziges Konto.

Russell, die den Geldfluss von ihrer Seite aus verfolgen ließ, sollte früh genug herausfinden, was geschehen war. Besonders erfreut würde sie nicht darüber sein. Noch viel weniger erfreut jedoch würde sie über die nächste Nachricht sein.

Das Café Alonzo hatte seine Pforten vor etwa einem Jahr geöffnet. Es besaß die übliche Anordnung von Tischen mit bunten Sonnenschirmen, die auf engem Raum auf dem Gehsteig standen und von einem hüfthohen, schwarzen Eisenzaun umgeben waren. Der Kaffee war stark und in vielen Sorten erhältlich, die hauseigene Bäckerei bei den Morgen- und Mittagsgästen überaus beliebt. Da es mittlerweile schon kühl war, hatte man die Sonnenschirme eingeholt; sie ähnelten einer Reihe gigantischer Strohhalme.

Das Café befand sich im Erdgeschoss eines modernen Bürogebäudes. Zwei Stockwerke höher hing ein Gerüst. Drei Arbeiter tauschten eine gesprungene Glasscheibe aus. Die gesamte Fassade des Gebäudes bestand aus verspiegelten Fenstern, die ein exaktes Bild der direkt gegenüber liegenden Umgebung boten. Die Scheibe war so schwer, dass selbst die drei kräftigen Männer mit dem Gewicht des unhandlichen Gegenstandes zu kämpfen hatten.

Kate zog den Mantel enger und nippte an ihrem Kaffee. Die Nachmittagssonne versuchte zwar, der Kälte zu trotzen, doch sie ging rasch unter und ließ bereits lange Schatten über die Tische kriechen. Das grelle Licht blendete Kate, als sie zur Sonne emporblinzelte, die gerade hinter einer Gruppe baufälliger Reihenhäuser auf der anderen Seite verschwand. Die Häuser sollten abgerissen werden, um Platz für die weitere Renovierung des Viertels zu schaffen. Sie bemerkte nicht, dass im Obergeschoss eines der Häuser nun ein Fenster offen stand. Im angrenzenden Reihenhaus waren zwei Fenster herausgerissen worden. Die Eingangstür eines weiteren war teilweise eingedrückt.

Kate blickte auf die Uhr. Mittlerweile saß sie fast zwanzig Minuten hier. Da sie die Hektik der Staatsanwaltschaft gewohnt war, hatte sich der Tag endlos hingezogen. Zweifellos verbargen sich in der Umgebung mindestens ein Dutzend Polizisten, die nur darauf warteten zuzuschlagen, sobald Luther auf sie zuging. Dann überlegte sie, ob sie überhaupt die Möglichkeit haben würden, ein paar Worte zu wechseln? Was wollte sie überhaupt sagen? Hallo, Dad, du sitzt in der Falle? Sie rieb sich die Wangen und wartete. Punkt vier Uhr würde er kommen. Und es war zu spät, noch etwas zu ändern. Zu spät für alles. Doch sie tat das Richtige, obwohl sie sich schuldig fühlte, obwohl sie zusammengebrochen war, nachdem sie den Ermittler angerufen hatte. Wütend presste sie die Hände ineinander. Sie war im Begriff, ihren Vater der Polizei auszuliefern, und er verdiente es. Lange genug hatte sie sich den Kopf darüber zerbrochen. Nun wünschte sie nur noch, es möge bald vorbei sein.

McCarty gefiel die Sache nicht. Überhaupt nicht. Normalerweise beschattete er sein Ziel, oft wochenlang, bis der Mörder das Verhaltensmuster des Opfers besser kannte als das Opfer selbst. Das Töten wurde so um vieles einfacher. Die lange Beobachtung gab McCarty auch Zeit, die Flucht zu planen, selbst auf das Schlimmste vorbereitet zu sein. Bei diesem Auftrag war das nicht möglich gewesen. Sullivans Anweisung war kurz und bündig gewesen. Der Mann hatte ihm bereits eine enorme Summe an Taggeldern bezahlt, weitere zwei Millionen sollten nach Erledigung des Auftrages folgen. Aus welchem Blickwinkel man es auch betrachtete, McCarty war reichlich entlohnt worden; nun musste er etwas dafür liefern. Mit Ausnahme seines ersten Mordes vor vielen Jahren konnte er sich an keinen Auftrag erinnern, bei dem er so nervös gewesen war. Dass die Gegend nur so von Bullen wimmelte, trug nicht zu seiner Beruhigung bei.

Doch er sagte sich immer wieder vor, dass alles glatt gehen würde. Während der Wartezeit hatte er einen guten Plan ausgearbeitet. Nach Sullivans Anruf hatte er die Gegend ausgekundschaftet. Das Reihenhaus war ihm sofort ins Auge gesprungen. Tatsächlich war es der einzig logische Ort. Seit vier Uhr morgens saß er bereits hier. Die Hintertür des Hauses führte in eine Seitengasse. Sein Mietwagen parkte am Straßenrand. Vom Zeitpunkt des Schusses an brauchte er genau fünfzehn Sekunden, um die Waffe fallen zu lassen, die Treppe hinunterzulaufen und zur Tür hinaus in den Wagen zu springen. Bevor die Polizei überhaupt begriff, was los war, wäre er bereits zwei Meilen entfernt. In fünfundvierzig Minuten sollte von einem Privatrollfeld zehn Meilen nördlich von Washington ein Flugzeug in Richtung New York abheben. Nur ein einziger Passagier würde an Bord sein, und in kaum mehr als vier Stunden von jetzt an würde McCarty bereits bequem in der Concorde sitzen, auf dem Weg nach Paris.

Zum zehnten Mal überprüfte er Gewehr und Zielfernrohr, wobei er automatisch ein Staubkorn vom Lauf wischte. Ein Schalldämpfer wäre angenehm gewesen, doch McCarty hatte noch keinen gefunden, der auf ein Gewehr passte, noch dazu auf ein Gewehr, das – wie seine Waffe – mit Präzisionsgeschossen geladen war. McCarty musste sich auf das Überraschungsmoment verlassen, um den Schuss und die anschließende Flucht zu tarnen. Zuerst blickte er auf die Straße, dann auf die Uhr. Bald war es soweit.

War McCarty auch ein hervorragender Berufskiller, so konnte er doch unmöglich wissen, dass eine weitere Waffe auf den Kopf seines Opfers gerichtet sein würde. Und durch das Zielfernrohr dieser Waffe würde ein Auge blicken, das ebenso scharf war wie seines, vielleicht sogar noch schärfer.

Tim Collin hatte sich bei der Marine als Scharfschütze hervorgetan. Sein Ausbilder hatte in die Bewertung geschrieben, dass er noch nie einen besseren Schützen als Collin erlebt hatte. Der Träger dieser Auszeichnung warf soeben einen Blick durch das Zielfernrohr und entspannte sich. Collin sah sich in dem Kastenwagen um, in dem er sich befand. Das Auto parkte an der dem Café gegenüberliegenden Straßenseite; er hatte eine gerade Schusslinie auf sein Opfer. Abermals blickte er durch die Waffe. Kurz tauchte Kate Whitney im Fadenkreuz auf. Collin ließ das Seitenfenster des Wagens hinunter. Er stand im Schatten des hinter ihm befindlichen Gebäudes. Niemand konnte bemerken, was er tat. Außerdem verfügte er über den zusätzlichen Vorteil zu wissen, dass Seth Frank und ein paar Staatspolizisten rechter Hand des Cafés postiert waren, während sich weitere Polizisten in der Empfangshalle des Bürokomplexes aufhielten, zu dem das Café gehörte. Überall an der Straße parkten zivile Streifenwagen. Sollte Whitney zu fliehen versuchen, er würde nicht weit kommen. Collin jedoch wusste, dass der Mann nirgendwohin laufen würde.

Nach dem Schuss wollte Collin die Waffe mit wenigen

Handgriffen zerlegen und im Auto verstecken. Dann würde er, mit Dienstpistole und Ausweis bewaffnet, hinausgehen und sich unter die anderen Beamten mischen, die sich den Kopf darüber zerbrachen, was geschehen war. Niemandem würde einfallen, einen Wagen des Secret Service nach der Waffe oder dem Schützen zu durchsuchen, der soeben das Opfer ausgelöscht hatte.

In den Augen des jungen Agenten war Burtons Plan hervorragend. Collin hatte zwar nichts gegen Luther Whitney, doch hier stand weit mehr auf dem Spiel als das Leben eines alternden Berufsverbrechers. Verdammt viel mehr. Es bereitete Collin nicht unbedingt Vergnügen, den Mann zu töten. Tatsächlich gedachte er den Vorfall so schnell wie möglich zu vergessen, nachdem die Sache erledigt war. Doch so war das Leben. Der junge Agent wurde für eine Aufgabe bezahlt, die sein Lebensinhalt war und die zu erfüllen er geschworen hatte. Brach er das Gesetz? Rechtlich gesehen, beging er einen Mord. Rechtlich. In Wirklichkeit tat er jedoch nur, was getan werden musste. Der Präsident wusste Bescheid, ebenso Gloria Russell. Und Bill Burton, ein Mann, den er mehr als alle anderen respektierte, hatte ihm den Auftrag erteilt. Collins Ausbildung gestattete ihm nicht, solche Befehle zu missachten. Außerdem war der Alte in das Haus eingebrochen. Dafür bekäme er bestimmt zwanzig Jahre. Die würde er nie und nimmer durchstehen. Und selbst wenn, wer wollte schon seinen achtzigsten Geburtstag im Gefängnis feiern? Collin ersparte ihm also eine Menge Elend. Collin an seiner Stelle hätte sich für eine Kugel entschieden.

Der junge Agent schaute hinauf zu den Arbeitern auf dem Gerüst, die sich gerade abmühten, die neue Scheibe einzusetzen. Einer der Männer ergriff ein Seil, das an einem Flaschenzug befestigt war. Langsam hob sich das Ersatzteil.

Kate sah von ihren Händen auf und erblickte ihn.

Geschmeidig kam er den Gehsteig entlang. Schlapphut und Schal verbargen einen Großteil seines Gesichts, doch der Gang war unverkennbar. Als kleines Mädchen hatte sie sich stets gewünscht, einmal so mühelos und selbstsicher wie ihr Vater über die Erde zu gleiten. Sie wollte aufstehen, besann sich jedoch eines Besseren. Frank hatte nicht gesagt, wann er eingreifen wollte, doch Kate nahm an, er würde sich nicht lange Zeit damit lassen.

Luther blieb vor dem Café stehen und betrachtete sie. So nahe war er seiner Tochter seit über zehn Jahren nicht mehr gekommen, und im Augenblick wusste er nicht recht, was er tun sollte.

Kate spürte die Unsicherheit und zwang sich zu einem Lächeln. Unverzüglich trat er an ihren Tisch und setzte sich, mit dem Rücken zur Straße. Trotz der Kälte nahm er den Hut ab und steckte die Sonnenbrille in die Manteltasche.

McCarty schaute durch das Zielfernrohr. Das stahlgraue Haar kam ins Fadenkreuz; sein Finger entsicherte die Waffe und legte sich über den Abzug.

Kaum hundert Meter entfernt tat Collin dasselbe. Anders als McCarty ließ er sich Zeit, denn er hatte einen Vorteil: Er wusste, wann die Polizei einzuschreiten gedachte.

McCartys Finger am Abzug krümmte sich. Ein- oder zweimal war sein Blick auf die Männer oben auf dem Gerüst gefallen, doch er hatte sie nicht weiter beachtet. Dies war erst der zweite Fehler, den er je in seiner Laufbahn begangen hatte.

Die Spiegelscheibe bewegte sich ruckartig nach oben, als am Seil gezogen wurde und neigte sich in McCartys Richtung. Die untergehende Sonne spiegelte sich auf der Oberfläche, und die grellroten Strahlen stachen unmittelbar in McCartys Augen.

Schmerz zuckte durch die Pupillen; unwillkürlich verriss er den Arm, als er feuerte. Fluchend schleuderte er die Waffe von sich. Fünf Sekunden vor Plan erreichte er die Hintertür.

Die Kugel traf die Sonnenschirmstange und knickte sie, ehe sie abprallte und sich in den Asphalt bohrte. Kate und Luther warfen sich gleichzeitig zu Boden; instinktiv schützte der Vater die Tochter mit seinem Körper. Ein paar Sekunden später bildeten Seth Frank und ein Dutzend uniformierter Polizisten mit gezückten Waffen einen Halbkreis um die beiden und ließen die Blicke in höchster Alarmbereitschaft über jeden Winkel der Straße schweifen.

»Riegelt die ganze verdammte Gegend ab«, brüllte Frank einem Sergeant zu, der Befehle in sein Funkgerät bellte. Polizisten schwärmten aus, zivile Streifenwagen rollten heran.

Die Arbeiter starrten auf die Straße hinab. Sie hatten keine Ahnung, wie sehr sie unwissentlich die Geschehnisse unter ihnen beeinflusst hatten.

Luther wurde von Kate weggezogen. Man legte ihm Handschellen an und zerrte ihn in die Vorhalle des Bürogebäudes. Einen Augenblick lang musterte Seth Frank den Mann triumphierend, dann verlas er ihm seine Rechte. Luther schaute zu seiner Tochter hinüber. Zunächst konnte Kate ihm nicht in die Augen blicken, dann jedoch entschied sie, es sei das Mindeste, was er verdiente. Seine Worte schmerzten mehr als alles, worauf sie gefasst war.

»Bist du in Ordnung, Katie?«

Sie nickte. Dann brach sie in Tränen aus. Diesmal konnte sie nichts dagegen tun, obwohl sie die Kehle mit ehernem Griff umklammerte. Schluchzend sank sie zu Boden.

Bill Burton stand an der Tür zur Eingangshalle. Als der verblüffte Collin hereintrat, drohte Burtons Blick ihn zu vernichten. Bis Collin etwas in Burtons Ohr flüsterte.

Burton verarbeitete die Mitteilung rasch, und Sekunden später war ihm klar, was geschehen war. Der verdammte Sullivan hatte einen Berufskiller angeheuert. Der alte Mann hatte tatsächlich getan, was Burton ihm eigentlich in die Schuhe schieben wollte.

Der gerissene Milliardär war ein Stück in Burtons Achtung gestiegen.

Burton ging zu Frank hinüber.

Frank sah ihn an. »Haben Sie eine Ahnung, was die ganze Scheiße soll?«

»Vielleicht«, erwiderte Burton.

Er drehte sich um. Zum ersten Mal standen er und Luther Whitney einander von Angesicht zu Angesicht gegenüber. Eine Welle der Erinnerungen an jene Nacht schlug über Luther zusammen. Doch er blieb ruhig, ließ keine Gefühlsregung erkennen.

Das nötigte Burton Bewunderung ab. Gleichzeitig bereitete es ihm auch Sorgen. Offensichtlich war Whitney nicht übermäßig bestürzt über seine Verhaftung. Burton hatte buchstäblich Tausenden von Verhaftungen beigewohnt. Normalerweise begannen erwachsene Männer zu brabbeln wie kleine Kinder. Der Blick des Mannes sagte ihm daher alles, was er wissen musste. Der Bursche hatte ohnehin vorgehabt, zu den Bullen zu gehen. Burton wusste nicht genau, weshalb, und es war ihm eigentlich gleichgültig.

Er ließ Whitney nicht aus den Augen, während Frank sich mit seinen Leuten unterhielt. Dann blickte Burton hinüber zu dem zusammengekauerten Häufchen Elend in der Ecke. Luther hatte bereits versucht, dem Griff der Bewacher zu entkommen und zu ihr zu laufen, doch man hinderte ihn eisern daran. Eine Polizistin versuchte unbeholfen und erfolglos, Kate zu trösten. Tränen bahnten sich ihren Weg über die faltigen Wangen des alten Mannes, während er mit ansehen musste, wie sein kleines Mädchen von unaufhörlichem Schluchzen geschüttelt wurde.

Als er Burton direkt neben sich bemerkte, warf er ihm einen hasserfüllten Blick zu, bis Burtons Blick den seinen wieder zurück zu Kate lenkte. Erneut sahen die Männer einander in die Augen. Burton hob die Augenbrauen eine Spur, dann senkte er sie mit der Endgültigkeit einer Kugel, die Kates Kopf durchschlug. Der erfahrene Agent hatte bereits einige der abgebrühtesten Verbrecher des Landes in Grund und Boden gestarrt, und er konnte in der Tat bedrohlich wirken. Doch was harte Männer tatsächlich mit

Schrecken erfüllte, war die absolute Unbeugsamkeit in Burtons Zügen. Luther Whitney war gewiss kein Hühnerdieb, das war unschwer zu erkennen. Er war keiner dieser Weichlinge, die bei einer Verhaftung in hilfloses Wimmern verfielen. Aber Luther Whitneys stählerne Nerven zeigten erste Risse. Rasch vertieften sich die Bruchstellen, bis schließlich nichts mehr von der Unbeugsamkeit übrig war, nur noch Angst um die schluchzende Frau in der Ecke.

Burton wandte sich um und schritt zur Tür hinaus.

KAPITEL 19

Gloria Russell saß im Wohnzimmer und hielt das Schriftstück in den zitternden Händen. Sie sah auf die Uhr. Genau auf die Minute hatte ein Bote, ein älterer Mann mit Turban, der in einem verbeulten Subaru mit dem Logo »Metro Rush Couriers« vorgefahren war, es abgeliefert. Vielen Dank Ma'am. Verabschieden Sie sich von Ihrem Leben. Sie hatte erwartet, endlich alles in die Hand zu bekommen, um die Albträume der letzten Monate hinwegzufegen. All die Risiken, die sie eingegangen war.

Der Wind pfiff durch den Kamin, in dem ein gemütliches Feuer brannte. Dank Mary, der Teilzeithilfe, die gerade gegangen war, blitzte das Haus vor Sauberkeit. Russell wurde um acht Uhr zum Abendessen bei Senator Miles erwartet. Miles war überaus bedeutend für Russells politische Ambitionen, und er begann bereits, die richtigen Fäden zu ziehen. Das Leben hatte endlich wieder begonnen, seinen gewohnten Lauf zu nehmen. Das Glück hatte ihr wieder zugelächelt, nach all den qualvollen, erniedrigenden Augenblicken. Doch nun? Doch nun?

Erneut las sie die Mitteilung. Ungläubigkeit hielt sie wie ein Schleppnetz gefangen, zog sie unaufhaltsam zu Boden.

Vielen Dank für die mildtätige Spende. Man wird sie zu schätzen wissen. Danke auch für den weiteren Strick, den ich Ihnen um den Hals legen kann. Der bewusste Gegenstand steht übrigens nicht mehr zum Verkauf. Ich will ihn ja nicht für mich, aber die Bullen brauchen ihn vermutlich für den Prozess. Ach ja, noch etwas: LECK MICH AM ARSCH!

Russell konnte nur nach Luft ringen. Weiterer Strick? Keinen klaren Gedanken konnte sie fassen, nichts funktionierte mehr. Zuerst wollte sie Burton anrufen, doch dann fiel ihr ein, dass er sich ja krankgemeldet hatte. Plötzlich dämmerte es ihr. Sie stürmte zum Fernseher. In den Sechs-Uhr-Nachrichten wurde gerade von einem aktuellen Knüller berichtet. Eine gemeinsame, gewagte Aktion der Middleton-County-Polizei und der Polizei von Alexandria City hatte zur Verhaftung eines Verdächtigen im Mordfall Christine Sullivan geführt. Ein unbekannter Schütze hatte einen Schuss abgefeuert. Vermutliches Ziel war der Verdächtige.

Russell betrachtete die Bilder vom Polizeirevier Middleton. Sie sah einen Mann die Stufen hinaufsteigen; er blickte stur geradeaus und versuchte in keiner Weise, sein Gesicht zu verbergen. Er war alt, weit älter, als sie ihn sich vorgestellt hatte. Der Bursche wirkte wie ein Schuldirektor. Das war also der Mann, der sie beobachtet hatte ...

Der Gedanke, dass Luther Whitney für ein Verbrechen verhaftet worden war, das er gar nicht begangen hatte, kam ihr überhaupt nicht in den Sinn. Unternommen hätte sie deshalb ohnehin nichts. Als der Kameramann herumschwenkte, fiel ihr Blick auf Bill Burton. Collin stand hinter ihm. Die beiden hörten zu, während Lieutenent Seth Frank eine Erklärung an die Presse abgab.

Diese gottverdammten Idioten! Er saß in Haft! Er saß in Haft, und sie hatte einen Kassiber in der Hand, der ihr schwarz auf weiß bekundete, dass der Kerl alles tun würde, damit sie untergingen. Sie hatte Burton und Collin vertraut; der Präsident hatte ihnen vertraut. Doch die beiden hatten versagt, kläglich versagt. Es war ihr unbegreiflich, wie Burton so ruhig dastehen konnte, während ihre ganze Welt zu zerplatzen drohte wie ein plötzlich aufgebrauchter Stern.

Der nächste Gedanke war selbst für Russell überraschend. Sie rannte ins Badezimmer, riss das Medikamentenschränkchen auf und ergriff die erste Flasche, die sie erblickte. Wie viele Pillen würden reichen? Zehn? Hundert?

Sie zerrte am Deckel, doch mit den zitternden Händen gelang es ihr nicht, ihn zu öffnen. So lange fingerte sie daran herum, bis die Pillen schließlich ins Waschbecken kullerten. Eine Hand voll schöpfte sie heraus; dann hielt sie inne. Aus dem Spiegel starrte ihr ein Gesicht entgegen. Zum ersten Mal bemerkte sie, wie sehr sie gealtert war. Ihre Augen lagen tief in den Höhlen, die Wangen waren eingefallen, und ihr Haar schien zusehends zu ergrauen.

Sie blickte auf die grüne Masse in ihrer Hand. Das brachte sie nicht fertig. Trotz allem, obwohl ihre Welt im Zusammenbruch begriffen war, brachte sie es nicht über sich. Sie spülte die Pillen im Waschbecken hinunter und schaltete das Licht aus. Dann rief sie im Büro des Senators an. Sie fühle sich nicht wohl und könne nicht kommen. Gerade als sie sich hingelegt hatte, klopfte es an der Tür.

Zuerst hörte es sich an wie entferntes Trommeln. Ob sie wohl einen Haftbefehl hatten? Gab es irgendetwas Belastendes im Haus? Die Nachricht! Sie zog sie aus der Tasche und warf sie in den Ofen. Während das Papier verbrannte und eine Flamme im Kamin aufloderte, glättete sie ihr Kleid, schlüpfte in die Schuhe und ging zur Tür.

Zum zweiten Mal zuckte ein stechender Schmerz durch ihre Brust, als sie Bill Burton im Eingang erblickte. Wortlos trat er ein, schleuderte den Mantel auf die Couch und marschierte schnurstracks an die Bar.

Russell warf die Tür zu.

»Großartig gemacht, Burton. Einfach brillant. Sie haben sich hervorragend um alles gekümmert. Wo ist Ihr Anhängsel? Beim Augenarzt?«

Burton setzte sich mit einem Drink hin. »Halten Sie die Klappe und hören Sie zu.«

Normalerweise hätte eine derartige Bemerkung die Stabschefin auf die Palme getrieben. Doch sein Tonfall hielt sie zurück. Die Jacke spannte sich über seinem Pistolenhalfter. Mit einem Mal wurde ihr bewusst, dass sie von bewaffneten Leuten umgeben war. Überall schienen sie zu sein. Mittlerweile machten sie auch Gebrauch von den

Waffen. Sie hatte sich mit sehr gefährlichen Leuten eingelassen. Schweigend nahm sie Platz und schaute ihn an.

»Collin hat gar nicht gefeuert.«

»Aber –«

»Aber irgendjemand hat geschossen.« Er nahm einen großen Schluck. Russell überlegte, ob sie sich selbst einen Drink holen sollte, beschloss aber, es bleiben zu lassen.

Der Agent sah sie an. »Walter Sullivan. Dieser Hundesohn. Ich habe ihn unterschätzt. Richmond hat es ihm erzählt, nicht wahr?«

Russell nickte. »Glauben Sie, Sullivan steckt dahinter?«

»Wer sonst? Er denkt, dass dieser Kerl seine Frau getötet hat. Er hat das nötige Geld, um die besten Berufskiller der Welt anzuheuern. Und er war der einzige Außenstehende, der genau wusste, wo und wann die Sache steigen würde.« Er sah sie an, schüttelte dann angewidert den Kopf. »Stellen Sie sich nicht so blöd, Lady, dafür haben wir keine Zeit.«

Burton erhob sich und ging im Zimmer auf und ab.

Russell dachte zurück an die Fernsehnachrichten. »Aber der Mann sitzt in Haft. Er wird der Polizei alles erzählen. Ich habe gedacht, die Bullen stehen vor der Tür.«

Burton hielt inne. »Der Kerl wird überhaupt nichts erzählen. Zumindest vorläufig nicht.«

»Wovon reden Sie?«

»Ich rede von einem Mann, der alles tut, um das Leben seines kleinen Mädchens zu schützen.«

»Sie – Sie haben ihm gedroht?«

»Ich bin sicher, er hat mich auch ohne Worte verstanden.«

»Woher wissen Sie das?«

»Augen lügen nicht, Lady. Er weiß, wie das läuft. Redet er, heißt es Abschied nehmen vom Töchterchen.«

»Sie – Sie würden doch nicht wirklich –«

Burton packte die Stabschefin, hob sie mühelos hoch und hielt sie in Augenhöhe vor sich.

»Ich werde verdammt noch mal jeden umbringen, der

mir den Arsch aufreißen kann, verstanden?« Er warf sie zurück auf den Stuhl.

Kreidebleich starrte sie zu ihm hinauf.

Burtons Gesicht war rot vor Zorn. »Sie haben mich da hineingezogen. Vom ersten Augenblick an wollte ich die Bullen rufen. Ich habe nur meine Arbeit getan. Gut, ich habe die Frau getötet, aber kein Geschworener auf der ganzen Welt würde mich dafür schuldig sprechen. Mit Ihrem Geschwafel von einer weltweiten Katastrophe und der Sorge um den Präsidenten haben Sie mich rumgekriegt. Ich Idiot bin darauf hereingefallen. Jetzt drohen zwanzig Jahre meines Lebens im Ausguss zu verschwinden, und das stimmt mich nicht unbedingt fröhlich. Falls Sie das überhaupt begreifen.«

Schweigend saßen die beiden sich einige Minuten lang gegenüber. Russell wagte nicht, Burton von der Nachricht zu erzählen, die sie erhalten hatte. Was würde es auch bringen? Am ehesten würde Burton die Pistole ziehen und sie auf der Stelle erschießen. Der Gedanke an den drohenden Tod ließ ihr das Blut in den Adern gefrieren.

Unsicher lehnte Russell sich zurück. Im Hintergrund tickte eine Uhr; es war, als zähle sie die letzten Sekunden ihres Lebens.

»Sind Sie sicher, dass er nichts sagen wird?«, fragte sie.

»Sicher ist gar nichts.«

»Aber Sie haben doch gesagt –«

»Ich sagte, der Kerl wird alles tun, damit seinem kleinen Mädchen nichts passiert. Aber er ist gerissen. Wenn er diese Gefahr beseitigt weiß, atmen wir die nächsten paar Jahre gesiebte Luft.«

»Wie will er das machen?«

»Wenn ich das wüsste, brauchte ich mir keine solchen Sorgen zu machen. Aber ich kann Ihnen versichern, der Kerl sitzt jetzt in seiner Zelle und zerbricht sich genau darüber den Kopf.«

»Und was können wir da tun?«

Er nahm den Mantel und packte sie am Arm. »Kommen Sie, es ist an der Zeit, mit Richmond zu reden.«

Jack blätterte seine Notizen durch, dann blickte er in die Runde. Sein Team für die Transaktion bestand aus vier Soziussen, drei Kanzleimitarbeitern und zwei Teilhabern. Jacks Coup mit Sullivan hatte sich rasch in der Firma herumgesprochen. Jeder der Männer sah mit einer Mischung aus Ehrfurcht, Respekt und etwas Furcht zu Jack auf.

»Sam, Sie kümmern sich bitte um die Rohmaterialverkäufe, die über Kiew laufen. Unser Mann vor Ort ist ein fähiger Kopf, aber er liebt das Risiko. Lassen Sie ihm weitgehend freie Hand, doch behalten Sie ihn im Auge!«

Sam, seit zehn Jahren Teilhaber, schloss die Aktentasche. »Alles klar.«

»Ben, ich habe Ihren Bericht über die politische Werbung für das Projekt durchgesehen. Ich bin mit Ihnen einer Meinung; wir sollten Druck auf das Außenministerium ausüben. Kann nicht schaden, wenn wir die auf unserer Seite haben.« Jack schlug eine weitere Mappe auf.

»Wir haben etwa einen Monat Zeit, um das Projekt auf die Beine zu stellen und ins Rollen zu bringen. Unsere Hauptsorge ist die ungewisse politische Zukunft der Ukraine. Wenn wir ins Geschäft kommen wollen, müssen wir es rasch tun. Das Letzte, was wir brauchen können, wäre, dass Russland unseren Klienten annektiert. Jetzt möchte ich gerne kurz über –«

Die Tür öffnete sich, und Jacks Sekretärin lugte herein. Sie wirkte nervös.

»Tut mir schrecklich Leid, dass ich Sie stören muss.«

»Ist schon in Ordnung, Martha, was gibt's?«

»Ich habe jemanden für Sie in der Leitung.«

»Ich habe Lucinda gesagt, sie soll meine Anrufe entgegennehmen, außer, es handelt sich um einen Notfall. Morgen erledige ich sämtliche Rückrufe.«

»Ich glaube, es handelt sich um einen Notfall.«

Jack drehte sich mit dem Stuhl herum. »Wer ist es?«

»Sie sagte, ihr Name sei Kate Whitney.«

Fünf Minuten später saß Jack in seinem Wagen, einem brandneuen, kupferfarbenen Lexus 300. Seine Gedanken rasten. Kate hatte sich beinahe hysterisch angehört. Luther war verhaftet worden. Weshalb wusste er nicht.

Auf das erste Klopfen hin öffnete Kate die Tür und stürzte geradezu in seine Arme. Einige Minuten verstrichen, ehe sie wieder normal atmen konnte.

»Kate, was ist los? Wo ist Luther? Was wirft man ihm vor?«

Sie sah ihn an; ihre Wangen waren so geschwollen und rot, dass man glauben konnte, sie wäre verprügelt worden.

Als sie das Wort endlich über die Lippen brachte, lehnte Jack sich verblüfft zurück.

»*Mord?*« Er ließ den Blick durch das Zimmer schweifen. Gedanken wirbelten in rasender Geschwindigkeit durch seinen Kopf. »Das ist unmöglich. Wen, um alles in der Welt, soll er umgebracht haben?«

Kate setzte sich gerade hin und strich sich die Haare aus dem Gesicht. Unverwandt blickte sie ihn an. Diesmal waren die Worte klar und deutlich und bohrten sich wie Glassplitter in Jacks Herz.

»Christine Sullivan.«

Einen Augenblick saß Jack wie gelähmt, dann sprang er auf. Er wollte etwas erwidern, doch seine Stimme versagte. Er taumelte ans Fenster, riss es auf und ließ sich die kalte Luft ins Gesicht wehen. Aus dem Magen stieg ihm die Säure hoch, bis er sie fast nicht mehr zurückdrängen konnte. Nur langsam kehrte die Kraft in die Beine zurück. Er schloss das Fenster und setzte sich zu Kate auf die Sesselkante.

»Erzähl mir, was ist passiert?«

Mit einem ausgefransten Taschentuch tupfte sie die geröteten Augen. Ihr Haar war völlig aufgelöst. Sie hatte noch nicht einmal den Mantel ausgezogen. Die Schuhe lagen neben dem Sessel, wo sie abgestreift worden waren. So gut es ging, sammelte sie sich. Dann wischte sie eine Haarsträhne aus dem Mund und blickte ihn an.

Die Worte drangen stoßweise über ihre Lippen. »Er sitzt

in Untersuchungshaft. Die Polizei ... sie glaubt, dass er in Sullivans Haus eingebrochen ist. Es sollte eigentlich niemand dort sein ... Aber Christine Sullivan war dort.« Kate hielt inne und holte tief Luft. »Die denken, Luther hat sie erschossen.« Unmittelbar nachdem sie die letzten Worte gestammelt hatte, schloss sie die Augen. Die Lider klappten herunter, als lastete ein unglaubliches Gewicht auf ihnen. Die Stirn in Falten gelegt, schüttelte sie langsam den Kopf, als die stechenden Schmerzen sich noch um einen Grad steigerten.

»Das ist doch Wahnsinn, Kate. Luther würde nie jemanden umbringen.«

»Ich weiß es nicht, Jack. Ich ... ich weiß nicht, was ich glauben soll.«

Jack stand auf und zog seinen Mantel aus. Er fuhr sich mit der Hand durchs Haar, während er angestrengt überlegte. Dann blickte er zu ihr hinab.

»Wie hast du es erfahren? Wie haben sie ihn überhaupt geschnappt?«

Statt einer Antwort begann Kate am ganzen Leib zu zittern. Der Schmerz schien beinahe sichtbar über ihr zu hängen und in Wellen immer und immer wieder auf sie herabzustoßen. Mit einem weiteren Taschentuch wischte sie sich das Gesicht. Sie drehte sich zu ihm, so langsam, dass ihre Bewegungen wie die einer alten Frau wirkten. Ihre Augen waren immer noch geschlossen, ihre Atemzüge von krampfhaftem Keuchen unterbrochen, als wäre die Luft in ihr gefangen und müsste sich erst den Weg nach draußen erkämpfen.

Endlich schlug sie die Augen auf. Ihre Lippen bewegten sich, lautlos zunächst. Dann gelang es ihr zu sprechen; langsam, deutlich, als wollte sie den Schmerz jeden Wortes so lange wie möglich hinausziehen.

»Ich habe ihnen geholfen.«

Luther saß in orangefarbener Gefängniskleidung im selben Befragungsraum wie einst Wanda Broome. Seth Frank hatte ihm gegenüber Platz genommen und musterte ihn eingehend. Luther starrte unbewegt geradeaus. Er wirkte nicht entmutigt oder bedrückt. Der Kerl dachte über etwas nach.

Zwei weitere Männer kamen herein. Einer trug ein Aufnahmegerät bei sich, das er mitten auf den Tisch stellte. Er schaltete es ein.

»Rauchen Sie?« Frank hielt Luther eine Zigarette hin; beide Männer bliesen kleine Rauchwölkchen in die Luft.

Für die Aufzeichnung wiederholte Frank Wort für Wort Luthers Rechte. Diesmal würde es keine Verfahrensfehler geben.

»Verstehen Sie Ihre Rechte?«

Unbestimmt gestikulierte Luther mit der Zigarette durch die Luft.

Der Bursche war anders, als Frank erwartet hatte. Seine Akte zeichnete zweifelsfrei das Bild eines Berufsverbrechers. Drei Vorstrafen, jedoch keine in den letzten zwanzig Jahren. Das allein hatte noch nichts zu bedeuten. Aber keine Handgreiflichkeiten, keine Gewaltanwendung. Auch das musste noch nichts bedeuten, doch irgendetwas war an diesem Mann.

»Auf diese Frage brauche ich ein Ja oder ein Nein.«

»Ja.«

»Gut. Sie sind sich bewusst, dass Sie im Zusammenhang mit dem Mord an Christine Sullivan verhaftet wurden?«

»Ja.«

»Und Sie sind sicher, dass Sie auf Ihr Recht verzichten wollen, einen Anwalt dabeizuhaben? Wir können Ihnen einen Anwalt besorgen, oder Sie können Ihren eigenen anrufen.«

»Ich bin sicher.«

»Und Sie wissen, dass Sie der Polizei gegenüber keine Aussage machen müssen? Dass alles, was Sie jetzt sagen, später gegen Sie verwendet werden kann?«

»Weiß ich.«

Die jahrelange Erfahrung hatte Frank gelehrt, dass frühe Geständnisse sich oft als Katastrophe für die Staatsanwaltschaft erwiesen. Sogar ein freiwillig abgelegtes Geständnis konnte von der Verteidigung in der Luft zerrissen werden, wodurch alle Beweise, die aus dem Geständnis folgerten, als unzulässig abgewiesen wurden. Der Täter konnte einen direkt zur Leiche führen und doch am nächsten Tag als freier Mann gehen, während sein Anwalt einen anlächelte und zu Gott flehte, sein Klient möge niemals in der Nachbarschaft auftauchen. Franks Fall jedoch stand felsenfest. Alles, was Whitney zu sagen hatte, konnte sich nur zusätzlich gegen ihn auswirken.

Er wandte alle Aufmerksamkeit dem Häftling zu. »Dann möchte ich Ihnen einige Fragen stellen. In Ordnung?«

»Gut.«

Frank nannte für die Aufzeichnung Monat, Tag, Jahr und Uhrzeit, dann fragte er Luther nach dessen vollständigem Namen.

Weiter kamen sie nicht. Die Tür öffnete sich. Ein uniformierter Polizist steckte den Kopf herein.

»Draußen steht sein Anwalt.«

Verwirrt schaute Frank zu Luther und schaltete den Rekorder aus.

»Was für ein Anwalt?«

Bevor Luther antworten konnte, drängte Jack sich bereits an dem Beamten vorbei ins Zimmer.

»Jack Graham. Ich bin der Anwalt des Angeklagten. Schaffen Sie dieses Aufzeichnungsgerät hinaus. Meine Herren, ich will allein mit meinem Klienten sprechen. Und zwar sofort.«

Luther starrte ihn an. »Jack –«, begann er scharf.

»Halt die Klappe, Luther.« Jack schaute die Beamten an. »Jetzt gleich!«

Widerwillig verließen die Männer den Raum. Frank und Jack warfen einander einen Blick zu, dann wurde die Tür geschlossen. Jack legte den Aktenkoffer auf den Tisch, setzte sich aber nicht.

»Willst du mir nicht erzählen, was hier los ist?«

»Jack, halt dich da raus. Ich meine es ernst.«

»*Du* bist zu mir gekommen. Ich musste dir versprechen, ich würde für dich da sein. Nun, hier bin ich.«

»Großartig, du hast Wort gehalten, jetzt kannst du gehen.«

»Gut, ich gehe. Und was machst du?«

»Das geht dich nichts an.«

Jack beugte sich dicht zu Luther hinab. »Was hast du vor?«

Zum ersten Mal schwoll Luthers Stimme an. »Ich plädiere auf schuldig! Ich habe es getan.«

»Du hast sie ermordet?«

Luther wandte den Blick ab.

»Hast du Christine Sullivan umgebracht?« Luther antwortete nicht. Jack packte ihn an der Schulter.

»Hast du sie getötet?«

»Ja.«

Prüfend musterte Jack Luthers Gesicht. Dann ergriff er den Aktenkoffer.

»Ich bin dein Anwalt, ob es dir passt oder nicht. Und lass dir bloß nicht einfallen, mit den Bullen zu reden, solange ich nicht weiß, warum du mich belügst. Ich würde dich einfach für unzurechnungsfähig erklären lassen.«

»Jack, ich weiß zu schätzen, was du tust, aber –«

»Hör mal, Luther, Kate hat mir erzählt, was passiert ist; was sie getan hat, und warum sie es getan hat. Aber lass es mich dir unmissverständlich erklären. Wenn du diesmal ins Gefängnis wanderst, wird sich dein kleines Mädchen niemals davon erholen. Kapierst du das?«

Luther brachte nie zu Ende, was er sagen wollte. Plötzlich schien der Raum auf die Größe einer Konservendose zu schrumpfen. Er hörte nicht, wie Jack hinausging. Er saß nur da und starrte vor sich hin. Es war eines der wenigen Male in seinem Leben, dass Luther Whitney einfach nicht mehr weiterwusste.

Jack ging auf die Männer zu, die im Gang warteten.

»Wer leitet den Fall?«

Frank sah ihn an. »Lieutenant Seth Frank.«

»In Ordnung, Lieutenant. Nur für das Protokoll: Mein Klient nimmt all seine Rechte wahr. Sie werden nicht versuchen, in meiner Abwesenheit mit ihm zu sprechen. Verstanden?«

Frank faltete die Arme vor der Brust. »Okay.«

»Wer vertritt die Anklage?«

»Staatsanwalt George Gorelick.«

»Ich nehme an, es gibt einen Anklagebeschluss?«

Frank beugte sich vor. »Das Schwurgericht hat die Anklageschrift letzte Woche bestätigt.«

Jack zog den Mantel an. »Das kann ich mir denken.«

»Ihnen ist klar, dass Sie ihn nicht auf Kaution freikriegen.«

»Nun, wie ich die Sache sehe, ist er bei euch hier wohl sicherer. Passen Sie gut auf ihn auf, ja?«

Jack warf Frank seine Karte zu und marschierte zielstrebig den Gang hinunter. Bei der letzten Bemerkung wich das Lächeln von Franks Lippen. Er schaute auf die Karte, zum Befragungsraum, dann zurück zu dem davoneilenden Anwalt.

KAPITEL 20

Kate hatte sich geduscht und umgezogen. Das feuchte Haar hatte sie gerade nach hinten gekämmt, wo es offen bis auf die Schultern hing. Kate trug einen dicken, indigoblauen Pullover mit V-Ausschnitt, darunter ein weißes T-Shirt. Die verblichenen Jeans hingen lose um ihre schmalen Hüften. An den Füßen trug sie dicke Wollsocken. Jack betrachtete die Füße, die keinen Moment still standen, da ihre Besitzerin von Ruhelosigkeit geplagt war.

Gegenüber früher hatte sie sich etwas erholt. Doch der Schrecken stand ihr nach wie vor ins Gesicht geschrieben. Durch das Hin-und-her-Gehen schien sie ihn bekämpfen zu wollen.

Jack nahm sich sein Glas Mineralwasser und sank zurück in den Stuhl. Seine Schultern fühlten sich an wie ein Stück Holz. Als hätte sie es gespürt, blieb Kate bei ihm stehen und begann, ihn zu massieren.

»Er hat mir nichts davon erzählt, dass ein Anklagebeschluss vorliegt.« Kate klang wütend.

»Also hat er nicht die ganze Wahrheit gesagt. Seit wann nehmen es Bullen mit der Wahrheit so genau?«

»Wie ich sehe, denkst du schon wieder ganz wie ein Strafverteidiger.«

Sie bohrte kraftvoll in seine Schultern; es fühlte sich herrlich an. Als sie die steifsten Stellen bearbeitete, fiel ihr feuchtes Haar in Jacks Gesicht. Er schloss die Augen. Im Radio spielten sie Billy Joels *River of Dreams*. Was ist mein Traum, fragte sich Jack. Immer wieder schien ihm die Antwort zu entgleiten, wie ein Sonnenstrahl, den man als Kind einzufangen versucht.

»Wie geht es ihm?« Kates Frage holte ihn zurück ins Reich der Wirklichkeit. Jack trank sein Glas leer.

»Er ist verwirrt. Verängstigt. Nervös. All das, was ich mir an ihm nie vorstellen konnte. Übrigens hat man das Gewehr gefunden. Im Obergeschoss eines der alten Reihenhäuser entlang der Straße, wo du dich mit Luther getroffen hast. Wer auch immer die Kugel abgefeuert hat, er ist längst untergetaucht. Ich glaube, den Bullen ist es sogar egal.«

»Wann findet die Verlesung der Anklageschrift statt?«

»Übermorgen, zehn Uhr.« Er legte den Kopf zurück und ergriff ihre Hand. »Man wird ihn wegen Mordes anklagen, Kate.«

Sie hörte auf, ihn zu massieren.

»Das ist doch Quatsch. Ein Tötungsdelikt in Tateinheit mit Einbruch ist ein schweres Verbrechen mit Todesfolge, bestenfalls Totschlag. Sag dem Staatsanwalt, er soll das im Gesetzbuch nachlesen.«

»Hey, das klingt doch ganz nach mir, oder?« Erfolglos versuchte er, sie aufzuheitern. »Die Theorie des Staatsanwalts lautet, dass Luther in das Haus einbrach und von ihr auf frischer Tat ertappt wurde. Man wird die nachweisbare Gewaltanwendung – Würgemale, Schläge, zwei Schüsse – vorbringen, um das Tötungsdelikt vom Einbruch abzugrenzen. So will man die Handlungsweise als besonders verabscheuungswürdige und verwerfliche Tat darstellen. Außerdem ist da noch die Tatsache, dass Mrs Sullivans Schmuck fehlt. Mord in Tateinheit mit bewaffnetem Raubüberfall rechtfertigt die Todesstrafe.«

Kate setzte sich hin und strich sich über die Schenkel. Sie trug kein Make-up; sie war eine jener Frauen, die das nicht nötig hatten. Dennoch war die Belastung unverkennbar, besonders durch die Ringe unter den Augen und die hängenden Schultern.

»Was weißt du über Gorelick? Auf dessen Mist ist die

Theorie gewachsen.« Jack steckte einen Eiswürfel in den Mund.

»Er ist ein arrogantes Arschloch – großkotzig, eingebildet und ein verdammt gerissener Hund.«

»Toll.« Jack erhob sich aus dem Stuhl und setzte sich neben sie. Er ergriff ihren verletzten Knöchel und rieb ihn. Sie sank auf das Sofa und legte den Kopf zurück. So war es zwischen den beiden schon immer gewesen; sie fühlten sich in der Gesellschaft des anderen so wohl und entspannt, als wären die letzten vier Jahre nie vergangen.

»Die Beweise, von denen Frank mir erzählte, hätten nicht annähernd für einen Haftbefehl gereicht, geschweige denn für eine Anklage. Ich verstehe das nicht, Jack.«

Jack zog ihr die Socken aus und massierte ihre Füße mit beiden Händen, wobei er die kleinen, zierlichen Knochen fühlte. »Die Polizei hat einen anonymen Hinweis auf das Kennzeichen eines Fahrzeugs bekommen, das in der mutmaßlichen Mordnacht in der Nähe des Anwesens der Sullivans gesehen wurde. Die Überprüfung ergab, dass der fragliche Wagen in jener Nacht auf dem Verwahrungsparkplatz für beschlagnahmte Fahrzeuge in Washington stand.«

»Also war der Hinweis falsch.«

»Nein. Luther hat mir oft erzählt, wie einfach es ist, aus dem Verwahrungsparkplatz einen Wagen zu klauen, ein Ding zu drehen, und das Auto dann zurückzustellen.«

Kate blickte ihn nicht an, sondern schien die Decke zu studieren.

»Nette Unterhaltungen habt ihr beide geführt.« Der altvertraute Tonfall kehrte zurück.

»Was soll das, Kate.«

»Tut mir Leid.« Nun klang ihre Stimme wieder brüchig.

»Man hat die Fußmatten des Wagens überprüft und Fasern von dem Teppich aus Sullivans Schlafzimmer gefunden. Außerdem Spuren von Mutterboden. Genau denselben Mutterboden verwendet Sullivans Gärtner im Maisfeld neben dem Haus. Die Erde dort ist eine speziell hergestellte Mischung. Anderswo ist sie in dieser Zusammensetzung gar nicht zu finden. Ich habe mich mit Gorelick unterhalten. Er ist sich seiner Sache ziemlich sicher, das kann ich dir sagen. Noch habe ich keine Akten gesehen. Morgen reiche ich den Antrag auf Akteneinsicht ein.«

»Na schön, aber wo ist die Verbindung zu meinem Vater?«

»Die Polizei hatte einen Durchsuchungsbefehl für Luthers Haus und Wagen. Man hat auf der Fußmatte im Auto dieselbe Erde gefunden und Fasern auf dem Läufer im Wohnzimmer.«

Mühevoll öffnete Kate die Augen. »Er war doch im Haus und hat die beknackten Teppiche gereinigt. Von da könnten die Fasern stammen.«

»Und dann ist er durch das Maisfeld gelaufen? Komm schon.«

»Jemand anders könnte die Erde ins Haus geschleppt haben, und er ist nur hineingetreten.«

»Genau so hätte ich argumentiert, wäre da nicht eine Sache.«

Sie richtete sich auf. »Welche?«

»Außer den Fasern und dem Dreck hat man noch ein Lösungsmittel auf Erdölbasis entdeckt. Die Polizei hat Spuren davon im Teppich gefunden und glaubt, dass der Täter versucht hat, Blut zu entfernen. Sein eigenes Blut. Ich bin sicher, es gibt eine Hand voll Zeugen, die beschwören, dass weder vor noch zum Zeitpunkt der Teppichreinigung eine solche Lösung verwendet wurde. Deshalb konnte Luther nur hineingetreten sein, wenn er nach der Reinigung noch einmal im Haus war. Das ist die Verbindung zu ihm.«

Kate sackte in sich zusammen.

»Außerdem hat man das Hotel ausfindig gemacht, in dem Luther in der Stadt gewohnt hat. Dort hat man einen falschen Pass gefunden, mit dessen Hilfe man seine Spur nach Barbados zurückverfolgen konnte. Zwei Tage nach dem Mord flog er nach Texas, dann nach Miami, schließlich weiter auf die Insel. Anscheinend war er etwa einen Monat dort. Sieht doch sehr nach Flucht aus, oder? Die Polizei hat die beeidete Erklärung eines Taxifahrers, der Luther zu Sullivans Haus auf Barbados gefahren hat. Luther hat ihm gegenüber erwähnt, er sei schon in Sullivans Haus in Virginia gewesen. Darüber hinaus gibt es Zeugen, die bestätigen, dass sie Luther und Wanda Broome vor dem Mord mehrere Male zusammen gesehen haben. Eine gute Freundin von Wanda wird bezeugen, Wanda habe ihr anvertraut, dass sie dringend Geld brauche. Und dass Christine Sullivan ihr von dem Safe erzählt habe. Das bedeutet, Wanda Broome hat die Polizei belogen.«

»Ich kann gut verstehen, warum Gorelick so freigebig mit den Informationen war. Trotzdem beruht der ganze Fall nur auf Indizien.«

»Nein, Kate. Das ist das perfekte Beispiel eines Falles, in dem es keinen unwiderlegbaren Beweis gibt, der Luther mit dem Verbrechen in Verbindung bringt, aber so viele Hinweise, dass die Jury sagen wird: ›Also wirklich, wen willst du zum Narren halten, du Hundesohn?‹

So viel wie möglich werde ich entschärfen, aber die haben einige ziemlich schwere Geschütze. Und wenn Gorelick die Vorstrafen deines Vaters einbringen kann, sind wir vermutlich geliefert.«

»Die liegen zu lange zurück. Sie sind eher vorurteilsfördernd als beweiskräftig. Der Richter wird sie nicht zulassen.« Ihre Worte klangen sicherer, als sie sich fühlte. Wie sollte man nach all dem überhaupt etwas als sicher annehmen?

Das Telefon klingelte. Sie zögerte. »Weiß irgendjemand, dass du hier bist?«

Jack schüttelte den Kopf.

Kate ergriff den Hörer. »Hallo?«

Die Stimme am anderen Ende hörte sich brüsk und geschäftsmäßig an. »Ms Whitney, hier Robert Gavin von der *Washington Post*. Ob ich Ihnen wohl ein paar Fragen über Ihren Vater stellen dürfte? Am liebsten würde ich Sie persönlich treffen, wenn sich das einrichten ließe.«

»Was wollen Sie von mir?«

»Na was wohl, Ms Whitney? Ihr Vater ist auf allen Titelseiten. Sie sind Staatsanwältin. Das riecht doch nach einer tollen Story.«

Kate legte auf. Jack sah sie an.

»Wer war das?«

»Ein Reporter.«

»Himmel, sind die schnell.«

Sichtlich erschöpft setzte sie sich wieder hin. Besorgt ging Jack zu ihr und ergriff ihre Hand.

Plötzlich nahm sie sein Gesicht zwischen die Hände und wandte es zu ihr. Angsterfüllt blickte sie ihn an. »Jack, du kannst den Fall gar nicht übernehmen.«

»Kann ich wohl. Ich bin aktives Mitglied der Anwaltskammer von Virginia und habe ein halbes Dutzend Mordprozesse hinter mir. Ich bin eindeutig qualifiziert dafür.«

»Das habe ich nicht gemeint. Ich weiß, dass du qualifiziert bist. Aber Patton, Shaw & Lord bearbeiten keine Strafrechtssachen.«

»Na und? Irgendwann muss man damit anfangen.«

»Jack, bleib ernst. Sullivan ist ein enorm wichtiger Klient für euch. Du hast für ihn gearbeitet. Das habe ich in der *Legal Times* gelesen.«

»Es gibt keinen Interessenkonflikt. Nichts, was ich aus meiner Anwalt-Klient-Beziehung mit Sullivan weiß, kann in diesem Fall verwendet werden. Außerdem ist Sullivan nicht der Ankläger. Wir treten gegen den Staat an.«

»Jack, man wird dich den Fall nicht übernehmen lassen.«

»Na gut, dann kündige ich eben und mache mich selbstständig.«

»Das darfst du nicht tun. Im Augenblick läuft alles so gut für dich. Du kannst nicht einfach alles aufgeben. Nicht dafür.«

»Wofür dann? Derzeit gibt es nichts Wichtigeres für mich. Ich weiß mit Sicherheit, dass dein alter Herr die Frau nicht verprügelt und ihr dann seelenruhig das Gehirn weggepustet hat. Wahrscheinlich ist er in das Haus eingebrochen, aber er hat niemanden umgebracht, ganz bestimmt nicht. Und soll ich dir noch etwas sagen? Ich bin verdammt sicher, dass er weiß, wer sie getötet hat. Deshalb hat er eine Heidenangst. Er hat in dem Haus etwas gesehen, Kate. Er hat irgendwen gesehen.«

Bedächtig blies Kate den Atem aus, als sie begriff, was er meinte.

Seufzend blickte Jack zu Boden.

Er stand auf und zog den Mantel an. Spielerisch zupfte er an ihrem Hosenbund. »Wann hast du zum letzten Mal richtig gegessen?«

»Daran kann ich mich nicht erinnern.«

»Früher mal hast du diese Hose ästhetischer ausgefüllt.«

Diesmal lächelte sie. »Danke.«

»Es ist noch nicht zu spät, was dagegen zu tun.«

Kate ließ den Blick durch die Wohnung schweifen, konnte aber beim besten Willen nichts Heimeliges daran entdecken.

»Woran denkst du?«

»Rippchen, Krautsalat und etwas Stärkeres als Cola. Einverstanden?«

Kate zögerte keine Sekunde. »Ich hole nur rasch meinen Mantel.«

Jack hielt ihr die Tür des Lexus auf. Er sah, wie sie jede Einzelheit des luxuriösen Wagens registrierte.

»Ich habe deinen Rat angenommen und fange an, mein sauer verdientes Geld auszugeben.« Gerade war er ins Auto gestiegen, als an der Beifahrerseite ein Mann auftauchte.

Er trug einen Schlapphut und hatte einen grau melierten Vollbart mit einem schmalen Oberlippenbärtchen. Sein brauner Mantel war bis oben zugeknöpft. In einer Hand hielt er ein Diktiergerät, in der anderen einen Presseausweis.

»Bob Gavin, Ms Whitney. Ich glaube, wir wurden vorhin unterbrochen.«

Nach einem Blick auf Jack zog er überrascht die Brauen hoch. »Sie sind Jack Graham. Luther Whitneys Anwalt. Ich habe Sie auf der Polizeiwache gesehen.«

»Gratuliere, Mr Gavin. Offenbar haben Sie gute Augen und ein gewinnendes Lächeln. Bis bald.«

Gavin hielt sich am Auto fest. »Einen Augenblick, nur einen kleinen Augenblick. Die Öffentlichkeit hat ein Recht, etwas über diesen Fall zu erfahren.«

Jack wollte etwas erwidern, doch Kate kam ihm zuvor.

»Das wird sie auch, Mr Gavin. Dafür sind Prozesse da. Ich bin sicher, Sie haben einen Sitz in der ersten Reihe. Auf Wiedersehen.«

Der Lexus fuhr los. Gavin überlegte, ob er zu seinem Wagen sprinten sollte, entschied sich aber dagegen. Mit sechsundvierzig Jahren wandelte er mit seinem schlaffen und nikotinsüchtigen Körper stets im Schatten des Herzinfarkts. Außerdem stand die Sache erst am Anfang. Früher oder später würde er sie erwischen. Er schlug den Kragen hoch, um sich gegen den Wind zu schützen, und stakste davon.

Als der Lexus wieder vor Kates Apartment anhielt, war es fast Mitternacht.

»Bist du sicher, dass du es tun willst, Jack?«

»Ich habe die Deckenmalereien nie wirklich gemocht, Kate.«

»Was?«

»Leg dich schlafen. Wir müssen beide ausgeruht sein.«

Kate griff bereits zur Tür, doch dann zögerte sie. Sie drehte sich um und schaute Jack an, wobei sie nervös die Haare hinters Ohr schnippte. Diesmal entdeckte Jack in ihren Augen keinen Schmerz, sondern etwas anderes, das er nicht genau zu deuten vermochte. War es Erleichterung?

»Jack, was du damals in der Nacht zu mir gesagt hast …«

Schwer schluckend umklammerte er das Lenkrad. Er hatte sich schon gefragt, wann sie es erwähnen würde. »Kate, ich habe darüber nachgedacht, und –«

Sie legte ihm einen Finger auf den Mund. »Mit vielem hattest du Recht, Jack.«

Er sah ihr nach, wie sie langsam im Haus verschwand, dann fuhr er davon.

Als er nach Hause kam, war dem Anrufbeantworter das Band ausgegangen. Die Maschine war so voll, dass die Blinklichtanzeige für hinterlassene Nachrichten nur noch als rotes Dauerlicht erkennbar war. Jack erschien es am sinnvollsten, das Leuchtfeuer zu ignorieren. Er zog den Telefonstecker aus der Wand, schaltete das Licht aus, legte sich ins Bett und versuchte zu schlafen.

Kein leichtes Unterfangen.

Vor Kate hatte er sich so zuversichtlich gegeben. Doch wem wollte er etwas vormachen? Diesen Fall auf eigene Faust anzunehmen, ohne mit irgendjemandem von Patton, Shaw & Lord darüber zu reden, kam beruflichem Selbstmord gleich. Aber was hätte es schon genützt? Die Antwort kannte er ohnehin. Vor die Wahl gestellt, hätten sich die versammelten Teilhaber von PS&L vermutlich lieber die schlaffen Pulsadern aufgeschnitten, als Luther Whitney als Klienten anzunehmen.

Aber Jack war Anwalt, und Luther brauchte einen Anwalt. Entscheidungen wie diese waren niemals so einfach, doch deshalb bemühte er sich ja so krampfhaft, die Dinge so schwarz und weiß wie möglich zu sehen. Gut – böse. Richtig – falsch. Das war nicht einfach für einen Firmenanwalt, der ständig in den Grauzonen des Gesetzes arbeitete und den Standpunkt je nach Klient wechselte, um täglich Honorarnoten ausstellen zu können.

Nun, er hatte seine Entscheidung getroffen. Ein alter Freund kämpfte um sein Leben und hatte Jack um Hilfe gebeten. Für Jack spielte es keine Rolle, dass sein Klient plötzlich unerwartet widerspenstig zu werden schien. Angeklagte in Strafrechtsverfahren zeichneten sich nur selten durch Kooperationsbereitschaft aus. Aber Luther hatte ihn um Hilfe gebeten, nun würde er sie bekommen, so wahr ihm Gott helfe. In diesem Fall gab es kein Grau mehr. Und kein Zurück.

KAPITEL 21

Dan Kirksen schlug die *Washington Post* auf und wollte gerade einen Schluck Orangensaft trinken. Dazu kam er nicht mehr. Der Fall Sullivan war zwar inzwischen von der Titelseite in den Innenteil gerückt. Doch ein Großteil des heutigen Berichts war der Meldung gewidmet, dass Jack Graham, seit kurzem Teilhaber bei Patton, Shaw & Lord, als Verteidiger des Angeklagten fungierte.

Sofort rief Kirksen bei Jack zu Hause an. Niemand ging ans Telefon. Er zog sich an, ließ den Wagen vorfahren, und um halb neun marschierte er durch die Eingangshalle der Firma.

Sein Weg führte an Jacks altem Büro vorbei, wo immer noch Schachteln und persönliche Dinge verstreut lagen. Nur wenige Schritte von Lords Büro entfernt befand sich Jacks neues Quartier, ein wunderschöner, sechs mal sechs Meter großer Raum mit einer kleinen, gut bestückten Bar, antiken Möbeln und einem herrlichen Ausblick über die Stadt. Schöner als sein eigenes Büro, kam es Kirksen in den Sinn. Er verzog das Gesicht.

Der Stuhl stand von der Tür weggedreht. Kirksen machte sich nicht die Mühe anzuklopfen. Er trat in den Raum und warf die Zeitung auf den Tisch.

Gemächlich drehte Jack sich um und blickte auf die Zeitung.

»Nun, zumindest ist der Firmenname richtig geschrieben. Großartige Werbung. Bringt bestimmt jede Menge Klienten.«

Ohne den Blick von Jack abzuwenden, nahm Kirksen

Platz. Langsam, bedächtig sprach er, als hätte er ein kleines Kind vor sich: »Sind Sie verrückt geworden? Wir übernehmen keine Strafrechtssachen. Wir bearbeiten überhaupt keine Streitfälle.«

»Das stimmt nicht ganz. Bisher war das so, jetzt nicht mehr«, erwiderte Jack. Lächelnd musterte er Kirksen. Vier Millionen gegen sechshunderttausend, Kumpel. Also zieh Leine, du Schwachkopf.

»Jack, vielleicht sind Sie nicht ganz mit der Vorgehensweise vertraut, wie in dieser Firma ein neues Projekt in Angriff genommen wird. Ich werde meine Sekretärin anweisen, Ihnen die entsprechenden Bestimmungen auszuhändigen. Ich vertraue darauf, dass Sie inzwischen alles Nötige veranlassen, um sich und die Firma unverzüglich von dieser Angelegenheit zu distanzieren. Danke.«

Als wäre die Sache damit abgetan, erhob sich Kirksen und wollte gehen. Auch Jack stand auf.

»Hören Sie, Dan, ich habe den Fall übernommen und bringe ihn auch zu Ende, ganz gleich, was Sie und die Firmenpolitik dazu meinen. Schließen Sie die Tür, wenn Sie hinausgehen.« Langsam drehte sich Kirksen herum und starrte Jack bedrohlich an.

»Jack, überlegen Sie, was Sie sagen. Ich bin der geschäftsführende Teilhaber der Firma.«

»Ich weiß, Dan. Darum sollte es auch kein allzu großes Problem für Sie sein, auf dem Weg nach draußen die verdammte Tür zu schließen!«

Wortlos wandte Kirksen sich um und warf die Tür hinter sich zu.

Endlich ließ das Pochen in Jacks Schläfen nach. Er machte sich wieder an die Arbeit. Die Schriftsätze hatte er fast fertig. Bevor man ihn zur Rede stellen und aufhalten konnte, wollte er sie einreichen. Nachdem die Vorlagen ausgedruckt waren, unterschrieb er sie und rief persönlich den Botendienst an. Danach lehnte er sich im Stuhl zurück. Es war neun Uhr. Bald musste er los, um zehn sollte er Luther treffen.

In Jacks Kopf drängten sich die Fragen, die er seinem Mandanten stellen wollte. Dann dachte er an jene Nacht zurück. Jene eisige Nacht an der Mall. An den Blick in Luthers Augen.

Die Fragen zu stellen war kein Problem. Jack hoffte nur, er würde stark genug für die Antworten sein.

Er schlüpfte in den Mantel. Wenige Minuten später saß er bereits im Wagen und war unterwegs zum Bezirksgefängnis von Middleton.

Gemäß der Verfassung des Staates Virginia sowie der Verfahrensregeln für Strafrechtsprozesse muss der Staat dem Angeklagten jedwedes entlastende Beweismaterial zur Verfügung stellen. Die Missachtung dieser Bestimmung kann die Karriere eines Staatsanwalts gehörig aus der Bahn werfen. Ganz abgesehen davon, dass eine Verurteilung nicht zu Stande kommen oder der Angeklagte Berufung einlegen kann.

Genau diese Vorschriften bereiteten Seth Frank schweres Kopfzerbrechen.

In seinem Büro sitzend, grübelte er über den Häftling nach, der weniger als eine Minute entfernt in einer Zelle schmorte. Die ruhige und scheinbar harmlose Art machte Frank wenig zu schaffen. Einige der schlimmsten Verbrecher, die er je verhaftet hatte, sahen aus, als wären sie gerade vom Kirchgesang gekommen, nachdem sie nur so zum Spaß irgendjemandem den Schädel gespaltet hatten. Gorelick bereitete seinen Fall gewissenhaft vor, indem er methodisch einzelne Fäden sammelte, die er vor den Geschworenen zu einem robusten Strick zu knüpfen gedachte, an dem sich Luther Whitney selbst erhängen würde. Auch das machte Frank nicht zu schaffen.

Was ihm sehr wohl zu schaffen machte, waren all die Kleinigkeiten, die nach wie vor keinen Sinn ergaben. Die Wunden. Zwei Waffen. Die Kugel aus der Wand. Die klinische Desinfektion des Raumes. Die Tatsache, dass der Kerl in Barbados gewesen und wieder zurückgekommen war.

Luther Whitney war ein Profi. In den letzten vier Tagen hatte Frank sich überwiegend damit beschäftigt, alles über Luther Francis Whitney in Erfahrung zu bringen. Der alte Mann hatte einen gewaltigen Coup gelandet, der ohne einen winzigen Schönheitsfehler vermutlich ungelöst geblieben wäre. Millionen Dollar als Beute, eine eiskalte Spur für die Polizei; er ist schon außer Landes, und der Kerl kommt zurück! So etwas machte kein Profi. Frank hätte eingesehen, wenn er wegen seiner Tochter nach Hause gekommen wäre, doch der Fahnder hatte sich bei den Fluggesellschaften informiert. Luther Whitney war unter falschem Namen in die Vereinigten Staaten zurückgereist, lange bevor Frank den Plan mit Kate ausgeheckt hatte.

Der Gipfel jedoch war: Sollte Frank tatsächlich glauben, dass Luther Whitney einen nachvollziehbaren Grund hätte haben können, Christine Sullivans Vagina zu überprüfen? Darüber hinaus hatte jemand versucht, den Kerl umzubringen. Es war einer der seltenen Fälle, bei denen Frank nach der Verhaftung des Tatverdächtigen praktisch mehr Fragen hatte als davor.

In der Jackentasche kramte er nach einer Zigarette. Die Kaugummiphase lag bereits weit hinter ihm. Nächstes Jahr wollte er es erneut versuchen. Als er aufblickte, stand Bill Burton vor ihm.

»Verstehen Sie, Seth, ich kann nichts beweisen. Ich wollte Ihnen nur sagen, wie sich das Ganze meiner Meinung nach abgespielt hat.«

»Und Sie sind sicher, dass der Präsident es Sullivan erzählt hat?«

Burton nickte und spielte mit einer Tasse, die auf Franks Schreibtisch stand. »Ich komme gerade von Richmond. Ich hätte ihm sagen müssen, dass er den Mund halten soll. Tut mir Leid, Seth.«

»Zum Teufel noch mal, er ist der Präsident, Bill. Wie wollen Sie dem Präsidenten vorschreiben, was er zu tun und zu lassen hat?«

Burton zuckte die Schultern. »Also, was glauben Sie?«

»Klingt einleuchtend. Ich werde das nicht auf sich beruhen lassen, da können Sie sicher sein. Wenn Sullivan dahinter steckt, kriege ich auch ihn dafür dran. Mir ist völlig egal, welche Beweggründe er hatte. Der Schuss hätte wer weiß wen treffen können.«

»Wie ich Sullivan einschätze, werden Sie nicht viel rausfinden. Wahrscheinlich ist der Schütze inzwischen auf irgendeiner Insel im Pazifik, hat ein neues Gesicht und hundert Zeugen, die beschwören, dass er noch nie in den Staaten war.«

Frank beendete die Eintragungen in sein Notizbuch. Burton musterte ihn.

»Haben Sie aus Whitney etwas herausbekommen?«

»Ach was! Sein Anwalt hat ihn zum Schweigen verdonnert.«

Burton blieb scheinbar gelassen. »Wer ist der Anwalt?«

»Jack Graham. War früher Pflichtverteidiger im District. Jetzt ist er ein mordsmäßig hohes Tier bei einer ungemein angesehenen Anwaltskanzlei. Im Augenblick ist er bei Whitney in der Zelle.«

»Ist er gut?«

Frank rührte seinen Kaffee um. »Er weiß, was er tut.«

Burton stand auf und wandte sich zum Gehen. »Wann ist die Verlesung der Anklageschrift?«

»Morgen um zehn.«

»Bringen Sie Whitney hin?«

»Ja. Wollen Sie dabei sein, Bill?«

Burton legte die Hände über die Ohren. »Davon will ich gar nichts wissen.«

»Wieso das?«

»Ich will nicht, dass irgendetwas zu Sullivan durchdringt. Darum.«

»Glauben Sie, er würde es noch mal versuchen?«

»Ich weiß nur, dass weder Sie noch ich die Antwort darauf kennen. An Ihrer Stelle würde ich einige Sondermaßnahmen treffen.«

Frank sah Burton eindringlich an.

»Geben Sie Acht auf Ihren Schützling, Seth. Er hat eine Verabredung in der Todeszelle in Greensville.«

Burton ging zur Tür hinaus.

Einige Minuten saß Frank schweigend am Schreibtisch. Was Burton gesagt hatte, klang einleuchtend. Vielleicht würde Sullivan einen neuerlichen Versuch starten. Der Fahnder griff zum Telefon, wählte eine Nummer, sprach ein paar Minuten und legte dann auf. Er hatte alles nur Erdenkliche veranlasst, um Luthers Transport abzusichern. Frank war überzeugt, dass diesmal nichts nach außen dringen würde.

Jack ließ Luther im Befragungsraum sitzen und marschierte den Gang hinunter zur Kaffeemaschine. Ein großer Kerl in einem guten Anzug versperrte ihm mit seinem breiten Kreuz den Weg. Der Mann drehte sich um, als Jack gerade an ihm vorbeiwollte. Die beiden stießen zusammen.

»Entschuldigung.«

Jack rieb sich die Schulter, wo er gegen die im Halfter getragene Pistole gestoßen war.

»Schon gut.«

»Sie sind Jack Graham, nicht wahr?«

»Kommt darauf an, wer das wissen will.« Jack musterte den Mann. Da er eine Waffe trug, handelte es sich offensichtlich nicht um einen Reporter. Er wirkte mehr wie ein Bulle; durch die Art, wie er die Hände hielt, sodass die Finger im Bruchteil einer Sekunde reagieren konnten; durch die Art, wie die Augen unauffällig alles überschauten.

»Bill Burton, United States Secret Service.«

Die beiden schüttelten einander die Hände.

»Ich bin bei diesem Fall so etwas wie der Berichterstatter für den Präsidenten.«

Jack studierte Burtons Züge. »Ach ja, die Pressekonferenz. Ich nehme an, Ihr Boss ist heute Morgen recht glücklich.«

»Wäre er, steckte nicht der Rest der Welt in einem derartigen Schlamassel. Was Ihren Mandanten betrifft, nun, für mich ist jemand erst dann schuldig, wenn das Gericht ihn dafür befindet.«

»Freut mich zu hören. Wollen Sie sich nicht unter die Geschworenen mischen?«

Burton grinste. »Halten Sie die Ohren steif. War nett, mit Ihnen zu plaudern.«

»Ganz meinerseits.«

Jack stellte die zwei Kaffeetassen auf den Tisch und blickte Luther an. Dann setzte er sich und schaute auf den leeren Notizblock.

»Luther, wenn du mir nicht bald etwas erzählst, muss ich mir selbst etwas Passendes ausdenken.«

Luther nahm einen Schluck von dem starken Kaffee und starrte durch die vergitterten Fenster hinaus auf einen vereinzelten, kahlen Ahornbaum, der neben dem Polizeirevier wuchs. Dichter, feuchter Schnee fiel vom Himmel. Die Temperaturen sanken, Chaos beherrschte bereits die Straßen.

»Was gibt es schon groß zu erzählen, Jack? Handle die bestmöglichen Bedingungen für mich aus, erspar allen Beteiligten einen mühsamen Prozess, und der Fall ist abgeschlossen.«

»Ich glaube, du verstehst mich nicht, Luther. Soll ich dir sagen, wie die bestmöglichen Bedingungen aussehen? Man will dich auf eine Bahre fesseln, eine Nadel in deinen Arm jagen, eine hübsche Dosis Gift in dich pumpen und so tun, als wärst du ein Labortier. Aber ich glaube, der Staat lässt den Verurteilten sogar die Wahl. Du kannst also auch den Wunsch äußern, auf dem elektrischen Stuhl gegrillt zu werden. Das sind die Bedingungen.«

Jack stand auf und blickte aus dem Fenster. Einen Augenblick lang blitzte ihm die Vorstellung an einen gemütlichen Abend durch den Kopf, vor einem heimeligen Kaminfeuer in der riesigen Villa, in deren gewaltigem Garten lauter kleine Jacks und Jennifers herumtollten. Er schluckte, schüttelte den Kopf und wandte sich wieder Luther zu.

»Hörst du, was ich sage?«

»Ich hab's gehört.« Zum ersten Mal sah Luther unmittelbar in Jacks Augen.

»Luther, bitte, erzähl mir, was passiert ist. Du warst vielleicht in dem Haus, vielleicht hast du auch den Safe geplündert, aber du kannst mir niemals, unter gar keinen Umständen einreden, dass du etwas mit dem Tod der Frau zu tun hast. Ich kenne dich, Luther.«

Luther lächelte. »Wirklich, Jack? Das trifft sich gut, dann kannst du mir vielleicht bei Gelegenheit sagen, wer ich bin.«

Jack warf den Notizblock in den Koffer und schlug ihn zu. »Ich plädiere auf nicht schuldig. Vielleicht rückst du mit der Sprache heraus, bevor wir vor Gericht müssen.« Kurz setzte er ab, dann fügte er leise hinzu. »Zumindest hoffe ich das.«

Er wandte sich zum Gehen. Luther legte Jack die Hand auf die Schulter. Jack drehte sich um und schaute in Luthers zuckendes Gesicht.

»Jack.« Mühevoll schluckte er; seine Zunge fühlte sich faustgroß an. »Ich würde dir alles erzählen, wenn ich könnte. Aber das wäre weder für dich noch für Kate oder sonst irgendjemanden gut. Tut mir Leid.«

»Kate? Was meinst du damit?«

»Bis bald, Jack.« Luther wandte sich ab und starrte aus dem Fenster.

Jack betrachtete seinen Freund, schüttelte wiederum den Kopf und klopfte nach der Wache.

Der Niederschlag hatte sich von dichten, weichen Flocken in winzige Eiskügelchen verwandelt, die wie Kieselsteine gegen die riesigen Scheiben prasselten.

Kirksen schenkte dem Wetter keinerlei Aufmerksamkeit. Seine hohe Stirn war vor Ärger und Entrüstung gerötet. Der kleine Scheißer würde bekommen, was er verdiente! Niemand durfte so mit ihm reden …

Sandy Lord betrachtete die dunklen Türme, aus denen sich das Stadtbild zusammensetzte. In seiner rechten Hand glomm eine Zigarre. Das Jackett hatte er abgelegt, der mächtige Bauch berührte die Fensterscheibe. Die roten Hosenträger hoben sich ab vom Hintergrund des gestärkten weißen Hemdes mit Monogramm. Angestrengt starrte er hinunter auf eine Gestalt, die hektisch die Straße hinablief, um ein Taxi anzuhalten.

Die Fliege des geschäftsführenden Teilhabers saß etwas schief. Lord nahm es aus den Augenwinkeln im Spiegelbild des Fensters wahr, doch Kirksen schien es in seinem Zorn gar nicht zu bemerken.

»Er untergräbt die Beziehung, die unsere Firma, die Sie zu Walter Sullivan unterhalten. Ich wage kaum, mir vorzustellen, was Walter gedacht haben muss, als er heute Morgen die Zeitung las. Seine Firma, sein eigener Anwalt vertritt dieses ... *Subjekt*. Großer Gott!«

Lord bekam nur teilweise mit, was der schmächtige Mann von sich gab. Schon seit einigen Tagen hatte er nichts mehr von Sullivan gehört. Sowohl Anrufe ins Büro wie auch nach Hause waren unbeantwortet geblieben. Niemand schien zu wissen, wo er sich aufhielt. Das sah seinem alten Freund ganz und gar nicht ähnlich, der ständigen Kontakt zu einem ausgewählten Kreis zu halten pflegte, dem auch Sandy Lord seit langer Zeit angehörte.

»Sandy, ich schlage vor, dass wir unverzüglich Sanktionen gegen Graham einleiten. Wir dürfen das nicht auf sich beruhen lassen. Es wäre ein verheerender Präzedenzfall. Mir ist egal, ob er Baldwin als Klienten hat. Zum Teufel, Baldwin ist ein Bekannter von Sullivan. Er muss selbst stinksauer über diese bedauerliche Lage sein. Wir können noch für heute Abend eine Sitzung der Geschäftsführung einberufen. Ich glaube nicht, dass wir lange brauchen, um zu einem Entschluss zu kommen. Dann –«

Endlich hob Lord die Hand und gebot Kirksens Gefasel Einhalt.

»Ich kümmere mich darum.«

»Aber, Sandy, als geschäftsführender Teilhaber bin ich der Meinung, dass –«

Lord wandte sich um und starrte ihn an. Die roten Augen beiderseits der riesigen Knollennase bohrten sich in die schmächtige Gestalt.

»Ich sagte, ich kümmere mich darum.«

Lord drehte sich weg und starrte wieder aus dem Fenster. Kirksens verletzter Stolz interessierte ihn einen Dreck. Sorgen bereitete Lord, dass irgendjemand versucht hatte, den Mann zu ermorden, den man des Mordes an Christine Sullivan beschuldigte. Und niemand konnte Walter Sullivan erreichen.

Jack blickte über die Straße und schloss die Augen. Doch es half nichts, das Wunschkennzeichen – SUCCESS – schien in sein Gehirn gebrannt zu sein. Er sprang aus dem Wagen und kämpfte sich über die rutschige Straße durch den Verkehr.

Als er den Schlüssel in die Tür steckte, holte er tief Luft. Dann drehte er den Knauf herum.

Sie saß auf dem kleinen Sessel neben dem Fernseher. Zu dem kurzen schwarzen Rock trug sie passende schwarze Stöckelschuhe und gemusterte dunkle Strümpfe. Die weiße Bluse war am Kragen aufgeknöpft und gab den Blick frei auf ein Smaragdhalsband, das den Raum mit schimmernden Farben erfüllte. Auf der Decke, die über die Couch gebreitet war, lag ein knöchellanger Nerzmantel. Als er hereinkam, klopfte sie mit den Fingernägeln gegen den Fernseher. Wortlos blickte sie ihn an. Die vollen rosa Lippen bildeten eine feste, gerade Linie.

»Hallo, Jenn.«

»Du musst ja während der letzten vierundzwanzig Stunden ziemlich beschäftigt gewesen sein, Jack.« Ohne zu lächeln, klackte sie weiter mit den Nägeln.

»Du weißt doch, man muss immer am Ball bleiben.«

Jack zog den Mantel aus, legte die Krawatte ab und ging

in die Küche, um sich ein Bier zu holen. Als er zurückkam, setzte er sich ihr gegenüber auf die Couch.

»Hey, heute habe ich ein neues Projekt in Angriff genommen.«

Jennifer fasste in die Handtasche und warf ihm die Post zu.

»Ich weiß.«

Er schaute hinunter auf die Schlagzeilen.

»Die Firma wird das nicht zulassen.«

»Pech gehabt, dafür ist es zu spät.«

»Du weißt schon, was ich meine. Was, in Gottes Namen, ist bloß in dich gefahren?«

»Jenn, ich kenne den Mann, in Ordnung? Ich kenne ihn, er ist mein Freund. Ich glaube nicht, dass er die Frau ermordet hat, und ich werde ihn verteidigen. Rechtsanwälte tun das jeden Tag, überall, wo es welche gibt; und in diesem Land gibt es praktisch überall welche.«

Sie beugte sich vor. »Es geht um Walter Sullivan, Jack. Überleg doch, was du tust.«

»Ich weiß, dass es um Walter Sullivan geht, Jenn. Und? Verdient Luther Whitney keinen guten Anwalt, weil irgendjemand *meint*, er habe Walter Sullivans Frau getötet? Entschuldige, aber wo genau steht das geschrieben?«

»Walter Sullivan ist dein Klient.«

»Luther Whitney ist mein Freund, und ich kenne ihn um einiges länger als Walter Sullivan.«

»Jack, der Mann, den du verteidigst, ist ein Gewohnheitsverbrecher. Er hat sein halbes Leben hinter Gittern verbracht.«

»Tatsächlich war er seit über zwanzig Jahren nicht mehr im Gefängnis.«

»Er ist ein verurteilter Verbrecher.«

»Wegen Mordes ist er nie verurteilt worden.«

»Jack, in dieser Stadt gibt es mehr Anwälte als Kriminelle. Warum kann kein anderer Verteidiger den Fall übernehmen?«

Jack schaute auf das Bier. »Willst du auch eines?«

»Beantworte meine Frage.«

Jack sprang auf und schleuderte die Bierflasche an die Wand.

»Weil er mich darum gebeten hat, zum Teufel!«

Jennifer starrte zu ihm hoch. Der verängstigte Blick verschwand, sobald die Glassplitter und das Bier zu Boden gefallen waren. Sie nahm den Mantel und zog ihn an.

»Du machst einen gewaltigen Fehler. Hoffentlich kommst du zur Vernunft, bevor du einen nicht wiedergutzumachenden Schaden anrichtest. Mein Vater hatte beinahe einen Herzinfarkt, als er den Bericht las.«

Jack legte ihr eine Hand auf die Schulter, drehte ihr Gesicht zu sich herum und meinte leise: »Jenn, ich *muss* das ganz einfach tun. Ich hatte gehofft, du würdest mich unterstützen.«

»Jack, warum hörst du nicht auf, Bier zu trinken, und fängst an, darüber nachzudenken, was du mit dem Rest deines Lebens anfangen willst.«

Als die Tür hinter ihr ins Schloss fiel, lehnte Jack sich dagegen und rieb sich die Schläfen, bis er glaubte, die Haut müsste sich unter dem Druck seiner Finger lösen.

Durch das kleine, schmutzige Fenster beobachtete er, wie das Wunschkennzeichen im Schneegestöber verschwand. Er setzte sich und betrachtete neuerlich die Schlagzeilen.

Luther wollte ein Abkommen mit der Justiz treffen, doch es gab nichts zu vereinbaren. Die Bühne war errichtet. Jeder wollte diesen Prozess sehen. In den Fernsehnachrichten hatte man eine eingehende Analyse des Falles gebracht. Luthers Bild musste mittlerweile Millionen Menschen ein Begriff sein. Sogar eigene Meinungsumfragen über Luthers Schuld oder Unschuld gab es bereits; keine von ihnen fiel günstig für ihn aus. Gorelick leckte sich schon die Lippen, da er annahm, dieser Fall könnte ihn in ein paar Jahren in den Sitz des Generalstaatsanwaltes katapultieren. Und in Virginia kandidierten Generalstaatsanwälte oft für das Gouverneursamt – zumeist erfolgreich.

Der kleinwüchsige, glatzköpfige, großspurige Gorelick

war tödlich wie ein Güterzug mit Höchstgeschwindigkeit. Er scherte sich den Teufel um einen fairen Prozess und wartete nur darauf, seinem Gegner bei erstbester Gelegenheit das Messer in den Rücken zu stoßen. Jack wusste, dass er sich auf einen langen, harten Kampf gefasst machen musste.

Zu allem Überdruss wollte Luther nicht reden. Er hatte Angst. Doch was hatte Kate mit der Sache zu tun? Nichts passte zusammen. Und morgen sollte Jack vor Gericht auftreten und für Luther auf »nicht schuldig« plädieren, obwohl er keine Möglichkeit hatte, Luthers Unschuld zu beweisen. Die Beweisführung war zwar Aufgabe des Staates; das Problem jedoch war, die Anklagevertretung hatte genug, um den Fall zweimal zu gewinnen. Jack würde verbissen kämpfen, aber sein Mandant war ein dreifacher Verlierer, auch wenn sich Luther laut seiner Akte während der letzten zwanzig Jahre nichts hatte zu Schulden kommen lassen. Dafür interessierte sich niemand. Warum auch? Sein Schützling war der perfekte Hauptdarsteller für den Schluss einer tragischen Geschichte. Ein Musterbeispiel für die »Dreier-Regel«. Drei schwere Vergehen, und dein Leben ist vorbei; in der Hauptrolle Luther Whitney.

Quer durchs Zimmer schleuderte er die Zeitung, dann putzte er Glassplitter und Bier weg. Er rieb sich den Nacken, betastete die unterstrapazierte Armmuskulatur, trottete ins Schlafzimmer und schlüpfte in einen Trainingsanzug.

Das YMCA lag etwa zehn Minuten entfernt. Überraschenderweise fand Jack unmittelbar davor einen Parkplatz und marschierte hinein. Die schwarze Limousine hinter ihm hatte weniger Glück. Der Fahrer musste mehrmals um den Block fahren und selbst dann noch ein Stück die Straße zurücksetzen, damit er an der gegenüberliegenden Seite parken konnte.

Der Lenker wischte die Scheibe an der Beifahrerseite frei

und schaute zur Vorderseite des Gebäudes. Dann fasste er einen Entschluss, stieg aus dem Wagen und lief die Treppe hinauf. Er sah sich um, betrachtete den blitzenden Lexus und ging hinein.

Nach drei Runden Basketball strömte der Schweiß über Jacks Körper. Er ließ sich auf eine Bank sinken, während die Teenager mit unerschöpflicher Energie weiter über den Platz tobten. Jack stöhnte auf, als einer der schlaksigen schwarzen Jungen in weiten Turnhosen, trägerlosem T-Shirt und viel zu großen Sportschuhen ihm den Ball zuwarf. Er warf ihn zurück.

»Tut mir Leid, Jungs, aber das war's für mich.«

»Hey, Mann, bist du müde?«

»Nein, bloß alt.«

Jack stand auf, rieb sich die Krämpfe aus den schmerzenden Oberschenkeln und humpelte hinaus.

Als er das Gebäude verlassen wollte, fühlte er eine Hand auf der Schulter.

Jack fuhr. Er warf einen Blick auf seinen neuen Passagier.

Seth Frank begutachtete die Innenausstattung. »Ich hab schon tolle Dinge von diesen Autos gehört. Wie viel hat der hier gekostet, wenn die Frage gestattet ist?«

»Neunundvierzigtausendfünfhundert, mit allen Extras.«

»Teufel auch. In einem Jahr verdiene ich nicht annähernd so viel.«

»Ich bis vor kurzem auch nicht.«

»Pflichtverteidiger machen nicht das große Geld, habe ich gehört.«

»Das ist wohl wahr.«

Die Männer verfielen in Schweigen. Frank war sich bewusst, dass er mehr Vorschriften missachtete, als es wahrscheinlich überhaupt gab; auch Jack wusste das.

Schließlich schaute Jack hinüber. »Hören Sie, Lieutenant, ich nehme an, Sie sind nicht gekommen, um sich mit mir über Autos zu unterhalten. Wollen Sie etwas Bestimmtes von mir?«

»Gorelick sieht aus wie der sichere Sieger gegen Ihren Mandanten.«

»Vielleicht. Vielleicht auch nicht. Ich werfe nicht das Handtuch, falls es das ist, was Sie glauben.«

»Sie plädieren auf ›nicht schuldig‹?«

»Nein, ich fahre ihn ins Greensville Correctional Center und spritze ihm die Scheiße selbst. Nächste Frage.«

Frank lächelte. »Okay, das habe ich verdient. Ich denke, wir beide sollten uns unterhalten. Einiges an dem Fall ergibt immer noch keinen Sinn. Ob das gut oder schlecht für Ihren Freund ist, weiß ich nicht. Sind Sie bereit zuzuhören?«

»In Ordnung, aber gehen Sie nicht davon aus, dass dies ein beiderseitiger Informationsaustausch wird.«

»Ich kenne einen Laden, wo man das Steak mit dem Buttermesser schneiden kann und auch der Kaffee genießbar ist.«

»Liegt der Schuppen etwas abgelegen? Als Streifenpolizist kann ich Sie mir nicht gut vorstellen.«

Frank blickte zu ihm hinüber und grinste. »Nächste Frage.«

Jack brachte ein Lächeln zu Stande und fuhr dann nach Hause, um sich umzuziehen.

Jack bestellte eine zweite Tasse Kaffee, während Frank noch die erste vor sich hin und her schob. Das Steak war hervorragend gewesen, und der Ort war so abgelegen, dass Jack gar nicht sicher war, wo sie sich befanden. Vermutlich irgendwo im südlichen Maryland. Er ließ den Blick über die wenigen Gäste des rustikalen Speisesaals schweifen. Niemand schien ihnen unerwünschte Aufmerksamkeit zu schenken. Dann wandte er sich wieder seinem Gesprächspartner zu.

Amüsiert betrachtete Frank ihn. »Soweit ich weiß, hatten Sie und Kate Whitney vor einer Weile eine Beziehung.«

»Hat sie Ihnen das gesagt?«

»Himmel, nein. Sie kam heute ins Polizeirevier, ein paar

Minuten nachdem Sie gegangen waren. Ihr Vater wollte sie nicht sehen. Ich hab mich ein bisschen mit ihr unterhalten. Hab ihr gesagt, dass es mir Leid tut, wie sich die Dinge entwickelt haben.« Franks Augen verschleierten sich für einen Moment, dann fuhr er fort. »Jack, ich hätte das nicht tun dürfen. Sie zu benutzen, um ihren alten Herrn zu schnappen. Niemand verdient das.«

»Funktioniert hat es. Manch einer würde sagen, der Zweck heiligt die Mittel.«

»Genau. Nun, wie auch immer, wir sind auf Sie zu sprechen gekommen. Ich bin noch nicht so alt, dass ich ein Glitzern in den Augen einer Frau nicht mehr erkenne.«

Die Kellnerin brachte Jacks Kaffee. Er trank einen Schluck. Beide Männer starrten aus dem Fenster. Mittlerweile schneite es nicht mehr, und die Welt schien mit einer weichen, weißen Decke verhüllt zu sein.

»Hören Sie, Jack, ich weiß, dass die ganze Anklage gegen Luther Whitney nur auf Indizien beruht. Aber das hat schon oft genug gereicht, um einen Menschen ins Gefängnis zu schicken.«

»Das bestreite ich nicht.«

»Die Wahrheit ist, Jack, dass ich noch eine ganze Menge Mist habe, der einfach keinen Sinn ergibt.«

Jack setzte den Kaffee ab und beugte sich vor.

»Ich höre.«

Frank sah sich im Raum um, dann schaute er zurück zu Jack. »Ich weiß, dass ich mich gerade auf dünnem Eis bewege, aber ich bin nicht Bulle geworden, um Menschen für Verbrechen hinter Gitter zu schicken, die sie gar nicht begangen haben. Da draußen laufen genug Schuldige herum.«

»Was genau ergibt keinen Sinn?«

»Über einiges werden Sie selbst stolpern, wenn Sie die Akten durchgehen. Tatsache ist, ich bin davon überzeugt, dass Luther Whitney in das Haus eingebrochen ist. Ebenso bin ich davon überzeugt, dass er Christine Sullivan nicht getötet hat. Aber –«

»Aber Sie glauben, dass er gesehen hat, wer es war.«

Frank lehnte sich zurück und glotzte Jack überrascht an. »Wann ist Ihnen der Gedanke gekommen?«

»Erst vor kurzem. Haben Sie schon eine Idee?«

»Ich glaube, Ihr Freund wäre fast mit der Hand im Honigtopf erwischt worden und musste sich dann im Honigtopf verstecken.«

Jack sah verwirrt drein. Rasch klärte Frank ihn über den Tresor, das Beweismaterial und seine eigenen Fragen auf.

»Luther sitzt also im Tresor und beobachtet, wie irgendjemand mit Mrs Sullivan herummacht. Dann passiert etwas, und sie wird umgelegt. Und Luther wird Zeuge, wie dieser Jemand sämtliche Spuren beseitigt.«

»So könnte es gewesen sein, Jack.«

»Er geht nicht zur Polizei, weil er sich sonst stellen müsste.«

»Das erklärt vieles.«

»Nur nicht, wer es getan hat.«

»Der einzig offensichtlich Tatverdächtige ist der Ehemann, und ich glaube nicht, dass er es war.«

Jack rief sich Walter Sullivan ins Gedächtnis. »Okay. Aber wenn nicht er, wer dann?«

»Derjenige, mit dem sie sich an diesem Abend getroffen hat.«

»Nach allem, was Sie mir über das Liebesleben der Verstorbenen erzählt haben, engt das den Täterkreis auf ein paar Millionen Männer ein.«

»Ich habe nie behauptet, dass es einfach sein würde.«

»Nun, ich habe so eine Ahnung, dass es kein Durchschnittstyp war.«

»Warum das?«

Jack trank einen Schluck Kaffee und blickte auf seinen Apfelkuchen. »Hören Sie, Lieutenant –«

»Nennen Sie mich doch Seth.«

»In Ordnung, Seth, ich bewege mich hier ebenfalls auf dünnem Eis. Ich weiß, woher Sie kommen, und ich bin Ihnen dankbar für die Informationen. Aber ...«

»Aber Sie sind nicht hundertprozentig davon überzeugt, dass Sie mir vertrauen können, und überhaupt wollen Sie nichts sagen, was sich nachteilig für Ihren Mandanten auswirken könnte?«

»So ungefähr.«

»Absolut verständlich.«

Die beiden Männer bezahlten und gingen. Während der Rückfahrt setzte wieder so starker Schneefall ein, dass die Scheibenwischer kaum mithalten konnten.

Jack warf einen Blick auf Frank, der geradeaus starrte; entweder war er in Gedanken verloren, oder er wartete darauf, dass Jack das Wort ergriff.

»Also gut. Ich gehe das Risiko ein, viel habe ich ohnehin nicht zu verlieren, oder?«

Frank starrte weiterhin geradeaus. »So wie ich die Sache sehe, nicht.«

»Nehmen wir mal an, Luther war in dem Haus und hat gesehen, wie die Frau ermordet wurde.«

Frank schaute zu Jack hinüber. In seinen Zügen lag deutliche Erleichterung.

»Gut.«

»Man muss Luther kennen und wissen, wie er denkt, um zu verstehen, wie er auf so etwas reagieren würde. Er ist einer der gewissenhaftesten Menschen, die ich je getroffen habe. Ich weiß, sein Vorstrafenregister lässt auf etwas anderes schließen, aber man kann kaum zuverlässiger und vertrauenswürdiger sein als er. Hätte ich Kinder und brauchte jemanden, der auf sie aufpasst, dann würde ich sie Luther anvertrauen. Ich könnte völlig sicher sein, dass ihnen nichts geschieht, solange sie bei ihm sind. Seine Vorsicht grenzt schon fast an Paranoia. Er ist unglaublich ausgebufft, sieht alles im Voraus.«

»Außer, dass ihn seine Tochter in eine Falle locken könnte.«

»Genau, das nicht. Niemals hätte er das vorhergesehen. Nicht in tausend Jahren.«

»Aber ich weiß schon, welche Art Mensch Sie meinen,

Jack. Einige der Kerle, die ich in meiner Laufbahn verhaftet habe, gehören – abgesehen von der dummen Angewohnheit, anderer Leute Eigentum zu stehlen – zu den anständigsten Menschen, die ich kenne.«

»Hätte Luther gesehen, wie die Frau umgebracht wurde, er hätte einen Weg gefunden, den Täter an die Bullen auszuliefern, das kann ich Ihnen versichern. Damit hätte er ihn nicht davonkommen lassen. Niemals!« Grimmig starrte Jack aus dem Fenster.

»Außer?«

Jack schaute zu ihm hinüber. »Außer er hatte einen verdammt guten Grund dafür. Vielleicht kannte er den Mörder oder wusste etwas über ihn.«

»Sie meinen jemanden, dem man so etwas unmöglich zutrauen würde? Dass Luther es deshalb gar nicht erst versuchen wollte?«

»Mehr noch, Seth.« Jack bog um eine Kurve und hielt auf das YMCA-Gebäude zu. »Bevor das alles passiert ist, habe ich Luther noch nie ängstlich erlebt. Aber jetzt hat er Angst. Eine Heidenangst, um genau zu sein. Er hat sich damit abgefunden, die Schuld für den ganzen Schlamassel auf sich zu nehmen, und ich weiß einfach nicht, weshalb. Ich meine, schließlich war er ja schon außer Landes.«

»Und ist zurückgekommen.«

»Richtig, und ich kann mir nicht vorstellen, wieso. Übrigens, haben Sie das Datum?«

Frank schlug sein Notizbuch auf und nannte ihm den genauen Tag.

»Was zur Hölle ist also nach Christine Sullivans Ermordung und vor diesem Datum geschehen, das Luther bewogen hat, zurückzukommen?«

Frank schüttelte den Kopf. »Könnte alles Mögliche gewesen sein.«

»Nein, es war etwas ganz Bestimmtes. Und wenn wir herausfinden, was es war, könnten wir vielleicht Licht in die Sache bringen.«

Frank steckte das Notizbuch in die Tasche und fuhr beiläufig mit der Hand über die Armaturen.

Jack stellte den Motor ab und lehnte sich in seinen Sitz zurück.

»Er hat nicht bloß um sich selbst Angst. Aus irgendeinem Grund hat er Angst wegen Kate.«

Frank wirkte verblüfft. »Glauben Sie, Kate wurde von jemandem bedroht?«

Jack schüttelte den Kopf. »Nein. Das hätte sie mir erzählt. Ich glaube, irgendjemand hat Luther zu verstehen gegeben, dass er besser den Mund halten soll, wenn ihm das Leben seiner Tochter lieb ist.«

»Glauben Sie, es waren dieselben Leute, die versucht haben, ihn auszuschalten?«

»Vielleicht. Ich weiß es nicht.«

Frank ballte beide Hände zur Faust und blickte aus dem Seitenfenster. Er holte tief Atem und sah Jack an. »Hören Sie, Sie müssen Luther zum Sprechen bringen. Wenn er uns denjenigen ans Messer liefert, der Christine Sullivan umgebracht hat, empfehle ich im Gegenzug für seine Zusammenarbeit Bewährung und Sozialarbeit. Keinen einzigen Tag wird er absitzen. Ach, Sullivan würde ihn vermutlich sogar die Beute behalten lassen, wenn wir den Kerl festnageln könnten.«

»Sie empfehlen?«

»Sagen wir, ich werde es Gorelick in seinen dicken Schädel hämmern. Einverstanden?« Frank streckte Jack die Hand hin.

Jack ergriff sie. »Einverstanden.«

Frank stieg aus dem Wagen, steckte den Kopf jedoch nochmals herein. »Soweit es mich betrifft, wenn mich jemand fragt, hat es unser heutiges Treffen nie gegeben. Alles, was Sie mir erzählt haben, behalte ich für mich, ausnahmslos. Selbst im Zeugenstand. Das meine ich ernst.«

»Danke, Seth.«

Gemächlich schlenderte Seth Frank zurück zu seinem

Wagen, während der Lexus die Straße entlangrollte, um die Ecke bog und verschwand.

Burschen wie Luther Whitney kannte er ganz genau. Was, zur Hölle, konnte einem solchen Mann nur so viel Angst einjagen?

KAPITEL 22

Um halb acht Uhr morgens bog Jack auf den Parkplatz der Polizeiwache von Middleton. Es war ein klarer, aber bitterkalter Morgen. Zwischen ein paar schneebedeckten Streifenwagen stand die schwarze Limousine. Die Motorhaube war bereits abgekühlt, was Jack verriet, dass Seth Frank Frühaufsteher war.

Luther sah heute anders aus; er hatte die orangefarbene Gefängniskleidung gegen einen zweiteiligen braunen Anzug mit Hemd und gestreifter Krawatte getauscht. Das dichte graue Haar war ordentlich frisiert, die Sonnenbräune erinnerte noch an Luthers Aufenthalt auf Barbados. Er hätte als Versicherungsvertreter oder altgedienter Teilhaber einer Anwaltskanzlei durchgehen können. Mancher Strafverteidiger hob sich die gutbürgerliche Kleidung für den eigentlichen Prozess auf, damit die Geschworenen sahen, dass der Angeklagte doch kein so übler Kerl war, sondern lediglich nicht mit seinem Leben zurechtkam. Doch Jack hatte darauf bestanden, dass man seinem Mandanten die ganze Zeit über zivile Kleidung zur Verfügung stellte. Und nicht bloß aus taktischen Gründen. Seiner Meinung nach verdiente Luther es nicht, in Grellorange vorgeführt zu werden. Wohl mochte er ein Krimineller sein, doch er war keiner jener Sorte, in deren Nähe man jederzeit eine Klinge zwischen die Rippen oder Reißzähne in die Kehle bekommen konnte. Diese Typen verdienten es, Orange zu tragen, und sei es nur, damit ständig ein Sicherheitsabstand zwischen ihnen und allen anderen gewahrt werden konnte.

Diesmal sparte Jack sich die Mühe, die Aktentasche zu öffnen. Der Ablauf war ihm vertraut. Man würde die Anklageschrift gegen Luther verlesen. Der Richter musste Luther fragen, ob er die Anklage verstanden hatte; danach war es an Jack, seine Klageerwiderung abzugeben. In der Folge würde der Richter ein Brimborium ablassen, um festzustellen, ob Luther sich bewusst war, welche Konsequenzen es hatte, auf nicht schuldig zu plädieren, und ob Luther mit seinem Rechtsbeistand zufrieden war.

Jack hegte die entsetzliche Befürchtung, Luther könnte ihm vor dem Richter sagen, er möge sich zum Teufel scheren, und sich selbst schuldig bekennen. So etwas war bereits vorgekommen. Unter Umständen akzeptierte der beknackte Richter das auch noch. Zweifellos jedoch würde er sämtliche Verfahrensregeln einhalten, denn in einem Mordfall konnte jede Unregelmäßigkeit zu einer Berufung führen. Und Berufungen gegen die Todesstrafe zogen sich für gewöhnlich schier endlos hin. Jack musste das Risiko einfach eingehen.

Mit ein bisschen Glück sollte die ganze Anklageerhebung nicht mehr als fünf Minuten in Anspruch nehmen. Dann würde man ein Prozessdatum festsetzen, und der Spaß konnte beginnen.

Da der Staat Anklage gegen Luther erhoben hatte, konnte Jacks Mandant kein Recht auf eine Vorverhandlung geltend machen. Eine solche hätte Jack zwar nicht weitergeholfen, doch zumindest hätte er einen ersten Eindruck vom Ermittlungsstand der Staatsanwaltschaft und den vorgesehenen Belastungszeugen bekommen, obwohl die Richter gewöhnlich darauf bedacht waren, Anhörungen nicht in Sondierungsverfahren für den Verteidiger ausarten zu lassen.

Es wäre auch möglich gewesen, auf die Verlesung der Anklageschrift zu verzichten, doch Jack hatte vor, der Staatsanwaltschaft nichts zu schenken. Außerdem wollte er Luther in den Gerichtssaal bekommen, wo die Öffentlichkeit sehen und hören konnte, wie laut und vernehmlich auf

»nicht schuldig« plädiert wurde. Danach wollte er Gorelick mit einem Verweisungsantrag schockieren und den Fall schleunigst aus dem County Middleton verlegen. Mit ein wenig Glück würde Gorelick durch einen neuen Anklagevertreter ersetzt, und der Möchtegern-Generalstaatsanwalt der Zukunft hätte jahrzehntelang an der Enttäuschung zu kauen. Dann musste er Luther dazu bewegen zu sprechen. Kate musste unter Polizeischutz gestellt werden. Luther würde mit seiner Geschichte herausrücken, und Jack könnte für ihn den Deal des Jahrhunderts aushandeln.

Er musterte Luther. »Du siehst gut aus.«

Luther verzog den Mund zu einem Lächeln, das mehr ein Grinsen war.

»Kate möchte dich vor der Verlesung der Anklageschrift sehen.«

Die Antwort kam wie der Blitz. »Nein!«

»Warum nicht? Mein Gott, Luther, du wolltest dein ganzes Leben lang eine Beziehung mit ihr aufbauen, und nun, da sie endlich dazu bereit ist, blockst du total ab. Verdammt noch eins, manchmal verstehe ich dich beim besten Willen nicht.«

»Ich will sie nicht in meiner Nähe haben.«

»Hör mal, es tut ihr Leid, was sie getan hat. Sie zerbricht daran, das kannst du mir ruhig glauben.«

Luther fuhr herum. »Sie glaubt, ich sei böse auf sie?«

Jack nahm Platz. Endlich, zum ersten Mal, hatte er Luthers volle Aufmerksamkeit. Das hätte er schon früher versuchen sollen.

»Natürlich. Warum sonst solltest du sie nicht sehen wollen?«

Luther starrte hinunter auf den schlichten Holztisch und schüttelte angewidert den Kopf.

»Sag ihr, dass ich ihr nicht böse bin. Sie hat das Richtige getan. Sag ihr das.«

»Wieso sagst du es ihr nicht selbst?«

Hastig stand Luther auf und lief im Zimmer auf und ab. Vor Jack blieb er stehen.

»An diesem Ort gibt es zu viele Augen, verstehst du? Wenn jemand sie in meiner Nähe sieht, könnte jemand vielleicht annehmen, sie wüsste etwas, das sie gar nicht weiß. Und glaub mir, das wäre nicht gut.«

»Von wem redest du?«

Luther setzte sich wieder hin. »Erzähl ihr einfach, was ich dir gesagt habe. Sag ihr, dass ich sie liebe, dass ich sie immer geliebt habe und immer lieben werde. Du musst ihr das sagen, Jack. Unbedingt.«

»Du meinst also, dieser Jemand könnte auch annehmen, du hättest mir was erzählt, obwohl du das gar nicht hast?«

»Ich habe dir davon abgeraten, den Fall zu übernehmen, Jack, aber du wolltest nicht auf mich hören.«

Jack zuckte mit den Schultern, öffnete die Aktentasche und holte ein Exemplar der Post heraus. »Lies die Titelgeschichte.«

Luther schaute auf die Titelseite. Zornig schleuderte er die Zeitung an die Wand. »Dieser Dreckskerl! Dieser miese Dreckskerl!« Der alte Mann spie die Worte förmlich aus.

Die Tür flog auf, und ein fettleibiger Wächter steckte den Kopf herein, mit der Hand an der Waffe. Jack bedeutete ihm, dass alles in Ordnung sei. Zögernd zog der Mann sich zurück, ohne dabei die Augen von Luther abzuwenden.

Jack ging hinüber und hob die Zeitung auf. Ein Foto von Luther vor dem Polizeirevier begleitete die Titelgeschichte. Die Schlagzeile war fett und in Großbuchstaben gedruckt, wie sie normalerweise nur den Siegen der Skins bei der Super Bowl vorbehalten waren: »HEUTE ANKLAGE IM MORDFALL SULLIVAN«. Jack überflog den Rest der Titelseite. Weitere Morde in der früheren Sowjetunion im Zuge der ethnischen Säuberung. Das Verteidigungsministerium machte sich auf eine neue Budgetkürzung gefasst. Seine Augen wanderten auch über Präsident Alan Richmond, registrierten ihn aber nicht wirklich. Der Präsident kündigte an, erneut Schritte in Sachen Sozialreform unternehmen zu wollen. Das Begleitbild, das den Präsidenten in einem Kinderheim im ärmlichen Südwesten von Washington zeigte, passte wunderbar dazu.

Das lächelnde Gesicht hatte Luther wie ein Schlag in die Magengrube getroffen. Vor den Augen der ganzen Welt wiegte er arme schwarze Babys. Dieses miese, verlogene Arschloch! Auf brutalste Weise drosch die Faust auf Christine Sullivan ein. Blut spritzte durch die Luft. Hände legten sich wie eine hinterhältige Schlange um ihre Kehle und wollten das Leben aus ihr pressen, ohne auch nur einen Gedanken zu verschwenden. Ein Leben hatte er gestohlen, genau das. Er küsste Babys und tötete Frauen.

»Luther? Luther?« Sanft legte Jack eine Hand auf Luthers Schulter. Der alte Mann zitterte am ganzen Leib wie ein Motor, der dringend gewartet werden muss, der zu zerspringen droht, als sei die alte, verrostete Hülle ihm nicht mehr gewachsen. Einen entsetzlichen Augenblick lang fragte sich Jack, ob Luther die Frau tatsächlich getötet, ob sein alter Freund womöglich die Grenze überschritten hatte. Doch seine Befürchtungen wurden zerstreut, als Luther sich umwandte und ihn ansah. Die Ruhe war zurückgekehrt, die Augen waren wieder klar und konzentriert.

»Erzähl ihr einfach, was ich dir gesagt habe, Jack. Und dann lass uns das hier zu Ende bringen.«

Lange Zeit galt das Gerichtsgebäude von Middleton als Herzstück des County. Einhundertfünfundneunzig Jahre war es alt und hatte im Krieg von 1812 die Briten überdauert, danach im Krieg der Nördlichen Aggression beziehungsweise im Bürgerkrieg – je nachdem, ob man es aus der Sicht eines Nordstaatlers oder Südstaatlers betrachtete – die Yankees und die Konföderierten. 1947 hauchte eine aufwändige Renovierung dem Gebäude neues Leben ein, und die guten Bürger der Stadt erwarteten, dass es noch für ihre Urenkel bereitstehen würde, damit sich diese daran erfreuen und gelegentlich hineinspazieren konnten, hoffentlich um nichts Schlimmeren als eines Strafzettels wegen oder um eine Heiratsurkunde ausstellen zu lassen.

Hatte es zuvor allein am Ende der zweispurigen Straße gestanden, die das Geschäftsviertel von Middleton bildete, so teilte es sich den Platz nun mit Antiquitätengeschäften, Restaurants, einem Supermarkt, einem riesigen Motel und einer Tankstelle, die ganz aus Ziegelsteinen gebaut war, um die architektonische Tradition des Umfeldes nicht zu stören. Ein paar Gehminuten entfernt stieß man auf unzählige Kanzleien, in denen die Diplome zahlreicher angesehener Bezirksanwälte dekorativ und durchaus würdevoll an der Wand hingen.

Außer am Freitagvormittag, dem Antragstermin für Zivil- und Strafprozesse, war es im Gerichtsgebäude von Middleton normalerweise recht ruhig. Im Augenblick jedoch spielten sich davor Szenen ab, bei deren Anblick sich die Gründerväter der Stadt in ihren Gräbern herumgedreht hätten. Auf den ersten Blick konnte man vermuten, dass die Blau- und die Grauröcke abermals zusammengetroffen waren, um ein für alle Mal Frieden zu schließen.

Sechs Übertragungswagen mit dicken Lettern an beiden Seiten hielten unmittelbar vor den Stufen zum Gericht. Die Sendeantennen waren bereits himmelwärts ausgefahren. Zehnreihige Menschentrauben drückten und drängten gegen eine Mauer von Sheriffs und grimmig wirkenden Staatspolizisten, die schweigend die Schar der Reporter im Zaum hielten, welche mit Notizblöcken, Mikrofonen und Kugelschreibern vor ihren Nasen herumfuchtelten.

Zum Glück verfügte das Gerichtsgebäude über einen Seiteneingang, der im Augenblick von einem Halbkreis aus Polizisten abgeschirmt wurde. Alle trugen Sturmgewehre und Schilde vor sich, um anzudeuten, dass es gefährlich war, sich zu nähern. Hier sollte der Wagen mit Luther ankommen. Leider besaß das Gebäude keine Garageneinfahrt. Dennoch war die Polizei sicher, alles im Griff zu haben. Luther würde bestenfalls ein paar Sekunden im Freien sein.

Auf der gegenüberliegenden Straßenseite marschierten bewaffnete Polizeibeamte mit rastlosem Blick auf und ab und hielten Ausschau nach dem Glitzern von Metall aus offenen Fenstern, die eigentlich verschlossen sein sollten.

Jack stand an dem kleinen Fenster des Gerichtssaals, das auf die Straße hinausblickte. Der Raum entsprach der Größe eines Hörsaals und war mit einer handgeschnitzten, zweieinhalb Meter hohen und fünfeinhalb Meter langen Richterbank ausgestattet. Rechts und links der Richterbank hingen die amerikanische Flagge und die Staatsflagge von Virginia. An einem winzigen Tisch vor der Richterbank saß – wie ein Schleppkahn vor einem Ozeanriesen – ein Gerichtsdiener.

Jack sah auf die Uhr, vergewisserte sich, dass die Sicherheitskräfte an Ort und Stelle waren, und betrachtete dann den Medienrummel. Reporter konnten sich entweder als beste Freunde oder als schlimmster Albtraum eines Strafverteidigers erweisen. Vieles hing davon ab, was Reporter von einem bestimmten Angeklagten und dem ihm zur Last gelegten Verbrechen hielten. Manche Journalisten verstanden es, ihre Berichte objektiv erscheinen zu lassen und den Angeklagten dabei trotzdem in die Pfanne zu hauen, bevor überhaupt ein Schuldspruch erfolgt war. Weibliche Berichterstatter neigten dazu, weniger hart mit Angeklagten in Vergewaltigungsfällen umzuspringen, da sie jeden Anschein von geschlechtsspezifischen Vorurteilen vermeiden wollten. Aus ähnlichen Gründen schlugen männliche Berichterstatter geradezu Purzelbäume für misshandelte Frauen, die schließlich Selbstjustiz übten. Luther fiel in keine dieser Kategorien. Ex-Knackis, die reiche, junge Frauen ermordeten, wurden, ungeachtet ihres Geschlechts, von allen Fronten der berichterstattenden Zunft bombardiert.

Jack hatte bereits ein Dutzend Anrufe von Filmunternehmen aus Los Angeles erhalten, die sich lauthals um Luthers Geschichte bewarben, noch bevor er überhaupt eine Klageerwiderung abgegeben hatte. Sie wollten die Geschichte und waren bereit, dafür zu bezahlen, sehr viel sogar. Jack hätte nicht übel Lust gehabt, ihnen zu sagen: Ja, macht nur, aber unter einer Bedingung. Wenn er euch irgendetwas erzählt, müsst ihr es mir weitersagen, denn im Augenblick habe ich gar nichts, Leute. Null.

Er schaute über die Straße. Die bewaffneten Sicherheitskräfte beruhigten ihn. Obwohl auch letztes Mal die Polizei dabei gewesen und dennoch ein Schuss gefallen war. Doch diesmal waren die Beamten zumindest vorgewarnt. Sie hatten die Lage recht gut im Griff. Nur mit einem hatten sie nicht gerechnet, und das bewegte sich gerade die Straße herunter.

Jack fuhr herum und beobachtete, wie die Schar der Reporter und Schaulustigen en masse auf die Wagenkolonne zustürmte. Zunächst glaubte Jack, es handle sich um Walter Sullivan, doch dann sah er die Polizeimotorräder, gefolgt von den Kastenwagen des Secret Service und schließlich die Limousine mit der amerikanischen Flagge auf beiden Seiten der Motorhaube.

Die Armee dieses Mannes ließ jene winzig erscheinen, die sich auf die Ankunft von Luther Whitney vorbereitete.

Jack beobachtete, wie Richmond aus dem Wagen stieg. Hinter ihm tauchte der Agent auf, mit dem er sich schon einmal unterhalten hatte. Burton. Das war der Name gewesen. Ein zäher, Respekt einflößender Bursche. Wie ein Radarstrahl suchten seine Augen die Umgebung ab. Nur wenige Zentimeter waren die Hände des Agenten vom Präsidenten entfernt, bereit, ihn innerhalb von Sekundenbruchteilen zu Boden zu ziehen. Die Wagen des Secret Service parkten an der gegenüberliegenden Straßenseite. Einer bog in eine Seitenstraße gegenüber dem Gerichtsgebäude. Dann schaute Jack zurück zum Präsidenten.

Rasch wurde ein provisorisches Podium errichtet, und Richmond begann seine eigene Pressekonferenz. Kameras blitzten, über fünfzig angeblich reife Erwachsene mit einem Diplom in Journalismus versuchten, sich an ihrem Nachbarn vorbeizudrängen. Ein paar gewöhnliche und weniger verrückte Bürger blieben im Hintergrund, einige hielten mit Videokameras ein für sie zweifellos außergewöhnliches Ereignis fest.

Jack drehte sich herum. Neben ihm stand plötzlich der Gerichtsdiener, ein wahrer Berg von einem Schwarzen.

»Seit siebenundzwanzig Jahren bin ich schon hier, aber noch nie war der Präsident in der Gegend. Und jetzt gleich zweimal in einem Jahr. Kaum zu glauben.«

Jack lächelte ihn an. »Nun, wenn Ihr Freund einige hunderttausend Dollar in Ihre Wahlkampagne gesteckt hätte, würden Sie sich vermutlich auch hier blicken lassen.«

»Sie haben ziemlich einflussreiche Leute gegen sich.«

»Das ist schon in Ordnung, ich habe einen riesigen Boxhandschuh dabei ...«

»Samuel. Samuel Long.«

»Jack Graham, Samuel.«

»Den werden Sie auch brauchen, Jack. Einen mit Blei drin.«

»Was meinen Sie, Samuel? Wird mein Kumpel hier drin einen fairen Prozess bekommen?«

»Hätten Sie mich das vor zwei, drei Jahren gefragt, ich hätte gesagt, ja, da können Sie Gift drauf nehmen.« Er blickte hinaus auf die Menschenmassen. »Wenn Sie mich heute fragen, ich weiß es nicht. Es ist egal, vor welchem Gericht man steht. Ob Oberster Gerichtshof oder Verkehrsgericht. Die Dinge ändern sich. Und nicht bloß die Gerichte. Alles. Jeder. Die ganze verrückte Welt verändert sich, und keiner weiß, was alles passieren kann.«

Beide schauten wieder aus dem Fenster.

Die Tür zum Gerichtssaal öffnete sich, und Kate trat herein. Instinktiv fuhr Jack herum und schaute sie an. Heute trug sie nicht ihre Gerichtskleidung, sondern einen schwarzen Faltenrock, der eng an den Hüften anlag und von einem schmalen, schwarzen Gürtel gehalten wurde. Die Bluse war schlicht und bis zum Hals zugeknöpft. Das Haar hatte sie aus der Stirn gekämmt; es hing ihr auf die Schultern. Die Wangen waren von der Eiseskälte gerötet, über dem Arm trug sie einen Mantel.

Zusammen setzten sie sich an den Tisch der Verteidigung. Diskret zog sich Samuel zurück.

»Gleich ist es soweit, Kate.«

»Ich weiß.«

»Hör zu, Kate, ich hab's dir schon am Telefon gesagt: Es ist nicht so, dass er dich nicht sehen will. Er hat Angst. Angst um dich. Der Mann liebt dich über alles.«

»Jack, du weißt, was passiert, wenn er nicht bald mit der Sprache rausrückt.«

»Vielleicht, aber ich habe ein paar Hinweise, denen ich nachgehen muss. Der Fall der Staatsanwaltschaft ist nicht ganz so bombensicher, wie jeder glaubt.«

»Woher weißt du das?«

»Vertrau mir einfach. Hast du den Präsidenten draußen gesehen?«

»Wie könnte man ihn übersehen? Aber das passt mir ganz gut. Niemand hat mich beim Hereingehen auch nur im Geringsten beachtet.«

»Neben ihm wirkt einfach jeder wie ein Mauerblümchen.«

»Ist Luther schon da?«

»Bald.«

Kate öffnete die Handtasche und kramte nach einem Kaugummi. Lächelnd schob Jack ihre zitternden Finger beiseite und holte die Packung für sie heraus.

»Kann ich nicht wenigstens am Telefon mit ihm sprechen?«

»Ich werde sehen, was ich tun kann.«

Die beiden saßen nebeneinander da und warteten. Jack legte seine Hand auf Kates Hand. Sie schauten hinauf zu der gewaltigen Richterbank, vor der in wenigen Minuten alles beginnen sollte. Im Augenblick aber warteten sie nur. Zusammen.

Der weiße Kastenwagen bog um die Ecke, rollte an dem Halbkreis der Polizisten vorbei und kam nur wenige Schritte von der Tür entfernt zum Halten. Seth Frank hielt sein

Auto unmittelbar hinter dem Wagen an und stieg aus, das Funkgerät in der Hand. Zwei Beamte stiegen aus dem Transporter und überprüften die Umgebung. Es sah gut aus. Die gesamte Menschenmenge drängte sich vor dem Gebäude, um den Präsidenten zu begaffen. Der Einsatzleiter wandte sich um und nickte einem weiteren Mann im Kastenwagen zu. Wenige Sekunden später stieg Luther Whitney aus. An Armen und Beinen war er gefesselt, über dem Anzug trug er einen dunklen Regenmantel. Seine Füße berührten den Boden, und von zwei Beamten flankiert begann er den Weg ins Gerichtsgebäude.

In diesem Augenblick kam die Menschenmenge an die Ecke. Sie folgte dem Präsidenten, der zielstrebig den Gehsteig entlang auf seine Limousine zuschritt. Als er an der Ecke des Gerichtsgebäudes vorbeimarschierte, blickte er herüber. Auch Luther, dessen Augen bis dahin stur zu Boden blickten, schaute hinüber, als hätte er Richmonds Anwesenheit gefühlt. Einen entsetzlichen Augenblick lang trafen sich die Blicke der beiden Männer. Noch bevor er wusste, was geschah, drangen die Worte über Luthers Lippen.

»Mieser Scheißkerl.« Er murmelte es leise, doch beide Beamten vernahmen etwas, denn auch sie fuhren herum, als der Präsident kaum dreißig Meter entfernt vorbeiging. Sie waren überrascht. Dann beherrschte nur noch eines ihre Gedanken.

Luthers Beine knickten ein. Zunächst glaubten die beiden Polizisten, er wollte ihnen die Arbeit erschweren; dann erst erblickten sie das Blut, das ihm übers Gesicht lief. Einer der beiden fluchte laut und packte Luthers Arm. Der andere zog die Waffe und schwang sie in weitem Bogen in die Richtung, aus der er den Schuss vermutete.

Die meisten der Anwesenden sollten sich später nur noch verschwommen an die Ereignisse der nächsten Minuten erinnern. Der Schuss war durch den Lärm der Menschenmenge nicht eindeutig vernehmbar gewesen. Die Secret-Service-Agenten hatten ihn dennoch gehört. Burton hatte Richmond im Handumdrehen zu Boden geworfen. Zwanzig Männer in schwarzen Anzügen und mit automatischen Waffen bildeten einen menschlichen Schutzwall um sie herum.

Seth Frank beobachtete, wie der Wagen des Secret Service aus der Gasse schoss und den Präsidenten gegen die mittlerweile hysterische Menschenmasse abschirmte. Aus dem Wagen sprang ein Agent, mit der Maschinenpistole im Anschlag. Prüfend ließ er den Blick über die Straße schweifen, während er in ein Funkgerät bellte.

Frank befahl seiner Truppe, jeden Quadratzentimeter des Areals zu überprüfen; sämtliche Straßenkreuzungen sollten abgeriegelt, jedes einzelne Gebäude durchsucht werden. In Kürze würden ganze Wagenladungen von Beamten eintreffen, doch irgendwie wusste Frank, dass es zu spät war.

Einen Augenblick danach war Frank bei Luther. Ungläubig starrte er auf das Blut, das den Schnee tränkte und ihn zu einer schauerlich roten Pfütze schmolz. Eine Ambulanz wurde gerufen, die binnen weniger Minuten eintreffen würde. Doch Frank wusste, dass es auch dafür bereits zu spät war. Luthers Gesicht war bleich; die Augen starrten blicklos ins Leere, die Finger waren zusammengekrampft. Luther Whitneys Kopf wies zwei neue Öffnungen auf; die verdammte Kugel hatte sogar noch ein Loch in den Kastenwagen geschlagen, nachdem sie ihr Opfer durchdrungen hatte. Irgendjemand hatte kein Risiko eingehen wollen.

Frank schloss die Augen, danach sah er sich um. Der Präsident war wieder auf den Beinen und wurde in die Limousine gedrängt. Sekunden später waren Limousine und Begleitfahrzeuge verschwunden. Reporter stürmten in Scharen an den Schauplatz des Mordes, doch Frank gab seinen Leuten einen Wink, und die Journalisten stießen auf eine Mauer zorniger und gereizter Polizisten, die ihre Schlagstöcke zur Schau stellten und nur darauf warteten, dass jemand versuchte, an ihnen vorbeizukommen.

Seth Frank blickte auf die Leiche hinab. Trotz der Kälte

zog er das Jackett aus und bedeckte damit Luthers Körper und Gesicht.

Sekunden nachdem die ersten Schreie ertönt waren, war Jack bereits zum Fenster gestürzt. Sein Puls raste, die Stirn war mit einem Mal schweißüberströmt.

»Bleib hier, Kate.« Er sah sie an. Sie stand wie erstarrt, ihr Gesicht widerspiegelte eine Ahnung, von der er hoffte, sie möge nicht zutreffen, so unwahrscheinlich das auch war.

Samuel stürzte aus den heiligen Hallen des Gerichts.

»Was ist passiert?«

»Samuel, bitte, behalten Sie sie im Auge.«

Samuel nickte, Jack stürmte zur Tür hinaus.

Draußen waren mehr bewaffnete Männer, als Jack jemals außerhalb eines Hollywood-Kriegsfilms gesehen hatte. Er rannte zum Seiteneingang des Gebäudes; ein über hundert Kilo schwerer, schlagstockschwingender Polizist wollte ihm gerade den Schädel einschlagen, als Frank noch rechtzeitig dazwischenbrüllte.

Vorsichtig trat Jack näher. Jeder Schritt im harschen Schnee dauerte eine Ewigkeit. Alle Blicke schienen sich auf ihn zu heften. Unter einem Mantel lag eine zusammengekrümmte Gestalt. Blut sickerte in den einst blütenweißen Schnee. In Seth Franks Gesicht stand Bestürzung geschrieben. An all das sollte Jack sich noch in vielen schlaflosen Nächten erinnern, vielleicht sogar für den Rest seines Lebens.

Schließlich kniete er sich neben seinen Freund. Eben wollte er das Jackett wegziehen, als er unvermittelt innehielt. Er fuhr herum und schaute in die Richtung, aus der er gekommen war. Das Meer der Journalisten hatte sich geteilt. Sogar die Mauer der Polizisten war einen Schritt auseinandergetreten, um sie durchzulassen.

Ohne Mantel stand Kate eine Minute lang da, zitternd im eisigen Wind, der sich wie in einem Trichter zwischen den Gebäuden fing. Sie starrte geradeaus; ihre Augen blickten so intensiv, dass sie gleichzeitig nichts und doch alles zu erfassen schienen. Jack wollte aufstehen, auf sie zugehen, doch die Beine versagten ihm den Dienst. Noch kurz zuvor war er energiegeladen und kampfbereit gewesen, außerdem fuchsteufelswild auf seinen störrischen Mandanten; nun war ihm selbst das letzte Quäntchen Kraft urplötzlich abhanden gekommen. Ihm war übel, doch er wusste, dass er selbst zum Erbrechen zu schwach war.

Mit Franks Hilfe schaffte er es zitternd auf die Beine und torkelte zu ihr. Einmal in ihrem Leben stellten die neugierigen Reporter keine Fragen. Die Fotografen vergaßen, die obligatorischen Bilder zu schießen. Als Kate sich neben ihren Vater kniete und behutsam die Hand auf seine reglose Schulter legte, waren nur der Wind und die entfernte Sirene einer Ambulanz zu vernehmen. Ein paar Minuten lang blieb die Zeit vor dem Gerichtsgebäude von Middleton stehen.

Während die Limousine ihn zurück in die Stadt fuhr, strich Alan Richmond seine Krawatte glatt und schenkte sich ein Ginger Ale ein. Seine Gedanken galten den Schlagzeilen, die zweifellos die nächsten Ausgaben der Zeitungen beherrschen würden. Die großen Nachrichtensender würden sich um ihn reißen, was er zu nützen gedachte. Er würde weiter seinem normalen Tagesplan folgen. Der unerschütterliche Präsident. Schüsse waren auf ihn abgefeuert worden, doch er verkroch sich nicht, sondern ging weiter seiner Pflicht nach, das Land zu regieren, das Volk zu *führen*. Vor seinem geistigen Auge sah er bereits die Meinungsumfragen. Mindestens weitere zehn Punkte Vorsprung. Man konnte sagen, dass er zwei Fliegen mit einer Klappe geschlagen hatte. Und alles war so einfach gewesen. Wann würde er je auf eine richtige Herausforderung stoßen?

Bill Burton schaute zum Präsidenten hinüber, während sich die Limousine der Bezirksgrenze von Washington näherte. Luther Whitney hatte soeben Bekanntschaft mit dem tödlichsten Stück Munition gemacht, das Collin in sein Gewehr stopfen konnte, und dieser Kerl saß da und schlürfte seelenruhig sein Schweppes. Burton war speiübel.

Dabei war es noch nicht zu Ende. Nicht in seinen wildesten Träumen wagte er zu hoffen, er könnte die Angelegenheit je vergessen; zumindest aber konnte er den Rest seiner Zeit als freier Mann verleben. Als Mann, den seine Kinder achteten, auch wenn er inzwischen jede Selbstachtung verloren hatte.

Während er den Präsidenten weiter anstarrte, bekam Burton plötzlich den Eindruck, dass der Hundesohn auch noch stolz auf sich war. Schon zuvor hatte er diese Gelassenheit inmitten extremer, vorsätzlicher Gewalt erlebt. Richmond zeigte keine Anzeichen von Reue, obwohl soeben ein Menschenleben geopfert worden war. Stattdessen empfand er Euphorie. Triumph. Burton erinnerte sich an die Male an Christine Sullivans Hals. An den misshandelten Kiefer. An die ominösen Geräusche, die er schon aus anderen Schlafzimmern vernommen hatte. Der Mann des Volkes.

Dann dachte er zurück an das Treffen mit Richmond, bei dem er seinem Boss alle Fakten unterbreitet hatte. Abgesehen davon, dass Russell sich wie ein Wurm krümmte und wand, war es keine angenehme Erfahrung gewesen.

Richmond hatte sie alle angestarrt. Burton und Russell saßen nebeneinander. Collin stand an der Tür. Sie befanden sich in den Privatgemächern der Familie, in einem Trakt, zu dem die neugierige Öffentlichkeit keinen Zugang hatte. Der Rest der First Family machte einen kurzen Urlaub und besuchte Verwandte. Es war am besten so. Das wichtigste Familienmitglied war in keiner besonders verträglichen Stimmung.

Endlich kannte der Präsident sämtliche Einzelheiten. Einschließlich der Sache mit dem Brieföffner, an dem besonders belastende Beweise hafteten und der sich in den Händen ihres cleveren, verbrecherischen Augenzeugen befand. Dem Präsidenten gerann beinahe das Blut in den Adern, als Burton es ihm erklärte. Die Worte des Agenten hingen noch in der Luft, als der Präsident sich langsam zu seiner Stabschefin herumdrehte.

Als Collin Russells Anweisungen wiedergab, die Klinge und den Griff nicht abzuwischen, erhob sich der Präsident und beugte sich über die Stabschefin, die so weit in den Sessel zurückwich, dass sie wie ein Teil des Stoffes wirkte. Sein Blick war vernichtend. Schließlich bedeckte sie die Augen mit der Hand. Ihre Bluse war an den Achseln schweißgetränkt. Sie brachte kein Wort heraus; aber was hätte sie auch sagen sollen?

Richmond setzte sich wieder hin, zerbiss langsam das Eis aus seinem Cocktail und wandte schließlich seinen Blick zum Fenster hinaus. Er war noch in voller Gala von einem Pflichttermin, hatte jedoch die Krawatte gelöst. Immer noch starrte er hinaus, als er die Stimme erhob.

»Wie lange wird es gut gehen, Burton?«

Burton blickte vom Boden auf. »Wer weiß? Vielleicht ewig.«

»Das sollten Sie doch besser wissen. Ich will Ihre professionelle Einschätzung.«

»Nicht sehr lange. Er hat jetzt einen Anwalt. Irgendwie wird er es jemandem stecken.«

»Hat man schon eine Ahnung, wo das Ding sich jetzt befindet?«

Unbehaglich rieb Burton sich die Hände. »Nein, Sir. Die Polizei hat sein Haus und seinen Wagen durchsucht. Hätte man den Brieföffner gefunden, wüsste ich davon.«

»Aber es ist bekannt, dass er aus Sullivans Villa fehlt?«

Burton nickte. »Die Polizei weiß um seine Bedeutung. Sollte er auftauchen, können sie durchaus etwas damit anfangen.«

Der Präsident erhob sich und strich mit den Fingern über eine ausgenommen hässliche Kristallsammlung seiner Frau, die auf einem der Tische zur Schau stand. Daneben befanden sich Familienfotos. Die Gesichter darauf nahm er gar nicht wahr; er sah nur die Flammen, in denen seine Regierung unterging. Sein Antlitz schien sich vor der unsichtbaren Feuersbrunst zu röten. Es bestand die Gefahr, dass die Geschichte neu geschrieben werden musste, und alles nur wegen eines kleinen geilen Flittchens und einer allzu ehrgeizigen und unglaublich dummen Stabschefin.

»Irgendeine Ahnung, wen Sullivan angeheuert haben könnte?«

Abermals antwortete Burton. Russell war längst aus dem Spiel. Collin war ausschließlich anwesend, um Befehle entgegenzunehmen. »Vermutlich einen von zwanzig oder dreißig hoch bezahlten Berufskillern. Wer auch immer es war, er ist längst untergetaucht.«

»Aber Sie haben unseren Freund, den Ermittler, doch auf die richtige Fährte gelenkt?«

»Er weiß, dass Sie ›unbedarft‹ das Wo und Wann an Walter Sullivan weitergegeben haben. Der Typ ist ohne weiteres schlau genug, um sich darauf einen Reim zu machen.«

Urplötzlich packte der Präsident eine der Kristallvasen und schleuderte sie gegen die Wand, dass sie in tausend Scherben zerschellte; sein Gesicht verzerrte sich zu einer Grimasse aus Hass und Zorn, die selbst Burton erschaudern ließ. »Verdammt noch mal, es wäre perfekt gewesen, hätte der Kerl nicht danebengeschossen.«

Russell betrachtete die winzigen Glassplitter auf dem Teppich. Das war ihr Leben. All die Jahre der Vorbereitung, all die Mühe, all die Hundert-Stunden-Wochen. Für nichts und wieder nichts.

»Die Polizei wird Walter Sullivan überprüfen, davon können wir ausgehen«, fuhr Burton fort. »Aber selbst wenn er der offensichtliche Hauptverdächtige ist, er wird alles leugnen. Man wird ihm nichts nachweisen können. Ich bin nicht sicher, was uns das bringt, Sir.«

Richmond lief im Zimmer auf und ab. Es sah aus, als bereitete er sich auf eine Rede vor, oder darauf, einer Pfadfindertruppe aus irgendeinem Staat im Mittelwesten die Hände zu schütteln. Tatsächlich jedoch überlegte er, wie er jemanden beseitigen konnte, ohne auch nur den geringsten Verdacht auf sich selbst zu lenken.

»Was, wenn er es noch mal versuchte? Und diesmal erfolgreich?«

Verwirrt sah Burton ihn an. »Wie können wir beeinflussen, was Sullivan tut?«

»Indem wir es selbst tun.«

Die nächsten paar Minuten schwiegen alle. Russell starrte ihren Boss ungläubig an. Ihr ganzes Leben war soeben zum Teufel gegangen, und nun war sie auch noch gezwungen, sich an einem Mordkomplott zu beteiligen. Seit dem Beginn des ganzen Schlamassels fühlte sie sich emotional wie betäubt. Sie war völlig sicher gewesen, die Lage könnte sich nicht mehr verschlimmern. Und sie hatte sich noch nie so getäuscht.

Schließlich wagte Burton eine Analyse. »Ich bin nicht sicher, ob die Polizei glauben würde, dass Sullivan so verrückt ist. Er müsste wissen, dass man ein Auge auf ihn hat, ihm aber nichts beweisen kann. Ich bezweifle, dass man an Sullivan denkt, wenn wir Whitney umnieten.«

Der Präsident hielt inne. Er stand unmittelbar vor Burton. »Lassen Sie die Polizei doch selbst zu diesem Schluss kommen.«

In Wirklichkeit war es so, dass Richmond Walter Sullivan nicht mehr für seine Wiederwahl ins Weiße Haus brauchte. Vielleicht noch wichtiger war, dass sich hier auch die Möglichkeit bieten könnte, die Verpflichtung abzuschütteln, Sullivan bei seinem Geschäft mit der Ukraine den Rücken gegen Russland freizuhalten. Das war ohnehin eine Entscheidung, die sich mehr und mehr in eine mögliche politische Verbindlichkeit wandelte. Brächte man Sullivan auch nur andeutungsweise mit dem Tod des Mörders seiner Frau in Verbindung, er würde keine weltumspannenden Geschäfte mehr tätigen. Richmond könnte seine Unterstützung unauffällig zurückziehen. Jeder, der in irgendeiner Weise von Bedeutung war, würde diesen stillschweigenden Rückzug verstehen.

»Alan, du willst Sullivan einen Mord anhängen?« Es waren die ersten Worte von Russell. Ihr Gesicht verriet fassungsloses Erstaunen.

Er blickte sie an; aus seinen Augen sprach unverhohlene Geringschätzung.

»Alan, bedenke, was du da sagst. Es geht um Walter Sullivan, nicht um irgendeinen dahergelaufenen Gauner, für den sich keiner interessiert.«

Richmond lächelte. Ihre Dummheit belustigte ihn. So intelligent, so unglaublich kompetent hatte sie gewirkt, als er sie damals in sein Team holte. Er hatte sich geirrt. Ihre Fähigkeiten waren ziemlich begrenzt.

Der Präsident stellte einige Überschlagsrechnungen an. Die Chance, dass Sullivan wegen des Mordes verurteilt werden konnte, lagen bestenfalls bei zwanzig Prozent. Unter ähnlichen Umständen wäre Richmond das Risiko eingegangen. Sullivan war ein großer Junge, der für sich selbst sorgen konnte. Und wenn er doch stolperte? Nun, dafür waren Gefängnisse schließlich da. Er schaute zu Burton.

»Burton, haben *Sie* es kapiert?«

Burton antwortete nicht.

Der Präsident sagte scharf: »Zweifellos waren Sie zuvor bereit, den Mann zu töten, Burton. Soweit ich das beurteilen kann, ist der Einsatz immer noch unverändert. Tatsächlich ist er wahrscheinlich höher geworden. Für uns alle.« Richmond hielt einen Augenblick inne, dann wiederholte er die Frage. »Verstehen Sie, was ich meine, Burton?«

Endlich schaute Burton auf und murmelte leise: »Ich verstehe.«

Während der nächsten zwei Stunden arbeiteten sie den Plan aus. Als die beiden Secret-Service-Agenten und Russell sich erhoben, um zu gehen, wandte sich der Präsident an die Stabschefin.

»Sag mal, Gloria, was ist eigentlich aus dem Geld geworden?«

Russell blickte ihn unverwandt an. »Es wurde anonym

dem Roten Kreuz gespendet. Ich habe gehört, es soll die größte Einzelspende in der Geschichte gewesen sein.«

Die Tür war ins Schloss gefallen, und der Präsident lächelte. *Netter Abschiedsgag. Genieße ihn, Luther Whitney. Genieße ihn, solange du noch kannst, du unbedeutender kleiner Niemand.*

KAPITEL 23

Mit einem Buch setzte er sich in den Stuhl, doch er öffnete es nicht. Walter Sullivan dachte zurück an Ereignisse, die geradezu unwirklich erschienen und seinem Wesen weniger entsprachen als alles, was ihm bisher in seinem Leben widerfahren war. Er hatte einen Mann angeheuert, der für ihn töten sollte. Jemanden töten, der des Mordes an seiner Frau angeklagt wurde. Der Killer hatte den Auftrag vermasselt. Insgeheim war Sullivan dankbar dafür. Denn mittlerweile hatte sich sein Kummer so weit gelegt, dass er erkannte, wie falsch sein Vorhaben gewesen war.

Eine zivilisierte Gesellschaft musste gewissen Regeln folgen, wollte sie nicht in die Barbarei zurückverfallen. Und gleichgültig, wie schmerzhaft es für ihn auch sein mochte, er war ein zivilisierter Mensch. Er würde die Regeln einhalten.

Bei diesem Gedanken schaute er auf die Zeitung. Inzwischen war sie viele Tage alt, dennoch ging ihm der Inhalt nicht aus dem Sinn. Die in dicken, schwarzen Lettern gedruckte Schlagzeile leuchtete ihm vom weißen Grund der Seite entgegen. Als er sich ihr mit neuer Aufmerksamkeit zuwandte, begannen sich vage Verdachtsmomente in seinem Hinterkopf zu verdichten. Walter Sullivan war nicht nur Milliardär, er verfügte auch über einen brillanten und regen Verstand, dem neben dem Gesamtbild auch keine Einzelheit entging.

Luther Whitney war tot. Die Polizei hatte keine Verdächtigen. Sullivan hatte das Offensichtliche überprüft, doch

McCarty hatte sich am fraglichen Tag in Hongkong aufgehalten. Der Mann befolgte Sullivans letzte Anweisung tatsächlich. Walter Sullivan hatte die Jagd abgeblasen. Doch jemand anderer hatte sie an seiner Stelle fortgesetzt.

Und neben dem glücklosen Berufskiller war Walter Sullivan der einzige Außenstehende, der davon wusste.

Sein Blick fiel auf die antike Uhr. Es war beinahe sieben Uhr morgens, und Sullivan war bereits seit vier Stunden auf den Beinen. Die vierundzwanzig Stunden eines Tages hatten für ihn nur noch wenig Bedeutung. Je älter er wurde, desto weniger kümmerten ihn die Gesetzmäßigkeiten der Zeit. Manchmal saß er hellwach um vier Uhr morgens in einem Flugzeug über dem Pazifik und holte sich den nötigen Schlaf um zwei Uhr nachmittags.

Zahlreiche Fakten ging er durch; sein Verstand arbeitete auf Hochtouren. Bei seiner letzten ärztlichen Untersuchung hatte eine Computertomografie ergeben, dass er über das Gehirn eines Zwanzigjährigen verfügte. Und dieses hervorragend funktionierende Gehirn sichtete augenblicklich einen Berg von Spekulationen, überflog unbestreitbare Tatsachen und führte Walter Sullivan zu einem Schluss, der selbst ihn überraschte.

Der alte Mann griff zum Telefon auf dem Schreibtisch und betrachtete die frisch polierte Kirschholztäfelung des Arbeitszimmers, während er die Nummer wählte.

Einen Augenblick später wurde er zu Seth Frank durchgestellt. Zunächst hatte ihn der Mann in keiner Weise beeindruckt, aber nach der Verhaftung von Luther Whitney musste Sullivan ihm widerstrebend Anerkennung zollen. Doch nun?

»Ja, Mr Sullivan, was kann ich für Sie tun?«

Sullivan räusperte sich. Er verlieh seiner Stimme einen demütigen Klang, der sich so sehr von seiner gewohnten Ausdrucksweise unterschied, dass selbst Frank es bemerkte.

»Ich hätte eine Frage bezüglich der Auskunft, die ich Ihnen über Christys ... äh ... Christines plötzlichen Rückzieher auf dem Weg zum Flughafen für die Reise zu unserem Haus in Barbados gegeben habe.«

Frank setzte sich aufrecht hin. »Ist Ihnen dazu noch etwas eingefallen?«

»Eigentlich möchte ich nur wissen, ob ich Ihnen einen Grund dafür genannt habe, weshalb sie nicht mitfliegen wollte.«

»Ich verstehe Sie nicht recht.«

»Nun, ich fürchte, mir macht mein Alter zu schaffen. Zwar will ich es mir nicht eingestehen – geschweige denn jemand anderem –, doch ich glaube, meine Knochen sind nicht das Einzige, was im Verfall begriffen ist, Lieutenant. Um es genauer auszudrücken, ich war der Meinung, ich hätte Ihnen gesagt, sie sei krank gewesen und deshalb nach Hause zurückgefahren. Zumindest dachte ich, ich hätte Ihnen das erzählt.«

Seth brauchte einen Augenblick, um die Akte zu holen, obwohl er sicher war, die Antwort zu kennen. »Sie haben zu Protokoll gegeben, ihre Gattin hätte Ihnen keinen Grund gesagt, Mr Sullivan. Sie wollte einfach nicht mitkommen, und Sie ließen es dabei bewenden.«

»Aha. Nun, ich schätze, damit hätte sich das erledigt. Vielen Dank, Lieutenant.«

Frank stand auf. Mit einer Hand hob er eine Tasse Kaffee an die Lippen, setzte sie jedoch wieder ab. »Einen Augenblick, Mr Sullivan. Warum glauben Sie, Sie hätten mir erzählt, ihre Frau sei krank gewesen? War sie krank?«

Sullivan zögerte, bevor er antwortete. »Eigentlich nicht, Lieutenant Frank. Sie war bemerkenswert gesund. Um Ihre Frage zu beantworten, ich glaubte, ich hätte Ihnen etwas anderes erzählt, weil ich, um ehrlich zu sein, abgesehen von meinen gelegentlichen Gedächtnislücken, mir die ganzen letzten Monate Gedanken darüber gemacht habe, dass es einen tieferen Grund gegeben haben muss, weshalb Christine zu Hause blieb. Irgendeinen Grund.«

»Sir?«

»Wissen Sie, ich glaube nicht an Zufälle, Lieutenant. Für

mich hat alles einen Sinn und Zweck. Ich nehme an, ich wollte mir nur vormachen, dass es auch dafür einen Grund gab, dass Christine zu Hause blieb.«

»Oh.«

»Sollte Ihnen die Dummheit eines alten Mannes unnötige Verwirrung gestiftet haben, so möchte ich mich dafür entschuldigen.«

»Ganz und gar nicht, Mr Sullivan.«

Nachdem Frank den Hörer aufgelegt hatte, starrte er gute fünf Minuten an die Wand. Was hatte das zu bedeuten?

Frank war Bill Burtons Andeutung nachgegangen und stellte diskrete Ermittlungen an, ob Sullivan möglicherweise einen Berufsmörder engagiert hatte, der sicherstellen sollte, dass der Mörder seiner Frau nie einen Richter zu Gesicht bekäme. Die Nachforschungen gingen nur schleppend voran; in solchen Gewässern galt es, vorsichtig zu fischen. Frank hatte eine Karriere zu verlieren und eine Familie zu ernähren. Männer wie Walter Sullivan, die über ganze Horden einflussreicher Freunde in der Politik verfügten, konnten einem einfachen Kriminalbeamten das Leben ziemlich vermiesen.

Am Tag, nachdem die Kugel Luther Whitneys Leben ein Ende bereitet hatte, holte Seth Frank unverzüglich Informationen über Sullivans Aufenthaltsort zum fraglichen Zeitpunkt ein, wenngleich er sich nicht der Illusion hingab, der alte Mann könnte selbst den Abzug der Waffe betätigt haben, die Luther Whitney ins Jenseits beförderte. Aber bezahlter Mord war eine besonders abscheuliche Tat, und obwohl der Ermittler die Beweggründe des Milliardärs verstand, blieb doch die Tatsache, dass Sullivan wahrscheinlich versucht hatte, den falschen Mann erschießen zu lassen. Dieses jüngste Gespräch mit Sullivan warf noch mehr Fragen auf und brachte keinerlei neue Antworten.

Seth Frank setzte sich wieder und fragte sich, ob dieser Albtraum von einem Fall je von seinem Schreibtisch verschwinden würde.

Eine halbe Stunde danach rief Sullivan bei einem örtlichen Fernsehsender an, dessen Mehrheitsaktionär er war. Seine Forderung formulierte er klar und unmissverständlich. Eine Stunde später wurde ein Päckchen per Boten angeliefert. Nachdem ihm eines der Hausmädchen die rechteckige Schachtel übergeben hatte, schickte er die Frau aus dem Zimmer, schloss die Tür ab und betätigte einen kleinen Hebel an der Wand. Die dünne Wandverkleidung glitt geräuschlos nach unten und gab ein hochqualitatives Kassettendeck frei. Hinter dem Großteil der Wand lag Unterhaltungselektronik verborgen, die dem neuesten Stand der Technik entsprach. Christine Sullivan hatte das System in einem Kaufhaus entdeckt und es einfach haben müssen, obwohl ihr Geschmack zwischen Pornofilmen und Seifenopern lag und die technischen Möglichkeiten dieser High-Tech-Anlage in keiner Weise ausreizte.

Sorgfältig packte Sullivan die Kassette aus und legte sie ein. Automatisch schloss sich die Lade, und das Band begann zu laufen. Eine Zeit lang lauschte Sullivan. Als er die Worte vernahm, ließen seine zerfurchten Gesichtszüge keine Regung erkennen. Nichts anderes hatte er zu hören erwartet. Er hatte dem Ermittler ins Gesicht gelogen. Sein Gedächtnis war ausgezeichnet. Wäre sein Weitblick doch nur halb so gut gewesen. Denn er hatte sich gegenüber dieser Wahrheit als völlig blind erwiesen. Endlich schlich sich eine Gefühlsregung in die unergründlichen Falten um den Mund und die tiefgrauen Augen; es war Wut. Wut, wie er sie lange nicht empfunden hatte. Selbst nach Christys Tod nicht. Ein Zorn, der nur durch Handeln besänftigt werden konnte. Und Sullivan war fest davon überzeugt, dass der erste Schuss immer auch der letzte sein sollte; entweder traf man den Gegner, oder man wurde getroffen, und Sullivan war nicht daran gewöhnt zu verlieren.

Es war ein bescheidenes Begräbnis, dem außer dem Priester lediglich drei Leute beiwohnten. Striktester Geheimhaltung hatte es bedurft, um den voraussehbaren Großansturm der Journalisten zu verhindern. Luthers Sarg war geschlossen. Der Anblick eines durch Waffengewalt entstellten Gesichtes entsprach nicht unbedingt dem Bild, das die Angehörigen im Gedächtnis behalten wollten.

Weder das Vorleben des Verstorbenen noch die Umstände seines Ablebens waren für den Mann Gottes von Belang, und so gestaltete er die Messe entsprechend würdevoll. Die Fahrt zum nahe gelegenen Friedhof war ebenso kurz wie der Trauerzug selbst. Jack und Kate fuhren gemeinsam; hinter ihnen folgte Seth Frank. In der Kirche hatte er in einer der letzten Reihen gesessen und sich unbeholfen und fehl am Platze gefühlt. Jack schüttelte ihm die Hand, Kate hingegen ignorierte ihn vollkommen.

An den Wagen gelehnt, beobachtete Jack Kate, die auf einem kleinen Klappstuhl am Rande des Grabes saß, in das man ihren Vater soeben hinabgelassen hatte. Jack sah sich um. Der Friedhof beherbergte keine grandiosen Gedenkmonumente. Nur an wenigen Stellen ragten Grabsteine aus dem Boden; die meisten waren verkommen und zeigten als dunkle Rechtecke lediglich den Namen des Verstorbenen sowie dessen Geburts- und Sterbedatum. Auf einigen wenigen stand »In lieber Erinnerung« zu lesen, die meisten jedoch trugen überhaupt keine Grabinschriften.

Jack schaute wieder zu Kate; er beobachtete, wie Seth Frank ein paar Schritte auf sie zu machte, sich jedoch offenbar eines Besseren besann und schweigend auf den Lexus zugestapft kam.

Frank nahm die Sonnenbrille ab. »Eine schöne Messe.«

Jack zuckte mit den Schultern. »Eigentlich ist gar nichts schön daran, ermordet zu werden.« Wenngleich er Kates Abneigung gegen den Kommissar sicherlich nicht teilte, konnte er Frank doch nicht ganz verzeihen, dass Luther auf diese Weise ums Leben gekommen war.

Frank verfiel in Schweigen, betrachtete die Karosserie des Lexus, holte eine Zigarette heraus, überlegte es sich jedoch wieder. Er steckte die Hände in die Taschen.

Bei Luther Whitneys Autopsie war er dabei gewesen. Die temporäre Kaverne, der durch Gewebszerfall entstandene Hohlraum, war enorm. Radial vom Kugelweg waren derart gewaltige Schockwellen ausgegangen, dass sich zwei Drittel des Gehirns des Mannes praktisch aufgelöst hatten. Das aus dem Sitz des Polizeiwagens geborgene Projektil versetzte sie alle in Erstaunen. Eine 460er Magnum-Patrone. Die Gerichtsmedizinerin hatte Frank erklärt, dass diese Art von Munition häufig zu Jagdzwecken verwendet wurde, insbesondere bei der Großwildjagd. Und dass von Whitneys Kopf kaum noch etwas übrig geblieben war, war kein Wunder, weil die Kugel ihn mit einer Eintrittskraft von mehr als viertausend Kilonewton getroffen hatte. Ebenso gut hätte man ein Flugzeug auf den armen Kerl fallen lassen können. Und es war während seines Dienstes passiert, vor seinen Augen, um genau zu sein. Darüber würde er niemals hinwegkommen.

Frank schaute über die grünen Weiten der letzten Ruhestätte für über zwanzigtausend Verstorbene. Jack lehnte sich gegen den Wagen zurück und folgte Franks Blick.

»Irgendwelche Hinweise?«

Der Ermittler scharrte mit dem Fuß in der Erde. »Ein paar. Aber nichts wirklich Brauchbares.«

Beide richteten sich auf, als Kate sich erhob, ein kleines Blumengebinde auf den Erdhaufen legte und dann mit leerem Blick verharrte. Der Wind hatte nachgelassen; zwar war es kalt, doch die Sonne schien hell und wärmend.

Jack knöpfte den Mantel zu. »Und nun? Ist der Fall abgeschlossen? Verübeln könnte Ihnen das niemand.«

Frank lächelte und beschloss, sich die Zigarette doch zu gönnen. »Keineswegs, mein Freund, keineswegs.«

»Und was hast du nun vor?«, fragte er, jede Förmlichkeit fallen lassend.

Seth Frank setzte den Hut wieder auf und kramte die Autoschlüssel hervor.

»Ganz einfach, Jack. Ich suche einen Mörder.«

»Kate, ich weiß, wie du dich fühlst, aber du musst mir glauben. Er hat dir keine Schuld gegeben. Nichts von dem hier war deine Schuld. Wie du gesagt hast, du bist unfreiwillig in das Ganze hineingezogen worden. Du wolltest es nicht. Luther hat das sehr wohl gewusst.«

Die beiden saßen in Jacks Wagen und fuhren zurück in die Stadt. Mittlerweile stand die Sonne in Augenhöhe und sank mit jeder Meile merklich tiefer. Auf dem Friedhof hatten sie noch beinahe zwei Stunden im Auto verharrt, weil Kate nicht wegfahren wollte. Als stiege er aus dem Grab, wenn sie nur lange genug wartete.

Sie kurbelte das Fenster einen Spalt hinunter; ein zarter Luftzug strömte herein und überlagerte den Geruch von neuem Kunststoff mit drückender Feuchtigkeit, die einen weiteren Sturm erahnen ließ.

»Der Kommissar will den Fall nicht zu den Akten legen, Kate. Er sucht weiter nach Luthers Mörder.«

Schließlich sah sie ihn an. »Was er *sagt*, interessiert mich nicht im Geringsten.« Sie fasste sich an die Nase, die rot und geschwollen war und höllisch schmerzte.

»Komm schon, Kate. Er wollte doch nicht, dass Luther erschossen wurde.«

»Ach ja? Zuerst hatten wir einen durch und durch löchrigen Fall, der beim Prozess auseinander gebrochen wäre und alle Beteiligten, einschließlich des verantwortlichen Ermittlers, wie komplette Idioten aussehen hätte lassen. Stattdessen haben wir jetzt eine Leiche und einen abgeschlossenen Fall. Kannst du noch mal wiederholen, wofür sich unser großer Kommissar entscheiden wird?«

Jack hielt an einer roten Ampel und sank in den Sitz zurück. Er wusste, dass Frank mit offenen Karten spielte, sah aber keine Möglichkeit, auch Kate davon zu überzeugen.

Die Ampel schaltete um, und er schlängelte sich durch den Verkehr. Sein Blick fiel auf die Uhr. Er musste zurück ins Büro; sofern er überhaupt noch ein Büro hatte, in das er zurückkehren konnte.

»Kate, ich glaube, du solltest im Augenblick nicht allein

sein. Was hältst du davon, wenn ich ein paar Tage bei dir übernachte? Du machst morgens den Kaffee, ich bin fürs Abendessen zuständig. Ist das ein Vorschlag?«

Jack hatte eine ebenso spontane wie deutliche Ablehnung erwartet und hatte sich bereits eine Erwiderung zurechtgelegt.

»Bist du sicher?«

Er schaute zu ihr hinüber; große, verquollene Augen blickten ihn an. Ihr ganzer Körper war ein einziges Nervenbündel. Als er sich die Abfolge der für sie beide tragischen Ereignisse vergegenwärtigte, wurde ihm mit einem Mal bewusst, dass er das Ausmaß der Qualen und Schuldgefühle, die sie durchmachte, immer noch völlig verkannte. Die Erkenntnis traf ihn wie ein Schock, mehr noch als der Aufschrei der Menge, während er dagesessen und ihre Hand gehalten hatte und, noch bevor sich ihre Finger trennten, gewusst hatte, dass Luther tot war.

»Ich bin sicher.«

In jener Nacht legte er sich auf die Couch. Die Decke zog er bis ans Kinn hoch. Er lag genau im Luftzug, der in Brusthöhe aus einer unsichtbaren Spalte im Fenster zu ihm herüberwehte. Plötzlich hörte er eine Tür knarren, und Kate kam aus dem Schlafzimmer. Sie trug denselben Morgenmantel wie damals, das Haar war zu einem ordentlichen Zopf geflochten. Ihr Gesicht wirkte frisch und rein, lediglich ein leichter roter Schimmer um die Wangen verriet das innerliche Trauma.

»Brauchst du irgendetwas?«

»Mir geht's gut. Die Couch ist weit bequemer, als ich dachte. Ich habe immer noch die alte aus unserer Wohnung in Charlottesville. Ich glaube, keine einzige Sprungfeder funktioniert mehr. Die haben sich wahrscheinlich alle längst zur Ruhe gesetzt.«

Sie lächelte nicht, setzte sich jedoch neben ihn.

Als sie noch zusammengelebt hatten, hatte sie jeden Abend ein Bad genommen. Wenn sie ins Bett kam, roch sie so gut, dass es ihm beinahe den Verstand raubte. Ihr Duft war rein und vollkommen wie der Atem eines Neugeborenen. Und dann tat sie eine Weile, als ob sie überhaupt nichts begreife, bis er schließlich erschöpft auf ihr lag. Danach setzte sie stets ein ausgesprochen verruchtes, wissendes Lächeln auf und streichelte ihn, während er minutenlang darüber nachgrübelte, warum es für ihn so glasklar war, dass Frauen die Welt beherrschten.

Als sie den Kopf gegen seine Schulter lehnte, spürte er eine merkliche Regung seiner niederen Instinkte. Doch ihr erschöpfter Anblick, die völlige Teilnahmslosigkeit, bändigte seine weltlichen Gelüste rasch und flößte ihm mehr als nur leise Schuldgefühle ein.

»Ich bezweifle, dass ich eine gute Gesellschaft abgebe.«

Hatte sie gefühlt, was in ihm vorging? Wie konnte sie? Ihre Gedanken mussten meilenweit von Jack entfernt sein.

»Ich bin nicht hier geblieben, um mich von dir unterhalten zu lassen. Ich komme schon allein zurecht, Kate.« »Ich bin wirklich dankbar, dass du hier bist.« »Ich wüsste nicht, was mir im Augenblick wichtiger wäre.« Sie drückte seine Hand. Als sie sich erhob, flatterte das Unterteil des Morgenmantels und gab den Blick frei auf mehr als bloß die langen, schlanken Beine; Jack war froh, dass sie die Nacht in einem anderen Zimmer verbringen würde. Bis in die frühen Morgenstunden wälzte er Visionen von weißen Rittern mit großen dunklen Flecken auf der sonst makellosen Rüstung und idealistischen Anwälten, die sich einsam durch schlaflose Nächte quälten.

In der dritten Nacht, als er erneut auf der Couch lag, kam sie wieder aus dem Schlafzimmer, wie zuvor. Als er das leise Knarren vernahm, legte er die Zeitschrift beiseite, in der er gerade las. Doch diesmal kam sie nicht zur Couch. Schließlich drehte er sich um und erblickte sie; sie beobachtete ihn. In jener Nacht wirkte sie nicht teilnahmslos. Und sie trug keinen Morgenmantel. Sie wandte sich um und ging zurück ins Schlafzimmer. Die Tür blieb offen.

Einen Augenblick lang rührte er sich nicht. Dann stand er auf, schlich an die Tür und spähte hinein. In der Dunkelheit erkannte er ihre Konturen auf dem Bett. Die Decke lag am Fußende. Der Anblick des einst so vertrauten Körpers offenbarte sich ihm. Kate schaute ihn an. Jack sah nur die runden Augen, die ihn musterten. Die Hand streckte sie nicht nach ihm aus; das hatte sie nie getan, fiel ihm ein.

»Bist du sicher?« Er fühlte sich verpflichtet, die Frage zu stellen. Er wollte keine verletzten Gefühle am nächsten Morgen, keine verwirrten, bestürzten Emotionen.

Zur Antwort erhob sie sich und zog ihn aufs Bett. Die Matratze war fest und warm, wo sie gelegen hatte. Sekunden später war er ebenfalls nackt. Instinktiv fuhr er den Halbmond nach und streichelte mit der Hand um den schiefen Mund herum, der nun den seinen berührte. Ihre Augen waren geöffnet, und diesmal, zum ersten Mal seit langer Zeit, gab es keine Tränen, keine verquollenen Augen; nur den Blick, an den er sich so gewöhnt hatte, den er für immer um sich haben wollte. Behutsam schlang er die Arme um sie.

Das Anwesen von Walter Sullivan war bereits Schauplatz von Besuchen höchster Würdenträger aus den erlauchtesten Kreisen der Welt gewesen. Doch dieser Abend war selbst im Vergleich zu vergangenen Ereignissen etwas Besonderes.

Alan Richmond erhob das Weinglas und sprach einen kurzen, aber angemessenen Toast auf den Gastgeber aus, während die vier anderen sorgfältig ausgewählten Paare mit den Gläsern anstießen. Die First Lady lächelte den Milliardär an. Sie trug ein einfaches, schwarzes Kleid; das aschblonde Haar umrahmte ein feines Gesicht, das sich über die Jahre hinweg bemerkenswert gut gehalten hatte und bei Fototerminen vorzüglich zur Geltung kam. Wenngleich sie daran gewöhnt war, von reichen, intelligenten und vornehmen Menschen umgeben zu sein, empfand sie Walter Sullivan gegenüber, wie die meisten Leute, eine gewisse Ehrfurcht, und sei es nur deshalb, weil es auf dieser Welt so wenig Persönlichkeiten wie ihn gab.

Obwohl Sullivan offiziell noch in Trauer war, präsentierte er sich heute in geselliger Stimmung. Beim edlen Kaffee in der geräumigen Bibliothek schweifte die Unterhaltung von der Weltwirtschaft über die jüngsten Aktionen der Notenbank und die Chancen der ›Skins‹ gegen die ›Forty-niners‹ am Sonntag bis zu den Wahlen im nächsten Jahr. Niemand der Anwesenden war der Meinung, Alan Richmond müsste sich nach der Stimmenauszählung um eine andere Arbeit umsehen.

Mit einer Ausnahme.

Bei der Verabschiedung beugte sich der Präsident zu Walter Sullivan vor, um den betagten Mann zu umarmen. Sullivan lächelte über die Bemerkungen des Präsidenten. Dann stolperte der Milliardär, fing sich jedoch, indem er sich an den Armen des Präsidenten festhielt.

Nachdem die Gäste gegangen waren, rauchte Sullivan in seinem kleinen Arbeitszimmer eine Zigarre. Er trat ans Fenster; die Lichter der Wagenkolonne des Präsidenten verloren sich rasch in der Ferne. Sullivan musste über sich selbst lächeln. Das leichte Zucken in den Augen des Präsidenten, als Sullivan dessen Unterarm packte, war für Sullivan ein außergewöhnlicher Triumph gewesen. Ein gewagter Versuch, doch manchmal rechneten sich Risiken. Kommissar Frank hatte dem Milliardär seine Theorien zu dem Fall recht offen dargelegt. Eine davon, die Walter Sullivan besonders interessierte, ging davon aus, dass Sullivans Frau ihren Angreifer mit dem Brieföffner möglicherweise am Arm oder Bein verletzt hatte. Der Schnitt musste tiefer gewesen sein, als die Polizei vermutet hatte. Vielleicht waren sogar die Nerven angeritzt worden. Eine oberflächliche Wunde wäre in der Zwischenzeit zweifellos verheilt.

Ohne Hast verließ Sullivan sein Arbeitszimmer und schaltete beim Hinausgehen das Licht aus. Gewiss hatte Präsident Alan Richmond nur geringen Schmerz empfunden, als sich Sullivans Finger in das Fleisch bohrten. Doch wie bei einem Herzanfall folgte auf einen schwachen oft ein viel stärkerer Schmerz.

Mit einem breiten Lächeln auf dem Gesicht spielte Sullivan die Möglichkeiten durch.

Von der Hügelkuppe aus blickte Walter Sullivan hinab auf das kleine Holzhaus mit dem grünen Blechdach. Er hatte sich eine warme Mütze über die Ohren gezogen und stützte sich auf einen dicken Spazierstock, um die alten Beine zu entlasten. Um diese Jahreszeit war es bitterkalt in den Hügeln im Südwesten Virginias, und die Wettervorhersage kündigte Schnee in rauen Mengen an.

Über den mittlerweile steinhart gefrorenen Boden bahnte er sich den Weg hinab. Das Haus befand sich in exzellentem Zustand, einerseits auf Grund seiner uneingeschränkten finanziellen Mittel, andererseits auf Grund seiner tief verwurzelten Nostalgie, die ihn zunehmend in Besitz zu nehmen schien, je mehr er sich dem Zeitpunkt näherte, an dem er selbst Teil der Vergangenheit werden würde. Woodrow Wilson hatte im Weißen Haus regiert, und die Erde steckte mitten im Ersten Weltkrieg, als Walter Patrick Sullivan mit Hilfe einer Hebamme und durch den eisernen Willen seiner Mutter, Millie Sullivan, das Licht der Welt erblickte. Zuvor hatte sie bereits drei Kinder verloren, zwei davon waren bei der Geburt gestorben.

Sein Vater war Bergarbeiter gewesen – jedermanns Vater in dieser Gegend von Virginia schien damals Bergarbeiter gewesen zu sein. Den zwölften Geburtstag seines Sohnes erlebte er noch; danach ging er an einer Folge von Krankheiten zu Grunde, die von zu viel Kohlenstaub und zu wenig Erholung herührten. Jahrelang hatte der künftige Milliardär miterleben müssen, wie sein Vater völlig erschöpft ins Haus wankte und mit kohlrabenschwarzem Gesicht im Hinterzimmer auf das kleine Bett fiel. Zu müde, um zu essen, schon gar, um mit seinem kleinen Jungen zu spielen, der jeden Tag auf ein wenig Aufmerksamkeit hoffte, jedoch keine von einem Vater bekam, dessen ständige Erschöpfung so schmerzlich mit anzusehen war.

Seine Mutter hatte lange genug auf Erden ausgeharrt,

um mitzuerleben, wie ihr Sprössling zu einem der reichsten Männer der Welt aufstieg. Ihr pflichtbewusster Sohn unternahm alles nur Erdenkliche, um sicherzustellen, dass ihr jede Annehmlichkeit zuteil wurde, die seine enormen finanziellen Möglichkeiten ihr zu bieten vermochten. Zum Gedenken an seinen verstorbenen Vater kaufte er die Mine, die ihn umbrachte. Für fünf Millionen Dollar in bar. Jedem Kumpel im Werk bezahlte er fünfzigtausend Dollar Prämie. Danach hatte er das Bergwerk feierlich stillgelegt.

Der alte Mann öffnete die Tür und trat ein. Der gasbeheizte Ofen verströmte auch ohne Holz angenehme Wärme im Raum. Die Speisekammer enthielt genügend Proviant für die nächsten sechs Monate. Hier war er gänzlich unabhängig. Niemand durfte je an diesem Ort bei ihm verweilen. Dies war seine Heimstätte gewesen. Mit Ausnahme seiner selbst waren alle, die das Recht gehabt hatten, hier zu sein, inzwischen tot. Er war allein und wollte es so.

Lustlos stocherte er in dem einfachen Mahl, das er sich zubereitet hatte, während er mürrisch aus dem Fenster starrte, wo er im schwindenden Licht gerade noch den Kreis kahler Ulmen neben dem Haus erkennen konnte; die Zweige winkten ihm mit langsamen, geradezu melodischen Bewegungen zu.

Die Innenausstattung des Hauses war nicht wieder in den ursprünglichen Zustand versetzt worden. Dies war die Stätte seiner Geburt, doch inmitten der scheinbar nie enden wollenden Armut hatte er keine glückliche Kindheit verlebt. Das Gefühl der Not jener Zeit leistete Sullivan wertvolle Dienste für seine Karriere, denn es erfüllte ihn mit einem Hunger, einer Entschlossenheit, vor der manches Hindernis dahingeschmolzen war.

Sullivan wusch das Geschirr ab und begab sich in den winzigen Raum, der einst als Schlafzimmer seiner Eltern gedient hatte. Nun standen darin ein bequemer Sessel, ein Tisch und mehrere Bücherregale mit ausgewählter Lektüre. In der Ecke befand sich ein kleines Feldbett, denn der Raum stellte gleichzeitig das Schlafzimmer dar.

Sullivan griff nach dem modernen schnurlosen Telefon, das auf dem Tisch lag. Er wählte eine Nummer, die nur einer Hand voll Leuten bekannt war. Am anderen Ende meldete sich eine Stimme. Einen Augenblick lang legte man Sullivan auf die Warteleitung, danach ertönte eine andere Stimme.

»Großer Gott, Walter, ich weiß, dass du nicht gerade früh zu Bett gehst, aber du solltest wirklich versuchen, einen Gang zurückzuschalten. Wo bist du?«

»In meinem Alter kann man nicht mehr zurückschalten, Alan. Wenn man das tut, schafft man unter Umständen den nächsthöheren Gang nicht mehr. Lieber explodiere ich mit lautem Knall, als nach und nach in der Versenkung zu verschwinden. Ich hoffe, ich störe dich bei nichts Wichtigem.«

»Bei nichts, das nicht warten kann. Langsam weiß ich, welche Prioritäten ich den Weltkrisen beimessen muss. Kann ich irgendetwas für dich tun?«

Sullivan nahm sich die Zeit, ein kleines Aufnahmegerät neben dem Hörer einzuschalten. Man konnte nie wissen.

»Ich hätte nur eine Frage, Alan.« Sullivan hielt inne. Er bemerkte, dass er die Unterhaltung genoss. Dann dachte er an Christys Gesicht im Leichenschauhaus, und sein Gesicht wurde hart.

»Und die wäre?«

»Warum hast du so lange gewartet, bis du den Mann umgebracht hast?«

In der folgenden Stille vernahm Sullivan am anderen Ende der Leitung ein Atmen. Er musste Alan Richmond zugute halten, dass dieser nicht zu keuchen begann, sondern völlig normal weiteratmete. Sullivan war beeindruckt und ein wenig enttäuscht.

»Wie war das?«

»Hätten deine Leute danebengeschossen, würdest du jetzt vermutlich mit deinem Anwalt zusammensitzen, um die Verteidigung gegen eine Amtsenthebung vorzubereiten. Du musst zugeben, es war ziemlich gewagt.«

»Walter, geht es dir gut? Stimmt irgendwas nicht mit dir? Wo bist du?«

Sullivan hielt den Hörer einen Augenblick vom Ohr weg. Das Telefon war mit einer Störeinheit ausgestattet, die das Ausforschen seines Aufenthaltsortes unmöglich machte. Sollten sie versuchen, den Anruf zurückzuverfolgen – und zu dieser Annahme hatte er berechtigten Grund –, sie wären mit einem Dutzend von Orten konfrontiert, von denen der Anruf ausgehen konnte; und keiner davon läge auch nur in der Nähe des kleinen Hauses. Fünfzigtausend Dollar hatte ihn das Gerät gekostet, aber das war schließlich nur Geld. Abermals lächelte er. Er konnte reden, so lange er wollte.

»Tatsächlich habe ich mich schon lange nicht mehr so wohl gefühlt.«

»Walter, du redest wirr. Wer wurde getötet?«

»Weißt du, eigentlich war ich gar nicht allzu überrascht, dass Christy nicht mit nach Barbados kommen wollte. Ehrlich gesagt, ich dachte mir schon, dass sie zu Hause bleiben wollte, um mit den jungen Männern zur Sache zu gehen, die sie während des Sommers ins Auge gefasst hatte. Es war geradezu komisch, als sie meinte, sie fühle sich nicht wohl. Ich weiß noch, dass ich in der Limousine saß und mir überlegte, welche Entschuldigung sie wohl vorbringen würde. Das arme Mädchen war nicht übermäßig einfallsreich. Besonders auffällig gekünstelt war ihr Husten. Vermutlich hat sie in der Schule mit erschreckender Regelmäßigkeit die Ausrede gebraucht, ihr Hund hätte die Hausaufgaben gefressen.«

»Walt –«

»Das Dumme war nur, als die Polizei mich fragte, warum Christy nicht mitgekommen sei, wurde mir plötzlich klar, dass ich Krankheit nicht als Grund angeben konnte. Gewiss erinnerst du dich, dass damals in den Zeitungen Gerüchte über Affären kursierten. Ich wusste, hätte ich gesagt, sie habe sich nicht wohl gefühlt, die Boulevardblätter hätten die Tatsache, dass sie mich nicht auf die Insel begleitete, ausgeschlachtet für die Schlagzeile, sie wäre von einem anderen Mann schwanger oder so was. Die Menschen nehmen gerne von allen das Schlimmste an, Alan, du weißt das. Wenn man dich anklagt, wird man auch von dir das Schlimmste annehmen. Berechtigterweise.«

»Walter, sag mir bitte, wo du bist. Ganz offensichtlich geht es dir nicht gut.«

»Soll ich dir das Band vorspielen, Alan? Das Band von der Pressekonferenz, bei der du den außergewöhnlich bewegenden Satz über Dinge gesagt hast, die anscheinend grundlos geschehen? Hat sich recht hübsch angehört. Eine private Bemerkung zwischen zwei alten Freunden, die von jedem Fernseh- und Radiosender in der Gegend übertragen wurde. Du hast behauptet, es hätte keinen Mord gegeben, wäre sie nicht krank geworden, Alan. Christy wäre mit mir auf die Insel geflogen und könnte noch am Leben sein.

Alan, ich war der Einzige, dem Christy erzählt hat, sie wäre krank. Wie gesagt, der Polizei gegenüber habe ich es nie erwähnt. Woher also hast du es gewusst?«

»Du musst es mir wohl anvertraut haben.«

»Vor der Pressekonferenz habe ich dich weder getroffen noch gesprochen. Das lässt sich problemlos bestätigen. Mein Tagesplan ist minutengenau aufgezeichnet. Da du Präsident bist, weiß man meist auch Bescheid über deinen Aufenthaltsort und Terminkalender. Ich sage absichtlich ›meist‹, denn in der Nacht, als Christy ermordet wurde, warst du eindeutig nicht, wo du sein solltest. Vielmehr warst du in meinem Haus, in meinem Schlafzimmer, um genau zu sein. Während der Pressekonferenz waren wir ständig von Dutzenden von Leuten umgeben. Jedes Wort, das wir gewechselt haben, ist auf dem einen oder anderen Band aufgezeichnet. Von mir hast du es nicht erfahren.«

»Walter, ich habe wirklich keine Lust, diese Unterhaltung fortzusetzen. Bitte, sag mir, wo du bist. Ich will dir helfen.«

»Allzu diskret war Christy eigentlich nie. Sie muss unheimlich stolz auf ihre List gewesen sein. Wahrscheinlich hat sie dir gegenüber damit geprahlt, nicht wahr? Wie sie den alten Mann aufs Kreuz gelegt hat? Denn tatsächlich war meine verblichene Frau die einzige Person auf der Welt, die dir etwas von der angeblichen Krankheit erzählen konnte. Und du hast dies mir gegenüber leichtfertigerweise geäußert. Ich weiß nicht, warum ich so lange gebraucht habe, um diese schlichte Wahrheit zu erkennen. Vermutlich war ich so besessen davon, Christys Mörder zu finden, dass ich die Einbruchtheorie ohne Fragen hingenommen habe. Ich nehme an, es war auch unterbewusste Selbstverleugnung. Denn in Wirklichkeit ist mir Christys Verlangen nach dir nie völlig entgangen. Sie hat sich ja auch keine übermäßige Mühe gegeben, es vor mir zu verheimlichen. Aber wahrscheinlich wollte ich nicht wahrhaben, dass du mir so etwas antun könntest. Einfach ausgedrückt, das war es, was ich empfunden habe. Ich hätte das Schlimmste im Menschen annehmen müssen, dann wäre ich nicht enttäuscht worden. Doch wie lautet das Sprichwort? Besser spät als nie.«

»Walter, warum rufst du mich an?«

Sullivans Stimme wurde ruhiger, ohne jedoch an Kraft, an Intensität einzubüßen. »Weil ich dir deine neue Zukunft vor Augen führen wollte, du Bastard. Darin kommen nämlich Anwälte, Gerichtshöfe und mehr öffentliche Aufmerksamkeit vor, als selbst ein Präsident je für möglich gehalten hätte. Ich wollte nicht, dass du völlig überrascht bist, wenn die Polizei vor deiner Tür steht. Vor allem aber wollte ich, dass du genau weißt, wem du es zu verdanken hast.«

Die Stimme des Präsidenten nahm einen scharfen Klang an. »Walter, wenn du mich lässt, helfe ich dir. Aber ich bin der Präsident der Vereinigten Staaten. Obwohl du einer meiner ältesten Freunde bist, lasse ich mir diese Art Anschuldigung weder von dir noch von sonst jemandem gefallen.«

»Das ist gut, Alan. Sehr gut. Du weißt, dass ich die Unterhaltung aufzeichne. Obwohl es keine Rolle spielt.« Sullivan hielt einen Augenblick inne, ehe er fortfuhr. »Du bist mein Schützling, Alan. Ich habe dir alles beigebracht, was ich wusste, und du hast schnell gelernt. Du hast genug gelernt, um das höchste Amt im Land zu bekleiden. Zum Glück wirst du entsprechend tief fallen.«

»Walter, in letzter Zeit stehst du unter enormem Stress. Zum letzten Mal, bitte, lass dir von irgendjemandem helfen.«

»Komisch, Alan, genau das wollte ich dir eben raten.«

Sullivan schaltete Telefon und Aufzeichnungsgerät aus. Sein Herz schlug ungewöhnlich schnell. Er legte eine Hand an die Brust und zwang sich zur Ruhe. Einen Herzinfarkt durfte er sich nicht leisten. Das hier wollte er unbedingt zu Ende bringen.

Der Milliardär schaute aus dem Fenster, dann betrachtete er das Zimmer. Seine kleine Heimstätte. In diesem Raum war sein Vater gestorben. Aus unerfindlichem Grund beruhigte ihn das.

Im Stuhl zurückgelehnt, schloss er die Augen. Am Morgen würde er die Polizei anrufen, ihnen alles erzählen und das Band übergeben. Danach würde er sich zurücklehnen und zusehen. Selbst wenn man Richmond nicht verurteilte, seine Karriere war vorbei. Mit anderen Worten: Der Mann war beruflich, moralisch, geistig so gut wie tot. Wen kümmerte es schon, ob er physisch weitervegetierte? Das war sogar noch viel besser. Sullivan lächelte. Er hatte sich geschworen, am Mörder seiner Frau Rache zu nehmen.

Ein plötzlicher Reflex ließ seine Hand hochfahren. Er öffnete die Augen. Dann schlossen sich seine Finger um einen kalten, harten Gegenstand. Erst als der Lauf seine Schläfe berührte, reagierte er. Doch da war es bereits zu spät.

Während der Präsident noch auf das Telefon starrte, schaute er auf die Uhr. Eigentlich musste es mittlerweile vorbei sein. Sullivan hatte ihn gut unterrichtet. Zu gut für den Lehrer, wie sich herausgestellt hatte. Richmond war fast sicher gewesen, dass Sullivan ihn anrufen würde, bevor er die Fehlbarkeit des Präsidenten in die Welt hinausposaunte. Dadurch war die Sache relativ einfach geworden.

Der Präsident stand auf und begab sich nach oben in seine Privatgemächer. Der verstorbene Walter Sullivan war bereits aus seinem Kopf gewichen. Zu viele Gedanken an einen bezwungenen Feind zu verschwenden, war weder wirtschaftlich noch produktiv und behinderte nur die nächste Herausforderung. Auch das hatte Sullivan ihn gelehrt.

Im Halbdunkel starrte der jüngere Mann zum Haus. Er hatte den Schuss gehört, konnte jedoch die Augen nicht von dem erleuchteten Fenster abwenden.

Innerhalb weniger Sekunden war Bill Burton wieder bei Collin. Er konnte seinen Partner nicht einmal ansehen. Zwei ausgebildete und getreue Secret-Service-Agenten, Mörder junger Frauen und alter Männer.

Während der Rückfahrt sank Burton zurück in den Sitz. Es war vorbei. Drei Menschen waren tot, Christine Sullivan mitgezählt. Und warum sollte man sie nicht mitzählen? Damit hatte schließlich der ganze Albtraum begonnen.

Burton starrte auf seine Hand hinab; immer noch konnte er es kaum fassen, dass sie kurz zuvor den Griff einer Pistole umschlossen, den Abzug gedrückt und damit das Leben eines Menschen ausgelöscht hatte. Mit der anderen Hand hatte Burton den Kassettenrecorder samt Band mitgenommen. Beides befand sich in seiner Tasche und war auf dem Weg zum Verbrennungsofen.

Als er das Abhörband überprüft und Sullivans Unterhaltung mit Seth Frank gelauscht hatte, war Burton völlig schleierhaft gewesen, worauf der alte Mann mit Christine Sullivans »Krankheit« hinauswollte. Aber als er die Information dem Präsidenten zutrug, starrte Richmond minutenlang aus dem Fenster, und zwar etwas bleicher als zuvor. Dann rief er die Medienabteilung des Weißen Hauses an. Ein paar Minuten später hatten sich die beiden das Band von jener ersten Pressekonferenz auf den Stufen des Gerichtsgebäudes von Middleton angehört. Sie hörten, wie der Präsident seinem alten Freund sein Mitgefühl aussprach und sich über die seltsamen Wendungen im Leben ausließ; dass Christine Sullivan noch am Leben sein könnte, wäre sie nicht krank geworden. Richmond hatte vergessen, dass Christine Sullivan ihm das an ihrem Todestag anvertraut hatte. Es war eine überprüfbare Tatsache. Eine Tatsache, die sie alle den Kopf kosten konnte.

Burton sackte im Sessel zusammen; er starrte seinen Boss an, der schweigend das Band betrachtete, als könnte er durch bloße Gedankenkraft die Worte ungeschehen machen. Ungläubig schüttelte Burton den Kopf. Richmond war über sein eigenes, verworrenes Gerede gestolpert, ein echter Politiker.

»Was machen wir jetzt, Boss? Hauen wir mit der *Air Force One* ab?« Burton meinte das nur halb im Scherz, während er den Teppich studierte. Er war zu ausgelaugt, um überhaupt noch zu denken.

Als er aufblickte, stellte er fest, dass die Augen des Präsidenten auf ihm ruhten. »Abgesehen von uns ist Walter Sullivan der einzige Mensch, der über diese Information verfügt.«

Burton erhob sich aus dem Stuhl und erwiderte den Blick. »Es gehört nicht zu meinen Aufgaben, Menschen umzubringen, nur weil Sie mir das sagen.«

Der Präsident nahm den Blick nicht von Burtons Gesicht.

»Walter Sullivan ist jetzt eine unmittelbare Bedrohung für uns. Außerdem will er uns ans Leder, und ich mag es nicht, wenn man mir ans Leder will. Sie vielleicht?«

»Dafür hat er auch einen verflucht guten Grund, finden Sie nicht?«

Richmond ergriff einen Füllfederhalter vom Schreibtisch und drehte ihn zwischen den Fingern. »Wenn Sullivan auspackt, verlieren wir alles. Alles.« Der Präsident schnippte mit den Fingern. »Aus und vorbei. So einfach ist das. Und ich werde alles nur Erdenkliche unternehmen, um das zu vermeiden. Denn wenn es geschieht, gibt es für keinen von uns noch Rettung.«

Burton ließ sich wieder auf den Stuhl fallen; ihm war

plötzlich speiübel. »Woher wollen Sie wissen, dass er es nicht schon getan hat?«

»Ich kenne Walter«, antwortete der Präsident schlicht. »Er macht es auf seine Weise. Es wird in irgendeiner Form spektakulär, aber überlegt über die Bühne gehen. Er übereilt nie etwas. Wenn er jedoch handelt, treten die Folgen rasch und unerbittlich ein.«

»Großartig.« Burton stützte den Kopf in die Hände. Seine Gedanken drehten sich schneller, als er es je für möglich gehalten hätte. Durch jahrelanges Training hatte er sich die Fähigkeit angeeignet, Informationen unverzüglich zu verarbeiten, in Sekundenbruchteilen zu überlegen und schneller als jeder andere zu reagieren. Nun war sein Gehirn ein einziges Durcheinander, wie abgestandener Kaffee; dick und undurchsichtig; nichts war mehr klar. Der Agent blickte auf.

»Aber wir können ihn doch nicht einfach töten.«

»Ich kann Ihnen versichern, dass sich Walter Sullivan in dieser Minute den Kopf darüber zerbricht, wie er uns am besten zerstören kann. Solche Absichten nötigen mir nicht gerade Sympathie ab.«

Der Präsident lehnte sich im Sessel zurück. »Dieser Mann hat schlicht und einfach beschlossen, uns zu bekämpfen. Und man muss mit den Konsequenzen einer Entscheidung leben. Niemand weiß das besser als Walter Sullivan.« Abermals fingen die Augen des Präsidenten Burtons Augen ein. »Die Frage ist: Sind wir bereit, den Kampf aufzunehmen?«

Collin und Burton hatten die letzten drei Tage damit verbracht, Walter Sullivan zu folgen. Als der Wagen ihn mitten im Nirgendwo abgesetzt hatte, konnte Burton einerseits sein Glück nicht fassen, andererseits empfand er tiefes Mitgefühl für sein Opfer, das er nun auf dem Präsentierteller hatte.

Nun waren Gatte und Gattin beseitigt. Während der Wagen zurück in die Hauptstadt raste, rieb Burton unbewusst seine Hände und versuchte, den Dreck abzuwischen, den er in jeder Furche spürte. Was ihm am meisten zusetzte, war die Erkenntnis, dass er das, was er getan und was er dabei gefunden hatte, niemals loswerden würde. Diese Last würde er für den Rest seines Lebens mit sich herumtragen müssen. Für sein eigenes Leben hatte er das eines anderen Menschen geopfert. Und das nicht nur einmal. Er hatte sich für einen Mann aus Stahl gehalten und war doch weich wie Gummi. Das Leben hatte ihn vor die größte Herausforderung gestellt, und er hatte versagt.

Er grub die Finger in die Sitzlehne und starrte hinaus in die Finsternis.

KAPITEL 24

Der tragische Tod Walter Sullivans erschütterte nicht nur die Finanzwelt. Angesehene und mächtige Persönlichkeiten aus aller Welt wohnten dem feierlichen Begräbnis bei. Im Zuge einer angemessen prunkvollen Zeremonie in der St.-Matthew's-Kathedrale in Washington hielt ein halbes Dutzend von Würdenträgern Lobreden auf den Mann.

Der berühmteste Redner erging sich gute zwanzig Minuten darin, was für ein großartiger Mensch Walter Sullivan doch gewesen sei, unter welch gewaltigem Druck er gelitten habe und dass Menschen unter solcher Anspannung manchmal Dinge taten, die sie andernfalls nie in Erwägung gezogen hätten. Nachdem Alan Richmond seine Ansprache beendet hatte, blieb kein Auge in der Kirche trocken; selbst die Tränen, die über das Gesicht des Präsidenten rannen, waren augenscheinlich echt. Schon immer war er von seinen eigenen rhetorischen Fähigkeiten beeindruckt gewesen.

Der lange Trauerzug strömte hinaus und hielt dreieinhalb Stunden später an dem winzigen Haus, in dem Walter Sullivans Leben begonnen und geendet hatte. Während sich die Limousinen auf der schmalen, schneebedeckten Straße drängten, wurde Walter Sullivan hinuntergetragen und auf dem kleinen Hügel, dessen einziger Reichtum die Aussicht ins Tal war, neben seinen Eltern zur letzten Ruhe gebettet.

Während Erde auf den Sarg rieselte und Walter Sullivans Freunde sich den Weg zurück ins Reich der Lebenden bahnten, musterte Seth Frank jedes Gesicht. Er beobachtete den Präsidenten auf dem Weg zurück zu seiner Limousine. Bill Burton sah ihn, wirkte einen Augenblick überrascht, nickte dann jedoch. Frank nickte zurück.

Nachdem die Trauergäste allesamt gegangen waren, wandte Frank seine Aufmerksamkeit dem kleinen Haus zu. An der Umzäunung hingen noch die gelben Polizeiabsperrungen; zwei uniformierte Polizisten standen Wache.

Frank ging hinüber, zeigte seinen Ausweis und trat ein.

Es erschien als der Gipfel der Ironie, dass einer der reichsten Männer der Welt sich ausgerechnet diesen Ort zum Sterben ausgesucht hatte. Walter Sullivan war die Verkörperung einer Romanfigur von Horatio Alger. Frank bewunderte Männer, die mit Einsatz, Verstand und Entschlossenheit den Aufstieg schafften. Wer tat das nicht?

Erneut betrachtete er den Stuhl, in dem man die Leiche gefunden hatte; die Pistole hatte daneben gelegen. Die Waffe war gegen Sullivans linke Schläfe gepresst worden. Die sternförmige Wunde, groß und gezackt, war der massiven Berstfraktur vorausgegangen, die letztlich dem Leben des Mannes ein Ende bereitet hatte. Die Pistole war linker Hand zu Boden gefallen.

Da eine Kontaktwunde wie auch Pulverspuren an der Handfläche des Verstorbenen vorhanden waren, hatten die örtlichen Behörden den Fall als Selbstmord zu den Akten gelegt; nichts schien dagegen zu sprechen. Der trauernde Walter Sullivan hatte Rache am Mörder seiner Frau geübt und sich daraufhin das Leben genommen. Seine Mitarbeiter bestätigten, dass Sullivan seit Tagen nicht erreichbar gewesen war, ein äußerst ungewöhnlicher Umstand. Nur selten fuhr er an seinen Zufluchtsort, und wenn, dann wusste irgendjemand davon. Die Zeitung, die man neben der Leiche fand, verkündete den Tod des mutmaßlichen Mörders seiner Frau. Alles wies auf einen Mann hin, der sich vorsätzlich das Leben genommen hatte.

Nur eine winzige Tatsache, die er mit Absicht niemandem mitgeteilt hatte, störte Frank. Er hatte Walter Sullivan kennen gelernt. Sullivan hatte die Papiere für die Aushändigung der wenigen Habseligkeiten seiner Gattin unterschrieben.

Und diese Formulare hatte Sullivan mit der *rechten* Hand unterzeichnet.

Das allein war kein schlüssiger Beweis. Sullivan konnte die Waffe aus unzähligen Gründen in der linken Hand gehalten haben. Seine Fingerabdrücke waren klar und deutlich auf der Pistole zu finden. Vielleicht sogar zu deutlich, dachte Frank bei sich.

Dann der Zustand der Waffe: Ihre Herkunft war nicht festzustellen. Die Seriennummer war derart fachmännisch entfernt worden, dass selbst unter dem Mikroskop nichts zum Vorschein kam. Eine völlig rein gewaschene Waffe, wie man sie für gewöhnlich an Schauplätzen eines Verbrechens vorfand. Doch warum sollte Walter Sullivan sich Gedanken wegen der Überprüfung einer Waffe machen, mit der er sich umzubringen gedachte? Die Antwort lautete: Es gab keinen Grund. Auch diese Tatsache war nicht schlüssig, da die Person, die Sullivan die Waffe verschafft hatte, sie illegal erworben haben konnte; allerdings zählte Virginia zu den Staaten, in denen der Kauf einer Handfeuerwaffe nicht allzu problematisch war, sehr zum Verdruss der Polizeireviere im nordöstlichen Teil des County.

Frank schloss die Begutachtung der inneren Räumlichkeiten ab und trat ins Freie. Nach wie vor war die Erde mit einer dicken Schneeschicht bedeckt. Sullivan war bereits tot gewesen, bevor der Schneefall eingesetzt hatte; die Autopsie bestätigte das. Glücklicherweise wussten seine Mitarbeiter, wo sich das Haus befand. Man hatte nach ihm gesucht und die Leiche etwa zwölf Stunden nach Todeseintritt entdeckt.

Nein, der Schnee würde Frank nicht weiterhelfen. Der Ort war so abgelegen, dass man sich nicht einmal bei irgendjemandem erkundigen konnte, ob in der Nacht zu Sullivans Tod etwas Verdächtiges aufgefallen war.

Sein Kollege aus der Abteilung des Countysheriffs kletterte aus dem Wagen und eilte zu Frank hinüber. Der Mann hatte eine wenige Seiten dicke Akte bei sich. Er und Frank unterhielten sich ein paar Minuten; dann dankte ihm Frank, stieg in seinen Wagen und fuhr davon.

Der Autopsiebericht gab an, dass Walter Sullivan in der Zeit zwischen elf Uhr nachts und ein Uhr morgens gestorben sein musste. Doch zehn Minuten nach zwölf hatte Walter Sullivan noch ein Telefongespräch geführt.

In den Hallen von PS&L herrschte beklemmende Stille. Die Lebensadern einer florierenden Anwaltskanzlei waren schrillende Telefone, piepende Faxe, plappernde Mäuler und klappernde Tastaturen. Selbst Lucinda, die ausschließlich für die Direktverbindungen der Firma zuständig war, nahm für gewöhnlich acht Anrufe pro Minute entgegen. Heute blätterte sie müßig im *Vogue*-Magazin. Die Mehrzahl der Bürotüren war geschlossen; dahinter führten bis auf einige wenige die Mitarbeiter der Firma heftige und teils heiße Diskussionen.

Sandy Lords Bürotür war nicht nur geschlossen, sie war zugesperrt. Die wenigen Partner, die kühn genug waren, an das massive Portal zu klopfen, bedachte der einzige, missmutige Anwesende im Zimmer unverzüglich mit einer obszönen Schimpfkanonade.

Er hatte die Schuhe ausgezogen und die Füße in Strümpfen auf den Tisch gelegt. Die Krawatte hatte er abgelegt, der Kragen war aufgeknöpft. Rasiert hatte er sich auch nicht, und in Reichweite stand eine nahezu leere Flasche seines stärksten Alkohols. Mehr denn je glichen Sandy Lords Augen roten Flecken. In der Kirche hatten diese Augen lange und eindringlich auf den blank polierten Messingsarg mit Sullivans Leiche gestarrt; in Wahrheit enthielt dieser Sarg ihrer beider sterbliche Überreste.

Seit Jahren hatte Lord für Sullivans Tod vorgesorgt und hatte mit Hilfe eines Dutzends Spezialisten von PS&L gefinkelte Schutzvorkehrungen getroffen; dazu gehörten auch die Bemühungen um einige loyale Freunde im Vorstand der Holdinggesellschaft von Sullivan Enterprises. Im Verbund sollte dies auch künftig die Vertretung von Sullivans gigantischem Firmenimperium durch PS&L im Allgemeinen und Lord im Speziellen sichern. Das Leben wäre weitergegangen. Der PS&L-Zug hätte weiterrollen können, das Haupttriebwerk wäre noch intakt gewesen, ja, sogar frisch überholt. Doch jetzt war eine Entwicklung eingetreten, die keiner vorhergesehen hatte.

Wohl war man sich auf den Finanzmärkten bewusst, dass Sullivans Ableben früher oder später unvermeidbar war. Die Geschäfts- und Investmentkreise waren jedoch nicht bereit, die Umstände seines Todes zu akzeptieren. Durch eigene Hand war er gestorben, außerdem kursierten immer lauter werdende Gerüchte, Sullivan habe den mutmaßlichen Mörder seiner Frau beseitigen lassen; dieser Umstand habe ihn später dazu getrieben, sich eine Kugel durch den Kopf zu jagen. Auf derartige Offenbarungen war der Markt nicht vorbereitet. Ein überraschter Markt, so hätte mancher Wirtschaftsexperte prophezeit, reagiert oft unkontrolliert und jäh. Und so war es auch. Die Aktien von Sullivan Enterprises verloren am Morgen nach der Entdeckung der Leiche einundsechzig Prozent ihres Wertes an der New Yorker Börse und erfuhren den heftigsten Abverkauf einer einzelnen Aktie in den letzten zehn Jahren.

Da die Aktien gute vier Dollar unter Wert gehandelt wurden, dauerte es nicht allzu lange, bis die Geier zu kreisen begannen.

Auf Lords Anraten schlug der Vorstand das schwache Angebot von Centrus Corp. aus; die nervösen Aktionäre jedoch, die praktisch über Nacht einen großen Teil ihres Vermögens schwinden sahen, nahmen das Angebot in der Folge mit überwältigender Mehrheit an. In zwei Monaten sollte die Übernahme abgeschlossen sein. Der Rechtsberater von Centrus Corp., Rhoads, Director & Minor, zählte zu den größten Anwaltskanzleien des Landes und verfügte in allen Bereichen des Rechts über erfahrene Anwälte.

Worauf alles hinauslief, war völlig klar. PS&L würde nicht mehr benötigt. Der wichtigste Klient der Firma, der über zwanzig Millionen Dollar für Rechtsbeistand lockermachte –

was einem Drittel des Gesamtumsatzes entsprach –, würde einfach verschwinden. Lebensläufe flatterten bereits aus der Firma. Einige Anwälte versuchten, bei Rhoads unterzukommen, indem sie vorbrachten, sie seien vertraut mit Sullivans Geschäften und könnten Rhoads die langwierige und kostspielige Lernphase ersparen. Bereits zwanzig Prozent der bis dato treu ergebenen PS&L-Mitarbeiter hatten ihre Kündigung eingereicht, und ein Ende des Abzugs war kurzfristig nicht zu erwarten.

Langsam tastete Lords Hand über den Schreibtisch zur Whiskeyflasche; er hob sie und trank den Rest aus. Dann fuhr er herum, blickte in den düsteren Wintermorgen hinaus und lächelte.

Für ihn gab es keine Möglichkeit, bei Rhoads, Director & Minor anzuheuern. Somit war es nun doch geschehen: Lord war verwundbar. Er hatte schon öfter erlebt, wie Klienten mit Besorgnis erregender Geschwindigkeit untergingen, vor allem in den letzten zehn Jahren, wo man in der einen Minute auf dem Papier noch Milliardär sein konnte, in der nächsten jedoch bereits ein Verbrecher und so arm wie eine Kirchenmaus. Doch nie hätte er für möglich gehalten, dass sein eigener Fall, falls überhaupt, so unglaublich rasant und schmerzlich endgültig erfolgen könnte.

Das war das Problem, wenn man so einen Mammut-Klienten hatte, der achtstellige Dollarbeträge wert war. Er nahm alle Zeit und Aufmerksamkeit in Anspruch. Alte Kunden wanderten ab und verschwanden. Neue Geschäftsbeziehungen wurden nicht gepflegt. Lord hatte es sich in den letzten Jahren auf seinem weichen Polster bequem gemacht, nun wurde es ihm unter dem fetten Hintern weggezogen.

Überschlagsmäßig stellte er eine Berechnung an. Während der letzten zwanzig Jahre hatte er grob dreißig Millionen Dollar verdient. Unglücklicherweise war es ihm nicht nur gelungen, die gesamten dreißig Millionen zu verprassen, sondern eine Menge mehr. Im Laufe der Jahre hatte er zahlreiche luxuriöse Eigenheime besessen, dazu eine Ferienwohnung in Hilton Head, außerdem ein geheimes Liebesnest in New York, wohin er sich mit seinen verheirateten Gespielinnen zurückzog. Luxuskarossen, verschiedenste Sammlungen, die ein Mann von Welt und Geld einfach haben musste, einen kleinen, doch unglaublich erlesenen Weinkeller, sogar einen eigenen Helikopter; all diese Dinge besaß er, aber drei Scheidungen, von denen keine freundschaftlich verlaufen war, hatten sein Vermögen beträchtlich in Mitleidenschaft gezogen.

Auch die derzeitige Wohnung entsprang unmittelbar den Seiten des *Architectural Digest*, und die Hypothek entsprach dem erstaunlichen Prunk in jeder Hinsicht. Was Lord dagegen nur spärlich besaß, war Bargeld. Die flüssigen Mittel gingen ihm aus. Bei PS&L fraß man, was man erbeutete, und Lords Teilhaber jagten nicht im Rudel. Deshalb waren Lords monatliche Bezüge auch stets höher als die aller anderen. Von nun an jedoch würde der monatliche Scheck kaum reichen, um die Kreditkartenrechnungen zu bezahlen. Allein die American-Express-Card verschlang durchschnittlich jeden Monat fünfstellige Summen.

Flüchtig lenkte er die Aufmerksamkeit der angestrengt arbeitenden grauen Zellen auf seine anderen Klienten. Eine grobe Hochrechnung ergab bestenfalls eine halbe Million möglichen Umsatz, doch nur, wenn er sich dahinterklemmte und die Klienten einen nach dem anderen abklapperte. Doch das wollte er nicht, dazu hatte er nun wirklich keine Lust. Mittlerweile stand er über solchen Dingen. Zumindest war es so gewesen, bis der gute alte Walter Sullivan beschloss, das Leben sei trotz mehrerer Milliarden Dollar nicht mehr lebenswert. *Jesus Christus. Und alles wegen einer kleinen, dummen Schlampe.*

Fünfhunderttausend! Das war sogar weniger, als der kleine Scheißer Kirksen hatte. Lord zuckte zusammen, als ihm das klar wurde.

Er drehte sich um und betrachtete die Kunstwerke an der gegenüberliegenden Wand. Zwischen den Pinselstrichen eines unbedeutenden Künstlers aus dem neunzehnten Jahrhundert fand er einen Grund, wieder zu lächeln. Eine Möglichkeit blieb ihm noch. Hatte sein wichtigster Klient auch Lords Leben durcheinander gebracht, so blieb ihm doch noch ein Ass im Ärmel. Er griff zum Telefon.

Eiligen Schrittes schob Fred Martin den Wagen den Flur entlang. Da es erst der dritte Tag in dem Job war und er zum ersten Mal den Anwälten der Firma die Post auslieferte, war Martin besonders bemüht, die Aufgabe rasch und sorgfältig zu erfüllen. Martin war einer von zehn Botenjungen, die von der Firma beschäftigt wurden, und er bekam bereits den Druck seines Vorgesetzten zu spüren, er möge doch sein Arbeitstempo erhöhen. Nachdem er vier Monate, nur mit einem Magisterdiplom für Geschichte der Universität Georgetown bewaffnet, auf der Straße zugebracht hatte, sah Martin als einzigen Ausweg ein Studium der Rechtswissenschaften. Und gab es einen besseren Ort, um die Möglichkeiten einer solchen Karriere auszuloten, als die angesehenste Anwaltskanzlei in Washington? Außerdem lehrten ihn die unzähligen Vorstellungsgespräche, dass man gar nicht früh genug damit beginnen konnte, Verbindungen zu knüpfen.

Er warf einen Blick auf seinen Belegungsplan mit den Namen der Anwälte in Kästchen, die das jeweilige Büro darstellten. Martin hatte den Plan vom Schreibtisch in seiner Kabine genommen und nicht bemerkt, dass eine überarbeitete Version unter der fünftausendseitigen Schlussakte einer multinationalen Transaktion begraben lag, die er heute Nachmittag noch mit einem Inhaltsverzeichnis zu versehen und zu binden hatte.

Als er um die Ecke bog, hielt er inne und schaute auf die geschlossene Tür. Alle Türen schienen heute geschlossen zu sein. Er nahm das Päckchen des Federal Express zur Hand, überprüfte den Namen auf der Karte und verglich ihn mit der gekritzelten Handschrift auf dem Adressetikett des Pakets. Die Namen stimmten überein. Dann betrachtete er den leeren Namensschildhalter und zog verwirrt die Augenbrauen hoch.

Er klopfte, wartete einen Augenblick, klopfte abermals und öffnete danach die Tür.

Der Raum war ein einziges Chaos. Überall verstellten Kartons den Boden, die Möbel standen kreuz und quer. Dokumente lagen auf dem Schreibtisch. Sein erster Gedanke war, bei seinem Vorgesetzten nachzufragen. Vielleicht lag ein Fehler vor. Er blickte auf die Uhr. Schon zehn Minuten zu spät. Hastig griff er zum Telefon und wählte die Nummer seines Vorgesetzten. Keine Antwort. Da erblickte er das Foto der Frau auf dem Schreibtisch. Groß, rothaarig, überaus teuer gekleidet. Es musste das Büro des Mannes sein. Wahrscheinlich zog er gerade ein. Wer verließ schon ein derart prachtvolles Büro? Mit dieser Überzeugung legte Fred das Päckchen vorsichtig auf den Sessel am Schreibtisch, damit es auch bestimmt nicht übersehen werden konnte. Auf dem Weg nach draußen zog er die Tür zu.

»Es tut mir Leid wegen Walter, Sandy. Aufrichtig Leid.« Jack betrachtete den Ausblick auf die Sky-Line. Er befand sich in einem Penthouse im Nordwesten von Washington. Allein die Wohnung musste unglaublich teuer gewesen sein, doch auch in die Einrichtung waren zweifelsohne Unsummen geflossen. Wohin Jack auch blickte, überall entdeckte er Originalgemälde, weiches Leder und Skulpturen. Er sagte sich, dass es nicht viele Sandy Lords auf Erden gab, und die wenigen mussten schließlich irgendwo leben.

Lord saß am Feuer, das angenehm im Kamin knisterte. Die mächtige Gestalt war in einen weiten Seidenmorgenmantel gehüllt, die bloßen Füße steckten in bequemen Lederpantoffeln. Kalter Regen prasselte gegen die breite Fensterfront. Jack trat näher an das Feuer; sein Verstand schien den Flammen gleich zu hüpfen und zu tänzeln. Ein vereinzelter Funke sprang auf die Marmoreinfassung, flammte auf und verglühte rasch. Jack griff nach seinem Glas und wandte sich seinem Gastgeber zu.

Der Anruf war nicht völlig unerwartet gekommen. »Wir müssen uns unterhalten, Jack, je eher, desto besser für mich. Aber nicht im Büro.«

Als Jack eintraf, nahm Lords alternder Hausdiener ihm Mantel und Handschuhe ab und zog sich danach in die hinteren Bereiche der Wohnung zurück.

Die beiden Männer befanden sich in Lords mahagonigetäfeltem Arbeitszimmer, einem Zufluchtsort, der männlichen Bedürfnissen entgegenkam und auf den Jack wider Willen neidisch war. Flüchtig tauchte das Bild der riesigen Villa vor seinem inneren Auge auf. Sie verfügte über eine Bibliothek, die diesem Arbeitszimmer ähnelte. Nur mühevoll gelang es Jack, die Aufmerksamkeit wieder auf Lord zu richten.

»Ich bin im Arsch, Jack.« Die ersten Worte aus Lords Mund brachten Jack beinahe zum Lächeln. Man musste die Offenheit dieses Mannes einfach schätzen. Doch er riss sich zusammen. Der Klang in Lords Stimme gebot einen gewissen Respekt.

»Die Firma wird es überstehen, Sandy. Viel werden wir nicht mehr verlieren. Wir vermieten einfach ein paar Räume, das ist keine große Sache.«

Schließlich erhob sich Lord und marschierte geradewegs an die gut ausgestattete Bar in der Ecke. Bis oben hin füllte er ein Whiskeyglas und leerte es mit geübtem Schwung.

»Entschuldige, Jack, ich glaube, ich habe mich nicht klar ausgedrückt. Die Firma hat einen Schlag erlitten, aber keinen, der sie in die Knie zwingt. Du hast Recht, Patton, Shaw wird die Breitseite überleben. Wovon ich rede ist, ob die Firma weiterhin als Patton, Shaw und *Lord* in den Kampf ziehen wird.«

Lord schlurfte durch das Zimmer und ließ sich schwerfällig auf die burgunderfarbene Ledercouch fallen. Jack betrachtete die Metallnieten, die am Saum des schweren Möbelstücks hervortraten. Er trank einen Schluck und musterte das massige Gesicht. Die Augen waren klein, tatsächlich kaum mehr als pfenniggroße Öffnungen.

»Du bist das Zugpferd der Firma, Sandy. Ich kann mir nicht vorstellen, dass sich daran etwas ändert, auch wenn dein Klientenstamm angeschlagen ist.«

Sandy grunzte in horizontaler Haltung.

»Angeschlagen? Nur angeschlagen? Eine gottverdammte Atombombe hat eingeschlagen, Jack, mitten hinein. Der Schwergewichtsmeister im Boxen hätte mich nicht härter treffen können. Ich bin am Boden. Die Geier kreisen, und Lord ist ihre Beute. Ich bin das Spanferkel mit dem Apfel in der Schnauze und der Zielscheibe auf dem Hintern.«

»Kirksen?«

»Kirksen, Packard, Mullins, der verfluchte Townsend. Das sind noch lange nicht alle, Jack; die Liste geht weiter, bis alle Teilhaber drauf sind. Ich muss gestehen, ich hege eine höchst ungewöhnliche Hass-Hass-Beziehung zu meinen Teilhabern.«

»Aber nicht mit Graham, Sandy. Nicht mit Graham.«

Mühsam richtete Lord sich auf und stützte sich auf einen fleischigen Arm, während er Jack betrachtete.

Jack überlegte, warum er den Mann so mochte. Vermutlich fand sich die Antwort in dem Mittagessen bei *Fillmore's* vor einiger Zeit. Kein dummes Gewäsch. Damals hatte er die harte Wirklichkeit erfahren, in der man Worte zu hören bekam, bei denen sich die Eingeweide zusammenkrampften und das Gehirn einem Antworten einhämmerte, die man andernfalls nie auszusprechen gewagt hätte. Nun steckte der Mann in Schwierigkeiten. Jack hatte die Macht, ihn zu beschützen. Zumindest im Moment; seine derzeitige Beziehung zu den Baldwins war alles andere als gefestigt.

»Sandy, wenn sie dir ans Leder wollen, müssen sie erst an mir vorbei.« Nun hatte er es ausgesprochen. Und er meinte es auch so. Es war ebenso eine Tatsache, dass Lord ihm die Gelegenheit eröffnet hatte, in der obersten Riege mitzuspielen. Mitten ins kalte Wasser hatte er ihn gestoßen. Doch wie sonst ließ sich feststellen, ob man schwimmen konnte oder nicht? Auch diese Erfahrung war durchaus wertvoll gewesen.

»Auf uns beide könnten stürmische Zeiten zukommen, Jack.«

»Ich bin ziemlich wetterfest, Sandy. Außerdem ist das nicht ganz selbstlos von mir. Du bist ein Vermögenswert der Firma, deren Teilhaber ich bin. Du bist ein erstklassiger Kundenwerber. Im Augenblick liegst du am Boden, aber du kommst wieder auf die Beine. Fünfhunderttausend jetzt bedeuten, dass du in zwölf Monaten wieder die Nummer Eins bist. Ich habe nicht vor, einen derart wertvollen Posten einfach ziehen zu lassen.«

»Das werde ich dir nicht vergessen, Jack.«

»Das würde ich auch nicht zulassen.«

Nachdem Jack gegangen war, wollte sich Lord einen weiteren Drink einschenken, hielt jedoch plötzlich inne. Er schaute hinunter auf die zitternden Hände und stellte behutsam Glas und Flasche ab. Bis zur Couch schaffte er es gerade noch, bevor die Knie unter ihm nachgaben. Im prunkvollen Spiegel über dem Kamin konnte er sich erkennen. Vor zwanzig Jahren war die letzte Träne über das derbe Gesicht gerollt, damals beim Tod seiner Mutter. Nun aber entwickelte sich ein steter Fluss. Er hatte um seinen Freund Walter Sullivan geweint. Jahrelang hatte Lord sich selbst eingeredet, der alte Mann sei für ihn nicht mehr als ein vergoldeter Scheck am Monatsende. Den Preis für diese Selbsttäuschung hatte er bei der Beerdigung bezahlt, wo Lord so bitterlich geweint hatte, dass er zurück zum Wagen hatte gehen müssen, bis es an der Zeit gewesen war, seinen Freund zu Grabe zu tragen.

Auch jetzt rieb er sich wieder über die aufgeschwemmten Wangen und wischte die salzige Flüssigkeit weg. Verfluchter junger Mistkerl. Bis in die letzte Einzelheit hatte Lord alles geplant. Der Schachzug hätte perfekt sein können. Auf jede mögliche Antwort war er vorbereitet gewesen, bis auf jene, die er bekommen hatte. Er hatte den jungen Mann falsch eingeschätzt. Lord war davon ausgegangen, dass Jack tun würde, was auch Lord getan hätte: ihm für den enormen Gefallen, um den er Jack gebeten hatte, alles Mögliche abzuverlangen. Doch er empfand nicht nur Schuld. Es war auch Scham. Das erkannte er während eines Anfalls heftiger Atemnot; Übelkeit senkte sich auf ihn, und er beugte sich dicht über den dicken, weichen Teppich. Scham. Auch das hatte er lange nicht gefühlt. Als er wieder normal atmen konnte, betrachtete er abermals das Wrack im Spiegel; Lord nahm sich vor, Jack nicht zu enttäuschen. Er würde wieder an die Spitze klettern. Und er würde es Jack nicht vergessen.

KAPITEL 25

Nicht in seinen wildesten Träumen hatte Frank sich vorzustellen gewagt, je hier zu sitzen. Er sah sich um und stellte mit einem Blick fest, dass es sich tatsächlich um ein ovales Büro handelte. Die Möbel wirkten insgesamt solide und konservativ, wiesen jedoch an manchen Stellen ausgefallene Farben oder Streifen auf. Ein Paar teure Freizeitschuhe auf einem Schuhregal deuteten darauf hin, dass der Inhaber des Raumes nicht im Entferntesten an den Ruhestand dachte.

Schwer schluckend, zwang Frank sich zur Ruhe. Als Polizist war er ein alter Hase, und hierbei handelte es sich um nicht mehr oder weniger als eine weitere Routinebefragung. Er folgte lediglich einer Spur, das war alles. In ein paar Minuten würde er die heiligen Hallen wieder verlassen.

Doch dann erinnerte ihn sein Verstand, dass Frank den Präsidenten der Vereinigten Staaten zu befragen gedachte. Gerade als die Nervosität wieder heftig über ihn hereinbrach, öffnete sich die Tür.

Flugs sprang er auf, drehte sich um und starrte einen Augenblick auf die ihm entgegengestreckte Hand, bis er mit dem Denken nachkam und sie ergriff.

»Vielen Dank, dass Sie hierher in meine Hütte gekommen sind, Lieutenant.«

»Das macht überhaupt keine Umstände, Sir. Ich meine, Sie haben schließlich Wichtigeres zu tun, als im Verkehr festzusitzen. Obwohl ich vermute, dass es für Sie eigentlich keine Staus gibt, nicht wahr, Mr President?«

Richmond nahm hinter dem Schreibtisch Platz und bedeutete Frank, sich wieder zu setzen. Gelassen schloss Bill Burton, den Frank bis zu diesem Augenblick nicht bemerkt hatte, die Tür und nickte dem Ermittler zu.

»Ich fürchte, meine Reiserouten werden bereits im Vorhinein abgesteckt. Stimmt, für mich gibt es deshalb zwar nicht viele Staus, aber auch keine Spontaneität.« Der Präsident grinste; Frank spürte, wie er den Mund ebenfalls automatisch zu einem Grinsen verzog.

Der Präsident beugte sich vor und blickte ihn unmittelbar an. Er verschränkte die Hände ineinander, legte die Stirn in Falten und wechselte den Tonfall ansatzlos von freundschaftlich zu todernst.

»Ich möchte Ihnen danken, Seth.« Sein Blick wanderte zu Burton. »Bill hat mir erzählt, wie kooperativ Sie bei den Ermittlungen zu Christine Sullivans Tod waren. Ich weiß das wirklich zu schätzen. So mancher Beamte wäre alles andere als hilfsbereit gewesen und hätte versucht, aus eigennützigen Gründen einen großen Medienrummel daraus zu machen. Von Ihnen hatte ich etwas anderes erhofft, und meine Erwartungen wurden übertroffen. Nochmals danke.«

Frank strahlte übers ganze Gesicht, als wäre ihm soeben der erste Preis im Buchstabierwettbewerb in der ersten Klasse überreicht worden.

»Wissen Sie, das ist eine ganz entsetzliche Geschichte. Haben Sie irgendetwas über eine Verbindung zwischen Walters Selbstmord und dem erschossenen Verbrecher in Erfahrung bringen können?«

Frank schüttelte sich den Sternenstaub von den Augen und musterte mit aufmerksamem Blick die fein geschnittenen Züge des Präsidenten.

»Kommen Sie schon, Lieutenant. Ich kann Ihnen versichern, dass sich in diesem Augenblick ganz Washington offiziell und inoffiziell in wilden Spekulationen ergeht, ob Walter Sullivan einen Mörder angeheuert hat, um den Tod seiner Frau zu rächen, und sich danach das Leben genommen hat. Sie können den Leuten ihre Gerüchteküche nicht verbieten. Ich möchte nur wissen, ob Ihre Nachforschungen etwas ergeben haben, das untermauern könnte, dass Walter den Mörder seiner Frau umbringen ließ.«

»Ich fürchte, darüber kann ich Ihnen keine Auskunft geben, Sir. Ich hoffe, Sie haben Verständnis, aber es handelt sich um eine noch nicht abgeschlossene polizeiliche Untersuchung.«

»Schon gut, Lieutenant, ich will Ihnen nicht zu nahe treten. Aber Sie können mir glauben, für mich ist das eine reichlich harte Zeit. Ist nicht einfach, sich mit dem Gedanken vertraut zu machen, dass Walter Sullivan sich das Leben genommen hat. Einer der brillantesten und einfallsreichsten Männer seiner Zeit, überhaupt aller Zeiten.«

»Das habe ich schon von unglaublich vielen Leuten gehört.«

»Aber ganz unter uns: Ich kannte Walter recht gut und halte nicht für ausgeschlossen, dass er konkrete Schritte eingeleitet hat, damit sich jemand um den Mörder seiner Frau ... kümmerte.«

»Den mutmaßlichen Mörder, Mr President. Unschuldig, bis die Schuld bewiesen ist.«

Der Präsident blickte zu Burton. »Nun, mir wurde gesagt, der Fall war so sicher wie ein Stahlsafe.«

Seth Frank kratzte sich am Ohr. »Einige Verteidiger lieben solche Fälle, Sir. Sie wissen ja, lässt man Stahl lange genug im Wasser, beginnt er zu rosten. Und ehe man sich versieht, hat man überall Löcher.«

»Und dieser Verteidiger war ein solcher Typ?«

»Und ob. Ich wette nicht gern, aber ich hätte uns höchstens eine vierzigprozentige Chance eingeräumt, eine saubere Verurteilung durchzubringen. Uns hätte ein echter Kampf bevorgestanden.«

Der Präsident lehnte sich zurück, während er darüber nachdachte. Dann schaute er wieder zu Frank.

Endlich erkannte Frank den erwartungsvollen Gesichtsausdruck und schlug sein Notizbuch auf. Allmählich beruhigte sich sein Puls, als er das vertraute Gekritzel überflog.

»Ist Ihnen bewusst, dass Walter Sullivan kurz vor seinem Tod hier angerufen hat?«

»Ich kann mich erinnern, mit ihm telefoniert zu haben. Damals wusste ich aber nicht, dass sein Tod unmittelbar bevorstand. Nein.«

»Mich überrascht ein wenig, dass Sie mir das nicht schon früher mitgeteilt haben.«

Der Präsident setzte eine betretene Miene auf. »Kann ich verstehen. Ich wundere mich selbst ein bisschen. Ich glaube, ich wollte Walter, oder zumindest sein Andenken, vor weiteren Verunglimpfungen schützen. Obwohl ich natürlich wusste, dass die Polizei den Anruf früher oder später entdecken musste. Es tut mir Leid, Lieutenant.«

»Ich brauche alle Einzelheiten des Telefongesprächs.«

»Möchten Sie etwas zu trinken, Seth?«

»Eine Tasse Kaffee wäre fein, danke.«

Wie auf ein Stichwort griff Burton zu einem Telefon in der Ecke. Nur eine Minute später wurde auf einem silbernen Tablett Kaffee serviert.

Die Männer nippten an dem dampfend heißen Gebräu; der Präsident warf einen Blick auf die Uhr und bemerkte, dass Frank ihn dabei beobachtete.

»Tut mir Leid, Seth, ich nehme Ihren Besuch durchaus ernst. Aber in ein paar Minuten kommt eine Kongressdelegation zum Mittagessen. Ehrlich gesagt, freue ich mich nicht gerade darauf. So merkwürdig das klingen mag, ich hege keine spezielle Sympathie für Politiker.«

»Ich verstehe. Dauert nur ein paar Minuten. Weshalb hat er angerufen?«

Im Stuhl zurückgelehnt, gab der Präsident vor nachzudenken. »Ich würde den Anruf als Verzweiflungsakt beschreiben. Eindeutig war er nicht ganz bei sich. Er wirkte unausgeglichen, außer Kontrolle. Oft sagte er längere Zeit überhaupt nichts. Ganz anders als der Walter Sullivan, den ich kannte.«

»Worüber hat er gesprochen?«

»Über alles und nichts. Manches ergab gar keinen richtigen Sinn. Auch über Christines Tod hat er geredet. Und über den Mann, den Sie wegen des Mordes verhaftet hatten. Wie sehr er ihn hasste, weil er sein Leben zerstört hatte. Es war schrecklich anzuhören.«

»Was haben Sie erwidert?«

»Nun, ich habe ihn ständig gefragt, wo er war. Ich wollte ihn finden und ihm Hilfe schicken. Aber er hat es mir nicht gesagt. Ich bin gar nicht sicher, ob er überhaupt mitbekommen hat, was ich sagte. Er war völlig durcheinander.«

»Also würden Sie sagen, er klang selbstmordgefährdet?«

»Ich bin zwar kein Psychiater, Lieutenant, aber müsste ich als Laie ein Urteil über seine geistige Verfassung abgeben, ja, dann würde ich sagen, Walter Sullivan hörte sich in jener Nacht zweifellos wie ein Selbstmordkandidat an. Es war einer der wenigen Augenblicke meiner Präsidentschaft, in denen ich völlige Hoffnungslosigkeit empfand. Offen gestanden, nach der Unterhaltung, die ich mit ihm führte, war ich nicht besonders überrascht, als ich erfuhr, dass er tot war.« Richmond warf einen Blick auf Burtons unbewegtes Gesicht, dann schaute er zurück zu Frank. »Das war mit ein Grund, warum ich Sie gefragt habe, ob an dem Gerücht etwas Wahres sein könnte, dass Walter Sullivan tatsächlich mit der Erschießung dieses Mannes zu tun hatte. Ich muss gestehen, der Gedanke kam mir nach Walters Anruf in den Sinn.«

Frank schaute zu Burton hinüber. »Ich nehme an, Sie haben keine Aufzeichnung der Unterhaltung? Ich weiß, dass manche Gespräche hier aufgenommen werden.«

Der Präsident erwiderte: »Sullivan hat unter meiner Privatnummer angerufen, Lieutenant. Das ist ein gesicherter Geheimanschluss, auf dem keine Aufzeichnungen erlaubt sind.«

»Ich verstehe. Hat er Ihnen direkt zu verstehen gegeben, dass er etwas mit dem Tod von Luther Whitney zu tun hatte?«

»Nein, nicht direkt. Offensichtlich war er nicht bei klarem Verstand. Aber ich weiß, welch unglaublichen Zorn er fühlte; außerdem ließ es sich leicht heraushören. Nun, ich hasse es, das über einen Verstorbenen sagen zu müssen, aber für mich ist ziemlich klar, dass er den Mann umbringen ließ. Natürlich habe ich keinen Beweis dafür, aber genau diesen Eindruck hatte ich.«

Frank schüttelte den Kopf. »Muss eine ziemlich unangenehme Unterhaltung gewesen sein.«

»Ja. Ja, sie war äußerst unangenehm. Lieutenant, wenn Sie mich nun entschuldigen würden, die Pflicht ruft.«

Frank rührte sich nicht von der Stelle. »Was glauben Sie, warum hat er Sie angerufen, Sir? Noch dazu um diese Zeit?«

Der Präsident sank zurück in den Stuhl und tauschte einen weiteren flüchtigen Blick mit Burton. »Walter war einer meiner engsten persönlichen Freunde. Er hatte einen ungewöhnlichen Tagesrhythmus, aber den habe ich auch. Für ihn war es nicht ungewöhnlich, um diese Zeit anzurufen. In den letzten Monaten habe ich nicht viel von ihm gehört. Wie Sie wissen, stand er unter starkem persönlichen Druck. Walter war einer der Sorte, die im Stillen leiden. Wenn Sie mich nun entschuldigen würden, Seth.«

»Mir erscheint nur seltsam, dass er von all den Leuten, die er hätte anrufen können, ausgerechnet Sie gewählt hat. Ich meine, es wäre leicht möglich gewesen, dass er Sie gar nicht angetroffen hätte. Die Reisepläne eines Präsidenten sind zumeist recht dicht gedrängt. Ich frage mich, was er sich wohl dabei gedacht hat.«

Der Präsident lehnte sich zurück, spreizte die Finger und betrachtete die Decke. *Der Bulle will sich wichtig machen und zeigen, wie schlau er ist.* Lächelnd blickte er zurück zu Frank. »Wäre ich Gedankenleser, so müsste ich nicht ständig nach den Umfragen schielen.«

Frank lächelte zurück. »Man muss wohl kein Hellseher sein, um zu wissen, dass Sie weitere vier Jahre auf diesem Stuhl sitzen werden, Sir.«

»Danke, Lieutenant. Ich kann Ihnen nur sagen, dass Walter mich angerufen hat. Wenn er vorhatte, sich umzubringen, wen sollte er anrufen? Seine Familie hat sich seit der Heirat mit Christine von ihm distanziert. Wohl hatte er zahlreiche Geschäftspartner, aber nur wenige, die ich als echte Freunde bezeichnen würde. Walter und ich kannten einander schon seit vielen Jahren; für mich war er eine Art Vaterersatz. Wie Sie wissen, hatte ich reges Interesse an den Ermittlungen zum Tod seiner Frau. All das zusammengenommen könnte erklären, warum er ausgerechnet mit mir sprechen wollte, insbesondere wenn er an Selbstmord dachte. Mehr kann ich Ihnen wirklich nicht sagen. Es tut mir Leid, dass ich Ihnen keine größere Hilfe bin.«

Die Tür öffnete sich. Frank konnte nicht sehen, dass der Grund dafür ein winziger Knopf an der Unterseite des Schreibtisches des Präsidenten gewesen war.

Der Präsident schaute zu seiner Sekretärin. »Ich komme gleich, Lois. Lieutenant, wenn ich noch etwas für Sie tun kann, dann sagen Sie es bitte Bill.«

Frank schlug sein Notizbuch zu. »Danke, Sir.«

Nachdem Frank gegangen war, starrte Richmond auf die Tür.

»Wie war der Name von Whitneys Anwalt, Burton?«

Burton überlegte einen Augenblick. »Graham. Jack Graham.«

»Der Name klingt irgendwie vertraut.«

»Er arbeitet bei Patton, Shaw & Lord. Ist dort Teilhaber.«

Der Blick des Präsidenten heftete sich auf das Gesicht des Agenten.

»Was ist los?«

»Ich bin nicht sicher.« Richmond sperrte eine Schublade seines Schreibtisches auf und holte ein Notizbuch hervor, das er ausschließlich für diese außergewöhnliche Geschichte angelegt hatte. »Burton, vergessen Sie nicht, das ungemein wichtige und belastende Beweisstück, für das wir fünf Millionen Dollar bezahlt haben, ist immer noch nicht aufgetaucht.«

Der Präsident blätterte durch die Seiten des Notizbuchs. In diesem kleinen Schauspiel waren an zahlreiche Personen verschiedenste Rollen vergeben worden. Hätte Whitney seinem Anwalt den Brieföffner samt einer Schilderung der Ereignisse übergeben, so wüsste die ganze Welt längst darüber Bescheid. Richmond dachte zurück an die Verleihungszeremonie für Ransome Baldwin im Weißen Haus. Graham hatte den Brieföffner bestimmt nicht. Doch wem, falls überhaupt irgendjemandem, hätte Whitney das Ding anvertraut?

Während sein scharfer Verstand eine Analyse der Tatsachen erstellte und mögliche Szenarien durchspielte, stach dem Präsidenten plötzlich ein Name aus dem sauber geschriebenen Text ins Auge. Eine Person, die niemals richtig in Erscheinung getreten war.

Jack klemmte die Essenstüte unter einen Arm, den Koffer unter den anderen und schaffte es so, den Schlüssel aus der Tasche zu kramen. Bevor er ihn jedoch ins Schloss stecken konnte, öffnete sich die Tür.

Jack war überrascht. »Ich habe dich noch nicht zu Hause erwartet.«

»Du hättest nichts mitbringen müssen. Ich hätte was kochen können.«

Jack trat ein, warf den Koffer auf den Kaffeetisch und marschierte in die Küche. Kate blickte ihm nach.

»Hey, du arbeitest schließlich auch den ganzen Tag. Wieso solltest du auch noch kochen müssen?«

»Frauen auf der ganzen Welt machen das jeden Tag, Jack. Sieh dich bloß mal um.«

Er lugte aus der Küche. »Da hast du wohl Recht. Willst du süßsauer oder Chop Suy? Ich habe auch noch extra Frühlingsrollen.«

»Ich nehme, was du nicht magst. So hungrig bin ich gar nicht.«

Jack verschwand wieder und kam mit zwei gehäuften Tellern zurück.

»Wenn du nicht mehr isst, weht dich noch mal der Wind weg. Am liebsten würde ich dir Steine in die Tasche stopfen, so wie du jetzt aussiehst.«

Mit verschränkten Beinen saß er neben ihr am Boden. Sie stocherte nur in ihrem Essen, während er seine Portion verschlang.

»Wie war die Arbeit? Es hätte dir wahrscheinlich nicht geschadet, ein paar Tage länger frei zu nehmen. Du steigerst dich ohnehin viel zu sehr in deinen Beruf hinein.«

»Das musst ausgerechnet du sagen.« Kate nahm eine Frühlingsrolle in die Hand, überlegte es sich jedoch wieder.

Jack legte die Gabel weg und betrachtete sie.

»Ich höre.«

Sie zog sich auf die Couch hoch; da saß sie und spielte mit ihrer Halskette. Mit der Arbeitskleidung, die sie noch trug, wirkte sie völlig ausgezehrt, wie eine im Wind umgeknickte Blume.

»Ich mache mir viele Gedanken darüber, was ich Luther angetan habe.«

»Kate –«

»Lass mich ausreden!« Ihr Tonfall traf ihn wie ein Peitschenhieb. Gleich darauf entspannte sie sich wieder. Ruhiger fuhr sie fort. »Ich habe erkannt, dass ich niemals darüber hinwegkommen werde, also kann ich es genauso gut als Tatsache hinnehmen. Aus vielerlei Gründen war es vielleicht nicht falsch, was ich getan habe. Aber zumindest aus einem Grund war es unbestreitbar falsch: Er war mein Vater. So abgedroschen das auch klingen mag, dieser Grund hätte genügen müssen.« Unaufhörlich drehte sie die Kette, bis sie nur noch einer Anhäufung winziger Knoten glich. »Ich glaube, weil ich Anwältin bin, vor allem eine ganz spezielle Art Anwältin, ist aus mir ein Mensch geworden, den ich nicht besonders mag. Das ist nicht unbedingt eine angenehme Feststellung, wenn man auf die dreißig zugeht.«

Jack streckte die Hand aus, um ihre bebenden Finger zu ergreifen. Sie wich nicht zurück. Er spürte, wie das Blut durch die Venen floss.

»Nachdem ich mir über all das klar geworden bin, glaube ich, dass eine radikale Veränderung notwendig ist. In meinem Leben, in meiner Karriere, ganz allgemein.«

»Was willst du damit sagen?« Er stand auf und setzte sich neben sie. Sein Puls beschleunigte sich, denn er ahnte, was als Nächstes kommen würde.

»Ich will keine Staatsanwältin mehr sein, Jack. Eigentlich will ich überhaupt keine Anwältin mehr sein. Ich habe heute Morgen meine Kündigung eingereicht. Ich muss gestehen, man war ziemlich schockiert. Die sagten, ich sollte noch mal darüber nachdenken. Ich habe erwidert, das hätte ich bereits getan. Es gibt nichts mehr zu überlegen.«

Die Ungläubigkeit war deutlich in seiner Stimme zu hören. »Du hast gekündigt? Jesus, Kate, du hast verdammt viel in deine Karriere gesteckt. Das kannst du doch nicht einfach alles wegwerfen.«

Unvermittelt stand sie auf und ging ans Fenster. Sie starrte hinaus.

»Genau darum geht es, Jack. Ich werfe gar nichts weg. Die Erinnerung an die letzten vier Jahre gleicht einem endlosen Horrorfilm. So habe ich mir das nicht vorgestellt, als ich im ersten Studienjahr im Seminar für Strafrecht saß und Rechtsgrundsätze diskutierte.«

»Setz dich doch nicht so herab. Die Straßen sind durch deine Arbeit um einiges sicherer geworden.«

Kate wandte sich zu ihm um. »Ich kann den Fluss längst nicht mehr eindämmen. Schon vor langem bin ich weit hinaus aufs Meer getrieben worden. Ich kann noch nicht einmal mehr das Ufer erkennen.«

»Aber was willst du sonst tun? Du bist Anwältin.«

»Nein. Falsch. Nur kurze Zeit meines Lebens war ich Anwältin. Die Zeit davor hat mir bei weitem besser gefallen.« Sie hielt inne und blickte ihn mit vor der Brust verschränkten Armen an. »Du hast mir das klar gemacht, Jack. Ich bin Anwältin geworden, um es meinem Vater heimzuzahlen. Drei Jahre Pauken und vier Jahre ohne ein Leben außerhalb des Gerichtssaals sind ein stolzer Preis dafür.«

Ein tiefer Seufzer entrang sich ihrer Kehle; einen Augenblick schwankte sie, ehe sie das Gleichgewicht wiederfand. »Außerdem glaube ich, mittlerweile habe ich es ihm doppelt und dreifach heimgezahlt.«

»Kate, es war nicht deine Schuld, nichts war deine Schuld.« Als sie sich von ihm abkehrte, verstummte er.

Die nächsten Worte trafen ihn wie ein Hammerschlag.

»Ich gehe fort, Jack. Wohin weiß ich noch nicht genau. Ich habe etwas Geld gespart. Der Südwesten könnte mir ganz gut gefallen. Vielleicht auch Colorado. Ich will die größtmögliche Veränderung. Vielleicht ist das ein neuer Anfang.«

»Du gehst fort?« Jack sprach mehr mit sich selbst als mit ihr. »Du gehst fort«, wiederholte er, als versuchte er einerseits, den Satz verschwinden zu lassen, andererseits, ihn so zu begreifen und aufzufassen, dass es nicht ganz so sehr schmerzte wie im Augenblick.

Kate starrte auf ihre Hände hinab. »Hier hält mich nichts, Jack.«

Er sah sie an; die wütende Erwiderung fühlte er bereits, bevor sie über seine Lippen drang.

»Gottverdammt! Wie kannst du so etwas nur sagen?«

Endlich sah sie ihn an. Der Klumpen im Hals war beinahe sichtbar, als sie sprach. »Ich denke, du gehst jetzt besser.«

Jack saß am Schreibtisch und verspürte keine Lust, sich dem Haufen Arbeit zu widmen, dem kleinen Berg rosaroter Mitteilungen, der sich vor ihm auftürmte. Er überlegte, ob sein Leben wohl noch schlimmer werden konnte. Da trat Dan Kirksen ein. Jack seufzte innerlich.

»Dan, ich habe wirklich keine –«

»Sie waren heute Morgen nicht bei der Teilhaberversammlung.«

»Niemand hat mir gesagt, dass eine anberaumt war.«

»Wir haben ein Memo verschickt, aber in letzter Zeit sind Ihre Dienstzeiten etwas unregelmäßig.« Missbilligend betrachtete er das heillose Durcheinander auf Jacks Schreibtisch. Sein eigener war zweifelsfrei in makellosem Zustand und gab vor allem Zeugnis davon, wie wenig juristische Arbeit er tatsächlich leistete.

»Jetzt bin ich hier.«

»Ich hörte, Sie haben sich mit Sandy in seinem Haus getroffen.«

Jack warf ihm einen scharfen Blick zu. »Es gibt wohl überhaupt keine Privatsphäre mehr.«

Kirksen lief vor Zorn rot an. »Teilhaberangelegenheiten sollten von der versammelten Teilhaberschaft diskutiert werden. Wir können keine Splittergruppen brauchen, die das Unternehmen noch weiter dezimieren, als es ohnehin schon der Fall ist.«

Beinahe hätte Jack lauthals aufgelacht. Dan Kirksen war der unangefochtene König der Splittergruppen.

»Ich glaube, das Schlimmste ist überstanden.«

»Ach? Das glauben Sie, Jack?« Kirksen lächelte spöttisch. »Ich wusste gar nicht, dass Sie über derartige Erfahrung in solchen Dingen verfügen.«

»Nun, wenn Sie anderer Meinung sind, warum verlassen Sie die Firma dann nicht, Dan?«

Das höhnische Grinsen im Gesicht des kleinen Mannes verpuffte. »Seit fast zwanzig Jahren bin ich bei dieser Firma.«

»Dann ist es vielleicht Zeit für eine Veränderung. Könnte Ihnen nur gut tun.«

Kirksen setzte sich und entfernte einen Fleck von seiner Brille. »Ein gut gemeinter Rat, Jack: Lassen Sie sich nicht mit Sandy ein. Das wäre ein großer Fehler. Er ist am Ende.«

»Danke für den Rat.«

»Ich meine es ernst, Jack. Gefährden Sie nicht Ihre eigene Position durch den nutzlosen, wenn auch gut gemeinten Versuch, ihn zu retten.«

»Meine Position gefährden? Sie meinen Baldwins Position, oder nicht?«

»Das ist Ihr Klient ... im Augenblick.«

»Versuchen Sie, das Ruder an sich zu reißen? Wenn ja, dann viel Glück. Sie könnten es höchstens eine Minute halten.«

Kirksen erhob sich. »Nichts hält ewig, Jack. Sandy Lord kann Ihnen das genauso gut bestätigen wie jeder andere. Was geschehen soll, geschieht. Sie können in dieser Stadt ruhig alle Brücken hinter sich verbrennen. Sie sollten sich nur vergewissern, dass niemand überlebt, der darauf steht.«

Jack kam um den Schreibtisch herum und baute sich vor Kirksen auf. »Waren Sie schon als kleiner Junge so, Dan? Oder haben Sie sich erst in der Pubertät in einen solchen Schleimklumpen verwandelt?«

Kirksen lächelte und wandte sich zum Gehen. »Wie gesagt, man kann nie wissen, Jack. Beziehungen zwischen Anwälten und Klienten sind immer recht zerbrechlich. Nehmen Sie nur Ihre eigene als Beispiel. Sie beruht hauptsächlich auf Ihren Heiratsplänen mit Jennifer Ryce Baldwin. Wenn nun Ms Baldwin beispielsweise herausfände, dass Sie nachts nicht nach Hause fahren, sondern die Wohnung mit einer gewissen jungen Frau teilen, wäre sie möglicherweise weniger geneigt, Ihnen rechtliche Anliegen anzuvertrauen. Geschweige denn, Ihre Frau zu werden.«

Es dauerte keine Sekunde. Kirksen krachte mit dem Rücken gegen die Wand; Jack beugte sich so dicht an das Gesicht des Mannes, dass die Brillengläser beschlugen.

»Machen Sie keinen Unsinn, Jack. Ganz gleich, was Sie hier für einen Status haben, die Teilhaber würden es nicht durchgehen lassen, dass ein frisch gebackener Partner einen alteingesessenen zusammenschlägt. Es gibt immer noch gewisse Umgangsformen bei Patton, Shaw.«

»Mischen Sie sich nicht auf diese Weise in mein Leben, Kirksen. Niemals.« Mühelos schleuderte Jack ihn gegen die Tür und ging zum Schreibtisch zurück.

Kirksen glättete sein Hemd und lächelte innerlich. Graham war so einfach zu manipulieren. So waren die großen, gut aussehenden Kerle eben. Stark wie Mulis und nichts als Stroh im Kopf.

»Wissen Sie, Jack, Sie sollten sich darüber klar werden, wofür Sie sich entschieden haben. Aus irgendeinem Grund scheinen Sie Sandy Lord blind zu vertrauen. Hat er Ihnen die Wahrheit über Barry Alvis erzählt? Hat er das getan, Jack?«

Langsam wandte sich Jack wieder um und glotzte den Mann an.

»Hat er es mit der Masche ›Ständiger-Sozius-und-bringt-kein-Geld‹ erklärt? Oder hat er Ihnen weisgemacht, Alvis hätte ein großes Projekt versaut?«

Jack stierte ihn weiter an.

Kirksen lächelte triumphierend.

»Ein einziger Anruf, Jack. Töchterchen beklagt sich, dass Mr Alvis ihre Pläne und die ihres Vaters stört. Und Barry Alvis verschwindet. So läuft das Spiel nun mal, Jack. Vielleicht wollen Sie gar nicht mitspielen. Wenn dem so ist, dann hält niemand Sie davon ab, die Firma zu verlassen.«

Kirksen hatte diese Strategie schon vor längerer Zeit ausgetüftelt. Da Sullivan Enterprises nicht mehr von der Firma betreut wurden, konnte er jetzt Baldwin höchste Priorität zusichern, und Kirksen verfügte nach wie vor über einige der besten Anwälte der Stadt. Vier Millionen Dollar Umsatz zusammen mit seinem bisherigen würden ihn zum ergiebigsten Goldesel der Kanzlei machen. Und der Name Kirksen sollte am Türschild einen anderen ersetzen, den man ohne viel Aufhebens streichen würde.

Der geschäftsführende Teilhaber lächelte Jack an. »Sie können mich vielleicht nicht ausstehen, Jack, aber ich sage Ihnen die Wahrheit. Sie sind erwachsen, es liegt an Ihnen, ob Sie damit zurechtkommen.«

Kirksen schloss die Tür hinter sich.

Jack stand noch eine Weile reglos da, dann sackte er auf den Stuhl. Er beugte sich vor und fegte den Schreibtisch mit heftigen, rasenden Handbewegungen leer. Danach ließ er kraftlos den Kopf auf den Tisch sinken.

KAPITEL 26

Seth Frank musterte den alten Mann. Er war klein und trug Kordhosen, einen dicken Pullover, Winterstiefel und auf dem Kopf einen Filzhut. Offenbar fühlte er sich im Polizeirevier unbehaglich, gleichzeitig jedoch wirkte er ziemlich aufgeregt darüber, hier zu sein. In der Hand hielt er einen rechteckigen Gegenstand, der in braunes Papier gewickelt war.

»Ich glaube, ich verstehe nicht recht, Mr Flanders.«

»Nun, ich war da draußen vorm Gericht an dem Tag. Sie wissen schon, als der Mann umgebracht wurde. Bin nur hingegangen, um zu sehen, was all der Trubel sollte. Hab hier mein ganzes Leben verbracht, aber noch nie einen ähnlichen Auftrieb erlebt, das kann ich Ihnen sagen.«

»Glaub ich gern«, erwiderte Frank trocken.

»Wie auch immer, ich hatte meine neue Videokamera dabei. Ein tolles Ding, mit Bildschirm und allem Drum und Dran. Man braucht nur zu zielen, durchzugucken und aufzunehmen. Spitzenqualität. Drum hat meine Frau gemeint, ich sollte runterlaufen.«

»Das ist ja wirklich interessant, Mr Flanders. Und warum erzählen Sie mir das alles?« Fragend blickte Frank ihn an.

Allmählich trat Verständnis in Flanders Züge. »Oh. Tut mir Leid, Lieutenant. Ich stehe hier rum und quassle. Mache ich öfter, fragen Sie bloß meine Frau. Bin erst seit einem Jahr in Pension. Bei der Arbeit hab ich nie viel geredet. Stand an der Fertigungsstraße in einer Fabrik. Jetzt tratsche ich ganz gern und höre auch gern zu. Zum Beispiel in dem kleinen Café hinter der Bank. Die haben dort guten Kaffee und richtige Muffins, nicht dieses kalorienarme Zeug.«

Frank wirkte verzweifelt.

Hastig fuhr Flanders fort: »Nun, ich bin nur gekommen, um Ihnen das hier zu zeigen. Eigentlich, um es Ihnen zu geben. Natürlich hab ich eine Kopie zu Hause.« Er übergab das Päckchen.

Frank öffnete es und betrachtete die Videokassette.

Flanders nahm den Hut ab und entblößte einen kahlen Schädel mit einem flaumigen Haarkranz um die Ohren. Aufgeregt erzählte er weiter. »Wie schon gesagt, ich hab wirklich ein paar tolle Bilder gemacht. Zum Beispiel vom Präsidenten und wie dieser Kerl erschossen wird. Alles auf dem Band. Ehrlich. Wissen Sie, ich bin dem Präsidenten nämlich nachgelaufen; er hat mich mitten in die Knallerei reingeführt.«

Frank starrte den Mann an.

»Ist alles drauf, Lieutenant. Hoffentlich können Sie was damit anfangen.« Er sah auf die Uhr. »Oh. Ich muss los. Bin schon spät dran fürs Mittagessen. Das mag mein Frauchen gar nicht.« Flanders wandte sich zum Gehen. Seth Frank betrachtete die Videokassette.

»Oh, Lieutenant. Noch etwas.«

»Ja.«

»Sollte sich aus meinem Band irgendwas ergeben, glauben Sie, es könnte meinen Namen kriegen, wenn man drüber schreibt?«

Frank schüttelte den Kopf. »Darüber schreibt?«

Freudig erregt erwiderte der alte Mann: »Ja. Sie wissen schon, die Historiker. Sie könnten es das Flanders-Band nennen oder so ähnlich. Vielleicht das Flanders-Video. Wie damals, nicht?«

Erschöpft rieb Frank sich die Schläfen. »Wie damals?«

»Ja, Lieutenant. Sie wissen schon, wie Zapruder bei Kennedy.«

Begreifend sackten Franks Züge zusammen. »Ich werde

gegebenenfalls darauf hinweisen, Mr Flanders. Für die Nachwelt.«

»Genau.« Mit einem Finger wies Flanders fröhlich auf Frank. »Für die Nachwelt, das gefällt mir. Schönen Tag noch, Lieutenant.«

»Alan?«

Gedankenabwesend bedeutete Richmond, Russell möge hereinkommen. Dann vertiefte er sich wieder in das Notizbuch, das vor ihm lag. Nachdem er fertig war, schloss er es und blickte zu seiner Stabschefin, musterte sie mit ausdruckslosem Blick.

Russell zögerte, starrte auf den Teppich und verschränkte nervös die Hände. Dann durchquerte sie eilenden Schrittes den Raum und ließ sich geradezu auf einen der Stühle fallen.

»Ich weiß nicht, was ich sagen soll, Alan. Ich bin mir bewusst, dass mein Verhalten unentschuldbar und völlig deplatziert war. Hätte ich die Möglichkeit, würde ich auf zeitweilige Unzurechnungsfähigkeit plädieren.«

»Du versuchst also nicht, zu erklären, es sollte nur zu meinem Besten sein?« Richmond lehnte sich im Stuhl zurück, ohne den Blick von Russell abzuwenden.

»Nein, versuche ich nicht. Ich bin hier, um meinen Rücktritt anzubieten.«

Der Präsident lächelte. »Möglicherweise habe ich dich doch unterschätzt, Gloria.«

Er stand auf, ging um den Schreibtisch herum, lehnte sich dagegen und betrachtete sie. »Im Gegenteil, dein Verhalten war absolut angebracht. Ich an deiner Stelle hätte dasselbe getan.«

Sie blickte zu ihm auf. Ihre Miene verriet Erstaunen.

»Versteh mich nicht falsch, Gloria. Wie jede Führungspersönlichkeit erwarte ich Loyalität. Aber ich erwarte von Menschen nichts Übermenschliches. Und zur Natur des Menschen gehören eben auch Schwächen und Überlebensinstinkte. Letztlich sind wir doch nur Tiere. Meine Position habe ich dadurch erreicht, dass ich eine Tatsache nie außer Acht gelassen habe: Die wichtigste Person auf Erden bin ich selbst. Ganz gleich in welcher Lage, ganz gleich vor welchem Hindernis, diese einfache Binsenweisheit habe ich nie, wirklich *nie* vergessen. Was du in jener Nacht getan hast, beweist, dass du diese Ansicht teilst.«

»Du weißt, was ich vorhatte?«

»Selbstverständlich. Gloria, ich verurteile dich nicht, weil du die Lage nutzen und für dich den größtmöglichen Vorteil herausschlagen wolltest. Mein Gott, das ist doch der Grundstein, auf dem dieses Land und diese Stadt im Besonderen errichtet wurden.«

»Aber als Burton es dir erzählt hat –«

Richmond hielt eine Hand hoch. »Ich muss gestehen, damals habe ich mich ein wenig hinreißen lassen. Vor allem diese Hinterlist hat mich wütend gemacht. Mittlerweile bin ich zu dem Schluss gekommen, dass dein Verhalten Charakterstärke, nicht Charakterschwäche beweist.«

Russell war immer noch schleierhaft, worauf das alles hinauslaufen sollte. »Dann darf ich also annehmen, dass du meinen Rücktritt nicht willst?«

Der Präsident beugte sich vor und ergriff ihre Hand. »Ich kann mich nicht erinnern, dass du das Wort je in den Mund genommen hast, Gloria. Nicht auszudenken, unsere Beziehung jetzt abzubrechen, wo wir einander schon so gut kennen. Belassen wir es einfach dabei?«

Russell erhob sich und wollte gehen. Der Präsident kehrte an den Schreibtisch zurück.

»Ach, Gloria. Ich möchte heute Abend noch ein paar Dinge mit dir durchsprechen. Die Familie ist nicht in der Stadt. Also könnten wir auch in meinen Privaträumen arbeiten.«

Russell drehte sich zu ihm um.

»Es könnte lange dauern, Gloria. Bring besser etwas zum Umziehen mit.« Der Präsident lächelte nicht. Sein Blick schien sie zu durchbohren, dann wandte er sich wieder der Arbeit zu.

Als sie die Tür schloss, zitterte Russells Hand.

Jack hämmerte so heftig gegen das massive, polierte Holz der Tür, dass er es in seinen Knöcheln spürte.

Der Hausdiener öffnete, doch Jack stürmte an ihm vorbei, bevor er auch nur ein Wort sagen konnte.

Graziös schritt Jennifer Baldwin die geschnitzte Treppe herab in die marmorne Eingangshalle. Sie trug eines ihrer teuren Abendkleider. Die Haare fielen bis über die Schultern und bildeten einen Rahmen um die vollen Wölbungen ihrer Brüste. Jennifer lächelte nicht.

»Jack, was machst du denn hier?«

»Ich muss mit dir reden.«

»Jack, ich habe noch etwas vor. Das wird warten müssen.«

»*Nein!*« Er packte sie an der Hand, sah sich um, stieß eine geschnitzte Doppeltür auf, zog sie in die Bibliothek und warf die Tür hinter sich zu.

Sie riss sich los. »Bist du verrückt, Jack?«

Sein Blick schweifte durch den halbdunklen Raum mit den riesigen Bücherregalen voller goldgefasster Erstausgaben. Alles nur zum Herzeigen; vermutlich war noch kein einziger Band je aufgeschlagen worden. Alles nur zum Herzeigen, genau wie Jack.

»Ich will dir nur eine einfache Frage stellen, dann verschwinde ich wieder.«

»Jack –«

»*Eine Frage*. Dann verschwinde ich.«

Mit verschränkten Armen beäugte sie ihn misstrauisch. »Worum geht's?«

»Hast du oder hast du nicht bei meiner Firma angerufen und ihnen gesagt, sie sollten Barry Alvis rauswerfen, weil er mich in jener Nacht mit Arbeit eingedeckt hat, als wir im Weißen Haus waren?«

»Wer hat dir das erzählt?«

»Beantworte nur die Frage, Jenn.«

»Jack, warum ist das so wichtig für dich?«

»Hast du ihn rauswerfen lassen?«

»Jack, ich möchte, dass du aufhörst, darüber nachzudenken, und dir bewusst wirst, was für eine Zukunft wir gemeinsam haben werden. Wenn wir –«

»Beantworte die verdammte Frage!«

Jennifer fuhr förmlich aus der Haut. »*Ja!* Ich habe den kleinen Scheißkerl feuern lassen. Na und? Er hat es verdient. Wie einen Untergebenen hat er dich behandelt, aber damit hat er sich geschnitten. Das Nichts war er. Er hat mit dem Feuer gespielt und sich die Finger verbrannt, und ich empfinde nicht das geringste Mitgefühl für ihn.« In ihrem Blick war kein Funken Reue zu erkennen.

Nachdem er die erwartete Antwort vernommen hatte, ließ Jack sich auf einen Stuhl sinken und starrte auf den massiven Schreibtisch am anderen Ende des Raumes. Der hochlehnige Ledersessel am Schreibtisch war ihnen abgewandt. Jacks Blick ging über die Ölgemälde an der Wand; die riesigen Fenster mit den kunstvoll gearbeiteten Faltvorhängen, die vermutlich mehr kosteten, als er sich überhaupt vorstellen konnte; die Holzschnitzereien; die allgegenwärtigen Metall- und Marmorskulpturen; die verfluchte Decke mit einer weiteren Legion mittelalterlicher Charaktere. Das war die Welt der Baldwins. So gefiel es ihnen. Erschöpft schloss Jack die Augen.

Jennifer wischte sich das Haar aus der Stirn und betrachtete ihn mit besorgtem Blick. Einen Augenblick war sie unschlüssig, dann ging sie zu ihm, kniete sich neben ihn hin und berührte ihn an der Schulter. Der Geruch ihres parfümierten Körpers stieg Jack in die Nase. Sie sprach sanft, dicht an seinem Gesicht. Ihr Atem kitzelte sein Ohr.

»Jack, ich habe dir doch schon gesagt, so etwas musst du dir nicht gefallen lassen. Und jetzt, da dieser lächerliche Mordfall aus der Welt ist, können wir unser gemeinsames Leben fortsetzen. Das Haus ist fast fertig; es ist wirklich prachtvoll. Außerdem müssen wir unsere Hochzeitspläne weiterspinnen. Schatz, alles wird jetzt wieder wie früher.« Sie berührte sein Gesicht und drehte es dem ihren zu. Mit ihrem betörendsten Schlafzimmerblick sah sie ihm in die Augen; dann küsste sie ihn lang und innig; ganz sanft löste sie die Lippen von den seinen. Rasch suchte sie seinen Blick, fand darin aber nicht, was sie erhofft hatte.

»Du hast Recht, Jenn. Der lächerliche Mordfall ist vorbei. Einem Mann, den ich respektiert und gemocht habe, hat man das Gehirn weggepustet. Der Fall ist abgeschlossen, das Leben geht weiter. Schließlich habe ich noch ein Vermögen anzuhäufen.«

»Du weißt, wie ich das meine. Von Anfang an hättest du dich nie auf so etwas einlassen dürfen. Es war nicht dein Problem. Könntest du nur einmal klar sehen, du würdest erkennen, dass die ganze Sache deiner nicht würdig war, Jack.«

»Und dir nur schwerlich in den Kram passte, was?«

Unvermittelt stand Jack auf. Er wirkte unglaublich erschöpft.

»Ich wünsche dir ein schönes Leben, Jenn. Ich würde ja sagen, wir sehen uns mal, aber das kann ich mir beim besten Willen nicht vorstellen.« Er wandte sich zum Gehen.

Sie packte ihn am Ärmel. »Jack, kannst du mir bitte sagen, was ich denn so Schreckliches getan habe?«

Einen Augenblick zögerte er, dann wandte er sich ihr zu.

»Dass du überhaupt fragen musst. Herrgott!« Müde schüttelte er den Kopf. »Du hast dich in das Leben eines Menschen gemischt, Jenn, eines Menschen, den du noch nicht einmal kennst, und hast es zerstört. Und warum hast du es getan? Weil dir etwas ›ungelegen‹ kam, was er mir aufgehalst hat. Also hast du einfach mir nichts, dir nichts zehn Jahre seiner Karriere ausgelöscht. Mit einem einzigen Anruf. Ohne einen Gedanken daran zu verschwenden, was das für ihn und seine Familie bedeutet. Er hätte sich erschießen, seine Frau ihn verlassen können. Dir war das egal. Vielleicht hast du überhaupt nicht daran gedacht. Alles läuft darauf hinaus, dass ich niemals jemanden lieben könnte, niemals mein Leben mit jemandem verbringen könnte, der so etwas fertig bringt. Wenn du das nicht begreifst, wenn du wirklich glaubst, du hättest nichts Falsches getan, dann ist das nur ein Grund mehr, warum wir uns jetzt gleich voneinander verabschieden sollten. Es ist wohl am besten, wenn wir die unvereinbaren Unterschiede vor der Hochzeit zur Kenntnis nehmen. Das spart allen Beteiligten eine Menge Zeit und Ärger.«

Lächelnd drehte er den Türknauf. »All meine Bekannten würden mich jetzt wahrscheinlich für verrückt erklären und mir sagen, du seist die perfekte Frau: klug, reich, wunderschön; das alles bist du auch, Jenn. Sie würden sagen, wir hätten ein vollkommenes Leben vor uns. Wir hätten alles. Wie könnten wir nicht glücklich sein? Aber der springende Punkt ist, ich könnte dich nicht glücklich machen, weil für uns nicht dieselben Dinge von Bedeutung sind. Ich mache mir nichts aus Millionenumsätzen durch Geschäftstransaktionen; ich mache mir nichts aus Häusern der Größe von Mietblocks; ich mache mir nichts aus Autos, die ein durchschnittliches Jahresgehalt kosten. Ich mag dieses Haus nicht; ich mag deinen Lebensstil nicht; ich mag deine Freunde nicht. Und ich schätze, es läuft darauf hinaus, dass ich dich nicht mag. Vermutlich bin ich der einzige Mann auf Erden, der dir so etwas sagen könnte. Aber ich bin ein ziemlich einfacher Junge, Jenn, und ich würde dich niemals belügen. Sehen wir der Wahrheit doch ins Gesicht: In ein paar Tagen klopfen dutzendweise Kerle an deine Tür, die besser zu dir passen. An Einsamkeit wirst du bestimmt nicht leiden.«

Er musterte sie und fühlte leichten Schmerz, als er die Verwunderung in ihrem Gesicht sah.

»Sollte jemand fragen, so hast du mit mir Schluss gemacht. Ich war unter dem Niveau der Baldwins. Ihrer nicht würdig. Leb wohl, Jenn.«

Nachdem er gegangen war, stand sie noch gute fünf Minuten da. Verschiedenste Gefühle stritten sich um Ausdruck in ihrem Gesicht, keinem gelang es, die Oberhand zu gewinnen. Schließlich verließ sie das Zimmer. Das Klicken der hohen Absätze auf dem Marmorboden verlor sich, während sie die mit Teppich ausgelegte Treppe hinaufeilte.

Ein paar Minuten lang herrschte Totenstille in der Bibliothek.

Dann schwang der Schreibtischstuhl herum, und Ransome Baldwin starrte auf den Türrahmen, wo seine Tochter verschwunden war.

Jack spähte durch das Guckloch und erwartete fast, Jennifer Baldwin mit einer Pistole vor der Tür zu sehen. Als er den Besucher erkannte, zog er die Augenbrauen hoch.

Seth Frank trat ein, warf den Mantel ab und schaute sich anerkennend in Jacks chaotischem kleinen Apartment um.

»Oh, Mann, da werden Erinnerungen an längst vergangene Zeiten wach, das kann ich dir sagen.«

»Lass mich raten. Studentenheim, so um 1975. Du warst Getränkewart und zuständig für den Biernachschub.«

Frank grinste. »Damit liegst du näher an der Wahrheit, als ich zugeben möchte. Genieß dieses Leben, so lange du kannst, mein Freund. Ich will ja nicht politisch inkorrekt klingen, aber eine anständige Frau wird eine derartige Lebensweise kaum erlauben.«

»Dann habe ich wohl Glück.«

Jack verschwand in der Küche und kam mit einem Pack Sam Adams zurück.

Die beiden machten es sich in der Sitzecke mit dem Bier bequem.

»Ärger im gelobten Voreheland, Anwalt?«

»Auf einer Skala von eins bis zehn, entweder eins oder zehn, je nachdem, wie man es betrachtet.«

»Wieso bloß habe ich das Gefühl, dass dir nicht die Tochter von Baldwin so zu schaffen macht?«

»Du kannst wohl nie aufhören, Bulle zu sein?«

»Nicht, wenn es sich vermeiden lässt. Willst du darüber reden?«

Jack schüttelte den Kopf. »Vielleicht heule ich dir ein andermal die Ohren voll, aber nicht heute Abend.«

Frank zuckte die Schultern. »Ruf einfach an. Ich bringe das Bier mit.«

Jack bemerkte das Päckchen auf Franks Schoß. »Ein Geschenk?«

Frank packte die Kassette aus. »Ich nehme an, irgendwo unter all dem Müll ist auch ein Videorecorder?«

Als das Band anlief, wandte sich Frank an Jack.

»Jack, das hier ist eindeutig nicht jugendfrei. Und ich sag's dir gleich im Voraus, man sieht darauf alles, auch was mit Luther passiert ist. Kannst du es ertragen?«

Jack überlegte einen Augenblick. »Glaubst du, wir finden etwas, womit wir den Mörder schnappen können?«

»Das hoffe ich. Du hast ihn viel besser gekannt als ich. Vielleicht fällt dir etwas auf, das ich nicht bemerkt habe.«

»Dann kann ich es ertragen.«

Obwohl vorgewarnt, war Jack nicht darauf gefasst. Frank beobachtete ihn genau, während der entscheidende Augenblick näher rückte. Als der Schuss ertönte, sah er, wie Jack unwillkürlich zurückzuckte und das Gesicht abwandte.

Frank schaltete das Video aus. »Reiß dich zusammen, ich habe dich gewarnt.«

Vornübergebeugt saß Jack im Sessel. Sein Atem ging stoßweise, auf der Stirn standen kalte Schweißperlen. Ein Schauder durchlief seinen Körper, dann bekam er sich allmählich wieder in den Griff. Er wischte sich über die Stirn.

»O Gott!«

Flanders letzte Bemerkung über den Vergleich mit Kennedy war nicht abwegig gewesen. »Wir können auch aufhören, Jack.«

Jack presste die Lippen zusammen. »Einen Scheiß können wir!«

Erneut spulte Jack zurück. Mittlerweile hatten sie das Band etwa ein Dutzend Mal abgespielt, dennoch wurde es nicht leichter, mit anzusehen, wie der Kopf seines Freundes praktisch explodierte. Der einzig mildernde Umstand war, dass Jacks Zorn mit jedem Mal wuchs.

Frank schüttelte den Kopf. »Es ist wirklich zu schade, dass der Bursche nicht in die andere Richtung gefilmt hat. Dann hätten wir vielleicht ein Bild vom Schützen bekommen. Aber das wäre wohl zu einfach gewesen. He, hast du Kaffee da? Ohne Coffein fällt mir das Denken furchtbar schwer.«

»Ich hab noch ziemlich frischen in der Kanne. Bring mir auch eine Tasse. Geschirr ist über der Spüle.«

Als Frank mit zwei dampfenden Tassen zurückkam, hatte Jack das Band zurückgespult; Alan Richmond hielt gerade seine demonstrative Rede auf dem improvisierten Podium vor dem Gerichtsgebäude.

»Der Kerl ist ein Dynamo.«

Frank schaute auf den Bildschirm. »Vor kurzem habe ich ihn getroffen.«

»Ja? Ich auch. Das war noch in meinen Ich-heirate-in-reiche-Kreise-Tagen.«

»Was hältst du von ihm?«

Jack trank einen Schluck Kaffee; er griff nach der Packung Cracker, die auf der Couch lag, und hielt sie Frank hin, der sich einen nahm. Der Ermittler fügte sich problemlos in das zwanglose Junggesellenleben.

Jack zuckte die Achseln. »Ich weiß nicht. Ich meine, er ist der Präsident. Ich habe ihn immer für präsidentenwürdig gehalten. Was hältst du von ihm?«

»Gerissen. Absolut gerissen. Die Art von Gerissenheit, mit der man sich nicht unbedingt messen möchte, es sei denn, man ist felsenfest von den eigenen Fähigkeiten überzeugt.«

»Ist wohl ganz gut, dass er auf Amerikas Seite steht.«

»Ja.« Frank schaute wieder auf den Bildschirm. »Ist dir etwas aufgefallen?«

Jack drückte einen Knopf auf der Fernbedienung. »Eine Sache. Sieh dir das mal an.« Das Video lief im schnellen Vorlauf. Die Gestalten sprangen wie Schauspieler in einem Stummfilm herum.

»Jetzt kommt es.«

Auf dem Bildschirm stieg Luther aus dem Kastenwagen. Die Augen waren zu Boden gerichtet; ganz offensichtlich behinderten ihn die Fußfesseln beim Gehen. Plötzlich marschierte eine Menschenmenge ins Bild, angeführt vom Präsidenten. Luther war teilweise verdeckt. Jack schaltete auf Standbild.

»Schau.«

Prüfend betrachtete Frank den Bildschirm, während er einen Cracker mampfte und Kaffee schlürfte. Er schüttelte den Kopf.

Jack sah ihn an. »Schau dir Luthers Gesicht an. Zwischen den Leuten kann man es erkennen. Schau dir das Gesicht an.«

Frank beugte sich vor, bis er den Bildschirm beinahe mit der Nase berührte. Mit großen Augen lehnte er sich wieder zurück.

»Teufel, sieht so aus, als sagt er etwas.«

»Nein, sieht so aus, als sagt er etwas zu *jemandem*.«

Frank blickte zu Jack hinüber. »Du meinst, er hat jemanden erkannt, vielleicht sogar den Kerl, der ihn umgelegt hat?«

»Unter den gegebenen Umständen nehme ich nicht an, dass er sich mit einem Fremden über das Wetter unterhalten wollte.«

Frank schaute wieder auf den Monitor und betrachtete ihn eingehend. Schließlich schüttelte er den Kopf. »Dafür brauchen wir einen Spezialisten.« Er stand auf. »Komm mit.«

Jack ergriff seinen Mantel. »Wohin?«

Frank lächelte, als er das Band zurückspulte und seinen Hut nahm.

»Zuallererst spendiere ich uns beiden ein Abendessen. Ich bin verheiratet, außerdem fetter und älter als du. Cracker als Abendessen sind für mich nicht unbedingt die Erfüllung. Danach fahren wir zum Polizeirevier. Es gibt da jemanden, den ich dir vorstellen möchte.«

Zwei Stunden später betraten Seth Frank und Jack die Polizeistation von Middleton, nachdem sie sich die Mägen mit Steaks und Shrimps und ein paar Stück Nusskuchen zum Nachtisch gefüllt hatten. Laura Simon war im Labor. Die Ausrüstung hatte sie bereits aufgebaut.

Laura und Jack wurden einander vorgestellt, dann legte Laura das Band ein. Die Bilder erschienen auf einem 117-Zentimeter-Bildschirm in der Ecke des Labors. Im schnellen Vorlauf spulte Frank an die entscheidende Stelle.

»Da«, deutete Jack, »genau da.«

Frank schaltete auf Standbild.

Laura saß an einer Tastatur und gab eine Reihe von Befehlen ein. Auf dem Bildschirm wurde der Teil mit Luthers Gesicht ausgeschnitten und stetig vergrößert, wie ein Luftballon, der aufgeblasen wird. Dieser Vorgang setzte sich fort, bis Luthers Gesicht die gesamten 117 Zentimeter auszufüllen schien.

»Weiter kann ich nicht gehen.« Laura schwang im Stuhl herum und nickte Frank zu. Der drückte einen Knopf auf der Fernbedienung, und das Band lief weiter.

Die Tonqualität war miserabel; Schreie, Gebrüll, Verkehrslärm und die Geräusche von Hunderten Menschen machten unverständlich, was Luther sagte. Sie beobachteten, wie sich seine Lippen öffneten und schlossen.

»Er ist stocksauer. Was auch immer er sagt, er ist alles andere als glücklich.« Frank holte eine Zigarette hervor, empfing einen bösen Blick von Simon und steckte sie zurück in die Tasche.

»Kann irgendjemand Lippenlesen?« Laura sah die beiden Männer an.

Jack starrte auf den Bildschirm. Was mochte Luther wohl sagen? Der Ausdruck in seinem Gesicht. Jack hatte ihn schon einmal gesehen, wenn ihm nur einfiele, wann. Erst vor kurzem war es gewesen, dessen war Jack gewiss.

»Kannst du etwas erkennen, das uns entgeht?« Jack wandte den Blick zur Seite und bemerkte, dass Frank ihn beobachtete.

Kopfschüttelnd rieb Jack sich über das Gesicht. »Ich weiß es nicht. Da ist irgendetwas, ich kann es bloß nicht einordnen.«

Frank bedeutete Simon, die Anlage auszuschalten. Er stand auf und streckte sich. »Nun, schlaf erst mal darüber. Wenn dir etwas einfällt, dann lass es mich wissen. Danke, dass du gekommen bist, Laurie.«

Die beiden Männer spazierten zusammen hinaus. Frank warf einen Blick auf Jack; dann fasste er hinüber, betastete dessen Nacken. »Um Himmels willen, du bist ja geladen wie eine Granate, die jeden Moment hochgehen kann.«

»Ach, ich wüsste nicht, wieso. Die Frau, die ich heiraten sollte, heirate ich nicht; die Frau, die ich heiraten möchte, will, dass ich aus ihrem Leben verschwinde; und ich bin ziemlich sicher, dass ich morgen Früh keinen Job mehr habe. Oh, nicht zu vergessen, jemand hat einen Menschen getötet, der mir viel bedeutet hat, und wir finden vielleicht niemals heraus, wer dieser Jemand ist. Teufel auch, mein Leben könnte kaum vollkommener sein, was meinst du?«

»Tja, vielleicht ist jetzt ein bisschen Glück für dich fällig.«

Jack sperrte den Lexus auf. »Ja. He, wenn du jemanden kennst, der einen fast brandneuen Wagen will, dann sag's mir.«

Franks Augen glitzerten, als er Jack ansah. »Tut mir Leid, ich kenne niemanden, der ihn sich leisten könnte.«

Jack lächelte zurück. »Ich auch nicht.«

Auf der Rückfahrt warf Jack einen Blick auf die Uhr im Wagen. Beinahe Mitternacht. Er fuhr am Bürogebäude von Patton, Shaw und Lord vorbei und blickte hinauf zu den dunklen Fenstern. Dann machte er kehrt und lenkte das Auto in die Garage. Er schob den Sicherheitsausweis ein, winkte der vor dem Garagentor angebrachten Kamera zu und war ein paar Minuten später im Aufzug unterwegs nach oben.

Was er hier wollte, wusste er nicht genau. Seine Tage bei PS&L waren zweifellos gezählt. Ohne Baldwin als Klienten würde Kirksen ihn mit einem Tritt vor die Tür setzen. Wegen Lord tat es ihm ein wenig Leid. Er hatte versprochen, den Mann zu schützen. Aber er hatte nicht vor, Jennifer Baldwin nur zu heiraten, um Lords ansehnliches Einkommen zu sichern. Außerdem hatte dieser ihn über Barry Alvis' Entlassung belogen. Lord würde auch ohne seine Hilfe auf den Füßen landen. Jack hatte ernst gemeint, was er über sein Vertrauen in die Unverwüstlichkeit des Mannes sagte. Viele Firmen würden sich Arme und Beine ausreißen, um ihn zu bekommen. Lords Zukunft schien gesicherter als Jacks eigene.

Die Aufzugtüren öffneten sich, und Jack betrat die Eingangshalle der Firma. Die Lichter an der Wand waren abgedunkelt. Wäre Jack nicht so gedankenversunken gewesen, die zahlreichen Schatten hätten vermutlich beunruhigend auf ihn gewirkt. Er ging den Flur entlang auf sein Büro zu und machte einen Zwischenstopp in der Küche, um sich ein Glas Mineralwasser zu holen. Selbst um Mitternacht waren sonst normalerweise ein paar Leute da und versuchten, unmögliche Termine einzuhalten. Heute Nacht jedoch herrschte Totenstille.

Jack schaltete das Licht in seinem Büro ein und schloss die Tür. Dies war sein Königreich, wenn auch nur noch für einen Tag, und als Statussymbol seiner Teilhaberschaft war es beeindruckend. Die Möbel waren geschmackvoll und teuer, der Teppich und die Tapeten schlichtweg luxuriös. Sein Blick wanderte über die Diplome an der Wand. Einige davon hatte er sich hart erarbeitet, andere hatte er allein deshalb erhalten, weil er Anwalt war. Ihm fiel auf, dass der Papiersalat aufgeräumt worden war, zweifellos das Werk der gründlichen, manchmal geradezu peniblen Reinigungsmannschaft. Diese Leute waren an die Schlampigkeit der Anwälte ebenso gewöhnt wie an den gelegentlichen Anblick von Büros, die einem Bombenkrater glichen.

Er setzte sich und lehnte sich im Stuhl zurück. Das weiche Leder war gemütlicher als sein Bett. Jack malte sich aus, wie Jennifer mit ihrem Vater sprach. Ransome Baldwin würde kochen angesichts der für ihn unverzeihlichen Beleidigung seines geliebten kleinen Mädchens. Morgen Früh würde der Mann zum Telefon greifen und Jacks Karriere im Körperschaftsrecht beenden.

Nichts hätte Jack gleichgültiger sein können. Bedauerlich war nur, dass er es nicht schon früher herbeigeführt hatte. Er hoffte, man würde ihn wieder als Pflichtverteidiger beschäftigen. Dort war ohnehin sein Platz. Niemand konnte ihn davon abhalten, dorthin zurückzukehren. Nein, der eigentliche Ärger hatte erst begonnen, als er versuchte, jemand zu sein, der er schlicht und einfach nicht war. Diesen Fehler wollte er nie wieder begehen.

Seine Gedanken wanderten zu Kate. Wohin würde sie ziehen? War es ihr wirklich ernst damit, ihre Arbeit aufzugeben? Jack erinnerte sich an den fatalistischen Ausdruck in ihrem Gesicht und kam zu dem Schluss, dass es ihr ziemlich ernst war. Abermals hatte er sie angefleht. Genau wie vor vier Jahren. Er hatte sie angefleht, nicht zu gehen, nicht wieder aus seinem Leben zu verschwinden. Doch da war etwas, das er nicht zu durchdringen vermochte. Jack wusste nicht, ob es die enormen Schuldgefühle waren, die sie mit sich herumschleppte. Vielleicht liebte sie ihn einfach nicht. Hatte er eigentlich je an diese Möglichkeit gedacht? Nein. Nicht bewusst. Aber spielte das jetzt noch eine Rolle?

Luther war tot; Kate zog weg. Trotz der jüngsten Ereignisse hatte sich sein Leben kaum verändert. Die Whitneys waren nunmehr unwiderruflich aus seinem Leben geschieden.

Er betrachtete den Stapel rosaroter Mitteilungen auf dem Schreibtisch. Alles Routine. Dann drückte er einen Knopf auf dem Telefon, um die auf Band gesprochenen Mitteilungen abzuhören, was er zum letzten Mal vor ein paar Tagen getan hatte. PS&L ließen ihren Klienten die Wahl zwischen den altmodischen schriftlichen und den technisch ausgefeilten Bandmitteilungen. Die anspruchsvolleren Klienten bevorzugten Letzteres. Auf diese Weise mussten sie zumindest nicht warten, bis sie einen anbrüllen konnten.

Zwei Anrufe kamen von Tarr Crimson. Für Tarr würde er einen neuen Anwalt finden. PS&L waren ohnehin zu teuer für ihn. Es folgten einige Mitteilungen, die mit Baldwin-Projekten zu tun hatten. Gut so. Die konnten auf den nächsten Kerl warten, den Jennifer Baldwin in die Finger bekam. Bei der letzten Nachricht fuhr Jack hoch. Es war die Stimme einer Frau. Eine dünne, stockende ältere Stimme, der offensichtlich das Konzept auf Band gesprochener Mitteilungen nicht ganz geheuer war. Jack spulte zurück.

»Mr Graham, Sie kennen mich nicht. Mein Name ist Edwina Broome. Ich war eine Freundin von Luther Whitney.« *Broome? Der Name klang vertraut*. Die Mitteilung lief weiter. »Luther hat mir aufgetragen, eine Zeit lang zu warten und Ihnen dann ein Päckchen zu schicken, falls ihm etwas zustoßen sollte. Er hat gesagt, ich dürfte es nicht aufmachen, und das habe ich auch nicht. Luther meinte, es wäre wie die Büchse der Pandora. Wenn man hineinschaut, kann man Schaden nehmen. Gott sei seiner Seele gnädig, Luther war ein guter Mann. Ich habe nichts von Ihnen gehört. Das habe ich auch nicht erwartet. Aber ich dachte nur, ich sollte Sie vielleicht anrufen, um sicherzugehen, dass Sie die Sendung bekommen haben. So etwas musste ich noch nie verschicken. Man nennt es Übernachtexpress. Ich glaube, ich habe es richtig gemacht, aber ich bin nicht sicher. Wenn Sie es nicht bekommen haben, rufen Sie mich bitte an. Luther meinte, es sei sehr wichtig. Und Luther hat niemals was gesagt, das nicht stimmte.«

Jack hörte sich die Telefonnummer an und schrieb sie auf. Er überprüfte die Zeit des Anrufes. Gestern Vormittag. Rasch durchsuchte er sein Büro. Da war kein Päckchen. Den Gang hinunter lief er zum Arbeitsplatz seiner Sekretärin. Auch da war kein Päckchen. Er ging zurück in sein Büro. *Mein Gott, ein Paket von Luther. Edwina Broome?* Mit der Hand fuhr er sich durch die Haare und malträtierte die Kopfhaut, um sich zum Denken zu bringen. Plötzlich erkannte er den Namen. Frank hatte ihm von ihr erzählt. Edwina Broome war die Mutter der Frau, die Selbstmord begangen hatte. Luthers mutmaßlicher Komplizin.

Jack griff zum Telefon. Es schien eine Ewigkeit zu läuten.

»H-hallo?« Die Stimme klang verschlafen und weit entfernt.

»Mrs Broome? Hier ist Jack Graham. Entschuldigen Sie, dass ich so spät noch anrufe.«

»Mr Graham?« Die Stimme wirkte nicht mehr schläfrig, sondern aufmerksam und konzentriert. Jack konnte sich fast vorstellen, wie sie sich im Bett aufsetzte, die schweißnassen Finger in das Nachthemd grub und nervös den Telefonhörer anstarrte.

»Es tut mir Leid, ich habe Ihre Nachricht eben erst erhalten. Das Päckchen habe ich nicht bekommen, Mrs Broome. Wann haben Sie es weggeschickt?«

»Lassen Sie mich schnell überlegen.« Jack hörte den angestrengten Atem. »Ach ja, es war vor fünf Tagen, heute mitgerechnet.«

Jack überlegte fieberhaft. »Haben Sie die Quittung mit der Nummer?«

»Der Mann hat mir einen Zettel gegeben. Ich muss ihn holen.«

»Ich bleibe dran.«

Mit den Fingern auf den Schreibtisch trommelnd, versuchte er, seine sieben Sinne zusammenzuhalten. *Durchhalten, Jack. Durchhalten.*

»Ich habe ihn, Mr Graham.«

»Bitte nennen Sie mich Jack. Haben Sie es mit Federal Express geschickt?«

»Stimmt. Ja.«

»Gut, wie ist die Aufgabenummer?«

»Die was?«

»Entschuldigung. Die Nummer an der rechten oberen Ecke des Zettels. Es müsste eine lange Zahlenfolge sein.«

»Oh, ja.« Sie nannte ihm die Nummer. Er kritzelte sie nieder und las sie ihr zur Bestätigung nochmals vor.

»Jack, das alles muss ziemlich ernst sein, nicht? Ich meine, nach der Art, wie Luther gestorben ist und so.«

»Hat Sie irgendjemand angerufen, den Sie nicht kannten? Außer mir?«

»Nein.«

»Gut. Falls das noch passiert, möchte ich, dass Sie Seth Frank vom Polizeirevier in Middleton anrufen.«

»Ich kenne ihn.«

»Er ist in Ordnung, Mrs Broome. Sie können ihm vertrauen.«

»Gut, Jack.«

Nachdem er aufgelegt hatte, rief er beim Federal Express an. Er hörte, wie am anderen Ende an einem Computer getippt wurde.

Die Frauenstimme klang geschäftsmäßig und förmlich. »Ja, Mr Graham, die Lieferung erfolgte am Donnerstag um 10:02 Uhr vormittags in die Kanzlei Patton, Shaw & Lord und wurde von einer Ms Lucinda Alvarez entgegengenommen.«

»Danke. Ich nehme an, das Päckchen muss hier irgendwo sein.« Enttäuscht und verzweifelt wollte er gerade auflegen.

»Gibt es mit dieser Lieferung ein besonderes Problem, Mr Graham?«

Jack sah verwirrt drein. »Ein besonderes Problem? Nein, warum?«

»Nun, ich habe die Lieferanmerkungen zu dieser Sendung aufgerufen. Hier steht, dass heute schon einmal danach gefragt wurde.«

Jack richtete sich auf seinem Sessel auf. »Heute? Welche Uhrzeit?«

»Sechs Uhr dreißig abends.«

»Wissen Sie, wer nachgefragt hat?«

»Tja, das ist das Ungewöhnliche. Laut meinen Aufzeichnungen hat sich die Person als Jack Graham zu erkennen gegeben.« Ihre Stimme ließ unmissverständlich schließen, dass sie keineswegs überzeugt von Jacks Identität war.

Jack fühlte einen eiskalten Schauder über seinen Rücken laufen.

Behutsam legte er den Hörer auf. Jemand anders interessierte sich für das Paket, was immer es auch enthalten mochte. Und dieser Jemand wusste, dass es an ihn adressiert war. Seine Hände zitterten, als er erneut zum Telefon griff. Rasch wählte er Seth Franks Nummer, doch der war bereits nach Hause gegangen. Die Stimme am anderen Ende weigerte sich, ihm Franks Privatnummer zu geben. Jack hatte sie zwar, doch zu Hause in seiner Wohnung. Er stieß einen leisen Fluch aus. Auch ein rascher Anruf bei der Auskunft blieb erfolglos; Frank hatte eine Geheimnummer.

Jack lehnte sich zurück. Sein Atem ging schneller. Sein Herz drohte plötzlich, aus der Brust zu springen. Bislang hatte er sich stets für überdurchschnittlich mutig gehalten. Nun war er nicht mehr so sicher.

Krampfhaft dachte er nach. Das Paket war ausgeliefert worden. Lucinda hatte die Lieferung bestätigt. Das Verfahren bei PS&L war strikt; für Anwaltskanzleien war Post von lebenswichtiger Bedeutung. Sämtliche Übernachtlieferungen wurden der firmeninternen Zustellmannschaft zur Auslieferung mit der gewöhnlichen Post übergeben. Die Zustellung erfolgte mit einem Schubwagen. Die Leute wussten, wo Jacks Büro sich befand. Und selbst wenn nicht, die Firma gab einen Plan heraus, der regelmäßig auf den neuesten Stand gebracht wurde. Solange man den korrekten Plan benutzte ...

Jack stürzte zur Tür, riss sie auf und stürmte den Gang hinunter. Er hatte keine Ahnung, dass in der entgegengesetzten Richtung, um die Ecke, in Sandy Lords Büro soeben das Licht eingeschaltet wurde.

Jack drehte das Licht an und sah sich rasch im Raum um. Hektisch suchte er den Schreibtisch ab. Dann zog er den Stuhl heraus, um sich hinzusetzen, und sein Blick fiel auf das Päckchen. Jack nahm es in die Hand. Instinktiv sah er sich um, bemerkte die offenen Jalousien und ließ sie hastig herunter.

Er las das Adressetikett: Edwina Broome an Jack Graham. Das war es. Das Päckchen war sperrig, aber leicht. In der Schachtel war eine weitere Schachtel, das hatte Edwina gesagt. Gerade wollte er es öffnen, hielt jedoch inne. Sie wussten, dass die Lieferung hier angekommen war. *Sie?* Ihm fiel keine andere Benennung ein. Wenn »sie« wussten, dass das Paket hier war, sogar heute beim Federal Express angerufen hatten, was würden sie wohl tun? Offensichtlich war der Inhalt von größter Wichtigkeit. Wäre es bereits geöffnet worden, dann wüssten sie schon Bescheid. Da dies nicht geschehen war, was würden sie wohl tun?

Jack rannte den Gang zurück zu seinem Büro. Das Päckchen hielt er fest unter den Arm geklemmt. Er warf den Mantel über, packte die Autoschlüssel vom Schreibtisch, wobei er um ein Haar das halb leere Glas Mineralwasser umstieß, und wandte sich zur Tür. Wie vom Donner gerührt blieb er stehen.

Lärm. Mit Gewissheit vermochte er nicht zu sagen, woher er kam. Das Geräusch schien leise durch den Flur zu hallen, wie Wasser, das durch einen Tunnel plätschert. Es war nicht der Aufzug. Jack war überzeugt, dass er den Aufzug gehört hätte. Aber hätte er das tatsächlich? Das Gebäude war riesig. Der Hintergrundlärm dieses Transportmittels war so allgegenwärtig; hätte er ihn überhaupt wahrgenommen? Darüber hinaus hatte er telefoniert und seine ganze Aufmerksamkeit auf das Gespräch konzentriert. Vielleicht war es ja bloß einer der Anwälte der Firma, der noch ein wenig arbeiten oder etwas holen wollte. Zwar spürte Jack in jeder Faser, dass dies der falsche Schluss war. Doch dies war ein sicheres Gebäude, zumindest so sicher, wie ein öffentliches Gebäude überhaupt sein konnte. Leise schloss er die Bürotür.

Da war es wieder. Mit gespitzten Ohren versuchte er festzustellen, woher das Geräusch kam, doch es gelang ihm nicht. Wer immer es war, er bewegte sich langsam und verstohlen. Niemand, der hier arbeitete, würde das tun. Jack schlich an die Wand, schaltete das Licht aus, wartete einen Augenblick und öffnete dann vorsichtig die Tür.

Er spähte hinaus. Der Flur war verlassen. Für wie lange noch? Sein taktisches Problem war offensichtlich. Die Raumanordnung der Firma war so angelegt, dass er, wenn er eine Richtung einschlug, diese mehr oder weniger beibehalten musste. Außerdem würde er keinerlei Deckung vorfinden; kein einziges Möbelstück befand sich in den Gängen. Sollte er in einer Richtung auf wen-auch-immer stoßen, er hätte keine Chance.

Jack stellte eine praktische Überlegung an und sah sich im Dunkel seines Büros um. Schließlich fiel sein Blick auf einen massiven Briefbeschwerer aus Granit, eines der zahlreichen kleinen Präsente, die er anlässlich seiner Ernennung zum Teilhaber erhalten hatte. Dieses Ding konnte beträchtlichen Schaden anrichten, wenn man es richtig einsetzte. Und Jack fühlte sich dazu durchaus imstande. Sollten sie ihn schnappen, würde er es ihnen nicht einfach machen.

Ein paar Sekunden wartete er noch, bevor er sich in den Gang hinauswagte. Wer auch immer hinter ihm her war, musste vermutlich von Tür zu Tür schleichen, um Jacks Büro zu finden.

Als er sich der Ecke näherte, duckte er sich. Sehnlichst wünschte er sich nun völlige Finsternis herbei. Er holte tief Luft und spähte um die Ecke. Der Weg war frei, zumindest im Augenblick. Rasch überlegte er. Wenn da mehr als ein Eindringling war, würden sie sich vermutlich aufteilen, um die Zeit für die Suche zu halbieren. Konnten sie überhaupt wissen, dass Jack im Gebäude war? Vielleicht waren sie ihm gefolgt. Dieser Gedanke war besonders beunruhigend. In dieser Sekunde konnten sie dabei sein, ihn aus beiden Richtungen einzukreisen.

Die Geräusche klangen inzwischen näher. Er vernahm die Schritte mindestens einer Person. Fast konnte er die Person atmen hören; zumindest bildete er sich das ein.

Jack musste eine Entscheidung treffen. Schließlich fiel sein Blick auf etwas an der Wand, das ihn förmlich anzuleuchten schien: der Feueralarm.

Als er gerade darauf losrennen wollte, kam ein Bein am anderen Ende des Ganges in Sicht. Jack zuckte zurück und wartete nicht, bis der Rest des Körpers folgte. So rasch er konnte, lief er in die entgegengesetzte Richtung. Er stürzte um die Ecke, weiter den Gang hinunter und kam an eine Tür. Als er sie aufriss, knarrte sie laut.

Dann das Geräusch laufender Füße.

»Mist!« Jack warf die Tür hinter sich zu und floh die Treppe hinunter.

Der Mann hastete um die Ecke. Eine schwarze Skimaske verdeckte sein Gesicht. In der rechten Hand hielt er eine Pistole.

Eine Bürotür öffnete sich, und Sandy Lord stolperte in Unterwäsche und an den Knien baumelnder Hose heraus. Unbeabsichtigterweise rannte er genau in den Mann. Die beiden fielen hart zu Boden. Lords fuchtelnde Hand ergriff unwillkürlich die Maske und zog sie herunter.

Lord rollte auf die Knie und schnüffelte Blut aus der eingeschlagenen Nase.

»Was ist hier los? Wer sind Sie?« Wütend sah er dem Mann ins Gesicht. Dann erblickte Lord die Waffe und erstarrte.

Tim Collin erwiderte den Blick. Halb ungläubig, halb angewidert schüttelte er den Kopf. Es gab keine andere Möglichkeit mehr. Er hob die Waffe.

»Nein! Bitte nicht!«, jammerte Lord und stolperte rückwärts.

Die Waffe feuerte; Blut schoss aus der Mitte des Unterhemds. Lord keuchte auf, seine Augen wurden glasig, und er landete mit dem Rücken an der Tür, die dadurch gänzlich aufgestoßen wurde und den Blick freigab auf die fast völlig nackte Gestalt der jungen Rechtsgehilfin, die schockiert auf den toten Anwalt starrte. Sie hob den Kopf. Collin stieß einen leisen Fluch aus. Sie wusste, was sie erwartete; Collin erkannte es an den schreckensgeweiteten Augen.

Falscher Ort, falsche Zeit. Tut mir Leid, Lady!

Ein zweiter Schuss krachte; die Wucht der Kugel warf den schlanken Körper um. Mit gespreizten Beinen und verkrampften Fingern starrte sie blicklos an die Decke. Ihre Nacht der Freuden hatte sich abrupt in ihre letzte Nacht auf Erden verwandelt.

Bill Burton rannte auf seinen knienden Partner zu und betrachtete das Blutbad mit Ungläubigkeit, die sogleich rasender Wut wich.

»Bist du völlig verrückt?«, brüllte er.

»Sie haben mein Gesicht gesehen; was hätte ich denn tun sollen? Sie versprechen lassen, es niemandem zu sagen? Leck mich doch am Arsch!«

Die Nerven der beiden Männer waren bis zum Zerreißen gespannt. Fest umklammerte Collin die Pistole.

»Was ist mit Graham? Wo ist er?«, fragte Burton.

»Ich glaube, die Feuertreppe hinunter.«

»Also ist er weg.«

Collin sah ihn an und stand auf. »Noch nicht. Ich habe nicht zwei Menschen umgelegt, um ihn jetzt entkommen zu lassen.« Eben wollte er losstürzen. Burton hielt ihn zurück.

»Gib mir deine Kanone, Tim.«

»Verdammt noch mal, Bill, spinnst du?«

Burton schüttelte den Kopf, holte seine Waffe hervor und übergab sie ihm. Collins Pistole nahm er an sich.

»Und jetzt sieh zu, dass du ihn schnappst. Ich versuche hier inzwischen, ein bisschen Schadensbegrenzung zu betreiben.«

Collin lief zur Tür und verschwand im Treppenhaus.

Burton betrachtete die beiden Leichen. Als er Sandy Lord erkannte, rang er nach Luft. »Verdammt. Verdammt noch mal«, fluchte er. Er wandte sich um und ging eilig zu Jacks Büro. Während er seinem rennenden Partner folgte, hatte er diesen Raum im selben Augenblick entdeckt, als der erste Schuss fiel. Er öffnete die Tür und schaltete das Licht ein. Rasch suchte er den Raum ab. Das Paket hatte Graham bei sich, das stand außer Frage. Teufel, dabei waren sie so nah dran gewesen. Wie hätten sie ahnen können, dass Graham oder jemand anders um diese Zeit noch hier waren? Das ganze Unternehmen entwickelte sich zunehmend zu einem schwarzen Loch ohne Boden.

Abermals ließ er den Blick durch den Raum schweifen. Am Schreibtisch verharrte er. In Sekundenschnelle entwickelte er einen Plan. Endlich schien ihnen ein wenig Glück beschieden zu sein. Er ging auf den Schreibtisch zu.

Jack erreichte das Erdgeschoss und rüttelte am Türknauf. Er rührte sich nicht. Sein Herz machte einen Satz. Mit der Tür hatte es schon des Öfteren Probleme gegeben. Sie war bei Feueralarmübungen verschlossen gewesen. Die Gebäudeverwaltung gab an, das Problem sei behoben worden. Toll! Nun konnte ihn dieser Fehler das Leben kosten. Und nicht wegen einer Feuersbrunst.

Er schaute die Treppe hinauf. Rasch kamen die Schritte näher; seine Verfolger gaben sich keine Mühe mehr, leise zu sein. Jack stürmte die Treppe zum ersten Stock zurück und sandte ein stummes Stoßgebet gen Himmel, bevor er den Türknauf packte. Ein Fels fiel ihm vom Herzen, als die Tür sich unter seiner schwitzenden Hand öffnete. Er sprintete um die Ecke zum Aufzug und drückte den Knopf. Über die Schulter blickte er zurück, rannte an die gegenüberliegende Ecke und kauerte sich nieder.

Komm schon! Er hörte den Aufzug herauffahren. Dann kam ihm ein entsetzlicher Gedanke. Sein Verfolger könnte im Aufzug sein; er könnte erraten haben, was Jack vorhatte, und nun versuchen, ihn zu überrumpeln.

Der Aufzug hielt in diesem Stockwerk. Im selben Augenblick, als die Türen aufglitten, hörte Jack die Tür zur Feuertreppe an die Wand knallen. Er stürzte auf den Aufzug zu, hechtete hinein und krachte gegen die Kabinenwand. Hektisch sprang er auf die Beine und drückte den Knopf für die Garage.

Jack spürte den Fremden mehr, als er ihn sah, das angestrengte Atmen. Er nahm nur einen schwarzen Schatten wahr, dann das Blinken der Waffe. Jack schleuderte den Briefbeschwerer und warf sich in die Ecke.

Ein Schmerzensschrei war alles, was er hörte, ehe die Türen endlich zuglitten.

Durch die düstere Parkgarage rannte er zu seinem Wagen; wenige Sekunden später passierte er die automatische Schranke und trat aufs Gas. Der Wagen schoss die Straße hinauf. Jack schaute zurück. Nichts. Er betrachtete sich im Spiegel. Sein Gesicht war schweißüberströmt. Sein ganzer Körper war ein einziger Krampf. Dann rieb er sich die Schulter, mit der er gegen die Kabinenwand geprallt war. Himmel, war das knapp gewesen! Zu knapp.

Während er fuhr, überlegte er, wohin er sich wenden sollte. Sie kannten ihn, schienen alles über ihn zu wissen. Nach Hause konnte er selbstverständlich nicht. Wohin dann? Zur Polizei? Nein. Nicht bevor er wusste, wer hinter ihm her war. Wer in der Lage gewesen war, Luther trotz all der Polizisten umzubringen. Wer ständig alles zu wissen schien, was auch die Polizei wusste. Heute Nacht wollte er sich irgendwo in der Stadt ein Zimmer suchen. Er hatte Kreditkarten. Morgen Früh würde er als Erstes Seth Frank anrufen. Dann käme alles in Ordnung.

Doch heute Abend, dachte Jack und betrachtete die Schachtel, wollte er erst mal herausfinden, was ihn um ein Haar das Leben gekostet hätte.

Gloria Russell lag unter der Decke. Richmond war soeben zum Höhepunkt gekommen. Wortlos stieg er von ihr herunter und verließ das Zimmer. Für ihn hatte sie ihren Zweck erfüllt. Sie rieb sich die Handgelenke, an denen er sie umklammert hatte. Deutlich spürte sie die geschwollenen Druckstellen. Auch die von ihm arg malträtierten Brüste schmerzten. Burtons Warnung fiel ihr ein. Auch Christine Sullivan war übel zugerichtet worden, und zwar bereits bevor die beiden Agenten auf sie geschossen hatten.

Langsam reckte sie den Kopf und versuchte, die Tränen zurückzuhalten. So sehnlich hatte sie es sich gewünscht. Gloria Russell hatte davon geträumt, mit Alan Richmond zu schlafen. Doch sie hatte es sich romantisch, harmonisch vorgestellt. Zwei intelligente, energiegeladene und dynamische Menschen. Das perfekte Paar. So wunderschön hätte es sein können. Doch dann hatte der Mann sie zurück auf den Boden der Realität gezogen. Richmond hatte sie so emotionslos durchgestoßen, als masturbierte er auf der Toilette mit der neuesten Ausgabe des *Penthouse*-Magazins. Nicht einmal hatte er sie geküsst, kein einziges Wort verloren. Gleich nachdem er ins Schlafzimmer gekommen war, hatte er ihr die Kleider vom Leib gerissen. Dann war er in sie eingedrungen, und nun war er weg. Das Ganze hatte kaum zehn Minuten gedauert. Jetzt war sie allein. *Stabschefin! Eher Stabshure.*

Laut wollte sie hinausschreien: *Ich habe dich gevögelt! Du Bastard! Damals in dem Zimmer habe ich dich gevögelt, und du Hundesohn konntest nicht das Geringste dagegen unternehmen.*

Das Kissen war von ihren Tränen getränkt. Sie verfluchte sich, weil sie schon wieder heulte. So sicher war sie ihrer Fähigkeiten gewesen, so überzeugt davon, ihn zu kontrollieren. Gott, wie hatte sie sich geirrt! Der Mann tötete Menschen. Walter Sullivan. *Walter Sullivan* war getötet, ermordet worden, mit dem Wissen, ja mit dem Segen des Präsidenten der Vereinigten Staaten. Als Richmond ihr davon erzählt hatte, konnte sie es kaum glauben. Er meinte, sie müsste über alles *informiert* sein. Genau. *Entsetzt* entsprach eher ihren Gefühlen. Was er als Nächstes vorhatte, wusste sie nicht. Sie gehörte nicht mehr zum Kern seiner Truppe und dankte dem Himmel dafür.

Russell setzte sich im Bett auf und bedeckte den bebenden Körper mit dem zerrissenen Nachthemd. Sie bebte vor Scham. Natürlich war sie nun seine persönliche Hure. Und seine Gegenleistung dafür bestand in seinem stillschweigenden Versprechen, sie nicht zu zerstören. Aber war das alles? War das wirklich alles?

In die Decke gewickelt, sah sie sich in dem düsteren Zimmer um. Sie war eine Komplizin. Doch sie war noch mehr. Sie war eine *Zeugin*. Auch Luther Whitney war ein Zeuge gewesen. Und nun war er tot. Außerdem hatte Richmond seelenruhig die Hinrichtung eines seiner ältesten und besten Freunde angeordnet. Wenn er dazu im Stande war, wie viel war ihr Leben dann noch wert? Die Antwort darauf war entsetzlich klar.

Russell biss sich in die Hand, bis es schmerzte, und schaute zu der Tür, durch die er verschwunden war. War er dort drinnen in der Dunkelheit und lauschte? Dachte er darüber nach, was er mit ihr tun sollte? Ein kalter Schauder der Angst packte sie und ließ nicht mehr los. Sie war gefangen. Zum ersten Mal in ihrem Leben hatte sie keine Wahl. Selbst ob sie überleben würde, war ungewiss.

Jack stellte die Schachtel auf das Bett, zog den Mantel aus, schaute aus dem Fenster des Hotelzimmers und setzte sich. Er war ziemlich sicher, dass ihm niemand gefolgt war. Zu schnell war er aus dem Gebäude geflüchtet. In letzter Minute war ihm eingefallen, dass er den Wagen irgendwo stehen lassen musste. Zwar wusste er nicht genau, wer ihm auf den Fersen war, doch er ging davon aus, dass sie gerissen genug waren, den Wagen aufzuspüren.

Er sah auf die Uhr. Vor etwa fünfzehn Minuten hatte ihn das Taxi vor dem Hotel abgesetzt. Es war ein unscheinbares Gebäude, ein Hotel, in dem Billigtouristen wohnten und dann in die Stadt hinausströmten, um sich die Monumente des Landes anzusehen, bevor sie wieder nach Hause fuhren. Es lag ziemlich abgelegen, und genau das brauchte Jack.

Nach eingehender Betrachtung der Schachtel entschied er, dass er lange genug gewartet hatte. Wenig später hatte er sie geöffnet und begutachtete den Gegenstand in dem Plastikbeutel.

Ein Messer? Jack schaute genauer hin. Nein, es war ein Brieföffner, einer der altmodischen Art. Den Beutel am

Rand haltend, beäugte er den Gegenstand gewissenhaft. Da er kein ausgebildeter Gerichtsmediziner war, entging ihm, dass die schwarze Kruste an Griff und Klinge altes, geronnenes Blut war. Auch die Fingerabdrücke auf dem Leder bemerkte er nicht.

Behutsam legte er den Beutel hin und lehnte sich zurück. Der Brieföffner hatte etwas mit dem Mörder der Frau zu tun. Das stand fest. Doch was? Erneut betrachtete er ihn. Offensichtlich handelte es sich um ein wichtiges Beweisstück. Die Mordwaffe war es nicht; Christine Sullivan war erschossen worden. Doch Luther hatte dem Brieföffner anscheinend entscheidende Bedeutung beigemessen.

Jack fuhr hoch. Weil er den Mörder von Christine Sullivan identifizierte! Abermals packte er den Beutel und hielt ihn ans Licht. Jeden Millimeter suchten seine Augen ab. Nun konnte er sie vage ausmachen, wie einen Wirbel schwarzer Spuren: Fingerabdrücke. Auf dem Brieföffner waren die Fingerabdrücke des Täters. Jack studierte die Klinge. Blut. Auch auf dem Griff. Es musste Blut sein. Was hatte Seth Frank gesagt? Angestrengt versuchte er, sich zu erinnern. Sullivan hatte ihren Angreifer möglicherweise verletzt. Mit einem Brieföffner, am Arm oder am Bein. Zumindest war das eine der Vermutungen des Ermittlers, die er Jack anvertraut hatte. Was Jack in Händen hielt, schien diese Theorie zu bestätigen.

Vorsichtig legte er den Beutel zurück in die Schachtel und schob sie unters Bett.

Er ging hinüber ans Fenster und schaute zum wiederholten Male hinaus. Der Wind war stärker geworden. Das billige Fenster zitterte und schepperte.

Hätte Luther ihm bloß alles erzählt, sich ihm anvertraut. Doch er hatte Angst um Kate. Wie hatten sie Luther glauben lassen, Kate wäre in Gefahr?

Jack dachte zurück. Solange Luther im Gefängnis war, hatte er nichts bekommen, dessen war Jack sicher. Wie dann? War der große Unbekannte einfach zu Luther marschiert und hatte geradeheraus zu ihm gesagt: Sprich und deine Tochter stirbt? Woher konnten sie überhaupt wissen, dass Luther eine Tochter hatte? Jahrelang hatte man die beiden nicht zusammen im selben Raum gesehen.

Jack legte sich aufs Bett und schloss die Augen. Nein, das stimmte nicht ganz. Einmal waren die beiden zusammen zu sehen gewesen. Am Tag, an dem Luther verhaftet wurde. Das war das einzige Mal, dass Vater und Tochter zusammen waren. Es war möglich, dass irgendjemand Luther ohne Worte eine unmissverständliche Botschaft übermittelt hatte. Jack hatte schon Fälle bearbeitet, die fallen gelassen wurden, weil die Zeugen zu verängstigt waren, um auszusagen. Niemand hatte auch nur ein Wort zu ihnen gesagt. Stumme Einschüchterung, das war nichts Unbekanntes.

Wer also war vor Ort gewesen, der so etwas tun konnte? Der Luther eine Botschaft übermitteln konnte, die ihn zum Schweigen brachte, als wären seine Lippen zusammengewachsen?

Soweit Jack wusste, waren ausschließlich Polizisten anwesend gewesen. Es hätte höchstens Luthers Attentäter sein können. Aber wie wäre das möglich gewesen? Wie hätte diese Person einfach hineinspazieren, zu Luther gehen und ihm in die Augen sehen können, ohne dass jemand Verdacht schöpfte?

Jack riss die Augen auf.

Außer, diese Person *war* ein Bulle. Sein erster Gedanke traf ihn wie ein Stich ins Herz.

Seth Frank.

Rasch verwarf er die Idee wieder. Da war kein Motiv, nicht der Hauch eines Motivs. Beim besten Willen konnte er sich nicht vorstellen, dass der Kommissar und Christine Sullivan ein Techtelmechtel gehabt haben könnten, und darauf lief es doch letztlich hinaus, nicht wahr? Sullivans Liebhaber hatte sie umgebracht, und Luther hatte das Ganze beobachtet. Seth Frank konnte es nicht sein. Jack hoffte bei Gott, es möge nicht Seth Frank sein, denn er verließ sich darauf, dass ihn der Mann aus diesem Schlamassel herausholte. Doch was, wenn Jack morgen Früh genau das an Frank lieferte, wonach dieser schon verzweifelt suchte? Vielleicht hatte er den Gegenstand kurz hingelegt und den Raum verlassen. Luther war aus seinem Versteck gekommen, hatte den Brieföffner mitgenommen und war geflohen. Das war durchaus möglich. Und der Tatort war so sauber gewesen, es *musste* einfach ein Profi dahinter stecken. Ein Profi. Ein erfahrener Fahnder des Morddezernats, der genau wusste, wie man einen Tatort desinfizierte.

Jack schüttelte den Kopf. Nein! Verdammt noch mal, nein! An etwas, an jemanden musste er glauben können. Es musste anders gewesen sein. Jemand anders. Auf jeden Fall. Jack war bloß müde. Seine Überlegungen drifteten langsam ins Lächerliche. Seth Frank war kein Mörder.

Erneut schloss er die Augen. Vorläufig fühlte er sich sicher. Morgen gab es einen neuen Kampf zu bestehen. Wenige Minuten später sank er in einen unruhigen Schlaf.

Klar und frostig brach der neue Morgen an. Der Sturm der vorigen Nacht hatte die abgestandene Luft vertrieben.

Jack war bereits auf den Beinen. Er hatte angezogen geschlafen, entsprechend sah seine Kleidung aus. In dem kleinen Badezimmer wusch er sich das Gesicht, kämmte sich, schaltete das Licht aus und ging zurück ins Schlafzimmer. Auf dem Bett sitzend, sah er auf die Uhr. Noch würde Frank nicht im Büro sein, aber es würde nicht mehr lange dauern. Jack zog die Schachtel unter dem Bett hervor und legte sie neben sich. Wie eine Zeitbombe kam sie ihm vor.

Er schaltete den kleinen Farbfernseher in der Ecke des Zimmers ein. Die lokalen Morgennachrichten liefen gerade. Die aufgeweckte Blondine, die sich zweifellos mit beträchtlichen Mengen Kaffee über Wasser hielt, bis sie einen Sendeplatz zur besten Zeit bekommen würde, brachte die wichtigsten Meldungen.

Jack erwartete die übliche Litanei der Weltkrisengebiete. Der Mittlere Osten war jeden Morgen für mindestens eine

Sendeminute gut. Vielleicht hatte es ein weiteres Erdbeben in Südkalifornien gegeben. Oder der Präsident lag im Clinch mit dem Kongress.

Doch heute Morgen gab es nur eine wichtige Meldung. Jack lehnte sich vor, als ein ihm wohl bekannter Ort über den Bildschirm flimmerte.

Patton, Shaw & Lord. Die Eingangshalle von PS&L. Was erzählte die Frau da? Menschen getötet? *Sandy Lord ermordet?* In seinem Büro erschossen? Jack taumelte durch das Zimmer und drehte lauter. Mit wachsendem Erstaunen beobachtete er, wie zwei Bahren aus dem Gebäude geschoben wurden. In der rechten oberen Ecke des Bildschirms erschien ein Bild von Lord. Kurz wurde seine außergewöhnliche Karriere zusammengefasst. Doch nun war er tot, unbestreitbar tot. Jemand hatte ihn in seinem Büro erschossen.

Jack ließ sich zurück aufs Bett fallen. Sandy Lord war letzte Nacht da gewesen? Aber wer war die zweite Person? Die auf der anderen Bahre? Er wusste es nicht, konnte es nicht wissen. Doch er glaubte zu wissen, was geschehen war. Der Mann, der ihn verfolgte, der Mann mit der Waffe. Lord musste irgendwie mit ihm zusammengestoßen sein. Hinter Jack waren sie her, und Lord war mitten hineingeraten.

Jack schaltete den Fernseher aus, ging zurück ins Badezimmer und ließ sich kaltes Wasser übers Gesicht laufen. Seine Hände zitterten, seine Kehle war wie ausgetrocknet. Er konnte nicht fassen, dass dies alles tatsächlich geschehen war. Und so rasend schnell. Zwar war es nicht seine Schuld, doch Jack konnte sich nicht dagegen wehren; er fühlte sich schuldig am Tod seines Mentors. Schuldig, wie Kate sich schuldig gefühlt hatte. Es war eine niederschmetternde Erfahrung.

Er griff zum Telefon und wählte.

Seth Frank war bereits seit einer Stunde im Büro. Ein Freund vom Morddezernat in Washington hatte ihm von den zwei Toten in der Anwaltkanzlei berichtet. Frank hatte keine Ahnung, ob sie irgendwie mit Sullivan in Verbindung standen. Doch es gab einen gemeinsamen Nenner. Einen gemeinsamen Nenner, der ihm bereits um sieben Uhr morgens hämmernde Kopfschmerzen bereitete.

Seine Direktleitung klingelte. Frank nahm den Hörer ab und zog ungläubig die Augenbrauen hoch.

»Jack, wo steckst du?«

In der Stimme des Kommissars lag eine Schärfe, auf die Jack nicht gefasst war.

»Ja, ich wünsche dir auch einen guten Morgen.«

»Jack, weißt du, was passiert ist?«

»Ich habe es gerade in den Nachrichten gesehen. Seth, ich war letzte Nacht dort. Die waren hinter mir her; ich weiß nicht, wie, aber Sandy muss da hineingeraten sein, und sie haben ihn umgebracht.«

»Wer? Wer hat ihn umgebracht?«

»Ich weiß es nicht! Ich war im Büro und habe Lärm gehört. Dann hat mich irgendjemand mit einer Pistole durchs Haus gejagt; ich konnte nur mit knapper Not entkommen. Hat die Polizei schon Verdächtige?«

Frank holte tief Luft. Die Geschichte klang so fantastisch. Er glaubte an Jack, vertraute ihm. Aber wem konnte man heutzutage schon gänzlich vertrauen?

»Seth? Seth?«

An einem Fingernagel kauend, überlegte Frank fieberhaft. Je nachdem, was er als Nächstes sagte, gab es zwei völlig unterschiedliche Entwicklungen. Flüchtig dachte er an Kate Whitney. An die Falle, die er für sie und ihren Vater aufgestellt hatte. Darüber war er noch nicht hinweggekommen. Zwar war er ein Bulle, ein Mensch war er jedoch schon viel länger. Er beschloss, auf seine menschlichen Qualitäten zu vertrauen.

»Jack, die Polizei hat einen Verdächtigen, einen Hauptverdächtigen, könnte man sagen.«

»Okay, wer ist es?«

Nach einem Augenblick des Zögerns meinte er: »Du, Jack. Du bist der Verdächtige. Du bist derjenige, nach dem die gesamten Polizeikräfte des Distrikts gerade die Stadt abkämmen.«

Langsam glitt Jack der Hörer aus der Hand. Durch seinen Körper schien kein Blut mehr zu fließen.

»Jack? Jack, verdammt, sprich mit mir.« Jack nahm die Worte des Fahnders nicht mehr wahr.

Er starrte aus dem Fenster. Da draußen suchten sie nach ihm. Leute, die ihn umbringen wollten, und Leute, die ihn wegen Mordes verhaften wollten.

»Jack!«

Mit beträchtlicher Anstrengung gelang es Jack zu sprechen. »Ich habe niemanden umgebracht, Seth.«

Die Worte klangen, als würden sie einen Ausguss hinuntergeschüttet, in dem sie verschwinden sollten.

Frank hörte, was zu hören er sich sehnlichst gewünscht hatte. Es waren nicht die Worte. Schuldige logen fast immer. Es war der Klang der Worte. Verzweiflung, Fassungslosigkeit, Entsetzen, all das schwang mit.

»Ich glaube dir, Jack«, antwortete Frank leise.

»Was, zur Hölle, ist bloß los, Seth?«

»Soweit ich weiß, hat man auf Band, wie du etwa um Mitternacht in die Garage gefahren bist. Anscheinend waren Lord und seine Gespielin schon vor dir da.«

»Ich hab sie nie zu Gesicht bekommen.«

»Nun, wahrscheinlich wären die beiden darüber auch nicht allzu erfreut gewesen.« Kopfschüttelnd fuhr er fort. »Offenbar waren sie nicht vollständig angezogen, als man sie fand, vor allem die Frau nicht. Ich nehme an, sie sind gerade fertig geworden, als es sie erwischt hat.«

»O Gott!«

»Man hat außerdem das Video, wie du aus der Garage rast, kurz nachdem die beiden umgebracht wurden.«

»Aber was ist mit der Waffe? Hat man die Waffe gefunden?«

»Ja. In einem Mülleimer in der Garage.«

»Und?«

»Deine Fingerabdrücke waren auf der Pistole, Jack. Es waren die einzigen Abdrücke darauf. Nachdem dich die Bullen aus Washington auf dem Video gesehen haben, riefen sie deine Fingerabdrücke aus der Datenbank der Anwaltskammer von Virginia ab. Sie haben wunderbar übereingestimmt.«

Jack sank auf den Sessel zusammen.

»Ich habe nie eine Pistole angerührt, Seth. Jemand hat versucht, mich umzubringen, und ich bin weggelaufen. Ich hab den Kerl erwischt, mit einem Briefbeschwerer, den ich von meinem Schreibtisch mitgenommen hatte. Mehr weiß ich nicht.« Einen Augenblick hielt er inne. »Was soll ich jetzt tun?«

Frank hatte die Frage befürchtet. Offen gestanden, hatte er keine Ahnung, was er darauf antworten sollte. Nüchtern betrachtet, unterhielt er sich mit einem wegen Mordes gesuchten Flüchtigen. Für einen Ordnungshüter hätte eigentlich klar sein sollen, was zu tun war, doch das war es eben nicht.

»Wo auch immer du bist, rühr dich nicht von der Stelle. Ich mache mich mal schlau. Geh unter keinen Umständen irgendwo hin. Ruf mich in drei Stunden wieder an. In Ordnung?«

Jack legte auf und dachte über alles nach. Die Polizei suchte ihn wegen Mordes an zwei Menschen. Seine Fingerabdrücke waren auf einer Waffe, die er nie berührt hatte. Er war ein Flüchtiger vor dem Gesetz. Müde lächelte er, dann runzelte er die Stirn. Ein Flüchtiger. Und soeben hatte er ein Gespräch mit einem Polizisten beendet. Frank hatte nicht gefragt, wo er war. Aber sie hätten den Anruf zurückverfolgen können. Das wäre ganz einfach für sie gewesen. Doch so etwas würde Frank nicht tun.

Dann dachte Jack an Kate.

Bullen erzählten nie die ganze Wahrheit. Der Fahnder hatte Kate zum Narren gehalten. Danach hatte es ihm Leid getan; zumindest gab Frank das vor.

Draußen heulte eine Sirene auf, und Jacks Herzschlag setzte aus. Er stürzte ans Fenster und schaute hinaus, doch der Streifenwagen fuhr weiter, bis sich die Einsatzlichter in der Ferne verloren.

Aber sie konnten immer noch kommen. Vielleicht waren sie gerade auf dem Weg zu ihm. Jack packte seinen Mantel und zog ihn an. Dann schaute er aufs Bett hinunter.

Die Schachtel.

Frank gegenüber hatte er kein Sterbenswörtchen darüber verloren. Noch letzte Nacht war das Päckchen das Wichtigste in Jacks Leben gewesen, heute jedoch hatte etwas anderes es völlig in den Hintergrund gedrängt.

»Habt ihr da draußen in den Wäldern nicht genug zu tun?« Craig Miller war schon seit vielen Jahren Fahnder des Morddezernats in Washington. Er war groß, hatte dichtes, gewelltes Haar, und das Gesicht verriet seine Schwäche für guten Whiskey. Frank kannte ihn seit Jahren. Sie unterhielten eine freundschaftliche Beziehung und teilten die Überzeugung, dass Mord ausnahmslos bestraft werden musste.

»Ich bin nie zu beschäftigt, um nachzuschauen, ob du's endlich mal lernst«, antwortete Frank mit schelmischem Grinsen.

Miller lächelte. Die beiden Kollegen befanden sich in Jacks Büro. Die Spurensicherung packte gerade zusammen.

Frank sah sich in dem geräumigen Zimmer um. Im Augenblick war Jack meilenweit entfernt von einem solchen Leben, dachte er bei sich.

Miller musterte ihn. Ihm war etwas eingefallen. »Dieser Graham hatte doch etwas mit dem Fall Sullivan bei dir draußen zu tun, nicht wahr?«

Frank nickte. »Der Anwalt des Verdächtigen.«

»Genau! Mann, das ist ja ein Ding. Vom Strafverteidiger zum künftigen Angeklagten.« Miller lächelte.

»Wer hat die Leichen gefunden?«

»Die Hausschließerin. Sie kommt immer gegen vier Uhr früh.«

»Und hat sich schon ein Motiv in deinem Dickschädel eingenistet?«

Miller musterte seinen Freund. »Mal ehrlich. Es ist acht Uhr morgens. Du machst doch nicht den weiten Weg vom Arsch der Welt hierher, bloß um mich das zu fragen. Was ist los?«

Frank zuckte die Schultern. »Ich weiß nicht. Hab den Kerl im Verlauf des Falls kennen gelernt. Hat mich mordsmäßig überrascht, sein Gesicht in den Morgennachrichten zu sehen. Ich weiß auch nicht, ist bloß so ein Gefühl.«

Miller musterte ihn noch ein paar weitere Sekunden, beschloss jedoch, nicht weiter zu graben.

»Das Motiv scheint ziemlich eindeutig. Walter Sullivan war der wichtigste Klient des Verstorbenen. Dieser Graham hat, ohne irgendjemanden in der Firma zu informieren, die Verteidigung des Burschen übernommen, der des Mordes an Sullivans Frau beschuldigt wurde. Das hat Lord offenbar nicht besonders gefallen. Anscheinend haben sich die beiden in Lords Wohnung getroffen. Vielleicht haben sie damals versucht, alles zu bereinigen, die Dinge aber nur schlimmer gemacht.«

»Woher hast du bloß all die Informationen?«

»Vom geschäftsführenden Teilhaber.« Miller schlug sein Notizbuch auf. »Daniel J. Kirksen. Er war bei dem ganzen Hintergrundzeugs wirklich sehr hilfreich.«

»Und was bringt dich nun darauf, Graham könnte hierher gekommen sein und zwei Leute ermordet haben?«

»Ich habe nie behauptet, es wäre vorsätzlicher Mord gewesen. Die Zeitleiste der Videos zeigt recht deutlich, dass die Opfer schon ein paar Stunden hier waren, bevor Graham kam.«

»Und?«

»Also wussten die beiden nicht, dass der jeweils andere hier war. Oder aber Graham hat das Licht in Lords Büro gesehen, als er gerade vorbeifuhr. Das Fenster weist zur Straße hin; man kann leicht erkennen, ob jemand im Büro ist.«

»Ja, aber wenn der Anwalt und die Frau es gerade miteinander getrieben haben, glaube ich kaum, dass sie es zur Unterhaltung der ganzen Stadt taten.«

»Das nicht, aber überleg mal, Lord war nicht unbedingt ein Hengst. Ich bezweifle, dass die ganze Zeit über etwas lief. Tatsächlich brannte das Licht im Büro, als man sie fand. Wie auch immer, ob Zufall oder nicht, die beiden sind sich über den Weg gelaufen. Die Diskussion flammt wieder auf. Die Stimmung wird feindselig, vielleicht werden sogar Drohungen ausgestoßen. Und PENG! In der Hitze des Gefechts. Möglicherweise ist es Lords Pistole. Die beiden kämpfen. Graham nimmt dem alten Kerl die Waffe ab. Ein Schuss wird abgefeuert. Die Frau sieht das Ganze und muss auch ins Gras beißen. Und nach ein paar Sekunden ist alles vorbei.«

Frank schüttelte den Kopf. »Tut mir Leid, wenn ich das sagen muss, Craig, aber das klingt alles entsetzlich weit hergeholt.«

»Ach ja? Nun, wir haben einen Burschen, der mit kalkweißem Gesicht aus dem Gebäude gestürmt ist. Die Kamera hat tolle Bilder von ihm gemacht. Ich habe sie gesehen; das Gesicht des Mannes war völlig blutleer, Seth, das kannst du mir ruhig glauben.«

»Wie kommt es, dass die Sicherheitsmannschaft nicht nach dem Rechten gesehen hat?«

Miller lachte. »Sicherheitsmannschaft? Scheiße. Die meiste Zeit schauen die Typen doch gar nicht auf die Monitore. Sie nehmen alles auf Bänder auf, man muss schon froh sein, wenn sie die ab und zu durchsehen. Glaub mir, es ist keine Kunst, nach Dienstschluss in eines dieser Bürogebäude zu kommen.«

»Vielleicht hat das eben jemand getan.«

Grinsend schüttelte Miller den Kopf. »Kann ich mir nicht vorstellen, Seth. Genau das ist dein Problem. Du suchst ständig nach einer komplizierten Antwort, wenn dir die einfache schon fast ins Gesicht springt.«

»Und wo soll diese geheimnisvolle Waffe hergekommen sein?«

»Eine Menge Leute haben in ihren Büros Pistolen versteckt.«

»Eine Menge? Wie viel genau ist das, Craig?«

»Du wärst überrascht, Seth.«

»Vielleicht wäre ich das!«, schoss Frank zurück.

Miller sah ihn verwirrt an. »Warum regst du dich wegen der Sache bloß so auf?«

Frank sah seinen Freund nicht an. Er schaute zum Schreibtisch hinüber.

»Ich weiß nicht. Wie gesagt, ich habe den Kerl kennen gelernt. Er schien einfach nicht der Typ dafür zu sein. Auf der Waffe waren also seine Fingerabdrücke?«

»Zwei Volltreffer. Rechter Daumen und Zeigefinger. Hab noch nie deutlichere gesehen.«

Etwas an den Worten seines Kollegen ließ Frank hellhörig werden. Er schaute zum Schreibtisch. Die auf Hochglanz polierte Tischplatte war schmutzig. Ein dünner Wasserrand war deutlich erkennbar.

»Wo ist das Glas?«

»Wie?«

Frank deutete auf die Stelle. »Das Glas, das diesen Rand hinterlassen hat. Hast du es?«

Schulterzuckend kicherte Miller. »Die Spüle in der Küche habe ich nicht durchsucht, wenn du das meinst. Kannst du aber gerne machen.«

Miller wandte sich ab, um einen Bericht zu unterschreiben. Frank nutzte die Gelegenheit, um den Tisch eingehender zu begutachten. In der Mitte des Tisches war ein leichter Staubring. Etwas hatte hier gestanden. Etwas Quadratisches mit einem Durchmesser von etwa acht Zentimetern. Der Briefbeschwerer. Frank lächelte.

Wenig später war Seth Frank auf dem Weg in die Halle. Auf der Waffe befanden sich perfekte Abdrücke. Fast zu perfekt. Außerdem hatte Frank die Waffe selbst und den Polizeibericht darüber gesehen. Kaliber 44, Seriennummer entfernt, nicht überprüfbar. Genau wie die Waffe, die man neben Walter Sullivan gefunden hatte.

Frank musste lächeln. Er hatte das Richtige getan, besser noch, das Richtige unterlassen.

Jack Graham hatte die Wahrheit gesagt. Der Anwalt hatte niemanden getötet.

»Wissen Sie, Burton, ich habe es langsam satt, so viel Zeit für diese Angelegenheit zu verschwenden. Falls Sie es vergessen haben, ich habe tatsächlich ein Land zu regieren.« Richmond saß im Oval Office auf einem Stuhl vor dem offenen Kaminfeuer. Die Augen hatte er geschlossen; die Finger bildeten eine Pyramide.

Bevor Burton etwas erwidern konnte, fuhr der Präsident fort. »Statt den Gegenstand in unseren Besitz zu bringen, sind Ihnen lediglich zwei weitere Einträge zur katastrophalen Mordstatistik der Stadt gelungen. Außerdem läuft Whitneys Strafverteidiger jetzt irgendwo da draußen herum und hat das Beweismaterial bei sich, um uns alle zu begraben. Ich bin wirklich überwältigt von Ihrer Arbeit.«

»Graham geht nicht zur Polizei. Es sei denn, er steht auf Gefängniskost und wünscht sich einen großen, haarigen Mann als Geschlechtspartner auf Lebenszeit.« Burton starrte hinunter auf den reglosen Präsidenten. Er dachte daran, was er alles durchgemacht hatte, um ihrer aller Hintern zu retten, während dieser Snob sicher hinter der Front blieb. Und nun übte er sich in Kritik. Als hätte es dem altgedienten Secret-Service-Agenten Freude bereitet, zwei weitere unschuldige Menschen sterben zu sehen.

»Dazu muss ich Ihnen gratulieren. Ein Beweis spontaner Entscheidungskraft. Trotzdem glaube ich nicht, dass wir uns als Langzeitlösung darauf verlassen können. Wenn die Polizei Graham verhaftet, rückt er bestimmt mit dem Brieföffner heraus, sofern er ihn hat.«

»Aber ich habe Zeit für uns herausgeschunden.«

Der Präsident erhob sich und legte Burton die Hand auf die mächtige Schulter. »Und diese Zeit werden Sie nutzen, um Jack Graham zu finden und ihn davon zu überzeugen, dass jede Handlung zu unserem Schaden nicht gut für ihn wäre.«

»Soll ich ihm das sagen, bevor oder nachdem ich ihm eine Kugel durch den Kopf gejagt habe?«

Der Präsident lächelte grimmig. »Das überlasse ich Ihrem professionellen Urteil.« Er wandte sich dem Schreibtisch zu.

Burton betrachtete den Rücken des Präsidenten. Einen Augenblick stellte er sich vor, eine Kugel aus seiner Waffe in den Nacken des Präsidenten abzufeuern, den ganzen Mist hier und jetzt zu beenden. Wenn es jemand verdient hatte, dann dieser Dreckskerl.

»Haben Sie eine Ahnung, wo er stecken könnte, Burton?«

Burton schüttelte den Kopf. »Nein, aber ich habe eine ziemlich zuverlässige Quelle.« Jacks Anruf bei Seth Frank heute Morgen erwähnte er nicht. Früher oder später würde Jack dem Polizisten seinen Aufenthaltsort bekannt geben. Dann war Burton am Zug.

Der erfahrene Agent holte tief Luft. Wenn man Herausforderungen unter Druck liebte, konnte man es kaum besser treffen. Es war die zweite Halbzeit, das Heimteam lag ein Tor vorne, etliche Spieler waren bereits ausgeschlossen, doch der wichtigste Mann des Gegners rannte mit dem Ball auf das Tor zu. Würde Burton ihn rechtzeitig abfangen können, oder mussten sie alle hilflos zusehen, wie er das Leder im Netz versenkte?

Als Burton hinausmarschierte, hoffte mehr als nur ein kleiner Teil seines Inneren auf Letzteres.

Seth Frank saß wartend am Schreibtisch und starrte auf die Uhr. In dem Augenblick, als der Minutenzeiger die Zwölf passierte, klingelte das Telefon.

Jack stand in der Telefonzelle. Er dankte Gott für die Kälte draußen. Der schwere Parka mit Kapuze, den er heute Morgen gekauft hatte, fügte sich hervorragend ins Bild der übrigen Menschen, die sich ähnlich vermummten. Dennoch konnte er den Eindruck nicht abschütteln, dass jeder ihn beobachtete.

Frank bemerkte den Lärm im Hintergrund. »Wo zur Hölle

steckst du? Ich hab dir doch gesagt, du sollst dich nicht von der Stelle rühren.«

Jack antwortete nicht sofort.

»Jack?«

»Hör zu, Seth, es liegt mir nicht, wie eine Maus in der Falle zu warten. Und in meiner Lage kann ich mir nicht leisten, irgendjemandem blindlings zu vertrauen. Verstehst du?«

Zunächst wollte Frank protestieren, stattdessen lehnte er sich im Stuhl zurück. Der Bursche hatte völlig Recht.

»Schon gut. Möchtest du wissen, wie man dich aufs Kreuz gelegt hat?«

»Ich höre.«

»Du hattest ein Glas auf dem Tisch. Anscheinend hast du was getrunken. Erinnerst du dich?«

»Ja, ein Mineralwasser, und?«

»Wer auch immer hinter dir her war, lief Lord und der Frau über den Weg, genau wie du gesagt hast. Also mussten die beiden sterben. Du bist entkommen. Die wussten, dass man auf dem Video aus der Garage sehen würde, wie du etwa zur Mordzeit verschwindest. Sie haben deine Fingerabdrücke vom Glas abgenommen und auf die Kanone übertragen.«

»So was gibt's?«

»Da kannst du deinen Hintern drauf verwetten. Wenn man sich damit auskennt und die richtige Ausrüstung zur Hand hat. Und die haben sie wahrscheinlich im Geräteraum deiner Firma gefunden. Hätten wir das Glas, so könnten wir beweisen, dass es sich um eine Fälschung handelt. Genauso, wie jeder Mensch einzigartige Fingerabdrücke hat, könnte dein Abdruck auf der Pistole und dem Glas unmöglich identisch sein. Allein durch den unterschiedlichen Druck und Ähnliches müsste er sich unterscheiden.«

»Kaufen dir deine Freunde im Polizeipräsidium diese Erklärung ab?«

Frank musste beinahe lachen. »Darauf würde ich nicht

bauen, Jack. Wirklich nicht. Die wollen dich nur einbuchten. Um den Rest sollen sich dann andere kümmern.«

»Großartig. Was nun?«

»Eins nach dem anderen. Warum waren die überhaupt hinter dir her?«

Jack hätte sich ohrfeigen können. Er schaute hinunter auf die Schachtel.

»Ich habe eine Sonderlieferung von jemandem bekommen, und zwar von Edwina Broome. Es ist etwas, bei dessen Anblick du wahrscheinlich aus den Stiefeln kippst.«

Seth stand auf und wünschte, er könnte durch den Hörer fassen und das Paket packen. »Was ist es?«

Jack erzählte es ihm.

Rasch überlegte Frank. Blut und Fingerabdrücke. Ein Festtag für Laura Simon. »Ich kann dich jederzeit, überall treffen.«

Auch Jack überlegte fieberhaft. Ironischerweise waren öffentliche Plätze im Moment vermutlich gefährlicher als private. »Wie wär's mit der U-Bahn-Station Farragut West, Ausgang 18. Straße, gegen elf Uhr nachts?«

Frank kritzelte die Daten nieder. »Ich bin da.«

Jack hängte ein. Schon vor der vereinbarten Zeit wollte er an der Station sein. Nur für alle Fälle. Sollte ihm irgendetwas auch nur ansatzweise verdächtig vorkommen, würde er untertauchen, so tief er konnte. Er zählte sein Geld. Die Dollars schwanden schnell. Die Kreditkarten kamen augenblicklich nicht in Frage. Jack musste das Risiko eingehen und ein paar Bankomaten anzapfen. Das würde ihm ein paar Hunderter bringen, und damit konnte er über die Runden kommen, zumindest eine Weile.

Jack verließ die Telefonzelle und blickte prüfend in die Menschenmenge. Das für die Union-Train-Station typische rege Leben herrschte. Niemand schien sich auch nur im Geringsten für ihn zu interessieren. Jack zuckte leicht zusammen. Zwei Streifenpolizisten kamen in seine Richtung. Hastig trat er zurück in die Telefonzelle und wartete, bis die beiden vorbeigegangen waren.

Im Restaurationsbereich kaufte Jack einen Hamburger mit Pommes Frites; dann sprang er in ein Taxi. Während der Taxifahrer ihn durch die Stadt chauffierte und er aß, hatte er Gelegenheit, über die Möglichkeiten nachzudenken, die sich ihm boten. Würden seine Probleme wirklich vorbei sein, sobald er Frank den Brieföffner übergeben hatte? Die Abdrücke und das Blut stammten mit ziemlicher Sicherheit von demjenigen, der in jener Nacht in Sullivans Haus war. Doch dann übernahm Jacks Strafverteidigermentalität das Kommando. Und die wies ihn darauf hin, dass einer derart simplen Lösung fast unüberwindliche Hürden im Wege standen. Zunächst bestand die Gefahr, dass der Beweis sich als unbrauchbar erwies. Vielleicht fand man keine Entsprechung, weil die DNA und Abdrücke der entsprechenden Person nirgends archiviert waren. Zum wiederholten Male erinnerte sich Jack an Luthers Gesichtsausdruck damals an der Mall. Es musste sich um eine bedeutende Persönlichkeit handeln, um jemanden, den die Leute kannten. Das war ein weiteres Hindernis. Wenn man Anschuldigungen gegen so jemanden erhob, hatte man besser verdammt gut Beweise dafür, andernfalls erblickte der Fall noch nicht einmal das Licht der Welt.

Zweitens waren sie mit einem gewaltigen Verfahrensproblem konfrontiert. Konnten sie überhaupt beweisen, dass der Brieföffner aus Sullivans Haus stammte? Sullivan selbst war tot. Die Dienerschaft konnte es vielleicht nicht mit Bestimmtheit sagen. Christine Sullivan musste ihn in der Hand gehalten haben. Vermutlich hatte der Mörder ihn kurze Zeit in seinem Besitz. Luther besaß ihn mehrere Monate. Nun hatte ihn Jack und konnte ihn hoffentlich bald an Seth Frank weitergeben. Der Schluss, den Jack daraus zog, war ernüchternd.

Die Beweiskraft des Brieföffners war gleich Null. Selbst wenn sie eine Entsprechung fanden, ein guter Strafverteidiger würde erreichen, dass der Beweis nicht zugelassen wurde. Zur Hölle, vermutlich würde das Ding noch nicht einmal für eine Anklageerhebung reichen. »Belastetes« Beweismaterial war überhaupt kein Beweismaterial.

Jack hörte auf zu essen und lehnte sich in den schmutzigen Vinylsitz zurück.

Aber halt! Sie hatten versucht, ihn zurückzubekommen! Dafür hatten sie sogar getötet. Sie waren bereit, Jack zu töten, nur um in den Besitz dieses Brieföffners zu gelangen. Es musste wichtig für sie sein, lebenswichtig. Unabhängig vom rechtlichen Gewicht verfügte der Brieföffner also über einen gewissen Wert. Und alles, was Wert besaß, ließ sich nutzen. Vielleicht hatte er doch eine Chance.

Es war zehn Uhr abends, als Jack mit der Rolltreppe hinunter in die U-Bahn-Station Farragut West fuhr. Die Station gehörte zum orangen und zum blauen Streckennetz der Washingtoner Verkehrsbetriebe und war untertags stark frequentiert, da sie nahe am Geschäftsbezirk in der Innenstadt lag, wo unzählige Anwalts- und Steuerberatungskanzleien, Handelsgesellschaften und Körperschaften ihren Sitz hatten. Um zehn Uhr nachts jedoch war Farragut West ziemlich verlassen.

Jack stieg von der Rolltreppe und sah sich um. Die unterirdischen U-Bahn-Stationen im Verkehrssystem glichen riesigen Tunnels mit honigwabenförmigen Gewölben und Fußböden aus sechseckigen Ziegelsteinen. Ein breiter Korridor mit Zigarettenwerbeplakaten an der einen und Fahrkartenautomaten an der anderen Seite führte zum Kiosk in der Mitte des Ganges, an dessen beiden Seiten sich Drehkreuze befanden. An der Wand neben den beiden Telefonzellen hing eine riesige Stadtkarte mit dem mehrfarbigen Streckennetz, den Abfahrtszeiten und Fahrkartenpreisen.

Ein gelangweilter U-Bahn-Angestellter lümmelte auf einem Sessel hinter den Glasscheiben des Kiosks. Jack blickte sich um und erspähte die Uhr über dem Kiosk. Dann drehte er sich wieder zur Rolltreppe und erstarrte. Ein Polizeibeamter kam die Rolltreppe herunter. Jack zwang sich, so unauffällig wie möglich die Richtung zu ändern, und lief an der Wand entlang zur Telefonzelle. An die Kabinenwand gepresst, versteckte er sich. Tief Luft holend, wagte er hervorzuspähen. Der Polizist schlenderte zu den Fahrkartenautomaten, nickte dem U-Bahn-Angestellten zu und ließ den Blick durch die Station schweifen. Jack zuckte zurück. Er musste warten. Bald würde der Kerl weitergehen; er musste weitergehen.

Die Zeit verstrich. Eine laute Stimme riss Jack aus seinen Gedanken. Vorsichtig blickte er hinaus. Ein Mann kam die Rolltreppe herunter, offensichtlich ein Stadtstreicher. Er war in Lumpen gekleidet und trug eine dicke, zusammengerollte Decke über der Schulter. Bart und Haare waren strähnig und zerzaust. Das Gesicht war wettergegerbt und fleckig. Draußen herrschte grimmige Kälte. Die warmen U-Bahn-Stationen boten für solche Menschen stets einen willkommenen Zufluchtsort, bis man sie hinauswarf. Die Eisengitter an den Eingängen zu den Rolltreppen waren dafür bestimmt, genau diesen Menschenschlag draußen zu halten.

Jack sah sich um. Der Polizist war verschwunden. Vermutlich überprüfte er die Bahnsteige. Oder er tratschte mit dem Burschen im Kiosk. Jack schaute in die Richtung. Doch auch dort war keiner mehr da.

Jack blickte zurück zu dem Stadtstreicher, der mittlerweile zusammengekauert in einer Ecke saß und seine spärlichen Habseligkeiten durchsah. Dabei rieb er die unbehandschuhten Hände aneinander und versuchte, Blut in völlig steif gefrorene Glieder zu massieren.

Schuldgefühle überkamen Jack. In der Innenstadt stieß man ständig auf Leute wie diesen Mann. Ein freigebiger Mensch konnte innerhalb eines Häuserblocks seine Taschen bis auf den letzten Cent leeren. Jack hatte das schon des Öfteren getan.

Abermals sah er sich um. Sonst war da niemand. Der nächste Zug würde erst in fünfzehn Minuten halten. Er trat aus der Telefonzelle und schaute direkt zu dem Mann hinüber. Der schien Jack gar nicht zu bemerken; all seine Aufmerksamkeit galt seiner eigenen kleinen Welt, die weit abseits der Realität lag. Dann fiel Jack ein, dass seine eigene Wirklichkeit auch nicht mehr normal war, sofern sie das überhaupt je gewesen war. Sowohl er als auch das Mitleid erregende Häufchen Elend ihm gegenüber hatten ihren ganz persönlichen Kampf zu bestreiten. Sie beide konnte der Tod jederzeit ereilen. Nur würde Jacks Ableben vermutlich etwas gewaltvoller und plötzlicher erfolgen. Vielleicht war das sogar besser als der schleichende Tod, der dem anderen wahrscheinlich bevorstand.

Er schüttelte den Kopf; solche Gedanken waren nicht gut für ihn. Wenn er überleben wollte, musste er wachsam bleiben und fest daran glauben, dass er die Kräfte zu bezwingen vermochte, die gegen ihn aufmarschierten.

Jack machte ein paar Schritte, dann hielt er inne. Kalt schoss das Blut durch seine Adern. Der urplötzliche Gesinnungswandel machte ihn schwindlig.

Der Obdachlose trug neue Schuhe! Weichsohlige, braune Lederschuhe, die vermutlich über hundertfünfzig Dollar gekostet hatten. Sie stachen aus der Masse dreckiger Lumpen hervor wie ein blauer Diamant auf weißem Sand.

Nun schaute der Mann zu ihm auf. Sein Blick verharrte in Jacks Gesicht. Die Augen wirkten vertraut. Jack hatte diese Augen unter den tiefen Falten, dem verfilzten Haar und den wettergegerbten Wangen schon einmal gesehen. Er war ganz sicher. Der Mann stand vom Boden auf, weit kraftvoller, als er zuvor hereingewankt war.

Hektisch blickte Jack sich um. Der Platz war verlassen wie ein Grab. Sein Grab. Er schaute zurück. Der Mann ging bereits auf ihn zu. Jack stolperte rückwärts und presste die Schachtel an die Brust. Er rief sich die knappe Flucht im Aufzug ins Gedächtnis. Die Pistole. Gleich würde er sie wieder sehen, und sie würde genau auf ihn gerichtet sein.

Rückwärts taumelte Jack den Tunnel hinunter auf den Kiosk zu. Der Mann steckte die Hand unter den Mantel, einen abgetragenen und zerschlissenen Fetzen, dessen Futter bei jedem Schritt weiter herausragte. Über die Schulter schaute Jack zurück. Schritte näherten sich. Er blickte wieder zu dem Mann und überlegte, ob er zum Zug rennen sollte oder nicht. Dann sah er ihn.

Vor Erleichterung hätte Jack beinahe aufgeschrien.

Der Polizist bog um die Ecke. Jack lief auf ihn zu und deutete den Tunnel hinunter auf den Obdachlosen, der nun stocksteif in der Mitte des Ganges verharrte.

»Der Mann da – das ist kein Obdachloser. Er ist ein Schwindler.« Jack war der Gedanke gekommen, dass der Bulle ihn möglicherweise erkannte, wenngleich die Züge des jungen Polizisten nichts dergleichen verrieten.

»Wie?« Der verwirrte Beamte starrte Jack an.

»Sehen Sie sich seine Schuhe an.« Jack wurde klar, dass er sich verrückt anhörte, doch wie sollte es anders sein, solange er dem Bullen nicht die ganze Geschichte erzählen konnte?

Der Polizist schaute den Gang hinunter und erblickte den Stadtstreicher, der dort mit verzerrtem Gesicht stand. In seiner Verwirrung griff der Ordnungshüter auf die Standardfrage zurück.

»Hat er Sie belästigt, Sir?«

Nach kurzem Zögern antwortete Jack: »Ja.«

»Hey!«, brüllte der Bulle dem Mann zu.

Jack beobachtete, wie der Polizist lossprintete. Der Obdachlose wandte sich um und flüchtete. Er schaffte es bis zur Rolltreppe, doch die war nicht in Betrieb. Flugs machte er kehrt und rannte den Tunnel entlang, bog um eine Ecke und verschwand, dicht gefolgt von dem Polizisten.

Nun war Jack allein. Er schaute zum Kiosk. Der U-Bahn-Angestellte war immer noch nicht zurück.

Jack fuhr herum. Ein Geräusch! Etwas wie ein Schmerzensschrei, aus der Richtung, in der die beiden Männer verschwunden waren. Er lief los. In diesem Augenblick kam der Beamte, ziemlich außer Atem, wieder um die Ecke, erblickte Jack und bedeutete ihm mit langsamen Armbewegungen, er solle herüberkommen. Der Bursche sah aus, als hätte er etwas gesehen oder getan, was ihm Übelkeit verursachte.

Jack eilte zu ihm.

Der Bulle schnappte nach Luft. »Verdammt noch mal! Ich weiß nicht, was hier eigentlich los ist, Kumpel.« Abermals rang der Polizist nach Luft. Mit einer Hand stützte er sich an der Wand.

»Haben Sie ihn erwischt?«

Der Beamte nickte. »Sie hatten Recht.«

»Was ist passiert?«

»Sehen Sie selbst. Ich muss den Vorfall erst mal melden.« Der Ordnungshüter richtete sich auf und wies mit einem drohenden Finger auf Jack. »Aber Sie bleiben hier. Das hier werde ich nicht allein erklären, und ich vermute, Sie wissen eine Menge mehr darüber, als Sie zugeben. Verstanden?«

Bereitwillig nickte Jack. Der Polizist eilte davon. Jack bog um die Ecke. Der Bulle hatte gesagt, er müsse warten ... darauf warten, dass sie ihn verhafteten. Eigentlich sollte er sich aus dem Staub machen. Aber das konnte er nicht. Er wollte unbedingt wissen, um wen es sich handelte. Den Kerl kannte er. Er musste einfach nachsehen.

Jack schaute nach vorn in den Gang. Es war ein Dienstkorridor für U-Bahn-Personal und Arbeitsgeräte. In der Dunkelheit, weit hinten im Tunnel, konnte er einen großen Lumpenhaufen erkennen. Angestrengt versuchte Jack, trotz der Düsternis deutlicher zu sehen. Als er näher rückte, erkannte er tatsächlich den Stadtstreicher. Einige Augenblicke verharrte Jack reglos. Er wünschte, die Bullen kämen. Es war so still, so dunkel. Das Bündel auf dem Boden rührte sich nicht. Kein Atemzug war zu hören. War der Kerl tot? Hatte der Bulle ihn getötet?

Endlich ging Jack weiter und kniete sich neben den Mann. Was für eine aufwändige Verkleidung. Flüchtig fuhr Jack mit der Hand über das verfilzte Haar. Sogar der durchdringende Gestank eines Penners war wirklichkeitsgetreu. Dann erblickte Jack das Blut, das von der Schläfe des Mannes zu Boden rann. Er schob das Haar beiseite. Da war eine gewaltige Platzwunde. Das musste das Geräusch gewesen sein, das er gehört hatte. Es musste zu einem Kampf gekommen sein, aus dem der Bulle als Sieger hervorging. Nun war es vorbei. Sie hatten versucht, Jack hereinzulegen und waren in die eigene Falle getappt. Er verspürte den Wunsch, die Perücke und Teile der übrigen Maskerade herunterzureißen, um zu sehen, wer sein Verfolger gewesen war. Doch das musste warten. Vielleicht war es ganz gut, dass die Polizei nun eingriff. Jack würde ihnen den Brieföffner übergeben und sein Glück bei ihnen versuchen.

Er stand auf, drehte sich um und erblickte den Polizisten, der rasch den Tunnel entlangkam. Jack schüttelte den Kopf. Der Bursche würde eine ziemliche Überraschung erleben. Kannst du dir als Glückstag im Kalender anstreichen, Kumpel.

Jack ging auf den Bullen zu und blieb stehen, als dieser plötzlich die 9mm aus dem Halfter zog.

Der Polizist musterte ihn. »Mr Graham.«

Lächelnd zuckte Jack die Schultern. Endlich erkannte ihn der Mann. »In Fleisch und Blut.« Er hielt die Schachtel hoch. »Ich habe hier etwas für Sie.«

»Ich weiß, Jack. Genau das will ich haben.«

Tim Collin sah das Lächeln von Jacks Lippen verschwinden. Sein Finger legte sich um den Abzug, als er näher auf Jack zuging.

Seth Frank spürte, wie sein Herz schneller schlug, während er sich der Station näherte. Endlich würde er bekommen, was er suchte. Er konnte sich gut vorstellen, wie Laurie Simon sich über das Beweisstück hermachte wie über ein gut abgehangenes Steak. Und Frank war nahezu völlig sicher, dass sie in irgendeiner Datenbank etwas finden würden. Mit einem Paukenschlag würden sich die Teile urplötzlich zusammenfügen. Endlich würden die Fragen, die bohrenden, nagenden Fragen beantwortet.

Jack musterte das Gesicht, nahm jede Einzelheit in sich auf. Auch wenn ihm das nichts half. Er warf einen Blick auf das zusammengekauerte Lumpenbündel am Boden und die neuen Schuhe an den inzwischen leblosen Füßen. Wahrscheinlich hatte der arme Kerl die ersten neuen Schuhe seit Jahren ergattert. Erfreuen konnte er sich nun nicht mehr daran.

Jack schaute zurück zu Collin und sagte wütend: »Der Mann ist tot. Sie haben ihn umgebracht.«

»Geben Sie mir die Schachtel, Jack.«

»Wer sind Sie?«

»Das spielt doch wirklich keine Rolle, oder?« Collin öffnete eine Tasche an seinem Gürtel und zog einen Schalldämpfer heraus, den er flink auf den Lauf der Pistole schraubte.

Jack betrachtete die auf seine Brust gerichtete Waffe. Er musste an die Bahren denken, auf denen Lord und die Frau aus dem Gebäude geschoben wurden. Morgen würde er in der Zeitung stehen. Jack Graham und ein Obdachloser. Wieder zwei Bahren. Natürlich würden sie es so deichseln, dass man Jack die Schuld am Tod des armen, vom Leben geprügelten Stadtstreichers gab. Jack Graham, vom Teilhaber bei Patton, Shaw zum verstorbenen Massenmörder.

»Für mich spielt es eine Rolle.«

»Ach ja?« Beide Hände um die Waffe gelegt, trat Collin näher.

»Leck mich! Da, fang!« Jack schleuderte die Schachtel genau in dem Augenblick auf Collins Kopf, als der gedämpfte Schuss ertönte. Die Kugel durchschlug den Rand des Pakets und grub sich in die Betonmauer. Gleichzeitig warf Jack sich mit aller Wucht vorwärts. Collin war ein durchtrainiertes Kraftpaket, doch Jack war auch kein Schwächling. Und sie waren etwa gleich groß. Als Jacks Schulter sich in das Zwerchfell des Mannes grub, blieb Collin die Luft weg. Instinktiv setzte Jack Ringergriffe aus der Vergangenheit ein; er hob den Agenten hoch und schleuderte ihn auf den unwirtlichen Steinboden. Als es Collin endlich gelang, auf die Füße zu kommen, war Jack bereits um die Ecke verschwunden.

Zunächst hob Collin die Pistole, dann das Paket auf. Einen Augenblick hielt er inne; Übelkeit packte ihn, sein Kopf schmerzte vom Aufprall auf den harten Boden. Der junge Agent kniete sich hin und kämpfte dagegen an, sich übergeben zu müssen. Jack war längst über alle Berge, doch zumindest hatte er das Ding. Endlich hatte er es. Collin umklammerte die Schachtel.

Jack hetzte am Kiosk vorbei, stürmte durch das Drehkreuz und sprintete über den Bahnsteig auf die Rolltreppe zu. Vage nahm er wahr, dass Leute ihn anstarrten. Die Kapuze war ihm vom Kopf gerutscht. Sein Gesicht war deutlich zu erkennen. Hinter ihm ertönte ein Schrei. Der Kerl vom Kiosk. Doch Jack rannte weiter und verließ die Station an der 17. Straße. Der Mann war vermutlich nicht alleine gekommen. Und das Letzte, was er brauchen konnte, war jemand, der ihm an den Fersen klebte. Aber er bezweifelte, dass sie beide Ausgänge sicherten. Wahrscheinlich gingen sie davon aus, dass er die Station mit den Füßen voran verlassen würde. Seine Schulter schmerzte von dem Zusammenstoß, und er atmete angestrengt, da die kalte Luft in den Lungen brannte. Erst nachdem er zwei Blocks zurückgelegt hatte, hielt er an. Er zog den Mantel enger. Dann erinnerte er sich. Jack schaute auf die leeren Hände hinunter. Die Schachtel! Er hatte die verfluchte Schachtel zurückgelassen. Kraftlos sank er gegen die Scheibe eines dunklen McDonald's.

Wagenlichter näherten sich. Mit abgewandtem Blick huschte Jack um die Ecke. Wenig später saß er in einem Bus. Er wusste nicht einmal, wohin er fuhr.

Der Wagen bog von der L-Street in die 19. Straße ein. Seth Frank fuhr weiter bis zur Eye-Street, dann lenkte er in die 18. Straße. Gegenüber der U-Bahn-Station stellte er das Auto ab, stieg aus und ging die Rolltreppe hinunter.

Von der gegenüberliegenden Straßenseite aus beobachtete ihn Bill Burton, verborgen hinter einer Ansammlung von Mülltonnen, Schutt und Metallgittern, die von einem Abrissprojekt übrig geblieben war. Burton stieß einen leisen Fluch aus, trat die Zigarette aus, blickte einmal prüfend nach links und rechts und eilte hinüber zur Rolltreppe.

Als Frank von der Rolltreppe trat, sah er sich um und schaute auf die Uhr. Eigentlich wollte er schon früher hier sein. Sein Blick fiel auf einen Haufen Müll, der an der Wand stand. Dann schwenkten seine Augen zu dem verlassenen Kiosk. Außer ihm war niemand da. Es war still. Zu still. Sofort schaltete Franks interner Gefahrendetektor sich ein. Automatisch zog er die Waffe. Seine Ohren vernahmen ein Geräusch. Es kam von rechts. Rasch lief er von den Drehkreuzen weg den Gang entlang, wo er auf einen dunklen Korridor stieß. Der Fahnder spähte um die Ecke; zunächst erkannte er gar nichts. Doch dann, als die Augen sich der düsteren Beleuchtung anpassten, sah er zwei Dinge. Eines bewegte sich, das andere nicht.

Frank beobachtete, wie der Mann mühsam auf die Beine kam. Das war nicht Jack. Der Kerl trug eine Uniform und hatte in der einen Hand eine Pistole, in der anderen eine Schachtel. Frank umfasste die eigene Waffe fester; sein Blick haftete an der Pistole des anderen Mannes. Geräuschlos schlich er vorwärts. So etwas hatte er schon lange nicht mehr getan. Das Bild seiner Frau und seiner drei Töchter schob sich vor sein inneres Auge, bis er es verdrängte. Er musste sich konzentrieren.

Endlich war er nah genug. Er betete, sein angestrengtes Atmen möge ihn nicht verraten. Dann zielte er mit der Pistole auf den breiten Rücken.

»Halt! Polizei!«

Tatsächlich verharrte der Mann mitten in der Bewegung.

»Legen Sie die Waffe mit dem Griff voraus auf den Boden. Ich will Ihren Finger nicht in der Nähe des Abzugs sehen, sonst muss ich ein Loch in Ihren Hinterkopf pusten. Machen Sie schon. Sofort!«

Langsam wurde die Waffe zu Boden gelegt. Frank beobachtete den Vorgang mit Argusaugen. Plötzlich verschwamm seine Sicht. Sein Kopf dröhnte, er taumelte, dann sah er den Boden auf sich zukommen.

Bei dem Geräusch wandte Collin sich vorsichtig um und erkannte Bill Burton, der da stand und seine Pistole am Lauf gepackt hielt. Er blickte auf Frank hinab.

»Gehen wir, Tim.«

Zittrig kam Collin auf die Beine, schaute auf den gestürzten Ordnungshüter hinunter und setzte die Waffe an Franks Kopf. Burtons kräftiger Arm hielt seinen jungen Kollegen zurück.

»Das ist ein Polizist. Wir töten keine Polizisten. Wir töten überhaupt *niemanden* mehr, Tim.« Die Gelassenheit und Selbstverständlichkeit, mit denen sein junger Partner wieder in die Rolle des skrupellosen Mörders schlüpfen wollte, bereitete Burton allmählich Unbehagen.

Schulterzuckend steckte Collin die Pistole weg.

Burton nahm die Schachtel an sich, blickte erneut auf den Ermittler hinunter, dann hinüber zu dem zusammengesunkenen Häufchen Mensch. Missbilligend schüttelte er den Kopf und bedachte seinen Partner mit einem vorwurfsvollen Blick.

Einige Minuten nachdem die beiden abgezogen waren, stöhnte Seth Frank auf, versuchte sich hochzurappeln und fiel zurück in tiefe Bewusstlosigkeit.

KAPITEL 27

Kate lag im Bett, an Schlaf war jedoch gar nicht zu denken. Die Decke im Schlafzimmer war durch einen Sturzbach von Bildern ersetzt worden, jedes grauenvoller als das vorige. Sie schaute hinüber zu der kleinen Uhr auf dem Nachttisch. Drei Uhr morgens. Das Springrollo war weit hochgezogen und gab den Blick frei auf die pechschwarze Nacht. Regentropfen prasselten gegen die Fensterscheibe. Für gewöhnlich wirkte das Geräusch beruhigend, im Augenblick aber trug es nur zu dem unbarmherzigen Pochen in ihrem Kopf bei.

Als das Telefon klingelte, rührte sie sich zunächst nicht. Ihre Glieder schienen selbst für den Versuch einer Bewegung zu schwer, als zirkuliere überhaupt kein Blut mehr durch sie.

Einen entsetzlichen Augenblick fürchtete Kate, sie hätte einen Schlaganfall erlitten. Endlich, nach dem fünften Läuten, gelang es ihr, den Hörer abzunehmen.

»Hallo?« Zittrig, nur noch einen Schritt vom Umkippen entfernt klang ihre Stimme. Sie war mit den Nerven am Ende.

»Kate. Ich brauche Hilfe.«

Vier Stunden später saßen sie einander in der kleinen Imbissstube am Founder's Park gegenüber, die vor vielen Jahren Schauplatz ihres ersten Rendezvous' gewesen war. Das Wetter hatte sich verschlechtert; mittlerweile schneite es so heftig, dass Autofahren nahezu unmöglich war und nur noch besonders Verwegene es wagten, zu Fuß zu gehen.

Jack blickte zu ihr hinüber. Die Kapuze hatte er abgenommen, doch eine Skimütze, ein wenige Tage alter Bart und eine dunkle Sonnenbrille entstellten ihn dermaßen, dass Kate zweimal hinschauen musste, ehe sie ihn erkannte.

»Bist du sicher, dass dir niemand gefolgt ist?« Ängstlich sah er sie an. Heißer Dampf, der von einer Tasse Kaffee aufstieg, verschleierte ihr die Sicht, dennoch entging ihr nicht die Anspannung in seinem Gesicht. Zweifelsfrei stand er kurz vor dem Zusammenbruch.

»Ich hab getan, was du gesagt hast. Die U-Bahn, zwei Taxis und einen Bus. Wenn mir bei dem Wetter jemand auf den Fersen geblieben ist, dann ist es kein Mensch.«

Jack setzte den Kaffee ab. »Nach allem, was ich bisher weiß, könnte das sogar zutreffen.«

Am Telefon hatte er den Treffpunkt nicht genau genannt. Mittlerweile ging er davon aus, dass sie jeden abhörten, der mit ihm in Verbindung stand. Lediglich vom »alten Lokal« hatte er gesprochen und sich darauf verlassen, dass Kate es verstehen würde. Jack starrte aus dem Fenster. Jedes vorbeihuschende Gesicht stellte eine Bedrohung dar. Er schob ihr eine Ausgabe der *Post* hin. Als er selbst die äußerst interessante Titelseite zum ersten Mal gelesen hatte, war ihm die Zornesröte ins Gesicht gestiegen.

Seth Frank lag mit einer Gehirnerschütterung im George Washington University Hospital; sein Zustand war stabil. Der bisher noch nicht identifizierte Obdachlose hatte weniger Glück gehabt. Und im Mittelpunkt des Berichts stand Jack Graham, der Serienkiller. Nachdem sie die Seite gelesen hatte, schaute Kate zu ihm auf.

»Wir müssen in Bewegung bleiben.« Während er den Kaffee austrank, sah er sie an. Dann erhob er sich.

Das Taxi setzte die beiden vor Jacks Motel etwas außerhalb von Old Town Alexandria ab. Auf dem Weg zu seinem Zimmer behielt er ständig die Umgebung im Auge. Nachdem er die Tür abgeschlossen und verriegelt hatte, nahm er Skimütze und Sonnenbrille ab.

»Gott, Jack, es tut mir so Leid, dass du da hineingezogen worden bist.«

Kate zitterte. Sogar vom anderen Ende des Raumes aus konnte er es sehen. Einen Augenblick später legte er die Arme um sie, bis sie sich beruhigt hatte. Dann blickte er sie an.

»Ich habe mich selbst hineingezogen. Jetzt muss ich zusehen, dass ich wieder herauskomme.« Jacks Versuch eines Lächelns konnte ihre Angst um ihn nicht vertreiben; die entsetzliche Furcht, er könnte ihrem Vater bald folgen.

»Ich habe ein Dutzend Nachrichten auf deinem Anrufbeantworter hinterlassen.«

»Hab nie daran gedacht, ihn abzuhören, Kate.« In der nächsten halben Stunde schilderte er ihr die Ereignisse der letzten Tage. In ihren Augen spiegelte sich Entsetzen, das sich mit jeder neuen Offenbarung steigerte.

»Mein Gott!«

Eine Weile schwiegen sie beide.

»Jack, hast du eine Ahnung, wer hinter all dem steckt?«

Jack schüttelte den Kopf; ein leiser Seufzer entrang sich seiner Kehle. »Mir schwirren lose Teile dieses Puzzles im Kopf herum, aber bisher ergeben sie noch keinen Zusammenhang. Ich hoffe, das ändert sich. Bald.«

Die Endgültigkeit, mit der er das letzte Wort aussprach, traf sie wie ein Schlag. Seine Augen sprachen Bände. Die Botschaft war unmissverständlich. Trotz aller Tarnung, trotz noch so sorgfältig überlegter Sicherheitsvorkehrungen, trotz seines angeborenen Talents zur Konfliktbewältigung würden sie ihn aufspüren. Entweder die Bullen oder seine mordlüsternen Verfolger. Es war nur eine Frage der Zeit.

»Aber sie haben doch jetzt, was sie wollten?« Ihre Stimme kippte. Fast flehentlich sah sie ihn an.

Jack legte sich aufs Bett und streckte die erschöpften Glieder, die nicht mehr ihm zu gehören schienen.

»Darauf kann ich kaum bauen, Kate.« Er richtete sich auf und schaute durch das Zimmer auf die gegenüberliegende

Wand. Auf das billige Jesusbild, das da hing. Im Augenblick käme ein wenig höhere Unterstützung gut gelegen. Ein kleines Wunder hätte schon gereicht.

»Aber du hast niemanden getötet, Jack. Frank hat das schon begriffen. Die Leute aus dem Polizeipräsidium werden es auch noch kapieren.«

»Meinst du? Frank kennt mich, Kate. Er kennt mich, und trotzdem habe ich anfangs Zweifel in seiner Stimme gehört. Zwar hat er die Sache mit dem Glas herausgefunden, aber es gibt keinen Beweis dafür, dass sich jemand daran oder an der Waffe zu schaffen gemacht hat. Andererseits gibt es einiges, das eindeutig, ja, unzweifelhaft darauf hinweist, dass ich zwei Menschen getötet habe. Mein Anwalt würde mir vorschlagen, einen Vergleich anzustreben und auf zwanzig Jahre bis lebenslänglich mit möglicher Bewährung zu hoffen. Das würde ich als Anwalt selbst empfehlen. Wenn es zum Prozess kommt, habe ich keine Chance. Es gibt nur einen Haufen Spekulationen, dass Luther, Walter Sullivan und alle Übrigen irgendwie in eine Verschwörung verwickelt waren, die – das musst du zugeben – über jede Vorstellungskraft hinausgeht. Der Richter würde mich unter schallendem Gelächter aus dem Gerichtssaal befördern lassen. Die Geschworenen müssten es sich gar nicht erst anhören. Im Übrigen, was sollte ich ihnen auch erzählen?«

Jack stand auf, steckte die Hände in die Taschen und lehnte sich an die Wand. Er sah sie nicht an. Sowohl seine unmittelbare als auch seine längerfristige Zukunft bot lediglich apokalyptische Aussichten.

»Ich werde als alter Mann im Knast sterben, Kate, das heißt, wenn ich überhaupt alt werde, was an sich schon ziemlich fragwürdig ist.«

Sie setzte sich aufs Bett und faltete die Hände im Schoß. Hoffnungslosigkeit schnürte ihr die Kehle zu, nahm ihr fast den Atem, so wie ein Felssturz sich ergießt in einen tiefen, dunklen See.

Seth Frank schlug die Augen auf.

Zunächst erkannte er überhaupt nichts. Was er sah, glich einer riesigen, weißen Leinwand, übergossen mit Hunderten Litern schwarzer, weißer und grauer Farbe, die ein klumpiges, sinnbetäubendes Durcheinander ergaben. Nach ein paar furchterfüllten Augenblicken erkannte er die Umrisse eines Krankenhauszimmers, mit all den grellweißen, chromfarbenen und scharfen Winkeln.

Als er versuchte, sich aufzusetzen, drückte ihn eine Hand zurück.

»Na, na, Lieutenant. Nicht so schnell.«

Frank blickte hinauf in das Gesicht von Laurie Simon. Das Lächeln vermochte die besorgten Züge um die Augen nicht ganz zu verbergen. Ihr Seufzer der Erleichterung war klar vernehmbar.

»Deine Frau ist gerade gegangen, um nach den Kindern zu sehen. Sie war die ganze Nacht hier. Ich hab ihr gleich gesagt, dass du aufwachen würdest, sobald sie geht.«

»Wo bin ich?«

»Im George Washington Hospital. Zumindest hast du dir einen Platz in der Nähe eines Krankenhauses ausgesucht, um dir eins über den Schädel ziehen zu lassen.« Simon beugte sich weiterhin übers Bett, damit Frank den Kopf nicht drehen musste. Er schaute zu ihr auf.

»Seth, erinnerst du dich, was passiert ist?«

Frank dachte zurück an die letzte Nacht. War es überhaupt die letzte Nacht gewesen?

»Welchen Tag haben wir heute?«

»Donnerstag.«

»Also ist es gestern Nacht passiert?«

»Gegen elf Uhr. Zumindest hat man dich um die Zeit gefunden. Dich und den anderen.«

»Welchen anderen?« Frank fuhr mit dem Kopf herum. Schmerz schoss durch seinen Nacken.

»Vorsichtig, Seth.« Simon legte ein Kissen neben Franks Kopf.

»Da war noch ein anderer Bursche. Ein Obdachloser. Man

hat ihn noch nicht identifiziert. Hat auch einen Schlag auf den Hinterkopf bekommen. Wahrscheinlich war er auf der Stelle tot. Du hast Glück gehabt.«

Behutsam berührte Frank seine pochenden Schläfen. Allzu glücklich fühlte er sich nicht.

»Sonst noch jemand?«

»Wie?«

»Hat man sonst noch jemanden gefunden?«

»Ach so. Nein, aber du wirst es nicht für möglich halten. Erinnerst du dich an den Anwalt, mit dem wir das Video angeschaut haben?«

Frank versteifte sich. »Ja, Jack Graham.«

»Genau. Der Typ hat zwei Leute in seiner Anwaltskanzlei umgebracht und wurde gesehen, wie er aus der U-Bahn-Station flüchtete, etwa zu der Zeit, als du und der andere Kerl niedergeschlagen wurden. Er ist ein wandelnder Albtraum. Und dabei sah er aus wie der nette Junge von nebenan.«

»Bist du sicher, dass er entkommen ist?«

Laurie bedachte ihn mit einem merkwürdigen Blick. »Er ist aus der U-Bahn-Station entkommen, wenn du das meinst. Aber es ist nur eine Frage der Zeit, bis sie ihn kriegen.« Sie schaute aus dem Fenster und ergriff ihre Handtasche. »Die Bullen aus Washington möchten mit dir reden, sobald es dir besser geht.«

»Ich glaube nicht, dass ich eine große Hilfe bin. Ich erinnere mich an kaum etwas, Laurie.«

»Zeitweilige Amnesie. Wahrscheinlich kommt dein Gedächtnis wieder.«

Sie zog die Jacke an. »Ich muss los. Irgendjemand muss schließlich die Reichen und Berühmten in Middleton beschützen, während du hier Schäfchen zählst.« Sie lächelte. »Lass das nicht zur Gewohnheit werden, Seth. Wir haben uns ernsthaft Sorgen gemacht, ob wir uns wohl einen neuen Kommissar suchen müssen.«

»Wo könntet ihr schon einen so netten Kerl wie mich auftreiben?«

Laurie lachte. »Deine Frau kommt in etwa einer Stunde wieder. Aber du brauchst sowieso ein bisschen Ruhe.« Sie wandte sich der Tür zu.

»Übrigens, Seth, was hast du überhaupt um diese Zeit in der Farragut West gemacht?«

Frank antwortete nicht sofort. Er litt nicht unter Amnesie. Sehr deutlich erinnerte er sich an die Ereignisse der vergangenen Nacht.

»Seth?«

»Ich ... ich weiß es nicht, Laurie.« Er schloss seine Augen, öffnete sie wieder. »Ich erinnere mich einfach nicht mehr.«

»Mach dir keine Sorgen. Das wird schon wieder. Inzwischen wird man Graham schnappen. Wahrscheinlich klärt sich dann ohnehin alles auf.«

Nachdem Simon gegangen war, fand Frank keineswegs Ruhe. Jack war da draußen. Und vermutlich hatte er anfangs geglaubt, die Polizei hätte ihm eine Falle gestellt, obwohl Jack wissen musste – sofern er die Zeitung gelesen hatte –, dass Seth Frank in die Falle getappt war, die man eigentlich für ihn, Jack, aufgestellt hatte.

Doch nun hatten sie den Brieföffner. Das war der Inhalt der Schachtel gewesen, dessen war Frank sicher. Was für eine Chance hatten sie ohne das Beweisstück, diese Leute festzunageln?

Erneut versuchte Frank, sich aufzurappeln. In seinem Arm steckte eine Infusionsnadel. Der Druck auf sein Gehirn zwang ihn, sich sofort wieder hinzulegen. Er musste hier raus. Und er musste sich mit Jack in Verbindung setzen. Im Augenblick hatte er weder eine Ahnung, wie er das eine, noch das andere anpacken sollte.

»Du hast gesagt, du brauchst meine Hilfe? Was kann ich tun?« Kate sah Jack unmittelbar ins Gesicht. Ihre Züge verrieten keine Schuldgefühle.

Jack setzte sich neben sie aufs Bett. Er wirkte besorgt. »Ich habe ernsthafte Zweifel, ob ich dich da überhaupt mit hineinziehen soll. Tatsächlich überlege ich gerade, ob es nicht ein Fehler war, dich anzurufen.«

»Jack, während der letzten vier Jahre war ich ständig von Vergewaltigern, Räubern und Mördern umgeben.«

»Ich weiß. Aber zumindest hast du gewusst, wer sie waren. In dem Fall könnte es jeder sein. Links und rechts von mir werden Leute umgebracht, Kate. Schlimmer könnte es kaum kommen.«

»Ich gehe nicht, bevor du mich helfen lässt.«

Zögernd wandte Jack den Blick von ihr ab.

»Jack, wenn du mich nicht lässt, melde ich dich bei der Polizei. Denn das wäre das geringere Risiko für dich.«

Er sah sie an. »Das würdest du wirklich tun, nicht wahr?«

»Da kannst du Gift drauf nehmen. Ich breche jede Menge Gesetze, indem ich hier bei dir bin. Wenn du mich mitmachen lässt, vergesse ich, dass ich dich heute gesehen habe. Andernfalls ...«

Trotz all der entsetzlichen Gefahren, die ihm durch den Kopf gingen, lag etwas in ihren Augen, das ihn froh sein ließ, sie im Augenblick hier zu haben.

»Na gut. Ich brauche dich als Verbindung zu Seth. Außer dir ist er der Einzige, dem ich trauen kann.«

»Aber du hast das Paket verloren. Wie kann er uns helfen?« Kate konnte ihre Antipathie für den Fahnder des Morddezernats einfach nicht unterdrücken.

Jack erhob sich und lief auf und ab. Schließlich hielt er inne und schaute zu ihr hinunter. »Du weißt, dass dein Vater ein Perfektionist war? Dass er immer einen Reserveplan hatte?«

Trocken erwiderte Kate: »Daran erinnere ich mich.«

»Nun, auf diese Eigenschaft baue ich.«

»Wie meinst du das?«

»Ich meine«, sagte Jack, »Luther hatte auch hierfür einen Reserveplan.«

Mit offenem Mund starrte sie ihn an.

»Mrs Broome?«

Die Tür öffnete sich einen weiteren Spalt, als Edwina Broome herauslugte.

»Ja?«

»Mein Name ist Kate Whitney. Luther Whitney war mein Vater.«

Als die alte Frau sie mit einem Lächeln begrüßte, entspannte sich Kate.

»Ich wusste doch, dass ich Sie schon mal gesehen habe. Luther hat mir immer Bilder von Ihnen gezeigt. Sie sind sogar noch hübscher als auf den Fotos.«

»Danke.«

Edwina öffnete die Tür. »Wo hab ich bloß meinen Kopf. Sie müssen ja frieren. Bitte, kommen Sie doch rein.«

Edwina führte sie in das kleine Wohnzimmer, in dem drei Katzen auf den Möbeln der Ruhe pflegten.

»Ich habe gerade frischen Tee gemacht. Möchten Sie auch einen?«

Kate zögerte. Die Zeit war knapp. Dann betrachtete sie die winzige Wohnung. In der Ecke stand ein abgegriffenes Klavier mit einer dicken Staubschicht. Kate blickte in die erschöpften Augen der Frau; selbst die Freude am Musizieren war ihr nicht mehr vergönnt. Mann und Tochter waren tot. Wie viele Besucher mochte sie wohl haben?

»Danke, gerne.«

Die beiden Frauen ließen sich auf den alten, aber gemütlichen Möbeln nieder. Kate nippte an dem kräftigen Tee, der sie tatsächlich aufwärmte. Sie strich sich die Haare aus dem Gesicht und schaute zu der alten Dame, die sie mit traurigen Augen musterte.

»Es tut mir Leid wegen Ihrem Vater, Kate. Wirklich. Ich weiß, dass Sie beide unterschiedliche Auffassungen hatten. Aber Luther war ein guter Mensch, einer der besten, die ich je kennen gelernt habe.«

Kate fühlte, wie sie auftaute. »Danke. Ich glaube, die letzte Zeit war nicht einfach – für Sie auch nicht.«

Edwinas Augen wanderten zu einem kleinen Tisch neben dem Fenster. Kate folgte dem Blick. Auf dem Tisch bildeten zahlreiche Fotos einen Schrein für Wanda Broome; sie zeigten sie in glücklichen Tagen. Wanda sah ihrer Mutter sehr ähnlich.

Ein *Schrein*. Plötzlich erinnerte sich Kate, dass auch ihr Vater eine Bildersammlung der Höhepunkte ihres Lebens gehabt hatte.

»Ja, das stimmt.« Abermals blickte Edwina sie an.

Kate stellte den Tee ab. »Mrs Broome, ich komme ungern gleich zur Sache, aber ich habe leider nicht viel Zeit.«

Erwartungsvoll beugte sich die alte Frau vor. »Es geht um den Tod Luthers und meiner Tochter, nicht wahr?«

Kate wirkte überrascht. »Wieso glauben Sie das?«

Edwina beugte sich noch weiter vor, ihre Stimme verwandelte sich in ein Flüstern. »Weil ich weiß, dass Luther Mrs Sullivan nicht getötet hat. Ich weiß es so genau, als hätte ich es mit eigenen Augen gesehen.«

Kate sah sie fragend an. »Haben Sie eine Ahnung, wer –«

Edwina schüttelte bereits traurig den Kopf. »Nein. Nein, habe ich nicht.«

»Woher wissen Sie dann, dass mein Vater es nicht getan hat?«

Nun zögerte sie merklich. Die alte Dame lehnte sich in den Stuhl zurück und schloss die Augen. Bis Edwina sie wieder aufschlug, verharrte Kate reglos.

»Sie sind Luthers Tochter, deshalb glaube ich, Sie sollten die Wahrheit erfahren.« Edwina hielt inne, trank einen Schluck Tee, tupfte sich die Lippen mit einer Serviette ab und machte es sich wieder bequem im Stuhl. Eine schwarze Perserkatze schlich herüber und ließ sich auf ihrem Schoß nieder. »Ich wusste über Ihren Vater Bescheid. Über seine Vergangenheit, um genau zu sein. Wanda und er haben sich gekannt. Vor Jahren hatte sie Ärger mit dem Gesetz, und Luther hat ihr geholfen. Er hat ihr geholfen, wieder auf die Beine zu kommen und ein rechtschaffenes Leben zu beginnen. Dafür werde ich ihm ewig dankbar sein. Luther war immer da, wenn Wanda oder ich etwas brauchten. Die Wahrheit ist, Kate, dass Ihr Vater in jener Nacht nur um Wandas willen in dem Haus war.«

Edwina sprach ein paar Minuten. Nachdem sie geendet hatte, lehnte Kate sich zurück und bemerkte, dass sie den Atem anhielt. Hörbar stieß sie die Luft aus; das Geräusch schien den Raum zu erfüllen.

Edwina schwieg und betrachtete die junge Frau unablässig mit ihren großen, traurigen Augen. Endlich bewegte sie sich. Eine faltige Hand tätschelte Kates Knie.

»Luther hat dich geliebt, Kind. Mehr als alles andere.«

»Ich weiß das ...«

Langsam schüttelte Edwina den Kopf. »Er hat dir nie zum Vorwurf gemacht, was du empfunden hast. Tatsächlich meinte er, du hättest völlig Recht damit.«

»Das hat er gesagt?«

»Er war so stolz darauf, dass du Anwältin bist. Immer wieder erzählte er: ›Meine Tochter ist Anwältin, und zwar eine verteufelt gute. Recht und Ordnung sind ihr wichtig, und das ist gut so, verdammt gut.‹«

In Kates Kopf wirbelten die Gedanken; Empfindungen, denen sie sich momentan nicht stellen konnte – oder wollte. Sie rieb sich den Nacken und blickte hinaus. Eine schwarze Limousine fuhr am Haus vorbei. Rasch schaute sie zurück zu Edwina.

»Mrs Broome, ich weiß zu schätzen, dass Sie mir das alles erzählen. Aber ich bin aus einem bestimmten Grund hier. Ich brauche Ihre Hilfe.«

»Ich tue alles, was in meiner Macht steht.«

»Mein Vater hat Ihnen ein Päckchen geschickt.«

»Ja. Und ich habe es an Mr Graham weitergeschickt, wie Luther es mir aufgetragen hat.«

»Ja, ich weiß. Jack hat das Päckchen bekommen. Aber jemand, jemand hat es ihm weggenommen. Nun fragen wir uns, ob Ihnen mein Vater noch etwas gegeben hat, etwas, das uns helfen könnte.«

Edwinas Augen wirkten nicht mehr traurig. Stattdessen blickten sie hellwach über Kates Schulter.

»Hinter dir, mein Kind, im Klaviersessel. Im Notenbuch auf der linken Seite.«

Kate öffnete den Klaviersessel und holte das Notenbuch heraus. Zwischen den Seiten lag ein schmales Päckchen.

»Luther war der umsichtigste Mensch, den ich je getroffen habe«, fuhr Edwina fort. »Er meinte, falls mit dem Paket irgendetwas schief laufen sollte, müsste ich diesen Umschlag da an Mr Graham senden. Ich wollte es schon tun, als ich in der Zeitung über ihn gelesen habe. Habe ich Recht, wenn ich annehme, dass Mr Graham nichts von all diesen Dingen getan hat?«

Kate nickte. »Ich wünschte, jeder dächte wie Sie.«

Kate wollte den Umschlag öffnen.

Scharf ertönte Edwinas Stimme. »Halt, Kate. Dein Vater hat gesagt, nur Mr Jack Graham dürfte sehen, was da drin ist. Nur er. Ich denke, wir sollten uns beide daran halten.«

Kate zögerte und kämpfte mit ihrer angeborenen Neugierde, dann schloss sie das Päckchen wieder.

»Hat er noch etwas gesagt? Wusste er, wer Christine Sullivan getötet hat?«

»Er wusste es.«

Kate musterte sie eingehend. »Aber er hat es Ihnen nicht anvertraut?«

Heftig schüttelte Edwina den Kopf. »Nur eines hat er gesagt.«

»Was?«

»Er meinte, wenn er es mir erzählte, würde ich ihm nicht glauben.«

Kate setzte sich wieder hin und überlegte angestrengt.

»Was wollte er damit wohl sagen?«

»Nun, ich war ziemlich überrascht, das kannst du mir glauben.«

»Warum? Warum waren Sie überrascht?«

»Weil Luther der aufrichtigste Mensch war, den ich je

kannte. Ich hätte ihm alles geglaubt, was er mir gesagt hätte. Für mich war sein Wort die Heilige Schrift.«

»Also muss er etwas, jemanden gesehen haben, den man dort so wenig erwartet hätte, dass es schier unglaublich war. Selbst für Sie.«

»Richtig. Genau zu dem Schluss bin ich auch gekommen.«

Kate erhob sich. »Danke, Mrs Broome.«

»Bitte, nenn mich Edwina. Ist ein komischer Name, aber ich habe keinen anderen.«

Kate lächelte. »Wenn das alles vorbei ist, Edwina, würde ich Sie gerne noch mal besuchen, wenn Sie nichts dagegen haben. Und mich ein bisschen ausgiebiger mit Ihnen unterhalten.«

»Ich wüsste nicht, was mir mehr Freude bereiten könnte. Alt zu sein hat seine guten und schlechten Seiten. Alt und einsam zu sein hat nur schlechte Seiten.«

Kate zog den Mantel an und ging zur Tür. Das Päckchen verstaute sie sicher in der Handtasche.

»Das sollte die Suche doch einschränken, nicht wahr, Kate?«

»Wie?«

»Jemand, der so unglaublich ist. Davon kann es doch nicht allzu viele geben.«

Der Sicherheitsbeamte des Krankenhauses war ein Hüne von einem Mann und wurde gerade gehörig zur Schnecke gemacht.

»Ich weiß nicht genau, was passiert ist. Ich war höchstens zwei, drei Minuten weg.«

»Sie hätten den Posten überhaupt nicht verlassen dürfen, Monroe!«, brüllte der kleinwüchsige Vorgesetzte in Monroes Gesicht. Dem Hünen standen Schweißperlen auf der Stirn.

»Wie ich schon sagte, die Dame hat mich gebeten, ihr mit der Tasche zu helfen, also hab ich ihr geholfen.«

»Welche Dame?«

»Hab ich Ihnen doch erklärt, irgendeine Dame. Jung, gut aussehend, adrett gekleidet.« Angewidert wandte sich der Vorgesetzte ab. Er konnte nicht wissen, dass die Dame Kate Whitney war, die inzwischen fünf Blocks entfernt mit Seth Frank in ihrem Wagen saß.

»Tut es weh?« Kate sah ihn an. Weder ihre Züge noch ihre Stimme verrieten besondere Sympathie.

Behutsam berührte Frank den Verband um seinen Kopf. »Das soll wohl'n Witz sein? Meine Sechsjährige schlägt härter zu.« Er sah sich im Wagen um. »Haben Sie Zigaretten da? Seit wann darf man in Krankenhäusern nicht mehr rauchen?«

Kate kramte in der Handtasche und hielt ihm eine offene Packung hin.

Der Fahnder zündete sich eine Zigarette an und musterte sie durch den Rauch. »Übrigens, den Sicherheitsbeamten haben Sie ganz schön an der Nase herumgeführt. Sie sollten ins Filmgeschäft einsteigen.«

»Großartig! Ich denke ohnehin gerade an einen Karrierewechsel.«

»Wie geht's unserem Freund?«

»Gut. Im Augenblick. Und wir sollten zusehen, dass es so bleibt.«

Während sie um die Kurve bog, warf sie ihm einen feindseligen Blick zu.

»Wissen Sie, es war nicht unbedingt geplant, dass Ihr alter Herr vor meinen Augen eine Kugel abgefangen hat.«

»Das hat Jack mir schon gesagt.«

»Aber Sie glauben ihm nicht?«

»Spielt es eine Rolle, was ich glaube?«

»Ja. Für mich schon, Kate.«

An einer roten Ampel hielt sie an. »Nun gut. Lassen Sie es mich so ausdrücken: Ich versuche, mich an den Gedanken zu gewöhnen, dass es nicht in Ihrer Absicht lag. Ist das in Ordnung?«

»Nein, aber für den Augenblick reicht es.«

Jack bog um die Ecke und versuchte, sich zu entspannen. Die letzte Sturmfront war der Hauptstadt endlich überdrüssig geworden, doch obwohl kein Schneeregen mehr niederprasselte, blieb das Thermometer konstant unter Null, und ein eisiger Wind hatte wieder Einzug gehalten. Jack hauchte in die steif gefrorenen Hände und rieb sich die vom Schlafentzug geröteten Augen. Gegen den dunklen Himmel zeichnete sich sanft leuchtend der Mond ab. Das Gebäude an der gegenüberliegenden Straßenseite war dunkel und verlassen. Auch das Haus, vor dem er stand, hatte schon vor langem seine Türen geschlossen. Ein paar Passanten trotzten den unfreundlichen Bedingungen, doch zumeist stand Jack alleine da. Schließlich suchte er Schutz im Eingang des Gebäudes und wartete.

Drei Häuserblöcke entfernt fuhr ein rostiges Taxi an den Gehsteig. Die Hintertür öffnete sich, ein Paar Füße in Damenschuhen trat auf den Asphalt. Gleich darauf rollte das Taxi weiter, und die Straße war wieder in Stille gehüllt.

Kate zog den Mantel zu und marschierte eilenden Schrittes los. Als sie den nächsten Block erreichte, bog ein anderer Wagen mit ausgeschalteten Lichtern um die Ecke und rollte hinter ihr her. Kate konzentrierte sich zu sehr auf den Weg vor ihr, als dass sie sich umgedreht hätte.

Jack sah sie um die Ecke kommen. Bevor er auf sie zuging, blickte er in alle Richtungen; eine Gewohnheit, die er sich rasch angeeignet hatte, und die er hoffte, bald wieder ablegen zu können. Hastig lief er auf sie zu. Die Straße war still. Weder Kate noch Jack bemerkten die Kühlerhaube der Limousine, die um die Ecke lugte. Im Wagen nahm der Fahrer das Paar mit einem Nachtsichtgerät ins Visier, das im Versandhauskatalog als neuester Stand der Sowjettechnologie angepriesen wurde. Wenngleich die früheren Kommunisten offenbar keinen blassen Schimmer hatten, wie man eine demokratische, kapitalistische Gesellschaftsform errichtete, verstanden sie es, hervorragendes militärisches Gerät herzustellen.

»Mein Gott, du frierst ja, wie lange wartest du schon?«

Kate hatte Jacks Hand berührt; die Eiseskälte war durch ihren ganzen Körper geschossen.

»Länger als notwendig. Das Motelzimmer schien immer kleiner zu werden. Ich musste einfach raus. Ich gebe bestimmt einen lausigen Häftling ab. Also?«

Kate öffnete die Handtasche. Von einer Telefonzelle aus hatte sie Jack angerufen. Was sie bei sich trug, konnte sie ihm nicht sagen, lediglich, dass sie etwas hatte. Jack schloss sich Edwina Broomes Meinung an, dass er es sein sollte, der Risiken einging, wenn es schon sein musste. Kate hatte bereits genug getan.

Jack nahm das Päckchen an sich. Was sich darin befand, war nicht schwer zu erkennen. Fotos.

Danke, Luther. Du hast mich nicht enttäuscht.

»Wie fühlst du dich?« Jack musterte sie.

»Besser.«

»Wo ist Seth?«

»Ganz in der Nähe. Er bringt mich nach Hause.«

Die beiden sahen einander an. Jack wusste, dass es am vernünftigsten wäre, Kate gehen zu lassen, vielleicht sogar, sie außer Landes zu schicken, bis dies hier entweder vorbei war oder er wegen Mordes verurteilt wurde. Gesetzt den letzteren Fall, war ihre Absicht, irgendwo ein neues Leben zu beginnen, vermutlich die beste Lösung überhaupt.

Aber er wollte nicht, dass sie ging.

»Danke.« Die Worte schienen vollkommen unangebracht, als hätte sie ihm gerade ein Lunchpaket oder saubere Wäsche gebracht.

»Jack, was hast du jetzt vor?«

»Darüber habe ich noch nicht genau nachgedacht. Aber das werd ich noch. Kampflos gebe ich mich nicht geschlagen.«

»Ja, aber du weißt nicht einmal, mit wem du in den Ring steigst. Das ist nicht fair.«

»Wer hat denn behauptet, das Leben sei fair?«

Jack lächelte sie an; der Wind wehte ein paar alte Zeitungen die Straße herunter.

»Du gehst jetzt besser. Hier sind wir nicht sicher.«

»Ich hab meine Pfefferschleuder dabei.«

»Braves Mädchen.«

Kate wandte sich zum Gehen, dann ergriff sie seinen Arm.

»Jack, bitte sei vorsichtig.«

»Ich bin immer vorsichtig. Ich bin Anwalt. Vorsicht ist unser oberstes Gebot.«

»Jack, ich meine es ernst.«

Er zuckte die Schultern. »Weiß ich. Ich verspreche dir, so vorsichtig wie möglich zu sein.« Mit diesen Worten trat Jack auf sie zu und nahm die Kapuze ab.

Die Nachtsichtgläser schwenkten auf Jacks freigelegtes Gesicht, dann senkten sie sich. Zittrige Hände griffen zum Autotelefon.

Die beiden umarmten einander flüchtig. Zwar verspürte Jack den heißen Drang, sie zu küssen, doch unter den gegebenen Umständen ließ er es dabei bewenden, ihr sanft die Lippen an den Hals zu legen. Als sie auseinander traten, standen Tränen in Kates Augen. Jack wandte sich um und eilte davon.

Kate ging die Straße zurück. Den Wagen bemerkte sie erst, als er quer über die Straße auf sie zuschoss und beinahe auf den Gehsteig raste. Als die Fahrertür aufgerissen wurde, taumelte sie rückwärts. Im Hintergrund schwoll Sirenengeheul an, das in ihre Richtung kam. In Jacks Richtung. Instinktiv blickte sie zurück. Er war nicht mehr zu sehen. Als sie sich zurückdrehte, starrte sie in selbstgefällige Augen, über denen buschige Brauen wucherten.

»Ich wusste doch, dass sich unsere Wege wieder kreuzen würden, Ms Whitney.«

Kate musterte den Mann, erkannte ihn jedoch nicht.

Er wirkte enttäuscht. »Bob Gavin. Von der Post.«

Sie betrachtete den Wagen. Schon einmal hatte sie dieses Fahrzeug gesehen. Als es an Edwina Broomes Haus vorbeigefahren war.

»Sie sind mir gefolgt.«

»Ja. Ich dachte mir schon, dass Sie mich über kurz oder lang zu Graham führen.«

»Die Polizei?« Sie fuhr herum und sah einen Streifenwagen mit schrillender Sirene die Straße herunter auf sie zubrausen. »Sie haben sie gerufen.«

Lächelnd nickte Gavin. Offensichtlich war er höchst zufrieden mit sich.

»Ich denke, bevor die Polizei hier ist, könnten wir ein kleines Geschäft aushandeln. Sie geben mir eine Exklusivstory. Der Abstieg des Jack Graham. Und mein Bericht ändert sich gerade so viel, dass Sie nicht als Komplizin, sondern als unschuldig in das Schlamassel gezogenes Opfer dastehen.«

Kate starrte den Mann an. Die während eines Monats voller persönlicher Schrecken aufgestaute Wut drohte einem Vulkan gleich auszubrechen. Und Bob Gavin stand unmittelbar über dem Epizentrum.

Gavin schaute zum herannahenden Streifenwagen. Dahinter folgten zwei weitere Einsatzautos.

»Machen Sie schon, Kate«, drängte er. »Ihnen bleibt nicht viel Zeit. Sie müssen nicht in den Knast, und ich bekomme meinen längst überfälligen Pulitzer und meine Viertelstunde Ruhm. Was meinen Sie?«

Kate knirschte mit den Zähnen; aber die Antwort erfolgte so beunruhigend gelassen, als hätte sie monatelang geübt. »Schmerz, Mr Gavin. Sie bekommen Ihre Viertelstunde Schmerz.«

Während er sie verständnislos anglotzte, holte sie den handflächengroßen Behälter hervor, zielte direkt auf sein Gesicht und betätigte den Zerstäuber. Als die Bullen aus dem Wagen stiegen, wand sich Bob Gavin mit den Händen im Gesicht auf dem Asphalt; vergeblich versuchte er, sich Tausende winziger Pfefferpartikel aus den Augen zu reiben.

Beim Klang der ersten Sirene war Jack in eine Seitengasse gesprintet.

Den Rücken an eine Hauswand gelehnt, schnappte er nach Luft. Seine Lungen brannten, die Kälte schlug ihm ins Gesicht. Dass er sich in einer ziemlich menschenleeren Gegend befand, hatte sich in einen gewaltigen taktischen Nachteil verwandelt. Wohl konnte er in Bewegung bleiben, doch er würde einer schwarzen Ameise auf einem Blatt weißem Papier gleichen. Die Sirenen brüllten mittlerweile mit solcher Gewalt auf ihn ein, dass er nicht mehr feststellen konnte, aus welcher Richtung sie kamen.

Tatsächlich kamen sie aus allen Richtungen. Und sie näherten sich. Er rannte zur nächsten Ecke, hielt an und spähte hinaus. Der Anblick war wenig ermutigend. Am Ende der Straße errichtete die Polizei gerade eine Straßensperre. Die Strategie war leicht durchschaubar. Sie wussten ungefähr, wo er sich aufhielt. Sie würden einfach einen großen Radius abriegeln und systematisch näher rücken. Die Polizei hatte die Mittel und die Zeit dafür, Jack keines von beiden.

Sein einziger Vorteil war die Kenntnis der Gegend. Viele seiner Klienten in den alten Zeiten als Pflichtverteidiger lebten hier. Sie träumten nicht vom College, von guten Jobs, einer Familie und einem Häuschen in der Vorstadt; ihre Gedanken kreisten darum, wie viel sie verdienen konnten, indem sie Crack verkauften; wie sie Tag für Tag überleben konnten. Überleben. Das war ein starker, menschlicher Urinstinkt. Jack hoffte, seiner würde ausgeprägt genug sein.

Als er die Gasse hinunterpreschte, hatte er keine Ahnung, was ihn erwartete, doch er hoffte, das raue Wetter würde das Gesindel in den Häusern halten. Er musste beinahe lachen. Keiner seiner früheren Partner bei PS&L hätte sich diesem Ort je genähert, nicht einmal mit einer bewaffneten Armee im Rücken. Ebenso gut hätte er auf dem Pluto umherlaufen können.

Mit einem einzigen Sprung überwand er den Maschendrahtzaun und verlor bei der Landung etwas das Gleichgewicht. Als er die Hand an die raue Ziegelwand legte, um sich abzustützen, vernahm er zwei Geräusche: sein angestrengtes Atmen und den Klang rennender Füße. Vieler Füße. Sie hatten ihn entdeckt. Sie kreisten ihn ein. Als Nächstes würde man die Polizeihunde herbringen, und vierbeinigen Bullen konnte man unmöglich entkommen. Jack rannte aus der Gasse auf die Indiana Avenue zu.

Als kreischende Reifen auf ihn zurasten, bog Jack in eine weitere Straße. Auch hier begrüßte ihn eine neue Verfolgerfront. Es war nur noch eine Frage der Zeit. In der Manteltasche fühlte er nach dem Päckchen. Was konnte er damit anfangen? Er vertraute niemandem mehr. Verfahrensgemäß würde man eine Bestandsaufnahme der Besitztümer des Verhafteten machen und sie ihm abnehmen, mit den entsprechenden Unterschriften und Etiketten. Auf all das gab Jack nichts. Wem es möglich war, inmitten Hunderter Polizeibeamter einen Menschen zu töten und sich spurlos aus dem Staub zu machen, der konnte zweifellos auch das persönliche Hab und Gut eines Häftlings aus dem Polizeirevier von Washington entwenden. Und was er in der Tasche hatte, war seine einzige Chance. Zwar gab es in Washington nicht die Todesstrafe, doch lebenslang ohne Bewährung war kaum besser, in mancher Hinsicht sogar viel schlimmer.

Jack raste zwischen zwei Gebäuden entlang, rutschte auf einer Eisplatte aus und stürzte über ein paar Mülltonnen. Hart fiel er zu Boden. Beim Versuch sich aufzurappeln, schlitterte er auf die Straße; dabei rieb er sich den brennenden Ellbogen; die Schwäche im Knie war neu. Als er sich endlich fing, gelang es ihm, sich aufzusetzen; er erstarrte.

Die Scheinwerfer des Wagens schossen geradewegs auf ihn zu. Das Einsatzlicht peitschte ihm ins Gesicht, als die Reifen kaum fünf Zentimeter von seinem Kopf entfernt zum Stillstand kamen. Kraftlos sank er auf den Asphalt zurück. Er war zu erschöpft, um sich zu bewegen.

Die Wagentür flog auf. Verwirrt schaute Jack auf. Es war

die Beifahrertür. Dann wurde die Fahrertür aufgerissen. Kräftige Hände schoben sich unter seine Achseln.

»Verdammt noch mal, Jack, schwing deinen Hintern rein.«

Jack blickte in Seth Franks Gesicht.

KAPITEL 28

Bill Burton steckte den Kopf in den Aufenthaltsraum des Secret Service. Tim Collin saß an einem der Schreibtische und ging einen Bericht durch.

»Komm mit, Tim.«

Fragend schaute Collin ihn an.

Leise sagte Burton: »Sie haben ihn in der Nähe des Gerichtsgebäudes eingekreist. Ich will dabei sein. Nur für alle Fälle.«

Die Limousine raste die Straße hinunter; das blaue Einsatzlicht forderte unverzüglichen Respekt von Verkehrsteilnehmern, die nicht daran gewöhnt waren, diesen Respekt anderen Kraftfahrern gegenüber zu zeigen.

»Wo ist Kate?« Jack lag unter einer Decke auf dem Rücksitz.

»Im Augenblick liest man ihr vermutlich ihre Rechte vor. Danach überhäuft man sie wohl mit Klagen wegen Beihilfe, weil sie dir Unterstützung geleistet hat.«

Jack sprang auf. »Wir müssen zurück, Seth. Ich stelle mich. Dann lässt man sie gehen.«

»Ja, sicher.«

»Ich meine es ernst, Seth.« Jack hatte sich halb über den Vordersitz gebeugt.

»Ich auch, Jack. Wenn du zurückgehst und dich stellst, dann hilft das Kate überhaupt nicht, aber du verlierst selbst die kleine Chance, die du noch hast, dein Leben wieder in Ordnung zu bringen.«

»Aber Kate –«

»Ich kümmere mich um Kate. Hab schon einen Kumpel in Washington angerufen. Er erwartet sie bereits. Das ist'n netter Kerl.«

Jack ließ sich zurückplumpsen. »Scheiße.«

Frank öffnete das Fenster, fasste hinaus, schaltete das Einsatzlicht aus und warf es auf den Beifahrersitz.

»Was zur Hölle ist passiert?«

Frank schaute in den Rückspiegel. »Weiß ich nicht genau. Ich kann mir nur vorstellen, dass Kate sich irgendwo einen Schatten eingefangen hat. Ich bin in der Gegend herumgefahren. Wir wollten uns nach der Übergabe am Convention Center treffen. Über Polizeifunk hörte ich, dass man dich entdeckt hat. Ich habe die Jagd über Funk mitverfolgt und versucht zu erraten, wohin du laufen könntest. Hab wohl Glück gehabt. Ich konnte es kaum glauben, als ich dich aus der Gasse stürzen sah. Um ein Haar hätte ich dich über den Haufen gefahren. Wie geht's dir übrigens?«

»Blendend. Ich sollte diesen Mist ein- oder zweimal im Jahr machen, um in Form zu bleiben. Zur Vorbereitung auf die Olympiade der Verbrecher auf der Flucht.«

Frank kicherte. »Du bist noch wohlauf, mein Freund. Danke deinem Schutzengel. Übrigens, hast du ein hübsches Geschenk bekommen?«

Jack stieß einen leisen Fluch aus. Die Flucht vor der Polizei hatte ihn dermaßen beschäftigt, dass er noch gar keinen Blick darauf geworfen hatte. Er holte das Päckchen hervor.

»Hast du Licht hier drinnen?«

Frank schaltete die Innenbeleuchtung ein.

Jack sah die Fotos durch.

Frank blickte in den Spiegel. »Und, was haben wir?«

»Fotos. Vom Brieföffner oder Messer – wie auch immer du das Ding nennen willst.«

»Tja. Keine große Überraschung, würde ich sagen. Kann man etwas erkennen?«

Eingehend studierte Jack die Bilder in dem kärglichen

Licht. »Nicht viel. Deine Leute werden eine Menge Gerätschaften brauchen, um da was rauszuholen.«

Frank seufzte. »Ich will ehrlich mit dir sein, Jack. Wenn das alles ist, haben wir keine große Chance. Selbst wenn es uns gelingt, etwas Fingerabdruckähnliches zu bekommen, wer kann feststellen, woher der Abdruck stammt? Und man kann keine DNA-Analyse mit Blut auf einem verfluchten Foto durchführen, zumindest ist mir nichts davon bekannt.«

»Ich weiß. In den vier Jahren als Pflichtverteidiger habe ich nicht in der Nase gebohrt.«

Seth verlangsamte den Wagen. Sie befanden sich auf der Pennsylvania Avenue, und der Verkehr wurde dichter. »Was also hast du vor?«

Jack fuhr sich durch die Haare, dann bohrte er die Finger ins Bein, bis der Schmerz im Knie nachließ. Er legte sich zurück auf den Sitz. »Wer auch immer hinter dem Ganzen steckt, wollte den Brieföffner um jeden Preis zurückhaben, war bereit, dich, mich, jeden, der im Weg stand, dafür zu töten. Das deutet auf ausgeprägte Paranoia hin.«

»Was genau zu unserer Theorie vom hohen Tier passt, das sehr viel zu verlieren hat. Und? Jetzt haben sie ihn zurück. Was bringt uns das, Jack?«

»Luther hat diese Fotos nicht bloß für den Fall gemacht, dass etwas mit dem ursprünglichen Gegenstand schief laufen könnte.«

»Was meinst du damit?«

»Luther ist in die USA zurückgekommen, Seth, erinnerst du dich? Darauf haben wir uns nie einen Reim machen können.«

Frank hielt an einer roten Ampel. Er drehte sich auf dem Sitz herum.

»Stimmt. Er ist zurückgekommen. Und du glaubst, du wüsstest, warum?«

Vorsichtig richtete Jack sich auf dem Rücksitz auf, bedacht darauf, den Kopf unter dem Fenster zu halten. »Ja, das glaube ich. Ich hab dir doch gesagt, Luther war nicht der Typ, der so etwas auf sich hätte beruhen lassen. Wenn er etwas tun konnte, hätte er es auch getan.«

»Aber er hat sich ins Ausland abgesetzt. Zunächst.«

»Ich weiß. Vielleicht war das sein ursprünglicher Plan. Möglicherweise hatte er das die ganze Zeit über vor, wenn alles glatt gelaufen wäre. Tatsache aber bleibt, dass er zurückgekommen ist. Irgendetwas muss ihn umgestimmt haben. Und er hat diese Bilder geschossen.« Jack hielt die Fotos fächerartig hoch.

»Ich begreife das nicht, Jack. Wenn er den Kerl festnageln wollte, warum hat er das ganze Zeug dann nicht zur Polizei geschickt?«

»Ich glaube, letzten Endes hatte er genau das vor. Aber er hat Edwina Broome gesagt, dass sie ihm nicht glauben würde, wenn er ihr erzählte, wen er gesehen hatte. Und wenn selbst sie, eine gute Freundin, ihm die Geschichte nicht abgekauft hätte, dann dachte er wahrscheinlich, seine Glaubwürdigkeit wäre gleich null, zumal er außerdem einen Einbruch zu gestehen hatte.«

»Gut, er hatte also ein Problem mit seiner Glaubwürdigkeit. Wie passen die Fotos dazu?«

»Nehmen wir mal an, es geht um einen glatten Tausch. Bargeld gegen einen gewissen Gegenstand. Was ist die schwierigste Phase?«

Franks Antwort kam wie aus der Pistole geschossen. »Die Übergabe. Wie man an das Geld rankommt, ohne dabei umgebracht oder geschnappt zu werden. Für das Abholen des Gegenstandes kann man später Anweisungen schicken. Das wirklich Schwierige ist, das Geld zu bekommen. Deshalb ist auch die Zahl der Entführungen zurückgegangen.«

»Wie würdest du es abwickeln?«

Frank überlegte einen Augenblick. »Da wir es hier mit Leuten zu tun haben, die nicht die Polizei einschalten, würde ich die Sache so schnell wie möglich durchziehen. Geringstmögliches persönliches Risiko, genug Zeit abzuhauen.«

»Wie würdest du das anstellen?«

»Elektronischer Geldtransfer. Eine Überweisung. In New York hatte ich mal mit einem Veruntreuungsfall bei einer Bank zu tun. Der Kerl hat alles über die Überweisungsabteilung der eigenen Bank abgewickelt. Du kannst dir gar nicht vorstellen, welche Summen da Tag für Tag durchschwirren. Unglaublich ist auch, wie viel dabei verloren geht. Ein gerissener Gauner könnte hier und da ein wenig abzweigen; bis man es bemerkt, könnte er längst über alle Berge sein. Man erteilt Überweisungsaufträge. Das Geld wird angewiesen. Dauert nur ein paar Minuten. Ist viel angenehmer, als im Park in einer Mülltonne rumzuwühlen, wo man ein wunderbares Ziel für feindliche Kanonen abgibt.«

»Aber der Absender kann die Überweisung doch weiterverfolgen?«

»Sicher. Man muss die Bestimmungsbank angeben. Die Bankleitzahl. Außerdem muss man ein Konto bei der Bank haben. All so was.«

»Nehmen wir mal an, der Absender ist raffiniert genug und überprüft die Überweisung. Was dann?«

»Dann kann er den Geldfluss verfolgen. Möglicherweise könnte er irgendeine Information aus dem Konto ablesen. Obwohl niemand so blöd wäre, seinen richtigen Namen oder die eigene Sozialversicherungsnummer anzugeben. Außerdem hätte ein gerissener Bursche wie Whitney vermutlich Vorausanweisungen bei der Bank hinterlassen. Sobald der Betrag bei der Bank eingeht, wird er auch schon zu einer andern weiterüberwiesen, dann zur nächsten und so weiter. Irgendwo verliert sich die Spur wahrscheinlich. Letztlich ist es schnelles Geld. Sofort verfügbar.«

»Nicht schlecht. Ich wette, Luther hat etwas in der Art gemacht.«

Behutsam kratzte Frank sich an den Rändern des Verbands. Den Hut hatte er tief ins Gesicht gezogen; das Ganze war ziemlich unbequem. »Ich kann mir bloß nicht vorstellen, warum er das Risiko überhaupt einging. Nach der

Sache bei Sullivan brauchte er das Geld bestimmt nicht. Er hätte einfach in Deckung bleiben können. Gras über die Sache wachsen lassen. Nach einer Weile hätten die gedacht, er wäre für immer verschwunden. Nach dem Motto: Ihr tut mir nichts, ich tu euch nichts.«

»Du hast Recht. Das hätte er tun können. Sich zurückziehen. Aufgeben. Aber er ist zurückgekommen. Mehr noch, er ist zurückgekommen und hat anscheinend Christine Sullivans Mörder erpresst. Und da er es vermutlich nicht des Geldes wegen getan hat, weshalb dann?«

Der Fahnder überlegte einen Augenblick. »Um sie schwitzen zu lassen. Um ihnen zu zeigen, dass er da draußen war. Mit dem Beweis, der sie zerstören konnte.«

»Aber er war nicht sicher, ob der Beweis ausreichen würde.«

»Weil der Täter eine angesehene Persönlichkeit war.«

»Genau. Also, was würdest du unter den gegebenen Umständen tun?«

Frank fuhr an den Straßenrand und stellte den Motor ab. Er drehte sich herum. »Ich würde versuchen, noch einen Beweis ranzuschaffen. Das würde ich tun.«

»Wie? Indem du jemanden erpresst?«

Schließlich breitete Frank die Arme aus. »Ich geb's auf.«

»Du hast gesagt, die Überweisung könnte vom Absender weiterverfolgt werden.«

»Und?«

»Wie steht's mit der anderen Richtung? Vom Empfänger ausgehend?«

»Mann, bin ich blöd.« Vorübergehend vergaß Frank die Gehirnerschütterung und schlug sich auf die Stirn. »Whitney hat die Überweisung zurückverfolgt, *in die andere Richtung.* Die Absender haben die ganze Zeit gedacht, sie spielten Katz und Maus mit Whitney. Sie die Katze, Luther die Maus. Die glaubten, dass er sich versteckt hielt und nur darauf wartete, abhauen zu können.«

»Nur hat Luther ihnen nicht gesagt, dass die Rollen vertauscht waren. Dass er die Katze und sie die Maus waren.«

»Und die Rückverfolgung würde letztlich zu den Tätern führen, ganz gleich, wie viele Schutzbarrieren sie auch aufgebaut haben, wenn sie daran überhaupt dachten. Jede Überweisung des Landes muss über die Nationalbank laufen. Sobald man die Überweisungsnummer der Nationalbank oder die Leitzahl der absendenden Bank kennt, hat man schon etwas, mit dem man anfangen kann. Selbst wenn Luther die Überweisung nicht zurückverfolgt hat, ist allein schon die Tatsache, dass er eine größere Summe Geld erhalten hat, schlimm genug. Hätte er diese Information den Bullen gegeben, mit dem Namen des Absenders, und hätte man die Sache überprüft ...«

Jack führte den Gedanken zu Ende »... dann wäre das Unglaubliche plötzlich doch glaubhaft geworden. Banküberweisungen lügen nicht. Geld wurde verbucht. Wenn es eine Menge Geld ist – und da bin ich in diesem Fall ganz sicher –, lässt sich das nicht so einfach vom Tisch wischen. Das kommt einem unwiderlegbaren Beweis schon ziemlich nahe. Mit der eigenen Geldübergabe hat er sie reingelegt.«

»Mir ist gerade etwas anderes eingefallen, Jack. Wenn Whitney Beweismaterial gegen diese Leute gesammelt hat, dann hatte er vor, letzten Endes zur Polizei zu gehen. Er wollte einfach bei uns reinspazieren und sich samt Beweismaterial stellen.«

Jack nickte. »Deshalb brauchte er mich. Leider aber sind die uns zuvorgekommen und haben Kate als Garantie für sein Schweigen benutzt. Und später eine Kugel, um endgültig jedes Risiko auszuschalten.«

»Also wollte er sich stellen.«

»Stimmt.«

Frank rieb sich das Kinn. »Weißt du, was ich glaube?«

Ohne zu überlegen, antwortete Jack. »Er hat es gewusst.« Die beiden Männer sahen einander an.

Frank sprach zuerst, leise, fast flüsternd: »Er wusste, dass Kate eine Falle war. Trotzdem ist er hingegangen. Und ich hab mich für so verdammt schlau gehalten.«

»Wahrscheinlich dachte er, es sei die letzte Möglichkeit, sie noch einmal zu sehen.«

»Scheiße. Ich weiß, der Kerl war ein Krimineller, aber ich kann dir sagen, meine Hochachtung vor ihm wächst von Minute zu Minute.«

»Ich weiß, was du meinst.«

Frank ließ den Motor wieder an und fädelte sich in den Verkehr ein.

»Gut, wohin führen uns nun all diese Folgerungen?«

Jack schüttelte den Kopf und legte sich wieder hin. »Ich weiß es nicht genau.«

»Ich meine, solange wir keinen Hinweis darauf haben, wer es ist, weiß ich nicht, was wir tun können.«

Jack sprang wieder auf. »Aber wir haben doch Hinweise.« Als wäre damit alle Energie schon verbraucht, legte er sich zurück. »Ich kann mir nur noch keinen Reim darauf machen.«

Ein paar Minuten lang fuhren die beiden Männer schweigend weiter.

»Jack, ich weiß, aus dem Mund eines Polizisten klingt das komisch, aber vielleicht solltest du dir überlegen, so schnell wie möglich abzuhauen. Hast du ein bisschen Geld gespart? Vielleicht solltest *du* dich früh zur Ruhe setzen.«

»Und Kate einfach ihrem Schicksal überlassen? Wenn wir diese Typen nicht festnageln, wie viel kriegt sie dann? Zehn bis fünfzehn Jahre wegen Beihilfe? Nein, Seth, das kommt nicht in Frage, nicht in einer Million Jahren. Lieber lasse ich mich auf dem Stuhl rösten.«

»Du hast Recht. Entschuldige, war eine dumme Idee.«

Als Seth in den Spiegel blickte, versuchte der Wagen unmittelbar vor ihm eine Kehre. Frank trat auf die Bremse, und der Wagen schleuderte seitwärts gegen den Randstein. Das Kansas-Nummernschild des Fahrzeugs, mit dem sie beinahe zusammengeprallt wären, verschwand in der Ferne.

»Blöde Touristen. Miese Scheißkerle!« Aufgeregt schnaufend, umklammerte Frank das Lenkrad. Der Sicherheitsgurt hatte seine Pflicht erfüllt, sich dabei jedoch tief ins Fleisch gegraben. Sein verletzter Kopf pochte.

»Mieser *Scheißkerl!*«, brüllte Frank abermals, ohne bestimmtes Ziel. Dann fiel ihm sein Mitfahrer ein; besorgt schaute er auf den Rücksitz.

»Jack! Jack, alles in Ordnung?«

Jack presste das Gesicht gegen die Scheibe. Er war bei Bewusstsein, tatsächlich starrte er intensiv auf etwas.

»Jack?« Frank öffnete seinen Gurt und packte Jack an der Schulter. »Geht's dir gut? *Jack!*«

Jack blickte Frank an, dann zurück aus dem Fenster. Frank überlegte, ob der Aufprall seinen Freund den Verstand gekostet hatte. Instinktiv suchte er Jacks Kopf nach Verletzungen ab, bis dieser ihn an der Hand packte und aus dem Fenster deutete. Frank schaute hinaus.

Selbst für seine stählernen Nerven war es ein harter Schlag. Das Weiße Haus erfüllte sein Gesichtsfeld.

Jacks Gedanken rasten. Vor seinem geistigen Auge sah er, wie der Präsident vor Jennifer Baldwin zurückzuckte und sich mit seinem Tennisarm herausredete. Tatsächlich war der Arm mit einem gewissen Brieföffner verletzt worden, der die ganze Sache auslöste. Das ungewöhnliche Interesse des Präsidenten und des Secret Service am Fall Christine Sullivan. Alan Richmonds zeitgerechtes Auftauchen am Tag der Verlesung von Luthers Anklageschrift. *Er hat mich genau zu ihm geführt.* Laut Frank hatte es der Videofilmer so und nicht anders beschrieben. *Er hat mich genau zu ihm geführt.* Das erklärte auch Mörder, die inmitten einer Armee von Polizisten töteten und davonspazierten. Wer sollte einen Secret-Service-Agenten aufhalten, der den Präsidenten beschützte? Niemand. Kein Wunder, dass Luther annahm, keiner würde ihm glauben.

Der Präsident der Vereinigten Staaten!

Und es hatte ein bedeutendes Ereignis gegeben, kurz bevor Luther ins Land zurückkehrte. Alan Richmond hatte eine Pressekonferenz abgehalten, anlässlich der er der Öffentlichkeit erklärte, wie unglaublich betroffen er von dem grausamen Mord an Christine Sullivan sei. Wahrscheinlich hatte er Walter Sullivans Frau gevögelt, dann aus irgendeinem Grund getötet, und dieser Schleimklumpen gewann noch politisches Prestige, indem er zeigte, was für ein einfühlsamer und guter Freund er doch wäre. Eine Mordsvorstellung war es gewesen. Und das im wahrsten Sinne des Wortes. Kein einziges ehrliches Wort war gefallen. Das Ereignis wurde in die ganze Welt übertragen. Was musste Luther wohl gedacht haben, als er es sah? Jack glaubte, es zu wissen. Deshalb, nur deshalb war Luther zurückgekommen. Um die Rechnung zu begleichen.

Für Jack war die Erkenntnis nicht unbedingt eine Überraschung, denn die Teile des Puzzles schwirrten schon lange in seinem Kopf herum und warteten nur noch auf den richtigen Katalysator.

Grimmig lächelnd blickte Jack zu Seth Frank. Er dachte an die Worte, die Luther unmittelbar vor seinem Tod gesprochen hatte. Endlich erinnerte sich Jack, wo er sie bereits gehört hatte. Die Zeitung, die Luther im Gefängnis an die Wand schleuderte. Mit dem lächelnden Präsidenten auf der Titelseite.

Vor dem Gerichtsgebäude, als er genau diesen Mann angestarrt hatte, fielen dieselben Worte, mit all der Wut und Kraft, die der alte Mann aufbringen konnte.

»*Mieser Scheißkerl*«, flüsterte Jack.

Alan Richmond stand am Fenster und fragte sich, ob er denn ausschließlich von Nichtsnutzen umgeben sei. Gloria Russell saß teilnahmslos auf einem Stuhl ihm gegenüber. Ein halbes Dutzend Mal hatte er die Frau mittlerweile gevögelt und jedwedes Interesse an ihr verloren. Sobald die Zeit reif war, wollte er sie hinauswerfen. Sein nächster Verwaltungsstab würde sich aus einem weit fähigeren Team zusammensetzen. Aus Untergebenen, die es ihm ermöglichten, sich voll und ganz seinen Visionen für das Land zu widmen. Er war nicht Präsident geworden, um sich mit Details herumzuschlagen.

»Wie ich sehe, haben wir bei den Umfragen nicht einen einzigen Punkt dazugewonnen.« Russell sah er nicht an. Ihre Antwort kannte er bereits im Voraus.

»Spielt es denn wirklich eine Rolle, ob du mit sechzig oder mit siebzig Prozent gewinnst?«

Er wirbelte herum. »Ja«, zischte er. »Ja, verdammt noch mal, es spielt eine Rolle.«

Sie biss sich auf die Lippe und kuschte. »Ich gebe mir mehr Mühe, Alan. Vielleicht schaffen wir ja im Wahlmännergremium eine Zweidrittelmehrheit.«

»Zumindest das sollte möglich sein, Gloria.«

Sie schlug die Augen nieder. Nach der Wahl wollte sie reisen. Um die ganze Welt. An Orte, wo sie niemanden kannte und wo niemand sie kannte. Einen neuen Start, genau das brauchte sie. Danach würde alles wieder in Ordnung kommen.

»Nun, zumindest ist unser kleines Problem beseitigt.« Mit auf dem Rücken verschränkten Händen musterte er sie. Groß, schlank, makellos gekleidet und frisiert. Wie der Oberbefehlshaber einer unbesiegbaren Armada wirkte er. Doch die Geschichte hatte bewiesen, dass selbst die unbesiegbare Armada weit verwundbarer war, als gemeinhin angenommen wurde.

»Hast du den Brieföffner verschwinden lassen?«

»Nein, Gloria, ich habe ihn hier in meinem Schreibtisch. Möchtest du ihn sehen? Vielleicht willst du dich wieder damit davonmachen?« Er gab sich so unglaublich herablassend, dass sie das dringende Bedürfnis verspürte, die Unterhaltung zu beenden. Sie stand auf.

»Gibt es sonst noch etwas?«

Kopfschüttelnd trat er wieder ans Fenster. Gerade als sie die Hand auf den Türknauf gelegt hatte, drehte sich dieser.

»Wir haben ein Problem.« Bill Burton stand in der Tür und sah die beiden an.

»Und was will er?« Der Präsident betrachtete das Foto.

Burton antwortete sofort. »Davon steht nichts in der

Nachricht. Ich könnte mir denken, dass er ganz dringend Geld braucht, schließlich sind die Bullen ihm auf den Fersen.«

Der Präsident bedachte Russell mit einem schneidenden Blick. »Ich möchte zu gerne wissen, woher Jack Graham wusste, dass er das Foto hierher senden musste.«

Burton bemerkte den Blick des Präsidenten. Zwar lag ihm nichts ferner, als Russell zu verteidigen, doch er hielt es rein gefühlsmäßig für ausgeschlossen, dass sie etwas damit zu tun hatte.

»Gut möglich, dass Whitney es ihm gesagt hat«, gab er zu bedenken.

»Wenn das stimmt, dann hat er aber ziemlich lange gewartet, bis er mit uns in den Ring steigt«, schoss der Präsident zurück.

»Vielleicht hat Whitney es ihm nicht direkt gesagt. Graham könnte selbst dahinter gekommen sein. Wahrscheinlich hat er es sich zusammengereimt.«

Der Präsident warf das Bild auf den Tisch. Rasch wandte Russell die Augen ab. Der bloße Anblick des Brieföffners ließ sie erstarren.

»Burton, wie kann er uns damit wohl schaden?« Unbewegt starrte der Präsident den Agenten an und schien sich durch dessen Gedanken zu wühlen.

Burton setzte sich und rieb sich mit der Handfläche das Kinn. »Darüber habe ich schon nachgedacht. Kann sein, dass Graham nur nach einem Strohhalm greift. Er sitzt selbst ziemlich in der Klemme. Und seine Freundin kühlt sich ihr Mütchen gerade in der Untersuchungshaft. Ich glaube, er ist ganz einfach verzweifelt. Ihm ist wohl plötzlich eine Idee gekommen; er hat zwei und zwei zusammengezählt, uns auf gut Glück das Foto geschickt und gehofft, es würde uns seinen Preis wert sein, wie hoch der auch sein mag.«

Der Präsident erhob sich und spielte mit seiner Kaffeetasse. »Gibt es eine Möglichkeit, ihn ausfindig zu machen? Schnell?«

»Es gibt immer Möglichkeiten. Wie schnell kann ich nicht sagen.«

»Und wenn wir seinen Brief einfach ignorieren?«

»Vielleicht tut er gar nichts, sondern versucht einfach abzuhauen.«

»Aber wir sind trotzdem wieder mit der Möglichkeit konfrontiert, dass ihn die Polizei erwischt –«

»– und ihn zum Reden bringt«, beendete Burton den Satz. »Ja, das ist gut möglich. Sehr gut möglich.«

Der Präsident nahm das Bild in die Hand. »Und mehr als das hat er nicht, um seine Geschichte zu belegen?« Er sah ungläubig drein. »Weshalb sollten wir uns Sorgen machen?«

»Es ist nicht der Belastungswert des Fotos an sich, der mich beunruhigt.«

»Sie fürchten, seine Anschuldigungen und eventuelle Hinweise oder Vermutungen aus dem Bild könnten unangenehme Fragen der Polizei nach sich ziehen.«

»Etwas in der Art. Vergessen Sie nicht, es sind die Anschuldigungen, die Sie Kopf und Kragen kosten können. Sie stehen mitten in der Wahlkampagne. Wahrscheinlich sieht er das als Pluspunkt für sich. Eine schlechte Presse kann im Augenblick tödlich für Sie sein.«

Einen Augenblick überlegte der Präsident. Nichts und niemand würde sich seiner Wiederwahl in den Weg stellen. »Ihn zu bezahlen ist sinnlos, Burton, das wissen Sie. So lange Graham atmet, bleibt er gefährlich.« Richmond warf einen Blick auf Russell, die mit im Schoß gefalteten Händen und niedergeschlagenen Augen die ganze Zeit schweigend dasaß. Sein Blick durchbohrte sie. *So schwach.*

Der Präsident nahm an seinem Schreibtisch Platz und begann, Dokumente durchzugehen. Beiläufig meinte er: »Tun Sie es, Burton, und tun Sie es bald.«

Frank schaute zur Wanduhr, ging an die Tür, schloss diese und griff zum Telefon. Sein Kopf schmerzte nach wie vor, doch der Arzt hatte ihm versichert, er würde keine Folgeschäden davontragen.

Am anderen Ende wurde abgenommen. »Washington Executive Inn.«

»Zimmer 233 bitte.«

»Einen Augenblick.«

Sekunden verstrichen, und Frank wurde nervös. Jack sollte in seinem Zimmer sein.

»Hallo?«

»Ich bin's.«

»Wie geht's?«

»Vermutlich besser als dir.«

»Wie geht's Kate?«

»Sie ist auf Kaution draußen. Ich habe durchgesetzt, dass sie in meine Verantwortung überstellt wird.«

»Ich bin sicher, das freut sie ungemein.«

»Wohl eher nicht. Hör zu, es wird langsam, aber sicher brenzlig. Was hast du vor?«

»Ich arbeite daran.«

»Es ist nur eine Frage der Zeit, bis sie dich finden, Jack. Mein Hals steckt hier genauso in der Schlinge. Nimm meinen Rat an und sieh zu, dass du dich aus dem Staub machst. Du verschwendest nur kostbare Zeit.«

»Aber Kate –«

»Komm schon, Jack, es gibt die Zeugenaussage eines einzigen Mannes, der versucht hat, von ihr ein Exklusivinterview zu erpressen. Sein Wort steht gegen ihres. Sonst hat dich niemand gesehen. Aus der Anklage windet sie sich hundertprozentig heraus. Hundertprozentig. Ich habe mit dem Staatsanwalt gesprochen. Er überlegt sogar ernsthaft, die Klage fallen zu lassen.«

»Ich weiß nicht recht.«

»Verdammt noch mal, Jack. Kate kommt bei der ganzen Sache um einiges besser weg als du, wenn du dir nicht bald Gedanken über *deine* Zukunft machst. Du musst von hier verschwinden. Das ist nicht nur meine Meinung. Auch ihre.«

»Kate?«

»Ich habe sie gestern getroffen. Wir sind uns nicht in vielen Dingen einig, darin aber schon.«

Jack entspannte sich und stieß einen tiefen Seufzer aus. »In Ordnung. Wo soll ich hin, und wie komme ich dahin?«

»Um neun ist mein Dienst zu Ende. Ich bin um zehn bei dir. Pack schon mal deine Sachen. Um den Rest kümmere ich mich. Halt in der Zwischenzeit die Ohren steif.«

Frank legte auf und holte tief Luft. Es war besser, nicht über das Risiko nachzudenken, das er einging.

Jack sah auf die Uhr, dann auf die Tasche am Bett. Viel Gepäck hatte er nicht. Sein Blick fiel auf den Fernseher in der Ecke, doch es würde kein Programm laufen, das ihn interessierte. Plötzlich fühlte er sich durstig, kramte Kleingeld aus der Tasche, öffnete die Zimmertür und spähte hinaus. Der Getränkeautomat stand ein Stück den Flur hinunter. Er setzte eine Baseballmütze und eine dicke Sonnenbrille auf und glitt hinaus. Jack hörte nicht, dass sich die Tür zum Treppenhaus am anderen Ende des Ganges öffnete. Außerdem vergaß er, die Zimmertür abzuschließen.

Als er zurückkam, fiel ihm sofort auf, dass kein Licht brannte. Aber er hatte es eingeschaltet gelassen. Als er nach dem Schalter fasste, wurde die Tür hinter ihm zugeworfen, und er aufs Bett geschleudert. Behände drehte er sich herum. Nachdem die Augen sich den neuen Lichtverhältnissen angepasst hatten, erkannte er die beiden Männer. Diesmal trugen sie keine Masken. Allein das sprach Bände.

Jack wollte sich aufrichten, doch zwei Pistolen ließen ihn innehalten. Er setzte sich zurück und musterte die beiden Gesichter.

»Was für ein Zufall, dass ich Sie beide schon getrennt kennen gelernt habe.« Er deutete auf Collin. »Sie haben versucht, mir den Kopf wegzupusten.« Dann fuhr er zu Burton herum. »Und Sie haben erfolgreich versucht, mir das Leben zur Hölle zu machen. Burton, nicht wahr? Bill Burton. Ich vergesse nie einen Namen.« Jack schaute zu Collin. »Ihren Namen kenne ich noch nicht.«

Collin blickte zu Burton, dann zurück zu Jack. »Secret-Service-Agent Tim Collin. Einen hübschen Schlag haben Sie am Leibe, Jack. Sie müssen wohl in der Schule Sport getrieben haben.«

»Ja, meine Schulter erinnert sich noch an Sie.«

Burton setzte sich neben Jack aufs Bett.

Jack sah ihn an. »Ich war der Meinung, ich hätte meine Spuren recht gut verwischt. Überrascht mich, dass Sie mich gefunden haben.«

Burton blickte an die Decke. »Ein kleiner Vogel hat es uns gezwitschert, Jack.«

Jack schaute zu Collin hinüber, dann wieder zu Burton. »Hören Sie, ich verschwinde aus der Stadt und komme nie wieder. Ich glaube nicht, dass es nötig ist, mich auf die Totenliste zu setzen.«

Burton erblickte die Tasche auf dem Bett. Er stand auf und steckte die Waffe zurück in das Halfter. Dann packte er Jack und zerrte ihn an die Wand. Der erfahrene Agent untersuchte ihn gründlichst. Die nächsten zehn Minuten verbrachte Burton damit, den Raum nach Abhörgeräten und sonstigen interessanten Gegenständen zu durchsuchen. Zuletzt war Jacks Tasche an der Reihe. Er zog die Fotos heraus und betrachtete sie.

Zufrieden ließ Burton sie in der Innentasche seines Jacketts verschwinden und lächelte Jack an. »Tut mir Leid, aber Paranoia ist ein wesentlicher Aspekt meines Berufs.« Er setzte sich wieder hin. »Ich möchte gerne wissen, weshalb Sie das Foto an den Präsidenten geschickt haben.«

Jack zuckte die Schultern. »Nun, da ich hier keine Zukunft habe, dachte ich, Ihr Boss möchte vielleicht etwas zu meinem Fluchtfonds beisteuern. Den Betrag hätten Sie einfach überweisen können, wie bei Luther.«

Collin grunzte, schüttelte den Kopf und grinste. »So

funktioniert das leider nicht, Jack. Sie hätten eine andere Lösung für Ihr Problem finden sollen.«

»Ich hätte wohl Ihrem Beispiel folgen sollen, was? Hast du ein Problem? Beseitige es einfach«, schoss Jack zurück.

Collins Lächeln löste sich auf. Finster funkelten seine Augen den Anwalt an.

Burton erhob sich und begann, im Zimmer auf und ab zu laufen. Er holte eine Zigarette heraus, überlegte es sich jedoch und steckte sie zurück in die Tasche. An Jack gewandt, meinte er ruhig: »Sie hätten einfach wie der Blitz von hier verschwinden sollen, Jack. Vielleicht hätten Sie es geschafft.«

»Nicht mit Ihnen auf den Fersen.«

Burton zuckte die Schultern. »Wer weiß?«

»Wie können Sie sicher sein, dass ich der Polizei noch keines der Fotos geschickt habe?«

Burton holte die Bilder hervor und betrachtete sie. »Polaroid-Land-Kamera. Die Filme gibt es in Standardpackungen zu je zehn Stück. Whitney hat zwei an Russell geschickt. Eines haben Sie dem Präsidenten geschickt. Sieben halte ich hier in der Hand. Tut mir Leid, Jack. Trotzdem, netter Versuch.«

»Vielleicht habe ich auch Seth Frank erzählt, was ich weiß?«

Burton schüttelte den Kopf. »Wäre das der Fall, hätte es mir wahrscheinlich das kleine Vögelchen erzählt. Wenn Sie aber darauf bestehen, können wir gerne warten, bis der Lieutenant hier aufkreuzt und sich der Party anschließt.«

Jack schoss vom Bett hoch und stürzte auf die Tür zu. Genau als er sie erreichte, traf ihn eine stahlharte Faust in die Nieren. Jack sackte zu Boden. Einen Augenblick später wurde er auf die Beine gezogen und zurück aufs Bett geworfen.

Als der Schmerz nachließ, schaute Jack in Collins Gesicht hinauf.

»Jetzt sind wir quitt, Jack.«

Jack stöhnte, sank aufs Bett zurück und kämpfte gegen

die Übelkeit an, die der Schlag hervorrief. Als der Anfall vorüber war, richtete er sich erneut auf.

Collin beugte sich vor und wiederholte: »Jetzt sind wir quitt, Jack.«

Endlich gelang es Jack aufzuschauen. Seine Augen suchten Burtons Gesicht. Ungläubig schüttelte er den Kopf.

Eingehend musterte Burton den Anwalt und meinte: »Was ist?«

»Ich dachte, Sie wären die Guten«, antwortete Jack leise.

Lange Zeit erwiderte Burton nichts.

Collin schlug die Augen nieder und starrte zu Boden.

Schließlich antwortete Burton mit einer Stimme, als hätte sein Kehlkopf einen plötzlichen Zusammenbruch erlitten. »Das habe ich auch geglaubt, Jack. Das habe ich auch geglaubt.« Er hielt inne, schluckte schwer und fuhr fort: »Ich habe mir dieses Problem nicht gewünscht. Könnte Richmond seinen Schwanz in der Hose behalten, wäre nichts von all dem geschehen. Aber es ist nun mal passiert. Und wir mussten es geradebiegen.«

Burton stand auf und blickte auf die Uhr. »Es tut mir Leid, Jack. Aufrichtig Leid. Sie mögen das vielleicht lächerlich finden, aber es ist die Wahrheit.«

Er schaute zu Collin und nickte. Collin bedeutete Jack, er solle sich aufs Bett legen.

»Ich hoffe, der Präsident weiß zu schätzen, was Sie für ihn tun«, meinte Jack verbittert.

Burton brachte ein müdes Lächeln zu Stande. »Sagen wir, er erwartet es, Jack.«

Langsam glitt Jack zurück und beobachtete, wie der Lauf näher und näher an sein Gesicht rückte. Das Metall konnte er bereits riechen. Vor sich sah er schon den Rauch und das Projektil, das unfassbar schnell aus dem Lauf schießen würde.

Dann donnerte ein gewaltiger Schlag gegen die Zimmertür. Collin wirbelte herum. Beim zweiten Schlag krachte die Tür nach innen, und ein halbes Dutzend Polizisten stürmte mit Waffen im Anschlag herein.

»Halt! Keiner rührt sich. Waffen auf den Boden. Sofort!«

Rasch legten Collin und Burton ihre Pistolen auf den Boden. Jack sank aufs Bett zurück und schloss die Augen. Er fasste sich an die Brust, in der ihm das Herz zu zerspringen drohte.

Burton blickte zu den Männern in Blau. »Wir sind vom United States Secret Service. Unsere Ausweise sind in den Jacken. Wir haben diesen Mann hier ausgeforscht. Er hat den Präsidenten bedroht. Wir wollen ihn festnehmen.«

Vorsichtig holten die Polizisten die Ausweise heraus und überprüften sie. Zwei weitere Beamte zogen Jack grob auf die Beine. Einer begann, ihm seine Rechte vorzulesen. Handschellen schlossen sich um Jacks Handgelenke.

Die Ausweise wurden zurückgegeben.

»Nun, Agent Burton, Sie werden sich gedulden müssen, bis wir mit Mr Graham fertig sind. Mord hat sogar Vorrang vor Bedrohung des Präsidenten. Sofern der Kerl nicht neun Leben hat, warten Sie vermutlich vergebens.«

Der Polizist betrachtete Jack, dann die Tasche auf dem Bett. »Sie hätten verduften sollen, als noch Zeit dazu war, Graham. Früher oder später mussten wir Sie ja finden.« Er bedeutete seinen Leuten, Jack abzuführen.

Der schaute über die Schulter zu den beiden verwirrten Agenten und grinste breit. »Wir haben einen Tipp bekommen, dass er hier sei. Die meisten Tipps sind einen Furz wert. Aber der hier könnte mir die längst überfällige Beförderung bringen. Schönen Tag noch, meine Herren. Grüßen Sie den Präsidenten von mir.«

Die Beamten zogen aus dem Zimmer ab. Burton schaute zu Collin, dann zog er die Fotos aus der Jackentasche. Nun hatte Graham gar nichts mehr. Er konnte der Polizei ruhig alles erzählen, was sie ihm gerade gesagt hatten, man würde ihn höchstens als reif für die Klapsmühle betrachten. Der Kerl konnte einem fast Leid tun! Eine Kugel wäre weit angenehmer gewesen als das, was ihm bevorstand. Die beiden Agenten hoben die Waffen auf und gingen.

Stille herrschte im Zimmer. Zehn Minuten später öffnete sich die Tür zum Nebenzimmer, und eine Gestalt schlich herein. Der Fernseher in der Ecke wurde herumgedreht, die hintere Abdeckung abgenommen. Hände fassten hinein und holten ebenso geräuschlos wie flink die Überwachungskamera heraus. Das Kabel wurde durch die Wand geschoben, bis es darin verschwand.

Die Gestalt schlich durch die Tür zurück ins Nebenzimmer. Auf einem Tisch an der Wand stand ein Aufzeichnungsgerät. Das Kabel wurde aufgewickelt und verschwand in einer Tasche. Die Gestalt drückte einen Knopf am Gerät, ein Band glitt heraus.

Wenig später spazierte der Mann mit einem großen Rucksack durch die Eingangstür des Executive Inn, wandte sich nach links und marschierte an den hinteren Rand des Parkplatzes, wo ein Wagen mit laufendem Motor wartete. Im Vorbeigehen warf Tarr Crimson die Kassette durch das offene Fenster auf den Beifahrersitz. Dann lief er weiter zu einer Harley-Davidson 1200 cc, der Freude seines Daseins, startete und donnerte davon.

Die Videoanlage aufzubauen war ein Kinderspiel gewesen. Eine stimmaktivierte Kamera. Das Aufzeichnungsgerät schaltete sich gleichzeitig mit der Kamera ein. Standard-VHS-Kassetten. Er wusste nicht, was auf dem Band war, doch es musste sich um etwas verdammt Wichtiges handeln. Jack hatte ihm für den Gefallen ein Jahr kostenlosen Rechtsbeistand versprochen. Als er den Highway entlangbrauste, lächelte Tarr. Er dachte zurück an ihr letztes Treffen, bei dem Jack dem neuen Zeitalter der Überwachungstechnologie noch äußerst skeptisch gegenübergestanden hatte.

Der Wagen auf dem Parkplatz fuhr an. Mit einer Hand bediente der Fahrer das Lenkrad, in der anderen hielt er schützend das Band. Seth Frank bog auf die Hauptstraße. Er machte sich nicht viel aus Videofilmen, doch das versprach ein interessantes Programm zu werden.

Bill Burton befand sich in dem kleinen, aber gemütlichen Schlafzimmer, in dem er mit seiner Frau vier geliebte Kinder gezeugt hatte. Vierundzwanzig gemeinsame Jahre. Unzählige Male hatten sie sich geliebt. Bevor er zur Frühschicht losmusste, hatte Bill Burton oft in der Ecke am Fenster in einem verschlissenen Schaukelstuhl gesessen und seine Sprösslinge gefüttert, um seiner Frau noch ein paar Minuten willkommener Erholung zu ermöglichen.

Es waren gute Jahre gewesen. Besonders viel Geld hatte er nie verdient, doch das hatte keine Rolle gespielt. Nachdem der jüngste Spross mit der Highschool angefangen hatte, ging seine Frau wieder zur Schule und schloss ihre Ausbildung zur Krankenschwester ab. Das zusätzliche Einkommen war zwar ganz angenehm, doch viel wichtiger für Burton war, dass sie endlich etwas nur für sich tat, nachdem sie sich so viele Jahre ausschließlich für andere aufgeopfert hatte. Alles in allem führte er ein großartiges Leben. Ein hübsches Haus in einer ruhigen, malerischen Nachbarschaft, bisher noch unberührt von den sich ausweitenden Verbrechenszonen um sie herum. Böse Menschen würde es immer geben. Und es würde immer Menschen wie Bill Burton geben, die sie bekämpften. Menschen, wie Bill Burton einmal gewesen war.

Er schaute aus dem Mansardenfenster. Heute hatte er seinen freien Tag. Mit den Jeans, dem roten Flanellhemd und den Timberline-Stiefeln hätte man ihn ohne weiteres für einen kräftigen Holzfäller halten können.

Seine Frau lud den Wagen aus. Heute war Einkaufstag. Seit zwanzig Jahren immer derselbe Tag. Mit bewunderndem Blick beobachtete er, wie sie sich hinunterbückte, um die Einkaufstaschen herauszuheben. Sein Sohn Chris, fünfzehn Jahre, und seine Tochter Sidney, neunzehn, eine wirkliche Schönheit und in ihrem ersten Jahr an der Johns-Hopkins-Universität, Studienrichtung Medizin, halfen ihrer Mutter. Die anderen beiden Kinder führten bereits ein eigenes Leben, ein gutes Leben. Gelegentlich riefen sie ihren alten Herrn an und fragten ihn um Rat, wenn es darum ging, ein Auto oder ein Haus zu kaufen. Oder um langfristige Karriereziele. Und er liebte jeden Augenblick davon. Bill Burton und seine Frau hatten vier prächtige Kinder in die Welt gesetzt, und das war ein wundervolles Gefühl.

Burton setzte sich an den kleinen Schreibtisch in der Ecke, sperrte eine Schublade auf und holte die Schachtel heraus. Er nahm den Deckel ab und stapelte die fünf Tonkassetten neben dem Brief, den er heute Morgen verfasst hatte, auf dem Tisch. Der Name auf dem Umschlag war in großen, deutlichen Buchstaben geschrieben. »Seth Frank.« Oh, Mann, er schuldete dem Kerl so viel.

Gelächter drang zu ihm herauf, und er ging zurück ans Fenster. Sidney und Chris lieferten sich eine wilde Schneeballschlacht; Sherry, Burtons Frau, stand mittendrin. Der Spaß war groß, und es endete damit, dass sie allesamt in einem Schneehaufen an der Auffahrt landeten.

Burton wandte sich vom Fenster ab und tat etwas, an das er sich schon fast nicht mehr erinnern konnte. Nach zehn Jahren als Polizist, in deren Verlauf winzige Babys in seinen Armen gestorben waren, zu Tode geprügelt von denen, die sie eigentlich lieben und beschützen sollten; nach zehn Jahren, in deren Verlauf er Tag für Tag die schrecklichsten Seiten der menschlichen Natur kennen gelernt hatte. Die Tränen waren salzig. Er wischte sie nicht weg. Bald würde seine Familie hereinkommen. Sie wollten heute Abend ausgehen. Ironischerweise war heute Bill Burtons fünfundvierzigster Geburtstag.

Über den Schreibtisch gebeugt, holte er mit einer geübten Bewegung den Revolver aus dem Halfter an der Wand. Ein Schneeball flog ans Fenster. Sie wollten, dass ihr Daddy hinunterkam und mitmachte.

Es tut mir Leid. Ich liebe euch. Ich wünschte, ich könnte dabei sein. Es tut mir so Leid, was ich getan habe. Bitte, vergebt eurem Dad. Bevor er den Mut verlor, schob er die 357er, so tief es ging, in den Mund. Kalt und schwer fühlte sie sich an. Sein Zahnfleisch blutete aus einem Kratzer.

Bill Burton hatte alles in seiner Macht Stehende getan, um zu verhindern, dass die Wahrheit ans Licht kam. Verbrechen hatte er begangen, einen unschuldigen Menschen getötet, sich an fünf weiteren Morden beteiligt. Nun schien alles klar; der Schrecken lag hinter ihm. Nach Monaten wachsender Abscheu vor dem, was er getan hatte, und nach einer schlaflosen Nacht an der Seite der Frau, die er seit zwei Jahrzehnten aus ganzem Herzen liebte, erkannte Bill Burton, dass er nicht vertreten konnte, was er getan hatte. Ebenso wenig konnte er mit dieser Erkenntnis leben.

Ohne Selbstachtung, ohne Stolz war sein Leben nicht lebenswert. Und die uneingeschränkte Liebe seiner Familie machte es nicht besser, eher schlimmer. Denn das Ziel dieser Liebe und dieser Achtung, Agent Bill Burton, wusste, dass er beides nicht länger verdiente.

Er schaute zu dem Stapel Kassetten hinüber. Seine Versicherungspolice. Nun wurde daraus sein Vermächtnis, sein eigener bizarrer Nachruf. Zumindest würde etwas Gutes daraus erwachsen. Dafür dankte er Gott.

Seine Lippen formten ein kaum erkennbares Lächeln. Der Secret Service, dachte er. Nun, bald würden die Geheimnisse ans Licht kommen. Kurz dachte er an Alan Richmond, und seine Augen begannen zu funkeln. *Ich hoffe, du bekommst lebenslänglich ohne Bewährung und wirst über hundert Jahre alt, du mieser Scheißkerl.*

Sein Finger legte sich um den Abzug.

Ein weiterer Schneeball flog ans Fenster. Ihre Stimmen drangen herauf zu ihm. Die Tränen brachen wieder los, als er daran dachte, was er zurückließ. »Verdammt.« Das Wort entrang sich seiner Kehle und barg mehr Schuld, mehr Qual in sich, als er zu ertragen vermochte.

Es tut mir Leid. Hasst mich nicht. Bitte, Gott, lass sie mich nicht hassen.

Beim Krachen des Schusses brach die Balgerei ab, und

drei Augenpaare schauten gleichzeitig zum Haus. Sekunden später waren sie drinnen. Kaum eine Minute danach ertönten die Schreie. Die stille Nachbarschaft war nicht mehr.

KAPITEL 29

Das Klopfen an der Tür kam unerwartet. Präsident Alan Richmond befand sich in einer Krisensitzung mit seinem Kabinett. Die Presse kritisierte in letzter Zeit die Innenpolitik der Regierung aufs Schärfste, und er wollte wissen, weshalb. Die politische Problematik an sich interessierte ihn weniger. Wichtig war ihm der Eindruck, der dadurch vermittelt wurde. Letztlich war der Eindruck alles, was wirklich zählte. Das war das Einmaleins der Politik.

»Wer ist da?« Der Präsident bedachte die Sekretärin mit einem wütenden Blick. »Wer es auch sein mag, er steht nicht auf dem Tagesprogramm.« Er blickte in die Runde. Zum Teufel, die Stabschefin hatte es heute nicht für notwendig befunden, zur Arbeit zu erscheinen. Vielleicht hatte sie das einzig Richtige getan und sich mit Tabletten voll gestopft. Kurzfristig würde ihn das zwar stören, doch er hatte sich bereits eine eindrucksvolle Erklärung für ihren Selbstmord zurechtgelegt. Außerdem lag er in den Meinungsumfragen so weit voran, dass es wirklich keine Rolle spielte.

Zaghaft schob sich die Sekretärin in den Raum. Ihre zunehmende Verwunderung war offensichtlich. »Es ist eine große Gruppe, Mr President. Mr Bayliss vom FBI, mehrere Polizisten und ein Herr aus Virginia, der seinen Namen nicht nennen wollte.«

»Die Polizei? Schicken Sie die Leute weg. Die sollen sich einen Termin geben lassen. Und sagen Sie Bayliss, er soll mich heute Abend anrufen. Hätte ich seine Ernennung zum Direktor nicht durchgeboxt, er säße jetzt in irgendeinem Büro in der tiefsten Provinz. Eine derartige Respektlosigkeit nehme ich nicht so einfach hin.«

»Die Leute lassen sich aber nicht abwimmeln, Sir.«

Der Präsident lief rot an und sprang auf. »Sagen Sie denen, sie sollen Leine ziehen. Ich bin beschäftigt, Sie Trampel.«

Rasch zog sich die Frau zurück. Bevor sie die Tür erreichte, wurde diese bereits aufgeschoben. Vier Agenten des Secret Service traten ein, darunter Johnson und Varney, gefolgt von einer Truppe der Distriktpolizei. Mit dabei war auch Polizeichef Nathan Brimmer, außerdem FBI-Direktor Bayliss, ein kleiner, rundlicher Mann mit zweireihigem Anzug; sein Gesicht war bleicher als das Gebäude, in dem sie sich befanden.

Zuletzt kam Seth Frank herein und schloss leise die Tür. In der Hand trug er einen schlichten braunen Aktenkoffer. Richmonds Blick wanderte von einem zum anderen, bis er schließlich bei dem Fahnder des Morddezernats verharrte.

»Lieutenant ... Frank, richtig? Falls Sie es nicht wissen, Sie stören gerade eine vertrauliche Kabinettssitzung. Ich muss Sie auffordern zu gehen.« Er schaute zu den vier Agenten, zog die Augenbrauen hoch und deutete mit dem Kopf zur Tür. Die Männer erwiderten den Blick, ohne sich von der Stelle zu rühren.

Frank trat vor. Schweigend holte er ein Dokument aus dem Mantel, entfaltete es und überreichte es dem Präsidenten. Richmond betrachtete es, während sein Kabinett die Szene völlig verblüfft beobachtete. Schließlich wandte Richmond sich wieder an den Ermittler.

»Soll das ein Witz sein?«

»Das ist eine Kopie des Haftbefehls gegen Sie wegen mehrfachen Mordes, begangen im Staat Virginia. Polizeichef Brimmer hat einen ähnlichen Haftbefehl gegen Sie, der auf Beihilfe zum Mord lautet. Dafür haben Sie sich hier in Washington, D. C, zu verantworten. Das heißt, nachdem der Staat Virginia mit Ihnen fertig ist.«

Der Präsident schaute zu Brimmer hinüber, der seinem

Blick nicht auswich und wortlos nickte. In den Augen des Ordnungshüters lag eine Kälte, die unmissverständlich deutlich machte, was er für den höchsten Repräsentanten des Volkes empfand.

»Ich bin der Präsident der Vereinigten Staaten. Sie können mir überhaupt nichts wollen. Und jetzt raus.« Der Präsident drehte sich um und wollte an seinen Platz zurückkehren.

»Theoretisch mag das zutreffen. Mir ist das ziemlich gleichgültig. Wenn das Amtsenthebungsverfahren abgeschlossen ist, sind Sie nicht mehr Präsident Alan Richmond, sondern nur noch Alan Richmond. Und sobald das geschehen ist, bin ich wieder hier. Verlassen Sie sich darauf.«

Der Präsident drehte sich um. Sein Gesicht war kalkweiß. »Amtsenthebung?«

Frank trat vor, bis er dem Mann von Angesicht zu Angesicht gegenüberstand. Normalerweise hätte dies sofortiges Handeln seitens des Secret Service zur Folge gehabt. Nun jedoch verharrten die Agenten reglos. Nichts ließ darauf schließen, dass jeder von ihnen innerlich schäumte vor Wut über den Verlust eines geachteten Kollegen. Johnson und Varney waren außerdem erzürnt, weil sie in jener Nacht in Sullivans Haus für dumm verkauft worden waren. Und der Mann, dem sie dafür die Schuld gaben, wand sich nun vor ihnen wie ein Wurm.

Frank sagte: »Reden wir doch Klartext. Tim Collin und Gloria Russell sitzen bereits in Haft. Beide haben auf einen Anwalt verzichtet und umfangreiche Aussagen bezüglich aller Geschehnisse abgegeben, einschließlich der Morde an Christine Sullivan, Luther Whitney, Walter Sullivan und der beiden bei Patton, Shaw & Lord. Ich glaube, sie haben sich bereits mit der Staatsanwaltschaft geeinigt, die ohnehin nur an Ihnen interessiert ist. Glauben Sie mir, für die Karriere eines Staatsanwalts ist dieser Fall ein Katapult.«

Der Präsident stolperte einen Schritt zurück, dann fing er sich.

Frank öffnete den Aktenkoffer und holte ein Videoband sowie fünf Tonkassetten heraus. »Ich bin sicher, Ihr Anwalt wird sich dafür interessieren. Das Video zeigt die Agenten Burton und Collin beim versuchten Mord an Jack Graham. Die Tonkassetten beinhalten mehrere Treffen, bei denen Sie anwesend waren und bei denen die verschiedenen Verbrechen geplant wurden. Über sechs Stunden Zeugenaussage, Mr President. Kopien wurden an den Kongress geschickt, das FBI, die CIA, die *Washington Post*, den Generalstaatsanwalt, die Rechtsabteilung des Weißen Hauses und alle anderen, die mir eingefallen sind. Die Bänder sind durchgehend bespielt. Dabei ist auch das Band, das Walter Sullivan von Ihrem Telefongespräch in der Nacht seines Todes angefertigt hat. Es stimmt nicht genau mit der Version überein, die Sie mir angeboten haben. Das Ganze ist ein Geschenk von Bill Burton. Im Brief schrieb er, er wolle seine Versicherungspolice einlösen.«

»Wo ist Burton jetzt?« Die Stimme des Präsidenten war wuterfüllt.

»Als er heute Morgen um zehn Uhr dreißig im Fairfax Hospital ankam, konnte nur noch sein Tod festgestellt werden. Selbst beigebrachte Schussverletzung.«

Richmond schaffte es mit Müh und Not zu seinem Stuhl. Keiner erbot sich, ihm zu helfen. Er schaute zu Frank hinauf.

»Sonst noch etwas?«

»Ja. Burton hat noch ein Dokument hinterlassen. Eine Stimmrechtsvollmacht. Für die nächste Wahl. Tut mir Leid, aber seine Stimme haben Sie nicht bekommen.«

Die Kabinettsmitglieder standen nacheinander auf und verließen den Raum. Politischer Selbstmord durch Unterstützung der falschen Seite war in der Bundeshauptstadt weit verbreitet. Die Ordnungshüter und Secret-Service-Agenten folgten. Nur der Präsident blieb zurück. Mit leerem Blick starrte er an die Wand.

Seth Frank steckte noch einmal den Kopf zur Tür herein.

»Vergessen Sie nicht, wir sehen uns bald.« Leise schloss er die Tür.

EPILOG

Die Jahreszeiten in Washington nahmen den vertrauten Verlauf. Auf eine kurze Frühlingswoche mit angenehmen Temperaturen und einer Luftfeuchtigkeit von weniger als fünfzig Prozent folgte abrupt hochsommerliche Hitze mit Luftfeuchtigkeitswerten, die für Schweißbäder sorgten, sobald man vors Haus trat. Bis Juli hatten sich die Washingtoner, so gut es ging, an die Luft gewöhnt, die man kaum atmen konnte, und an Bewegungen, die gar nicht langsam genug sein konnten, um einen plötzlichen Schweißausbruch zu vermeiden.

Doch bei all der schier unerträglichen Hitze gab es auch gelegentlich einen Abend, der nicht durch plötzlich auftretende, peitschende Gewitterstürme zerstört wurde, mit Hunderten von Blitzen, die bei jedem Donnerschall die Erde zu berühren drohten. Abende, an denen stattdessen eine kühle Brise wehte, die Luft süß roch und der Himmel klar blieb. Heute Abend war ein solcher Abend.

Jack saß am Rand des Swimmingpools auf dem Dach. Aus den Khakishorts ragten muskulöse, sonnengebräunte Beine mit von der Sonne gekräuselten Härchen. Er war schlanker geworden, auch das letzte Gramm Bürospeck war in Monaten körperlicher Betätigung beseitigt worden. Unter dem weißen T-Shirt traten wohlgeformte Muskelstränge hervor. Sein Haar war kurz, das Gesicht ebenso braun wie die Beine. Das Wasser plätscherte zwischen den nackten Zehen. Zum Himmel hochschauend, atmete Jack tief ein. Noch drei Stunden zuvor hatte es hier von Leuten gewimmelt, die ihre blassen Bürogestalten an das erholsame Wasser schleppten. Nun war Jack allein. Nichts trieb ihn ins Bett. Am nächsten Morgen würde kein Wecker seinen Schlaf stören.

Die Tür zum Dach öffnete sich mit leisem Knarren. Jack drehte sich um und erblickte den beigen, verknitterten Sommeranzug, der alles andere als bequem aussah. Der Mann trug eine braune Papiertüte.

»Der Gebäudeaufseher hat mir gesagt, du seist zurück.« Seth Frank lächelte. »Stört dich ein wenig Gesellschaft?«

»Nicht, wenn in dieser Tüte das ist, was ich vermute.«

Frank ließ sich auf einem Korbstuhl nieder und warf Jack ein Bier zu. Sie stießen mit den Dosen an, dann trank jeder der beiden einen langen Schluck.

Frank sah sich um. »Wo auch immer du warst, wie hat es dir gefallen?«

»Nicht schlecht. Hat gut getan wegzukommen. Tut aber auch gut, wieder hier zu sein.«

»Das hier sieht wie ein guter Ort zum Nachdenken aus.«

»Ab sieben ist es ein paar Stunden lang ziemlich voll. Ansonsten ist es fast immer so wie jetzt.«

Sehnsüchtig betrachtete Frank den Pool, dann begann er die Schuhe auszuziehen. »Stört's dich?«

»Mach nur.«

Frank rollte die Hose hoch, stopfte die Socken in die Schuhe, und setzte sich neben Jack, wobei er die käsigen Beine bis zu den Knien ins Wasser steckte.

»Verdammt, das tut gut. Bezirksdetectives mit drei Töchtern und einer Hypothek am Hals kommen selten mit Swimmingpools in Berührung.«

»Hab ich schon gehört.«

Frank rieb sich die Waden und musterte seinen Freund. »Das Rumtreiberdasein tut dir gut. Vielleicht solltest du dabei bleiben.«

»Hab ich mir auch schon überlegt. Der Gedanke gefällt mir jeden Tag besser.«

Frank erblickte den Umschlag neben Jack.

»Etwas Wichtiges?« Er deutete auf den Brief.

Jack hob ihn auf und überflog nochmals den Inhalt. »Ransome Baldwin. Erinnerst du dich an ihn?«

Frank nickte. »Na, hat er beschlossen, dich zu verklagen, weil du sein Baby verschmäht hast?«

Jack schüttelte den Kopf und lächelte. Er trank die Dose leer, griff in die Tüte und holte sich ein weiteres kaltes Bier heraus. Auch Frank warf er eine zweite Dose zu.

»Da kommst du nie drauf. Der Kerl meint, ich sei zu gut für Jennifer. Zumindest im Augenblick. Sie sei noch weit davon entfernt, erwachsen zu sein. Ein Jahr lang will er sie für irgendwelche karitativen Tätigkeiten der Baldwin Charitable Foundation einspannen. Er schreibt, wenn ich irgendetwas brauche, soll ich es ihn wissen lassen. Mann, er schreibt sogar, dass er mich bewundert und respektiert.«

Frank trank sein Bier. »Verdammt. Viel besser geht's kaum noch.«

»Doch. Baldwin hat Barry Alvis zum Chef seiner hausinternen Rechtsabteilung gemacht. Alvis war der Kerl, den Jenn bei Patton, Shaw rauswerfen ließ. Alvis ist dann gleich zu Dan Kirksen ins Büro gegangen und hat es ihm unter die Nase gerieben. Ich glaube, zuletzt hat man Dan am Gebäudesims eines Hochhauses gesehen.«

»Ich hab gelesen, dass die Firma geschlossen wurde.«

»Die guten Anwälte sind von der Stelle weg engagiert worden. Die schlechten sollten sich besser nach einem neuen Job umsehen. Die Räumlichkeiten sind schon vermietet. Die ganze Firma hat sich in Luft aufgelöst.«

»Das Gleiche ist mit den Dinosauriern passiert. Bei euch Anwaltstypen dauert es eben ein bisschen länger.« Er stupste Jack in den Arm.

Jack lachte. »Danke, dass du gekommen bist, um mich aufzuheitern.«

»Teufel, das hätte ich mir um nichts in der Welt nehmen lassen.«

Jack betrachtete ihn mit ernster Miene. »Also, was ist passiert?«

»Sag bloß, du liest noch immer keine Zeitungen?«

»Seit Monaten nicht. Nach dem Ansturm der Reporter, Talk-Show-Gastgeber, Privatkläger, Hollywood-Produzenten und Neugierigen, mit denen ich mich rumschlagen musste, wollte ich nichts hören und sehen. Ein dutzend Mal habe ich meine Telefonnummer geändert, aber die Mistkerle haben sie immer wieder herausgekriegt. Deshalb waren die letzten beiden Monate so angenehm. Niemand hat mich erkannt.«

Frank brauchte einen Augenblick, um seine Gedanken zu ordnen. »Also, Collin hat sich der Verschwörung, zweifachen Totschlags, vorsätzlicher Behinderung polizeilicher Ermittlungen und weiterer minder schwerwiegender Vergehen schuldig bekannt. Das war die Anklage in Washington. Ich glaube, der Richter hatte Mitleid mit ihm. Collin ist ein Junge vom Land, aus Kansas, und hat es über die Marine bis zum Secret Service gebracht. Die meiste Zeit seines Lebens hat er nur Befehle befolgt. Ich meine, wenn dir der Präsident sagt, du sollst etwas tun, dann tust du es einfach. Er bekam zwanzig Jahre bis lebenslänglich, in meinen Augen ein Geschenk, aber er hat auch ein volles Geständnis abgelegt. Vielleicht war es das wert. Wahrscheinlich kommt er rechtzeitig zum fünfzigsten Geburtstag raus. Der Staat Virginia hat sich entschlossen, ihn im Gegenzug für seine konstruktive Zusammenarbeit nicht weiter gerichtlich zu verfolgen.«

»Was ist mit Russell?«

Frank verschluckte sich fast am Bier. »Jesus, die Frau hat sich die Seele aus dem Leib geredet. Die Protokollführung muss ein Vermögen gekostet haben. Sie wollte einfach nicht aufhören zu quasseln. Hat auch die besten Bedingungen von allen bekommen. Überhaupt kein Gefängnis. Tausend Stunden Sozialarbeit. Zehn Jahre Bewährung. Für Verschwörung zum Mord. Kannst du dir das vorstellen? Aber ganz unter uns, ich denke, sie wandelt ohnehin an der Grenze zum Wahnsinn. Sie wurde von einem Gerichtspsychiater untersucht. Ich glaube, sie muss ein paar Jahre in einer Anstalt verbringen, bevor sie wieder fähig ist, ein normales Leben zu führen. Ich kann dir sagen, Richmond hat sie ziemlich hart rangenommen, wenn nur die Hälfte von dem wahr ist, was sie erzählt hat. Ein richtiger Psychoterror.«

»Und was ist mit Richmond?«

»Du hast wohl wirklich auf dem Mars gelebt, was? Der Prozess des Jahrtausends, und du hast ihn verschlafen.«

»Irgendwer ist immer der Dumme.«

»Er hat bis zum Ende gekämpft, das muss man ihm lassen. Muss jeden Cent ausgegeben haben, den er besaß. Er hat sich keinen Gefallen damit getan, selbst auszusagen, das kannst du mir glauben. Der Kerl war so verdammt arrogant und hat ganz offensichtlich gelogen wie gedruckt. Außerdem hat man die Überweisung zum Weißen Haus zurückverfolgt. Russell hat das Geld aus vielen Konten abgezogen, dabei aber den Fehler begangen, die fünf Millionen auf einem Konto zu sammeln, bevor sie den Betrag überwiesen hat. Wahrscheinlich hatte sie Angst, dass Luther zu den Bullen gegangen wäre, hätte er das Geld nicht rechtzeitig bekommen. Sein Plan hat funktioniert, auch wenn er es leider nicht mehr miterleben kann. Richmond hatte keine Antwort darauf, wie auf so vieles nicht. Im Kreuzverhör hat man ihn auseinander genommen. Er hat die Creme der amerikanischen Oberschicht als Zeugen geholt, aber es hat ihm einen Furz genützt, diesem Hundesohn. Wenn du mich fragst, er ist ein gefährlicher, kranker Mann.«

»Und der hatte die Atomwaffencodes. Wirklich toll. Was hat er bekommen?«

Frank starrte eine Weile auf die sanften Wellen im Wasser, bevor er antwortete. »Er hat die Todesstrafe gekriegt, Jack.«

Jack starrte ihn an. »Unsinn. Wie hätte man die Todesstrafe durchsetzen können?«

»Aus juristischer Sicht war es ein kleiner Trick. Man hat ihn nach dem Paragrafen für bezahlten Mord verfolgt. Das ist der einzige, in dem es nicht darauf ankommt, wer die Waffe abgefeuert hat.«

»Wie hat es der Staatsanwalt geschafft, den Paragrafen anzuwenden?«

»Man hat argumentiert, Burton und Collin seien bezahlte Untergebene gewesen, deren einzige Aufgabe darin bestand, das zu tun, was ihnen der Präsident befahl. Er hat ihnen befohlen zu töten. Wie bezahlte Mafiakiller. Man hat das Gesetz zwar ein wenig gebeugt, aber der Richter hat es durchgehen lassen, und die Geschworenen haben Schuldspruch und Strafe bestätigt.«

»Jesus Christus!«

»Nur weil der Kerl Präsident war, heißt das noch lange nicht, dass er bevorzugt behandelt wird. Zum Teufel, eigentlich sollten wir uns gar nicht so darüber wundern, was passiert ist. Weißt du, was man für ein Mensch sein muss, um Präsident zu werden? Kein gewöhnlicher. Am Anfang sind solche Leute vielleicht ganz in Ordnung, aber bis sie dieses Niveau erreichen, gehen sie über so viele Leichen, dass sie definitiv nicht mehr wie du und ich sind.

Schweigend betrachtete Frank die Tiefen des Pools; endlich sprach er weiter. »Aber man wird ihn nicht hinrichten.«

»Warum nicht?«

»Seine Anwälte werden Berufung einlegen, die Bürgerrechtler werden sich beschweren, ebenso alle anderen Gegner der Todesstrafe; Protestbriefe aus aller Welt werden eintreffen. Der Typ hat zwar einen Sturzflug in der Beliebtheitsskala gemacht, aber er hat immer noch einflussreiche Freunde. Und die werden irgendetwas finden. Außerdem, das Land hat diesen Schleimbeutel vielleicht verurteilt, aber ich glaube nicht, dass die Vereinigten Staaten tatsächlich jemanden hinrichten könnten, den sie mal zu ihrem Präsidenten gewählt haben. Gibt nicht unbedingt ein gutes Bild. Selbst mir ist nicht wohl bei dem Gedanken, obwohl das Arschloch es verdient hat.«

Jack schaufelte sich mit den Händen warmes Wasser über die Arme. Gedankenverloren starrte er in die Nacht.

Frank betrachtete Jack eingehend. »Das Ganze hat sogar

ein paar positive Aspekte. Stell dir vor, Fairfax will mich zum Abteilungsleiter machen. Ich habe Angebote von etwa einem Dutzend Städten, die mich als Polizeichef wollen. Der Oberstaatsanwalt im Fall Richmond hat bei der nächsten Wahl gute Chancen auf den Posten des Generalstaatsanwalts.«

Der Ermittler trank einen Schluck Bier. »Was ist mit dir, Jack? Du hast den Kerl zur Strecke gebracht. Burton und den Präsidenten hereinzulegen war deine Idee. Mann, als ich rausgefunden habe, dass meine Leitung angezapft war, wäre ich fast aus der Haut gefahren. Aber du hattest Recht. Also was springt für dich bei der ganzen Sache raus?«

Jack schaute seinen Freund an und erwiderte schlicht: »Ich lebe noch. Ich praktiziere nicht mehr bei Patton, Shaw für reiche Typen, und ich heirate Jennifer Baldwin nicht. Das ist mehr als genug.«

Frank betrachtete die blauen Venen seiner Beine. »Hast du etwas von Kate gehört?«

Jack trank noch einen Schluck Bier, ehe er antwortete. »Sie ist in Atlanta. Zumindest war sie dort, als sie das letzte Mal geschrieben hat.«

»Bleibt sie dort?«

Jack zuckte die Schultern. »Sie ist nicht sicher. Ihr Brief klang allgemein etwas unsicher.« Jack setzte ab. »Luther hat ihr in seinem Testament sein Haus vermacht.«

»Würde mich überraschen, wenn sie es nähme. Du weißt schon, unredlich erworbener Besitz und so.«

»Luther hatte es von seinem Vater geerbt; es wurde gekauft und bezahlt. Luther kannte seine Tochter. Ich glaube, er wollte, dass sie ... irgendetwas hatte. Ein Zuhause ist kein schlechter Start.«

»Ja? Zu einem Zuhause gehören zwei, wenn du mich fragst. Außerdem schmutzige Windeln und Babyfutter. Verdammt, Jack, ihr beide seid füreinander bestimmt. Glaub mir.«

»Ich fürchte, das ist nicht der Punkt, Seth.« Er wischte die dicken Tropfen von den Armen. »Sie hat eine Menge durchgemacht. Vielleicht zu viel. Und mit den ganzen bösen Erinnerungen habe ich irgendwie zu tun. Ich kann ihr nicht übel nehmen, dass sie weg möchte. Reinen Tisch machen.«

»Du warst nicht das Problem, Jack. Soweit ich weiß, warst du alles andere.«

Jack schaute zu einem Helikopter auf, der über den Himmel zog. »Ich bin's Leid, immer den ersten Schritt zu tun, Seth. Verstehst du das?«

»Ich glaube schon.«

Frank blickte auf die Uhr, was Jack bemerkte. »Musst du noch wohin?«

»Ich dachte nur gerade, wir könnten etwas Kräftigeres als Bier gebrauchen. Ich kenne da einen Schuppen außerhalb von Dulles. Dort haben sie ellenlange Rippchen, kiloschwere Maiskolben und Tequila bis zum Morgengrauen. Und falls es dich interessiert, auch ein paar recht hübsche Kellnerinnen. Da ich verheiratet bin, werde ich mich wohl damit begnügen, dir aus sicherer Entfernung zuzusehen, wie du dich zum Narren machst. Nach Hause fahren wir mit einem Taxi, weil wir beide dann voll wie Strandhaubitzen sind. Du kannst bei mir übernachten. Was hältst du davon?«

Jack grinste. »Klingt zwar verlockend, aber kann ich es mir für ein andermal aufheben?«

»Bist du sicher?«

»Ich bin sicher, Seth, danke.«

»In Ordnung.« Frank stand auf, rollte die Hose wieder hinunter, drehte sich um und zog Socken und Schuhe an.

»Wie ist's, kommst du Samstag bei mir vorbei? Wir grillen. Burger, Fritten, Hot Dogs. Außerdem habe ich Eintrittskarten für die Camden Yards.«

»Da sage ich nicht nein.«

Frank stand auf und schritt auf die Tür zu. Er wandte sich noch einmal um. »Noch etwas, Jack: Grüble nicht zu viel, in Ordnung? Manchmal ist das nicht gut.«

Jack hielt seine Dose hoch. »Danke für das Bier.«

Nachdem Frank gegangen war, legte Jack sich auf den Betonboden und starrte in den Himmel, der mit unzähligen Sternen übersät war. Manchmal erwachte er aus tiefem Schlaf und merkte, dass er verflucht wirres Zeug träumte. Doch was er träumte, war ihm tatsächlich widerfahren; kein angenehmes Gefühl. Und es trug erschwerend zu der Verwirrung bei, die er in diesem Alter eigentlich längst hinter sich haben wollte.

Die beste Antwort auf seine Qualen waren vermutlich eineinhalb Flugstunden Richtung Süden. Kate Whitney mochte zurückkommen oder auch nicht. Sicher war nur, dass er ihr nicht nachlaufen konnte. Diesmal lag es an ihr, in sein Leben zurückzukehren. Nicht Verbitterung ließ Jack zu diesem unumstößlichen Schluss kommen. Kate musste ihr Leben in den Griff bekommen. Sie musste sich klar werden, wie sie es gestalten wollte. Das emotionale Trauma, das sie mit ihrem Vater durchlebt hatte, war unter der überwältigenden Schuld und dem Kummer begraben worden, die sie nach seinem Tode empfand. Die Frau hatte über einiges nachzudenken. Und sie hatte deutlich gezeigt, dass sie es allein tun wollte. Wahrscheinlich war es richtig so.

Er zog das T-Shirt aus, glitt ins Wasser und schwamm ein paar Züge. Kraftvoll schnitten die Arme durch das Wasser; danach zog er sich wieder auf den gekachelten Beckenrand. Er ergriff das Handtuch und schlang es sich um die Schultern. Die Nachtluft war kühl; jeder Wassertropfen fühlte sich an wie eine winzige Klimaanlage auf der Haut. Abermals schaute er zum Himmel hinauf. Weit und breit keine Deckenmalereien. Doch leider auch keine Kate.

Gerade zog er in Betracht, in die Wohnung zurückzukehren, um ein wenig zu schlafen, als erneut die Tür knarrte. Frank musste etwas vergessen haben. Jack schaute hinüber. Einige Sekunden lang konnte er sich nicht rühren. Er saß einfach mit dem Handtuch um die Schultern da und wagte nicht, ein Geräusch zu verursachen. Er fürchtete, er könnte ein Trugbild vor sich haben. Einen weiteren Traum, der mit den ersten Sonnenstrahlen verschwinden würde.

Langsam stand er auf; das Wasser troff von ihm, während er auf die Tür zuschritt.

Unten auf der Straße verweilte Seth Frank ein paar Augenblicke neben seinem Wagen und genoss die schlichte Schönheit des Abends. Die Luft, die er einsog, erinnerte mehr an einen feuchten Frühling denn an einen schwülen Sommer. Er würde nicht spät nach Hause kommen. Vielleicht hatte Mrs Frank noch Lust auf einen Besuch bei Dairy Queen. Nur sie beide. Vom Karamelleis dort hatte er nur Gutes gehört. Es wäre ein fantastischer Abschluss für den Tag. Er stieg in den Wagen und fuhr los.

Als Vater dreier Kinder wusste Seth Frank, was für ein wundervolles und kostbares Gut das Leben war. Als Fahnder des Morddezernats hatte er erfahren, dass man dieses kostbare Gut auf grausamste Weise verlieren konnte. Lächelnd blickte er hinauf zum Dach des Apartmentgebäudes. Genau das ist das Großartige am Leben, dachte er. An manchen Tagen läuft es nicht gut, doch es gibt immer einen neuen Tag, an dem alles wieder besser werden kann.

DAVID BALDACCI

DIE WAHRHEIT

ROMAN

Aus dem Amerikanischen von
Uwe Anton

BASTEI LÜBBE

Für Michelle

Die schlichte Wahrheit ist:
Ohne dich werde ich mit dem Leben nicht fertig.

Auch dem liebevollen Andenken
an Brenda Gayle Jennings, einem ganz besonderen Kind,
soll dieses Buch gewidmet sein.

DANKSAGUNG

Jennifer Steinberg für die wieder einmal ausgezeichnete Recherche.

Lou Saccoccio für die kenntnisreiche Hilfe in Fragen des Militärrechts.

Steve Jannings für seine scharfsinnigen redaktionellen Kommentare.

Der Warner-Books-Familie – Larry, Maureen, Mel, Emi, Tina, Heather, Jackie J. und Jackie M. und all den anderen unglaublich netten und engagierten Menschen, die mein Leben so sehr bereichert haben.

Meiner Mutter, die mir die schöneren Stellen im südwestlichen Virginia gezeigt hat, eine Gegend, die sie ausgezeichnet kennt.

Karen Spiegel, die mich bei dieser Geschichte auf einem langen Weg begleitet hat.

Dem Anwalt Ed Vaughan, der mir einige der komplizierteren Aspekte erläutert hat, was die Gesetze und die gerichtliche Praxis in Virginia betrifft.

Allen weiteren Menschen, die mir behilflich waren, mich über eine faszinierende Institution schlau zu machen: den Obersten Gerichtshof der USA.

Meinem Freund und Agenten Aaron Priest, der mir – wie immer – zahlreiche wertvolle Ratschläge gab, als ich mich durch diesen Roman gearbeitet habe.

Frances Jalet-Miller, die sehr viel Zeit, Mühe und Kraft aufgewendet hat, mir dabei zu helfen, das gesamte Potenzial des Romans zu erkennen. Ohne dich hätte ich es nicht geschafft.

Die Wahrheit ist selten rein und niemals einfach.
Oscar Wilde

PROLOG

In diesem Gefängnis bestehen die Türen aus zolldickem Stahl. Fabrikneu kamen sie hierher, glänzend und glatt; nun aber sind sie von Dellen übersät. Menschliche Gesichter, Knie, Ellbogen, Zähne und Rückstände von Blut haben auf den grauen Oberflächen ihre Spuren hinterlassen. Knasthieroglyphen: Schmerz, Furcht, Tod – dies alles ist unauslöschlich auf diesen Türen verzeichnet, zumindest so lange, bis eine neue Metallplatte geliefert wird und alles von vorne beginnt.

In Augenhöhe sind viereckige Klappen in die Türen eingelassen. Die Wächter öffnen sie auf ihrem Rundgang und richten das grelle Licht von Taschenlampen auf das menschliche Vieh im Innern. Unvermittelt hämmern sie mit ihren Schlagstöcken gegen das Metall: Geräusche, die wie Gewehrschüsse klingen. Die Altgedienten sind daran gewöhnt; sie starren mit hintergründigem Trotz zu Boden oder blicken ins Leere – die Leere, die sie umgibt; die Leere ihres Lebens. Nicht, dass hier jemand Notiz davon nähme oder dass es jemandem etwas bedeuten würde. Die Neuen, die ›Rotärsche‹, verkrampfen sich noch ängstlich, wenn der Knall der Stockschläge ertönt oder das Licht aufflammt; einige machen sich in ihre Drillichhose und sehen zu, wie der Urin über ihre schwarzen Schuhe rinnt. Doch nach einiger Zeit kommen auch die Neuen darüber hinweg, und dann hämmern auch sie mit der Faust gegen die verdammte Tür, kämpfen die Bitterkeit und die Schuljungentränen nieder, die in ihnen aufsteigen. Wenn sie überleben wollen.

Nachts ist es in den Gefängniszellen so dunkel wie in einer Höhle, bis auf ein paar seltsame Schemen hier und da in der Finsternis. In dieser Nacht entlädt sich ein Gewitter über der Gegend. Wann immer Blitze vom Himmel zucken, peitschen sie grelles Licht durch die kleinen Plexiglasfenster in die Zellen hinein. Das Wabenmuster des Maschendrahts, der straff vor dieses Glas gespannt ist, wird bei jedem Blitz an die gegenüberliegende Zellenwand geworfen.

Jedes Mal wenn Licht in die Zelle zuckt, wird das Gesicht des Mannes aus dem Dunkel gerissen, als hätte es unvermittelt eine Wasseroberfläche durchbrochen. Anders als die anderen Häftlinge ist er allein in seiner Zelle, allein mit sich selbst und seinen Gedanken. Die anderen Gefangenen fürchten ihn, sogar die Wächter, obwohl sie bewaffnet sind; denn er ist ein Mann von beeindruckender Gestalt. Wenn er an den anderen Knastbrüdern – kaum weniger harten und gewalttätigen Männern – vorübergeht, wenden diese rasch den Blick ab.

Sein Name ist Rufus Harms, und hier, im Militärgefängnis von Fort Jackson, hat er den Ruf eines Zerstörers: Wer sich mit ihm anlegt, den zermalmt er. Nie macht er den ersten Schritt, aber stets den letzten. Fünfundzwanzig Jahre hinter Gittern haben einen schrecklichen Tribut von ihm gefordert. Wie die Altersringe im Holz eines Baumes bilden die Spuren von Narben auf seiner Haut und die schlecht verheilten Knochenbrüche eine Chronik der Jahre, die er hier verbracht hat. Doch viel schlimmer noch wurde das weiche Gewebe seines Hirns in Beeinträchtigung gezogen, jener Teil, in dem die Menschlichkeit wohnt: Erinnerungen, Gedanken, Liebe, Hass – alles besudelt, alles gegen ihn selbst gerichtet. Vor allem die Erinnerungen: ein kleiner Tumor aus Eisen im Hinterkopf, der gegen das Rückgrat drückt.

In seiner massigen Gestalt schlummert gewaltige Kraft. Man kann es an den langen, muskulösen Armen erkennen, den breiten, kompakten Schultern. Selbst seine Leibesfülle lässt außergewöhnliche Stärke erahnen. Und dennoch ist er wie eine unterhöhlte Eiche, deren herausgerissene Wurzeln keinen Grund finden; ein Baum, im Wachstum gekappt, dessen Äste, zum Teil schon tot oder im Absterben begriffen, auch durch Beschneiden nicht mehr zu retten sind. Er ist ein lebendes Paradox: ein sanfter Mann, der andere Menschen respektiert und treu an seinen Gott glaubt; zugleich aber trägt er unwiderruflich das Stigma eines grausamen Mörders. Deshalb wird er von den Wächtern und den anderen Gefangenen in Ruhe gelassen. Mehr wollte er auch gar nicht. Bis zu diesem Tag, als sein Bruder ihm etwas brachte. Einen Topf voller Gold am Ende des Regenbogens, ein Aufbranden der Hoffnung. Einen Weg, der hinausführt aus diesem Ort.

Ein weiterer Blitz reißt Harms' Augen aus der Finsternis. Sie sind dunkelrot verfärbt, als wären sie blutunterlaufen – bis man die Tränen auf seinem dunklen, massigen Gesicht bemerkt. Als das Licht des Blitzes erlischt, glättet er das Blatt, darum bemüht, kein Geräusch zu machen, das eine Einladung an die Wächter wäre, in seiner Zelle herumzuschnüffeln. Die Beleuchtung im Gefängnis wurde bereits vor Stunden gelöscht; daran kann auch er nichts ändern. Wie schon seit einem Vierteljahrhundert wird für ihn die Dunkelheit erst mit der fahlen Helle des heraufdämmernden Morgens enden. Doch für Harms spielt es keine Rolle, ob seine Zelle hell oder dunkel ist. Er hat den Brief bereits gelesen, hat jedes Wort in sich aufgenommen. Jede Silbe schneidet wie die scharfe, kurze Klinge eines Springmessers. Am oberen Rand des Blattes befindet sich in Fettdruck das Emblem der Armee der Vereinigten Staaten. Er kennt es gut, sehr gut. Seit fast dreißig Jahren ist die Army sein Arbeitgeber, sein Wächter.

Und nun verlangt sie Informationen von Rufus Harms, einem gescheiterten, vergessenen Soldaten aus der Vietnam-Ära. Detaillierte Informationen. Informationen, die er nicht geben kann. Auch ohne Licht findet sein Finger das Ziel und berührt jene Stelle auf dem Blatt, die Erinnerungsfetzen an die Oberfläche bringt – Bruchstücke, die in seinem Innern treiben, seit er hier einsitzt, all die Jahre, als ein lähmender, nie enden wollender Albtraum. Doch das Kernstück seiner Erinnerungen schien niemals greifbar zu sein. Bis jetzt. Bis er den Brief zum ersten Mal gelesen hatte. Er hatte den Kopf so tief auf das Papier gesenkt, als wollte er mit Gewalt die verborgene Bedeutung der maschinengeschriebenen Kringel enthüllen, das größte Geheimnis seines irdischen Daseins lösen. An diesem Abend haben die verzerrten Bruchstücke und Fetzen sich mit einem Mal zu einer deutlichen Erinnerung zusammengefügt, zur Wahrheit. Endlich.

Bis Harms diesen Brief von der Army gelesen hatte, besaß er nur zwei klare Erinnerungen an jene Nacht vor fünfundzwanzig Jahren: das kleine Mädchen und den Regen. Es war ein schreckliches Unwetter gewesen, beinahe so schlimm wie in dieser Nacht. Die Gesichtszüge des Mädchens waren fein geschnitten, die Nase eine bloße Knospe aus Haut und Knorpeln. Weder Sonne noch Alter noch Sorgen hatten Schatten in das Licht auf ihrem Antlitz geworfen; ihre durchdringenden Augen waren blau und unschuldig und noch ohne die Tiefe menschlicher Erfahrungen, allein die hoffnungsvolle Erwartung eines langen Lebens, das noch vor ihr lag, war darin zu lesen. Ihre Haut war weiß wie Zucker und makellos – bis auf die hässlichen roten Druckstellen an ihrem Hals, so zart und verletzlich wie eine Blume. Diese Druckstellen stammten von den Händen des Soldaten Rufus Harms, denselben Händen, die nun krampfhaft den Brief umklammerten, während sein taumelnder Geist wieder in eine gefährliche Nähe zu diesem Bild geriet.

Immer wenn Harms an das tote Mädchen dachte, weinte er, musste er weinen. Er konnte nicht anders. Doch er weinte stumm, und das aus gutem Grund. Die Wächter und Sträflinge waren Geier, Haie. Aus einer Million Kilometer Entfernung rochen sie Blut, Schwäche, eine Angriffsmöglichkeit. Sie erkannten sie am Zucken der Augen, an den geweiteten Poren der Haut, sogar am Geruch des

Schweißes. Hier im Gefängnis waren alle Sinne geschärft. Hier bedeuteten Kraft und Schnelligkeit, Härte und Brutalität das Leben. Oder den Untergang.

Harms kniete neben dem Mädchen, als die Militärpolizisten es fanden. Ihr dünnes Kleid klebte an ihrer winzigen Gestalt, die tief im durchnässten Boden lag, als hätte man sie aus großer Höhe fallen lassen, in ihr eigenes flaches Grab, das sie mit ihrem Körper gebildet hatte. Einmal hatte Harms zu den Militärpolizisten aufgeblickt, doch sein Verstand hatte lediglich einen Wirrwarr dunkler Silhouetten registriert. Nie im Leben hatte er eine solche Wut verspürt, selbst dann noch, als Übelkeit ihn packte, als die Welt sich vor seinen Augen drehte und als Puls, Atmung und Blutdruck ins Bodenlose fielen. Er hielt seinen Kopf mit beiden Händen umklammert, als wollte er verhindern, dass ihm das Hirn die Schädelknochen sprengte und durch Kopfhaut und Haar in die regennasse Luft explodierte.

Als er wieder auf das tote Mädchen hinunterschaute und den Blick dann auf die beiden zuckenden Hände richtete, die ihrem jungen Leben ein Ende bereitet hatten, war der Zorn so plötzlich aus Harms gewichen, als hätte jemand in seinem Inneren einen Stöpsel gezogen. Doch sein Körper gehorchte ihm nicht; er konnte sich nicht rühren, konnte nur dort hocken, nass und zitternd, die Knie tief im Schlamm versunken, und auf das tote Mädchen starren. Ein riesiger schwarzer Gorilla in einem grünen Kampfanzug, der sich über ein kleines, hellhäutiges Opfer beugte – so beschrieb es später ein fassungsloser Zeuge.

Erst am nächsten Tag erfuhr Harms den Namen des kleinen Mädchens: Ruth Ann Mosley, zehn Jahre alt, aus Columbia, South Carolina. Ruth und ihre Familie hatten den Bruder des Mädchens besucht, der auf dem Stützpunkt stationiert war. An diesem Abend hatte Harms Ruth Ann Mosley nur als Leiche gesehen, als totes Fleisch – klein, ja winzig im Vergleich zu der gewaltigen Masse seines eins fünfundneunzig großen, zweihundertsiebzig Pfund schweren Körpers. Das verschwommene Bild des Gewehrkolbens, den ihm einer der Militärpolizisten an den Schädel schmetterte, war der letzte mentale Splitter, den Harms sich von dieser Nacht bewahrte. Der Schlag schleuderte ihn neben dem Mädchen zu Boden. Es lag auf dem Rücken, und in jeder Vertiefung seines leblosen Antlitzes sammelten sich Regentropfen. Rufus Harms lag mit dem Gesicht im Schlamm. Er sah nichts mehr. Erinnerte sich an nichts mehr.

Bis zu diesem Abend. Er sog die regenfeuchte Luft in die Lungen und schaute aus dem halb geöffneten Fenster. Von einem Augenblick auf den anderen war er eine dieser seltenen Kreaturen geworden: ein Unschuldiger hinter Gittern.

Im Lauf der Jahre hatte Harms sich eingeredet, dass das Böse wie ein Krebsgeschwür in seiner Seele lauerte. Er hatte sogar an Selbstmord gedacht, um Buße dafür zu tun, einem anderen Menschen das Leben genommen zu haben, noch dazu einem Kind. Doch er war tief religiös, keiner jener Knastbrüder, die im Bau aus Mangel an anderen Zielen den Weg zu Gott gefunden hatten. Deshalb konnte er nicht die Todsünde des Selbstmords begehen. Überdies wusste er, dass der Mord an dem Mädchen ihn zu einem Leben nach dem Tod verdammt hatte, das tausendmal schlimmer war als jenes, welches er jetzt ertrug. Er war nicht bereit, sich überstürzt dem hinzugeben. Da war er hier, in dieser von Menschen geschaffenen Hölle, einstweilen noch besser aufgehoben.

Und nun erkannte er, dass seine Entscheidung richtig gewesen war. Gott hatte es gewusst, hatte ihn für diesen Augenblick am Leben erhalten. Mit verblüffender Klarheit erinnerte er sich an die Männer, die in jener Nacht zu ihm in die Arrestzelle gekommen waren. Vor seinem inneren Auge sah er wieder deutlich jedes der verzerrten Gesichter, die Streifen auf den Uniformen, die einige von ihnen trugen – seine Kameraden. Ihm fiel wieder ein, dass sie ihn eingekreist hatten wie Wölfe ihre viel größere, stärkere Beute; lediglich ihre bloße Überzahl hatte ihnen Mut verliehen. Er erinnerte sich an den verräterischen Hass ihrer Worte. Was sie an jenem Abend getan hatten, hatte Ruth Ann Mosleys Tod verursacht. Und in einem gewissen Sinne war auch Rufus Harms in jener Nacht gestorben.

Für diese Männer war Harms ein wehrfähiger Soldat, der jedoch niemals für sein Land gekämpft hatte. Und zweifellos glaubten sie, dass er verdient hatte, was man ihm antat. Inzwischen war er ein Mann mittleren Alters, der langsam in einem Käfig dahinsiechte – die Strafe für ein Verbrechen, dessen Ursprung viele Jahre zurücklag. Und er war machtlos, ohne jede Aussicht, dass ihm auch nur ein Anschein von Gerechtigkeit widerfuhr. Und trotz alledem starrte er in das vertraute Dunkel seiner Gruft, und ein einziges, heftiges Verlangen gab ihm Kraft: Nach fünfundzwanzig Jahren schrecklicher und schmerzlicher Schuld, die ihn unaufhörlich gequält hatte, bis er sein ohnehin verpfuschtes Leben beinahe weggeworfen hätte, war es nun an der Zeit, dass *sie* leiden sollten. Er umklammerte die abgegriffene Bibel, die seine Mutter ihm geschenkt hatte, und gelobte dies dem Gott, der ihn niemals verlassen hatte.

KAPITEL 1

Die Stufen der Treppe, die hinauf zum United States Supreme Court, dem Obersten Gerichtshof der Vereinigten Staaten, führte, waren breit und schienen nicht enden zu wollen. Es kam einem so vor, als müsse man den Olymp ersteigen, um bei Zeus eine Audienz zu erbitten, was in gewisser Hinsicht auch zutraf. In die Fassade über dem Haupteingang waren die Worte EQUAL JUSTICE UNDER LAW eingemeißelt: ›Gleiches Recht vor dem Gesetz‹. Dieser Leitspruch stammte aus keinem wichtigen Dokument oder Urteil, sondern war das Werk von Cass Gilbert, dem Architekten, der das Gerichtsgebäude entworfen hatte. Es war lediglich eine Frage der Schriftgröße gewesen: Der Satz passte genau auf die Fläche, die Gilbert für ein einprägsames juristisches Motto vorgesehen hatte.

Ironischerweise hatte der Kongress die Mittel zum Bau des majestätischen dreistöckigen Gebäudes 1929 bewilligt, im Jahr des Schwarzen Freitags, als die Börsenkurse einbrachen und die Weltwirtschaftskrise begann. Nahezu ein Drittel der Baukosten – neun Millionen Dollar – waren für Marmor aufgewendet worden: Reiner Vermont, herangekarrt mit einem Heer von Güterwagen, bildete die Fassade des Gebäudes. Die vier Innenhöfe bestanden aus kristallinem Stein aus Georgia, die Böden und Wände des Gebäudeinnern hingegen aus dem milchigen Marmor von Alabama. Nur in der Großen Halle war der Boden mit dunklem italienischem und afrikanischem Marmor ausgelegt. Auch die Steinsäulen in der Großen Halle waren aus Marmorblöcken zusammengefügt: italienischer Montarrenti, der nach Knoxville in Tennessee verschifft worden war. Dort hatten ganz normale Menschen die Blöcke im Schweiße ihres Angesichts zu den fast zehn Meter hohen Säulen zusammengefügt, welche nun jenes Gebäude trugen, das seit 1935 die berufliche Heimat von neun Männern war – und seit 1981 stets zumindest einer Frau. Es waren neun Personen, von denen jede Außergewöhnliches geleistet hatte. Die Bewunderer des Gebäudes bezeichneten es als prachtvolles Beispiel für den korinthischen Stil der klassisch-griechischen Architektur. Seine Gegner erklärten, es sei eher ein Palast für die aberwitzigen Vergnügungen von Königen als ein Ort, an dem vernünftig Recht gesprochen wurde.

Und doch war dieses Gericht seit den Zeiten eines John Marshall der Verteidiger und das Sprachrohr der Verfassung. Die neun Richter, die hier Recht sprachen, konnten einen Erlass des Kongresses für verfassungswidrig erklären. Sie konnten einen amtierenden Präsidenten zwingen, Tonbänder und Dokumente freizugeben, die schlussendlich zu seinem unrühmlichen Rücktritt führten. Neben der Legislative – dem Kongress – und der Exekutive – dem Präsidenten – hatten die Gründerväter die Jurisdiktion als dritte und gleichberechtigte Säule der Regierung errichtet. Und deren höchste Instanz war der Oberste Gerichtshof, die vielleicht stärkste Säule der Macht, denn seine Entscheidungen zu den verschiedensten bedeutsamen Fragen verliehen dem Willen des amerikanischen Volkes gesetzliche Form und Gestalt.

Der ältere Mann, der durch die Große Halle ging, setzte diese ehrbare Tradition fort. Er war groß und knochig und besaß hellbraune Augen, die keine Brille benötigten. Seine Sehkraft war noch ausgezeichnet, obwohl er jahrzehntelang Kleingedrucktes gelesen hatte. Sein Haar war fast völlig gelichtet; die Schultern waren im Lauf der Jahre schmal und gekrümmt geworden, und er hinkte leicht. Dennoch verbreitete Chief Justice Harold Ramsey, der Oberste Richter, knisternde Energie. Sogar seine Schritte wirkten entschlossen und voller Unrast. Und Ramsey besaß einen beispiellosen Intellekt, der jede körperliche Benachteiligung mehr als nur wettmachte.

Er war der hochrangigste Jurist des Landes, und dies hier war sein Gerichtshof, sein Gebäude. »Ramsey-Court« nannten die Medien es schon seit geraumer Zeit, so wie es zuvor »Warren-Court« geheißen hatte und anders: Es hatte die Namen sämtlicher Vorgänger Ramseys getragen – seine Erblast für alle Zeit. Ramsey führte sein Gericht straff und mit harter Hand und versuchte seit nunmehr zehn Jahren, eine beständige Mehrheit der anderen Richter um sich zu scharen. Er mochte die Mauschelei, die hinter den geschlossenen Türen des Gerichts betrieben wurde. Hier und da gab er ein genau überlegtes Wort oder eine kurze Bemerkung von sich, und in der einen oder anderen unbedeutenden Sache gab er nach, um später eine Gefälligkeit einfordern zu können. Geduldig wartete er darauf, dass der richtige Fall kam, der ihm als Mittel zur Veränderung dienen konnte, mitunter auf eine Weise, mit der seine Kollegen nie gerechnet hätten. Ramsey war besessen davon, die fünf Stimmen zusammenzubekommen, die für eine Mehrheit erforderlich waren.

Er war als beigeordneter Richter zum Obersten Gerichtshof gekommen und vor zehn Jahren in das höchste Amt aufgestiegen. Anfangs war Ramsey auf dem Papier lediglich der Erste unter Gleichen gewesen, doch in Wahrheit war er mehr als der *Primus inter Pares*. Ramsey war ein Mann mit fest gefügten Ansichten und einer ganz persönlichen Philosophie. Es war sein Glück, dass man ihn zu einer Zeit für den Obersten Gerichtshof nominiert hatte, als der Auswahlprozess noch nichts mit politischen Spitzfindigkeiten zu tun hatte, wie es heutzutage der Fall war. Damals wurden noch keine lästigen Fragen über die Ansichten des Kandidaten über spezifische rechtliche Themen wie zum Beispiel Abtreibung, Todesstrafe und positive Diskriminierung gestellt – Fragen, die den heutzutage hochgradig politisierten Vorgang behinderten, Richter am

Supreme Court zu werden. Wenn man damals, vor zehn Jahren, vom Präsidenten nominiert wurde, über die erforderliche juristische Qualifikation verfügte und keine besonders schlimmen Leichen im Keller liegen hatte, war man drin.

Der Senat hatte Ramsey einstimmig bestätigt; er hatte kaum eine Wahl gehabt: Ramsey war Spitzenklasse – von seiner Ausbildung bis hin zu seiner anwaltlichen Tätigkeit. Er besaß zahlreiche akademische Titel, allesamt von Eliteuniversitäten, und stets hatte er zu den besten seines Jahrgangs gezählt. Nach der Anwaltstätigkeit folgte ein mit Auszeichnungen bedachtes Zwischenspiel als Juraprofessor, wobei Ramsey außergewöhnliche und weit reichende Thesen verfocht, welche Richtung die Gesetzgebung und demzufolge auch die Menschheit einschlagen sollte. Anschließend war er für das Bundesberufungsgericht vorgeschlagen worden und rasch zum Vorsitzenden Richter seines Bezirks aufgestiegen. Während seiner Amtszeit am Berufungsgericht hatte der Supreme Court keine einzige der Mehrheitsentscheidungen Ramseys aufgehoben. Im Lauf der Jahre hatte Ramsey das geeignete Netzwerk an Verbindungen aufgebaut und alles Notwendige getan, um das Amt zu erlangen, das er nun innehatte und eifersüchtig hütete.

Er hatte sich dieses Amt verdient. Nie war ihm etwas geschenkt worden – was mit einer seiner unumstößlichen Ansichten im Einklang stand: Wenn man in den USA hart arbeitete, hatte man Erfolg. Niemand hatte ein Recht auf Almosen, weder die Armen noch die Reichen, noch die Mittelschicht. Die Vereinigten Staaten waren das Land der unbegrenzten Möglichkeiten, doch um diese Möglichkeiten auszuschöpfen, musste man schuften und schwitzen und Opfer bringen. Für die Ausreden jener, die es zu nichts brachten, hatte Ramsey kein Ohr. Er war in abgrundtiefer Armut aufgewachsen, der Vater ein schlagwütiger Alkoholiker, die Mutter eine gebrochene Frau, die keine Zuflucht bot und deren mütterliche Gefühle vom Vater zertreten und zerschlagen worden waren. Kein viel versprechender Start ins Leben. Und wo stand er jetzt? Wenn er unter solchen Umständen nicht nur überleben, sondern es zu etwas bringen konnte, dann konnten es auch andere. Schafften sie es nicht, war es ihre Schuld. Etwas anderes ließ Ramsey sich nicht einreden.

Er stieß ein zufriedenes Seufzen aus. Soeben hatte eine neue Sitzungsperiode des Gerichts begonnen. Alles lief reibungslos. Doch es gab einen Haken. Eine Kette war nur so stark wie ihr schwächstes Glied, und damit musste Ramsey sich nun befassen. Mit seinem potenziellen Waterloo. Zurzeit lief alles ausgezeichnet – aber was würde in fünf Jahren sein? Mit solchen Problemen befasste man sich besser frühzeitig, bevor sie einem aus der Hand glitten.

Er wusste, er würde demnächst mit Elizabeth Knight aneinander geraten. Sie war genauso intelligent wie er und vielleicht auch genauso hart. Ramsey hatte es von dem Tag an gewusst, als ihre Ernennung bestätigt worden war. Eine Frau, die frisches Blut in einen Gerichtshof voller älterer Herren brachte. Ramsey hatte Elizabeth Knight vom ersten Tag an bearbeitet. Er fragte sie um ihre Meinung, wenn er glaubte, ihre Haltung sei neutral – in der Hoffnung, dass die Verantwortung, eine Entscheidung treffen zu müssen, die eine Mehrheit herbeiführte, Elizabeth Knight in sein Lager ziehen würde. Er hatte versucht, sie unter seine Fittiche zu nehmen, sie in die Feinheiten des Gerichtsalltags einzuweihen. Doch sie hatte eine sehr starrköpfige, unabhängige Ader an den Tag gelegt. Ramsey hatte erlebt, wie andere Oberste Richter selbstgefällig wurden, sorglos – mit der Folge, dass ihr Führungsanspruch von anderen herausgefordert wurde, die energischer waren. Ramsey war entschlossen, sich niemals in diese Versager einzureihen.

»Murphy macht sich Sorgen um den Fall *Chance*«, sagte Michael Fiske zu Sara Evans. Sie waren in ihrem Büro im ersten Stock des Gerichtsgebäudes. Michael war eins fünfundachtzig groß und stattlich und besaß die geschmeidigen Proportionen des Sportlers, der er früher gewesen war. Die meisten Assessoren – wissenschaftliche Mitarbeiter mit der Befähigung zum Richteramt, wie sie korrekt hießen – arbeiteten ein Jahr lang in der Verwaltung des Obersten Gerichtshofs, bevor sie in angesehenere Positionen in Privatkanzleien, im öffentlichen Dienst oder in den Lehrbetrieb wechselten. Michael trat nun, was noch nie vorgekommen war, sein drittes Jahr als Oberassessor von Richter Thomas Murphy an, dem legendären Liberalen an diesem Gericht.

Michael besaß einen phänomenalen Verstand. Sein Hirn funktionierte wie eine Geldzählmaschine: Daten strömten in seinen Kopf, wurden blitzschnell sortiert und an die richtige Stelle weitergeleitet. Er konnte mit einem Dutzend komplizierter, ineinander verzahnter Szenarien jonglieren, sie gegeneinander abwägen und ermitteln, welche Auswirkungen ein jedes auf die anderen hatte. Vor Gericht befasste er sich gern mit schwierigen Fällen von nationaler Bedeutung, auch wenn er sich dabei mit Kollegen herumschlagen musste, deren Verstand so messerscharf war wie der seine. Und Michael hatte festgestellt, dass selbst im Rahmen rigoroser intellektueller Dispute Zeit und Gelegenheit für etwas Tieferes blieb als das, was die trockenen, scharf umrissenen Worte eines Gesetzestextes verkündeten. Im Grunde wollte Michael den Obersten Gerichtshof gar nicht verlassen. Die Welt draußen hatte keinen Reiz für ihn.

Sara machte einen besorgten Eindruck. Während der letzten Sitzungsperiode hatte Richter Murphy entschieden, den Fall *Chance* zu verhandeln. Die mündliche Verhandlung wurde anberaumt und die Eingaben für den Richter vorbereitet. Sara war Mitte zwanzig, eins fünfundsechzig groß und schlank, doch mit wohlproportionierten weiblichen Rundungen. Ihr Gesicht war fein geschnitten, die Augen groß und blau. Ihr Haar war dicht und braun – im Sommer nahm es immer eine leicht blonde Färbung an – und schien stets frisch und angenehm zu duften. Sie war Assessorin von Richterin Elizabeth Knight. »Ich verstehe das einfach nicht. Ich dachte, Murphy stünde bei dieser Sache hinter uns. Ist doch genau sein Fall. Der kleine Mann gegen die allgewaltige Bürokratie.«

»Er glaubt aber auch fest daran, dass Präzedenzfälle berücksichtigt werden müssen.«

»Auch wenn es falsch ist?«

»Du rennst offene Türen ein, Sara, aber ich habe mir gedacht, ich sollte es dir sagen. Ohne ihn wird Richterin Knight keine fünf Stimmen bekommen, das weißt du. Selbst mit ihm schafft sie es vielleicht nicht.«

»Tja, was will er dann?«

Darauf lief es die meiste Zeit hinaus. Das berühmte Netzwerk der Assessoren. Wie die schamlosesten politischen Hausierer schacherten sie und debattierten und versuchten, Stimmen für ›ihre‹ Richter zu ergattern. Es stand unter der Würde der Richter, offen um Stimmen zu feilschen, oder um eine bestimmte Formulierung in einer Urteilsbegründung, oder um eine Auslegung, Streichung oder Hinzufügung. Das galt aber nicht für die Verwaltungsangestellten des Gerichts, von denen die meisten diesen Kuhhandel sogar mit beträchtlichem Stolz betrieben. Es ließ sich mit einer gewaltigen, nie endenden Klatschkolumne vergleichen, bei der allerdings nationale Interessen auf dem Spiel standen. Zumindest wenn die Sache in den Händen von Fünfundzwanzigjährigen lag, die gerade ihren ersten richtigen Job angetreten hatten.

»Murphy lehnt den Standpunkt von Richterin Knight ja nicht unbedingt ab. Aber wenn sie bei einer Beratung fünf Stimmen bekommen will, muss die Begründung sehr genau getroffen und eingegrenzt werden. Er lässt sich nicht das Fell über die Ohren ziehen. Er hat im Zweiten Weltkrieg gedient und hat eine hohe Meinung vom Militär. Das muss beim Entwurf der Urteilsbegründung berücksichtigt werden.«

Sara nickte anerkennend. Die persönliche Vergangenheit der Richter spielte bei ihrer Urteilsfindung eine größere Rolle, als die meisten Außenstehenden glauben mochten. »Danke. Aber zuerst muss Richterin Knight die Gelegenheit bekommen, eine Begründung aufzusetzen.«

»Natürlich bekommt sie die Gelegenheit. Ramsey wird dagegen stimmen, *Feres* und *Stanley* aufzuheben, das weißt du. Und Murphy wird bei der Beratung wahrscheinlich dafür stimmen, den Fall Chance zu behandeln. Murphy ist der älteste beigeordnete Richter, also wird er darüber entscheiden, wer die Begründung verfasst. Wenn Knight ihre fünf Stimmen bekommt, wird Murphy ihr diese Aufgabe zuschustern. Und wenn sie ordentliche Arbeit leistet – keine in die Breite gehenden Formulierungen –, sind wir alle wunschlos glücklich.«

Die Vereinigten Staaten gegen Chance war einer der wichtigsten Fälle, die in dieser Sitzungsperiode auf der Liste standen. Barbara Chance war Soldatin in der Army gewesen. Man hatte sie eingeschüchtert und schikaniert, und wiederholt war sie von mehreren ihrer männlichen Vorgesetzten zum Geschlechtsverkehr genötigt worden. Der Fall hatte die üblichen internen Dienstwege der Army durchlaufen, und einer der Männer war vors Kriegsgericht gestellt und zu einer Haftstrafe verurteilt worden. Doch Barbara Chance hatte sich nicht damit zufrieden gegeben. Nachdem sie aus dem Militärdienst ausgeschieden war, hatte Chance auf Schadenersatz geklagt – mit der Begründung, die Army habe zugelassen, dass diese feindselige Umgebung für sie selbst und andere weibliche Rekruten überhaupt erst entstehen konnte.

Barbara Chance hatte den Dienst quittiert und dann Klage eingereicht. Der Fall hatte sich langsam durch die Instanzen gearbeitet, und stets war die Army Sieger geblieben. Doch der Fall barg dermaßen viele juristische Grauzonen, dass er schließlich wie ein Findelkind auf der Schwelle dieses Palastes gelandet war.

Die derzeitige Rechtsprechung lief darauf hinaus, dass

Barbara Chance – es war die reinste Ironie – keinerlei Aussicht auf Erfolg hatte. Es war so gut wie unmöglich, dass Militärangehörige ihren Dienstherrn auf Schadenersatz verklagten, ganz gleich aus welchem Grund und welches Verschulden auch vorliegen mochte. Doch die Richter konnten die Gesetzeslage ändern. Und Richterin Knight und Sara Evans arbeiteten hinter den Kulissen eifrig daran, genau das zu tun. Bei diesem Vorhaben war Thomas Murphys Unterstützung von ausschlaggebender Bedeutung. Es mochte Murphy zwar nicht gelingen, das Recht der Army auf Immunität völlig aufzuheben, aber der Fall Chance konnte zumindest ein Loch in die Mauer der Unbesiegbarkeit des Militärs stanzen.

Es schien verfrüht zu sein, über das Urteil in einem Fall zu diskutieren, der noch gar nicht verhandelt worden war, doch in vielen Fällen und für viele Richter war die mündliche Verhandlung eher nebensächlich: Bei Verhandlungsbeginn hatten die meisten Richter ihre Entscheidung bereits gefällt. Der Prozess als solcher, das Urteil und dessen Begründung waren für die Richter eher eine Gelegenheit, den Kollegen ihre Ansichten und Befürchtungen darzulegen, was häufig dadurch geschah, dass die Richter auf extrem hypothetische Beispiele zurückgriffen. Es war eine geistige Einschüchterungstaktik, so als wollten sie sagen: »Verstehen Sie, werte Kollegen, was passieren könnte, wenn Sie für dieses und jenes stimmen würden?«

Michael erhob sich und schaute zu Sara hinunter. Nur auf sein Drängen hin hatte sie sich für eine weitere Sitzungsperiode beim Obersten Gericht verpflichtet. Sara war auf einer kleinen Farm in North Carolina aufgewachsen und hatte in Stanford studiert. Wie alle Assessoren am Supreme Court konnte sie mit einer blendenden beruflichen Zukunft rechnen: Beim Obersten Gerichtshof gearbeitet zu haben war wie ein goldener Schlüssel, der einem Anwalt beinahe jede Tür öffnete – sofern man mit beiden Beinen auf dem Boden blieb. Es gab Beispiele von Assessoren, die nach Verlassen des Obersten Gerichts so sehr vor Selbstbewusstsein gestrotzt hatten, dass ihre juristischen Fähigkeiten nicht mehr ihrem Dünkel entsprachen. Doch Michael und Sara waren dieselben geblieben, die sie gewesen waren. Aus diesem Grund – und wegen Saras Intelligenz, ihrer erfrischend ausgeglichenen Persönlichkeit und ihres guten Aussehens – hatte Michael seiner Kollegin vor einer Woche eine sehr wichtige, sehr persönliche Frage gestellt. Eine Frage, auf die er bald eine Antwort zu erhalten hoffte. Vielleicht jetzt. Er war noch nie ein besonders geduldiger Mensch gewesen.

Sara schaute erwartungsvoll zu ihm hoch.

»Hast du über meinen Antrag nachgedacht?«

Sie hatte gewusst, dass die Frage kommen würde. Sie war ihr lange genug ausgewichen. »Ich habe über nichts anderes nachgedacht.«

»Man sagt, es ist ein schlechtes Zeichen, wenn es so lange dauert.« Michael sagte es im Scherz, doch der Humor war sichtlich gezwungen.

»Michael, ich mag dich sehr.«

»Du *magst* mich? O je, noch ein schlechtes Zeichen.« Sein Gesicht lief plötzlich rot an.

Sie schüttelte den Kopf. »Ich ... es tut mir Leid.«

Er zuckte die Achseln. »Wahrscheinlich nicht halb so Leid wie mir. Ich habe noch nie jemandem einen Heiratsantrag gemacht.«

»Und ich habe noch keinen bekommen. Michael, ich fühle mich geschmeichelt. Ehrlich. Du bist alles und hast alles, was eine Frau sich wünschen kann.«

»Nur eins nicht.« Michael schaute auf seine Hände, die plötzlich leicht zitterten. »Ich respektiere deine Entscheidung. Ich gehöre nicht zu den Leuten, die glauben, man könnte mit der Zeit jemanden lieben lernen. Entweder ist von vornherein etwas da oder eben nicht.«

»Du wirst eine andere finden, Michael. Und sie wird großes Glück haben, dich zu bekommen.« Sara wusste, wie plump und unbeholfen ihre Worte waren. »Hoffentlich bedeutet das jetzt nicht, dass ich meinen besten Freund am Gericht verliere.«

»Doch, wahrscheinlich.« Als Sara erbleichte, hob Michael eine Hand. »War nur ein Scherz.« Er seufzte. »Das hört sich jetzt wahrscheinlich furchtbar selbstgefällig an, aber gerade bin ich zum ersten Mal im Leben richtig abgeblitzt.«

»Ich wünschte, mein Leben wäre so einfach gewesen.« Sara lächelte.

»Wünsch es dir lieber nicht. Dann kann man Zurückweisungen nämlich viel schwerer verkraften.« Michael ging zur Tür. »Wir sind immer noch Freunde, Sara, ja? Ich bin viel zu gern mit dir zusammen, als dass ich darauf verzichten wollte. Und auch du wirst einen Partner finden, und auch der kann sich verdammt glücklich schätzen.« Er schaute sie nicht an, als er hinzufügte: »*Hast* du ihn schon gefunden?«

Sie zuckte leicht zusammen. »Warum fragst du?«

»Ein sechster Sinn, vielleicht. Das Verlieren fällt meist ein bisschen leichter, wenn man weiß, gegen wen man verloren hat.«

»Es gibt keinen anderen«, sagte sie schnell.

Michael wirkte nicht besonders überzeugt. »Wir sehen uns später.«

Verwirrt schaute Sara ihm hinterher.

»Ich erinnere mich noch an meine ersten Jahre am Gericht.« Ramsey blickte aus dem Fenster, und auf seinem Gesicht lag ein leises Lächeln.

Er saß Elizabeth Knight gegenüber, der jüngsten Richterin am Supreme Court. Sie war Mitte vierzig, schlank, von durchschnittlicher Größe und hatte langes schwarzes Haar, das sie jedoch zu einem strengen, unvorteilhaften Knoten zurückgebunden hatte. Ihr Gesicht war scharf geschnitten, und ihre Haut war völlig faltenlos, als hätte sie niemals auch nur einen Tag in Wind und Wetter verbracht. Elizabeth Knight hatte sich rasch den Ruf als eine der sprachgewandtesten Juristen bei den mündlichen Verhandlungen erworben, und von allen Richtern am Supreme Court arbeitete sie am härtesten.

»Die Erinnerungen sind bestimmt noch sehr lebendig.« Elizabeth Knight lehnte sich in ihrem Schreibtischsessel zurück und ging im Geiste den Arbeitsplan für den Rest des Tages durch.

»Es war ein gewaltiger Lernprozess.«

Sie schaute ihn an. Ramsey hatte seine großen Hände hinter dem Kopf verschränkt und sah ihr nun direkt in die Augen.

»Ich habe fünf volle Jahre gebraucht, um herauszufinden, wie der Hase läuft«, fuhr er fort.

Knight zwang sich, nicht zu lächeln. »Sie sind viel zu bescheiden, Harold. Ich bin überzeugt, Sie hatten es schon herausgefunden, bevor Sie diese heiligen Hallen zum ersten Mal betreten haben.«

»Nein. Wirklich, das braucht seine Zeit. Aber ich hatte viele gute Vorbilder, an denen ich mich orientieren konnte. Felix Abernathy ... der alte Tom Parks. Man braucht sich nicht zu schämen, sich die Erfahrung anderer anzueignen. Eine Lehrzeit, die wir alle durchmachen. Wenngleich Sie, Elizabeth, gewiss schneller vorangekommen sind als die meisten«, fügte er rasch hinzu. »Trotzdem wird hier die Tugend der Geduld sehr geschätzt. Sie sind erst seit drei Jahren hier. Für mich ist dieser Gerichtshof seit über *zwanzig* Jahren meine Heimat. Ich hoffe, Sie verstehen, was ich meine.«

Knight lächelte immer noch nicht. »Ich weiß, dass es Sie ein wenig beunruhigt, wie ich gegen Ende der letzten Sitzungsperiode dem Fall *Chance* den Weg auf die Liste der zu verhandelnden Fälle geebnet habe.«

Ramsey setzte sich kerzengerade auf. »Glauben Sie nicht alles, was Sie hier hören.«

»Ganz im Gegenteil. Ich habe die Erfahrung gemacht, dass die Buschtrommeln der Assessoren überaus zuverlässig sind.«

Ramsey lehnte sich wieder zurück. »Nun ja, ich muss gestehen, das hat mich ein wenig überrascht. Der Fall beinhaltet keine ungeklärten Fragen. Ein Eingreifen unsererseits dürfte also kaum erforderlich sein. Muss ich noch mehr sagen?« Er hob die Hände.

»Ist das wirklich Ihre Meinung?«

Eine leichte Röte überzog Ramseys Gesicht. »Die jedermann zugänglichen Urteile dieses Gerichts in den letzten fünfzig Jahren lassen erkennen, dass wir nicht zu intervenieren brauchen. Ich bitte Sie lediglich, den Präzedenzfällen, die an diesem Gericht entschieden wurden, die Achtung zu erweisen, die sie verdienen.«

»Niemand schätzt dieses Verfassungsorgan mehr als ich.«

»Das freut mich zu hören.«

»Und *ich* würde mich freuen, wenn ich dazu beitragen könnte, dass Sie sich auch nach der mündlichen Verhandlung noch mit dem Fall *Chance* beschäftigen.«

Ramsey musterte sie missmutig. »Das wird eine sehr kurze Diskussion. Schließlich braucht man nicht lange, um *ja* oder *nein zu sagen*. Offen gesagt, am Ende des Tages werde ich mindestens fünf Stimmen haben, und Sie nicht.«

»Nun ja, ich habe immerhin schon mal drei Richter davon überzeugt, für die Zulassung des Falles zu stimmen.«

Ramsey schien sich ein Lachen verkneifen zu müssen. »Sie werden bald herausfinden, dass es eine ganz andere Sache ist, ob ein Richter dafür stimmt, einen Fall zuzulassen, oder ob er zu seinen Gunsten entscheidet. Glauben Sie mir, ich werde die Mehrheit bekommen.«

Elizabeth Knight lächelte freundlich. »Ihre Zuversicht ist ansteckend. *Davon* kann ich lernen.«

Ramsey erhob sich. »Dann vergessen Sie bloß nicht diese andere Lektion. Kleinere Fehler führen normalerweise zu größeren. Wir sind auf Lebenszeit ernannt worden, und unser einziges Kapital ist unsere Reputation. Sind Sie Ihren guten Ruf erst einmal los, bekommen Sie ihn nie mehr zurück.« Ramsey ging zur Tür. »Ich wünsche Ihnen einen produktiven Tag, Beth«, sagte er, bevor er das Zimmer verließ.

KAPITEL 2

»Rufus?« Samuel Rider drückte sich vorsichtig den Hörer ans Ohr. »Wie haben Sie mich gefunden?«

»Hier oben gibt es nicht besonders viele Anwälte, Samuel«, sagte Rufus Harms.

»Ich bin nicht mehr beim JAG.«

»In der freien Wirtschaft verdient man wohl ganz gut.«

»Manchmal vermisse ich die Uniform«, log Rider. Er hatte schreckliche Angst vor der Einberufung gehabt – damals, Anfang der siebziger Jahre. Glücklicherweise hatte er ein abgeschlossenes Jurastudium vorweisen können und war auf Nummer Sicher gegangen: Er hatte sich für die Militärgerichtsbarkeit – das Judge Advocates General's Office, kurz JAG – entschieden, statt mit Helm und Kampfanzug durch die Dschungel Vietnams zu streifen, als lebende Zielscheibe für ›Charlie‹, den Vietkong.

»Ich muss Sie sprechen. Warum, will ich am Telefon nicht sagen.«

»Ist in Fort Jackson alles okay? Ich habe gehört, dass Sie dorthin verlegt wurden.«

»Alles bestens. Der Knast hier ist in Ordnung.«

»Das habe ich nicht gemeint, Rufus. Ich frage mich nur, warum Sie mich nach so vielen Jahren anrufen.«

»Sie sind immer noch mein Anwalt, oder? Und jetzt brauche ich wirklich einen.«

»Mein Terminplan ist ziemlich voll, und ich komme normalerweise kaum aus der Stadt heraus.«

»Ich *muss* Sie morgen sehen, Samuel. Sind Sie mir das nicht schuldig?«

»Ich habe damals alles für Sie getan, was ich konnte.«

»Sie haben sich auf einen Kuhhandel eingelassen. Kurz und schmerzlos.«

»Nein«, entgegnete Rider, »wir hatten vor der Verhandlung eine Vereinbarung mit dem Gericht getroffen, die vom Anklagevertreter abgesegnet wurde. Es war das Klügste, was wir tun konnten.«

»Sie haben aber nicht versucht, ein günstigeres Urteil für mich herauszuholen. Die meisten Anwälte versuchen das.«

»Wer hat Ihnen das gesagt?«

»Im Gefängnis lernt man so einiges.«

»Sie können das Urteil nicht anfechten. Sie wissen, wir haben uns damals auf Geschworene der Army eingelassen.«

»Aber Sie haben keine Zeugen aufgerufen. Sie haben eigentlich *gar nichts* getan. Jedenfalls habe ich nicht viel davon mitbekommen.«

Rider ging unwillkürlich in die Defensive. »Ich habe getan, was ich konnte. Vergessen Sie nicht, Rufus, man hätte Sie hinrichten können. Ein kleines weißes Mädchen! Du lieber Himmel, die Anklagevertretung hätte auf Mord plädiert. Man hat es mir gesagt! Mit anderen Worten: Ich habe dafür gesorgt, dass Sie noch leben.«

»Bis morgen, Samuel. Ich habe Sie auf meine Besucherliste gesetzt. Gegen neun Uhr. Vielen Dank. Ich danke Ihnen vielmals. Ach, und bringen Sie ein kleines Radio mit.« Bevor Rider ihn nach dem Grund für diese Bitte fragen konnte oder warum er überhaupt ins Gefängnis kommen sollte, hatte Rufus Harms schon aufgelegt.

Rider lehnte sich in seinem bequemen Sessel zurück und ließ den Blick durch das geräumige, holzgetäfelte Büro schweifen. Er hatte sich in einer ländlichen Kleinstadt in der Nähe von Blacksburg, Virginia, als Anwalt niedergelassen. Er verdiente wirklich ganz ordentlich: ein schönes Haus, alle drei Jahre ein neuer Buick, zweimal im Jahr Urlaub. Die Vergangenheit – besonders der schrecklichste Fall, den er in seiner kurzen Laufbahn als Militäranwalt je übernommen hatte – lag weit hinter ihm. Es war ein Scheißfall gewesen, der auf den Magen schlug, und man konnte so viel Rennie schlucken, wie man wollte – es linderte die Beschwerden nicht.

Rider stützte das Kinn auf eine Hand, und seine Gedanken trieben zurück zum Beginn der siebziger Jahre, einer Zeit des Chaos im Militär, in den USA, in der ganzen Welt. Jeder beschuldigte jeden, für jeden Fehler verantwortlich zu sein, der je in der Geschichte des Universums gemacht worden war. Rufus Harms hatte am Telefon verbittert geklungen. Aber er *hatte* das kleine Mädchen umgebracht. Brutal. Praktisch vor den Augen ihrer Familie. Er hatte ihr binnen Sekunden das Genick gebrochen, bevor jemand auch nur versuchen konnte, ihn aufzuhalten.

Zu Harms' Gunsten hatte Rider vor dem Prozess eine Vereinbarung ausgehandelt, doch das Militärgesetz sah vor, dass der Anwalt sie vor der Urteilsverkündung widerrufen konnte. Der Angeklagte würde entweder die zuvor ausgehandelte Strafe bekommen oder aber die, welche der Richter oder die Abgeordneten – das militärische Gegenstück zu den Geschworenen – ausgesprochen hatten, je nachdem, welche Strafe milder war.

Doch Harms' Worte machten dem Anwalt zu schaffen. Er hatte sich damals tatsächlich überreden lassen, sich während des Prozesses nicht allzu sehr ins Zeug zu legen. Er hatte sich mit dem Ankläger darauf geeinigt, keine Zeugen von außerhalb aufzurufen, die Leumundsaussagen machen würden und Ähnliches. Und er hatte sich bereit erklärt, die offiziellen Ermittlungsergebnisse nicht anzuzweifeln und darauf zu verzichten, neue Beweise und Zeugen ausfindig zu machen.

Damit hatte er sich nicht unbedingt an die Regeln gehalten; denn das Recht des Verteidigers, den Kuhhandel zu widerrufen, durfte in keiner grundlegenden Hinsicht eingeschränkt werden. Doch hätte Rider nicht auf diese Weise hinter den Kulissen agiert, hätte der Ankläger die Todesstrafe beantragt und mit seinen Beweisen wahrscheinlich auch durchgesetzt. Es spielte kaum eine Rolle, dass der Mord so schnell verübt worden war und dass man den Tatbestand des Vorsatzes in ernste Zweifel ziehen konnte. Die kalte Leiche eines Kindes konnte auch die logischste aller juristischen Analysen zum Entgleisen bringen.

Die schlichte Wahrheit lautete, dass niemand sich für Rufus Harms interessierte. Er war ein Schwarzer, der den Großteil seiner Army-Laufbahn im Bau verbracht hatte. Der sinnlose Mord an einem Kind hatte sein Ansehen in den Augen des Militärs bestimmt nicht gehoben. Viele waren der Auffassung gewesen, ein solcher Mann habe gar keinen Anspruch auf Gerechtigkeit, es sei denn, sie erfolgte prompt, schmerzhaft und tödlich. Vermutlich hatte Rider damals selbst so gedacht. Deshalb hatte er bei der Verteidigung Harms' nicht gerade eine Politik der verbrannten Erde betrieben, dem Mann aber immerhin das Leben gerettet. Und mehr hätte kein Anwalt erreichen können.

Weshalb will Harms mich dann sprechen, fragte er sich.

KAPITEL 3

Als John Fiske sich vom Tisch der Verteidigung erhob, schaute er zu seinem Gegner, Paul Williams, hinüber. Der junge stellvertretende Staatsanwalt hatte soeben zuversichtlich die Details seines Antrags erläutert.

»Jetzt bist du geliefert, Paulie«, flüsterte Fiske. »Du hast es vermasselt.«

Als Fiske sich Richter Walters zuwandte, brachte er schon mit dieser Bewegung eine gewisse mühsam unterdrückte Spannung zum Ausdruck. Fiske war breitschultrig, mit eins achtzig jedoch kleiner als sein jüngerer Bruder. Und im Gegensatz zu Michaels Gesichtszügen waren Johns alles andere als von klassischem Schnitt. Er hatte Pausbacken, ein zu ausgeprägtes Kinn und eine zweimal gebrochene Nase. Das erste Mal war sie bei einer Prügelei an der High School gebrochen worden; der zweite Bruch war ein Überbleibsel aus seiner Zeit als Cop. Doch Fiskes schwarzes Haar fiel ihm ungekämmt über die Stirn, was irgendwie kämpferisch, attraktiv und Vertrauen erweckend wirkte, und in seinen braunen Augen loderte ein glühender Wille.

»Euer Ehren, um die Zeit des Gerichts nicht zu vergeuden, möchte ich der Staatsanwaltschaft ein Angebot bezüglich ihres Antrags machen. Wenn die Anklage sich bereit erklärt, diesen Antrag kostenpflichtig zurückzuziehen und dem Fonds der öffentlichen Pflichtverteidiger eintausend Dollar zu stiften, werde ich meinen Gegenantrag zurückziehen und nicht auf Schadenersatz klagen, und wir alle können nach Hause gehen.«

Paul Williams sprang so schnell auf, dass ihm die Brille von der Nase rutschte und auf den Tisch fiel. »Euer Ehren, das ist eine Unverschämtheit!«

Richter Walters schaute in den gut besuchten Saal, dachte stumm an seinen ebenso prall gefüllten Terminkalender und winkte beide Männer müde zu sich an den Richtertisch. »Kommen Sie bitte zu mir.«

»Euer Ehren«, sagte Fiske, als er am Seitensteg des Richterstuhls stand, »ich möchte der Gesellschaft nur einen Gefallen erweisen.«

»Die Gesellschaft kann auf Gefälligkeiten von Mr Fiske verzichten«, sagte Williams empört.

»Kommen Sie, Paulie, tausend Mäuse, und Sie können sich noch ein Bier trinken, bevor Sie zu Ihrem Boss gehen und ihm erklären, wieso Sie Mist gebaut haben. Ich gebe Ihnen das Bier sogar aus.«

»Nicht in zehntausend Jahren werden Sie auch nur einen Cent von uns bekommen«, sagte Williams verächtlich.

»Nun ja, Mr Williams, dieser Antrag ist ein wenig ungewöhnlich«, erklärte Richter Walters. Am Strafgericht von Richmond wurden Anträge vor oder während des Prozesses gestellt, und ihnen lagen keine langen Schriftsätze mit der Darlegung der Beweisgründe bei. Die traurige Wahrheit sah leider so aus, dass die meisten Strafprozesse im Voraus entschieden wurden. Nur bei ungewöhnlichen Fällen, bei denen der Richter sich nach den Plädoyers der Anwälte seiner Entscheidung nicht sicher war, bat er um schriftliche Begründungen, bevor er ein Urteil sprach. Daher war Richter Walters ein wenig verwirrt, dass die Staatsanwaltschaft unaufgefordert einen langen Schriftsatz eingereicht hatte.

»Ich weiß, Euer Ehren«, sagte Williams. »Doch wie ich erklärt habe, handelt es sich um eine ungewöhnliche Situation.«

»Ungewöhnlich?«, sagte Fiske. »Verrückt wäre der bessere Ausdruck, Paulie.«

»Mr Fiske«, warf Richter Walters ungeduldig ein, »ich habe Sie schon einmal wegen ungebührlichen Verhaltens in meinem Gerichtssaal getadelt und werde nicht zögern, Sie wegen Missachtung zu bestrafen, falls Ihr weiteres Verhalten es rechtfertigt. Fahren Sie jetzt mit Ihrer Erwiderung fort.«

Williams kehrte an seinen Tisch zurück, und Fiske ging zum Pult. »Euer Ehren, obwohl der ›Dringlichkeitsantrag‹ der Staatsanwaltschaft mitten in der Nacht an mein Büro gefaxt wurde und ich keine Zeit hatte, eine angemessene Erwiderung vorzubereiten, werden Sie gemäß der zweiten Absätze auf den Seiten vier, sechs und neun des Memorandums der Staatsanwaltschaft zu dem Schluss kommen, dass die Tatsachen, auf die dort Bezug genommen wurde, angesichts dieser Aktenlage nicht aufrechtzuerhalten sind. Das gilt besonders im Hinblick auf das Vorstrafenregister des Angeklagten, die Aussagen der Beamten, welche die Verhaftung vorgenommen haben, sowie die Aussagen der beiden Augenzeugen am Tatort des Verbrechens, das mein Mandant angeblich begangen haben soll. Überdies ist der Präzedenzfall, den die Anklage auf Seite zehn anführt, vor kurzem durch eine Entscheidung des Obersten Gerichtshofs von Virginia aufgehoben worden. Ich habe die diesbezüglichen Unterlagen meiner Erwiderung beigefügt und die entsprechenden Stellen für Sie gekennzeichnet.«

Während Richter Walters die Akte studierte, beugte Fiske sich zu Williams hinüber. »Jetzt sehen Sie, was passiert, wenn Sie mitten in der Nacht so eine Scheiße abziehen.« Fiske gab Williams seinen Schriftsatz. »Da mir nur etwa fünf Minuten blieben, Ihren Schriftsatz zur Kenntnis zu nehmen, habe ich mir überlegt, Ihnen den gleichen Gefallen zu tun. Sie können meinen Schriftsatz ja gleichzeitig mit dem Richter lesen.«

Walters hatte die Akte inzwischen studiert und bedachte Williams mit einem Blick, der selbst dem unaufmerksamsten Zuschauer im Saal einen kalten Schauer über den Rücken jagte.

»Ich hoffe, die Staatsanwaltschaft hat eine angemessene

Erwiderung parat, Mr Williams, auch wenn ich mir nicht vorstellen kann, wie sie lauten könnte.«

Williams erhob sich. Als er nach Worten suchte, stellte er fest, dass seine Stimme ihn verlassen hatte – genau wie seine Überheblichkeit.

»Nun?«, fragte Richter Walters erwartungsvoll. »Äußern Sie sich bitte, oder ich bin geneigt, Mr Fiskes Antrag auf Schadenersatz stattzugeben, bevor ich ihn auch nur gehört habe.«

Als Fiske zu Williams hinüberschaute, wurde sein Ausdruck ein wenig milder. Man wusste ja nie, wann man mal einen Gefallen brauchte. »Euer Ehren, die faktischen und juristischen Fehler im Antrag der Staatsanwaltschaft sind gewiss auf die Arbeitsüberlastung der Anwälte zurückzuführen und stellen bestimmt keine Absicht dar. Ich verringere mein Vergleichsangebot auf fünfhundert Dollar, verlange aber, dass eine offizielle Entschuldigung der Staatsanwaltschaft zu den Akten genommen wird. Ich hätte letzte Nacht wirklich etwas Schlaf gebrauchen können.« Die letzte Bemerkung rief allgemeines Gelächter im Saal hervor.

Plötzlich erklang aus dem hinteren Bereich des Sitzungssaales eine dröhnende Stimme. »Richter Walters, falls ich mich dazu äußern darf – die Staatsanwaltschaft nimmt dieses Angebot an.«

Alle schauten zu dem Rufer hinüber, einem kleinen, fast kahlköpfigen, dicken Mann in einem Leinenanzug mit Kreppstreifen. Sein haariger Nacken wurde von dem steifen Kragen eingezwängt. »Wir nehmen das Angebot an«, wiederholte der Mann mit heiserer, von jahrzehntelangem Rauchen dunkler Stimme, die zugleich den angenehmen, gedehnten Akzent eines Mannes aufwies, der sein ganzes Leben in Virginia verbracht hatte. »Und wir entschuldigen uns beim *Gericht* dafür, seine kostbare Zeit verschwendet zu haben.«

»Es freut mich, dass Sie gerade zufällig hereingeschaut haben, Mr Graham«, sagte Walters.

Bobby Graham, der Staatsanwalt von Richmond, nickte knapp und verließ den Saal dann durch die Doppelglastür. Er hatte Fiske keine Entschuldigung der Staatsanwaltschaft angeboten, doch der Verteidiger beharrte auch gar nicht darauf. Vor Gericht bekam man nur selten alles, was man verlangte.

»Der Antrag der Staatsanwaltschaft wird kostenpflichtig abgewiesen«, erklärte Richter Walters und schaute Williams an. »Mr Williams, ich glaube, Sie sollten wirklich ein Bier mit Mr Fiske trinken. Aber *Sie* sollten es *ihm* ausgeben, mein Sohn.«

Als der nächste Fall aufgerufen wurde, schnappte Fiske seinen Aktenkoffer und verließ den Saal. Williams folgte ihm auf dem Fuße.

»Sie hätten mein erstes Angebot annehmen sollen, Paulie.«

»Das werde ich nicht vergessen, Fiske«, sagte Williams wütend.

»Bloß nicht!«

»Wir werden Jerome Hicks trotzdem einbuchten«, schnaubte Williams. »Glauben Sie ja nicht, dass wir aufgeben.«

Für Paulie Williams und die meisten anderen städtischen Staatsanwälte, mit denen Fiske zu tun hatte, waren die Mandanten lebenslange persönliche Feinde, die allesamt die härtesten Strafen verdienten. Das wusste Fiske nur zu gut. Und er wusste, dass die Staatsanwaltschaft bei manchen Angeklagten goldrichtig damit lag. Aber nicht bei allen.

»Wissen Sie, worüber ich gerade nachdenke?«, wandte Fiske sich an den Staatsanwalt. »Ich frage mich, wie schnell zehntausend Jahre vergehen können.«

Als Fiske den Gerichtssaal im zweiten Stock verließ, kamen ihm Polizeibeamte entgegen, mit denen er zusammengearbeitet hatte, als er noch Cop in Richmond gewesen war. Einer von ihnen lächelte und nickte zum Gruß, die anderen aber schauten Fiske nicht einmal an. Für sie war er ein Verräter an der Truppe; er hatte Dienstmarke und Waffe gegen Anzug und Aktenkoffer eingetauscht. War jetzt Sprachrohr der anderen Seite. In der Hölle sollst du schmoren, Bruder Fiske!

Fiske schaute zu einer Gruppe junger Schwarzer hinüber, deren Bürstenhaarschnitt so kurz war, dass sie geradezu kahl geschoren wirkten. Die Hosen hingen bis zum Schritt hinab. Man konnte ihre Boxershorts sehen, weite Lederjacken, unförmige Tennisschuhe ohne Schnürsenkel. Ihr offener Trotz gegen das Strafrechtssystem war mehr als deutlich.

Die jungen Männer drängten sich um ihren Anwalt, einen Weißen, dickleibig vom vielen Sitzen im Büro, verschwitzt; die Manschetten seines Hemds unter dem teuren Nadelstreifenanzug waren speckig, die Halbschuhe ausgelatscht, und die Hornbrille saß ein wenig schief auf der Nase, während er seinen Pfadfindern etwas einzuhämmern versuchte. Er schlug mit der Faust in eine fleischige Handfläche, als er zu den jungen Schwarzen redete. Mit den nackten Oberkörpern unter den geöffneten Seidenhemden, die sie sich vom Drogengeld gekauft hatten, boten sie ein beinahe lächerliches Bild, während sie dem fetten Anwalt aufmerksam lauschten, offenbar in dem Glauben, dies sei das einzige Mal, dass sie diesen Mann brauchten, den sie sonst nur mit Verachtung betrachtet hätten oder durch das Visier einer Waffe. Bis sie ihn das nächste Mal brauchten. Und sie *würden* ihn brauchen. In diesem Gebäude war *er* der Zauberer, war er *Magic*. Hier kam Michael Jordan nicht an ihn heran. Sie waren die dummen Stammeskrieger und er der König des Dschungels. Hilf uns, Tarzan! Sorg dafür, dass sie uns nicht einbuchten!

Fiske wusste, was der Mann im Anzug sagte, als könnte er ihm von den Lippen lesen. Der Dicke hatte sich darauf spezialisiert, Bandenmitglieder zu verteidigen. Bei jedem Verbrechen, an dem sie zufällig beteiligt gewesen waren, war die beste Strategie: Ehernes Schweigen, Leute! Ihr habt nichts gesehen, nichts gehört. Ihr könnt euch an gar nichts erinnern. Schüsse? Wahrscheinlich Fehlzündungen eines Motors. Vergesst nicht, Jungs: Ihr sollt nicht töten! Aber wenn ihr schon töten müsst, solltet ihr euch wenigstens nicht gegenseitig in die Pfanne hauen. Um seinen Worten zusätzlichen Nachdruck zu verleihen, schlug der Fette mit der Handfläche auf seinen Aktenkoffer. Die Gruppe löste sich auf, und das Spiel begann.

Ein Stück weiter den Gang hinunter saßen auf einer klobigen, mit grauem Teppich bezogenen Bank, die in die Wand eingelassen war, drei Mädchen im Teenageralter, die nachts auf den Strich gingen. Die bunt gemischte Gruppe – eine Schwarze, eine Asiatin, eine Weiße – wartete darauf, dass die Rechtsprechung sich ihrer annahm. Die Asiatin wirkte nervös, brauchte wahrscheinlich eine Zigarette zur Beruhigung oder einen Schuss. Den beiden anderen sah man an, dass sie altgediente Bordsteinschwalben waren. Sie schlenderten umher, setzten sich wieder, zeigten ein bisschen Schenkel, wackelten gelegentlich mit den Brüsten, wenn ein alter Knacker oder junger Spund vorüberkam. Warum wegen einer kleinen Sache vor Gericht ein Geschäft sausen lassen? Schließlich war man hier in Amerika.

Fiske nahm den Fahrstuhl und ging am Metalldetektor und dem Röntgengerät vorüber – heutzutage Standardausstattung in praktisch jedem Gerichtsgebäude –, als Bobby Graham auf ihn zukam, eine unangezündete Zigarette in der Hand. Fiske mochte den Mann weder persönlich noch beruflich. Staatsanwalt Graham suchte sich die Fälle, die er zur Anklage brachte, nach der Größe der Schlagzeilen aus, die sie ihm einbringen würden. Nie übernahm er einen Fall, bei dem er sich wirklich ins Zeug legen musste, um zu gewinnen. Die Öffentlichkeit mochte keine Staatsanwälte, die den Kürzeren zogen.

»Nur ein kleiner Routineantrag in einem Allerweltsfall, was?«, sagte Fiske. »Der große Boss weiß mit seiner Zeit doch eigentlich was Besseres anzufangen, stimmt's, Bobby?«

»Vielleicht hatte ich so eine Ahnung, dass Sie einen meiner kleinen Anwälte mit Haut und Haaren fressen und wieder ausspucken wollten. Hätten Sie es mit einem schweren Kaliber zu tun gehabt, wäre Ihnen das nicht so leicht gefallen.«

»Mit wem denn? Mit Ihnen, zum Beispiel?«

Mit einem schiefen Lächeln schob Graham sich die Zigarette zwischen die Lippen. »Es ist ein Witz, finden Sie nicht auch? Angeblich wohnen wir in der Hauptstadt des Tabaks, die größte Zigarettenfabrik der Welt ist nur einen Katzensprung entfernt, und man darf in den heiligen Hallen der Justiz nicht mal rauchen.« Er kaute am Ende seiner filterlosen Pall Mall und sog lautstark an der kalten Zigarette. In Wirklichkeit waren im Gerichtsgebäude von Richmond Raucherzonen ausgewiesen, nur nicht dort, wo Graham zufällig gerade stand.

Der Staatsanwalt ließ sich zu einem triumphierenden Grinsen hinreißen. »Ach, übrigens, Jerome Hicks wurde heute Morgen wegen Mordverdachts an einem Burschen drüben in der Southside festgenommen. Eine Sache zwischen Schwarzen. Drogen waren auch im Spiel. Mann, was für 'ne Überraschung. Offensichtlich wollte er seinen Koksbestand aufbessern, ohne die normalen Akquisitionskanäle zu benutzen. Aber Ihr guter Jerome konnte nicht ahnen, dass wir sein Opfer beschatten ließen.«

Fiske lehnte sich müde an die Wand. Siege vor Gericht waren häufig ohne Wert, vor allem, wenn der Mandant seine kriminellen Neigungen nicht im Zaum halten konnte. »Wirklich? Davon wusste ich noch gar nichts.«

»Ich musste zu einer Prozess-Vorbesprechung hierher kommen, und da dachte ich mir, ich sag's Ihnen persönlich. Kollegiale Höflichkeit.«

»Wie wahr«, sagte Fiske trocken. »Warum haben Sie Paulie Williams mit seinem Antrag nicht zurückgepfiffen, wenn Sie es schon wussten?« Als Graham nicht reagierte, beantwortete Fiske seine Frage selbst. »Wollten Sie mich nur durch den Reifen springen lassen?«

»Man muss sich bei der Arbeit auch mal ein bisschen Spaß gönnen.«

Fiske ballte eine Hand zur Faust, öffnete sie rasch wieder. Graham war es nicht wert, sich zu ärgern. »Apropos Höflichkeit unter Kollegen ... gab es Augenzeugen?«

»Oh, ungefähr ein halbes Dutzend, und die Mordwaffe hat man zusammen mit Jerome in dessen Wagen gefunden. Als er fliehen wollte, hätte er um ein Haar zwei Polizisten überfahren. Wir haben Blutspuren, die Drogen ... wir haben alles hübsch beisammen. Man hätte dem Kerl gar keine Kaution gewähren dürfen. Ich überlege mir ernsthaft, diese windige Anklage wegen Drogenhandels fallen zu lassen, bei der Sie ihn vertreten, und mich nur auf die neue Entwicklung zu konzentrieren. Ich muss meine beschränkten Möglichkeiten voll ausschöpfen. Dieser Hicks ist ein schlimmer Finger, John. Ich glaube, wir werden in diesem Fall die Todesstrafe beantragen müssen.«

»Die Todesstrafe? Also, jetzt machen Sie aber 'nen Punkt, Bobby.«

»Die bewusste, absichtliche und vorsätzliche Tötung eines Menschen in Tateinheit mit Raub ist *Mord*, und der zieht nun mal die Todesstrafe nach sich. Das steht zumindest in meinem Gesetzbuch des Staates Virginia.«

»Mir ist scheißegal, was das Gesetz besagt. Hicks ist erst achtzehn.«

Graham verzog das Gesicht. »Seltsame Worte von einem Anwalt, der geschworen hat, die Gesetze zu achten.«

»Das Gesetz ist für mich ein Sieb, das dazu dient, die Tatsachen herauszufiltern und den Dreck aufzufangen.«

»Genau. Diese Brüder sind Dreck. Abschaum. Kommen aus dem Mutterleib gekrochen, um anderen Menschen etwas anzutun. Wir sollten Gefängnisse für Kleinkinder bauen, bevor diese Arschlöcher heranwachsen und jemanden verletzen können.«

»Jerome Hicks' ganze Jugend war ...«

»Genau, schieben Sie es auf seine beschissene Kindheit«, unterbrach Graham ihn. »Immer wieder die alte Leier!«

»Genau, immer wieder *dieselbe* alte Leier.«

Graham lächelte und schüttelte den Kopf. »Hören Sie, ich bin auch nicht mit einem silbernen Löffel im Mund aufgewachsen. Wollen Sie mein Geheimnis wissen? Ich habe mir den Arsch aufgerissen, um es zu etwas zu bringen. Und wenn ich es schaffen kann, können andere es auch. Fall abgeschlossen.«

Fiske ging davon, schaute dann aber noch einmal zurück. »Lassen Sie mich einen Blick in den Polizeibericht über die Verhaftung werfen. Ich rufe Sie dann an.«

»Wir haben nichts zu besprechen.«

»Wenn der Junge hingerichtet wird, bringt Ihnen das auch nicht das Amt des Attorney-General ein, Bobby, und das wissen Sie. Da müssen Sie sich schon eine größere Zielscheibe aussuchen.« Fiske wandte sich ab und ging davon.

Graham drehte die Zigarette zwischen den Fingern. »Besorgen Sie sich mal einen richtigen Job, Fiske.«

Eine halbe Stunde später traf John Fiske sich in einem Bezirksgefängnis in einem Vorort mit einem seiner Mandanten. Sein Beruf als Anwalt führte ihn oft aus Richmond hinaus, in die Bezirke Henrico, Chesterfield, Hanover, sogar bis nach Goochland. Es gab immer mehr Arbeit, immer mehr Stress. Fiske war nicht besonders erfreut darüber, hatte sich aber damit abgefunden. Mittlerweile war es für ihn so selbstverständlich wie die Tatsache, dass jeden Morgen die Sonne aufging. Es würde immer so weitergehen – bis zu dem Tag, an dem alles endete.

»Ich muss mit Ihnen über ein Teilgeständnis sprechen, Derek. Dann könnte ich ein milderes Strafmaß für Sie herausholen.«

Derek Brown – oder DB-1, wie er auf den Straßen genannt wurde – war ein hellhäutiger Schwarzer, dessen Arme mit hasserfüllten, obszönen und malerischen Tätowierungen verziert waren. Er hatte so lange im Gefängnis gesessen, dass seine Haut gelbbraun wirkte; Adern zogen sich wie Würmer über seine Bizepse. Fiske hatte Derek einmal dabei beobachtet, wie er auf dem Sportplatz des Gefängnisses mit nacktem Oberkörper Basketball spielte. Er war sehr muskulös und hatte weitere Tätowierungen auf Rücken und Schultern. Aus der Ferne sah es wie eine bizarre Orchesterpartitur aus. Derek konnte in die Höhe schnellen wie ein Pfeil, um dann traumgleich zu schweben, von irgendetwas in der Luft gehalten, das Fiske nicht sehen konnte. Die anderen Gefangenen, sogar die Wächter drehten sich zu ihm um und schauten bewundernd zu, wenn der junge Bursche den Ball in den Korb warf, hämmerte oder streichelte. Aber Derek war nie gut genug gewesen, um in einer Collegemannschaft zu spielen, ganz zu schweigen von der NBA. Deshalb saßen sie beide nun hier im Bezirksgefängnis und musterten sich gegenseitig.

»Die Staatsanwaltschaft bietet vorsätzliche Körperverletzung an. Was allerdings immer noch ein Kapitalverbrechen wäre.«

»Warum nicht fahrlässige Körperverletzung, Mann? Oder im Affekt?«

Fiske starrte ihn an. Diese Burschen standen so oft vor Gericht, dass sie das Strafgesetzbuch besser kannten als die meisten Anwälte.

»Körperverletzung im Affekt ... das wäre in der Hitze des Gefechts gewesen, Derek. Ihre Hitze kam einen Tag später.«

»Der Typ hatte 'ne Knarre. Ich leg mich doch nich' mit 'nem Wichser an, wenn der 'ne Wumme hat, Mann. Und ich hatte meine nich' dabei. Sind Sie blöd, Mann, oder was?«

Fiske hätte am liebsten ausgeholt und dem Jungen Vernunft eingebläut. »Tut mir Leid, die Staatsanwaltschaft geht nicht von vorsätzlicher Körperverletzung runter.«

»Wie lange müsste ich sitzen?«, fragte Derek frostig. Seine Ohrläppchen waren durchstochen, mindestens zwölfmal, wie Fiske zählte.

»Fünf Jahre, die Untersuchungshaft eingerechnet.«

»Oh, Scheiße! Fünf Jahre, weil ich Pack 'n bisschen mit 'nem verdammten Taschenmesser angekratzt hab?«

»Mit einem Stilett. Ein Stilett mit fünfzehn Zentimeter langer Klinge. Und Sie haben ihn nicht angekratzt, sondern zehnmal auf ihn eingestochen. Vor Zeugen.«

»Mann, der Typ hat meine Schnalle angemacht. Sind das nich' mildernde Umstände?«

»Sie können von Glück reden, dass man Sie nicht wegen Mordes drankriegen will, Derek. Die Ärzte sagen, es sei ein Wunder, dass der Bursche nicht schon am Tatort verblutet ist. Und wäre Pack nicht so ein gefährlicher Mistkerl, kämen Sie nicht mit vorsätzlicher Körperverletzung davon. Dann wäre es schwere Körperverletzung. Und das bedeutet zwanzig Jahre bis lebenslänglich. Das wissen Sie.«

»Pack hat mit meiner Schnalle rumgemacht.« Derek beugte sich vor und ließ seine dünnen Knöchel knacken, um die vollkommene Logik sowohl seiner juristischen als auch moralischen Auffassung zu unterstreichen.

Fiske wusste, dass Derek einen gut bezahlten Job hatte, wenn auch einen illegalen. Er war der First Lieutenant des zweitgrößten Drogenhändlerrings in Richmond, daher auch sein Spitzname DB-1. Der Boss, obwohl erst vierundzwanzig Jahre alt, hieß Turbo. Turbos Reich war straff organisiert. Er verlangte absolute Disziplin und verlieh seinem Unternehmen den Anstrich von Legalität, indem er mehrere chemische Reinigungen, ein Café, eine Pfandleihe und einen ganzen Stall von Buchhaltern und Anwälten unterhielt, die sich mit den gewaschenen Drogengeldern befassten. Turbo war ein sehr kluger junger Mann mit Sinn für Zahlen und Geschäfte. Fiske hatte ihn schon immer mal fragen wollen, warum er keinen Immobilienhandel aufmachte. Der Ertrag wäre fast genauso hoch, die Sterblichkeitsrate jedoch beträchtlich niedriger.

Normalerweise hätte Turbo einen seiner Anwälte von der Main oder Franklin Street mit Gebührensätzen von dreihundert Dollar die Stunde beauftragt, Derek rauszupauken.

Aber Dereks Tat hatte nichts mit Turbos Geschäften zu tun, und deshalb hatte er ihm diesen Gefallen nicht erwiesen. Derek jemandem wie Fiske vorzuwerfen war eine Art Bestrafung dafür, dass er so dumm gewesen war, wegen einer Frau den Kopf zu verlieren. Turbo brauchte auch nicht zu befürchten, dass Derek auspackte und ihn verpfiff. Der Staatsanwalt hatte gar nicht erst versucht, Derek ein dahingehendes Angebot zu machen; er wusste, dass es sinnlos war. Wer redete, starb – ob im Knast oder draußen, spielte keine Rolle.

Derek war in einer netten Mittelschicht-Familie in einem netten Mittelschicht-Viertel aufgewachsen, bis er von der High School abgegangen war und den raschen, leichten Weg zum Drogenhandel eingeschlagen hatte, statt *wirklich* für seinen Lebensunterhalt zu arbeiten. Er besaß alle Voraussetzungen für eine erfolgreiche berufliche Karriere, hätte alles aus seinem Leben machen können. Doch es gab so viele Derek Browns auf der Welt, dass die Menschen sich gar nicht mehr dafür interessierten, wie schrecklich das Leben jener Kinder war, die sich dem Zuckerelixier zuwandten, das Leute wie Turbo ihnen besorgten. Genau deshalb hätte Fiske sich Derek gern eines Nachts geschnappt, um ihn mit einem Baseballschläger in der Hand in eine dunkle Gasse zu schleifen und ihm ein paar gute altmodische Werte und Moralvorstellungen einzuprügeln.

»Der Staatsanwaltschaft ist es völlig egal, was Pack an dem Abend mit Ihrer Freundin gemacht hat.«

»O Scheiße, das is' doch wohl der Hammer. Ein Kumpel von mir hat letztes Jahr 'nen Typen aufgeschlitzt und *zwei Jahre* dafür gekriegt, die Hälfte auf Bewährung! Man hat ihm die Untersuchungshaft angerechnet. Nach drei Monaten war er wieder draußen. Und ich soll verdammte fünf Jahre kriegen? Was für 'n beschissener Anwalt sind Sie eigentlich?«

»Hatte Ihr Kumpel Vorstrafen?« Ist Ihr guter alter Kumpel einer der zehn wichtigsten Leute in einer der schlimmsten Heimsuchungen, unter denen Richmond zu leiden hat, wollte Fiske fragen und hätte es auch getan, hätte er nicht gewusst, dass es reine Zeitverschwendung war. »Also gut – ich schlage der Staatsanwaltschaft drei Jahre vor, unter Anrechnung der Untersuchungshaft.«

Plötzlich wirkte Derek interessiert. »Glauben Sie, das können Sie rausholen?«

Fiske erhob sich. »Keine Ahnung. Ich bin nur ein beschissener Anwalt.«

Auf dem Weg nach draußen schaute Fiske aus einem vergitterten Fenster und beobachtete, wie eine neue Lieferung von Häftlingen aus der Grünen Minna stieg. Sie standen dicht beisammen, und ihre Fußketten schlugen einen metallenen Singsang auf dem Asphalt. Die meisten waren junge Schwarze oder Latinos, die sich jetzt schon gegenseitig taxierten. Herr oder Sklave? Wer kann den ersten Treffer landen, wer kriegt ihn ab? Die wenigen Weißen erweckten den Eindruck, als würden sie vor greller Panik zusammenbrechen und krepieren, noch bevor sie ihre Zellen betreten hatten. Einige dieser jungen Burschen waren vermutlich die Söhne von Männern, die Patrolman John Fiske vor zehn Jahren verhaftet hatte. Damals waren sie noch Kinder gewesen, die von etwas anderem geträumt hatten, als von der Stütze zu leben; kein Daddy im Hause; und die Mutter kämpfte sich durch ein schreckliches Leben, ohne Licht am Ende des Tunnels zu sehen. Vielleicht aber auch nicht. Die Wirklichkeit verstand sich ausgezeichnet darauf, einen für die Wünsche des Unterbewusstseins zu bestrafen. Träume waren keine Begnadigung, lediglich eine Fortsetzung des Albtraums.

Als Fiske noch Cop gewesen war, hatten die Gespräche, die er mit Verhafteten führte, sich ständig wiederholt.

»Ich bring dich um, Mann. Ich mach deine ganze verdammte Familie kalt«, brüllte der Täter, das Gesicht drogenverzerrt, während Patrolman Fiske ihm die Handschellen anlegte.

»Oh, oh, oh. Du hast das Recht zu schweigen. Du solltest es lieber in Anspruch nehmen.«

»Komm schon, Mann, is' nicht meine Schuld. Mein Kumpel war's. Er hat mich gelinkt.«

»Und wo ist dein Kumpel jetzt? Und woher kommt das Blut an deinen Wichsfingern? Und die Knarre in deiner Dreckshose? Woher kommt der Koks, der noch in deinem Riechkolben steckt? Ein Kumpel hat das alles getan? Toller Kumpel.«

Dann warfen die Burschen vielleicht einen Blick auf die Leiche und brachen wimmernd zusammen. »Große Scheiße! Gott im Himmel! Meine Mom! Wo ist meine Mom? Rufen Sie meine Mom an. Bitte! Tun Sie's für mich, o Gott, tun Sie das, ja? Mom! Oh, Himmel, was für 'ne Scheiße!«

»Du hast das Recht auf einen Anwalt«, sagte er dann ruhig zu ihnen.

Und dieser Anwalt war nun aus Patrolman John Fiske geworden.

Nachdem Fiske noch einige Gerichtstermine in der Innenstadt wahrgenommen hatte, verließ er das John Marshall Courts Building, ein Gebäude aus Glas und Backstein, das nach dem dritten Obersten Richter des Supreme Court der Vereinigten Staaten benannt war. Marshalls damaliges Haus befand sich direkt nebenan und beherbergte nun ein Museum, welches das Andenken an den großen Virginier und Amerikaner aufrechterhalten sollte. Marshall hätte sich im Grab umgedreht, hätte er gewusst, was für abscheuliche Taten in dem Gebäude, das seinen Namen trug, verhandelt und verteidigt wurden.

Fiske ging die Ninth Street zum James River entlang. Es war in den letzten Tagen schwül und warm gewesen, doch mit der Ankunft der Regenfront hatte es sich abgekühlt, und er zog den Trenchcoat straffer um den Körper. Als es dann tatsächlich zu regnen anfing, rannte er los, und seine Schuhe durchpflügten Pfützen aus schmutzigem Wasser, die sich in den flachen Mulden im Asphalt und Beton des Bürgersteigs gebildet hatten.

Als er seine Kanzlei am Shockoe Slip erreichte, waren sein Haar und der Mantel patschnass, und das Wasser lief ihm in winzigen Bächen über den Rücken. Er ließ den Fahrstuhl links liegen, nahm im Treppenhaus immer zwei Stufen auf einmal und schloss die Tür zur Kanzlei auf. Sie befand sich in einem höhlenartigen Gebäude, das früher ein Lagerhaus für Tabak gewesen war; seinen Eingeweiden aus Eiche und Kiefer hatte man neue Rippen aus Trockenmauern verpasst und auf diese Weise zahlreiche Büroräume geschaffen. Doch der Geruch der Tabakblätter schien sich ewig zu halten. Und nicht nur hier. Wenn man auf der Interstate 95 in Richtung Süden fuhr, an der Zigarettenfabrik Philip Morris vorbei, bekam man fast eine Nikotinvergiftung, ohne sich auch nur eine einzige Fluppe anzuzünden. Wenn Fiske dort vorbeifuhr, spielte er oft mit dem Gedanken, ein brennendes Streichholz aus dem Fenster zu werfen, nur um festzustellen, ob die Luft in der ganzen Gegend explodierte.

Fiskes Kanzlei bestand aus einem Büroraum und einem kleinen Bad, was wichtig für ihn war, denn mittlerweile schlief er hier öfter als in seiner Wohnung. Er hängte den Mantel zum Trocknen auf und rubbelte Gesicht und Haar mit einem Handtuch ab, das er von einem Halter im Badezimmer holte. Dann setzte er eine Kanne Kaffee auf und beobachtete, wie die schwarzbraune Brühe aus dem Filter lief, während er über Jerome Hicks nachdachte.

Wenn Fiske verdammt gute Arbeit leistete, würde Hicks den Rest seines Lebens hinter Gittern verbringen, statt in der Todeszelle von Greene County die Todesspritze verpasst zu bekommen. Einen achtzehnjährigen schwarzen Jungen umzubringen würde Graham nicht den Posten des Attorney-General, des Obersten Justizbeamten von Virginia, einbringen, auf den er es abgesehen hatte. Ein Mord von einem Schwarzen an einem Schwarzen, einem Loser an einem Loser, würde es in den Zeitungen nicht mal bis auf die hinteren Seiten schaffen.

Als Cop in Richmond hatte Fiske mit knapper Not die brutale Gewalt ständiger Kämpfe überlebt. Sie überrollte die County und die Innenstadt, schwoll an wie ein hässliches Geschwür, bis zur Größe eines ganzen Bezirks, und dann platzte es, und die ekelhafte Woge spülte über die Städte hinweg und ließ die zerstörten Ghettos und die hoch aufragenden, sündhaft teuren Turmspitzen der Innenstadt hinter sich; dann schwappte sie über, riss die schwächlichen Barrikaden der Vorstädte ein und überschwemmte das Umland. Und so war es nicht nur in dieser Stadt, in diesem Bezirk. Gletscher der kriminellen Aktivität krochen von allen Seiten heran. Was wird aus uns, wenn diese Eisströme irgendwann zusammentreffen, fragte sich Fiske.

Abrupt setzte er sich. Wie fast immer hatte das Sodbrennen ganz allmählich angefangen. Langsam, schleichend. Fiske spürte, wie es von seinem Magen zur Brust hinaufstieg und sich dort ausbreitete. Schließlich strömte das Gefühl unerträglicher Hitze wie Lava in einem Graben seine Arme hinab und ergoss sich in seine Finger.

Fiske erhob sich taumelnd, schloss die Bürotür ab, riss sich die Krawatte auf, warf sie zur Seite und zog sich das Hemd aus. Darunter trug er ein T-Shirt; er trug immer ein verdammtes T-Shirt. Durch die Baumwolle berührten seine Finger jene Stelle, wo die dicke Narbe begann, die nach all diesen Jahren noch immer aufgeraut war. Die Narbe begann direkt unter dem Nabel und folgte dem gewundenen Weg der Chirurgensäge, bis sie am Hals endete.

Fiske ließ sich zu Boden fallen und machte fünfzig Liegestütze hintereinander, und die Hitze in seiner Brust und den Extremitäten stieg mit jeder Wiederholung an und ebbte dann wieder ab. Ein Schweißtropfen fiel von seiner Stirn auf den Holzfußboden. Er glaubte, sein Spiegelbild darin sehen zu können. Wenigstens war es kein Blut. Fiske ließ den Liegestützen ebenso viele Klappmesser folgen. Die Narbe kräuselte und verzog sich bei jedem Beugen seines Körpers wie eine Schlange, die unfreiwillig seinem Torso aufgepfropft worden war. Dann befestigte er eine Querstange am Türbalken zum Badezimmer und machte keuchend, mit brennenden Muskeln, ein Dutzend Klimmzüge.

Früher hatte er spielend doppelt so viele geschafft, doch seine Kraft ließ allmählich nach. Was unter seiner verwachsenen Haut lauerte, würde ihn irgendwann einholen und töten. Immerhin ließ die Hitze jetzt nach. Die körperliche Anstrengung schien sie zu verjagen, schien diesem unbefugten Eindringling zu verraten, dass immer noch jemand in diesem Körper zu Hause war.

Er wusch sich im Bad und zog das Hemd wieder an. Während er am Kaffee nippte, schaute er aus dem Fenster. Von hier aus konnte er den Lauf des James River kaum ausmachen. Wenn der Regen heftiger wurde, würde er den Fluss stark anschwellen lassen. Fiske und sein Bruder waren oft mit einem Boot den Fluss hinuntergefahren oder hatten sich an heißen Sommertagen gemächlich auf Flößen stromab treiben lassen, die sie sich aus Schläuchen von Lastwagenreifen gebastelt hatten. Das war schon Jahre her. Heutzutage kam Fiske dem Wasser nicht mehr näher als bis zu dieser Stelle. Mit der Freizeit war es vorbei. In seiner verkürzten Lebensspanne war kein Platz mehr dafür.

Aber ihm gefiel, was er tat, jedenfalls zum größten Teil. Es war nicht das Leben eines Superanwalts am Obersten Gerichtshof, wie sein Bruder es führte, aber er war stolz auf seinen Job und darauf, wie er ihn erledigte. Er würde nicht als reicher Mann sterben, und er würde keinen großen Namen hinterlassen, doch er glaubte fest daran, dass er halbwegs zufrieden sterben würde, weil er Erfüllung gefunden hatte.

Er wandte sich wieder seiner Arbeit zu.

KAPITEL 4

Wie ein brütender Falke kauerte Fort Jackson in der trostlosen Landschaft des südwestlichen Virginia, etwa gleich weit von den Grenzen zu Tennessee, Kentucky und West Virginia entfernt, inmitten eines abgelegenen Gebiets, in dem Kohlenbergbau betrieben wurde. Es gab nur wenige eigenständige Militärgefängnisse in den Vereinigten Staaten, falls überhaupt; normalerweise waren sie militärischen Einrichtungen angeschlossen, was einerseits auf die Tradition zurückzuführen war, andererseits auf die Einschränkungen des Verteidigungsetats. Fort Jackson war zwar auch ein Militärstützpunkt; dennoch würde das Gefängnis stets das alles beherrschende Gebäude sein. Es war ein Gefängnis, in dem die gefährlichsten Straftäter der United States Army leise den Countdown ihres Lebens zählten.

Noch nie war jemandem die Flucht aus Fort Jackson gelungen, und selbst wenn ein Insasse ohne Hilfe eines Gerichtsbeschlusses die Freiheit erlangen sollte – sie würde sinnlos und kurzlebig sein. Die Landschaft um Fort Jackson herum war ein viel gefährlicheres Gefängnis als das Fort selbst: schroffe, vom Tagebau zerklüftete Berge, trügerische, plötzlich und steil abfallende Straßen und dichte, tückische Wälder, in denen es nur so wimmelte von Mokassin- und Klapperschlangen, deren noch aggressivere Cousine, die Wassermokassinschlange, an den umweltverpesteten Wasserstraßen lauerte und nur darauf wartete, dass in Panik geratene Füße durch ihr Revier patschten. Und die kantigen, knorrigen Einheimischen dieses vergessenen »Zehs« von Virginia – menschliche Gegenstücke zu Stacheldraht – waren sehr erfahren im Umgang mit Gewehr und Messer und schreckten nicht davor zurück, beides zu benutzen. Und doch lag in den sanften Hügeln dieses Landes, in den weiten Wäldern, den Sträuchern und Blumen, dem Geruch einer urtümlichen, unverfälschten Flora und Fauna, und in der Stille der Meerestiefen eine erhabene Schönheit.

Anwalt Samuel Rider fuhr durch das Haupttor des Forts, bekam seinen Besucherausweis und stellte den Wagen auf dem Besucherparkplatz ab. Nervös ging er zum Eingang des Gefängnisses mit seinen klobigen Steinmauern; sein Aktenkoffer schlug leicht gegen den blauen Stoff seiner Hose. Zwanzig Minuten lang musste er die Sicherheitsüberprüfungen über sich ergehen lassen, die damit begannen, dass er sich ausweisen musste; dann wurde überprüft, ob er auf der Besucherliste stand, er wurde abgetastet und musste durch einen Metalldetektor gehen, und schließlich durchsuchte man seinen Aktenkoffer. Die Wächter beäugten misstrauisch das kleine Transistorradio, doch nachdem sie sich davon überzeugt hatten, dass es keine Konterbande enthielt, durfte Rider es behalten. Man las ihm die Vorschriften für Besucher vor, und er musste nach jedem einzelnen Absatz laut und deutlich erklären, dass er ihn verstanden hatte. Rider wusste, dass die höfliche Fassade der Wächter sehr schnell zerbröckeln würde, sollte er auch nur gegen eine dieser Vorschriften verstoßen.

Er schaute sich um, konnte seine Furcht und die schier überwältigende Nervosität jedoch nicht abschütteln. Es war, als sei es dem Architekten des Gefängnisses gelungen, zusammen mit Stein und Mörtel auch Angst und Schrecken zu vermauern. Riders Magen verkrampfte sich, und seine Handflächen waren schweißnass, als wollte er angesichts eines bevorstehenden Hurrikans in eine zwanzigsitzige Propellermaschine steigen. Er war zwar während des Vietnamkriegs beim Militär gewesen, hatte das Land aber nie verlassen, an keiner einzigen Kampfhandlung teilgenommen, war kein einziges Mal in Todesgefahr geraten. Die reinste Ironie, wenn er nach einem Herzinfarkt tot umfiel, während er in einem Militärgefängnis auf amerikanischem Grund und Boden stand.

Er atmete tief ein, gab seinem Herzen den geistigen Befehl, sich zu beruhigen, und fragte sich erneut, warum er überhaupt hergekommen war. Rufus Harms konnte weder ihn noch jemand anderen zu irgendetwas zwingen. Aber nun war Rider hier. Er atmete noch einmal tief durch, befestigte den Besucherausweis an seiner Jacke und umklammerte den beruhigenden Griff des Aktenkoffers, während ein Wächter ihn zum Besucherraum führte.

Während Rider ein paar Minuten lang allein wartete, betrachtete er das stumpfe Braun der Wände, das mit Absicht verwendet worden zu sein schien, um diejenigen, die ohnehin schon die Hölle durchlebten und am Rande des Selbstmords standen, zusätzlich zu deprimieren. Er fragte sich, wie viele Männer hier hausten, von ihren Mitmenschen eingekerkert, und das aus sehr gutem Grund. Und doch hatten sie alle Mütter, selbst die widerwärtigsten; und bei einigen von ihnen, vermutete Rider, war sogar der Vater mehr als nur ein Samenfleck auf einer Eizelle. Trotzdem waren diese Männer hier gelandet. Hatte das Böse schon in ihrer Wiege gelegen? Möglich. Vielleicht, überlegte Rider, gibt es bald einen Gentest, der den Leuten verrät, ob ihr Kind die Wiedergeburt von Charles Manson ist, während es noch in die Vorschule geht. Aber, verdammt noch mal, was sollen die Leute tun, wenn man ihnen diese schlechte Nachricht überbringt?

Rider wurde aus seinen Gedanken gerissen, als Rufus Harms den Besucherraum betrat. Er war wesentlich größer als die beiden Wächter, die ihn hineinführten. Auf den ersten Blick hätte man meinen können, ein Herr würde von seinen Leibeigenen begleitet, doch in Wirklichkeit war es genau umgekehrt. Harms war der größte Mensch, dem Rider je persönlich begegnet war, ein Riese mit außergewöhnlicher Kraft. Auch jetzt schien er den Raum mit seiner Körpermasse auszufüllen. Sein gewaltiger Brustkorb sah aus, als bestünde er aus zwei gegossenen, armierten Betonblöcken, die nebeneinander verankert waren, und die Arme waren dicker als die Oberschenkel der Wächter. Harms trug Schellen an beiden Händen und Füßen, die ihn zwangen, im »Häftlings-Schlurfschritt« zu gehen. Doch er war geübt darin; bei ihm wirkten die trippelnden Schritte seltsam anmutig.

Er muss an die fünfzig sein, dachte Rider, sieht aber gut zehn Jahre älter aus. Der Anwalt bemerkte die Narben im Gesicht und den unnatürlich verbogenen Knochen unter Harms' rechtem Auge. Der junge Mann, den Rider damals verteidigt hatte, besaß gut geschnittene, ebenmäßige Gesichtszüge. Nun aber war dieses Gesicht verwüstet. Rider fragte sich, wie oft Rufus hier verprügelt worden war und welche anderen verräterischen Beweise von Misshandlung unter seiner Kleidung verborgen waren.

Harms ließ sich gegenüber von Rider an einem Holztisch nieder, dessen Oberfläche von Tausenden nervöser, verzweifelter Fingernägel arg zerkratzt war. Er schaute Rider noch nicht an, blickte stattdessen zu dem Wächter hinüber, der im Raum blieb.

Rider erkannte, was Harms ihm stumm mitteilen wollte. »Gefreiter«, sagte er zu dem Wächter, »ich bin sein Anwalt und möchte ungestört mit ihm sprechen.«

Die Antwort erfolgte ganz automatisch. »Sie sind hier in einem Hochsicherheitsgefängnis. Jeder Gefangene gilt als gewalttätig und gefährlich. Ich bin zu Ihrer eigenen Sicherheit hier.«

Die Männer hier waren gefährlich, sowohl die Häftlinge *als auch* die Wächter. So war es nun mal; es ließ sich nicht ändern.

»Das verstehe ich«, erwiderte der Anwalt. »Ich bitte Sie ja auch nicht, das Zimmer zu verlassen. Aber ich wäre Ihnen dankbar, wenn Sie ein bisschen zurücktreten würden. Ein dem Anwalt und seinem Mandanten verfassungsmäßig zugestandenes Recht – Sie verstehen, nicht wahr?«

Der Wächter antwortete nicht, ging aber zum anderen Ende des Raumes, vorgeblich außer Hörweite. Schließlich schaute Rufus Harms zu Rider hinüber. »Haben Sie das Radio mitgebracht?«

»Eine seltsame Bitte, aber ich habe sie erfüllt.«

»Holen Sie es bitte hervor, und schalten Sie es ein.«

Rider tat wie geheißen. Sofort wurde der Raum von den traurigen Klängen von Country-Musik erfüllt. Wie hohl, wie gekünstelt die Lieder klingen, dachte Rider unbehaglich. Wenn die Texter einmal wirkliches Elend erleben wollen, wirkliche Hoffnungslosigkeit, sollten sie hierher kommen.

Als der Anwalt Harms fragend ansah, schaute dieser sich im Raum um. »Hier haben die Wände viele Ohren, und manche kann man nicht sehen, nicht wahr?«

»Es verstößt gegen das Gesetz, das Gespräch zwischen einem Anwalt und seinem Mandanten abzuhören.«

Harms bewegte leicht die Hände, und die Ketten rasselten. »Viele Dinge verstoßen gegen das Gesetz, aber die Leute tun sie trotzdem. Sowohl in diesem Gebäude als auch draußen. Nicht wahr?«

Rider ertappte sich dabei, wie er nickte. Harms war kein junger, verängstigter Bursche mehr. Er war ein Mann. Ein Mann, der sich unter Kontrolle hatte, obwohl jede Minute, jeder Bereich seines Lebens überwacht wurde. Rider bemerkte überdies, dass sämtliche Bewegungen Harms' gemessen und genau überlegt waren. Als wäre er in ein Schachspiel vertieft, streckte er langsam die Hand aus, um eine Figur zu berühren, und zog die Hand dann mit ähnlicher Vorsicht wieder zurück. Hier konnte eine schnelle Bewegung tödlich sein.

Der Häftling beugte sich vor und fing so leise zu sprechen an, dass Rider sich anstrengen musste, ihn trotz der Musik zu verstehen. »Ich danke Ihnen, dass Sie gekommen sind. Es überrascht mich, dass Sie den Weg auf sich genommen haben.«

»Und mich hat es sehr überrascht, von Ihnen zu hören. Aber es hat wahrscheinlich auch meine Neugier erregt.«

»Sie sehen gut aus. Die Jahre sind freundlich zu Ihnen gewesen.«

Rider musste lachen. »Ich hab kaum noch Haare auf dem Kopf und fünfzig Pfund zugelegt. Trotzdem vielen Dank.«

»Ich will Ihre Zeit nicht verschwenden. Ich möchte, dass Sie bei Gericht einen Antrag für mich stellen.«

Riders Erstaunen war offensichtlich. »Bei was für einem Gericht?«

Wenngleich die Musik seine Worte übertönte, sprach Harms noch leiser. »Beim höchsten Gericht, das es gibt. Beim Obersten Gerichtshof.«

Riders Kinnlade fiel herab. »Das ist ein Witz.« Doch der Ausdruck in Harms' Augen besagte etwas ganz anderes. »Na schön. Und was genau soll ich beantragen?«

Mit einer schnellen, geschmeidigen Bewegung zog Harms trotz der Behinderung durch seine Fesseln einen Umschlag aus dem Hemd und hielt ihn hoch. Augenblicklich trat der Wächter heran und riss Harms den Umschlag aus der Hand.

Sofort protestierte Rider. »Gefreiter, das ist ein vertrauliches Gespräch zwischen Anwalt und Mandant.«

»Lassen Sie es ihn lesen, Samuel, ich habe nichts zu verbergen.«

Der Wächter öffnete den Umschlag und überflog den Inhalt des Briefes. Er nickte zufrieden, gab ihn Harms zurück und ging wieder zur entfernten Seite des Raumes.

Harms gab Umschlag und Brief an Rider weiter, der sich beides ansah. Als er wieder aufschaute, beugte Harms sich noch näher an ihn heran und sprach mindestens zehn Minuten lang. Während Harms' Worte sich über Rider ergossen, riss der Anwalt mehrmals die Augen auf. Schließlich lehnte der Häftling sich zurück und schaute Rider an.

»Sie werden mir helfen, nicht wahr?«

Rider konnte nicht antworten, musste erst noch verdauen, was er gehört hatte. Hätte die Hüftkette die Bewegung nicht unmöglich gemacht, hätte Harms den Arm ausgestreckt und seine Hand über die Riders gelegt – nicht als Drohgebärde, sondern als nachdrückliche Bitte um Hilfe von einem Mann, der seit fast dreißig Jahren keine Hilfe mehr bekommen hatte. »Nicht wahr, Samuel?«

Schließlich nickte Rider. »Ich werde Ihnen helfen, Rufus.«

Harms erhob sich und ging zur Tür.

Rider schob das Blatt in den Umschlag zurück; dann verstaute er ihn und das Radio in seinem Aktenkoffer. Der Anwalt konnte nicht wissen, dass auf der anderen Seite eines großen Spiegels, der an einer Wand des Besucherraums hing, jemand den gesamten Austausch zwischen Häftling und Anwalt beobachtet hatte.

Und dieser Jemand rieb sich nun das Kinn, in tiefe und sorgenvolle Gedanken versunken.

KAPITEL 5

Um zehn Uhr erhob sich Richard Perkins, der Marshal des Obersten Gerichtshofs. Er trug einen grauen Frack, der auch die traditionelle Gewandung von Anwälten aus dem Büro des Staatssekretärs im Justizministerium war. Perkins stand an einem Ende des riesigen Richtertisches, hinter der sich neun Ledersessel unterschiedlicher Stilrichtung und Größe, aber alle mit hohen Lehnen befanden; dann schlug er mit seinem Hammer auf ein hartes Kissen. »Der ehrenwerte Oberste Richter und die beigeordneten Richter der Vereinigten Staaten«, verkündete er.

Der lange, burgunderrote Vorhang hinter dem Richtertisch teilte sich an neun verschiedenen Stellen, und dieselbe Anzahl von Richtern erschien. Sie wirkten steif und mürrisch in ihren schwarzen Roben, als wären sie soeben aus dem Schlaf hochgefahren und hätten festgestellt, dass sich neben ihren Betten eine Menschenmenge versammelt hatte. Als sie Platz nahmen, fuhr Perkins fort: »Hört, hört, hört. Wer dem ehrenwerten Obersten Gericht der Vereinigten Staaten etwas vorzubringen hat, der möge in Respekt und Achtung vortreten, denn das Gericht sitzt nun zu Rate. Gott schütze die Vereinigten Staaten und dieses hohe Gericht.«

Perkins setzte sich und ließ den Blick durch den quadratischen Gerichtssaal schweifen, der die Ausmaße eines kleinen Sportfeldes besaß. Die mehr als dreizehn Meter hohe Decke ließ das Auge beinahe nach dahinziehenden Wolken suchen. Nach einigen Präliminarien und der Vereidigung neuer, vor dem Obersten Gericht zugelassener

Anwälte würde der Erste der beiden Fälle aufgerufen werden. An diesem Tag, einem Mittwoch, würden am Morgen nur zwei Fälle verhandelt werden. Nachmittags tagte das Gericht ohnehin nur am Montag und Dienstag. Donnerstags und freitags fanden keine mündlichen Verhandlungen statt. Und so würde es bis Ende April weitergehen, drei Tage die Woche, alle vierzehn Tage – etwa einhundertfünfzig mündliche Verhandlungen, bei denen die Richter die Rolle eines modernen Salomo für das Volk der Vereinigten Staaten übernahmen.

Beide Seiten des Gerichtssaals wurden von beeindruckenden Friesen geziert. Auf der rechten sah man Gesetzesschaffende aus dem vorchristlichen Altertum, auf der linken ihre Gegenstücke aus nachchristlicher Zeit. Zwei Heere, die bereit standen, übereinander herzufallen. Vielleicht um zu entscheiden, wer recht gehandelt hatte. Moses gegen Napoleon, Hammurabi gegen Mohammed. Das Gesetz, die Verkündung von Gerechtigkeit, konnte äußert schmerzhaft sein – sogar blutig. Unmittelbar über dem Richtertisch befanden sich zwei Marmorstatuen. Die eine stellte die Majestät des Gesetzes dar, die andere die Macht der Regierung. Zwischen ihnen befand sich eine Tafel mit den Zehn Geboten. Und an den Wänden der riesigen Halle stand eine Vielzahl von Skulpturen – Hüter der Rechte des Volkes, Schutzgeister der Weisheit und der Kunst der Staatsführung, Verteidiger der Menschenrechte. Sie alle symbolisierten die Rolle des Gerichts. Wenn es je eine harmonisch gestaltete Bühne für die Anhörung von Fragen höchster moralischer und sittlicher Bedeutung gegeben hatte, dann war es diese erhabene Szenerie. Doch die Beschaffenheit des Geländes kann trügerisch sein.

Ramseys Platz war in der Mitte des Richtertisches, Elizabeth Knight saß ganz rechts außen. Ein Auslegermikrofon hing von der Mitte der Decke herab. Die Mütter und Väter, die auf den Zuschauerrängen saßen, hatten sich merklich angespannt, als die Richter in den Saal getreten waren. Selbst ihre quengeligen, gelangweilten Kinder saßen nun ein wenig gerader. Eine verständliche Reaktion, selbst für diejenigen, die mit dem Ruf dieses Gerichts nicht so vertraut waren. Denn man konnte deutlich spüren, welche Macht sich hier konzentrierte, welche wichtigen Konfrontationen hier bevorstanden.

Diese neun mit schwarzen Roben bekleideten Richter legten unumstößlich fest, wann Frauen legal abtreiben durften; sie schrieben Schulkindern vor, wo sie lernen mussten; sie bestimmten, welche Begriffe obszön waren und welche nicht; sie entschieden, dass die Polizei ohne richterliche Verfügung keine Wohnung durchsuchen und keine Geständnisse erzwingen durfte. Waren diese Richter in ihr Amt gewählt, behielten sie es ihr Leben lang und waren praktisch gegen jede Anfechtung gefeit. Und sie wirkten auf einer so geheimnisvollen Ebene, in einem so unergründlichen Schwarzen Loch, dass einem andere bedeutende Menschen, die weit mehr im Licht der Öffentlichkeit standen, ja selbst die Mitglieder anderer ehrwürdiger Bundesinstitutionen belanglos und dünkelhaft erschienen. Diese Richter beschäftigten sich routinemäßig mit Themen, die Menschen im ganzen Land dazu trieben, anders Denkenden die Köpfe einzuschlagen, Bomben in Abtreibungskliniken zu legen und vor den Hinrichtungstrakten der Gefängnisse zu demonstrieren. Sie befassten sich mit Fragestellungen, die dermaßen komplex waren, dass sie die menschliche Zivilisation bis zu ihrem Untergang heimsuchen würden. Und dennoch sahen sie ruhig und gelassen aus.

Der erste Fall wurde aufgerufen. Es ging um positive Diskriminierung an öffentlichen Universitäten – oder vielmehr mit dem, was davon noch übrig war. Frank Campbell, der Anwalt, der zu Gunsten der positiven Diskriminierung plädierte, hatte kaum seinen ersten Satz beendet, als Ramsey ihn schon mit einem Hammerschlag unterbrach.

Der Oberste Richter wies auf den vierzehnten Verfassungszusatz hin, der eindeutig besage, dass niemand diskriminiert werden dürfe. Bedeute dies nicht, dass auch eine positive Diskriminierung gemäß der Verfassung unzulässig sei?

»Aber es gibt vielfache Strömungen, die ...«

»Warum wird Vielfalt mit Gleichheit gleichgesetzt?«, unterbrach Ramsey den Anwalt.

»Sie gewährleistet, dass es breiten und verschiedenartigen Studentengruppen ermöglicht wird, unterschiedliche Ideen zu artikulieren, unterschiedliche Kulturen zu repräsentieren – was wiederum dazu beiträgt, der Ignoranz und den vorgefassten Meinungen entgegenzuwirken.«

»Beruht Ihre gesamte Begründung nicht auf der Prämisse, dass Schwarze und Weiße anders denken? Dass ein Schwarzer, der von Eltern großgezogen wurde, die gut situierte Professoren an einem College in ... sagen wir ... San Francisco sind, vollkommen andere Werte und Vorstellungen in eine Universität einbringt als ein Weißer, der in genau demselben sozialen Umfeld in San Francisco aufgewachsen ist?« Ramseys Stimme klang skeptisch.

»Ich bin der Ansicht, dass alle Menschen verschieden sind«, erwiderte Campbell.

»Aber sollte man nicht meinen, dass die Ärmsten in diesem Land ein größeres Recht auf eine helfende Hand haben, ohne dabei die Hautfarbe ins Spiel zu bringen?«, fragte Richterin Knight. Ramsey schaute neugierig zu ihr hinüber. »Ihre Begründung aber macht keinen Unterschied zwischen Reich und Arm, nicht wahr?«, fügte Knight hinzu.

»Das ... ist richtig«, gab Campbell zu.

Michael Fiske und Sara Evans saßen in einem gesonderten Teil der Ränge, im rechten Winkel zum Richtertisch. Während Michael der Befragung lauschte, warf er Sara einen Blick zu. Sie schaute ihn nicht an.

»Man kommt nicht um die Buchstaben des Gesetzes herum, nicht wahr? Damit würden wir die Verfassung auf den Kopf stellen«, beharrte Ramsey, nachdem er schließlich den Blick von Elizabeth Knight abgewandt hatte.

»Was ist mit dem *Geist* hinter diesen Buchstaben?«, erwiderte Campbell.

»Geister sind gestaltlos. Ich ziehe es vor, mich mit greifbaren und konkreten Dingen zu beschäftigen.« Ramseys Worte riefen auf den Rängen vereinzeltes Gelächter hervor. Der Oberste Richter setzte seine verbale Attacke fort und nahm mit tödlicher Präzision Campbells Präzedenzfälle und Argumentation auseinander. Elizabeth Knight schwieg und schaute starr vor sich hin; sie war mit den Gedanken offensichtlich irgendwo anders, nur nicht in diesem Gerichtssaal. Als die rote Lampe an Campbells Pult anzeigte, dass seine Redezeit zu Ende war, rannte er beinahe zu seinem Tisch zurück. Und als der Anwalt der gegnerischen Partei zum Richtertisch trat und mit seinem Plädoyer begann, konnte man fast den Eindruck gewinnen, die Richter würden gar nicht mehr zuhören.

»Mann, Ramsey geht aber ganz schön zur Sache«, bemerkte Sara. Sie und Michael saßen in der Cafeteria des Gerichtsgebäudes; die Richter hatten sich zu ihrer traditionellen Nachbesprechung in den Speisesaal zurückgezogen. »Er hat den Anwalt der Universität in fünf Sekunden auseinander genommen.«

Michael schluckte einen Bissen von seinem Sandwich herunter. »Ramsey sucht schon seit mindestens drei Jahren nach einem Fall, um der positiven Diskriminierung den Wind aus den Segeln zu nehmen. Tja, und jetzt hat er ihn gefunden. Sie hätten sich außergerichtlich einigen sollen, statt den Fall vor dieses Gericht zu bringen. Ramsey wird reinen Tisch machen.«

»Glaubst du wirklich, er geht so weit?«

»Machst du Witze? Warte mal ab, bis du die Begründung siehst. Ramsey wird sie wahrscheinlich selbst schreiben, damit er so richtig seine Freude daran hat. Die Sache ist gestorben.«

»Ich kann seine Argumentation zum Teil nachvollziehen.«

»Na klar. Sie ist ja auch offensichtlich. Eine konservative Gruppe hat den Fall vorgebracht und die Klägerin sorgfältigst ausgesucht. Weiß, intelligent, aus der Arbeiterschicht, fleißig, hat nie eine Zuwendung oder ein Stipendium bekommen. Und das Beste ... die Klägerin ist eine Frau!«

»Es ist verfassungsmäßig verankert, dass niemand diskriminiert werden darf.«

»Sara, du weißt, dass der vierzehnte Verfassungszusatz unmittelbar nach dem Bürgerkrieg erlassen wurde, um eine Diskriminierung der Schwarzen zu verhindern. Nun hat man diesen Verfassungszusatz zu einem Knüppel umfunktioniert, mit dem man die Leute niederprügeln kann, denen er ursprünglich helfen sollte. Na ja, die Knüppler haben soeben für ihr eigenes Armageddon gesorgt.«

»Was meinst du damit?«

»Dass die Armen, die noch Hoffnung haben, zurückschlagen werden. Und die Armen ohne Hoffnung prügeln wiederum zurück. Keine schönen Aussichten.«

»Oh.« Sie schaute Michael an. Er wirkte in sich gekehrt, konzentriert und ernster, als man es bei einem Mann seines Alters annehmen sollte. Immer wieder äußerte er laut seine Meinung, auch wenn er sich damit den Mund verbrannte oder peinliche Auftritte riskierte. Das war eine der Eigenschaften, die Sara an ihm gleichzeitig bewunderte und fürchtete.

»Mein Bruder könnte dir so einiges darüber erzählen«, fügte Michael hinzu.

»Das glaube ich dir gern. Hoffentlich lerne ich ihn eines Tages mal kennen.«

Michael schaute sie an, wandte den Blick dann wieder ab. »Ramsey sieht die Welt anders, als sie in Wirklichkeit ist. Er hat sich im Leben ganz allein durchgeboxt. Warum sollen andere das nicht auch schaffen? Aber ich bewundere den Mann. Er schreibt es den Armen und den Reichen, dem Staat und dem Individuum gleichermaßen hinter die Ohren. Er hat keine Lieblinge, das muss man ihm lassen.«

»Du musstest auch viele Schwierigkeiten überwinden.«

»Ja. Ich will nicht ins eigene Horn blasen, aber ich habe einen IQ von über hundertsechzig. Das kann nicht jeder von sich behaupten.«

»Ich weiß«, sagte Sara wehmütig. »Mein juristisch geschulter Verstand sagt mir, dass es richtig war, was heute geschehen ist. Aber mein Herz sagt mir, dass es eine Tragödie gewesen ist.«

»He, hier ist das Oberste Gericht. Keiner hat behauptet, dass es einfach sei. Ach, übrigens, was hat Richterin Knight vorhin eigentlich versucht?«

Michael war an allem interessiert, was im Gericht vor sich ging, an sämtlichen internen Geheimnissen, dem Klatsch und Tratsch, den Strategien, die von den Richtern und ihren Mitarbeitern angewendet wurden, wenn sie bevorstehende Fälle erörterten oder analysierten. Doch Michael kam nicht dahinter, worauf Elizabeth Knight an diesem Morgen vor Gericht angespielt hatte, und das wurmte ihn.

»Es waren doch nur ein paar Sätze, Michael.«

»Na und? Zwei Sätze können mehr aussagen als eine ganze Urteilsbegründung. Rechte für die Armen? Du hast doch gesehen, wie Ramsey darauf abgefahren ist. Ist Knight auf irgendwas ganz Neues aus? Hat sie versucht, die Weichen für einen bestimmten Fall zu stellen? Na komm, sag's mir schon.«

»Ich kann nicht glauben, dass du mich so etwas fragst. Es ist vertraulich.«

»Wir spielen doch alle im gleichen Team, Sara.«

»Genau! Wie oft stimmen Knight und Murphy gemeinsam ab? Nicht sehr oft. Und du weißt ganz genau, dieses Haus hat neun sehr verschiedene Zimmer.«

»Stimmt. Neun kleine Königreiche. Aber wenn Knight noch ein Ass im Ärmel hat, hätte ich es gern gewusst.«

»Ich muss nicht alles wissen, was hier vor sich geht. Mein Gott, du weißt schon mehr als alle anderen Assessoren zusammen, mehr als die meisten Richter. Ich meine, wie viele andere Assessoren gehen bei Anbruch der Dämmerung runter in die Poststelle, um sich anzuschauen, was für Berufungen hereingekommen sind?«

»Ich mache nicht gern halbe Sachen.«

Sara schaute ihn an, wollte etwas sagen, überlegte es sich dann aber anders. Warum die Dinge komplizieren? Sie hatte Michael ihre Antwort bereits gegeben. Auch sie war ehrgeizig, konnte sich aber nicht vorstellen, mit einem Mann verheiratet zu sein, der so hohe Ansprüche stellte wie Michael Fiske. Sie könnte sie niemals erfüllen, ihnen nie gerecht werden. Es wäre ein Fehler, es auch nur zu versuchen.

»Tut mir Leid, Michael, ich gebe keine Vertraulichkeiten weiter. Du weißt so gut wie ich, dass sich hier jede Bemerkung mit einem militärischen Feldzug vergleichen lässt. Reden ist Silber, Schweigen ist Gold. Und man muss sich den Rücken freihalten.«

»Grundsätzlich stimme ich dir zu, aber nicht in diesem Fall. Du kennst Murphy. In ihm schlägt das alte Blut wieder durch. Er ist liebenswert, aber ein Liberaler durch und durch. Er würde alles tun, um den Armen zu helfen. Er und Knight werden bei diesem Fall gemeinsame Sache machen, da gibt es gar keinen Zweifel. Murphy sucht ständig nach einer Gelegenheit, Sand in Ramseys Getriebe zu werfen. Bevor Ramsey hier die Oberhand gewann, war Tom Murphy der maßgebliche Mann am Gericht. Es macht keinen Spaß, am Lebensabend stets auf der Seite der Minderheit zu stehen.«

Sara schüttelte den Kopf. »Ich kann wirklich nicht näher darauf eingehen.«

Michael seufzte und stocherte in seinem Essen. »Wir entfernen uns voneinander, Sara. In jeder Hinsicht, nicht wahr?«

»Das stimmt nicht. Du willst es nur so darstellen. Ich weiß, ich habe dir wehgetan, und es tut mir Leid.«

Plötzlich grinste er. »Vielleicht ist es am besten so. Wir sind beide so störrisch, dass wir uns am Ende wohl gegenseitig abmurksen würden.«

»Der Boy aus dem hintersten Virginia und die Landpomeranze aus Carolina«, sagte sie mit bewusst gedehntem Südstaatenakzent. »Wahrscheinlich hast du Recht.«

Er drehte sein Glas zwischen den Händen und schaute sie an. »Wenn du mich für dickköpfig hältst, solltest du wirklich mal meinen Bruder kennen lernen.«

Sara erwiderte seinen Blick nicht. »Da bin ich mir sicher. Bei dem Prozess, den wir verfolgt haben, war er einfach klasse.«

»Ich bin sehr stolz auf ihn.«

Jetzt schaute sie ihn an. »Warum mussten wir uns dann wie Diebe in den Gerichtssaal schleichen, damit er nicht mitkriegt, dass wir ihm zugeschaut haben?«

»Das musst du ihn schon fragen.«

»Ich frage aber dich.«

Michael zuckte die Achseln. »Er hat ein Problem mit mir. Er hat mich gewissermaßen aus seinem Leben verbannt.«

»Warum?«

»Ich kenne nicht alle Gründe. Vielleicht kennt nicht mal er selbst sie genau. Aber ich weiß, dass es ihn nicht sehr glücklich gemacht hat.«

»Ich habe ihn zwar nur kurz gesehen, aber deprimiert oder unglücklich kam er mir nicht vor.«

»Wirklich? Wie ist er dir denn vorgekommen?«

»Humorvoll, klug. Kann sich gut in Menschen hineinversetzen.«

»Wie ich sehe, hat er sich in *dich* hineinversetzt.«

»Er wusste ja nicht mal, dass ich dort war.«

»Es hätte dir aber gefallen, wenn er's gewusst hätte, nicht wahr?«

»Was soll das jetzt schon wieder heißen?«

»Nur, dass ich nicht blind bin. Und ich bin mein Leben lang in seinem Schatten gewandelt.«

»Du bist doch das junge Genie mit den grenzenlosen Zukunftsaussichten.«

»Und er ist ein Held, ein ehemaliger Cop, der jetzt genau jene Menschen verteidigt, die er früher eingebuchtet hat.

Er hat etwas von einem Märtyrer an sich. Damit bin ich nie fertig geworden. Aber er ist ein guter Jurist, der sich unglaublich ins Zeug legt.« Michael schüttelte den Kopf, als er an die lange Zeit dachte, die sein Bruder im Krankenhaus verbracht hatte. Keiner hatte gewusst, ob er es schaffen würde. Es hätte von einem Tag zum anderen, von einer Minute zur anderen vorbei sein können. Michael hatte nie zuvor solch eine Furcht gekannt wie bei dem Gedanken, seinen Bruder zu verlieren. Anscheinend hatte er ihn trotzdem verloren. Aber nicht durch den Tod. Nicht durch diese Kugeln.

»Vielleicht glaubt er, in deinem Schatten zu stehen.«

»Das bezweifle ich.«

»Hast du ihn je gefragt?«

»Wie ich schon sagte, wir sprechen nicht mehr miteinander.« Er hielt inne. »Hast du meinen Antrag wegen John abgelehnt?«, fragte er dann. Er hatte Sara beobachtet, wie *sie* seinen Bruder beobachtet hatte. Vom ersten Augenblick an, da sie John Fiske gesehen hatte, war sie von ihm hingerissen gewesen. Damals war es Michael bloß wie ein unterhaltsamer Spaß erschienen, dass er und Sara seinem Bruder bei einer Verhandlung zugehört und zugeschaut hatten. Jetzt verfluchte er sich dafür, dass er selbst diesen Vorschlag gemacht hatte.

Sara errötete. »Ich kenne ihn nicht mal. Wie könnte ich da irgendwelche Gefühle für ihn haben?«

»Fragst du jetzt mich oder dich selbst?«

»Darauf werde ich nicht antworten.« Ihre Stimme zitterte. »Was ist mit dir? Liebst du deinen Bruder?«

Michael setzte sich abrupt auf und schaute sie an. »Ich werde meinen Bruder immer lieben, Sara. Immer.«

KAPITEL 6

Rider ging wortlos an seiner Sekretärin vorbei, flüchtete in sein Büro, öffnete den Aktenkoffer und holte den Umschlag hervor. Er zog den Brief heraus, warf aber kaum einen Blick darauf, bevor er ihn in den Papierkorb fallen ließ. Der Brief enthielt Harms' Testament – aber das war nur ein Trick, ein unverfänglicher Text, der den Gefängniswächter täuschen sollte. Rider musterte den Umschlag eingehend und drückte dann auf den Knopf der Gegensprechanlage.

»Sheila, bringen Sie mir bitte die Kochplatte und den Teekessel? Machen Sie ihn mit Wasser voll.«

»Ich koche Ihnen gern einen Tee, Mr Rider.«

»Ich möchte keinen Tee, Sheila. Bringen Sie mir einfach den verdammten Kessel und die Kochplatte!«

Sheila ließ sich weder zu einer Bemerkung über diesen seltsamen Wunsch noch zu einem Kommentar über die schlechte Laune ihres Chefs hinreißen. Sie brachte den Kessel und die Kochplatte ins Büro und verließ es sofort wieder.

Rider stöpselte die Kochplatte ein, und nach ein paar Minuten quoll Dampf aus dem Kessel. Der Anwalt nahm den Umschlag behutsam an den Ecken, hielt ihn über den Dampf und beobachtete, wie er sich öffnete, genau wie Rufus Harms es ihm gesagt hatte. Rider fingerte an den Ecken herum; kurz darauf hatte er den Umschlag gänzlich geöffnet. Doch statt eines Umschlags hielt er nun zwei Blatt Papier in den Händen: Das eine war eine handschriftliche Notiz, das andere eine Kopie des Briefes, den Harms von der Army erhalten hatte.

Als Rider die Kochplatte wieder ausschaltete, fragte er sich staunend, wie Rufus diesen Umschlag, der in Wirklichkeit ein Brief war, angefertigt hatte. Und wie hatte er den Brief von der Army kopiert und dann darin versteckt? Dann fiel ihm ein, dass Harms' Vater Drucker gewesen war. Es wäre besser für Rufus gewesen, beruflich in die Fußstapfen seines Vaters zu treten, statt sich freiwillig zur Armee zu melden, ging es Rider durch den Kopf.

Er ließ die beiden Blätter eine Minute lang trocknen, setzte sich dann hinter den Schreibtisch und las, was Rufus geschrieben hatte. Es dauerte nicht lange. Die Bemerkungen waren ziemlich kurz, auch wenn viele Worte kaum leserlich oder falsch geschrieben waren. Was Rider nicht wissen konnte: Harms hatte den Brief in nahezu völliger Dunkelheit geschrieben und jedes Mal innegehalten, wenn er hörte, dass die Schritte eines Wächters näher kamen. Als Rider zu Ende gelesen hatte, war sein Mund pulvertrocken. Er musste sich zwingen, die offizielle Mitteilung der Army zu lesen. Ein weiterer Tiefschlag.

»Großer Gott!« Er sank in seinem Sessel zurück, rieb sich mit einer Hand über die kahle Stelle am Kopf, sprang dann auf, lief zur Tür und schloss sie ab. Wie ein mutierendes Virus breitete die Furcht sich in seinem Innern aus. Er bekam kaum noch Luft, beugte sich über den Schreibtisch und drückte wieder auf den Knopf der Gegensprechanlage. »Sheila, bringen Sie mir bitte ein Glas Wasser und ein Aspirin.«

Einen Augenblick später klopfte Sheila an die Tür. »Mr Rider«, sagte sie, »es ist abgeschlossen.«

Rasch schloss er die Tür auf, nahm das Glas und das Aspirin entgegen und wollte gerade wieder abschließen, als Sheila fragte: »Ist alles in Ordnung?«

»Ja, ja«, erwiderte er und drängte sie hinaus.

Wieder schaute Rider auf den Brief, den er für Rufus beim Obersten Gericht einreichen sollte. Rider hatte die entsprechende Befugnis; er war als Anwalt beim Obersten Gerichtshof zugelassen, was er jedoch lediglich der Förderung durch einen ehemaligen Kollegen beim Militär verdankte, der nun im Justizministerium arbeitete. Wenn Rider tat, was Rufus verlangte, würde genau dieser Kollege bei Harms' Berufungsverhandlung die Gegenseite vertreten – was zu einer persönlichen Katastrophe führen *musste*.

Aber er hatte es Rufus versprochen.

Rider legte sich auf das Ledersofa, das in einer Ecke seines Büros stand, schloss die Augen und ließ seine Gedanken in die Vergangenheit schweifen. In der Nacht, in der Ruth Ann Mosley ermordet worden war, hatte es viele Unstimmigkeiten gegeben. In Rufus' Vorstrafenregister waren keine Gewalttaten aufgeführt, nur zahlreiche Befehlsverweigerungen, die viele Vorgesetzte gegen ihn aufgebracht und anfangs auch Rider verärgert hatten. Was Harms' Unfähigkeit betraf, den einfachsten Befehlen zu gehorchen, so hatte man schließlich, als Rider ihn vor Gericht vertrat, dafür eine Erklärung gefunden. Doch für seine Flucht aus dem Bau gab es keine Erklärung. Da Rider damals keine andere Verteidigungsmöglichkeit sah, hatte er schließlich angedeutet, auf geistige Unzurechnungsfähigkeit plädieren zu wollen, was ihm gerade genug Hebelwirkung verschafft hatte, um seinen Mandanten vor der möglichen Hinrichtung zu bewahren. Und das war dann das Ende vom Lied gewesen. Der Gerechtigkeit war Genüge getan worden. Zumindest in dem Umfang, den man auf dieser Welt erwarten konnte.

Rider betrachtete erneut die Mitteilung der Army, diese krasse Lüge aus der Vergangenheit, die nun eindeutig enthüllt worden war. Diese Information hätte vor gut fünfundzwanzig Jahren, als das Mädchen ermordet worden war, in Harms' Militärakte stehen müssen; aber das war nicht der Fall gewesen. Mit dieser Information hätte Rider damals eine plausible, schlüssige Verteidigung aufbauen können. Harms' Militärakte war manipuliert worden, und nun kannten sie beide den Grund dafür.

Harms wollte seine Freiheit zurück, wollte seinen Namen rein waschen – und beides vor dem höchsten Gericht des Landes. Und Rufus Harms weigerte sich, die Aussicht auf Freiheit in die Hände des Militärs zu legen. Das hatte er Rider gesagt, während die Country-Musik seine Worte übertönt hatte. Wer konnte ihm seine Wünsche verdenken?

Rufus hatte das Recht auf seiner Seite. Man sollte ihn anhören, und man sollte ihn freilassen. Man sollte etwas für ihn unternehmen. Doch Rider blieb regungslos auf seiner Couch mit dem abgewetzten Leder liegen. Der Grund dafür war Furcht. Ein viel intensiveres und bohrenderes Gefühl – so schien es – als jedes andere. Rider hatte die Absicht, in ein paar Jahren in den Ruhestand zu gehen und die Eigentumswohnung an der Golfküste zu beziehen, die er und seine Frau sich bereits ausgesucht hatten. Ihre Kinder waren erwachsen. Rider war der eisig kalten Winter überdrüssig, die sich in den Tälern dieser Gegend festsetzten; er war es leid, immer neuen Fällen hinterherzujagen und sein Berufsleben gewissenhaft im Viertelstundentakt zu protokollieren. Doch so verlockend die Aussicht auf den Ruhestand auch war – sie reichte nicht aus, Rider davon abzuhalten, seinem alten Mandanten zu helfen. Einige Dinge waren richtig, und einige falsch.

Rider erhob sich von der Couch und setzte sich an seinen Schreibtisch. Anfangs war er der Meinung gewesen, Rufus am einfachsten helfen zu können, indem er dessen Informationen an eine der großen Zeitungen schickte und dann der Macht der Presse die Arbeit überließ. Aber es war durchaus vorstellbar, dass die Zeitung den Brief als den eines Irren abtat und in den nächsten Papierkorb warf oder die Sache auf eine Art und Weise vermasselte, dass sie Rufus in Gefahr brachte. Doch in Wahrheit wollte Rider sich der Sache aus einem anderen, ganz einfachen Grund selbst annehmen: Rufus Harms war sein Mandant und hatte seinen Anwalt gebeten, seine Berufung beim Obersten Gerichtshof der Vereinigten Staaten einzubringen. Punktum. Und genau das würde Rider tun. Er hatte Rufus schon einmal im Stich gelassen; das würde ihm kein zweites Mal passieren. Dem Mann musste dringend ein bisschen Gerechtigkeit zuteil werden – und gab es einen besseren Ort dafür als das höchste Gericht im Land? Wenn man dort keine Gerechtigkeit bekommt, wo dann, fragte Rider sich.

Als er ein Blatt Papier aus der Schreibtischschublade nahm, ließ das Sonnenlicht, das durchs Fenster fiel, seine viereckigen goldenen Manschettenknöpfe funkeln und erfüllte das Büro mit dünnen hellen Lichtbahnen. Rider zog seine alte Schreibmaschine heran, die er aus Gründen der Nostalgie behalten hatte. Er wusste nicht, welche formellen Anforderungen er beim Einreichen eines Antrags an den Obersten Gerichtshof beachten musste, ging aber davon aus, dass er gegen die meisten verstoßen würde. Aber das störte ihn nicht. Er wollte endlich seine Geschichte loswerden – sich von ihr befreien.

Als er das Schreiben aufgesetzt hatte, wollte er es zusammen mit Harms' Brief und dem Schreiben der Army in einen Umschlag stecken. Dann überlegte er es sich anders. Die Paranoia, die sich in dreißig Jahren Berufserfahrung entwickelt hatte, schwappte über ihm zusammen wie ein Schwall Eiswasser. Er ging in den kleinen Büroraum ganz hinten in seiner Kanzlei-Suite. Dort machte er Fotokopien von Harms' Briefen, dem handschriftlichen und dem getippten. Seine Furcht und sein Unbehagen trieben ihn dazu, den Brief der Army erst einmal zu behalten. Wenn die Story Auswirkungen zeigte, konnte er ihn immer noch an die Öffentlichkeit bringen, ebenfalls anonym. Er versteckte die Kopien in einer Schreibtischschublade und schloss sie ab. Die Vorlagen schob er in den Umschlag. In seinem juristischen Adressbuch schlug er die Anschrift des Obersten Gerichts nach, dann tippte er einen Adressenaufkleber, schrieb aber keinen Absender auf den Umschlag. Als er fertig war, setzte er den Hut auf, zog den Mantel an und ging zum Postamt an der Ecke.

Bevor er es sich anders überlegen konnte, füllte er das Formular für einen Einschreibebrief aus, damit er eine Empfangsbescheinigung bekam. Er gab den Brief dem Schalterbeamten, bezahlte das Porto, bekam den Einlieferungsschein und kehrte in sein Büro zurück. Erst dort fiel ihm ein, dass das Gericht den Absender anhand des Rückscheins ermitteln konnte. Rider seufzte. Auf das, was nun in Gang kam, hatte Rufus sein halbes Leben lang gewartet. Und in gewisser Hinsicht hatte Rider ihn damals im Stich gelassen.

Den Rest des Tages lag der Anwalt im Dunkeln auf der Couch in seinem Büro und betete stumm, das Richtige getan zu haben. Doch im Herzen wusste er es schon.

KAPITEL 7

»Ramseys Assessoren liegen mir wegen des Kommentars in den Ohren, den Sie neulich über die Frage abgegeben haben, dass den Armen eine gewisse Präferenzbehandlung zusteht, Richterin Knight.« Sara schaute zu der Frau hinüber, die ruhig und gelassen hinter ihrem Schreibtisch saß.

Ein Lächeln huschte über das Gesicht Elizabeth Knights, während sie Dokumente durchsah. »Das kann ich mir gut vorstellen.«

Sie beide wussten, dass Ramseys Assessoren einer gut ausgebildeten Spezialeinheit ähnelten. Sie hatten ihre Fühler überallhin ausgestreckt und hielten nach allem Ausschau, was den Obersten Richter interessieren und für seine Tagesordnungspunkte von Belang sein konnte. So gut wie nichts entging ihrer Aufmerksamkeit. Jedes Wort, jeder Ausruf, jedes Gespräch, jede beiläufige Plauderei auf dem Flur wurde sorgfältig notiert, analysiert und für zukünftige Verwendung archiviert.

»Also war genau diese Reaktion von Ihnen beabsichtigt?«

»Sara, auch wenn es mir nicht gefällt, aber hier geschehen Dinge, die man einfach hinnehmen muss. Manche nennen es ein Spiel. Ich bin anderer Meinung. Aber ich kann diese Vorgänge nicht ignorieren. Der Oberste Richter bereitet mir kein so großes Kopfzerbrechen. Ich werde bei einer Reihe von Abstimmungen Standpunkte einnehmen, die Ramsey niemals unterstützen wird. Ich weiß es, und er weiß es auch.«

»Also haben Sie einen Versuchsballon für die anderen Richter steigen lassen.«

»Gewissermaßen, ja. Die mündliche Verhandlung ist aber auch ein offenes, öffentliches Forum.«

»Also für die Öffentlichkeit.« Saras Gedanken überschlugen sich. »Und für die Medien?«

Elizabeth Knight legte die Papiere auf den Schreibtisch, faltete die Hände und blickte die jüngere Frau an. »Dieses Gericht wird stärker von der öffentlichen Meinung beeinflusst, als viele eingestehen würden. Einige hier würden den Status quo gern auf ewig erhalten. Aber das Gericht muss mit der Zeit gehen, und die Zeiten ändern sich.«

»Und das hat etwas mit den Fällen zu tun, die ich recherchieren sollte, nicht wahr? Bei denen es darum geht, dass die Armen das gleiche Recht auf eine Ausbildung bekommen wie die Wohlhabenden?«

»Ich habe größtes Interesse daran.« Elizabeth Knight war im Osten von Texas aufgewachsen, im armen Hinterland. Doch ihr Vater war ein reicher Mann gewesen, was ihr eine erstklassige Ausbildung ermöglicht hatte. Oft hatte Elizabeth sich gefragt, wie ihr Leben verlaufen wäre, wäre ihr Vater arm gewesen – wie sehr viele Leute, unter denen sie aufgewachsen war. Alle Richter schleppten eine psychologische Last mit zum Gericht, und Elizabeth Knight war da keine Ausnahme. »Und mehr werde ich jetzt nicht dazu sagen.«

»Und *Blankley?*«, sagte Sara. Sie bezog sich damit auf die Verhandlung, in der es um positive Diskriminierung ging – den Fall, den Ramsey so drastisch aus den Angeln gehoben hatte.

»Wir haben natürlich noch nicht darüber abgestimmt, Sara, also kann ich noch nicht sagen, was dabei herauskommen wird.« Diese Abstimmungen fanden unter strengster Geheimhaltung statt; nicht einmal ein Stenograf oder eine Sekretärin war dabei. Doch wer die Vorgänge bei Gericht einigermaßen aufmerksam verfolgte – und dazu gehörten auch die Assessoren, die sich Tag für Tag hier aufhielten –, konnte mit einiger Genauigkeit vorhersagen, was diese Abstimmungen ergeben würden, wenngleich die

Richter immer wieder für Überraschungen gut waren. Der deprimierte Blick Elizabeth Knights jedoch ließ erkennen, wie im Fall *Blankley* die Stimmen verteilt waren.

Und Sara konnte den Kaffeesatz genauso gut lesen wie jeder andere. Michael Fiske hatte Recht. Die einzige Frage lautete, wie schwungvoll die Begründung ausfallen würde.

»Schade nur, dass ich nicht mehr hier sein werde, um zu erleben, welche Früchte meine Recherche tragen wird«, sagte Sara.

»Das weiß man nie. Sie, Sara, sind zu einer zweiten Sitzungsperiode hierher zurückgekehrt. Michael Fiske hat sich bei Tommy für eine dritte verpflichtet. Ich würde es sehr begrüßen, wenn auch Sie weitermachen würden.«

»Seltsam, dass Sie ihn erwähnen. Auch Michael hat sich nach Ihren Bemerkungen bei der mündlichen Verhandlung erkundigt. Er ist der Ansicht, dass Murphy alles willkommen heißt, was Sie bezüglich der Präferenzbehandlung für Arme unternehmen werden.«

Knight lächelte. »Michael muss es ja wissen. Er und Tommy stehen sich so nahe, wie es bei einem Richter und seinem Assistenten nur möglich ist.«

»Michael weiß mehr über das Gericht als jeder andere. Manchmal kann er einem sogar ein bisschen unheimlich sein.«

Knight musterte Sara scharf. »Ich dachte, Sie und Michael stünden sich nahe.«

»Das stimmt auch. Ich meine, wir sind gute Freunde.« Sara errötete, als Richterin Knight sie weiterhin unverwandt musterte.

»Also werden wir demnächst keine Heiratsanzeige von Ihnen beiden lesen können?« Knight lächelte freundlich.

»Was? Nein, nein. Wir sind nur Freunde.«

»Ich verstehe. Tut mir Leid, dass ich gefragt habe, Sara. Es geht mich nichts an.«

»Schon gut. Wir verbringen tatsächlich viel Zeit miteinander. Da liegt es nahe, dass einige Leute glauben, es steckt mehr als nur Freundschaft dahinter. Ich meine, Michael ist ein sehr attraktiver Mann, und offensichtlich auch ein sehr kluger. Er hat eine große Zukunft.«

»Verstehen Sie mich bitte nicht falsch, Sara, aber das hört sich so an, als wollten Sie sich selbst etwas einreden.«

Sara senkte den Blick. »Ja, kann schon sein.«

»Hören Sie auf den Rat einer Frau, die zwei erwachsene Töchter hat. Überstürzen Sie nichts. Lassen Sie die Dinge ihren Lauf nehmen. Sie haben viel Zeit. Ende des mütterlichen Ratschlags.«

Sara lächelte. »Danke.«

»So, und was macht das Memo zum Fall *Chance gegen die Vereinigten Staaten?*«

»Ich weiß, dass Steven pausenlos daran arbeitet.«

»Steven Wright kommt hier nicht besonders gut zurecht.«

»Nun ja, er bemüht sich wirklich sehr.«

»Sie müssen ihm helfen, Sara. Sie sind die dienstälteste Assessorin. Ich hätte dieses Memo schon vor vierzehn Tagen haben müssen. Ramsey hat seine Munition beisammen, und sämtliche Präzedenzfälle sprechen für ihn. Wenn ich auch nur einen Schuss zurückfeuern will, muss ich mindestens ebenso gut vorbereitet sein.«

»Die Sache hat höchste Priorität für mich. In Ordnung?«

»Gut.«

Sara erhob sich. »Ich bin sicher, Sie werden mit dem Obersten Richter fertig.«

Die Frauen lächelten sich an. Elizabeth Knight war für Sara Evans, die ihre Mutter schon als kleines Mädchen verloren hatte, beinahe zu einer zweiten Mutter geworden.

Als Sara das Büro verlassen hatte, lehnte Elizabeth Knight sich in ihrem Sessel zurück. Das Amt, das sie nun innehatte, war die Kulmination lebenslanger Arbeit und Opfer, aber auch das Ergebnis von Glück und Können. Sie war mit einem angesehenen Senator der Vereinigten Staaten verheiratet, einem Mann, den sie liebte und der ihre Liebe erwiderte. Sie war eine von nur drei Frauen, die jemals den Talar eines Richters am Obersten Gerichtshof getragen hatten. Sie kam sich unbedeutend vor – zugleich aber mit gewaltiger Macht ausgestattet. Der Präsident, der sie nominiert hatte, war noch im Amt. Er hatte sie als zuverlässige Juristin der politischen Mitte betrachtet. Elizabeth Knight war politisch nicht so aktiv gewesen, dass der Präsident davon ausgehen konnte, sie würde sich als linientreu erweisen, was seine Partei betraf. Andererseits erwartete er wahrscheinlich von ihr, dass sie sich kritisch passiv verhielt und die Lösung der wirklich wichtigen Fragen den gewählten Volksvertretern überließ.

Sie hatte keine so fest gefahrenen Ansichten wie etwa Ramsey oder Murphy. Diese beiden entschieden bei Abstimmungen nicht so sehr nach der Faktenlage eines jeden Falles, sondern nach seiner allgemeinen gesellschaftlichen Bedeutung. Murphy würde niemals für ein Todesurteil votieren, ganz gleich, welche Seite in die Berufung gegangen war. Ramsey dagegen würde eher den Krempel hinschmeißen, bevor er sich in einer Strafsache auf die Seite des Angeklagten schlug.

Elizabeth Knight konnte sich bei ihren Entscheidungen nicht auf solche vorgefassten Einstellungen stützen. Sie nahm jeden Fall, wie er kam – und auch jede gegnerische Partei. Für sie gab es keine übergeordnete juristische, gesellschaftliche oder moralische Philosophie. Natürlich, auch sie zog die Auswirkungen der Entscheidungen dieses höchsten Gerichts in Betracht, war aber auch um Fairness gegenüber den tatsächlich betroffenen Parteien bemüht – mit der Konsequenz, dass sie bei ziemlich vielen Fällen das Zünglein an der Waage war. Aber dagegen hatte sie nichts einzuwenden. Sie war kein Mauerblümchen, und sie war schließlich hierher gekommen, um etwas zu bewirken.

Erst hier, an diesem Gericht, war ihr deutlich geworden, *wie* bedeutend und folgenschwer ihre Entscheidungen sein konnten. Und die Verantwortung, die mit solch einer Macht einherging, erfüllte sie mit Demut. Und machte ihr Angst.

Ließ sie hellwach an die Decke starren, während ihr Mann neben ihr fest schlief.

Trotzdem – dachte sie und lächelte – wärst du an keinem Ort lieber als an diesem, hättest du im Leben nichts lieber getan als das, was du nun tust.

KAPITEL 8

John Fiske betrat das Gebäude im West End von Richmond. Offiziell trug es die Bezeichnung ›Altenheim‹, doch in Wirklichkeit war es ein Hospiz. Ein Haus, in das die Alten und Kranken kamen, um zu sterben. Als Fiske durch den Korridor ging, versuchte er, das Stöhnen und Schreien zu ignorieren. Er sah die Menschen mit ihren ausgezehrten Körpern, den tief gesenkten Köpfen, den kraftlosen Gliedmaßen, wie sie in Rollstühlen saßen, die wie Einkaufswagen an der Wand standen.

Es hatte aller Entschlossenheit bedurft, die er und sein Vater aufbringen konnten, um Johns Mutter in dieses Heim zu bringen. Michael Fiske hatte nie der Tatsache ins Auge gesehen, dass seine Mutter keinen Verstand mehr besaß. Ihr Geist war von der Alzheimer'schen Krankheit zerstört. An die guten Zeiten erinnerte man sich gern, doch was ein Mensch wirklich wert war, erkannte man daran, wie er sich in schlechten Zeiten verhielt. Soweit es John Fiske betraf, hatte sein Bruder bei dieser Prüfung jämmerlich versagt.

John trug sich beim Empfang ein. »Wie geht es ihr heute?«, fragte er die Angestellte. Da er oft hier war, kannte er jeden vom Personal.

»Es ging ihr schon mal besser, John, aber Ihr Besuch wird sie aufmuntern«, antwortete die Frau.

»Sicher«, murmelte Fiske, während er zum Besucherraum ging.

Seine Mutter erwartete ihn dort, wie immer mit Morgenmantel und Pantoffeln bekleidet. Ihre Blicke schweiften ziellos durch den Raum, ihr Mund bewegte sich, doch es kamen keine Worte über ihre Lippen. Als Fiske an der Schwelle erschien, schaute sie ihn an, und ein Lächeln legte sich auf ihr Gesicht. John ging zu ihr, setzte sich ihr gegenüber.

»Wie geht es meinem Mikey?«, fragte Gladys Fiske und rieb zärtlich sein Gesicht. »Wie geht es meinem Baby?«

Fiske atmete tief ein. Seit zwei Jahren ging das jetzt schon so. Es war immer dasselbe: In Gladys Fiskes zerrüttetem Verstand war er Mike, der kleine Bruder, würde es immer sein, bis zum letzten ihrer Tage. *John* war völlig aus dem Gedächtnis seiner Mutter verschwunden, als wäre er nie geboren.

Er berührte sanft ihre Hände, gab sein Bestes, seine Verzweiflung, den Schmerz und die Enttäuschung zurückzuhalten. »Mir geht es gut. Wirklich prima. Dad geht es auch gut. Und auch Johnny«, fügte er dann leise hinzu. »Er hat nach dir gefragt. Er fragt ständig nach dir.«

Ihr Blick war leer. »Johnny?«

Fiske versuchte es jedes Mal, und jedes Mal bekam er dieselbe Antwort. Warum hatte sie ihn vergessen und nicht seinen Bruder? Irgendeine Erinnerung musste tief in Gladys' Innerem verwurzelt sein – irgendetwas, das es der Alzheimer'schen Krankheit ermöglicht hatte, Johns Persönlichkeit aus ihrem Leben zu löschen. War seine Existenz nie so bedeutsam, nie so wichtig für sie gewesen? *Er* war der Sohn gewesen, der immer für seine Eltern da gewesen war. Er hatte ihnen als Junge geholfen, und nun half er ihnen als erwachsener Mann. Er hatte alles für sie getan. Er hatte sie mit einem Großteil seines Einkommens unterstützt. Er war an einem drückend heißen Augusttag, mitten in einem höllischen Prozess, auf eine Leiter gestiegen, um seinem alten Herrn beim Dachdecken zu helfen, weil der kein Geld für einen Handwerker hatte. Und doch war immer Mike der Lieblingssohn gewesen, obwohl er seine eigenen Wege gegangen war, seine eigenen selbstsüchtigen Wege, dachte Fiske. Mike war stets der Hoffnungsträger gewesen, der Sohn, der seiner Familie Ehre machen würde.

Aber so ganz stimmte das nicht, das wusste er. So extrem waren seine Eltern nie gewesen, was ihre Liebe zu den Söhnen betraf, ihre Hoffnungen und Erwartungen. Doch sein Zorn hatte diese Wahrheit verzerrt, hatte das Schlechte wachsen und das Gute absterben lassen.

»Mike?«, fragte Gladys ängstlich. »Wie geht es den Kindern?«

»Ausgezeichnet. Sehr gut. Sie werden groß. Es sind prächtige Kinder. Sie sehen dir sehr ähnlich.« Fiske hätte sich am liebsten auf den Boden geworfen, laut geschrien, geweint, weil er so tun musste, als wäre er Mike. Der Kleine. Der Familienvater.

Gladys lächelte und griff sich ans Haar.

John wusste, was sie hören wollte. »Du siehst gut aus. Dad meint, du bist hübscher denn je.« Den Großteil ihres Lebens war Gladys Fiske eine attraktive Frau gewesen, die sehr großen Wert auf ihr Äußeres gelegt hatte. Die Auswirkungen der Alzheimer'schen Krankheit hatten in ihrem Fall den Alterungsprozess beschleunigt. Ich danke Gott, dachte Fiske, dass du dich nicht mehr erkennen kannst, Mom. Er hoffte, dass seine Mutter sich noch immer für zwanzig hielt und für so hübsch, wie sie hübscher nie sein würde.

Er gab ihr das Geschenk, das er ihr mitgebracht hatte. Sie nahm es mit kindlicher Freude entgegen und riss die Verpackung ab. Behutsam berührte sie die Bürste und fuhr sich dann ganz vorsichtig damit durchs Haar.

»Das ist das Schönste, was ich je gesehen habe.«

Das sagte sie fast immer, egal was er ihr mitbrachte. Taschentücher, Lippenstift, ein Bilderbuch. Das Schönste, was sie je gesehen hatte. Jedes Mal, wenn er hierher kam, sammelte sein Bruder massenhaft Pluspunkte.

Fiske zwang sich, diese Gedanken zu unterdrücken, und verbrachte eine sehr angenehme Stunde mit seiner Mutter. Er liebte sie sehr. Hätte er gekonnt, hätte er die Krankheit, die ihr Gehirn zerstörte, aus ihr herausgerissen. Aber das konnte niemand, und deshalb wollte er alles tun, um bei ihr sein zu können, solange es noch möglich war.

Selbst als der eigene Bruder.

Fiske verließ das Altenheim und fuhr zum Haus seines Vaters. Als er in die vertraute Straße abbog, schaute er sich in den verfallenden Grenzen seiner ersten achtzehn Lebensjahre um: baufällige Häuser mit abbröckelnder Farbe und morschen Veranden, durchhängende Stacheldrahtzäune und schmutzige Höfe, die zu schmalen Straßen mit aufgerissener Asphaltdecke führten; zu beiden Seiten parkten endlose Reihen uralter, rostender Fords und Chevys.

Vor fünfzig Jahren war dieses Viertel eines der vielen gewesen, in denen nach dem Zweiten Weltkrieg die Menschen mit der unerschütterlichen Zuversicht, das Leben könne nur besser werden, einen neuen Anfang versucht hatten. Für jene, welche diese Brücke zum Wohlstand nicht überschritten hatten, war die sichtbarste Veränderung in ihrem verbrauchten Leben die hölzerne Rampe für einen Rollstuhl, die man über die vordere Treppe gelegt hatte. Als Fiske eine dieser Rampen betrachtete, wusste er, dass er bei seiner Mutter einen Rollstuhl dem Verfall des Gehirns jederzeit vorziehen würde.

Er bog auf die Einfahrt des gut instand gehaltenen Hauses seines Vaters ab. Je schlimmer das Viertel um das Haus herum zerfiel, desto härter schuftete sein alter Herr, den Niedergang in Schach zu halten. Vielleicht, um die Vergangenheit ein wenig länger am Leben zu erhalten. Vielleicht, weil er hoffte, seine Frau würde als Zwanzigjährige mit einem unverbrauchten, gesunden Verstand wieder nach Hause kommen. Der alte Buick stand in der Einfahrt; die Karosserie rostete ein wenig, doch der Motor war dank der meisterhaften Mechanikerkünste des Besitzers in erstklassigem Zustand. Fiske sah, dass sein Vater, wie üblich mit einem weißen T-Shirt und blauen Arbeitshosen, sich in der Garage über irgendein Gerät beugte. Ed Fiske lebte zwar im

Ruhestand, war aber noch immer am glücklichsten, wenn er die Finger voller Schmieröl und das Innenleben einer komplizierten Maschine in einem heillosen Durcheinander vor sich ausgebreitet hatte.

»Im Kühlschrank ist kaltes Bier«, sagte Ed, ohne aufzuschauen.

Fiske öffnete den alten Kühlschrank, den sein Vater in die Garage gestellt hatte, und nahm sich eine Flasche Miller. Er setzte sich auf einen wackeligen alten Küchenstuhl und schaute seinem Vater bei der Arbeit zu, so wie er es schon als kleiner Junge getan hatte. Es hatte ihn immer fasziniert, wie geschickt sein Vater mit den Händen war, wie er ganz genau zu wissen schien, wohin jedes Teil gehörte.

»Ich war heute bei Mom.«

Mit einer geübten Drehung der Zunge schob Ed die Zigarette, die er gerade rauchte, in den rechten Mundwinkel. Seine muskulösen Unterarme beugten und entspannten sich wieder, als er eine Schraube anzog.

»Ich gehe morgen hin. Dachte, ich putze mich fein raus, bring ihr ein paar Blumen mit und ein kleines Mittagessen, das Ida kochen wird. Ein ganz besonderer Tag. Nur sie und ich.«

Ida German war die direkte Nachbarin. Sie wohnte schon länger in dem Viertel als sonst jemand. Sie war Johns Vater eine gute Gesellschaft gewesen, seit seine Frau nicht mehr hier war.

»Das wird Mom gefallen.« John nippte an seinem Bier und lächelte angesichts der Vorstellung, was die beiden für ein Bild abgeben würden.

Ed machte fertig, womit er sich gerade beschäftigte, und brauchte dann kurze Zeit, um sich zu waschen. Das Schmieröl entfernte er mit Benzin und einem Lappen von den Händen. Dann holte auch er sich ein Bier und nahm gegenüber von seinem Sohn auf einem alten Werkzeugkasten Platz.

»Hab gestern mit Mike gesprochen«, sagte er.

»Ach ja«, erwiderte Fiske ohne das geringste Interesse.

»Er macht sich am Gericht verdammt gut. Weißt du, sie haben ihn aufgefordert, noch ein Jahr zu bleiben. Er muss wirklich schwer was auf dem Kasten haben.«

»Er ist bestimmt der Beste, den sie je hatten.« Fiske stand auf und ging zur offenen Tür. Er atmete tief ein und füllte seine Lungen mit dem Geruch von frisch gemähtem Gras.

Als Kinder hatten er und sein Bruder jeden Samstag den Rasen gemäht und die üblichen Hausarbeiten erledigt, und dann war die ganze Familie zur wöchentlichen Fahrt zum A&P-Supermarkt in den riesigen Kombi gestiegen. Wenn die Jungs wirklich fleißig gewesen waren, die Hausarbeit ordentlich getan und das Gras nicht zu kurz geschnitten hatten, bekamen sie ein Soda aus dem Automaten neben dem Mülleimer vor dem A&P. Für John und Mike war es flüssiges Gold gewesen. Die Fiske-Brüder dachten die ganze Woche an dieses Soda. Als Kinder hatten sie sich sehr nahe gestanden. Obwohl John drei Jahre älter war als Michael, hatten sie jeden Morgen gemeinsam die *Times Dispatch* ausgetragen und auch zusammen Sport getrieben. Mike war körperlich so fit gewesen, dass er an seinem ersten Jahr an der Hochschule in einigen Uni-Auswahlmannschaften gespielt hatte. Die Fiske-Brüder. Alle hatten sie gekannt, sie respektiert. Es waren glückliche Zeiten gewesen.

Diese Zeiten waren vorbei. John drehte sich wieder um und schaute seinen Vater an.

Ed schüttelte den Kopf. »Hast du gewusst, dass Mike einen Lehrauftrag an einer der großen Universitäten ausgeschlagen hat, Harvard oder so, um am Gericht zu bleiben? Er hat jede Menge Angebote von großen Kanzleien. Er hat sie mir gezeigt. Mein Gott, die haben ihm so viel Geld geboten, ich konnte es kaum glauben.« Der Stolz in seiner Stimme war nicht zu überhören.

»Noch mehr Macht für ihn«, sagte Fiske.

Ed schlug sich plötzlich auf den Schenkel. »Was ist los

mit dir, Johnny? Verdammt noch mal, was hast du gegen deinen Bruder?«

»Ich habe nichts gegen ihn.«

»Und warum kommt ihr zwei dann nicht mehr miteinander aus wie früher, verdammt? Ich habe mit Mike gesprochen. Es liegt nicht an ihm.«

»Hör mal, Pop, er hat sein Leben, und ich habe meins. Ich kann mich nicht erinnern, dass du bei Onkel Ben auch so empfindlich gewesen bist.«

»Mein Bruder war ein Schnorrer und Säufer. Dein Bruder ist es nicht.«

»Schnorren und Saufen sind nicht die einzigen Laster auf der Welt.«

»Verdammt, ich verstehe dich einfach nicht, mein Sohn.«

»Das geht den meisten so. Stell dich hinten an die Warteschlange!«

Ed drückte die Zigarette auf dem Betonfußboden aus, stand auf und lehnte sich gegen einen der freiliegenden Beschlagnägel der Garage. »Eifersucht zwischen Brüdern gehört sich nicht. Du solltest dich darüber freuen, was Mike aus seinem Leben gemacht hat.«

»Ach? Du hältst mich also für eifersüchtig?«

»Bist du's denn nicht?«

Fiske nippte wieder an seinem Bier und schaute zu dem bauchnabelhohen Stacheldrahtzaun hinüber, der den kleinen Hinterhof am Haus seines Vaters umgab. Zurzeit war der Zaun dunkelgrün gestrichen. Im Lauf der Jahre hatte er viele Farben gesehen. John und Mike hatten ihn jeden Sommer gestrichen, jeweils in der Farbe, die bei der jährlichen Renovierung der Büroräume der Spedition übrig geblieben war, für die Ed gerade arbeitete. Fiske sah zu dem Apfelbaum hinüber, der eine Ecke des Hofes vereinnahmte. Er wies mit der Bierflasche darauf. »Du hast Raupen. Hol mir eine Lötlampe.«

»Ich kümmere mich schon darum.«

»Du steigst doch nicht mal gern auf einen Stuhl, Pop.«

Fiske zog die Jacke aus, holte eine Leiter aus der Garage

und nahm die Lötlampe, die sein Vater ihm gab. Er entzündete sie, stellte die Leiter unter das prallrunde Nest und stieg hinauf. Es dauerte ein paar Minuten, doch das Nest löste sich unter der Hitze der Flamme langsam auf. Fiske stieg die Leiter hinunter und stellte den Brenner ab, während sein Vater die Überreste des Nests zusammenharkte.

»Gerade hast du gesehen, was für ein Problem ich mit Mike habe.«

»Was?« Verwirrt schaute sein Vater ihn an.

»Wann war Mike zum letzten Mal hier, um dir zu helfen? Verdammt noch mal, wann hat er dich oder Mom das letzte Mal auch nur besucht?«

Ed kratzte an seinen Bartstoppeln und kramte in der Hosentasche nach einer Zigarette. »Er hat viel zu tun. Er kommt, sooft er kann.«

»Aber sicher.«

»Er tut wichtige Arbeit für die Regierung. Hilft den vielen Richtern. Verflixt, es ist das höchste Gericht im Land, das weißt du doch.«

»Tja, Pop, auch *ich* hab ziemlich viel zu tun.«

»Das weiß ich, mein Sohn. Aber ...«

»Aber bei mir ist es etwas anderes, ich weiß.« Fiske warf sich die Jacke über die Schulter und wischte sich den Schweiß aus den Augen. Die Moskitos würden bald hervorkommen. Das ließ ihn an Wasser denken. Sein Vater hatte auf einem Campingplatz unten am Mattaponi River einen Wohnwagen stehen. »Warst du in letzter Zeit mal beim Wohnwagen?«

Erleichtert über den Themenwechsel schüttelte Ed den Kopf. »Nee, aber ich will bald mal hinfahren. Ich will noch mal mit dem Boot raus, bevor es zu kalt wird.«

Fiske rieb sich eine weitere Schweißperle von der Stirn. »Sag mir Bescheid, vielleicht fahre ich mit.«

Ed musterte seinen ältesten Sohn. »Wie geht's dir so?«

»Beruflich? Hab diese Woche zwei Fälle gewonnen und zwei verloren. Das ist heutzutage ein ganz guter Durchschnitt.«

»Sei vorsichtig, mein Junge. Ich weiß, du glaubst an das, was du tust, aber es sind verdammt gefährliche Leute, für die du als Anwalt arbeitest. Einige von denen erinnern sich vielleicht noch aus deiner Zeit als Cop an dich. Ich liege nachts oft wach und muss darüber nachdenken.«

Fiske lächelte. Er liebte seinen Vater genauso sehr wie seine Mutter, ja auf irgendeine schwer deutbare Weise, wie sie für Männer typisch war, vielleicht sogar mehr. Der Gedanke, dass sein Vater seinetwegen manchmal noch immer nicht schlafen konnte, war sehr beruhigend. John gab dem alten Mann einen Klaps auf den Rücken.

»Keine Sorge, Pop, ich bin immer sehr vorsichtig.«

»Und was ist mit der anderen Sache?«

Unbewusst berührte Fiske seine Brust. »Mir geht's ganz prima. Wahrscheinlich werde ich hundert Jahre alt.«

»Das hoffe ich, Junge«, sagte sein Vater mit großer Überzeugung, als er seinem Sohn hinterherschaute, während er zum Wagen ging.

Ed schüttelte den Kopf, als er darüber nachdachte, wie weit seine Söhne sich voneinander entfernt hatten und dass er nichts dagegen hatte tun können. »Verdammt.« Mehr fiel ihm nicht dazu ein. Er setzte sich wieder auf den Werkzeugkasten und trank die Flasche Bier aus.

KAPITEL 9

Es war noch früh am Morgen, als Michael Fiske leise summend durch den breiten Korridor mit der hohen Decke zur Poststelle ging. Als er den Raum betrat, schaute ein Verwaltungsangestellter auf. »Sie haben sich einen günstigen Zeitpunkt ausgesucht, Michael. Wir haben gerade eine Lieferung hereinbekommen.«

»Ist Knastpost dabei?«, fragte Michael. Er bezog sich damit auf den immer größer werdenden Anteil, den Petitionen von Häftlingen ausmachten. Die meisten wurden *in forma pauperis* eingereicht, was wörtlich »nach Beschaffenheit des Armen« bedeutete. Man unterhielt eine eigene Ablage für diese Petitionen, und sie war so groß, dass ein Angestellter eigens für sie abgestellt worden war. In den IFPS, wie sie vom Gerichtspersonal genannt wurden – den Anträgen zur Prozesskostenbeihilfe –, fand man zumeist vollkommen idiotische Gesuche, die allenfalls zur Belustigung dienten, gelegentlich aber auch einen Fall, der die Aufmerksamkeit des Gerichts verdiente. Michael wusste, dass einige der wichtigsten Urteile auf Grund von IFP-Fällen gesprochen worden waren – deshalb seine frühmorgendliche gewohnte Suche nach Berufungsgold in dieser Mine aus Papier.

»Den handschriftlichen Kritzeleien zufolge, die ich bislang zu entziffern versucht habe, würde ich sagen, dass man durchaus davon ausgehen kann«, erwiderte der Angestellte.

Michael schleppte einen Postkorb in eine Ecke. Im Korb befanden sich zahlreiche Beschwerden, Leidensgeschichten und eine beeindruckende Aufzählung angeblicher Ungerechtigkeiten der unterschiedlichsten Art. Doch keine einzige konnte man einfach mit einem Schulterzucken abtun. Viele solcher Schreiben stammten von Menschen, die in der Todeszelle saßen; für sie war der Oberste Gerichtshof die letzte Hoffnung auf Rettung vor der legalen Tötung.

In den nächsten zwei Stunden arbeitete Michael sich durch den Korb. Er war mittlerweile sehr erfahren darin, die Spreu vom Weizen zu trennen. Routiniert überflog er die langen Dokumente; mühelos entdeckte er im Juristenchinesisch die eigentlich wichtigen Punkte und verglich sie dann mit anstehenden Urteilen, aber auch mit fünfzig Jahre alten Präzedenzfällen, die er aus seinem enzyklopädischen Gedächtnis hervorkramte. Dann legte er das Schreiben beiseite und nahm sich das nächste vor. Doch nach zwei Stunden hatte er noch nichts von Interesse gefunden.

Er spielte bereits mit dem Gedanken, in sein Büro zu gehen, als seine Finger sich um den braunen Umschlag schlossen. Der Adressenaufkleber war mit der Maschine geschrieben, doch es fand sich kein Absender. Seltsam, dachte Michael. Den Leuten, die ihre Fälle diesem Gericht vortrugen, war normalerweise daran gelegen, dass die Richter sie zu finden wussten, falls ihre Berufung angenommen wurde, was selten genug vorkam. Doch an der linken Seite des Umschlags war mit einer Heftklammer die Empfangsbestätigung eines Nachnahmescheins befestigt. Michael öffnete den Umschlag und zog die beiden darin befindlichen Blätter heraus.

Es gehörte unter anderem zu den Aufgaben der Angestellten in der Poststelle, darauf zu achten, dass sämtliche Eingaben den strengen Anforderungen des Gerichts genügten. Wenn die Petition einer Partei angenommen wurde, die Prozesskostenhilfe für sich beanspruchte, verzichtete das Gericht auf gewisse formale Vorschriften und Gebühren und übernahm sogar einen Teil der Beratungskosten, obwohl der Anwalt seine Arbeit nicht in Rechnung stellte:

Es war eine Ehre und Auszeichnung, als Anwalt vor dem Obersten Gericht zu stehen. Es gab ein bestimmtes Formular, mit dem man die Prozesskostenhilfe – das frühere Armenrecht – beanspruchen konnte; außerdem musste eine eidesstattliche Versicherung vorliegen, in welcher der Häftling erklärte, mittellos zu sein. Michael stellte fest, dass beide Formulare fehlten. Dieser Antrag musste noch einmal eingereicht werden.

Doch als Michael las, *was* in dem Umschlag war, verflüchtigten sich alle Gedanken an Formfehler. Nachdem er beide Schreiben gelesen hatte, bemerkte er, dass Schweiß von seinen Handflächen das Papier färbte. Zuerst wollte er die Seiten in den Umschlag zurückstecken und vergessen, dass er sie je gesehen hatte. Doch er konnte es nicht. Er hatte das Gefühl, etwas unternehmen zu müssen, als wäre er persönlich Zeuge eines Verbrechens geworden.

»He, Michael, Murphys Amtszimmer hat gerade angerufen, ob Sie hier sind«, sagte der Angestellte. Keine Antwort. »Michael?«, wiederholte der Angestellte. »Richter Murphy sucht nach Ihnen.«

Michael nickte. Endlich gelang es ihm, sich auf etwas anderes zu konzentrieren als auf die beiden Blätter in seiner Hand. Als der Angestellte sich wieder seiner Arbeit zuwandte, schob Michael die Seiten in den Umschlag zurück. Er zögerte kurz. In den nächsten Sekunden konnte sich entscheiden, was aus seiner gesamten Karriere als Anwalt, aus seinem ganzen Leben werden mochte. Schließlich legte er den Umschlag in seinen Aktenkoffer, als würden seine Hände unabhängig von seinen Gedanken handeln. Da die Petition noch nicht offiziell vom Gericht registriert worden war, hatte Michael soeben – unter anderem – Diebstahl von Gerichtseigentum begangen, ein Kapitalverbrechen.

Als er aus der Poststelle stürmte, wäre er beinahe mit Sara Evans zusammengestoßen.

Zuerst lächelte Sara, doch als sie sein Gesicht sah, veränderte sich ihre Miene. »Michael, was ist los?«

»Nichts. Alles in Ordnung.«

Sie packte seinen Arm. »Das stimmt nicht. Du zitterst, und dein Gesicht ist kreidebleich.«

»Ich hab mir wohl irgendwas gefangen.«

»Dann solltest du lieber nach Hause gehen.«

»Ich lasse mir von der Sanitäterin ein Aspirin geben. Ich komme schon klar.«

»Bestimmt?«

»Sara, ich muss wirklich los.« Er schüttelte ihre Hand ab, und sie schaute ihm besorgt hinterher.

Der Rest des Tages kroch für Michael quälend langsam dahin. Wiederholt ertappte er sich dabei, wie er seinen Aktenkoffer anstarrte und an den Inhalt dachte. Als er spätabends endlich mit der Arbeit fertig war, trat er wild in die Pedale und radelte zu seiner Wohnung auf dem Capitol Hill. Er schloss die Tür hinter sich ab und nahm den Umschlag aus der Tasche. Dann holte er sich einen Notizblock und brachte alles zu dem kleinen Esstisch.

Eine Stunde später lehnte er sich zurück und betrachtete die zahlreichen Notizen, die er gemacht hatte. Er klappte seinen Laptop auf, tippte die Aufzeichnungen ein und speicherte sie auf der Festplatte. Dabei veränderte er sie, formulierte sie um, überdachte sie noch einmal, wie es seit langem seine Gewohnheit war. Er hatte beschlossen, dieses Problem so anzugehen, wie er es bei jedem anderen auch getan hätte. Er würde die Informationen in der Petition so sorgfältig wie möglich überprüfen. Am wichtigsten aber war die Bestätigung, dass es sich bei den Namen, die in der Petition genannt wurden, tatsächlich um jene Personen handelte, die Michael dahinter vermutete. War der Antrag begründet, würde er ihn in die Poststelle zurückschmuggeln. Erwies er sich als belanglos – als das Werk eines Geistesgestörten oder eines Gefangenen, der blindlings um sich schlug –, würde Michael den Antrag vernichten.

Michael schaute aus dem Fenster und über die Straße hinweg zu den dicht an dicht stehenden Reihenhäusern, die nun zu Gebäuden mit Apartments wie diesem umgebaut wurden. Überall in diesem Viertel wohnten junge Regierungsangestellte. Die Hälfte von ihnen war noch in den Büros, der Rest lag im Bett und wurde von Albträumen über noch unerledigte Arbeiten von nationaler Bedeutung geplagt, vermutlich so lange, bis morgens um fünf der Wecker klingelte. Das Dunkel, in das Michael starrte, wurde nur vom trüben Licht einer Straßenlampe an der Ecke unterbrochen. Der Wind hatte an Heftigkeit zugenommen, und der heraufziehende Sturm hatte die Temperaturen sinken lassen. Der Heizkessel des alten Gebäudes war noch nicht eingeschaltet, und plötzlich drang die Kälte durchs Fenster und ließ Michael frösteln. Er holte sich ein Sweatshirt aus dem Schrank, streifte es über, kehrte zum Fenster zurück und schaute wieder hinaus auf die Straße.

Er hatte noch nie von Rufus Harms gehört. Den Angaben im Brief zufolge war Michael erst fünf Jahre alt gewesen, als der Mann ins Gefängnis gekommen war. Die Rechtschreibung im Brief war katastrophal, die Ausformung der Buchstaben und Worte unbeholfen. Mike fühlte sich an die ersten Schreibversuche eines Kindes erinnert. Der zweite, maschinengeschriebene Brief erklärte einige der Hintergründe des Falles und war offensichtlich von einer wesentlich gebildeteren Person verfasst worden. Vielleicht von einem Anwalt, dachte Michael. Die Ausdrucksweise ließ darauf schließen, dass er von einem Fachmann stammte, der versucht hatte, seinen Beruf – ebenso seine Identität – zu verbergen. Dem maschinengeschriebenen Brief zufolge hatte die Army in ihrem Schreiben Rufus Harms um bestimmte Informationen gebeten. Doch Harms bestritt, je an dem Programm teilgenommen zu haben, an dem er den Unterlagen der Army zufolge mitgewirkt hatte. Es sei die Tarnung für ein Verbrechen gewesen, behauptete Harms, das zu einem schrecklichen Justizirrtum geführt hatte – zu einem juristischen Fiasko, das ihn fünfundzwanzig Jahre seines Lebens gekostet hatte.

Plötzlich wurde Michael warm, und er drückte das Gesicht gegen das kühle Fenster und atmete tief ein. Die Luft ließ das Glas beschlagen. Was er tat, war eine unverfrorene Einmischung in das Recht eines Bürgers, seine Ansprüche vor Gericht durchzusetzen. Sein Leben lang hatte Michael an das unveräußerliche Recht des Einzelnen geglaubt, Zugang zum Gesetz zu haben, ganz gleich, wie reich oder arm er war. Ein so grundlegendes Recht konnte man nicht widerrufen oder für nichtig erklären. Er tröstete sich ein wenig mit dem Gedanken, dass der Antrag auf Grund einer Reihe von Formfehlern ohnehin zurückgewiesen worden wäre.

Aber bei diesem Fall lag es anders. Selbst wenn die Behauptungen unrichtig waren, konnten sie dem Ruf einiger sehr einflussreicher Leute schrecklichen Schaden zufügen. Und wenn sie sich als wahr erwiesen? Michael schloss die Augen. Lieber Gott, bitte, lass es nicht so weit kommen, betete er.

Er drehte den Kopf, schaute zum Telefon. Plötzlich fragte er sich, ob er seinen Bruder anrufen und um Rat bitten sollte. Vielleicht wusste John besser, wie man sich in einer solchen Situation verhielt. Doch Michael zögerte noch einen Moment. Er wollte sich nicht eingestehen, dass er Hilfe brauchte, besonders nicht von John, von dem er sich entfremdet hatte. Aber es war vielleicht eine Möglichkeit, endlich zu seinem Bruder zurückzufinden. Die Schuld lag nicht ausschließlich auf einer Seite; Michael war mittlerweile reif genug zu erkennen, wie schwierig es mitunter war, den Begriff der Schuld zu definieren.

Er griff nach dem Telefon und wählte. Doch er bekam nur die Ansage des Anrufbeantworters zu hören, was ihn irgendwie erleichterte. Michael hinterließ eine Nachricht, in der er John um Hilfe bat, verriet aber keine Einzelheiten. Dann legte er auf und kehrte zum Fenster zurück. Wahrscheinlich war es besser gewesen, dass John nicht zu Hause war und den Anruf persönlich entgegengenommen hatte. Sein Bruder neigte dazu, die Dinge lediglich in starre Begriffe zu fassen, alles in Schwarz und Weiß zu sehen –

ein verräterischer Hinweis darauf, wie er sein Leben führte.

Erst in den frühen Morgenstunden schlief Michael ein, nachdem er zuversichtlicher geworden war, mit diesem Albtraum fertig zu werden, ganz gleich, wie er sich entwickelte.

KAPITEL 10

Drei Tage, nachdem Michael Fiske die Akte aus der Poststelle entwendet hatte, rief Rufus Harms erneut in Sam Riders Kanzlei an, musste aber erfahren, dass der Anwalt geschäftlich verreist war. Als Rufus in seine Zelle zurückgebracht wurde, kam er im Gang an einem Mann vorbei.

»Sind ja 'ne Menge Anrufe in letzter Zeit, Harms. Mann, hast du 'nen Postversand aufgemacht, oder was?« Die Wächter lachten laut über die Worte des Mannes. Vic Tremaine war knapp eins achtzig groß, hatte weißblondes, kurz geschorenes Haar, wettergegerbte Züge und eine Figur wie ein Geschützturm. Er war der stellvertretende Kommandant von Fort Jackson und hatte es sich zur persönlichen Aufgabe gemacht, Harms' Leben so unerträglich wie möglich zu gestalten. Harms sagte nichts, stand bloß stumm und geduldig da, während Tremaine ihn von oben bis unten musterte.

»Was wollte dein Anwalt? Ist dem 'ne neue Ausrede dafür eingefallen, dass du das kleine Mädchen abgeschlachtet hast? Geht es darum?« Tremaine trat dichter an den Häftling heran. »Siehst du die Kleine noch im Schlaf? Hoffentlich. Ich höre dir nämlich zu, wenn du in deiner Zelle weinst.« Tremaines Tonfall war unverhohlen spöttisch, die Muskeln an seinen Armen und Schultern spannten sich bei jedem Wort, und die Adern an seinem Hals traten hervor, als hoffe er darauf, Harms würde ausrasten, irgendetwas versuchen – was dann das Ende seiner lebenslänglichen Haftstrafe bedeuten würde. »Du weinst wie ein Baby, Mann. Ich wette, die Eltern von dem kleinen Mädchen haben auch geweint. Ich wette, sie wollten dir die Finger um den Hals legen und dir die Luft abdrehen. Wie du's bei ihrem Mädchen getan hast. Hast du schon mal darüber nachgedacht?«

Harms zuckte nicht einmal. Seine Lippen bildeten weiterhin eine gerade Linie, und er starrte an Tremaine vorbei. Harms hatte Isolationshaft hinter sich, Einzelhaft, Verspottungen, körperliche und geistige Misshandlungen; alles, was ein Mensch einem anderen Menschen aus Grausamkeit, Furcht und Hass antun konnte, hatte Rufus Harms ertragen. Ganz gleich, was Tremaines Worte besagten oder wie sie vorgebracht wurden, sie konnten die Mauer nicht durchdringen, die Rufus Harms umgab und am Leben hielt.

Tremaine spürte es und trat einen Schritt zurück. »Schafft mir den Kotzbrocken aus den Augen.« Als die Wächter den Häftling davonzerrten, rief Tremaine ihm hinterher: »Lies wieder in deiner Bibel, Harms. Näher wirst du dem Himmel nicht kommen.«

John Fiske eilte der Frau hinterher, die über den Korridor des Gerichtsgebäudes ging. »He, Janet, haben Sie eine Minute Zeit für mich?«

Janet Ryan war eine sehr erfahrene Anklägerin, die zurzeit ihr Bestes gab, einen von Fiskes Mandanten für viele Jahre hinter Gitter zu bringen. Außerdem war sie attraktiv und geschieden. Als sie sich zu John umdrehte, lächelte sie. »Für Sie auch zwei Minuten.«

»Es geht um Rodney ...«

»Moment mal, helfen Sie mir auf die Sprünge. Ich habe viele Rodneys.«

»Einbruch, Elektrowarengeschäft, North Side.«

»Er war bewaffnet, die Polizei hat ihn verfolgt ... vorbestraft ... jetzt fällt es mir wieder ein.«

»Genau. Auf jeden Fall will keiner von uns diesen Trottel vor Gericht bringen.«

»Was im Klartext heißt, John: Ihr Fall steht auf wackligen Füßen, und meine Beweise sind überwältigend.«

Fiske schüttelte den Kopf. »Einige Ihrer Beweise wurden vielleicht nicht rechtmäßig sichergestellt.«

»*Vielleicht* ist ein ganz komisches Wort, meinen Sie nicht auch?«

»Und das Geständnis hat Löcher.«

»Das ist bei allen Geständnissen so. Aber Tatsache ist, Ihr Mandant ist ein Berufsverbrecher. Und ich werde Geschworene finden, die ihn für lange Zeit hinter Gitter bringen.«

»Warum wollen Sie dann das Geld der Steuerzahler verschwenden?«

»Was schlagen Sie vor?«

»Er gesteht den Einbruch und den Besitz von Diebesgut. Lassen Sie die hässliche kleine Anklage wegen Waffenbesitz fallen. Wir einigen uns auf fünf Jahre unter Berücksichtigung der Untersuchungshaft.«

Janet ging weiter. »Wir sehen uns vor Gericht.«

»Na schön, na schön. Acht Jahre. Aber das muss ich noch mit ihm besprechen.«

Sie drehte sich um und zählte die Punkte an den Fingern ab. »Er gesteht alles, auch den ›hässlichen kleinen Waffenbesitz‹, kriegt zehn Jahre, vergisst die Untersuchungshaft und sitzt die ganze Strafe ab. Danach gibt's fünf Jahre auf Bewährung. Aber wenn er auch nur an einen Baum neben einer Kirche pinkelt, wandert er ohne Diskussionen für weitere zehn Jahre in den Knast. Sollte er vor Gericht gehen, werde ich zwanzig Jahre beantragen. Und ich will sofort eine Antwort.«

»Verdammt, Janet, wo ist Ihr Mitgefühl geblieben?«

»Das spare ich mir für jemanden auf, der es verdient. Meine Liste ist sehr kurz, wie Sie sich wahrscheinlich denken können. Außerdem ist das ein Angebot unter Freunden. Ja oder nein?«

Fiske trommelte mit den Fingern auf seinen Aktenkoffer.

»Eins ...«, sagte Ryan. »Zwei ...«

»Also gut, also gut. Abgemacht.«

»Es ist ein Vergnügen, Geschäfte mit Ihnen zu machen,

John. Übrigens ... warum rufen Sie mich nicht mal an? Sie wissen schon, nach Feierabend?«

»Glauben Sie nicht, dass da irgendwo ein Interessenkonflikt lauert?«

»Überhaupt nicht. Bei meinen Freunden kenne ich erst recht kein Pardon.«

Sie ging summend davon, und Fiske lehnte sich an die Wand und schüttelte den Kopf.

Eine Stunde später war er wieder in seinem Büro und warf den Aktenkoffer aufs Sofa. Er nahm den Hörer von der Gabel und rief die Nachrichten ab, die in seiner Wohnung auf dem Anrufbeantworter eingegangen waren. Während er den Tonbandstimmen lauschte, schrieb er Notizen für eine bevorstehende Anhörung. Als er die Stimme seines Bruders hörte, schrieb er ungerührt weiter. Ein Finger zuckte vor und löschte die Nachricht. Mike rief gelegentlich an, wenn auch nur selten. John hatte ihn nie zurückgerufen.

Wahrscheinlich, sagte er sich, will Mike mich damit nur vor den Kopf stoßen. Doch kaum war ihm dieser Gedanke gekommen, als er auch schon wusste, dass er falsch damit lag.

John stand auf, ging zu einem Bücherschrank, der von Prozessakten und dicken juristischen Wälzern aus den Nähten zu platzen drohte. Er nahm ein gerahmtes Foto hervor. Es war ein altes Bild. John trug seine Polizeiuniform, und Mike stand neben ihm. Der stolze kleine Bruder, der gerade zum Mann geworden war, und der große Bruder mit ernstem Gesicht – ein Mann, der schon viel Schlimmes im Leben gesehen hatte und damit rechnete, bis zu seinem Tod noch viel mehr davon zu sehen. Ja, er hatte tatsächlich die hässliche Seite der Menschheit kennen gelernt, aus erster Hand, und beschäftigte sich noch immer damit, nun jedoch ohne Uniform. Nur mit Aktenkoffer, einem billigen Anzug und einem schnellen Mundwerk. Statt Kugeln wurde mit Worten geschossen. Bis zum Ende seiner Tage.

Fiske stellte das Foto zurück und setzte sich. Doch immer wieder schaute er zu dem Foto hinüber. Plötzlich konnte er sich nicht mehr konzentrieren.

Ein paar Tage später klopfte Sara Evans an die Tür von Michael Fiskes Büro und öffnete sie dann unaufgefordert. Das Zimmer war leer. Michael hatte sich ein Buch von ihr ausgeliehen, das sie nun selbst brauchte.

Sara schaute sich um, entdeckte das Buch aber nirgends. Dann bemerkte sie in der Knieöffnung des Schreibtisches Michaels Aktenkoffer. Sie hob ihn hoch. Am Gewicht erkannte sie, dass sich irgendetwas darin befinden musste. Der Aktenkoffer war verschlossen, doch Sara hatte ihn sich einige Male geborgt und kannte die Kombination. Sie öffnete ihn und sah sofort zwei Bücher und einige Papiere darin. Das Buch, das sie suchte, war nicht dabei.

Sie war schon im Begriff, den Aktenkoffer wieder zu schließen, als sie innehielt. Sie nahm die Papiere heraus und schaute sich dann den Umschlag an. Adressiert an die Poststelle des Obersten Gerichts.

Sara hatte kaum einen Blick auf die handgeschriebene Seite und den getippten Brief geworfen, als sie Schritte hörte. Sie legte die Papiere zurück in den Aktenkoffer, schloss ihn wieder und schob ihn unter den Schreibtisch. Einen Augenblick später kam Michael herein.

»Sara! Was hast du hier zu suchen?«

Sie bemühte sich, einen ganz normalen Eindruck zu machen. »Ich wollte mir nur das Buch zurückholen, das ich dir letzte Woche geliehen habe.«

»Das habe ich zu Hause.«

»Na ja, vielleicht könnte ich zum Abendessen vorbeikommen und es mir holen.«

»Ich habe ziemlich viel zu tun.«

»Wir alle haben viel zu tun, Michael. Aber du hast dich in letzter Zeit ziemlich ins Schneckenhaus verkrochen. Ist wirklich alles in Ordnung? Dass du mir ja nicht unter dem Stress zusammenbrichst.« Sie lächelte, um ihm zu zeigen, dass es scherzhaft gemeint war. Doch Michael sah wirklich so aus, als würde er die Anspannung nicht durchstehen.

»Mir geht es gut, ehrlich. Ich bringe das Buch morgen mit.«

»So wichtig ist es auch wieder nicht.«

»Ich bringe es morgen mit«, sagte er ein wenig gereizt. Sein Gesicht lief rot an, aber er beruhigte sich schnell wieder. »Und jetzt muss ich mich wirklich an die Arbeit machen.« Er schaute zur Tür.

Sara ging durchs Zimmer, legte die Hand auf den Türknopf, schaute dann aber zurück. »Michael, wenn du jemanden brauchst, um mit ihm zu reden ... ich bin für dich da.«

»Ja, klar, danke.« Er schob sie hinaus, schloss die Tür und verriegelte sie. Dann ging er zum Schreibtisch und zog den Aktenkoffer hervor. Er schaute sich den Inhalt an und ging dann zur Tür.

Später an diesem Abend fuhr Sara ihren Wagen auf die Schottereinfahrt und schlenderte zu dem kleinen Cottage, das am George Washington Parkway lag, einer wunderschönen Straße. Das Häuschen gehörte ihr – ihr erstes eigenes Heim –, und sie hatte eine Menge Arbeit hineingesteckt, um es herzurichten. Eine Treppe führte zum Potomac und hinab zu ihrem kleinen Segelboot, das dort vertäut lag. Sie und Michael waren in ihrer spärlichen Freizeit über den Fluss auf das Maryland-Ufer gesegelt und dann nach Norden, unter der Memorial Bridge hindurch und weiter nach Georgetown. Auf dem Boot hatten sie himmlische Ruhe gefunden – ein um so kostbareres Gut, als sie während der Arbeit von einem Meer aus Hektik, Lärm und Stress umgeben waren.

Michael hatte Saras letztes Angebot abgelehnt, sie auf eine Segeltour zu begleiten. Eigentlich, überlegte Sara, hat er in der vergangenen Woche alle meine Vorschläge abgelehnt, sich mal wieder mit mir zu treffen. Zuerst hatte sie es darauf zurückgeführt, dass sie Michaels Heiratsantrag abgelehnt hatte, doch nach der Begegnung in seinem Büro wusste sie, dass es andere Gründe geben musste.

Sie versuchte, sich genau daran zu erinnern, was sie in seinem Aktenkoffer gesehen hatte. Es war eine Akte aus der Ablage gewesen, da war sie sicher. Und auf dem maschinengeschriebenen Brief hatte sie einen Namen gesehen: *Harms*. An den Vornamen erinnerte sie sich nicht. Sie hatte nur ein paar Zeilen lesen können, bevor Michael ins Büro gekommen war, glaubte aber erkannt zu haben, dass dieser Harms offensichtlich irgendeine Berufung eingelegt hatte. Um was es dabei ging, wusste Sara nicht. Der maschinengeschriebene Brief war nicht unterzeichnet gewesen.

Sara war schnurstracks in die Poststelle gegangen, um festzustellen, ob in der Ablage irgendein Fall unter dem Namen Harms verzeichnet war. Sie hatte keinen gefunden. Sara konnte ihren eigenen Gedanken nicht fassen, als sie sich fragte, ob Michael eine Berufungseingabe an sich genommen hatte, bevor sie bearbeitet und ordnungsgemäß abgelegt worden war. Falls ja, hatte er sich eines schweren Vergehens schuldig gemacht. Er konnte des Gerichts verwiesen, ja sogar zu einer Gefängnisstrafe verurteilt werden.

Sara trat ins Haus, zog rasch Jeans und ein T-Shirt an und ging wieder hinaus. Es war schon dunkel. Assessoren am Obersten Gerichtshof kamen nur selten im Hellen nach Hause, außer es dämmerte schon und sie waren nur rasch nach Hause gefahren, um zu duschen und sich umzuziehen, bevor sie wieder an die Arbeit gingen.

Sara stieg die Treppe zum Kai hinunter und setzte sich auf ihr Boot. Wenn Michael sich ihr doch nur anvertrauen würde ... dann könnte sie ihm helfen. Trotz seiner gegenteiligen Behauptung hatte Michael sich von ihr zurückgezogen. Er hatte die Zurückweisung längst nicht verkraftet. Aber wer hätte das schon, fragte sich Sara.

Abrupt sprang sie auf, lief zum Haus, hob den Hörer ab und wählte Michaels Nummer, hielt dann aber inne. Michael Fiske war stur. Wenn sie ihn nun darauf ansprach, was sie gesehen hatte, wurde alles nur noch schlimmer. Sara legte auf. Sie musste warten, bis Michael von sich aus auf sie zukam.

Sie ging wieder hinaus, schaute auf das Wasser. Ein Jet flog vorüber, und Sara winkte ihm automatisch zu – eine Art Ritual von ihr. Doch die Maschinen flogen hier tatsächlich so tief, dass ein Passagier Sara durchaus hätte sehen können, wäre es hell gewesen. Als sie die Hand wieder senkte, fühlte sie sich so deprimiert wie seit dem Tod ihres Vaters nicht mehr, der sie ganz allein zurückgelassen hatte.

Nach dem Tod des Vaters hatte Sara ein neues Leben angefangen. War an die Westküste gegangen, hatte Jura studiert und einen ausgezeichneten Abschluss gemacht. Sie hatte als Rechtspraktikantin am Neunten Berufungsgericht gearbeitet und dann den Job beim Obersten Gerichtshof angenommen. Anschließend hatte sie die Farm in North Carolina verkauft und dieses Haus erworben. Sie war nicht vor ihrem alten Leben geflohen, oder vor der Trauer, die sie überkam, wann immer sie daran dachte, dass ihre Eltern nicht mehr da waren, nicht mehr erlebten, was sie erreicht hatte, sie nicht einmal mehr umarmen konnten.

Oder war es doch eine Flucht gewesen? Sara glaubte es nicht. Doch irgendwann würde der Tag kommen, da sie das Oberste Gericht verlassen musste, und sie hatte nicht die geringste Ahnung, was sie dann tun wollte. In der freien Wildbahn der Juristerei konnte sie überall unterkommen. Das Problem war nur, dass Sara sich nicht darüber im Klaren war, ob das Recht ein Teil ihres Lebens werden sollte. Drei Jahre Jurastudium, ein Jahr am Berufungsgericht, nun im zweiten Jahr am Supreme Court – und sie fühlte sich jetzt schon ein bisschen ausgebrannt.

Sie dachte an ihren Vater, einen Farmer, der zugleich das Amt des städtischen Friedensrichters bekleidet hatte. Er hatte keinen schmucken Gerichtssaal gehabt. Doch seine

Urteile waren klug und gerecht gewesen. Er hatte sie sich draußen auf den Feldern überlegt, während er auf seinem Traktor saß oder während er sich wusch, weil es gleich Abendessen gab. Für Sara bedeutete das Gesetz *genau das* – und auch für die meisten anderen Menschen, glaubte sie wenigstens. So sollte es jedenfalls sein: Die Suche nach der Wahrheit. Und dann, nachdem man sie gefunden hatte, der Urteilsspruch. Keine heimlichen Tagesordnungen, keine Wortspiele, vielmehr gesunder Menschenverstand, der sich an die Tatsachen hielt. Sara seufzte. So einfach war es nie. Das wusste sie besser als die meisten anderen.

Sie ging wieder ins Haus, stellte sich auf einen Stuhl und schnappte sich eine Schachtel Zigaretten vom Küchenschrank. Dann setzte sie sich in die Hollywoodschaukel auf der hinteren Veranda und schaute hinaus aufs Wasser, blickte zum klaren Himmel empor und fand auf Anhieb den Großen Wagen. Ihr Dad war begeisterter Amateurastronom gewesen und hatte ihr viele Sternbilder erklärt. Sara segelte oft nur nach den Sternen; das hatte sie in Stanford gelernt. In einer klaren Nacht konnte man die Sterne niemals verlieren, konnte sich nie verirren, wenn man die Sterne kannte. Das war tröstend. Während Sara die Zigarette rauchte, hoffte sie, dass Michael wusste, was er tat.

Ihre nächsten Gedanken galten einem anderen Fiske: John. Michaels Bemerkung über sie, Sara, und seinen Bruder war der Wahrheit ziemlich nahe gekommen. In dem Augenblick, als sie John Fiske zum ersten Mal gesehen hatte, hatte irgendetwas in sämtlichen wichtigen Schaltkreisen ihres Herzens, ihres Hirns und der Seele *klick* gemacht.

Sara hatte keine Erklärung dafür. Sie glaubte nicht, dass so bedeutende Gefühle so rasch und mit einer solchen Intensität entstehen konnten. So etwas gab es einfach nicht – und deshalb war sie so verwirrt, denn genau *das* war ihr widerfahren. Bei jeder Bewegung John Fiskes, bei jedem Wort, das er sprach, jedem Blickkontakt, den er mit jemandem herstellte, ja, wenn er nur lächelte oder die Stirn runzelte, hatte Sara das Gefühl gehabt, ihn ewig betrachten zu können, ohne seiner jemals überdrüssig zu werden. Beinahe hätte sie über die Absurdität dieser Vorstellung gelacht. Andererseits ... wie verrückt konnte es sein, wenn sie doch genau so empfand?

Und es war nicht das einzige Mal gewesen, dass sie John gesehen hatte. Michael wusste nichts davon, aber sie hatte bei einer Freundin im Gericht in Richmond angerufen und sich John Fiskes Verhandlungstermine in den nächsten vierzehn Tagen durchgeben lassen. Es hatte sie verwundert, wie oft der Mann vor Gericht auftrat. Im vergangenen Sommer, als es am Obersten Gerichtshof ein bisschen ruhiger zuging, war Sara noch einmal nach Richmond gefahren und hatte sich John Fiskes Plädoyer unmittelbar vor der Urteilsverkündung angehört. Sie hatte ein Kopftuch und eine Brille getragen – nur für den Fall, dass sie Fiske später vorgestellt wurde oder dass er sie beim ersten Mal gesehen hatte, als sie ihn zusammen mit Michael beobachtet hatte.

Fiske hatte sich energisch für seinen Mandanten eingesetzt. Doch kaum hatte er sein Plädoyer beendet, hatte der Richter den Angeklagten zu lebenslanger Haft verurteilt. Fiske hatte sich seinen Aktenkoffer geschnappt und den Gerichtssaal verlassen, als sein Mandant abgeführt wurde, um seine Strafe anzutreten. Draußen hatte Sara beobachtet, wie Fiske versucht hatte, die Familie des Mannes zu trösten. Die Frau war erbärmlich dünn und sah krank aus; ihr Gesicht war mit blauen Flecken und Schwellungen übersät.

Fiske sprach ein paar Worte mit der Frau, umarmte sie und wandte sich dann dem ältesten Sohn zu, einem jungen Mann von vierzehn Jahren, der schon so aussah, als würde er ein hingebungsvoller Sklave der Straße werden.

»Du bist jetzt der Mann im Haus, Lucas. Du musst auf deine Familie aufpassen«, sagte Fiske.

Sara musterte den Teenager. Es schmerzte sie, den Zorn in seinem Gesicht zu sehen. Wie konnte jemand, der noch so jung war, so viel Feindseligkeit in sich bergen?

»Hm«, sagte Lucas und starrte die Wand an. Er hatte sich

schon für die Straße gerüstet, für die Bandenarbeit. Um den Kopf hatte er ein Tuch geschlungen, und er trug Kleidung, die sich niemand leisten konnte, der bei McDonald's Hamburger wendete.

Fiske kniete nieder und schaute den anderen Sohn an. Enis war sechs Jahre alt, verdammt niedlich und ungewöhnlich quirlig.

»He, Enis, wie geht's dir so?«, sagte Fiske und streckte die Hand aus.

Enis ergriff sie misstrauisch und schüttelte sie. »Wo ist mein Daddy?«

»Er muss für 'ne Weile weg.«

»Warum?«

»Weil er einen umge ...«, begann Lucas; dann brachte Fiske ihn mit einem scharfen Blick zum Schweigen. Lucas murmelte ein Schimpfwort, schüttelte die zitternde Hand seiner Mutter ab und stelzte davon.

Fiske schaute wieder Enis an. »Dein Daddy hat was getan, da ist er selbst böse darauf. Jetzt geht er weg, damit alles wieder gut wird.«

»Ins Gefängnis?«, fragte Enis. Fiske nickte.

Während Sara dieses Gespräch verfolgte, kam ihr in den Sinn, dass sich Fiske – und Erwachsene im Allgemeinen – heutzutage in solchen Situationen wohl töricht und unbeholfen vorkamen, wie Gestalten aus einer Comedy-Serie der fünfziger Jahre, die versuchten, sich mit einem Kind des zweiten Jahrtausends zu befassen. Selbst mit sechs Jahren wusste Enis vermutlich eine Menge über das Strafrechtsystem. Und über das Böse im Leben wusste der kleine Junge wahrscheinlich viel mehr als jeder durchschnittliche Erwachsene.

»Wann kommt Daddy raus?«, fragte Enis.

Fiske schaute zu der Frau hoch und blickte dann wieder den kleinen Jungen an. »Das wird noch sehr, sehr lange dauern, Enis. Aber deine Mom wird für dich da sein.«

»Na dann«, sagte Enis ohne merkliche Gefühlsregung. Er nahm die Hand seiner Mom, und sie gingen davon.

Sara beobachtete, wie Fiske den beiden einen Moment hinterherschaute. Wieder konnte sie beinahe fühlen, was er dachte. Der eine Sohn war vielleicht für immer verloren, der andere ließ seinen Vater beiläufig, wie einen streunenden Hund, auf der Straße zurück.

Schließlich hatte Fiske seine Krawatte gelockert und war davongegangen.

Sara wusste nicht genau warum, beschloss aber, ihm zu folgen. Fiske ging langsam, und sie hatte keine Mühe, ihn im Auge zu behalten. Die Bar, die er betrat, war ein kleiner Spalt in der Wand; die Fenster waren dunkel. Sara zögerte kurz; dann ging sie ebenfalls hinein.

Fiske saß am Tresen. Er hatte offensichtlich schon bestellt, denn der Barkeeper schob ihm ein Bier hinüber. Sara ging rasch zu einem Tisch ganz hinten im Raum und setzte sich. Wenngleich die Bar einen schmuddeligen Eindruck machte, war sie ziemlich gut besucht; dabei war es gerade erst fünf. Die Gäste waren eine interessante Mischung aus Arbeitern und Büroangestellten aus der Innenstadt. Fiske saß zwischen zwei Bauarbeitern, deren gelbe Schutzhelme vor ihnen auf dem Tresen lagen. Fiske zog seine Jacke aus und setzte sich darauf. Seine Schultern waren genauso breit wie die der stämmigen Männer neben ihm. Sara fiel auf, dass sein Hemd nicht mehr ordentlich in der Hose steckte und hinten heraushing. Sein dunkles Haar bedeckte den Hals und fiel bis auf den Kragen des weißen Oberhemdes. Sara konnte kaum den Blick davon lösen.

Er sprach mit den Männern, die neben ihm saßen. Die Arbeiter lachten herzhaft über irgendetwas, das er gesagt hatte, und Sara ertappte sich dabei, dass sie lächelte, obwohl sie die Bemerkung nicht gehört hatte. Schließlich kam eine Kellnerin, und Sara bestellte ein Ginger Ale. Sie beobachtete weiterhin Fiske an der Bar. Er scherzte nicht mehr herum. Er starrte so intensiv die Wand an, dass auch Sara unwillkürlich hinüberschaute. Sie sah dort lediglich ordentlich aufgereihte Bier- und Schnapsflaschen; Fiske hingegen erblickte dort offensichtlich viel mehr.

Er hatte bereits sein zweites Bier bestellt; als er es serviert bekam, hielt er sich die Flasche an die Lippen, bis sie leer war. Sara stellte fest, dass er große Hände mit dicken, kräftig aussehenden Fingern besaß. Sie sahen nicht wie die Hände eines Mannes aus, der ständig einen Bleistift schwang oder vor einem Computermonitor saß.

Fiske legte ein paar Scheine auf den Tresen, nahm seine Jacke und drehte sich um. Einen Moment lang glaubte Sara, seinen Blick zu spüren. Er zögerte kurz; dann zog er die Jacke an. Sara saß ganz hinten in einer dunklen Ecke. Sie glaubte nicht, dass Fiske sie gesehen hatte. Aber warum hatte er dann gezögert? Jetzt wurde sie doch ein wenig nervös. Sie wartete noch eine Minute, legte dann ein paar Scheine auf den Tisch, erhob sich und ging.

Als Sara wieder ins Sonnenlicht trat, sah sie Fiske nicht mehr. Er war so plötzlich verschwunden wie in einem Traum. Impulsiv kehrte Sara in die Bar zurück und fragte den Barkeeper, ob er John kenne. Der Mann schüttelte den Kopf. Sara wollte noch ein paar Fragen stellen, doch der Gesichtsausdruck des Barkeepers besagte, dass er nicht besonders auskunftsfreudig war.

Die Bauarbeiter beäugten Sara mit ziemlichem Interesse. Sie beschloss, die Bar zu verlassen, bevor es unangenehm für sie werden konnte. Sie ging zurück zu ihrem Wagen und stieg ein. Ein Teil von ihr wünschte sich, sie wäre Fiske irgendwie begegnet, der andere Teil war froh, dass es nicht dazu gekommen war. Was hätte sie auch zu ihm sagen sollen? Hallo, ich bin eine Kollegin Ihres Bruders, und ich beschatte Sie in gewisser Weise?

Sara war an diesem Abend nach Nordvirginia zurückgefahren, hatte ebenfalls zwei Bier getrunken und war in der Hollywoodschaukel auf ihrer Veranda eingeschlafen. Auf derselben, auf der sie nun saß, eine Zigarette rauchte und den Himmel beobachtete. Das war das letzte Mal gewesen, dass sie John Fiske gesehen hatte. Es war etwa vier Monate her.

Da sie den Mann nicht einmal kannte, konnte sie ihn

schwerlich lieben; eine gewisse Vernarrtheit war wohl wahrscheinlicher. Sollte sie John Fiske jemals kennen lernen, würde vielleicht schon das erste Gespräch den Eindruck zunichte machen, den sie von ihm gewonnen hatte.

Doch Sara glaubte nicht an das Schicksal. Wenn sich zwischen ihr und John Fiske irgendetwas entwickeln sollte, würde sie selbst wohl den ersten Zug machen müssen. Sie hatte aber nicht die geringste Ahnung, wie dieser Zug aussehen sollte.

Sara drückte die Zigarette aus und schaute zum Himmel empor. Jetzt wäre sie gern gesegelt. Sie wollte den Wind im Haar spüren, das Kitzeln der Gischt auf ihrer Haut, das Brennen der Taue auf ihren Handflächen. Aber im Augenblick wollte sie nichts davon allein erleben. Sie wollte mit jemandem zusammen sein, mit einem ganz bestimmten Menschen. Doch dem wenigen nach, was Michael ihr über John Fiske erzählt und Sara selbst von dem Mann gesehen hatte, bezweifelte sie, dass es jemals dazu kommen würde.

Hundertfünfzig Kilometer südlich von Saras Haus schaute auch John Fiske kurz in den Himmel, als er aus seinem Wagen stieg. Der Buick stand nicht auf der Einfahrt, aber Fiske hatte sowieso nicht seinen Vater besuchen wollen. Abgesehen von zwei Teenagern, die zwei Häuser weiter an einem Chevy mit einem dermaßen gewaltigen Motor arbeiteten, dass man glauben konnte, er habe die Motorhaube gesprengt, war in der Nachbarschaft alles ruhig.

Fiske hatte den ganzen Tag bei Gericht verbracht. Er hatte seinen Fall ungeschminkt vorgetragen, bis ins kleinste Detail. Der stellvertretende Staatsanwalt hatte erbarmungslos auf einen Schuldspruch hingearbeitet. Acht Stunden eindringliche Wortgefechte – und Fiske hatte kaum Zeit gehabt, aufs Klo zu gehen und zu pinkeln, als die Geschworenen auch schon mit dem Schuldspruch zurück in den Gerichtssaal kamen. Es war die dritte Verurteilung seines Mandanten. Der Mann war endgültig weg vom Fenster.

Die Ironie an der Sache war nur, dass Fiske ihn in diesem Fall tatsächlich für unschuldig hielt – was er von den meisten seiner Mandanten nicht behaupten konnte. Aber der Bursche hatte so viele andere krumme Dinger gedreht, dass die Geschworenen es ihm vielleicht unbewusst heimzahlen wollten. Hinzu kam, dass Fiske wohl eher an Altersschwäche sterben würde, bevor er von seinem Mandanten den Rest des Honorars bekam. Lebenslängliche gaben sich nur selten Mühe, ihre Schulden zu begleichen, besonders, wenn es sich um Schulden gegenüber dem Anwalt handelte, der für ihre Verurteilung verantwortlich war.

Fiske ging auf den Hof, öffnete die Seitentür der Garage, trat ein und holte sich ein Bier aus dem Kühlschrank. Die Feuchtigkeit lag noch immer wie ein nasses Tuch über dem Landstrich, und Fiske drückte sich die kalte Flasche an die Schläfe und ließ die Kühle tief einsickern. Ganz am Ende des Hofs standen ein paar schiefe Bäume und eine seit langer Zeit abgestorbene Weinrebe, die sich noch immer fest um rostige Pfähle und Stacheldraht schlang.

Fiske ging hinüber und lehnte sich gegen eine der Ulmen. Er schaute auf eine Stelle am Boden, an der kein Gras wuchs. Hier lag Bo begraben, der belgische Schäferhund, mit dem die Brüder Fiske aufgewachsen waren. Als ihr Vater den Hund eines Tages mit nach Hause gebracht hatte, war er nicht größer als Daddys Faust gewesen. Binnen eines Jahres war er zu einer breitbrüstigen, sechzig Pfund schweren, schwarz und weiß gezeichneten Schönheit geworden, die beide Jungs abgöttisch geliebt hatten, besonders Mike. Bo lief ihnen immer hinterher, wenn sie morgens Zeitungen austrugen, folgte ihnen über die gesamte Strecke. Sie hatten fast neun Jahre der innigen Freude miteinander verbracht, als Bo eines Tages nach einem Schlaganfall zusammengebrochen war, während Mike mit ihm spielte.

John hatte in seinem ganzen Leben noch nie jemanden so verzweifelt weinen sehen wie seinen Bruder. Weder seine Mutter noch der Vater konnten Mike trösten. Er hatte sich heulend in den Hof gesetzt, den buschigen Schwanz des Hundes gehalten und versucht, ihn wieder auf die Beine zu stellen, um im Sonnenschein mit ihm zu spielen. John hatte seinen Bruder an diesem Tag in den Armen gehalten, hatte mit ihm geweint und den reglosen Kopf ihres geliebten Schäferhundes gestreichelt.

Am nächsten Tag war Mike zur Schule gegangen, während John mit seinem Vater zu Hause blieb, um den Hund hier zu begraben. Als Mike heimgekommen war, hatten alle an einem kleinen Gottesdienst für Bo teilgenommen, der auf dem Hof abgehalten wurde. Mike hatte voller Inbrunst aus der Bibel gelesen; dann hatten die Brüder am Kopf des schlichten Grabes einen kleinen Grabstein aufgestellt, eigentlich mehr einen Hohlziegel, auf den sie mit einem Federhalter Bos Namen geschrieben hatten. Der Ziegel stand noch dort, aber die Tinte war längst schon verschwunden.

Fiske kniete nieder und fuhr mit der Hand durch das Gras, das an dieser von den Bäumen beschatteten Stelle ganz glatt und fein war. Herrgott, was hatten sie diesen Hund geliebt. Warum musste die Vergangenheit so schnell zurückweichen? Warum hatte man stets den Eindruck, dass die guten Zeiten so kurz gewesen waren? Er schüttelte den Kopf – als die Stimme ihn plötzlich zusammenfahren ließ.

»Ich erinnere mich an den alten Hund, als wäre es gestern gewesen.«

John schaute auf zu Ida German, die auf der anderen Seite des Zaunes stand und ihn musterte. Er erhob sich und blickte ein wenig verlegen drein. »Es ist schon lange her, Mrs German.«

Die Frau roch ständig nach Rindfleisch und Zwiebeln, genau wie ihr Haus, wie Fiske wusste. Seit fast dreißig Jahren war sie Witwe. Sie bewegte sich langsam; ihr Körper war verschrumpelt, untersetzt und dick. Ihr langer Hausmantel bedeckte venöse, fleckige Beine und gedunsene Fußgelenke. Doch mit fast neunzig Jahren waren ihr Verstand und ihre Aussprache noch klar.

»Bei mir ist alles schon lange her. Nicht bei dir. Noch nicht. Wie geht es deiner Mom?«

»Sie schlägt sich so durch.«

»Ich wollte sie schon lange mal besuchen, aber mein alter Körper hat einfach nicht mehr so viel Schwung wie früher.«

»Mom würde sich bestimmt freuen, Sie zu sehen.«

»Dein Daddy ist vor 'ner Weile weggefahren. Zu 'nem Treffen der American Legion, glaube ich.«

»Schön. Es freut mich, dass er mal rauskommt. Und ich weiß es zu schätzen, dass Sie ihm Gesellschaft leisten.«

»Es macht keinen Spaß, allein zu sein. Ich habe drei meiner Kinder überlebt. Das ist für Eltern das Schlimmste auf der Welt ... die eigenen Kinder zu begraben. Ist einfach nicht normal. Wie geht es Mike? Ich sehe ihn hier nicht oft.«

»Er hat ziemlich viel zu tun.«

»Wer hätte schon gedacht, dass aus diesem pausbäckigen kleinen Flachskopf mal das wird, was aus ihm geworden ist? Man mag's kaum glauben.«

»Mike hat es verdient.« Fiske hielt kurz inne. Es war ihm einfach so herausgerutscht. Aber sein Bruder *hatte* es verdient.

»Das gilt für euch beide.«

»Mike hat es wohl ein bisschen weiter gebracht als ich.«

»Ha. Glaub das ja nicht. Dein Daddy gibt unentwegt mit dir an. Sicher, er spricht auch von Mike, aber du bist sein Erstgeborener.«

»Na ja, er und Mom haben uns anständig erzogen. Alles für uns geopfert. So was vergisst man nicht.« Vielleicht hat Mike es vergessen, sagte sich John. Aber mir würde es nie passieren.

»Tja, Mike konnte eben drei guten Vorbildern folgen.«

Fiske blickte Mrs German neugierig an.

»Der Junge hat den Boden angebetet, auf dem du gewandelt bist.«

»Die Menschen ändern sich.«

»Glaubst du das wirklich?«

Es fing an zu regnen, aber es waren nur ein paar Tropfen. »Gehen Sie lieber wieder rein, Mrs German. Sieht so aus, als würde es gleich zu schütten anfangen.«

»Du weißt, du kannst mich Ida nennen, wenn du willst.«

Fiske lächelte. »Manche Dinge ändern sich nicht, Mrs German.«

Er schaute ihr nach, bis sie im Haus war. Das Viertel war längst nicht mehr so sicher wie früher. Er und sein Vater hatten Schließriegel an den Türen, Schlösser an den Fenstern und ein Guckloch in der Haustür angebracht. Senioren waren bevorzugte Opfer von Verbrechern.

Fiske schaute noch einmal hinunter auf Bos Grab, und in seiner Erinnerung war das Bild seines Bruders zementiert, der sich eines toten Hundes wegen die Augen ausweinte.

KAPITEL 11

»Wie geht's dir, Mom?« Michael Fiske berührte das Gesicht seiner Mutter. Es war noch früh am Morgen, und Gladys war nicht besonders gut gelaunt. Ihr Gesicht lief rot an, und sie wich vor seiner Berührung zurück. Er schaute sie kurz an, und tiefe Traurigkeit trat in seine Augen, als er die offene Feindseligkeit in ihrem Blick sah.

»Ich habe dir etwas mitgebracht.« Er öffnete die Tasche, die er in der Hand hielt, und holte einen mit Geschenkpapier verpackten Karton hervor. Als seine Mutter keine Anstalten machte, ihn zu öffnen, übernahm Michael es für sie. Er zeigte ihr die Bluse in ihrer Lieblingsfarbe, lavendelblau. Er hielt sie ihr hin, doch sie wollte sie einfach nicht anfassen. So war es jedes Mal, wenn er sie besuchte. Sie sprach kaum mit ihm, war immer schlecht gelaunt. Und nie nahm sie seine Geschenke an. Wiederholt versuchte er, sie in ein Gespräch zu verwickeln, doch sie weigerte sich.

Michael lehnte sich zurück und seufzte. Er hatte seinem Vater davon erzählt, hatte ihm erklärt, dass die eigene Mutter nichts mit ihm zu tun haben wollte, rein gar nichts. Doch sein alter Herr konnte nichts daran ändern. Niemand hatte Einfluss darauf, zu wem Gladys nett war. Deshalb besuchte Michael sie in letzter Zeit immer seltener.

Er hatte versucht, mit seinem Bruder darüber zu sprechen, aber John hatte sich geweigert, dieses Thema mit ihm zu erörtern. Michael wusste, dass seine Mutter John niemals so behandeln würde. Er war ihr Goldjunge. Michael Fiske hätte zum Präsidenten der Vereinigten Staaten gewählt oder mit dem Nobelpreis ausgezeichnet werden können – in Gladys' Augen würde er trotzdem hinter dem älteren Bruder zurückstehen.

Er ließ die Bluse auf dem Tisch liegen, gab seiner Mutter einen flüchtigen Kuss und ging.

Draußen hatte starker Regen eingesetzt. Michael schlug den Kragen seines Trenchcoats hoch und rannte zu seinem Wagen zurück. Er hatte eine sehr lange Fahrt vor sich. Er war nicht nur in Richtung Süden gefahren, um seine Mutter zu besuchen. Sein Ziel war nun das südwestliche Virginia. Fort Jackson. Um mit Rufus Harms zu sprechen.

Einen Moment überlegte er, ob er bei seinem Bruder vorbeifahren sollte. John hatte nicht zurückgerufen – was Michael allerdings nicht sonderlich verwunderte. Aber die Reise, die er nun antrat, barg einige persönliche Risiken, und Michael hätte nichts dagegen gehabt, den Rat seines Bruders zu hören, sich vielleicht sogar von ihm begleiten zu lassen. Dann aber schüttelte er den Kopf. John Fiske war ein viel beschäftigter Anwalt und hatte keine Zeit, durch den halben Staat zu fahren und den verrückten Theorien seines jüngeren Bruders hinterherzujagen. Michael musste allein damit fertig werden.

Wie so oft, stand Elizabeth Knight früh auf, machte ein paar Dehnübungen auf dem Fußboden und lief dann auf dem Laufband im Gästezimmer der Wohnung im Watergate-Gebäude, die sie und ihr Ehemann, Senator Jordan Knight, gemietet hatten. Elizabeth duschte, zog sich an, machte Kaffee und Toast und sah einige Memos durch, um sich auf eine mündliche Verhandlung in der nächsten Woche vorzubereiten.

Heute war Freitag, also würden die Richter einen Teil des Tages mit Besprechungen verbringen und über Fälle abstimmen, die sie bereits gehört hatten. Ramsey leitete diese Konferenzen nach einem engen Terminplan. Zu Elizabeth' Bedauern fanden bei diesen Zusammenkünften kaum Diskussionen statt. Ramsey fasste die wichtigsten Punkte eines jeden Falles zusammen, gab seine Stimme mündlich ab und wartete, bis die anderen Richter ebenfalls votiert hatten. Wenn Ramsey die Mehrheit besaß, und das war normalerweise der Fall, verfasste er selbst die Begründung. Hatte er die Mehrheit nicht, wurde die Begründung von dem beisitzenden Richter der Gegenseite verfasst, der sein Amt am längsten innehatte. Normalerweise war Murphy dieser Mann, denn als ideologische Gegner stimmten er und Ramsey nur selten gleich ab.

Während Richterin Knight ihren Kaffee trank, dachte sie über ihre ersten drei Jahre am Gericht nach. Sie waren wirklich rasend schnell vergangen. Vielfach ging man davon aus, dass Richterin Knight nicht nur für die Rechte der Frauen eintrat, sondern sich auch für Interessen stark machte, die viele Frauen traditionell unterstützten – eben weil auch sie eine Frau war. Niemandem schien klar zu sein, dass man sie damit in ein Klischee presste. Elizabeth Knight war Richterin, keine Politikerin. Sie musste jeden Fall einzeln bewerten, für sich selbst, so wie sie es bereits als Richterin an anderen Gerichten getan hatte. Dennoch musste sogar sie eingestehen, dass der Supreme Court etwas anderes war, etwas Besonderes. Die Urteile, die von hier aus ergingen, hatten eine so weit reichende Bedeutung, dass die Richter gezwungen waren, stets über den Sachverhalt eines bestimmten Falles hinauszuschauen und die Auswirkungen zu bedenken, die ihre Entscheidung auf alle anderen hatte. Und das fiel Elizabeth Knight unglaublich schwer.

Sie schaute sich in der luxuriösen Wohnung um. Sie und ihr Mann führten ein Leben, dem es an nichts fehlte. Häufig bezeichnete man sie als das mächtigste Paar der Hauptstadt. Und in gewisser Hinsicht waren sie das auch.

Elizabeth trug diesen Mantel, so gut sie konnte, auch wenn sie nun gegen die Isolation ankämpfen musste, die jeder Richter zu ertragen hatte. Wenn man an dieses Gericht berufen wurde, riefen plötzlich Freunde nicht mehr an, und die Leute behandelten einen anders, waren vorsichtiger, achteten darauf, was sie sagten. Elizabeth war stets gesellig und kontaktfreudig gewesen. Nun hatte sie diese Eigenschaften beinahe verloren. Sie klammerte sich an das Berufsleben ihres Mannes, um die Auswirkungen dieser abrupten Veränderung in ihrem Leben zu mindern. Manchmal kam sie sich wie eine Nonne vor, die mit acht Mönchen als lebenslangen Gefährten lebte.

Als hätte er auf ihre Gedanken reagiert, trat Jordan Knight, noch im Schlafanzug, hinter Elizabeth und umarmte sie.

»He, es gibt noch kein Gesetz, das von dir verlangt, jeden Tag bei Morgendämmerung mit der Arbeit anzufangen. Es tut der Seele gut, sich noch ein bisschen ins Bett zu kuscheln«, sagte er.

Sie küsste seine Hand, drehte sich um und umarmte ihn ebenfalls.

»Ich kann mich gar nicht erinnern, dass du ein Langschläfer bist, Senator.«

»Dann sollten wir beide wohl eine konzertierte Aktion in Erwägung ziehen. Wer weiß, wozu das führen könnte? Ich habe gehört, Sex ist das beste Mittel gegen das Altern.«

Jordan Knight war groß und kräftig gebaut, mit sich lichtendem Haar und gebräuntem, tief zerfurchtem Gesicht. Es war ungerecht, dass die Welt das körperliche Erscheinungsbild von Männern und Frauen so unterschiedlich betrachtete, doch Knight wirkte auch mit seinen Falten und den überschüssigen Pfunden stattlich. Er machte auf den Seiten der *Post* und der örtlichen Zeitungen eine ziemlich gute Figur, wie auch in den bundesweiten Fernsehsendungen, in denen er sogar die gewieftesten Experten für Politik oft mit seinem Witz, seiner Erfahrung und Intelligenz beeindruckte.

»Du hast in der Tat einige sehr interessante Ansichten.«

Er schenkte sich eine Tasse Kaffee ein, während sie ihre Papiere ordnete.

»Ramsey umgarnt dich noch immer, in sein Lager überzulaufen und schön brav so zu stimmen wie er?«

»Oh, er drückt auf sämtliche richtigen Knöpfe und sagt

sehr nette Sachen. Doch einige meiner jüngsten Entscheidungen sind wohl nicht so gut bei ihm angekommen.«

»Geh deinen eigenen Weg, wie du es immer schon getan hast, Beth. Du bist klüger als sie alle. Verdammt, du müsstest Oberste Richterin sein.«

Sie legte einen Arm um seine breiten Schultern. »Und du vielleicht Präsident?«

Er zuckte mit den Achseln. »Der Senat dürfte für mich Herausforderung genug sein. Wer weiß, das ist vielleicht die letzte Runde für meine Wenigkeit.«

Sie zog den Arm zurück. »Darüber müssen wir uns noch unterhalten.«

»Ich weiß. Wir haben beide viel zu tun. Zu viele Anforderungen an unsere Zeit. Sobald die Dinge sich etwas beruhigt haben, werden wir uns unterhalten. Ich glaube, wir müssen wirklich miteinander sprechen.«

»Das hört sich aber ernst an.«

»Wir können nicht ewig in dieser Tretmühle weitermachen, Beth.«

Sie stieß ein besorgtes Lachen aus. »Ich fürchte, ich habe mich lebenslang dazu verpflichtet.«

»Das ist das Gute an der Politik. Man kann sich stets dazu entschließen, nicht mehr zu kandidieren. Oder man kann seinen Sitz verlieren.«

»Ich dachte, du wolltest noch viel mehr erreichen.«

»Dazu wird es nicht kommen. Zu viele Hindernisse. Zu viele Spielchen. Um dir die Wahrheit zu sagen, ich bin das alles ziemlich leid.«

Beth Knight wollte etwas sagen, hielt dann aber inne. Sie hatte sich voll und ganz auf das »Spiel« am Obersten Gerichtshof eingelassen.

Jordan Knight nahm seine Kaffeetasse und drückte Elizabeth einen Kuss auf die Wange. »Zeig's ihnen, Frau Richterin.«

Als der Senator das Zimmer verließ, rieb sie sich an der Stelle, wo er sie geküsst hatte, das Gesicht ab. Sie versuchte, sich wieder auf ihre Papiere zu konzentrieren, konnte es aber nicht. Sie saß einfach da, und ihre Gedanken wirbelten in viele unterschiedliche Richtungen davon.

John Fiske hielt das Foto in der Hand, das ihn und seinen Bruder zeigte. Er saß schon seit mindestens zwanzig Minuten dort, hatte das Foto in dieser Zeit aber kaum einmal angesehen. Schließlich stellte er es in den Bücherschrank, ging zum Telefon und wählte Michaels Nummer.

Er hörte die Tonbandstimme des Anrufbeantworters und machte sich gar nicht erst die Mühe, eine Nachricht zu hinterlassen. Dann rief er beim Obersten Gerichtshof an, erfuhr aber, dass Michael noch nicht da war. Eine halbe Stunde später rief John noch einmal an, und ein anderer Assessor teilte ihm mit, dass Michael an diesem Tag überhaupt nicht kommen würde.

Das ist mal wieder typisch, dachte er. Da hatte er endlich allen Mut zusammengenommen und seinen Bruder angerufen, mit dem Erfolg, ihn nicht erreichen zu können. Aber war es das wirklich – Mut? John setzte sich an den Schreibtisch und versuchte zu arbeiten, doch seine Blicke schweiften immer wieder zu dem Foto hinüber.

Schließlich packte er seinen Aktenkoffer, dankbar, dass er zum Gericht musste und damit vor einigen nagenden Gefühlen fliehen konnte.

Im Lauf des Vormittags hatte er zwei Verhandlungen unmittelbar hintereinander. Die eine gewann er überzeugend; bei der anderen wurde er vom Richter auseinander genommen, der sich offenbar keine Gelegenheit entgehen ließ, Fiskes Argumente ins Lächerliche zu ziehen, während der stellvertretende Staatsanwalt daneben stand und sich höflich ein Lächeln verkniff. Man musste die professionelle Fassade wahren; beim nächsten Mal konnte man selbst durch die Mangel gedreht werden. Das war jedem hier klar. Oder zumindest denen, die sich daran hielten.

Anschließend fuhr Fiske ins Gefängnis der Stadt Richmond, danach in den Knast des Bezirks Henrico – beide Male, um mit Mandanten zu sprechen. Mit dem einen ging er die Strategie für den bevorstehenden Prozess durch. Sein einsitzender Mandant bot Fiske an, in den Zeugenstand zu treten und zu lügen. Tut mir Leid, das werden Sie nicht tun, sagte Fiske zu ihm. Mit dem anderen sprach er über den allgegenwärtigen Kuhhandel. Monate, Jahre, Jahrzehnte. Wie lange muss ich sitzen? Bekomme ich eine Chance auf bedingten Straferlass? Eine Bewährungsstrafe? Helfen Sie mir hier raus, Mann, ich habe Frau und Kinder. Ich muss mich um mein Geschäft kümmern. Ja, klar. Was ist im Vergleich dazu schon ein bisschen Mord und Totschlag?

Beim letzten Mandanten nahmen die Dinge einen ganz anderen Lauf. »Es sieht nicht gut für uns aus, Leon. Wir sollten einen Handel abschließen«, riet Fiske ihm.

»Nein. Wir gehen vor Gericht.«

»Sie haben zwei Augenzeugen.«

»Ach ja?«

Leon wurde beschuldigt, ein Kind erschossen zu haben. Es war ein Streit zwischen zwei Skinhead-Banden gewesen, und das kleine Mädchen war zwischen die Fronten geraten – eine dieser Tragödien von heutzutage. »Na ja, die können mir nichts anhaben, wenn sie nicht aussagen, oder?«

»Warum sollten sie denn nicht aussagen?«, fragte Fiske ruhig. Das hatte er schon häufiger erlebt. Wie oft waren ihm als Cop Fälle zwischen den Fingern zerronnen, weil die Zeugen vergessen hatten, was sie gesehen und woran sie sich zuvor noch so deutlich erinnert hatten?

Leon zuckte mit den Achseln. »So was kommt schon mal vor. Die Leute halten ihre Vorladungen einfach nicht ein.«

»Die Polizei hat ihre Aussagen aufgenommen.«

Leon warf ihm einen scharfen Blick zu. »Ja, aber die Leute, die gegen mich aussagen, müssen schon persönlich kommen, oder? Damit Sie sie im Zeugenstand auseinander nehmen können, nicht wahr?«

»Sie kennen sich aber gut mit Ihren verfassungsmäßigen Rechten aus«, sagte Fiske trocken und atmete tief ein. Er hatte das Spielchen mit der Zeugenbeeinflussung so unendlich satt. »Kommen Sie schon, Leon, raus damit – ich bin Ihr Anwalt, das fällt unter die Schweigepflicht. Warum werden diese Leute nicht gegen Sie aussagen?«

Leon lächelte schwach. »Das brauchen Sie nicht zu wissen.«

»Doch, muss ich. Ich kann keine Überraschungen gebrauchen. Man weiß nie, was der Staatsanwalt vorhat. Glauben Sie mir, ich habe das schon oft erlebt. Wenn da irgendetwas läuft, und ich bin nicht darauf vorbereitet, könnte Ihr Arsch den Bach runtergehen.«

Plötzlich schaute Leon ein wenig besorgt drein. Daran hatte er offensichtlich gar nicht gedacht. Er rieb an dem Hakenkreuz auf seinem Arm. »Schweigepflicht, was? Das haben Sie doch gesagt?«

»Genau.« Fiske beugte sich vor. »Es bleibt unter uns und Gott.«

Leon lachte. »Gott? Scheiße, das ist gut.« Er rutschte ein Stück vor. »Ich hab da ein paar Freunde«, sagte er mit gesenkter Stimme. »Die werden diesen Zeugen ’nen kleinen Besuch abstatten. Dafür sorgen, dass sie vergessen, wie man zum Gericht kommt. Ist schon alles vorbereitet.«

Fiske prallte zurück. »Verflixt noch mal, wie konnten Sie das tun?«, rief er theatralisch aus.

»Was?«

»Mir die eine verdammte Sache verraten, wegen der ich zum Richter gehen muss.«

»Wovon sprechen Sie, zum Teufel?«

»Ich bin gesetzlich – und moralisch – verpflichtet, keine Information zu enthüllen, die ein Mandant mir gegeben hat.«

»Wo liegt dann das Problem? Ich bin Ihr Mandant und habe Ihnen gerade eine verdammte Information gegeben.«

»Richtig, aber bei dieser Bestimmung gibt es *eine* wichtige Ausnahme. Sie haben mir gerade von einem Verbrechen erzählt, das Sie beabsichtigen. Und genau das muss ich dem Gericht mitteilen. Ich darf nicht zulassen, dass Sie dieses Verbrechen begehen. Ich muss Ihnen raten – tun Sie es nicht. Diesen Rat habe ich Ihnen hiermit erteilt. Hätten Sie das Verbrechen schon begangen, hätten wir nicht die geringsten Schwierigkeiten. Verflucht, was haben Sie sich nur dabei gedacht! Können Sie mir das sagen?« Fiske schaute empört drein.

»Ich hab doch nicht gewusst, dass es so 'ne Bestimmung gibt. Scheiße, ich bin doch kein verdammter Rechtsanwalt.«

»Jetzt hören Sie aber auf, Leon, Sie kennen das Gesetz besser als die meisten Anwälte. Aber jetzt haben Sie tatsächlich alles verpfuscht. Jetzt *müssen* wir den Handel abschließen.«

»Verdammt noch mal, was soll das heißen?«

»Wenn wir vor Gericht gehen, und die Zeugen erscheinen nicht, muss ich dem Gericht mitteilen, was Sie mir gerade erzählt haben. Und wenn die Zeugen kommen, sind Sie geliefert.«

»Na, dann sagen Sie es doch einfach nicht.«

»Das ist nicht drin, Leon. Wenn ich es nicht sage, und es kommt irgendwie heraus, verliere ich meine Zulassung. Und ich mag Sie zwar sehr, aber *so viel* ist mir kein Mandant wert. Ohne meine Zulassung habe ich nichts zu mehr zu beißen. Und Sie haben den Mist gebaut, nicht ich.«

»He, Mann, das ist doch nicht zu fassen. Ich dachte, man kann seinem verdammten Anwalt alles sagen.«

»Ich sehe zu, was ich bei dem Handel herausholen kann. Sie werden eine Zeit lang ins Gefängnis müssen, Leon, da führt kein Weg dran vorbei.« Fiske stand auf und gab dem Häftling einen Klaps auf den Rücken. »Keine Sorge, ich hole so viel für Sie raus, wie ich kann.«

Als Fiske den Besucherraum verließ, lächelte er zum ersten Mal an diesem Tag.

KAPITEL 12

Michael Fiske schaute beim Fahren nervös nach vorn. Die Straße war schlecht, und die Scheibenwischer kämpften gegen den Wolkenbruch um ein Minimum an Sicht. Bis jetzt war Michael gut vorangekommen, denn er war praktisch nur auf dem Highway gefahren. Doch kaum hatte er die Interstate 81 verlassen, hatte es sich schlagartig geändert. Er war in Richtung Westen gefahren, vorbei an Orten mit Namen wie Pulaski, Bland und sogar an einem Etwas namens Hungry Mothers State Park, was vor seinem geistigen Auge die unbehagliche Vision sich aneinander drängender Massen von Müttern und Kindern heraufbeschwor, die neben den Parkwegen um etwas zu essen bettelten. Windböen, die vom nahen Big A Mountain herunterstiegen, schüttelten den Wagen. Obwohl Fiske in Virginia geboren und aufgewachsen war, war er niemals westlich von Roanoke gewesen und hatte sich nur dort hingewagt, um das Staatsexamen abzulegen.

Er schaute zu dem Aktenkoffer hinüber, der neben ihm auf dem Beifahrersitz lag, und atmete tief ein. Er hatte eine Menge herausgefunden, seit er Rufus Harms' Gesuch um Hilfe gelesen hatte.

Harms hatte ein kleines Mädchen ermordet, das mit den Eltern den Militärstützpunkt besucht hatte, wo Harms gegen Ende des Vietnamkriegs stationiert gewesen war. Harms hatte damals im Bau gesessen, doch irgendwie war ihm der Ausbruch gelungen. Aber es gab kein Motiv. Es schien sich um die zufällige Gewalttat eines Verrückten zu handeln. Diese Fakten waren unbestritten. Als Mitarbeiter am Obersten Gerichtshof standen Michael viele Informationsquellen zur Verfügung, und er hatte sie allesamt ausgeschöpft, um sich einen Überblick über die Hintergründe zu verschaffen. Doch es gab keinen Hinweis von Seiten des Militärs, dass die Gründe, wie Harms sie in seiner Petition beschrieb, je existiert hatten. Michael hämmerte die Faust ans Lenkrad. Hätten Harms oder sein Anwalt dem Antrag doch nur den Brief der Army beigelegt!

Michael war schließlich zu dem Schluss gelangt, dass er seine Informationen von der Quelle selbst würde beziehen müssen: von Rufus Harms. Er hatte versucht, eine direkte Begegnung zu vermeiden, und zunächst einige Umwege probiert. Über den Rückschein hatte er Samuel Rider ausfindig gemacht, doch der Mann hatte auf Michaels Bitten um Rückruf nicht reagiert. War Rider der Verfasser des maschinengeschriebenen Briefes? Michael hielt es für möglich, ja, er ging praktisch davon aus. Er hatte im Gefängnis angerufen, um mit Harms am Telefon zu sprechen, doch man hatte seine Bitte abschlägig beschieden. Das hatte seinen Verdacht nur erhärtet. Wenn ein Unschuldiger im Gefängnis saß, war es Michaels Aufgabe – seine *Pflicht*, berichtigte er sich –, für dessen Freilassung zu sorgen.

Und es gab noch einen letzten Grund für diese Fahrt. Einige der in der Petition aufgeführten Namen – die Namen der Leute, die angeblich in den Tod des kleinen Mädchens verwickelt waren – kannte Michael sehr gut. Falls sich herausstellte, dass Rufus Harms die Wahrheit sagte ... Michael erschauerte, während ein albtraumhaftes Szenario nach dem anderen durch seine Gedanken huschte.

Auf dem Sitz neben ihm lagen eine Straßenkarte und ein Blatt mit einer selbstverfassten Wegbeschreibung, welche die genaue Strecke zum Gefängnis enthielt. Er war kilometerweit über Nebenstraßen mit morschen Holzbrücken gefahren, die vom Wetter und von Auspuffabgasen geschwärzt waren; durch Städte, die nicht groß genug waren, um diese Bezeichnung verdient zu haben; und vorbei an heruntergekommenen, dauergeparkten Wohnwagen, die man in schmale Felsspalten in den Ausläufern der Appalachen gezwängt hatte. Er war schlammverkrusteten Pickups begegnet, an deren Radioantennen Miniaturflaggen der Konföderierten flatterten und auf deren Gestellen in den Rückfenstern Schrotflinten und Jagdgewehre lagen. Als er sich dem Militärgefängnis näherte, wurden die verkniffenen, wettergegerbten Gesichter der wenigen Menschen, die er sah, immer unfreundlicher, und ihre Augen waren von einem ständigen, unveränderlichen Argwohn erfüllt.

Als Michael eine Felsnase umrundete, erhob sich vor ihm plötzlich die Haftanstalt. Die steinernen Wände waren dick, hoch und weitläufig, wie eine mittelalterliche Burg, die man auf dieses elende Fleckchen steinigen Bodens versetzt hatte. Er fragte sich kurz, ob die Steine von den Häftlingen selbst herbeigeschleppt worden waren und sie damit ihre eigenen Gräber hatten errichten müssen.

Er erhielt seinen Besucherausweis, fuhr durch das Haupttor und wurde dann zum Besucherparkplatz des Gefängnisses weitergeleitet. Dem Wachtposten am Eingang erklärte Michael den Grund für seinen Besuch.

»Sie stehen nicht auf der Besucherliste«, sagte der junge Soldat. Er musterte Michaels dunkelblauen Anzug und die intelligenten Gesichtszüge voller Verachtung. *Ein reicher, schnieker Klugscheißer aus der Stadt,* konnte Michael in den Augen des Mannes lesen.

»Ich habe mehrmals angerufen, konnte aber niemanden erreichen, der mir gesagt hätte, wie man auf die Liste gesetzt wird.«

»Das hängt vom Häftling ab. Ganz allgemein gesagt … wenn er Sie sehen will, sehen Sie ihn. Wenn nicht, dann nicht.« Ein schiefes Grinsen legte sich auf sein Gesicht. »Das ist das Einzige, was die Burschen zu sagen haben.«

»Wenn Sie ihm sagen, dass ein Anwalt ihn sprechen möchte, wird er mich bestimmt auf die Besucherliste setzen.«

»Sie sind sein Anwalt?«

»Ich habe im Augenblick mit einem Berufungsantrag von ihm zu tun«, sagte Michael ausweichend.

Der Wachtposten schaute in sein Hauptbuch. »Rufus Harms«, sagte er, offensichtlich verwirrt. »Der sitzt schon länger hier, als ich lebe. Was für einen Berufungsantrag kann so einer wie der denn nach all dieser Zeit noch stellen?«

»Ich bin nicht befugt, darüber zu sprechen«, sagte Michael. »Meine Arbeit fällt unter die Schweigepflicht und ist absolut vertraulich.«

»Weiß ich. Halten Sie mich für blöd?«

»Keineswegs.«

»Wenn ich Sie hereinlasse, und es stellt sich raus, ich hätte es nicht gedurft, macht man mir die Hölle heiß.«

»Nun ja, wie wär's, wenn Sie bei Ihrem Vorgesetzten nachfragen? Dann ist es nicht Ihre Entscheidung, und Sie kriegen keinen Ärger.«

Der Wachtposten griff nach seinem Telefon. »Das hatte ich sowieso vor«, sagte er in sehr unfreundlichem Tonfall.

Der Mann telefonierte ein paar Minuten lang und legte dann auf. »Es kommt jemand runter.«

Michael nickte.

»Woher kommen Sie?«, fragte der Soldat.

»Aus Washington, D. C.«

»Wie viel verdient so einer wie Sie?« Ganz klar, welche Summe Michael jetzt auch nannte, sie wäre zu hoch gewesen.

Er sah, dass sich ein uniformierter Soldat näherte, und atmete tief ein. »Eigentlich nicht mal annähernd genug.«

Der junge Wachtposten stand schnell auf und bedachte seinen vorgesetzten Offizier mit einem militärischen Gruß. Der Offizier wandte sich Michael zu. »Bitte, kommen Sie mit, Mr Fiske.« Der Mann war in den Fünfzigern, schlank, hatte ein ruhiges, aber energisches Auftreten und kurz geschnittenes graues Haar, das dazu beitrug, ihn auf den ersten Blick als Berufsoffizier einzustufen.

Michael folgte dem präzise ausschreitenden Mann über den Gang in ein kleines Büro. Dann erklärte er ihm fünf Minuten lang genau, was ihn hierher geführt hatte, ohne irgendwelche bedeutenden Informationen preiszugeben. Das Juristen-Fachchinesisch half Michael, um den heißen Brei zu reden.

»Wenn Sie Mr Harms sagen, dass ich hier bin, wird er mich empfangen.«

Der Mann drehte einen Kugelschreiber zwischen den Fingern und hielt den Blick der toten Augen auf sein Gegenüber gerichtet. »Das ist ziemlich verwirrend. Rufus Harms hat vor kurzem Besuch von seinem Anwalt bekommen. Und das waren nicht Sie.«

»Ach ja? Hieß der Anwalt Samuel Rider?« Der Offizier antwortete nicht, doch das kurze Aufblitzen von Erstaunen auf seinem Gesicht ließ Michael innerlich lächeln. Seine Ahnung hatte sich als richtig erwiesen. Harms ehemaliger Militäranwalt hatte die beiliegende maschinengeschriebene Seite verfasst. »Man kann mehr als nur einen Anwalt haben, Sir.«

»Nicht jemand wie Rufus Harms. Er hat in den letzten fünfundzwanzig Jahren gar keinen Anwalt gehabt. Sicher, sein Bruder besucht ihn regelmäßig, aber dieses plötzliche Interesse an dem Mann verwirrt uns schon. Das können Sie sicher verstehen.«

Michael lächelte freundlich, doch seine nächsten Worte waren bestimmt. »Sie werden doch sicher das Recht eines Häftlings anerkennen, mit einem Anwalt zu sprechen.«

Der Offizier musterte ihn einen Moment, griff schließlich nach dem Telefon und sprach in den Hörer. Dann legte er wieder auf und schaute Michael wortlos an. Fünf Minuten verstrichen, dann klingelte das Telefon. Der Mann hob ab, lauschte kurz und nickte Michael dann zu. »Er will mit Ihnen sprechen«, erklärte er knapp.

KAPITEL 13

Als Rufus Harms auf der Schwelle des Besucherraums erschien und sein Blick auf den jungen Mann fiel, wirkte er verwirrt. Er schlurfte nach vorn. Michael erhob sich, um ihn zu begrüßen, doch ein barscher Ruf des Wächters hinter Rufus ließ ihn innehalten.

»Setzen Sie sich.«

Michael gehorchte umgehend.

Der Wächter ließ Rufus nicht aus den Augen, bis er Michael gegenüber Platz genommen hatte; dann erst musterte er den Anwalt. »Man hat Ihnen während der Leibesvisitation die Verhaltensregeln bei einem Besuch erläutert. Für den Fall, dass Sie einige vergessen haben, finden Sie die Regeln dort drüben deutlich lesbar angeschlagen.« Er zeigte auf ein großes Schild an der Wand. »Körperlicher Kontakt ist unter keinen Umständen erlaubt. Und Sie müssen die ganze Zeit sitzen bleiben. Haben Sie verstanden?«

»Ja. Müssen Sie in diesem Raum bleiben? Es gibt so etwas wie Vertraulichkeit zwischen Anwalt und Mandant. Und muss er angekettet bleiben?«, sagte Michael.

»Das würden Sie nicht fragen, wenn Sie gesehen hätten, was er mit ein paar Leuten in diesem Raum gemacht hat. Sogar angekettet könnte er Ihnen in zwei Sekunden den dürren, kleinen Hals brechen.« Der Wächter trat näher an Michael heran. »Vielleicht gibt es in anderen Gefängnissen mehr Privatsphäre, hier aber nicht. Hier sitzen nur die schlimmsten und gefährlichsten Typen ein, und wir haben eigene Regeln, nach denen das Leben hier läuft. Das ist ein außerplanmäßiger Besuch, also haben Sie zwanzig Minuten Zeit, bevor der große böse Wolf hier wieder Toiletten schrubben muss. Und wir haben heute ein paar wirklich schmutzige Scheißhäuser.«

»Dann wäre es schön, wenn Sie uns anfangen ließen«, sagte Michael.

Der Wächter sagte nichts mehr und baute sich vor der Tür auf.

Als Michael Rufus anschaute, stellte er fest, dass der Blick des großen Mannes unverwandt auf ihm ruhte.

»Guten Morgen, Mr Harms. Mein Name ist Michael Fiske.«

»Der Name sagt mir nichts.«

»Ich weiß, aber ich bin gekommen, um Ihnen einige Fragen zu stellen.«

»Sie haben gesagt, Sie seien mein Anwalt. Sie sind nicht mein Anwalt.«

»Das habe ich nicht behauptet. Die anderen sind nur davon ausgegangen. Ich habe nichts mit Mr Rider zu schaffen.«

Rufus kniff die Augen zusammen. »Woher wissen Sie von Samuel?«

»Das spielt wirklich keine Rolle. Ich möchte Ihnen Fragen stellen, weil ich Ihre Verfügung zur Aktenanforderung erhalten habe.«

»Meine was?«

»Ihre Berufung.« Michael sprach leiser. »Ich arbeite beim Obersten Gerichtshof der Vereinigten Staaten.«

Rufus' Mund klappte auf. »Verdammt noch mal, was haben Sie dann hier zu suchen?«

Michael räusperte sich nervös. »Ich weiß, das ist ziemlich unorthodox. Aber ich habe Ihren Berufungsantrag gelesen und wollte Ihnen ein paar Fragen darüber stellen. Sie erheben in Ihrem Antrag einige sehr gravierende Beschuldigungen gegen mehrere sehr bekannte Leute.« Als er in Rufus' verwunderte Augen sah, bedauerte Michael plötzlich, hierher gekommen zu sein. »Ich habe mir die Einzelheiten Ihres Falles angesehen, und einige Punkte kommen mir nicht ganz logisch vor. Deshalb wollte ich Ihnen ein paar Fragen stellen, und wenn alles geklärt ist, können wir Ihren Antrag bearbeiten.«

»Warum wird er nicht schon längst bearbeitet? Er liegt dem verdammten Gericht doch vor, oder?«

»Ja, aber er weist einige formale Mängel auf, die normalerweise dazu führen würden, dass er nicht angenommen wird. Ich könnte versuchen, Ihnen bei diesen Formfragen zu helfen. Aber ich möchte einen Skandal vermeiden. Sie müssen wissen, Mr Harms, dass das Gericht jeden Tag buchstäblich Kisten voller Anträge von Häftlingen erhält. Anträge, die meist unbegründet sind.«

Rufus kniff die Augen zusammen. »Wollen Sie damit sagen, dass ich lüge? Wollen Sie das sagen? Dann verbringen Sie hier mal fünfundzwanzig Jahre für etwas, das nicht Ihre Schuld war. Und dann komme ich zu Ihnen, und Sie erzählen mir, wie es Ihnen gefallen hat.«

»Ich sage ja nicht, dass Sie lügen. Ich bin im Gegenteil der Ansicht, dass an Ihren Behauptungen etwas dran ist, glauben Sie mir, sonst wäre ich nicht gekommen.« Er schaute sich in dem unfreundlichen Raum um. Er war noch nie an einem solchen Ort gewesen, hatte noch nie einem Mann wie Rufus gegenübergesessen. Plötzlich kam er sich wie ein Erstklässler vor, der aus dem Schulbus stieg und merkte, dass er irgendwie an der High School gelandet war.

»Haben Sie irgendeinen Ausweis dabei, der mir beweist, dass Sie wirklich der sind, für den Sie sich ausgeben? Ich bin seit etwa dreißig Jahren nicht mehr besonders vertrauensvoll.«

Assessoren am Obersten Gerichtshof bekamen keine Dienstausweise. Man verlangte vom Sicherheitspersonal des Gerichts, dass es sie persönlich oder zumindest vom Sehen her kannte. Doch das Gericht veröffentlichte ein offizielles Verzeichnis mit den Namen und Fotos der Assessoren. Das sollte es den Wachen erleichtern, sich ihre Gesichter einzuprägen. Michael zog sein Exemplar aus der

Tasche und zeigte es Rufus. Der Häftling studierte es genau, schaute zum Wächter hinüber und gab Michael dann das Verzeichnis zurück. »Haben Sie ein Radio in Ihrem Aktenkoffer?«

»Ein Radio?« Michael schüttelte den Kopf.

Rufus sprach noch leiser. »Dann summen Sie mal schön.«

»Was?«, sagte Michael verwirrt. »Ich kann wirklich nicht ... ich meine, ich bin nicht sehr musikalisch.«

Rufus schüttelte ungeduldig den Kopf. »Haben Sie einen Kugelschreiber?«

Michael nickte stumm.

»Dann nehmen Sie ihn, und klopfen Sie damit auf den Tisch. Die andere Seite hat mittlerweile wahrscheinlich sowieso schon alles gehört, was sie wissen muss, aber dann haben wir noch ein paar Überraschungen für sie parat.«

Als Michael etwas sagen wollte, unterbrach Rufus ihn. »Keinen Mucks mehr. Klopfen Sie einfach, und hören Sie zu.«

Fiske tat wie geheißen. Der Wächter schaute hinüber, sagte aber nichts.

Rufus sprach so leise, dass Michael sich anstrengen musste, ihn zu verstehen. »Sie hätten nicht hierher kommen sollen. Sie wissen nicht, was für ein Risiko ich eingehen musste, um dieses Stück Papier hier herauszuschaffen. Wenn Sie es gelesen haben, wissen Sie warum. Den Leuten ist es doch scheißegal, wenn ein alter schwarzer Knacki umgebracht wird, der ein kleines weißes Mädchen erwürgt hat. Glauben Sie ja nicht, irgendjemand würde etwas darauf geben.«

Michael hielt mit dem Klopfen inne. »Das alles ist schon lange her. Es hat sich einiges geändert.«

Rufus grunzte leise. »Ach ja? Warum klopfen Sie nicht mal an die Särge von Martin Luther King oder Malcolm X und sagen ihnen das? Die Zeiten haben sich geändert, jawoll, mein Herr, jetzt ist alles in Ordnung. Amen.«

»So habe ich das nicht gemeint.«

»Wenn die Leute, über die ich in diesem Brief schreibe, schwarz wären, und ich wäre weiß … und würde nicht hier sitzen … wären Sie dann auch gekommen, um meine Geschichte zu ›überprüfen‹?«

Michael schaute zu Boden. Als er den Blick wieder hob, wirkte sein Ausdruck gequält. »Wahrscheinlich nicht.«

»Ganz bestimmt nicht! Fangen Sie wieder an zu klopfen, und hören Sie nicht damit auf.«

Michael kam der Aufforderung nach. »Ob Sie's mir glauben oder nicht, ich will Ihnen helfen. Wenn das, was Sie in Ihrem Brief schildern, wirklich passiert ist, möchte ich dafür sorgen, dass der Gerechtigkeit Genüge getan wird.«

»Warum, zum Teufel, interessieren Sie sich für jemanden wie mich?«

»Weil mir an der Wahrheit liegt«, sagte Michael schlicht. »Glauben Sie mir, wenn Sie die Wahrheit sagen, werde ich alles tun, was in meiner Macht steht, um Sie hier herauszuholen.«

»So was lässt sich leicht sagen.«

»Mr Harms, ich setze gern mein Gehirn und meine Fertigkeiten ein, um Menschen zu helfen, die nicht so viel Glück gehabt haben wie ich. Das halte ich für meine Pflicht.«

»Na ja, das ist wirklich nett von Ihnen, mein Sohn, aber tätscheln Sie mir nicht den Kopf. Sonst beiße ich Ihnen vielleicht die Hand ab.«

Michael blinzelte verwirrt; dann endlich ging ihm ein Licht auf. »Tut mir Leid, ich wollte nicht herablassend sein. Wenn Sie zu Unrecht verurteilt wurden, möchte ich Ihnen helfen, wieder freizukommen. Das ist alles.«

Rufus sagte einen Moment nichts, als wolle er sich ein Bild davon machen, ob der junge Mann seine Worte aufrichtig meinte. Als er sich schließlich wieder vorbeugte, wirkten seine Gesichtszüge ein bisschen weicher, doch er blieb misstrauisch.

»Hier kann man nicht ungefährdet über solche Dinge sprechen.«

»Wo können wir uns sonst unterhalten?«

»Ich kenne keinen anderen Platz. Leute wie mich lässt man nicht auf Urlaub raus. Aber alles, was ich gesagt habe, entspricht der Wahrheit.«

»Sie haben erwähnt, dass ein Bri ...«

»Halten Sie den Mund!«, sagte Rufus. Er schaute sich wieder um, und sein Blick blieb einen Augenblick lang auf dem großen Spiegel haften. »Lag er nicht dem Antrag bei?«

»Nein.«

»Na schön, Sie kennen meinen Anwalt. Sie haben seinen Namen schon genannt.«

Michael nickte. »Samuel Rider. Ich wollte mit ihm sprechen, aber er hat mich nicht zurückgerufen.«

»Klopfen Sie lauter.« Michael erhöhte die Taktzahl. Rufus sah sich noch einmal um und fuhr dann fort: »Ich sage ihm, dass er mit Ihnen sprechen soll. Er wird Ihnen alles erklären, was Sie wissen müssen.«

»Mr Harms, warum haben Sie Ihren Antrag beim Obersten Gerichtshof eingereicht?«

»Es gibt keinen höheren, nicht wahr?«

»Nein.«

»Hab ich mir gedacht. Wir bekommen Zeitungen hier, dürfen sogar ein wenig fernsehen und Radio hören. Ich habe diese Leute im Lauf der Jahre beobachtet. Hier drinnen denkt man viel über die Gerichte nach und so was. Die Gesichter ändern sich, aber die Richter können einfach alles tun. Alles, was sie wollen. Ich hab's gesehen. Das ganze Land hat es gesehen.«

»Aber aus rein formellen juristischen Gründen müssen Sie sich erst an niedrigere Gerichte wenden, bevor man Ihre Berufung am Obersten Gerichtshof annimmt. Beispielsweise ... Sie haben noch nicht mal das Urteil eines niedrigeren Gerichts, das Sie anfechten können. Ihr Antrag weist zahlreiche Fehler auf.«

Rufus schüttelte müde den Kopf. »Ich habe mein halbes Leben hier verbracht. So viel Zeit bleibt mir nicht mehr. Ich war nie verheiratet, ich werde nie Kinder haben. Und ich habe nicht vor, mich jahrelang mit Anwälten und Gerichten und so weiter herumzuschlagen. Ich will hier raus, und zwar so schnell wie möglich. Ich will frei sein. Und diese hohen Richter können mich hier rausholen, wenn sie daran glauben, das Richtige zu tun. Und es ist das Richtige. Gehen Sie zurück, und sagen Sie ihnen das. Sie nennen sich Richter. Jetzt können Sie Recht sprechen und das Richtige tun.«

Michael blickte ihn neugierig an. »Gibt es wirklich keinen anderen Grund dafür, dass Sie sich sofort an den Obersten Gerichtshof gewandt haben?«

Rufus sah ihn verdutzt an. »Zum Beispiel?«

Michael stieß den Atem aus, den er angehalten hatte, ohne es zu merken. Es war durchaus möglich, dass Rufus nicht wusste, welche Ämter einige der Männer, die er in seinem Antrag erwähnt hatte, nun innehatten. »Schon gut.«

Rufus lehnte sich zurück und schaute Michael an. »Was halten die Richter davon? Die haben Sie doch hierher geschickt, nicht wahr?«

Michael hörte mit dem Klopfen auf. »Ehrlich gesagt wissen sie gar nicht, dass ich hier bin«, sagte er nervös.

»Was?«

»Ich habe Ihren Berufungsantrag noch niemandem gezeigt, Mr Harms. Ich ... ich wollte mich überzeugen ... na ja, dass alles seine Richtigkeit hat.«

»Nur Sie haben diesen Antrag gesehen?«

»Bis jetzt ja, aber wie ich schon sagte ...«

Rufus warf einen Blick auf Michaels Aktenkoffer. »Sie haben meinen Brief doch nicht mitgebracht, oder?«

Michael schaute ebenfalls zu dem Koffer. »Na ja, ich wollte Ihnen einige Fragen dazu stellen. Es ist nämlich so ...«

»Gott stehe uns bei«, sagte Rufus so laut, dass der Wächter unwillkürlich zusammenzuckte. »Hat man Ihren Aktenkoffer durchsucht, als Sie gekommen sind? Denn zwei von den Männern, die ich erwähnt habe, sind in diesem Gefängnis hier tätig. Der eine ist der Kommandant von diesem Knast.«

»Sie sind *hier*?« Michael erbleichte. Er hatte überprüft, ob die Männer, die in der Berufung genannt wurden, in den siebziger Jahren in der Army gewesen waren. Von zweien kannte er den derzeitigen Aufenthaltsort, doch er hatte sich nicht die Mühe gemacht, den Verbleib der anderen Männer zu ermitteln. Er erstarrte. Plötzlich war ihm bewusst geworden, dass er gerade einen möglicherweise tödlichen Fehler gemacht hatte.

»Haben die Ihre verdammte Tasche an sich genommen?«

»Nur ... nur ein paar Minuten. Aber ich habe die Dokumente in einem verschlossenen Umschlag aufbewahrt, und er ist immer noch verschlossen.«

»Sie haben uns beide auf dem Gewissen«, brüllte Rufus. Er explodierte wie ein heißer Geysir, sprang auf und warf den schweren Tisch um, als bestünde er aus Balsaholz. Michael sprang beiseite und rutschte ein Stück über den Boden. Der Wächter griff nach seiner Pfeife, pfiff laut und nahm Rufus dann von hinten in einen Würgegriff. Michael sah, wie der riesige Häftling trotz seiner Ketten den zwei Zentner schweren Wächter wie eine lästige Stechmücke abschüttelte.

Ein halbes Dutzend weitere Wächter stürmten knüppelschwingend in den Raum und warfen sich auf den Farbigen. Rufus schleuderte sie immer wieder zurück, wie ein Elch, der sich gegen ein Rudel Wölfe zur Wehr setzte, gut fünf Minuten lang, bis er schließlich doch überwältigt wurde. Sie zerrten ihn hinaus; zuerst schrie er, doch dann rammte ihm ein Wächter einen Schlagstock an die Kehle, und er verstummte.

Bevor Rufus zur Tür hinausgeschoben wurde, schaute er Michael noch einmal an, und in seinem Blick lagen Entsetzen und das Wissen, verraten worden zu sein.

Nach einem erschöpfenden Kampf, der sich noch im Gang fortsetzte, gelang es den Wächtern endlich, Rufus auf einem Rollbett festzuschnallen.

»Schafft ihn in die Krankenstation!«, rief jemand. »Ich glaube, er hat einen Krampf!«

Trotz der Ketten und der dicken Lederriemen warf Rufus sich wie verrückt hin und her, sodass das ganze Bett umzukippen drohte. Er schrie, bis jemand ihm ein Stück Stoff in den Mund stopfte.

»Beeilung, verdammt noch mal«, sagte der Mann.

Die Gruppe stürmte durch die Doppeltür und in die Krankenstation.

»Gott im Himmel!« Der Dienst habende Arzt zeigte auf eine Lücke zwischen zwei Betten. »Hierher, Leute!«

Sie schwangen das Bett herum und schoben es in den Zwischenraum. Als der Arzt zu seinem Patienten trat, traf ihn ein Bein des wild um sich tretenden Rufus fast in den Magen.

»Nehmt ihm das aus dem Mund«, sagte der Arzt und zeigte auf das Taschentuch, das man Rufus in den Rachen gestopft hatte. Das Gesicht des Häftlings war dunkelrot angelaufen.

Einer der Wächter betrachtete ihn vorsichtig. »Passen Sie lieber auf, Doc. Er ist völlig durchgedreht. Wenn er an Sie rankommt ... Gott weiß, was dann passiert. Er hat schon drei meiner Männer verletzt. Verrückter Mistkerl.« Der Wächter sah Rufus drohend an. Als man dem Tobenden das Tuch aus dem Mund zog, füllten seine Schreie sofort wieder den Raum.

»Schließen Sie ihn an einen Monitor an«, sagte der Arzt zu einer der Schwestern. Ein paar Sekunden, nachdem es ihnen endlich gelungen war, die Sensoren an Rufus' Körper anzubringen, beobachtete der Arzt aufmerksam das unregelmäßige Ansteigen und Abfallen von Rufus' Blutdruck und Puls. Dann blickte er eine der Schwestern an. »Bringen Sie eine Infusion her.« Zu einer anderen Schwester sagte er: »Eine Ampulle Lidocain, bevor er einen Herzinfarkt oder einen Schlaganfall bekommt.«

Sowohl die Wächter als auch das medizinische Personal drängten sich um das Bett.

»Können Sie Ihre Männer nicht hier rausschaffen?«, rief der Arzt einem der Wächter ins Ohr.

Der Mann schüttelte den Kopf. »Er ist stark wie ein Ochse. Er könnte glatt die Fesseln zerreißen. Wenn ihm das gelingt, und wir sind noch hier, könnte er jeden in diesem Raum binnen einer Minute mit bloßen Händen töten. Glauben Sie mir, er ist dazu im Stande!«

Der Arzt warf einen Blick auf das tragbare Infusionsgestell, das mittlerweile neben dem Bett stand. Die andere Schwester kam mit der Ampulle Lidocain herbeigelaufen. Der Arzt nickte den Wächtern zu. »Sie müssen uns helfen, ihn festzuhalten. Wir brauchen eine gute Ader, um ihm die Infusion legen zu können, und wie es aussieht, werden wir nur einen Versuch haben.«

Die Männer rückten noch näher um Rufus zusammen und hielten ihn fest. Selbst mit ihrem vereinten Gewicht gelang es ihnen kaum.

Rufus starrte sie an, voller Wut und Entsetzen zugleich, sodass er kaum einen klaren Gedanken fassen konnte. Genau wie in der Nacht, in der Ruth Ann Mosley gestorben war. Sie rissen Rufus den Hemdsärmel auf, legten die sehnigen Unterarme mit den starken, deutlich hervortretenden Adern frei. Rufus schloss erneut die Augen.

Als er sie wieder öffnete, befand er sich nicht mehr in der Krankenstation von Fort Jackson. Er war wieder in der Arrestzelle in South Carolina, vor einem Vierteljahrhundert. Die Tür wurde aufgestoßen, und einige Männer stürmten herein, als gehöre ihnen dies alles, als gehöre *Rufus* ihnen. Rufus kannte sie alle vom Sehen – bis auf einen. Er hatte damit gerechnet, dass sie wieder die Schlagstöcke hervorholten, dass er wieder die brutalen Schläge an den Rippen, am Gesäß, an den Unterarmen zu spüren bekam. Das war zu einem Ritual geworden, das jeden Abend und jeden Morgen stattfand. Während Rufus die Schläge stumm erduldete, rief er sich einen Bibelspruch in Erinnerung, und sein Glaube ließ ihn die körperlichen Qualen leichter ertragen.

Dann hielt man ihm eine Pistole an den Kopf. Befahl

ihm, sich auf den Boden zu knien und die Augen zu schließen. Und da passierte es. Rufus erinnerte sich an das Erstaunen, den Schock, den er verspürt hatte, als er zu der grinsenden, triumphierenden Gruppe hinaufstarrte. Das Lächeln war längst von ihren Zügen verschwunden, als Harms sich einige Minuten später erhob, die Männer abschüttelte, als wären sie gewichtslos, seine Zellentür aufbrach, den Dienst habenden Wächter zur Seite stieß, aus dem Bau stürmte und Amok lief.

Rufus blinzelte und befand sich wieder in der Krankenstation, starrte die Gesichter an, die Körper, die ihn auf das Bett drückten. Er sah die Nadel, die sich seinem Unterarm näherte. Er schaute auf, als Einziger in diesem Augenblick. Und da sah er die zweite Nadel, die im Infusionsbeutel steckte, und die Flüssigkeit aus der Injektionsspritze, die in die Lidocainlösung floss.

Vic Tremaine war seine Aufgabe ruhig und geschickt angegangen, als würde er keinen Mord begehen, sondern Blumen gießen. Er schaute sein Opfer nicht mal an. Rufus riss den Kopf herum und nach hinten und starrte auf die Injektionsnadel, die der Arzt hielt. Gleich würde sie seine Haut durchdringen, das Gift in seinen Körper strömen lassen, mit dem Tremaine ihn töten wollte. Sie hatten ihm schon sein halbes Leben genommen. Er würde nicht zulassen, dass sie ihm auch den Rest nahmen. Noch nicht.

Rufus wählte den Zeitpunkt, so gut und so genau er konnte.

»Scheiße!«, rief der Arzt, als Rufus die Fesseln sprengte. Er riss die Arme zur Seite. Das Infusionsgestell krachte zusammen; der Beutel fiel zu Boden und platzte. Ein entsetzter Tremaine sprang zurück, um aus der Krankenstation zu flüchten.

Plötzlich spannte sich Rufus' Brust, und er bekam kaum noch Luft. Als der Arzt sich wieder gefasst hatte, schaute er Rufus an. Der Häftling lag jetzt so ruhig da, dass Tremaine auf den Monitor blicken musste, um sich davon zu überzeugen, dass er noch lebte.

»So viele extreme Einwirkungen kann niemand durchstehen«, sagte Tremaine, während er die Lebenszeichen betrachtete, die auf ein gefährlich niedriges Niveau abgesunken waren. »Er könnte ins Koma fallen.« Tremaine wandte sich an eine Krankenschwester. »Fordern Sie einen Medi-Vac-Hubschrauber an.« Er schaute den ranghöchsten Wächter an. »Für eine derartige Situation sind wir hier nicht ausgerüstet. Wir stabilisieren seine Körperfunktionen und fliegen ihn dann ins Krankenhaus von Roanoke. Aber wir müssen uns beeilen. Sie möchten bestimmt, dass ein Wächter ihn begleitet.«

Der Mann rieb sein geprelltes Kinn und starrte auf den vollkommen ruhig liegenden Rufus. »Ich würde ein ganzes Dutzend Leute mitschicken, wenn ich sie nur in den verdammten Hubschrauber reinbekäme.«

KAPITEL 14

Von einem bewaffneten Wächter begleitet, ging Michael Fiske auf wackligen Beinen den Gang entlang. An dessen Ende wartete der uniformierte Offizier, dessen Fragen er zuvor beantwortet hatte. Michael sah, dass der Mann zwei Schriftstücke in die Höhe hielt.

»Mr Fiske, als wir vorhin miteinander sprachen, habe ich mich nicht vorgestellt. Ich bin Colonel Frank Rayfield, der befehlshabende Offizier dieses Stützpunkts.«

Michael fuhr sich mit der Zunge über die Lippen. Frank Rayfield war einer der Männer, die Rufus in seinem Berufungsantrag aufgeführt hatte. Damals hatte der Name keine Bedeutung für Michael gehabt. Doch innerhalb dieses Gefängnisses konnte es bedeuten, dass er, Michael, sterben würde. Wer hätte sich schon vorstellen können, dass zwei der Männer, die Rufus in seinem Antrag praktisch des Mordes beschuldigte, ausgerechnet in diesem Stützpunkt stationiert waren? Doch wenn Michael nun darüber nachdachte ... hier war der ideale Platz für diese Männer, Rufus Harms genauestens unter Beobachtung zu halten.

Michael konzentrierte sich wieder auf Rayfield. Er fragte sich, wie man seine Leiche beseitigen würde. Wie früher als Kind, wünschte Michael sich plötzlich, sein großer Bruder würde erscheinen, um ihm zu helfen. Bedrückt beobachtete er, wie Rayfield ihm die Papiere gab und dem Wächter bedeutete, den Raum zu verlassen. Als Michael die Papiere an sich drückte, blickte Rayfield ihn entschuldigend an.

»Ich befürchte, meine Männer waren ein wenig übereifrig«, sagte er. »Normalerweise fotokopieren wir keine Dokumente, die sich in einem verschlossenen Umschlag befinden.« In Wirklichkeit hatte Rayfield den Umschlag selbst geöffnet und den Inhalt kopiert. Keiner seiner Leute hatte die Papiere gesehen.

Michael warf einen Blick auf die Unterlagen. »Das verstehe ich nicht. Der Umschlag war doch noch verschlossen.«

»Das ist ein handelsüblicher Umschlag. Sie haben die Papiere einfach in einen neuen gesteckt und diesen dann zugeklebt.«

Michael verfluchte sich stumm, dass er nicht auf so einen offensichtlichen Trick gekommen war.

Rayfield kicherte leise.

»Was ist so komisch daran?«, fragte Michael.

»Rufus Harms hat mich jetzt bereits das fünfte Mal in einer an den Haaren herbeigezogenen Klage benannt, Mr Fiske. Was bleibt mir anderes übrig, als darüber zu lachen?«

»Wie bitte?«

»Er hat sich bislang noch nie an den Obersten Gerichtshof gewandt. Und Sie arbeiten dort, nicht wahr?«

»Diese Frage muss ich nicht beantworten.«

»Wie Sie möchten. Aber falls Sie dort arbeiten, ist Ihre Anwesenheit hier ein wenig ungewöhnlich.«

»Das ist meine Sache.«

»Und es ist *meine* Sache, dieses Gefängnis auf militärisch korrekte Art und Weise zu leiten«, erwiderte Rayfield scharf. Dann aber wurde seine Stimme wieder weicher. »Aber ich mache Ihnen keine Vorwürfe. Harms ist gerissen. Sieht so aus, als hätte er diesmal seinen alten Militäranwalt überredet, ihm zu helfen. Na, Sam Rider hätte es besser wissen sollen.«

»Sie behaupten, Rufus Harms hat es sich zur Gewohnheit gemacht, unsinnige Klagen einzureichen?«

»Halten Sie das bei Häftlingen für so ungewöhnlich? Diese Leute haben einfach zu viel Zeit. Stellen Sie sich vor – letztes Jahr hat Rufus den Präsidenten der Vereinigten

Staaten, den Verteidigungsminister und mich beschuldigt, in eine Verschwörung verwickelt zu sein, bei der ihm ein Mord in die Schuhe geschoben werden sollte. Ein Mord, den er nachweislich begangen hat. Dafür gibt es mindestens ein halbes Dutzend Zeugen.«

»Wirklich?« Michael schaute skeptisch drein.

»Ja, wirklich. Die Klage wurde schließlich abgewiesen, aber es hat die Regierung mehrere tausend Dollar an Anwaltszeit gekostet. Ich weiß, dass die Gerichte jedem offen stehen, Mr Fiske. Aber eine falsche Anklage ist eine falsche Anklage, und ehrlich gesagt, ich bin diese Belästigungen allmählich leid.«

»Aber in seiner Petition hat er geschrieben ...«

»Ja, ich habe sie gelesen. Vor zwei Jahren hat er behauptet, er sei während einer Kampfhandlung Agent Orange ausgesetzt worden, und das hätte ihn zu dem Mord veranlasst. Wissen Sie was? Rufus Harms wurde niemals Agent Orange ausgesetzt, denn er hat nie an einer Kampfhandlung teilgenommen. Er hat die meiste Zeit seiner zweijährigen Laufbahn bei der Army wegen Insubordination und anderer Vergehen im Bau verbracht. Es ist kein Geheimnis – überprüfen Sie es, wenn Sie wollen. Das heißt, falls Sie es nicht schon getan haben.« Er schaute Michael an, und der senkte den Blick. »Und jetzt nehmen Sie Ihren Papierkram, fahren nach Washington zurück und lassen alles seinen normalen Gang gehen. Die Klage wird abgewiesen, wie alle vorherigen auch. Ein paar Unschuldige wird man in gewaltige Verlegenheit bringen, aber so ist nun mal das amerikanische System. Deshalb habe ich wohl für dieses Land gekämpft: um alle seine Freiheiten zu erhalten. Auch, wenn sie missbraucht werden.«

»Sie lassen mich einfach gehen?«

»Sie sind hier kein Häftling. Ich muss mich um eine Menge schwerer Jungs kümmern, unter anderem auch um den, der gerade drei meiner Wächter zu Brei geschlagen hat. Einer meiner Männer wird Ihnen einige Fragen stellen, die Sie beantworten müssen, und zwar darüber, was im Besucherraum passiert ist. Wir benötigen Ihre Antworten für unseren Bericht über diesen Zwischenfall.«

»Bedeutet das, die Sache wird zu den Akten genommen? Einschließlich meines Besuchs hier und so weiter?«

»Allerdings. Es war Ihre Entscheidung, hierher zu kommen, nicht meine. Nun müssen Sie mit den Konsequenzen leben.«

»Ich weiß. Aber damit habe ich nicht gerechnet.«

»Tja, das Leben ist voller kleiner Überraschungen.«

»Hören Sie, müssen Sie wirklich alles in den Bericht aufnehmen?«

»Ihre Anwesenheit hier wurde sowieso zu den Akten genommen, Mr Fiske, unabhängig davon, was im Besucherraum geschehen ist. Sie haben sich ins Besucherverzeichnis eingetragen und einen nummerierten Besucherausweis erhalten.«

»Wahrscheinlich habe ich das alles nicht richtig durchdacht.«

»Wahrscheinlich nicht. Mit militärischen Angelegenheiten kennen Sie sich wohl nicht besonders gut aus?« Während Michael kläglich dreinblickte, dachte Rayfield kurz nach. »Nun ja, wir müssen auf jeden Fall einen Bericht schreiben. Aber wenn wir klarkommen, werde ich ihn vielleicht nicht offiziell ablegen. Vielleicht könnten wir Ihren Besuch hier im Gefängnis auch irgendwie ... löschen.«

Michael atmete auf. »Das könnten Sie hinkriegen?«

»Vielleicht. Sie sind Jurist. Wie wäre es mit einem *quid pro quo?*«

»Was meinen Sie?«

»Ich werfe den Bericht weg, und Sie werfen diese Klage weg.« Rayfield hielt inne und schaute den jungen Mann an. »Das würde der Regierung weitere Anwaltskosten ersparen. Gott segne das Recht eines jeden Bürgers, vor Gericht gehen zu können, aber das hier wird allmählich langweilig.«

Michael wandte den Blick ab. »Ich muss darüber nachdenken. Die Klage weist ohnehin formelle Mängel auf. Vielleicht haben Sie Recht.«

»Ich *habe* Recht. Ich bin nicht darauf aus, Ihre Karriere zu ruinieren. Und hoffentlich werde ich von diesem Fall nichts in der Zeitung lesen. Sonst kommt vielleicht doch heraus, dass Sie hier waren. Und jetzt entschuldigen Sie mich bitte.« Rayfield drehte sich auf dem Absatz um, marschierte davon und ließ einen sichtlich verzweifelten Michael Fiske zurück.

Rayfield ging direkt zu seinem Büro. Rufus' Argwohn war begründet gewesen: Auf der Unterseite des Tisches im Besucherraum war eine Abhöranlage installiert, die kaum auffiel, da sie wie die Holzmaserung gestrichen war. Rayfield hörte sich noch einmal das Gespräch zwischen Michael und Rufus an. Ein Teil war unverständlich, weil Michael mit dem Kugelschreiber auf die Tischplatte geklopft hatte, so wie das gesamte Gespräch, das Rufus mit Rider geführt hatte, vom Radio übertönt worden war. Aber Rayfield hatte genug gehört und gelesen; er wusste, dass sie jetzt möglicherweise ein großes Problem hatten. Und sein Gespräch mit diesem Fiske hatte das Dilemma nicht beendet, jedenfalls nicht auf Dauer.

Rayfield griff nach dem Telefon und machte einen Anruf. Kurz und prägnant berichtete er dem Teilnehmer am anderen Ende der Leitung, was passiert war.

»Verdammte Scheiße, das ist doch nicht zu fassen!«

»Ich weiß.«

»Und das alles ist heute passiert?«

»Rider war schon eher hier, das hab ich dir ja bereits gesagt. Aber das alles hat sich heute zugetragen, das ist korrekt.«

»Verdammt noch mal, warum hast du ihn überhaupt mit Harms sprechen lassen?«

»Meinst du nicht, er wäre noch argwöhnischer geworden, wenn ich ihn daran gehindert hätte? Welche Wahl blieb mir denn, nachdem ich gelesen hatte, was Harms in seinem verdammten Brief an das Gericht geschrieben hat?«

»Du hättest dich vorher um den Mistkerl kümmern können. Du hattest fünfundzwanzig Jahre Zeit dafür, Frank.«

»Ja, so sah der Plan vor fünfundzwanzig Jahren aus – ihn zu töten«, konterte Rayfield gereizt. »Und was ist daraus geworden? Tremaine und ich haben unser halbes Leben damit verbracht, auf ihn aufzupassen.«

»Ihr zwei habt's ja nicht gerade kostenlos getan. Was hat euer kleiner Notgroschen euch bislang eingebracht? Eine Million? Jedenfalls reicht es für einen sehr schönen Ruhestand. Aber nicht, wenn das rauskommt. Für keinen von uns.«

»Es ist ja nicht so, dass ich nie versucht hätte, den Burschen umzubringen. Verdammt, erst heute noch wollte Tremaine ihn auf der Krankenstation erledigen, aber der Kerl scheint einen sechsten Sinn dafür zu haben. Wenn Rufus Harms mit dem Rücken zur Wand steht, ist er gefährlich wie eine Schlange. Und *alles* machen die Wächter auch nicht mit. Außerdem guckt man uns ständig über die Schulter ... unerwartete Inspektionen, die verdammte Aufsichtsbehörde. Der Mistkerl will einfach nicht krepieren. Warum kommst *du* nicht mal her und versuchst es?«

»Schon gut, schon gut. Es ist sinnlos, darüber zu streiten. Bist du sicher, dass wir alle in dem Brief erwähnt werden? Wie ist das möglich? Er hat doch nicht mal gewusst, wer ich war.«

Rayfield zögerte nicht. Die Person, mit der er sprach, war in Rufus' Brief gar nicht erwähnt worden, aber das würde Rayfield dem Mann nicht auf die Nase binden. Mitgegangen, mitgefangen, mitgehangen. »Woher soll ich das wissen? Er hatte fünfundzwanzig Jahre Zeit, darüber nachzudenken.«

»Und wie ist der Brief rausgekommen?«

»Das verstehe ich allerdings auch nicht. Der Wächter hat sich den verdammten Umschlag angesehen. Rufus' Testament war darin, mehr nicht.«

»Aber er hat das Schreiben irgendwie rausgekriegt.«

»Sam Rider ist in die Sache verwickelt. Das ist sicher. Er hatte ein Radio mitgebracht, und wegen der Musik konnte die Wanze, die wir installiert haben, nicht richtig arbeiten. Deshalb konnte ich nicht hören, was Harms und Rider gesprochen haben. Spätestens da hätte ich merken müssen, dass irgendwas im Busch ist.«

»Ich habe dem Typen nie vertraut. Hätte Rider damals nicht die geistige Unzurechnungsfähigkeit ins Spiel gebracht, wäre Harms jetzt schon lange tot. Dafür hätte die Army gesorgt.«

»Der zweite Brief, den wir in Fiskes Aktenkoffer gefunden haben, wurde mit der Maschine geschrieben. Unten standen keine Initialen ... du weißt schon, wie wenn eine Sekretärin den Brief getippt hat. Also hat Rider ihn wahrscheinlich selbst geschrieben. Übrigens handelte es sich in beiden Fällen um die Originale.«

»Verdammt, warum jetzt? Nach so langer Zeit?«

»Harms hat einen Brief von der Army bekommen. In der Klage, die er eingereicht hat, nimmt er darauf Bezug. Vielleicht hat das seinem Gedächtnis auf die Sprünge geholfen. Ich kann dir versichern – bis jetzt *hat* er sich nicht daran erinnert, was passiert ist. Oder er hat es fünfundzwanzig Jahre lang für sich behalten.«

»Warum sollte er? Und, verdammt noch mal, warum schickt die Army ihm nach so langer Zeit einen Brief?«

»Keine Ahnung«, erwiderte Rayfield nervös. Doch in Wahrheit wusste er es. Der Grund dafür war in Rufus' Petition erwähnt worden. Aber er zog es vor, diese Karte erst einmal im Ärmel zu behalten.

»Und diesen geheimnisvollen Brief von der Army hast du natürlich nicht, oder?«

»Nein. Ich meine, noch nicht.«

»Er muss in seiner Zelle sein, auch wenn ich mir nicht vorstellen kann, wie er durchgerutscht ist.« Die Stimme klang wieder vorwurfsvoll.

»Manchmal glaube ich, der Bursche kann zaubern«, sagte Rayfield.

»Hat er noch anderen Besuch gehabt?«

»Nur von seinem Bruder, Josh Harms. Er kommt etwa alle vier Wochen.«

»Und was ist mit Rufus?«

»Sieht so aus, als hätte es ihn endlich erwischt. Schlaganfall oder Herzinfarkt. Selbst wenn er durchkommt, wird er nicht mehr der Alte sein.«

»Wo ist er jetzt?«

»Unterwegs zum Krankenhaus in Roanoke.«

»Verdammt noch mal, warum hast du ihn rausgelassen?«

»Der Arzt hat es angeordnet. Er ist verpflichtet, das Leben des Mannes zu retten, ob nun Häftling oder nicht. Hätte ich was anderes angeordnet, hätte es noch mehr Argwohn erregt, meinst du nicht auch?«

»Na ja, bleib am Ball und bete, dass sein Herz schlappmacht. Wenn nicht, sorg dafür.«

»Jetzt hör aber auf. Wer würde ihm schon glauben?«

»Du wärst überrascht. Was ist mit diesem Michael Fiske? Er ist der Einzige außer Rider, der es weiß?«

»Ja. Jedenfalls gehe ich davon aus. Er ist hierher gekommen, um Harms' Geschichte zu überprüfen. Er hat es niemandem verraten. Zumindest hat er Harms das gesagt. Tja, da hatten wir noch mal Glück«, sagte Rayfield. »Ich habe einen ziemlichen Zirkus gemacht, dass Harms ein chronischer Stänkerer ist und ständig Anwälte vor die Gerichte schickt. Ich glaube, Fiske hat es mir abgekauft. Außerdem haben wir ein Druckmittel gegen ihn in der Hand. Er könnte gewaltigen Ärger bekommen, weil er überhaupt hergekommen ist. Ich glaube nicht, dass er den Berufungsantrag weitergibt.«

Die Stimme am anderen Ende der Leitung wurde um ein paar Dezibel lauter. »Bist du verrückt geworden? Fiske darf in der Sache gar keine Wahl haben!«

»Um Himmels willen, er ist Assessor am Obersten Gerichtshof. Ich habe gehört, wie er es Harms gesagt hat.«

»Das weiß ich. Verdammt, das weiß ich nur allzu gut.

Aber ich werde dir genau sagen, was du tun wirst. Du wirst dich um Fiske und Rider kümmern. Und zwar pronto.«

Rayfield erbleichte. »Du willst, dass ich einen Assessor des Obersten Gerichtshofs und einen stadtbekannten Anwalt umbringe? Komm schon, sie haben keine Beweise. Sie können uns nichts anhaben.«

»Das weißt du nicht. Du weißt nicht, was in dem Brief von der Army stand. Du weißt nicht, was für neue Informationen Fiske oder Rider mittlerweile aufgetrieben hat. Und Rider arbeitet seit dreißig Jahren als Anwalt. Er wird nichts eingereicht haben, was er für belanglos hält, nicht beim Obersten Gericht. Und vielleicht hast du es noch nicht mitgekriegt, aber die Assessoren am Obersten Gericht sind alles andere als blöd. Fiske ist nicht den ganzen Weg bis zu euch gefahren, weil er Harms für verrückt hält. Nach allem, was du mir erzählt hast, wird in diesem Brief ja ziemlich genau beschrieben, was damals passiert ist.«

»Allerdings«, gestand Rayfield ein.

»Da hast du's. Aber das ist nicht das größte Loch in dieser Sache. Vergiss nicht, Harms ist *kein* Häftling, der ständig Anwälte in Marsch setzt. Er hat nie einen anderen Berufungsantrag gestellt. Wenn Fiske deine Behauptung überprüft, wird er herausfinden, dass du gelogen hast. Und Fiske *wird* es überprüfen, davon muss ich ausgehen. Und dann kommt alles raus.«

»Ich hatte ja kaum Zeit, mir irgendetwas einfallen zu lassen!«, sagte Rayfield hitzig.

»Das behaupte ich ja auch gar nicht. Aber indem du gelogen hast, hast du Fiske praktisch mit Munition versorgt. Und wir haben noch ein Problem.«

»Und welches?«

»Alles, was Harms in seiner Berufung behauptet hat, scheint der Wahrheit zu entsprechen. Hast du das vergessen? Mit der Wahrheit ist es eine seltsame Sache. Man fängt hier und da zu graben an, und plötzlich stürzt das ganze Lügengebäude ein. Und weißt du, wo die Trümmer hinfallen werden? Willst du dieses Risiko wirklich eingehen? Denn wenn dieses Gebäude tatsächlich einstürzt, wirst du deinen Ruhestand an einem nicht besonders gemütlichen Ort verbringen. Und zwar in Fort Jackson. Aber diesmal auf der anderen Seite der Zellentür. Wie hört sich das an, Frank?«

Rayfield atmete müde aus und schaute auf seine Uhr. »Verdammt, Vietnam wäre mir tausendmal lieber als das jetzt.«

»Wir alle sind wohl ein bisschen zu bequem geworden. Na ja, jetzt ist es an der Zeit, dass du dir dein Geld verdienst, Frank. Du und Tremaine, ihr müsst das erledigen. Und wenn ihr euch schon darum kümmert, denkt immer daran: Wir überleben das gemeinsam, oder wir gehen gemeinsam unter.«

Als eine halbe Stunde später die Befragung durch Rayfields Adjutanten beendet war, verließ Michael das Gefängnisgebäude und ging durch den leichten Regen zu seinem Wagen. Was für ein Trottel war er doch gewesen. Am liebsten hätte er die Berufungspapiere zerrissen, aber das würde er nicht tun. Vielleicht würde er sie in die Poststelle zurückschmuggeln. Rufus Harms tat ihm noch immer Leid. Das Vierteljahrhundert in diesem Gefängnis hatte seinen Tribut gefordert.

Als Michael vom Parkplatz fuhr, konnte er nicht wissen, dass der Großteil seines Kühlerwassers in einen Eimer abgelassen und ganz in der Nähe im Wald ausgeschüttet worden war. Fünf Minuten später beobachtete er bestürzt den heißen Dampf, der unter der Motorhaube seines Wagens hervorquoll. Er stieg aus, öffnete vorsichtig die Haube und sprang dann zurück, als die Dampfwolke ihn für einen Augenblick umhüllte. Zornig fluchend, schaute er sich um: Kein Wagen, kein Mensch waren zu sehen.

Michael dachte kurz nach. Er konnte zum Gefängnis zurückgehen, dort telefonieren und sich von einer Werkstatt einen Abschleppwagen schicken lassen. Wie aufs Stichwort wurde der Regen stärker.

Als Michael nach vorn schaute, hob sich seine Laune. Aus Richtung Gefängnis näherte sich ein Lieferwagen. Michael winkte heftig, um ihn anzuhalten. Dabei schaute er wieder zu seinem Wagen, aus dessen Motorraum noch immer Dampf quoll. Komisch – dabei hatte er ihn extra in die Werkstatt gebracht, um ihn für diese Fahrt durchchecken zu lassen. Als Michael wieder zu dem Lieferwagen schaute, schlug sein Herz plötzlich schneller. Er blickte sich hastig um; dann wirbelte er herum und rannte los. Das Fahrzeug beschleunigte, überholte Michael kurz darauf und versperrte ihm den Weg. Er wollte gerade in den Wald laufen, als das Fenster heruntergekurbelt und eine Pistole auf ihn gerichtet wurde.

»Steigen Sie ein«, befahl Victor Tremaine.

KAPITEL 15

Am Samstagnachmittag fuhr Sara Evans zu Michaels Wohnung und schaute sich die Wagen an, die am Straßenrand standen. Michaels Honda war nicht darunter. Er hatte sich am Freitag krankgemeldet, was noch nie vorgekommen war. Sara hatte bei ihm zu Hause angerufen, doch er war nicht ans Telefon gegangen. Sie stellte den Wagen ab, betrat das Haus und klopfte an die Tür zu seiner Wohnung. Niemand öffnete. Sara hatte keinen Schlüssel, also ging sie zur Rückseite des Hauses, stieg die Feuertreppe hinauf und schaute in das Fenster von Michaels kleiner Küche. Nichts. Sie versuchte, die Tür zu öffnen, doch sie war abgeschlossen.

Schließlich fuhr Sara zum Gericht zurück und machte sich zehnmal so große Sorgen wie zuvor. Michael war nicht krank, das wusste sie. Das alles hatte irgendetwas mit den Papieren zu tun, die sie in seinem Aktenkoffer gesehen hatte, da war sie ganz sicher. Sie betete stumm, die ganze Sache möge Michael nicht über den Kopf gewachsen sein. Dass ihm nichts passiert sei und dass er am Montag wieder zur Arbeit kommen würde.

Den Rest des Tages arbeitete Sara; dann ging sie ziemlich spät mit einigen anderen Assessoren zum Abendessen in ein Restaurant in der Nähe der Union Station. Ihre Kollegen wollten Fachsimpeleien führen, doch Sara lag nichts daran. Normalerweise war sie eine hingebungsvolle Anhängerin dieses Rituals, doch jetzt konnte sie sich einfach nicht auf die Gespräche konzentrieren. Irgendwann wäre sie am liebsten schreiend aus dem Lokal gelaufen, so sehr hatte sie die endlosen Strategiespielchen satt, die Vorhersagen, die Auswahl der Fälle, die feinsten Nuancen, die hier zu Tode analysiert wurden: Rauchzeichen von Rauchsüchtigen.

Später an diesem Abend saß sie auf der hinteren Veranda ihres Hauses. Dann ging sie kurz entschlossen zu einer nächtlichen Segeltour auf ihr Boot. Sie blickte zum Himmel, malte sich im Geiste lustige Versionen der verschiedenen Sternbilder aus. Dann dachte sie an Michaels Heiratsantrag und die Gründe, weshalb sie ihn abgelehnt hatte.

Ihre Kollegen wären bestimmt erstaunt, dass Sara diesen Antrag ausgeschlagen hatte. Er ist doch eine hervorragende Partie, würden sie sagen. Ja, sie und Michael hätten ein wundervolles, dynamisches Leben geführt, und sie hätten davon ausgehen können, dass ihre Kinder hochintelligent, ehrgeizig und sportlich begabt sein würden. Sara hatte auf dem College in der Hockeymannschaft gespielt und sogar ein Stipendium dafür bekommen, doch Michael war der bessere Sportler von beiden.

Sara fragte sich, wie die Frau aussah, die Michael heiraten würde. Ob er überhaupt heiraten würde? Vielleicht veranlasste ihre Ablehnung ihn, für den Rest seines Lebens Junggeselle zu bleiben. Sara konzentrierte sich wieder auf das Segeln und musste lächeln. Sie nahm sich viel zu wichtig. In einem Jahr würde Michael bei einer berühmten Kanzlei arbeiten und einen fantastischen Job haben. Sie konnte von Glück sagen, wenn er sich in fünf Jahren überhaupt noch an sie erinnerte.

Als Sara wieder anlegte und die Segel einholte, hielt sie für einen Moment inne, um eine letzte Brise von dem Wind zu genießen, der übers Wasser strich. Dann ging sie zum Haus zurück. Eine gemächliche Fahrt von zwanzig Minuten in nördliche Richtung, und sie war in der mächtigsten Stadt auf Erden, bei ihrem Arbeitgeber, in einer Institution, in der sich einige der bedeutendsten Juristen ihrer Zeit versammelt hatten. Und doch wollte sie sich jetzt nur noch unter ihre Bettdecke kuscheln, das Licht ausschalten und so tun, als müsse sie nie wieder dorthin zurück.

Sara war ihr Leben lang ehrgeizig gewesen, verspürte plötzlich aber nicht mehr das geringste Bedürfnis, in ihrem Berufsleben noch irgendetwas Bedeutsames zu erreichen. Es war beinahe so, als hätte sie ihre gesamte Energie verbraucht, nur um bis hierher zu gelangen. Heiraten und Mutter sein? Wollte sie das? Sie hatte keine Geschwister und war ein ziemlich verzogenes Einzelkind gewesen. Sie war es nicht gewöhnt, von Kindern umgeben zu sein, doch irgendetwas zog sie in diese Richtung. Ein sehr starkes Gefühl. Sicher war sie sich trotzdem nicht. Aber sollte sie sich mittlerweile nicht endlich darüber im Klaren sein?

Als sie ins Haus ging, sich auszog und ins Bett fallen ließ, erkannte sie, dass es eine ganz bestimmte Voraussetzung gab, eine Familie zu gründen: Man musste jemanden finden, den man liebte. Sie hatte gerade eine Gelegenheit ausgeschlagen – das Angebot eines wirklich außergewöhnlichen Mannes –, genau das zu tun. Würde sie eine zweite Chance bekommen? Wollte sie in diesem Augenblick überhaupt einen Mann in ihrem Leben?

Trotzdem, manchmal bekam man nur eine Chance. Eine einzige im Leben. Das war Saras letzter Gedanke, bevor sie einschlief.

KAPITEL 16

Es war Montag, und John Fiske saß an seinem Schreibtisch und arbeitete einen Polizeibericht durch. Einer seiner Mandanten war schon wieder verhaftet worden. Mittlerweile kannte er sich mit solchen Unterlagen sehr gut aus. Er hatte den Bericht erst zur Hälfte gelesen und konnte bereits sagen, mit was für einem Handel der Bursche rechnen konnte. Tja, wenigstens war er in seinem Beruf ganz gut. Das freute ihn.

Das Klopfen an der Bürotür ließ ihn zusammenfahren. Seine rechte Hand glitt zur obersten Schreibtischschublade und zog sie auf. Darin lag ein Neun-Millimeter-Revolver, ein Überbleibsel aus seiner Zeit als Cop. Seine Mandanten waren nicht gerade die vertrauenswürdigsten Menschen auf der Welt. John vertrat sie zwar mit vollem Einsatz, war aber nicht so naiv, ihnen den Rücken zuzuwenden. Einige seiner Mandanten hatten schon betrunken oder im Drogenrausch vor seiner Tür gestanden und waren sauer auf ihn gewesen, weil er sie vermeintlich schlecht vertreten hatte. Daher stellte das Gefühl von hartem Stahl an der Handfläche eine beträchtliche Beruhigung für John dar.

»Kommen Sie rein, es ist nicht abgeschlossen.«

Der uniformierte Polizeibeamte, der den Raum betrat, ließ Fiske lächeln, und er schloss die Schreibtischschublade wieder. »He, Billy, wie geht's dir?«

»Mir ging es schon mal besser, John«, sagte Officer Billy Hawkins.

Als der Beamte näher kam und sich setzte, sah Fiske die

mehrfarbigen Prellungen auf dem Gesicht seines Freundes. »Verdammt, was ist denn mit dir passiert?«

Hawkins berührte einen der blauen Flecke. »Gestern Abend hat ein Bursche in einer Bar verrückt gespielt und mir ordentlich eins verpasst. Aber deshalb bin ich nicht hier, John«, fügte er schnell hinzu.

Fiske kannte Hawkins als gutmütigen Burschen, der sich vom ständigen Druck seines Jobs nicht unterkriegen ließ. Im Dienst war er stets zuverlässig und engagiert, im Privatleben locker und freundlich.

Hawkins sah Fiske nervös an.

»Mit Bonnie und den Kindern ist doch alles in Ordnung, oder?«, fragte Fiske.

»Es geht nicht um *meine* Familie, John.«

»Ach?« Als Fiske in Hawkins' Augen sah, zog sein Magen sich zusammen.

»Verdammt, John, du weißt, wie sehr wir es verabscheuen, den nächsten Verwandten informieren zu müssen, selbst wenn wir ihn nicht kennen.«

Fiske stand langsam auf. Sein Mund war von einem Augenblick zum anderen völlig ausgetrocknet. »Den nächsten Verwandten? O Gott, es geht doch nicht um Mom? Oder um meinen Vater?«

»Nein, John, nicht um die beiden.«

»Verdammt, sag mir einfach, was du zu sagen hast, Billy.«

Hawkins fuhr sich mit der Zunge über die Lippen. »Wir haben einen Anruf von der Polizei in Washington, D. C., bekommen«, sagte er dann schnell.

Für einen Moment schaute Fiske verwirrt drein. »Washington?« Noch während er es sagte, erstarrte er. »Mike?«

Hawkins nickte.

»War es ein Autounfall?«

»Kein Unfall.« Hawkins hielt kurz inne und räusperte sich. »Es war Mord, John. Sieht nach einem fehlgeschlagenen Raubüberfall aus. Sie haben seinen Wagen in einer Seitenstraße gefunden. In einem ziemlich üblen Stadtteil, habe ich mir sagen lassen.«

Fiske ließ die schreckliche Nachricht eine lange Minute in sich einsickern. Als Cop, aber nicht als Anwalt, hatte er die Opfer vieler Morde gesehen und mit den Familienangehörigen gesprochen. Das hier war Neuland für ihn. »Du hast es meinem Dad noch nicht gesagt, oder?«, fragte er ruhig.

Hawkins schüttelte den Kopf. »Ich dachte, das wolltest du selbst tun. Und auch mit deiner Mutter sprechen. Sie ist ja nicht ganz wohlauf.«

»Ich kümmere mich darum«, sagte Fiske.

Seine Gedanken wurden von Hawkins' nächsten Worten unterbrochen. »Der Detective, der die Ermittlung leitet, benötigt eine Identifizierung durch einen Angehörigen, John.«

Wie oft hatte Fiske als Polizist einem trauernden Vater dasselbe gesagt?

»Ich fahre hin.«

»Tut mir verdammt Leid, John.«

»Ich weiß, Billy, ich weiß.«

Nachdem Hawkins gegangen war, ging Fiske zu dem Foto von ihm und seinem Bruder hinüber und nahm es vom Regal. Seine Hände zitterten. Was Hawkins ihm gerade gesagt hatte, war einfach nicht möglich. Er hatte zwei Schusswunden überlebt und fast einen Monat im Krankenhaus verbracht, und seine Mutter und sein kleiner Bruder hatten den größten Teil der Zeit bei ihm am Bett gewartet. Wenn John Fiske das überleben konnte, wenn er jetzt noch am Leben war ... wie konnte sein Bruder dann tot sein?

Er stellte das Foto wieder zurück. Er versuchte, seinen Mantel zu holen, doch seine Beine waren wie gelähmt. Er stand einfach nur da.

KAPITEL 17

Rufus Harms öffnete langsam die Augen. Das Zimmer war dunkel, schattig. Doch er war es gewöhnt, auch bei schwachem Licht etwas zu sehen, war im Lauf der Jahre gewissermaßen zu einem Experten darin geworden. Die Zeit im Gefängnis hatte auch sein Gehör dermaßen geschärft, dass er jetzt beinahe die Gedanken anderer hören konnte. Das waren Hauptbeschäftigungen im Gefängnis: lauschen und denken.

Langsam verlagerte Rufus sein Gewicht auf dem Krankenhausbett. Seine Arme und Beine waren noch gefesselt. Er wusste, dass vor der Zimmertür eine Wache stand. Rufus hatte sie schon mehrmals gesehen, wenn jemand sein Zimmer betreten oder verlassen hatte. Der Mann war kein Polizist; er trug Militärkleidung und war bewaffnet. Ein Soldat aus Fort Jackson oder ein Angehöriger der Reservetruppen, Harms wusste es nicht genau.

Er atmete ganz flach ein. Im Verlauf der letzten beiden Tage hatte Harms aufmerksam den Ärzten zugehört, die ihn untersucht hatten. Er hatte keinen Herzinfarkt gehabt, war aber anscheinend nur ganz knapp daran vorbeigeschlittert. Er konnte sich nicht mehr erinnern, wie die Ärzte es genannt hatten, doch sein Herzschlag war anscheinend so unregelmäßig gewesen, dass er eine Zeit lang auf der Intensivstation bleiben musste.

Er dachte an seine letzte Stunde im Gefängnis zurück und fragte sich, ob Michael Fiske den Knast noch hatte verlassen können, bevor sie ihn getötet hatten. Es war die reinste Ironie, doch die Herzattacke hatte Rufus das

Leben gerettet. Wenigstens war er nicht mehr in Fort Jackson. Für den Augenblick. Doch wenn sein Zustand sich besserte, würden sie ihn zurückschicken. Und dann würde er sterben. Wenn sie ihn nicht schon hier töteten.

In den nächsten zwei Stunden beobachtete er die Leute, die kamen und gingen. Jedes Mal, wenn seine Zimmertür sich öffnete, sah er zu der Wache draußen. Ein halbes Kind, das sich in seiner Uniform und mit der Waffe sehr wichtig vorkam. Zwei Wächter waren im Hubschrauber mit ihm hierher geflogen, aber von denen befand sich jetzt keiner vor der Tür. Vielleicht machten sie Schichtdienst. Wann immer die Tür geöffnet wurde, nickte und lächelte die Wache der Person zu, die den Raum betrat oder verließ, besonders, wenn diese Person jung und weiblich war. Der Wachtposten warf gelegentlich einen Blick in sein Zimmer, und jedes Mal sah Rufus zwei Empfindungen in den Augen des Mannes: Hass und Furcht. Das war gut. Das bedeutete, dass er eine Chance hatte. Beide Empfindungen konnten dazu führen, dass dem Posten unterlief, was Rufus dringend brauchte: ein Fehler.

Da man nur einen Posten für ihn abgestellt hatte, überlegte Rufus, ging man wahrscheinlich davon aus, dass er ziemlich außer Gefecht gesetzt war. Aber das war er nicht. Die Monitore mit ihren Zahlen und gezackten Linien sagten ihm nichts; für ihn waren sie Geier in Metallgehäusen, die darauf warteten, dass er schwächer wurde und sie endlich an ihn herankamen. Doch immer noch spürte er, dass seine Kraft zurückkehrte und wuchs. Er schloss und öffnete die Hände in Erwartung des Augenblicks, in dem er vielleicht unbehindert die Arme bewegen konnte.

Zwei Stunden später hörte er, wie die Tür nach innen schwang, und dann flammte das Licht auf. Die Krankenschwester trug ein metallenes Klemmbrett und lächelte ihm zu, als sie den Monitor überprüfte. Sie war Mitte vierzig, schätzte er. Hübsch, mit einer vollen Figur. Als Rufus ihre breiten Hüften betrachtete, überlegte er, dass sie wohl mehrere Kinder auf die Welt gebracht hatte.

»Heute geht es Ihnen besser«, sagte die Schwester, als sie bemerkte, dass Rufus sie beobachtete.

»Tut mir Leid, das zu hören.«

Sie schaute ihn verwundert an, mit offenem Mund. »Glauben Sie mir, viele Leute hier würden Gott weiß was dafür geben, eine solche Prognose zu hören.«

»Wo genau bin ich?«

»In Roanoke, Virginia.«

»Ich war noch nie in Roanoke.«

»Eine schöne Stadt.«

»Nicht so schön wie Sie«, sagte Rufus. Die Worte kamen ihm einfach über die Lippen, und er lächelte verlegen. Seit fast dreißig Jahren war er keiner Frau mehr so nahe gewesen. Die letzte Frau, die er leibhaftig gesehen hatte, war seine Mutter gewesen, wie sie an seiner Seite weinte, während sie ihn davonschleppten, damit er seine lebenslange Haftstrafe antrat. Sie war binnen einer Woche gestorben. Irgendetwas in ihrem Gehirn sei explodiert, hatte sein Bruder ihm erklärt. Doch Rufus wusste, dass seine Mutter an einem gebrochenen Herzen gestorben war.

Rufus kräuselte die Nase, als er den Geruch wahrnahm, der in einem Krankenhaus so fehl am Platze wirkte. Zuerst begriff Rufus nicht, dass er bloß den Duft der Krankenschwester roch, eine Mischung aus einem leichten Parfum, Feuchtigkeitscreme und Frau. Verdammt. Was sonst noch hatte er vom wirklichen Leben vergessen? Bei diesem Gedanken bildete sich im Winkel seines rechten Auges eine Träne.

Die Schwester schaute zu ihm hinunter, die Stirn gerunzelt, eine Hand auf die Hüfte gelegt. »Man hat mir gesagt, ich solle in Ihrer Nähe vorsichtig sein.«

Er schaute sie an. »Ich würde Ihnen nie etwas tun, Ma'am.« Sein Tonfall war ernst und aufrichtig. Die Schwester sah die Träne in Rufus' Augenwinkel und wusste beim besten Willen nicht, was sie erwidern sollte.

»Können Sie nicht in dieses Diagramm eintragen, dass ich sterbe oder so?«

»Sind Sie verrückt? Das kann ich wirklich nicht. Wollen Sie denn nicht, dass es Ihnen besser geht?«

»Sobald es mir besser geht, bringt man mich sofort wieder nach Fort Jackson zurück.«

»Kein angenehmer Ort, könnte ich mir vorstellen.«

»Ich sitze jetzt seit über zwanzig Jahren in derselben Zelle. Es tut sehr gut, zur Abwechslung mal etwas anderes zu sehen. In so einer Zelle gibt es nicht gerade viel zu tun. Man zählt hauptsächlich seine Herzschläge und starrt den Beton an.«

Sie schaute überrascht drein. »Zwanzig Jahre? Wie alt sind Sie denn?«

Rufus dachte kurz nach. »Um Ihnen die Wahrheit zu sagen, ich weiß es nicht genau. Jedenfalls bin ich noch keine fünfzig.«

»Jetzt hören Sie aber auf. Sie wissen nicht, wie alt Sie sind?«

Er blickte sie unverwandt an. »Die einzigen Knackis, die einen Kalender führen, sind die, die eines Tages wieder rauskommen. Ich sitze eine lebenslange Strafe ab, Ma'am. Werde nie wieder rauskommen. Was spielt es da für eine Rolle, wie alt ich bin?« Er sagte es so nüchtern und sachlich, dass die Schwester unwillkürlich errötete.

»Oh.« Ihre Stimme zitterte. »Ich glaube, ich verstehe, was Sie meinen.«

Er verlagerte leicht sein Gewicht. Die Ketten schlugen gegen die Metallseiten des Bettes. Die Schwester wich zurück.

»Können Sie jemanden für mich anrufen, Ma'am?«

»Wen? Ihre Frau?«

»Ich habe keine Frau. Meinen Bruder. Er weiß nicht, wo ich bin. Ich möchte es ihm mitteilen.«

»Da muss ich zuerst mal die Wache fragen.«

Rufus sah an ihr vorbei. »Den kleinen weißen Jungen da draußen? Was hat der mit meinem Bruder zu tun?

Der sieht doch so aus, als könnte er nicht mal allein pinkeln.«

Sie lachte. »Tja, er muss wirklich einen großen, alten Mann bewachen, was?«

»Mein Bruder heißt Joshua. Joshua Harms. Alle nennen ihn Josh. Wenn Sie einen Kugelschreiber holen, gebe ich Ihnen seine Telefonnummer. Rufen Sie ihn einfach an, und sagen Sie ihm, wo ich bin. Hier drinnen ist es ziemlich einsam. Er wohnt gar nicht mal so weit weg. Wer weiß, vielleicht kommt er mich sogar besuchen.«

»Hier drinnen ist es wirklich ziemlich einsam«, sagte die Schwester ein bisschen wehmütig. Sie schaute zu Rufus hinunter, betrachtete seinen großen, starken Körper, der völlig mit Schläuchen und Pflastern bedeckt war. Und die Ketten erregten besonders ihre Aufmerksamkeit.

Rufus bemerkte, dass die Schwester wie gebannt auf die Ketten starrte. Ketten an einem Menschen hatten normalerweise immer diese Wirkung; das hatte Rufus herausgefunden.

»Was haben Sie eigentlich getan? Weshalb sitzen Sie im Gefängnis?«

»Wie heißen Sie?«

»Wieso ...?«

»Ich möchte es nur gern wissen. Ich heiße Rufus. Rufus Harms.«

»Das weiß ich. Es steht auf Ihrem Diagramm.«

»Tja, ich habe kein Diagramm, auf dem Ihr Name steht.«

Sie zögerte kurz, schaute zur Tür und dann wieder zu ihm. »Ich heiße Cassandra«, sagte sie.

»Ein wirklich schöner Name.« Sein Blick glitt über ihre Figur. »Er passt zu Ihnen.«

»Danke. Wollen Sie mir nicht sagen, was Sie getan haben?«

»Warum wollen Sie das wissen?«

»Ich bin bloß neugierig.«

»Ich habe jemanden getötet. Vor langer Zeit.«

»Warum haben Sie es getan? Hat er versucht, Sie zu verletzen?«

»Man hat mir gar nichts getan.«

»Warum haben Sie ihn dann getötet?«

»Ich wusste nicht, was ich tat. Ich war nicht bei Verstand.«

»Wirklich?« Sie trat einen weiteren Schritt zurück. »Sagen das nicht alle?«

»Bei mir ist es zufällig die Wahrheit. Rufen Sie meinen Bruder an?«

»Weiß ich noch nicht. Vielleicht.«

»Wissen Sie was? Ich gebe Ihnen einfach die Nummer. Wenn Sie ihn nicht anrufen, dann eben nicht. Wenn doch, danke ich Ihnen sehr.«

Sie blickte ihn neugierig an. »Sie benehmen sich nicht wie ein Mörder.«

»Dann sollten Sie besonders vorsichtig sein. Die Burschen, die Süßholz raspeln, tun einem hinterher weh. Ich habe genug von der Sorte gesehen.«

»Dann sollte ich Ihnen also nicht vertrauen?«

Er erwiderte ihren Blick. »Das müssen Sie schon selbst entscheiden.«

Sie dachte kurz darüber nach. »Dann geben Sie mir mal die Nummer Ihres Bruders.«

Sie schrieb sie auf, steckte den Zettel in ihre Tasche und drehte sich zur Tür um.

»He, Miss Cassandra?« Sie schaute zu Rufus zurück. »Sie haben Recht. Ich bin kein Mörder. Kommen Sie mal wieder vorbei, und wir unterhalten uns noch ein bisschen ... das heißt, wenn Sie wollen.« Er brachte ein schwaches Lächeln zustande und rasselte mit den Ketten. »Ich gehe nirgendwohin.«

Die Schwester musterte ihn durchs Zimmer hinweg, und er glaubte, ein schwaches Lächeln um ihren Mund huschen zu sehen. Dann drehte sie sich um und ging zur Tür hinaus. Rufus reckte den Hals, um zu sehen, ob sie mit der Wache sprach, doch sie ging einfach an dem Mann vorbei.

Rufus lehnte sich zurück und starrte an die Decke. Er atmete tief ein und nahm den letzten Hauch ihres Geruchs in sich auf. Kurz darauf legte sich ein Lächeln auf sein Gesicht. Und dann kamen schließlich die Tränen.

KAPITEL 18

Es war eine ungewöhnliche Versammlung aller Assessoren und Richter. Der Marshal des Obersten Gerichtshofs, Richard Perkins, und der Chef der Gerichtspolizei, Leo Dellasandro, waren ebenfalls anwesend und schauten mit steinernen Mienen um den großen Tisch im Raum herum. Elizabeth Knights Augen waren feucht; sie tupfte sie ständig mit einem Taschentuch ab.

Als Sara Evans die grimmigen Gesichter der Richter betrachtete, blieb ihr Blick auf Thomas Murphy haften. Murphy war klein und schwammig, hatte weißes Haar und buschige Brauen. Sein breites Gesicht wurde von mandelförmigen Wangenknochen geziert. Er bevorzugte noch immer dreiteilige Anzüge und trug große, protzige Manschettenknöpfe. Doch nicht sein Aufzug erregte Saras Aufmerksamkeit, vielmehr der Gesichtsausdruck überwältigender Trauer. Sie stellte rasch fest, wer sonst noch anwesend war; Michael Fiske war nicht darunter. Sie spürte, wie Blut in ihren Kopf schoss. Als Harold Ramsey sich vom Tisch erhob und das Wort ergriff, klang seine tiefe Stimme seltsam gedämpft; Sara konnte ihn kaum verstehen, wusste aber genau, was er sagte, als würde sie von seinen Lippen ablesen.

»Ich habe eine schlimme Nachricht. Eine schreckliche Nachricht. Ehrlich gesagt kann ich mich nicht erinnern, dass so etwas schon einmal vorgekommen ist.« Ramsey suchte den Raum mit Blicken ab, ballte vor Nervosität die Hände zu Fäusten, und sein großer Körper zitterte.

Er atmete tief ein. »Michael Fiske ist tot.«

Die Richter wussten es offensichtlich schon. Doch sämtlichen Mitarbeitern stockte gleichzeitig der Atem.

Ramsey wollte etwas sagen, hielt dann aber inne. Er deutete auf Leo Dellasandro, der nickte und vortrat, während der Oberste Richter sich auf seinen Stuhl fallen ließ.

Dellasandro war etwa eins fünfundsiebzig groß, hatte ein breites Gesicht, flache Wangen und eine Stumpfnase, und über seinem muskulösen Körperbau lag eine Fettschicht. Seine Haut besaß eine olivbraune Tönung, und er hatte drahtiges, schwarzes und graues Haar. Von seinen Poren strömte der Geruch von Zigarren aus. Man merkte ihm deutlich den Stolz an, mit dem er seine Uniform trug; seine Finger steckten im Gürtel des Halfters.

Der andere Uniformierte, der direkt hinter ihm stand, war Ron Klaus, sein Stellvertreter. Klaus war schlank und verbreitete eine professionelle Aura. Die pfeilschnell hin und her schießenden Blicke seiner blauen Augen ließen auf einen beweglichen Geist schließen. Klaus und Dellasandro waren die Wachhunde dieser Institution. Sie schienen stets gemeinsam aufzutreten. Wer hier bei diesem Gericht arbeitete, konnte sich den einen nicht ohne den anderen vorstellen.

»Es sind noch nicht allzu viele Einzelheiten bekannt, doch offensichtlich ist Michael einem Raubmord zum Opfer gefallen. Er wurde in seinem Wagen in einer Seitenstraße im Southeast gefunden, in der Nähe des Anacostia River.«

Ein nervös aussehender Assessor hob die Hand. »Steht fest, dass es ein Raubüberfall war? Es hatte nichts damit zu tun, dass Michael hier arbeitet?«

Sara blickte wütend zu dem Mann hinüber. So eine Frage wollte man wirklich nicht jetzt schon hören – fünf Sekunden nachdem man erfahren hatte, dass jemand, mit dem man zusammenarbeitete, der einem etwas bedeutete, tot war. Aber das bewirkte offenbar ein gewaltsamer Tod bei anderen Menschen: Instinktiv fürchteten sie um ihr eigenes Leben.

Dellasandro hob beruhigend die großen Hände. »Wir haben nichts gehört, das uns zu der Annahme verleiten könnte, dass Mr Fiskes Tod auch nur das Geringste mit dem Gericht zu tun hat. Doch als zusätzliche Vorsichtsmaßnahme verstärken wir die Sicherheitsvorkehrungen hier, und sollte jemand etwas Verdächtiges oder Außergewöhnliches bemerken, meldet er sich bitte bei mir oder Mr Klaus. Zu gegebener Zeit werden wir Sie über alle zukünftigen Entwicklungen des Falles unterrichten.« Er schaute zu Ramsey hinüber, der den Kopf in den Händen hielt und keine Anstalten machte, sich zu erheben. Dellasandro stand unbeholfen da, bis Elizabeth Knight aufstand.

»Ich weiß, das ist ein schrecklicher Schock für uns alle. Michael zählte zu den beliebtesten Mitarbeitern, die je hier gearbeitet haben. Sein Tod bedrückt uns alle sehr, besonders jene, die ihm nahe gestanden habe.« Sie hielt inne und blickte Sara kurz an. »Wenn jemand von Ihnen darüber sprechen möchte, Ihr Richter steht Ihnen zur Verfügung. Sie können aber auch bei mir vorbeischauen. Ich weiß nicht genau, wie wir weitermachen können, aber das Gericht muss Michaels Arbeit fortsetzen, trotz dieses schrecklichen ... schrecklichen ...« Elizabeth Knight verstummte wieder und hielt sich am Tisch fest, um nicht zusammenzubrechen. Dellasandro ergriff rasch ihren Arm, doch sie winkte ihn zurück.

Knight sammelte sich so weit, dass sie die Versammlung für beendet erklären konnte, und der Raum leerte sich rasch. Bis auf Sara Evans. Sie saß dort wie betäubt und starrte die Stelle an, an der Elizabeth Knight gestanden hatte. Tränen strömten ihr übers Gesicht. Michael war tot. Er hatte einen Berufungsantrag entwendet, sich über eine Woche lang sehr seltsam benommen, und nun war er tot. Ermordet.

Ein Raubmord, hieß es. Sara glaubte nicht, dass es so einfach war. Aber im Augenblick spielte das keine Rolle. Wichtig war nur, dass sie jemanden verloren hatte, der ihr sehr nahe stand. Jemanden, mit dem sie unter anderen Umständen vielleicht gern ihr Leben verbracht hätte. Sie legte den Kopf auf den Tisch und schluchzte hemmungslos.

Elizabeth Knight beobachtete sie von der Schwelle aus.

KAPITEL 19

Gut drei Stunden, nachdem Billy Hawkins ihn vom Tod seines Bruders unterrichtet hatte, schritt John Fiske durch die Gänge des Leichenschauhauses von Washington. Er folgte einem mit weißem Kittel bekleideten Mann, der sich um die Neuzugänge kümmerte. Fiske hatte dem Mann Papiere zeigen und ihm beweisen müssen, dass er tatsächlich Michael Fiskes Bruder war. Er war darauf vorbereitet gewesen und hatte Fotos mitgebracht, auf denen die Fiske-Brüder gemeinsam zu sehen waren. Er hatte versucht, seinen Vater zu erreichen, doch es war niemand ans Telefon gegangen. Fiske war bei ihm vorbeigefahren, aber der alte Herr war nicht zu Hause gewesen. Schließlich hatte John seinem Dad eine Nachricht dagelassen, ohne Einzelheiten zu nennen. Er musste sich vergewissern, dass es wirklich sein Bruder war, und das konnte er nur an dem Ort, zu dem er nun unterwegs war.

Fiske war überrascht, als sie ein Büro betraten, und noch verdutzter, als der Angestellte ein Polaroid-Foto aus einer Akte zog und es ihm hinhielt.

»Ich identifiziere kein Foto. Ich will die Leiche sehen.«

»Hier gehen wir anders vor, Sir. Wir sind gerade dabei, ein Videosystem zu installieren, sodass wir die Identifizierungen über Bildschirm vornehmen können, aber es ist noch nicht einsatzfähig. Bis dahin benutzen wir Polaroid-Aufnahmen.«

»Diesmal nicht.«

Der Mann schlug mit dem Foto auf seine Handfläche, als wolle er damit Fiskes Neugier erregen. »Die meisten Hinterbliebenen würden es vorziehen, ein Foto zu benutzen. Das ist sehr ungewöhnlich.«

»Ich bin nicht ›die meisten‹, und ungewöhnlich ist es, dass ein Bruder ermordet wird. Zumindest für mich.«

Der Angestellte griff nach dem Telefon und ordnete an, man solle die Leiche zur Besichtigung vorbereiten. Dann öffnete er die Bürotür und bedeutete Fiske, ihm zu folgen. Nach ein paar Schritten betraten sie einen kleinen Raum, in dem ein Medizingeruch herrschte, der viel stärker war als der in einem Krankenhaus. In der Mitte des Raums stand eine Rollbahre. Unter dem weißen Laken konnte man einige Erhebungen ausmachen, die den Kopf, die Nase, die Schultern, Knie und Füße markierten. Als Fiske zu der Bahre ging, klammerte er sich an dieselbe irrationale Hoffnung, die jeder in seiner Lage hegen würde: dass die Person unter dem Laken nicht sein Bruder, dass seine Familie noch unversehrt war.

Als der Angestellte den Rand des Lakens ergriff, schob Fiske eine Hand um die Metallseite der Bahre und hielt sich daran fest. Als das Laken sich hob und den Kopf und Oberkörper des Verstorbenen entblößte, schaute Fiske zur Decke, schloss dann die Augen und sprach ein stummes Gebet. Er atmete tief ein, hielt die Luft in den Lungen, öffnete die Augen wieder und sah dann hinab. Bevor er es richtig mitbekam, nickte er.

Er versuchte den Blick abzuwenden, konnte es aber nicht. Selbst ein Fremder hätte die Krümmung der Stirn, die Anordnung der Augen und des Mundes und die Linie des Kinns betrachten können und daraus geschlossen, dass die beiden Männer irgendwie verwandtschaftlich miteinander verbunden sein mussten.

»Das ist mein Bruder.«

Das Laken wurde wieder hinuntergesenkt, und der Angestellte gab Fiske ein Formular, das dieser unterschrieb. »Von den Gegenständen abgesehen, die die Polizei beschlagnahmt hat, werden wir Ihnen seine persönlichen Besitztümer übergeben.« Der Angestellte warf einen Blick auf die Bahre. »Wir hatten viel zu tun in dieser Woche und haben noch einen gewissen Rückstau an Leichen, müssten das Autopsie-Ergebnis aber ziemlich schnell bekommen. Der hier sieht sowieso ziemlich einfach aus.«

Auf Fiskes Gesicht flammte Zorn auf, verblasste aber schnell wieder. Der Mann wurde nicht dafür bezahlt, taktvoll zu sein. »Hat man schon die Kugel gefunden, die ihn getötet hat?«

»Die Todesursache kann nur durch Autopsie bestimmt werden.«

»Erzählen Sie mir keinen Scheiß.« Der Angestellte schaute zutiefst erschrocken drein. »Ich habe die Austrittswunde an der linken Kopfseite gesehen. Haben Sie die Kugel gefunden?«

»Nein. Jedenfalls noch nicht.«

»Es soll ein Raubüberfall gewesen sein«, sagte Fiske. Der Angestellte nickte. »Er wurde in seinem Wagen gefunden?«

»Ja, die Brieftasche war weg. Wir mussten seine Identität über das Nummernschild ermitteln.«

»Warum haben die Täter nicht den Wagen gestohlen, wenn es ein Raubüberfall war? Carjacking ist doch jetzt groß in Mode. Man prügelt die Geheimzahl der Kreditkarte aus dem Opfer heraus, bringt es um, schnappt sich den Wagen, klappert ein paar Banken ab, sackt das Geld ein, stellt den Wagen irgendwo ab und nimmt sich den nächsten vor. Warum war es bei ihm nicht so?«

»Darüber weiß ich nichts.«

»Wer bearbeitet den Fall?«

»Die Sache ist in Washington passiert. Also dürfte die Mordkommission von Washington daran arbeiten.«

»Mein Bruder war Bundesangestellter. Am Obersten Gerichtshof der Vereinigten Staaten. Vielleicht wird man auch das FBI hinzuziehen.«

»Auch darüber weiß ich nichts.«

»Ich hätte gern den Namen des Detectives der Mordkommission.«

Der Angestellte antwortete nicht, sondern trug ein paar

Notizen in die Akte ein. Vielleicht hoffte er, dass Fiske einfach ging, wenn er sich in Schweigen hüllte.

»Ich hätte wirklich gern seinen Namen«, sagte John und trat einen Schritt näher.

Schließlich seufzte der Angestellte, zog eine Visitenkarte aus der Akte und gab sie Fiske. »Buford Chandler. Er wird wahrscheinlich sowieso mit Ihnen sprechen wollen. Chandler ist ein tüchtiger Mann. Wahrscheinlich wird er den Kerl schnappen, der das getan hat.«

Fiske betrachtete die Karte kurz und steckte sie dann in die Manteltasche. Er richtete den Blick seiner klaren Augen auf den Mann. »O ja. Wer immer das getan hat, wir werden ihn kriegen.« Fiskes seltsamer Tonfall ließ den Angestellten von seiner Akte aufschauen. »Und jetzt wäre ich gern mit meinem Bruder allein.«

Der Angestellte schaute zu der Bahre hinüber. »Ja, sicher. Ich warte draußen. Sagen Sie mir einfach Bescheid, wenn Sie fertig sind.«

Nachdem der Mann gegangen war, zog Fiske einen Stuhl neben die Bahre und setzte sich. Er hatte noch keine Träne vergossen, seit er vom Tod seines Bruders erfahren hatte. Weil noch keine eindeutige Identifizierung vorgenommen worden war, sagte sich Fiske. Doch nun *hatte* er Mike identifiziert – und er konnte noch immer nicht weinen. Auf der Fahrt hierher hatte er sich dabei ertappt, dass er Nummernschilder von Autos zählte, die aus einem anderen Bundesstaat stammten, ein Spiel, das die beiden Brüder als Kinder oft gespielt hatten. Ein Spiel, das Mike Fiske normalerweise gewonnen hatte.

John hob die Seite des Lakens an und ergriff eine Hand seines Bruders. Sie war kalt, aber die Finger waren noch geschmeidig. John drückte sie sanft, schaute auf den Betonboden und schloss die Augen. Als er sie ein paar Minuten später wieder öffnete, hatten sich auf dem Betonboden nur zwei Tränen gesammelt. Rasch hob er den Blick und atmete tief aus. Es fühlte sich trotzdem gezwungen an, und er kam sich plötzlich unwürdig vor, hier zu sein.

Als Cop hatte er mit den Eltern zu vieler Kinder zusammengesessen, die sich betrunken ans Steuer gesetzt und sich mit dem Wagen um einen Baum oder Telefonmast gewickelt hatten. John hatte versucht, die Eltern zu trösten, hatte ihnen sein Mitgefühl ausgesprochen, hatte sie sogar umarmt. Er hatte wirklich geglaubt, sich der Tiefe ihrer Verzweiflung genähert, ja, sie sogar berührt zu haben. Er hatte sich oft gefragt, was er fühlen würde, wenn ihm selbst so etwas zustieße. Jetzt wusste er, dass er diese Verzweiflung nicht empfand.

Er zwang sich, an seine Eltern zu denken. Wie sollte er seinem Vater beibringen, dass sein Goldjunge tot war? Und seiner Mutter? Wenigstens darauf gab es eine einfache Antwort: Er sollte und würde es ihr nicht sagen.

Fiske war katholisch erzogen worden, aber kein religiöser Mensch. Er beschloss, nicht mit Gott, sondern mit seinem Bruder zu sprechen. Er drückte Michaels Hand an seine Brust und sprach mit ihm über Dinge, die ihm Leid taten, und darüber, wie sehr er ihn geliebt hatte, wie sehr er sich wünschte, er wäre nicht tot, für den Fall, dass der Geist seines Bruders noch zurückgeblieben war, im Raum hing, auf diese Mitteilung wartete, auf diesen stillen Ausbruch von Schuld und Reue des älteren Bruders. Dann verstummte Fiske und schloss wieder die Augen. Er konnte jeden kräftigen Schlag seines Herzens spüren, ein Geräusch, das ein wenig von der Ruhe des Körpers neben ihm in den Hintergrund gedrängt wurde.

Der Angestellte steckte den Kopf zur Tür hinein. »Mr Fiske, wir müssen Ihren Bruder nach unten bringen. Sie waren jetzt eine halbe Stunde bei ihm.«

Fiske erhob sich und ging wortlos an dem Mann vorbei. Die Leiche seines Bruders würde nun an einen furchtbaren Ort gebracht werden, wo Fremde auf der Suche nach Hinweisen, wer Mike getötet hatte, seine sterblichen Überreste zerschneiden und zersägen würden. Als sie die Bahre davonrollten, trat Fiske wieder ins Sonnenlicht hinaus und ließ seinen kleinen Bruder zurück.

KAPITEL 20

»Bist du sicher, dass du deine Spuren verwischt hast?«

Rayfield nickte in den Hörer. »Jede Aufzeichnung von seinem Besuch wurde gelöscht. Ich habe das gesamte Personal, das Fiske gesehen hat, zu anderen Anstalten versetzt. Selbst wenn jemand dahinter kommt, dass er bei uns war, wird niemand mehr hier sein und etwas verraten können.«

»Und niemand hat gesehen, wie du die Leiche beseitigt hast?«

»Vic hat seinen Wagen gefahren. Ich bin ihm gefolgt. Wir haben eine gute Stelle ausgesucht. Die Polizei wird es für einen Raubmord halten. Niemand hat uns gesehen. Und selbst wenn, in so einem Viertel ist man der Polizei gegenüber nicht besonders mitteilsam.«

»Ihr habt nichts im Wagen gelassen?«

»Wir haben sein Portemonnaie mitgehen lassen, um den Eindruck zu verstärken, dass es Raubüberfall gewesen ist. Seine Brieftasche haben wir ebenfalls mitgehen lassen. Und eine Straßenkarte. Sonst lag nichts im Wagen. Und natürlich haben wir den Kühler wieder aufgefüllt.«

»Und Harms?«

»Der ist noch im Krankenhaus. Sieht so aus, als würde er es schaffen.«

»Verdammt. Das ist wieder mal typisch für unser Glück.«

»Reg dich nicht auf. Wenn er zurückkommt, kümmern wir uns um ihn. Schwaches Herz und so weiter, da kann einem schnell etwas zustoßen.«

»Warte nicht zu lange. Im Krankenhaus kommst du nicht an ihn ran?«

»Zu gefährlich. Zu viele Leute in der Nähe.«

»Und du lässt ihn bewachen?«

»Er ist ans Bett gekettet, und rund um die Uhr steht eine Wache vor der Tür. Morgen Früh wird er entlassen. Morgen Abend wird er tot sein. Vic arbeitet bereits an den Einzelheiten.«

»Und niemand könnte ihm helfen? Bist du ganz sicher?«

Rayfield lachte. »Verdammt, kein Aas weiß, dass er im Krankenhaus ist, geschweige denn, was wir mit ihm vorhaben. Er ist völlig allein.«

»Keine Fehler, Frank.«

»Ich rufe dich an, wenn er tot ist.«

Fiske saß im Wagen, stellte die Klimaanlage höher, was bei seinem vierzehn Jahre alten Ford lediglich bedeutete, dass die schwüle Luft langsam von links nach rechts geschoben wurde. Schweiß tropfte von seinem Gesicht und befleckte seinen Hemdkragen, und Fiske kurbelte zusätzlich die Seitenscheibe herunter und betrachtete das Gebäude. Von außen wirkte es völlig durchschnittlich, aber innen war es alles andere als das. Die Menschen in diesem Gebäude verbrachten ihre gesamte Zeit damit, nach Leuten zu suchen, die andere Leute umgebracht hatten. Und Fiske überlegte, ob er hineingehen und ihnen bei der Suche helfen oder nach Hause fahren sollte.

Er hatte die Leiche seines Bruders identifiziert und seine offizielle Pflicht als nächster Verwandter erfüllt. Er konnte zurückfahren, es seinem Vater sagen, die Vorkehrungen für die Beerdigung treffen, die letzten Angelegenheiten seines Bruders regeln, ihn begraben und dann mit seinem Leben weitermachen. Das, was alle anderen taten.

Stattdessen schob Fiske sich aus dem Wagen und in die schwüle Luft und betrat das Gebäude Indiana Avenue 300, in dem die Mordkommission von Washington untergebracht war. Nachdem er sich ausgewiesen hatte, erklärte ein uniformierter Beamter ihm den Weg, und schließlich blieb Fiske vor einem Schreibtisch stehen. Im Leichenschauhaus hatte er erneut versucht, seinen Vater anzurufen, doch sein alter Herr war noch immer nicht zu Hause gewesen. Niedergeschlagen befürchtete er nun, sein Vater habe es irgendwie herausgefunden und sei nun auf dem Weg hierher.

Fiske warf einen Blick auf die Karte, die der Angestellte im Leichenschauhaus ihm gegeben hatte. »Detective Buford Chandler, bitte«, sagte er zu der jungen Frau hinter dem Schreibtisch.

»Und Sie sind?« Der scharfe Winkel ihres Halses und der hochmütige Tonfall lösten in Fiske sofort den Wunsch aus, sie in eine ihrer Schreibtischschubladen zu stopfen.

»John Fiske. Detective Chandler untersucht den … den Mord an meinem Bruder. Sein Name war Michael Fiske.« Die Frau schaute ihn an, doch ihrem Gesicht war nicht zu entnehmen, dass der Name ihr irgendetwas sagte. »Er war Assessor am Obersten Gerichtshof«, fügte Fiske hinzu.

Sie schaute auf ein paar Papiere auf ihrem Schreibtisch. »Und jemand hat ihn ermordet?«

»Das hier ist doch die Mordkommission, oder?« Sie schaute ihn wieder an, und nun lag eindeutig Verärgerung in ihrem Blick. »Ja«, fuhr er fort, »jemand hat ihn ermordet …« Er blickte auf das Namensschild auf ihrem Schreibtisch. »Miss Baxter.«

»Und was genau kann ich für Sie tun?«

»Ich möchte gern Detective Chandler sprechen.«

»Erwartet er Sie?«

Fiske beugte sich vor. »Das nicht gerade«, sagte er leise, »aber …«

»Dann ist er leider nicht da«, unterbrach sie ihn.

»Wenn Sie ihn anrufen, wird er …« Als sie sich von ihm abwandte und auf ihrer Computertastatur zu tippen begann, hielt Fiske inne. »Hören Sie, ich muss wirklich mit Detective Chandler sprechen.«

Sie tippte weiter, während sie sprach. »Darf ich Ihnen die Lage hier erklären? Wir haben jede Menge Fälle und ziemlich wenig Detectives. Wir haben keine Zeit für jeden, der einfach von der Straße hergelaufen kommt. Wir müssen Prioritäten setzen. Das verstehen Sie sicher.« Sie schaute wieder zum Computermonitor, und ihre Stimme verebbte.

Fiske beugte sich weiter vor, bis sein Gesicht nur noch ein paar Zentimeter von dem der Frau entfernt war. Als sie sich umdrehte, sah sie ihm direkt in die Augen. »Jetzt hören Sie mir mal zu. Ich bin von Richmond hierher gefahren, um die Leiche meines Bruders zu identifizieren, weil *Detective Chandler* mich darum gebeten hat. Ich habe dieser Bitte Folge geleistet. Mein Bruder ist tot. Und in diesem Augenblick schneidet der Gerichtsmediziner ein Y in seine Brust, damit er eins seiner inneren Organe nach dem anderen entfernen kann. Dann wird er eine Säge nehmen und einen intermastoiden Einschnitt an seinem Schädel vornehmen, ihm wie ein Stück Torte einen Keil entfernen, etwa hier.« Fiske vollzog mit dem Finger einen imaginären Schnitt an Miss Baxters Kopf und konnte nur mit Mühe dem Verlangen widerstehen, die Hand in das blonde, dauergewellte Haar der Frau zu krallen. »Dann wird er ihm das Gehirn herausnehmen und feststellen, welchen Weg die Kugel nahm, die ihn getötet hat, und vielleicht ein paar Splitter finden. Und ich dachte mir, in der Zwischenzeit schaue ich mal vorbei und unterhalte mich mit Detective Chandler darüber, wer ihn umgebracht haben könnte.«

»Aber das ist nicht Ihre Aufgabe, nicht wahr?«, sagte sie kalt. »Wir haben schon genug Probleme, ohne dass sich Familienangehörige in polizeiliche Ermittlungen einmischen. Falls Detective Chandler Sie braucht, wird er sich bestimmt bei Ihnen melden.« Sie wandte sich wieder von ihm ab.

Fiske schloss die Finger um die Schreibtischkante, atmete tief ein und versuchte, nicht die Beherrschung zu verlieren. »Hören Sie, mir ist klar, wie viele Fälle Sie bearbeiten müssen, und Sie haben keine Ahnung, wer ich bin …«

»Ich habe wirklich viel zu tun, Sir. Falls Sie ein Problem haben, wenden Sie sich bitte schriftlich an uns.«

»Ich will doch nur mit dem Mann sprechen!«

»Muss ich einen Beamten rufen, oder was?«

Fiske schlug mit der Hand auf den Schreibtisch. »Mein Bruder ist tot! Und ich wüsste es wirklich zu schätzen, wenn Sie diese beschissene Haltung aufgeben und wenigstens eine Spur von Mitgefühl zeigen würden. Und wenn Sie nicht zu Mitgefühl im Stande sind, Lady, dann täuschen Sie es wenigstens vor!«

»Ich bin Buford Chandler.«

Sowohl Fiske als auch Baxter drehten sich um. Chandler war ein Schwarzer, Anfang fünfzig, hatte lockiges weißes Haar, einen Schnurrbart von gleicher Farbe und einen großen, ziemlich untersetzten Körper, der eine gewisse Sportlichkeit aus seiner Jugend bewahrt hatte. Er trug ein leeres Schulterhalfter, und dort, wo sich der Griff der Waffe befunden hatte, war auf seinem Hemd ein kleiner Schmierölfleck zu sehen. Er musterte Fiske von oben bis unten durch eine Brille mit Trifokalgläsern.

»Ich bin John Fiske.«

»Das habe ich mitbekommen. Ich stand die ganze Zeit hier drüben und habe mir alles angehört.«

»Dann wissen Sie, was er zu mir gesagt hat, Detective Chandler?«, sagte Baxter.

»Jedes Wort.«

»Und haben Sie nichts dazu zu sagen?«

»Doch, habe ich.«

Baxter schaute zu Fiske hinüber. Auf ihrem Gesicht lag ein zufriedener Ausdruck. »Und?«

»Ich glaube, dieser junge Mann hat Ihnen einen ziemlich guten Rat erteilt.« Chandler krümmte einen Finger und winkte Fiske zu sich. »Unterhalten wir uns.«

John folgte dem Detective durch einen Gang, in dem rege Betriebsamkeit herrschte, in ein kleines, hoffnungslos voll gestopftes Büro. »Setzen Sie sich.« Chandler wies auf den einzigen Stuhl im Raum, vom Stuhl hinter seinem Schreibtisch einmal abgesehen. Er war mit Akten übersät. »Legen Sie den Papierkram einfach auf den Boden.«

Chandler hob warnend einen Finger. »Aber passen Sie auf, dass Sie keine Beweise beschädigen. Wenn ich heutzutage rülpse, während ich mir eine Gewebeprobe anschaue, kriege ich zu hören: ›Unzulässige Beweise! Lassen Sie meinen Mandanten, dieses Arschloch von Massenmörder, gefälligst frei.‹«

Während Chandler hinter seinem Schreibtisch Platz nahm, räumte Fiske vorsichtig die Akten beiseite.

»Ich möchte nicht hören, dass es Ihnen Leid tut, was Sie zu Judy Baxter gesagt haben.«

»Das wollte ich auch nicht sagen.«

Chandler unterdrückte ein Lächeln. »Na schön, eins nach dem anderen. Das mit Ihrem Bruder tut mir Leid.«

»Danke«, sagte Fiske gedämpft.

»Das haben Sie jetzt wahrscheinlich zum ersten Mal gehört, seit Sie hier in der Stadt sind, was?«

»Ja, allerdings.«

»Sie waren also mal bei der Polizei?«, versetzte Chandler beiläufig und lächelte dann, als er Fiskes Erstaunen bemerkte. »Der Durchschnittsbürger weiß normalerweise nichts von Y-förmigen und intermastoiden Einschnitten. Wie Sie mit Miss Baxter gesprochen haben, sich sonst so halten und wie Sie gebaut sind, würde ich sagen, Sie waren früher Streifenpolizist.«

»Früher?«

»Wären Sie noch bei der Truppe, hätten die Kollegen aus Richmond es mir gesagt, als ich mit ihnen gesprochen habe. Außerdem kenne ich nur sehr wenige Polizeibeamte, die in der Freizeit Anzüge tragen.«

»Sie haben in allen Punkten Recht. Ich bin froh, dass Sie diesem Fall zugeteilt wurden, Detective Chandler.«

»Diesem Fall und zweiundvierzig anderen aktiven Fällen. Budgetkürzungen und so weiter«, fuhr Chandler fort, als Fiske den Kopf schüttelte. »Ich habe nicht mal mehr einen Partner.«

»Das heißt mit anderen Worten ... erwarten Sie keine Wunder?«

»Ich werde mein Bestes tun, um den Mörder Ihres Bruders zu finden. Aber ich gebe Ihnen keine Garantie darauf.«

»Wie wäre es dann mit ein bisschen inoffizieller Hilfe?«

»Wie meinen Sie das?«

»Ich habe in Richmond gemeinsam mit den Detectives jede Menge Mordfälle bearbeitet. Viel gelernt, und vieles behalten. Vielleicht kann ich Ihr neuer Partner sein.«

»Offiziell ist das völlig unmöglich.«

»Offiziell ist mir das völlig klar.«

»Was machen Sie heute so?«

»Ich bin Strafverteidiger«, sagte Fiske. Chandler verdrehte die Augen. »Und ich bin stolz auf meine Arbeit, Detective Chandler.«

Chandler nickte über Fiskes Schulter hinweg zur Tür. »Machen Sie die bitte mal zu, ja?« Er sagte nichts mehr, bis Fiske seinem Wunsch entsprochen und wieder Platz genommen hatte.

»Wider besseren Wissens werde ich über Ihr Angebot nachdenken.«

Fiske schüttelte den Kopf. »Ich bin jetzt hier. Sie wissen so gut wie ich, dass die Spuren in einem Mordfall nach achtundvierzig Stunden kälter werden als die Antarktis.« Fiske befürchtete, den Mann damit gegen sich aufzubringen, doch Chandler blieb ruhig.

»Haben Sie eine Visitenkarte mit Ihrer Adresse?«, fragte er schließlich.

Fiske schrieb seine Privatnummer auf die Rückseite der Karte und gab sie dem Detective. Im Gegenzug schob Chandler ihm eine Karte mit einer Reihe von Telefonnummern darauf hinüber. »Büro, Privatnummer, Pieper, Fax, Handy – falls ich es mal dabei habe, was aber so gut wie nie der Fall ist.«

Chandler öffnete eine Akte auf seinem Schreibtisch und studierte sie. Obwohl die Buchstaben für ihn auf dem Kopf standen, konnte Fiske auf dem Aufkleber den Namen seines Bruders lesen.

»Man hat mir gesagt, er sei im Rahmen eines Raubüberfalls getötet worden.«

»Darauf haben zumindest die ersten Ermittlungen hingedeutet.«

Fiske fiel die seltsame Ausdrucksweise auf. »Aber mittlerweile sind Sie anderer Ansicht?«

»Wie gesagt, das war nur unser Anfangsverdacht.« Er klappte die Akte zu und blickte Fiske an. »Die Fakten liegen in diesem Fall ganz einfach, zumindest, soweit wir sie bislang kennen. Ihr Bruder wurde in einer Seitenstraße in der Nähe des Anacostia River auf dem Fahrersitz seines Wagens gefunden, mit einer Eintrittswunde in der rechten Schläfe – der Schuss wurde aus nächster Nähe abgegeben – und einer Austrittswunde in der linken. Es scheint sich um ein ziemlich schweres Kaliber zu handeln. Wir haben die Kugel nicht gefunden, suchen aber noch danach. Vielleicht hat der Mörder sie gefunden und mitgenommen, damit wir keine ballistische Untersuchung durchführen können, falls wir je eine Waffe finden, die wir zu einem Vergleich heranziehen könnten.«

»Man muss schon ziemlich kaltblütig sein, um auf der Straße nach einer Kugel zu suchen, während ein paar Meter entfernt 'ne Leiche hockt.«

»Da gebe ich Ihnen Recht. Aber, wie gesagt, vielleicht finden wir die Kugel ja noch.«

»Und seine Brieftasche fehlt?«

»Drücken wir es mal so aus: Wir haben keine gefunden. Hat er normalerweise eine bei sich getragen?«

Fiske wandte kurz den Blick ab. »Wir haben uns in den letzten Jahren nicht oft gesehen, aber ich denke schon, dass Sie davon ausgehen können. Also haben Sie die Brieftasche auch nicht in seiner Wohnung gefunden?«

»Immer mit der Ruhe, John. Die Leiche Ihres Bruders wurde erst gestern entdeckt.« Chandler öffnete sein Notizbuch und griff nach einem Kugelschreiber. »In der Gasse, in der er gefunden wurde, halten sich unter anderem ziemlich viele Drogensüchtige auf. Hat er Ihres

Wissens Drogen genommen? Gelegentlich oder regelmäßig?«

»Nein. Er hat keine Drogen genommen.«

»Aber Sie können sich da nicht ganz sicher sein, oder? Sie haben gerade gesagt, Sie beide hätten sich nicht so oft gesehen, nicht wahr?«

»Mein Bruder hat sich bei allem, was er tat, die höchsten Ziele gesetzt und diese Ziele dann übertroffen. Drogen passen nicht in diese Gleichung.«

»Haben Sie eine Ahnung, was er in dieser Gegend zu suchen hatte?«

»Nein, aber er könnte irgendwo anders entführt und dann dorthin gefahren worden sein.«

»Kennen Sie jemanden, der ihn tot sehen wollte?«

»Mir fällt niemand ein.«

»Keine Feinde? Eifersüchtige Liebhaber? Geldprobleme?«

»Nein. Aber auch in dieser Hinsicht bin ich wahrscheinlich nicht Ihre beste Quelle. Haben Sie schon eine vorläufige Todeszeit?«

»Noch keine genaue. Ich warte auf den offiziellen Bericht. Warum?«

»Ich komme gerade aus dem Leichenschauhaus. Ich habe die Hand meines Bruders berührt. Sie war weich, geschmeidig. Die Totenstarre ist schon lange vorbei. In welchem Zustand war die Leiche, als man sie gestern Abend fand?«

»Sagen wir einfach, sie hat sich schon eine Weile dort befunden.«

»Das ist ungewöhnlich. Ihren Worten kann ich entnehmen, dass man ihn nicht gerade in einer einsamen Gegend entdeckt hat.«

»Das stimmt schon, aber in diesem Viertel sind Leichen in Seitenstraßen nicht besonders ungewöhnlich. Andererseits sind neunundneunzig Prozent der Opfer von Gewaltverbrechen in dieser Gegend Schwarze, was ganz einfach daran liegt, dass Weiße sich dort kaum sehen lassen.«

»Dann hätte mein Bruder doch auffallen müssen. Was ist

mit Abbuchungen an Geldautomaten? Kreditkartenkäufen?«

»Das überprüfen wir noch. Wann haben Sie zum letzten Mal mit Ihrem Bruder gesprochen?«

»Er hat mich vor über einer Woche angerufen.«

»Worum ging es?«

»Ich war nicht da. Er hat eine Nachricht hinterlassen. Er brauchte bei irgendeiner Sache meinen Rat.«

»Haben Sie ihn zurückgerufen?«

»Erst vor kurzem.«

»Warum haben Sie so lange gewartet?«

»Das stand auf meiner Liste ziemlich weit unten.«

»Ach was?« Chandler drehte den Kuli zwischen den Fingern. »Sagen Sie mal, konnten Sie Ihren Bruder gut leiden?«

Fiske schaute ihn geradewegs an. »Jemand hat meinen Bruder ermordet. Ich will den Täter fassen. Und mehr werde ich nicht dazu sagen.«

Der Ausdruck in Fiskes Augen veranlasste Chandler, das Thema zu wechseln. »Vielleicht wollte er über ein berufliches Problem mit Ihnen sprechen? Verstehen Sie mich nicht falsch, aber der Beruf Ihres Bruders macht diesen Fall so … ungewöhnlich.«

»Sie meinen, der Mord hat etwas mit dem Obersten Gerichtshof zu tun?«

»Es ist ziemlich weit hergeholt, aber nach dem, was Sie mir gerade über diesen Anruf erzählt haben, vielleicht nicht mehr ganz so weit wie gerade eben noch.«

»Ich bezweifle, dass er einen roten Heller um meine Meinung zum neuesten Abtreibungsfall gegeben hätte.«

»Was dann? Wie man Frauen aufreißt?«

»Sie haben wohl kein Foto von ihm gesehen. Dabei hat er nie Hilfe benötigt.«

»Ich habe ein Foto von ihm gesehen, aber die Toten sind nicht besonders fotogen. Aber er hat gesagt, er brauchte einen Rat. Vielleicht tatsächlich in einer juristischen Sache.«

»Tja, Sie können jederzeit zum Gericht fahren und herausfinden, ob da ein paar Verschwörungen im Gange sind.«

»Wir müssen vorsichtig vorgehen.«

»*Wir?*«

»Ihr Bruder hat dort bestimmt persönliche Besitztümer aufbewahrt, und es ist keineswegs ungewöhnlich, dass ein naher Verwandter seine Arbeitsstelle aufsucht. Ich nehme an, Sie waren schon mal dort?«

»Einmal, als Mike dort anfing. Mein Dad und ich.«

»Und Ihre Mutter?«

»Alzheimer.«

»Oh. Tut mir Leid.«

»Sonst noch irgendwelche Entwicklungen?«

Als Antwort stand Chandler auf, nahm seine Jacke von einem Haken an der Tür und zog sie an. »Ich möchte mir mit Ihnen den Wagen Ihres Bruders ansehen.«

»Und danach?«

Chandler warf einen Blick auf seine Uhr. Dann sah er wieder auf und lächelte. »Danach haben wir gerade noch genug Zeit, um zum Gericht zu fahren, Herr Anwalt.«

KAPITEL 21

Rufus beobachtete, wie die Tür langsam geöffnet wurde. Er bereitete sich schon auf den Anblick von Männern in grünen Drillichanzügen vor, die über ihn herfallen würden, doch seine Anspannung wich, als er sah, wer es tatsächlich war.

»Ist es wieder an der Zeit, nach mir zu sehen?«

Cassandra trat neben das Bett. »Ist das nicht die lebenslange Pflicht der Frauen? Nach den Männern zu sehen?« Ihre Worte klangen heiter, ihr Tonfall war es nicht. Sie betrachtete die Monitore, trug etwas in ihre Diagramme ein und sah dabei verstohlen zu ihm hinüber.

»Es fühlt sich gut an. Ich bin das nicht gewohnt.« Er achtete darauf, nicht mit den Ketten zu rasseln, als er sich ein wenig aufsetzte.

»Ich habe Ihren Bruder angerufen.«

Rufus' Miene wurde ernst. »Wirklich? Was hat er gesagt?«

»Dass er Sie besuchen wird.«

»Hat er gesagt, wann?«

»Eher früher als später. Tatsächlich schon heute.«

»Was alles haben Sie ihm gesagt?«

»Dass Sie krank sind, sich aber schnell erholen.«

»Hat er sonst noch was gesagt?«

»Er ist kein Mann vieler Worte«, versetzte Cassandra.

»Typisch für Josh.«

»Ist er so groß wie Sie?«

»Nee. Er ist ein ziemlich kleiner Bursche. Eins neunzig oder so, knapp zwei Zentner.«

Cassandra schüttelte den Kopf und drehte sich wieder zur Tür um.

»Haben Sie keine Zeit, sich zu setzen und sich ein bisschen mit mir zu unterhalten?«

»Eigentlich habe ich gerade Pause. Ich habe nur mal reingeschaut, um Ihnen das mit Ihrem Bruder zu sagen. Ich muss jetzt gehen.« Sie klang ein wenig unfreundlich.

»Alles in Ordnung mit Ihnen?«

»Selbst wenn nicht alles in Ordnung wäre, könnten Sie nichts daran ändern.« Ihre Stimme wirkte nun nervös und rau.

Rufus betrachtete sie einen Augenblick lang. »Gibt es hier irgendwo eine Bibel?«

Erstaunt wandte sie sich wieder um. »Warum?«

»Ich lese jeden Tag in der Bibel. Schon so lange, wie ich denken kann.«

Sie schaute zum Tisch neben dem Bett, ging hinüber und nahm eine Bibel hervor. »Ich kann sie Ihnen nicht geben. Ich darf Ihnen nicht so nahe kommen. Die Leute aus dem Gefängnis haben sich in dieser Hinsicht sehr, sehr klar ausgedrückt.«

»Sie müssen mir die Bibel auch nicht geben. Wenn Sie möchten, könnten Sie mir etwas vorlesen.«

»Ihnen vorlesen?«

»Sie müssen es nicht«, sagte er schnell. »Vielleicht interessieren Sie sich ja gar nicht dafür. Sie wissen schon, für die Bibel und die Kirche.«

Sie schaute zu ihm hinunter, die eine Hand auf die Hüfte gelegt, die andere um die grüne Bibel geschlossen. »Ich singe im Kirchenchor. Mein Mann – Gott sei seiner Seele gnädig – war Laienprediger.«

»Das ist wirklich schön, Cassandra. Und Ihre Kinder?«

»Woher wissen Sie, dass ich Kinder habe? Weil ich nicht mager bin?«

Er schüttelte den Kopf.

»Woher dann?«

»Sie sehen aus, als würden Sie kleine Kinder lieben.«

Seine Worte erstaunten sie, und sofort brach ein Lächeln durch die Wolken über ihrem Gesicht. »Ich muss *wirklich* vor Ihnen auf der Hut sein.« Sie bemerkte, dass er die Bibel betrachtete, als sei er durstig und brauche etwas zu trinken – und sie hielte das frischeste, kühlste Glas Wasser in der Hand, das es auf dem Antlitz der Erde je gegeben hatte.

»Was soll ich Ihnen vorlesen?«

»Psalm einhundertdrei.«

Cassandra überlegte kurz, zog dann einen Stuhl heran und setzte sich.

Rufus legte sich aufs Bett zurück. »Danke, Cassandra.«

Während sie las, schaute sie in seine Richtung. Kurz schloss sie die Augen, las noch ein paar Worte, schaute dann auf, stellte fest, dass seine Lippen sich bewegten, und hielt inne. Sie las den nächsten Satz, prägte ihn sich schnell ein und las ihn vor, während sie ihn beobachtete. Rufus bildete mit den Lippen stumm jedes Wort, während sie es gerade sprach. Cassandra hielt inne, doch Rufus flüsterte bis zum Ende des Satzes weiter. Als sie nicht fortfuhr, schlug er die Augen auf. »Sie kennen den Psalm auswendig?«, fragte sie.

»Ich kenne den Großteil der Bibel auswendig. Alle Psalmen und Sprüche.«

»Das ist ziemlich beeindruckend.«

»Ich hatte viel Zeit, daran zu arbeiten.«

»Weshalb wollten Sie, dass ich Ihnen den Psalm vorlese, wenn Sie ihn schon kennen?«

»Sie sehen so aus, als hätten Sie ein bisschen Kummer. Ich dachte, es könnte Ihnen helfen, die Heilige Schrift zu zitieren.«

»Mir helfen?« Cassandra blickte wieder auf die Seite und las laut vor: »›… der dir alle deine Sünden vergibt und heilet alle deine Gebrechen, der dein Leben vom Verderben erlöst, der dich krönt mit Gnade und Barmherzigkeit.‹« Die Arbeit war deprimierend. Ihre Kinder, Teenager, gerieten jeden Tag mehr außer Kontrolle. Sie hatte die Vierzig überschritten, zwanzig Kilo Übergewicht, und es war kein geeigneter Mann in Sicht. Und während sie nun diesen Gefangenen sah, diesen angeketteten Mörder, der im Gefängnis sterben würde, wäre sie angesichts seiner Freundlichkeit, seiner unverlangten Rücksichtnahme auf ihre Notlage am liebsten in Tränen ausgebrochen.

Psalm einhundertdrei hatte einen ganz besonderen Reiz für Rufus, vor allem eine Zeile. Er sprach sie leise vor sich hin: »›Der Herr schafft Gerechtigkeit und Gericht allen, die Unrecht leiden.‹«

»Ist er das?«, fragte Chandler, als sie sich dem silbernen Honda näherten, einem 87er-Modell, der auf dem Polizeiparkplatz abgestellt war.

Fiske nickte. »Wir haben ihn Mike zum Collegeabschluss geschenkt. Wir haben alle zusammengeworfen, meine Eltern und ich.«

»Ich habe fünf Brüder. So was haben sie nie für mich getan.«

Chandler schloss die Fahrertür auf und trat zurück, damit Fiske ins Innere des Wagens schauen konnte.

»Wo haben Sie die Wagenschlüssel gefunden?«

»Auf dem Vordersitz.«

»Und haben Sie noch andere persönliche Gegenstände entdeckt?«

Der Detective schüttelte den Kopf.

Fiske inspizierte den Fahrersitz, das Armaturenbrett, die Windschutzscheibe und die Seitenfenster. Seine Verwirrung war unverkennbar. »Wurde der Wagen sauber gemacht?«

»Nein. Genau so haben wir ihn gefunden, von dem Insassen mal abgesehen.«

Fiske richtete sich wieder auf und schaute den Detective an. »Wenn man einem Menschen eine großkalibrige Pistole an die Schläfe setzt und dann in einem so engen Raum abdrückt, gibt es Blutflecke auf dem Sitz, dem Lenkrad, der Windschutzscheibe. Und Knochensplitter und Gewebe.

Aber ich sehe nur hier und da ein paar Flecke. Wahrscheinlich die Stellen, an denen sein Kopf den Sitz berührt hat.«

Chandler blickte ihn amüsiert an. »Ach was?«

Fiske knirschte mit den Zähnen. »Ich verrate Ihnen nichts, was Sie nicht schon gewusst haben. War das wieder so ein kleiner Test von Ihnen?«

Chandler nickte langsam. »Könnte sein. Könnte aber auch einen anderen Grund haben. Ich habe doch gerade gesagt, dass ich fünf Brüder habe.«

»Ja, und?«

»Ursprünglich waren es sechs. Einer meiner Brüder wurde vor fünfunddreißig Jahren ermordet. Hat bei einer Tankstelle gearbeitet, und irgendein Scheißkerl kam rein und hat ihn wegen der zwölf Mäuse in der Registrierkasse umgelegt. Ich war damals erst sechzehn, erinnere mich aber noch an jede Einzelheit, als wäre es erst vor fünf Minuten passiert. Wie dem auch sei, die meisten Familienangehörigen, die einen geliebten Menschen identifizieren, kommen nicht in mein Büro gestürmt und bieten ihre Dienste an. Oh, sie wettern eine Zeit lang darüber, dass sie das Arschloch schnappen wollen, das die Tat begangen hat, aber mit der eigentlichen Ermittlung wollen sie nichts zu tun haben. Und normalerweise waren die Leute früher auch nicht bei der Polizei. Alles in allem dachte ich mir, Sie wären jemand, der mir wirklich helfen könnte. Und das haben Sie gerade bewiesen.

Mir ist klar, was für einen Zorn Sie jetzt verspüren müssen, John, ob Sie Ihren Bruder nun mochten oder nicht. Jemand hat Ihnen etwas genommen, etwas Wichtiges – hat es Ihnen im Grunde gestohlen, einfach entrissen. Ich kenne das. Es ist fünfunddreißig Jahre her, und ich verspüre diesen Zorn noch immer.«

Fiske schaute sich auf dem Parkplatz um und war erstaunt, wie viele Privatfahrzeuge hier abgestellt waren. Er vermutete, dass jede dieser Blechkarossen darauf wartete, die Geheimnisse einer weiteren Tragödie preiszugeben.

Er drehte sich zu Chandler um. »Ich vermute, der Zorn

wird genügen.« Er schaute zu Boden. »Bis sich etwas anderes anbietet, denke ich.« Sein Tonfall stellte keine große Hoffnung in Aussicht.

»Dagegen ist nichts einzuwenden.« Chandler setzte seine Analyse fort. »Es hat mich in der Tat überrascht, dass alle Spuren fehlen, die Sie gerade erwähnt haben.«

»Es sieht nicht so aus, als sei er in diesem Wagen umgebracht worden.«

»Ganz meine Meinung. Sieht so aus, als hätte man ihn woanders getötet und seine Leiche dann auf den Fahrersitz gesetzt. Und schon diese eine Schlussfolgerung führt uns zu ganz neuen Möglichkeiten.«

»Dann sprechen wir nicht über einen zufälligen Raubmord. Dann stand der Mord im Vordergrund. Dann war er geplant. Dann sollte mein Bruder beseitigt werden.«

»Vielleicht, obwohl ihn tatsächlich ein paar Straßenjungs entführt und aus dem Wagen gezerrt haben könnten, um ihn zu zwingen, ihnen die Geheimzahl seiner Kreditkarte zu verraten. Er weigert sich, und sie legen ihn um. Kriegen es mit der Angst zu tun und setzen ihn zurück in den Wagen.«

»Dann müsste es bei dem Geldautomaten Spuren geben. Haben Sie welche gefunden?«

»Nein, aber es gibt verdammt viele Geldautomaten.«

»Und sehr viele Leute benutzen sie. Wenn die Sache schon mindestens einen Tag her ist, müsste es mittlerweile doch jemandem aufgefallen sein.«

»Sollte man meinen, aber sicher ist es nicht. Wir versuchen, genau zu rekonstruieren, was Ihr Bruder in den letzten achtundvierzig Stunden unternommen und wo er sich aufgehalten hat. Zum letzten Mal hat man ihn vor zwei Tagen in seiner Wohnung gesehen. Danach ... *nada*.«

»Was ist mit Fingerabdrücken? Die meisten kleinen Gangster, die jemanden verschleppen, weil sie es auf seine Kreditkarte abgesehen haben, sind nicht clever genug, um Handschuhe zu tragen.«

»Daran arbeiten wir noch.«

»Mir ist noch etwas aufgefallen.«

»Schießen Sie los.«

Fiske hielt die Wagentür auf und zeigte auf die Innenseite der Türverstrebung, auf jenen Teil, den man nicht sah, wenn die Tür geschlossen war. Chandler suchte nach seiner Brille, setzte sie auf und schaute sich an, worauf Fiske ihn aufmerksam machen wollte. Dann streifte er zwei Gummihandschuhe über, die er aus seiner Manteltasche gezogen hatte, hob das kleine, klebrige Plastikstück vorsichtig hoch, legte es auf seine Handfläche und betrachtete es eingehend.

»Ihr Bruder hat seinen Wagen gerade in einem Wal-Mart durchchecken lassen.«

»Hier steht, dass der nächste Ölwechsel nach fünftausend Kilometern, spätestens in drei Monaten fällig ist. Die Werkstatt hat das Datum und den zukünftigen Kilometerstand auf diesem Aufkleber eingetragen, damit man den Termin nicht vergisst. Wenn wir vom Datum auf dem Sticker drei Monate abziehen, hat mein Bruder den Wagen drei Tage, bevor seine Leiche gefunden wurde, in die Werkstatt gebracht. Und jetzt sehen Sie sich mal den Kilometerstand an, für den die nächste technische Untersuchung empfohlen wird, und ziehen davon fünftausend Kilometer ab. Das müsste ungefähr der aktuelle Tachostand sein.«

Chandler rechnete schnell nach. »Hundertneunundzwanzigtausendfünfhundertdreiundvierzig.«

»Und jetzt sehen Sie sich mal den tatsächlichen Tachometerstand an.«

Chandler beugte sich in den Wagen vor und überprüfte ihn. Dann blickte er Fiske an. Seine Augen hatten sich ein wenig geweitet. »Jemand ist mit diesem Wagen in den letzten drei Tagen etwa zwölfhundert Kilometer gefahren.«

»Genau«, sagte Fiske.

»Verdammt, wo ist er bloß gewesen?«

»Auf dem Aufkleber steht nicht, bei welchem Wal-Mart er die Wartung durchführen ließ, aber wahrscheinlich bei einem in der Nähe seiner Wohnung. Sie sollten sich umhören, vielleicht könnte die Werkstatt uns etwas Nützliches verraten.«

»Klar. Nicht zu fassen, dass wir das übersehen haben«, sagte Chandler. Er steckte den Aufkleber in einen Plastikbeutel, den er aus der Manteltasche holte, und schrieb etwas darauf. »Ach ja, John ...«

»Ja?«

Chandler hielt den durchsichtigen Beutel in die Höhe. »Keine weiteren Tests, okay?«

KAPITEL 22

Eine halbe Stunde später betraten Chandler und Fiske den Obersten Gerichtshof der Vereinigten Staaten durch den Haupteingang.

Das Gebäude war auch innen groß und furchteinflößend. Doch Fiske fiel hauptsächlich die Stille auf, eine so tiefe Stille, dass sie ihm schon unangenehm vorkam. Sie schien ans Halluzinatorische zu grenzen – Fiske konnte sich kaum vorstellen, dass sich unmittelbar hinter diesen Türen die Welt ganz normal weiterdrehte. Fiske dachte an den letzten ruhigen Ort, an dem er am heutigen Tag gewesen war: das Leichenschauhaus.

»Mit wem wollen wir hier sprechen?«, fragte er.

Chandler wies auf eine Gruppe von Männern, die zielstrebig durch den Korridor auf sie zukam. »Mit denen.« Als sie sich näherten, verwandelte ihr Gleichschritt sich in diesem akustischen Tunnel in ein Dröhnen wie von Kanonendonner. Einer der Männer trug einen Anzug; die beiden anderen waren uniformiert und trugen Halfter mit Pistolen.

»Detective Chandler?« Der Mann im Anzug streckte die Hand aus. »Ich bin Richard Perkins, Marshal des Obersten Gerichtshofs der Vereinigten Staaten.« Perkins war etwa eins fünfundsiebzig groß, hager, hatte die abstehenden Ohren eines Jungen und weißes Haar, das wie ein gefrorener Wasserfall direkt auf seine Stirn gekämmt war. Er stellte seine Begleiter vor. »Unser Sicherheitschef Leo Dellasandro – sein Stellvertreter, Ron Klaus.«

»Freut mich, Sie kennen zu lernen«, sagte Chandler. Ihm fiel auf, dass Perkins erwartungsvoll hinüber zu Fiske schaute. »John Fiske«, fügte er hinzu. »Michael Fiskes Bruder.«

Alle sprachen ihm eilends ihr Beileid aus.

»Eine Tragödie. Eine sinnlose Tragödie«, sagte Perkins. »Man hat hier sehr viel von Michael gehalten. Man wird ihn schmerzlich vermissen.«

Angesichts all dieses spontanen Mitgefühls brachte Fiske einen dankbaren Gesichtsausdruck zustande.

»Haben Sie meiner Bitte entsprochen, Michael Fiskes Büro zu verschließen?«, fragte Chandler.

Dellasandro nickte. »Es war nicht ganz einfach, denn er hat es sich mit einem anderen Assessor geteilt. Zwei in einem Büro, das ist hier die Regel.«

»Hoffentlich müssen wir es nicht allzu lange verschlossen halten.«

»Wenn Sie wollen, können wir in meinem Büro das weitere Vorgehen besprechen, Detective Chandler«, bot Perkins an. »Es ist direkt um die Ecke.«

»Dann mal los.«

Als Fiske ihnen folgte, blieb Perkins stehen und blickte Chandler an.

»Entschuldigung, ich dachte, Mr Fiske sei aus einem anderen Grund hier, der nichts mit Ihrer Ermittlung zu tun hat.«

»Er hilft mir dabei, mir einen Überblick über den Hintergrund seines Bruders zu verschaffen«, sagte Chandler.

Perkins schätzte Fiske mit einem eindeutig unfreundlichen Blick ab. »Ich wusste nicht mal, dass er einen Bruder hatte«, sagte er. »Er hat Sie nie erwähnt.«

»Macht nichts. Sie hat er auch nie erwähnt«, erwiderte Fiske.

Perkins' Büro lag an dem Gang, der zum Gerichtssaal führte. Es war in einem altmodischen Kolonialstil eingerichtet; Architektur und Handwerkskunst entstammten einer Epoche, als die Regierung noch nicht mit einer Staatsverschuldung in Billionenhöhe und extremen Haushaltskürzungen belastet gewesen war.

An einem Seitentisch in Perkins' Büro saß ein Mann von

knapp fünfzig Jahren. Sein blondes Haar war sehr kurz geschnitten, und sein langes, schmales Gesicht zeugte von unerschütterlicher Autorität. Sein selbstsicheres Auftreten legte nahe, dass er die Ausübung dieser Autorität genoss. Als er aufstand, bemerkte Fiske, dass er weit über eins achtzig groß war und so aussah, als würde er regelmäßig ein Fitnessstudio besuchen.

»Detective Chandler?« Der Mann streckte eine Hand aus und zückte mit der anderen seinen Dienstausweis. »Special Agent Warren McKenna vom FBI.«

Chandler blickte Perkins an. »Ich wusste gar nicht, dass Sie das FBI hinzugezogen haben.«

Perkins wollte etwas erwidern, doch McKenna unterbrach ihn scharf. »Ihnen ist sicher bekannt, dass der Generalbundesanwalt und das FBI das Recht haben, den Mord an jeder Person zu untersuchen, die bei der Regierung der Vereinigten Staaten angestellt war. Doch das FBI hat nicht die Absicht, die Ermittlung zu übernehmen oder Ihnen auf die Zehen zu treten.«

»Ausgezeichnet. Denn wenn man mir auch nur den geringsten Druck macht, drehe ich völlig durch.« Chandler lächelte.

McKennas Miene veränderte sich nicht. »Ich werde versuchen, daran zu denken.«

Fiske streckte die Hand aus. »John Fiske, Agent McKenna. Michael Fiske war mein Bruder.«

»Es tut mir Leid, Mr Fiske. Ich weiß, es muss verdammt hart für Sie sein«, sagte McKenna und schüttelte ihm die Hand. Dann konzentrierte der FBI-Agent sich wieder auf Chandler. »Wenn die Umstände eine aktivere Rolle des FBI erfordern, rechnen wir mit Ihrer uneingeschränkten Zusammenarbeit. Denken Sie daran, das Opfer war Bundesangestellter.« Er schaute sich in dem Raum um. »Beschäftigt bei einer der angesehensten Institutionen der ganzen Welt. Und vielleicht bei einer der gefürchtetsten.«

»Diese Furcht erwächst aus Ignoranz«, stellte Perkins klar.

»Trotzdem wird dieses Gericht gefürchtet. Nach den Erfahrungen von Waco, dem World Trade Center und Oklahoma City haben wir gelernt, besonders vorsichtig zu sein«, sagte McKenna.

»Wie schade, dass Sie nicht schneller lernen konnten«, sagte Chandler trocken. »Aber Kämpfe um Zuständigkeitsbereiche sind eine gewaltige Zeitverschwendung. Ich bin der Ansicht, man sollte sich die Arbeit brüderlich teilen.«

»Natürlich«, sagte McKenna.

Chandler stellte eine Reihe Fragen, die darauf abzielten, ob Michael Fiske hier am Gericht an irgendeinem Fall gearbeitet hatte, der zu seiner Ermordung hätte führen können. Die Antwort, die er von den Leuten des Gerichts bekam, war immer dieselbe: »Unmöglich.«

McKenna stellte selbst nur wenige Fragen, hörte denen Chandlers aber aufmerksam zu.

»Die genauen Einzelheiten der hier anstehenden Fälle werden nicht an die Öffentlichkeit weitergegeben. Niemand kann wissen, ob ein bestimmter Assessor an einem Fall arbeitet oder nicht.« Um seine Auffassung zu unterstreichen, schlug Perkins mit der Handfläche auf den Tisch.

»Wenn dieser Assessor es nicht jemandem erzählt hat.«

Perkins schüttelte den Kopf. »Ich persönlich leite die Kurse, in denen ihnen während der Orientierungsphase alles über Sicherheitsmaßnahmen und Vertraulichkeit beigebracht wird. Die Assessoren müssen sich an sehr strenge ethische Regeln halten und bekommen sogar ein Handbuch über dieses Thema. Wir dulden hier nicht das kleinste Leck.«

Chandler schien nicht überzeugt zu sein. »Wie alt sind diese Assessoren hier im Durchschnitt? Fünfundzwanzig? Sechsundzwanzig?«

»So ungefähr, ja.«

»Das sind halbe Kinder, die beim höchsten Gericht des Landes arbeiten. Und Sie wollen mir weismachen, dass sie sich nicht mal verplappern können? Und sei es auch nur, um eine Freundin zu beeindrucken?«

»Ich bin schon so lange dabei, dass ich das Wort *unmöglich* in diesem Fall nicht gern benutzen würde.«

»Ich bin Detective bei der Mordkommission, Mr Perkins«, sagte Chandler, ohne eine Miene zu verziehen, »und glauben Sie mir, ich habe dasselbe Problem.«

»Vielleicht sollten wir noch mal von vorn anfangen«, sagte Dellasandro. »Nach allem, was ich über den Fall weiß, scheint Raub das Motiv gewesen zu sein.« Er spreizte die Hände und schaute Chandler erwartungsvoll an. »Was hat das mit dem Gericht zu tun? Haben Sie schon seine Wohnung durchsucht?«

»Noch nicht. Ich schicke morgen ein paar Leute rüber.«

»Wie können wir dann wissen, dass die Tat nichts mit seinem Privatleben zu tun hat?«, fragte Dellasandro.

Alle sahen Chandler an. Der Detective warf einen Blick in sein Notizbuch, ohne sich wirklich darauf zu konzentrieren, bevor er antwortete. »Ich gehe einfach alle Möglichkeiten durch. Es ist keineswegs ungewöhnlich, meine Herren, sich an der Arbeitsstätte eines Mordopfers umzusehen und dort Fragen zu stellen.«

»Natürlich«, sagte Perkins. »Sie können auf unsere uneingeschränkte Kooperation zählen.«

»Warum schauen wir uns dann nicht mal Mr Fiskes Büro an?«, schlug Chandler vor.

KAPITEL 23

Geschmeidig wie eine Katze glitt der Mann über den Gang. Er war über eins fünfundachtzig groß, schlank, aber kräftig gebaut, mit breiten Schultern und starkem Hals. Das Gesicht war lang und schmal, die Haut kastanienbraun und glatt bis auf ein paar tiefe Falten um Augen und Mund, die wie Wirbel von Fingerabdrücken aussahen. Er trug eine zerknitterte Baseball-Mütze mit dem Firmenzeichen von Virginia Tech. Ein kurz geschnittener, schwarzer, von grauen Strähnen durchzogener Bart umrahmte sein Kinn. Der Mann trug abgetragene Jeans und ein verblichenes, schweißfleckiges Jeanshemd mit hochgerollten Ärmeln; die bloßen Unterarme waren kräftig, mit deutlich hervortretenden Adern. Aus der Brusttasche des Hemdes lugte eine Schachtel Pall Mall hervor. Er näherte sich dem Ende des Gangs und bog um die Ecke. Als der Soldat, der neben der Tür des letzten Zimmers am Nebenflur saß, den Mann erblickte, sprang er auf und hob die Hand.

»Tut mir Leid, Sir, hier hat nur befugtes medizinisches Personal Zutritt.«

»Mein Bruder ist da drin«, sagte Joshua Harms. »Und ich will ihn besuchen.«

»Das ist leider unmöglich.«

Harms schaute auf das Namensschild des Soldaten. »Wohl kaum, Private Brown. Ich besuche meinen Bruder regelmäßig im Gefängnis. Und jetzt lassen Sie mich gefälligst da rein, haben Sie gehört?«

»Nichts zu machen.«

»Na, dann werde ich mich an den Leiter des Krankenhauses, den Chef der hiesigen Polizei und den verdammten Kommandanten von Fort Jackson wenden und denen sagen, dass Sie, Private, einem Familienangehörigen verwehrt haben, einen Verwandten zu besuchen, der im Sterben liegt. Und dann werden diese Herrschaften Ihnen abwechselnd in den Arsch treten, Sie Spielzeugsoldat. Hab ich schon erwähnt, dass ich drei Jahre in Vietnam war und genug Orden bekommen habe, um Sie damit wie einen Christbaum zu schmücken? Also, lassen Sie mich jetzt da rein. Oder wollen Sie's auf die andere Tour?« Pause. »Was ist? Ich hätte gern Ihre Antwort, und zwar *auf der Stelle.*«

Ein entnervter Gefreiter Brown blickte sich verzweifelt um. Offensichtlich wusste er nicht, was er tun sollte. »Da muss ich erst jemand anrufen.«

»Nein, müssen Sie nicht. Von mir aus können Sie mich vorher durchsuchen, aber ich gehe jetzt da rein. Wird nicht lange dauern. Aber es muss sofort sein.«

»Wie heißen Sie?«

»Joshua Harms.« Er zog seine Brieftasche hervor. »Hier ist mein Führerschein. Ich war im Lauf der Jahre oft im Knast, kann mich aber nicht erinnern, Sie da mal gesehen zu haben.«

»Ich arbeite nicht im Gefängnis«, sagte Brown. »Ich bin nur befristet für diese Aufgabe abgestellt worden. Ich bin Reservist.«

»Reservist? Und Sie schieben bei einem Gefangenen Wachdienst?«

»Die eigentlichen Spezialisten aus dem Militärgefängnis, die mit Ihrem Bruder hierher geflogen sind, sind heute Morgen wieder abgereist. Diese Leute werden dafür sorgen, dass morgen Früh eine Ablösung für mich kommt.«

»Wie schön für Sie. Also, bringen wir es jetzt hinter uns?«

Gefreiter Brown starrte Joshua ein paar Sekunden an. »Drehen Sie sich um«, sagte er schließlich.

Josh tat wie geheißen. Brown machte sich daran, ihn abzutasten. »Jetzt nur keine Panik«, sagte Josh, als Brown die

Hosentaschen betastete, »da steckt ein Taschenmesser drin. Holen Sie es einfach raus, und bewahren Sie's für mich auf. Aber geben Sie gut darauf Acht, mein Junge. Ich hab nämlich eine Schwäche für dieses Messer.«

Gefreiter Brown beendete die Leibesvisitation und richtete sich auf. »Sie haben zehn Minuten, mehr nicht. Und ich gehe mit Ihnen ins Zimmer.«

»Wenn Sie mit mir reingehen, verlassen Sie Ihren Posten. Und ob Sie nun in der Army sind oder Reservist, mein Junge – wenn Sie Ihren Posten verlassen, werden Sie dort enden, wo jetzt mein Bruder ist.« Joshua betrachtete das jugendliche Gesicht des Mannes. Ein Möchtegern-Wochenendsoldat, ging es ihm durch den Kopf. Saß sich wahrscheinlich von Montag bis Freitag den Hintern auf irgendeinem Schreibtischsessel platt, zog dann den grünen Drillichanzug an, schnappte sich seine Knarre und machte sich auf die Suche nach Abenteuern. »Und glauben Sie mir, wer so aussieht wie Sie, sollte besser nicht zu den bösen Jungs im Knast gesteckt werden.«

Der Gefreite Brown schluckte nervös. »Zehn Minuten.«

Die beiden Männer blickten sich in die Augen. »Herzlichen Dank«, sagte Josh Harms, obwohl er dem Milchgesicht am liebsten in den Hintern getreten hätte.

Er betrat das Zimmer und schloss die Tür hinter sich.

»Rufus«, sagte er leise.

»Hab nicht damit gerechnet, dass du so schnell kommst, Bruder.«

Josh trat an das Bett und schaute auf Rufus hinunter. »Du lieber Himmel, was haben die mit dir gemacht?«

»Das willst du bestimmt nicht wissen.«

»Es geht um den verdammten Brief, den du bekommen hast, nicht wahr?« Josh zog sich einen Stuhl ans Bett.

»Wie lange hat der Wachtposten dir gegeben?«

»Zehn Minuten. Aber der Hampelmann da draußen macht mir keinen Kummer.«

»Zehn Minuten reichen nicht, um dir alles zu erklären. Aber eins kann ich dir sagen. Wenn die mich nach Fort

Jackson zurückschleifen, bringen die mich um, kaum dass ich 'nen Fuß in den Knast gesetzt habe.«

»Wer sind ›die‹?«

Rufus schüttelte den Kopf. »Wenn ich's dir sage, bist du als Nächster dran.«

»Ich bin doch hier bei dir, oder? Dieser Spielzeugsoldat da draußen ist zwar dämlich, aber so blöd ist er nun auch wieder nicht. Er wird mich auf die Besucherliste setzen. Das ist dir doch klar.«

Rufus schluckte mühsam. »Ich weiß, ich hätte dich wohl besser nicht herbestellen sollen.«

»Jetzt bin ich aber hier. Und nun erzähl endlich.«

Rufus dachte kurz nach. »Also gut, Josh. Dieser Brief von der Army ... als ich ihn bekam, fiel mir alles wieder ein, was in der Nacht damals passiert ist. Wirklich *alles*. Oh, Mann. Ich hatte das Gefühl, jemand hätte mir 'ne Kugel in den Kopf geschossen.«

»Du sprichst von dem Mädchen?«

Rufus nickte, noch bevor Josh den Satz beendet hatte. »Mir ist alles wieder eingefallen. Ich weiß, warum ich es getan habe ... und dass es gar nicht meine Schuld war.«

Sein Bruder schaute ihn skeptisch an. »Jetzt mach aber 'nen Punkt, Rufus. Du hast das kleine Mädchen umgebracht, da führt kein Weg dran vorbei.«

»Jemanden umbringen und jemanden umbringen *wollen* sind zwei verschiedene Paar Stiefel. Auf jeden Fall habe ich meinen Anwalt von damals ...«

»Du meinst dieses beschissene Würstchen? Diesen Möchtegern-Verteidiger?«

»Du hast den Brief gelesen?«

»Klar. Sie haben ihn ja schließlich an mich geschickt. War wohl die letzte zivile Anschrift, die unsere glorreiche Army von dir hatte. Die blöden Hunde wussten offenbar gar nicht, dass du in einem ihrer verfluchten Gefängnisse verrottest.«

»Na ja, Rider hat für mich etwas eingereicht. Bei Gericht.«

»Was hat er eingereicht?«

»Einen Brief, den ich geschrieben habe.«

»Einen Brief? Wie hast du den denn aus dem Knast geschleust?«

»Genau so, wie du den Brief von der Army reingeschleust hast.«

Beide Männer lächelten.

»Im Gefängnis gibt's 'ne Druckerei«, sagte Rufus. »In der Maschinenhalle ist es heiß, stickig, schmutzig. Da lassen sie einem ein bisschen Freiraum. Und da hab ich halt ein bisschen gezaubert.«

»Und du glaubst, das Gericht nimmt sich deinen Fall vor? Da würd ich nicht gerade mein Leben drauf verwetten, kleiner Bruder.«

»Hat aber ganz den Anschein, als würde das Gericht irgendwas unternehmen.«

»Mann, das ist ja 'ne tolle Überraschung.«

Rufus schaute an seinem Bruder vorbei zur Tür. »Wann kommen die Wachen aus dem Militärgefängnis zurück?«

»Morgen Früh, hat der Kleine da draußen gesagt.«

»Okay. Das bedeutet, ich muss spätestens diese Nacht hier raus.«

»Diese Frau, die mich anrief ... sie hat gesagt, du hättest so was wie 'nen Herzanfall gehabt. Guck dich doch an, Junge. Was meinst du, wie weit du kommst? Oder willst du die verdammten Schläuche und den ganzen anderen Kram, den sie an dich angeschlossen haben, hinter dir herschleifen?«

»Wie weit komme ich denn, wenn ich tot bin?«

»Glaubst du wirklich, die wollen dich umbringen?«

»O ja. Die wollen verhindern, dass die Wahrheit ans Licht kommt. Du hast doch gesagt, du hättest den Brief von der Army gelesen.«

»Hab ich.«

»Tja, ich war nie an dem Programm beteiligt, und wenn sie's noch so steif und fest behaupten.«

Josh blickte den Bruder forschend an. »Wie meinst du das?«

»So, wie ich's gesagt habe. Jemand hat mich einfach auf die Liste gesetzt. Es sollte so aussehen, als wäre ich dabei gewesen, damit sie vertuschen können, was sie mit mir gemacht haben … und was der wahre Grund dafür war, dass ich das kleine Mädchen getötet habe. Sie mussten wohl so vorgehen – für den Fall, dass jemand die Sache nachprüft. Sie dachten, ich würde draufgehen.«

Josh nahm die Informationen langsam in sich auf, bis ihm schließlich die Wahrheit dämmerte. »Gütiger Himmel! Warum sollten sie dir so eine Scheiße antun?«

»Das fragst du mich? Sie haben mich gehasst. Dachten, ich sei der größte Scheißkerl auf der Welt. Die wollten mich tot sehen.«

»Wenn ich das alles gewusst hätte, wäre ich damals von 'nam nach Hause gekommen und hätte denen in den Arsch getreten.«

»Du hattest genug damit zu tun, den Vietkong daran zu hindern, dass er Hackfleisch aus dir macht. Aber glaub mir – wenn ich *diesmal* zurück in den Knast gehe, machen die reinen Tisch. Dann bringen die mich für immer zum Schweigen.«

Josh schaute zur Tür, blickte dann hinunter auf die Fesseln seines Bruders.

»Ich brauche dabei deine Hilfe, Josh.«

»Da hast du verdammt Recht, Rufus.«

»Aber du *musst* mir nicht helfen. Du kannst dich umdrehen und einfach hier rausspazieren. Das würde nichts daran ändern, dass ich dich liebe. Du hast die ganzen verdammten fünfundzwanzig Jahre zu mir gehalten. Es ist nicht fair, dass ich dich jetzt um Hilfe bitte. Du hast schwer geschuftet, hast dir im Leben etwas aufgebaut. Ich hätte Verständnis dafür, wenn du jetzt nein sagst.«

»Dann kennst du deinen Bruder aber schlecht.«

Rufus streckte langsam den Arm aus, ergriff Joshs Hand. Sie hielten einander fest, als wollten sie sich gegenseitig Kraft und Entschlossenheit geben für das, was vor ihnen lag.

»Hat jemand dich reinkommen sehen?«

»Nur der Wachtposten. Ich hab gar nicht den Haupteingang genommen, hab mich praktisch an dieses Zimmer rangeschlichen.«

»Dann könnten wir so tun, als hätte ich dich bewusstlos geschlagen und wäre dann abgehauen. Die wissen, dass ich ein verrückter Hund bin. Ich würde den eigenen Bruder abmurksen, ohne mit der Wimper zu zucken.«

»Blödsinn. So wird das nichts, Rufus. Du weißt doch nicht mal, wohin du gehen sollst, verdammt. Diese Typen hätten dich in zehn Minuten am Arsch. Ich hab fast zwei Jahre lang als Bauschreiner in diesem Krankenhaus hier geschuftet und kenne es wie meine Westentasche. Die Tür, durch die ich reingekommen bin, sollte eigentlich immer abgeschlossen sein, aber die Schwestern haben ein Klebeband über das Schnappschloss gezogen. Sie schleichen sich da rein und raus, um draußen eine zu rauchen.«

»Wie willst du die Sache durchziehen?«

»Wir gehen genau den gleichen Weg raus, den ich reingekommen bin. Den Gang entlang, und dann nach links. Da kommen wir an keinem Schwesternzimmer oder sonst ’nem Raum vorbei. Ich hab ’nen Wagen direkt vor der Tür stehen. ’ne halbe Stunde von hier weg wohnt ein Kumpel von mir. Er war mir ’nen Gefallen schuldig. Ich hab meine Rostlaube in seiner Scheune untergestellt und mir für ’ne Weile sein Wohnmobil ausgeliehen. Er hat keine Fragen gestellt und wird auch keine beantworten, falls die Polizei bei ihm aufkreuzt. Wir fahren einfach los und schauen nicht mehr zurück.«

»Willst du das wirklich auf dich nehmen? Was ist mit deinen Kindern?«

»Die sind aus dem Haus. Ich sehe sie nicht mehr oft.«

»Und was ist mit Louise?«

Josh senkte kurz den Blick. »Louise hat mich vor fünf Jahren verlassen. Seitdem hab ich sie nicht mehr zu Gesicht bekommen.«

»Das hast du mir nie erzählt!«

»Was hättest du denn getan, wenn ich's dir gesagt hätte?«

»Das tut mir Leid.«

»Mir tut auch verdammt viel Leid. Mit mir kommt man nicht immer leicht aus. Ich kann wirklich nicht behaupten, dass ich Louise oder den Kindern Vorwürfe mache.« Josh zuckte die Achseln. »Also sind's mal wieder nur wir zwei. Wäre Momma noch am Leben, würde sie sich freuen.«

»Bist du sicher?«

»Frag mich das nicht noch einmal, Rufus.«

Rufus hob die mit Handschellen gefesselten Hände. »Was ist damit?«

Sein Bruder zog bereits einen Gegenstand aus seinem Stiefel. Als er den Oberkörper wieder aufrichtete, hielt er ein dünnes Stück Metall in der Hand, an dessen einem Ende sich ein kleiner Haken befand.

»Jetzt sag bloß, dass der Junge auf dem Gang dich nicht gefilzt hat?«

»Oh, Mann. Glaubst du wirklich, dieses Weichei wüsste, wo er suchen muss? Als der Bursche mein Taschenmesser hatte, war er sicher, mir alle meine *gefährlichen* Waffen abgenommen zu haben. Hat sich nicht mal mehr die Mühe gemacht, sich meine Stiefel näher anzugucken.« Josh grinste und schob das Metallstück ins Schloss der Handschellen.

»Glaubst du, du kannst es knacken?«

Josh hielt inne und schaute seinen Bruder verächtlich an. »Ich bin dem verdammten Vietkong entkommen, Junge. Da werde ich doch wohl mit den popeligen Handschellen von der Army fertig.«

Draußen auf dem Gang blickte Gefreiter Brown auf seine Uhr. Die zehn Minuten waren vorüber. Er schob die Zimmertür einen Spaltbreit auf.

»Die Zeit ist abgelaufen, Harms.« Er stieß die Tür weiter auf. »Mr Harms? Haben Sie gehört? Die Zeit ist um.«

Brown hörte ein leises Stöhnen. Er zog seine Pistole und stieß die Tür ganz auf. »Was ist denn hier drin los?«

Das Stöhnen wurde lauter. Brown schaute sich nach dem Lichtschalter um, als er über irgendetwas stolperte. Er kniete nieder und berührte das Gesicht des Mannes, während seine Augen sich noch an das Licht gewöhnen mussten.

»Mr Harms? Mr Harms! Ist alles in Ordnung?«

Josh schlug die Augen auf. »Mir geht es gut. Und Ihnen?«

In diesem Moment schloss sich eine riesige Hand um Browns Waffe und entriss sie ihm. Die andere Hand legte sich auf den Mund des Gefreiten. Brown wurde in die Höhe gerissen, verlor den Boden unter den Füßen. Eine Faust schmetterte an sein Kinn, und Brown verlor das Bewusstsein.

Rufus legte den schlaffen Körper des Gefreiten aufs Bett und bedeckte ihn mit dem Laken. Josh schloss die Fesseln um die Arme und Beine des Bewusstlosen und zog sie stramm. Dann klebte er ihm mit Tesafilm und Verbandmull – beides hatte er in einem der Schränke gefunden – den Mund zu. Zum Schluss durchsuchte er Browns Drillichuniform und steckte sein Taschenmesser wieder ein.

Als Josh sich zu Rufus umdrehte, schloss der ihn in die Arme und drückte ihn an sich. Josh erwiderte seine Umarmung – die erste der beiden Männer seit fünfundzwanzig Jahren. Als Josh sich schließlich vom Bruder löste, waren Rufus' Augen feucht, und er zitterte leicht.

»Jetzt werd mir bloß nicht gefühlsduselig. Dafür haben wir keine Zeit.«

Rufus lächelte. »Fühlt sich trotzdem gut an, dich in den Armen zu halten, Josh.«

Josh legte seinem Bruder eine Hand auf die Schulter. »Hätte nie gedacht, dass wir noch mal Gelegenheit dazu bekommen. Jedenfalls werde ich's nie wieder als selbstverständlich ansehen.«

»Und was jetzt?«

»Vom Gang aus kann man nicht sehen, wo der Junge gesessen hat. Aber die haben hier 'nen privaten Sicherheitsdienst.« Josh schaute auf die Uhr. »Als ich damals hier arbeitete, haben die Burschen zu jeder vollen Stunde die Runde gemacht. Wir haben jetzt Viertel nach. Die Brüder vom Sicherheitsdienst kriegen ’nen Hungerlohn und sind nicht gerade versessen darauf, Bettpfannen zu bewachen, aber irgendwann wird ihnen wohl auffallen, dass unser Supersoldat nicht mehr draußen vor dem Zimmer hockt. Bist du bereit?«

Rufus hatte bereits seine Gefängnishosen und die Schuhe angezogen. Das Hemd hatte er liegen lassen; er begnügte sich mit seinem T-Shirt. In einer Hand hielt er die Krankenhausbibel. Er kam sich noch nicht wie ein freier Mann vor, war aber nur noch ein paar Sekunden davon entfernt.

»Ob ich bereit bin? Seit fünfundzwanzig Jahren!«

KAPITEL 24

Chandler schaute sich in Michael Fiskes Büro um. Es befand sich im ersten Stock des Gebäudes – ein großes Zimmer mit hohen Decken und fünfzehn Zentimeter breiten Zierleisten. Zwei schwere Holzschreibtische, beide mit Workstations für die Computer. Zwei Wände wurden von Regalen mit juristischen Fachbüchern und Heftern mit Gerichtsakten gesäumt; an einer anderen Wand standen Holzschränke. Neben einem der Schreibtische, die beide mit Aktenstapeln beladen waren, stand ein Bücherrollwagen. Das Büro kam Chandler ziemlich unordentlich vor.

Perkins sah Chandler an. »Während Sie den Raum durchsuchen, muss jemand vom Gericht dabei sein. Hier gibt es viele vertrauliche Dokumente. Entwürfe von Urteilsbegründungen, Memos von Richtern und Assessoren und so weiter. Unterlagen über schwebende Verfahren.«

»In Ordnung. Wir werden nichts wegnehmen, was mit solchen Fällen zu tun haben könnte.«

»Woher wollen Sie denn wissen, ob es sich um ein solches Dokument handelt oder nicht?«

»Ich werde Sie fragen.«

»Das hilft Ihnen aber nicht weiter. Ich bin ja nicht mal Anwalt.«

»Tja«, sagte Chandler, »dann holen Sie jemanden her, der es mir sagen kann, denn ich werde dieses Büro durchsuchen.«

»Das geht heute wahrscheinlich nicht mehr. Kann es nicht bis morgen warten? Ich glaube, die Assessoren sind alle schon nach Hause gegangen. Chief Justice Ramsey war der Ansicht, dass sie nach den Vorfällen in letzter Zeit keine Überstunden machen sollten.«

»Ein paar Richter sind noch hier, Richard«, sagte Klaus.

Perkins warf Klaus einen unfreundlichen Blick zu, worauf Klaus zu Dellasandro hinüberschaute. »Ich wollte die Richter nicht in die Sache hineinziehen, wenn es nicht unbedingt nötig ist«, sagte er. »Aber ich will sehen, was ich tun kann. Bis ich zurück bin, muss ich diese Tür leider abschließen.«

Chandler trat einen Schritt auf Perkins zu. »Jetzt hören Sie mal gut zu, Richard. Ich bin von der Polizei, ja? Aber vielleicht habe ich Ihre Bemerkung falsch aufgefasst, und Sie haben es gar nicht so gemeint, wie ich es verstanden habe.«

Perkins errötete, schloss die Tür aber nicht ab. Er bedeutete Klaus, ihm zu folgen, und die zwei Männer gingen davon. Dellasandro blieb zurück und unterhielt sich mit McKenna.

Chandler ging zu Fiske hinüber. »Ich habe das Gefühl, dass die sich schon ganz genau überlegt haben, wie sie uns abfertigen wollen.«

»McKenna kannte Ihren Namen bereits, bevor Sie ihm vorgestellt wurden.«

»Offensichtlich haben sie sich schon schlau gemacht, bevor wir hier eintrafen.«

»Tja, das kann man ihnen wohl nicht verdenken.«

»Ich gehe mal zu McKenna und rede mit ihm«, sagte Chandler. »Man weiß ja nie, wann man vom FBI mal eine Gefälligkeit braucht.«

Fiske lehnte sich an die Wand und schaute auf die Uhr. Er hatte seinen Vater noch immer nicht erreicht.

Die Tür des Büros, das sich schräg gegenüber vom Büro seines Bruders befand, wurde geöffnet, und ein junger Mann kam heraus.

Fiske nickte ihm zu. »Hier ist ja ganz schön was los.«

»Sind Sie von der Polizei?«

Fiske schüttelte den Kopf und streckte die Hand aus.

»Bin nur ein Beobachter. Ich bin John Fiske. Mike war mein Bruder.«

Der junge Mann erbleichte. »O Gott, es ist schrecklich. Schrecklich. Es tut mir sehr Leid.« Er gab Fiske die Hand. »Ich bin Steven Wright.«

»Haben Sie Mike gut gekannt?«

»Eigentlich nicht. Ich habe erst in dieser Sitzungsperiode hier angefangen. Bei Richterin Knight. Ich weiß aber, dass jeder hier eine sehr hohe Meinung von Ihrem Bruder hatte.«

Fiske schaute zu der Tür, aus der Wright gekommen war. »Ist das Ihr Büro?«

Wright nickte.

»Im Büro meines Bruders war wohl ziemlich viel los.«

»Das können Sie laut sagen. Den ganzen Tag ging es dort rein und raus.«

»Mr Perkins und Chief Dellasandro?«

»Und der Herr da drüben.«

Fiske drehte sich in die Richtung, in die Wright zeigte. »Das ist Agent McKenna vom FBI«, sagte er.

Wright schüttelte traurig den Kopf. »Ich habe nie jemanden gekannt, der …« Er hielt inne und schaute verlegen drein.

»Schon gut. Ich weiß, was Sie meinen.« Plötzlich galt Fiskes ganze Aufmerksamkeit zwei Personen, die auf ihn zukamen. Genauer gesagt, einer dieser Personen. Obwohl die Frau gut aussah, kam sie Fiske wie der Wildfang von nebenan vor. Wie jemand, mit dem man Football oder Schach spielen konnte. Und gegen den man wahrscheinlich den Kürzeren zog.

Sara Evans musterte Fiske. Sie hatte ihn gesehen, als er das Gebäude betrat, und hatte sich denken können, weshalb er gekommen war. Sie war in der Nähe geblieben – für den Fall, dass sie mit einem der Assessoren sprechen mussten. Deshalb hatte Perkins sie so schnell »gefunden«. Sara blieb direkt vor Fiske stehen, sodass auch Perkins abrupt Halt machen musste.

»Oh«, sagte er, »John Fiske, das ist Sara Evans.«

»Sie sind Michaels Bruder?«

»Lassen Sie mich raten … er hat nie von mir gesprochen.«

»Doch, hat er.«

Sie wechselten einen festen Händedruck. Das Weiße in Saras Augen war gerötet, ebenso ihre Nasenspitze. Ihre Stimme klang müde. Fiske bemerkte, dass sie mit der anderen Hand ein Taschentuch umkrampfte. Er hatte das Gefühl, sie schon einmal gesehen zu haben.

»Das mit Michael tut mir sehr, sehr Leid«, sagte sie.

»Danke. Es war ein schrecklicher Schock.« Fiske blinzelte. War da etwas in ihren Augen gewesen, als er diese Bemerkung gemacht hatte? Eine Andeutung, dass der Mord für Sara Evans gar nicht so schockierend, so überraschend gewesen war?

Perkins blickte Wright an. »Ich wusste gar nicht, dass Sie in Ihrem Büro waren.«

»Vielleicht hätten Sie mal anklopfen sollen«, sagte Fiske.

Perkins warf ihm einen unfreundlichen Blick zu und ging zu Chandler und McKenna hinüber.

»Hallo, Sara«, sagte Wright, und ein Lächeln legte sich auf sein Gesicht.

So wie Wright Sara anschaute, konnte Fiske unschwer erkennen, dass der junge Mann vernarrt in sie war.

»Hallo, Steven. Wie geht es dir?«

»Nicht besonders, aber das dürfte heute wohl allen so ergangen sein. Ich fahre gleich nach Hause.«

Sara schaute Fiske an. »Steven will damit sagen … heute haben wir alle nur an Ihren Bruder gedacht. Es hat uns sehr erschüttert, alle, die hier arbeiten, bis hinauf zum Obersten Richter. Aber ich weiß, das kommt nicht annähernd *Ihrem* Schmerz nahe, Ihrem Verlust, Mr Fiske.«

Sara sagte es auf so seltsame Weise, dass Fiske unwillkürlich stutzte. Doch bevor er antworten konnte, gesellte Perkins sich wieder zu ihnen.

»Na schön, Detective Chandler von der Mordkommission

Washington wartet mit einem Herrn vom FBI«, sagte Perkins zu Sara.

»Weshalb soll Michaels Büro durchsucht werden?«

Perkins' Tonfall war beinahe schroff. »Das hat uns nicht zu kümmern.«

»Es gehört zur Ermittlungsarbeit, Miss Evans«, erklärte Fiske. »Für den Fall, dass es einen Zusammenhang mit dem Mord gibt.«

»Ich dachte, es sei ein Raubmord gewesen.«

»Es war Raubmord. Und je schneller wir Detective Chandler davon überzeugen können, dass die Tat nicht das Geringste mit dem Gericht zu tun hat, umso besser«, sagte Perkins ungehalten.

»Falls dem so ist«, sagte Fiske.

»Natürlich *ist* dem so.« Perkins wandte sich an Sara. »Wie ich schon auf dem Weg hierher gesagt habe – sorgen Sie bitte dafür, dass die Beamten keine vertraulichen Dokumente zu sehen bekommen oder gar mitnehmen.«

»Was genau meinen Sie mit ›vertraulich‹?«, fragte Sara.

»Sie wissen schon ... alles, was mit noch ausstehenden Urteilen zu tun hat. Begründungen, Memos und dergleichen.«

»Sollte ich nicht an dieser Entscheidung beteiligt werden, Richard?«, erklang eine Stimme. »Oder liegt das außerhalb meines Zuständigkeitsbereichs?«

Fiske erkannte den Mann sofort, der sich ihnen näherte. Wie ein altehrwürdiger Ozeanliner, der majestätisch in einen Hafen einfuhr, schritt Harold Ramsey auf sie zu.

»Ich habe Sie gar nicht gesehen, Chief«, sagte Perkins nervös.

»Offensichtlich nicht.« Ramsey schaute Fiske an. »Ich glaube, wir kennen uns noch nicht.«

»Michaels Bruder, John Fiske«, stellte Sara ihn vor.

Ramsey streckte die Hand aus; seine langen, knochigen Finger schienen sich zweimal um die Hand seines Gegenübers zu winden. »Ich kann Ihnen gar nicht sagen, wie Leid es mir tut. Michael war ein sehr außergewöhnlicher junger

Mann. Ich weiß, dass dieser Verlust für Sie und Ihre Familie schrecklich sein muss. Wenn wir irgendetwas für Sie tun können, lassen Sie es uns bitte wissen.«

Fiske bedankte sich für die Anteilnahme. Er kam sich wie ein Fremder bei einer Totenwache vor, dem jeder sein Beileid ausspricht, obwohl niemand den Verstorbenen gekannt hatte.

»Das werde ich«, sagte Fiske ernst.

Ramsey schaute Perkins an und nickte zu Chandler und McKenna hinüber. »Was sind das für Leute, und was wollen sie?«

Perkins erklärte kurz und knapp, worum es ging, doch als er seinen Bericht beendet hatte, wurde deutlich, dass Ramsey ihm gedanklich um mindestens fünf Schritte voraus war.

»Würden Sie Detective Chandler und Agent McKenna bitten, zu uns zu kommen, Richard?«

Nachdem man sie miteinander bekannt gemacht hatte, wandte Ramsey sich an Chandler. »Wir bekommen das Problem vielleicht besser in den Griff, wenn wir uns mit Richter Murphy und seinen Mitarbeitern zusammensetzen und mündlich die Fälle durchgehen, mit denen Michael zu tun hatte. Ich möchte versuchen, Ihr Recht, Mr Chandler, in diesem Fall zu ermitteln, gegen die Verantwortung des Gerichts abzuwägen, seine Entscheidungen so lange vertraulich zu behandeln, bis sie öffentlich bekannt gemacht werden.«

»Na schön.« Und ich will nicht, dass jemand mir unterstellt, ich könnte was durchsickern lassen, dachte Chandler bei sich.

»Ich sehe aber keinen Grund, Ihnen die Durchsuchung von Michaels persönlichen Besitztümern zu verwehren, falls er hier welche aufbewahrt hat. Ich möchte Sie nur bitten, sämtliche Dokumente beiseite zu legen, die mit der Arbeit des Gerichts zu tun haben, bis Sie mit Richter Murphy gesprochen haben. Sollte sich dann eine Verbindung zwischen einem Fall, an dem Michael gearbeitet hat, und seinem Tod ergeben, werden wir dafür sorgen, dass Sie dieser Spur rückhaltlos nachgehen können.«

»In Ordnung, Chief Justice«, sagte Chandler, und auch McKenna nickte zustimmend. »Ich habe übrigens schon kurz mit Richter Murphy gesprochen.«

»Gut.« Ramsey wandte sich an Perkins. »Richard, bitte informieren Sie Richter Murphy und seine Assessoren, dass Detective Chandler so schnell wie möglich mit ihnen sprechen möchte. Ich gehe doch recht in der Annahme, dass es morgen nach der mündlichen Verhandlung früh genug für Sie ist?«

»Selbstverständlich«, erwiderte Chandler.

»Außerdem werde ich dafür sorgen, dass unsere Rechtsabteilung Ihnen bei der Koordination hilft und alle Fragen hinsichtlich der Vertraulichkeit beantwortet, die sich möglicherweise ergeben. Sara, Sie stehen morgen doch zur Verfügung, oder? Sie standen Michael nahe, nicht wahr?«

Fiske musterte Sara. Wie nahe, fragte er sich.

Wieder reichte Ramsey Fiske die Hand. »Ich wäre Ihnen sehr verbunden, wenn Sie mich wissen ließen, wann und wo die Beisetzung stattfindet.«

Dann wandte Ramsey sich an Perkins. »Richard, kommen Sie bitte in mein Büro, sobald Sie mit Richter Murphy gesprochen haben.« Seiner Stimme war deutlich zu entnehmen, worauf er anspielte.

Nachdem Ramsey und Perkins gegangen waren, beobachtete Chandler, wie McKenna noch einen Blick in Michael Fiskes Büro warf. »Chief Dellasandro«, sagte der Detective, »um Sie so wenig wie möglich bei der Arbeit zu stören, werde ich morgen mit einem ganzen Team anrücken, um das Büro zu durchsuchen. Dann können wir das mit einem Mal erledigen.«

»Sehr gut. Vielen Dank«, erwiderte Dellasandro.

»Aber ich möchte, dass diese Tür bis dahin verschlossen bleibt«, fuhr Chandler fort. »Niemand betritt das Büro. Das gilt auch für Sie, Mr Perkins und« – er schaute demonstrativ auf Agent McKenna – »alle anderen.«

McKenna blickte zu Chandler hinüber, während Dellasandro zustimmend nickte.

Fiske sah sich um und bemerkte, dass Wright auf Chandler starrte. Dann zog der Assessor abrupt die Tür seines Büros zu, und Fiske hörte, wie der Schlüssel im Schloss gedreht wurde. Kluger Junge, dachte er.

Als Fiske und Chandler das Gebäude verließen, ließ eine Stimme sie innehalten.

»Haben Sie etwas dagegen, dass ich Sie hinausbegleite?«, fragte Sara.

»Aber nein«, erwiderte Chandler. »John?«

Fiske zuckte unverbindlich die Achseln.

Chandler lächelte, während sie zum Ausgang schlenderten. »Wieso habe ich bloß das Gefühl, als sei vorhin der Allmächtige bei uns gewesen?«

Sara lächelte. »Dieses Gefühl hat man fast immer, wenn der Oberste Richter sich in die Niederungen der Assessoren begibt.«

»Sie sind Assessorin bei Richterin Knight?«, fragte Fiske.

»Im zweiten Jahr.«

Als sie um die Ecke gingen, stießen sie beinahe mit Elizabeth und Jordan Knight zusammen.

»Oh, Richterin Knight. Wir haben gerade über Sie gesprochen«, sagte Sara und machte die Ermittlungsbeamten mit der Richterin und dem Senator bekannt.

»Senator«, sagte Chandler, »wir wissen zu schätzen, was Sie für Washington tun. Ohne die zusätzlichen Mittel, die Sie kürzlich für die Polizei durchgepaukt haben, müsste ich die Ermittlungen in Mordsachen mit dem Fahrrad vornehmen.«

»Wie Sie wissen, ist noch viel mehr zu tun. Die Probleme sind über einen langen Zeitraum hinweg entstanden, und es wird genauso lange dauern, sie aus der Welt zu schaffen«, leierte Knight im Wahlkampfton herunter. Er blickte Fiske an, und seine Stimme wurde weicher. »Es tut mir sehr Leid, was mit Ihrem Bruder geschehen ist, John, auch wenn ich ihn nicht persönlich gekannt habe. Ich bin ziemlich selten hier im Gericht. Würde ich zu oft mit meiner Frau zu Mittag essen, kämen die Medienvertreter womöglich auf den Gedanken, dass ich ihre richterlichen Entscheidungen zu beeinflussen versuche. Diese Leute vergessen offenbar, dass Elizabeth und ich Haus und Bett miteinander teilen.« Er wurde ernst. »Mr Fiske, ich möchte Ihnen und Ihrer Familie mein aufrichtiges Beileid aussprechen.«

Fiske dankte ihm. »Auch wenn es keine große Rolle spielt«, fügte er hinzu, »ich habe Sie gewählt.«

»Jede Stimme zählt.« Knight schaute zu seiner Frau hinüber und lächelte herzlich. »Genau wie hier am Gericht, nicht wahr, Frau Richterin? Wie hat Brennan es ausgedrückt? Man braucht fünf Stimmen, um irgendetwas bewirken zu können? Mein Gott, müsste ich mir nur um fünf Stimmen Sorgen machen, wäre ich mindestens fünfzehn Kilo leichter, und mein Haar wäre noch schwarz.«

Elizabeth Knight lächelte nicht. Ihre Augen waren so rot wie die Saras, ihre Haut noch bleicher als gewöhnlich. »Sara«, sagte sie, »morgen nach der Nachmittagssitzung würde ich gern mit Ihnen sprechen.« Sie räusperte sich. »Und ich möchte, dass Sie mit Steven das Memo für den Fall *Chance* durchsprechen. Ich brauche es spätestens morgen. Und wenn Steven die Nacht durcharbeitet – ich muss das Memo haben!« Ihre Stimme war beinahe schrill.

Sara schaute betroffen drein. »Ich werde ihm sofort Bescheid sagen, Richterin.«

Elizabeth Knight ergriff Saras rechte Hand. »Danke.« Sie schluckte mühsam. »Und bitte vergessen Sie nicht das Abendessen für Richter Wilkinson. Morgen Abend um sieben bei mir zu Hause.«

»Ich hab es bereits in den Terminkalender eingetragen«, sagte Sara ein wenig zögerlich.

Elizabeth Knight schaute Fiske an. »Ihr Bruder war ein sehr begabter Anwalt, Mr Fiske. Ich weiß, dass es Ihnen pietätlos erscheinen mag, dass wir an einem Tag wie diesem über Memos und Einladungen zum Abendessen sprechen, aber die Arbeit dieses Gerichts kann und darf nicht ins Stocken geraten, mögen noch so tragische Dinge geschehen sein. Diese Lektion habe ich schon vor langer Zeit gelernt«, fügte sie ein wenig müde hinzu. »Wie gesagt, es tut mir sehr Leid.« Sie schaute auf die Uhr. »Du lieber Himmel, Jordan, du wirst noch deinen Termin auf dem Hill versäumen. Und auch ich muss noch einiges erledigen.« Wieder blickte sie Fiske an. »Wenn Sie uns bitte entschuldigen.«

Fiske zuckte die Achseln. »Wie Sie schon sagten, das Räderwerk bleibt für nichts und niemanden stehen.«

»Richterin Knight ist hart, aber fair«, sagte Sara, nachdem der Senator und seine Frau gegangen waren, und warf Fiske einen raschen Blick zu. »Sie hat es bestimmt nicht so gemeint.«

»O doch«, sagte Fiske.

»Na ja«, warf Chandler ein, »sie musste bestimmt dreimal so hart schuften wie ein Mann, um dorthin zu gelangen, wo sie jetzt ist. So was vergisst man nie.«

»Das ist aber eine sehr liberale Einstellung«, sagte Sara.

»Sie kennen meine Frau nicht, sonst wüssten Sie, wie ich darauf komme.«

Sara lächelte. »Auch wenn Ramsey und Knight in vieler Hinsicht zusammenarbeiten – sie stammen aus sehr unterschiedlichen gesellschaftlichen Schichten. Ramsey ist übertrieben zuvorkommend gegenüber Richterin Knight. Vielleicht mag er keine Konfrontationen mit Frauen. Er gehört einer anderen Generation an.«

»Ich glaube nicht, dass das Geschlecht irgendetwas damit zu tun hat«, versetzte Fiske geradeheraus.

»Sie ist eine brillante Juristin«, sagte Sara ein wenig zu heftig.

Dann hörten alle den Piepton. Chandler griff an seinen Gürtel, hielt das Gerät in die Höhe und las die Nummer von dem winzigen Bildschirm ab. »Gibt es hier irgendwo ein Telefon?«, fragte er Sara.

Sie zeigte es ihm.

Kurz darauf kam Chandler zurück und schüttelte müde den Kopf. »Ich muss ein paar neue Kunden verhören. Schrotschussverletzungen an den Köpfen. Ich bin ein echter Glückspilz.«

»Könnten Sie mich zum Revier mitnehmen, damit ich wieder zu meinem Wagen komme?«, fragte Fiske.

»Eigentlich muss ich genau in die entgegengesetzte Richtung.«

»Ich kann Sie fahren, Mr Fiske«, sagte Sara schnell. Beide Männer schauten sie an. »Für heute bin ich mit der Arbeit fertig. Habe sowieso nichts geschafft gekriegt.« Sie schaute zu Boden und lächelte ein bisschen wehmütig. »Es ist die reinste Ironie, aber Michael würde es nicht gutheißen. Ich habe noch nie jemanden gesehen, der so hingebungsvoll, so hart gearbeitet hat.« Sie schaute Fiske scharf an, als wollte sie ihren Worten Nachdruck verleihen.

»Gehen Sie doch essen, oder trinken Sie irgendwo einen Schluck«, schlug Chandler vor. »Vielleicht werden Sie feststellen, dass Sie viel zu besprechen haben.«

Fiske blickte sich um. Der Vorschlag war ihm sichtlich nicht geheuer; schließlich aber nickte er. »Wie wär's?«, fragte er Sara.

»Einverstanden.« Sie schüttelte müde den Kopf. »Ich muss nur noch Steven Bescheid sagen, dass er die Nacht durcharbeiten muss«, sagte sie und ging davon.

»John«, sagte Chandler, »finden Sie so viel heraus, wie Sie können. Diese Frau stand Ihrem Bruder sehr nahe. Im Gegensatz zu Ihnen«, fügte er hinzu.

»Leute auszuhorchen ist nicht gerade meine Stärke«, sagte Fiske. Hinter Saras Rücken solche Ränke zu schmieden verursachte ihm Schuldgefühle. Andererseits kannte er diese Frau ja nicht einmal.

»John«, sagte Chandler, als könne er Fiskes Gedanken lesen, »ich weiß, sie ist klug und hübsch, sie hat mit Ihrem Bruder zusammengearbeitet, und sein Tod hat sie schwer getroffen. Aber vergessen Sie eins nicht.«

»Und was?«

»Das alles sind *keine* Gründe, der Frau zu vertrauen.« Mit diesem Ratschlag zum Abschied ging Chandler davon.

KAPITEL 25

Jordan Knight stand auf der Schwelle des Büros seiner Frau und beobachtete sie. Elizabeth Knight saß mit gebeugtem Kopf hinter dem Schreibtisch. Vor ihr lagen mehrere aufgeschlagene Bücher, doch sie las offensichtlich in keinem davon.

»Warum machst du für heute nicht Schluss, Schatz?«

Sie sah erschrocken auf. »Jordan, ich dachte, du wärst schon zu deinem Treffen gefahren.«

Er ging zu ihr, stellte sich neben sie und massierte mit einer Hand ihren Nacken. »Ich habe es abgesagt. Und jetzt sollten wir nach Hause fahren.«

»Aber ich muss noch arbeiten. Wir hinken furchtbar hinterher. Es ist so schwer ...«

Er legte eine Hand unter ihren Arm und half ihr hoch. »Beth, ganz gleich, wie wichtig es ist – *so* wichtig ist es auch wieder nicht. Fahren wir nach Hause«, sagte er fest.

Ein paar Minuten später saßen die Knights in einem Dienstwagen der Regierung, und der Chauffeur fuhr sie zu ihrer Wohnung.

Als Elizabeth Knight sich nach einer entspannenden Dusche, einem leichten Abendessen und einem Glas Wein aufs Bett legte, fühlte sie sich wieder einigermaßen erholt. Ihr Mann kam ins Zimmer, setzte sich neben sie, legte ihre Füße auf seinen Schoß und massierte sie.

»Manchmal glaube ich, dass wir zu viel von unseren Assessoren verlangen. Sie zu hart arbeiten lassen. Zu viel von ihnen erwarten«, sagte Elizabeth nach einer Weile.

»Wirklich?« Jordan Knight umfasste sanft ihr Kinn. »Du

versuchst doch nicht etwa, dir irgendeine Mitschuld an Michael Fiskes Tod zu geben? An dem Abend, an dem er vermutlich umgebracht wurde, hat er keine Überstunden gemacht. Du hast mir erzählt, er habe sich krankgemeldet. Und dass man seine Leiche in einem heruntergekommenen Stadtteil gefunden hat, in einer schmutzigen Gasse, hat nicht das Geringste mit dir oder dem Gericht zu tun. Irgendjemand, irgendein Abschaum von der Straße, hat ihn ermordet. Vielleicht war es ein Raubmord, vielleicht war Fiske einfach nur zur falschen Zeit am falschen Ort. Aber wie dem auch sei, du hast nichts damit zu tun.«

»Die Polizei glaubt an einen Raubmord.«

»Die Ermittlungen haben zwar gerade erst begonnen, aber ich würde auch davon ausgehen.«

»Einer der Assessoren hat heute gefragt, ob Michaels Tod irgendetwas mit dem Gericht zu tun hat.«

Jordan Knight dachte kurz darüber nach. »Nun ja, das wäre zwar möglich, aber ich kann mir nicht vorstellen, auf welche Weise.« Plötzlich schaute er besorgt drein. »Aber falls es tatsächlich so ist, werde ich dafür sorgen, dass du zusätzlichen Schutz bekommst. Ich werde mich morgen hinters Telefon klemmen und veranlassen, dass ein Agent vom Secret Service oder vom FBI rund um die Uhr zu deinem Schutz abgestellt wird.«

»Nein, Jordan, das ist nicht nötig.«

»Na, hör mal. Ich werde mit allen Mitteln dafür sorgen, dass kein Verrückter dich mir wegnimmt. Das macht mir des Öfteren Sorgen, Beth. Einige Urteile des Gerichts sind äußerst unpopulär. Und du bekommst von Zeit zu Zeit Morddrohungen. Das kannst du nicht ignorieren.«

»Das tue ich auch nicht. Ich versuche einfach, gar nicht daran zu denken.«

»Na schön, aber reg dich nicht auf, wenn ich anders verfahre.«

Sie lächelte und berührte sein Gesicht. »Du kümmerst dich viel zu viel um mich.«

Er lächelte. »Wenn man etwas so Kostbares hat, kann man sich gar nicht genug darum kümmern.«

Sie küssten sich zärtlich; dann zog Jordan die Decke über sie, knipste das Licht aus und ging in sein Arbeitszimmer, um noch einige Akten durchzusehen. Doch Elizabeth Knight schlief nicht sofort. Sie starrte in die Dunkelheit, und eine Flut von Gefühlen drang auf sie ein, drohte sie zu überwältigen, doch ihre Müdigkeit war stärker, und zum Glück kam der Schlaf.

»Ich kann mir nicht vorstellen, was Sie durchmachen, John. Ich weiß nur, wie sehr es *mir* zu schaffen macht, obwohl ich Michael nur verhältnismäßig kurz gekannt habe.«

Sie saßen in Saras Wagen, waren gerade über den Potomac River gefahren und befanden sich nun in Virginia. Fiske fragte sich, ob Sara bei ihm vielleicht den Eindruck erwecken wollte, dass sie ihm nur wenig mitteilen konnte.

»Wie lange haben Sie beide zusammengearbeitet?«

»Ein Jahr. Michael hat mich überredet, noch ein Jahr dranzuhängen.«

»Ramsey hat gesagt, Sie und Michael hätten sich nahe gestanden. Wie nahe?«

Sie blickte ihn scharf an. »Was wollen Sie damit sagen?«

»Ich will nur Fakten über meinen Bruder sammeln. Ich will wissen, wer seine Freunde waren. Ob er eine Freundin hatte.« Er schaute zu ihr hinüber, um ihre Reaktion zu beobachten. Doch falls Sara etwas empfand, verbarg sie es.

»Sie wohnen nur zwei Autostunden weit weg und wissen nichts über sein Leben?«

»Ist das Ihre Meinung oder die von jemand anderem?«

»Ich kann meine eigenen Beobachtungen machen.«

»Tja, das ist aber eine Straße, die in zwei Richtungen führt.«

»Meinen Sie damit die Beobachtungen oder die Fahrt von zwei Stunden?«

»Beides.«

Sie fuhren auf den Parkplatz eines Restaurants im Norden Virginias. Sie gingen hinein, bekamen einen Tisch und bestellten etwas zu essen und Getränke: Fiske ein Corona und Sara eine Margarita.

Fiske trank einen Schluck von seinem Bier und wischte sich den Mund ab. »Stammen Sie auch aus einer Anwaltsfamilie? Wir Juristen sind ja Herdentiere.«

Sie lächelte und schüttelte den Kopf. »Ich komme von einer Farm in North Carolina. Aus einem winzigen Kaff. Aber mein Vater hatte tatsächlich mit der Rechtsprechung zu tun.«

Fiske blickte sie interessiert an. »Inwiefern?«

»Er war der Friedensrichter des Bezirks. Offiziell war sein Gerichtssaal ein kleiner Verschlag hinten im Gefängnisgebäude. Aber die meisten Fälle verhandelte er, während er mitten auf einem Acker auf seinem John-Deere-Traktor saß.«

»Demnach hat Ihr Vater Ihr Interesse an der Juristerei geweckt?«

Sara nickte. »Mein Dad sah auf seinem staubigen Trecker mehr nach einem Richter aus als so manch anderer, den ich in altehrwürdigsten Gerichtssälen gesehen habe.«

»Gilt das auch für den Obersten Gerichtshof?«

Sara blinzelte und wandte den Blick ab, und Fiske bedauerte seine Bemerkung sofort. »Ich wette, Ihr Dad war ein guter Friedensrichter. Gesunder Menschenverstand, gerechte Urteile. Ein bodenständiger Mensch.«

Sie schaute ihn an, ob er seine Worte sarkastisch meinte, doch Fiskes Gesichtsausdruck war aufrichtig. »Genau das war er«, sagte sie. »Er hatte hauptsächlich mit Wilderern und Verkehrssündern zu tun. Ich glaube nicht, dass nach Dads Urteilssprüchen auch nur einer das Gefühl hatte, ungerecht behandelt worden zu sein.«

»Sehen Sie ihn oft?«

»Er ist vor sechs Jahren gestorben.«

»Das tut mir Leid. Lebt Ihre Mutter noch?«

»Sie ist noch eher als Dad gestorben. Das Leben auf dem Land kann hart sein.«

»Geschwister?«

Sara schüttelte den Kopf und schien erleichtert zu sein, dass das Essen serviert wurde.

»Ich merke jetzt erst, was für einen Hunger ich habe«, sagte Fiske und nahm einen großen Bissen von seiner Tortilla. »Ich hab heute noch nichts gegessen.«

»Das kommt bei mir oft vor. Ich hatte heute einen Apfel zum Frühstück, und das war's dann auch.«

»Das ist nicht gut für Sie.« Fiskes Blick glitt über Sara hinweg. »Sie haben nicht gerade Übergewicht.«

Sie betrachtete ihn. Trotz seiner breiten Schultern und der vollen Wangen wirkte er beinahe hager. Sein Hemdkragen saß weit um seinen Hals, und seine Taille wirkte zu schmal für seine Größe. »Sie auch nicht.«

Zwanzig Minuten später warf Fiske die Serviette auf den leeren Teller und lehnte sich zurück.

»Ich weiß, dass Sie viel zu tun haben«, begann er umständlich, »und möchte Ihre Zeit nicht über Gebühr in Anspruch nehmen. Mein Bruder und ich haben uns nicht oft gesehen. Aber da gibt es eine Informationslücke, die ich füllen muss, wenn ich herausfinden will, wer ihn ermordet hat.«

»Offiziell ist das Detective Chandlers Aufgabe.«

»Inoffiziell ist es meine.«

»Ihre Vergangenheit als Polizist?«, fragte Sara. Fiske runzelte die Stirn. »Michael hat mir viel von Ihnen erzählt.«

»Ach, ja?«

»Ja, sicher. Er war sehr stolz auf Sie. Vom Cop zum Strafverteidiger. Michael und ich haben einige interessante Diskussionen darüber geführt.«

»Es gefällt mir nicht, dass jemand Diskussionen über mein Leben führt, den ich gar nicht kenne.«

»Kein Grund, sich aufzuregen. Ihr Berufswechsel erschien Michael und mir nur ziemlich interessant.«

Fiske zuckte die Achseln. »Als Cop habe ich Ganoven vor Gericht geschleift. Heute verdiene ich meinen Lebensunterhalt damit, sie vor Gericht zu verteidigen. Um Ihnen die Wahrheit zu sagen ... mit der Zeit haben mir einige von den Burschen Leid getan.«

»Ich habe noch nie gehört, dass ein Cop so etwas offen zugibt.«

»Wirklich? Mit wie vielen Polizisten hatten Sie denn schon zu tun?«

»Ich fahre gern schnell. Zu schnell. Das bringt mir jede Menge Strafzettel ein.« Sara lächelte neckisch. »Jetzt mal ehrlich, warum haben Sie den Beruf gewechselt?«

Fiske spielte geistesabwesend mit seinem Messer. »Ich habe mal einen Burschen geschnappt, der Kokain bei sich hatte. Er arbeitete als Kurier für mehrere Drogenhändler. Der Kerl war ein kleiner Fisch. Er hat den Stoff bloß von A nach B gebracht. Ich hatte einen anderen berechtigten Grund, mir den Jungen zu schnappen und ihn zu durchsuchen. Bei der Gelegenheit finde ich diesen Block Kokain, und der Bursche erzählt mir mit dem Vokabular eines Erstklässlers: ›Ich dachte, es wär'n Stück Käse.‹« Fiske schaute Sara in die Augen. »Können Sie sich das vorstellen? Er wäre besser dran gewesen, hätte er behauptet, nicht zu wissen, wie der Stoff in seinen Wagen gekommen ist. Dann hätte sein Anwalt wenigstens versuchen können, berechtigte Zweifel anzumelden, was die Anklage wegen Drogenbesitzes angeht. Aber wenn man Geschworenen vormachen will, dass jemand, der wie der letzte Dreck aussieht und der handelt und spricht wie ein geistig Zurückgebliebener, *wirklich* davon überzeugt war, ein Block Kokain im Wert von zehntausend Dollar sei ein Schweizer Käse gewesen ... tja, dann bekommt man Probleme.« Er schüttelte den Kopf. »Man steckt zehn von diesen Typen ins Gefängnis, und hundert andere warten nur darauf, ihre Stelle einzunehmen. Diesen Jungs bleibt nichts anderes übrig. Hätten sie eine andere Möglichkeit, zu Geld zu kommen – sie würden sie wahrnehmen. Aber wenn man den Menschen keine Hoffnung gibt, ist es ihnen völlig gleichgültig, was sie sich selbst oder anderen antun.«

Sara lächelte. »Was ist daran so komisch?«, fragte Fiske.

»Sie hören sich genau wie Ihr Bruder an.«

Fiske hielt inne und rieb mit der Hand über einen Wasserring, den sein Glas auf der Tischplatte hinterlassen hatte. »Haben Sie viel Zeit mit Mike verbracht?«

»Ja, ziemlich viel.«

»Auch privat?«

»Wir waren öfters auf einen Drink aus oder zum Essen, haben Ausflüge gemacht.« Sie trank einen Schluck und lächelte. »Ich bin noch nie verhört worden.«

»Verhöre können ziemlich schmerzlich sein.«

»Wirklich?«

»Ja. Bei Ihnen, zum Beispiel, verrät mir irgendetwas, dass Mikes Tod für Sie gar nicht so überraschend kam. Stimmt das?«

Augenblicklich fiel die Gelassenheit von Sara ab. »Nein. Ich war entsetzt.«

»Entsetzt, ja. Aber überrascht?«

Die Kellnerin kam und fragte, ob sie ein Dessert oder Kaffee wünschten. Fiske bat um die Rechnung.

Kurz darauf saßen sie wieder im Wagen und fuhren in die Stadt zurück. Mittlerweile regnete es leicht. Was das Wetter betraf, war der Oktober in diesem Landstrich ein verrückter Monat. Es konnte abwechselnd heiß, mild oder kalt sein. Zurzeit war es sehr heiß und feucht, und Sara ließ die Klimaanlage auf vollen Touren laufen.

Fiske schaute sie erwartungsvoll an. Sie bemerkte seinen Blick, atmete seufzend ein und begann mit bedächtiger Stimme: »In letzter Zeit kam Michael mir nervös vor ... und irgendwie abwesend.«

»Vielleicht lag es am Stress.«

»In den letzten sechs Wochen haben wir ein Memo nach dem anderen verfasst. Das geht fast allen an die Nerven, aber Michael ist regelrecht aufgeblüht, wenn es hoch her ging.«

»Und Sie glauben, das hatte irgendetwas mit dem Gericht zu tun?«

»Michael hatte so gut wie kein Privatleben.«

»Abgesehen von Ihnen?«

Sie blickte ihn scharf an, sagte aber nichts.

»Standen irgendwelche großen, kontroversen Fälle an?«, fragte er.

»Jeder Fall ist groß und kontrovers.«

»Aber Mike hat sich Ihnen gegenüber nie genauer geäußert?«

Sara blickte nach vorn, antwortete auch diesmal nicht.

»Alles, was Sie mir sagen, könnte mir helfen, Sara.«

Sie trat behutsam auf die Bremse. »Ihr Bruder war manchmal ziemlich seltsam. Haben Sie gewusst, dass er regelmäßig in aller Herrgottsfrühe zur Poststelle ging, um sich so schnell wie möglich über interessante Fälle, Berufungsanträge und dergleichen zu informieren?«

»Das überrascht mich nicht. Mike hat nie halbe Sachen gemacht. Wie verfährt man normalerweise mit diesen Anträgen?«

»Sie werden in der Poststelle geöffnet und dort zunächst einmal gesichtet. Unsere Analytiker nehmen sich sämtliche Akten vor, um sicherzustellen, dass sie den formellen und inhaltlichen Anforderungen des Gerichts entsprechen. Falls es sich um handschriftliche Eingaben handelt – und das ist bei zahlreichen Anträgen *in forma pauperis* der Fall –, achten sie sogar darauf, ob die Handschrift lesbar ist. Dann wird die Akte unter dem Nachnamen des Antragstellers in einer Datenbank gespeichert. Zum Schluss wird die Akte kopiert, und jeder Richter bekommt ein Exemplar.«

»Mike hat mir mal gesagt, dass bei Ihnen eine Flut von Berufungen eingeht. Die Richter können doch unmöglich alle diese Akten lesen.«

»Tun sie auch nicht. Die Petitionen werden unter den Richtern aufgeteilt, und die Assessoren schauen sie durch, ob Aktenanforderunganträge gestellt werden sollten, und schreiben entsprechende Empfehlungen. Nehmen wir mal an, wir bekommen pro Woche einhundert Anträge. Es gibt neun Richter, also bekommt jede Kammer eines Richters ungefähr ein Dutzend. Von dem Dutzend, das an Richterin Knights Kammer geht, schreibe ich zu dreien dieser Anträge ein kurzes Gutachten. Die Gutachten gehen dann an sämtliche Kammern. Dort schauen die anderen Assessoren sie sich an und schreiben Empfehlungen, ob ihr Richter die Anträge annehmen sollte oder nicht.«

»Dann haben die Assessoren eine ziemliche Macht.«

»In mancher Hinsicht, ja. Aber bei den Beurteilungen eigentlich nicht. Das Gutachten eines Assessors besteht hauptsächlich aus einer Zusammenfassung der Fakten des jeweiligen Falles und einer Verknüpfung mit anderen Präzedenzfällen. Die Richter setzen die Assessoren praktisch nur für den Papierkram ein, die Vorlagen. Die größte Bedeutung kommt uns bei der Sichtung der Fälle zu.«

Fiske schaute nachdenklich drein. »Also kann es geschehen, dass ein Richter nicht mal die Originaldokumente zu sehen bekommt, die eingereicht wurden, bevor er entscheidet, ob ein Fall angenommen wird oder nicht? Er liest bloß das Gutachten über die Petition und die Empfehlung des Assessors.«

»Vielleicht nicht einmal das gesamte Gutachten, sondern nur die Empfehlung. Normalerweise finden zweimal wöchentlich Konferenzen statt, bei denen die Richter die Neueingänge diskutieren. Dabei wird über sämtliche Petitionen abgestimmt, die von den Assessoren gesichtet wurden. Bei mindestens vier Ja-Stimmen, dem erforderlichen Minimum, wird der Fall angenommen.«

»Die erste Person, die einen Antrag an den Obersten Gerichtshof zu Gesicht bekommt, ist also jemand aus der Poststelle?«

»Normalerweise ja.«

»Was meinen Sie mit ›normalerweise‹?«

»Nun ja, es gibt keine Garantie dafür, dass alles stets nach Vorschrift abläuft.«

Fiske dachte kurz darüber nach. »Wollen Sie damit andeuten, dass mein Bruder einen Antrag an sich genommen hat, bevor er in der Poststelle ordnungsgemäß bearbeitet wurde?«

Sara stieß ein ersticktes Seufzen aus, riss sich aber schnell zusammen. »Das kann ich Ihnen nur sagen, wenn Sie mir Vertraulichkeit zusichern, John.«

Er schüttelte den Kopf. »Ich werde Ihnen nichts versprechen, was ich nicht halten kann.«

Sara seufzte erneut, erzählte Fiske dann aber mit kurzen, knappen Worten von den Papieren, die sie im Aktenkoffer seines Bruders entdeckt hatte. »Ich wollte wirklich nicht herumschnüffeln. Aber Mike hatte sich so seltsam benommen, und ich hab mir Sorgen um ihn gemacht. Eines Morgens bin ich ihm begegnet, als er gerade von der Poststelle kam. Er sah ... verstört aus. Ich vermute, dass er gerade den Antrag entdeckt und eingesteckt hatte, den ich später in seinem Aktenkoffer fand.«

»Diese Eingabe, die Sie gesehen haben ... war es das Original oder eine Kopie?«

»Das Original. Eine Seite war von Hand geschrieben, die andere mit der Maschine.«

»Werden Originale normalerweise an die Richter weitergegeben?«

»Nein. Nur Kopien. Und die kopierten Unterlagen stecken bestimmt nicht mehr in den Umschlägen, in denen die Originale bei Gericht eintreffen.«

»Mike hat mir mal gesagt, dass Assessoren manchmal Akten mit nach Hause nehmen, sogar Originale.«

»Das stimmt.«

»Vielleicht wollte Mike die Akte, die Sie bei ihm gefunden haben, zu Hause durchgehen.«

Sara schüttelte den Kopf. »Es war keine normale Akte. Auf dem Umschlag stand kein Absender, und die getippte Seite war nicht unterschrieben. Als ich die handgeschriebene Seite sah, dachte ich sofort, dass es sich um eine Petition *in forma pauperis* handelt, aber ich habe keinen Antrag auf Prozesskostenhilfe und auch keine eidesstattliche Erklärung über Mittellosigkeit entdeckt.«

»Haben Sie irgendeinen Namen auf den Papieren gesehen, irgendetwas, das den Antragsteller identifizieren könnte?«

»Ja. Deshalb weiß ich, dass Mike die Akte entwendet hat.«

»Wie meinen Sie das?«

»Ich konnte einen Blick auf den ersten Satz der maschinengeschriebenen Seite werfen. Darin wurde die Person genannt, die den Antrag eingereicht hat. Nachdem ich dann Michaels Büro verlassen hatte, habe ich sofort im Archiv des Gerichts nachgesehen. Es war kein Antrag unter diesem Namen abgelegt.«

»Wie lautete der Name?«

»Der Nachname war Harms.«

»Und der Vorname?«

»Den habe ich nicht gesehen.«

»Fällt Ihnen dazu sonst noch etwas ein?«

»Nein.«

Fiske lehnte sich im Beifahrersitz zurück. »Aber wenn Mike diesen Antrag auf Berufung unerlaubt eingesteckt hat, musste er doch dafür sorgen, dass niemand Krach schlägt, weil die Akte verschwunden ist, nicht wahr? Zum Beispiel der Anwalt, der den Antrag eingereicht hat ... falls es ein Anwalt war.«

»Auf dem Umschlag stand ein Einschreibevermerk. Der Absender wird die Einlieferungsbescheinigung haben.«

»Hm. Und warum war eine Seite von Hand und die andere mit Maschine geschrieben?«

»Weil der Antrag von zwei verschiedenen Personen verfasst wurde. Vielleicht wollte irgendjemand Harms helfen, ohne sich zu erkennen zu geben.«

»Von allen Anträgen, die das Gericht erhält, nimmt Mike ausgerechnet diesen mit. Warum?«

Sara blickte Fiske nervös an. »O Gott, wenn sich herausstellt, dass es irgendetwas mit Mikes Tod zu tun hat ... Ich hätte nie gedacht ...« Plötzlich schien Sara jeden Moment in Tränen auszubrechen.

»Ich werde keinem etwas darüber sagen. Zumindest vorerst nicht. Sie haben für Mike ein Risiko auf sich genommen. Das weiß ich zu schätzen«, sagte Fiske und fügte nach einer längeren Pause hinzu: »Es ist schon spät.«

Nachdem sie eine Zeit lang schweigend weitergefahren waren, ergriff Fiske erneut das Wort. »Wir haben herausgefunden, dass Michael in den letzten Tagen ungefähr zwölfhundert Kilometer mit seinem Wagen zurückgelegt hat. Haben Sie eine Ahnung, wohin er gefahren sein könnte?«

»Nein. Er ist nicht gern Auto gefahren. Er ist sogar mit dem Fahrrad zur Arbeit gekommen.«

»Was haben die anderen Assessoren von ihm gehalten?«

»Sie haben ihm größten Respekt entgegengebracht. Mike war unglaublich motiviert. Das trifft wahrscheinlich auf alle Assessoren am Obersten Gerichtshof zu, aber Michaels Arbeitsleistung war unglaublich. Ich kann auch von mir behaupten, sehr hart zu arbeiten, aber ich bin der Ansicht, dass man im Leben einen gewissen Ausgleich braucht.«

»Mike war schon immer so«, sagte Fiske ein wenig müde. »Was er getan hat, hat er hundertfünfzigprozentig getan. Er war ein arbeitssüchtiger Perfektionist.«

»Muss in der Familie liegen. Michael hat mir erzählt, dass Sie als Jugendlicher fast immer zwei oder drei Jobs zugleich hatten.«

»Ich war scharf auf Taschengeld.«

Nur war das Geld nicht lange in Fiskes Tasche geblieben. Er hatte es seinem Vater gegeben, der sich mehr als vierzig Jahre lang abgerackert hatte, ohne je mehr als lausige fünfzehnhundert Dollar im Monat zu verdienen. Jetzt ging Fiskes Geld an seine Mutter, wurde von den immensen Rechnungen für die Heimunterbringung verschlungen.

»Während Sie als Cop gearbeitet haben, gingen Sie aufs College, nicht wahr?«

Fiske trommelte ungeduldig mit den Fingern aufs Armaturenbrett. »Ja. Auf die gute alte Virginia Commonwealth University, das Stanford des nächsten Jahrhunderts.«

»Und haben Jura studiert.«

Fiske schaute sie wütend an.

»Bitte, regen Sie sich nicht auf, John. Ich bin nur ein bisschen neugierig.«

Er seufzte. »Zuerst war ich bei einem Strafverteidiger in Richmond. Habe viel von ihm gelernt. Bestand die Prüfung und bekam die Zulassung. Das ist die einzige Möglichkeit, Anwalt zu werden«, fügte er trocken hinzu, »wenn man zu dumm ist, bei der Prüfung vor der Anwaltskammer auf die erforderliche Punktzahl zu kommen.«

»Sie sind nicht dumm.«

»Danke, aber woher wollen Sie das wissen?«

»Wir haben Sie bei einem Prozess beobachtet.«

Er drehte sich zu ihr um. »Wie bitte?«

»Im Sommer sind Michael und ich nach Richmond gefahren und haben Sie bei einem Strafprozess beobachtet.« Ihren zweiten Abstecher nach Richmond wollte Sara nicht erwähnen.

»Warum haben Sie mir nicht gesagt, dass Sie kommen?«

Sara zuckte die Achseln. »Michael war der Meinung, es wäre Ihnen nicht recht.«

»Warum sollte es mir nicht recht sein, meinen Bruder zu sehen?«

»Was fragen Sie mich? Er war Ihr Bruder. Ich war wirklich beeindruckt von Ihnen«, fuhr Sara fort, als Fiske nichts erwiderte. »Ich glaube, Sie haben mich motiviert, vielleicht auch eines Tages als Strafverteidigerin zu arbeiten. Zumindest möchte ich es eine Zeit lang versuchen ... herausfinden, wie es wirklich ist.«

»Und Sie glauben, das würde Ihnen gefallen?«

»Warum nicht? Es gibt immer noch Bereiche, in denen das Gesetz eine edle Berufung sein kann. Wenn es darum geht, die Rechte anderer zu verteidigen. Die Rechte der Armen. Ich würde gern etwas über Ihre Fälle hören.«

»Wirklich?«

»Aber sicher«, sagte sie begeistert.

Fiske lehnte sich zurück und tat so, als müsse er scharf nachdenken. »Mal sehen ... da war dieser Ronald James.

Das war sein richtiger Name, aber er nannte sich Backdoor Daddy, nach seiner bevorzugten Praxis beim Sex. Genauer gesagt, bei den sechs brutalen Vergewaltigungen, die er begangen hatte. Ich habe einen Kuhhandel für ihn rausgeholt, obwohl ihn alle sechs Frauen bei der polizeilichen Gegenüberstellung identifiziert hatten. Aber ich hatte gewisse Vorteile bei der Verhandlung, denn vier der Frauen wollten oder konnten Backdoor vor Gericht nicht gegenübertreten. Vor Angst und Entsetzen – was einem Verteidiger nur recht sein kann. Das fünfte Opfer war eine Frau mit Vergangenheit. Sie hatte ein paar hässliche Flecken auf der weißen Weste, die es uns vielleicht ermöglicht hätten, ihre Glaubwürdigkeit in Zweifel zu ziehen. Opfer Nummer sechs hätte Backdoor am liebsten ans Kreuz genagelt. Aber *eine* gute Zeugin ist nicht das Gleiche wie ein halbes Dutzend. Jedenfalls kriegte die Staatsanwaltschaft kalte Füße, und Backdoor bekam zwanzig Jahre mit Aussicht auf Bewährung.

Dann war da Jenny, ein nettes Mädchen, das seiner Großmutter mit einem Hackebeil den Schädel gespaltet hat, wie sie mir unter Tränen erzählte, weil die blöde alte Hexe ihr verboten hatte, mit ihren Freunden in eine Spielhalle zu gehen. Jennys Mutter – die Tochter der alten Dame, die von der kleinen Jenny abgeschlachtet worden war –, bezahlt mein Honorar in Raten von zwei Dollar pro Monat …«

»Ich verstehe, worauf Sie hinauswollen«, fiel ihm Sara ins Wort.

»… Aber ich will Sie nicht entmutigen. Der Kerl, den ich vor kurzem wegen Einbruchs rausgepaukt habe, hat meine Rechnung auf einen Schlag bezahlt – wahrscheinlich von dem Geld, das er vom Hehler für das Diebesgut bekommen hatte. Ich habe gelernt, keine Fragen zu stellen. Also konnte ich diesen Monat die Miete bezahlen, und ich musste auch schon seit langem keine Waffe mehr auf einen Mandanten richten. Und morgen ist immer ein neuer Tag.« Fiske lehnte sich zurück. »Gehen Sie frohgemut ans Werk, Miss Evans.«

»Es macht Ihnen Spaß, Ihre Mitmenschen zu schockieren, was?«

»Sie haben mich gefragt.«

»Verdammt noch mal, warum machen Sie den Job dann?«

»Jemand muss ihn tun.«

»Das war nicht gerade die Antwort, die ich erwartet habe, aber lassen wir es dabei bewenden«, sagte Sara schroff. »Vielen Dank auch, dass Sie meine Träume haben zerplatzen lassen. Das weiß ich wirklich zu schätzen.«

»Sie sollten mir dankbar dafür sein«, erwiderte Fiske wütend. »Hören Sie, Sara«, fügte er dann ein wenig ruhiger hinzu, »ich bin kein Ritter in einer strahlenden Rüstung. Die meisten meiner Mandanten sind schuldig. Ich weiß es, sie wissen es, alle wissen es. Und genau aus diesem Grund arbeite ich bei neunzig Prozent aller Fälle auf einen Kuhhandel hin. Käme wirklich jemand zu mir und würde behaupten, er wäre unschuldig, würde ich vermutlich einem Herzinfarkt erliegen. Ich verteidige nicht, ich treibe einen Handel mit Urteilen. Mein Job besteht darin, dafür zu sorgen, dass mein Mandant höchstens so lange in den Knast wandert wie andere, die das Gleiche oder Ähnliches verbrochen haben. Das ist auch eine Art von Gerechtigkeit, nicht wahr? Und wenn ich es mal auf eine Verhandlung ankommen lasse, was selten genug der Fall ist, besteht der Trick darin, so viel Staub aufzuwirbeln, dass die Geschworenen die Lust und Kraft verlieren, der Sache wirklich auf den Grund zu gehen, und aufgeben. Die wollen doch gar nicht herumsitzen und über das Schicksal eines Menschen sprechen, den sie überhaupt nicht kennen und der ihnen scheißegal ist.«

»Mein Gott, was ist nur aus der Wahrheit geworden?«

»Manchmal ist die Wahrheit der größte Feind des Anwalts. Man kann sie nicht verdrehen. In neun von zehn Fällen verliere ich mit der Wahrheit meine Prozesse. Man bezahlt mich nicht dafür, einen Prozess zu verlieren, aber ich versuche, fair zu sein. Also spielen wir alle tagsüber unser kleines Schmierentheater, hängen des Nachts die Netze aus und fangen uns einen möglichst dicken Brocken, und am nächsten Tag findet die nächste Komödie statt. Und so geht es immer weiter.«

»Ist *das für* Sie das wirkliche Leben?«, fragte Sara.

»Keine Angst, Sie werden das wirkliche Leben niemals kennen lernen. Sie werden an der Harvard-Universität lehren oder in irgendeiner New-Yorker Kanzlei mit vergoldeten Schildern an den Türen arbeiten. Sollte ich je dorthin kommen, winke ich Ihnen von der Müllkippe aus zu.«

»Würden Sie bitte aufhören?«, rief Sara.

Schweigend fuhren sie weiter, bis Fiske eine Frage in den Sinn kam. »Warum haben Sie so getan, als würden Sie mich nicht kennen, als Perkins uns im Gericht miteinander bekannt machte? Schließlich haben Sie mich schon mal bei einem Prozess beobachtet.«

Sara atmete kurz ein. »Keine Ahnung. Wahrscheinlich, weil mir nichts einfiel, wie ich Ihnen in Perkins' Beisein geschickt beibringen konnte, dass ich Sie schon mal gesehen habe.«

»Wieso ›geschickt‹? Sie hätten es mir einfach sagen können.«

»Sie wissen doch, was man über den ersten Eindruck sagt.« Kaum war Sara diese Bemerkung über die Lippen gekommen, schüttelte sie den Kopf. *Gott im Himmel!*

Während Fiske sie beobachtete, fiel der letzte Rest seiner Feindseligkeit von ihm ab. »Lassen Sie sich nicht von einem zynischen Arsch wie mir Ihre Begeisterung nehmen, Sara. Niemand hat das Recht dazu«, fügte er leise hinzu. »Es tut mir Leid.«

Sara schaute zu ihm hinüber. »Ich glaube, Ihnen liegt mehr an den Menschen, als Sie zugeben.« Sie zögerte kurz, überlegte, ob sie es ihm sagen sollte oder nicht. »Sie kennen einen kleinen Jungen namens Enis, nicht wahr?«

Fiske blickte sie an.

»Ich habe gesehen, wie Sie mit ihm gesprochen haben.«

Endlich fiel es Fiske ein. »Die Bar! Ich wusste doch, dass

ich Sie schon mal gesehen habe. Sind Sie mir etwa gefolgt?«

»Ja.«

Saras Offenheit überrumpelte Fiske. »Warum?«, fragte er ruhig.

»Das ist nicht leicht zu erklären«, sagte sie zögernd. »Ich bin noch nicht dazu bereit, mit Ihnen darüber zu sprechen. Ich habe Ihnen nicht nachspioniert. Ich sah, wie schwer es Ihnen fiel, mit Enis und seiner Familie zu sprechen.«

»Etwas Besseres konnte ihnen gar nicht passieren. Beim nächsten Mal hätte der Alte vielleicht sie umgebracht.«

»Aber trotzdem ... auf diese Weise den Vater zu verlieren ...«

»Er war nicht Enis' Vater.«

Sara blickte ihn verdutzt an. »Er war gar nicht der Vater?«

»Sicher, Enis ist sein Sohn. Aber das macht den Kerl nicht zum Vater. Väter tun nicht, was dieser Mann seiner Familie angetan hat.«

»Was wird aus ihnen werden?«

Fiske zuckte die Achseln. »Ich gebe Lucas noch zwei Jahre, bis sie ihn mit einem Dutzend Löchern in der Brust in irgendeiner Gasse finden. Das wirklich Traurige daran ist, er selbst weiß das auch.«

»Vielleicht wird er Ihnen eine angenehme Überraschung bereiten.«

»Ja. Vielleicht.«

»Und Enis?«

»Ich weiß nichts von Enis. Und ich möchte nicht mehr darüber sprechen.«

Sie fuhren schweigend weiter, bis sie das Gebäude der Mordkommission erreicht hatten. »Mein Wagen steht direkt vor dem Haupteingang.«

Sara blickte ihn erstaunt an. »Sie Glückspilz. Ich wohne seit zwei Jahren in dieser Stadt und habe noch nie einen Parkplatz am Straßenrand gefunden.«

Fiske starrte zum Bürgersteig hinüber. »Ich könnte schwören, dass ich den Wagen genau dort abgestellt habe.«

Sara schaute aus dem Fenster. »Direkt neben diesem Halteverbotsschild, meinen Sie?«

Fiske sprang aus dem Wagen, und genau in diesem Augenblick wurde der Regen stärker. Er blickte zu dem Schild hinauf und schaute dann zu der Lücke, in der sein Auto gestanden hatte. Er setzte sich wieder in Saras Wagen, lehnte sich im Sitz zurück und schloss die Augen. Wassertropfen schimmerten auf seinem Gesicht und im Haar. »Mann, was ist das heute für ein Tag.«

»Ich rufe die Nummer vom Abschleppdienst an, dann können Sie das Bußgeld bezahlen und bekommen den Wagen zurück.« Sara zog ihr Handy hervor und wählte die Nummer, die sie vom Halteverbotsschild ablas. Sie ließ es zehnmal klingeln, doch niemand hob ab. Schließlich unterbrach sie die Verbindung. »Sieht nicht so aus, als würden Sie Ihren Wagen heute noch zurückkriegen.«

»Ich muss es unbedingt meinem Dad sagen.«

»Oh.« Sie dachte kurz nach. »Na gut, dann fahre ich Sie eben.«

Fiske schaute in den strömenden Regen hinaus. »Im Ernst?«

Sara legte den Gang ein. »Suchen wir Ihren Dad.«

»Können wir vorher noch irgendwo vorbeifahren?«

»Klar. Wenn Sie mir sagen wo.«

»Bei der Wohnung meines Bruders.«

»John, ich weiß nicht, ob das eine gute Idee ist.«

»Ich halte es für eine tolle Idee.«

»Wir kommen sowieso nicht rein.«

»Ich habe einen Schlüssel«, sagte Fiske.

Sara schaute völlig verwirrt drein.

»Ich habe Mike beim Umzug geholfen, als er hier am Gericht anfing.«

»Hat die Polizei die Wohnung denn nicht versiegelt?«

»Chandler hat gesagt, er wolle sie sich erst morgen ansehen.« Fiske schaute Sara an. »Keine Angst, Sie bleiben im Wagen. Wenn irgendwas passiert, fahren Sie einfach los.«

»Und wenn Michaels Mörder in der Wohnung ist?«

»Haben Sie ’nen Wagenheber im Kofferraum?«

»Ja.«

»Dann ist heute mein Glückstag.«

Sara atmete ganz flach ein. »Ich hoffe, Sie wissen, was Sie tun.«

Das hoffe ich auch, dachte Fiske.

KAPITEL 26

Als sie Michael Fiskes Wohnung erreichten, fand Sara einen Parkplatz um die Ecke. »Können Sie den Kofferraum von innen entriegeln?«, fragte Fiske und stieg aus, als Sara nickte.

Sie hörte, wie er kurz den Kofferraum durchstöberte. Als er dann plötzlich am Seitenfenster auftauchte, zuckte sie unwillkürlich zusammen. Dann drehte sie rasch die Scheibe herunter.

»Verriegeln Sie die Türen, lassen Sie den Motor laufen, und halten Sie die Augen auf, klar?«

Sie nickte und sah, dass er in der einen Hand den Wagenheber und in der anderen eine Taschenlampe hielt.

»Wenn Sie nervös werden oder irgendetwas passiert, geben Sie einfach Gas. Ich bin ein großer Junge. Ich komme schon irgendwie nach Richmond.«

Störrisch schüttelte Sara den Kopf. »Ich warte hier.«

Als sie beobachtete, wie Fiske um die Ecke ging, kam ihr ein Gedanke. Sie wartete noch eine Minute, bis sie sicher war, dass er das Haus betreten hatte; dann fuhr sie um die Ecke, zurück auf die Straße, an der Michael gewohnt hatte, und parkte gegenüber von dem Reihenhaus. Sie zog das Handy hervor und schaltete es wieder ein. Falls sie irgendetwas beobachten sollte, das ihr auch nur entfernt verdächtig vorkam, würde sie in Michaels Wohnung anrufen und Fiske warnen. Ein guter Plan für einen Notfall. Doch Sara hoffte, dass es nicht so weit kommen würde.

Fiske schloss die Tür hinter sich, schaltete die Taschenlampe ein und schaute sich um. Es gab keine offensichtlichen

Anzeichen dafür, dass jemand die Wohnung durchsucht hatte.

Er betrat die kleine Küche, die durch eine hüfthohe Theke vom Wohnzimmer abgetrennt wurde. Dann suchte er nach Plastikbeuteln, fand schließlich welche in einer Schublade des Küchenschranks und zog sie sich über die Hände, um keine Fingerabdrücke zurückzulassen. Eine schmale Tür führte in die Speisekammer, doch Fiske hielt sich gar nicht erst damit auf, den winzigen Raum zu inspizieren. Sein Bruder war nicht der Typ, der Dosen mit Mais und Erbsen in ordentlichen Reihen aufstellte.

Er ging durchs Wohnzimmer und sah in der kleinen Garderobe nach, entdeckte aber in keiner der Manteltaschen etwas. Dann ging er zum Schlafzimmer im hinteren Teil der Wohnung. Die Bodenbretter waren abgetreten und knirschten bei jedem Schritt. Er stieß die Tür auf, schaute ins Zimmer. Das Bett war nicht gemacht, und da und dort lagen Kleidungsstücke. Wieder durchwühlte Fiske die Taschen – nichts. In einer Ecke stand ein kleiner Schreibtisch. Er durchsuchte ihn sorgfältig, fand aber nichts von Interesse. Er sah ein Stromkabel in einer Steckdose in der Wand und runzelte die Stirn, als er das andere Ende des Kabels in die Höhe hielt. Er schaute neben dem Schreibtisch nach, fand aber nicht, worauf er gehofft hatte: den Laptop, der an dem Kabel hätte angeschlossen sein müssen. Und den Aktenkoffer seines Bruders; Fiske hatte ihn Michael zum bestandenen Juraexamen geschenkt. Er nahm sich vor, Sara nach dem Laptop und dem Aktenkoffer zu fragen.

Als er das Schlafzimmer durchsucht hatte, ging er in den Korridor zurück und in Richtung der Küche. Dann blieb er kurz stehen, lauschte aufmerksam, wobei er den Wagenheber fester packte. Mit einem plötzlichen Sprung riss er die Tür zur Speisekammer auf, hob den Wagenheber und leuchtete mit der Taschenlampe direkt in den kleinen Raum.

Der Mann sprang hinaus und traf Fiske mit der Schulter genau in den Magen. Fiske stöhnte auf, die Taschenlampe flog in hohem Bogen davon. Doch er hielt das Gleichgewicht, holte aus und schlug dem Mann den Wagenheber in den Nacken. Er hörte einen gequälten Schrei; aber der Mann erholte sich schneller, als Fiske erwartet hatte: Der Unbekannte hob ihn hoch und schleuderte ihn über die Theke. Fiske schlug hart auf. Er spürte, wie seine Schulter taub wurde. Dennoch gelang es ihm, sich zur Seite zu drehen und dem Mann die Beine unter dem Leib wegzutreten, als der an ihm vorbei zur Tür stürmen wollte. Wieder holte Fiske mit dem Wagenheber aus, verfehlte in der Dunkelheit jedoch sein Ziel und schmetterte das Ding auf den Fußboden. Einen Sekundenbruchteil später hämmerte der Fremde ihm die Faust ans Kinn. Fiske schlug erneut zu, und diesmal traf er Fleisch und Knochen.

Doch wieder war der Unbekannte in Sekundenschnelle auf den Beinen und flitzte zur Tür hinaus. Fiske rappelte sich auf, setzte ihm nach. Er hörte Schritte durchs Treppenhaus poltern. Verbissen jagte Fiske dem Mann hinterher, hörte, wie die Haustür aufgerissen wurde. Zehn Sekunden später war auch Fiske auf der Straße, schaute blitzschnell nach rechts und links. Eine Hupe gellte.

Sara drehte das Seitenfenster hinunter und wies nach rechts. Durch den prasselnden Regen sprintete Fiske in die gewiesene Richtung, stürmte um die Ecke. Sara legte den Gang ein, musste aber warten, bis zwei andere Wagen vorbeigefahren waren; dann jagte sie mit quietschenden Reifen los. Sie fuhr um die Ecke, raste den nächsten Häuserblock entlang, sah aber niemanden. Sie setzte zurück, bog in eine andere Straße ab, dann in eine weitere, wurde immer hektischer, ängstlicher. Als sie den nach Atem ringenden Fiske mitten auf der Straße sah, stieß sie einen Schrei der Erleichterung aus.

Sie sprang aus dem Wagen und lief zu ihm.

»John, Gott sei Dank, Ihnen ist nichts passiert.«

Fiskes Gesicht war düster. Wütend, dass der Fremde ihm entkommen war, stieß er hervor: »Verdammte Scheiße!«

»Was hatte das zu bedeuten, um Himmels willen?«

Fiske beruhigte sich allmählich. »Eins zu null für die Bösen.«

Sara legte einen Arm um seine Hüfte, führte ihn zum Wagen zurück und drängte ihn hinein. Dann rutschte sie hinter das Lenkrad und fuhr los. »Sie müssen zu einem Arzt.«

»Quatsch. Hab bloß eins auf die Schnauze bekommen. Haben Sie den Burschen gesehen?«

Sara schüttelte den Kopf. »Jedenfalls nicht richtig. Er ist so schnell aus dem Haus gerannt, dass ich dachte, es wären Sie.«

»Meine Größe? Auffällige Kleidung? Ein Weißer? Ein Schwarzer?«

Sara überlegte angestrengt und versuchte, sich bildlich vorzustellen, was sie gesehen hatte. »Sein Alter ... ich weiß es wirklich nicht. Aber er war ungefähr so groß wie Sie. Dunkle Kleidung. Und er hatte eine Maske auf, glaube ich.« Sie seufzte. »Es ging alles so schnell. Wo hat der Mann gesteckt?«

»In der Speisekammer. Als ich die Wohnung betreten hatte, hab ich den Mistkerl nicht gehört, aber als ich zur Küche wollte, knarrte ein Bodenbrett.« Fiske rieb sich die Schulter. »Und jetzt kommt der unangenehme Teil.« Er griff nach Saras Handy und zog eine Visitenkarte aus seiner Brieftasche. »Ich muss Chandler sagen, was gerade passiert ist.«

Fiske wählte die Nummer von Chandlers Pieper, und der Detective rief ein paar Minuten später zurück. Als Fiske ihm sagte, was er getan hatte, musste er das Handy zum Schutz des Trommelfells ein Stück vom Ohr entfernt halten.

»Hat sich wohl ein bisschen aufgeregt, hm?«, fragte Sara.

»Ja, genau wie der Mount St. Helens *ein bisschen* ausbrach.« Fiske hielt sich das Handy wieder ans Ohr. »Hören Sie, Buford ...«

»Verdammt noch mal, was haben Sie sich gedacht?«, brüllte Chandler. »Wie können Sie nur eine solche Dummheit begehen? Sie waren doch mal Cop!«

»Eben. Genau so habe ich gedacht und gehandelt. Als wäre ich noch einer.«

»Aber Sie sind keiner mehr!«

»Wollen Sie nun die Beschreibung von dem Kerl oder nicht?«

»Ich bin noch nicht mit Ihnen fertig.«

»Ich weiß, aber dafür haben wir später noch Zeit.«

»Geben Sie mir die verdammte Beschreibung«, sagte Chandler.

Als Fiske geendet hatte, sagte der Detective: »Ich schicke sofort einen Streifenwagen rüber, um die Wohnung zu bewachen. Und den Jungs im Labor mach ich die Hölle heiß, damit sie so schnell wie möglich ein Team hinschicken.«

»Der Aktenkoffer meines Bruders war nicht in der Wohnung. War er in seinem Wagen?«

»Nein. Ich sagte Ihnen doch schon, dass wir keine persönlichen Besitzgegenstände gefunden haben.«

Fiske blickte Sara an. »Ist der Aktenkoffer in seinem Büro? Ich jedenfalls hab ihn nicht dort gesehen. Und auch nicht seinen Laptop.«

Sara schüttelte den Kopf. »Ich erinnere mich auch nicht, den Aktenkoffer gesehen zu haben. Und den Laptop hat Mike normalerweise nicht mit ins Büro gebracht. Wir haben dort Desktops.«

Fiske sprach wieder ins Handy. »Sieht so aus, als wäre sein Aktenkoffer verschwunden. Und sein Computer ebenfalls. Ich hab nur noch das Anschlusskabel gefunden.«

»Hat der Einbrecher einen dieser Gegenstände gestohlen?«

»Nein. Er hatte nichts dabei. Jedenfalls nichts in der Größe. Das weiß ich genau. Der Hurensohn hat mich mit bloßen Händen niedergeschlagen.«

»Na schön, dann haben wir einen verschwundenen Aktenkoffer, einen verschwundenen Laptop und einen ehemaligen Polizeibeamten, der so dumm ist, dass ich ihn am liebsten auf der Stelle verhaften würde.«

»Jetzt hören Sie aber auf. Ihre Leute haben schon meinen Wagen abgeschleppt.«

»Geben Sie mir mal Miss Evans.«

»Warum?«

»Nun machen Sie schon!«

Fiske reichte einer verblüfften Sara das Handy.

»Ja, Detective Chandler?«, sagte sie und zwirbelte nervös an einer Haarsträhne.

»Miss Evans«, begann Chandler höflich, »ich dachte, Sie wollten Mr Fiske nur zu seinem Wagen fahren und vielleicht eine Kleinigkeit mit ihm essen. Aber dass Sie und Fiske in einem James-Bond-Film mitspielen, davon war nicht die Rede.«

»Aber sein Wagen wurde abgeschleppt, und ...«

Chandlers Tonfall änderte sich schlagartig. »Ich bin wirklich nicht erfreut darüber, dass Sie und Mr Fiske meine Arbeit *noch* schwieriger machen. Wo sind Sie jetzt?«

»Ungefähr einen Kilometer von Mikes Wohnung entfernt.«

»Und wohin fahren Sie gerade?«

»Nach Richmond. Um Johns Vater das mit Michael zu sagen.«

»Na schön, dann fahren Sie Mr Fiske nach Richmond, Miss Evans. Lassen Sie ihn nicht aus den Augen. Wenn er wieder Sherlock Holmes spielen will, rufen Sie mich an. Dann komme ich sofort rüber und schieße ihn höchstpersönlich über den Haufen. Habe ich mich klar ausgedrückt?«

»Jawohl, Detective Chandler. Überaus klar.«

»Und ich erwarte, Sie beide morgen Früh wieder in Washington zu sehen. Haben Sie verstanden?«

»Ja, wir melden uns morgen bei Ihnen.«

»Gut, Miss Marple. Und jetzt geben Sie mir noch einmal Mr Bond.«

Fiske nahm wieder das Handy. »Hören Sie, ich weiß, es war dumm, aber ich wollte doch nur helfen.«

»Tun Sie mir einen Gefallen, und helfen Sie mir erst dann wieder, wenn ich bei Ihnen bin. Okay?«

»Okay.«

»John, heute Abend hätte alles Mögliche passieren können, nur nichts Gutes. Sie haben nicht nur sich selbst in Gefahr gebracht, auch Miss Evans.«

Fiske rieb sich die Schulter und schaute zu Sara hinüber. »Ich weiß«, sagte er leise.

»Richten Sie Ihrem Vater mein Beileid aus.«

Fiske unterbrach die Verbindung.

»Können wir jetzt nach Richmond fahren?«, fragte Sara.

»Ja, fahren wir.«

KAPITEL 27

Im Kleinlaster seines Freundes fuhr Josh Harms die verlassene Landstraße entlang. Der dichte Wald, der die schmalen Fahrspuren säumte, spendete ihm ein wenig inneren Frieden. Abgeschiedenheit, ein Puffer zwischen ihm und den Menschen, die ihn schikanieren wollten, war stets Joshs Ziel im Leben gewesen. Als versierter, sehr geschickter Zimmermann arbeitete er allein. In seiner freien Zeit ging er jagen oder fischen – ebenfalls allein. Er hatte nicht das Bedürfnis nach Gesprächen mit anderen Menschen und war von daher ein ziemlich verschlossener Mensch. Aber das alles hatte sich jetzt geändert. Ihm war noch nicht in vollem Umfang deutlich geworden, was er auf sich genommen hatte, doch er ahnte, dass es eine riesige Verantwortung darstellte. Doch an der Richtigkeit seiner Entscheidung zweifelte er keinen Augenblick.

Joshs Freund hatte den Kleinlaster zum Wohnmobil umgebaut, und sein Bruder war nun hinten im Fahrzeug und ruhte sich aus ... wenngleich Josh bezweifelte, dass Rufus wirklich schlafen konnte. Im Wohnteil des Fahrzeugs befanden sich auch Vorräte und Wasser für einen Monat, zwei Jagdgewehre und eine halb automatische Pistole; eine weitere steckte in Joshs Gürtel. Dieses Arsenal war nichts im Vergleich zu dem ihrer Verfolger, die ihnen bald auf den Fersen sein würden, doch Josh hatte schon mehr als einmal in fast aussichtslosen Situationen gesteckt und dennoch überlebt.

Er zündete sich eine Zigarette an und blies den Rauch

bedächtig aus dem Fenster. Sie befanden sich bereits dreihundert Kilometer von Roanoke entfernt, und Josh wollte so viele Meilen zwischen sie und die Stadt bringen, wie er nur konnte. Er wusste, dass man die Flucht mittlerweile entdeckt haben würde. Ihre Verfolger – ihre *Jäger* – würden Straßensperren errichten. Aber nicht in einer so einsamen Gegend wie dieser, hoffte Josh, nicht so weit draußen. Er und Rufus hatten sich einen Vorsprung verschafft, doch die Lücke würde sich schnell schließen. Was Personal und Ausrüstung betraf, waren die Jungs in Grün ihnen haushoch überlegen. Aber Josh jagte und fischte seit mindestens zwanzig Jahren hier in der Gegend. Er kannte all die verlassenen Hütten, die versteckten Täler, die kleinste Lichtung im ansonsten undurchdringlichen Wald. Und er war ein Mann, der gelernt hatte, zu überleben und dem Tod immer wieder zu entwischen – nicht nur durch den täglichen Existenzkampf in den USA, auch in den Dschungeln Vietnams, eine halbe Welt entfernt.

Obwohl Josh sämtlicher Autorität, ob staatlicher oder sonstiger Natur, zutiefst misstraute, brach er das Gesetz nicht leichthin. Doch er hatte seinen kleinen Bruder nie für einen verrückten Mörder gehalten.

Rufus hätte niemals zur Army gehen dürfen. Er war einfach nicht aus dem richtigen Holz geschnitzt. Ironischerweise war Josh, der hochdekorierte Kriegsheld, eingezogen worden. Rufus dagegen hatte sich freiwillig gemeldet, hatte seine Dienstzeit aber hauptsächlich im Bau verbracht. Josh war nicht allzu versessen darauf gewesen, für ein Land das Gewehr in die Hand zu nehmen, das ihn und alle anderen Menschen seiner Hautfarbe weitgehend im Stich gelassen hatte. Dennoch hatte er sich nicht gegen die Einberufung gewehrt, hatte sich schleifen und drillen lassen und hatte gegen den Vietkong gekämpft, jedoch nicht für sein Land, sondern aus einem ganz anderen Motiv. Er hatte es für sich und die Männer in seiner Kompanie getan. Einen anderen Grund, Menschen zu töten, mit denen er keinen persönlichen Streit hatte, gab es für ihn nicht.

Josh bremste und bog auf eine unbefestigte Straße ab, die tiefer in die Wälder führte. Rufus hatte ihm einiges von dem erzählt, was vor fünfundzwanzig Jahren geschehen war, und was diese Männer mit ihm angestellt hatten. Josh spürte, wie sein Gesicht rot anlief, als er nun an einen Zwischenfall dachte, den er verdrängt hatte, der aber noch immer Zorn und Hass in ihm entfachte: Was ihr Wohnort, diese Kleinstadt in Alabama, der Familie Harms angetan hatte, nachdem die braven Bürger von Rufus' Verbrechen gehört hatten, war unsäglich. Damals hatte Josh versucht, seine Mutter zu schützen. Es war ihm nicht gelungen. Lass mich den Männern begegnen, die meinem Bruder das angetan haben, lieber Gott. *Hast du gehört, Gott? Hörst du mir zu?*

Josh hatte die Absicht, sich eine Zeit lang hier zu verstecken, bis der anfängliche Eifer ihrer Jäger ein wenig abgeflaut war, und dann weiterzufahren. Vielleicht konnten sie sich nach Mexiko durchschlagen und dort untertauchen. Josh ließ nicht allzu viel zurück. Eine zerstörte Familie, die immer mehr zerfiel. Eine Schreinerei, die er trotz seines Fleißes und seiner Geschicklichkeit nur mühsam hatte über Wasser halten können. Rufus war alles an Familie, was Josh noch geblieben war. Und er, Josh, war ganz bestimmt alles, das Rufus je an Familie haben würde. Ein Vierteljahrhundert hatte man sie voneinander getrennt. Jetzt, als Männer mittleren Alters, hatten sie die Chance, sich näher zu stehen, als es bei Brüdern in dieser Phase des Lebens normalerweise der Fall war.

Sofern sie überlebten. Josh warf die Zigarette aus dem Seitenfenster und fuhr weiter.

Hinten, im Wohnanbau des Kleinlasters, fand Rufus Harms keinen Schlaf. Er lag auf dem Rücken, eine schwarze Persenning bis zur Brust hochgezogen – Joshs Werk: Die Persenning sollte Rufus tarnen, sollte mit der schwarzen

Auskleidung des Bettes verschmelzen. Um Rufus herum standen Kartons mit Lebensmitteln, verzurrt mit elastischen Gummiseilen – ebenfalls Joshs Werk: eine Wand, die verhindern sollte, dass jemand ins Innere des Wagens schauen konnte.

Rufus versuchte, sich ein wenig zu strecken, zu entspannen, denn das Rütteln, Schütteln und Schaukeln des Kleinlasters war unangenehm. Er hatte in keinem Automobil mehr gesessen, seit Richard Nixon Präsident gewesen war. Konnte das wirklich sein? Wie viele Präsidenten waren nach Nixon gekommen? Immer wieder hatte die Army ihn mit Hubschraubern von einem Gefängnis zum anderen verlegt, war anscheinend nicht bereit gewesen, ihn nah an eine Straße, an die Freiheit herankommen zu lassen. Wenn man aus einem Hubschrauber flüchten wollte, gab es nur eine Richtung – nach unten.

Rufus versuchte, zwischen den Pappkartons in die vorüberziehende Nacht zu spähen. Aber es war schon zu dunkel. Freiheit. Er hatte sich oft gefragt, wie sie sein würde. Er wusste es noch immer nicht. Er hatte zu große Angst. Man suchte nach ihm. Gefährliche Leute. Und sehr viele. Sie wollten ihn töten. Und nun auch seinen Bruder.

Rufus' Finger schlossen sich um den Einband der Krankenhausbibel. Seine altvertraute Bibel, die seine Mutter ihm geschenkt hatte, lag noch in der Zelle. Rufus hatte sie all die Jahre ständig bei sich gehabt, hatte immer wieder die Heilige Schrift zu Rate gezogen, damit sie ihm Kraft gab, all das zu durchstehen. Ohne diese Bibel fühlte er sich leer, im Herzen und im Kopf. Aber jetzt war es zu spät. Er spürte, wie sein Herz schneller schlug, und gemahnte sich zur Vorsicht – keine zu große Belastung!

Aus dem Kopf zitierte er tröstende Worte aus dem Schatz der Bibel. In ungezählten Nächten hatte er das Buch der Sprüche gemurmelt, alle einunddreißig Kapitel, und die einhundertundfünfzig Psalmen, jeder Einzelne so bedeutungsschwer, tröstend, überzeugend. Jeder mit einer besonderen Bedeutung, die ihm Einblick in seine Existenz gewährte – oder was davon noch übrig war.

Schließlich richtete Rufus sich halb auf und schob das Fenster zur Fahrerkabine des Fahrzeugs zur Seite. Aus diesem Blickwinkel konnte er das Gesicht seines Bruders im Rückspiegel sehen.

»Ich dachte, du schläfst«, sagte Josh.

»Kann nicht schlafen.«

»Was macht dein Herz?«

»Mein Herz macht mir keine Probleme. Wenn ich sterbe, dann nicht wegen meines Herzens.«

»Es sei denn, es wird von ’ner Kugel getroffen.«

»Wohin fahren wir?«

»Eine kleine Hütte am Arsch der Welt. Ich dachte, wir bleiben da ’ne Weile, bis sich alles beruhigt hat, und fahren dann nachts weiter. Wahrscheinlich glauben sie, wir würden nach Süden fahren, zur mexikanischen Grenze, also fahren wir nach Norden nach Pennsylvania. Vorerst jedenfalls.«

»Hört sich gut an.«

»He, du hast gesagt, Rayfield und dieses andere Arschloch …«

»Tremaine. Der alte Vic.«

»Ja, du hast gesagt, sie hätten die ganze Zeit auf dich aufgepasst. Wieso hängen die nach so vielen Jahren noch immer da rum? Sind die nicht auf den Trichter gekommen, du hättest schon längst was gesagt, wenn du wüsstest, was mit dir passiert ist? Zum Beispiel bei deinem Prozess?«

»Darüber hab ich auch nachgedacht. Vielleicht haben sie geglaubt, ich hätte mich damals nicht daran erinnern können, dass es mir eines Tages aber wieder einfällt. Nicht, dass ich was beweisen könnte. Aber wenn ich was gesagt hätte, hätte ich sie in Schwierigkeiten gebracht, oder jemand wäre der Sache wenigstens mal auf den Grund gegangen. Nein, es war am einfachsten, mich zu töten. Glaub mir, sie haben es versucht, aber es hat nicht geklappt. Vielleicht haben sie gedacht, ich wollte sie reinlegen, mich dumm stellen und darauf hoffen, ihre Wachsamkeit würde nachlassen, und dann anfangen zu reden. Aber solange sie *auch* im Gefängnis waren, hatten sie mich ja ziemlich unter der Fuchtel. Sie haben meine Post gelesen, die Leute überprüft, die mich besucht haben. Wäre ihnen was seltsam vorgekommen, hätten sie mich einfach umbringen können. Da war's ihnen wohl lieber, die Sache so zu handhaben. Aber nach all den Jahren sind sie dann etwas bequem geworden. Haben erlaubt, dass Samuel und dieser Typ vom Gericht mich besuchen.«

»Das hab ich mir auch so gedacht. Aber ich habe trotzdem den Brief von der Army zu dir reinschmuggeln können. Ich hab nicht gewusst, dass so eine Scheiße ablief, wollte aber trotzdem nicht, dass sie den Brief zu sehen kriegten.«

Beide schwiegen eine Zeit lang. Josh war von Natur aus schweigsam, und Rufus war es nicht gewöhnt, dass jemand mit ihm sprach. Die Stille wirkte befreiend und bedrückend zugleich auf ihn. Er hatte eine Menge zu sagen. Während Joshs halb stündiger Besuche im Gefängnis hatte hauptsächlich er geredet und sein Bruder zugehört, als habe er die Flut von Worten, von Gedanken in Rufus' Kopf gespürt.

»Ich glaube, ich hab dich das nie gefragt, Josh. Warst du schon mal wieder zu Hause?«

Josh verlagerte das Gewicht auf dem Sitz. »Zu Hause? Was für ein Zuhause?«

Rufus fuhr leicht zusammen. »Wo wir geboren wurden, Josh!«

»Verdammt, warum sollte ich dahin zurück?«

»Mommas Grab ist da, oder?«, sagte Rufus leise.

Josh dachte kurz darüber nach und nickte dann. »Ja, sicher, da ist ihr Grab. Ihr gehörte die Grabstelle, sie hatte die Sterbeversicherung. Sie *mussten* sie da begraben, obwohl sie mit allen Mitteln versucht haben, es zu verhindern, verdammich!«

»Ist es ein schönes Grab? Wer pflegt es?«

»Hör mal, Rufus, Momma ist tot, ja? Schon sehr lange. Und *Momma* weiß nicht, wie ihr Grab aussieht, verdammt noch mal. Und ich fahre nicht den weiten Weg nach Alabama runter, um ein paar Blätter vom verdammten Boden zu fegen, nicht nach allem, was da passiert ist. Nicht nach der ganzen Scheiße, die diese Stadt unserer Familie angetan hat. Hoffentlich müssen sie in der Hölle dafür schmoren, sie alle, jeder Einzelne. Falls es einen Gott gibt – und ich habe da gewaltige Zweifel –, sollte er sie bis zum Jüngsten Tag braten lassen. Wenn *du* dir um die Toten Sorgen machst, ist es deine Sache. *Ich* achte lieber darauf, worauf es ankommt – dafür zu sorgen, dass wir beide nicht draufgehen.«

Rufus schaute seinen Bruder unverwandt an. Es gibt einen Gott, wollte er ihm sagen. Dieser Gott hatte Rufus Kraft gegeben, wenn er aufgeben und im Vergessen versinken wollte. Und man sollte die Toten und ihre letzte Ruhestätte achten. Wenn er das hier überlebte, würde er das Grab seiner Mutter besuchen. Sie würden wieder zusammen sein. Für alle Ewigkeit.

»Ich spreche jeden Tag mit Gott.«

Josh stöhnte auf. »Das ist ja toll. Freut mich für ihn, dass er wenigstens ein bisschen Gesellschaft hat.«

Sie fuhren schweigend weiter, bis Josh schließlich sagte: »He, wie hieß dieser Typ, der dich besucht hat?«

»Samuel Rider?«

»Nein, nein, dieser junge Bursche.«

Rufus dachte einen Augenblick nach. »Michael sowieso«, sagte er zögernd.

»Vom Obersten Gerichtshof, hast du gesagt?«

Rufus nickte.

»Tja, sie haben ihn umgebracht. Michael Fiske. Jedenfalls glaub ich, dass sie ihn kaltgemacht haben. Hab's im Fernsehen gesehen, bevor ich zu dir gekommen bin.«

Rufus senkte den Blick. »Verdammt. Hab mir gedacht, dass das passieren würde.«

»Es war auch blöd von dem Burschen, einfach zu dir in den Knast zu marschieren.«

»Er wollte mir nur helfen. Verdammt«, wiederholte Rufus. Und dann schwiegen sie, während der Kleinlaster weiterrollte.

KAPITEL 28

Fiske erklärte Sara den Weg, als sie in das Viertel am Rand von Richmond fuhren, in dem sein Vater wohnte, und schließlich auf die Schotterauffahrt abbogen. Nach einem weiteren heißen und feuchten Sommer in Richmond war das Gras stellenweise braun, doch vor dem Haus befanden sich sorgfältig gepflegte Blumenbeete, die vom ständigen Gießen prächtig gediehen.

»Sind Sie in diesem Haus aufgewachsen?«

»Das einzige Haus, das meinen Eltern je gehört hat.« Fiske schaute sich um und schüttelte den Kopf. »Ich sehe seinen Wagen nicht.«

»Vielleicht steht er in der Garage.«

»Da ist kein Platz mehr. Mein Vater hat vierzig Jahre lang als Automechaniker gearbeitet. Da hat sich eine Menge Schrott angesammelt.«

Er schaute auf die Uhr. »Verdammt, wo steckt er bloß?« Er stieg aus, und Sara folgte ihm.

Fiske blickte sie über das Wagendach hinweg an. »Wenn Sie wollen, können Sie hier warten.«

»Ich begleite Sie«, sagte Sara rasch.

Fiske schloss die Haustür auf, und sie traten ein. Er knipste das Licht an. Durch das kleine Wohnzimmer gingen sie ins angrenzende Esszimmer. Auf dem Esstisch standen zahlreiche Fotos. Sara betrachtete sie. Eins zeigte Fiske in seiner Football-Montur: Blutflecken im Gesicht, Grasflecke auf den Knien, verschwitzt. Sehr sexy.

Sie riss sich zusammen und wandte den Blick ab. Plötzlich kam sie sich schuldig vor.

Sie schaute sich einige der anderen Fotos an. »Sie beide waren sehr sportlich.«

»Mike war der Supersportler in unserer Familie. Er hat jede meiner Bestleistungen übertroffen. Spielend leicht.«

»Der Ehrgeiz liegt wohl in der Familie.«

»Mike hat auch die Abschiedsrede seiner Klasse gehalten. Er hatte einen weit überdurchschnittlichen Notendurchschnitt und fast die höchste erreichbare Punktzahl bei den Aufnahmeprüfungen an den Colleges und der juristischen Fakultät.«

»Sie hören sich an wie der stolze große Bruder.«

»Viele Leute waren stolz auf Mike«, sagte Fiske.

»Und Sie?«

Er schaute sie ruhig an. »Wegen einiger Dinge war ich stolz auf ihn, wegen anderer nicht. Alles klar?«

Sara nahm ein Foto vom Tisch. »Ihre Eltern?«

Fiske trat neben sie. »An ihrem dreißigsten Hochzeitstag. Bevor Mom krank wurde.«

»Sie sehen glücklich aus.«

»Sie waren glücklich«, sagte Fiske rasch. Es wurde ihm allmählich unangenehm, dass Sara diese Relikte aus seiner Vergangenheit sah. »Warten Sie hier.« Fiske ging in das hintere Zimmer, das früher die zwei Brüder bewohnt hatten und das nun in ein kleines Wohnzimmer umgebaut worden war. Er hörte den Anrufbeantworter ab. Sein Vater hatte seine Nachrichten nicht abgerufen. Fiske wollte das Zimmer schon wieder verlassen, als er den Baseball-Handschuh sah. Er nahm ihn vom Regal. Es war der Handschuh seines Bruders. Eine Naht war aufgeplatzt, aber das Leder war gut eingefettet worden – offensichtlich von seinem Vater. Mike war Linkshänder, aber die Familie hatte kein Geld gehabt, um einen Spezialhandschuh für ihn zu kaufen. Deshalb hatte Mike gelernt, den Ball aufzufangen, den Handschuh auszuziehen und erst dann zu werfen. Er hatte es schließlich so gut beherrscht, dass er schneller fangen und werfen konnte als ein Rechtshänder. Fiske erinnerte sich an die überragende Begabung seines Bruders; es gab kein Hindernis, das Mike nicht überwinden konnte. Fiske legte den Handschuh wieder auf das Regal und ging zurück zu Sara.

»Dad hat meine Anrufe nicht abgehört.«

»Haben Sie eine Ahnung, wo er sein könnte?«

Fiske dachte kurz nach; dann schnippte er mit den Fingern. »Normalerweise sagt er Mrs German, wohin er fährt.«

Während Fiske bei der Nachbarin war, schaute Sara sich noch ein wenig im Wohnzimmer um. Ihr fiel ein kleiner, eingerahmter Brief auf einem hölzernen Sockel auf. Um den Rahmen hing ein Orden. Sie hob den Rahmen hoch und las den Brief. Der Orden war eine Tapferkeitsmedaille, die dem Streifenpolizisten John Fiske verliehen worden war; der Brief erwies sich als Verleihungsurkunde. Sara schaute sich das Datum an, rechnete rasch nach und kam zu dem Schluss, dass Fiske die Auszeichnung etwa zu der Zeit verliehen worden war, als er den Polizeidienst quittiert hatte. Sie wusste noch immer nicht, weshalb er diesen Schritt getan hatte; Michael hatte es ihr einfach nicht sagen wollen. Als Sara hörte, dass die Hintertür geöffnet wurde, stellte sie den Brief und den Orden rasch wieder hin.

Fiske betrat das Zimmer. »Er ist beim Wohnwagen.«

»Was für ein Wohnwagen?«

»Unten am Fluss. Er geht dort fischen. Und hat ein Boot da.«

»Können Sie dort anrufen?«

Fiske schüttelte den Kopf. »Kein Telefon.«

»Na schön, dann fahren wir. Wo ist es?«

»Sie haben schon mehr als genug getan.«

»Es macht mir wirklich nichts aus, John.«

»Das ist noch mal anderthalb Stunden von hier entfernt.«

»Der Abend ist sowieso schon gelaufen.«

»Haben Sie etwas dagegen, dass ich fahre? Es ist am Arsch der Welt.«

Sie warf ihm die Schlüssel zu. »Ich dachte schon, Sie würden nie fragen.«

KAPITEL 29

»Habe ich das richtig verstanden? Nach allem, was schon passiert ist, hast du ihn auch noch entkommen lassen?«

»Zunächst einmal … *ich* habe gar nichts getan«, fauchte Rayfield in den Hörer. »Ich dachte, der Typ hätte gerade einen schweren Herzinfarkt gehabt. Er war an das verdammte Bett gekettet, vor seiner Tür stand ein bewaffneter Wachtposten, und niemand hätte wissen dürfen, dass der Bursche überhaupt dort war. Ich weiß noch immer nicht, wie sein Bruder es herausgefunden hat.«

»Und sein Bruder ist eine Art Kriegsheld, habe ich mir sagen lassen. Hervorragend dafür ausgebildet, sich jedem Zugriff zu entziehen. Das ist einfach toll.«

»Es dient unseren Zwecken.«

»Würdest du mir das vielleicht mal erklären, Frank?«

»Ich habe meinen Leuten befohlen, gezielt zu schießen. Bei der ersten Gelegenheit werden sie beiden eine Kugel in den Kopf jagen.«

»Und wenn er es vorher jemandem erzählt?«

»Was soll er denn erzählen? Dass er einen Brief von der Army bekam, in dem etwas steht, das er nicht widerlegen kann? Aber jetzt haben wir einen toten Assessor vom Obersten Gerichtshof. Das macht unsere Aufgabe viel schwieriger.«

»Tja, wir sollten eigentlich auch noch einen toten Anwalt aus einer Kleinstadt haben, aber ich habe seltsamerweise noch nirgendwo seine Todesanzeige gelesen.«

»Rider ist verreist.«

»Na toll. Dann warten wir einfach, bis er aus dem Urlaub

zurückkommt, und hoffen derweil, dass er nicht gerade mit dem FBI spricht.«

»Ich weiß nicht, wo Rider steckt«, sagte Rayfield wütend.

»Die Army hat eine Geheimdienstabteilung, Frank. Warum lässt du die nicht für dich arbeiten? Kümmere dich um Rider. Anschließend konzentrier dich darauf, Harms und seinen Bruder zu finden. Und wenn du sie aufgestöbert hast, bringst du sie unter die Erde. Ich hoffe, ich habe mich klar ausgedrückt.« Die Verbindung wurde unterbrochen.

Rayfield knallte wütend den Hörer auf die Gabel und starrte zu Vic Tremaine hoch.

»Die Sache gerät völlig außer Kontrolle.«

Tremaine zuckte die Achseln. »Wir legen erst Rider um und anschließend diese beiden Arschlöcher. Dann kann uns nichts mehr passieren«, sagte er mit ernster Stimme, die wie geschaffen zu sein schien, Männer in den Kampf zu schicken.

»Das gefällt mir nicht. Wir sind hier nicht im Krieg.«

»Wir *sind* im Krieg, Frank.«

»Das Töten hat dich nie gestört, oder, Vic?«

»Mich interessiert nur der Erfolg meiner Mission.«

»Willst du etwa behaupten, du hast nichts empfunden, als du Fiske die Waffe an den Kopf gehalten und abgedrückt hast?«

»Auftrag erledigt.« Tremaine legte die Hände auf Rayfields Schreibtisch und beugte sich vor. »Frank, wir haben gemeinsam viel durchgemacht, auf dem Schlachtfeld und auch sonst. Aber ich will dir etwas sagen. Ich habe dreißig Jahre in der Army verbracht, die letzten fünfundzwanzig davon in verschiedenen Militärgefängnissen wie diesem, obwohl ich mir in der freien Wirtschaft einen Job hätte suchen können, der mir viel mehr eingebracht hätte. Wir alle haben einen Pakt geschlossen, der uns davor schützen soll, für eine Dummheit zu bezahlen, die wir vor langer Zeit begangen haben. Ich habe meinen Teil des Handels eingehalten. Ich habe den Babysitter für Rufus gespielt, während alle anderen ihr Leben fröhlich weitergelebt haben.

Und demnächst bekomme ich nicht nur meine Pension von der Army, ich habe auch eine Million Dollar auf einem Konto im Ausland, die auf mich wartet. Und falls du es vergessen hast – du hast denselben kleinen Notgroschen, den Lohn dafür, dass wir jahrelang diese Scheiße mitgemacht haben. Und nach all dem Mist, den ich hinter mir habe, wird mich nichts und niemand davon abhalten, mir von diesem Geld ein schönes Leben zu machen. Rufus Harms konnte mir gar keinen größeren Gefallen tun, als zu fliehen. Denn jetzt habe ich einen hieb- und stichfesten Grund, ihm das Hirn rauszupusten, und niemand wird deshalb Fragen stellen. Und sobald dieser Mistkerl seinen letzten Atemzug getan hat, wird die Uniform, die ich trage, eingemottet. Endgültig.«

Tremaine richtete sich auf. »Und noch was, Frank. Ich werde jeden aus dem Weg räumen, der auch nur ansatzweise versucht, mir meine Pläne zu verbauen.« Als er das nächste Wort sprach, wurden seine Augen zu schwarzen Punkten. »Jeden.«

KAPITEL 30

Auf der Fahrt zum Wohnwagen hielt Fiske an einem Supermarkt, der rund um die Uhr geöffnet hatte. Sara wartete im Wagen. Als ein Sattelschlepper vorbeidonnerte, schepperte in seinem Windzug ein rostiges Esso-Schild hin und her und ließ Sara zusammenfahren. Als Fiske wieder in den Wagen stieg, starrte Sara die beiden Sechserpacks Budweiser an. »Wollen Sie Ihren Kummer ertränken?«

Er ignorierte die Frage. »Wenn wir erst einmal da unten sind, kommen Sie wirklich nicht mehr allein zurück. Das Wohnmobil steht mitten im Nichts; manchmal verirre *ich* mich sogar.«

»Kein Problem, ich kann im Wagen schlafen.«

Etwa eine halbe Stunde später trat Fiske auf die Bremse, bog auf eine schmale Schotterauffahrt und fuhr zu einem kleinen, dunklen Cottage hinauf. »Hier muss man sich eigentlich anmelden und die Gebühr bezahlen, bevor man auf den Campingplatz fährt«, erklärte er. »Ich mache das, bevor wir morgen Früh zurückfahren.«

Er fuhr an dem Häuschen vorbei und auf den Campingplatz. Sara betrachtete die Wohnwagen, die wie in einem rechtwinkligen Straßennetz aufgestellt waren. Die meisten Wagen waren mit leuchtendem Weihnachtsschmuck behangen; an vielen waren Fahnenstangen angebracht, oder sie waren in Veranden oder Betonblöcke eingelassen. Die Lichterketten und der Mondschein sorgten dafür, dass der Platz erstaunlich gut beleuchtet war. Sie kamen an Beeten mit spät blühenden Blumen vorbei: Springkraut und roten und rosafarbenen Stiefmütterchen. An den Seitenwänden einiger Wohnwagen rankten sich Klematis empor. Wohin Sara auch schaute, sah sie Skulpturen aus Metall, Marmor und Harz. Vor einigen Wohnwagen standen Grills aus Ziegelsteinen; Sara sah sogar eine große Räuchergrube. Die Gerüche von gebratenem Fleisch und Holzkohle vermischten sich in der heißen, feuchten Luft und ließen ihr das Wasser im Mund zusammenlaufen.

»Die Anlage sieht aus wie eine kleine Pfefferkuchenstadt, die Zwerge gebaut haben«, sagte sie. Sie musterte die zahlreichen Fahnenstangen. »Patriotische Zwerge«, fügte sie hinzu.

»Viele der Leute hier waren in der American Legion oder sind Kriegsveteranen. Mein Dad hat eine der höchsten Fahnenstangen. Er war im Zweiten Weltkrieg bei der Marine. Und es ist schon seit langem Tradition, dass die Lichterketten das ganze Jahr hängen bleiben.«

»Haben Sie und Michael hier viel Zeit verbracht?«

»Mein Dad hatte nur eine Woche Jahresurlaub, aber Mom hat uns im Sommer immer für ein paar Wochen hierher gebracht. Einige von den alten Leuten hier haben uns das Segeln, Schwimmen und Angeln gelehrt. All die Dinge, für die Pop nie Zeit hatte. Aber seit er pensioniert ist, hat er es wieder gutgemacht.«

Fiske hielt vor einem Wohnwagen. Er war mit einer bunten Lichterkette behangen und in einem gedämpften Blau gestrichen. Neben dem Trailer stand der Buick seines Vaters mit dem Aufkleber UNTERSTÜTZT EURE POLIZEI an der Stoßstange. Vor dem Wohnwagen war ein Beet mit hochgewachsenen Lilien angelegt. Neben dem Buick stand ein Golfwägelchen. Die Fahnenstange vor dem Wohnwagen war gut zehn Meter hoch.

Fiske warf einen Blick auf den Buick. »Wenigstens ist er hier.« Tja, jetzt ist es so weit, John. Keine Gnadenfrist mehr, dachte er.

»Ist ein Golfplatz hier in der Nähe?«

Fiske schaute sie an. »Nein, warum?«

»Was hat es dann mit diesem Golfwagen auf sich?«

»Die Besitzer des Campingplatzes kaufen sie gebraucht von Golfplätzen. Die Straßen hier sind ziemlich schmal. Man kann zwar mit dem Auto bis zum Wohnwagen fahren, aber nicht auf dem Platz selbst. Und die meisten Leute hier sind ältere Semester, die nicht mehr gut zu Fuß sind. Deshalb fahren sie mit den Golfwagen durch die Anlage.«

Fiske stieg aus, die beiden Sechserpacks Bier in den Händen. Sara machte keine Anstalten, ihm zu folgen. Er blickte sie fragend an.

»Ich nehme an, Sie möchten allein mit Ihrem Vater sprechen.«

»Nach allem, was wir heute Abend gemeinsam durchgemacht haben, haben Sie sich wohl das Recht verdient, dabei zu sein. Ich habe allerdings Verständnis dafür, wenn Sie darauf verzichten möchten.« Er schaute zum Wohnwagen hinüber und spürte, wie seine Nerven zu vibrieren begannen. Dann drehte er sich wieder zu Sara um. »Ich könnte ein wenig moralische Unterstützung gebrauchen.«

Sie nickte. »Na schön. Warten Sie einen Moment.« Sie klappte den Blendschirm herunter, musterte im Spiegel kritisch ihr Gesicht und Haar. Dann zog sie eine Schnute, griff nach ihrer Handtasche und machte sich mit einem Lippenstift und einer kleinen Bürste an die Arbeit. Sie war völlig verschwitzt; ihr Kleid klebte geradezu auf der Haut, und wegen des Regens und der Feuchtigkeit war ihre Frisur nicht mehr zu retten. So trivial Saras Sorgen bezüglich ihres Aussehens unter diesen Umständen auch sein mochten, sie kam sich plötzlich so sehr wie das fünfte Rad am Wagen vor, dass sie an nichts anderes mehr denken konnte.

Seufzend klappte sie den Blendschirm wieder hoch, öffnete die Tür und stieg aus. Als sie mit Fiske die hölzerne Veranda hinaufging, strich Sara ihr Kleid glatt und versuchte ihr Haar noch ein bisschen zu richten.

Fiske bemerkte es. »Es wird ihn nicht interessieren, wie Sie aussehen. Nicht, wenn ich es ihm erst gesagt habe.«

Sara seufzte. »Ich weiß. Ich möchte nur nicht allzu schrecklich aussehen.«

Fiske atmete tief ein und klopfte an die Tür. Er wartete einen Augenblick, klopfte erneut. »Pop.« Er klopfte ein drittes Mal, diesmal lauter. »Pop«, rief er und klopfte weiter.

Schließlich hörten sie Bewegungen im Wohnwagen, und dann flammte Licht auf. Die Tür wurde geöffnet, und Fiskes Vater, Ed, spähte hinaus.

Sara musterte ihn eingehend. Er war so groß wie sein Sohn und sehr schlank, hatte aber ebenfalls die Ansätze der kräftigen Muskulatur, wie seine beiden Söhne sie besaßen. Seine Unterarme, die aus einem Pullunder ragten, waren gewaltig und erinnerten an dicke, von der Sonne verbrannte, knorrige Äste. Er war tief gebräunt; sein Gesicht war faltig, und die Haut wurde allmählich schlaff. Doch immer noch war zu erkennen, dass er als junger Mann sehr stattlich gewesen sein musste. Sein lockiges Haar wurde schütter und war fast völlig grau, abgesehen von kleinen schwarzen Strähnen an den Schläfen. Saras Blick blieb für einen Moment auf seinen langen Koteletten haften, einem Überbleibsel der siebziger Jahre, wie sie vermutete. Der Knopf seiner Hose war offen und der Reißverschluss nur zur Hälfte hochgezogen, sodass man seine gestreiften Boxershorts sehen konnte. Er war barfuß.

»Johnny? Verdammt noch mal, was machst du denn hier?« Ein breites Lächeln legte sich auf Eds Gesicht. Als er Sara sah, riss er erschrocken die Augen auf, drehte sich schnell um und wandte den beiden den Rücken zu. Sie beobachteten, wie er an seiner Hose fummelte, bis er Knopf und Reißverschluss geschlossen hatte. Dann drehte er sich wieder um.

»Pop, ich muss mit dir sprechen.«

Ed Fiske schaute wieder auf Sara.

»Entschuldigung – Sara Evans, Ed Fiske«, sagte John.

»Guten Abend, Mr Fiske«, sagte sie und versuchte, gleichzeitig freundlich und unverfänglich zu klingen. Unbeholfen streckte sie den Arm aus.

Ed schüttelte ihre Hand. »Nennen Sie mich Ed, Sara. Freut mich, Sie kennen zu lernen.« Dann blickte er wieder neugierig zu seinem Sohn hinüber. »Was ist los? Wollt ihr beide heiraten oder so?«

Fiske warf Sara einen Blick zu. »Nein! Sie hat mit Mike am Obersten Gerichtshof gearbeitet.«

»Ach, verdammt, wo sind meine Manieren geblieben. Kommt rein. Ich habe die Klimaanlage eingeschaltet, hier draußen ist es fürchterlich schwül.«

Sie betraten den Wohnwagen. Ed wies auf ein abgesessenes Sofa, und Fiske und Sara nahmen darauf Platz. Ed zog einen Metallstuhl von dem kleinen Esstisch heran und nahm den beiden gegenüber Platz.

»Tut mir Leid, dass es so lange gedauert hat, bis ich die Tür aufgemacht habe. Ich war gerade eingenickt.«

Sara schaute sich in dem kleinen Raum um. Er war mit dünnem, dunkel geflecktem Sperrholz vertäfelt. Mehrere präparierte Fische waren auf Holzplatten montiert oder hingen an den Wänden. In einem Gestell an einer anderen Wand steckte ein Gewehr. In der Ecke sah Sara einen langen, runden Behälter, aus dem das Ende einer Angelrute ragte. Auf dem Esstisch lag eine zusammengefaltete Zeitung. Neben dem Tisch befand sich eine kleine Kochnische mit einer Spüle und einem kleinen Kühlschrank. In einer Ecke stand ein alter Lehnsessel, und schräg gegenüber, unter dem einzigen Fenster des Raums, war ein kleiner Fernseher. In einer Ecke war die Klimaanlage montiert, die den Raum angenehm kühl machte – so kühl, dass Sara sogar zitterte, während ihr Körper sich der Temperatur anpasste. Der Fußboden war mit billigem, abgetretenem Linoleum belegt, das zum Teil von einem dünnen Teppich bedeckt war.

Sara schnupperte, hustete. Sie konnte den Zigarettenrauch, der in der Luft hing, beinahe sehen. Wie zur Bestätigung nahm Ed eine Schachtel Marlboro von einem aufklappbaren Beistelltisch, steckte sich geschickt eine Zigarette zwischen die Lippen, ließ sich Zeit mit dem Anstecken und blies den Qualm zur nikotingelben Decke hinauf. Dann nahm er einen kleinen Aschenbecher von dem

Tisch und klopfte die Zigarette darin ab. Er legte die Hände auf die Knie und beugte sich vor. Sara bemerkte, dass seine Finger außergewöhnlich dick waren, die Nägel eingerissen und an einigen Stellen schwarz, offenbar von Schmieröl. Dann fiel ihr ein, dass er als Mechaniker gearbeitet hatte.

»Was führt euch beide so spät her?«

Fiske reichte seinem Vater einen Sechserpack Bier. »Keine guten Nachrichten.«

Der ältere Fiske setzte sich angespannt aufrecht. Aus zusammengekniffenen Augen musterte er die beiden durch den Rauch. »Um deine Mom geht's schon mal nicht. Ich war gerade bei ihr. Es ging ihr gut.« Kaum hatte er es gesagt, als er auch schon einen Blick auf Sara warf. Der Ausdruck auf seinem Gesicht war unmissverständlich: *Sie hat mit Mike zusammengearbeitet.*

Er richtete den Blick wieder auf John. »Warum sagst du mir nicht, was immer du mir sagen musst, mein Sohn?«

»Mike ist tot, Pop.« Als Fiske den Satz ausgesprochen hatte, fühlte er sich, als hätte er selbst die Nachricht gerade erst bekommen. Er spürte, dass sein Gesicht rot anlief, als hätte er sich zu nahe an ein Feuer gebeugt. Vielleicht hatte er unbewusst gewartet, mit seinem Vater zusammen zu sein, um die Trauer mit ihm teilen zu können.

Fiske spürte, dass Sara ihn anschaute, hielt den Blick aber auf seinen Vater gerichtet. Während er beobachtete, wie Ed binnen Sekunden um Jahre zu altern schien, stellte er plötzlich fest, dass er kaum noch Luft bekam.

Ed nahm die Zigarette aus dem Mund. Seine Lippen bebten. »Wie?«

»Ein Raubmord. Jedenfalls glaubt man das.« Fiske hielt inne und fügte dann – er wusste, dass sein Vater ohnehin danach fragen würde – das Offensichtliche hinzu: »Jemand hat ihn erschossen.«

Ed nahm eine Dose Budweiser aus der Plastikfolie und riss die Lasche auf. Mit gierigen Schlucken trank er die Dose beinahe auf einen Zug aus. Sein Adamsapfel bewegte sich auf und ab.

Dann zerdrückte er die Bierdose am Oberschenkel und schleuderte sie gegen die Wand. Er stand auf, ging zu dem kleinen Fenster und starrte hinaus. Die Zigarette baumelte in seinem Mundwinkel. Seine großen Hände schlossen und öffneten sich, die Adern an seinen Unterarmen schwollen an und wieder ab.

»Hast du ihn gesehen?«, fragte er, ohne sich umzudrehen.

»Ich bin heute Nachmittag nach Washington gefahren, um die Leiche zu identifizieren.«

Wutentbrannt wirbelte sein Vater herum. »Heute Nachmittag? Verdammt, warum hast du so lange gewartet, es mir zu sagen, Junge?«

Fiske stand auf. »Ich habe den ganzen Tag versucht, dich zu erreichen. Ich habe auf deinen Anrufbeantworter gesprochen. Ich weiß nur deshalb, dass du hier bist, weil ich Mrs German gefragt habe.«

»Du hättest sie *sofort* fragen sollen, verdammt noch mal«, erwiderte sein Vater. »Ida weiß immer, wo ich bin. Das weißt du doch.« Er trat einen Schritt auf die beiden zu und hob die zur Faust geballte Hand.

Sara, die sich wie Fiske erhoben hatte, schreckte zurück. Sie warf einen Blick zum Gewehr hinüber und fragte sich, ob es geladen sei.

Fiske trat näher an seinen Vater heran. »Pop, ich habe sofort bei dir angerufen, als ich es erfahren hatte. Dann bin ich zu deinem Haus gefahren. Anschließend musste ich zum Leichenschauhaus. Es war nicht leicht für mich, mir Mikes Leiche anzuschauen, aber ich habe es geschafft. Von da an ging es den Rest des Tages ziemlich bergab.« Er schluckte hart, kam sich plötzlich schuldig vor, weil die zornige Reaktion seines Vaters ihn mehr schmerzte als der Tod des Bruders. »Streiten wir uns nicht über den Zeitpunkt, ja? Das bringt uns Mike nicht zurück.«

Als Ed diese Worte hörte, schien aller Zorn aus ihm zu weichen. Ruhige, vernünftige Worte, die nichts dazu beitrugen, den Schmerz zu erklären oder zu lindern, den er verspürte. Die Worte, die in einer solchen Situation helfen konnten – oder die Person, die sie sprechen konnte –, gab es nicht. Ed setzte sich wieder, und sein Kopf pendelte leicht von einer Seite zur anderen. Als er wieder aufblickte, standen Tränen in seinen Augen. »Ich hab immer gesagt, man muss schlechten Nachrichten nicht hinterherjagen, sie holen einen schneller ein als jede gute. Verteufelt schneller.« Seine Worte waren kaum verständlich; ihm schien die Kehle zugeschnürt zu sein. Geistesabwesend trat er die Zigarette auf dem Teppich aus.

»Ich weiß, Pop. Ich weiß.«

»Hat man den Scheißkerl erwischt, der Mike ermordet hat?«

»Noch nicht. Sie arbeiten daran. Der Detective, der den Fall bearbeitet, ist ein Spitzenmann. Ich helfe ihm gewissermaßen.«

»In Washington?«

»Ja.«

»Es hat mir nie gepasst, dass Mike da oben wohnt.«

Er schaute Sara an, die unter diesem anklagenden Blick beinahe zur Regungslosigkeit erstarrte. Dann wies Ed mit einem dicken Finger auf sie. »In Washington tötet man Menschen für nichts. Verrückte Arschlöcher.«

»Pop, das passiert heutzutage überall.«

Endlich fand Sara die Stimme zurück. »Ich habe Ihren Sohn gemocht und sehr geachtet ... wie alle am Gericht. Er war ein wunderbarer Mensch. Es tut mir sehr, sehr Leid.«

»Ja, Mike war wunderbar«, sagte Ed. »Verdammt noch mal, das war er. Ich habe nie begriffen, wie wir einen Jungen wie Mike in die Welt setzen konnten.«

Fiske starrte zu Boden. Sara bemerkte, wie wächsern sein Gesicht plötzlich war.

Ed ließ den Blick durch den Wohnwagen schweifen, betrachtete Erinnerungen an die guten, alten Zeiten, als sie alle noch zusammen waren, er und seine Familie. »Den Grips hatte er von seiner Mutter.« Seine Unterlippe zitterte einen Moment heftig. »Das, was sie mal an Verstand gehabt hat.« Ein leises Schluchzen kam über seine Lippen, und er brach zusammen.

Fiske kniete neben seinem Vater nieder und umarmte ihn. Die Schultern beider Männer bebten.

Sara sah hilflos zu. Sie wusste nicht, was sie tun sollte. Es war ihr peinlich, eine solch persönliche Szene zu erleben, und sie fragte sich, ob sie aufstehen und zu ihrem Wagen flüchten sollte. Schließlich starrte sie zu Boden, schloss die Augen und ließ stumm den eigenen Tränen Lauf, die auf den billigen Teppich tropften.

Eine halbe Stunde später saß Sara auf der Veranda und nippte an einer Dose warmem Bier. Sie war barfuß; ihre Schuhe standen neben ihr. Geistesabwesend rieb sie ihre Zehen und schaute in eine Dunkelheit hinaus, die hier und da vom kalten Licht eines Leuchtkäfers durchbrochen wurde. Sie schlug nach einem Moskito und wischte dann ein Rinnsal Schweiß vom Bein. Sie hielt sich die Bierdose an die Stirn und überlegte, ob sie in ihren Wagen steigen, die Klimaanlage anschalten und versuchen sollte, endlich einzuschlafen.

Die Tür wurde geöffnet, und Fiske erschien. Er hatte sich umgezogen, trug verblichene Jeans und ein kurzärmeliges Hemd, das er nicht zugeknöpft hatte. Er war ebenfalls barfuß. In der Hand hielt er einen Plastikstreifen, an dem zwei Bierdosen baumelten. Er setzte sich neben Sara.

»Wie geht es ihm?«

Fiske zuckte die Achseln. »Er schläft – oder versucht es wenigstens.«

»Will er mit uns zurückfahren?«

Fiske schüttelte den Kopf. »Er kommt morgen Abend zu mir nach Richmond.« Er schaute auf die Uhr und sah, dass die Morgendämmerung nicht mehr fern war. »Heute Abend, meine ich. Wir müssen auf dem Rückweg bei mir vorbei, damit ich ein paar frische Sachen anziehen kann.«

Sara schaute an ihrem Kleid hinab. »Wem sagen Sie das? Woher haben Sie diese Sachen?«

»Ich hab sie bei unserem letzten Angelausflug hier gelassen.«

Sara wischte sich die Stirn ab. »Mein Gott, ist das schwül.«

Fiske schaute zum Wald. »Da unten am Wasser weht eine kühlere Brise.« Er führte sie zum Golfwagen. Als sie die stillen, unbefestigten Straßen entlangfuhren, gab Fiske ihr ein Bier. »Das hier ist kalt.«

Sara riss die Lasche auf. Das Bier rann wohltuend kühl durch ihre Kehle und hob ihre Lebensgeister tatsächlich ein wenig. Sie drückte sich die Dose an die Wange.

Die schmale Straße führte sie vorbei an einem Kieferngesträuch, an Stechpalmen, Eichen und Flussbirken, deren Rinde sich wie die Fasern eines Bleistifts entrollte, den man gerade anspitzte. Dann wurde das Gelände frei und eben, und Sara sah einen hölzernen Kai, an dem mehrere Boote vertäut waren. Sie bemerkte, dass das hölzerne Gebilde im Rhythmus des plätschernden Wassers auf und ab schwankte.

»Das ist ein Schwimmdock. Es ruht auf Zweihundert-Liter-Fässern«, erklärte Fiske.

»Habe ich mir gedacht. Ist das eine Rampe für Boote?«, fragte sie und zeigte auf eine Stelle, wo die Straße einen scharfen Knick in Richtung Wasser machte.

Fiske nickte. »Die Leute können das Ufer über eine andere Straße mit dem Wagen erreichen. Pop hat ein kleines Motorboot. Das da drüben.« Er zeigte auf ein weißes Boot mit roten Streifen, das auf dem Wasser schaukelte. »Normalerweise ziehen sie die Boote nachts ans Ufer. Pop muss es vergessen haben. Er hat das Boot billig bekommen. Wir haben damals ein Jahr gebraucht, um es wieder herzurichten. Es ist keine Jacht, aber man kommt damit fast überallhin.«

»Was für ein Fluss ist das?«

»Erinnern Sie sich, dass wir auf der Fahrt hierher Hinweisschilder auf die Flüsse Matta, Po und Ni gesehen haben?«

Sara nickte.

»Oben bei Fort A. P. Hill, südöstlich von Fredericksburg, münden diese Flüsse ineinander und bilden den Mattaponi River.« Fiske schaute aufs Wasser hinaus. Es gab kaum etwas Entspannenderes als eine Bootsfahrt in der frühmorgendlichen Stille, und Fiske kannte sich hier aus. »Wir haben Vollmond, und das Boot hat Scheinwerfer und eine Signalleuchte. Außerdem kenne ich diesen Abschnitt des Flusses sehr gut. Und auf dem Wasser ist es viel kühler.« Er blickte sie fragend an.

Sara zögerte nicht. »Hört sich gut an.«

Sie gingen zum Boot, und Fiske half ihr hinein.

»Wissen Sie, wie man ablegt?«, fragte er.

»Als ich in Stanford studierte, war ich bei einigen Bootsregatten dabei.«

Fiske beobachtete, wie Sara gekonnt die Knoten löste und das Tau einholte. »Dann muss Ihnen der alte Mattaponi ziemlich langweilig vorkommen.«

»Kommt darauf an, mit wem man hinausfährt.«

Sie setzte sich neben Fiske, der ins Schrankfach neben dem Stuhl des Bootsführers griff und einen Schlüsselbund hervorzog. Er ließ den Motor an, und sie tuckerten langsam von der Anlegestelle weg. Als sie in der Flussmitte waren, schob Fiske den Gashebel zurück, bis sie ein ziemlich hohes Tempo erreicht hatten. Auf dem Wasser war es um etwa fünf Grad kühler. Fiske hielt eine Hand am Steuerruder und in der anderen das Bier. Sara winkelte die Beine an und richtete sich dann auf, bis ihr Oberkörper sich über der tiefen Windschutzscheibe befand. Sie streckte die Arme aus und ließ ihren verschwitzten Körper vom Wind kühlen.

»Mein Gott, das fühlt sich herrlich an.«

Fiske schaute aufs Wasser hinaus. »Mike und ich sind oft um die Wette über den Fluss geschwommen. Manchmal wurde es ziemlich gefährlich. Ein paar Mal dachte ich, einer von uns würde ertrinken. Aber eines ließ uns immer durchhalten.«

»Und was?«

»Wir konnten den Gedanken nicht ertragen, der andere könnte siegen.«

Sara lehnte sich zurück und schwang den Stuhl herum, bis sie Fiske anschauen konnte. Dabei glättete sie ihr Haar.

»Haben Sie etwas dagegen, wenn ich Ihnen eine sehr persönliche Frage stelle?«

Fiske verkrampfte sich leicht. »Wahrscheinlich.«

»Sie werden es nicht falsch verstehen?«

»Wahrscheinlich doch.«

»Warum standen Sie und Michael sich nicht näher?«

»Kein Gesetz besagt, dass Brüder sich nahe stehen müssen.«

»Aber Sie und Mike schienen so viel gemeinsam zu haben. Er hatte eine hohe Meinung von Ihnen, und Sie waren offensichtlich sehr stolz auf ihn. Ich ... spüre, dass Sie irgendwelche Differenzen hatten. Aber ich komme einfach nicht dahinter, was zwischen Ihnen schief gegangen ist.«

Fiske stellte den Motor ab und ließ das Boot treiben. Dann schaltete er auch den Scheinwerfer aus, und der Mond wurde zu ihrer einzigen Lichtquelle. Der Fluss war sehr ruhig, und sie befanden sich an einer der breitesten Stellen. Fiske zog die Hosenbeine hoch, ging zur Seite des Bootes, setzte sich auf den Rand und tauchte die Füße ins Wasser.

Sara setzte sich neben ihn, zog den Rock ein wenig hoch und tat es ihm gleich.

Fiske schaute über den Fluss und nippte an seinem Bier.

»John, ich will wirklich nicht neugierig sein.«

»Und ich bin wirklich nicht in der Stimmung, darüber zu sprechen. In Ordnung?«

»Aber ...«

Fiske fuhr mit der Hand durch die Luft. »Sara, das hier ist nicht der richtige Ort, und ganz bestimmt ist es nicht die richtige Zeit, klar?«

»Sicher, es tut mir Leid. Aber mir liegt an Ihnen. An Ihnen allen.«

Sie saßen schweigend da, während das Boot dahintrieb, so weit vom Ufer entfernt, dass das laute Zirpen der Zikaden kaum zu ihnen drang.

Schließlich bewegte Fiske sich. »Wissen Sie, Virginia ist wunderschön. Hier gibt es Wasser, Berge, Wälder, Strände, Geschichte, Kultur, High-Tech-Zentren und alte Schlachtfelder. Die Leute hier sind nicht so hektisch wie anderswo. Sie genießen das Leben mehr. Ich könnte mir nicht vorstellen, woanders zu leben. Verdammt, ich bin nie woanders gewesen.«

»Und hier gibt es wirklich schöne Campingplätze«, sagte Sara.

Fiske lächelte. »Das auch.«

»Also bedeutet der Abstecher in die Reiseliteratur, dass das Thema Michael und John Fiske offiziell beendet ist?« Sara hatte kaum ausgesprochen, als sie sich auch schon auf die Zunge biss. Du und dein verdammtes Maulwerk, schalt sie sich.

»Ich glaube schon.« Fiske stand abrupt auf. Das Boot schaukelte, und beinahe wäre Sara im Wasser gelandet. Fiske streckte die Hand aus und ergriff ihren Arm. Er packte fest zu. Sie schaute zu ihm hoch. Ihre Augen waren so groß wie der Mond über ihr, die Füße trieben sanft im Wasser, und ihr Kleid war nass, wo der Fluss es berührt hatte.

»Sollen wir schwimmen gehen?«, sagte sie. »Um uns abzukühlen?«

»Ich habe kein Badezeug.«

»Meine Sachen sind nass genug.«

Fiske zog sie ins Boot hinauf, ging dann zum Motor und ließ ihn an, zerstörte die Stille. »Na schön.«

»Warum schwimmen wir nicht hier?«

»Die Strömung ist zu stark.«

Er zog das Boot herum und fuhr zur Anlegestelle zurück. Nach drei Vierteln der Strecke änderte er wieder den Kurs und hielt auf das Ufer zu, das an dieser Stelle sanft abfiel. Als sie näher kamen, konnte Sara Zweihundert-Liter-Fässer sehen, die jeweils ungefähr sechs Meter voneinander entfernt im Wasser trieben. Als sie weiter darauf zuhielten, erkannte Sara, dass die Fässer von einem weitmaschigen Netz zusammengehalten wurden, das eine große, viereckige Fläche umschloss.

In der Nähe einer der Trommeln stellte Fiske den Motor ab, sodass das Boot vom eigenen Schwung weitergetragen wurde, bis er die Hand ausstrecken und den großen Behälter berühren konnte. Dann befestigte er ein Tau an einem Haken, der ans Fass geschraubt war, und warf einen kleinen provisorischen Anker – einen mit Beton gefüllten Fünf-Liter-Farbtopf – über die Seite, um das Boot zusätzlich zu sichern.

»Innerhalb des Netzes ist das Wasser höchstens zweieinhalb Meter tief. Das Netz umschließt den gesamten Bereich und ist auf dem Grund verankert. Also werden Sie nicht im Atlantik landen, falls die Strömung Sie erfassen sollte.«

Als Sara sich anschickte, ihr Kleid auszuziehen, drehte Fiske sich rasch um.

Sie lächelte. »Warum so prüde, John? In meinem Bikini zeige ich mehr als das.« In Höschen und BH sprang sie über die Bootsseite, kam einen Augenblick später wieder an die Oberfläche und trat Wasser.

»Wenn es Ihnen zu peinlich ist«, rief sie, »drehe *ich* Ihnen den Rücken zu.«

»Ich glaube, ich verzichte. Viel Spaß.«

»Ach, kommen Sie schon, ich beiße nicht.«

»Ich bin ein bisschen zu alt fürs Nacktbaden, Sara.«

»Das Wasser ist wundervoll.«

»Sieht ganz so aus.« Er machte noch immer keine Anstalten, sich zu ihr zu gesellen.

Mit enttäuschter Miene drehte sie sich schließlich um und schwamm vom Boot weg, durchpflügte mit kräftigen Armzügen die glatte Wasseroberfläche.

Während Fiske sie beobachtete, fuhr er geistesabwesend mit einem Finger über seine Narbe, berührte die beiden kreisrunden Höcker aus verbrannter Haut, wo die Kugeln in seinen Körper eingedrungen waren. Abrupt nahm er die Hand wieder weg und setzte sich.

Der Name ›Harms‹ ging ihm nicht aus dem Kopf. Eine *in forma pauperis* eingereichte Petition – falls es sich bei dem handschriftlichen Dokument um eine solche handelte – stammte wahrscheinlich von einem Häftling. Fiske verlagerte sein Gewicht auf dem Stuhl und schaute erneut zu Sara hinüber. Im Mondlicht konnte er sie kaum ausmachen; sie trieb gemächlich an einer flachen Stelle. Ob sie zu ihm hinüberschaute oder nicht, konnte er nicht sagen.

Er blickte wieder auf den Fluss hinaus, und die Erinnerung überwältigte ihn. Ein lautes Spritzen im Wasser; die beiden jungen Männer schwammen, was sie konnten; der eine gewann ein bisschen Vorsprung, dann der andere. Manchmal siegte Mike, dann wieder John. Dann schwammen sie vom anderen Ufer zurück. Tag für Tag. Sie wurden zusehends brauner, schlanker, kräftiger. Was hatte das Leben damals Spaß gemacht! Keine wirklichen Sorgen, keine Probleme. Schwimmen, die Wälder erkunden, mittags Sandwiches mit Mortadella und Majo, abends Spieße mit Hot Dogs, so dicht über den Kohlen gebraten, dass die Wurstpelle aufplatzte. Verdammt noch mal, was hatten sie Spaß gehabt! Fiske wandte den Blick vom Wasser ab, zwang sich zum konzentrierten Nachdenken.

Falls Harms tatsächlich ein Häftling war, würde es kein Problem sein, ihn zu finden. Als ehemaliger Polizeibeamter wusste Fiske, dass in den USA keine Bevölkerungsgruppe besser überwacht wurde als die fast zwei Millionen Strafgefangenen. Die Behörden mochten nicht wissen, wo sich all die Kinder oder Obdachlosen des Landes befanden, doch über sämtliche Knackis führten sie peinlich genau Buch. Und die meisten Informationen befanden sich mittlerweile in Computer-Datenbänken. Fiske schaute wieder auf den Fluss und sah, dass Sara zurück zum Boot geschwommen kam. Allerdings bemerkte er nicht das Glühen der brennenden Zigarette einer Person, die am Ufer saß und sie beobachtete.

Ein paar Minuten später half Fiske Sara ins Boot zurück. Schwer atmend setzte sie sich auf den Boden. »So viel bin ich schon lange nicht mehr geschwommen.«

Fiske reichte ihr ein Handtuch, das er aus der kleinen Kabine geholt hatte, ohne Sara dabei anzuschauen. Sie trocknete sich rasch ab und zog dann ihr Kleid wieder an. Als sie Fiske das Handtuch zurückgab, streiften sich ihre Arme. Fiske schaute sie an. Sie atmete noch immer schwer vom Schwimmen. Schweigend betrachtete er für einen Augenblick ihr Gesicht, schaute dann zum Himmel empor. Auch Sara drehte den Kopf und blickte nach oben. Es dämmerte allmählich; am Horizont hatte sich ein blassblauer Streifen gebildet, vor dem sich rosa Wolkenspiralen zu drehen schienen. Wohin sie auch schauten, war das sanfte, fahle Licht des anbrechenden Tages zu sehen. Die Bäume, die Blätter, das Wasser bildeten eine schimmernde Fassade, die durch die Bewegungen des Bootes sanft zu schaukeln schien.

»Es ist wunderschön«, sagte sie leise.

»O ja«, sagte er.

Als Sara sich ihm wieder zuwandte, hob sie die Hand, langsam zuerst, zögernd, und ihre Augen suchten nach einer Reaktion auf seinem Gesicht. Ihre Finger berührten sein Kinn, strichen darüber; sie spürte seine Bartstoppeln rau an ihrer Haut. Ihre Hand glitt höher, an seinen Wangen entlang, an den Augen vorbei und über die Schläfen, legte sich dann auf sein Haar, und jede ihrer Berührungen war sanft und behutsam. Als sie die Hand um seinen Nacken legte und seinen Kopf zu ihrem herunterzog, spürte sie, wie er zusammenzuckte. Sie sah seine feucht schimmernden Augen, und ihre Lippen zitterten. Sie löste die Hand von ihm und trat zurück.

Fiske schaute plötzlich wieder über das Wasser, als würde er dort immer noch zwei Jungen sehen, die schwammen, was das Zeug hielt. Schließlich drehte er sich wieder zu Sara um. »Mein Bruder ist tot, Sara«, sagte er schlicht. Seine Stimme zitterte leicht. »Ich bin … im Augenblick …

völlig durcheinander ...« Er wollte noch etwas anderes sagen, doch die Worte kamen einfach nicht über seine Lippen.

Sara trat langsam zurück, setzte sich. Sie wischte sich die Augen ab und griff dann unwillkürlich nach dem Saum ihres Kleides, versuchte, es zu glätten, etwas von der Feuchtigkeit auszuwringen. Der Wind hatte aufgefrischt, und das Boot schaukelte heftig. Sie schaute zu Fiske hoch.

»Ich habe Ihren Bruder wirklich gemocht. Und es tut mir schrecklich Leid, dass er tot ist.« Sie blickte auf ihre bloßen Füße, als könnten diese ihr die richtigen Worte eingeben. »Und es tut mir Leid, was ich gerade getan habe.«

Fiske wandte kurz den Blick ab; dann schaute er sie wieder an, und auf seinem Gesicht spiegelte sich Verwirrung. »Ich hätte vorher etwas sagen können. Ich weiß nicht genau, warum ich es nicht getan habe.«

Sara stand auf und legte die Arme um die Schultern. »Mir ist ein wenig kalt. Wir sollten zurückfahren, ja?«

Fiske holte den Anker ein, während Sara das Tau löste. Dann ließ er den Motor an, und sie fuhren zurück zur Anlegestelle. Sie wagten einander nicht anzuschauen, aus Furcht vor dem, was geschehen würde, was ihre Körper tun würden – trotz der Worte, die sie gerade gesprochen hatten.

Am Ufer war der Mann mit der brennenden Zigarette davongegangen, als Sara sich Fiske genähert hatte.

KAPITEL 31

Fiske und Sara vertäuten das Boot, gingen schweigend zum Golfwagen und stiegen ein. Plötzlich hörte Fiske Schritte und drehte sich um. »Pop? Was tust du denn hier?«

Sein Vater antwortete nicht, stürmte schweigend auf sie los. Fiske trat ihm mit ausgebreiteten Armen entgegen. »Pop, ist alles in Ordnung?«

Eine verwirrte Sara beobachtete das Geschehen vom Golfwagen aus.

Die Männer waren noch einen Schritt voneinander entfernt, als Ed Fiske ausholte und seinem Sohn die Faust ans Kinn schmetterte. »Du Arschloch!«, brüllte Ed.

Die Wucht des Schlages trieb Fiske nach hinten, doch Ed setzte nach, hämmerte weiterhin mit beiden Fäusten auf ihn ein.

John wich vor seinem Vater zurück. Blut floss ihm aus Nase und Mund. »Verdammt, was ist los mit dir?«, rief er.

Sara wollte gerade aus dem Golfwagen steigen, erstarrte aber, als Ed auf sie zeigte.

»Schaff diese Schlampe und deinen dreckigen Arsch hier weg! Verschwinde von hier! Hast du verstanden?«

»Pop ... wovon sprichst du?«

Wieder fiel Ed wutentbrannt über seinen Sohn her. Diesmal trat Fiske zur Seite, legte die Arme um seinen Vater und hielt ihn in eisernem Griff, während der Ältere sich wie verrückt drehte und mit aller Kraft versuchte, einen weiteren Treffer zu landen.

»Ich hab euch gesehen! Zum Teufel mit euch beiden. Halb nackt! Ihr habt euch geküsst, während dein Bruder tot auf irgendeinem Seziertisch liegt! Dein Bruder!« Er brüllte die Worte so laut, dass seine Stimme sich überschlug.

Als Fiske klar wurde, was sein Vater gesehen – oder zu sehen geglaubt – hatte, brach seine Stimme. »Pop, es ist nichts passiert.«

»Du Arschloch.« Ed versuchte, seinen Sohn an den Haaren zu ziehen, an der Kleidung, wo immer er ihn zu fassen bekam. »Du herzloser Mistkerl«, brüllte er. Sein Gesicht war knallrot angelaufen, sein Atem ging immer gequälter, seine Bewegungen wurden schwerfällig.

»Hör auf, Pop, hör auf, du kriegst noch einen Herzinfarkt.«

Die beiden Männer rangen wie verrückt miteinander, rutschten aus, stürzten, wälzten sich über den Boden und den Schotterweg.

»Mein eigener Sohn!«, kreischte Ed. »Ich habe keinen Sohn mehr! Meine beiden Söhne sind tot.«

Fiske ließ seinen Vater los, und der alte Mann blieb erschöpft am Boden liegen. Er versuchte aufzustehen, sank aber wieder zurück. Sein T-Shirt war von der Anstrengung schweißgetränkt, und der Geruch von Alkohol und Tabak umhüllte ihn. Fiske stand über seinem Vater. Seine Brust hob und senkte sich schwer, und sein Blut vermischte sich mit salzigen Tränen.

Eine entsetzte Sara stieg aus dem Wagen, kniete neben Ed nieder und legte ihm sanft eine Hand auf die Schulter. Sie wusste nicht, was sie sagen sollte.

Plötzlich schlug Ed blindlings um sich und traf Sara am Oberschenkel.

Sie stöhnte vor Schmerz auf.

»Verschwindet von hier, verdammt noch mal! Beide. *Sofort!*«, schrie Ed.

Fiske ergriff Saras Arm und zog sie hoch. »Gehen wir, Sara.« Er schaute seinen Vater an. »Dad, fahr mit dem Wagen zurück.« Als Fiske und Sara sich in den Wald schlugen, hörten sie noch immer das Geschrei des alten Mannes.

Saras Bein schmerzte, und die Tränen machten sie halb

blind. »O Gott, John«, sagte sie, »das alles ist meine Schuld.«

Fiske antwortete nicht. In ihm brannte ein Feuer. Nie war der Schmerz so stark gewesen, und er hatte Angst. Die leidenschaftslosen Warnungen Dutzender Ärzte wirbelten durch seinen Kopf. Er schritt immer schneller aus, bis Sara beinahe rennen musste, um mithalten zu können.

»John, John, bitte sagen Sie etwas.«

Sie griff nach seinem Kinn, um ihm das Blut abzuwischen, doch er stieß ihre Hand zurück. Dann lief er abrupt los.

»John!« Sara rannte ihm nach, doch er war viel zu schnell für sie. »John!«, rief sie, »bitte, kommen Sie zurück! Bleiben Sie stehen! Bitte!«

Im nächsten Augenblick hatte Fiske eine Kurve des Waldwegs erreicht – und dann war er aus Saras Blickfeld verschwunden.

Sie wurde langsamer; das Brennen in ihrer Brust war fast unerträglich. Sie trat auf einen lockeren Erdklumpen und stürzte schwer. Schluchzend blieb sie auf dem Bett aus Kiefernnadeln liegen. Ihr Schenkel schmerzte und verfärbte sich bereits an der Stelle, wo Ed sie getroffen hatte.

Als sich eine Zeit lang später eine Hand auf ihre Schulter legte, fuhr sie zusammen. Erschrocken schaute sie hoch, überzeugt, dass Ed sie eingeholt hatte und nun ebenfalls verprügeln wollte, weil sie die Erinnerung an seinen toten Sohn beschmutzt hatte.

Aber es war John. Er atmete schwer, sein T-Shirt war schweißnass, und das Blut auf seinem Gesicht verkrustete bereits. »Alles in Ordnung?«

Sara nickte und rappelte sich auf, biss die Zähne zusammen, als der Schmerz ihr Bein durchraste. Wenn Eds ungezielter Schlag gegen ihren Schenkel schon so wehtat, wollte sie sich lieber nicht vorstellen, welche Schmerzen Fiske ertragen musste, nachdem er einen Hieb voll ins Gesicht abbekommen hatte. Sara stützte sich auf ihn, als er sich bückte, den Rock hochzog und das Bein untersuchte.

Er schüttelte den Kopf. »Das wird einen ganz schönen blauen Fleck geben. Dad wusste nicht mehr, was er tat. Verzeihen Sie bitte.«

»Ich habe es verdient.«

Mit Fiskes Hilfe konnte Sara einigermaßen gehen.

»Es tut mir Leid, John«, sagte sie noch einmal. »Das ... das ist ein einziger schrecklicher Albtraum.«

Als sie den Wohnwagen fast erreicht hatten, hörte Sara, wie Fiske irgendetwas sagte. Zuerst dachte sie, er würde zu ihr sprechen, aber dem war nicht so.

Er sprach erneut, ganz leise, den Blick starr nach vorn gerichtet. »Es tut mir Leid.« Ungläubig drehte er langsam den Kopf.

Sara wusste instinktiv, dass die Entschuldigung nicht ihr galt. Vielleicht dem tobenden Mann an der Anlegestelle. Oder dem toten Bruder?

Sara setzte sich auf die Treppe des Wohnwagens, und Fiske ging hinein. Kurz darauf kam er mit Eis und einer Rolle Haushaltstücher zurück. Während Sara das in ein Papiertuch gehüllte Eis gegen die Prellung auf ihrem Schenkel drückte, wischte sie mit einem der Würfel und einem weiteren Tuch das Blut von Fiskes Gesicht und säuberte den Riss an seiner Lippe. Als sie fertig war, stand er auf, stieg die Treppe hinunter und ging wortlos die unbefestigte Straße entlang.

»Wohin gehen Sie?«, fragte Sara.

»Meinen Vater holen«, sagte er, ohne sich umzudrehen.

Sie schaute ihm nach, bis er im Wald verschwunden war. Dann humpelte sie in den Wohnwagen und machte sich in dem kleinen Bad ein wenig zurecht. Sie sah Fiskes Anzug und seine Schuhe und brachte sie zu ihrem Wagen. Gedankenverloren fuhr sie mit der Hand über die glatte Metalloberfläche der Fahnenstange und fragte sich, ob Ed es heute zustande brachte, das Sternenbanner zu hissen. Vielleicht auf halbmast, zum Andenken an seinen Sohn. Oder in der Trauer um *beide* Söhne?

Bei diesem Gedanken begann sie unwillkürlich zu zittern. Sie trat vom Flaggenmast zurück und lehnte sich an ihren Wagen. Nervös schaute sie zum Wald hinüber, als könnten jeden Augenblick entsetzliche Wesen zwischen den Bäumen hervorbrechen.

Eine ältere Frau kam aus dem benachbarten Wohnwagen und blieb stehen, als sie Sara erblickte.

Sara lächelte verlegen. »Ich … äh … bin eine Freundin von John Fiske.«

Die Frau nickte. »Na, dann guten Morgen.«

»Danke, ebenso.«

Die Frau ging die Straße entlang, die zu dem Häuschen am Eingang des Campingplatzes führte.

Sara schaute ängstlich zum Wald zurück und ballte die Hände zu Fäusten. »Nun komm schon, John. Bitte komm.«

Fünfzehn Minuten später kam der Golfwagen in Sicht. Fiske fuhr. Sein Vater lag zusammengesunken hinter ihm; offensichtlich schlief er.

Fiske hielt vor dem Wohnwagen, stieg aus, hob vorsichtig seinen Vater hoch und legte ihn sich über die Schulter. Er stieg die Treppe hinauf und verschwand im Innern. Ein paar Minuten später kam er mit dem Gewehr in der Hand wieder heraus.

»Er schläft«, sagte er.

»Was wollen Sie damit?« Sara zeigte auf die Waffe.

»Die lasse ich ihm nicht hier.«

»Sie glauben doch nicht etwa, dass er jemanden erschießt?«

»Nein, aber ich will nicht, dass er sich den Lauf in den Mund steckt und abdrückt. Waffen, Alkohol und schlechte Nachrichten vertragen sich nicht gut.« Er legte das Gewehr auf den Rücksitz des Wagens. »Lassen Sie mich lieber fahren.«

»Ihre Sachen sind im Kofferraum.«

Sie stiegen ins Auto und erreichten kurz darauf das Haus des Besitzers der Anlage. Fiske ging hinein, bezahlte die vier Dollar Besuchergebühr und kaufte ein wenig Gebäck und ein paar Tüten Orangensaft.

Die Frau, die Sara einen guten Morgen gewünscht hatte, war ebenfalls dort. »Ich habe Ihre Freundin gesehen, John. Ein süßes Mädchen.«

»Hm.«

»Sie fahren schon wieder?«

»Ja.«

»Ich wette, Ihr Daddy wünscht sich, dass Sie länger bleiben.«

Fiske bezahlte die Lebensmittel und wartete nicht auf eine Tüte. »Die Wette nehme ich an«, sagte er zu der verwirrten Frau. Dann ging er zum Wagen zurück.

KAPITEL 32

Nachdem Samuel Rider einige Tage geschäftlich verreist gewesen war, traf er ziemlich früh am Morgen in seinem Büro ein. Sheila war noch nicht da, was Rider nur recht war, denn er wollte allein sein. Er griff nach dem Telefon, rief in Fort Jackson an, gab sich als Harms' Anwalt aus und bat, mit ihm sprechen zu dürfen.

»Er ist nicht mehr hier.«

»Wie bitte? Er sitzt eine lebenslängliche Haftstrafe ab. Wo könnte er da anders sein als bei Ihnen?«

»Es tut mir Leid, aber diese Auskunft darf ich Ihnen nicht telefonisch erteilen. Wenn Sie persönlich herkommen möchten oder eine schriftliche Anfrage einreichen ...«

Rider knallte den Hörer auf die Gabel und sank im Sessel zurück. War Rufus tot? Hatten sie irgendwie herausgefunden, was er vorhatte? Nachdem Rider den Antrag beim Obersten Gerichtshof eingereicht hatte, hätte man Rufus unter strengste Bewachung stellen müssen.

Rider krampfte die Finger um die Schreibtischkante. *Falls* der Antrag beim Gericht eingegangen war. Er riss die Schreibtischschublade auf und zog den weißen Einlieferungsabschnitt der Post hervor. Die grüne Empfangsbestätigung müsste mittlerweile bei ihm im Büro eingetroffen sein. Sheila!

Er sprang auf, stürmte in Sheilas Vorzimmer. Normalerweise legte sie sämtliche Bescheinigungen in die entsprechende Aktenmappe. Doch es gab keine Akte unter dem Namen Rufus Harms. Was hatte Sheila mit der verdammten Bestätigung gemacht?

Wie als Antwort auf Riders verzweifelte Frage kam die Frau zur Tür herein. Sie war erstaunt, ihn zu sehen.

»Herrje, Sie sind aber schrecklich früh dran, Mr Rider.«

Er bemühte sich, ganz beiläufig zu sprechen. »Ich muss noch einiges aufarbeiten.« Er trat von ihrem Schreibtisch zurück, doch sie vermutete ganz richtig, was er wollte. »Suchen Sie etwas?«

»Äh ... jetzt, da Sie es erwähnen ... ja, allerdings. Ich habe einen Einschreibebrief aufgegeben, und die Empfangsbestätigung müsste mittlerweile eingetroffen sein. Aber dann fiel mir ein, dass ich Ihnen gar nichts davon gesagt habe. Dumm von mir.«

Sheilas nächste Worte riefen bei Rider einen inneren Seufzer der Erleichterung hervor. »Das hat es also damit auf sich. Zuerst dachte ich, ich hätte vergessen, eine neue Akte anzulegen. Ich wollte Sie danach fragen, wenn Sie wieder hier sind.«

»Dann haben Sie die Empfangsbescheinigung also bekommen«, sagte Rider und versuchte, sich seine Erregung nicht anmerken zu lassen.

Sheila zog eine Schublade ihres Schreibtisches auf und nahm die grüne Bestätigung heraus. »Der Oberste Gerichtshof der Vereinigten Staaten«, sagte sie ehrfürchtig, als sie Rider das Papier reichte. »Ich weiß noch, dass ich mich gefragt habe, ob wir jetzt auch mit diesen hohen Herren was zu tun haben.«

Rider setzte seine beste Anwaltsmiene auf. »Aber nein, Sheila. Es handelt sich nur um eine Zulassungsfrage. Wir brauchen nicht nach Washington zu schauen, um unsere Brötchen zu verdienen.«

»Ach ja, hier sind die Anrufe, die für Sie gekommen sind, als Sie verreist waren. Ich habe versucht, sie nach Dringlichkeit zu ordnen.«

Rider drückte anerkennend Sheilas Hand. »Sie sind die Tüchtigkeit in Person«, sagte er galant.

Sie lächelte und hantierte an ihrem Schreibtisch.

Rider ging in sein Büro zurück, schloss die Tür und betrachtete die Empfangsbestätigung. Der Antrag *war* bei Gericht eingegangen. Die Unterschrift bestätigte es. Aber wo war dann Rufus?

Der Großteil des Morgens war für eine Konferenz über die mögliche Errichtung eines Einkaufszentrums auf einem großen Baugelände verplant, das seit den vierziger Jahren als Schrottplatz benutzt wurde. Einer der Männer, die an der Besprechung teilnahmen, war an diesem Morgen mit einem Propellerflugzeug von Washington nach Blacksburg, Virginia, geflogen und befand sich zurzeit auf dem Weg zu Riders Büro. Angesichts der Gedanken, die Rider durch den Kopf gingen, konnte er sich allenfalls darum bemühen, sich einigermaßen normal zu verhalten, als der Mann einige Zeit später in seinem Büro eintraf.

Der Besucher hatte ein Exemplar der Morgenausgabe der *Washington Post* bei sich. Während Sheila ihm eine Tasse Kaffee brachte, warf Rider einen müßigen Blick auf die Schlagzeilen der *Post*. Eine davon erregte seine besondere Aufmerksamkeit. Der Mann bemerkte Riders Interesse.

»Eine verdammte Schande.« Er deutete mit dem Kopf auf die Zeitung, auf die Rider sich konzentrierte. »Einer der Besten und Klügsten«, sagte er, während Rider erneut stumm die Schlagzeile mit den Lippen bildete: ASSESSOR DES OBERSTEN GERICHTSHOFS ERMORDET.

»Haben Sie ihn gekannt?«, fragte Rider. Es konnte keinen Zusammenhang geben. Das war völlig unmöglich.

»Nein. Aber wenn er an diesem Gericht Assessor war, muss er zu den Besten der Besten gehört haben. Und ein solcher Mann wurde ermordet! Das zeigt mal wieder, wie gefährlich die Zeiten geworden sind. Niemand ist mehr sicher.«

Rider schaute seinen Besucher einen Augenblick an; dann blickte er auf die Zeitung und das darin abgedruckte Foto. Michael Fiske, dreißig Jahre alt. Hatte an der Columbia University seinen Doktor gemacht und war dann zur

University of Virginia gewechselt, wo er Herausgeber der *Law Review* gewesen war. Er war der Oberassessor von Richter Thomas Murphy gewesen. Keine Verdächtigen, keine Spuren, von einer fehlenden Brieftasche einmal abgesehen. *Niemand ist mehr sicher.* Riders Finger umkrampften die Zeitung geradezu, während er das körnige, deprimierende Foto des Toten anstarrte. Es konnte einfach nicht sein. Aber es gab eine Möglichkeit, sich Gewissheit zu verschaffen.

Er entschuldigte sich, eilte in sein Büro und rief bei der Verwaltung des Obersten Gerichtshofs an.

»Wir haben keinen Fall ... wie war der Name, Sir? Harms? Tut mir Leid. Weder bei den normalen Eingaben noch bei den IFP-Anträgen.«

»Aber ich habe eine Empfangsbescheinigung! Sie belegt, dass Sie einen entsprechenden Antrag erhalten haben.«

Die Stimme am anderen Ende der Leitung wiederholte die oberflächliche Antwort.

»Sind Sie in Ihrem hohen Hause nicht mal im Stande, Ihre Post im Auge zu behalten?«

Die höfliche Antwort des Mannes fiel bei Rider nicht auf fruchtbaren Boden. »Rufus Harms verrottet in einem beschissenen Knast«, brüllte er ins Telefon, »und Sie wissen nicht mal, wo Ihre Post geblieben ist!« Er knallte den Hörer auf die Gabel.

Rufus Harms' Eingabe war zwar beim Gericht eingegangen, aber verschwunden, bevor sie ordnungsgemäß abgelegt worden war. Und Harms selbst war ebenfalls wie vom Erdboden verschluckt. Plötzlich fröstelte Rider.

Wieder warf er einen Blick in die Zeitung. Ein Assessor am Obersten Gerichtshof. Ermordet. Es kam Rider weit hergeholt vor – doch das galt auch für die Geschichte, die Rufus ihm erzählt hatte. Dann aber kam ihm ein anderer Gedanke, der ihm noch mehr zu schaffen machte: Wenn sie Rufus und diesen Assessor ermordet hatten, weil es irgendeinen Zusammenhang gab, würden sie damit bestimmt nicht aufhören. Wenn sie den Antrag haben, den ich bei Gericht eingereicht habe, dachte Rider schaudernd, wissen sie, welche Rolle ich dabei gespielt habe. Und das wiederum hieß, dass er vielleicht der Nächste auf ihrer Liste war.

Jetzt hör endlich auf, ermahnte er sich. Mach dich nicht verrückt! Und dann endlich dämmerte es ihm: Die Aufstellung der Anrufe, die Sheila entgegengenommen hatte, als er verreist war. Er hatte die Liste oberflächlich durchgesehen und die wichtigsten Anrufe erwidert. Der Name, der verdammte Name!

Rider durchwühlte den Schreibtisch, bis er den rosafarbenen Notizblock gefunden hatte. Mit fliegenden Fingern blätterte er ihn durch, suchte, suchte, riss den Block in seiner aufsteigenden Panik schließlich auseinander, bis er den Namen gefunden hatte. Er starrte darauf, und das Blut wich langsam aus seinem Gesicht. Michael Fiske hatte ihn angerufen. Zweimal.

O Gott. Riders Gedanken überschlugen sich. Vor dem inneren Auge sah er seine Frau, die Eigentumswohnung in Florida, ihre erwachsenen Kinder, all die Jahre der elenden Schufterei. Verdammt, er würde nicht einfach warten, bis sie kamen und ihn holten. Er drückte auf den Knopf der Gegensprechanlage und sagte Sheila, ihm wäre nicht gut; sie solle es seinem Besucher und den anderen Herren ausrichten, die in Kürze einträfen, und sie nach Kräften unterstützen.

»Ich komme heute nicht mehr ins Büro, Sheila«, sagte Rider, als er durch den Empfangsbereich eilte. Hoffentlich komme ich überhaupt noch mal zurück. Und nicht in einem Sarg, fügte er stumm hinzu.

»In Ordnung, Mr Rider. Passen Sie auf sich auf.«

Beinahe hätte er über Sheilas Bemerkung gelacht. Bevor er das Büro verließ, hatte er zu Hause angerufen, aber seine Frau war nicht da. Als Rider losfuhr, wusste er bereits, was er tun würde. Sie beide spielten schon lange mit dem Gedanken, im Spätherbst Urlaub zu machen, vielleicht auf eine der Inseln vor der Küste von Florida zu fliegen, noch ein wenig Sonne zu tanken und im Meer zu schwimmen, bevor der Winter kam. Aber jetzt würden sie länger fortbleiben. Sehr lange. Rider zog es vor, all seine Ersparnisse aufzubrauchen, aber am Leben zu bleiben, statt sich den Blick auf einen Sonnenuntergang in Florida zu verschaffen, den er vielleicht nie sehen würde.

Sie konnten nach Roanoke fahren und dort eine Pendlermaschine nach Washington oder Richmond nehmen. Von da aus konnten sie überallhin fliegen. Er würde es seiner Frau erklären, indem er vorgab, endlich mal einen spontanen Entschluss gefasst zu haben. Seine Frau behauptete ohnehin, er verplane alles zu sehr. Der gute alte, beständige, zuverlässige Sam Rider. Hat nichts anderes im Leben getan als hart zu arbeiten, seine Rechnungen zu bezahlen, die Kinder großzuziehen, seine Frau zu lieben und zu versuchen, bei alledem einen kleinen Zipfel vom Glück zu fassen zu kriegen. Mein Gott, ich schreibe schon meinen Nachruf, wurde ihm klar.

Falls er seinen Entschluss verwirklichte, konnte er Rufus nicht mehr helfen. Doch Rider vermutete, dass der Mann ohnehin schon tot war. Tut mir Leid, Rufus, dachte er. Aber du bist jetzt an einem besseren Ort, an einem viel besseren als dem, den diese Arschlöcher dir auf dieser Erde zugedacht haben.

Ein plötzlicher Gedanke ließ Rider beinahe umkehren. Er hatte die Kopien des Antrags, den er für Rufus geschrieben hatte, im Büro gelassen. Sollte er zurückfahren? Schließlich aber sagte er sich, dass sein Leben mehr wert war als ein paar Blatt Papier. Was konnte er jetzt überhaupt noch damit anfangen?

Er konzentrierte sich auf die Straße. Die Strecke zwischen seinem Büro und seinem Haus war wenig befahren und ziemlich einsam – gewundene Straßen, Wald und Wildtiere: Vögel, dann und wann ein Hirsch oder ein Schwarzbär. Diese Abgeschiedenheit hatte Rider bislang nie etwas ausgemacht. Nun aber jagte sie ihm Angst ein. Zu Hause hatte er ein Schrotgewehr, mit dem er manchmal Wachteln schoss. Er wünschte, er hätte die Waffe dabei.

Die Straße beschrieb eine scharfe S-Kurve, und nur ein rostiges Geländer stand zwischen Rider und einem Sturz in eine hundertfünfzig Meter tiefe Schlucht. Als er auf die Bremse trat, stockte ihm der Atem. Die Bremsen. O Gott, wenn jemand dafür gesorgt hatte, dass sie nicht funktionierten, dann ...

Rider schrie laut auf. Dann aber fassten die Bremsen. *Dreh jetzt nicht durch, Sam!*, ermahnte er sich. Ein paar Minuten später bog er schweißgebadet um die letzte Ecke und sah den Briefkasten vor seinem Haus, der in der Auffahrt stand, auf einen Pfosten montiert. Augenblicke später fuhr Rider den Wagen in die Doppelgarage. Das Auto seiner Frau stand ebenfalls darin.

Als er an ihrem Wagen vorüberging, schaute er hinein – und seine Füße schienen im Betonboden zu versinken. Seine Frau lag zusammengekrümmt über dem Lenkrad. Selbst aus dieser Entfernung konnte Rider das Blut sehen, das aus der Kopfwunde quoll. Es war die vorletzte Erinnerung, die Rider in seinem Leben haben sollte. Die Hand kam von hinten und presste ihm ein großes Tuch aufs Gesicht, das einen widerwärtigen Geruch nach Operationssaal verströmte. Der Mann, der Rider von hinten gepackt hielt, drückte ihm irgendetwas in die Hand. Vor den Augen des Anwalts verschwamm bereits alles; die Lider wurden ihm schwer, und als er ein letztes Mal im Leben den Blick senkte, sah und fühlte er die noch warme Pistole. Zwei Hände in Latexhandschuhen zwangen Riders Finger um den Griff. Es war seine eigene Waffe, mit der er Schießübungen machte. Verschwommen wurde ihm klar, dass man mit dieser Waffe auch seine Frau getötet hatte. Und weil das Metall noch warm war, musste der Schuss gefallen sein, als er auf die Auffahrt abgebogen war. Sie mussten ihn beobachtet haben.

Rider bog den Kopf zurück und starrte in die kalten, klaren Augen von Victor Tremaine, während er tiefer und tiefer in die Schwärze der Bewusstlosigkeit versank. Dieser Mann hatte seine Frau getötet … aber man würde ihm, Sam Rider … die Schuld geben. Aber … was … machte das … schon. Er war … ebenfalls … tot. Mit diesem Gedanken schlossen Samuel Riders Augen sich zum letzten Mal.

KAPITEL 33

Als sie sich dicht vor der Altstadt von Alexandria auf dem George Washington Parkway befanden, sah Fiske einen Radfahrer, der wie ein Schemen an den Bäumen vorbeihuschte, welche den asphaltierten Radweg entlang des Flusses säumten. Fiske stieß Sara an. Sie erwachte und erklärte ihm auf seine Frage, wo er vom Parkway abbiegen musste, wobei sie ihm einen kurzen Blick zuwarf. Auf der Rückfahrt hatten sie den Zwischenfall mit Fiskes Vater nicht mehr erwähnt, als hätten sie eine stillschweigende Übereinkunft getroffen, nicht darüber zu reden.

Fiske richtete sich nach Saras Wegbeschreibung, fuhr eine weitere asphaltierte Straße entlang und bog dann nach rechts auf einen Kiesweg ab, der steil zum Ufer hinunterführte. Schließlich hielt er vor dem kleinen, holzverkleideten Cottage, das steif und wie verloren zwischen dem ungepflegten Gewirr aus Bäumen, Dornensträuchern und Wildblumen stand – wie eine Pfarrersfrau auf einem Picknick der Kirchengemeinde, bei dem es zu einer Keilerei gekommen war. Das Haus besaß schwarze Schlagläden und einen breiten, rotbraunen Schornstein aus Ziegeln, und die weißen Schindeln waren fünfzig Jahre lang immer wieder neu gestrichen worden. Fiske sah ein Eichhörnchen, das über die Telefonleitung flitzte, aufs Dach sprang und dann den Schornstein hinaufhuschte.

In einer Ecke des Grundstücks stand ein Indischer Flieder in voller Blüte. Seine Rinde besaß die Beschaffenheit und Farbe von Rehleder. Auf der anderen Seite des kleinen Hauses stand eine sechs Meter hohe Stechpalme; zwischen den dunkelgrünen Blättern spähten wie Zierrat rote Beeren hervor. Zwischen der Palme und dem Haus erstreckte sich eine Spindelstrauchhecke; der Boden unter der Hecke war mit scharlachroten Blättern übersät. Hinter dem Haus sah Fiske die Treppe, die hinunter zum Wasser führte. Er glaubte, dahinter die auf den Wellen tanzende Spitze eines Segelmasts auszumachen. Er und Sara stiegen aus; dann nahm Fiske die frische Kleidung vom Rücksitz, die er aus seiner Wohnung geholt hatte.

»Ein schönes Haus«, sagte er.

Sara streckte sich und gähnte herzhaft. »Als ich die Assessorenstelle bekam, bin ich von North Carolina hierher geflogen, um mir in der Gegend ein Haus zu suchen. Zuerst wollte ich es nur mieten, aber dann entdeckte ich dieses Cottage und habe mich darin verliebt. Also flog ich wieder nach Hause, verkaufte die Farm und legte mir dieses Häuschen zu.«

»Muss ziemlich schwierig für sie gewesen sein, in North Carolina alles zu verkaufen.«

Sara schüttelte den Kopf. »Das Land war mir nur wegen meiner Eltern wichtig, und die waren tot. Eigentlich war die Farm nur ein Flecken Erde, mit dem ich nichts mehr anfangen konnte.« Sie streckte sich noch einmal und ging zum Haus. »Ich setze Kaffee auf.« Dann schaute sie auf die Uhr und stöhnte leise. »Ich komme zu spät zu einer mündlichen Verhandlung. Eigentlich müsste ich anrufen, aber was soll ich denen sagen?«

»Unter den gegebenen Umständen wird man verstehen, dass Sie heute etwas später kommen.«

»Sollte man meinen, nicht wahr?«, erwiderte sie zweifelnd.

Fiske zögerte. »Haben Sie eine Landkarte?«

»Was für eine?«

»Von der östlichen Hälfte der USA.«

Sie dachte kurz nach. »Sehen Sie mal im Handschuhfach nach.«

Fiske tat wie geheißen und zog die Karte hervor. »Wonach suchen Sie?«, fragte Sara, als sie ins Haus gingen.

»Ich habe über die zwölfhundert Kilometer nachgedacht, die Mike gefahren ist.«

»Und Sie wollen herausfinden, was sich zwölfhundert Kilometer entfernt befindet?«

»Nein, sechshundert.« Sara blickte ihn verwirrt an. »Sechshundert Kilometer hin, sechshundert zurück. Man hat den Wagen in Washington gefunden. Mike oder jemand anders muss ihn zurückgefahren haben.«

»Aber vielleicht ist er mehrere kürzere Strecken gefahren, und nicht sechshundert Kilometer hin und zurück.«

Fiske schüttelte den Kopf. »Es ist nicht gerade angenehm, an einem heißen Tag mit einer Leiche im Kofferraum durch die Gegend zu kutschieren. Als Cop habe ich ein paar solcher Leichen gefunden«, fügte er grimmig hinzu.

Während Sara in der Küche den Kaffee aufsetzte, schaute Fiske durchs Fenster zum Fluss hinaus. Von hier aus konnte er die Anlegestelle aus druckbehandeltem Holz und das daran vertäute Segelboot sehen.

»Kommen Sie oft zum Segeln?«

»Schwarz oder mit Milch?«

»Schwarz.«

Sara nahm zwei Tassen aus dem Schrank. »Nicht so oft wie früher. Als ich noch in North Carolina wohnte, hatte ich praktisch gar kein Verhältnis zum Wasser. Ich war mit meinem Dad schon mal zum Angeln oder zum Schwimmen zu einem Teich, ein paar Kilometer von unserer Farm entfernt. Aber erst in Stanford bin ich auf den Geschmack gekommen. Man weiß gar nicht, was Größe ist, bis man den Pazifik sieht. Nie zuvor hatte ich etwas so Gewaltiges gesehen.«

»Ich war nie dort.«

»Sagen Sie mir Bescheid, wenn Sie mal hinfahren wollen. Ich könnte Ihnen alles zeigen.« Sie strich sich eine Haarsträhne aus der Stirn, schenkte ihm Kaffee ein und reichte ihm die Tasse.

»Ich werde daran denken«, sagte er trocken.

»Ich habe nur ein Badezimmer. Wir müssen also nacheinander duschen.«

»Gehen Sie zuerst. Ich will mir mal diese Landkarte anschauen.«

»Wenn ich in zwanzig Minuten nicht wieder unten bin, klopfen Sie bitte an. Dann bin ich wahrscheinlich in der Dusche eingeschlafen.«

Fiske betrachtete die Karte, nippte am Kaffee und sagte nichts dazu. Sara blieb auf der Treppe stehen.

»John?« Er schaute auf. »Ich hoffe, Sie können mir vergeben, was diese Nacht geschehen ist.« Sie hielt inne, als müsse sie darüber nachdenken, was sie gerade gesagt hatte. »Das Problem ist nur, ich selbst bin nicht der Ansicht, dass man mir verzeihen sollte.«

Fiske setzte die Tasse ab und blickte Sara an. Das Sonnenlicht fiel warm und weich durchs Fenster, ließ ihr Gesicht erstrahlen, hob das Funkeln ihrer Augen und die sinnlichen Konturen ihrer Lippen hervor. Ihr Haar hing schlaff herab, was dem Flusswasser, dem Schweiß und dem Umstand zu verdanken war, dass sie im Wagen geschlafen hatte. Das bisschen Make-up, das sie aufgelegt hatte, war längst verlaufen und verblasst und bildete nur noch Flecken auf ihren Lidern und Wangen. Sie war körperlich und geistig bis an den Rand der Erschöpfung getrieben worden. Diese Frau war der Anlass für einen schrecklichen, vielleicht katastrophalen Bruch zwischen ihm und seinem Vater gewesen – ein Mann, den Fiske geradezu anbetete. Und doch musste er gegen das Verlangen ankämpfen, Sara zu umarmen, sie auszuziehen und jetzt und hier mit ihr zu schlafen.

»Jeder hat verdient, dass man ihm vergibt«, sagte Fiske schließlich und schaute wieder auf die Karte.

Während Sara duschte, ging Fiske in ein Zimmer neben der Küche. Sara benutzte es offensichtlich als Arbeitszimmer; ein Schreibtisch mit Computer und Drucker sowie Regale voller juristischer Fachbücher standen darin. Fiske faltete die Karte auf dem Schreibtisch auseinander. Dann warf er einen Blick auf die Maßstabsangabe, übertrug Zentimeter in Kilometer und stöberte in der Schreibtischschublade herum, bis er ein Lineal fand. Von Washington aus, dem zentralen Punkt, zog er Striche nach Norden, Westen und Süden und verband die Endpunkte miteinander. Den Osten ließ er aus; sechshundert Kilometer hätten ihn bis weit auf den Atlantik hinausbefördert. Er machte eine Liste jener Bundesstaaten, die der Kreis umfasste oder berührte; dann griff er nach dem Telefon und rief die Auskunft an. Binnen einer Minute sprach er mit einem Mitarbeiter des Federal Bureau of Prisons. Fiske nannte ihm den Namen Harms und erklärte, in welchem geographischen Radius ein Häftling namens Harms in einem Bundesgefängnis einsitzen könnte, denn Fiske war der Gedanke gekommen, dass Mike diesen Harms vielleicht im Knast besucht hatte. Das würde auch den Anruf erklären, als Mike ihn um Rat hatte fragen wollen. Über Gefängnisse wusste John Fiske viel mehr als sein jüngerer Bruder.

Als der Mitarbeiter der Bundesaufsichtsbehörde für Strafanstalten sich wieder meldete, runzelte Fiske die Stirn. »Sind Sie sicher? Es gibt innerhalb dieses Radius kein Bundesgefängnis, in dem ein Häftling namens Harms einsitzt?«

»Ich bin sogar ein paar Hundert Kilometer über das von Ihnen genannte Gebiet hinausgegangen.«

»Und wie ist es mit den Staatsgefängnissen?«

»Ich kann Ihnen die Telefonnummern sämtlicher bundesstaatlicher Behörden geben. Wissen Sie, um welche Staaten es sich handelt?«

Fiske schaute auf die Karte und gab dem Mann die Namen durch. Es waren mehr als ein Dutzend. Er notierte sich die Telefonnummern, die der Mann ihm durchgab, und legte auf.

Er dachte kurz nach und kam auf den Gedanken, die Anrufbeantworter in seinem Büro und seiner Wohnung abzuhören. Ein Anruf kam von einer Versicherungsagentin aus dem Großraum Washington. Fiske rief die Frau zurück.

»Es hat mir sehr Leid getan, als ich vom Tod Ihres Bruders las, Mr Fiske«, sagte die Frau.

»Ich wusste gar nicht, dass mein Bruder eine Lebensversicherung abgeschlossen hatte.«

»Manchmal werden die Nutznießer nicht darüber in Kenntnis gesetzt. Die Versicherungsgesellschaft ist nicht einmal verpflichtet, die Nutznießer zu informieren, selbst wenn die Gesellschaft vom Tod des Versicherten weiß. Ehrlich gesagt, geben die Versicherer sich keine allzu große Mühe, Ansprüche abzugelten.«

»Warum haben Sie mich dann angerufen?«

»Weil Michaels Tod mich sehr erschüttert hat.«

»Wann hat er die Versicherung abgeschlossen?«

»Vor etwa einem halben Jahr.«

»Er hatte keine Frau oder Kinder. Wozu dann eine Lebensversicherung?«

»Nun ja, deshalb habe ich Sie angerufen. Er wollte, dass Sie das Geld bekommen, falls ihm etwas zustößt.«

Fiske spürte einen Kloß im Hals und ließ den Hörer für einen Moment sinken.

»Unsere Eltern brauchen das Geld viel dringender als ich«, brachte er schließlich heraus.

»Ihr Bruder sagte mir, Sie würden Ihren Eltern das Geld ohnehin zukommen lassen. Er wollte aber, dass Sie einen Teil der Summe für sich selbst verwenden. Er war der Meinung, Sie wüssten besser als Ihre Eltern, das Geld sinnvoll anzulegen.«

»Ich verstehe. Über was für eine Summe sprechen wir überhaupt?«

»Mehr als eine halbe Million Dollar.« Die Frau las Fiske seine Adresse vor und fragte, ob sie noch zuträfe. »Auch wenn es nicht hierher gehört«, sagte sie dann, »ich stelle sehr viele Policen aus, wissen Sie, aus den unterschiedlichsten Gründen, und oft spielen Eigennutz oder Eifersucht oder gar Hass eine Rolle ... aber falls Sie es nicht gewusst haben, Ihr Bruder hat Sie sehr geliebt. Ich wünschte, ich würde meinem Bruder auch so nahe stehen.«

Nachdenklich legte Fiske auf, horchte in sich hinein. Da waren die Trauer, der Schmerz, vor allem aber hilfloser Zorn, der ihn nun beinahe dazu getrieben hätte, die Faust gegen die Wand zu hämmern.

Er stand auf, steckte sich die Liste in die Tasche und verließ das Haus, stieg die Treppe hinunter und ging über einen kurzen Pfad, der zur einen Seite von hohen Rohrkolben und zur anderen Seite von einem großen Farn gesäumt wurde, zu der kleinen Anlegestelle.

Der Himmel war dunkelblau, nur mit wenigen Wolken gesprenkelt, und die Brise war erfrischend, die Schwüle für den Augenblick gewichen. Fiske schaute nach Norden, zu den Reihenhäusern im äußeren Ring von Alexandria, dann zu der langen, gewundenen Woodrow Wilson Bridge. Jenseits des Flusses konnte er das Ufer von Maryland ausmachen, ein baumgesäumtes Spiegelbild des Ufers, das zu Virginia gehörte. Ein Jet donnerte im Landeanflug auf den nur einige Kilometer entfernten National Airport über Fiske hinweg; das Fahrwerk war bereits ausgefahren. Der Rumpf der Maschine war dem Boden so nahe, dass Fiske das Gefühl hatte, ihn mit einem Stein treffen zu können.

Als das Flugzeug gelandet und wieder Stille eingekehrt war, trat Fiske auf den Bug des Segelboots. Das Schiff schaukelte sanft unter ihm; das Sonnenlicht streichelte sein Gesicht. Er setzte sich und lehnte den Kopf an den Mast, roch das Tuch des entrollten Segels und schloss die Augen. Er war so unendlich müde.

»Sie haben es sich ja richtig gemütlich gemacht.«

Fiske fuhr aus dem Halbschlaf hoch, schaute sich blinzelnd um und erblickte Sara auf der Anlegestelle. Sie trug ein schwarzes Kostüm; am Ausschnitt lugte eine weiße Seidenbluse hervor. Um den Hals trug sie eine dünne Perlenkette, das Haar war zu einem schlichten Knoten zusammengebunden, und sie hatte sich einen Hauch Make-up und hellroten Lippenstift aufgetragen.

Sie lächelte. »Tut mir Leid, dass ich Sie wecken musste. Sie haben so friedlich geschlafen.«

»Beobachten Sie mich schon lange?«, sagte Fiske und fragte sich dann, warum er sich danach erkundigt hatte.

»Lange genug. Sie können jetzt duschen.«

Er erhob sich und trat auf die Anlegestelle. »Schönes Boot.«

»Ich habe Glück, hier fällt das Ufer steil ab. Ich muss es nicht in einem Jachthafen unterbringen. Wenn Sie wollen, fahre ich mal mit Ihnen raus. Es bleibt noch etwas Zeit, bevor ich es winterfest machen muss.«

»Vielleicht.«

Er ging an ihr vorbei zum Haus.

»John?« Er drehte sich um. Sara legte eine Hand auf das Treppengeländer und schaute zu ihrem Segelboot hinüber, als hoffte sie, etwas von der ruhigen, friedlichen Stille, die es ausstrahlte, würde auf sie übergehen.

»Ich werde das mit Ihrem Vater wieder in Ordnung bringen. Auf jeden Fall. Ich verspreche es.«

»Das ist mein Problem. Sie müssen sich nicht ...«

»Doch, John«, sagte sie fest, »das muss ich.«

Eine halbe Stunde später fuhr Fiske den Wagen auf die Privatstraße, die zum Parkway führte. Die beiden schwarzen Limousinen, die plötzlich vor Saras Wagen auftauchten, zwangen Fiske zu einem scharfen Bremsmanöver. Sara schrie auf. Fiske sprang aus dem Wagen und blieb reglos stehen, als er die auf ihn gerichteten Waffen sah.

»Hände hoch«, brüllte einer der Männer.

Fiske gehorchte.

Sara stieg ebenfalls aus und sah, wie Perkins aus dem einen und Agent McKenna aus dem anderen Wagen sprangen.

Perkins erkannte Sara. »Stecken Sie die Waffen ein«, sagte er zu den beiden Männern in Straßenanzügen.

»Diese Männer stehen unter meinem Befehl, nicht unter Ihrem«, dröhnte McKennas Stimme. »Sie werden ihre Waffen nur auf *meine* Anweisung einstecken.« McKenna trat direkt vor Fiske.

»Alles in Ordnung, Sara?«, fragte Perkins.

»Natürlich. Verdammt noch mal, was ist los?«

»Ich habe eine dringende Nachricht auf Ihren Anrufbeantworter gesprochen.«

»Den habe ich noch nicht abgehört. Was ist los?«

McKenna sah das Schrotgewehr, das auf dem Rücksitz lag. Nun zog auch er seine Waffe, richtete sie direkt auf Fiske und betrachtete dessen von den Schlägen seines Vaters verletztes Gesicht. »Hält dieser Mann Sie gegen Ihren Willen fest?«, fragte er Sara.

»Was soll dieser melodramatische Scheiß?«, sagte Fiske. Er nahm die Hände herunter, und McKenna hämmerte ihm die Faust in den Magen. Fiske fiel keuchend auf die Knie. Sara lief zu ihm und half ihm, sich gegen den Wagenreifen zu lehnen.

»Lassen Sie die Pfoten oben, bis die Lady meine Frage beantwortet hat.« McKenna zerrte Fiskes Hände in die Höhe. »Die Flossen hoch, verdammt noch mal.«

»Um Himmels willen, was soll denn das?«, rief Sara. »Er hält mich nicht gegen meinen Willen fest. Hören Sie auf! Lassen Sie ihn in Ruhe!« Sie stieß McKennas Hände zurück.

Perkins trat vor. »Agent McKenna«, sagte er, doch der kalte Blick des FBI-Mannes ließ ihn verstummen.

»Er hat ein Gewehr im Wagen«, sagte McKenna. »Von mir aus können Sie Ihre Männer in Gefahr bringen. Aber bei mir läuft das nicht so.«

Eine weitere Limousine bremste mit kreischenden Reifen. Chandler und zwei uniformierte Polizisten sprangen heraus. Sie hatten ihre Waffen gezogen.

»Keine Bewegung!«, brüllte Chandler.

McKenna blickte sich um. »Sagen Sie Ihren Männern, Sie sollen die Waffen wegstecken, Chandler. Ich habe die Lage unter Kontrolle.«

Chandler ging zu McKenna, blieb dicht vor ihm stehen. »Befehlen Sie Ihren Männern *sofort*, die Waffen wegzustecken, McKenna. Auf der Stelle. Oder ich lasse Sie von diesen Beamten wegen tätlichen Angriffs verhaften.«

McKenna rührte sich nicht. Chandler beugte sich vor, bis sein Gesicht das des FBI-Mannes beinahe berührte. »Sofort, Special Agent Warren McKenna, oder Sie rufen aus einer Zelle in Virginia die Rechtsabteilung des FBI an. Wollen Sie wirklich einen solchen Vermerk in Ihrer Dienstakte?«

Endlich gab McKenna nach. »Steckt die Waffen ein«, sagte er zu seinen Männern.

»Und jetzt treten Sie von dem Mann zurück, verdammt noch mal«, befahl der Detective.

McKenna wich ganz langsam von dem noch immer am Boden hockenden Fiske zurück. Dabei ließ er Chandler nicht aus den Augen.

Chandler kniete nieder und legte Fiske eine Hand auf die Schulter. »Alles in Ordnung, John?«

Fiske nickte unter großen Schmerzen, hielt den Blick aber auf McKenna gerichtet.

»Würde uns bitte jemand sagen, was hier los ist?«, rief Sara.

»Steven Wright wurde ermordet aufgefunden«, sagte Chandler.

KAPITEL 34

Die Hütte befand sich inmitten eines dichten Waldes in einem abgelegenen Teil des südwestlichen Pennsylvania, der an den Bundesstaat West Virginia grenzte. Man konnte sie lediglich über eine verschlammte, unbefestigte und von Reifen zerfurchte Straße erreichen. Josh trat zur Vordertür. Die Neun-Millimeter-Pistole steckte in seinem Gürtel, roter Lehm und Kiefernnadeln klebten an seinen Stiefeln. Das Wohnmobil stand unter dem Blätterdach eines hoch aufragenden Walnussbaums, doch Josh hatte eine zusätzliche Vorsichtsmaßnahme getroffen und das Fahrzeug mit einem Tarnnetz bedeckt. Aus der Luft entdeckt zu werden war seine größte Sorge. Er konnte nicht das Risiko eingehen, ein Feuer zu entfachen; man wusste nie, wohin der Rauch zog. Doch zum Glück waren die Nächte noch warm.

Rufus saß auf dem Boden, den breiten Rücken an die Wand gelehnt, die Bibel auf dem Schoß. Er trank Cola aus der Dose, und die Reste seines Mittagessens lagen neben ihm. Mittlerweile trug er einige der Kleidungsstücke, die sein Bruder mitgebracht hatte.

»Alles klar?«

»Hier sind nur wir und die Eichhörnchen. Wie fühlst du dich?«

»Verteufelt glücklich und höllisch verängstigt.« Rufus schüttelte den Kopf und lächelte. »Es fühlt sich gut an, frei zu sein, hier zu sitzen, eine Coke zu trinken und nicht ständig zu befürchten, dass jemand mich zur Minna machen will.«

»Die Wächter oder die anderen Häftlinge?«

»Rate mal?«

»Sowohl als auch, nehme ich an. Du weißt ja, ich war auch mal für 'ne Weile im Knast. Wir könnten wahrscheinlich ein Buch darüber schreiben.«

»Wie lange werden wir hier bleiben?«

»Ein paar Tage. Wir warten, bis der Aufruhr sich gelegt hat. Dann fahren wir weiter, schlagen uns nach Mexiko durch. Da kann man mit einem Zehntel von dem, was man hier braucht, gut leben. Nach dem Krieg war ich einige Male dort. Außerdem leben ein paar alte Kumpel aus der Army in Mexiko. Sie helfen uns, über die Grenze zu kommen und uns dann irgendwo niederzulassen. Wir besorgen uns ein Boot, gehen fischen, leben am Strand. Hört sich das gut an?«

»Für mich würde es sich sogar gut anhören, in der Gosse zu leben.« Rufus stand auf. »Ich möchte dich mal was fragen.«

Sein Bruder lehnte sich gegen die Wand und schnitt mit einem Taschenmesser einen Apfel in Keile. »Ich höre.«

»In dem Wagen waren jede Menge Lebensmittel, zwei Gewehre und die Pistole, die in deinem Gürtel steckt. Und die Sachen, die ich anhabe.«

»Und?«

»Wollte der Freund, von dem du den Wagen geliehen hast, zufällig gerade für ein paar Monate auf Campingtour gehen?«

John kaute auf einem Stück Apfel. »Ich muss essen. Und das bedeutet, ich muss dann und wann mal einkaufen fahren, oder?«

»Ja, aber mit dem Wagen eines Freundes? Und du hast nichts gekauft, was schlecht wird, keine Milch oder Eier oder so was. Nur Konserven und Tüten und so weiter.«

»Ich hab in der Army fast nur von Konserven gelebt. Seitdem steh ich auf Mahlzeiten, die man nicht großartig zubereiten muss.«

»Und trägst du immer so viele Waffen mit dir rum?«

»Vielleicht hab ich von Vietnam noch 'n Hau weg, irgend so ein Syndrom oder wie das heißt.«

Rufus zerrte an seinem Hemd, das so groß wie eine Decke war. »Meine Größe gibt's nicht gerade von der Stange. Du hattest von Anfang an vor, mich da rauszuholen, stimmt's?«

Josh hatte den Apfel gegessen und warf den Kern aus dem Fenster. Er wischte sich die vom Saft nassen Hände an den Jeans ab und schaute dann seinen Bruder an.

»Hör mal, Rufus, ich hab nie kapiert, warum du das kleine Mädchen umgebracht hast. Aber ich wusste, du warst nicht richtig im Kopf, als du's getan hast. Und als ich diesen Brief von der Army bekam, da dämmerte mir, dass irgendwas dahinter steckt. Ich hatte zwar keinen Schimmer, dass es 'ne Tarnung war – eine Tarnung für irgendwas, das man dir angetan hat. Aber heutzutage drehen Leute durch und bauen schlimme Scheiße, und dann steckt man sie in den Knast, und wenn sie sich gebessert haben, lässt man sie irgendwann wieder raus. Bei *dir* war's anders. Du hast die Kleine nicht umbringen wollen. Das weiß ich genau. Aber du hast fünfundzwanzig Jahre abgesessen, und nie fiel das Wort Bewährung oder so. Sagen wir einfach, ich habe die Entscheidung gefällt, dass es lange genug war. Du hast deine Zeit abgesessen, deine ›Schuld an die Gesellschaft bezahlt‹ und diesen ganzen Scheiß. Es war an der Zeit, dass du rauskommst, und ich wollte dir den Schlüssel bringen. Hättest du nicht mitkommen wollen – ich hätte dich schon irgendwie dazu gebracht. Und es war mir scheißegal, ob es nun richtig oder falsch war. Es war mein fester Entschluss. Und damit basta.«

Die Brüder schauten sich lange Zeit schweigend an.

»Du bist ein guter Bruder, Josh«, sagte Rufus schließlich.

»Da hast du verdammt Recht.«

Rufus setzte sich wieder auf den Boden, griff nach der Bibel und blätterte behutsam die Seiten um, bis er die gesuchte Stelle gefunden hatte. Josh musterte ihn.

»Du liest dieses Zeug nach all den Jahren noch immer?«

Rufus schaute zu ihm hoch. »Ich werde mein Leben lang die Bibel lesen.«

Josh schnaubte. »Du kannst mit deiner Zeit machen, was du willst, aber auf diese Weise würde *ich* sie nicht verschwenden.«

Rufus betrachtete ihn mit steinernem Gesicht. »Das Wort des Herrn hat mich all die Jahre am Leben gehalten. Das ist keine Zeitverschwendung.«

Josh schüttelte den Kopf, schaute aus dem Fenster und blickte dann wieder Rufus an. Er berührte den Griff seiner Pistole. »Das hier ist Gott. Oder ein Messer oder eine Dynamitstange. Oder die Einstellung: Pinkel mich nicht an! Und nicht irgendein heiliges Buch voller Leute, die sich gegenseitig umbringen, voller Männer, die mit Frauen anderer Männer schlafen, mit so ziemlich jeder Sünde, die einem einfällt ...«

»Sünden der Menschen, nicht Gottes.«

»Nicht Gott hat dich aus dem Knast rausgeholt. Das war ich.«

»Gott hat dich zu mir geschickt, Josh. Sein Wille ist überall.«

»Du behauptest also, Gott hätte mich dazu gebracht, dich zu befreien?«

»Warum bist du gekommen?«

»Ich hab's dir doch gesagt. Um dich rauszuholen.«

»Weil du mich liebst?«

Josh wirkte ein wenig verblüfft. »Ja«, sagte er.

»Das ist der Wille Gottes, Josh. Du liebst mich, du hilfst mir. Das ist Gottes Wirken.«

Josh schüttelte den Kopf und wandte den Blick ab. Rufus widmete sich wieder seiner Lektüre.

Ein Kreischen drang aus Joshs tragbarem Polizeifunk-Abhörgerät, das er neben dem Radio auf den Boden gestellt hatte. Es war Josh gelungen, einen Sender aus dem südwestlichen Virginia einzustellen, sodass sie die örtlichen Nachrichten über Rufus' Flucht mitbekamen.

»Hast du deinen Namen noch im Polizeifunk gehört?«, fragte Josh.

Rufus Harms war am Tag zuvor in den Nachrichten erwähnt worden. Sämtliche Militärbehörden erklärten übereinstimmend, Harms sei ein verurteilter Mörder, der im Gefängnis durch zahlreiche Gewalttätigkeiten aufgefallen sei. Er sei mit Hilfe seines Bruders entkommen, der ebenfalls als gefährlich gelte. Man benutzte die übliche Umschreibung: ›Beide Männer sind bewaffnet und äußerst gefährlich.‹ Was im Klartext hieß, dass niemand überrascht sein oder Fragen stellen sollte, wenn die Behörden ihre Leichen anschleppten.

»Ein paar Mal«, erwiderte Rufus. »Sie suchen im Süden, wie du gesagt hast.«

Dann kamen die Nachmittagsnachrichten im Radio. Die ersten beiden Meldungen interessierten die Brüder nicht. Die dritte war soeben hereingekommen und ließ Josh und Rufus auf das Radio starren. Josh drehte die Lautstärke höher. Der Bericht dauerte nur etwa eine Minute, und als der Sprecher endete, schaltete Josh das Radio aus. »Rider und seine Frau«, sagte er.

»Sie haben es so aussehen lassen, als hätte er sie umgebracht und dann die Waffe gegen sich selbst gerichtet«, fügte Rufus hinzu und schüttelte ungläubig den Kopf. »Zwei Personen besuchen mich, und jetzt sind beide tot.«

Josh schaute zu seinem Bruder hinüber. Er wusste genau, was Rufus dachte. »Du kannst sie nicht zurückholen, Rufus. Du kannst keinen von ihnen zurückbringen.«

»Es ist meine Schuld, dass sie tot sind. Weil sie versucht haben, mir zu helfen. Und Riders Frau ... sie hat von alledem doch gar nichts gewusst.«

»Du hast den kleinen Fiske nicht darum gebeten, dass er dich im Gefängnis besucht.«

»Aber ich habe Samuel darum gebeten. Gäb's mich nicht, würde er noch leben.«

»Er war es dir schuldig, Rufus. Was glaubst du denn, weshalb er überhaupt gekommen ist? Er hatte ein schlechtes Gewissen. Er wusste, dass er sich damals nicht entschlossen genug für dich eingesetzt hat. Und das wollte er gutmachen.«

»Das ändert nichts daran, dass er tot ist. Wegen mir.«

»Selbst wenn du's so sieht, kannst du's nicht ändern.«

Rufus schaute ihn an. »Ich kann dafür sorgen, dass ihr Tod nicht umsonst war. Diese Leute haben mir den größten Teil meines Lebens gestohlen. Und jetzt haben sie Rider und die anderen umgebracht. Du sagst, in Mexiko wären wir sicher. Das stimmt nicht. Die werden *nie* aufhören, nach uns zu suchen. Vic Tremaine ist völlig verrückt. Du musst dem Mann nur in die Augen schauen, dann weißt du's. Der alte Vic Tremaine hat all die Jahre versucht, mich zu erledigen. Wahrscheinlich glaubt er, dass jetzt seine Chance gekommen ist. Er wird uns beide mit Blei vollpumpen.«

»Wenn die Army uns eher findet als die Polizei, werden die Jungs auf jeden Fall schießen, bis ihre Magazine leer sind«, gab Josh ihm Recht. Er zog eine Schachtel Pall Mall hervor, steckte sich eine an und blies den Rauch durchs Zimmer. »Tja, ich kann aber auch verdammt gut mit der Waffe umgehen. Den Brüdern muss klar sein, dass ihnen ein höllischer Kampf bevorsteht.«

Rufus schüttelte starrsinnig den Kopf. »Wer *so etwas* getan hat wie diese Leute, sollte nicht davonkommen.«

Josh schnippte Zigarettenasche auf den Boden und schaute ihn an. »Und was genau hast du vor? Willst du bei der Polizei reinschneien und sagen: ›Hört mal, Jungs, ich muss euch 'ne wilde Geschichte über mächtige weiße Männer erzählen. Und dann helft gefälligst 'nem Nigger wie mir, diese Typen hinter Gitter zu bringen!‹?« Josh nahm die Zigarette aus dem Mund und spuckte auf den Boden. »Scheiße, Rufus.«

»Ich muss an diesen Brief von der Army herankommen.«

»Wo hast du ihn denn gelassen?«

»Ich hab ihn in meiner Zelle versteckt.«

»Tja, in den Knast gehen wir nicht zurück. Wenn du das versuchst, erschieße ich dich eigenhändig.«

»Ich gehe nicht nach Fort Jackson zurück.«

»Was hast du dann vor?«

»Samuel war Anwalt. Anwälte machen Kopien von Briefen.«

Josh runzelte die Stirn. »Du willst in Samuel Riders Büro einbrechen?«

»Wir müssen es versuchen, Josh.«

Josh rauchte seine Pall Mall bis zum Filter, bevor er antwortete. »*Ich* muss gar nichts, Rufus. Die ganze verdammte United States Army sucht sich den Arsch nach dir ab. Und auch nach mir. Und so wie du gebaut bist, würdest du sogar im Yankee-Stadion auffallen. Zum Teufel, im Vergleich zu dir sieht George Foreman wie 'n verschrumpelter Zwerg aus.«

»Wir müssen es trotzdem versuchen, Josh. Zumindest ich muss es versuchen. Wenn ich diesen Brief in die Hände bekomme, kann ich ihn vielleicht jemandem geben, der mir helfen wird. Der vielleicht noch einen Brief an das Gericht schreibt.«

»Na, toll. Sieh dir doch an, was der erste Versuch gebracht hat. Diese ach so großartigen Richter sind dir sofort zu Hilfe geeilt, was?«

»Es spielt keine Rolle, wenn du nicht mitkommen willst, Josh. Aber ich muss es versuchen.«

»Was ist mit Mexiko? Verdammt, Rufus, du bist frei. Im Augenblick jedenfalls. Wenn wir in dieser Sache herumschnüffeln, landest du wieder im Knast, falls sie dich vorher nicht abknallen. Wir müssen verschwinden, solange wir es noch können, Mann.«

»Ich will frei sein. Aber ich kann diese Sache nicht einfach auf sich beruhen lassen. Wenn ich jetzt nach Mexiko gehe, sterbe ich vor Schuldgefühlen, falls der Herr mich nicht vorher niederstreckt.«

»Vor Schuld? Du hast fünfundzwanzig Jahre für nichts abgesessen. Wenn du stirbst, kommst du in den Himmel und wirst auf Gottes Schoß sitzen. Das hast du dir verdient.«

»Gib's auf, Josh. Du kannst es mir nicht ausreden.«

Josh spuckte erneut auf den Boden und starrte durch das

schmutzige, gesprungene Fenster. »Du bist total verrückt. Das Gefängnis hat dir den letzten Rest Verstand geraubt. Verdammter Mist!«

»Vielleicht bin ich verrückt.«

Josh funkelte ihn an. »Wo ist Riders Büro?«

»Ungefähr eine halbe Stunde von Blacksburg entfernt. Mehr weiß ich nicht. Sollte aber nicht schwer herauszufinden sein, wo genau es ist.«

»Wahrscheinlich wimmelt es da von Cops.«

»Vielleicht auch nicht. Nicht wenn sie tatsächlich glauben, dass Rider seine Frau erschossen und dann Selbstmord begangen hat.«

»Mist!« Josh trat wütend gegen die Wand, drehte sich dann zu seinem Bruder um. »Na gut. Wir warten, bis es dunkel wird, dann fahren wir los.«

»Danke, Josh.«

»Danke mir nicht dafür, dass ich dir helfe, uns beide umzubringen. Auf so ’nen Dank kann ich gern verzichten.«

KAPITEL 35

Die Flagge vor dem Obersten Gerichtshof der Vereinigten Staaten wehte auf halbmast. Sämtliche Zeitungen, Fernseh- und Radiosender brachten Meldungen über die beiden ermordeten Assessoren. Die Telefone im Presse- und Informationsbüro des Gerichts klingelten unaufhörlich. Aus dem angrenzenden Presseraum hatte man die Stühle hinausgeräumt, um mehr Platz zu schaffen. Große Fernseh- und Radiosender berichteten live aus Mini-Studios im Erdgeschoss des Gebäudes. Die Gerichtspolizei, verstärkt um fünfzig Beamte der Polizei von Washington, D. C., der Nationalgarde und des FBI, riegelten das Gerichtsgelände ab.

Die Gänge vor den Kammern der Richter waren voller Menschen, die sich zu kleinen Gruppen zusammendrängten und nervös unterhielten. Die meisten Richter hatten sich in ihre Kammern zurückgezogen. Sie hatten mit Mühe und Not die mündlichen Verhandlungen hinter sich gebracht, ohne sich richtig auf die Fälle und die Darlegungen der Anwälte konzentrieren zu können. Auch den jungen Gesichtern der Assessoren war das Entsetzen anzusehen, das die Morde ausgelöst hatten.

Der kleine Raum im ersten Stock, in dem normalerweise die Konferenzen der Richter stattfanden, war überfüllt. Die Wände waren dunkel getäfelt und von Regalen gesäumt, in denen ledergebundene Bände standen, die sämtliche Urteile enthielten, welche in der zweihundertjährigen Geschichte des Gerichts ergangen waren. In eine Wand war ein Kamin eingelassen, in dem an diesem sehr warmen Tag jedoch kein Feuer brannte. Unter der Decke hing ein großer Kronleuchter. Ramsey saß am Kopf des Tisches; Richterin Knight und Richter Murphy hatten in ihren angestammten Sesseln Platz genommen.

Während die Blicke Elizabeth Knights über den Tisch hin und her schossen, hielt Murphy den Kopf gesenkt und befingerte nervös eine alte Taschenuhr, welche mit einer Kette an seinem Anzug befestigt war, der sich um seine beträchtliche Leibesfülle spannte. Ebenfalls anwesend waren Chandler, Fiske, Perkins, Ron Klaus und McKenna. Fiske und McKenna stellten gelegentlich Blickkontakt her, doch Fiske hatte sich unter Kontrolle.

Die Leiche Wrights war in einem Park gefunden worden, ein halbes Dutzend Querstraßen von seiner Wohnung auf dem Capitol Hill entfernt. Er war durch einen Kopfschuss getötet worden. Wrights Geldbörse fehlte, genau wie bei Michael Fiske. Das oberflächliche Motiv war Raub, aber niemand im Raum glaubte, dass die Antwort so einfach war. Die vorläufigen Ermittlungen hatten ergeben, dass Wright zwischen Mitternacht und zwei Uhr morgens erschossen worden war.

Auf der Fahrt zum Gericht hatte Chandler Fiske über die jüngsten Entwicklungen informiert. Er hatte angeordnet, Michael Fiskes Autopsie umgehend vorzunehmen, wartete aber noch auf den offiziellen Bericht und die genaue Todeszeit. Die Todesursache jedoch war eindeutig: ein Schuss in den Kopf. Chandler hatte die Werkstatt – einen Supermarkt mit angeschlossener Tankstelle im nördlichen Virginia – ausfindig gemacht, wo Michael Fiske seinen Wagen zur Inspektion gegeben hatte, doch keiner der Angestellten hatte Chandler eine Information geben können, die ihm weiterhalf.

Fiske war ein Einfall gekommen, der ihn und Chandler bewogen hatte, auf der Fahrt zum Gericht einen kleinen Umweg zu machen: Sie waren zu dem Parkplatz für beschlagnahmte Autos gefahren, um sich noch einmal Michaels Honda anzuschauen. Fiske hatte die seitlichen und hinteren Taschen der Vordersitze durchsucht.

»Er hat hier eine Straßenkarte aufbewahrt, hat sie immer dabeigehabt. Er hatte eine geradezu verrückte Angst davor, sich zu verfahren, musste alles immer genau vorausplanen, bevor er auch nur einen Fuß in den Wagen setzte. Eine Karte oder einen Atlas habe ich nicht gefunden, aber das hier.« Er hielt einen gelben Notizblock hoch, der ganz unten in der Sitztasche gelegen hatte. In dem Notizblock standen die Namen und Bezeichnungen von Interstates und Landstraßen – eine genaue Wegbeschreibung. Doch wenn man von der verblichenen Tinte ausging, handelte es sich um eine Fahrt, die Michael schon vor langer Zeit unternommen hatte.

Chandler betrachtete die gelben Zettel. »Und warum hätte der Täter die Karte oder den Notizblock mitnehmen sollen?«

»Weil sich eine genaue Wegbeschreibung zu Mikes Ziel darauf befand.«

»Also besteht ein Zusammenhang zwischen der Fahrtstrecke und dem Tod Ihres Bruders?«

Fiske zögerte kurz, überlegte, ob er Chandler von der Akte Harms berichten sollte. Aber das war eine verzwickte Angelegenheit, mit der er sich im Augenblick nicht befassen wollte. »Schon möglich«, sagte er schließlich.

Anschließend waren er und Chandler zum Gericht gefahren.

Nun befanden sie alle sich in dem Konferenzraum und starrten sich gegenseitig an. Ohne zu enthüllen, wie er an die Information gekommen war, hatte Chandler soeben erklärt, dass in der Nacht zuvor jemand in Michael Fiskes Wohnung eingebrochen war.

»Wir überlassen die Entscheidungen Ihnen, Detective Chandler«, sagte Ramsey. »Auch wenn ich inzwischen der Ansicht bin, dass hier eher ein Verrückter am Werk ist, der einen Groll gegen das Gericht hegt, als dass die Sache mit einem Fall zu tun hat, mit dem Michael beschäftigt war.«

»Ich darf Ihnen mitteilen, dass das FBI einhundert Agenten für diesen Fall abgestellt hat«, sagte McKenna. »Des

Weiteren werden wir die Richter rund um die Uhr bewachen.«

»Was ist mit den Assessoren?«, fragte Fiske. »*Sie* sind die Mordopfer.«

»Ich habe die Adressen sämtlicher Assessoren zusammengestellt«, warf Chandler ein. »Die meisten wohnen in der Nähe des Gerichts auf dem Capitol Hill. Ich lasse in dieser Gegend verstärkt Streife fahren. Wir haben allen Assessoren angeboten, sie in einem Hotel hier im Ort unterzubringen, wo wir Ihnen Schutz garantieren können. Außerdem lasse ich sie von einem unserer Experten darüber informieren, was sie selbst für ihre Sicherheit tun können. Zum Beispiel, nach verdächtigen Personen Ausschau zu halten, nach Anbruch der Dunkelheit nicht mehr allein die Wohnung zu verlassen und so weiter.« Er schaute kurz in die Runde. »Wo ist eigentlich Dellasandro?«

»Er versucht, die neuen Sicherheitsvorkehrungen zu koordinieren«, erklärte Klaus. »Ich habe ihn noch nie so besorgt gesehen. Er nimmt die Sache offenbar persönlich.«

»Ich bin jetzt seit fast dreißig Jahren an diesem Gericht«, sagte Richter Murphy traurig, »und ich hätte nie gedacht, einmal so etwas erleben zu müssen.«

»Das gilt für uns alle, Tommy«, sagte Richterin Knight energisch. Dann blickte sie Chandler fragend an. »Sie haben überhaupt keine Spuren?«

»So weit würde ich nicht gehen. Wir ermitteln in verschiedene Richtungen. Ich spreche von Michael Fiskes Tod. Im Mordfall Wright ist es noch zu früh, irgendetwas zu sagen.«

»Aber Sie glauben, dass es einen Zusammenhang zwischen beiden Fällen gibt?«, fragte Ramsey.

»Auch das können wir noch nicht sagen.«

»Was empfehlen Sie uns dann? Wie sollen wir uns verhalten?«

Chandler schüttelte den Kopf. »Gehen Sie Ihren Angelegenheiten wie üblich nach. Falls es das Werk eines Verrückten ist, der den Arbeitsablauf des Gerichts stören will, spielen Sie ihm nur in die Hände, wenn Sie den routinemäßigen Ablauf aufgeben.«

»Aber wir könnten riskieren, den Zorn des unbekannten Täters zu erregen, mit dem Ergebnis, dass er erneut zuschlägt«, sagte Elizabeth Knight.

»Diese Möglichkeit besteht immer, Richterin Knight«, gab Chandler zu. »Aber ich bin nicht davon überzeugt, dass das Verhalten des Gerichts irgendeine Auswirkung darauf hat. Falls *überhaupt* ein Zusammenhang zwischen den Fällen besteht.« Er schaute Ramsey an. »Aber wir sollten uns die Fälle vornehmen, an denen die beiden ermordeten Assessoren gearbeitet haben, nur um in dieser Richtung ganz sicherzugehen. Ich weiß, es ist weit hergeholt, aber ich würde mich später vielleicht in den Hintern treten, wenn ich das Problem jetzt nicht angehe.«

»Ich verstehe.«

Chandler wandte sich an Richter Murphy. »Können Sie und Ihre Mitarbeiter heute die Fälle durchsehen, an denen Michael Fiske gearbeitet hat?«

»Ja«, erwiderte Murphy sofort.

»Und ich möchte Sie alle bitten, mit den anderen Richtern zu sprechen und festzustellen, ob irgendein Fall, den Sie in den letzten Jahren verhandelt haben, zu diesen Taten geführt haben könnte.«

Elizabeth Knight schaute ihn an; dann schüttelte sie den Kopf. »Detective Chandler, viele der Fälle, mit denen wir uns befassen, lösen in der Bevölkerung unglaubliche Emotionen aus. Wir wüssten nicht einmal, wo wir anfangen sollten.«

»Ich verstehe, was Sie meinen. Dann können Sie wohl von Glück sagen, dass noch nie jemand so etwas versucht hat.«

»Nun ja, wenn Sie wollen, dass wir unseren üblichen Ablauf beibehalten, muss das Diner zu Ehren von Richter Wilkinson heute Abend wohl stattfinden«, sagte Elizabeth Knight.

Murphy richtete sich protestierend auf. »Beth, der Mord

an zwei Assessoren des Gerichts verbietet es wohl, dass wir dieses Diner veranstalten.«

»Sie haben gut reden, Tommy. Sie haben das Diner nicht vorbereitet. Ich schon. Kenneth Wilkinson ist fünfundachtzig Jahre alt und hat Bauchspeicheldrüsenkrebs. Ich möchte nicht das Risiko eingehen, das Essen abzusagen, so unglücklich der Zeitpunkt auch sein mag. Das Diner ist sehr wichtig für Wilkinson.«

»Und auch für Sie, nicht wahr, Beth?«, sagte Ramsey.

»Da haben Sie Recht. Wilkinson hat für mich eine sehr große Rolle gespielt. Müssen wir eine weitere Diskussion über die Standespflichten der Juristen führen, Harold? Vor all diesen Leuten?«

»Nein«, sagte er. »Sie kennen meine Meinung zu diesem Thema.«

»Ja, allerdings, und das Diner wird stattfinden.«

Der Wortwechsel faszinierte Fiske. Er glaubte, die Andeutung eines Lächelns über Ramseys Gesicht huschen zu sehen, als der Mann sagte: »Na schön, Beth. Es steht mir fern, Sie in einer wichtigen Angelegenheit zum Umdenken überreden zu wollen. Vor allem wenn es um eine Sache geht, die ans Triviale grenzt.«

KAPITEL 36

Tremaine setzte den Army-Hubschrauber auf dem Rasenstück auf. Als die Rotoren langsamer kreisten, schauten er und Rayfield zu der Limousine hinüber, die am Rand der Baumgrenze stand. Sie lösten die Sicherheitsgurte, stiegen aus dem Helikopter und liefen gebückt unter den Rotoren zu dem Wagen hinüber. Rayfield nahm vorn Platz, während Tremaine auf den Rücksitz schlüpfte.

»Schön, dass ihr es geschafft habt«, sagte der Mann auf dem Fahrersitz und drehte sich zu Rayfield um.

Der Colonel riss die Augen auf. »Was ist denn mit dir passiert?«

Die Prellungen spielten ins Violette und waren an den Rändern gelblich verfärbt. Eine bildete an der rechten Schläfe einen Halbkreis um das Auge, die beiden anderen breiteten sich am Hals unter dem Hemdkragen aus.

»Fiske«, erwiderte der Mann.

»Fiske? Er ist tot.«

»Sein Bruder. John Fiske«, sagte der Mann ungeduldig. »Er hat mich in Michaels Wohnung erwischt.«

»Hat er dich erkannt?«

»Ich habe eine Maske getragen.«

»Was hat er in der Wohnung seines Bruders zu suchen gehabt?«

»Dasselbe, was ich gesucht habe. Alles, was den Cops helfen könnte, die Wahrheit herauszufinden.«

»Hat er was gefunden?«

»Es gab nichts mehr zu finden. Wir haben Fiskes Laptop schon vorher aus der Wohnung geholt.« Er schaute Tremaine an. »Und du hast seinen Aktenkoffer aus dem Wagen genommen, bevor du den Jungen getötet hast, nicht wahr?«

Tremaine nickte.

»Wo ist der Aktenkoffer jetzt?«, fragte der Mann.

»Ein Haufen Asche.«

»Gut.«

»Ist dieser Bruder, dieser John, ein Problem?«, wollte Rayfield wissen.

»Vielleicht. Er war früher bei der Polizei. Er und eine Assessorin schnüffeln herum. Fiske hilft dem Detective, der in den beiden Mordfällen ermittelt.«

Rayfield fuhr erschrocken zusammen. »In beiden Mordfällen? Gibt es mehr als einen?«

»Steven Wright.«

»Verdammt noch mal, was ist passiert?«, fragte Rayfield.

»Wright sah eine bestimmte Person aus Michael Fiskes Büro kommen. Und er hat etwas gehört, das er nicht hören sollte. Wir konnten uns nicht darauf verlassen, dass er den Mund hält, also musste ich ihn aus dem Gebäude locken und töten. Aus dieser Richtung kann uns jetzt nichts mehr passieren.«

»Bist du verrückt geworden?«, stieß Rayfield wütend hervor. »Die Sache gerät völlig außer Kontrolle.«

Der Mann blickte Tremaine an. »He, Vic, sag deinem Vorgesetzten, er soll die Ruhe bewahren. Vietnam hat wohl ziemlich an deinen Nerven genagt, was, Frank? Seitdem bist du nicht mehr der Alte.«

»Vier Morde, und du sagst, ich soll ruhig bleiben? Und Harms und sein Bruder laufen noch frei herum.«

»Ja, die beiden müssen wir auch noch beseitigen. Die beiden wichtigsten Personen. Das ist dir doch klar, Vic?«

»Ja«, erwiderte Tremaine.

Der Mann schaute zu Rayfield hinüber. Sein Blick war eiskalt.

Rayfield schluckte nervös. »Jetzt gibt es wohl kein Zurück mehr.«

»Da hast du Recht.«

»John Fiske und diese Assessorin … Was willst du wegen der beiden unternehmen? Wenn Fiske sich dazu berufen fühlt, den Mörder seines Bruders zu finden, könnte er zum Problem werden.«

»Er ist bereits ein Problem. Wir halten sie an der ganz kurzen Leine, bis wir beschlossen haben, was wir mit ihnen anstellen sollen.«

»Und das heißt?«, fragte Rayfield.

»Das heißt, dass wir vielleicht nicht nur zwei, sondern vier Personen beseitigen müssen.«

Sara saß in ihrem neuen Büro. Chandler hatte den Zutritt zu dem Zimmer verboten, das sie sich mit Wright geteilt hatte, dem Gerichtspersonal aber gestattet, Saras Computer und Akten in diesen viel zu kleinen Raum zu bringen. Fiske hatte ihr die Liste der Staatsgefängnisse gegeben, die er erstellt hatte, und Sara hatte sich ans Telefon geklemmt. Nach einer halben Stunde legte sie deprimiert den Hörer auf. In keiner Anstalt in einem der in Frage kommenden Staaten saß ein Häftling mit Namen Harms ein. Sara versuchte, sich an irgendein anderes Wort oder eine Formulierung aus den Dokumenten zu erinnern, die sie gesehen hatte, doch ihr fiel nichts ein. Seufzend stand sie auf – und in diesem Augenblick sah sie es. Sie hatte mit ihrer ruckartigen Bewegung einen Aktenstapel umgestoßen, ohne es zu bemerken. Ganz oben lag die Vorlage zum Fall *Chance*. Am gestrigen Abend hatte sie Wright ausgerichtet, er solle die Akte abschließen, und wenn er die ganze Nacht daran arbeiten müsse. Am Deckel war eine handschriftliche Notiz mit der Bitte befestigt, Sara möge sich das Gutachten noch einmal ansehen.

Sie setzte sich, und ihr Kopf sank auf die Schreibtischplatte. Was, wenn es tatsächlich irgendeinen Psychopathen gab, der es auf Assessoren abgesehen hatte? War es nur Zufall, dass Wright ermordet worden war und nicht sie? Einen Moment lang saß sie regungslos da. Komm schon, Sara, du wirst damit fertig. Du musst damit fertig werden, drängte sie sich. Mit der letzten Entschlossenheit, die sie aufbringen konnte, erhob sie sich und verließ das Büro.

Kurz darauf betrat sie das Verwaltungsbüro und ging zu einem Assessor, der hinter einem der Computerterminals saß, die Zugriff auf die Datenbank ermöglichten. Sara wollte ihm eine Frage stellen, die sie schon einmal gestellt hatte, doch sie musste absolut sichergehen.

»Könnten Sie mal überprüfen, ob ein Fall eingereicht wurde, bei dem der Kläger oder Beklagte Harms heißt?«

Der Mitarbeiter nickte und machte sich an die Arbeit. Nach etwa einer Minute schüttelte er den Kopf.

»Ich finde nichts. Wann wurde der Antrag denn eingereicht?«

»Vor kurzem. Innerhalb der letzten Wochen.«

»Ich bin ein halbes Jahr zurückgegangen, aber es gibt keinen solchen Fall. Haben Sie sich nicht schon mal danach erkundigt?«

Bevor Sara antworten konnte, erklang hinter ihr eine andere Stimme. »Wie war der Name? Harms?«

Sara drehte sich um und sah den anderen Kollegen an. »Ja. Harms ist der Nachname.«

»Das ist aber komisch.«

Sara wurden vor Aufregung die Knie weich. »Wie meinen Sie das?«

»Heute Morgen hat jemand angerufen und sich nach einem Berufungsantrag erkundigt. Er hat diesen Namen genannt. Ich habe ihm gesagt, dass hier kein Fall mit diesem Namen eingereicht wurde.«

»Harms? Sind Sie sicher?«

Der Assessor nickte.

»Was ist mit dem Vornamen?«, fragte Sara und versuchte, ihre Erregung zu unterdrücken.

Der Assessor dachte kurz nach.

»Fing er vielleicht mit einem ›R‹ an?«, versuchte Sara ihm auf die Sprünge zu helfen.

»Genau!« Der Assessor schnippte mit den Fingern. »Rufus. Rufus Harms. Klingt nach einem Hinterwäldler.«

»Hat der Anrufer seinen Namen genannt?«

»Nein. Er hat sich aber ganz schön aufgeregt.«

»Fällt Ihnen sonst noch was ein?«

Der Mann dachte ein bisschen länger nach. »Er hat gesagt, dieser Harms würde in einem Bau verrotten, was immer das heißen mag.«

Sara riss die Augen auf und wollte schon aus dem Büro stürmen.

»Was hat das alles zu bedeuten, Sara? Hat es mit den Morden zu tun?«, fragte der Assessor.

Sara verließ den Raum, ohne zu antworten. Der Assessor zögerte kurz und schaute sich dann um, ob jemand ihn beobachtete. Dann griff er nach seinem Telefon und wählte eine Nummer. Als abgehoben wurde, sprach er leise in den Hörer.

Sara rannte beinahe die Treppe hinauf. Der Begriff »Bau« hatte ihr gezeigt, dass es in Fiskes Liste eine große Lücke gab. Sie stürmte in ihr neues Büro, fischte eine Karte aus ihrem Rolodex und wählte die Nummer. Sie rief bei der Militärpolizei an. Fiske hatte sowohl die Bundes- als auch die Staatsgefängnisse der einzelnen Bundesstaaten abgeklappert, aber nicht ans Militär gedacht. Saras Lieblingsonkel hatte als Brigadegeneral seinen Abschied von der Army genommen, und deshalb wusste sie genau, was ein »Bau« war: Rufus Harms war Häftling der Armee der Vereinigten Staaten.

Sara wurde mit Master Sergeant Dillard verbunden, dem Dienst habenden für die Strafanstalten zuständigen Beamten. »Ich habe seine Häftlingsnummer nicht, gehe aber davon aus, dass er in einem Militärgefängnis einsitzt, das sich nicht weiter als etwa sechshundert Kilometer von Washington entfernt befindet«, sagte sie.

»Ich darf Ihnen diese Information nicht geben. Sie müssen eine schriftliche Anfrage an das Büro des Stabschefs für Organisation und Planung stellen. Dann wird diese Abteilung den Antrag an die zuständige Informationsabteilung der Bundesregierung weiterleiten. Sie wissen ja, dass jedem amerikanischen Bürger verfassungsmäßig die Einsicht in fast alle behördlichen Akten und Unterlagen zusteht.« Seine Stimme klang nicht gerade begeistert. »Dort wird man dann die Rechtslage prüfen und über Ihren Antrag entscheiden.«

»Aber ich brauche die Information sofort.«

»Sind Sie bei einer Zeitung oder beim Fernsehen?«

»Nein, ich arbeite beim Obersten Gerichtshof der Vereinigten Staaten.«

»Na klar. Das kann jeder behaupten.«

Sara dachte kurz nach. »Rufen Sie die Auskunft an, und lassen Sie sich die Nummer des Obersten Gerichts geben. Dann rufen Sie dort an und lassen sich mit mir verbinden. Mein Name ist Sara Evans.«

Dillard klang skeptisch. »Das ist höchst ungewöhnlich.«

»Bitte, Sergeant Dillard, es ist wirklich wichtig.«

Am anderen Ende der Leitung herrschte ein paar Sekunden lang Schweigen. »Es wird 'ne Weile dauern«, sagte er dann.

Fünf sehr lange Minuten später wurde der Anruf zu Saras Apparat durchgestellt. »Wissen Sie, Sergeant Dillard, ich habe von Ihrer Abteilung schon Informationen über Militärhäftlinge bekommen, ohne mich vorher mit der Behörde herumzuschlagen, die für die verfassungmäßig verankerte Informationsfreiheit zuständig ist.«

»Na ja, manchmal gehen meine Kollegen ein wenig zu großzügig mit den Informationen um.«

»Ich will nur wissen, wo Rufus Harms ist, mehr nicht.«

»Bei allen anderen Häftlingen wäre das eigentlich gar kein Problem.«

»Ich verstehe nicht. Wieso ist Rufus Harms eine Ausnahme?«

»Haben Sie Ihre Zeitung nicht gelesen?«

»Nein, heute noch nicht. Warum?«

»Vielleicht ist es keine große Schlagzeile, aber die Öffentlichkeit sollte es wissen, allein schon ihrer Sicherheit wegen.«

»Was sollte die Öffentlichkeit wissen?«

»Dass Rufus Harms geflohen ist.« Mit kurzen, knappen Sätzen teilte Dillard ihr die Einzelheiten mit.

»In welchem Gefängnis war Harms inhaftiert?«

»Fort Jackson.«

»Wo ist das?«

Dillard erklärte es ihr, und Sara schrieb alles mit.

»Und jetzt habe ich eine Frage an *Sie*, Miss Evans. Warum interessiert der Oberste Gerichtshof sich für Rufus Harms?«

»Er hat einen Berufungsantrag eingereicht.«

»Was für einen Antrag?«

»Es tut mir Leid, Sergeant Dillard, aber mehr darf ich Ihnen nicht sagen. Auch ich habe meine Vorschriften.«

»Na schön. Aber einen Rat darf ich Ihnen noch geben, ja? An Ihrer Stelle würde ich nicht allzu viel Arbeit in seinen Antrag stecken. Die Gerichte stehen Toten nicht offen, oder?«

»Doch, im Prinzip schon. Was genau hat der Mann getan?«

»Das müssen Sie in seiner Militärakte nachsehen.«

»Und wie komme ich an die heran?«

»Sie sind doch Anwältin, oder?«

»Ja, aber ich habe nicht oft mit dem Militär zu tun.«

Sie hörte, wie Dillard leise vor sich hin brummelte. »Da Rufus Harms Strafgefangener im Gewahrsam des Militärs ist, gehört er formaljuristisch nicht mehr der Army an. Mit seiner Verurteilung wurde er entweder unehrenhaft oder wegen schlechter Führung entlassen. Seine Militärakten wurden an das Archiv für militärische Personalakten in St. Louis geschickt. Dort werden die Originale aufbewahrt. Computerdateien oder so etwas gibt es nicht. Harms wurde vor fünfundzwanzig Jahren verurteilt, also müssten seine Unterlagen mittlerweile auf Mikrofilm übertragen worden sein, wenngleich das Personal dort ein wenig dem Zeitplan hinterherhinkt. Wenn Sie oder eine andere Person außer Harms selbst Einsicht in die Akten nehmen wollen, müssen Sie eine gerichtliche Verfügung erwirken.«

Sara schrieb alles mit. »Nochmals vielen Dank, Sergeant Dillard, Sie waren mir eine große Hilfe.«

Sara hatte eine Landkarten-Datei auf ihrem Computer. Sie lud sie und zog mit der Maus eine Linie von Washington, D. C., bis zum ungefähren Standort von Fort Jackson. »Fast genau sechshundert Kilometer«, murmelte sie.

Sie eilte zur Gerichtsbibliothek im zweiten Stock und ging auf einem der dortigen Computerterminals ins Internet. Aus Gründen der Sicherheit und Vertraulichkeit verfügten die Terminals in den Büros der Assessoren nicht über Modems, doch die Computer in der Bibliothek ermöglichten einen Internet-Zugang. Sara wählte eine Suchmaschine an und gab Rufus Harms' Namen ein. Während sie darauf wartete, dass der Computer seinen technologischen Zauberstab schwang, betrachtete sie die handgeschnitzte Eichentäfelung der Bibliothekswände.

Ein paar Minuten später las sie die neuesten Nachrichten über Rufus Harms sowie Berichte über seine Vergangenheit und die seines Bruders. Sara druckte alles aus. In einer Story wurde der Chefredakteur der Lokalzeitung von Harms' Heimatstadt zitiert. Mit Hilfe eines Internet-Telefonbuchs suchte Sara die Nummer des Mannes heraus. Er wohnte noch immer in derselben Kleinstadt in der Nähe von Mobile, Alabama, in der die Harms-Brüder aufgewachsen waren.

Nach dreimaligem Klingeln wurde abgehoben. Sara stellte sich dem Mann vor, George Barker, noch immer Chefredakteur der Lokalzeitung.

»Ich habe schon mit den Zeitungen darüber gesprochen«, sagte er rundweg.

Sein schwerer Südstaatenakzent ließ Sara an schreiende Waschbären und große Gläser mit Selbstgebranntem denken. »Es wäre nett, wenn Sie mir ein paar Fragen beantworten würden, mehr nicht.«

»Bei welcher Zeitung arbeiten Sie noch mal?«

»Ich arbeite für eine unabhängige Nachrichtenagentur. Ich bin Freiberuflerin.«

»Tja, was genau wollen Sie denn wissen?«

»Ich habe gelesen, dass Rufus Harms wegen Mordes an einem jungen Mädchen auf dem Militärstützpunkt, auf dem er stationiert war, verurteilt wurde.« Sie warf einen Blick auf die Artikel, die sie ausgedruckt hatte. »In Fort Plessy, in der Nähe von Savannah, Georgia.«

»Er hat ein kleines *weißes* Mädchen umgebracht. Er ist nämlich Neger.«

»Ja, ich weiß«, sagte Sara knapp. »Kennen Sie den Namen des Anwalts, der Harms bei dem Prozess verteidigt hat?«

»War eigentlich gar kein Prozess. Er hat ein Teilgeständnis abgelegt und dafür ein milderes Strafmaß bekommen. Ich habe damals persönlich darüber berichtet. Rufus kam ja aus unserer Stadt, war sozusagen das Gegenteil vom Jungen aus der Heimat, der zum Helden wird.«

»Kennen Sie nun den Namen seines Anwalts?«

»Da müsste ich erst nachschlagen. Geben Sie mir Ihre Nummer, und ich rufe Sie zurück.«

Sara gab ihm ihre Privatnummer. »Wenn ich nicht da bin, sprechen Sie bitte auf den Anrufbeantworter. Was können Sie mir über Rufus und seinen Bruder sonst noch sagen?«

»Na ja, am auffälligsten an Rufus war seine Größe. Er muss mit vierzehn schon über eins neunzig gewesen sein. Und er war nicht schlaksig oder schlank, sondern massig und stark wie ein Ochse.«

»Ein guter Schüler? Ein schlechter? Hatte er Schwierigkeiten mit der Polizei?«

»Wenn ich mich recht entsinne, war er kein guter Schüler. Er hat die High School nie abgeschlossen, konnte aber sehr gut mit den Händen umgehen. Als Junge hat er mit seinem Vater in einer kleinen Druckerei gearbeitet. Sein Bruder übrigens auch. Ich weiß noch, einmal hat die Druckerpresse meiner Zeitung ihren Geist aufgegeben. Da haben sie Rufus rübergeschickt, damit er sie repariert. Ich habe ihm die Reparaturanweisung für die Presse gegeben, aber er wollte keinen Blick reinwerfen. ›Worte verwirren mich nur, Mr Barker‹, hat er gesagt, oder so was in der Art.

Er hat sich einfach an die Arbeit gemacht, und nach einer Stunde lief das verdammte Ding wieder und war so gut wie neu.«

»Das ist ziemlich beeindruckend.«

»Und mit der Polizei hat er nie Scherereien gehabt. Das hätte seine Momma ihm nie durchgehen lassen. Sie müssen wissen, das ist eine kleine Stadt, hier haben nie mehr als tausend Seelen gewohnt. Heute sind es noch weniger. Ich gehe auf die achtzig zu und gebe die Zeitung noch immer heraus. Keiner lebt schon so lange hier wie ich. Die Harms' haben natürlich in dem Teil der Stadt gewohnt, in dem die Schwarzen unter sich waren, aber wir kannten sie trotzdem. Na ja, mir kommen zwar keine Farbigen ins Haus, aber die Harms schienen ganz ordentliche Leute zu sein. Die Mutter hat im Schlachthof gearbeitet, wie fast alle hier. Als Putzfrau, ein mies bezahlter Job. Aber sie hat sich um ihre Jungs gekümmert.«

»Was ist aus dem Vater geworden?«

»Er war ein guter Mann. Hat nicht gesoffen oder ein ausschweifendes Leben geführt, wie viele von den Schwarzen. Er hat hart gearbeitet. Zu hart, denn eines Tages ist er nicht mehr aufgewacht. Herzanfall.«

»Sie haben ein gutes Gedächtnis.«

»Ich habe seinen Nachruf geschrieben.«

»Was ist mit Rufus' Bruder?«

»Oh, mit Josh ist es ganz was anderes. Hier in der Gegend nennen wir solche Burschen schwarze Schwarze. Hitzköpfig, arrogant, will was Besseres sein, als er ist. Ich hab keine Vorurteile oder so, und ich dulde nicht, dass man in meiner Gegenwart das Wort Nigger in den Mund nimmt, aber genau damit würde ich Josh Harms beschreiben. Er hat 'ner Menge Leute auf die Füße getreten.«

»Ich habe gelesen, dass er in Vietnam gekämpft hat und ein Kriegsheld war.«

»Ja, das stimmt«, gestand Barker rasch ein. »Er war der bei weitem höchst dekorierte Kriegsheld, der je aus dieser Stadt gekommen ist. Das hat die Leute verdammt überrascht, das können Sie mir glauben. Josh konnte kämpfen, das gestehe ich dem Mann zu.«

»Was noch?«

»Na ja, er hat auch die High School abgeschlossen.« Barkers Tonfall veränderte sich. »Aber so *richtig* ausgestochen hat er alle anderen beim Sport. Ich bin hier ein Ein-Mann-Betrieb und schreibe alle Artikel selbst. Josh Harms war der größte Athlet, den ich jemals sehen durfte. Ob weiß, schwarz, grün oder blau, dieser Junge konnte schneller laufen, höher springen und weiter werfen als alle anderen. Ja, ich weiß, die Farbigen sind sowieso tolle Sportler, aber Josh war etwas ganz Besonderes. Er war so ziemlich in jeder Sportart Spitzenklasse. Wissen Sie, dass er noch etwa ein halbes Dutzend Leichtathletikrekorde dieses Staates hält? Und Alabama«, fügte er stolz hinzu, »hat sehr viele gute Athleten hervorgebracht.«

Sara seufzte. »Hat er auch auf dem College gespielt?«

»Sie meinen Football und so? Man hat ihm ein paar Stipendien für Football- und Basketball-Teams angeboten. Bear Bryant wollte ihn sogar an die University of Alabama holen, so ein Ass war er. Wäre in der NBA oder der NFL wahrscheinlich ein Star geworden. Aber er wurde auf ein Nebengleis geschoben.«

»Inwiefern?«

»Na ja, Sie wissen schon. Die Regierung der Vereinigten Staaten hat ihn gebeten, sein Land im Krieg gegen den Kommunismus zu verteidigen.«

»Mit anderen Worten, man hat ihn eingezogen und nach Vietnam geschickt.«

»Genau.«

»Ist er danach wieder in seine Heimatstadt gekommen?«

»Ja, klar. Seine Momma hat damals noch gelebt, aber nicht mehr lange. Das war so um die Zeit, als Rufus sich den ganzen Ärger einbrockte. Wahrscheinlich hat Rufus sich wegen Josh freiwillig zur Army gemeldet. Vielleicht wollte er wie sein älterer Bruder sein, Sie wissen schon, ein Held. Ich glaube wirklich, damals wollte Rufus zur Abwechslung mal was Vernünftiges mit seinem Leben anfangen. Nachdem sein Daddy starb, hat ihn in dieser Stadt nichts mehr gehalten. Natürlich ging alles so schief, wie es nur schief gehen konnte. Auf jeden Fall kam Josh zu mir und hat mich gefragt, ob ich was tun könnte. Sie wissen schon, die Macht der Presse. Aber ich konnte gar nichts tun.«

»Kam es für Sie überraschend, dass Rufus das Mädchen getötet hat? Ich meine ... wissen Sie, ob er jemals gewalttätig war?«

»Soweit ich weiß, hat er nie auch nur 'ner Fliege was zu Leide getan. Ein richtiger sanfter Riese. Als ich das mit dem kleinen Mädchen hörte, konnte ich es nicht fassen. Na ja, wäre es Josh gewesen, hätte ich nicht mal geblinzelt, aber Rufus? Niemals. Aber die Beweise waren ja wohl so eindeutig, dass sie eindeutiger nicht sein konnten.«

»Ist Josh in Ihrer Stadt geblieben?«

»Na ja, das führt mich zu einem besonders unangenehmen Teil der Geschichte dieser Stadt.«

»Inwiefern?«

»Ich möcht's lieber nicht erzählen.«

»Auch nicht ganz inoffiziell?«

»Wirklich?« Barkers Stimme klang misstrauisch.

»Ich verspreche es Ihnen. Ich werde Sie nicht zitieren. Es bleibt unter uns.«

»Sie müssen wissen, dass ich gerade auf Tonband aufgenommen habe, was Sie gesagt haben. Sollte ich also in irgendeiner Zeitung lesen, was ich Ihnen jetzt sage, werde ich Sie und Ihr Blatt bis auf den letzten Cent verklagen«, sagte er streng. »Ich bin Journalist. Ich weiß, wie so was läuft.«

»Mr Barker, ich verspreche Ihnen, was Sie mir jetzt sagen, wird in keinem Artikel erscheinen.«

»Na schön. Außerdem ist mittlerweile so viel Zeit vergangen, dass es sowieso keine Rolle mehr spielt – zumindest in rechtlicher Hinsicht. Aber man kann nie vorsichtig genug sein.« Er räusperte sich. »Na ja, was Rufus getan hatte, sprach sich schnell in der Stadt herum. War ja nicht zu vermeiden. Ein paar Jungs haben sich einen angetrunken, sich zusammengetan und beschlossen, was zu unternehmen. An Rufus kamen sie nicht ran, er war im Gewahrsam der Armee. Aber da waren ja noch die anderen Harms, die hier in der Stadt wohnten.«

»Und was haben diese ... Jungs unternommen?«

»Tja, sie haben Mrs Harms das Haus über dem Kopf angezündet.«

»Großer Gott! War sie etwa noch darin?«

»Ja, bis Josh sie rausholte. Und ich will Ihnen was sagen. Josh hat sich diese Jungs geschnappt. Er hat sie buchstäblich durch die Straßen der Stadt gejagt, rauf und runter. Ich hab's von meinem Büro aus sehen können. Es müssen zehn Mann gewesen sein, gegen Josh allein, aber er hat die Hälfte von ihnen krankenhausreif geschlagen, bis die anderen ihn dann ganz, ganz übel zusammengedroschen haben. So was hatte ich nie zuvor gesehen. Und ich hoffe, dass ich es nie wieder sehen muss.«

»Das hört sich ja fast nach einem Aufruhr an. Ist die Polizei denn nicht gekommen?«

Barker hüstelte peinlich berührt. »Na ja, es wurde gemunkelt, dass ein paar der Jungs, die dabei mitgemacht haben ... Sie wissen schon, die das Haus niedergebrannt haben ...«

»Bei der Polizei waren«, beendete Sara den Satz für ihn.

Barker schwieg.

»Hoffentlich hat Josh Harms die ganze Stadt bis auf den letzten Heller verklagt«, sagte sie.

»Nun ja, in Wirklichkeit haben sie *ihn* verklagt. Ich meine, die Jungs, die er halb tot geschlagen hat. Josh konnte ihnen wegen des Feuers nichts beweisen. Ich meine, ich hatte so eine Ahnung, aber das war auch schon alles. Und die Polizei hat in ihrem Bericht dann von Widerstand gegen die Staatsgewalt und so weiter geschrieben. Es waren zehn Aussagen gegen eine ... und die war auch noch von 'nem Farbigen. Tja, langer Rede kurzer Sinn, Josh kam für 'ne

Weile ins Gefängnis, und man hat ihm und seiner Momma alles weggenommen, was sie besaßen, so wenig es auch war. Kurz darauf ist sie gestorben. Was ihren beiden Jungs zugestoßen ist, war wohl zu viel für sie.«

Sara musste sich zusammenreißen, um den Mann nicht anzuschreien.

»Mr Barker, das ist die widerwärtigste Geschichte, die ich je gehört habe«, sagte sie. »Ich weiß nicht viel über Ihre Stadt, aber ich danke Gott, dass niemand dort wohnt, an dem mir etwas liegt.«

»Die Stadt hat auch ihre guten Seiten.«

»Ach ja? Zum Beispiel, einen Kriegshelden auf diese Weise willkommen zu heißen?«

»Ich weiß. Ich habe auch darüber nachgedacht. Man kämpft für sein Land, es wird auf einen geschossen, und dann kommt man nach Hause, und so was passiert. Wahrscheinlich fragt man sich dann, wofür, verdammt noch mal, man gekämpft hat.«

»Sie hören sich an, als würden Sie die Wahrheit kennen. Haben Sie bei dieser Gelegenheit die Macht der Presse eingesetzt?«

Barker seufzte tief. »Diese Stadt war immer mein Zuhause, Miss Evans, und man kann nicht sein Leben lang gegen die herrschenden Kräfte ankämpfen, auch wenn sie es verdient haben. Ich will nicht behaupten, ich wäre ein großer Freund der Schwarzen; denn das bin ich nicht. Und ich will Sie auch nicht belügen und sagen, ich wäre für Josh Harms' Sache eingetreten; denn das habe ich, ehrlich gesagt, nicht getan.«

»Nun ja, nicht zuletzt deshalb sind wohl die Gerichte da. Um Menschen wie die Bewohner Ihrer Stadt daran zu hindern, Leute wie Josh Harms fertig zu machen. Bitte rufen Sie mich zurück, und geben Sie mir den Namen von Harms' Anwalt durch.«

Sara legte auf. Vor Wut über das, was sie gerade gehört hatte, zitterte sie am ganzen Leib. Andererseits ... wie viele Schwarze hatte sie selbst gekannt, als sie in Carolina aufgewachsen war? Die Generationen armer Leute ein Stück die Straße hinunter. Menschen, die ohne Rechtsanspruch auf unbebautem Land gesiedelt hatten. Oder die Aushilfskräfte, die ihr Vater als Erntehelfer eingestellt hatte. Sara hatte diese Männer von der Veranda aus beobachtet; Schweiß tränkte den dünnen Stoff ihrer Hemden, und ihre Haut wurde unter der brennenden Sonne noch dunkler. Sie und ihre Mutter brachten ihnen Limonade und etwas zu essen. Sie murmelten ihren Dank, mieden aber jeden Blickkontakt, aßen ihre Mahlzeit und schleppten sich in die Dunkelheit davon. In Saras Schule waren nur weiße Kinder gewesen, trotz der zahlreichen Entscheidungen des Obersten Gerichtshofs, die etwas anderes verlangten. Diese Fälle waren die Schlachtfelder der Rassengleichheit des zwanzigsten Jahrhunderts; sie ersetzten die Antietams, Gettysburgs und Chickamaugas des vorherigen. Und einige Schlachten wurden ebenso sinnlos und vergeblich geschlagen. Hier, an diesem Gericht, gab es nur einen schwarzen Richter, der den so genannten Thurgood-Marshall-Sitz innehatte, und derzeit nur einen schwarzen Assessor – einen von sechsunddreißig. Viele der Richter hatten nie einen Assessor gehabt, der einer Minderheit entstammte. Was für eine Botschaft verkündete das? Beim höchsten Gericht des Bundes?

Als Sara auf der Suche nach Fiske über den Korridor eilte, fragte sie sich, ob sie jemals die Wahrheit herausfinden würden. Falls die Army die Brüder Harms zuerst fand, würde die Wahrheit höchstwahrscheinlich mit ihnen sterben.

KAPITEL 37

Fiske stand draußen vor dem Büro seines Bruders, während Chandler die Fortschritte des Teams überwachte, das die Spurensicherung vornahm. Auch einige Angehörige der Rechtsabteilung des Gerichts schauten aufmerksam zu. Doch nach dem Mord an zwei Assessoren waren die Bedenken bezüglich der Vertraulichkeit hinter die Notwendigkeit zurückgetreten, den oder die Mörder zu finden. Wenn die Beamten mit Michael Fiskes Büro fertig waren, würden sie gegenüber auf dem Flur weitermachen und sich Steven Wrights Büro vornehmen.

Fiske blickte auf die Bürotür seines Bruders, dann zur Tür von Wrights Büro. Er schaute noch ein paar Mal von einer Tür zur andern, als schließlich ein Gedanke Gestalt annahm. Fiske ging zu Chandler hinüber.

»Wo genau wurde Wrights Leiche gefunden?«

Chandler schlug sein Notizbuch auf und blätterte es durch. »Übrigens ... ich habe Ihren Wagen wieder freibekommen. Er steht jetzt hinter meinem Büro auf einem schönen Parkplatz, auf dem das Parken auch *erlaubt* ist.«

»Danke.«

»Danken Sie mir nicht. Mit dem Abschleppen und dem Strafzettel und so weiter wird Sie das etwa zweihundert Mäuse kosten.«

»Zweihundert Dollar? So viel Geld für einen lausigen Strafzettel habe ich nicht.«

»Ach was? Na ja, vielleicht kann ich an ein paar Fäden ziehen, Sie wissen schon, Ihnen einen Gefallen tun. Aber den müssen Sie abarbeiten. An meinem Haus muss einiges gestrichen werden.« Chandler grinste schief und hörte endlich auf, in seinem Notizbuch zu blättern. »Hier haben wir es ja. Wright wohnte etwa einen Häuserblock von der U-Bahnstation Eastern Market entfernt. Seine Leiche wurde im Garfield Park gefunden. Der liegt an der Ecke F Street und Second Street, ungefähr ein halbes Dutzend Querstraßen vom Gericht entfernt.«

»Wie ist Wright normalerweise zur Arbeit gekommen?«

»Mehreren Kollegen zufolge ist er entweder zu Fuß gegangen oder mit dem Taxi gekommen, gelegentlich auch mit der U-Bahn.«

»Liegt dieser Garfield Park auf seinem Nachhauseweg?«

Chandler legte den Kopf schräg und studierte seine Notizen. »Eigentlich nicht. Normalerweise wäre er auf dem Nachhauseweg von der Second nach links auf die E Street abgebogen. Bis zum Park hätte er gar nicht gemusst.«

»Hatte er einen Hund? Vielleicht ist er zuerst nach Hause und dann mit dem Hund Gassi gegangen.«

»Wright hatte einen Hund, aber er ist gar nicht bis nach Hause gekommen. Jedenfalls nehmen wir das an. Und wäre er noch mit dem Hund rausgegangen, wäre der Marion Park für ihn viel näher gewesen.«

»Das ist seltsam.«

Chandler kniff die Augen zusammen, als käme ihm ein plötzlicher Gedanke. »Aber am Marion Park gibt es etwas, das man am Garfield Park nicht findet.«

»Und das wäre?«

»Eine Polizeiwache direkt auf der anderen Straßenseite.«

»Wrights Mörder wusste das vielleicht.«

»Wir machen aus der Wache nicht gerade ein großes Geheimnis. Wir *wollen* dort Präsenz zeigen, zur Abschreckung.«

»Sieht es so aus, als wäre Wright im Park ermordet worden? Oder woanders, und man hat ihn dort nur abgeladen?«

»Das Gras wies Blutflecke auf. Es gab keine Patronenhülsen – jedenfalls haben wir noch keine gefunden. Der Schütze wird wahrscheinlich einen Schalldämpfer benutzt haben, falls es sich nicht tatsächlich um einen zufälligen Raubmord handelt. Ein Schalldämpfer auf einem Revolver ist zu kompliziert, also müsste der Täter eine Halbautomatik benutzt haben. Dann aber müssten wir eine Patronenhülse finden – es sei denn, er hat sie aufgehoben und mitgenommen.«

»Steckte die Kugel noch in Wrights Kopf?«

Chandler nickte. »Hoffentlich bekommen wir eine Waffe in die Hand, um einen Vergleich vornehmen zu können.«

»Nach den Vorfällen in Mikes Wohnung hätten Sie besser eine Wache vor Wrights Tür stellen sollen.«

»Herrje, jetzt, wo Sie es sagen ... warum habe ich nicht daran gedacht?«

»Entschuldigung. Haben Sie eine Ahnung, wann Wright das Gericht gestern Abend verlassen hat?«

»Das überprüfen wir noch. Nach Dienstschluss kann man das Gebäude nur durch einen Eingang betreten oder verlassen. Diese Tür wird ständig bewacht und bleibt bis zwei Uhr morgens offen. Danach muss man sich von einem Wachmann aufschließen lassen. Man kann das Gericht auch durch die Tiefgarage verlassen, aber die wird ebenfalls bewacht. Außerdem konnte Wright nicht fahren, also ist die Tiefgarage irrelevant.«

»Dann muss doch jemand mitbekommen haben, wann er gegangen ist.«

»Meine Leute fragen bei dem Personal nach, das gestern Abend Dienst hatte.«

»Gibt es im Gericht Überwachungskameras?«

»Sie meinen, im Gerichtssaal?«, fragte Chandler lächelnd. »Die Antwort lautet ja, aber nicht überall, und leider nicht in diesem Teil des Ganges. Aber wir überprüfen die Videobänder trotzdem. Vielleicht entdecken wir ja etwas Wichtiges darauf.« Chandler warf noch einen Blick auf seine Notizen. »Zu dieser Nachtzeit dürften sich hier auf dieser Etage nur noch Mitarbeiter befunden haben, die Überstunden machten.«

»Hat die Überprüfung von Wrights Vergangenheit etwas ergeben?«

Chandler schüttelte den Kopf. »Bislang haben wir keine

Leichen im Keller gefunden. Das Motiv wird uns noch gewaltiges Kopfzerbrechen bereiten.«

»Aber seine Brieftasche fehlte.«

»Ja, daran habe ich auch schon gedacht. Aber das wäre etwas *zu* einfach.«

»Als wolle jemand uns glauben machen, die beiden Morde stünden im Zusammenhang?«

»Wissen Sie, es könnte tatsächlich ein Irrer sein, der stinksauer auf dieses Gericht ist.«

»Ich glaube, die Morde *haben* etwas miteinander zu tun, aber nicht aus den Gründen, die alle anderen vermuten«, sagte Fiske.

»Wie meinen Sie das?«

»Wenn Mike aus irgendeinem Grund getötet wurde, den wir nicht herausfinden *sollen*, bietet es sich doch geradezu an, einen weiteren Assessor zu töten und die Sache so zu biegen, als würden die beiden Fälle miteinander zu tun haben.«

Chandler blickte gespannt drein. »Und aus welchem Grund hat man Ihren Bruder nun *wirklich* getötet und versucht, den Mord zu vertuschen?«

Fiske zögerte. Es wurde allmählich ziemlich schwierig, zu verheimlichen, dass Mike den Berufungsantrag gestohlen hatte. »Das weiß ich nicht, aber ich könnte mir denken, weshalb Wright getötet wurde.«

»Nicht nur, um eine falsche Spur zu legen?«

»Sagen wir, er wurde vielleicht aus mehreren Gründen ermordet.«

In diesem Augenblick gesellte Sara sich zu ihnen. Sie versuchte, ihre Aufregung zu verbergen, doch es gelang ihr nicht ganz.

»John, könnte ich Sie kurz sprechen?«

»Miss Evans«, sagte Chandler mit einem breiten Lächeln, »ich hoffe, Ihre Fahrt nach Richmond ist angenehm und ohne Zwischenfälle verlaufen.«

»Sagen wir mal so: Sie war interessant«, erwiderte sie rasch. »John, ich muss mit Ihnen sprechen.«

»Können wir uns später unterhalten, Buford?«

»Ich brenne darauf, Ihre Theorie zu erfahren.«

Als Sara und Fiske davongingen, verblich Chandlers Lächeln. Er fragte sich, ob er gerade seinen ›inoffiziellen‹ Partner an Sara Evans verloren hatte.

Ein paar Minuten, nachdem Sara ihr Büro verlassen hatte, schaute Richterin Knight bei ihr vorbei. Sie wollte Sara soeben eine Notiz schreiben, als sie die Vorlage zum Fall *Chance* mit Wrights daran befestigtem Vermerk sah. Sie setzte sich auf Saras Stuhl und las die Mitteilung. Als sie zu Ende gelesen hatte, dämmerte ihr plötzlich, was passiert war. Sie hatte Wright angewiesen, Überstunden zu machen, notfalls die ganze Nacht durchzuarbeiten. Er hatte das Memo fertig gestellt, das Gebäude erst spät verlassen, und jemand hatte ihn umgebracht. Ihre kostbare Vorlage. Über diese Ereigniskette hatte sie noch gar nicht nachgedacht. Plötzlich wurde ihr die Kehle eng, und das Atmen fiel ihr so schwer, dass sie zu ersticken glaubte. Sie ließ die Vorlage zu Boden fallen und stürmte aus dem Raum.

Einige Minuten später eilte Elizabeth Knight an ihren erstaunten Mitarbeitern vorbei und schloss sich in ihrem Büro ein. Sie schaute sich in dem geräumigen, wunderschönen Zimmer um, das sogar über einen Kamin verfügte. Hier hatte sie gesessen und ihre kleinen Strategien ausgearbeitet, über ihre Lebensphilosophie nachgedacht. Und das hatte einen jungen Mann das Leben gekostet. Sie trat ihre Pumps von den Füßen, brach in einer Ecke des Zimmers zusammen, schlug die Hände vors Gesicht und weinte.

KAPITEL 38

In ihrem Büro verbrachte Sara die nächste halbe Stunde damit, Fiske alles mitzuteilen, was sie herausgefunden hatte. »Wenn Barker zurückruft und uns den Namen des Anwalts nennt, können wir mit ihm sprechen und kommen vielleicht endlich ein Stück weiter.«

»Das wäre zu schön.«

»Glauben Sie, dass Michael diesen Harms im Gefängnis besucht hat?«

»Die Flucht dieses Burschen macht die Sache verflixt kompliziert.«

Sara kam plötzlich ein beängstigender Gedanke. »Sie glauben doch nicht, dass Michael irgendetwas damit zu tun hatte, oder?«

»Mein Bruder würde sich niemals an einer ungesetzlichen Tat beteiligen.«

»Nicht absichtlich, das habe ich nicht gemeint.«

»Den Zeitungsmeldungen zufolge ist Harms aus einem Krankenhaus in Roanoke geflohen, *nachdem* man Michaels Leiche gefunden hat. Aber ich will gar nicht behaupten, dass der Zeitpunkt rein zufällig ist.«

»Haben Sie irgendwelche brillanten Schlussfolgerungen?«

»Ich glaube, ich weiß, warum Wright ermordet wurde.«

»Warum? Weil er von Harms wusste? Weil er mitbekommen hat, was Michael getan hat?«

»Nein, er wurde umgebracht, weil er etwas gesehen hat. Etwas, das er nicht sehen sollte.«

Sara zog ihren Stuhl näher an den seinen heran. »Was meinen Sie damit?«

»Wrights Büro – *Ihr* ehemaliges Büro – liegt Michaels Büro genau gegenüber. Wright wollte die ganze Nacht durcharbeiten.«

Sara sank auf ihrem Stuhl zusammen. »Richtig. Weil ich es ihm gesagt habe.«

»Nein, weil Elizabeth Knight Sie angewiesen hat, Wright zu sagen, dass er notfalls durcharbeiten muss. Nun ja, seine Leiche wurde in einem Park gefunden, der nicht auf seinem Nachhauseweg liegt. Chandler hat mir gesagt, dass Wright zwischen Mitternacht und zwei Uhr morgens getötet wurde. Wenn er die ganze Nacht hier durcharbeiten wollte ... was hatte er dann in diesem Park zu suchen?«

»Sie glauben, jemand hat ihn dorthin verschleppt und ermordet?«

»Genauer gesagt, jemand hat ihn aus diesem Gebäude in den Park gebracht und dort erschossen.«

Sara schnappte nach Luft. »Das heißt, der Mörder war hier?«

Fiske nickte. »Ich weiß nicht, ob er hier arbeitet, aber ich vermute, dass er gestern am späten Abend hier gewesen ist.«

»Was könnte Steven gesehen haben? Was hat ihn das Leben gekostet?«

»Ich glaube, er hat jemanden in Mikes Büro gehen sehen. Gestern. Wright hat gehört, wie Chandler gesagt hat, *niemand* dürfe das Büro betreten. Wer auch immer in Mikes Büro ging, er hat vielleicht nicht gewusst, dass Wright in *seinem* Büro war. Ich nehme an, Sie hängen es nicht an die große Glocke, wenn Sie Überstunden machen.«

»Manchmal erfahren wir erst in letzter Minute, dass wir länger arbeiten müssen. Wie gestern Abend, zum Beispiel.«

»Sehen Sie? Also geht jemand in das Büro, um etwas zu suchen ...«

»Was denn?«

»Wer weiß? Kopien des Antrags, den Mike an sich genommen hat. Telefonische Nachrichten, Computerdateien.«

»Aber das ist ein sehr, sehr großes Risiko. Das Gebäude wird rund um die Uhr vom Sicherheitspersonal bewacht.«

»Nun ja, wenn die Person wusste, dass die Polizei das Büro am nächsten Morgen gründlich durchsuchen würde, blieb ihr nur eine bestimmte Zeit, um ihr zuvorzukommen.«

»Das klingt logisch.«

»Also hört Wright etwas, oder er hat sein Memo fertig, geht hinaus und begegnet dem Eindringling.«

»Vorausgesetzt, Ihre Theorie trifft zu ... dann müsste Steven seinen Mörder doch gekannt haben?«

Fiske atmete tief ein und lehnte sich zurück. »Ich glaube schon. Andernfalls hätte er sofort Alarm geschlagen. Und ich habe gesehen, dass Perkins die Tür von Mikes Büro abgeschlossen hat. Es gibt keine Spur eines gewaltsamen Eindringens. Die Person hatte einen Schlüssel.«

»Aber dann muss doch sonst noch jemand etwas mitbekommen haben.«

»Nicht unbedingt. Wenn der Mörder sich hier im Gebäude auskennt, wird er wissen, wie er es vermeiden kann, mit Wright gesehen zu werden, bis sie das Gericht verlassen haben.«

»Dann müsste es jemand sein, dem Wright vertraut hat.«

Fiske schaute sie an. »Zum Beispiel einer der Richter?«

Sara erwiderte seinen Blick voller Entsetzen. »Ich bin ja einiges gewöhnt, aber *das* kann ich einfach nicht glauben.« Ihr kam ein Gedanke. »Vielleicht war es McKenna? Steven hätte ihm vertraut. FBI und so weiter.«

»Wie könnte McKenna in diese Sache verwickelt sein?«

»Keine Ahnung. Er kam mir als Erster in den Sinn.«

»Weil er nicht beim Gericht ist und mich vermöbelt hat?«

Sara seufzte. »Wahrscheinlich.« Dann fiel ihr etwas ein, und sie durchstöberte die Papiere auf ihrem Schreibtisch, bis sie gefunden hatte, was sie suchte. »Ich kann Ihnen sagen, wann Steven sein Büro verlassen hat.« Sie hielt die Nachricht in die Höhe, die Wright ihr hinterlassen hatte. Auf der oberen rechten Ecke befand sich ein Aufdruck mit

Datums- und Uhrzeitangabe. Sie drehte das Blatt herum, damit Fiske es sehen konnte.

»Weil wir hier so viele Entwürfe erstellen, fügt das Textverarbeitungssystem automatisch das Datum und die Uhrzeit in jedes Dokument ein. Auf diese Weise können wir auf den ersten Blick sehen, ob es sich um eine aktuelle Fassung handelt oder nicht.«

Fiske betrachtete die Zeitangabe. »Dieses Blatt wurde um ein Uhr fünfzehn heute Morgen ausgedruckt.«

»Genau. Steven hat die Vorlage fertig gestellt, ausgedruckt, auf meinen Schreibtisch gelegt und ist dann wahrscheinlich gegangen.«

»Und hat gesehen, was immer er gesehen hat.«

Sara schaute plötzlich verwirrt drein. »Augenblick mal. Irgendwas stimmt da nicht. Wenn ein Assessor bis spät in die Nacht arbeitet, fährt ihn normalerweise einer der Polizeibeamten des Gerichts nach Hause, falls er nicht allzu weit weg wohnt.« Sie schaute Fiske an. »Die Polizei hier ist wirklich sehr freundlich zu uns.«

»Und um ein Uhr fünfzehn fährt die U-Bahn nicht mehr, oder?«

»Nein. Außerdem ist es mit dem Auto nur ein Katzensprung zu Stevens Wohnung. Gerade mal fünf Minuten. Man hat ihn schon öfter nach Hause gefahren.«

»Also können wir davon ausgehen, dass jemand, der hier beim Gericht arbeitet, Steven nach Hause gefahren hat?«

»Wenn er wirklich erst um Viertel nach eins gegangen ist, würde ich jede Wette darauf abschließen.«

»Was ist mit einem Taxi? Vielleicht waren um diese Zeit nicht mehr so viele Wachen hier, dass jemand Wright nach Hause fahren konnte.«

Sara schaute skeptisch drein. »Das wäre schon möglich.«

»Es müsste leicht festzustellen sein, ob ein Angehöriger der Gerichtspolizei ihn nach Hause gefahren hat. Ich sage es Chandler.«

»Und was unternehmen wir jetzt?«

Fiske zuckte die Achseln. »Wir müssen Harms' Militärakte einsehen. Ein alter Freund von mir arbeitet beim JAG. Ich rufe ihn an. Vielleicht kann er die Sache ja beschleunigen. Bis wir wissen, wer alles in diese Geschichte verwickelt ist, sollten so wenig Leute wie möglich erfahren, dass wir Nachforschungen anstellen.«

Sara erschauerte und schlang die Arme um die Brust.

»Wissen Sie was?«, sagte sie. »Allmählich bekomme ich entsetzliche Angst davor, wie die Wahrheit aussehen könnte.«

KAPITEL 39

Während Sara sich wieder an die Arbeit machte, rief Fiske Phil Jansen an, seinen alten Freund beim Judge Advocates General's Office der Army. Unter anderem bat er ihn, eine Liste des Personals zu besorgen, das in Fort Plessy stationiert war, während Rufus Harms dort gedient hatte.

Dann kehrte er zu Chandler zurück und unterbreitete ihm seine Theorie über den Mord an Wright. Chandler war beeindruckt. »Ich werde bei den Taxiunternehmen nachfragen lassen. Wir können nur hoffen, dass jemand etwas gesehen oder gehört hat.« Er musterte den Jüngeren eindringlich. »Haben Sie etwas Interessantes über Miss Evans herausgefunden, als Sie gestern Abend mit ihr zusammen waren?«

»Ich halte sie für einen guten Menschen. Ein wenig impulsiv, aber ein guter Mensch. Sehr klug.«

»Sonst noch was? Bei unserem ersten Gespräch hat Ramsey gesagt, sie und Ihr Bruder hätten sich nahe gestanden. Hat Miss Evans irgendeine Vermutung, weshalb er ermordet wurde?«

»Das sollten Sie Miss Evans vielleicht selbst fragen.«

»Aber ich frage Sie, John. Ich dachte, wir wären ein Team.« Er trat näher an Fiske heran. »Dieser Fall wirft schon Fragen genug auf. Wenn ich mir jetzt auch noch den Rücken freihalten muss, kann ich einpacken. Sie waren Polizist; Sie müssten wissen, wie wichtig es ist, dass man jemand anderen absichert.«

»Ich habe nie einen Partner im Stich gelassen«, sagte Fiske wütend.

»Freut mich zu hören. Dann erzählen Sie mir von gestern Abend.«

Fiske wandte den Blick ab und überlegte, wie er sich nun verhalten sollte. Er scheute sich davor, Informationen zurückzuhalten. Wie also konnte er Chandler gegenüber das Richtige tun und gleichzeitig vermeiden, Saras Leben und den Ruf seines Bruders zu zerstören?

»Können wir hier irgendwo einen Kaffee trinken?«

»In der Cafeteria. Ich gebe Ihnen sogar einen aus.«

Ein paar Minuten später saßen sie im Café im Erdgeschoss des Gerichtsgebäudes. Die Nachmittagssitzung hatte begonnen, deshalb war es ziemlich leer.

Fiske nippte an seinem Kaffee, während Chandler ihn beobachtete.

»John, es kann doch nicht so schlimm sein. Oder wollen Sie mir gestehen, dass Sie derjenige sind, der die Assessoren umlegt?«

»Angenommen, Buford, ich teile Ihnen jetzt etwas mit. Sie haben genau umrissene Vorschriften, was Sie mit dieser Information anfangen und wer sonst sie erfährt.«

»Das stimmt. Und diese Vorschriften verhindern, dass Sie sich mir anvertrauen?«

»Was schlagen Sie denn vor?«

»Dass wir uns rein hypothetisch unterhalten, in Ordnung? Meine Aufgabe besteht darin, Fakten zu sammeln und sie auf eine Weise zu verwenden, dass ich schließlich jemanden verhaften kann, weil er ein Verbrechen begangen hat. Wenn wir nicht über Fakten sprechen, sondern nur über Theorien – wie zum Beispiel die, weshalb Wright ermordet wurde –, kann ich diesen Theorien nachgehen, bin aber nicht verpflichtet, sie an jemanden weiterzugeben. Jedenfalls so lange nicht, bis diese Theorien durch die Entdeckung weiterer Fakten bestätigt wurden.«

»Also können wir uns rein theoretisch unterhalten, und es bleibt unter uns?«

Chandler schüttelte den Kopf. »Dass es unter uns *bleibt*,

kann ich nicht versprechen. Nicht, wenn die Theorie sich bewahrheitet.«

Fiske schaute auf seine Kaffeetasse hinunter. Chandler spürte, dass sein Gegenüber noch Zweifel hatte und ihm zu entgleiten drohte, und klopfte mit dem Löffel an die Tasse.

»John, unter dem Strich geht es darum, dass wir herausfinden, wer Ihren Bruder und Wright ermordet hat. Ich dachte, das wollten Sie auch.«

»Ja. Ich will nichts anderes.«

Wirklich? Chandler bezweifelte es plötzlich. »Wo liegt dann das Problem?«

»Darin, dass man Menschen wehtun kann, obwohl man versucht, ihnen zu helfen.«

»Nur Ihrem Bruder? Oder sonst noch jemandem?«

Fiske wusste, dass er bereits zu viel gesagt hatte. Er beschloss, in die Offensive zu gehen.

»Okay, Buford, sprechen wir mal kurz über Theorien. Angenommen, jemand bei Gericht hat einen Berufungsantrag an sich genommen, bevor er ordnungsgemäß abgelegt wurde.«

»Warum und wie?«

»Das Wie ist offensichtlich kein Problem. Das *Warum* schon.«

»Na schön, fahren Sie fort.«

»Und nehmen wir weiter an, dass eine andere Person bei Gericht diesen Antrag gesehen und herausgefunden hat, dass er nicht ordnungsgemäß verzeichnet wurde, und den Vorfall trotzdem nicht gemeldet hat.«

»Das *Warum* bei dieser Annahme ist wahrscheinlich genauso kompliziert?«

»Nicht unbedingt. Gehen wir weiter davon aus, dass die Person, die den Antrag an sich genommen hat, einen guten Grund dafür hatte. Und dass diese Person irgendwo hinfuhr, um denjenigen zu besuchen, der den Antrag eingereicht hat.«

»Die zwölfhundert Kilometer auf dem Tacho des Wagens Ihres Bruders?«

Fiske blickte den Detective frostig an. »Das ist eine Tatsache, Buford, und ich spreche nicht über Tatsachen.«

Chandler trank einen Schluck Kaffee. »Weiter.«

»Und nehmen wir an, dass die Person, die den Antrag eingereicht hat, in einem Gefängnis sitzt.«

»Ist das eine Tatsache oder nur eine Spekulation?«

»Das möchte ich Ihnen noch nicht sagen.«

»Aber ich möchte Sie danach fragen. Wo ist dieser Häftling?«

»Das weiß ich nicht.«

»Was soll das heißen, Sie wissen es nicht? Wenn er Häftling ist, muss er doch in irgendeinem Gefängnis einsitzen, oder?«

»Nicht unbedingt.«

»Verdammt noch mal, was ...« Chandler schloss abrupt den Mund und starrte über den Tisch auf Fiske. »Wollen Sie damit sagen, dass diese Person aus dem Gefängnis ausgebrochen ist?«

Fiske antwortete nicht.

»Bitte erzählen Sie mir jetzt nicht, dass Ihr Bruder sich von einem Knacki beschwatzen ließ, ihm zu helfen, ihn im Gefängnis besucht und geholfen hat, ihn da rauszuholen, und dass der Kerl ihn dann umgebracht hat. Verdammt, bitte sagen Sie mir jetzt nicht so was.« Chandler sprach in seiner Erregung immer lauter.

»Das will ich Ihnen auch gar nicht sagen. So ist es nicht gewesen.«

»Na schön ... wissen Sie, um was es bei diesem Berufungsantrag geht?«

Sie waren jetzt schon weit über Theorien hinausgegangen. Fiske schüttelte den Kopf. »Ich habe den Antrag nie gesehen.«

»Woher wissen Sie dann, dass es ihn überhaupt gibt?«

»Diese Frage werde ich nicht beantworten, Buford.«

»Ich kann Sie zu der Antwort zwingen, John.«

»Dann müssen Sie das.«

»Sie wissen, dass Sie ein gewaltiges Risiko eingehen.«

»Ja.« Fiske trank die Tasse aus und erhob sich. »Ich nehme mir ein Taxi und hole meinen Wagen ab.«

»Ich fahre Sie. Ich habe noch andere Fälle, auch wenn das jetzt der einzige ist, an dem der ganzen Welt etwas liegt.«

»Ich glaube, es wäre besser für uns beide, wenn Sie mich nicht fahren.«

Chandler schürzte die Lippen. »Wie Sie meinen. Ihr Wagen steht auf dem Parkplatz hinter dem Gebäude. Der Schlüssel liegt auf dem Vordersitz.«

»Danke.«

Chandler sah Fiske nach, als dieser die Cafeteria verließ. »Ich hoffe, sie ist es wert, John«, sagte er leise.

Chandler hatte ebenfalls einige Nachforschungen angestellt. Als er in sein Büro zurückkam, fand er einen Stapel Papiere auf seinem Schreibtisch vor. Routinemäßig hatte er von den Telefongesellschaften eine Aufstellung der Gespräche angefordert, die Michael Fiske in den vergangenen vier Wochen sowohl von zu Hause als auch vom Büro aus geführt hatte. Das Ergebnis war ein regelrechter Wälzer. Der Anruf bei seinem Bruder war in der dicken Liste aufgeführt, außerdem Gespräche mit seiner Familie. Dann zwölf Anrufe bei einer Nummer, die als die Sara Evans' identifiziert worden war. Das ist ja interessant, überlegte Chandler. Waren beide Fiske-Brüder auf dieselbe Frau abgefahren? Als Chandler am Ende der Liste anlangte, ging sein Puls plötzlich schneller, was bei ihm nach den vielen Jahren bei der Mordkommission nur noch selten der Fall war. Michael Fiske hatte mehrmals in Fort Jackson im Südwesten Virginias angerufen, zum letzten Mal nur drei Tage, bevor man seine Leiche gefunden hatte. Chandler wusste, dass es sich bei Fort Jackson in Wirklichkeit um ein Militärgefängnis handelte. Und das war noch nicht alles. Chandler durchstöberte die Papierstapel auf seinem Schreibtisch, bis er endlich fand, was er suchte. Das Telex war an sämtliche Polizeidienststellen in den USA geschickt worden; es wurde um Amtshilfe bei einer Festnahme ersucht.

Als der Detective das Telex an diesem Tag bekam, hatte er ihm keine große Bedeutung beigemessen. Nun aber betrachtete er eindringlich das Foto von Rufus Harms. Er griff nach dem Telefon und führte ein kurzes Gespräch. Chandler benötigte eine Information und bekam sie binnen von einer Minute. Fort Jackson befand sich etwa sechshundert Kilometer von Washington entfernt. Hatte Harms den Berufungsantrag eingereicht, den John Fiske erwähnt hatte? Und wenn ja, warum hatte Michael Fiske den Antrag – der Theorie seines Bruders zufolge – »an sich genommen«?

Chandler betrachtete wieder die Aufstellung der Telefonate. Sein Blick huschte über eine Nummer, ohne dass ihm etwas aufgefallen wäre, vielleicht, weil es sich um die eines Anwalts handelte und zahlreiche Kanzleien auf der Liste standen. Doch der Name Sam Rider hätte sowieso keine Bedeutung für den Detective gehabt, selbst wenn die Nummer seine Aufmerksamkeit erregt hätte. Chandler legte die Aufstellung auf den Schreibtisch und dachte darüber nach, ob er Fiske und Sara Evans vorladen und zwingen sollte, ihm zu verraten, was hier eigentlich gespielt wurde. Dann aber wandte sein Instinkt, der in dreißig Berufsjahren immer ausgeprägter geworden war, sich dagegen. Hauptsächlich wegen eines Grundsatzes: Vertraue niemandem!

»Nun kommen Sie schon, John«, bat Sara. Sie befanden sich in ihrem Büro, und der Arbeitstag neigte sich dem Ende zu.

»Sara, ich kenne Richter Wilkinson nicht einmal.«

»Aber wollen Sie denn nicht verstehen? Falls tatsächlich jemand vom Gericht in die Sache verwickelt ist, wäre es die ideale Gelegenheit, etwas herauszufinden. Praktisch alle Angehörigen des Gerichts werden dort sein.«

Fiske wollte erneut protestieren, hielt dann aber inne. Er rieb sich das Kinn. »Wann müssten wir dort sein?«

»Um halb acht. Übrigens ... haben Sie schon etwas von Ihrem Freund beim JAG gehört?«

»Ja. Es gibt sogar zwei entsprechende Akten. Einmal Harms' Personalakte, die nicht nur alle Einträge über seine Dienstzeit enthält, sondern auch Bewertungen, persönliche Informationen, den Anwerbungsvertrag, Soldbescheinigungen und seine Krankengeschichte. Die zweite Akte enthält alles über seinen Prozess vor dem Kriegsgericht und befindet sich in Fort Jackson. Die Unterlagen seines Anwalts werden in der JAG-Zweigstelle aufbewahrt, die seine Verteidigung organisiert hat. Das heißt, falls sie die Unterlagen nicht schon längst vernichtet haben. Jansen überprüft es. Er schickt uns, was er auftreiben kann.«

Als Sara ihre Sachen zusammenpackte und zur Tür ging, blieb Fiske sitzen. »Was können Sie mir über Richterin Knight sagen? Über ihre Vergangenheit und so weiter?«

»Wieso?«

»Nun ja, wir gehen auf ihre Party. Richterin Knight ist eine wichtige Person an diesem Gericht, und ihr Mann ist ebenfalls sehr prominent. Damit kommen die Knights für unsere Ermittlungen in Frage, meinen Sie nicht auch?«

»Sie wissen über Jordan Knights Vergangenheit wahrscheinlich mehr als ich. Er stammt doch aus Ihrer Heimatstadt.«

Fiske zuckte die Achseln. »Stimmt. Jordan Knight ist in Richmond eine große Nummer. War es zumindest, bis er in die Politik ging. Er hat eine Menge Geld verdient.«

»Und sich eine Menge Feinde gemacht?«

»Nein, ich glaube nicht. Er hat Virginia viel zurückgegeben. Außerdem ist er ein zurückhaltender, netter Kerl.«

»Dann passt er aber gar nicht zu Elizabeth Knight.«

»Ich kann mir vorstellen, dass sie auf dem Weg nach oben ein paar Leute zur Seite geschubst hat.«

»Nicht nur ein paar. Aber in ihrem Beruf bleibt einem gar nichts anderes übrig. Eine knallharte Anklägerin der Bundesstaatsanwaltschaft, die zu einer noch härteren Richterin wurde. Alle haben gewusst, dass man sie für einen Sitz am Obersten Gerichtshof aufbauen wollte. Sie ist bei den meisten großen Fällen das Zünglein an der Waage, und das treibt Ramsey in den Wahnsinn. Wahrscheinlich behandelt er sie deshalb auch so ... na ja, rücksichtsvoll. Die meiste Zeit fasst er sie mit Glacéhandschuhen an, aber dann und wann kann er der Versuchung nicht widerstehen, ihr einen Stich zu versetzen.«

Fiske dachte an das Streitgespräch der beiden Richter während der Konferenz. Das war es also.

»Wie gut kennen Sie die anderen Richter? Offenbar gut genug, dass Sie ihnen keinen Mord zutrauen.«

»Wie bei jeder anderen großen Organisation kennt man die meisten nur flüchtig.«

»Was ist mit Ramseys Vergangenheit?«

»Er ist der Oberste Richter des Obersten Gerichts dieses Staates, und Sie kennen ihn nicht?«

»Tun Sie mir den Gefallen.«

»Er war beigeordneter Richter und ist dann vor zehn Jahren ins höchste Amt aufgestiegen.«

»Irgendetwas Ungewöhnliches in seiner Vergangenheit?«

»Er war beim Militär. Armee oder Marineinfanterie, glaube ich.« Sie bemerkte Fiskes Blick. »Denken Sie nicht mal im Traum daran, John. Ramsey läuft nicht in der Gegend herum und bringt Leute um. Abgesehen davon weiß ich nur, was in seiner offiziellen Biografie steht.«

Fiske schaute verwirrt drein. »Ich hätte gedacht, die Assessoren wissen alles über die anderen Richter. Sie sprechen doch bestimmt untereinander über sie?«

»Die Assessoren der einzelnen Richter bleiben bis zu einem gewissen Grad gern unter sich, obwohl jeden Donnerstagnachmittag eine Happy Hour stattfindet, bei der alle zusammenkommen. Und hin und wieder laden die Assessoren eines Richters einen anderen zum Mittagessen ein – sozusagen, damit man sich besser kennen lernt. Ansonsten haben die neun Kammern nicht viel miteinander zu tun.« Sie hielt inne. »Abgesehen natürlich von dem berühmten Meinungsnetzwerk der Assessoren.«

»Mike hat so etwas in der Art erwähnt, als er hier anfing.«

Sara lächelte. »Das kann ich mir vorstellen. Die Assessoren sind die Sprachrohre ihrer Richter. Wir lassen die ganze Zeit Versuchsballons aufsteigen, um etwas über die Auffassung eines anderen Richters herauszubekommen. Zum Beispiel hat Michael mich immer gefragt, was nötig sei, damit Richterin Knight bei einer Mehrheitsentscheidung wie Murphy abstimmt.«

»Aber warum muss Murphy um andere Stimmen buhlen, wenn er bei Mehrheitsentscheidungen schon die Begründungen verfasst?«

»Sie tappen wirklich im Dunkeln, was unsere Arbeitsweise hier betrifft, was?«

»Ich bin ein schlichter Anwalt vom Lande.«

»Na schön, Sie schlichter Anwalt vom Lande. Würde ich zehn Dollar für jede Abstimmung kriegen, bei der keine Mehrheit zustande kommt, wäre ich eine reiche Frau. Die Kunst besteht darin, eine Begründung zu verfassen, die einem fünf Stimmen einbringt. Aber die andere Seite sitzt natürlich nicht untätig herum. Manchmal stehen mehrere Entscheidungen an, deren Ausgang noch fraglich ist. Der Gebrauch abweichender Meinungen – sogar nur die Androhung – ist eine hohe Kunst.«

Fiske blickte Sara neugierig an. »Ich dachte, die Abweichler stünden auf der Verliererseite? Was für ein Druckmittel haben sie dann?«

»Sagen wir mal, einem Richter gefällt nicht, wie eine Mehrheitsentscheidung sich entwickelt. Also bringt er entweder einen bissigen, herabsetzenden Entwurf seiner abweichenden Meinung in Umlauf, der das ganze Gericht schlecht aussehen lässt oder sogar die mehrheitliche Meinung unterhöhlt, falls der Entwurf veröffentlicht wird. Aber noch besser – und einfacher – ist es, wenn der Richter lediglich durchsickern lässt, dass er beabsichtigt, solch einen Kommentar zu verfassen, wenn der Tonfall der Mehrheitsentscheidung nicht zurückgefahren wird. Das machen hier alle. Ramsey, Elizabeth Knight, Murphy. Sie kämpfen mit Zähnen und Klauen.«

Fiske schüttelte den Kopf. »Wie bei einem langen politischen Wahlkampf. Ständig auf der Jagd nach Stimmen. Die juristische Version der typischen politischen Schachereien. Gib mir dies und das, und du bekommst meine Stimme.«

»Aber man muss wissen, wann man es darauf ankommen lassen kann und wann nicht. Angenommen, einem oder mehreren Richtern hat es nicht gepasst, wie vor fünf Jahren ein bestimmter Fall entschieden wurde. Das Gericht stößt aber nicht mir nichts, dir nichts seine eigenen Präzedenzfälle um. Also muss man strategisch denken. Diese Richter könnten heute einen Fall benutzen, um den Grundstein dafür zu legen, in ein paar Jahren das Präjudiz umzustoßen, das ihnen nicht gepasst hat. Das gilt auch schon für die Auswahl der Fälle. Die Richter halten stets Ausschau nach genau dem richtigen Fall, den sie als Vehikel benutzen können, um einen Präzedenzfall zu verändern, der ihnen nicht passt. Es ist wie eine Partie Schach.«

»Hoffen wir, dass bei all diesen Spielchen eins nicht verloren geht.«

»Und was?«

»Die Gerechtigkeit. Vielleicht will Rufus Harms nur Gerechtigkeit. Und hat deshalb seinen Antrag eingereicht. Glauben Sie, dass er hier Gerechtigkeit bekommt?«

Sara schaute zu Boden. »Ich weiß es nicht. Tatsache ist, die individuellen Parteien, die mit Fällen auf dieser Ebene zu tun haben, sind eigentlich gar nicht so wichtig. Das Präjudiz, das durch ihren Fall geschaffen wird ... darauf kommt es an. Es hängt davon ab, was es verlangt. Welche Auswirkungen es auf andere Fälle haben wird.«

»Das ist echt beschissen.« Fiske schüttelte den Kopf und bedachte Sara mit einem durchdringenden Blick. »Ein verdammt interessanter Ort, dieser Oberste Gerichtshof.«

»Dann kommen Sie also mit zu der Party?«

»Die möchte ich mir um nichts auf der Welt entgehen lassen.«

KAPITEL 40

Josh Harms ging davon aus, dass die Polizei nun auch die Nebenstraßen kontrollierte, und war deshalb auf die ungewöhnliche Taktik verfallen, auf der Interstate zu fahren. Doch es dämmerte bereits, und bei hochgekurbelten Fenstern konnte eigentlich nichts passieren. Die Insassen eines Streifenwagens würden schwerlich ins Innere des Wohnmobils blicken können. Doch trotz all seiner Vorsichtsmaßnahmen wusste Josh, dass sie geradewegs ins Verderben fuhren.

Komisch, dachte er, dass Rufus nach allem, was er durchgemacht hatte, auch nur in Erwägung zieht, das Richtige tun zu müssen – selbst auf die Gefahr hin, wieder die Freiheit zu verlieren, die man ihm eigentlich nie hätte nehmen dürfen. Sogar auf die Gefahr hin, zu sterben. Josh kam sich vor, als würde er Rufus mit ein und demselben Atemzug preisen und zugleich verfluchen. Joshs Auffassung vom Leben war nicht sehr kompliziert: er gegen alle anderen. Er legte es nicht auf Ärger an, doch wenn jemand ihn unbedingt anpinkeln wollte, gingen ihm schon mal die Pferde durch. Er wusste, es war ein Wunder, dass er überhaupt noch lebte.

Doch man musste einen Menschen wie Rufus einfach bewundern, der das alles überstanden und sich gegen Menschen behauptet hatte, die verhindern wollten, dass die Welt sich auch nur um ein Quäntchen veränderte, weil sie oben waren, das Sagen hatten. Vielleicht wird die Wahrheit dich tatsächlich befreien, Rufus, dachte er. Plötzlich sah er aus dem Augenwinkel im Seitenspiegel des Wohnmobils etwas, das ihn veranlasste, die Hand zur Pistole zu schieben und sie zu ergreifen.

»Rufus«, rief er durch das offene Fenster in den Campingaufsatz zurück, »wir haben ein Problem.«

Rufus' Gesicht erschien am Fenster. »Was ist los?«

»Bleib unten! Bleib unten!«, warnte Josh ihn. Er beäugte im Seitenspiegel wieder den Streifenwagen, der den Abstand beibehalten hatte. »Ein Polizeiwagen hat uns zweimal überholt und sich dann wieder zurückfallen lassen.«

»Bist du zu schnell gefahren?«

»Nein. Sogar fünf Sachen unter dem Geschwindigkeitslimit.«

»Stimmt mit dem Wagen irgendwas nicht? Ist vielleicht 'ne Rückleuchte kaputt?«

»So blöd bin ich nicht. Die Kiste ist völlig in Ordnung.«

»Was dann?«

»Hör mal, Rufus, nur weil du so viele Jahre im Knast warst, heißt das noch lange nicht, dass die Welt sich in irgendeiner Hinsicht verändert hat. Ich bin ein Schwarzer, der nachts in einem wirklich schick aussehenden Wagen auf dem Highway unterwegs ist. Die Cops glauben, dass ich die Kiste entweder gestohlen habe oder Drogen transportiere. Verdammt, es kann schon ein echtes Abenteuer sein, bloß zum Einkaufen in den Supermarkt zu fahren.« Er schaute wieder in den Seitenspiegel. »Sieht so aus, als würde er jeden Augenblick das Blaulicht einschalten.«

»Was sollen wir tun? Ich kann mich hier hinten nirgends verstecken.«

Josh wandte den Blick nicht vom Spiegel ab, nicht einmal, während er die Waffe unter den Sitz schob. »Jau, er wird jetzt jede Sekunde das Blaulicht einschalten, und dann sind wir erledigt. Leg dich auf den Boden und zieh die Persenning über dich, Rufus. Nun mach schon.« Josh zog die Baseballmütze tiefer in die Stirn, sodass man nur das weiße Haar an seinen Schläfen sehen konnte. Dann streckte er das Kinn vor und schob die Oberlippe nach vorn, um den Eindruck zu erwecken, er habe keine Zähne mehr. Schließlich beugte er sich zur Seite, klappte das Handschuhfach auf, nahm eine Dose Kautabak heraus und steckte sich einen großen Priem in den Mund. Er ließ die Schultern sinken, kurbelte das Fenster auf, streckte den Arm hinaus und bedeutete dem Fahrer des Streifenwagens mit langsamen, winkenden Bewegungen, er solle hinter ihm auf dem Bankett anhalten. Dann fuhr Josh an den Straßenrand und hielt. Der Streifenwagen zog ebenfalls aufs Bankett, und die Lichter auf dem Dach schleuderten ein gespenstisches, bedrohliches Blau in die Dunkelheit.

Josh blieb im Wagen sitzen. Keine schnellen Bewegungen, warte, bis die Jungs zu dir kommen. Als der Scheinwerferstrahl des Streifenwagens vom Seitenspiegel reflektiert wurde, kniff Josh die Augen zusammen. Eine Taktik der Cops, die einen verwirren sollte, wie er nur allzu gut wusste. Josh hörte, wie die Stiefel auf dem Schotter knirschten. Er konnte sich vorstellen, wie der Staatspolizist näher kam, die Hand auf der Waffe, die Augen auf den Wagen gerichtet.

Schon dreimal hatten Cops ihn angehalten, und dann hatte er das Klirren von Glas gehört, als der Schlagstock zufällig mit dem Rücklicht kollidiert war, mit dem Ergebnis, dass er einen Strafzettel wegen technischer Mängel bekommen hatte. Auf diese Weise wollten sie ihm nur ans Bein pinkeln, wollten mal feststellen, ob er irgendetwas Dummes tun würde, das ein paar Wochen Knast rechtfertigte. Es hatte nie funktioniert.

Ja, Sir, nein, Sir, Herr Polizist, Sir, auch wenn Josh das Arschloch am liebsten bewusstlos geprügelt hätte.

Wenigstens hatten sie ihm nie Drogen untergeschoben und dann versucht, ihn deshalb festzunageln. Einige Kumpel von ihm schmorten noch immer im Knast, nachdem man ihnen auf diese miese Tour gekommen war.

»Kämpf dagegen an«, hatte seine Ex-Frau Louise immer gesagt.

»Wogegen?«, hatte Josh erwidert. »Da könnte ich ja gleich gegen Gott ankämpfen, so viel würd's mir bringen.«

Als die Schritte verstummten, blickte Josh aus dem Fenster.

Der Staatspolizist schaute zu ihm hinein. Josh stellte fest, dass es sich um einen Hispanoamerikaner handelte.

»Was gibt's, Sir?«, fragte der Mann.

»Will na Luzzana«, sagte Josh, während der Kautabak bei jeder Silbe an seine Wange drückte. Er zeigte die Straße entlang. »Binnisch da rischtisch?«

Der verwirrte Polizist verschränkte die Arme. »Entschuldigung, wohin wollen Sie?«

»Luzzana. Bätn Ruusch.«

»Baton Rouge, Louisiana?« Der Staatspolizist lachte. »Da haben Sie aber noch ein gutes Stück vor sich.«

Josh kratzte sich am Hals und sah sich um. »Meine Kinner schin da unnen, un sche ham ihrn Daddy schon 'ne Weile nisch mehr gesehn.«

Das Gesicht des Polizisten wurde ernst. »Okay.«

»Der Mann hat gesacht, isch komm dahin, wenn isch die Schtraße hier langfahr.«

»Na ja, da hat der Mann Ihnen was Falsches gesagt.«

»Aber Schie wischn, wie isch dahinkomm?«

»Ja, Sie können mir hinterherfahren, aber ich kann Sie nicht bis dorthin bringen.«

Josh blickte den Mann nur an. »Meine Kinner, schie schin brav. Schie wolln Daddy schehn. Könnsche mir helfn?«

»Na schön, ich sag Ihnen was, wir sind ganz in der Nähe der Ausfahrt, die Sie nehmen müssen, um nach Louisiana zu kommen. Sie fahren mir bis dahin hinterher, und dann biegen Sie ab und fahren allein weiter. Dann halten Sie irgendwann an und fragen noch mal. Wie hört sich das an?«

»Allsch kla.« Josh berührte den Mützenschirm.

Der Polizist wollte schon zum Streifenwagen zurückgehen, als sein Blick auf den Wohnwagenaufbau fiel. Er richtete die Taschenlampe auf das Seitenfenster und sah die aufgestapelten Kartons. »Haben Sie was dagegen, Sir, wenn ich mal einen Blick in den Wagen werfe?«

Josh zuckte nicht mal zusammen, schob die Hand aber zum vorderen Teil des Sitzes, wo seine Waffe lag. »Dammisch, nee. Wiescho?«

Der Polizist ging zum Heck des Wagens und öffnete die obere Glastür. Die Mauer aus Kartons starrte ihn an. Hinter den Stapeln machte Rufus sich in der Dunkelheit des Wohnmobils unter der Persenning so klein wie möglich.

»Was haben Sie hier drin, Sir?«, rief der Polizist.

Josh beugte sich aus dem Fenster. »Lebnschmittl«, rief er zurück.

Der Staatspolizist öffnete einen Karton, schüttelte an einer Dose Suppe, öffnete den Karton mit den Crackern, stellte sie wieder zurück, schloss den Karton und dann die Tür und ging zur Fahrerseite zurück.

»Das sind aber viele Lebensmittel. So lang ist die Fahrt nun auch wieder nicht.«

»Hab meine Kinner gefracht, was se ham wolln. Wasch zu essn, hamse sacht.«

Der Polizist blinzelte. »Oh. Tja, das ist aber nett von Ihnen. Richtig nett.«

»Hamse Kinner?«

»Zwei.«

»Na, dann.«

»Also, gute Fahrt noch.« Der Cop ging zu seinem Streifenwagen zurück.

Josh fuhr auf die Straße zurück und folgte dem Polizeifahrzeug.

Rufus tauchte am Fenster zum Fahrerhaus auf. »Ich hab da hinten einen ganzen Ozean ausgeschwitzt.«

Josh lächelte. »Das musst du ganz cool machen. Wenn du das Maul aufreißt, legen sie dir Handschellen an. Wenn du zu höflich bist, meinen sie, du willst sie verarschen, und legen dir Handschellen an. Aber wenn du alt und blöd bist, scheren sie sich einen Dreck um dich.«

»Das war trotzdem ziemlich knapp, Josh.«

»Wir haben mit dem Mexie ziemlich Glück gehabt. Die stehen ziemlich auf Familie und Kinder und so was. Wenn man ihnen was von den Kinderchen vorsülzt, sind sie hin und weg. Wäre es ein Weißer gewesen, hätten wir ein gewaltiges Problem gehabt. Wenn Whitie sich erst mal entschlossen hätte, den Wagen zu durchsuchen, hätte er alles rausgeholt, bis er dich gefunden hätte. Ein Bruder wäre vielleicht ganz locker geblieben, aber sicher kann man da auch nie sein. Wenn sie diese Uniform tragen, benehmen sie sich manchmal weiß, mag ihre Pelle noch so schwarz sein.«

Rufus blickte seinen Bruder mit einem Ausdruck des Missfallens an.

»Aber die Asiaten, die sind am schlimmsten«, fuhr Josh fort. »Bei denen kann man machen, was man will, die stehen einfach nur da und starren einen an. Die hören einfach nicht zu, und dann machen sie das, was sie von Anfang an machen wollten. Die kann man gleich abknallen, bevor sie einem mit ihrem Kung-Fu den Arsch aufreißen. Ja, wir haben echt Glück gehabt, dass wir es mit Officer Pedro zu tun hatten.« Josh spuckte den Kautabak aus dem Fenster.

»Das hast du alles so herausgefunden?«, sagte Rufus wütend.

Josh schaute ihn an. »Hast du ein Problem damit?«

»Vielleicht.«

»Na ja, führ du dein Leben, wie du willst, und ich führe meins, wie ich will. Wir werden ja sehen, wer es weiter bringt. Ich weiß, du hattest es schwer im Knast, aber hier draußen ist es auch kein Zuckerschlecken. Ich habe hier draußen mein eigenes kleines Gefängnis. Und mich hat keiner wegen irgendwas verurteilt, verdammich.«

»Gott hat uns alle geschaffen, Josh. Wir alle sind seine Kinder. Es ist nicht gut, die Menschen so einzuteilen, wie du es tust. Sinnlos. Ich habe im Gefängnis jede Menge Weiße gesehen, die zusammengeschlagen wurden. Das Böse kommt in allen Gestalten, allen Farben. Das steht schon in der Bibel. Ich beurteile jeden nur nach dem, was er tut, und *nur* danach. Anders geht es nicht.«

Josh schnaubte. »Hört mal, wer da spricht. Und das nach allem, was Tremaine und die anderen dir angetan haben. Willst du mir sagen, dass du die Typen nicht hasst? Dass du sie nicht am liebsten umbringen würdest?«

»Nein. Würde ich so fühlen, hätte Vic die Liebe aus meinem Herzen genommen. Mir den Herrn genommen. Wenn er das tut, beherrscht er mich. Niemand auf dieser Erde ist so stark, dass er mir Gott nehmen könnte. Nicht der alte Vic, du nicht, auch sonst keiner. Ich bin nicht dumm, Josh. Ich weiß, dass das Leben nicht fair ist. Ich weiß, dass die Schwarzen in der Welt nicht ganz oben stehen. Aber ich mache das Problem nicht noch größer, indem ich die Menschen hasse.«

»Scheiße. Du hast von Gott den Universalschlüssel bekommen, jeden Weißen zu hassen, der je geboren wurde.«

»Du irrst dich. Würde ich sie hassen, würde ich mich selbst hassen. Diesen Weg hab ich eingeschlagen, als ich ins Gefängnis kam. Ich habe jeden gehasst. Der Teufel hatte mich schon in den Klauen, aber Gott hat mich daraus befreit. Ich kann und werde das nicht tun.«

»Okay, ist dein Problem. Je früher du da drüber wegkommst, desto besser.«

»Da hast du ja gewaltig was übersehen, Frank. Du hast Rider und seine Frau beseitigt, aber nicht seine Kanzlei durchsucht?«

Rayfields Hand schloss sich fester um den Telefonhörer. »Dann sag mir doch mal, wann ich das hätte tun sollen! Hätte ich das Büro durchsucht, bevor wir ihn erledigt haben, hätte er vielleicht Verdacht geschöpft und wäre verschwunden. Und wären wir dabei erwischt worden, hätte man mir Fragen gestellt, auf die ich keine Antwort habe.«

»Aber du hast mir doch gerade gesagt, dass die Cops den Fall als Mord und anschließenden Selbstmord zu den Akten gelegt haben. Die Polizei hat ihre Ermittlungen abgeschlossen.«

»Wahrscheinlich.«

»Dann kannst du doch jetzt in Riders Kanzlei einbrechen. Heute Abend, zum Beispiel.«

»Wenn die Luft rein ist, werden wir's versuchen.«

»Hast du den Brief gefunden, den Harms von der Army bekommen hat?«

»Noch nicht ...« Rayfield hielt inne, als Tremaine in sein Büro stürmte und ein Blatt Papier schwenkte. »Bleib mal dran.«

Tremaine legte das Blatt auf Rayfields Schreibtisch, und der erbleichte, als er es las. Dann schaute er zu einem grimmigen Tremaine auf.

»Wo hast du es gefunden?«

»Das Arschloch hat einen Bettpfosten ausgehöhlt. Ziemlich gerissen«, gestand Tremaine knirschend ein.

Rayfield griff wieder nach dem Hörer. Kurz und bündig fasste er den Inhalt des Briefs zusammen.

»War das dein Werk, Frank?«

»Hör mal, wäre der Typ im Bau abgekratzt, wie wir es ursprünglich vorhatten, hätten sie eine Autopsie vorgenommen, oder? Das war die einzige Möglichkeit, dieses Loch zu stopfen. Wir waren uns alle einig.«

»Aber Harms ist nicht gestorben, Gott im Himmel. Warum hast du die Sache später nicht aus den Unterlagen entfernt?«

»Das habe ich doch! Sonst wäre es ja bei der anschließenden Untersuchung herausgekommen, meinst du nicht auch? Rider war nicht dumm, er hätte sich als Verteidiger doch geradezu darauf gestürzt.«

»Und warum hat die Army ihm so viele Jahre später diesen Brief geschickt, wenn du die Sache damals aus den Unterlagen gestrichen hast?«

»Wer weiß? Als sie damals alle Dateien computermäßig erfasst haben, ist vielleicht irgendein Korinthenkacker von Verwaltungsangestelltem auf eine Kopie gestoßen und hat alles wieder eingegeben. Wenn sich erst mal irgendwas in den offiziellen Unterlagen der Army befindet, weiß man nie, ob es nicht irgendwann wieder auftaucht, ganz gleich, wie tief man es vergraben hat. Es ist der größte bürokratische Apparat der Welt, verdammt noch mal. Man kann einfach nicht alles berücksichtigen.«

»Aber es war deine Aufgabe, den Deckel darauf zu halten.«

»Sag mir nicht, was meine Aufgabe ist. Ich habe versucht, die Sache unter Kontrolle zu halten, aber ich kann doch nicht fünfundzwanzig Jahre lang jeden beschissenen Tag Akteneinsicht nehmen.«

Die Stimme am anderen Ende der Leitung seufzte. »Jetzt wissen wir also, was Harms' Gedächtnis auf die Sprünge geholfen hat.«

»Jede Strategie bringt gewisse Risiken mit sich.«

»Na ja, vielleicht hatte Rider eine Kopie dieses Briefes.«

»Ich wüsste nicht, wie Rufus Harms an ein Kopiergerät herangekommen sein soll. Und der Brief war auch nicht bei den Unterlagen, die er bei Gericht eingereicht hat. Das wissen wir genau.«

»Aber wir wissen nicht mit Gewissheit, ob Harms den Brief nicht doch kopieren konnte. Um so wichtiger für dich, heute Abend Riders Büro einen Besuch abzustatten.«

Rayfield schaute zu Tremaine auf. »Also gut«, sagte er dann in den Hörer, »wir brechen heute Abend da ein. Kurz und schmerzlos.«

KAPITEL 41

Als Fiske und Sara das Foyer betraten, wurden sie freundlich von Senator Knight begrüßt. Sie sahen, dass die Gäste die wirtschaftliche und politische Elite Washingtons repräsentierten.

»Schön, dass Sie kommen konnten, John«, sagte Jordan Knight und schüttelte ihm die Hand. »Sara, Sie sehen wie immer blendend aus.« Er umarmte sie, und sie küssten einander auf die Wangen.

Fiske betrachtete Sara verstohlen. Sie hatte sich umgezogen, trug nun kein schlichtes Kostüm mehr, sondern ein leichtes Sommerkleid in sanften Pastelltönen, die auf angenehme Weise die Sonnenbräune ihrer Haut hervorhoben. Der Knoten im Haar war verschwunden, es schwang reizvoll um ihr Gesicht.

Sara bemerkte, dass John sie musterte. Rasch wandte er verlegen den Blick ab und ließ sich von einem der Kellner einen Drink reichen. Sara und Jordan Knight folgten seinem Beispiel.

Jordan schaute sich um. Auch er schien sich ein wenig unbehaglich zu fühlen. »Ich weiß, es ist ein scheußlicher Zeitpunkt für so einen Empfang«, sagte er und musterte Sara dabei genau. »Beth empfindet genauso, auch wenn sie es nicht eingestehen will.«

Na klar doch, dachte Fiske.

Jordan deutete mit seinem Glas auf einen älteren Mann in einem Rollstuhl. »Kenneth Wilkinson bleibt leider nicht mehr viel Zeit auf dieser Welt«, fuhr er leise fort. »Aber er ist ein zäher Bursche, und vielleicht legt er uns alle herein. Auf jeden Fall hatte er ein langes und ausgefülltes Leben. Ich kann mich glücklich schätzen, ihn gekannt zu haben.«

»Hat er Sie nicht mit Ihrer Frau bekannt gemacht?«

»Schon deshalb habe ich ihm sehr viel zu verdanken.«

Fiske beobachtete, wie Elizabeth Knight sich selbstsicher wie eine erfahrene Politikerin durchs Zimmer bewegte, lächelnd und plaudernd. Wieder schaute er sich um, konnte aber weder Ramsey noch Murphy ausmachen und fragte sich, ob die beiden sich von dem Empfang fernhielten. Er stellte fest, dass mehrere der anderen Richter einen nervösen, unbehaglichen Eindruck machten – es war die Furcht, ein Verrückter könnte es auf einen der ihren abgesehen haben.

Fiskes Blick glitt über Richard Perkins, der sich im Hintergrund hielt. Überall standen bewaffnete Wachen. Fiske wusste, das heiße Thema dieses Abends waren die beiden ermordeten Assessoren. Er kniff die Augen zusammen, als er Warren McKenna erblickte, der wie ein Haifisch auf der Suche nach einem Appetithäppchen durch die Menge pflügte.

»Sie beide bilden ein fantastisches Team«, sagte Sara.

Jordan Knight stieß mit ihr an. »Das glaube ich auch.«

»Hat Ihre Frau je in Betracht gezogen, für ein politisches Amt zu kandidieren?«, fragte Fiske.

»John, sie ist Richterin am Obersten Gerichtshof!«, rief Sara. »Das ist eine Ernennung auf Lebenszeit.«

Fiske hielt den Blick auf Jordan Knight gerichtet. »Es wäre aber nicht das erste Mal, dass jemand das Gericht verlässt, um einem anderen Job nachzugehen, oder?«

Jordan blickte ihn scharf an. »Nein, keineswegs, John. Im Lauf der Jahre haben Beth und ich schon mehrmals darüber gesprochen, wenn Sie es genau wissen wollen. Ich werde dem Senat nicht ewig angehören. In New Mexico besitze ich eine Ranch von siebentausend Morgen. Ich könnte mir gut vorstellen, dass ich mich bis zum Ende meiner Tage darum kümmere.«

»Und Ihre Frau übernimmt Ihren Job, damit er in der Familie bleibt, und wird Senatorin von Virginia?«

»Ich habe mir nie angemaßt, Vermutungen über die Pläne meiner Frau anzustellen. Diese Unkenntnis bringt zusätzliche Frische und Belebung in unsere Ehe, was ich unglaublich erregend finde.« Er lächelte über seine Bemerkung, und Fiske ertappte sich, dass er ebenfalls lächelte.

Sara wollte ihr Glas heben, als ihr plötzlich ein Gedanke kam. »Dürfte ich mal telefonieren, Senator?«

»Benutzen Sie das Telefon in meinem Arbeitszimmer, Sara. Da sind Sie ungestört.«

Sie warf Fiske einen Blick zu, sagte aber nichts. »Eine erstaunliche junge Frau«, sagte Jordan Knight, nachdem Sara gegangen war.

»Da möchte ich Ihnen nicht widersprechen«, sagte Fiske.

»Da sie als Assessorin für Beth arbeitet, kenne ich sie ganz gut. Ich war für sie beinahe so etwas wie eine Vaterfigur, könnte man fast sagen. Ihr steht eine brillante Zukunft bevor.«

»Nun ja, in Ihrer Frau hat sie ein blendendes Vorbild.« Fiske wäre beinahe an seinem Drink erstickt, als er diese Worte sagte.

»Da haben Sie vollkommen Recht. Beth macht keine halben Sachen.«

Fiske dachte kurz über diese Bemerkung nach. »Ich weiß, Ihre Frau ist eine Draufgängerin, aber vielleicht sollte sie es ein bisschen ruhiger angehen lassen, bis die Morde an den Assessoren aufgeklärt sind. Sie wollen einem Verrückten doch bestimmt keine weitere Zielscheibe präsentieren.«

Jordan Knight betrachtete Fiske kurz über den Rand seines Glases hinweg. »Glauben Sie wirklich, auch die Richter könnten in Gefahr sein?«

Fiske glaubte es eigentlich nicht, aber das würde er Knight nicht verraten. Er wollte nicht, dass irgendjemand in seiner Wachsamkeit nachließ. Immerhin war es ja möglich, dass er und Sara mit ihren Schlussfolgerungen falsch lagen.

»Drücken wir es mal so aus, Senator. Falls Ihrer Frau etwas zustößt, wird niemand etwas darum geben, was ich glaube.«

Jordan Knight erbleichte ein wenig. »Ich verstehe, was Sie meinen.«

Fiske bemerkte, dass mehrere andere Gäste darauf warteten, mit dem Senator sprechen zu können. »Ich möchte Ihre Zeit nicht länger in Anspruch nehmen. Machen Sie weiterhin so gute Arbeit.«

»Danke, John, das habe ich vor.«

Senator Knight wandte sich den anderen Gästen zu. Er musste sich nicht die Mühe machen, durch den Raum zu streifen, um mit einzelnen Personen zu sprechen. Seine Frau hatte wahrscheinlich schon alle wichtigen Gäste begrüßt.

In Jordan Knights Arbeitszimmer wählte Sara ihre Privatnummer, um den Anrufbeantworter abzuhören, was sie zu Hause versäumt hatte. Sie hoffte verzweifelt, etwas von George Barker zu hören, dem Zeitungsherausgeber aus Rufus Harms' Heimatstadt. Ihre Hoffnung wurde erfüllt, als sie die tiefe Stimme des alten Mannes hörte, die sich ein wenig zerknirscht anhörte.

Sara riss einen Zettel vom Notizblock auf dem Schreibtisch ab und schrieb den Namen von Harms' ehemaligem Anwalt auf: Samuel Rider. George Barker hatte ihr nur den Namen durchgegeben; offensichtlich enthielten seine Akten nach fünfundzwanzig Jahren keine weiteren Informationen. Sie musste so schnell wie möglich die Adresse und Telefonnummer der Kanzlei dieses Rider herausfinden. Der Zufall kam ihr zu Hilfe: Auf dem Regal auf der anderen Seite des Zimmers stand ein Exemplar des neuesten Martindale-Hubbell, des offiziellen Branchenverzeichnisses ihrer Profession, das angeblich Namen, Kanzleiadresse und Telefonnummer jeden Anwalts enthielt, der in den Vereinigten Staaten praktizieren durfte. Das Nachschlagewerk war in Bundesstaaten und Bezirke unterteilt. Sara beschloss, es zuerst mit Virginia zu versuchen. Als sie den Index dieses Bundesstaates durchsah, wurden ihre Bemühungen belohnt. Sie stieß auf den Namen Samuel Rider, blätterte zu der angegebenen Seite und fand dort eine Kurzbiografie des Mannes. Rider war Anfang der siebziger Jahre beim JAG gewesen. Das musste der Mann sein.

Sara rief unter der angegebenen Nummer an, doch niemand ging ans Telefon. Sie versuchte, sich von der Auskunft Riders Privatnummer geben zu lassen, doch die war nicht eingetragen. Enttäuscht und ratlos legte Sara auf. Sie musste *unbedingt* mit diesem Mann sprechen. Sie dachte kurz nach. Die Zeit war knapp, also gab es nur eine Möglichkeit. Auf dem Schreibtisch lag ein Telefonbuch, in dem Sara eine Nummer nachschlug. Nach wenigen Minuten hatte sie alles arrangiert. Sie und Fiske mussten noch eine Zeit lang auf dem Empfang bleiben. Mit ein bisschen Glück würden sie aber morgen Früh wieder zurück sein.

Als Sara zu den anderen Gästen zurückkehren wollte und die Tür des Arbeitszimmers öffnete, stand Elizabeth Knight vor ihr.

»Jordan hat mir gesagt, dass Sie vielleicht hier sind.«

»Ich musste telefonieren.«

»Verstehe.«

»Tja, dann will ich mal wieder zur Party zurück.«

»Sara, ich muss kurz unter vier Augen mit Ihnen sprechen.«

Elizabeth Knight bedeutete ihr, zurück ins Arbeitszimmer zu gehen, und schloss dann die Tür hinter ihnen. Die Richterin trug ein schlichtes weißes Kleid mit einem geschmackvollen Saphirkollier und hatte kaum Make-up aufgelegt. Das weiße Kleid ließ ihre Haut noch blasser erscheinen. Doch sie trug das Haar offen; die dunklen Strähnen sahen auf dem weißen Stoff des Kleides wunderschön aus. Wenn sie sich die Mühe macht, ging es Sara durch den Kopf, kann Elizabeth Knight eine attraktive Frau sein. Offensichtlich wählte sie solche Anlässe mit großer Sorgfalt aus. Im Moment jedoch schien Elizabeth Knight sich sehr unbehaglich zu fühlen.

»Stimmt etwas nicht?«, fragte Sara.

»Ich mische mich nicht gern in das Privatleben meiner Mitarbeiter ein, Sara, wirklich nicht, aber wenn der Ruf des Gerichts auf dem Spiel steht, halte ich es für meine Pflicht, mich dazu zu äußern.«

»Ich weiß nicht, ob ich Sie richtig verstehe ...«

Elizabeth Knight sammelte kurz ihre Gedanken. Seit ihr klar geworden war, dass sie – wenn auch unwissentlich – Steven Wright zum Tode verurteilt hatte, lagen ihre Nerven bloß. Am liebsten hätte sie auf jemanden eingeschlagen, um ihrem hilflosen Zorn Luft zu machen, mochte es noch so verrückt und ungerecht sein. Es war völlig untypisch für sie, aber sie *hatte* sich über Sara Evans geärgert. Und ihr lag etwas an der jungen Assessorin. Und deshalb würde Sara den Zorn der Richterin zu spüren bekommen. »Sie sind eine sehr kluge Frau. Eine sehr attraktive und kluge junge Frau.«

»Ich befürchte, ich verstehe noch immer nicht ...«

Der Tonfall Elizabeth Knights veränderte sich. »Ich spreche von Ihnen und John Fiske. Richard Perkins hat mir mitgeteilt, dass er gesehen hat, wie Sie und Fiske heute Morgen zusammen Ihr Haus verlassen haben.«

»Richterin Knight, bei allem gebührenden Respekt, das ist meine Angelegenheit.«

»Es ist mit Sicherheit mehr als Ihre persönliche Angelegenheit, Sara, wenn es ein schlechtes Licht auf das Gericht wirft.«

»Inwiefern? Das verstehe ich nicht.«

»Dann will ich versuchen, es Ihnen zu verdeutlichen. Glauben Sie nicht, dass es dem Ansehen des Gerichts schaden würde, wenn bekannt wird, dass eine der Assessorinnen mit dem Bruder ihres ermordeten Kollegen schläft – und das *einen* Tag, nachdem der Mord entdeckt wurde?«

»Ich habe nicht mit ihm geschlafen«, sagte Sara energisch.

»Darauf kommt es gar nicht an. Die öffentliche Meinung wird mehr vom Schein als vom Sein bestimmt, besonders in dieser Stadt. Was glauben Sie, wie die Schlagzeile lauten würde, wenn ein Zeitungsreporter gesehen hätte, wie Sie und Fiske heute Morgen Ihr Haus verlassen haben? Selbst wenn der Reporter nur seine tatsächlichen Beobachtungen wiedergegeben hätte ... was glauben Sie, wie die Leser seiner Zeitung den Artikel aufnehmen würden, auch wenn es sich dabei um bloße Fakten gehandelt hätte?« Als Sara nicht antwortete, fuhr Elizabeth Knight fort: »Zurzeit können wir keine zusätzlichen Komplikationen gebrauchen, Sara. Wir haben schon mehr als genug, mit denen wir uns befassen müssen.«

»Das habe ich wohl nicht richtig durchdacht.«

»Aber genau das müssen Sie tun, wenn Sie mehr als nur eine durchschnittliche Karriere als Anwältin anstreben.«

»Es tut mir Leid. Ich werde den Fehler nicht noch einmal machen.«

Elizabeth Knight musterte Sara hart; dann öffnete sie die Tür. »Bitte sorgen Sie dafür. Ach ja, Sara«, fügte sie hinzu, als ihre Assessorin an ihr vorbeiging, »bis die Identität des Mörders zweifelsfrei ermittelt wurde, würde ich in niemanden vollständiges Vertrauen setzen. Vielleicht wissen Sie es nicht, aber ein hoher Prozentsatz aller Morde wird von *Familienangehörigen* begangen.«

Erstaunt drehte Sara sich zu ihr um. »Sie wollen doch nicht etwa andeuten ...«

»Ich deute gar nichts an«, sagte Elizabeth Knight scharf. »Ich teile Ihnen nur eine Tatsache mit. Machen Sie damit, was Sie wollen.«

Gelangweilt schlenderte Fiske durch das Zimmer, als er plötzlich spürte, dass jemand hinter ihm stand.

»Ich wollte Ihnen die ganze Zeit schon eine Frage stellen.«

Fiske drehte sich um. Agent McKenna schaute ihn an.

»McKenna, ich überlege ernsthaft, Sie zu verklagen, also ziehen Sie Leine.«

»Ich tue nur meinen Job. Und jetzt würde ich gern wissen, wo Sie waren, als Ihr Bruder ermordet wurde.«

Fiske trank sein Glas Wein aus und schaute dann zu der breiten Reihe der Fenster hinüber. »Haben Sie nicht etwas vergessen?«

»Und was?«

»Man hat die Todeszeit noch nicht bestimmt.«

»Sie sind nicht ganz auf der Höhe der Ermittlungen.«

»Ach ja?«, fragte Fiske und versuchte, sich seine Bestürzung nicht anmerken zu lassen.

»Zwischen drei und vier Uhr am Samstagmorgen. Wo waren Sie zu dieser Zeit?«

»Verdächtigen Sie etwa mich, meinen Bruder erschossen zu haben?«

»Ich werde es Sie wissen lassen, falls und wann Sie zum Verdächtigen werden.«

»Ich habe an dem betreffenden Samstagmorgen bis vier Uhr in meiner Kanzlei in Richmond gearbeitet. Jetzt werden Sie mich bestimmt fragen, ob jemand das bestätigen kann, nicht wahr?«

»Kann es jemand bestätigen?«

»Nein. Aber ich war um zehn Uhr an diesem Morgen im Waschsalon.«

»Richmond ist nur zwei Autostunden von Washington entfernt. Sie hätten genug Zeit gehabt.«

»Also vertreten Sie die Theorie, dass ich nach Washington gefahren bin, kaltblütig meinen Bruder ermordet und seine Leiche in einem hauptsächlich von Schwarzen bewohnten Viertel aus dem Wagen geworfen habe, und zwar so geschickt, dass niemand es bemerkt hat, und dann nach Richmond zurückgefahren bin und meine Unterwäsche gewaschen habe? Und was ist mein Motiv?«

Fiske hatte den letzten Satz kaum ausgesprochen, als ihm der Atem stockte. Er hatte das perfekte Motiv: fünfhunderttausend Dollar von einer Lebensversicherung. *Scheiße!*

»Motive kann man auch später finden. Sie haben kein

Alibi, und das heißt, Sie hatten Gelegenheit, den Mord zu begehen.«

»Dann glauben Sie, ich hätte auch Wright ermordet? Vergessen Sie nicht, dass Sie selbst den Richtern gesagt haben, Sie glauben an einen Zusammenhang zwischen beiden Morden. Und für den zweiten Mord habe ich ein Alibi.«

»Nur weil ich etwas gesagt habe, heißt das noch lange nicht, dass es auch stimmt.«

»Faszinierend. Nehmen Sie diese Philosophie auch mit in den Zeugenstand?«

»Ich habe herausgefunden, dass es im Verlauf einer Ermittlung nicht immer gut ist, seine Karten auf den Tisch zu legen. Die Morde könnten überhaupt nichts miteinander zu tun haben – und das bedeutet, das Alibi, das Sie für den Mord an Wright haben, ist wertlos.«

Während Fiske dem davonschreitenden FBI-Agenten hinterherschaute, stieg ein sehr beunruhigendes Gefühl in ihm auf. Nicht einmal McKenna würde so dumm sein, ihm den Mord an seinem Bruder in die Schuhe schieben zu wollen, oder? Und warum hatte er nichts von dem Autopsie-Ergebnis gewusst, das die Todeszeit seines Bruders eingrenzte? Diese Frage konnte Fiske sich auf Anhieb selbst beantworten: Der Informationsfluss von Chandler war ausgetrocknet.

»John?«

Fiske drehte sich um und sah Richard Perkins ins Gesicht.

»Haben Sie einen Augenblick Zeit für mich?«, fragte Perkins nervös. Die beiden gingen in eine Ecke des Zimmers. Perkins schaute kurz aus dem Fenster, als wolle er sich zurechtlegen, was er nun sagen würde. »Ich bin erst seit zwei Jahren Marshal am Obersten Gerichtshof. Es ist ein großartiger Job. Er bringt mir Ansehen, ich habe nicht allzu viel Stress, und die Bezahlung ist auch in Ordnung. Ich habe fast zweihundert Angestellte unter mir, aus allen möglichen Berufen, vom Friseur bis zum Polizisten. Vorher habe ich beim Senat gearbeitet. Ich hatte eigentlich damit gerechnet, bis zum Erreichen des Ruhestandes dort zu bleiben, aber dann ergab sich diese Gelegenheit.«

»Schön für Sie«, sagte Fiske, fragte sich aber, warum Perkins ihm das alles erzählte.

»Obwohl Ihr Bruder nicht im Gerichtsgebäude gestorben ist, habe ich mich für seine Sicherheit verantwortlich gefühlt. Und nicht nur für seine, sondern für die Sicherheit eines jeden Mitarbeiters dieses Gerichts. Nach Wrights Tod ... da schwirrte mir der Kopf. Ich bin es nicht gewöhnt, mich mit so etwas zu befassen. Ich achte viel lieber darauf, dass es bei den Lohnabrechnungen keine Unregelmäßigkeiten gibt und dass die Bürokratie nach Vorschrift funktioniert, als dass ich mitten in einer Ermittlung wegen Mordes stehe.«

»Tja, Chandler ist wirklich gut in seinem Job. Und natürlich arbeitet auch das FBI an dem Fall.« Fiske hätte sich beinahe auf die Zunge gebissen, als er das sagte. Perkins sprang sofort darauf an.

»Agent McKenna scheint irgendeinen Groll gegen Sie zu haben. Kennen Sie den Mann von früher?«

»Nein.«

Perkins betrachtete seine Hände. »Glauben Sie wirklich, dass ein Verrückter sich auf eine Vendetta begeben hat?«

»Das ist keineswegs ausgeschlossen.«

»Aber warum ausgerechnet jetzt? Und warum sucht er sich Assessoren als Opfer aus? Und nicht Richter?«

»Oder anderes Gerichtspersonal.«

»Was meinen Sie?«

»Sie könnten auch in Gefahr sein, Richard.«

Perkins blickte ihn verwundert an. »Ich?«

»Sie sind der Sicherheitschef. Wenn der Täter beweisen will, dass er jeden ausschalten kann, den er ausschalten will, setzt er sich über die Sicherheit des Gerichts hinweg – und damit über Sie.«

Perkins schien über Fiskes Worte nachzudenken. »Also glauben Sie, dass es auf jeden Fall einen Zusammenhang zwischen den Todesfällen gibt?«

»Wenn nicht, wäre es ein fast unglaublicher Zufall. Und ehrlich gesagt, an so große Zufälle glaube ich nicht.«

Als Perkins davonging, kam Elizabeth Knight auf ihn zu. Es war, als würde die Menge sich wie von selbst vor ihr teilen.

Eine Hand legte sich auf Fiskes Schulter. »Ich muss mit Ihnen sprechen. In zehn Minuten vor der Haustür.« Es war Saras Stimme, doch als Fiske sich umdrehte, sah er nur noch, wie sie in die Menge verschwand.

Sichtlich enttäuscht drehte er sich um und sah wieder Elizabeth Knight, die entschlossen das Zimmer durchquerte. Wahrscheinlich hat sie ganz vergessen, dass Kenneth Wilkinson überhaupt hier ist, ging es Fiske durch den Kopf. Und dass sie diese Party Wilkinson zu Ehren gibt. Doch zu Fiskes Erstaunen ging Elizabeth zu Wilkinson hinüber und sprach kurz mit ihm. Fiske beobachtete, wie Elizabeth den alten Mann in seinem Rollstuhl auf die beleuchtete und leere Terrasse schob, dort neben ihm niederkniete, ihm die Hand hielt und weiter mit ihm redete.

Fiske mischte sich kurz unter die anderen Gäste, konnte dem Wunsch aber nicht widerstehen, hinaus auf die Terrasse zu gehen. Elizabeth Knight blickte auf und erhob sich rasch.

»Es tut mit Leid, dass ich Sie unterbreche, aber ich muss gehen und wollte mich von Richter Wilkinson verabschieden.«

Elizabeth trat zurück, und Fiske ging zu Kenneth Wilkinson und stellte sich vor. Er schüttelte dem alten Mann die Hand und gratulierte ihm zu seiner langen Karriere im Staatsdienst. Als er zurück ins Wohnzimmer wollte, hielt Richterin Knight ihn auf.

»Ich nehme an, Sie gehen zusammen mit Sara.«

»Ist das ein Problem?«

»Das hängt wohl von Ihnen ab.«

»Was soll das denn heißen?«

»Sara hat eine wunderbare Zukunft vor sich. Doch

manchmal können Kleinigkeiten die aussichtsreichsten Karrieren beenden.«

»Wissen Sie, Richterin Knight, ich glaube, Sie mögen mich wirklich nicht. Aber woran liegt das?«

»Ich kenne Sie gar nicht, Mr Fiske. Wenn Sie Ihrem Bruder auch nur im Geringsten ähneln, irren Sie sich womöglich sehr.«

»Ich bin nicht wie die anderen. Ich versuche, die Menschen nicht zu vergleichen und keinem etwas vorzumachen, ihm eine schöne Rolle vorzuspielen. So was erweist sich selten als wahr.«

Elizabeth Knight machte einen erstaunten, beinahe betroffenen Eindruck. Doch zu Fiskes Überraschung sagte sie: »Im Prinzip gebe ich Ihnen Recht.«

»Schön, dass wir mal einer Meinung sind.«

»Aber ich kenne Sara, und mir liegt sehr viel an ihr. Und wenn Ihr Verhalten ein schlechtes Licht auf sie und damit auf das Gericht wirft, habe ich in der Tat ein Problem damit.«

»Hören Sie, ich will lediglich herausfinden, wer meinen Bruder ermordet hat.«

Sie blickte ihn scharf an. »Sie sind sich ganz sicher?«

»Selbst wenn ich mir nicht sicher wäre ... wir leben in einem freien Land.« Fiske glaubte, einen amüsierten Ausdruck auf ihrem Gesicht zu bemerken.

Sie verschränkte die Arme vor der Brust. »Offenbar lassen Sie sich von einer Richterin am Obersten Gerichtshof nicht im Geringsten einschüchtern, Mr Fiske.«

»Würden Sie mich auch nur ein wenig kennen, wüssten Sie den Grund dafür.«

»Vielleicht sollte ich mich bemühen, mehr über Sie herauszufinden. Vielleicht habe ich das schon getan.«

»Vielleicht sind Sie nicht die Einzige, die Erkundigungen eingezogen hat.«

Ihr Blick wurde finster. »Selbstvertrauen ist gut und schön, Mr Fiske. Respektlosigkeit ist ein ganz anderes Paar Schuhe.«

»Ich habe herausgefunden, dass diese Weisheit immer für beide Seiten gilt.«

»Hoffentlich wissen Sie meine Besorgnis um Sara zu schätzen. Sie ist aufrichtig.«

»Davon bin ich überzeugt.«

Elizabeth wandte sich ab, drehte sich dann aber doch noch einmal zu ihm um. »Ihr Bruder war ein ganz besonderer Mensch. Überaus intelligent, der geborene Analytiker juristischer Problemfälle.«

»Er war wirklich einzigartig.«

»Damit möchte ich aber nicht sagen, dass er der fähigste Anwalt in seiner Familie war.« Damit ging sie davon und ließ einen überraschten Fiske zurück. Er blieb einen Augenblick lang stehen und versuchte, ihren Worten auf den Grund zu gehen. Dann verließ er die Terrasse und fuhr mit dem Fahrstuhl zur Lobby hinab. Er schaute sich um, konnte Sara aber nirgends sehen.

Plötzlich dröhnte eine Hupe, und Fiske erblickte Saras Wagen am Bordstein. Er stieg ein und schaute zu ihr hinüber. »Wohin fahren wir?«

»Zum Flughafen.«

»Was reden Sie da?«

»Wir statten dem ehrenwerten Samuel Rider einen Besuch ab.«

»Und wer ist der ehrenwerte Samuel Rider?«

»Rufus Harms' Anwalt. George Barker hat zurückgerufen und mir den Namen durchgegeben. Ich habe Riders Adresse nachgeschlagen. Er praktiziert in der Nähe von Blacksburg, nur ein paar Autostunden östlich vom Gefängnis. Ich habe in seiner Kanzlei angerufen, doch dort war niemand mehr. Seine Privatnummer ist nicht eingetragen.«

»Weshalb fliegen wir dann dorthin?«

»Wir haben die Anschrift seiner Kanzlei. Wir werden sehr spät dort eintreffen, also wird Rider wahrscheinlich nicht mehr dort sein. Wir müssten dort aber jemanden auftreiben können, der uns sagen kann, wo er wohnt, oder der uns wenigstens seine Telefonnummer geben kann. Und wenn wir mit unserer Vermutung richtig liegen, dass Rider in diese Sache verwickelt ist, könnte er ebenfalls in Gefahr schweben. Wenn ihm etwas zustößt, finden wir die Wahrheit vielleicht nie heraus.«

»Also glauben Sie wirklich, dass er beim Gericht angerufen und den Antrag eingereicht hat?«

»Jede Wette.«

KAPITEL 42

Fünfundzwanzig Minuten später trafen Fiske und Sara am National Airport ein. Sara fuhr in eine der Tiefgaragen, parkte den Wagen und ging mit Fiske zum Terminal. »Kriegen wir um diese Zeit überhaupt noch einen Flug?«, fragte er.

»Ich habe eine Privatmaschine gechartert.«

»Sie haben *was?* Wissen Sie, was das kostet?«

»Wissen *Sie*, wie viel es kostet?«

Fiske schaute verlegen drein. »Nein, ich hab noch nie eine Privatmaschine gechartert. Aber es dürfte nicht billig sein.«

»Es kostet etwa zweitausendzweihundert Dollar, allerdings hin und zurück. Ich habe meine Kreditkarte bis zum Limit ausgereizt.«

»Dann zahle ich Ihnen das Geld irgendwie zurück.«

»Das müssen Sie nicht.«

»Ich habe nicht gern Schulden.«

»Na gut, mir fällt bestimmt etwas ein, wie Sie es zurückzahlen können.« Sie lächelte.

Einige Minuten später gingen sie zu einem zweistrahligen Jet, einem Falcon 2000, der auf der Rollbahn stand. Fiske beobachtete, wie eine riesige 737 schwerfällig die Hauptlandebahn entlangrollte und dann anmutig abhob. Die Luft war erfüllt vom Ekel erregenden Geruch des Kerosins und dem Heulen der Triebwerke, das Fiske gehörig auf die Nerven ging.

Sara und Fiske gingen die Treppe zu dem schlanken Falcon hinauf, in dem sie von einem Mann in den Fünfzigern mit kurzem weißem Haar und drahtigem Körperbau begrüßt wurden. Er stellte sich als Chuck Herman vor, ihr Pilot.

Herman schaute in den Himmel. »Mein Flugplan wurde genehmigt, aber es gibt eine kleine Startverzögerung. Es gab Verspätungen, weil im Tower die Computer abgestürzt sind, und jetzt müssen alle darunter leiden.«

»Uns brennt die Zeit ziemlich auf den Nägeln, Chuck«, sagte Sara. Je später sie Riders Kanzlei erreichten, desto schlechter waren die Aussichten, dass jemand ihnen weiterhelfen konnte. Außerdem konnte sie morgen nicht schon wieder zu spät ins Büro kommen.

Stolz betrachtete Herman seinen Jet. »Keine Bange. Der Flug dauert nur siebzig Minuten, und notfalls kann ich ordentlich aufs Gas treten.«

Sie betraten die Kabine, und Herman forderte sie auf, in großen, bequemen Sesseln Platz zu nehmen. »Es tut mir Leid, aber so kurzfristig konnte ich keinen Steward mehr auftreiben. Kann ich Ihnen irgendetwas anbieten?«

»Ein Glas Weißwein«, sagte Sara.

»Und Sie, John? Kann ich Ihnen auch etwas bringen?«

Fiske lehnte ab.

»Wenn Sie etwas essen möchten, der Kühlschrank ist voll. Bitte, bedienen Sie sich selbst.«

Zehn Minuten nach dem Start lag die Maschine so ruhig in der Luft, als würden sie in einem Kanu über einen Teich dahingleiten. Sara öffnete den Sicherheitsgurt und schaute zu Fiske hinüber. Er blickte aus dem Fenster und beobachtete den Sonnenuntergang.

»Soll ich uns etwas zu essen machen? Und ich habe Ihnen etwas Interessantes zu erzählen.«

»Ich Ihnen auch.« Fiske löste den Sicherheitsgurt, folgte Sara nach hinten und setzte sich an den kleinen Tisch, während sie ein paar Sandwiches machte.

»Kaffee?«

Fiske nickte. »Ich habe so ein Gefühl, als würde es eine lange Nacht werden.«

Sara stellte die Butterbrote auf den Tisch und schenkte zwei Tassen Kaffee ein. Sie nahm Fiske gegenüber Platz und blickte auf die Uhr. »Der Flug ist so kurz, dass uns nicht allzu viel Zeit bleibt. Am Flughafen von Blacksburg gibt es keine Leihwagenfirmen, aber wir können ein Taxi in die Stadt nehmen und uns dort einen Mietwagen besorgen.«

Fiske nahm einen Bissen von dem Sandwich und spülte ihn mit Kaffee hinunter. »Sie wollten mir doch etwas erzählen. Hat es mit der Party zu tun?«

»Ich hatte eine kleine Auseinandersetzung mit Richterin Knight.« Sara erzählte Fiske die Geschichte; dann berichtete Fiske von seinem Gespräch mit der Richterin. »Sie ist schwer zu ergründen«, meinte er abschließend.

»Sonst noch was?«

»McKenna hat mich gefragt, ob ich für die Zeit, als mein Bruder ermordet wurde, ein Alibi habe.«

»Das ist nicht Ihr Ernst.«

»Ich habe kein Alibi, Sara.«

»John, niemand glaubt, dass Sie Ihren eigenen Bruder ermordet haben könnten. Und wie würde das zu Stevens Tod passen?«

Fiske zuckte die Achseln. »Es könnte einen Zusammenhang zwischen den beiden Fällen geben.«

»Hat McKenna denn auch eine Theorie bezüglich Ihres Motivs?«

Fiske stellte die Kaffeetasse auf den Tisch. Vielleicht ist es ganz gut, das Problem mal aus anderem Blickwinkel zu betrachten, sagte er sich. »Nein, aber Tatsache ist leider, dass ich ein perfektes Motiv habe.«

Überrascht blickte sie ihn an. »Was?«

»Ich habe heute herausgefunden, dass Mike eine Lebensversicherung über eine halbe Million Dollar abgeschlossen und mich als Begünstigten eingetragen hat. Das ist doch ein erstklassiges Motiv, meinen Sie nicht auch?«

»Aber wenn Sie es doch erst heute herausgefunden haben ...«

»Glauben Sie etwa, McKenna kauft mir das ab?«

»Das ist aber seltsam.«

Fiske blickte sie aus zusammengekniffenen Augen an. »Was?«

»Richterin Knight hat etwas ganz Ähnliches gesagt. Die meisten Morde würden von Familienangehörigen begangen, und ich sollte niemandem vertrauen – damit hat sie Sie gemeint, da bin ich sicher.«

»Wissen Sie, ob Elizabeth Knight mal in der Army war?«

Sara hätte beinahe gelacht. »Nein. Wieso?«

»Ich frage mich nur, ob sie etwas mit Rufus Harms zu tun haben könnte.«

Sara lächelte. »Wo wir schon mal dabei sind … was ist mit Senator Knight? Er könnte in der Army gewesen sein.«

»War er nicht. Ich weiß noch, als er zum ersten Mal um einen Sitz im Senat kandidierte, habe ich in den Lokalzeitungen von Richmond gelesen, dass er untauglich für den Militärdienst war. Sein damaliger politischer Gegner war ein Kriegsheld und hat versucht, Kapital daraus zu schlagen, dass Knight seinem Land nicht gedient hat. Aber was seine Ausbildung, seine vorherigen Leistungen und so weiter betraf, konnte man ihm nichts am Zeug flicken, und der Versuch verpuffte.« Fiske schüttelte den Kopf, seufzte. »Das ist doch albern. Wir versuchen die Quadratur des Kreises.« Er atmete tief ein. »Hoffentlich kann Rider uns helfen.«

Der mit einem Overall bekleidete Mann schob den sperrigen Putzwagen den Gang entlang und blieb dann vor einem Büro stehen. Die schablonierte Schrift auf der Milchglasscheibe verkündete: SAMUEL RIDER, RECHTSANWALT. Der Mann neigte den Kopf, blickte sich um und lauschte aufmerksam. Das Gebäude war klein, und Riders Kanzlei war eins von nur einem halben Dutzend Büros im ersten Stock. Zu dieser Stunde waren die Stadt und das Gebäude wie ausgestorben.

Josh Harms klopfte an die Tür und wartete. Dann klopfte

er noch einmal, diesmal etwas lauter. Josh hatte Rufus im Wagen gelassen, den er in einer Seitenstraße geparkt hatte, während er sich in der Gegend umsah. Er hatte den kleinen Raum gefunden, in dem der Reinigungsservice seine Utensilien aufbewahrte, und diesen Plan für den Fall ausgebrütet, dass er jemandem begegnete. Er klopfte noch einmal an Riders Kanzleitür, wartete ein paar Sekunden, spitzte die Lippen und pfiff leise. Binnen zwanzig Sekunden war Rufus, der Josh mittlerweile in das dunkle Haus gefolgt war, bei seinem Bruder. Er trug keine Montur der Putzkolonne; in dem kleinen Lagerraum hatte sich keine gefunden, die Rufus auch nur annähernd gepasst hätte.

Josh holte seine Dietriche hervor, und nach wenigen Sekunden waren sie auf der anderen Seite der Kanzleitür, im Empfangsbereich.

»Wir müssen schnell machen. Es könnte jemand kommen«, sagte Josh. In seinem Gürtel steckte die Pistole, mit einem vollen Magazin geladen.

»Ich sehe hier nach, du in Samuels Büro.« Rufus durchsuchte bereits mit Hilfe der Taschenlampe, die er aus dem Wagen mitgebracht hatte, einen Aktenschrank.

Josh ging in Riders Büro. Dort zog er zuerst die Vorhänge zu, nachdem er einen forschenden Blick auf die Straße geworfen hatte. Dann holte er seine Taschenlampe hervor und machte sich an die Arbeit. Er stieß auf die abgeschlossene Schreibtischschublade und brach sie auf. Er pfiff leise, als seine Hand sich um den Umschlag schloss, der mit Klebeband an der Unterseite der Schublade befestigt war. »Rufus, ich hab was gefunden.«

Sein Bruder eilte zu ihm und öffnete den Umschlag. Im Licht der Taschenlampe überflog er die Papiere.

»Du hast mir noch immer nicht gesagt, wie diese Briefe dir helfen können, deinen Arsch zu retten.«

»Das weiß ich auch noch nicht genau, aber mir ist es ganz lieb, dass ich sie schon mal habe.«

»Na gut, verschwinden wir von hier, bevor jemand *uns* hat.«

Sie waren kaum im Vorzimmer, als sie hörten, wie sich die Schritte zweier Personen näherten. Die Harms-Brüder warfen sich einen raschen Blick zu. Josh zog die Pistole und entsicherte sie. »Cops. Sie wissen, dass wir hier sind.«

Rufus blickte seinen Bruder an und schüttelte den Kopf. »Das sind keine Cops. Und die Army ist es auch nicht. Das Gebäude ist verlassen. Die Cops wären mit Blaulicht und Sirene gekommen, und wir hätten schon längst das Klirren von Glas gehört, weil sie Tränengaskanister durchs Fenster geworfen hätten. Komm mit.« Rufus schlich mit Josh zurück in Riders Büro und schloss leise die Tür. Jetzt konnten sie nur noch warten.

KAPITEL 43

Chandler ging durch Michael Fiskes Wohnung. Er kniete nieder und untersuchte die Delle im Boden, die John Fiskes Schlag mit dem Wagenheber hinterlassen hatte. Hätte der Hieb sein Ziel gefunden, wäre das Geheimnis vielleicht schon aufgeklärt. Chandler erhob sich wieder und schüttelte den Kopf. So einfach war es nie.

Seine Männer schlossen soeben die Untersuchung der Wohnung ab. Überall lag schwarzes Kohlenstoffpulver zum Einstäuben herum; es sah wie Zauberstaub aus, was es in gewisser Hinsicht auch war. Die Beamten hatten Michael Fiskes Fingerabdrücke abgenommen, um feststellen zu können, welche anderen sich in der Wohnung befanden. Auch die seines Bruders würden sie sich besorgen müssen. Da John Fiske in Virginia als Anwalt praktizierte, würden die Fingerabdrücke der dortigen Staatspolizei vorliegen. Auch die Abdrücke von Sara Evans mussten genommen werden, denn zweifellos war die Frau ebenfalls in dieser Wohnung gewesen. Chandler schaute die Diele entlang. Vielleicht im Schlafzimmer? Doch seine Nachforschungen hatten ergeben, dass Mike Fiske und Sara Evans nur gute Freunde gewesen waren.

Chandler hatte sich mit Murphy und dessen Mitarbeitern getroffen; sie waren alle Fälle durchgegangen, die Michael bearbeitet hatte, ohne auf irgendetwas Auffälliges zu stoßen. Aber es dauerte zu lange, die Ermittlungen in diese Richtung fortzusetzen. Menschen starben.

John Fiskes Weigerung, Chandler ins Vertrauen zu ziehen, hatte Folgen gehabt. Fiske hatte richtig vermutet:

Chandler hatte ihn vom Informationsfluss abgeschnitten. Doch beim FBI hatte Chandler fair gespielt. Obwohl er McKenna nicht mochte, hatte er ihm mitgeteilt, was er herausgefunden hatte, ihm auch die neuesten Informationen über Rufus Harms' Flucht gegeben und über Michael Fiskes Anrufe im Gefängnis. Er hatte McKenna auch von dem verschwundenen Berufungsantrag berichtet, von dem Fiske ihm erzählt hatte. McKenna hatte ihm gedankt, sich aber nicht revanchieren können. Wie aufs Stichwort hörte Chandler ein Geräusch an der Tür, und der FBI-Agent kam herein – nachdem er sich dem uniformierten Beamten ausgewiesen und sich in die Liste derjenigen eingetragen hatte, die den Tatort betraten. Den Tatort? Na ja, in gewisser Hinsicht ist es wohl einer, sagte Chandler sich.

»Sie arbeiten heute aber lange, Agent McKenna.«

»Genau wie Sie.« Der FBI-Agent schaute sich im Zimmer um, begann in der Mitte und arbeitete sich methodisch nach außen vor.

»Also macht Ihnen der FBI-Direktor ein wenig – oder gewaltig – Druck, diesen Fall endlich aufzuklären?«

»Genau wie Ihr Boss. Beim FBI gewinnt man zusätzliches Prestige, wenn man einen Fall rechtzeitig für die Abendnachrichten aufklärt.« McKenna ließ ein Lächeln aufblitzen, aber sein Mund schien einfach nicht zu wissen, wie man es richtig hinkriegte, denn es geriet ziemlich schief.

Chandler fragte sich, ob der Mann die Leute absichtlich brüskierte. Da McKenna ihm ziemlich unheimlich vorkam, hatte er den Mann überprüft. Seine Karriere beim FBI war in jeder Hinsicht makellos. Er war von der Außenstelle Richmond zu der in Buzzard Point im Großraum Washington versetzt worden, wo er seit nunmehr acht Jahren arbeitete. Bevor er zum FBI ging, hatte er kurze Zeit beim Militär gedient und dann seinen Collegeabschluss gemacht. Seine Leistungen beim FBI waren in jeder Hinsicht ausgezeichnet. Nur eins war Chandler seltsam aufgestoßen: McKenna hatte mehrere Beförderungen abgelehnt, nach denen er vom Außen- in den Innendienst versetzt worden wäre.

»Sie können von Glück sagen, dass John Fiske Ihnen noch keine Klage an den Hals gehängt hat. Aber vielleicht tut er's ja noch.«

»Das könnte ich ihm nicht verdenken«, lautete McKennas überraschende Antwort. »Ich an seiner Stelle würde es tun.«

»Ich freue mich, ihm das ausrichten zu können«, sagte Chandler langsam.

McKennas Blick schoss eine Zeit lang durchs Zimmer und schien jedes Detail wie ein Polaroidfoto aufzunehmen, bevor er sich wieder an Chandler wandte. »Sagen Sie mal, sind Sie etwa sein Mentor?«

»Ich habe den Mann erst vor ein paar Tagen kennen gelernt.«

»Dann schließen Sie schneller Freundschaft als ich.« McKenna legte den Kopf schief und musterte Chandler. »Haben Sie was dagegen, dass ich mich mal umsehe?«

»Nur zu. Solange Sie nichts anfassen, das so aussieht, als wäre es noch nicht mit einem Pfund Staub behandelt worden.«

McKenna nickte und ging vorsichtig durchs Wohnzimmer. Er bemerkte die Delle im Boden.

»Hier hat Fiske mit dem angeblichen Einbrecher gekämpft?«

»Richtig. Aber ich wusste noch gar nicht, dass es sich um einen angeblichen Einbrecher handelt.«

»Bis wir eine Bestätigung haben, schon. So gehe *ich* jedenfalls bei einer Ermittlungsarbeit vor.«

Chandler wickelte einen Streifen Kaugummi aus und steckte ihn in den Mund. Während er langsam kaute, dachte er über McKennas Worte nach.

»Sara Evans hat ausgesagt, dass sie gesehen hat, wie ein Mann aus dem Gebäude flüchtete und Fiske ihn verfolgt hat. Reicht Ihnen das?«

»Das ist eine Gefälligkeitsaussage von Evans. Fiske ist ein Glückspilz. Er sollte sofort in den nächsten Laden laufen und Lotto spielen, solange seine Strähne anhält.«

»Ich würde nicht gerade von Glück sprechen, wenn man den Bruder verliert.«

McKenna blieb stehen und schaute zur Tür der Speisekammer, die weit offen stand und über und über mit Staub bedeckt war. »Das kommt wohl darauf an, wie man es sieht, oder?«

»Verdammt noch mal, was haben Sie bloß gegen ihn? Sie kennen den Burschen doch nicht einmal.«

McKenna funkelte ihn an. »Genau, Detective Chandler. Und wissen Sie was? Sie kennen ihn auch nicht.«

Der Detective wollte etwas erwidern, doch ihm fiel nichts ein. In gewisser Weise hatte der FBI-Agent Recht.

Chandlers Gedankengang wurde von einem seiner Männer unterbrochen. »Detective, wir haben etwas gefunden, das Sie sich ansehen sollten.«

Chandler nahm das Blatt Papier von dem Techniker entgegen und betrachtete es. McKenna trat zu ihm.

»Sieht aus wie eine Versicherungspolice«, sagte der FBI-Agent.

»Das lag auf einem der Regale in der Speisekammer. Vorräte gibt's nicht da drin. Der Bursche hat den Raum als Aktenlager benutzt. Wir haben seine Steuererklärungen, Buchhaltungsunterlagen und so weiter darin gefunden.«

»Eine Lebensversicherung über eine halbe Million«, murmelte Chandler. Er blätterte die Seiten schnell durch, überflog das Fachchinesisch, bis er am Ende auf die spezifischen Angaben stieß.

»Michael Fiske war der Versicherte.«

McKenna stieß plötzlich mit dem Finger auf den unteren Rand der Seite. Chandler erbleichte ein wenig, als er die Zeile las, auf die McKenna so nachdrücklich gezeigt hatte. »Und John Fiske ist der Hauptnutznießer.«

Die beiden Männer schauten sich an. »Haben Sie Lust zu einem kleinen Spaziergang? Dann erläutere ich Ihnen mal meine Theorie.«

Chandler wusste nicht genau, was er tun sollte.

»Es dauert nicht lange«, fügte McKenna hinzu. »Einige

meiner Gedanken gehen Ihnen wahrscheinlich gerade selbst durch den Kopf.«

Schließlich zuckte Chandler die Achseln. »Sie haben fünf Minuten.«

Die beiden Männer traten hinaus auf den Bürgersteig vor dem Reihenhaus. McKenna blieb kurz stehen, um sich eine Zigarette anzuzünden, und bot dann Chandler auch eine an. Der Detective hielt sein Päckchen Kaugummi hoch. »Entweder ich habe Übergewicht, oder ich rauche. Ich esse gern, also haben wir das geklärt.«

Sie schlenderten die dunkle Straße entlang. »Ich habe herausgefunden«, begann McKenna, »dass Fiske für die wahrscheinliche Tatzeit kein Alibi hat.«

»Könnte zu seinen Gunsten sprechen. Hätte er seinen Bruder umgebracht, hätte er wahrscheinlich versucht, sich eins zu verschaffen.«

»Ich bin aus mehreren Gründen anderer Ansicht. Erstens hat er wahrscheinlich gar nicht damit gerechnet, dass man ihn verdächtigt.«

»Bei einer Lebensversicherung über eine halbe Million Dollar?«

»Vielleicht glaubte er, wir würden es nicht herausfinden. Wir ermitteln in eine andere Richtung, und das war's dann. Er wartet eine Weile; dann kassiert er das Geld.«

»Ich weiß nicht. Und der zweite Grund?«

»Wenn Fiske ein perfektes Alibi hätte – was es nicht gibt, wenn man schuldig ist –, würde es irgendwann, irgendwie platzen. Warum sich also erst die Mühe machen? Er war Cop und ist jetzt Anwalt. Er kennt sich mit Alibis aus. Er behauptet einfach, dass er kein Alibi hat, und braucht sich keine Sorgen zu machen, dass es irgendwann platzt. Und dann hofft er darauf, dass alle dieselbe Schlussfolgerung ziehen wie Sie – dass er sich ein gutes Alibi besorgt hätte, wenn er *wirklich* schuldig wäre.«

McKenna zog lange an der Zigarette und schaute zu den wenigen Sternen hoch, die am Himmel standen. »Also hat er ein Motiv und auch die Gelegenheit, wie er selbst gesteht. Ich habe ihn überprüft. Er hat eine kleine, beschissene Kanzlei in Richmond und verteidigt den Abschaum der Menschheit. Er ist ein bestenfalls drittklassiger Anwalt. Mitte dreißig, ledig, keine Kinder, wohnt in einem Drecksloch. Ein echter Verlierer. Ach ja, und er ist unter ziemlich undurchsichtigen Umständen aus dem Polizeidienst ausgeschieden.«

»Wie meinen Sie das?«, fragte Chandler scharf.

»Sagen wir einfach, es hat einen Schusswechsel gegeben, der nie vollständig aufgeklärt wurde. Aber danach waren ein Zivilist und ein Polizeibeamter tot.«

Chandler schaute erschüttert drein, erholte sich aber rasch wieder. »Und warum kommt er dann hierher und bietet mir seine Hilfe bei der Ermittlung an?«

»Eine weitere Tarnung. Fiske will damit sagen: ›Wie könnte ich abgedrückt haben? Ich reiße mir hier oben den Arsch auf, um die Person zu finden, die meinen Bruder ermordet hat.‹«

»Und wie erklärt das Wrights Tod?«

»Wieso muss es das? Wie Sie selbst sagten – vielleicht haben die beiden Morde gar nichts miteinander zu tun. Wenn ich Fiske wäre, würde ich in diesem Fall auf den fahrenden Zug springen und behaupten, es gäbe einen Zusammenhang. Denn für den Mord an Wright hat er ja ein Alibi.«

Schon wieder Sara Evans, dachte Chandler.

»Wenn wir also glauben, dass die Morde etwas miteinander zu tun haben«, fuhr McKenna fort, »ist Fiske aus dem Schneider.«

»Und Sara Evans? Haben Sie die vergessen? Sie behauptet, sie habe jemanden aus Michael Fiskes Haus laufen sehen. Wollen Sie behaupten, dass Evans ebenfalls lügt?«

McKenna blieb stehen, und Chandler tat es ihm gleich. Der FBI-Agent zog ein letztes Mal an seiner Zigarette und trat sie dann mit mehreren Drehungen des Fußes auf dem Bürgersteig aus. »Sara Evans lügt ebenfalls«, wiederholte er Chandlers Worte und musterte den Detective genau.

Chandler schüttelte den Kopf. »Jetzt hören Sie aber auf, McKenna.«

»Ich behaupte ja nicht, dass sie bei der ganzen Sache mitgemacht hat. Ich sage nur, dass sie sich vielleicht in Fiske verknallt hat und tut, was er ihr sagt.«

»Die beiden haben sich doch gerade erst kennen gelernt.«

»Ach ja? Wissen Sie das genau?«

»Nein, das nicht ...«

»Na schön, Fiske hat Evans überzeugt, dass er unschuldig ist, dass einige Leute ihm vielleicht aber etwas anhängen wollen.«

»Warum haben Sie einen solchen Hass auf Fiske?«

Plötzlich explodierte McKenna. »Er ist ein Klugscheißer. Er spielt sich auf als der Verteidiger des Andenkens an seinen Bruder, obwohl die beiden in letzter Zeit überhaupt keinen Kontakt mehr hatten. Fiske und Sara Evans haben die Nacht in Evans' Haus verbracht und wer weiß was getan, und das einen Tag, nachdem man die Leiche von Fiskes Bruder gefunden hat. Er hat aus irgendeinem Grund ein Gewehr. Er hat sich in die Ermittlung hineingedrängt, und das heißt, er weiß genauso viel wie wir. Er hat für die Mordnacht kein Alibi, und vor fünf Minuten haben wir herausgefunden, dass er um eine halbe Million Dollar reicher ist, weil sein Bruder nicht mehr lebt. Verdammt noch mal, was soll ich da *sonst* denken? Meldet der Radar, den Sie als Cop haben müssen, bei Ihnen denn nichts mehr?«

»Also gut, ich habe verstanden, worauf Sie hinaus wollen. Vielleicht war ich zu lasch mit Fiske. Regel Nummer eins: Vertraue niemandem.«

»Mit dieser Regel kann man gut leben.« McKenna hielt inne und fügte hinzu: »Oder sterben.« Damit ging er davon und ließ einen zutiefst betroffenen Chandler zurück.

KAPITEL 44

Fiske klopfte an Riders Kanzleitür und sah blinzelnd durch das Glas. »Alles dunkel.«

»Wahrscheinlich ist er schon zu Hause. Wir müssen herausfinden, wo er wohnt.«

»Na ja, er könnte auch essen gegangen oder geschäftlich verreist sein. Vielleicht macht er auch gerade Urlaub. Oder ...«

»Oder ihm ist etwas zugestoßen«, sagte Sara.

»Jetzt werden Sie mal nicht allzu dramatisch.« Fiske legte die Hand auf den Türknopf, und er ließ sich problemlos drehen. Er und Sara wechselten einen bedeutungsvollen Blick, als er den Putzwagen sah. Er entspannte sich etwas. »Die Reinigungskolonne?«

»Und sie machen im Stockfinsteren sauber, weil ...?«, erwiderte Sara.

»Das habe ich auch gerade gedacht.« Er zog Sara von der Tür zurück und zu dem Wagen. Dann stöberte er in den Fächern herum und nahm schließlich eine Zange aus einem Werkzeugkasten.

»Gehen Sie zur Treppe«, flüsterte er ihr zu. »Wenn Sie irgendetwas hören, laufen Sie zum Wagen und rufen die Polizei an.«

Sie hielt ihn am Arm fest. »Ich habe eine bessere Idee«, erwiderte sie genauso leise. »Gehen wir zusammen zum Wagen, rufen die Polizei an und melden einen Einbruch.«

»Wir wissen nicht, ob es ein Einbruch ist.«

»Wir wissen auch nicht, dass es keiner ist.«

»Wenn wir jetzt gehen, entkommen sie vielleicht.«

»Und was haben Sie gewonnen, wenn Sie da reingehen und umgebracht werden? Sie haben nicht mal eine Waffe, nur dieses Ding da, was auch immer das ist.«

»Eine Zange.«

»Toll, die sind vielleicht bewaffnet, und Sie kommen mit einer Zange an.«

»Vielleicht haben Sie Recht.«

»Die Lady hat ganz bestimmt Recht. Zu schade, dass Sie nicht auf sie hören wollten.«

Fiske und Sara wirbelten herum.

Josh Harms stand dort und richtete eine Pistole auf sie.

»Die Wände sind verdammt dünn. Wir haben mitbekommen, wie Sie die Tür aufgemacht haben, und als wir dann das Flüstern hörten, dachten wir uns, Sie wollten die Polizei rufen. Und das können wir nicht zulassen.«

Fiske betrachtete ihn. Er war groß, aber nicht beleibt. Wenn sie nicht zufällig in einen Einbruch hineingeplatzt waren, musste dieser Mann Josh Harms sein.

Er warf einen Blick auf die Waffe und studierte dann wieder Joshs Gesicht, versuchte schnell zu ergründen, ob er abdrücken würde oder nicht. In Vietnam hatte er getötet; das wusste Fiske aus den Zeitungsmeldungen. Aber sie zu erschießen ... das wäre kaltblütiger Mord, und den sah er einfach nicht in Josh Harms' Augen. Aber das konnte sich jederzeit ändern. Alte Kodderschnauze, lass mich jetzt nicht im Stich, dachte er.

»Hallo, Josh, mein Name ist John Fiske. Das ist Sara Evans vom Obersten Gerichtshof der Vereinigten Staaten. Wo ist Ihr Bruder?«

Hinter ihm erschien in der Tür, die zu Riders Büro führte, ein Mann von so gewaltigen Proportionen, dass sowohl Sara als auch Fiske sofort wussten, es konnte sich nur um Rufus Harms handeln. Offensichtlich hatte er Fiskes Worte gehört.

»Woher wissen Sie das alles?«, fragte Rufus, während sein Bruder die Pistole weiterhin auf die beiden gerichtet hielt.

»Das will ich Ihnen gern sagen. Aber warum unterhalten wir uns nicht im Büro? Schließlich sind Sie ja bekannt wie ein bunter Hund.« Er zeigte auf Sara. »Nach Ihnen, bitte.«

Er drehte den Kopf ein wenig, damit die beiden Brüder es nicht sehen konnten, und blinzelte ihr beruhigend zu. Er wünschte nur, er wäre tatsächlich so zuversichtlich gewesen. Sie standen einem verurteilten Mörder gegenüber, der fünfundzwanzig Jahre in einem Höllenloch verbracht hatte, und das hatte ihn wahrscheinlich nicht zugänglicher gemacht. Und der andere war ein gewiefter Vietnamveteran, dessen Finger jede Sekunde lockerer am Abdruck zu sitzen schien.

Sara ging ins Büro, und Fiske folgte ihr.

Josh und Rufus sahen sich fragend an. Dann gingen sie ebenfalls hinein und schlossen die Tür hinter sich.

Der Jeep näherte sich Samuel Riders Kanzlei auf Nebenstraßen. Tremaine fuhr, Rayfield saß neben ihm. Der Zweisitzer gehörte Tremaine. Sie waren beide nicht im Dienst und hatten sich dagegen entschieden, ein Militärfahrzeug aus dem Wagenpark zu benutzen. Für den Fall, dass jemand sie überraschen sollte, während sie Riders Büro durchsuchten, hatten sie sich eine Geschichte zurechtgelegt: Sam Rider, Rufus Harms' alter Militäranwalt, hatte Harms vor kurzem aus unbekannten Gründen im Gefängnis besucht. Rider und seine Frau waren tot. Vielleicht hatten Harms und sein Bruder die Tat begangen; eventuell hatte Rider Harms gegenüber erwähnt, dass er Bargeld oder andere Wertgegenstände in seinem Haus oder Büro aufbewahrte.

Tremaine sah zu Rayfield hinüber. »Stimmt was nicht?«, fragte er.

Rayfield sah stur geradeaus. »Das ist ein großer Fehler. Wir gehen hier das gesamte Risiko ein.«

»Meinst du, das wüsste ich nicht?«

»Wenn wir diesen Brief finden, den Harms eingereicht

hat, und die Kopie von dem, den Rider geschrieben hat, können wir Harms vielleicht vergessen.«

Tremaine warf ihm einen scharfen Blick zu. »Zum Teufel, was soll das heißen?«

»Harms hat diesen Brief geschrieben, weil er aus dem Gefängnis rauswollte. Er hat das kleine Mädchen getötet, aber eigentlich nicht *ermordet*, oder? Na ja, jetzt ist er nicht mehr im Gefängnis. Er und sein Bruder sind wahrscheinlich schon längst in Mexiko und warten dort auf ein Flugzeug nach Südamerika. Genau das hätte ich jedenfalls getan.«

Tremaine schüttelte den Kopf. »Da können wir uns nicht sicher sein.«

»Was sonst kann er denn tun, Vic? Noch einen Brief an das Gericht schreiben? ›Euer Ehren, ich habe Ihnen schon einmal geschrieben wegen dieser verrückten Geschichte, die ich nicht beweisen kann, aber irgendetwas ist mit meinem Berufungsantrag schief gegangen, und mein Anwalt und der Assessor, der ihn gestohlen hat, sind jetzt tot. Deshalb bin ich aus dem Gefängnis ausgebrochen und auf der Flucht, aber ich hätte trotzdem gern einen Prozess.‹ Das ist doch Blödsinn, Vic. Das wird er nicht machen. Er wird rennen, als sei der Teufel hinter ihm her. Verdammt, er rennt in diesem Augenblick, als sei der Teufel hinter ihm her.«

Tremaine dachte darüber nach. »Vielleicht. Aber auf die bloße Chance hin, dass er nicht so klug ist, wie du glaubst, werde ich alles tun, was in meiner Macht steht, um ihn wegzuputzen. Und seinen Bruder auch. Ich mag Rufus Harms nicht, hab den Typ nie ausstehen können. Ich hab in Vietnam den Arsch riskiert, und er hat schön warm und bequem zu Hause gesessen und drei anständige Mahlzeiten am Tag bekommen. Wir hätten ihn einfach im Bau verrotten lassen sollen, haben es aber nicht getan«, fügte Tremaine verbittert hinzu.

»Dafür ist es jetzt zu spät.«

»Na ja, dann werde ich ihm einen großen Gefallen tun. Wenn ich ihn finde, wird seine nächste Zelle zwei Meter lang und einen Meter zwanzig breit sein und aus Kiefer bestehen. Und es wird keine Flagge drauf liegen, das kannst du mir glauben.« Tremaine trat aufs Gas.

Rayfield schüttelte den Kopf und lehnte sich zurück. Er sah auf die Uhr und dann wieder auf die Straße. Sie hatten Riders Kanzlei fast erreicht.

Sara und Fiske saßen auf der Ledercouch, während die Brüder Harms vor ihnen standen.

»Warum fesseln wir sie nicht und verschwinden von hier, verdammt noch mal?«, sagte Josh zu seinem Bruder.

»Sie werden herausfinden«, warf Fiske ein, »dass wir auf Ihrer Seite stehen.«

Josh sah ihn stirnrunzelnd an. »Jetzt verstehen Sie mich nicht falsch, aber Sie reden absolute Scheiße.«

»Er hat Recht«, sagte Sara. »Wir sind hier, um Ihnen zu helfen.«

Josh schnaubte und machte sich nicht mal die Mühe, ihr zu antworten.

»John Fiske?«, fragte Rufus und betrachtete Fiskes Gesichtszüge, überlegte, wo er schon ähnliche gesehen hatte. »Der Mann vom Gerichtshof, den sie umgebracht haben, war mit Ihnen verwandt, nicht wahr? Ihr Bruder?«

Fiske nickte. »Ja. Wer hat ihn ermordet?«

»Sag ihnen nichts, Rufus«, warf Josh ein. »Wir wissen nicht, wer sie sind oder was sie wollen.«

»Wir sind hier, um mit Sam Rider zu sprechen«, sagte Sara.

Josh sah sie an. »Tja, wenn Sie nicht eine Séance oder so was abhalten wollen, wird Ihnen das wohl ziemlich schwer fallen.«

Fiske und Sara sahen sich an und dann wieder zu den Brüdern zurück.

»Er ist tot?«, fragte Sara.

Rufus nickte. »Er und seine Frau. Sie haben es wie Selbstmord aussehen lassen.«

Fiske bemerkte die Akte, die er krampfhaft in der Hand hielt. »Ist das die, die Sie ans Gericht geschickt haben?«

»Haben Sie was dagegen, wenn ich die Fragen stelle?«, sagte Rufus.

»Ich sage Ihnen, Rufus, wir sind Ihre Freunde.«

»Tut mir Leid, aber so schnell freunde ich mich mit niemandem an. Worüber wollten Sie mit Samuel sprechen?«

»Er hat den Antrag für Sie bei Gericht eingereicht, nicht wahr?«

»Ich beantworte keine Fragen.«

»Na schön, dann sage ich Ihnen, was wir wissen, und Sie können uns dann den Rest erzählen, wenn Sie wollen.«

»Ich höre.«

»Rider hat den Antrag eingereicht. Mein Bruder hat ihn an sich genommen und damit aus den Akten entfernt. Dann hat er Sie im Gefängnis besucht. Danach endete er tot in einer Gasse in Washington. Man hat es wie einen Raubmord aussehen lassen. Nun sagen Sie uns, dass Rider tot ist. Außerdem wurde noch ein weiterer Assessor ermordet. Ich vermute, dass diese Tat im Zusammenhang mit dem Tod meines Bruders steht, weiß aber noch nicht genau, wie.« Fiske hielt inne und betrachtete die beiden Männer. »Mehr wissen wir nicht. Aber Sie wissen viel mehr, glaube ich. Zum Beispiel, was das alles zu bedeuten hat.«

»Sie wissen verdammt viel. Sind Sie 'n Cop?«, fragte Josh.

»Ich helfe dem Detective, der die Ermittlung leitet.«

»Siehst du, Rufus, ich hab's dir doch gesagt. Wir müssen hier raus. Die Cops sind wahrscheinlich schon unterwegs.«

»Nein, sind sie nicht«, sagte Sara. »Ich habe Ihren Namen in den Papieren gesehen, die Michael hatte, Mr Harms, aber das ist schon alles. Ich weiß nicht, warum Sie einen Antrag gestellt haben oder was darin stand.«

»Warum stellt ein Häftling wohl schon einen Berufungsantrag?«, fragte Rufus.

»Weil er raus will«, sagte Fiske.

Rufus nickte.

»Aber dafür brauchen Sie gute Gründe.«

»Ich habe den besten Grund überhaupt: die Wahrheit«, sagte Rufus nachdrücklich.

»Sagen Sie mir, wie sie aussieht«, sagte Fiske.

Josh ging zur Tür. »Rufus, ich hab ein schlechtes Gefühl dabei. Wir stehen hier rum und quatschen mit ihnen, und die Cops rücken an. Du hast schon zu viel gesagt.«

»Sie haben seinen Bruder getötet, Josh.«

»Wir wissen nicht, ob er wirklich sein Bruder ist.«

Fiske holte sein Portemonnaie hervor, klappte es auf und zeigte seinen Führerschein. »Das beweist zumindest, dass wir denselben Nachnamen haben.«

Rufus winkte ab. »Das muss ich nicht sehen. Man erkennt sofort, dass Sie sein Bruder sind.«

»Verdammt, selbst wenn sie nicht mit den Cops unter einer Decke stecken«, fragte Josh, »wie sollten Sie uns helfen können?«

Rufus sah zu Fiske und Sara hinüber. »Sie beide können gut mit Worten umgehen. Haben Sie eine Antwort darauf?«

»Ich arbeite beim Obersten Gerichtshof, Mr Harms«, sagte Sara. »Ich kenne alle Richter. Wenn Sie beweisen können, dass Sie unschuldig sind, wird man Sie anhören. Das verspreche ich Ihnen. Wenn nicht das Oberste Gericht, dann ein anderes, glauben Sie mir.«

»Der Detective, der den Fall bearbeitet, weiß, dass an der ganzen Sache etwas faul ist«, fügte Fiske hinzu. »Wenn Sie uns sagen, was da gespielt wird, können wir uns an ihn wenden und in dieser Richtung ermitteln.«

»Ich kenne die Wahrheit«, wiederholte Rufus.

»Das ist gut und schön, Rufus, aber Tatsache ist nun mal, vor Gericht ist es erst die Wahrheit, wenn man sie auch beweisen kann.«

»Was steht also in Ihrer Berufung?«, fragte Sara.

»Rufus, antworte nicht darauf, verdammt!«, rief Josh.

Rufus ignorierte ihn. »Etwas, das die Army mir geschickt hat.«

»Haben Sie das kleine Mädchen getötet, Rufus?«, fragte Fiske.

»Ja«, sagte er und sah zu Boden. »Zumindest meine Hände haben es getan. Der Rest von mir wusste nicht, was geschah, verdammt noch mal. Nicht, nachdem sie das mit mir gemacht haben.«

»Was meinen Sie damit? Wer hat was mit Ihnen gemacht?«

»Rufus, er will dich reinlegen«, warnte Josh.

»In meinem Kopf herumgepfuscht, das haben sie gemacht«, sagte Rufus.

Fiske sah ihn scharf an. »Wollen Sie auf geistige Unzurechnungsfähigkeit plädieren? Denn wenn Sie das vorhaben, haben Sie nicht die geringste Chance.« Er beobachtete Rufus eindringlich. »Aber da steckt noch mehr dahinter, oder?«

»Warum sagen Sie das?«, fragte Rufus.

»Weil mein Bruder sehr ernst nahm, was in dem Berufungsantrag stand. So ernst, dass er gegen das Gesetz verstieß, indem er ihn an sich nahm, und sein Leben verlor, weil er Ihnen helfen wollte. Das hätte er nicht getan, wenn Sie nach fünfundzwanzig Jahren auf Unzurechnungsfähigkeit plädiert hätten. Sagen Sie mir, was meinen Bruder das Leben gekostet hat.«

Josh legte eine große Hand auf Fiskes Brust und stieß ihn hart gegen die Sofalehne zurück. »Jetzt hören Sie mal, Sie Klugscheißer, Rufus hat Ihren Bruder nicht gebeten, sich für ihn in die Scheiße zu reiten. Ihr Bruder war es doch, der die ganze Sache so richtig versaut hat. Er musste ins Gefängnis fahren und Rufus überprüfen, weil er ein alter Nigger ist, der wegen eines alten Verbrechens in einem alten Knast sitzt. Also singen Sie mir ja nicht das Loblied auf Ihren rechtschaffenen Bruder!«

Fiske schlug die Hand zur Seite. »Warum fahren Sie nicht zur Hölle, Sie Arschloch?«

Josh hielt die Pistole näher vor Fiskes Gesicht. »Warum schicke ich Sie nicht zuerst dahin? Dann treffen wir uns später da. Wie hört sich das an, Weißbrot?«

»Bitte nicht«, sagte Sara. »Hören Sie, er will Ihnen doch nur helfen.«

»Ich brauche keine Hilfe von Leuten wie Ihnen, verdammt noch mal.«

»Wir wollen doch nur erreichen, dass Ihrem Bruder vor einem Gericht Gerechtigkeit widerfährt.«

Josh schüttelte den Kopf. »Ich kann mir selbst Gerechtigkeit verschaffen. Wir haben euch weiße Ärsche doch schon längst aufgerieben. Die Gefängnisse sind voll von uns, und ihr seid zu geizig, um mehr zu bauen. Also kann ich mir vor Gericht jede Menge Gerechtigkeit verschaffen. Das Problem ist nur, ich krieg draußen keine, und da verbringe ich nun mal den Großteil meiner Zeit, verdammich.«

»So läuft das nicht«, sagte Rufus.

»Ach, jetzt weißt du plötzlich, wie alles laufen muss?«, sagte Josh.

Fiske wurde immer nervöser. Josh Harms erweckte den Eindruck, als wäre er dabei, völlig durchzudrehen; dann würde vielleicht auch sein Bruder keinen Einfluss mehr auf ihn haben. Sollte er es wagen, ihm die Waffe zu entreißen? Josh war wahrscheinlich fünfzehn Jahre älter als er, schien aber stark wie eine Eiche zu sein. Wenn es ihm nicht beim ersten Versuch gelang, Josh die Pistole abzunehmen, würde der Mann ihn wohl voll Blei pumpen.

Das Kreischen von Gummi auf Asphalt ließ sie alle zum Fenster blicken. Rufus eilte hinüber und schaute vorsichtig hinaus. Als er sich wieder umdrehte, sahen alle die Furcht in seinen Augen.

»Es sind Vic Tremaine und Rayfield.«

»Scheiße!«, rief Josh. »Wie sind sie bewaffnet?«

Rufus atmete tief ein. »Vic hat eine Maschinenpistole.«

»Scheiße!«, sagte Josh erneut, während sie schon das Poltern schwerer Stiefel im Gebäude hörten. In ein paar Minuten, wenn überhaupt, würden sie hier sein. Wütend funkelte er Fiske und Sara an. »Ich hab's dir doch gesagt. Wir sitzen hier rum und quatschen mit denen, während die Army das Gebäude umstellt.«

»Falls es Ihnen nicht aufgefallen ist, wir tragen keine Uniform«, sagte Fiske. »Vielleicht sind sie *Ihnen* gefolgt.«

»Wir kommen aus einer ganz anderen Richtung. Die können uns nicht gefunden haben. Aber wenn sie uns beide sehen, ballern sie sofort los, und das war's dann.«

»Nicht, wenn Sie sich ergeben. Dann nicht.«

»Das kommt nicht in Frage«, sagte Josh laut.

»Das kommt nicht in Frage«, wiederholte Rufus. »Nachdem sie herausgefunden haben, was ich weiß, werden sie mich nicht am Leben lassen.«

Fiske sah Rufus Harms an. Die Blicke des Mannes schossen nach links und rechts. Er hatte eingestanden, das Mädchen getötet zu haben. War damit nicht alles klar? Sollte die Army ihn doch wieder in seinen Käfig stecken. Aber Mike hatte ihm helfen wollen ...

Fiske sprang auf.

Josh richtete sofort die Pistole auf ihn. »Machen Sie es uns nicht noch schwerer.«

Fiske sah ihn nicht mal an; sein Blick wich nicht von Joshs Bruder. »Rufus? Rufus!«

Der Riese schien seine Trägheit endlich abzuschütteln und sah ihn an.

»Vielleicht kriege ich Sie hier raus, aber Sie müssen genau das tun, was ich sage.«

»Wir kommen hier schon allein raus, verdammt noch mal«, sagte Josh.

»In etwa dreißig Sekunden stürmen die beiden Typen hier herein, und es ist vorbei. Ihrer Feuerkraft haben Sie nichts entgegenzusetzen.«

»Wie wäre es denn, wenn ich Ihnen sofort eine Kugel in den Kopf jage?«, sagte Rufus.

»Rufus, werden Sie mir vertrauen? Mein Bruder wollte Ihnen helfen. Lassen Sie mich zu Ende bringen, was er angefangen hat. Nun kommen Sie schon, Rufus. Geben Sie mir eine Chance.« Ein Schweißtropfen rann Fiskes Stirn hinab.

Sara brachte keinen Ton über die Lippen. Sie hörte nur diese Stiefel, die immer näher kamen, sah nur diese Maschinenpistole.

Schließlich, fast unmerklich, nickte Rufus.

Fiske riss die Initiative an sich. »Gehen Sie ins Badezimmer«, sagte er.

Josh wollte protestieren, doch Rufus unterbrach ihn und stieß ihn zu der Tür, die zum benachbarten Bad führte.

»Sara, Sie gehen mit ihnen.«

Verblüfft sah sie ihn an. »Was?«

»Tun Sie einfach, was ich sage. Wenn Sie hören, dass ich Ihren Namen rufe, ziehen Sie die Toilette ab und kommen dann raus. Sie beide« – er nickte den Brüdern zu – »bleiben hinter dieser Tür. Und wenn Sie nicht hören, dass ich Ihren Namen sage, bleiben Sie ebenfalls, Sara.«

»Und Sie glauben nicht, dass die Jungs von der Army vielleicht mal 'nen Blick in die Toilette werfen wollen, vor allem, wenn die Tür geschlossen ist?«, fragte Josh sarkastisch.

»Lassen Sie das mal meine Sorge sein.«

»Na schön«, sagte Josh langsam. »Aber an eins sollten Sie denken, Sie Klugscheißer. Wenn Sie uns verraten, wird die erste Kugel, die ich abfeuere, Sie etwa hier treffen.« Josh hielt die Pistole an Fiskes Nacken. »Aber Sie werden den Schuss nicht mehr hören. Sie werden tot sein, bevor Ihre Ohren ihn an Ihr verdammtes Gehirn weitergeleitet haben.«

Fiske nickte Josh zu, als würde er seine Herausforderung annehmen, was er im Prinzip ja auch tat. Er sah Sara an; ihr Gesicht war bleich. Sie lehnte sich gegen ihn, und er spürte, dass sie stark zitterte und – erfolglos – versuchte, sich zusammenzureißen, während die dröhnenden Schritte näher kamen.

»John, ich kann das nicht.«

Er packte sie hart an den Schultern. »Doch, Sara, Sie können das. Sie werden es schaffen. Und jetzt gehen Sie. Gehen Sie.« Er drückte ihre Hand und schob sie voran, und sie und die Harms-Brüder gingen ins Bad, und Sara zog die Tür hinter ihnen zu. Fiske schaute sich im Büro um und rang um seine Fassung. Er sah eine Aktentasche, die an einer

Wand stand, schnappte sie sich und öffnete sie. Sie war leer. Er stopfte Akten hinein, die auf Riders Schreibtisch lagen. Während die Schritte schon durch den Gang dröhnten, lief er zu dem kleinen Konferenztisch in einer Ecke. Als er sich setzte, hörte er, wie die Tür zum Empfangsbereich geöffnet wurde. Er zog eine Akte aus der Tasche, schlug sie auf und hörte, dass die Schritte sich Riders Bürotür näherten. Als die Tür geöffnet wurde, lehnte er sich zurück und tat so, als studierte er die Papiere. Überrascht sah er zu den beiden Männern hoch.

»Verdammt, was ...«, begann er, verstummte aber, als er die auf ihn gerichtete Maschinenpistole sah.

»Wer sind Sie?«, fragte Rayfield.

»Das wollte ich Sie auch gerade fragen. Ich habe einen Termin bei Sam Rider und warte schon seit zehn Minuten, aber er hat sich noch nicht bequemt, hier zu erscheinen.«

Rayfield trat näher an ihn heran. »Sind Sie ein Klient von ihm?«

Fiske nickte. »Bin heute Abend mit einer Chartermaschine aus Washington gekommen. Der Termin steht schon seit einigen Wochen fest.«

»Ziemlich spät für einen geschäftlichen Termin, oder?« Tremaine sah Fiske durchdringend an.

»Ich habe sehr viel zu tun. Das war der einzige, der mir passte.« Er musterte die beiden Männer streng. »Und wieso platzt die Army hier mit Maschinenpistolen herein?«

Tremaines Gesicht rötete sich wütend, doch Rayfield legte einen diplomatischeren Tonfall an den Tag. »So etwas machen wir normalerweise nicht, Mr ...«

Fiske wollte schon seinen richtigen Nachnamen nennen, entschied sich dann aber dagegen. Rufus hatte die beiden namentlich gekannt. Das bedeutete, dass sie irgendetwas mit dem zu tun haben mussten, was auch immer Rufus zugestoßen war. Und in diesem Fall war es durchaus möglich, dass sie auch Mike getötet hatten.

»Michaels, John Michaels. Ich bin Bauunternehmer, und Rider soll einen Grundstückskauf für mich abwickeln.«

»Tja, dann müssen Sie sich einen neuen Anwalt suchen.«

»Ich bin mit Sams Arbeit sehr zufrieden.«

»Darum geht es nicht. Rider ist tot. Er hat Selbstmord begangen. Zuerst seine Frau umgebracht und dann sich selbst.«

Fiske stand auf und bemühte sich, einen so entsetzten Ausdruck wie möglich aufzusetzen. Das fiel ihm nicht schwer angesichts der Tatsache, dass er versuchte, zwei Bewaffnete hereinzulegen, während zwei weitere Bewaffnete im Nebenraum warteten. Falls es ihm nicht gelang, würde er als Erster sterben, jedenfalls, wenn es nach Josh Harms ging.

»Verdammt, was soll das heißen? Ich habe vor kurzem noch mit ihm gesprochen, und er kam mir ganz normal vor.«

»Das ist ja gut und schön, aber jetzt ist er tot.«

Fiske setzte sich abrupt wieder und starrte wie betäubt auf die Akten vor ihm. »Das ist doch nicht zu fassen«, murmelte er und schüttelte langsam den Kopf. »Ich komme mir wie der letzte Idiot vor. Ich sitze im Büro des Mannes und warte darauf, dass er zu seinem Termin erscheint. Aber ich habe es nicht gewusst. Niemand hat es mir gesagt. Die Bürotür war nicht abgeschlossen! Gott im Himmel!« Er schob die Akten zurück und sah dann scharf auf. »Und was haben Sie hier zu suchen? Was hat die Army damit zu tun?«

Tremaine und Rayfield wechselten einen Blick. »Ein Häftling ist aus einem Militärgefängnis ganz in der Nähe ausgebrochen.«

»Großer Gott, glauben Sie etwa, der Mann wäre hier?«

»Keine Ahnung. Aber Rider war sein Anwalt. Wir dachten, er wäre vielleicht hier eingebrochen, um sich Bargeld oder so zu besorgen. Wer weiß, es wäre sogar möglich, dass dieser Flüchtige Rider ermordet hat.«

»Aber Sie haben doch gesagt, es wäre Selbstmord gewesen.«

»Das vermutet die Polizei. Deshalb sind wir ja hier. Um

uns umzusehen, den Burschen zu schnappen, falls er hier aufkreuzt.«

Fiske rutschte das Herz in die Hosen, als er sah, wie Tremaine zur Badezimmertür ging. »Susan, würden Sie bitte mal kommen?«, rief er laut.

Als sie hörten, wie die Toilettenspülung betätigt wurde, sah Tremaine Fiske misstrauisch an. Dann wurde die Tür geöffnet, und Sara kam heraus und bemühte sich, erstaunt dreinzuschauen. Das gelang ihr ganz gut, dachte Fiske, wahrscheinlich, weil sie ebenfalls eine fürchterliche Angst hatte.

»John, was ist hier los?«

»Ich habe diesen Herren von unserem Termin mit Sam Rider erzählt. Sie werden es nicht glauben, aber er ist tot.«

»O mein Gott.«

»Susan ist meine Assistentin.«

Sie nickte den beiden Männern zu.

»Ich habe Ihre Namen nicht verstanden«, sagte Fiske.

»Das ist schon in Ordnung«, erwiderte Tremaine.

»Diese Männer sind von der Army«, fuhr Fiske schnell fort. »Sie suchen nach einem entflohenen Häftling. Sie glauben, diese Person könne etwas mit Sams Tod zu tun haben.«

»Ach du liebe Güte. John, fahren wir zum Flughafen und fliegen einfach zurück.«

»Das ist keine schlechte Idee«, sagte Tremaine. »Wir können die Kanzlei viel schneller durchsuchen, wenn Sie uns nicht im Weg rumstehen.« Er schaute erneut zur Badezimmertür. Er hielt die Maschinenpistole in der einen Hand und streckte die andere aus, um die Tür ganz aufzustoßen.

»Na ja, da drin versteckt sich bestimmt keiner«, sagte sie, ohne eine Miene zu verziehen.

»Wenn Sie nichts dagegen haben, Ma'am, würde ich mich gern selbst davon überzeugen«, sagte Tremaine knapp.

Fiske beobachtete Sara. Er befürchtete, sie würde jeden Augenblick zu schreien anfangen. Komm schon, Sara, halte durch. Dreh jetzt nicht durch.

Hinter der Tür des dunklen Bads richtete Josh Harms die Pistole durch die schmale Lücke zwischen Tür und Pfosten direkt auf Tremaines Kopf.

Josh hatte bereits überlegt, wie er vorgehen musste, um seinen taktischen Vorteil zu nutzen, so klein er auch sein mochte. Zuerst Vic Tremaine, und dann Rayfield, falls der ihn nicht zuerst erwischte, was durchaus möglich war, da er den Raum kaum einsehen konnte. Tja, aber den kleinen Sherman-Panzer von Vic Tremaine würde er auf keinen Fall verfehlen. Sein Finger krümmte sich um den Abzug, während sein Bruder hinter ihm stand und sich gegen die Wand drückte. Aber es war kaum noch ein Zentimeter Platz zwischen ihm und der Tür. Sobald Tremaine das Holz berührte, war es vorbei.

In diesem Augenblick stopfte Fiske die Papiere in die Aktentasche. »Das ist doch nicht zu glauben. Zuerst rennen uns zwei Schwarze fast über den Haufen, und jetzt das.«

Tremaine und Rayfield fuhren zu ihm herum und starrten ihn an. »Was für zwei Schwarze?«, sagten sie unisono.

Fiske hielt inne und sah sie an. »Als wir das Gebäude betraten, stürmten sie uns entgegen und hätten Susan fast umgerannt.«

»Wie sahen sie aus?«, fragte Rayfield angespannt und trat näher an Fiske heran. Tremaine kam schnell von der Badezimmertür zurück.

»Na ja, wie ich sagte, sie waren schwarz. Der eine sah aus, als hätte er mal in der NFL Football gespielt. Sie haben doch gesehen, wie groß er war, Susan?« Sie nickte und fing wieder zu atmen an. »Ich meine, er war riesig. Und der andere Typ war auch ziemlich groß, eins fünfundachtzig, eins neunzig, aber viel schlanker. Sie liefen, als wäre der Teufel hinter ihnen her. Dabei waren sie gar nicht mehr so jung. Mindestens fünfundvierzig oder fünfzig.«

»Haben Sie gesehen, wohin sie gelaufen sind?«, fragte Tremaine.

»Sie sprangen in einen alten Wagen und brausten auf der Hauptstraße davon, in Richtung Norden. Ich kenne mich mit Autos nicht so gut aus, weiß nicht, was für ein Modell oder so es war, aber es war ein ziemlich alter PKW. Grün, glaube ich.« Er schaute plötzlich verängstigt drein. »Sie glauben doch nicht, dass einer von denen der entflohene Sträfling war, oder?«

Tremaine und Rayfield antworteten nicht, denn sie stürmten bereits zur Tür hinaus. Als Fiske und Sara hörten, wie die Tür des Vorzimmers aufgerissen wurde und dann schwere Schritte durch den Korridor polterten, sanken sie, wie mit unsichtbaren Fesseln verbunden, auf das Sofa. Sie sahen sich an und umarmten sich.

»Freut mich, dass ich Sie nicht erschießen musste. Sie schalten verdammt schnell.«

Sie sahen zu dem grinsenden Gesicht von Josh Harms hoch, der gerade die Pistole in den Gürtel schob. »Wir sind beide Anwälte«, sagte Fiske heiser und ließ Sara noch immer nicht los.

»Na ja, niemand ist perfekt«, sagte Josh.

Rufus tauchte hinter seinem Bruder auf. »Danke«, sagte er leise.

»Hoffentlich glauben Sie uns jetzt«, sagte Fiske.

»Ja, aber ich werde Ihre Hilfe nicht annehmen.«

»Rufus ...«

»Alle, die versucht haben, mir zu helfen, sind jetzt tot. Bis auf Josh, und uns hätte es heute Abend beinahe auch erwischt. Das will ich nicht auf dem Gewissen haben. Steigen Sie wieder in Ihr Flugzeug und verschwinden Sie von hier.«

»Das kann ich nicht. Er war mein Bruder.«

»Wie Sie wollen, aber ohne mich.« Er ging zum Fenster und beobachtete, wie der Jeep davonraste, in nördliche Richtung. Dann winkte er Josh. »Hauen wir ab. Vielleicht juckt es sie ja, und sie kommen zurück.«

Als die beiden Männer sich zur Tür wandten, griff Fiske in seine Tasche, holte etwas heraus und hielt es Rufus hin. »Nehmen Sie meine Karte. Es steht sowohl meine Privatnummer als auch die meiner Kanzlei darauf. Rufus, überlegen Sie, was Sie tun. Allein kommen Sie nicht weiter. Sobald Ihnen das klar geworden ist, rufen Sie mich an.«

Fiske schaute überrascht drein, als Sara ihm die Visitenkarte aus der Hand nahm und etwas auf die Rückseite schrieb. Dann hielt sie sie Rufus hin. »Und meine Privatnummer und die von meinem Handy. Sie können uns beide jederzeit anrufen, Tag und Nacht.«

Langsam streckte er die große Pranke aus, nahm die Karte und schob sie in seine Hemdtasche. Kurz darauf waren Sara und Fiske wieder allein. Völlig erschöpft sahen sie sich an. Eine volle Minute verstrich, bevor Fiske das Schweigen brach.

»Na ja, ich muss eingestehen, das war ziemlich knapp.«

»John, ich will so was nie, nie wieder tun müssen.« Sara setzte sich wacklig in Bewegung.

»Wohin gehen Sie?«

Sie drehte sich nicht mal zu ihm um. »Ins Bad. Sonst muss ich mich hier auf den Teppich übergeben.«

KAPITEL 45

Eine Stunde nach seinem Gespräch mit Warren McKenna ging Chandler langsam die Auffahrt zu seinem Haus hinauf. Es war ein behagliches Backsteingebäude mit Zwischengeschoss in einem Viertel, in dem hauptsächlich solche Häuser standen. Eine schöne, sichere Gegend, in der Kinder ungefährdet aufwachsen konnten. Zumindest war es vor zwanzig Jahren so eine Gegend gewesen. Heutzutage war sie nicht mehr ganz so sicher und schön, aber welche war das überhaupt noch, dachte er.

Wenn er sich vor vielen Jahren nach der Arbeit entspannen wollte, hatte er mit seinen Kindern Basketball gespielt. Damals hing ein Netz über dem Garagentor. Irgendwann war das Gestell morsch geworden, und er hatte es abgebaut. Stattdessen ging er nun auf den kleinen Hof und setzte sich dort auf eine verblasste graue Zedernholzbank, die neben einer ausladenden Magnolie und vor einem kleinen Springbrunnen stand. Seine Frau hatte ihm wegen dieses Brunnens lange in den Ohren gelegen, und er hatte die ganze Zeit über gemeckert und sich gesträubt. Erst nachdem er den Brunnen angelegt hatte, war ihm klar geworden, wieso sie so beharrlich geblieben war. Das Anlegen des Brunnens hatte eine geradezu kathartische Wirkung auf ihn gehabt: das Planen, das Ausmessen, die Auswahl des Materials. Es war fast wie Detektivarbeit gewesen; man stand vor einem Puzzle, und wenn man einen Blick für die einzelnen Teile und überdies noch Glück hatte, passten alle zusammen.

Nachdem er sich zehn Minuten lang ausgeruht hatte, erhob er sich und ging, den Mantel über die Schulter geworfen, ins Haus. Er sah sich in der stillen, dunklen Küche um. Sie war hübsch eingerichtet, wie das ganze Haus, was einzig den Bemühungen seiner Frau Juanita zu verdanken war. Die Kinder großgezogen, mit ihnen zum Arzt gegangen, die Rechnungen bezahlt, die Blumen gepflegt, den Rasen gemäht und das Unkraut gejätet, die Betten gemacht, gewaschen und gebügelt, gekocht, den Abwasch erledigt – das alles hatte sie getan, während er sich auf dem Weg nach oben abgestrampelt hatte. Das war ihre Partnerschaft gewesen. Nachdem die Kinder aus dem Haus waren, war sie wieder zur Schule gegangen, Krankenschwester geworden und arbeitete nun in einem hiesigen Krankenhaus in der pädiatrischen Abteilung. Sie waren mittlerweile dreiunddreißig Jahre verheiratet, und mit ihnen ging es noch immer gut.

Chandler hatte keine Ahnung, wie lange er noch als Detective arbeiten konnte. Es ging ihm allmählich an die Substanz. Der Gestank der Leichen, das Gefühl der Gummihandschuhe an den Händen, die winzigen, vorsichtigen Schritte, weil man befürchten musste, ein Beweisstück zu zertrampeln, was dazu führen konnte, dass ein weiterer Mensch starb oder ein Schlächter nicht gefasst wurde. Der Papierkram, die aalglatten Strafverteidiger, die immer wieder dieselben Fragen stellten, dieselben verbalen Fallstricke auslegten, die gelangweilten Richter, welche die Richtlinien für das anzuwendende Strafmaß vorlasen, als handele es sich um ein Testergebnis von Kaffeemaschinen. Die ausdruckslosen Blicke der Angeklagten, die nichts sagten, keine Gefühlsregung zeigten und zu all ihren Kumpeln ins Gefängnis gingen, ihre höhere Lehranstalt, und als noch viel fähigere Verbrecher wieder herauskamen.

Das Klingeln des Telefons unterbrach diese deprimierenden Gedanken.

»Hallo?« Er hörte ein paar Minuten lang zu, gab einige Anweisungen und legte wieder auf. In der Seitenstraße, in der Michael Fiskes Leiche gefunden worden war, hatte man eine Kugel entdeckt. Offensichtlich war sie von einer Wand abgeprallt und in eine Mülltüte eingedrungen, die hinter einen Mülleimer gefallen war. Das Projektil war angeblich in gutem Zustand und hatte sich kaum verformt. Das Labor musste noch bestätigen, dass es sich tatsächlich um die Kugel handelte, die den jungen Assessor getötet hatte. Das ließ sich aus einem entsetzlichen Grund ziemlich einfach feststellen: An der Kugel mussten noch Rückstände von Blut, Knochen und Gehirnmasse kleben, die man ziemlich eindeutig Michael Fiskes Kopf zuweisen konnte. Da sie nun eine Kugel hatten, konnten sie sich an die Suche nach der Mordwaffe machen. Die Ballistiker konnten die Kugel der Waffe, aus der sie abgefeuert worden war, mit einer Zuverlässigkeit zuordnen, die der Bestimmung menschlicher Fingerabdrücke gleichkam.

Chandler stand auf und ging ins Wohnzimmer. Seine Waffe ließ er absichtlich in der Küche zurück. Er nahm in einem Lehnsessel Platz, einem extra großen Modell, das seine wuchtige Gestalt auch aufnehmen konnte. Der Raum war dunkel, und er machte keine Anstalten, eine Lampe einzuschalten. Bei der Arbeit hatte er viel zu viel Licht. In seinem Büro schlug jeden Tag Licht auf ihn ein. Eine noch grellere Beleuchtung im Autopsieraum, die jedes Stück Fleisch riesig aussehen ließ, bedrohlich roh und so einprägsam, dass sogar Chandler sich gelegentlich entschuldigte, um die Toilette aufzusuchen, wo sein Magen ihm dann zu verstehen gab, dass er die ausgefeilte Technik der offiziellen Verstümmelung zu schätzen wusste. Die grellen Blitzlichter der Fotografen an einem Tatort oder in einem Gerichtssaal. Zu viele verdammte Lichter. Die Dunkelheit war beruhigend, wohltuend. Wenn er in Pension ging, wollte er es dunkel haben. Kühl und dunkel. Wie sein Brunnen im Garten.

Warren McKennas Worte hatten Chandler zu schaffen gemacht, auch wenn er sich bemüht hatte, es nicht zu zeigen. Er konnte einfach nicht glauben, dass John Fiske den eigenen Bruder ermordet hatte. Doch um der Wahrheit Ehre zu tun ... hatte Fiske es nicht darauf angelegt, ihn zu genau dieser Überzeugung zu bringen? Aber dann musste er an etwas anderes denken. Michael Fiskes Anrufe in Fort Jackson. Und nun Rufus Harms' Flucht. Gab es da einen Zusammenhang? Fiske deckte Sara Evans, so viel stand fest. Chandler schüttelte den Kopf. Er würde darüber schlafen müssen; im Augenblick konnte er keinen klaren Gedanken mehr fassen.

Er wollte aufstehen und verharrte dann abrupt. Arme legten sich plötzlich um seinen Hals, erschreckten ihn zu Tode. Er riss die Augen auf und schlang die Finger um die Handgelenke der Person. Seine Waffe – verdammt noch mal, wo war seine Waffe?

»Hast du schwer nachgedacht oder einfach nur geträumt?«

Er entspannte sich augenblicklich und sah zu Juanitas Gesicht hoch. Ihre Mundwinkel verzogen sich zum Ansatz eines Lächelns. Ihr Gesicht zeigte immer diesen Ausdruck, als wolle sie gerade einen Witz erzählen oder über einen lachen. Diese Miene hatte ihn bislang noch immer aufgeheitert, ganz gleich, wie beschissen sein Tag gewesen war, ganz gleich, in wie vielen Leichen er herumgestochert hatte.

Er legte eine Hand auf seine sich hebende Brust. »Verdammt, Frau, wenn du dich noch mal so anschleichst, ist endgültig Schluss mit dem Nachdenken. Dann werde ich mit den anderen Engeln Harfe spielen.«

Sie setzte sich auf seinen Schoß. Sie trug einen langen, weißen Bademantel; er sah ihre nackten Füße. »Jetzt hör aber auf, ein großer, starker Bursche wie du? Und glaubst du wirklich, dass du in den *Himmel* kommst?«

Er legte einen Arm um ihre Taille, die, nach drei Kindern, nicht mehr so schmal war wie in ihrer Hochzeitsnacht, aber das war seine auch nicht mehr. Sie waren zusammen *gewachsen*, wie er gern zu sagen pflegte. Übereinstimmung war lebenswichtig. Wäre der eine von ihnen mollig und der andere ein schmales Handtuch gewesen, würden sie schon längst auf eine Katastrophe zusteuern.

Kein Mensch auf der Welt verstand ihn besser als Juanita. Vielleicht war das das wichtigste Ergebnis einer erfolgreichen Ehe: das Wissen, es gab eine andere Seele da draußen, die einen bis ins Kleinste verstand, bis zur letzten Dezimalstelle, die vielleicht sogar, wie bei Pi, bis ins Unendliche reichte. Falls so etwas möglich war, war es bei Juanita und ihm der Fall.

Er erwiderte ihr Lächeln. »Klar, ich bin ein großer, starker Bursche, aber auch sehr einfühlsam. Und bei uns Seelchen weiß man nie, was uns vielleicht umhaut. Und nachdem ich ein Leben lang gegen das Verbrechen gekämpft habe, glaube ich schon, dass der liebe Gott da oben an einer Harfe für mich baut, einer extra großen natürlich. Er ist allwissend, also wird er auch wissen, dass ich schon immer sehr musikalisch war.« Er küsste sie auf die Wange, und sie hielten Händchen. Mit der anderen Hand fuhr sie durch sein schütter werdendes Haar; sie spürte, dass sein Humor gezwungen war.

»Warum sagst du mir nicht, was du hast, Buford, damit wir darüber sprechen können und du dann ins Bett gehen kannst? Es ist schon ziemlich spät. Morgen ist auch noch ein Tag.«

Chandler musste über ihre Bemerkung lächeln. »He, was ist aus meinem Pokerface geworden? Normalerweise sehe ich einem Täter in die Augen und breche seinen Widerstand, ohne zu verraten, was ich wirklich denke.«

»Du bist ein ganz beschissener Pokerspieler. Also sprich mit mir, Baby.«

Sie rieb seinen faltigen Nacken, und er revanchierte sich, indem er ihre langen, schmalen Füße massierte.

»Erinnerst du dich an diesen jungen Mann, von dem ich dir erzählt habe? John Fiske? Sein Bruder war Assessor beim Obersten Gerichtshof?«

»Ja, sicher. Und jetzt ist noch ein Assessor tot.«

»Richtig. Na ja, ich war heute Abend in der Wohnung seines Bruders. Wir haben sie nach Beweisen durchsucht. Dann tauchte dieser FBI-Agent, McKenna, dort auf.«

»Der, von dem du gesagt hast, er könne jederzeit explodieren? Aus dem du einfach nicht schlau wirst?«

»Genau der.«

»Hm. Und?«

»Na ja, wir haben die Police einer Lebensversicherung gefunden, die John Fiske nach dem Tod seines Bruders eine halbe Million Dollar einbringt.«

»Sie waren Brüder, nicht wahr? Familienangehörige. Du hast doch auch eine Lebensversicherung, oder? Wenn du stirbst, werde ich reich.« Sie gab ihm einen Klaps auf den Kopf. »Das will ich jedenfalls hoffen. Du hast mir immer den Himmel auf Erden versprochen, aber das waren nur leere Worte. Hoffentlich springt für mich schön was raus, wenn du endlich den Löffel abgibst.«

Beide lachten und umarmten sich lange.

»Fiske hat mir nichts von der Lebensversicherung erzählt. Ich meine, das ist doch ein klassisches Motiv für einen Mord.«

»Na ja, vielleicht hat er nichts von der Police gewusst.«

»Vielleicht«, gestand Chandler ein. »Auf jeden Fall hat McKenna die Theorie entwickelt, dass Fiske seinen Bruder wegen des Geldes ermordet und eine andere Assessorin des Gerichts dazu gebracht hat, ihm zu helfen, weil sie sich in ihn verknallt hat, und uns dann angeboten hat, bei der Ermittlung zu unterstützen, um uns auf eine falsche Spur zu führen und so weiter. Dass er sogar gelogen hat, was den Einbrecher in der Wohnung seines Bruders betrifft. Ich muss eingestehen, seine Argumentation ist sehr überzeugend, zumindest oberflächlich.«

»Also war John Fiske in der Wohnung seines Bruders?«

»Ja. Er behauptet, irgendein Einbrecher hätte ihn dort niedergeschlagen und wäre dann geflohen. Vielleicht hat er ein paar Sachen gestohlen, die etwas mit dem Mord zu tun haben.«

»Tja, wenn John Fiske in der Wohnung seines Bruders war und die Geschichte von dem Einbrecher nur erfunden und von der Lebensversicherung gewusst hat, hätte er doch die Wohnung durchsuchen und die Police mitnehmen können. Warum soll er sie dort liegen lassen? Damit ihr sie findet und misstrauisch werdet?«

Chandler sah sie aus weit aufgerissenen Augen an.

»Buford, was hast du?«

»Verdammt, Schatz, ich dachte, ich sei der Detective in der Familie. Verdammt noch mal, wieso habe ich nicht daran gedacht?«

»Weil du überarbeitet bist und man deine Leistung nicht richtig würdigt, deshalb nicht.« Sie stand auf und gab ihm die Hand. »Doch wenn du jetzt mit nach oben kommst, wird dir eine ganz besondere Würdigung zuteil werden. Aber lass deine einfühlsame Seite hier unten, Baby, und bring nur die anderen Teile mit.« Sie sah ihn mit schwerlidrigen Augen an, die jedoch kein Anzeichen für Schläfrigkeit waren, wie er genau wusste.

Chandler stand schnell auf und nahm ihre Hand, und gemeinsam gingen sie die Treppe hinauf.

KAPITEL 46

Während der Jeep die Straße entlangraste, musterte Tremaine die Insassen eines jeden Wagens, an dem sie vorbeifuhren.

»So ein verdammtes Pech«, stöhnte Rayfield. »Wir können sie höchstens um ein paar Minuten verpasst haben.«

Tremaine ignorierte ihn und konzentrierte sich auf den Wagen vor ihnen. Als sie ihn überholten, ging die Innenbeleuchtung an und enthüllte Fahrer und Beifahrerin. Die Beifahrerin entfaltete eine Karte.

Als Tremaine das sah, trat er auf die Bremse, riss den Jeep nach links herum und fuhr über den Mittelstreifen. Der Wagen rumpelte und schaukelte über die grasbewachsene Erhöhung, bis die Räder wieder Asphalt fanden und sie zu Riders Kanzlei zurückfuhren.

Rayfield legte die Hand auf Tremaines Schulter. »Verdammt, was soll das?«

»Sie haben uns reingelegt. Der Mann und das Mädchen. Ihre Geschichte war gelogen.«

»Wie kommst du denn da drauf?«

»Das Licht im Bad.«

»Das Licht? Was ist damit?«

»Es war nicht an. Das Miststück war im Dunkeln auf dem Klo. Ich kam drauf, als ich sah, wie das Licht in dem Wagen da hinten anging. Als sie im Bad war, fiel unter der Tür kein Licht hindurch. Und als sie dann rauskam und die Tür aufmachte, drückte sie nicht auf den Lichtschalter, weil das Licht schon aus war. Sie war gar nicht pinkeln. Sie stand im Stockfinstern da. Und rate mal, warum?«

Rayfield erbleichte. »Weil Harms und sein Bruder bei ihr waren.« Während er die Straße entlang nach vorn schaute, kam ihm ein anderer Gedanke. »Der Bursche hat gesagt, sein Name sei John Michaels. Vielleicht hieß er in Wirklichkeit John *Fiske*.«

»Und das Mädchen war Sara Evans. Du rufst lieber an und gibst den anderen Bescheid.«

Rayfield griff nach dem Handy. »Jetzt erwischen wir Harms nie mehr.«

»Doch, werden wir.«

»Und wie, verdammt noch mal?«

Tremaine zehrte von dreißig Jahren Armeeausbildung. Man hatte ihm beigebracht, stets zu überlegen, was die Gegenseite unternehmen könnte. »Fiske hat gesagt, sie wären in einem PKW davongefahren. Also haben sie wohl einen Truck. Er hat gesagt, der Wagen sei alt. Also suchen wir nach einem *neuen* Kleinlaster. Er hat gesagt, sie wären noch Norden gefahren, also suchen wir im Süden. Sie haben nur fünf Minuten Vorsprung. Wir kriegen sie.«

»Hoffentlich hast du Recht. Und wenn sie in Riders Kanzlei waren ...« Er stockte und sah besorgt aus dem Fenster.

Tremaine schaute zu ihm hinüber. »Dann heißt das, dass die Harms-Brüder nicht auf der Flucht sind. Sie haben also nach etwas gesucht, das Rider hatte. Und das ist wahrlich keine gute Nachricht für uns.« Er nickte zum Telefon hinüber. »Nun ruf schon an. Wir kümmern uns um Harms und seinen Bruder. Sie werden sich mit Fiske und der Frau befassen müssen.«

Wegen der Bedeutung des Falles hatte das FBI angeboten, die in der Seitenstraße gefundene Kugel in seinem Labor zu analysieren. Nach dem Vergleich mit Gewebeproben, die man Michael Fiskes Überresten entnommen hatte, stand fest, dass das Geschoss sein Gehirn durchschlagen hatte. Die Kugel stammte aus einer Neun-Millimeter-Pistole, wie sie normalerweise von Gesetzeshütern getragen wurde.

Mit dieser Information setzte Agent McKenna sich im Hoover Building hinter ein Computerterminal und richtete eine Dringlichkeitsanfrage an die Staatspolizei von Virginia. Innerhalb weniger Minuten hatte er seine Antwort. John Fiske hatte einen Waffenschein und eine Neun-Millimeter-sig-Sauer unter seinem Namen eintragen lassen, ein Überbleibsel aus seiner Zeit als Polizist. Kurz darauf saß McKenna in seinem Wagen. Zwei Stunden später bog er von der Interstate 95 ab und fuhr durch die dunklen Straßen der Innenstadt von Richmond. Sein Wagen rumpelte über die alten und unebenen Straßen des Shockoe Slip. Er parkte in einer abgelegenen Seitenstraße am alten Bahnhof.

Zehn Minuten später stand er in John Fiskes Büro. Die Schlösser der Haustür und der Kanzlei hatte er problemlos knacken können. Er zog Handschuhe an, holte eine kleine Taschenlampe hervor und sah sich in dem dunklen Raum um. Wenn er hier nichts fand, würde er auch noch Fiskes Wohnung durchsuchen.

Aber schon ein paar Minuten später wurde er fündig. Die Neun-Millimeter-Pistole war verhältnismäßig leicht und kompakt. Er hielt sie einen Augenblick lang in der Hand und steckte sie dann in die Jackentasche.

Er sah sich im Rest des Büros um. Das Licht der Taschenlampe ließ einen Gegenstand aufleuchten, und McKenna ging zum Bücherregal und nahm das eingerahmte Foto in die Hand. Der Lichtstrahl funkelte zu stark auf dem Glas, und McKenna ging mit dem Foto zum Fenster und sah es sich im Mondlicht an.

Die Fiske-Brüder standen nebeneinander und sahen eigentlich ganz normal aus. Michael Fiske war größer und sah besser aus als sein älterer Bruder, doch das Feuer in John Fiskes Augen brannte mit größerer Intensität. John trug seine Polizeiuniform, also war das Foto schon vor einer geraumen Weile aufgenommen worden. Der ältere Bruder hatte viel vom Leben gesehen, während er diese Uniform trug, genau wie McKenna in seiner Laufbahn beim

FBI. Manchmal verliehen einem diese Erfahrungen so ein Feuer, oder sie nahmen es einem rücksichtslos weg.

Er stellte das Foto zurück und verließ das Büro.

Fünf Minuten später fuhr der FBI-Agent wieder in nördliche Richtung. Zwei Stunden darauf saß er in seinem Haus in einem wohlhabenden Vorort im nördlichen Virginia in seinem kleinen Arbeitszimmer und nippte abwechselnd an einem Bier und spitzte die Lippen um eine Zigarette. Er hielt die Pistole in der Hand, die er aus Fiskes Büro mitgenommen hatte. Sie war hervorragend gepflegt, eine solide Arbeit, diese P226. Fiske hatte mit dieser Waffe eine gute Wahl getroffen. Als Cop hatte sein Überleben von ihr abgehangen. Noch vor einigen Jahren hatten Polizisten nur selten die Waffe ziehen müssen, doch das hatte sich geändert.

McKenna wusste, dass Fiske mit dieser Waffe einen Menschen getötet hatte. Er hatte den Schuss abgefeuert, der einem anderen das Leben genommen hatte. McKenna war klar, wie kompliziert dieser Vorgang war. In gewisser Hinsicht handelte es sich für den Schützen dabei um eine Reise – um eine, die eigentlich in einen Zeitraum von wenigen Sekunden zusammengedrängt wurde. Die Hitze des Metalls, der widerliche Geruch des explodierten Pulvers. Im Gegensatz zu den Filmen schleuderte eine Kugel einen Menschen keineswegs mehrere Meter weit zurück. Der Getroffene brach dort zusammen, wo die Kugel ihn erwischt hatte, schiss und pisste sich in die Hosen und stürzte wortlos in den Dreck. McKenna hatte auch schon einen Menschen getötet. Es war ganz schnell gegangen; er hatte gar nicht dabei nachgedacht. Er hatte gesehen, wie seinem Gegenüber die Augen fast aus dem Kopf traten, wie der Körper zuckte. Dann war er zu der Stelle zurückgegangen, von der aus er geschossen hatte, und hatte die beiden Einschlaglöcher in der Wand dahinter gesehen. Der Tote hatte noch auf ihn schießen können. Wie durch ein Wunder hatten die Kugeln den FBI-Agenten verfehlt. Später erfuhr McKenna, dass der Tote eine Sehschwäche gehabt hatte; ein Auge war, da er schielte, weniger belastet worden und hatte deshalb an Sehkraft nachgelassen. Dadurch war sein Tiefensehen beeinflusst worden. McKenna hatte überlebt, seine Frau und Kinder wieder gesehen, weil der Mann seinen Sehfehler nicht hatte korrigieren lassen. Auf der Heimfahrt hatte McKenna sich in die Hosen gemacht.

Er legte die Pistole auf den Tisch und konzentrierte sich. Sein Herumschnüffeln im Büro der Assessoren hatte sich gelohnt. Morgen würden sowohl Fiske als auch Sara einige unangenehme Fragen beantworten müssen. Er würde zuerst Chandler informieren, ihm alle Fakten vorlegen und dann dafür sorgen, dass der kampflustige Detective von der Mordkommission seine Pflicht tat.

McKenna stand auf und ging im Zimmer hin und her. An den Wänden des Arbeitszimmers hingen eingerahmte Fotos, die ihn gemeinsam mit Prominenten oder anderen bedeutenden Persönlichkeiten zeigten. Auf einem Beistelltisch waren sorgfältig die zahlreichen Auszeichnungen und Belobigungen arrangiert, die Warren McKenna auf Grund seiner Intelligenz und seines Muts als FBI-Agent erhalten hatte. Er hatte eine lange, produktive Karriere beim Bureau hinter sich, aber das glich den einen Vorfall nicht aus, der ihm große Schande bereitet hatte. Es war vor so vielen Jahren passiert und trotzdem eine seiner deutlichsten Erinnerungen. Was er damals getan hatte, trieb ihn heute dazu, John Fiske ein Verbrechen anzuhängen.

Er drückte die Zigarette aus und ging leise durch das Haus. Seine Frau war längst zu Bett gegangen. Seine Kinder waren erwachsen und führten ihr eigenes Leben. Finanziell ging es ihm gut, auch wenn FBI-Agenten nie das große Geld verdienten, außer, sie hingen ihre Dienstmarke an den Nagel. Aber seine Frau, Partnerin einer großen Anwaltskanzlei in Washington, zählte zu den Spitzenverdienern. Daher war ihr Haus groß, teuer eingerichtet – und im Prinzip leer.

Er schaute noch einmal zum Arbeitszimmer zurück. Über seine glänzende Laufbahn wurde ordentlich auf diesem Tisch Buch geführt, und sie wurde auf Dauer in diesen

Fotos festgehalten. Er atmete ein letztes Mal tief durch, während die Dunkelheit ihn umschlang. Buße war eine lebenslange Verantwortung.

Das Flugzeug setzte auf und rollte langsam aus. Ein paar Minuten später gingen Fiske und Sara zum Parkhaus des National Airport zurück.

»Wir sind extra dorthin geflogen, beinahe erschossen worden und mit leeren Händen zurückgekommen«, stieß Sara hervor. »Da habe ich ja eine tolle Idee gehabt.«

»Und genau da liegen Sie falsch«, erwiderte Fiske.

Sie hatten den Wagen gefunden und stiegen ein. »Was genau haben wir denn herausgefunden?«, fragte sie.

»Ziemlich viel. Zum einen haben wir Rufus Harms unmittelbar gegenübergestanden. Ich glaube, er sagt die Wahrheit, wie auch immer die aussehen mag.«

»Das wissen Sie aber nicht genau.«

»Er ist in Riders Büro eingebrochen, Sara, obwohl er eigentlich unter allen Umständen versuchen müsste, das Land zu verlassen. Er wollte den Berufungsantrag holen, den er verfasst hat. Warum sollte er das tun, wenn er nicht davon überzeugt ist, dass er Recht hat?«

»Keine Ahnung«, gestand Sara ein. »Warum hat er seinen Antrag nicht einfach noch mal geschrieben?«

»Rider hat ein Dokument mit dem Antrag eingereicht. Sie haben es in der Aktentasche meines Bruders gesehen. Nachdem Rider nun tot ist, konnte Harms es nicht mehr kopieren. Er hat auch etwas erwähnt, das er von der Army bekommen hat. Einen Brief. Vielleicht dachte er, dieses Schriftstück könnte ihm helfen, und wollte beides holen.«

»Das ergibt schon mehr Sinn.«

»Diese Leute von der Army haben es auf Blut abgesehen. Nicht die Suche nach Rufus Harms hat sie zu der Kanzlei geführt. Sie wollten sie durchsuchen.«

»Woher wissen Sie das?«

»Sie haben uns nicht mal gefragt, ob wir einen Verdächtigen gesehen haben, jemanden, auf den Rufus' Beschreibung passt. Diese Information musste ich ihnen geradezu aufdrängen. Und sie waren nicht offiziell dort. Mitten in der Nacht, mit Maschinenpistolen. Sie waren keine Militärpolizisten oder so. Ihrem Alter und Verhalten nach müssen sie ziemlich hohe Tiere gewesen sein. Um Mitternacht mit Maschinenpistolen in eine Anwaltskanzlei zu stürmen ... so etwas tut die Army nicht.«

»Vielleicht haben Sie Recht.«

»Also muss der Inhalt dieser Berufung irgendetwas mit diesen Burschen persönlich zu tun haben.«

»Aber wir wissen nicht mal, wer sie sind.«

»Doch, wissen wir. In Riders Büro hat Rufus ihre Namen genannt. Tremaine, Vic Tremaine – und der andere heißt Rayfield. Sie sind in der Army, und das heißt, sie müssen irgendetwas mit Fort Jackson zu tun haben. Rufus hat gesagt, sie hätten ihm etwas angetan. Damit hat er bestimmt gemeint, damals, als die Sache passiert ist.«

»John, selbst wenn sie ihn irgendwie ermutigt haben, das kleine Mädchen zu töten, oder es ihm sogar aus irgendeinem höllischen Grund befohlen haben sollten, würde man sie höchstens als Mittäter oder Anstifter zur Rechenschaft ziehen können. Und das nach all diesen Jahren? Wenn das alles ist, was Harms hat, hat er nichts, und das ist Ihnen auch klar, verdammt noch mal.«

»Das Problem ist, wir wissen nicht genug darüber, was damals wirklich geschehen ist. Wenn Harms in der Nacht, in der das kleine Mädchen umgebracht wurde, im Bau von irgendwem Besuch bekommen haben sollte, müsste es Unterlagen darüber geben.«

Sara schaute skeptisch drein. »Nach fünfundzwanzig Jahren?«

»Und dann ist da noch der Brief von der Army, den Harms erwähnt hat. Was für einen Brief würde die Army einem vom Kriegsgericht verurteilten Häftling schicken?«

»Glauben Sie, dass dieser Brief die ganze Sache irgendwie ausgelöst hat?«

»Er könnte irgendeine Information enthalten haben, die

Harms zuvor unbekannt war. Ich weiß aber nicht, was das für eine Information gewesen sein könnte, oder warum er sie nicht gekannt hat.«

»Augenblick mal. Wenn Tremaine und Rayfield in Fort Jackson stationiert sind ... warum sollten sie dann zulassen, dass Harms so einen Brief überhaupt bekommt? Wird die Post der Häftlinge nicht zensiert?«

Fiske dachte kurz nach. »Vielleicht ist sie einfach durchgerutscht.«

»Oder der Brief wurde gar nicht zum Gefängnis geschickt. Josh Harms schien alles darüber gewusst zu haben. Vielleicht hat er ihn bekommen, zwei und zwei zusammengezählt und Rufus davon erzählt.«

»Und dann hat Rufus irgendwie einen Herzanfall vorgetäuscht und wurde ins nächste Krankenhaus gebracht, und da hat Josh ihn dann befreit?«

»So könnte es gewesen sein.«

»Wenn wir doch nur wüssten, was an diesem Tag in Fort Jackson passiert ist. Josh und Rufus zufolge können wir wohl davon ausgehen, dass mein Bruder ihn im Gefängnis besucht hat.«

»Warum rufen wir nicht in Fort Jackson an oder fahren hin? Dann können wir doch herausfinden, ob Michael dort war.«

Fiske schüttelte den Kopf. »Wenn diese beiden Typen dort stationiert sind, werden sie das bereits vertuscht haben. Vielleicht haben sie jeden versetzt, der Mike dort gesehen hat. Und mit Chandler können wir nicht dorthin fahren. Was sollen wir ihm sagen? Dass zwei Jungs von der Army einen Gefangenen suchen, der aus ihrer Obhut entkommen ist? Na und?«

»Na ja, wenn Rayfield und Tremaine im Gefängnis stationiert sind, ist Michael direkt in die Höhle des Löwen marschiert. Auch wenn Sie beide sich nicht nahe standen, überrascht es mich, dass Michael Sie nicht angerufen und um Hilfe gebeten hat. Hätte er das getan, würde er vielleicht noch leben.«

Fiske erstarrte, als er das hörte, und schloss dann die Augen. Er sagte während der ganzen Fahrt kein Wort mehr.

Als sie Saras Cottage erreicht hatten, ging Fiske direkt zum Kühlschrank und holte sich ein Bier. »Haben Sie Zigaretten?«

Sie runzelte die Stirn. »Ich dachte, Sie wären Nichtraucher.«

»Ich habe es vor ein paar Jahren aufgegeben. Aber jetzt brauche ich wirklich eine.«

»Da haben Sie aber Glück.« Sie zog einen Stuhl heran und stellte ihn neben die Küchenzeile. Dann zog sie die Pumps aus und stieg auf die Sitzfläche. »Ich habe herausgefunden, je schwieriger ich an meinen kleinen Vorrat herankomme, desto weniger rauche ich. Ich habe wohl eine richtig faule Ader.«

Fiske sah zu, wie sie sich auf die Zehenspitzen stellte und auf den höchsten Küchenschrank griff. Ihre Finger berührten kaum die Kante.

»Warten Sie, Sara, lassen Sie mich das machen. Sie brechen sich noch das Genick.«

»Ich habe sie schon, John, sie müssen irgendwo hier liegen.« Sie streckte sich gewaltig, und ihr Kleid rutschte hoch, und Fiske ertappte sich, dass er ihre freiliegenden Oberschenkel betrachtete. Sie schwankte ein wenig, und er legte eine Hand um ihre Taille, um sie festzuhalten. Auf der Rückseite ihres rechten Schenkels war ein kleines Muttermal, ein fast perfektes, mattrotes Dreieck. Es schien im Rhythmus ihrer Bewegungen zu pulsieren. Er senkte den Blick zu ihren Füßen, während er sie weiterhin festhielt. Seine Handfläche ruhte leicht auf der weichen Rundung ihrer Hüfte. Ihre Zehen waren lang und nicht zusammengedrückt, als ginge sie oft barfuß. Er sah beiseite.

»Ich hab sie.« Sie hielt die Packung hoch. »Sind Camel okay?«

»Solange man sie an einem Ende anstecken kann, ist mir das wirklich egal.« Er half ihr hinab, klopfte eine Zigarette aus der Packung und sah sie dann an. »Auch eine? Sie haben schließlich die ganze Arbeit gemacht.« Sie nickte, und er steckte ihr eine an. Sie rauchten eine Weile, und Sara holte sich ebenfalls ein Bier. Dann gingen sie auf die kleine hintere Veranda hinaus, die einen Blick auf den Fluss bot, und setzten sich auf eine verblichene hölzerne Hollywoodschaukel.

»Sie haben mit dem Haus eine gute Wahl getroffen«, sagte er.

»Als ich es zum ersten Mal sah, konnte ich mir vorstellen, mein ganzes Leben hier zu verbringen.« Sie zog die Beine unter sich hoch, klopfte die Asche am Verandageländer ab und beobachtete, wie der Wind sie davonwehte. Sie bog den langen Hals zurück und nippte wieder an dem Bier.

»Sehr impulsiv von Ihnen.«

Sie setzte das Bier ab und sah ihm ins Gesicht. »Haben Sie noch nie so eine spontane Empfindung gehabt?«

Er dachte kurz darüber nach. »Eigentlich nicht. Und was kommt jetzt? Heirat, Kinder? Oder nur die Karriere?« Er zog an der Zigarette und wartete darauf, dass sie antwortete.

Sie trank noch einen Schluck Bier und beobachtete, wie in der Ferne die Lichter von Autos über die Woodrow Wilson Bridge fuhren. Dann stand sie auf. »Lust zum Segeln?«

Überrascht sah er sie an. »Dafür ist es doch ein wenig spät, oder?«

»Nicht später als bei unserem letzten Törn. Ich habe den Segelschein, und das Boot hat Scheinwerfer. Wir drehen eine gemächliche Runde und fahren wieder zurück.« Bevor er antworten konnte, ging sie ins Haus. Nach ein paar Minuten kam sie wieder zurück, bekleidet mit abgeschnittenen Jeans, einem Tank-Top und Segelschuhen. Das Haar hatte sie zu einem Knoten zurückgebunden.

Fiske schaute an seinem Oberhemd, den langen Hosen und Halbschuhen hinab. »Ich habe meinen Matrosenanzug nicht mitgebracht.«

»Das macht nichts. Ich bin der Matrose, nicht Sie.« Sie hatte noch zwei Bier mitgebracht.

Sie gingen zum Dock. Es war fürchterlich schwül, und Fiske brach schnell der Schweiß aus, als er Sara beim Vorbereiten der Segel half. Als er auf dem Bug stand, um das vordere Segel aufzutakeln, rutschte er aus und wäre fast ins Wasser gefallen. »Wenn Sie jetzt in den Potomac gestürzt wären, müssten wir nicht im Mondlicht segeln«, sagte Sara lachend. »Dann würden Sie ganz von alleine glühen.«

Das Wasser war ruhig, am Ufer ging kein Wind, und so warf Sara den Hilfsmotor an, und sie tuckerten zur Mitte des Flusses, wo die Segel endlich eine Brise fanden und in der warmen Luft anschwollen. Die nächste Stunde über glitten sie in gemächlichen Ovalen über den Fluss. Sara hatte den Scheinwerfer eingeschaltet, und der Mond stand im dritten Viertel, und es waren keine anderen Schiffe auf dem Fluss.

Fiske übernahm das Ruder, wobei Sara ihm den Umgang mit der Pinne erklärte, bis er ausreichend vertraut damit war. Jedes Mal, wenn sie in den Wind kreuzten, zitterte und sackte das Großsegel, und Fiske musste sich ducken, während Sara den Baum herumschwang, das Segel sich langsam füllte und sie wieder vorantrieb.

Sie schaute zu ihm hinüber und lächelte. »Es kommt einem doch vor wie Zauberei, etwas Unsichtbares und doch so Starkes einzufangen und es zu zwingen, einem zu Willen zu sein, nicht wahr?«

Er musste darüber lächeln, wie sie es sagte, so mädchenhaft, mit so offenem Staunen. Sie tranken Bier und rauchten noch eine Zigarette, nachdem sie sich mehrmals und unter beträchtlichem Gelächter bemüht hatten, sie in der steifen Brise anzuzünden. Sie sprachen über Dinge, die nichts mit den derzeitigen Ereignissen zu tun hatten, und waren beide erleichtert, dass sie dazu im Stande waren, wenn auch nur für kurze Zeit.

»Sie haben ein nettes Lächeln«, sagte Sara. »Sie sollten es öfter zeigen.«

Als sie zurückfuhren, hatte Fiske vom ungewohnten Umgang mit dem Tau eine Blase an der Innenseite des Daumens.

Sie vertäuten das Boot und holten die Segel ein. Sara ging zum Haus und kam mit neuem Bier und einer Tüte Salsa-Chips zurück. »Ich will mir nicht nachsagen lassen, dass ich meinen Gästen nichts anbiete.«

Sie setzten sich auf das Boot und tranken, verputzten die Chips und beobachteten die Flugzeuge, die über ihnen donnernd ihre Abgase ausstießen, während in ihrem Kielwasser dann absolute Stille folgte, als wären alle Geräusche in einem Vakuumstaubsauger verschwunden. Der Wind frischte auf, und als der nächtliche Sturm heranrollte, sackte die Temperatur plötzlich ab. Sie beobachteten, wie die Wolken sich an den Rändern schwarz färbten und dann Blitze über den Horizont zuckten. In ihrem Tank-Top zitterte Sara ein wenig, und Fiske legte den Arm um sie. Sie lehnte sich gegen ihn. Dann fielen ein paar Regentropfen, und Sara sprang auf. Mit Fiskes Hilfe holte sie die Vinylplanen heraus und breitete sie über die offenen Teile des Bootes aus.

»Wir gehen besser rein«, sagte sie.

Sie gingen zum Haus und liefen die letzten paar Meter, als plötzlich ein Wolkenbruch einsetzte.

»Morgen haben wir einen langen Tag vor uns«, sagte Sara und schaute auf die Küchenuhr, während sie ihr nasses Haar mit einem Papiertuch abtrocknete.

»Besonders, da wir letzte Nacht gar nicht geschlafen haben«, sagte Fiske und gähnte. Sie schalteten das Licht aus und gingen nach oben.

Sara sagte gute Nacht und ging in ihr Schlafzimmer. Fiske beobachtete durch die Türöffnung, wie sie das Fenster öffnete und mit der Brise auch etwas Regen einließ. Der Strahl eines Blitzes flackerte durch den Himmel und schlug irgendwo in die Erde ein. Der Donner war ohrenbetäubend. So viel Kraft, dachte Fiske. Er ging durch den Korridor ins Gästezimmer und zog sich aus. In Shorts und T-Shirt setzte er sich aufs Bett und lauschte dem Regen.

Sein Zimmer war stickig, doch er machte keine Anstalten, ein Fenster zu öffnen. Das Haus war zu alt, um eine zentrale Klimaanlage zu haben; nicht einmal an die Fenster waren Air-conditioner montiert. Offensichtlich zog Sara es vor, sich von der Brise vom Fluss abkühlen zu lassen. Eine Wanduhr tickte die Sekunden ab. Er ertappte sich dabei, wie er seinen Puls damit verglich. Sein Herz schlug schnell, pumpte Liter von Blut durch seinen Körper.

Er zog die Hosen wieder an, erhob sich und ging den Korridor entlang. Ihr Zimmer war jetzt dunkel, doch die Tür stand noch offen. Windstöße bewegten die Vorhänge hin und her. Er blieb auf der Schwelle stehen und beobachtete sie, wie sie im Bett lag, nur von einem Laken bedeckt.

Sie beobachtete ihn, wie er sie beobachtete. Er konnte die Ränder ihrer Pupillen sehen. Wartete sie auf ihn? Wollte sie, dass er diesmal zu ihr kam? Er ging zögernd in den Raum, als sei es das erste Mal, dass er das Schlafzimmer einer Frau betrat. Sie bewegte sich nicht und sagte auch nichts, ermunterte, aber entmutigte ihn auch nicht.

Er legte sich neben sie, und sie rutschte augenblicklich zu ihm hinüber, als wolle sie ihm keine Gelegenheit lassen, seine Entscheidung zu überdenken, vor ihr zu fliehen. Sie war nackt. Ihr Körper war warm, ihre Haut glatt; die Brüste waren etwas feucht und voller Wärme, es war noch immer fürchterlich schwül. Sie hatte den Haarknoten geöffnet, und das Haar fiel ihr ins Gesicht. Sie presste die Lippen zusammen und öffnete sie wieder; ihre Finger streichelten ihn sanft am ganzen Körper.

Sie küssten sich, zuerst leicht, dann mit größerer Tiefe. Sie schickte sich an, ihm das T-Shirt auszuziehen, streichelte seine Brust, rieb ihren Bauch an dem seinen. Er drückte ihre Hand zur Seite und zog das Hemd wieder herunter. Während der Regen auf das Dach trommelte und am Fenster abglitt, streifte Fiske die Shorts ab, richtete sich auf die Ellbogen auf und schob sich auf sie.

Sara erwachte früh, als die ersten Strahlen des Sonnenlichts gerade über die Fensterbank fielen. Hinter dem Sturm waren Wellen köstlich kühler Luft gekommen, und ein Himmel, der sich innerhalb von einer Stunde von Rosa und Grau in ein tiefes Blau verfärben würde.

Sie streckte den Arm aus, um ihn zu berühren, und merkte, dass das Bett neben ihr leer war. Schnell setzte sie sich auf und schaute sich um. Sie schlang das Laken um ihren Körper, stürmte den Korridor entlang und sah im Gästezimmer nach. Leer. Das Bad ebenfalls. Voller Panik erreichte sie die oberste Stufe der Treppe – und blieb stehen. Ein Lächeln legte sich auf ihr Gesicht.

Sie beobachtete Fiske, wie er sich eine Tasse Kaffee einschenkte und dann Eier in eine Schüssel aufschlug und geriebenen Cheddarkäse hinzugab. Der Geruch anbratender Zwiebeln stieg ihr in die Nase.

Fiske hatte sich schon angezogen, sein Haar war noch nass vom Duschen. Als er sich umdrehte, um die Kühlschranktür zu öffnen, sah er sie.

Sara zog das Laken etwas enger um sich. »Ich dachte, du wärest gegangen.«

»Ich wollte dich etwas länger schlafen lassen. Es war eine kurze Nacht.«

Eine wunderbare Nacht, wollte sie sagen, tat es dann aber doch nicht. »Alles in Ordnung?«, fragte sie so beiläufig, wie sie konnte. Sie war noch immer nicht im Stande, die verborgenen Bedeutungen hinter seinen Worten, Bewegungen und seiner Gestik zu deuten. Besonders nicht, wenn sie etwas betrafen, das noch so frisch war wie ihre erste gemeinsame Nacht. War es ein schlechtes Zeichen, dass er lieber Frühstück machte, als neben ihr zu liegen?

»Mir geht es gut, Sara.« Er lächelte, als wolle er ihr zeigen, dass dem tatsächlich so war.

Sie erwiderte das Lächeln. »Was immer du da machst, es riecht wunderbar.«

»Nichts Besonderes. Ein Käseomelett.«

»Mein Frühstück besteht normalerweise aus trockenem

Toast und Pulverkaffee. Eine schöne Abwechslung. Habe ich noch Zeit zum Duschen?«

»Beeil dich.«

»Nicht wie letzte Nacht.« Sie lächelte, klimperte mit den Lidern und drehte sich um. Hinten bedeckte das Laken nichts.

Fiske sah ihr nach, verspürte wieder Erregung beim Anblick ihres nackten Körpers, der zarten, sinnlichen Rundungen ihres Rückens, der Hinterbacken und Beine. Er setzte sich an den Küchentisch und sah sich in dem behaglichen Raum um. Er hatte eine Weile auf der hinteren Veranda gestanden und beobachtet, wie über ihm langsam die Sonne aufging. Die Morgendämmerung kam ihm über dem Wasser immer viel reiner vor, als böten diese beiden unbedingt notwendigen Bestandteile des Lebens, Wärme und Wasser, eine fast spirituelle Erhebung.

Als im Bad das Wasser zu rauschen anfing, sah er zur Treppe zurück. Nachdem Sara eingeschlafen war, hatte er sie beobachtet. In der Dunkelheit der Nacht hatte er, während ihre vermischten Ausdünstungen sich wie eine zweite Haut um sie legten, den Eindruck gehabt, als gehörte er zu ihr und sie zu ihm. Doch dann war die unverblümte Klarheit des Morgens gekommen.

Fiske hob die Kaffeetasse an die Lippen, setzte sie aber schnell wieder ab. Hätte er damals seinen Bruder sofort zurückgerufen, würde Mike jetzt noch leben. Dieser Wahrheit würde Fiske niemals entkommen können. Er würde auf ewig damit leben müssen.

KAPITEL 47

Elizabeth Knight erwachte ebenfalls bei Anbruch der Dämmerung, duschte und zog sich schnell an. Jordan Knight schlief noch fest, und sie machte keine Anstalten, ihn zu wecken. Sie kochte Kaffee, schenkte sich eine Tasse ein, nahm ihr Notizbuch, setzte sich auf die Terrasse und beobachtete den Sonnenaufgang. Sie studierte jede Seite ihres Materials für die heutige mündliche Verhandlung, darunter auch Steven Wrights letzte Vorlage. Als sie die Seiten umblätterte, musste sie gegen die Tränen ankämpfen. Sie schwor sich, dass sein Tod nicht vergebens sein würde. Ramsey würde bei diesem Fall nicht den Sieg davontragen.

Sie hatte bereits alles daran gesetzt, um dafür zu sorgen, dass Barbara Chance und Frauen wie sie die Army wegen des grausamen, sadistischen und illegalen Verhaltens ihrer männlichen Angehörigen auf Schadenersatz verklagen konnten. Die Organisation, die Immunität vor solchen Klagen verdiente, war noch nicht erfunden worden. Doch nun war ihre Motivation, ihr Wille, die Entscheidung durchzusetzen und Ramsey zu schlagen, ums Tausendfache gestiegen. Sie trank den Kaffee aus, packte ihre Aktentasche und nahm sich ein Taxi zum Obersten Gerichtshof.

Fiske rieb seine geröteten Augen und versuchte, die Erinnerung an die vergangene Nacht und die verwirrenden Folgen, die sich daraus ergaben, zu verdrängen. Er saß in einem abgetrennten Teil des Saals, der für Angehörige des Gerichts reserviert war. Er sah zu Sara hinüber, die mit den anderen Assessoren auf den steil ansteigenden Rängen über der Richterbank saßen. Sie bemerkte seinen Blick, schaute zu ihm hinüber und lächelte.

Während die Richter zwischen den Vorhängen hervortraten und Platz nahmen, beendete Perkins seine kleine Rede, und alle Anwesenden erhoben sich. Fiske sah zu Richterin Knight hinüber. Ihre unauffälligen Bewegungen – hier das leichte Aufsetzen eines Ellbogens, dort ein Finger, der über Papier glitt – zeugten von einer fast unbeherrschbaren Energie. Sie sah aus, dachte er, wie eine Rakete, die an ihren Verankerungen riss, unbedingt explodieren wollte. Er sah zu Ramsey hinüber. Der Mann lächelte, wirkte ganz ruhig, schien alles unter Kontrolle zu haben. Doch hätte Fiske auf jemanden setzen müssen, hätte er seine Chips ganz nach rechts geschoben, direkt vor Richterin Elizabeth Knight.

Der Fall *Chance gegen die Vereinigten Staaten* wurde aufgerufen.

Der Anwalt der Chance, ein scharfer Hund von der juristischen Fakultät der Universität Harvard, der schon mehrfach mit großem Erfolg vor dem Obersten Gerichtshof aufgetreten war, machte sich schwungvoll an seine Argumentation.

Bis Ramsey ihn unterbrach.

»Sie kennen den *Feres-Grundsatz,* Mr Barr?«, fragte er, womit er sich auf das Urteil des Obersten Gerichtshofs aus dem Jahr 1950 bezog, das dem Militär zum ersten Mal Immunität vor Klagen gewährt hatte.

Barr lächelte. »Leider ja.«

»Verlangen Sie von uns, dass wir einen seit fünfzig Jahren bestehenden Präzedenzfall aufheben?« Ramsey schaute die Bank auf und ab. »Wie können wir diesen Fall zu Gunsten Ihrer Klientin entscheiden, ohne das Militär und dieses Gericht auf den Kopf zu stellen?«

Die Knight ließ nicht zu, dass Barr darauf antwortete. »Das Gericht hat sich von diesem Argument nicht abhalten lassen, die Rassentrennung an den Schulen dieses Landes aufzuheben. Wenn die Sache gerechtfertigt ist, sind auch die Mittel gerechtfertigt, und Präzedenzfälle dürfen uns nicht im Weg stehen.«

»Bitte beantworten Sie meine Frage, Mr Barr«, beharrte Ramsey.

»Dieser Fall unterscheidet sich von dem Präjudiz.«

»Wirklich? Es ist doch unbestritten, dass Barbara Chance und ihre männlichen Vorgesetzten Uniform trugen, sich auf Regierungseigentum befanden und ihren offiziellen Pflichten nachgingen, als der sexuelle Zwischenfall sich ereignete?«

»Ich würde erzwungenen Geschlechtsverkehr kaum als ›offizielle Pflicht‹ bezeichnen. Doch ungeachtet dessen ist die Tatsache, dass ihr Vorgesetzter seinen Rang benutzte, um sie zu etwas zu zwingen, das einer Vergewaltigung gleichkommt, und ...«

»Und«, warf Knight ein, die anscheinend einfach nicht still bleiben konnte, »die vorgesetzten Offiziere im fraglichen Stützpunkt und in der regionalen Kommandostelle wussten von diesen Vorfällen, wurden sogar schriftlich darüber in Kenntnis gesetzt, haben aber nur höchst beiläufige Ermittlungen eingeleitet. Barbara Chance persönlich hat die örtliche Polizei hinzugezogen. Erst deren Untersuchung förderte schließlich die Wahrheit zu Tage. Diese Wahrheit ist ein Vorfall, der bei jeder anderen Organisation in diesem Land zu Schadenersatz berechtigen würde.«

Fiske sah von Ramsey zu Knight. Plötzlich hatte er den Eindruck, es säßen keine neun Richter dort, sondern nur noch zwei. In Fiskes Vorstellung hatte der Gerichtssaal sich in einen Boxring verwandelt, mit Ramsey als Champion und der Knight als talentierter, aber eindeutig unterlegener Herausforderin.

»Wir sprechen hier über das Militär, Mr Barr«, sagte Ramsey, sah dabei aber die Knight an. »Dieses Gericht hat entschieden, dass das Militär *sui generis* ist. Mit diesem Präjudiz haben Sie es zu tun. Bei Ihrem Fall geht es um die Befehlshierarchie. Eine Untergebene und ihr Vorgesetzter. Genau dieses Thema hat dieses Gericht – mehrfach – angesprochen und dabei eindeutig entschieden, dass es sich nicht in die mutmaßliche Immunität des Militärs einmischen wird. So lautete gestern das Gesetz, und so lautet es heute. Was mich zu meiner ursprünglichen Aussage zurückführt. Um für Ihre Klientin einzutreten, müsste dieses Gericht eine lange Reihe von Präzedenzurteilen aufheben, die über die Jahre hinweg stets bestätigt wurden. Das verlangen Sie von uns.«

»Wie ich schon erwähnt habe, ist der *stare decisis* eindeutig nicht unfehlbar«, sagte Knight und bezog sich damit auf die Praxis des Gerichts, an seinen einmal getroffenen Urteilen festzuhalten und sie zu bestätigen.

Es ging auch weiterhin zwischen der Knight und Ramsey hin und her. Jede Salve, die die eine Seite abfeuerte, wurde von der anderen umgehend beantwortet. Die anderen Richter und auch Mr Barr waren kaum mehr als interessierte Zuschauer, dachte Fiske.

Als der Anwalt für die Vereinigten Staaten, James Anderson, zu seinem Plädoyer vortrat, ließ die Knight ihn gar nicht erst zu Wort kommen.

»Warum beeinträchtigt es die Befehlshierarchie, wenn wir eine Klage auf Schadenersatz wegen stillschweigender Duldung einer feindseligen Umgebung für Frauen zulassen?«, fragte sie ihn.

»Das hätte eindeutig negative Auswirkungen auf die Integrität des Verhältnisses zwischen vorgesetztem und untergeordnetem Personal«, antwortete Anderson wie aus der Pistole geschossen.

»Mal sehen, ob ich Ihre Argumentation richtig verstanden habe. Indem wir dem Militär über Jahre hinweg erlaubt haben, seine Soldaten ungestraft zu vergiften, zu vergasen, zu verstümmeln, zu töten und zu vergewaltigen, und den Opfern jeden Anspruch auf Regress verweigern, verbessern wir irgendwie die Beziehungen zwischen den Militärangehörigen untereinander und die Integrität des Militärs? Es tut mir Leid, aber dieser Zusammenhang erschließt sich mir nicht ganz.«

Fiske musste sich zusammenreißen, um nicht laut aufzulachen. Sein Respekt vor der Knight als Anwältin und Richterin wuchs um das Zehnfache. Mit zwei Sätzen hatte sie die gesamte Argumentation der Army ins Lächerliche gezogen. Er schaute zu Sara hinüber. Ihr Blick ruhte auf der Knight, und zwar mit beträchtlichem Stolz, wie Fiske zu erkennen glaubte.

Anderson errötete schwach. »Wie der Chief Justice schon klargestellt hat, ist das Militär ein einzigartiges eigenständiges Gebilde. Wenn man zulässt, dass nach Belieben Klagen eingereicht werden, behindert und zerstört man diese besondere Verbindung zwischen dem Personal nur.«

»Also ist das Militär etwas Besonderes?«

»Richtig.«

»Weil es uns verteidigt und schützt?«

»Genau.«

»Die vier Waffengattungen der bewaffneten Streitkräfte werden also durch diese Immunität geschützt. Warum erweitern wir diesen Schutz dann nicht auf andere ›besondere‹ Organisationen? Zum Beispiel auf die Feuerwehr? Die Polizei? Sie schützen uns. Auf den Secret Service? Er schützt den Präsidenten, möglicherweise die wichtigste Person unseres Landes. Was ist mit Krankenhäusern? Sie retten uns das Leben. Warum verleihen wir den Krankenhäusern keine Immunität vor Klagen, falls Ärzte Krankenschwestern vergewaltigen?«

»Wir begeben uns jetzt weit über die Grenzen dieses Falles hinaus«, sagte Ramsey streng.

»Meines Erachtens versuchen wir, genau diese Grenzen festzulegen«, schoss Knight zurück.

»Ich glaube, der Fall *Vereinigte Staaten gegen Stanley* …«, begann Anderson.

»Freut mich, dass Sie ihn erwähnen. Lassen Sie mich kurz die Fakten dieses Falls zusammenfassen«, sagte die Knight. Sie wollte sich unbedingt Gehör verschaffen. Die anderen Richter sollten es mitbekommen, von denen viele schon hier gesessen hatten, als der Fall ursprünglich entschieden worden war, aber auch die Öffentlichkeit. Für die Knight war der Fall *Stanley* einer der schlimmsten Justizirrtümer der Geschichte und der Inbegriff aller Fehler, welche dieses Gericht begangen hatte. Zu dieser Schlussfolgerung war auch Steven Wright in seiner Vorlage gekommen. Und sie hatte vor, dieser Ansicht heute Gehör und bei der Abstimmung eine Mehrheit zu verschaffen.

Als Richterin Knight wieder das Wort ergriff, war ihre Stimme stark und fest.

»Stanley war in den fünfziger Jahren in der Army und hat sich freiwillig für ein Programm gemeldet, das angeblich mit einer in der Entwicklung befindlichen Schutzkleidung gegen chemische Kriegführung zu tun hatte. Die Versuche wurden in Maryland durchgeführt, auf dem Versuchsgelände Aberdeen. Stanley hat sein schriftliches Einverständnis erklärt, wurde aber niemals aufgefordert, irgendeine Spezialkleidung anzulegen oder Tests mit Gasmasken oder so durchzuführen. Er hat lediglich über einen längeren Zeitraum hinweg mit Psychologen über eine Vielzahl persönlicher Angelegenheiten gesprochen, bekam während dieser Sitzungen ein paar Gläser Wasser zu trinken, und das war es auch schon. Etwa zwanzig Jahre später bekam Stanley, mit dessen Leben es nach diesen Versuchen ständig bergab ging – Scheidung, unehrenhafte Entlassung aus der Army, unerklärliches Verhalten – einen Brief von der Army, in dem er gebeten wurde, an einer Nachuntersuchung teilzunehmen, zu der alle Armeeangehörigen aufgefordert wurden, die 1959 an einem Versuch teilgenommen hatten, bei dem Angehörigen der Army LSD verabreicht worden war, weil die Army die Langzeitwirkung der Droge testen wollte. Unter dem Vorwand, Schutzkleidung gegen Kampfgas zu testen, hatte die Army ihm ohne sein Wissen LSD verabreicht.«

Ein kollektives Keuchen ging durch die Reihen des Publikums, als es dies hörte, und die Besucher fingen an, miteinander zu sprechen. Perkins musste tatsächlich auf seinen Hammer zurückgreifen, was in den letzten Jahren so gut wie nicht mehr vorgekommen war.

Während Fiske dort saß und aufmerksam zuhörte, wurde ihm klar, wie wichtig dieser Fall war. Rufus Harms hatte bei diesem Gericht einen Antrag auf Berufung gestellt. Wollte auch er die Army verklagen? Als er in der Army war, war etwas Schreckliches mit ihm geschehen. Bestimmte Personen hatten ihm etwas angetan, das sein Leben ruiniert und zum Tod eines kleinen Mädchens geführt hatte. Rufus wollte seine Freiheit, wollte Gerechtigkeit. Er hatte die Wahrheit auf seiner Seite, hatte er behauptet. Doch selbst die Wahrheit würde ihm unter der derzeitigen Rechtsprechung nicht weiterhelfen. Genau wie Sergeant Stanley würde Private Rufus Harms verlieren.

Richterin Knight fuhr fort, insgeheim sehr zufrieden mit der Reaktion der Zuschauer. »Der Psychologe war bei der CIA angestellt. Die CIA und die Army hatten einen gemeinsamen Versuch über die Wirkung der Droge gestartet, um herauszufinden, ob sie zum Beispiel bei Verhören verwendet werden könnte. Stanley hat die Army zu Recht dafür verantwortlich gemacht, sein Leben zerstört zu haben, und geklagt. Sein Fall ist schließlich beim Obersten Gericht gelandet.« Sie hielt inne. »Und er hat verloren.«

Ein weiteres erstauntes Räuspern vom Publikum.

Fiske sah zu Sara hinüber. Ihr Blick war noch immer auf die Knight gerichtet. Dann sah Fiske zu Ramsey. Er war unglaublich wütend.

»Im Prinzip verlangen Sie von diesem Gericht, Barbara Chance und ähnlichen Klägerinnen eins der wichtigsten verfassungsmäßigen Rechte zu verweigern, die wir als Volk haben: das Recht, sich an ein Gericht zu wenden. Das verlangen Sie doch, nicht wahr? Dass die Schuldigen nicht bestraft werden.«

»Mr Anderson«, warf Ramsey ein, »was ist mit den Männern geschehen, welche diese Notzucht begangen haben?«

»Mindestens einer von ihnen wurde vor das Kriegsgericht gestellt, schuldig gesprochen und zu einer Haftstrafe verurteilt«, erwiderte Anderson erneut wie aus der Pistole geschossen.

Ramsey lächelte triumphierend. »Also blieb dieses Verbrechen kaum ungestraft.«

»Mr Anderson, aus der Gerichtsakte geht eindeutig hervor, dass die Vergehen, wegen denen der Mann zu einer Gefängnisstrafe verurteilt wurde, schon seit geraumer Zeit an der Tagesordnung und höherrangigen Offizieren bekannt waren, die sich allerdings geweigert haben, Maßnahmen einzuleiten. Erst, als Barbara Chance sich an die örtlichen Polizeibehörden wandte, erfolgte eine Ermittlung. Also sagen Sie mir ... wurden die Schuldigen tatsächlich bestraft?«

»Ich würde sagen, es hängt davon ab, wie man Schuld definiert.«

»Wer ist für die polizeiliche Überwachung des Militärs verantwortlich, Mr Anderson? Wer sorgt dafür, dass das, was Sergeant Stanley passierte, nicht noch einmal geschieht?«

»Das Militär selbst. Und es erledigt diese Aufgabe hervorragend.«

»Das Urteil im Fall *Stanley* wurde 1986 gesprochen. Seitdem haben wir Tailhook gehabt, die noch immer nicht aufgeklärten Zwischenfälle während des Golfkriegs, und die Vergewaltigung weiblicher Militärangehöriger. Das bezeichnen Sie als hervorragende Arbeit?«

»Nun ja, in jeder großen Organisation wird es hier oder da etwas Ärger geben.«

Die Knight fuhr zornig hoch. »Ich bezweifle doch stark, dass die Opfer dieser Verbrechen diese Zwischenfälle als ›etwas Ärger‹ bezeichnen würden.«

»Natürlich, ich wollte damit nicht sagen ...«

»Als ich vorschlug, diese Immunität auf die Polizei, die Feuerwehr und Krankenhäuser auszudehnen, waren Sie nicht damit einverstanden, nicht wahr?«

»Nein. Zu viele Ausnahmen von der Regel widerlegen die Regel.«

»Sie erinnern sich doch an die Explosion der *Challenger*, oder?« Anderson nickte. »Die Hinterbliebenen der Zivilisten an Bord des Shuttles wären berechtigt gewesen, die Regierung und die Firma, die den Shuttle erbaut hat, auf Schadenersatz zu verklagen. Doch den Familienangehörigen des Militärpersonals an Bord wurde dieses Recht auf Grund der Immunität, das dieses Gericht dem Militär verliehen hat, verweigert. Halten Sie das für fair?«

Anderson griff auf die alte, zuverlässige Leier zurück. »Wenn wir Klagen gegen das Militär zulassen, gefährden wir damit unnötig die nationale Sicherheit dieses Landes.«

»Und genau das ist des Pudels Kern«, sagte Ramsey, überaus zufrieden damit, dass Anderson die Sache zur Sprache gebracht hatte. »Es ist ein Balanceakt, und dieses Gericht hat bereits entschieden, wo das Gleichgewicht liegt.«

»Ganz genau, Chief Justice«, sagte Anderson. »Es ist ein unumstößliches Gesetz.«

Die Knight lächelte fast. »Wirklich? Ich dachte, ein unumstößliches Gesetz sei das verfassungsmäßige Recht der Bürger dieses Landes, vor den Gerichten auf Schadenersatz für ihre erlittenen Verluste zu klagen. Kein Gesetz dieses Landes gewährt dem Militär Immunität vor Klagen. Der Kongress hat das nicht als angemessen erachtet. In Wirklichkeit war es dieses Gericht, das dem Militär diese Sonderbehandlung 1950 aus heiterem Himmel zugestanden hat. Das würde ich kaum als unumstößlich bezeichnen.«

»Doch es handelt sich nun um das vorherrschende Präjudiz«, stellte Ramsey klar.

»Präjudizen ändern sich«, erwiderte die Knight. Ramseys Worte ärgerten sie zutiefst, denn gerade der Chief Justice hatte kein Problem damit, schon lange bestehende Präzedenzfälle aufzuheben, wenn es ihm gerade passte.

»Mit allem gebührenden Respekt«, sagte Anderson, »ich halte es für das Beste, wenn das Militär diese Angelegenheiten intern regelt, Richterin Knight.«

»Mr Anderson, bestreiten Sie die Zuständigkeit oder Befugnis dieses Gerichts, diesen Fall zu verhandeln und ein Urteil zu fällen?«

»Natürlich nicht.«

»Dieses Gericht muss entscheiden, ob man sich ironischerweise praktisch jeden Schutz und alle Rechte nehmen lassen muss, die man als Bürger hat, wenn man seinem Land beim Militär dient.«

»So würde ich es nicht unbedingt ausdrücken.«

»Aber ich, Mr Anderson. Es ist wirklich eine Frage der Gerechtigkeit.« Sie sah Ramsey an. »Und wenn wir hier keine Gerechtigkeit bieten, fällt mir wirklich nicht ein, wo man sie finden könnte.«

Während Fiske diesen leidenschaftlichen Worten lauschte, schaute er wieder zu Sara. Als wüsste sie irgendwie, dass er sie ansah, erwiderte sie seinen Blick.

Fiske glaubte plötzlich zu wissen, dass sie dasselbe wie er dachte: Würde Rufus Harms je wirkliche Gerechtigkeit finden, auch wenn sie das ganze Geheimnis irgendwie aufklären sollten und die Wahrheit schließlich herauskam?

KAPITEL 48

Josh Harms aß sein Sandwich auf und rauchte dann gemütlich eine Zigarette, während sein Bruder auf dem Beifahrersitz döste. Sie standen auf einem Weg in einem dichten Waldgebiet, der von Holzfällern angelegt worden war. Nachdem sie fast die ganze Nacht durchgefahren waren, hatten sie schließlich anhalten müssen, weil Josh kaum noch die Augen aufhalten konnte und er nicht gewollt hatte, dass sein Bruder fuhr. Schließlich hatte Rufus seit fast dreißig Jahren nicht mehr hinter dem Steuer eines Fahrzeugs gesessen. Außerdem musste Rufus sich aus offensichtlichen Gründen hinten im Wagen verstecken, wenn sie auf der Straße waren. Rufus hatte Wache gehalten, solange sein Bruder geschlafen hatte, und nun hatte Josh ihn abgelöst.

Sie hatten während der Fahrt darüber gesprochen, was sie nun unternehmen sollten. Zu seiner eigenen Überraschung hatte Josh sich dagegen ausgesprochen, nach Mexiko zu fahren.

»Verdammt, was ist nur los mit dir? Ich dachte, du wolltest nichts damit zu tun haben. Das hast du doch gesagt, oder?«, hatte Rufus staunend angemerkt.

»Ja. Aber nachdem wir uns einmal entschieden haben – verdammt, nachdem *ich* mich entschieden habe –, sollten wir dabei bleiben. Mehr sage ich gar nicht. Ich bin doch kein Schlappschwanz, der sich vor irgendwas drückt. Wenn du was unternehmen willst, solltest du es tun.«

»Hör mal, Josh, wenn Fiske nicht so schnell geschaltet hätte, wären wir beide jetzt tot. Ich will dich nicht auf dem Gewissen haben.«

»Siehst du, da denkst du nicht richtig nach. Verdammt, schlimmer, als es ist, kann es nicht mehr werden. Warum sorgen wir nicht dafür, dass es besser wird? Du hattest Recht. Sie haben verdient, dass man es ihnen heimzahlt. Als ich diese beiden Burschen in Riders Büro sah, hätte ich sie fast kaltblütig niedergeschossen, und so etwas hab ich in meinem ganzen Leben noch nicht getan. Fiske und diese Frau, sie haben sich für uns stark gemacht. Vielleicht meinen sie es ja doch ehrlich.«

Rufus starrte ihn an. »Und du hast kein Problem damit?«

»Zum Teufel, hältst du mich etwa für einen Rassisten?« Josh klopfte eine Zigarette aus der Schachtel, und ein Grinsen erhellte sein Gesicht, als er das sagte.

»Ich werde einfach nicht schlau aus dir, Josh.«

»Das musst du auch nicht. Ich bin selbst nicht schlau aus mir geworden, und ich hatte lange genug dafür Zeit. Du musst dich jetzt nur entscheiden, ob du nach Mexiko fahren oder es durchstehen willst. Und mach dir keine Sorgen um mich. Wenn einer auf sich aufpassen kann, dann bin ich es.«

Damit war die Sache erledigt, und sobald sein Bruder aufwachte, würden sie nach Virginia zurückfahren, sich mit Fiske zusammentun und herausfinden, was sie bewerkstelligen konnten. Wenn sie Beweise brauchten, konnten sie sie irgendwo, irgendwie beschaffen, davon ging Josh fest aus. Sie hatten die Wahrheit auf ihrer Seite, und wenn das nichts mehr zählte, konnten sie sich gleich erschießen.

Josh suchte den umgebenden Wald mit Blicken ab. Hier hatten die Blätter sich bereits verfärbt, und das Sonnenlicht schnitt durch das Laubwerk und schuf eine Kombination aus Farben und Strukturen. Wenn er auf der Jagd war, setzte er sich im Wald oft hin; er suchte sich einen alten Baumstamm, ruhte seine Knochen aus und genoss die schlichte Schönheit des Landes, ein Wunder, das einen keinen roten Heller kostete. Nachdem er aus Südostasien zurückgekehrt war, hatte er die Wälder ein paar Jahre lang gemieden. In Vietnam bedeuteten die Bäume, die Erde, alles um einen herum den Tod. Und die Vietnamesen waren sehr einfallsreich darin gewesen, ihre Gegner auszuschalten.

Er sah auf die Uhr. Noch zehn Minuten, und sie mussten sich wieder auf den Weg machen.

Er schaute wieder aus dem Fenster und kniff die Augen zusammen, als das Sonnenlicht mit schmerzhafter Grelle von irgendeinem Gegenstand reflektiert wurde. Er atmete ein statt aus, spuckte die Zigarette aus dem Fenster, ließ den Motor an und legte den Gang ein.

»Verdammt, was ist los?«, sagte Rufus, als der Ruck ihn weckte.

»Nimm deine Waffe und halt den Kopf unten, verdammt!«, schrie Josh ihn an. »Es ist Tremaine!«

Rufus griff nach seiner Pistole und duckte sich.

Tremaine stürmte aus dem Wald und eröffnete das Feuer. Die vier Schüsse aus der Maschinenpistole trafen die Heckklappe des Campingwagens, zerschmetterten ein Rücklicht und durchlöcherten den Rahmen. Die Reifen des Wagens schleuderten Erde hoch, die Tremaine kurzzeitig blendete, und er stellte das Feuer ein, stürmte vorwärts und versuchte verzweifelt, wieder freie Schussbahn auf den Wagen zu bekommen.

Josh spürte, was Tremaine vorhatte, und riss das Lenkrad nach links herum. Der Wagen bretterte von der Straße und in die ausgetrocknete Rinne eines flachen Bachbetts. Ein guter Schachzug, denn aus der anderen Richtung kam Rayfield mit dem Jeep die Straße entlanggerast und versuchte, dem Campingwagen den Weg abzuschneiden.

Rayfield hielt an, um Tremaine einsteigen zu lassen, und sie folgten dem Wohnmobil.

»Verdammt noch mal, wie haben sie uns gefunden?«, fragte Rufus ungläubig.

»Wäre Zeitverschwendung, sich darüber den Kopf zu zerbrechen!«, rief Josh. »Sie sind hier!« Er warf einen Blick in den Rückspiegel und kniff die Augen zusammen. Der Jeep war wendiger und besser dazu geschaffen, sich im Gelände zu bewegen, als der unhandliche Campingwagen.

»Sie werden auf die Reifen schießen, und dann sind wir ein leichtes Ziel für sie«, sagte Rufus.

»Tja, Vic hätte sofort auf die Reifen schießen sollen. Das war sein zweiter Fehler.«

»Und sein erster?«

»Das Sonnenlicht hat sich auf seinem Fernglas gespiegelt. Ich hab die Reflexionen viel eher gesehen als das kleine Arschloch selbst.«

»Hoffentlich machen sie noch mehr Fehler.«

»Wir verlassen uns auf uns selbst und hoffen, dass das reicht.«

Im Jeep beugte Tremaine sich aus dem Fenster und schoss. Die Maschinenpistole war auf große Reichweite praktisch nutzlos, auch wenn sie aus nächster Nähe einen ganzen Zug in ein paar Sekunden ausschalten konnte. Aber er hatte es nur auf zwei Männer abgesehen. Er schob den Halteriemen der Waffe von der Schulter und streckte den Unterarm aus.

»Fahr so dicht ran, wie du kannst«, fauchte er einen nervös wirkenden Rayfield an. »Wenn ich einen ihrer Reifen treffe, rasen sie gegen den nächsten Baum, und unsere Probleme haben sich erledigt.«

Rufus sah im Campingwagen durch das Fenster zurück und erkannte, was Tremaine vorhatte. Er schob die Glasscheibe auf, die das Fahrerhaus vom hinteren Bereich trennte, und zielte auf den Jeep.

Er hatte seit fast dreißig Jahren keine Waffe mehr in der Hand gehabt; die Grundausbildung an einem Gewehr war seine letzte Erfahrung mit einer Feuerwaffe gewesen. Als er abdrückte, drang die Detonation in seine Ohren, und das Fahrerhaus füllte sich augenblicklich mit dem widerlichen Gestank verbrannten Metalls und gezündeten Pulvers. Die Kugel durchschlug die hintere Glastür des Campingaufbaus und flog dann wie eine wütende, metallüberzogene Hornisse auf den Jeep zu. Tremaine duckte sich in den Jeep zurück, und das Fahrzeug scherte ein wenig aus.

»Was getroffen?«, fragte Josh.

»Hab uns etwas Zeit verschafft.« Rufus' Hand zitterte, und er rieb seine Ohren. »Hab ganz vergessen, wie laut diese Dinger sind.«

»Versuch mal, drei Jahre lang mit einer M-16 zu schießen. Die sind echt laut, vor allem, wenn sie in dein Gesicht explodieren. Halt dich fest.«

Josh riss das Lenkrad nach rechts und dann nach links, um mehreren Bäumen auszuweichen, die in das Bachbett gefallen waren. Hinter ihnen tauchte ein Gebüsch mit Kiefern, Eichen und Brombeersträuchern auf. Als der Jeep aufholte, nahm Tremaine wieder seine Schussposition ein. Josh riss den Wagen nach rechts und jagte durch eine schmale Spalte zwischen den Bäumen und Büschen. Blätter und schmale Äste schlugen gegen den Wagen und rissen an ihm. Doch das Manöver hatte den gewünschten Erfolg, denn Tremaine musste schnell den Kopf einziehen, damit er ihm nicht von einem Ast abgerissen wurde.

Der Jeep wurde langsamer. Der schmale Weg wurde vor ihnen etwas breiter, und Josh entschloss sich, den Vorteil auszunutzen. Er hoffte darauf, dass Rayfield die Nerven verlor.

»Übernimm das Lenkrad!«, rief er seinem Bruder zu.

Rufus tat wie geheißen und sah abwechselnd seinen Bruder an und nach vorn, in die Richtung, in die der Campingwagen preschte.

Josh zog seine Pistole und schaute zu den Bäumen vor ihnen. Sie befanden sich jetzt auf einigermaßen ebenem Gelände, und der Wagen schaukelte nicht mehr so heftig. Er ergriff die Pistole mit beiden Händen, versuchte, Geschwindigkeit und Entfernung abzuschätzen, und visierte dann sein Ziel: einen dicken Ast ziemlich weit oben an einer zwölf Meter hohen Eiche. Der Ast war mindestens sechs Meter lang und zehn Zentimeter dick, und andere, kleinere Äste sprossen aus ihm. Er hing direkt über der schmalen Rinne. Ein Umstand hatte Joshs Aufmerksamkeit hauptsächlich erregt: Der Ast war so lang und schwer, dass er direkt am Stamm schon angebrochen war.

Josh schob den Arm aus dem Fenster, hielt ihn parallel zum Wagen, zielte und schoss. Die erste Kugel traf den Baumstamm direkt über der Stelle, wo der Ast abzweigte.

Nachdem er nun die Flugbahn berechnet hatte, setzte er das Feuer fort, und alle Kugeln trafen den Ast genau dort, wo er in den Stamm überging. Für Josh war das keine herausragende Demonstration von Treffsicherheit. Er hatte zum Spaß auf Äste geschossen, seit er alt genug war, um ein Gewehr vom Kaliber 22 zu halten. Waschbären und Eichhörnchen verscheuchen, ein harmloses Spiel. Doch er hatte es noch nie versucht, während er in einem Fahrzeug saß, das durch ein ausgetrocknetes Bachbett fuhr und gleichzeitig Zielscheibe von zwei anderen Männern war.

Der Wagen raste dem Baum entgegen, auf den Josh schoss, und Rufus musste die Augen aufhalten, weil er ja lenkte, verzog jedoch bei jedem Schuss das Gesicht. In seinen Ohren klingelte es so laut, dass Josh ihm hätte ins Gesicht schreien können, und er hätte es nicht gehört. Der schwere Ast sackte ein paar Zentimeter tiefer. Josh schoss noch immer, und Holzsplitter stiegen von der Eiche hoch wie Dampf aus einer alten Lokomotive.

Tremaine erkannte, was er vorhatte. »Drück auf die Tube!«

Rayfield trat das Gaspedal durch.

Josh wandte den Blick nicht vom Ast ab und setzte sein Feuer fort. Der Ast gab noch etwas nach, und schließlich setzte die Schwerkraft sich durch, und er brach und senkte sich. Jetzt war er nur noch durch ein Stück Rinde mit dem Baum verbunden, und dann schlug der Ast hart gegen den Stamm, riss sich los und stürzte hinab. Josh trat auf das Gas und übernahm wieder das Lenkrad. Sie preschten an dem Baum vorbei.

»Fahr zu!«, schrie Tremaine Rayfield an.

Doch Rayfield trat auf die Bremse, und fünfhundert Kilo Ast prallten genau vor ihnen auf die schmale Fahrbahn. Tremaine wurde fast aus dem Jeep geschleudert.

»Verdammt, warum hast du angehalten?« Tremaine

schien drauf und dran zu sein, die Maschinenpistole auf den Mann neben ihm zu richten.

Rayfield atmete schwer. »Weil das verdammte Ding uns sonst zerschmettert hätte! Der Jeep hat kein Hardtop, Vic.«

Josh sah nach vorn und dann nach rechts, wo das Bachbett etwas breiter wurde. Er trat hart auf die Bremse, scherte nach links aus, schwang den Wagen herum, fuhr nach rechts und gab Gas. Der Campingwagen brach durch das Unterholz, hob etwas vom Boden ab, als er über eine flache Rinne fuhr, und landete auf einer Lichtung. Als der Wagen wieder aufsetzte, prallte Rufus mit dem Kopf gegen den Himmel des Fahrerhauses.

»Verdammt, was machst du da?«

»Halt dich einfach nur fest.«

Josh gab wieder Gas, und Rufus schaute gerade noch rechtzeitig auf, um die kleine Hütte zu sehen, die sein Bruder Sekunden vor ihm ausgemacht hatte. Er warf einen Blick zurück und sah genau das, was er erwartet hatte. Nämlich nichts. Aber es würde nicht lange dauern, bis Tremaine und Rayfield den Jeep um das Hindernis bugsiert hatten.

Hinter der Hütte lag eine Straße. Er hatte also Recht gehabt. Wo sich im Wald eine Hütte befand, gab es normalerweise auch eine Straße. Er zog den Wagen auf die andere Seite des alten Gebäudes herum – und fluchte laut auf. Ja, da war eine Straße. Aber die Durchfahrt wurde von einer großen, stählernen Barrikade versperrt. Und auf beiden Seiten der Barrikade befand sich undurchdringliches Buschwerk. Josh schaute zurück. Sie saßen in der Falle. Er hätte vielleicht noch abhauen können, aber Rufus war viel zu langsam, und er würde seinen Bruder nicht zurücklassen.

Er kniff die Augen zusammen und betrachtete die Hütte. Der Jeep würde in höchstens einer Minute hier sein. Er konnte jetzt schon das Feuer der Maschinenpistole hören, mit dem ihre Verfolger den großen Ast zerfetzten, damit der Jeep die Bruchstücke zur Seite schieben konnte.

Kurz darauf bretterte das Geländefahrzeug über die Rinne und landete auf der Lichtung. Rayfield trat sofort auf die Bremse, als er die Hütte sah.

»Wo sind sie?«, fragte er.

Tremaine suchte die Umgebung mit dem Fernglas ab und entdeckte die Straße, die sich durch den Wald schlängelte. »Da lang!«, rief er und zeigte in die Richtung.

Rayfield gab Gas, und der Jeep schoss um die Ecke der Hütte. Er sah sofort, dass die Straße blockiert war, und trat wieder auf die Bremse. Mit einem Aufheulen des Motors raste der Campingwagen vorwärts, der sich auf der anderen Seite der Hütte verborgen hatte, prallte in die Seite des Jeeps, warf das Fahrzeug auf die Seite und schleuderte Rayfield und Tremaine hinaus.

Rayfield landete auf einem Stapel verrotteter Baumstümpfe, und sein Kopf stand in einem unnatürlichen Winkel vom Körper ab. Er bewegte sich nicht mehr.

Tremaine ging hinter dem umgestürzten Jeep in Deckung und eröffnete das Feuer, zwang Josh damit, den Kopf hinter dem Armaturenbrett in Sicherheit zu bringen und den Campingwagen zurückzusetzen. Dann erstarb der Motor. Dampf quoll aus der Kühlerhaube, und die Vorderreifen waren platt.

Rufus gab ihm Deckung, und Josh sprang hinaus. Nach einem weiten Satz landete er auf den Knien und rollte sich ab, hechtete weiter, bis er es zum Heck des Wagens geschafft hatte, und riskierte dann einen Blick. Josh konnte die Spitze der Maschinenpistole sehen. Tremaine hatte seine sichere Position also nicht verlassen, legte wahrscheinlich – genau wie Josh es gerade tat – ein neues Magazin ein und nahm sich einen Augenblick Zeit, um die taktische Lage abzuklären.

Joshs Herz hämmerte, und er rieb sich die Augen, um Erde und Schweiß zu entfernen. Er hatte sowohl auf fremdem als auch auf amerikanischem Boden schon viele Kämpfe bestanden, aber der letzte war fast dreißig Jahre her. Außerdem spielte das sowieso keine Rolle: Man hatte jedes Mal entsetzliche Angst davor, sterben zu müssen. Wenn jemand auf einen schoss, trug das nicht gerade dazu bei, dass man klarer denken konnte. Man reagierte in erster Linie instinktiv.

Aber Josh hatte einen Vorteil. Sie waren zu zweit, und ihr Gegner war allein. Josh spähte wieder um das Heck des Wagens, lief dann los und schaffte es zum Rand der Hütte.

»Rufus!«, rief er. »Bei drei!«

»Fang an zu zählen!«, rief Rufus zurück. Seine Stimme zitterte leicht vor Furcht.

Drei Sekunden später eröffnete Josh das Feuer auf Tremaine. Die Kugeln prallten vom Rahmen des Jeeps ab. Rufus lief zum Heck des Wagens. Dort musste er jedoch in Deckung gehen, als es Tremaine gelang, eine Salve zwischen den Wagen und die Hütte zu feuern. Die Luft roch nach Schüssen und dem Schweiß verängstigter Männer.

Josh und Rufus sahen sich an, und als Josh dann spürte, dass in seinem Bruder die Panik emporstieg, zwang er sich ein Lächeln ab.

»He, Vic«, rief er, »wie wär's, wenn du den verdammten Witwenmacher fallen lässt und mit erhobenen Händen rauskommst?«

Tremaine antwortete, indem er dicht über Joshs Kopf ein Stück Holz aus der Hütte schoss.

»Okay, okay, Vic, ich hab verstanden. Jetzt bleib mal schön cool, ja, Kleiner? Keine Angst, wir werden dich und Rayfield begraben. Lassen euch nicht liegen, als Fraß für die Bären und so. Das ist 'ne üble Scheiße, wenn Tiere Leichen fressen. Das hast du doch in Vietnam gesehen, nicht wahr, Vic? Vielleicht bist du aber auch zu schnell in die andere Richtung gelaufen, um das mitzukriegen.« Während Josh sprach, bedeutete er Rufus, an Ort und Stelle zu bleiben, und zeigte dann um die Hütte herum, um seinem Bruder zu erklären, was er vorhatte.

Rufus nickte; er hatte verstanden. Josh würde versuchen, den Mann ins Blickfeld seines Bruders zu treiben, damit Rufus ihn dann ausschalten konnte. Rufus zog seine Waffe heran und schob ein neues Magazin hinein. Zum Glück hatte sein Bruder sich die Zeit genommen, ihm zu zeigen, wie das ging. Er hatte Schwierigkeiten mit dem Atmen; die Waffe in seiner Hand kam ihm unglaublich schwer vor. Er befürchtete, dass er, ganz zu schweigen vom nötigen Geschick, nicht die Nerven, den Killerinstinkt haben würde, den Mann niederzuschießen, selbst wenn Tremaine auf ihn zustürmen und mit dieser verdammten Maschinenpistole auf ihn feuern würde. Rufus hatte im Gefängnis gegen viele Männer gekämpft, um zu überleben – aber nur mit den Händen, auch wenn seine Gegner mit selbst gebastelten Messern oder Rohren bewaffnet gewesen waren. Aber eine Schusswaffe war etwas anderes. Eine Schusswaffe konnte aus der Entfernung töten. Doch wenn er nicht schoss, würde sein Bruder sterben. Und diesmal konnte er Gott nicht bitten, ihm zu helfen. Er konnte seinen Herrn nicht auffordern, ihm zu helfen, einen anderen Menschen zu töten.

Halb gebückt lief Josh vorn an der Hütte vorbei und blieb gelegentlich stehen, um eindringlich zu lauschen. Einmal wagte er es, den Kopf zu einem der Fenster zu heben, in der Hoffnung, er könne vielleicht durch den Raum und zum hinteren Fenster wieder hinaussehen, wo irgendwo der Jeep liegen musste. Doch der Winkel war ungünstig, und die Sicht war ihm versperrt. Josh war jetzt völlig konzentriert. Die Furcht war noch da, sehr stark sogar, doch er hatte sein Bestes gegeben, um sie in Adrenalin umzuwandeln, all seine Sinne zu schärfen. Er hielt die Pistole nach vorn gerichtet; nur allzu gut wusste er, dass Tremaine vielleicht ahnte, was er vorhatte. In diesem Fall würde er hinter dem Jeep hervorschlüpfen, von der anderen Seite um die Hütte herumkommen und ihn irgendwo auf halbem Wege treffen. Maschinenpistole gegen Pistole, hundert Schüsse gegen einen, das hieß: Josh würde sterben, und danach auch Rufus.

Er trat noch einen Schritt vor. Dann hörte er, wie die Maschinenpistole wieder losratterte und die Kugeln in den

Campingwagen schlugen. Er lief weiter und um die Ecke. Solange Tremaine auf Rufus schoss, konnte Josh ihn umgehen und den Mistkerl ein für allemal zum Schweigen bringen.

Dieser Plan war zum Scheitern verurteilt, denn als er um die Ecke bog, stand Tremaine dort und richtete seine Pistole genau auf Joshs Kopf. Der erstaunte Josh blieb so abrupt stehen, dass seine Füße im Kies den Halt verloren und er der Länge nach hinfiel. Das war sein Glück, denn so schlug die Kugel in seine Schulter statt in sein Herz. Sein Schwung trug ihn weiter, und seine Beine rissen die Tremaines weg, und beide fielen schwer zu Boden. Ihre Pistolen flogen in hohem Bogen durch die Luft.

Tremaine war als Erster wieder oben; Josh wurde von der blutenden Schulter behindert, die er sich hielt. Tremaine zog ein Messer aus dem Gürtel. Im Hintergrund verklangen die Schüsse der Maschinenpistole. Josh schrie auf, als Tremaine gegen ihn sprang und beide Männer so hart gegen die Wand der Hütte prallten, dass das primitive Gebäude bis in die Fugen des Holzes erschüttert wurde. Josh gelang es, Tremaines Hieb mit dem Unterarm zu blockieren. Seine ganze Seite tat höllisch weh. Was für ein Geschoss auch immer in ihn eingedrungen war, es war nicht in seiner Schulter stecken geblieben, sondern hatte auch andere Teile seines Körpers erkundet.

Es gelang ihm, nach Tremaine zu treten und ihn einmal im Magen zu erwischen, doch der Mann sprang sofort wieder auf und griff Josh erneut an. Josh spürte, wie das Messer durch sein Hemd und in seine Seite drang, und drohte das Bewusstsein zu verlieren. Den Schmerz, den die zweite Verletzung hervorrief, nahm er kaum wahr, so überwältigend war der von der ersten. Er konnte kaum noch ausmachen, wie der Mann das Messer herauszog und den Arm zu einem letzten Stich zurückbog. Wahrscheinlich zielt er auf meinen Hals, dachte Josh träge, während sein Gehirn allmählich dicht machte. Stiche in die Kehle gingen schnell und waren immer tödlich. Das würde er jedenfalls tun, dachte er, während die Dunkelheit sich um ihn herum schloss.

Das Messer sollte sich niemals senken. Es verharrte an der höchsten Stelle und näherte sich Josh Harms nicht. Tremaine trat und schlug um sich, während er von dem Verletzten zurückgerissen wurde. Rufus stand direkt hinter ihm. Mit einer Hand umklammerte er das Gelenk der Hand, welche die Waffe hielt. Er schlug sie immer wieder gegen die Hütte, bis Tremaine schließlich die Finger öffnen und das Messer fallen lassen musste. Tremaine war muskulös und hatte eine ausgezeichnete Ausbildung im Nahkampf genossen. Doch er war wesentlich kleiner als Rufus. Und im Kampf Mann gegen Mann gab es nur wenige, die Rufus Harms gewachsen waren. Wenn der Riese erst einmal jemanden gepackt hatte, war er wie ein Grizzlybär. Und er hatte Vic Tremaine, den Mann, der sein Leben in einen Albtraum verwandelt hatte, von dem er glaubte, er würde nie aufhören, fest im Griff.

Als Tremaine versuchte, einen Unterarm gegen Rufus' Luftröhre zu drücken, änderte Rufus seine Taktik, hob Tremaine ganz vom Boden hoch und rammte sein Gesicht immer wieder gegen die Wand, bis Tremaine benommen von den Stößen und sein Gesicht ganz blutig war. Schließlich stieß Rufus ihn mit dem Kopf durch das Fenster, und Glasscherben schnitten tief in das Gesicht des Mannes. Rufus hoffte, dass Tremaine das Bewusstsein verloren hatte, doch dann schrie Josh vor Schmerz laut auf, und Rufus schaute zu ihm hinüber und lockerte den Griff ein wenig. Tremaine spürte seine Chance, trat gegen Rufus' Knie, rammte einen Ellbogen in seine Niere und zwang den Riesen zu Boden. Tremaine riss sich los, rollte herum, griff sein Messer und stürzte sich auf den Wehrlosen.

Die Kugel traf ihn mitten in den Hinterkopf und fällte ihn auf der Stelle.

Rufus richtete sich mühsam auf und schaute zu seinem Bruder. Aus dem Lauf der Neun-Millimeter-Pistole in Joshs Hand stiegen noch Rauchfäden empor. Dann ließ Josh die

Pistole fallen und sackte auf den Boden zurück. Rufus lief zu ihm und kniete neben ihm nieder. »Josh! Josh?«

Josh öffnete die Augen und sah zu Tremaines verdrehter Leiche hinüber. Er war gleichzeitig erleichtert und entsetzt über das, was er getan hatte. Selbst der schlimmste Feind auf der Welt sah tot gar nicht mehr so Furcht erregend aus.

Er richtete den Blick wieder auf Rufus. »Das hast du gut gemacht, kleiner Bruder. Scheiße, besser als ich.«

»Hättest du ihn nicht erschossen, wäre ich jetzt tot.«

»Durfte nicht zulassen, dass er dich erwischt. Durfte nicht zulassen …«

Rufus riss das Hemd seines Bruders auf und sah sich die Verletzungen an. Das Messer hatte nur seine Seite aufgerissen. Wahrscheinlich keine lebenswichtigen Innenorgane getroffen, aber die Wunde blutete verdammt stark. Die Kugel war jedoch etwas ganz anderes. Rufus sah das Blut, das aus dem Mund seines Bruders tropfte, und den immer glasigeren Blick seiner Augen. Rufus stoppte die Blutung an der Oberfläche, konnte aber nichts dagegen tun, was im Körperinneren vor sich ging. Und genau das konnte Josh umbringen. Rufus zog sein Hemd aus und legte es über seinen Bruder, der nun trotz der Hitze zitterte.

»Halte durch, Josh.« Rufus lief zum Jeep und durchsuchte ihn schnell. Er fand den Erste-Hilfe-Kasten und hastete zu seinem Bruder zurück. Josh hatte die Augen geschlossen und schien nicht mehr zu atmen.

Rufus schüttelte ihn sanft. »Josh, Josh, tu das nicht, halt deine verdammten Augen auf. Schlaf mir bloß nicht ein, Josh!«

Schließlich öffnete Josh die Augen und schien einen lichten Moment zu haben. »Du musst hier weg, Rufus. All diese Schüsse … jemand könnte sie gehört haben und nachsehen kommen. Du musst hier weg. Sofort.«

»Das ist richtig – *wir* müssen hier weg.«

Rufus hob Josh vorsichtig hoch und untersuchte seinen Rücken. Die Kugel war nicht ausgetreten, steckte noch irgendwo im Körper. Rufus säuberte beide Wunden.

Irgendwann hielt Josh seinen Arm fest. »Rufus, verdammt noch mal, verschwinde von hier«, sagte er.

»Wenn du nicht gehst, gehe ich auch nicht. Also müssen wir dich wieder hinkriegen.«

»Du bist noch immer verrückt.«

»Ja, ich bin völlig durchgeknallt, also lassen wir es dabei bewenden.« Er war mit dem Säubern fertig und verband die Wunden. Dann hob er seinen Bruder vorsichtig hoch, doch die Bewegung löste bei Josh einen Hustenanfall aus, und Blut floss aus seinem Mund auf das Hemd. Rufus trug ihn zum Campingwagen und legte ihn davor auf den Boden.

Josh warf einen verzweifelten Blick auf das völlig verbeulte Fahrzeug. »Scheiße, Rufus, die Karre bringt uns nirgendwo mehr hin.«

»Das ist mir auch klar.« Rufus holte eine Flasche Wasser aus dem Campingwagen, schraubte sie auf und hob sie an Joshs Lippen. »Kannst du die halten? Du brauchst jetzt viel Flüssigkeit.«

Josh antwortete, indem er die Flasche mit der unverletzten Hand ergriff und einen Schluck trank.

Rufus stand auf und ging zu dem umgestürzten Jeep. Tremaine hatte die Maschinenpistole zwischen dem Sitz und der metallenen Türverstrebung des Jeeps eingeklemmt. Der Mann hatte einen Draht, ein Stück Metall und eine Schnur benutzt, um den Abzug der Maschinenpistole auf Dauerfeuer einzustellen, während er den Hinterhalt für Josh vorbereitete. Rufus zog die Waffe heraus, sah sich den Jeep kurz an und drückte dann gegen die Motorhaube, um das Fahrzeug aufzurichten. Doch auf diese Weise bekam er keinen günstigeren Ansatzpunkt, und seine Füße glitten in dem losen Kies aus. Er sah sich das Fahrzeug noch einmal an. Eigentlich gab es nur eine Möglichkeit für ihn, es aufzurichten.

Er drückte den Rücken gegen die Oberkante der Fahrerseite und ging in die Hocke. Dann grub er die Finger in die Erde und den Kies, bis sie sich unter der Seite des Jeeps befanden, und schloss sie fest um das Metall. Er schob kräftig, um abzuschätzen, womit er es zu tun hatte. Der Jeep war schwer, verdammt schwer. Vor dreißig Jahren wäre das kein großes Problem für ihn gewesen. Als junger Mann hatte er den vorderen Teil eines Buicks, mit Motor und allem, um einen guten halben Meter hochgehoben. Aber er war keine zwanzig mehr. Er schob erneut und spürte, dass der Jeep sich ein Stückchen bewegte, bevor er dann wieder zurückkippte. Er schob erneut, keuchte vor Anstrengung, und die Muskeln in seinem Nacken spannten sich unter der Haut.

Josh setzte die Flasche ab und schaffte es sogar, sich aufzurichten und gegen den zerfetzten Reifen des Campingwagens zu lehnen, um zu beobachten, was sein Bruder vorhatte.

Rufus war bereits müde. Seine Arme und Beine waren nicht mehr daran gewöhnt, seit langer Zeit nicht mehr. Er war immer stark gewesen, stärker als jeder andere. Doch würde seine Kraft nun ausreichen, da er sie wirklich brauchte? Wenn er diesen verdammten Jeep nicht aufrichten konnte, würde sein Bruder auf jeden Fall sterben.

Er ging wieder in die Hocke, schloss die Augen und öffnete sie wieder. Dann schaute er in den Himmel, in dem träge eine große, schwarze Krähe kreiste. Ohne die geringsten Sorgen auf der Welt, mit lang gezogenen, gemächlichen Pinselstrichen auf der blauen Leinwand.

Während der Schweiß nur so von Rufus' Gesicht strömte, schloss er wieder fest die Augen und tat, was er immer tat, wenn er nicht mehr weiter wusste, wenn er glaubte, er würde es nicht schaffen. Er betete. Er betete für Josh. Er bat den lieben Gott, ihm die Kraft zu geben, die er brauchte, um seinem Bruder das Leben zu retten.

Er ergriff wieder die Seite des Jeeps und spannte die mächtigen Muskeln an. Er schob mit den langen Armen und streckte die gekrümmten Beine. Einen Moment lang schwebten Jeep und Mensch in einem prekären Gleichgewicht, bewegten sich weder auf noch ab – der Jeep wollte nicht nachgeben, und Rufus war genauso starrsinnig. Doch dann wurde das Gewicht einfach zu viel für Rufus, und er sank langsam zurück. Aber er spürte, er würde keine weitere Chance bekommen. Als der Jeep den Kampf endgültig zu gewinnen drohte, öffnete er den Mund und stieß einen schrecklichen Schrei aus, der Tränen aus seinen Augen zwang. Als Josh sah, was für eine unmögliche Leistung sein Bruder für ihn zu vollbringen versuchte, rollten auch über sein erschöpftes Gesicht Tränen hinab.

Als Rufus spürte, dass der Jeep sich Zentimeter um qualvollen Zentimeter hob, öffnete er die Augen wieder. Seine Gelenke und Sehnen brannten vor Anstrengung, während er keuchte und schob und hob und den Schmerz ignorierte, der unentwegt Warnsignale durch seinen zitternden Körper schickte. Der Jeep kämpfte um jeden mörderischen Zentimeter. Er knarrte und ächzte und verfluchte ihn. Doch dann stand Rufus aufrecht und gab dem Metallklotz einen letzten Stoß. Wie eine brechende Welle überwand der Jeep den Punkt, an dem es kein Zurück mehr gab, prallte hart auf den Boden, schaukelte einmal und blieb dann auf allen vier Reifen stehen.

Rufus setzte sich in den Jeep. Er zitterte am ganzen Körper vor der unglaublichen Anstrengung.

Josh betrachtete ihn mit stummem Staunen. »Verdammt«, brachte er schließlich hervor. Mehr fiel ihm zu dem, was er gerade beobachtet hatte, nicht ein.

Rufus' Herz raste mittlerweile so schnell, dass er schon befürchtete, sein Erfolg könne sich als Pyrrhussieg erweisen. Er griff sich an die Brust und atmete tief durch. »Bitte«, sagte er leise, »bitte nicht.« Eine Minute später stand er langsam auf, schlurfte zu seinem Bruder hinüber und trug ihn vorsichtig in den Jeep. Er entfernte das Stoffdach, das sich verschoben hatte, als Tremaine und Rayfield aus dem Fahrzeug geschleudert worden waren. Dann holte er so viele Vorräte aus dem Campingwagen, wie er auf der Rückbank des Jeeps verstauen konnte, und legte auch seine Bibel und die Waffen dazu. Er setzte sich hinter das Lenkrad, zögerte dann und schaute zu Tremaine und Rayfield hinüber. Schließlich sah er zu der kreisenden Krähe hoch, zu der sich nun mehrere Brüder gesellt hatten, die fast so groß wie Bussarde waren. Wenn er die beiden Toten einfach liegen ließ, würden sie in weniger als einem Tag bis auf die Knochen abgenagt sein.

Rufus stieg aus dem Jeep und ging zu Rayfield hinüber. Er musste den Puls des Mannes nicht überprüfen. Die Augen logen nicht. Und der Gestank des entleerten Darms auch nicht. Er zog zuerst Rayfields und dann Tremaines Leiche in die Hütte, sprach ein paar schlichte Worte, erhob sich dann und schloss die Tür zu. Eines Tages würde er ihnen alles vergeben, was sie getan hatten, aber nicht heute. Rufus stieg wieder in den Jeep, warf Josh einen zuversichtlichen Blick zu und drehte den Zündschlüssel. Der Motor sprang nicht beim ersten, aber beim zweiten Versuch an. Das Knirschen des Getriebes gab Rufus einen Schnellkurs im Fahren mit einem Schaltwagen. Aber der Jeep rollte mit einem Ruck vorwärts, und die Brüder ließen das Schlachtfeld hinter sich.

KAPITEL 49

Die Richter nahmen nach mündlichen Verhandlungen traditionsgemäß ein privates Mittagessen im Speisesaal im ersten Stock des Gebäudes ein.

Fiske hatte Sara im Büro gelassen; sie musste noch einiges aufarbeiten. Er nutzte die Gelegenheit, um selbst Nachforschungen zu betreiben. Da die Mordkommission der Polizei von Washington ihn nicht mehr mit Informationen versorgte, musste er sich nach einer anderen Quelle umsehen. Vielleicht würde ihm Leo Dellasandro, der Chief der Gerichtspolizei, helfen.

Als er durch den Gang schritt, dachte er an die mündliche Verhandlung, der er gerade beigewohnt hatte. Obwohl er Anwalt war, war ihm nie richtig bewusst gewesen, was für eine Macht von diesem Gebäude ausging. Der Oberste Gerichtshof hatte im Verlauf seiner Geschichte bei einer Vielzahl wichtiger Themen einige sehr unpopuläre Entscheidungen getroffen. Viele davon waren mutig und, zumindest nach Fiskes Meinung, richtig gewesen. Aber die Erkenntnis, dass das Land heutzutage vielleicht ganz anders aussehen würde, hätten sich ein oder zwei Richter bei einigen oder allen dieser Abstimmungen anders entschieden, war beunruhigend. Seiner Meinung zufolge war das ein bedenklicher, wenn nicht gar gefährlicher Zustand.

Fiske dachte auch an seinen Bruder, und daran, wie viel Gutes er zweifellos an diesen Ort gebracht hatte, auch wenn er nur ein wissenschaftlicher Mitarbeiter gewesen war. Mike Fiske war mit seinen Ansichten und Taten immer fair und gerecht gewesen. Und wenn er seine Zuneigung erst einmal vergeben hatte, hätte niemand sich einen treueren Freund wünschen können.

Mike Fiske war wie geschaffen für diesen Ort gewesen. Das Gericht hatte in der Tat einen großen Verlust erlitten, als ihm jemand das Leben genommen hatte. Aber keinen so großen wie die Familie Fiske.

Fiske blieb vor Dellasandros Tür im Erdgeschoss stehen, klopfte an und wartete. Er klopfte noch einmal, öffnete die Tür dann und spähte hinein. Er sah ins Vorzimmer von Dellasandros Büro, in dem dessen Sekretärin arbeitete. Wahrscheinlich ist sie beim Mittagessen, dachte Fiske. Er trat in das Büro. »Chief Dellasandro?« Er wollte wissen, ob man auf den Überwachungsvideos irgendetwas gefunden hatte. Und, ob einer der Gerichtspolizisten Wright nach Hause gefahren hatte.

Er ging zur Tür des inneren Büros. »Chief Dellasandro, ich bin's, John Fiske. Haben Sie einen Augenblick Zeit für mich?« Noch immer keine Antwort. Fiske entschloss sich, dem Mann eine Nachricht zu hinterlassen. Aber er wollte sie nicht auf den Schreibtisch der Sekretärin legen.

Er betrat Dellasandros Büro und ging zu dessen Schreibtisch. Dort fand er einen Zettel und schrieb mit einem Kuli aus dem Halter auf dem Tisch eine kurze Mitteilung. Als er fertig war und den Zettel so auf den Schreibtisch legte, dass man ihn sofort bemerken musste, schaute er sich kurz in dem Büro um. Auf den Regalen und an den Wänden bemerkte er zahlreiche Andenken, die von einer glänzenden Laufbahn zeugten. An einer Wand hing ein Foto von einem viel jüngeren Dellasandro in seiner Uniform.

Fiske drehte sich zur Tür um. An der Rückseite des Türblatts hing eine Jacke. Sie musste Dellasandro gehören, war offensichtlich Bestandteil seiner Gerichtsuniform. Als Fiske daran vorbeiging, fielen ihm mehrere Flecken auf dem Kragen auf. Er rieb mit dem Finger darüber und untersuchte den Rückstand: Make-up. Er ging ins Vorzimmer und sah sich die Fotos an, die dort auf dem Schreibtisch standen. Er hatte Dellasandros Sekretärin einmal gesehen.

Eine junge, große Brünette mit ziemlich beeindruckenden Gesichtszügen. Auf ihrem Schreibtisch stand ein Foto von ihr und Chief Dellasandro. Er hatte den Arm um ihre Schulter gelegt; beide lächelten in die Kamera. Wahrscheinlich hatten viele Sekretärinnen Fotos machen lassen, die sie mit ihrem Boss zeigten. Aber da war etwas in ihren Augen, und auch der Umstand, wie dicht nebeneinander sie standen, ließ darauf schließen, dass es sich vielleicht um mehr als nur eine platonische berufliche Beziehung handelte. Er fragte sich, ob das Gericht besondere Vorschriften über den Kontakt der Mitarbeiter untereinander erlassen hatte. Und es gab noch einen Grund, wieso Dellasandro gut beraten wäre, die Hosen an und die Hände von der Sekretärin zu lassen: Fiske warf einen Blick zurück in Dellasandros Büro und auf das Foto auf seinem Bücherschrank. Es zeigte seine Frau und seine Kinder. Eine sehr glücklich aussehende Familie. Offensichtlich nur an der Oberfläche. Als er das Büro verließ, kam er zum Schluss, dass das Foto ziemlich genau zusammenfasste, wie diese Institution und die Welt im Allgemeinen funktionierte: Oberflächen konnten sehr trügerisch sein; man musste tiefer graben, um die unverfälschte Wirklichkeit zu finden.

Rufus trat auf die Bremse. »Ich werde den ersten Cop anhalten, den ich sehe«, sagte er. »Du brauchst dringend Hilfe.«

Mühsam setzte Josh sich auf. »Den Teufel wirst du tun. Die Cops nehmen dich fest, finden Tremaine und Rayfield, und du bist erledigt.«

»Du brauchst einen Arzt, Josh.«

»Ich brauche gar nichts.« Mit einer plötzlichen Bewegung griff er nach seiner Pistole. »Wir haben das angefangen, wir bringen es zu Ende.« Er richtete den Lauf der Waffe auf seinen Bauch. »Wenn du anhältst, schieße ich mir ein Loch in den Balg.«

»Du bist verrückt. Verdammt, was soll ich denn machen?«

Josh spuckte Blut. »Suche Fiske und das Mädchen. Ich kann dir nicht mehr helfen, vielleicht können sie es.«

Rufus warf einen Blick auf die Pistole.

»Versuch es erst gar nicht. So eine Kugel ist verdammt schnell.«

Rufus legte den Gang wieder ein und fuhr auf die Straße zurück. Josh beobachtete ihn; sein Blick wurde immer wieder unscharf. »Hör mit der Scheiße auf.«

»Was?«

»Ich sehe doch, dass du vor dich hin murmelst. Hör auf, für mich zu beten.«

»Ich lasse mir von niemandem vorschreiben, wann ich mit dem lieben Gott spreche.«

»Halt mich aber da raus.«

»Ich bete dafür, dass er dich am Leben hält.«

»Hast du den Eindruck, das würde mich einen Dreck scheren? Du verschwendest deine Zeit.«

»Gott hat mir die Kraft gegeben, diesen Jeep hochzuheben.«

»*Du* hast diesen verdammten Schrotthaufen hochgehoben. Es sind keine Engel vom Himmel hinabgestiegen, um dir zu helfen.«

»Josh ...«

»Fahr einfach.« Die Intensität des Schmerzes zwang Josh, sich plötzlich vorzubeugen. »Ich will mich nicht mehr unterhalten.«

Als Sara in ihrem Büro gerade ein Gutachten abschließen wollte, erhielt sie eine dringende Aufforderung von Elizabeth Knight, zu ihr zu kommen. Das überraschte sie beträchtlich, denn normalerweise hielten die Richter am Mittwochnachmittag eine Konferenz ab, bei der sie die Fälle besprachen, die sie am Montag gehört hatten. Jeder Richter hatte zwei Sekretärinnen und einen persönlichen Assistenten. Als sie die Kammer der Knight betrat, begrüßte sie Harriet, die langjährige Sekretärin der Knight, welche die Richterin schon auf mehreren Stationen ihrer Laufbahn begleitet hatte. Normalerweise war Harriet fröhlich und freundlich, doch nun klang ihr Tonfall kalt. »Sie werden schon erwartet, Miss Evans.«

Sara ging an Harriets Schreibtisch vorbei und blieb an der Tür von Elizabeth Knights Büro stehen. Sie drehte sich um und sah, dass Harriet sie anstarrte. Schnell wandte die Sekretärin sich wieder ihrer Arbeit zu. Sara atmete tief ein und öffnete die Tür.

In dem Büro standen oder saßen Ramsey, Detective Chandler, Perkins und Agent McKenna. Elizabeth Knight saß hinter ihrem antiken Schreibtisch und fummelte nervös mit einem Brieföffner herum, als sie Sara sah.

»Bitte kommen Sie herein und setzen sich.«

Ihr Tonfall ist aber nicht gerade herzlich, dachte Sara.

Sie nahm in einem Ohrensessel Platz, der sorgfältig postiert worden war, wie sie dachte, denn sein Standort ermöglichte es allen Anwesenden, sie direkt anzusehen. Oder vielleicht zu konfrontieren?

Sie sah die Knight an. »Sie wollten mich sprechen?«

Ramsey trat vor. »Wir alle wollten Sie sprechen, oder genauer gesagt anhören, Miss Evans. Aber ich werde Detective Chandler die Ehre überlassen.« So ernst hatte Sara Ramsey noch nie gesehen. Er lehnte sich gegen den Kamin und sah sie weiterhin an. Nervös faltete er die Hände und öffnete sie wieder.

Chandler saß ihr gegenüber. Seine Knie berührten fast die ihren. »Ich muss Ihnen einige Fragen stellen, Miss Evans, und möchte, dass Sie wahrheitsgemäß antworten«, sagte er ruhig.

Sara sah sich im Raum um. »Brauche ich einen Anwalt?«, fragte sie nur halb im Scherz.

»Nicht, wenn Sie nichts Falsches getan haben, Sara«, stellte die Knight schnell klar. »Doch Sie sollten die Entscheidung, ob Sie einen Rechtsbeistand hinzuziehen möchten, selbst treffen.«

Sara schluckte unter Schwierigkeiten und sah dann wieder Chandler an. »Was möchten Sie also wissen?«

»Haben Sie je den Namen Rufus Harms gehört?«

Sara schloss kurz die Augen. Ach, du Scheiße. »Lassen Sie mich erklären ...«

»Ja oder nein, Miss Evans?«, sagte Chandler. »Für Erklärungen haben Sie später Gelegenheit.«

Sie nickte. »Ja«, sagte sie dann.

»Woher genau kennen Sie diesen Namen?«

Sie rutschte auf ihrem Stuhl herum. »Ich weiß, dass er ein entflohener Häftling ist. Das habe ich in der Zeitung gelesen.«

»Wann haben Sie zum ersten Mal von ihm gehört?« Als sie nicht antwortete, fuhr Chandler fort: »Sie haben sich im Postraum nach einem Berufungsantrag erkundigt, den Rufus Harms angeblich eingereicht hat. Und zwar, bevor er aus dem Gefängnis ausgebrochen ist, nicht wahr? Wonach haben Sie gesucht?«

»Ich dachte ... ich wollte ...«

»Hat John Fiske Sie darauf angesetzt?«, fragte die Richterin scharf. Sie betrachtete Sara forschend, und die Enttäuschung auf ihrem Gesicht bewirkte, dass Sara sich noch schuldiger fühlte.

»Nein. Ich habe mich aus eigenem Antrieb danach erkundigt.«

»Warum?«, fragte Chandler. Auf Grund seines unverbindlichen Gesprächs mit Fiske in der Cafeteria des Gerichts ahnte er die Wahrheit bereits. Aber er musste sie von ihr hören.

Sara atmete tief aus und ließ den Blick erneut über die Mächte gleiten, die sich gegen sie verbündet hatten. Sie wünschte sich, Fiske würde plötzlich auftauchen und ihr helfen, aber das würde nicht geschehen. »Ich habe irgendwann zufällig etwas gesehen, das wie ein Antrag mit Rufus Harms' Namen darauf aussah. Im Postraum habe ich mich danach erkundigt, weil ich mich nicht entsann, ihn auf der Liste gesehen zu haben. Dort fand sich aber kein Eintrag.«

»Wo haben Sie diesen Antrag gesehen?«, warf Ramsey ein, bevor Chandler dieselbe Frage stellen konnte.

»Irgendwo«, sagte Sara und schaute ganz elend drein.

»Sara«, sagte die Knight barsch, »es hat keinen Zweck, jemanden zu decken. Sagen Sie uns einfach die Wahrheit. Werfen Sie dafür nicht Ihre Karriere weg.«

»Ich weiß nicht mehr, wo ich ihn gesehen habe, ich habe ihn einfach irgendwo gesehen. Vielleicht zwei Sekunden lang. Und ich habe nur den Namen ›Harms‹ gesehen, nicht, was in der Akte stand«, sagte Sara starrsinnig.

»Aber wenn Sie vermutet haben, dass es ein Berufungsantrag war, der nicht ordnungsgemäß verzeichnet worden war«, sagte Perkins, »hätten Sie ihn doch in den Postraum bringen und eintragen lassen können.«

Was sollte sie darauf antworten? »Ich hatte gerade keine Zeit, und eine weitere Gelegenheit bot sich nicht.«

»Sie hatten gerade keine Zeit?« Ramsey schien jeden Augenblick explodieren zu wollen. »Wie ich gehört habe, haben Sie sich erst vor kurzem im Postraum nach diesem ›verschwundenen‹ Antrag erkundigt. Da hatten Sie immer noch keine Zeit, ihn eintragen zu lassen?«

»Zu diesem Zeitpunkt wusste ich nicht, wo der Antrag war.«

»Hören Sie, Miss Evans«, sagte McKenna energisch, »entweder Sie sagen es uns, oder wir erfahren es von einer anderen Quelle.«

Sara ging zum Gegenangriff über. »Ich mag Ihren Tonfall nicht, und noch weniger, dass Sie mich so behandeln.«

»Es liegt wohl in Ihrem Interesse, mit uns zusammenzuarbeiten«, sagte McKenna, »und endlich damit aufzuhören, die Fiske-Brüder zu schützen.«

»Wovon sprechen Sie?«

»Wir haben Grund zu der Annahme, dass Michael Fiske diesen Antrag entwendet hat und Sie irgendwie in diese Sache verwickelt sind«, klärte Chandler sie auf.

»Wenn er den Antrag an sich genommen hat, und Sie haben davon gewusst, aber geschwiegen, haben Sie sich eines schwerwiegenden Verstoßes gegen das Berufsethos schuldig gemacht, Miss Evans«, sagte Ramsey.

»Sie haben all diese Fragen doch nur gestellt, weil John Fiske Sie dazu angestiftet hat, nicht wahr?«

»Es mag Ihnen zwar unglaublich vorkommen, aber ich kann durchaus selbstständig denken und handeln, Agent McKenna«, erwiderte sie hitzig.

»Sie wissen, dass Michael Fiske eine Lebensversicherung von einer halben Million Dollar abgeschlossen und seinen Bruder als Begünstigten eingetragen hat?«

»Ja, das hat er mir gesagt.«

»Und Sie wissen auch, dass John Fiske kein Alibi für die Tatzeit hat?«

Sara schüttelte den Kopf und lächelte verkniffen. »Sie verschwenden kostbare Zeit, wenn Sie versuchen, den Mord an Michael seinem Bruder anzuhängen. Er hat nichts damit zu tun, und er setzt alles daran, Michaels Mörder zu finden.«

McKenna steckte die Hände in die Taschen und betrachtete sie einen Moment lang. Dann änderte er seine Taktik.

»Würden Sie sagen, dass die Fiske-Brüder sich nahe standen?«

»Was meinen Sie mit ›nah‹?«

McKenna verdrehte die Augen. »Das, was man im Allgemeinen darunter versteht, mehr nicht.«

»Nein, ich glaube nicht, dass sie sich besonders nahe standen. Und?«

»Wir haben die Versicherungspolice in Michael Fiskes Wohnung gefunden. Erklären Sie mir mal, warum er eine so hohe Lebensversicherung abgeschlossen und seinen Bruder, dem er gar nicht so nahe stand, zum Begünstigten gemacht hat. Warum nicht seine Eltern? Wie ich herausgefunden habe, könnten sie das Geld sehr gut brauchen.«

»Ich weiß nicht, was Michael gedacht hat, als er seinen Bruder einsetzte. Das werden wir wohl nie erfahren.«

»Vielleicht hat Michael die Versicherung gar nicht abgeschlossen.«

Einen Moment lang war Sara wie betäubt. »Was meinen Sie damit?«

»Wissen Sie, wie einfach es ist, eine Lebensversicherung auf eine andere Person abzuschließen? Man muss sich nicht durch ein Foto ausweisen. Eine Krankenschwester kommt ins Haus und nimmt einem die Maße und eine Blutprobe ab. Man fälscht ein paar Unterschriften und bezahlt die Prämien über ein Konto, das man unter falschem Namen eingerichtet hat.«

Sara riss die Augen auf. »Behaupten Sie etwa, John hätte sich als sein Bruder ausgegeben, um eine Lebensversicherung auf ihn abzuschließen?«

»Warum nicht? Damit wäre doch viel klarer, warum zwei entfremdete Brüder einen so starken finanziellen Pakt geschlossen haben.«

»Sie kennen John Fiske offensichtlich nicht.«

McKenna betrachtete sie auf eine Art und Weise, die ihr entnervend vorkam. »Sie aber auch nicht, Miss Evans.«

McKennas nächste Sätze versetzten ihr fast den K.-o.-Schlag.

»Haben Sie gewusst, dass Michael Fiske von einer Kugel getötet wurde, die aus einer Neun-Millimeter-Pistole abgefeuert wurde?« Er legte der Wirkung halber eine Pause ein. »Und dass John Fiske einen Waffenschein für eine Neun-Millimeter-Pistole hat? Und er hat Ihnen bestimmt auch erzählt, dieser Berufungsantrag hätte etwas mit dem Mord an seinem Bruder zu tun, nicht wahr?«

Sara sah Chandler an. »Das kann ich nicht glauben.«

»Na ja«, erwiderte der Detective, »bewiesen ist natürlich noch nichts.«

Perkins verschränkte die Arme vor der Brust und nickte nachdenklich. »Wir haben einen Anruf vom Office of Special Military Operations bekommen, Miss Evans. Ein Master Sergeant Dillard. Er behauptet, Sie hätten ihn wegen Rufus Harms anrufen und gesagt, Harms hätte beim Obersten Gerichtshof einen Berufungsantrag eingereicht, und Sie wollten etwas überprüfen.«

»Kein Gesetz auf der Welt verbietet mir, ein Telefongespräch zu führen, um etwas zu klären, oder?«

»Also gestehen Sie ein, ihn angerufen zu haben«, sagte Perkins triumphierend und sah zuerst Ramsey und dann die Knight an. »Das heißt, Sie gestehen ein, Einrichtungen des Gerichts benutzt zu haben, um während Ihrer Arbeitszeit persönliche Nachforschungen über irgendeinen entflohenen Sträfling zu betreiben. Und überdies haben Sie auch noch das Militär belogen, denn wie Sie selbst gesagt haben, ist hier solch ein Antrag nicht verzeichnet.«

»Ihre Verstöße häufen sich«, fügte McKenna hinzu.

»Ich weise diesen Vorwurf zurück. Soweit es mich betrifft, war es eine Angelegenheit des Gerichts, und ich war zu diesem Anruf berechtigt.«

»Miss Evans, werden Sie uns sagen, wer genau diesen Antrag an sich genommen hat?« Ramsey musterte sie, wie er während der mündlichen Verhandlung an diesem Morgen die Anwälte gemustert hatte. »Wenn jemand bei diesem Gericht einen Antrag gestohlen hat, bevor er abgelegt wurde – schon dieser Gedanke ist unvorstellbar –, und Sie wissen, wer es war, haben Sie dieser Institution gegenüber die Pflicht, uns zu sagen, wer es war.«

Sie alle kannten die Antwort auf diese Frage, wurde Sara klar, oder glaubten sie zumindest zu kennen. Doch sie würde ihnen keine Klarheit verschaffen. Sie brachte die letzten Kraftreserven auf, von denen sie gar nicht wusste, dass sie sie überhaupt hatte, und erhob sich langsam. »Ich glaube, ich habe genug Fragen beantwortet, Chief Justice.«

Ramsey schaute zu Perkins und dann zu Elizabeth Knight hinüber. Sara glaubte zu sehen, wie alle drei fast unmerklich nickten.

»Dann, Sara, muss ich Sie bitten, mit sofortiger Wirkung freiwillig von Ihrem Posten als wissenschaftliche Mitarbeiterin zurückzutreten«, sagte die Knight mit brechender Stimme.

Sara verspürte kaum Überraschung. »Ich verstehe, Richterin Knight. Es tut mir Leid, dass es dazu gekommen ist.«

»Nicht annähernd so Leid wie mir. Mr Perkins wird Sie hinausbegleiten. Sie dürfen Ihre persönlichen Besitztümer aus Ihrem Büro holen.« Die Richterin wandte den Blick abrupt ab.

Als Sara sich umdrehte, erklang wieder Ramseys dröhnende Stimme. »Miss Evans, falls Ihr Vorgehen dieser Institution auch nur den geringsten Schaden zugefügt haben sollte, werden wir alle geeigneten Schritte gegen Sie und alle anderen Beteiligten einleiten. Doch wenn ich die Lage richtig einschätze, ist der Schaden schon geschehen und vielleicht nicht wieder gutzumachen.« Seine Stimme hob sich dramatisch. »In diesem Fall möge Ihr Gewissen Sie wegen dieser ungeheuerlichen Tatsache bis ans Ende Ihrer Tage plagen!«

Ramseys Gesicht war rot vor Entrüstung; sein hagerer Körper schien die Nähte des Anzugs sprengen zu wollen. Sara konnte alles in seinen glühenden Augen sehen: Ein Skandal während seiner Amtszeit! In der einen Institution, die in einer Stadt, die schon berühmt dafür war, dass ihr Name ständig durch solche Eklats in den Schmutz gezogen wurde, bislang über jeden Zweifel erhaben gewesen war. Sein Platz in den Geschichtsbüchern, seine lange, erfolgreiche Laufbahn in der Rechtsprechung wurde nun durch die Fehler einer unbedeutenden Assistentin verunstaltet; die Überlieferung seines Berufslebens wurde auf einige erklärende Fußnoten reduziert. Hätte sie vor seinen Augen seine gesamte Familie niedergestreckt, hätte sie den Mann nicht schwerer treffen können. Sara Evans floh aus dem Raum, bevor sie in Tränen ausbrach.

KAPITEL 50

Fiske wartete in ihrem Büro auf Sara. Als sie die Tür öffnete, stand er auf und wollte etwas sagen, aber dann tauchte Perkins hinter ihr auf. Sara ging zu ihrem Schreibtisch und räumte ihn leer, während Perkins von der Schwelle aus zusah.

»Sara, was ist passiert?«

»Das geht Sie nichts an, Mr Fiske«, sagte Perkins. »Aber ich werde Detective Chandler und Agent McKenna wissen lassen, dass Sie hier sind. Sie möchten Ihnen einige Fragen stellen.«

»Warum traben Sie dann nicht los und verpetzen mich, damit ich ungestört mit Sara sprechen kann?«

»Ich werde Miss Evans aus dem Gebäude begleiten.«

Sara packte ihre Sachen in eine große Einkaufstüte, nahm dann ihre Handtasche und legte sie obendrauf. »Ich warte in der Garage auf dich«, flüsterte sie Fiske zu, als sie an ihm vorbeiging.

Perkins versperrte ihr den Weg. »Ich brauche auch alle Ihre Schlüssel zu diesem Gebäude.«

Sara stellte die Tüte auf den Boden, durchwühlte ihre Handtasche, zog die Schlüssel vom Ring ab und warf sie Perkins zu.

»Meinen Sie ja nicht, mir würde das Spaß machen«, sagte Perkins indigniert. »Im Gericht herrschen chaotische Zustände, wir werden von einem Heer von Medienvertretern belagert, Mitarbeiter werden ermordet, überall wimmelt es vor Polizei. Ich habe nicht gewollt, dass Sie Ihre Stelle verlieren.«

Sara drängte sich wortlos an ihm vorbei.

Als die drei im Hauptgang waren, kamen Chandler und McKenna ihnen entgegen. Sie blieben stehen.

»Ich muss mit Ihnen sprechen, John«, sagte Chandler.

Fiske sah Sara an. »Ich komme nach, Sara.«

Sie und Perkins gingen davon.

»Sie wollen mich was fragen?«, sagte Fiske.

»Allerdings.«

»Hat das zufällig etwas mit der Lebensversicherung meines Bruders zu tun?«

»Das hat es«, sagte Chandler grimmig. »McKenna glaubt, Sie hätten sie ohne Wissen Ihres Bruders auf seinen Namen ausgestellt und ihn dann ermordet.«

»Sie haben die Police in der Wohnung meines Bruders gefunden?«

Chandler nickte.

»Na, dann hat er offensichtlich davon gewusst.«

Chandler warf McKenna einen fragenden Blick zu. Der sagte jedoch keinen Ton.

»Hören Sie, ich habe gar nicht gewusst, dass mein Bruder eine Lebensversicherung abgeschlossen hat. Die Versicherungsagentin hat mich angerufen. Ich gebe Ihnen ihren Namen. Sie hat sich übrigens persönlich mit meinem Bruder getroffen, falls Sie wirklich glauben, ich hätte die ganze Sache eingefädelt.« Er sah, dass McKennas Gesicht rot anlief. »Tut mir Leid, dass ich Ihre Träume platzen lassen muss, McKenna. Unsere Eltern bekommen das Geld – Mike hat gewusst, dass ich es Ihnen geben werde. Sprechen Sie mit der Versicherungsagentin, Sie wird es Ihnen bestätigen. Falls Sie nicht glauben, dass ich auch mit ihr unter einer Decke stecke. Aber warum sollen wir da aufhören? Wahrscheinlich habe ich auch alle neun Richter in der Tasche. Stimmt's?«

»Dann haben Sie Ihren Bruder eben überredet, eine Lebensversicherung abzuschließen, um Ihren Eltern zu helfen. Aber Sie, und Sie allein, sind der Begünstigte. Und das ist noch immer ein tolles Motiv für einen Mord.« McKenna wandte sich an Chandler. »Wollen Sie ihn fragen, oder soll ich es tun?«

Chandler sah Fiske an. »Ihr Bruder wurde von einer Neun-Millimeter-Kugel getötet.«

»Wirklich?«

»Sie besitzen doch eine Neun-Millimeter-Pistole, nicht wahr?«

Fiske sah beide Männer an. »Haben Sie mit der Staatspolizei von Virginia gesprochen?«

»Beantworten Sie einfach nur die Frage«, sagte McKenna.

»Warum soll ich sie beantworten, wenn Sie die Antwort doch sowieso schon kennen?«

»John ...«, sagte Chandler.

»Na schön, ja. Ich besitze eine Neun-Millimeter-Pistole. Eine SIG-Sauer P226, um genau zu sein, mit einem Magazin von fünfzehn Schuss.«

»Wo ist die Waffe?«

»In meinem Büro in Richmond.«

»Wir hätten sie gern.«

»Für ballistische Untersuchungen?«

»Unter anderem.«

»Buford, das ist reine Zeitverschwendung ...«

»Haben wir Ihre Erlaubnis, in Ihr Büro zu gehen und die Waffe zu holen?«

»Nein.«

»Dann werden wir Ihnen in knapp einer Stunde einen Durchsuchungsbefehl unter die Nase halten«, sagte McKenna.

»Sie brauchen keinen Durchsuchungsbefehl. Ich gebe Ihnen die Waffe.«

McKenna schaute verblüfft drein. »Aber Sie haben doch gerade gesagt ...«

»Ich will nicht, dass die Cops in mein Büro eindringen, um sie zu holen. Ich weiß, wie sie manchmal sein können. Sie sind nicht besonders sanft, und es würde ewig dauern, bis man mir den Schaden an der Tür ersetzt.« Fiske sah Chandler an. »Ich gehöre dem inoffiziellen Team wohl nicht mehr an, aber ein paar Fragen hätte ich noch. Haben Sie mit den Wachen gesprochen, die in der Nacht, in der Wright ermordet wurde, Dienst taten, und haben Sie die Videokameras überprüft?«

»Ich rate Ihnen, ihm nichts zu sagen, Chandler«, sagte McKenna.

»Das habe ich gebührend zur Kenntnis genommen.« Chandler sah Fiske an. »Um der alten Zeiten willen. Wir haben mit den Wächtern gesprochen. Wenn nicht einer von ihnen lügt, hat niemand Wright nach Hause gefahren. Einer von ihnen hat es angeboten, aber Wright hat abgelehnt.«

»Wann genau war das?«

»Etwa gegen halb zwei. Wir haben die Filme der Videokameras überprüft, aber nichts Außergewöhnliches gefunden.«

»Hat Wright gesagt, wieso er nicht nach Hause gefahren werden wollte?«

»Der Wachmann sagt, er sei einfach zur Tür hinausgegangen. Danach hat er ihn nicht mehr gesehen.«

»Na schön, zurück zu der Pistole«, sagte McKenna. »Ich fahre mit Ihnen in Ihr Büro.«

»Ich fahre mit Ihnen nirgendwohin.«

»Dann fahre ich Ihnen eben hinterher.«

»Machen Sie, was Sie wollen, aber ich will, dass ein uniformierter Beamter der Polizei von Richmond anwesend ist. Ihm werde ich die Waffe geben, und die dortige Behörde kann Sie dann der Mordkommission von Washington überstellen. Ich will nicht, dass Sie die Waffe zu irgendeinem Zeitpunkt in die Finger bekommen.«

»Was Sie da andeuten, gefällt mir gar nicht.«

»Ihr Problem, aber so läuft es, oder Sie können sich Ihren Durchsuchungsbefehl besorgen. Es ist Ihre Entscheidung.«

»Einverstanden«, warf Chandler ein. »Soll es ein bestimmter Beamter sein?«

»Officer William Hawkins. Ich vertraue ihm, und Sie können es auch.«

»Gemacht. Fahren Sie sofort los, John. Ich kläre das mit Richmond.«

Fiske schaute den Gang entlang. »Geben Sie mir noch eine halbe Stunde. Ich muss noch mit jemandem sprechen.«

Chandler legte eine Hand auf Fiskes Schulter. »Meinetwegen, John, aber wenn die Polizei in Richmond in etwa drei Stunden Ihre Waffe noch nicht haben sollte, bekommen Sie gewaltigen Ärger mit mir, klar?«

Fiske eilte zur Garage, um Sara zu suchen.

Ein paar Minuten später gesellte sich Dellasandro zu Chandler und McKenna.

»Ich würde gern wissen, was hier vorgeht, verdammt noch mal«, sagte Dellasandro wütend. »Zwei Assessoren ermordet, und jetzt wurde eine weitere Assessorin wegen irgendeines verschwundenen Antrags gefeuert.«

McKenna zuckte die Achseln. »Das ist ziemlich kompliziert.«

»Ist ja wirklich ermutigend«, sagte Dellasandro.

»Ich werde nicht dafür bezahlt, ermutigende Auskünfte zu geben«, fauchte McKenna zurück.

»Nein, Sie werden bezahlt, um herauszufinden, wer das getan hat. Und Sie auch, Detective Chandler«, erwiderte Dellasandro.

»Und genau das tun wir gerade«, sagte Chandler.

»Schon gut, schon gut«, erwiderte Dellasandro müde. »Perkins hat mich über alles informiert. Glauben Sie wirklich, dass John Fiske seinen Bruder ermordet hat? Ich meine, na schön, er hatte ein Motiv, aber … Verdammt, fünfhunderttausend Dollar, das hört sich zwar nach einer Menge an, ist aber heutzutage auch nicht mehr die Welt.«

»Wenn Ihr Bankkonto im Minus steht, kommt einem jede Summe ziemlich groß vor. Er hat ein Motiv, er hat kein Alibi, und in ein paar Stunden werden wir wissen, ob er auch die Mordwaffe hat.«

Dellasandro wirkte nicht überzeugt. »Und was ist mit dem Mord an Wright? Wie passt der in die Sache hinein?«

McKenna breitete die Hände aus. »Sehen Sie es doch mal so. Sara Evans hat sich vielleicht irgendwie bequatschen lassen, Fiske zu helfen. Evans und Wright haben sich ein Büro geteilt. Es wäre doch durchaus möglich, dass Wright irgendetwas gehört oder gesehen hat, das ihn Verdacht schöpfen ließ.«

»Aber ich dachte, Fiske hätte ein Alibi für die Zeit, zu der Wright ermordet wurde«, sagte Dellasandro.

»Ja, Sara Evans«, sagte McKenna.

»Und dieser entflohene Sträfling Harms und all die Fragen, welche die Evans über ihn gestellt hat?«

Chandler zuckte die Achseln. »Ich kann nicht behaupten, dass wir schon vollends dahinter gestiegen sind, aber das könnte nur eine weitere falsche Spur sein.«

»Es könnte nicht nur eine sein, es ist eine«, sagte McKenna. »Sollte wirklich etwas daran sein, hätten sie es schon längst jemandem gesagt. Miss Evans konnte uns nicht mal verraten, was in dem Antrag stand. Vielleicht hat Michael Fiske tatsächlich einen Antrag an sich genommen. Na und? John Fiske bringt ihn um, weil er das Geld kassieren will, und nutzt diesen verschwundenen Antrag als Ablenkung, um Evans und alle anderen hereinzulegen.«

»Na ja, ich lasse in meiner Wachsamkeit jedenfalls nicht nach, bis wir es genau wissen«, sagte Dellasandro. »Ich bin für die Sicherheit der Leute in diesem Gebäude verantwortlich, und wir haben bereits zwei von ihnen verloren.« Er sah McKenna an. »Hoffentlich wissen Sie, was Sie wegen Fiske tun.«

»Ich weiß ganz genau, was ich tue.«

Sara wartete in der Tiefgarage auf Fiske. Kurz und knapp erklärte sie ihm, was geschehen war.

»Sara, ich hatte gehofft, ich müsste es dir nie sagen, aber Chandler hat mich neulich in die Ecke gedrängt. Und weil ich etwas gesagt habe, haben sie dich jetzt rausgeworfen.«

Sara stellte die Einkaufstüte in den Kofferraum ihres Wagens. »Ich bin schon groß. Ich bin selbst für das verantwortlich, was ich tue.«

Fiske lehnte sich gegen den Wagen. »Vielleicht kann ich mit Ramsey und Richterin Knight sprechen, ihnen alles erklären?«

»Wie denn? Was sie mir vorwerfen, habe ich getan.« Sara schlug den Kofferraumdeckel zu und trat zu ihm. »Sie haben dich bestimmt auf deine Waffe angesprochen?«

Fiske nickte. »McKenna verlangt, dass ich die Waffe untersuchen lasse. Er lässt mich von einer bewaffneten Eskorte in mein Büro begleiten.« Er sah sie scharf an. »Was hast du jetzt vor?«

»Das weiß ich noch nicht. Jedenfalls habe ich plötzlich jede Menge Freizeit. Ich werde versuchen, etwas über Tremaine und Rayfield herauszufinden.«

»Bist du sicher? Willst du mir wirklich noch helfen?«

»Dann hätte ich meine Karriere zumindest nicht völlig umsonst ruiniert. Was ist mit dir?«

»Ich habe in dieser Angelegenheit keine Wahl.« Er sah auf seine Uhr. »Wie wäre es, wenn ich gegen sieben bei dir bin?«

»Ein Abendessen kriege ich bestimmt noch hin. Ich kaufe etwas Leckeres und eine gute Flasche Wein. Vielleicht packt mich tatsächlich der Ehrgeiz, und ich wische noch Staub. Wir können meinen letzten Tag bei Gericht feiern. Vielleicht noch mal segeln.« Sie hielt inne und berührte seinen Arm. »Und den Tag ausklingen lassen wie beim letzten Mal?«

»Wenn du willst, packe ich ein paar Sachen und bleibe bei dir. Ich weiß, wie du dich fühlen musst.«

»Aber was ist mit Chandler und McKenna?«

»Ich muss nicht springen, wenn sie pfeifen.«

»Wenn du nicht springst, wird McKenna wohl versuchen, dich auf den elektrischen Stuhl zu bringen. Außerdem … um dir die Wahrheit zu sagen, ich fühle mich wirklich gut.«

»Bestimmt?«

»Ja, John, aber trotzdem vielen Dank.« Sie streichelte sein Gesicht. »Diese Nacht kannst du bei mir bleiben.«

Sara sah Fiske nach und wollte in ihren Wagen steigen, als sie merkte, dass sie die Handtasche mit den Autoschlüsseln in der Tüte im Kofferraum liegen gelassen hatte. Sie öffnete den Kofferraum wieder und griff in die Tüte, um die Tasche herauszuholen. Dabei fiel ihr Blick auf das Foto, das ganz oben lag. Sie hatte es aus Michael Fiskes Büro mitgenommen, bevor die Polizei es durchsucht hatte. Plötzlich kam ihr in den Sinn, dass sie etwas sehr Wichtiges erledigen musste. Sie stieg in den Wagen und fuhr aus der Garage.

Sie war gerade als Mitarbeiterin des Obersten Gerichtshofs entlassen worden. Seltsamerweise verspürte sie nicht den Drang, in Tränen auszubrechen oder den Kopf in den Gasofen zu legen. Vielmehr war ihr jetzt nach einer Spazierfahrt. Nach Richmond. Sie musste mit jemandem sprechen, und der heutige Tag war dazu so gut geeignet wie jeder andere.

Als sie an der mit Säulen geschmückten Fassade ihrer alten Arbeitsstätte vorbeifuhr, brach eine gewaltige Welle der Erleichterung über ihr zusammen. Das Gefühl stellte sich so plötzlich ein, dass sie kaum noch Luft bekam. Dann erholte sie sich langsam wieder. Sie fuhr die Independence Avenue entlang und schaute nicht zurück.

KAPITEL 51

Fiske eilte zum Büro von Elizabeth Knight und wurde zu seiner Überraschung eingelassen. Die Richterin saß hinter ihrem Schreibtisch. Ramsey war noch dort, saß zusammengesunken in einem Sessel. Als Fiske eintrat, erhob er sich schnell.

»Ich will Ihnen nur sagen, dass Sara lediglich versucht hat, meinen Bruder zu schützen«, ergriff er das Wort, bevor die anderen ihn daran hindern konnten. »Und jetzt will sie mir lediglich helfen, seinen Mörder zu entlarven.«

»Sind Sie sicher, dass Sie diese Frage nicht beantworten können, indem Sie einfach in den Spiegel sehen?«, sagte Ramsey energisch.

Fiske erbleichte. »Da liegen Sie völlig falsch, Sir.«

»Ach ja? Die Behörden scheinen anderer Ansicht zu sein. Wenn Sie ein Mörder sind, hoffe ich, dass Sie den Rest Ihres Lebens im Gefängnis verbringen. Und was Ihr Bruder getan hat, ist kaum weniger schlimm als Mord, zumindest meiner Ansicht nach.«

»Mein Bruder hat das getan, was er für richtig hielt.«

»Diese Behauptung ist völlig lächerlich.«

»Harold ...«, begann die Richterin, doch er unterbrach sie mit einer Handbewegung.

»Und ich will, dass Sie« – er zeigte auf Fiske – »aus diesem Büro und diesem Gebäude verschwinden. Sonst lasse ich Sie wegen Hausfriedensbruch verhaften.«

Fiske sah die beiden an. Der Ärger, den er in diesem Augenblick verspürte, war die Kulmination der letzten drei Tage, welche die reinste Hölle gewesen waren. Er hatte das

Gefühl, dass Harold Ramsey schuld an allen schrecklichen Dingen war, die ihm je widerfahren waren. »Ich habe das hübsche kleine Schild über dem Haupteingang dieses Gebäudes gesehen. ›Gleiches Recht vor dem Gesetz.‹ Das finde *ich* lächerlich.«

Ramsey schien sich auf Fiske stürzen zu wollen. »Wie können Sie es wagen!«

»Ich habe einen Klienten, der in diesem Augenblick in der Todeszelle sitzt. Sagen Sie mir eins: Sollte ich jemals die ›Ehre‹ haben, meinen Fall vor Ihnen zu vertreten ... interessiert es Sie dann überhaupt, ob mein Klient lebt oder stirbt? Oder werden Sie ihn und mich nur benutzen, um ein Präzedenzurteil aufzuheben, das Sie vor zehn Jahren angekotzt hat?«

»Sie unerträglicher ...«

»Können Sie mir das sagen?«, schrie Fiske. »Denn wenn Sie es nicht können, weiß ich nicht, was Sie sind, aber ganz bestimmt kein Richter.«

Ramsey lief knallrot an. »Was wissen Sie denn schon? Das System ...«

Fiske schlug sich an die Brust. »Ich bin das System. Ich und die Menschen, die ich vertrete. Nicht Sie. Nicht diese Institution.«

»Ist Ihnen nicht klar, wie bedeutend die Themen sind, mit denen wir uns hier befassen?«

»Wann haben Sie zum letzten Mal einen Fall verhandelt, bei dem es um eine Frau geht, die von ihrem Ehemann verprügelt wird? Um ein missbrauchtes Kind? Haben Sie je einen Menschen auf dem elektrischen Stuhl sterben sehen? Haben Sie schon mal einer Hinrichtung beigewohnt? Sie sitzen hier oben im Elfenbeinturm und sehen nie einen richtigen Menschen. Sie hören keine Augenzeugen, Sie hören niemanden an, nur einen Haufen hochkarätiger Anwälte, die Ihnen einen Haufen Papier vorlegen. Sie haben keine Vorstellung von den Gesichtern, den Menschen, dem Kummer und Schmerz hinter alledem. Für Sie ist das nur ein intellektuelles Spiel. Ein Spiel! Nichts weiter.« Fiske starrte den Mann an. Als er fortfuhr, zitterte seine Stimme. »Wenn Sie glauben, die großen Themen seien so schwer, sollten Sie sich mal mit den kleinen abgeben.«

»Sie sollten jetzt gehen«, sagte die Knight fast bittend. »Sofort.«

Fiske starrte Ramsey noch einen Augenblick lang an, beruhigte sich dann und sah die Frau an. »Das ist ein guter Rat, Frau Anwältin. Ich glaube, ich werde ihn befolgen.« Fiske drehte sich zur Tür um.

»Mr Fiske«, donnerte Ramsey.

Fiske drehte sich langsam wieder um.

»Ich habe viele gute Freunde in der Anwaltskammer von Virginia. Man sollte sie von der Lage in Kenntnis setzen, und ich könnte mir vorstellen, dass man geeignete Schritte gegen Sie einleitet, die vielleicht zur Suspendierung und nachfolgenden Entziehung der Zulassung führen.«

»Schuldig, bis man seine Unschuld bewiesen hat? Ist das Ihre Vorstellung, wie das Strafrecht funktionieren sollte?«

»Es ist wohl nur noch eine Frage der Zeit, bis Ihre Schuld bewiesen ist.«

Fiske wollte noch etwas sagen, doch Elizabeth Knight legte eine Hand auf das Telefon. »John, ich würde es vorziehen, wenn Sie das Gebäude ohne die Hilfe des Wachpersonals verlassen.«

Nachdem Fiske gegangen war, schüttelte Ramsey den Kopf. »Der Mann ist zweifellos ein Psychopath.« Er drehte sich um und sah die Knight an. Sie saß da, schaute starr geradeaus. »Beth, ich wollte Ihnen nur sagen, ich stelle Ihnen gern einen meiner Assessoren zur Verfügung, bis Sie Ersatz für Sara gefunden haben.«

Sie sah zu ihm hinüber. Das Angebot wirkte oberflächlich sehr nett. Doch wollte er unter dieser Oberfläche einen Spitzel in ihr Lager einschleusen?

»Ich komme schon klar. Wir müssen einfach noch mehr arbeiten.«

»Sie haben bei der heutigen mündlichen Verhandlung einen guten Kampf geliefert, wenngleich ich mir wünschte, Sie nähmen es nicht so persönlich. Es ist ein wenig unschicklich, sich in der Öffentlichkeit so zu zanken.«

»Wie kann ich die Fälle nicht persönlich nehmen, Harold? Sagen Sie mir das.« Ihre Augen waren geschwollen, ihre Stimme klang plötzlich heiser.

»Sie müssen es lernen. Ich habe wegen eines Urteils nie schlaflose Nächte. Nicht einmal, wenn es um die Todesstrafe geht. Wir entscheiden nicht über Schuld oder Unschuld. Wir interpretieren Worte. Sie müssen in diesem Rahmen denken. Sonst werden Sie daran kaputtgehen.«

»Vielleicht ist es mir lieber, frühzeitig kaputtzugehen, als eine lange, glänzende Laufbahn zu haben, die lediglich Herausforderungen an meinen *Intellekt* stellt.«

Ramsey warf ihr einen scharfen Blick zu.

»Ich will, dass es wehtut, ich will den Schmerz fühlen. Alle anderen fühlen ihn auch. Warum sind wir eine Ausnahme? Verdammt, wir sollten uns über jeden einzelnen Fall den Kopf zermartern.«

Ramsey schüttelte traurig den Kopf. »Dann werden Sie hier wohl nicht lange durchhalten. Und das müssen Sie, wenn Sie hier etwas bewirken wollen.«

»Wir werden ja sehen. Vielleicht kann ich Ihnen noch einige Überraschungen bereiten. Und fange heute damit an.«

»Sie haben keine Chance, das Urteil im Fall *Stanley* aufzuheben. Aber ich bewundere Ihre Beharrlichkeit, selbst, wenn sie heute vergebens war.«

»Wenn ich mich recht entsinne, wurde noch nicht abgestimmt.«

Ramsey lächelte. »Natürlich, natürlich. Nur eine Formalität.« Er steckte die Hände in die Taschen und trat vor sie. »Nur, damit Sie es wissen, mir sind auch Ihre Pläne bekannt, das Thema der Rechte der Armen erneut zur Sprache zu bringen ...«

»Harold, wir haben gerade unseren dritten Assessor verloren. Einen Menschen, an dem mir sehr viel liegt. Im Gericht herrscht das reinste Chaos. Ich habe keine Lust, jetzt über juristische Angelegenheiten zu sprechen. Vielleicht habe ich nie wieder dazu Lust.«

»Beth, wir müssen weitermachen. Sicher, eine Krise jagt die andere, aber wir werden das durchstehen.«

»Harold, bitte!«

Ramsey wollte nicht nachgeben. »Der Gerichtsbetrieb geht weiter. Wir ...«

Die Knight erhob sich. »Raus.«

»Wie bitte?«

»Raus aus meinem Büro.«

»Beth ...«

»Raus! Sofort!«

Ohne ein weiteres Wort drehte Ramsey sich um und ging.

Richterin Knight blieb noch einen Augenblick lang stehen, dann verließ sie ebenfalls schnellen Schrittes ihr Büro.

Nach seiner Konfrontation mit Ramsey betrat Fiske die Tiefgarage und ging schnurstracks zu seinem Wagen. Er fühlte sich wie betäubt. Er hatte erreicht, dass Sara gefeuert worden war, man wollte ihm den Mord an seinem Bruder in die Schuhe schieben, und er hatte sich gerade mit dem Obersten Richter der Vereinigten Staaten angelegt. Und das alles in nicht einmal einer Stunde. Wenn man nicht gerade an einer tief greifenden geistigen Unzurechnungsfähigkeit litt, konnte man das wirklich als schlechten Tag bezeichnen.

Er stieg in den Wagen. Er hatte nicht die geringste Lust, nach Richmond zu fahren und McKenna dabei zuzusehen, wie er versuchte, die Zerstörung seines Lebens endgültig unter Dach und Fach zu bringen.

Er rieb sich mit den Fäusten die Augen. Ein Stöhnen kam über seine Lippen. Als er dann das Geräusch hörte, fuhr er mit einem Ruck hoch. Seine Augen wurden größer, als er sah, das Elizabeth Knight gegen die Fensterscheibe klopfte. Er drehte sie herunter.

»Ich möchte mit Ihnen sprechen.«

Er riss sich zusammen, so gut es nur ging. »Worüber?«

»Können wir ein wenig durch die Gegend fahren? Ich möchte es nicht riskieren, Sie wieder mit ins Gericht zu nehmen. Ich habe Harold noch nie so wütend gesehen.«

Fiske glaubte, den Anflug eines Lächelns auf dem Gesicht der Frau zu sehen, als sie dies sagte. »Wollen Sie etwa in meinen Wagen steigen?«, fragte er.

»Ich habe keinen Wagen hier. Gibt es mit Ihrem ein Problem?«

Fiske warf einen zweifelnden Blick auf ihr teures Kleid. »Na ja, das Innere meines Wagens besteht im Prinzip aus Rost, der mit einer Tünche aus Schmutz bedeckt ist.«

Knight lächelte. »Ich bin auf einer Farm im Osten von Texas aufgewachsen. Wenn meine Familie zu den kleinen Hütten fuhr, die die Stadt bildeten, in deren Nähe wir wohnten, nahmen wir einen Lieferwagen, und meine sechs Geschwister und ich saßen hinten und mussten höllisch darauf achten, nicht runterzufallen, und es hat uns einen Heidenspaß gemacht. Außerdem muss ich *wirklich* mit Ihnen sprechen.«

Fiske nickte schließlich, und die Richterin rutschte auf den Beifahrersitz.

»Wohin?«, fragte Fiske, als sie die Tiefgarage verließen.

»Biegen Sie an der Ampel links ab. Hoffentlich haben Sie nicht etwas anderes vor. Es war unhöflich von mir, nicht danach zu fragen.«

Fiske dachte daran, dass McKenna auf ihn wartete. »Nichts Wichtiges.«

»Sie hätten nicht zurückkommen und uns all diese Vorwürfe machen sollen«, sagte die Knight, nachdem er abgebogen war.

»Wenn das alles ist, was Sie mir zu sagen haben ...«, erwiderte Fiske scharf.

»Ich wollte Ihnen sagen, dass mir das mit Sara schrecklich Leid tut.«

»Nicht nur Ihnen. Sie wollte nur meinem Bruder und

dann mir helfen. Sie wird den Tag, an dem sie den Fiske-Brüdern begegnet ist, bestimmt nie vergessen.«

»Zumindest nicht dem, an dem sie einem der beiden begegnet ist.«

»Was soll das heißen?«

»Sara hat Ihren Bruder gemocht und respektiert. Aber sie hat ihn nicht geliebt, obwohl ich, ehrlich gesagt, glaube, dass er sich in sie verliebt hatte. Aber ihr Herz gehörte einem anderen.«

»Ach ja? Und das hat sie Ihnen gesagt?«

»John, mir liegt wirklich nichts daran, geschlechtsbezogene Vorurteile zu bestätigen, aber ich kann genauso wenig die Augen vor einigen grundlegenden Wahrheiten verschließen. Ich bezweifle, dass meine acht männlichen Kollegen die geringste Ahnung haben, aber für mich ist klar, dass Sara Evans bis über beide Ohren in Sie verliebt ist.«

»Ihre weibliche Intuition?«

»So etwas in der Art. Außerdem habe ich zwei Töchter.« Sie bemerkte seinen neugierigen Blick. »Mein erster Mann ist gestorben. Meine Töchter sind erwachsen und führen ihr eigenes Leben.« Die Knight legte die Hände auf den Schoß und sah aus dem Fenster. »Aber darüber wollte ich eigentlich nicht mit Ihnen sprechen«, sagte sie. »Biegen Sie da vorn rechts ab.«

Fiske tat wie geheißen. »Also, was steht auf Ihrer Tagesordnung?«, fragte er. »Leute wie Sie scheinen ständig eine zu haben.«

»Und das finden Sie irgendwie falsch?«

»Sagen Sie es mir. Wenn ich sehe, welche Spielchen in diesem Gericht getrieben werden, wird mir wirklich nicht warm ums Herz.«

»Diesen Standpunkt kann ich respektieren.«

»Ich kann mir wirklich kein Urteil darüber erlauben, was Sie so tun. Aber für mich sind Sie keine Richter, sondern machen Politik. Und in welche Richtung diese Politik geht, hängt davon ab, wer so viel Druck oder so viele Zugeständnisse macht, dass er fünf Stimmen zusammenbekommt.

Was hat das mit den Rechten eines Klägers und eines Verteidigers zu tun?«

Das Schweigen hielt etwa eine Minute lang an, bis die Knight es schließlich brach. »Ich habe als Anklägerin angefangen. Und wurde dann Strafrichterin.« Sie hielt inne. »Ich kann Ihnen sagen, dass Ihre Eindrücke falsch sind.«

Fiske schaute etwas überrascht drein.

»John, wir können darüber diskutieren, bis es uns beiden aus den Ohren rauskommt, aber Tatsache ist nun mal, es gibt ein System, und man muss innerhalb dieses Systems arbeiten. Und wenn das heißt, dass man nach seinen Regeln spielen und sich diese Regeln gelegentlich auch zurechtbiegen muss, kann ich auch nichts daran ändern. Vielleicht ist das eine allzu simplifizierende Sichtweise einer komplizierten Situation, aber manchmal muss man aus dem Bauch heraus entscheiden.« Sie sah ihn an. »Wissen Sie, was ich meine?«

Er nickte. »Mein Instinkt ist ziemlich gut.«

»Und was sagt Ihr Instinkt Ihnen über die Morde an Michael und Steven? Ist an dieser Geschichte über den verschwundenen Antrag irgendetwas dran? Falls ja, würde ich wirklich gern mehr darüber erfahren.«

»Warum fragen Sie mich das?«

»Weil Sie mehr als jeder andere darüber zu wissen scheinen. Deshalb wollte ich unter vier Augen mit Ihnen sprechen.«

»Hoffen Sie wirklich, dass ich meinen Bruder ermordet habe und diesen Antrag nur als falsche Spur benutze? Damit das Gericht ja nichts abbekommt?«

»Das habe ich nicht gesagt.«

»Das haben Sie auf Ihrer Party zu Sara gesagt.«

Die Knight seufzte und lehnte sich zurück. »Ich weiß nicht, warum ich das getan habe. Vielleicht, um sie von Ihnen fern zu halten.«

»Ich habe meinen Bruder nicht getötet.«

»Ich glaube Ihnen. Also könnte dieser verschwundene Antrag wichtig sein?«

Fiske nickte. »Mein Bruder wurde ermordet, weil er wusste, was in dem Antrag steht. Und ich glaube, Wright wurde getötet, weil er Überstunden gemacht hat, mitten in der Nacht aus seinem Büro gekommen ist und gesehen hat, wie ein Angehöriger des Gerichts das Büro meines Bruders durchsucht hat.«

Sie erbleichte. »Sie glauben, jemand beim Gericht hat Steven ermordet?«

Fiske nickte.

»Können Sie das beweisen?«

»Ich hoffe es.«

»Das ist unmöglich, John. Warum?«

»Die Antwort auf diese Frage würde auch gern jemand kennen, der sein halbes Leben im Gefängnis verbracht hat.«

»Weiß Detective Chandler das alles?«

»Einen Teil davon. Aber Agent McKenna hat ihn so ziemlich davon überzeugt, dass ich der Übeltäter bin.«

»Ich bin nicht sicher, ob Detective Chandler das glaubt.«

»Wir werden ja sehen.«

»Wenn Ihre Vermutung zutrifft«, sagte die Knight, als Fiske sie wieder am Gericht absetzte, »und jemand vom Gericht in diese Sache verwickelt ist …« Sie hielt inne, schien einen Moment lang nicht fortfahren zu können. »Ist Ihnen klar, was das dem Ruf des Gerichts antun könnte?«

»Ich bin mir nicht vieler Dinge im Leben sicher, aber eines auf jeden Fall.« Er hielt kurz inne. »Der Ruf des Gerichts ist es nicht wert«, sagte er dann, »dass ein Unschuldiger im Gefängnis stirbt.«

KAPITEL 52

Rufus schaute ängstlich zu seinem Bruder hinüber, der soeben einen schrecklichen Hustenanfall überstanden hatte. Josh versuchte, sich ein wenig aufzurichten, in der Hoffnung, dadurch etwas leichter atmen zu können. Er wusste, dass er schwerste innere Verletzungen davongetragen hatte. Jeden Augenblick konnte irgendetwas in seinem Inneren zerreißen, das ihn am Leben hielt. Er drückte sich die Pistole noch immer an den Leib. Doch es sah nicht so aus, als wäre eine Kugel nötig, um seinem Leben ein Ende zu machen. Jedenfalls nicht noch eine.

Sie konnten von Glück sagen, dass Tremaine und Rayfield sie nicht mit einem Armeefahrzeug verfolgt hatten. Doch die Seite des Jeeps, die Josh und Rufus mit dem Wohnmobil gerammt hatten, war eingedrückt, und das würde unerwünschte Aufmerksamkeit auf sie ziehen. Und das Stoffverdeck, das sie vor den meisten neugierigen Blicken hätte schützen können, hatte Rufus abmontiert.

Er wusste nicht, wohin er fahren sollte, und Josh verlor viel zu oft das Bewusstsein, als dass er Rufus eine Hilfe hätte sein können. Rufus öffnete das Handschuhfach und nahm eine Straßenkarte heraus. Dann zog er die Visitenkarte aus seiner Hemdtasche und überflog die Namen und Rufnummern. Nun musste er nur noch ein Telefon finden.

»Worauf warten wir?«, fragte McKenna, als er und Fiske vor dessen Bürotür standen.

»Auf die Polizei«, sagte Fiske mit Nachdruck.

Er hatte den Mund kaum geschlossen, als ein Streifenwagen am Straßenrand hielt und Officer Hawkins ausstieg.

»Verdammt noch mal, was geht hier vor, John?«, fragte Hawkins verwirrt.

Fiske zeigte auf McKenna. »Agent McKenna glaubt, dass ich Mike ermordet habe. Er will meine Waffe beschlagnahmen, um ballistische Untersuchungen vorzunehmen.«

Hawkins warf McKenna einen feindseligen Blick zu. »Wenn das nicht die größte Scheiße ist, die ich je gehört habe …«

McKenna trat vor. »Vielen Dank für Ihre offizielle Einschätzung … Officer Hawkins, nicht wahr?«

»Genau«, sagte Hawkins grimmig.

»Nun, Officer Hawkins, Sie haben Mr Fiskes Einwilligung, sein Büro nach einer Neun-Millimeter-Pistole zu durchsuchen, die auf seinen Namen zugelassen ist.« Er blickte Fiske an. »Ich gehe davon aus, dass Sie Ihre Erlaubnis nicht zurückgezogen haben.« Als Fiske nicht antwortete, wandte McKenna sich wieder an Hawkins. »Wenn Sie also ein Problem damit haben, Officer, sprechen wir mal kurz mit Ihrem Boss, und Sie können sich schon mal nach einem Job als Nachtwächter umsehen.«

Bevor Hawkins etwas Dummes tun konnte, packte Fiske ihn am Arm. »Komm, Billy. Bringen wir's hinter uns.«

Sie betraten das Gebäude. »Dein Gesicht sieht schon viel besser aus, Billy«, sagte Fiske.

Hawkins lächelte peinlich berührt. »Ja, danke.«

»Was ist passiert?«, fragte McKenna.

Hawkins betrachtete ihn verdrossen. »So ein Typ musste sich unbedingt Drogen reinwerfen. Es war nicht ganz einfach, ihn festzunehmen.«

Vor Fiskes Bürotür lag ein Stapel Briefe und Päckchen. Er hob sie auf und drehte den Schlüssel im Türschloss. Die Männer betraten das Büro.

Fiske ging zu seinem Schreibtisch und ließ den Stapel Post darauf fallen. Er zog die oberste Schublade auf und schaute hinein. Dann schob er die Hand in die Schublade, wühlte darin herum und blickte schließlich zu den beiden Männern auf. »Die Neunmillimeter war in dieser Schublade, verdammt. Ich hab sie noch an dem Tag herausgeholt, als du mir das von Mike erzählt hast, Billy.«

McKenna verschränkte die Arme vor der Brust und musterte Fiske streng. »Na schön, hat sonst noch jemand Zutritt zu Ihrem Büro? Die Putzfrau, die Sekretärin? Lieferanten? Der Fensterputzer?«

»Nein, niemand. Nur der Vermieter hat einen zweiten Schlüssel.«

»Wie lange warst du weg?«, fragte Hawkins. »Ungefähr zwei Tage?«

»Genau.«

McKenna blickte zur Tür. »Aber es gibt keine Spuren, die auf gewaltsames Eindringen schließen lassen.«

»Das hat doch gar nichts zu bedeuten«, sagte Hawkins. »Ein Profi kann dieses Schloss knacken, ohne dass man es überhaupt merkt.«

»Wer weiß, dass Sie hier eine Waffe aufbewahren?«, fragte McKenna.

»Niemand.«

»Vielleicht hat einer Ihrer Mandanten sie gestohlen, um für seinen nächsten Banküberfall ordentlich ausgerüstet zu sein«, sagte McKenna.

»In diesem Büro habe ich nur selten Besuch von Mandanten, McKenna. Normalerweise rufen sie mich aus dem Gefängnis an.«

»Tja, dann scheinen wir hier ein kleines Problem zu haben. Ihr Bruder wurde von einer Neun-Millimeter-Kugel getötet. Und auf Ihren Namen ist eine Neun-Millimeter-sig registriert. Sie gestehen, dass die Waffe vor ein paar Tagen noch in Ihrem Besitz war. Nun ist sie verschwunden. Sie haben kein Alibi für die Tatzeit, und der Tod Ihres Bruders hat Sie um eine halbe Million Dollar reicher gemacht.«

Hawkins warf Fiske einen fragenden Blick zu.

»Eine Lebensversicherung, die Mike abgeschlossen hat«, erklärte Fiske. »Sie war für Mom und Dad bestimmt.«

»Das behaupten Sie jedenfalls.«

Fiske trat näher an McKenna heran. »Wenn Sie glauben, ausreichend Beweise zu haben, um Klage gegen mich zu erheben, dann tun Sie's. Wenn nicht, verschwinden Sie aus meinem Büro.«

McKenna blieb unbeeindruckt. »Wenn ich mich nicht irre, hat Officer Hawkins Ihre Erlaubnis, Ihr gesamtes Büro nach der Waffe zu durchsuchen, nicht nur den Schreibtisch, in dem Sie sie angeblich aufbewahrt haben. Ob der Officer nun Ihr Freund ist oder nicht, ich hoffe doch sehr, dass er seine Pflicht tut.«

Fiske trat zurück und schaute Hawkins an. »Nur zu, Billy. Ich gehe unten im Café an der Ecke was trinken. Soll ich dir was mitbringen?«

Hawkins schüttelte den Kopf.

»Ich könnte eine Tasse Kaffee vertragen«, sagte McKenna und folgte Fiske aus dem Büro. »Dabei können wir uns ja ein wenig unterhalten.«

Sara stoppte den Wagen und atmete tief durch. Der Buick stand auf der Auffahrt. Als sie ausstieg, stieg ihr der Geruch von frisch gemähtem Gras in die Nase. Die Wahrnehmung war tröstlich, entführte sie in die Vergangenheit, zu Footballspielen während ihrer Zeit an der High School, zu trägen Sommern im friedlichen Carolina.

Als sie anklopfte, wurde die Tür so schnell aufgerissen, dass Sara beinahe von der kleinen Veranda gefallen wäre. Ed Fiske musste gesehen haben, wie sie zum Haus gekommen war. Bevor er ihr die Tür vor der Nase zuschlagen konnte, hielt sie das Foto in die Höhe.

Vier Personen waren darauf zu sehen: Ed und Gladys Fiske und ihre beiden Söhne. Alle lächelten strahlend.

Ed blickte Sara fragend an.

»Michael hatte das Bild in seinem Büro stehen. Ich wollte, dass Sie es bekommen.«

»Und warum?« Sein Tonfall war noch immer kalt, doch wenigstens schrie er ihr keine Obszönitäten ins Gesicht.

»Weil es mir … richtig vorkam.«

Ed nahm das Foto von Sara entgegen. »Ich habe Ihnen nichts zu sagen.«

»Aber ich habe Ihnen eine Menge zu sagen. Ich habe jemandem etwas versprochen, und ich pflege meine Versprechen zu halten.«

»Versprochen? Wem? Johnny? Tja, dann können Sie ihm sagen, dass es keinen Zweck hat, Sie zu mir zu schicken, um die Dinge wieder hinzubiegen.«

»Er weiß nicht, dass ich hier bin. Er hat mir gesagt, ich solle nicht kommen.«

Ed schaute überrascht drein. »Und warum sind Sie dann hier?«

»Wegen meines Versprechens. Was Sie in dieser Nacht neulich gesehen haben, war nicht Johns Schuld, sondern meine.«

»Dazu gehören immer noch zwei. Jetzt erzählen Sie mir bloß nichts anderes.«

»Darf ich reinkommen?«

»Ich wüsste nicht, warum.«

»Ich muss mit Ihnen über Ihre beiden Söhne sprechen. Es ist wichtig. Ich glaube, Sie sollten einiges wissen. Was ich Ihnen zu sagen habe, lässt die ganze Sache vielleicht in einem deutlicheren Licht erscheinen. Es wird nicht lange dauern. Ich verspreche Ihnen, danach werde ich Sie nie wieder belästigen. Bitte.«

Nach einem langen Augenblick trat Ed endlich zur Seite und ließ Sara herein. Lautstark schloss er die Tür hinter ihnen.

Das Wohnzimmer sah fast genauso aus wie damals, als sie es zum ersten Mal betreten hatte. Ed schien ein ordentlicher Mensch zu sein. Sara konnte sich vorstellen, dass die Werkzeuge in seiner Garage genauso sorgfältig, ja pedantisch aufgeräumt waren. Ed deutete auf das Sofa, und Sara setzte sich. Er ging ins Esszimmer und stellte das Foto sorgfältig zu den anderen. »Wollen Sie was trinken?«, fragte er widerwillig.

»Nur, wenn Sie auch etwas trinken.«

Ed nahm auf einem Stuhl ihr gegenüber Platz. »Nein.«

Sara musterte ihn genau. Nun konnte sie in seinem Gesicht, seinem Körperbau beide Söhne ein wenig deutlicher wieder erkennen. Besonders John; Michael kam stärker auf die Mutter. Ed wollte sich eine Zigarette anzünden, hielt dann aber inne.

»Sie können ruhig rauchen. Es ist Ihr Haus.«

Ed steckte die Schachtel und das Feuerzeug wieder in die Hosentasche. »Gladys hat nicht geduldet, dass ich im Haus rauche, nur draußen. Alte Gewohnheiten legt man nicht so schnell ab.« Er verschränkte die Arme vor der Brust und wartete, dass Sara sagte, was sie zu sagen hatte.

»Michael und ich waren sehr enge Freunde.«

»Nach dem, was ich neulich gesehen habe, kann ich mir das nicht so richtig vorstellen.« Eds Gesicht lief rot an.

»Tatsache ist, Mr Fiske ...«

»Nennen Sie mich Ed«, sagte er schroff.

»Na schön, Ed. Mike und ich waren wirklich enge Freunde. So habe ich es jedenfalls gesehen, aber Michael wollte mehr als das.«

»Was soll das heißen?«

Sara schluckte heftig und errötete. »Michael hat mir einen Heiratsantrag gemacht.«

Ed wirkte schockiert. »Er hat mir nie etwas davon gesagt.«

»Das kann ich mir vorstellen. Denn ich ...« Sie zögerte kurz, hatte Angst davor, wie Eds Reaktion auf ihre nächsten Worte ausfallen würde. »Denn ich habe abgelehnt.« Sie zuckte ein wenig zurück, doch Ed blieb unbewegt sitzen und versuchte, Saras Worte zu verdauen.

»Ach ja? Also haben Sie ihn nicht geliebt?«

»Nein ... jedenfalls nicht auf diese Weise. Ich weiß nicht genau, warum ich ihn nicht geliebt habe. Er war ... perfekt. Vielleicht hat mir genau das Angst gemacht ... Angst davor, bis ans Ende meiner Tage so hohen Ansprüchen genügen zu müssen. Und Mike ging so sehr in seiner Arbeit auf.

Selbst wenn ich ihn geliebt hätte, ich weiß nicht, ob in seinem Leben Platz für mich gewesen wäre.«

Ed schaute zu Boden. »Es war nicht leicht, die beiden Jungs großzuziehen. Johnny hat fast alles mit Leichtigkeit geschafft, aber Mike ... Mike war fantastisch, egal, was er angefasst hat. Ich habe die ganze Zeit wie ein Ochse geschuftet und es damals gar nicht für so erfreulich gehalten, dass Mike alles in den Schoß fiel. Heute weiß ich es besser. Ich habe oft mit Mike geprahlt. Zu oft. Mike hat mir gesagt, Johnny wolle nichts mehr mit ihm zu tun haben, wollte aber nicht so richtig damit rausrücken, warum. Johnny ist ziemlich verschlossen. Es ist nicht einfach, ihn zum Sprechen zu bringen.«

Sara schaute an Ed vorbei und zum Fenster hinaus, an dem ein Kardinalvogel vorüberflatterte und sich dann auf den Ast einer Trauerweide niederließ.

»Ich weiß«, sagte sie. »Ich war in den letzten Tagen oft mit ihm zusammen. Wissen Sie, bei John denke ich immer: Das ist der Mann, mit dem du dein Leben verbringen willst. Diese Vorstellung ist vermutlich lächerlich. Und unfair. Nicht wahr?«

Der Anflug eines Lächelns legte sich auf das Gesicht des alten Mannes. »Als ich Gladys zum ersten Mal sah, war sie Kellnerin in diesem kleinen Restaurant gegenüber von der Spedition, bei der ich damals arbeitete. Ich ging eines Tages mit ein paar Kumpels zur Tür rein und hörte von dem Moment an, in dem ich Gladys sah, kein einziges Wort mehr, das die anderen Jungs sagten. Es war, als wären Gladys und ich ganz allein auf der Welt. Nach der Mittagspause ging ich wieder an die Arbeit und habe einen Dieselmotor völlig vermurkst. Ich bekam das Mädel einfach nicht mehr aus dem Kopf.«

Sara lächelte. »Ich weiß genau, wie stur John ist ... und wie stur auch Michael sein konnte. Deshalb bezweifle ich, dass Sie es einfach dabei beließen, nur an Gladys zu denken.«

Ed lächelte ebenfalls. »Im nächsten halben Jahr habe ich

in diesem Restaurant gefrühstückt und zu Mittag und zu Abend gegessen. Wir gingen miteinander aus. Dann habe ich allen Mut zusammengenommen und ihr einen Heiratsantrag gemacht. Ich schwöre bei Gott, ich hätte es schon am ersten Tag getan, aber ich dachte, sie würde mich dann für verrückt halten oder so.« Er hielt kurz inne. »Und wir haben ein verdammt gutes Leben zusammen gehabt«, sagte er dann nachdrücklich und schaute Sara an. »Ist es Ihnen genauso ergangen, als Sie Johnny zum ersten Mal gesehen haben?«

Sie nickte.

»Hat Mike es gewusst?«

»Ich glaube, er ist dahinter gekommen. Als ich John dann kennen lernte, habe ich ihn gefragt, warum er und sein Bruder sich nicht näher stünden. Ich dachte, das hätte vielleicht eine Rolle gespielt ... bei mir, meine ich ... aber Mike und John haben sich offenbar schon vorher entfremdet.« Sara nahm allen Mut zusammen. »Sie haben es also gesehen, nicht wahr? Ich meine, wie ich mich an diesem Abend auf dem Boot Ihrem Sohn an den Hals geworfen habe. Er hatte den schrecklichsten Tag hinter sich, den man sich nur vorstellen kann, und ich habe nur an mich gedacht.« Sie schaute Ed in die Augen. »Er hat mich geradeheraus zurückgewiesen.« Sie dachte an die letzte Nacht, an die Zärtlichkeiten, die sie und John Fiske ausgetauscht hatten, sowohl im Bett als auch außerhalb. Und dann der Morgen danach. Sie hatte gedacht, sie wäre endlich schlau aus ihm geworden, was sie unglaublich erleichtert hatte. Doch sie hatte gar nichts über diesen Mann oder seine Gefühle gewusst, und diese Erkenntnis lastete schwer auf ihr. Sie lachte bekümmert auf. »Das war eine sehr demütigende Erfahrung.« Sie holte ein Papiertaschentuch aus ihrer Handtasche und tupfte sich die Augen ab. »Mehr wollte ich Ihnen nicht sagen. Wenn Sie schon jemanden hassen müssen, dann mich, nicht Ihren Sohn.«

Ed schaute lange Zeit zu Boden und erhob sich schließlich. »Ich habe gerade den Rasen gemäht und würde jetzt gern einen Eistee trinken. Möchten Sie auch einen?«

Sara nickte überrascht.

Kurz darauf kam Ed mit zwei Gläsern und einer Kanne Tee zurück. »Ich habe viel über diese Nacht nachgedacht«, sagte er, während er die Gläser füllte, in denen Eisstücke lagen. »Ich erinnere mich kaum noch daran. Am nächsten Morgen hatte ich einen furchtbaren Kater. So wütend ich auch war, ich hätte Johnny nie schlagen dürfen. Nicht so. Nicht in den Magen.«

»Er ist ziemlich hart im Nehmen.«

»Das meine ich nicht.« Ed trank einen Schluck Tee, lehnte sich zurück und nagte an seiner Lippe. »Hat Johnny Ihnen je erzählt, warum er aus dem Polizeidienst ausgeschieden ist?«

»Er hat mal einen Jungen wegen eines Drogendelikts verhaftet, sagt er. Der Junge tat ihm so Leid, dass er beschlossen hat, solchen Leuten zu helfen.«

Ed nickte. »Na ja, verhaftet hat er ihn eigentlich gar nicht. Der Junge ist noch vor Ort gestorben. Genau wie der Officer, der Johnny bei dem Einsatz unterstützt hat.«

Sara hätte beinahe ihren Tee verschüttet. »Was?«

Nun, da Ed dieses Thema zur Sprache gebracht hatte, schaute er ein wenig unbehaglich drein, doch er fuhr fort: »Johnny hat nie so richtig darüber gesprochen, aber ich habe die Geschichte von den Beamten erfahren, die am Tatort eintrafen, kurz nachdem alles passiert war. Johnny hat aus irgendeinem Grund einen Wagen angehalten. Ich glaube, er war gestohlen. Auf jeden Fall hat Johnny Verstärkung angefordert. Hat den beiden Jungs befohlen, aus dem Wagen zu steigen. Fand die Drogen. Dann kam seine Verstärkung. Gerade als sie die Burschen durchsuchen wollten, brach einer von ihnen zusammen, als hätte er einen Anfall. Johnny wollte ihm helfen. Sein Kollege, der zur Verstärkung gekommen war, hätte die Waffe weiterhin auf den anderen Jungen richten sollen, tat es aber nicht. Da zog der Bursche eine Pistole und hat Johnnys Kollegen erschossen. Dann feuerte Johnny … aber da hatte der andere Kerl ihm schon zwei Kugeln in den Magen gejagt.

Beide brachen zusammen, lagen sich gegenüber. Der andere Bursche hatte den Anfall nur vorgetäuscht. Er sprang auf, raste mit dem Wagen davon, wurde aber kurz darauf gefasst. Der andere Kerl und Johnny lagen keinen halben Meter voneinander entfernt, beide haben wie verrückt geblutet.«

»O Gott!«

»Johnny hat einen Finger in eins der Einschusslöcher gestopft. So konnte er die Blutung ein wenig aufhalten. Na ja … er hat mir einen Teil der Geschichte erzählt, als er halb bewusstlos im Krankenhaus lag … der Junge, der neben Johnny lag, hatte irgendwas zu ihm gesagt. Ich weiß nicht genau, was, Johnny wollte nie so richtig damit raus, aber die haben den Jungen dann tot aufgefunden, und Johnny lag neben ihm, hatte den Arm um ihn gelegt. Er muss sich irgendwie zu dem Jungen geschleppt haben. Einigen Cops gefiel das gar nicht … schließlich war ja einer von ihnen wegen des Jungen draufgegangen. Aber sie haben alles überprüft, und Johnny wurde von jeder Schuld freigesprochen. Es war der Fehler seines Kollegen gewesen. Auf jeden Fall … auf dem Weg ins Krankenhaus wäre Johnny fast gestorben. Er wurde mehr als einen Monat stationär behandelt. Womit der Junge seine Waffe auch geladen hatte … es hat Johnny innerlich zerfetzt.«

Sara musste daran denken, dass John sein Hemd wieder heruntergezogen hatte, bevor sie miteinander schliefen. »Hat er eine Narbe?«

Ed warf ihr einen seltsamen Blick zu. »Warum fragen Sie?«

»Er hat so eine Bemerkung gemacht.«

Ed nickte langsam. »Vom Bauch bis zum Hals.«

»Zu alt fürs Nacktbaden«, murmelte Sara zu sich selbst.

»Die Ärzte hätten mit plastischer Chirurgie wohl einiges machen können, aber Johnny hatte die Nase voll von Krankenhäusern. Außerdem dachte er wohl … wenn sie seine inneren Organe nicht wieder hinkriegen, spielt es sowieso keine Rolle, wie's außen aussieht.«

Sara schaute angsterfüllt drein. »Was soll das heißen? Er wurde doch völlig wieder hergestellt, oder?«

Ed schüttelte traurig den Kopf. »Die Geschosse haben ihn schlimm zerrissen«, er legte die Hand auf seinen Leib, »hier drinnen. Sind wie Flipperkugeln in ihm herumgesprungen. Die Ärzte haben ihn zusammengeflickt, aber so ziemlich jedes innere Organ wurde verletzt. Vielleicht hätten sie ihn wieder hingekriegt, wenn Johnny ein paar Jahre lang im Krankenhaus geblieben wäre und sich Transplantationen und so unterzogen hätte. Aber so was ist nichts für Johnny. Die Ärzte sagen, irgendwann wird eines der verletzten Organe einfach ... aufhören zu arbeiten. Es ist wie bei Diabetes. Sie wissen schon, die Organe des Kranken sind schließlich ... kaputt.«

Sara drehte sich der Magen um, doch sie brachte ein Nicken zustande.

»Na ja, die Ärzte meinen, dass die beiden Kugeln Johnny zwanzig Jahre seines Lebens gekostet haben, vielleicht sogar mehr. Und sie konnten wirklich nichts dagegen tun. Damals war uns das egal. Verdammt, Johnny hatte überlebt, und nur darauf kam es uns an. Aber ich weiß, dass es ihm schwer zu schaffen macht. Tja, Johnny hat alles getan, um sich wieder in gute Form zu bringen, zumindest äußerlich. Hat Eisen gestemmt, ist gejoggt, bis er fast umkippte, und so was alles. Und er hat den Polizeidienst quittiert. Wollte nicht mal die verdammte Erwerbsunfähigkeitsrente annehmen, obwohl er sie sich verdient hat, finden Sie nicht auch? Johnny wurde Anwalt ... und jetzt arbeitet er sich krumm und schief, ohne groß was dabei zu verdienen, und gibt mir und seiner Momma das meiste davon ab. Ich bekomme keine Rente, wissen Sie, und die Arztrechnungen meiner Frau sind mittlerweile so hoch, dass es mehr ist, als ich in meinem ganzen Leben verdient habe. Verdammt, ich musste wieder eine Hypothek auf das Haus aufnehmen, nachdem ich es dreißig Jahre lang abbezahlt habe. Aber es ließ sich nun mal nicht ändern.«

Als Ed innehielt, schaute Sara zu dem Tisch hinüber, auf dem John Fiskes Tapferkeitsmedaille stand. Ein kleines Stück Metall für so viel Schmerz.

»Ich erzähle Ihnen das alles, damit Sie begreifen, dass Johnny wirklich nicht dieselben Ziele hat, die Sie und ich vielleicht haben. Er hat nie geheiratet, spricht nie davon, Kinder zu haben. Für ihn vergeht die Zeit viel schneller als für andere Menschen. Sollte er fünfzig Jahre alt werden, wird er sich für den glücklichsten Menschen auf Erden halten. Das hat er mir selbst gesagt.« Ed Fiske starrte zu Boden und musste sich räuspern. »Ich hätte nie gedacht, dass ich Mike überleben werde. Und jetzt hoffe ich bei Gott, dass ich nicht auch noch meinen anderen Jungen überlebe.«

Endlich fand Sara ihre Stimme wieder. »Ich ... ich danke Ihnen sehr, dass Sie mir das alles erzählt haben. Ich kann mir vorstellen, wie schlimm das alles für Sie sein muss. Und dabei kennen Sie mich ja gar nicht.«

»Es kommt immer darauf an. Manchmal lernt man einen Menschen in zehn Minuten besser kennen als einen anderen, mit dem man schon das ganze Leben lang zu tun gehabt hat.«

Sara stand auf. »Ich danke Ihnen, dass Sie sich Zeit für mich genommen haben. Und Sie sollten sich wirklich bei John melden.«

Ed nickte ernst. »Das werde ich.«

Als Saras Hand den Türknopf berührte, hörte sie Ed fragen: »Lieben Sie meinen Sohn noch immer?«

Sara ging, ohne zu antworten.

In dem kleinen Café gegenüber dem Bürogebäude setzte Fiske sich an einen Tisch am Fenster. Er und McKenna bestellten sich Kaffee.

Zuerst ignorierte Fiske den FBI-Agenten völlig, der neben ihm stehen blieb, und beobachtete desinteressiert die Passanten, während er den Kaffee trank. Als die Sonne über das Dach des Gebäudes auf der gegenüberliegenden Straßenseite stieg und die Schatten beider Männer auf die Ziegelwand warf, setzte er seine Sonnenbrille auf.

McKenna aß schweigend ein paar Cracker, die er bestellt hatte, und drehte den Plastikbecher mit dem Kaffee zwischen den Fingern.

»Wie geht es Ihrem Magen? Tut mir Leid, dass ich Sie so hart schlagen musste.«

»Es tut Ihnen höchstens Leid, dass Sie mich nicht härter geschlagen haben.«

»Nein, wirklich. Ich sah das Gewehr und bekam es mit der Angst.«

Fiske schaute zu ihm hoch. »Haben Sie befürchtet, ich könnte die Wagentür aufreißen, das Gewehr rausholen, in Anschlag bringen, mich zu Ihnen herumdrehen und einen Schuss abgeben – und das alles, bevor Sie mich aus einer Entfernung von höchstens zwei Metern wegpusten können?«

McKenna zuckte die Achseln. »Zu Ihrer Information, ich habe Ihre Personalakte gelesen. Sie waren ein guter Polizist. Jedenfalls bis zum Schluss.«

»Was soll das jetzt schon wieder heißen, verdammt noch mal?«

McKenna setzte sich an den Tisch. »Nichts. Nur, dass es bei dem letzten Vorfall in Ihrer Akte ein paar Fragen gab. Wollen Sie mich darüber aufklären?«

Fiske nahm die Brille ab und schaute den Mann durchdringend an. »Warum schießen Sie mir stattdessen nicht eine Kugel in den Kopf? Das würde mir vermutlich mehr Spaß bereiten.«

McKenna lehnte seinen Stuhl nach hinten gegen die Wand und zündete sich eine Zigarette an. »Wenn Sie so versessen darauf sind, Ihre Unschuld zu beweisen, sollten Sie allmählich ein bisschen kooperativer sein.«

»Sie sind überzeugt davon, McKenna, dass ich meinen Bruder getötet habe. Warum sollte ich mir also die Mühe machen?«

»Ich habe im Lauf der Jahre viele Fälle bearbeitet. Die

Hälfte der Zeit hat meine ursprüngliche Theorie sich als falsch erwiesen. Meine Philosophie lautet: Sag niemals nie.«

»Mann, Sie hören sich ja echt aufrichtig an.«

McKenna schlug einen freundlicheren Tonfall an. »Hören Sie, John, ich mache das jetzt wirklich lange genug, okay? Saubere, ordentliche, eindeutige Fälle sind nun mal nicht die Regel. Bei diesem gibt es Ungereimtheiten, und die werde ich nicht ignorieren.« Er hielt kurz inne. »Wieso hat Ihr Bruder sich für Rufus Harms interessiert?«, fragte er dann so beiläufig, wie er konnte. »Und was genau stand in dem Berufungsantrag?«

Fiske setzte die Sonnenbrille wieder auf. »Das passt aber nicht in Ihre Theorie, dass ich meinen Bruder getötet habe.«

»Das ist nur eine meiner Theorien. Und der gehe ich nach, indem ich hier nach Ihrer plötzlich verschwundenen Neun-Millimeter-Pistole suche. Und während ich auf die Waffe warte, betrachte ich den Fall aus einem anderen Blickwinkel: Rufus Harms. Ihr Bruder hat den Antrag an sich genommen, und es sieht so aus, als hätte er Harms im Gefängnis besucht.«

»Das hat Chandler Ihnen gesagt?«

»Ich habe viele Quellen. Sie und Sara Evans haben in Harms' Vergangenheit herumgeschnüffelt. Er war in einem Militärgefängnis im Süden Virginias inhaftiert. Und Sie beide sind gestern Abend mit einem Charterflugzeug in diese Gegend geflogen. Warum erzählen Sie mir nicht darüber? Wo waren Sie, und warum waren Sie dort?«

Fiske lehnte sich verblüfft zurück. McKenna hatte ihn und Sara beschatten lassen. Das war zwar nicht ungewöhnlich, und doch hatte Fiske an diese Möglichkeit nicht einmal im Traum gedacht. »Warum fragen Sie mich, wenn Sie sowieso schon so viel wissen?«

»Vielleicht haben Sie Informationen, die mir noch fehlen, um diesen Fall aufzuklären.«

»Bevor Chandler ihn löst?«

»Spielt es eine Rolle, wer dieser Sache als Erster Einhalt gebietet, wenn Menschen umgebracht werden?«

Dieser Einwand war allerdings logisch. Zumindest oberflächlich. Doch es spielte in der Tat eine große Rolle. Die verschiedenen Behörden, die die Einhaltung der Gesetze überwachten, führten Buch, wie alle anderen Behörden und Unternehmen auch. Fiske stand auf. »Sehen wir mal nach, was Billy so treibt. Mittlerweile müsste er die beiden Leichen gefunden haben, die ich letzte Woche in meinem Aktenschrank versteckt habe.«

Als sie ins Büro zurückkamen, war Hawkins gerade fertig. »Nichts«, erwiderte er auf McKennas Blick. »Wenn Sie wollen, können Sie sich selbst noch mal an die Arbeit machen«, fügte er trotzig hinzu.

»Schon gut, ich vertraue Ihnen«, sagte McKenna freundschaftlich.

Fiske musterte Hawkins mit leicht zusammengekniffenen Augen. »Was ist das, Billy?« Er zeigte auf den Nacken und Kragen des Polizisten.

»Was ist was?«

Fiske berührte Hawkins' Kragen mit dem Finger und hielt ihn dem Officer vor die Nase.

Hawkins errötete leicht. »Oh. Verdammt, das war Bonnies Idee. Sie meinte, ich soll die blauen Flecken abdecken. Deshalb sieht mein Gesicht nicht mehr so mitgenommen aus. So schlimm bin ich noch nie im Leben verprügelt worden. Ich meine, dieser Bursche war zwar groß, aber das bin ich auch.«

»Ich hätte dem Mistkerl ein paar Kugeln in den Balg gejagt«, sagte McKenna.

Fiske starrte den FBI-Agenten mit offenem Mund an.

Hawkins nickte. »Ich war in Versuchung, ja. Aber was mein Gesicht angeht ... na ja, die Kollegen würden sich kaputtlachen, wenn sie meine ramponierte Visage sehen. Aber es ist so heiß draußen, und man schwitzt unwillkürlich, und dann läuft einem das Zeug vom Gesicht runter und auf die Klamotten. Ich weiß nicht, wie die Frauen das machen.«

»Du willst also sagen, das ist …«

»Ja, Make-up«, sagte Hawkins verlegen.

Schlagartig ging Fiske ein Licht auf, doch er versuchte, sich nichts anmerken zu lassen. Unwillkürlich rieb er seine noch immer schmerzende Schulter.

McKenna musterte ihn eindringlich.

In diesem Augenblick klingelte das Telefon. Es war das Altenheim, in dem Gladys Fiske untergebracht war.

»Ich habe das mit Michael in der Zeitung gelesen. Es tut mir schrecklich Leid, John.« Die Frau arbeitete schon seit Jahren in dem Altenheim, und Fiske kannte sie sehr gut.

»Danke, Anne. Im Augenblick ist es ein bisschen ungünstig …«

»Es ist furchtbar! Michael war vor kurzem noch hier, und jetzt ist er tot. Ich kann es nicht fassen.«

Fiske runzelte die Stirn. »Mit ›hier‹ meinen Sie das Altenheim?«

»Ja. Er war letzte Woche noch bei uns. Donnerstag … nein, Freitag.«

Der Tag, an dem Mike verschwunden ist.

»Das weiß ich noch, weil er normalerweise immer samstags kam.«

Fiske schüttelte den Kopf, als wollte er alle störenden Gedanken verscheuchen. »Wovon sprechen Sie? Michael hat Mom doch nie besucht.«

»O doch. Natürlich hat er Ihre Mutter besucht. Wenn auch nicht so oft wie Sie.«

»Das haben Sie mir nie gesagt.«

»Na ja, um ehrlich zu sein, Michael hat nicht gewollt, dass ich es Ihnen sage.«

»Was? Verdammt noch mal, warum denn nicht? Mir hängt es langsam zum Hals raus, dass mir keiner was über meinen Bruder erzählt!«

»Es tut mir Leid, John«, erwiderte die Frau kleinlaut, »aber er hat mich gebeten, nichts zu sagen, und ich habe seiner Bitte selbstverständlich entsprochen. Das ist alles.

Aber nun, da er tot ist … da dachte ich, es tut ihm ja nicht mehr weh, wenn Sie es erfahren.«

»Er hat Mom am Freitag besucht? Hat er auch mit Ihnen gesprochen?«

»Nein, eigentlich nicht. Er kam mir ziemlich nervös vor. Ich meine, sehr bedrückt. Er ist recht früh gekommen und nur eine halbe Stunde geblieben.«

»Dann hat er also mit meiner Mutter gesprochen?«

»Er war bei ihr. Ich weiß nicht, ob sie wirklich miteinander geredet haben. Gladys kann manchmal ziemlich schwierig sein. Wann werden Sie Ihre Mutter das nächste Mal besuchen? Ich meine, das mit Michael kann sie ja nicht wissen, aber aus irgendeinem Grund kommt sie mir sehr deprimiert vor.«

Offenbar glaubte die Frau, das Band zwischen einer Mutter und ihren Kindern könne sogar die Verheerungen der Alzheimer'schen Krankheit überwinden. »Es passt mir im Augenblick wirklich nicht …« Fiske brach mitten im Satz ab. Es wäre ein Wunder, sollte seine Mutter sich an irgendetwas erinnern, das Mike im Verlauf ihres Gesprächs gesagt hatte … irgendetwas, das ihnen weiterhelfen könnte. Aber falls doch …

»Ich fahre sofort los.«

Fiske legte auf, öffnete seinen Aktenkoffer und stopfte die Post hinein.

»Ihr Bruder hat Ihre Mutter an dem Tag besucht, an dem er verschwunden ist?«, fragte McKenna.

Fiske nickte.

»Dann könnte sie uns vielleicht weiterhelfen.«

»McKenna, meine Mutter lebt im Heim und hat Alzheimer. Sie glaubt, dass John F. Kennedy noch Präsident ist.«

»Na schön, aber was ist mit den Leuten, die in dem Heim arbeiten?«

Fiske schrieb eine Adresse und Telefonnummer auf die Rückseite einer Visitenkarte. »Aber lassen Sie meine Mutter aus dem Spiel, McKenna.«

»Dann werden Sie sie also besuchen? Wieso?«

»Sie ist meine Mutter.« Fiske ging zur Tür hinaus.

Hawkins schaute McKenna an. »Können wir gehen? Denn ich würde gern abschließen. Ich möchte vermeiden, dass noch jemand hier einbricht und irgendetwas stiehlt.«

Hawkins sagte es auf eine Art und Weise, dass McKenna zusammenzuckte. Der Bursche konnte doch nicht wissen, dass er, McKenna, die Pistole gestohlen hatte, oder? Trotzdem fühlte er sich schuldig. Doch er fühlte sich auch wegen anderer, bedeutenderer Dinge schuldig. Viel bedeutenderer Dinge.

KAPITEL 53

Sara musste auf dem Weg zu Fiskes Büro an einer roten Ampel halten, als sie sah, wie er an der Kreuzung vorüberfuhr. Ihr blieb nicht einmal Zeit, auf die Hupe zu drücken. Sie spielte mit dem Gedanken, zu winken und ihn anzuhalten, doch als sie sein angespanntes Gesicht sah, schreckte sie davor zurück. Sie bog nach rechts ab und fuhr ihm hinterher.

Eine halbe Stunde später trat sie auf die Bremse, als John auf den Parkplatz des Altenwohnheims im West End von Richmond fuhr. Sie war schon einmal hier gewesen, mit Michael; sie hatten seine Mutter besucht. Sara hielt unter einem breitblättrigen, immergrünen Baum neben dem Eingang und beobachtete unbemerkt, wie John ausstieg und ins Gebäude eilte.

Fiske wurde an der Rezeption von Anne empfangen, der Frau, die ihn vorhin angerufen hatte. Sie entschuldigte sich noch einmal und führte ihn in den Besucherraum, in dem Gladys unterwürfig in Schlafanzug und Pantoffeln saß. Als Fiske die Tür öffnete, schaute sie auf und klatschte leise in die Hände.

Fiske setzte sich ihr gegenüber, und Gladys streckte die Hände aus und legte sie zärtlich auf sein Gesicht. Ihr Lächeln wurde heller, ihre Augen weiteten sich und nahmen nichts mehr von der Wirklichkeit wahr.

»Wie geht es meinem Mike? Was macht Mamas Liebling?«

Fiske nahm sanft ihre Hände.

»Mir geht es gut. Alles in Ordnung. Pop geht es auch gut«,

log er. »Du hast dich doch über meinen Besuch neulich gefreut, nicht wahr?«

»Ich freue mich immer, wenn ich Besuch bekomme.« Sie schaute an ihm vorbei und lächelte. Das tat sie oft. Es war nicht einfach, ihre Aufmerksamkeit zu behalten. Gladys Fiske hatte den Kreis vollendet und sich zu einem Kind zurückentwickelt.

Sie berührte wieder seine Wange. »Dein Daddy war hier.«

»Wann denn?«

Sie schüttelte den Kopf. »Irgendwann letztes Jahr. Er hatte Heimaturlaub. Sein Schiff ist gesunken. Es waren die Japse.«

»Wirklich? Aber es geht ihm doch gut, oder?«

Gladys lachte lang und laut. »O ja, diesen Mann wirft nichts um.« Sie beugte sich vor. »Mike«, flüsterte sie verschwörerisch, »du kannst doch ein Geheimnis für dich behalten?«

»Aber sicher, Mom«, sagte Fiske zögernd.

Sie sah sich um und errötete. »Ich bin wieder schwanger.«

Fiske atmete tief ein. Das war mal etwas Neues. »Wirklich? Wann hast du es herausgefunden?«

»Jetzt mach dir mal keine Sorgen, Schatz, Momma hat genug Liebe für euch beide.« Sie kniff ihn in die Wange und küsste ihn auf die Stirn.

Er drückte ihre Hand und brachte tatsächlich ein Lächeln zustande. »Wir haben uns doch neulich richtig schön unterhalten, nicht wahr?«

Sie nickte geistesabwesend.

Das ist verrückt, dachte er, aber nun war er hier und konnte es genauso gut versuchen. »Ich hatte eine schöne Fahrt. Weißt du noch, wohin ich gefahren bin?«

»Du bist in die Schule gefahren, Mike, wie jeden Morgen. Dein Daddy hat dich auf seinem Schiff mitgenommen.« Gladys runzelte die Stirn. »Ihr müsst da draußen vorsichtig sein. Da gibt es viele Kämpfe. Dein Daddy muss gerade schon wieder kämpfen.« Sie ballte die Hand zur Faust und reckte sie in die Luft. »Mach sie fertig, Eddie.«

Fiske lehnte sich zurück, schaute seine Mutter an. »Ich passe schon auf.« Wenn er sie ansah, glaubte er, ein Porträt zu betrachten, das unter dem gnadenlosen Sonnenlicht mit jedem Tag ein bisschen mehr verblich. Irgendwann würde er sie besuchen, und dann würden sämtliche Farben verschwunden sein, und das einzige Bild, das er dann noch sah, kam aus der Erinnerung. Und das Leben ging weiter. »Ich muss jetzt gehen. Ich ... äh ... komme sonst zu spät zur Schule.«

»So hübsch.« Gladys schaute an ihm vorbei und winkte. »Hallo auch.« Fiske drehte sich um und erstarrte, als er Sara dort stehen sah.

»Ich bin schwanger, Schätzchen«, sagte Gladys zu ihr.

»Herzlichen Glückwunsch.« Mehr fiel Sara nicht ein.

Fiske stürmte über den Korridor zum Ausgang, und Sara eilte ihm hinterher. Er riss die Tür so heftig auf, dass sie gegen die Wand knallte.

»John, bleibst du jetzt bitte stehen und sprichst mit mir?«, sagte sie.

Er fuhr herum. »Wie kannst du es wagen, mir nachzuspionieren?«

»Ich habe dir nicht nachspioniert.«

»Das geht dich, verdammt noch mal, nichts an.« Er nestelte den Schlüssel aus seiner Jackentasche und stieg in seinen Wagen. Sara sprang auf den Beifahrersitz.

»Raus aus meinem Wagen, verdammt!«

»Ich rühre mich nicht von der Stelle, bis wir darüber gesprochen haben.«

»Du kannst mich mal!«, brüllte Fiske und stieg aus.

Sara lief ihm hinterher. »Zum Teufel mit dir, John Fiske! Würdest du bitte stehen bleiben und mit mir sprechen?«

»Wir haben nichts mehr zu besprechen.«

»Wir haben jede Menge zu besprechen!«

Er richtete einen zitternden Finger auf sie. »Verdammt noch mal, warum tust du mir das an, Sara?«

»Weil du mir etwas bedeutest.«

»Ich brauche deine Hilfe nicht.«

»Ich glaube schon. Ich weiß, dass du mich brauchst.«

Sie standen da und starrten sich an.

»Können wir irgendwohin fahren und darüber sprechen? Bitte.« Sie ging um den Wagen herum, blieb neben Fiske stehen. »Wenn dir die letzte Nacht auch nur halb so viel bedeutet hat wie mir«, sagte sie und legte ihm die Hand auf den Arm, »müssten wir wenigstens darüber sprechen können.« Sie stand da, überzeugt, dass er nun in seinen Wagen steigen und aus ihrem Leben fahren würde.

John schaute sie kurz an, ließ dann den Kopf hängen und lehnte sich müde ans Auto. Saras Hand suchte die seine und schloss sich um sie. John blickte an ihr vorbei zu einem Wagen, der am Straßenrand parkte. Zwei Männer saßen darin. »Das FBI lässt uns nicht aus den Augen.« Sein Tonfall, sein ganzes Verhalten zeugte nun von Resignation.

»Ich fühle mich vollkommen sicher«, sagte Sara, ohne den Blick von seinen Augen zu nehmen, bis sie schließlich erkannte, dass sie ihn nicht verloren hatte ... noch nicht.

Sie stiegen in ihre Wagen. Sara folgte Fiske zu einem kleinen, knapp zwei Kilometer entfernten Einkaufszentrum, in dem sie sich an einen Tisch im Freien setzten und in der Hitze des Spätnachmittags Limonade bestellten.

»Ich verstehe ja, wieso du es deinem Bruder zum Vorwurf machst, auch wenn es nicht seine Schuld war«, sagte Sara.

»Nichts war je seine Schuld«, erwiderte John verbittert.

»Deine Mutter kann doch nichts dafür. Genauso gut hätte sie Michael mit deinem Namen ansprechen können.«

»Ja, richtig. Sie hat sich dafür entschieden, mich zu vergessen.«

»Vielleicht nennt deine Mutter dich so, weil du sie viel öfter besucht hast als Michael, und das ist ihre Art, es ihm heimzuzahlen.«

»Das kaufe ich dir nicht ab.«

Sara blickte ihn wütend an. »Gut, wenn du noch auf deinen Bruder eifersüchtig sein willst, nachdem er tot ist, kann ich wohl nichts daran ändern.«

John warf ihr einen frostigen Blick zu. Sie rechnete damit, dass er explodierte. Doch stattdessen sagte er: »Na schön, dann bin ich … war ich … eifersüchtig auf meinen Bruder. Wer wäre es an meiner Stelle nicht?«

»Aber dadurch änderst du doch nichts.«

»Das mag schon sein«, sagte John und wandte den Blick ab. Seine Stimme klang plötzlich müde. »Als ich Mom zum ersten Mal besuchte und sie mich Mike nannte, hielt ich es nur für vorübergehend. Ich dachte, sie hätte einen schlechten Tag oder so etwas. Aber als es dann zwei Monate lang so ging …« Er hielt inne. »Na ja, da habe ich den Kontakt mit Mike abgebrochen. Endgültig. Alles, was mich immer an ihm gestört hat, ganz gleich, wie dumm es war, habe ich zum Bild eines bösen, herzlosen, nichtsnutzigen Mistkerls zusammengefügt. Er hatte mir meine Mutter weggenommen.«

»John, an dem Tag, als wir dich bei deinem Prozess beobachtet haben, habe ich mit Michael deine Mutter besucht.«

Sein Körper verkrampfte sich. »Was?«

»Deine Mutter hat nicht mal mit ihm gesprochen. Er hat ihr ein Geschenk mitgebracht, und sie wollte es nicht annehmen. Mike hat mir gesagt, sie wäre immer so. Er glaubte, dass er ihr völlig gleichgültig sei, weil sie dich so sehr liebte.«

»Du lügst«, sagte Fiske leise.

»Nein, ich lüge nicht. Das ist die reine Wahrheit.«

»Du lügst!«, sagte er erneut, diesmal lauter.

»Frag doch die Leute, die dort arbeiten. Sie wissen es auch.«

Fiske saß eine Weile schweigend und mit gesenktem Kopf da. »Ich habe wirklich nie darüber nachgedacht«, sagte er, als er schließlich wieder aufblickte, »dass auch Mike seine Mutter verloren hat.«

»Wirklich nicht?«, fragte Sara ruhig.

Fiske starrte sie an und ballte die Hände zu Fäusten. »Was soll das heißen?«, sagte er mit zitternder Stimme.

»Was hat dich davon abgehalten, mit deinem Bruder zu

sprechen? Michael hat mir gesagt, dass du den Kontakt mit ihm abgebrochen hast, und du hast es gerade selbst gestanden. Trotzdem kann ich nicht glauben, dass du nicht gewusst hast, wie deine Mutter Mike behandelt hat.«

Eine volle Minute lang sagte Fiske nichts. Er schaute Sara an, vielleicht auch durch sie hindurch; seine Augen verrieten nichts von seinen Gedanken. Schließlich wandte er den Blick ab. »Ich habe es gewusst«, sagte er kaum vernehmbar.

Dann blickte er Sara wieder an. Der schreckliche Schmerz, der sich auf seinem Gesicht spiegelte, ließ sie zittern.

»Ich wollte es einfach nicht zur Kenntnis nehmen«, fuhr er fort. Sara legte ihm die Hand auf die Schulter. »Das war für mich wohl eine Entschuldigung, damit ich nichts mehr mit dem eigenen Bruder zu tun haben muss.« Er atmete wieder tief ein. »Und da ist noch etwas. Mike hat mich angerufen, unmittelbar bevor er zu dem Gefängnis fuhr. Ich habe nicht zurückgerufen. Jedenfalls nicht, bis es zu spät war ... Ich habe ihn getötet.«

»Du kannst dir deshalb keine Vorwürfe machen.« Sara sah, dass ihre Worte nicht die geringste Wirkung erzielten, und änderte deshalb die Taktik. »Wenn du dir schon Vorwürfe machen willst, dann deshalb, weil du deinen Bruder aus deinem Leben gestrichen hast. Das war unfair von dir, und falsch. Völlig falsch. Jetzt ist er tot. Und damit musst du leben, John.«

Nun schaute er sie an. Sein Gesicht wurde ruhiger. »Wahrscheinlich habe ich schon damit gelebt.«

Da Fiske sich ihr anvertraut hatte, hielt Sara es für angebracht, sich zu revanchieren. »Ich war heute bei deinem Vater. Ich habe dir versprochen, dass ich mit ihm rede«, fuhr sie fort, bevor er etwas sagen konnte. »Ich habe ihm erzählt, was wirklich passiert ist.«

»Und er hat dir geglaubt«, sagte Fiske skeptisch.

»Ich habe die Wahrheit gesagt. Er wird dich anrufen.«

»Danke, aber mir wäre es lieber gewesen, du hättest dich da rausgehalten.«

»Er hat mir auch so einiges erzählt.«

»Zum Beispiel?«, sagte Fiske scharf.

»Zum Beispiel, wieso du aus dem Polizeidienst ausgestiegen bist.«

»Verdammt, Sara, das musstest du nicht unbedingt wissen.«

»Doch, musste ich. Aus gutem Grund.«

»Aus welchem?«

»Das weißt du doch!«

Beide schwiegen längere Zeit. Fiske starrte auf die Tischplatte und fingerte an dem Strohhalm herum, der im Limonadenglas steckte. Schließlich setzte er sich auf und verschränkte die Arme vor der Brust. »Also hat mein Dad dir alles erzählt?«

Sara blickte ihn an. »Über die Schießerei?«, fragte sie vorsichtig. »Ja.«

»Dann weißt du, dass ich mit sechzig, vielleicht schon mit fünfzig Jahren sehr wahrscheinlich nicht mehr gesund und munter durch die Gegend hüpfen werde.«

»Ich glaube, du bist stark genug, mit allen Widrigkeiten fertig zu werden.«

»Und wenn nicht?«

»Wenn nicht, spielt es für mich keine Rolle.«

Er beugte sich vor. »Aber für mich, Sara.«

»Dann willst du dein Leben einfach aufgeben?«

»Ich glaube, ich führe genau das Leben, das mir vorschwebt.«

»Vielleicht«, gestand sie rasch ein.

»Du weiß selbst, dass es mit uns nie gut gehen würde.«

»Also hast du darüber nachgedacht?«

»Allerdings. Und du? Woher weißt du, dass es nicht bloß eine weitere impulsive Entscheidung ist? Wie die, ein Haus zu kaufen?«

»Ich fühle nun mal so.«

»Gefühle ändern sich.«

»Und es ist viel einfacher, eine Niederlage einzugestehen, als um etwas zu kämpfen, nicht wahr?«

»Wenn ich etwas wirklich will, kämpfe ich sehr hart darum.« Fiske wusste selbst nicht, warum er das sagte, aber er sah den verzweifelten, verlorenen Ausdruck auf Saras Gesicht.

»Ich verstehe. Und ich habe in dieser Angelegenheit wohl nichts zu sagen?«

»Du würdest so eine Entscheidung nicht treffen wollen, glaub mir.«

Sara erwiderte nichts, und Fiske schwieg für einen Moment. »Mein Dad konnte dir nämlich gar nicht alles erzählen, weil er gar nicht alles weiß.«

»Er hat mir erzählt, dass du fast gestorben bist. Und dass der andere Officer ums Leben kam. Und auch der Mann, der auf dich geschossen hat. Natürlich sehe ich ein, dass dieses Ereignis dein Leben verändert hat. Dich dazu gebracht hat, das zu tun, was du jetzt tust. Ich halte es für sehr ... großherzig, falls es das passende Wort ist.«

»Es kommt der Wahrheit nicht einmal nahe. Willst du wissen, warum ich Anwalt geworden bin?«

Sara spürte, dass seine Stimmung sich plötzlich gewandelt hatte. »Sag's mir.«

»Weil ich Angst habe.« Er nickte bekräftigend. »Die Furcht treibt mich an. Je länger ich Cop war, desto mehr wurde es zu einem ›Wir gegen sie‹. Jung, großspurig, zornig auf Gott und die Welt. Und bewaffnet, um all dem Nachdruck zu verleihen.« Fiske verstummte und beobachtete durch die Fensterscheibe, wie die Leute im Café Erfrischungen kauften. Sie schienen keine Sorgen zu haben, glücklich zu sein, sich irgendein handfestes Ziel im Leben gesetzt zu haben; sie waren alles, was er nicht war, was er nicht sein konnte.

Er schaute wieder Sara an. »Ich habe immer wieder dieselben Burschen verhaftet, bis ich den Eindruck bekam, dass diese Jungs schon wieder draußen waren, bevor ich auch nur den Papierkram erledigt hatte. Und sie knallten einen so beiläufig ab, wie sie eine Kakerlake zertraten. Denn auch sie steckten voll in dem Spiel drin: ›Wir gegen sie.‹ Man wirft einfach alle in einen Topf. Jung und schwarz? Schnapp sie dir, wenn du kannst. Die Cops sind hinter dir her? Leg sie um, wenn du kannst. Das geht ganz schnell, und über irgend 'nen Typen brauchst du dir sowieso keine Gedanken zu machen. Es ist wie eine Drogensucht.«

»Nicht alle sind so. Es gibt auch andere Menschen auf der Welt.«

»Das weiß ich auch. Ich weiß, dass die meisten Leute, ob sie nun schwarz sind oder weiß oder was auch immer, rechtschaffene Menschen sind, die ein ziemlich normales Leben führen. Ich will an das Gute im Menschen glauben. Es ist nur so, dass ich als Cop nichts davon gesehen habe. Normale Schiffe sind an meiner Anlegestelle nicht vorbeigesegelt.«

»Dann hat diese Schießerei dazu geführt, dass du alles noch einmal überdacht hast?«

Fiske antwortete nicht sofort. »Ich weiß noch«, sagte er nach einer Weile leise, »dass ich neben dem Burschen niederkniete, der den Anfall vorgetäuscht hat. Ich hörte, wie ein Schuss abgefeuert wurde und mein Partner aufschrie. Noch während ich mich umdrehte, zog ich meine Waffe. Ich weiß nicht, wie es mir gelungen ist, auf den Abzug zu drücken, aber ich traf den anderen voll in die Brust. Wir beide gingen zu Boden. Er verlor seine Waffe, ich behielt meine in der Hand. Richtete sie auf ihn. Er war keinen halben Meter von mir entfernt. Jedes Mal, wenn er einatmete, sprudelte Blut wie rote Gischt aus der Schusswunde ... mit einem zischenden Geräusch, das ich noch immer im Schlaf höre. Seine Augen wurden schon glasig, aber man kann ja nie wissen. Ich wusste nur, dass der Bursche gerade auf meinen Partner und auf mich geschossen hatte. Mein Inneres fühlte sich an, als würde es sich in Brei verwandeln.« Fiske atmete tief aus. »Ich habe nur darauf gewartet, dass er stirbt, Sara ...« Er verstummte, als er wieder einmal daran denken musste, wie knapp er dem Schicksal entgangen war, begraben und fast vergessen in einer Holzkiste zu enden wie so viele andere Cops vor ihm.

»Dein Vater hat gesagt, du hättest den Arm um den Mann gelegt, als man euch fand«, half Sara ihm sanft auf die Sprünge.

»Ich dachte, er wollte mir meine Waffe wegnehmen. Ich hatte einen Finger am Abzug und einen in das Kugelloch in meinem Bauch gesteckt. Aber der Junge streckte nicht mal die Hand aus. Dann hörte ich, dass er etwas sagte. Zuerst verstand ich ihn nicht, aber er sagte es immer wieder, bis ich es dann mitbekam.«

»Was hat er gesagt?«, fragte Sara leise.

Fiske atmete tief aus, erwartete beinahe, Blut aus seinen alten Verletzungen spritzen zu sehen und dass seine inneren Organe, denen man so übel mitgespielt hatte, ihn vor der Zeit im Stich ließen. »Er hat mich gebeten, ihn zu erschießen.« Er schloss die Augen. »Ich konnte es nicht«, fuhr er dann fort, als wollte er Saras unausgesprochene Frage beantworten. »Ich habe es nicht getan. Es war auch nicht nötig, denn ein paar Sekunden später war er tot.«

Sara lehnte sich langsam zurück, fand keine Worte.

»Ich glaube wirklich, er hatte schreckliche Angst davor, nicht zu sterben.« Fiske schüttelte langsam den Kopf, und es fiel ihm immer schwerer, zusammenhängend zu sprechen. »Er war erst neunzehn. Im Vergleich zu ihm bin ich schon ein alter Mann. Er hieß Darnell – Darnell Jackson. Seine Mutter war von Crack abhängig. Als Darnell acht oder neun Jahre alt war, hat sie ihn an Kinderschänder verschachert, um Geld für ihre Drogen zu bekommen.« Er schaute Sara an. »Das wird sich schrecklich für dich anhören.«

»Ja. Natürlich!«

»Für mich war es derselbe alte Scheiß wie immer. Ich habe so was ständig gesehen. Ich war immun dagegen geworden, oder habe es zumindest geglaubt.« Er fuhr sich mit der Zunge über die trockenen Lippen. »Ich hätte nicht gedacht, dass ich noch eine Spur von Mitgefühl aufbringen könnte. Aber nach dieser Geschichte mit Darnell habe ich ein bisschen davon zurückbekommen.« Er brachte ein bekümmertes Lächeln zustande. »Ich nenne diesen Tag mein Stahlmantel-Dreikönigsfest. Zwei Kugeln in meinem Körper. Vor mir ein sterbender Junge, der mich anflehte, ihn zu erschießen. Man kann sich kaum vorstellen, dass ein einziges Ereignis bewirken kann, dass man alles in Frage stellt, woran man je geglaubt hat. Aber mir ist das an diesem Abend passiert.« Er nickte nachdenklich. »Jetzt sehe ich die gesamte Zukunft der Welt nur noch im Zusammenhang mit Darnell Jackson. Er ist meine Version des nuklearen Holocaust, nur dass er bei mir, in meinem Innern, nicht in ein paar Sekunden vorbei ist.« Er schaute Sara an. »Das ist das Entsetzen, das mich antreibt.«

»Ich glaube, dir liegt wirklich etwas an den Menschen. Du tust viel Gutes.«

Fiske schüttelte den Kopf. Seine Augen schimmerten feucht. »Ich bin kein reicher, brillanter weißer Anwalt, der vor Edelmut beinahe platzt und die kleinen Enis dieser Welt rettet. Und ein halbes Kind, das sowieso keine Chance hatte, musste erst mit einer Kanone mein Inneres zerreißen, bevor ich auch nur einen Gedanken daran verschwendet habe. Was meinst du, wie vielen Menschen wirklich etwas an den anderen liegt?«

»Bist du wirklich so zynisch?«

Fiske schaute sie einen Augenblick an, bevor er antwortete. »Eigentlich bin ich der hoffnungsvollste Zyniker, dem du je begegnen wirst.«

KAPITEL 54

»Du hast das Richtige getan, Beth. So weh es auch tut. Aber ich kann das mit Sara noch immer nicht glauben.« Jordan Knight schüttelte den Kopf. Sie saßen auf der Rückbank der Regierungslimousine des Senators, die sich den Weg durch den Stoßverkehr zu ihrem Watergate-Apartment bahnte. »Vielleicht ist sie einfach zusammengebrochen. Der Druck ist ja auch gewaltig.«

»Ich weiß«, sagte Elizabeth Knight leise.

»Das alles kommt mir so verrückt vor. Ein Assessor stiehlt einen Berufungsantrag. Sara weiß davon, behält es aber für sich. Dann wird der Assessor ermordet. Dann gerät der Bruder des Assessors unter Verdacht. John Fiske kommt mir einfach nicht wie ein Mörder vor.«

»Mir auch nicht.« Elizabeths Gespräch mit John Fiske hatte ihre Ängste nur noch größer werden lassen.

Jordan Knight tätschelte seiner Frau die Hand. »Ich habe Chandler und McKenna überprüft. Beide sind über jeden Zweifel erhaben. McKenna hat einen hervorragenden Ruf im FBI. Wenn jemand diese Sache aufklären kann, dann diese beiden.«

»Ich finde Warren McKenna unverschämt und widerlich.«

»Na ja, in seinem Beruf muss man das wohl manchmal sein«, schwächte er ab.

»Das ist nicht alles. Er hat irgendetwas an sich … Er ist so energisch, aber manchmal halte ich das nur für …« Sie hielt inne, suchte nach dem richtigen Wort. »Schauspielerei.«

»Während er in einem Mordfall ermittelt?«

»Ich weiß, es klingt verrückt, aber diesen Eindruck habe ich nun mal.«

Der Senator zuckte die Achseln und rieb sich nachdenklich das Kinn. »Ich habe immer gesagt, die Intuition einer Frau ist mehr wert als die beste Einschätzung eines Mannes. In dieser Stadt stehen wohl alle auf einer Bühne. Manchmal wird man es wirklich leid.«

Sie musterte ihn genau. »Lockt die Ranch in New Mexico?«

»Ich bin dir ein Dutzend Jahre voraus, Beth. Jeder Tag wird ein bisschen wertvoller.«

»Es ist ja nicht so, als wären wir nicht zusammen.«

»Aber in Washington ist das nicht dasselbe. Hier haben wir beide sehr viel zu tun.«

»Meine Ernennung zur Richterin am Obersten Gerichtshof gilt auf Lebenszeit, Jordan.«

»Ich möchte nur nicht, dass du etwas bedauerst. Und ich versuche mein Bestes, ebenfalls kein Bedauern zu verspüren.«

Beide verstummten und schauten aus dem Fenster, während der Wagen über die Virginia Avenue fuhr.

»Ich habe gehört, dass du und Ramsey heute mit Zähnen und Klauen übereinander hergefallen seid. Glaubst du, du hast eine Chance?«

»Jordan, du weißt, dass ich nicht gern mit dir über solche Dinge spreche.«

Er errötete. »Eins hasse ich an dieser Stadt, und zwar unsere Jobs. Die Regierung sollte sich nicht in den Ehebund einmischen.«

»Seltsame Worte aus dem Mund eines Politikers.«

Jordan lachte tief. »Na ja, als Politiker muss ich dann und wann mal eine Volksrede halten, oder?« Er hielt inne und nahm ihre Hand. »Ich weiß zu schätzen, dass du den Empfang für Kenneth veranstaltet hast. Ich weiß, du musstest deshalb einiges einstecken.«

Elizabeth zuckte die Achseln. »Harold nimmt jede Gelegenheit wahr, wie trivial sie auch sein mag, um mir eins auszuwischen, Jordan. Ich habe mittlerweile eine gewisse Widerstandskraft dagegen entwickelt.« Sie küsste ihn auf die Wange, während er liebevoll über ihr Haar strich.

»Wir haben uns wirklich wacker geschlagen, trotz aller Widrigkeiten, nicht wahr? Wir haben ein gutes Leben, oder?«

»Wir haben ein wunderbares Leben, Jordan.« Sie küsste ihn erneut, und er legte schützend einen Arm um sie.

»Was hältst du davon, wenn wir heute Abend unsere Termine absagen und einfach zu Hause bleiben? Wir essen etwas, sehen uns einen Film an. Und reden. In letzter Zeit sind wir kaum noch dazu gekommen.«

»Ich fürchte, ich wäre dir keine gute Gesellschaft.«

Jordan drückte sie an sich. »Du bist mir immer eine gute Gesellschaft, Beth. Immer.«

Als die Knights ihre Wohnung betraten, reichte Mary, ihre Haushälterin, Elizabeth einen Zettel, auf dem sie eine telefonische Nachricht notiert hatte. Als Elizabeth den Namen darauf las, legte sich ein seltsamer Ausdruck auf ihr Gesicht.

Jordan erschien im Flur und rieb sich die Hände. Er schaute Mary an. »Hoffentlich haben Sie etwas Leckeres zum Abendessen vorbereitet.«

»Ihr Lieblingsgericht. Rinderfilet.«

Jordan lächelte. »Wir werden heute wohl später essen. Heute Abend wollen die Missus und ich uns mal richtig entspannen. Keine Störungen.« Er blickte seine Frau an. »Stimmt etwas nicht?« Er bemerkte den Zettel in ihrer Hand.

»Nein. Eine Gerichtssache. Es hört nie auf.«

»Das brauchst du mir nicht zu sagen«, erwiderte er trocken. »Na ja, ich dusche jetzt erst mal.« Er ging den Flur hinunter. »Du kannst ja mitkommen«, rief er über die Schulter zurück.

Mary verschwand in der Küche, ob der Bemerkung des Senators ein unmerkliches Lächeln auf den Lippen.

Elizabeth nutzte die Gelegenheit, um in ihr Arbeitszimmer zu schlüpfen, und wählte die Nummer auf dem Zettel.

»Sie wollten, dass ich zurückrufe?«, sagte sie ins Telefon.

»Wir müssen reden, Richterin Knight. Passt es Ihnen jetzt?«

»Um was geht es?«

»Was ich Ihnen jetzt sage, wird ein ziemlicher Schock für Sie sein. Sind Sie darauf vorbereitet?«

Aus irgendeinem Grund spürte Elizabeth Knight, dass der Mann die Situation genoss. »Ich habe wirklich keine Zeit für diese Mantel-und-Degen-Rhetorik, die Sie offensichtlich so erheitert.«

»Tja, ich werde Ihnen einen Schnellkurs darin geben.«

»Wovon sprechen Sie?«

»Hören Sie einfach zu.«

Zehn Minuten später warf sie den Hörer auf die Gabel, stürmte aus dem Zimmer und hätte beinahe Mary über den Haufen gerannt, die über den Flur kam.

Elizabeth lief auf die Toilette und spritzte sich Wasser ins Gesicht. Ein paar Augenblicke hielt sie sich an der Kante des Waschbeckens fest; dann riss sie sich zusammen, öffnete die Tür und ging langsam über den Flur.

Sie hörte, dass Jordan noch in der Dusche war, und schaute auf die Uhr. Dann ging sie in die Lobby, fuhr mit dem Lift ins Erdgeschoss des Gebäudes und wartete am Haupteingang. Die Zeit schien quälend langsam zu verstreichen. Seit sie aufgelegt hatte, waren gut weitere zehn Minuten vergangen.

Schließlich tauchte ein Mann auf, den Elizabeth nicht kannte, dem sie selbst aber vom Ansehen offensichtlich bekannt war, und der Mann reichte ihr etwas. Sie warf einen Blick darauf. Als sie den Blick wieder hob, war der Mann bereits verschwunden. Elizabeth steckte sich in die Tasche, was der Fremde ihr gegeben hatte, und eilte zurück in die Wohnung.

»Wo ist Jordan?«, fragte sie Mary.

»Im Schlafzimmer, glaube ich, und zieht sich an. Ist alles in Ordnung, Mrs Knight?«

»Ja, ich ... ich habe mir den Magen verdorben, aber jetzt

geht es mir schon wieder besser. Ich wollte mir die Beine vertreten und ein bisschen frische Luft schnappen. Würden Sie zwei Cocktails mixen und sie auf die Terrasse bringen?«

»Aber es fängt an zu regnen.«

»Die Markise ist ausgefahren. Und ich scheine plötzlich an Platzangst zu leiden. Ich brauche frische Luft. Es war so heiß und schwül, und der Regen hat es herrlich abkühlen lassen. Jetzt ist es kühl, so wundervoll kühl«, sagte sie wehmütig. »Machen Sie Jordans Lieblingsdrink, ja?«

»Einen Beefeater-Martini mit einer Zitronenscheibe. Sehr wohl, Ma'am.«

»Und das Abendessen, Mary … bitte sorgen Sie dafür, dass alles wie am Schnürchen klappt. Dass es richtig schön wird.«

»Natürlich, Ma'am.« Mit einem verwirrten Ausdruck auf dem Gesicht ging Mary zur Bar.

Elizabeth Knight ballte die Hände zu Fäusten, um gegen die Wogen der Panik anzukämpfen. Sie durfte einfach nicht darüber nachdenken. Wenn sie durchstehen wollte, was vor ihr lag, musste sie nur handeln, nicht denken.

Lieber Gott, steh mir bei, betete sie stumm.

KAPITEL 55

Fiske schaute verdrossen aus dem Wagenfenster und betrachtete die dunklen Wolken. Sara und er waren auf halbem Weg nach Washington, und sie hatten während der Fahrt nicht viel gesprochen.

Als der Regen einsetzte, schaltete Sara die Scheibenwischer an. »John, wir haben viele Informationen, mit denen wir möglicherweise etwas anfangen können. Wir sollten die nächste Stunde nutzen und versuchen, uns einen Reim darauf zu machen.«

Fiske schaute sie an. »Sicher, du hast Recht. Hast du irgendwo einen Kugelschreiber und Papier?«

»Hast du kein Schreibzeug in deinem Aktenkoffer?«

Fiske löste den Sicherheitsgurt, nahm den Aktenkoffer vom Rücksitz und öffnete ihn. Er sah den Stapel Post durch, und seine Hände schlossen sich um einen dicken Umschlag. »Mein Gott, das ging aber schnell.«

»Was?«

»Ich glaube, das ist Harms' Personalakte.« Fiske riss den Umschlag auf und las.

Zehn Minuten später blickte er Sara an. »Das sind Auszüge von zwei verschiedenen Akten. Harms' Personalakte, einige Protokolle vom Prozess vor dem Kriegsgericht und die Personalliste von Fort Plessy aus der Zeit, als Harms dort stationiert war.« Fiske schlug einen Hefter mit der Aufschrift MEDIZINISCHE UNTERLAGEN auf, überflog die Seiten und stutzte plötzlich. »Rate mal, weshalb Rufus Harms so ungehorsam war. Weshalb er Befehle nicht ausführte und ständig Ärger hatte.«

»Weil er Legastheniker oder Dyslektiker war«, antwortete Sara wie aus der Pistole geschossen.

»He, woher weißt du das?«

»Es gibt einige Anzeichen dafür. Ich konnte zwar nur einen kurzen Blick auf seinen Antrag werfen, aber Handschrift und Rechtschreibung waren eine Katastrophe. Das ist ein Anzeichen für Dyslexie, wenn auch kein schlüssiges. Aber weißt du noch, als ich mit George Barker sprach und er mir die Geschichte erzählte, wie Harms seine Druckmaschine repariert hat?«

Fiske nickte.

»Rufus hat damals zu Barker gesagt, er wolle sich das Handbuch für die Druckerpresse gar nicht erst ansehen, Worte würden ihn nur verwirren. Ich bin mit einem Mädchen zur Schule gegangen, das ebenfalls diese Lesestörung hatte. Es hat praktisch genau dasselbe zu mir gesagt. Wer unter Dyslexie leidet, kann mit der Welt nicht richtig kommunizieren. Obwohl ich den Eindruck habe, dass Rufus seine Behinderung in den Griff bekommen hat, als wir ihm gestern Abend begegnet sind.«

»Wenn er so viele Jahre im Bau überlebt hat, obwohl diese Leute ihn umbringen wollten, dürfte er fast alles schaffen, was er sich vornimmt.« Wieder warf Fiske einen Blick auf die Unterlagen. »Sieht so aus, als hätte man Rufus' Lesestörung erst nach dem Mord festgestellt. Wahrscheinlich beim Prozess vor dem Kriegsgericht. Vielleicht hat Rider es herausgefunden. Bei der Vorbereitung der Verteidigung muss der Mandant mitarbeiten.«

»Dyslexie ist keine Entschuldigung für einen Mord.«

»Nein, aber ich weiß, was es damit auf sich hat.«

»Was denn?«, fragte Sara aufgeregt. »Was?«

»Zuerst eine andere Frage: Leo Dellasandro – hat er ein Verhältnis mit seiner Sekretärin?«

»Warum fragst du?«

»Er hatte Make-up am Kragen seines Jacketts.«

»Vielleicht war es von seiner Frau.«

»Vielleicht, aber das glaube ich nicht.«

»Ich habe starke Zweifel, dass Dellasandro ein Verhältnis mit seiner Sekretärin hat. Sie hat erst vor kurzem geheiratet.«

»Ich habe es auch nicht angenommen.«

»Warum hast du mich dann gefragt?«

»Ich will nur alle Eventualitäten ausschließen. Ich nehme auch nicht an, dass das Make-up von seiner Frau stammt. Ich vermute, Dellasandro hat es selbst getragen.«

»Warum sollte ein Mann – überdies noch ein Polizeichef – Make-up auflegen?«

»Um die Prellungen zu verdecken, die ich ihm in der Wohnung meines Bruders verpasst habe.« Sara hielt die Luft an, als Fiske fortfuhr. »Seit diesem Abend habe ich Dellasandro nicht mehr gesehen. Er war nicht dabei, als wir uns nach dem Mord an Wright im Gericht besprochen haben. Ich hing praktisch ununterbrochen mit Chandler herum, und Dellasandro hat sich nicht ein einziges Mal nach dem Stand der Ermittlungen erkundigt. Jedenfalls nicht in meinem Beisein. Ich glaube, er hat mich gemieden. Vielleicht hat er befürchtet, dass ich ihn wieder erkenne.«

»Warum, in aller Welt, sollte Leo Dellasandro in die Wohnung deines Bruders einbrechen?«

Als Antwort hielt Fiske eine Akte in die Höhe. »Die Liste des Personals, das in Fort Plessy stationiert war. Zum Glück in alphabetischer Reihenfolge.« Er schaute am Ende der Liste nach. »Sergeant Victor Tremaine.« Er blätterte um. »Captain Frank Rayfield.« Er blätterte ein paar Seiten zurück. »Private Rufus Harms.« Dann suchte er ziemlich am Anfang, zog mit seinem Kugelschreiber einen Kreis um einen Namen und sagte triumphierend: »Und Corporal Leo Dellasandro.«

»Großer Gott. Dann haben in dieser Nacht Rayfield, Tremaine und Dellasandro im Militärgefängnis Dienst getan?«

»Ich glaube schon.«

»Woher hast du gewusst, dass Dellasandro beim Militär war?«

»Ich habe in seinem Büro ein Foto von ihm gesehen. Es zeigte ihn als ziemlich jungen Burschen in Uniform. In seiner Militäruniform. Ich glaube, die drei wollten Rufus Harms eine Lektion erteilen. Wahrscheinlich wird sich herausstellen, dass sie alle in Vietnam gekämpft haben, Rufus dagegen nicht. Er hat Befehle verweigert, hat ständig Ärger gemacht.«

»Aber ... verdammt noch mal, was haben diese Männer mit Rufus Harms gemacht?«

»Ich glaube, sie ...«

Das Autotelefon klingelte. Sara blickte Fiske an und hob ab. Während sie lauschte, erbleichte sie zusehends. »Ja, ich nehme das Gespräch entgegen. Hallo? Was? In Ordnung, beruhigen Sie sich. Er ist hier.« Sie reichte Fiske das Telefon. »Rufus Harms. Und es hört sich an, als ob es ihm ganz schön dreckig geht.«

Fiske nahm das Telefon entgegen. »Rufus, wo sind Sie?«

Rufus war in dem Jeep, der neben dem Münzfernsprecher stand. Er hatte eine Hand um den Hörer geschlossen und die andere auf Josh gelegt, der nun immer länger bewusstlos blieb, aber die Pistole nach wie vor an seinen Leib gedrückt hatte. »In Richmond«, antwortete Rufus. »Ich bin zwei Minuten von der Adresse entfernt, die auf der Karte steht, die Sie mir gegeben haben. Josh ist schwer verletzt. Ich brauche einen Arzt, verdammt noch mal, und zwar schnell.«

»Okay, erzählen Sie mir, was passiert ist.«

»Rayfield und Tremaine haben uns gefunden.«

»Wo sind die beiden jetzt?«

»Sie sind tot, verdammt, und mein Bruder hält auch nicht mehr lange durch. Sie haben gesagt, Sie wollten mir helfen. Also, jetzt brauche ich Hilfe.«

Fiske schaute in den Rückspiegel. Die schwarze Limousine war noch hinter ihnen. Seine Gedanken rasten. »Alles klar, ich treffe Sie in zwei Stunden in meinem Büro.«

»Josh hat keine zwei Stunden mehr. Es hat ihn wirklich schlimm erwischt.«

»Um Josh kümmern wir uns sofort, Rufus. Ich treffe mich mit Ihnen, nicht mit Josh.«

»Verdammt, wovon reden Sie?«

»Ich rufe jetzt einen Freund von mir an. Einen Polizisten. Er wird einen Krankenwagen besorgen. Die Leute werden sich um Josh kümmern. Das MCV Hospital ist nur ein paar Minuten von meinem Büro entfernt.«

»Keine Polizei!«

»Wollen Sie, dass Josh stirbt?«, rief Fiske ins Telefon. »Wollen Sie das?« Fiske fasste das Schweigen als Rufus' Einverständnis auf, die Hilfe zu akzeptieren, die er ihm anbieten konnte. »Beschreiben Sie mir den Wagen, und sagen Sie mir, wo genau Sie sich jetzt befinden.«

Rufus tat wie geheißen.

»Mein Freund wird dafür sorgen, dass in ein paar Minuten Hilfe eintrifft. Lassen Sie Josh im Wagen liegen. Sobald Sie aufgelegt haben, gehen Sie zu meinem Bürogebäude. Die Haustür ist offen. Gehen Sie rein und dann die Treppe auf der linken Seite runter und durch die nächste Tür. Dahinter sehen Sie auf der rechten Seite eine weitere Tür mit der Aufschrift ›Lager‹. Sie ist offen. Gehen Sie rein, und rühren Sie sich nicht vom Fleck. Ich komme, so schnell ich kann. Nehmen Sie das Portemonnaie Ihres Bruders mit, und seine Brieftasche, wenn er eine bei sich hat. Ich will nicht, dass man ihn identifizieren kann. Wenn die Behörden erst einmal wissen, dass es Josh ist, wird man in der Nähe nach Ihnen suchen. Wahrscheinlich auch in meinem Büro. Ich möchte vermeiden, dass die Polizei die Gegend abriegelt.«

»Was ist, wenn jemand mich sieht? Mich vielleicht sogar erkennt?«

»Wir haben jetzt keine große Wahl mehr, Rufus.«

»Ich vertraue Ihnen. Bitte helfen Sie meinem Bruder. Bitte lassen Sie mich nicht im Stich.«

»Rufus, ich vertraue Ihnen auch. Lassen Sie mich jetzt auch nicht im Stich.«

Als Rufus auflegte, betrachtete er Josh. Er schob eine Pistole unter sein Hemd und streckte die Arme nach Josh aus, der offenbar wieder das Bewusstsein verloren hatte. Doch als Rufus sanft die Schulter seines Bruders streifte, öffnete Josh die Augen.

»Josh ...«

»Ich hab alles gehört.« Seine Stimme war schwach – so schwach wie er selbst.

»Er will, dass ich dein Portemonnaie mitnehme, damit sie nicht so schnell herausfinden, wer du bist.«

»In meiner Gesäßtasche.« Rufus zog es heraus. »Und jetzt hau ab.«

Rufus dachte kurz darüber nach. »Ich kann bei dir bleiben. Wir fahren gemeinsam ins Krankenhaus.«

»Sinnlos.« Josh spuckte wieder Blut. »Die Ärzte flicken mich schon wieder zusammen. Mich hat's schon viel schlimmer erwischt als diesmal.« Josh streckte eine zitternde Hand aus, berührte das Gesicht seines Bruders und wischte die Nässe aus seinen Augen.

»Ich bleib bei dir, Josh.«

»Wenn du bleibst, war alles umsonst.«

»Ich kann dich nicht allein lassen. Nicht so. Nicht, nachdem wir all diese Jahre getrennt waren.«

Mit schmerzverzerrtem Gesicht setzte Josh sich auf. »Du lässt mich nicht allein. Gib sie mir.«

»Was soll ich dir geben?«

»Die Bibel«, sagte Josh.

Ohne den Blick von seinem Bruder abzuwenden, griff Rufus langsam hinter den Sitz und reichte ihm das Buch. Dafür hielt Josh ihm die Pistole hin, die er sich all die Stunden an den Leib gedrückt hatte. Rufus blickte ihn fragend an. »Ein fairer Tausch«, sagte Josh heiser.

Rufus glaubte, ein Lächeln über die Lippen seines Bruders huschen zu sehen. Dann schloss Josh wieder die Augen. Sein Atem ging flach, aber regelmäßig. Eine große Hand hatte sich so fest um die Bibel gelegt, dass der Buchrücken verbogen wurde.

Als Rufus aus dem Jeep stieg, drehte er sich noch einmal um und ließ seinen Bruder dann zurück.

Endlich erreichte Fiske Hawkins zu Hause. »Frag mich nicht, warum oder wieso, Billy. Ich kann dir nicht sagen, wer er ist. Vorerst ist er nur ein Unbekannter. Zögere den Papierkram raus und fahr den Jeep zum Krankenhaus.« Fiske legte auf.

»John, wie sollen wir uns mit Rufus treffen, wenn das FBI direkt hinter uns ist?«, sagte Sara.

»Ich treffe mich mit Rufus, du nicht.«

»Augenblick mal ...«

»Sara ...«

»Ich will die Sache zum Abschluss bringen.«

»Glaub mir, das wirst du. Aber du musst jemanden für mich anrufen, meinen Freund beim JAG.«

»Worum geht es? Und du hast mir noch immer nicht gesagt, was deiner Meinung nach vor fünfundzwanzig Jahren in diesem Militärgefängnis passiert ist.«

Fiske legte eine Hand auf die ihre. »*Die Vereinigten Staaten gegen Stanley.* Ein unschuldiger Soldat und LSD«, sagte Fiske, und Sara riss die Augen auf. »Nur war es hier schlimmer«, fügte er hinzu. »Viel schlimmer.«

Nachdem sie kurz bei Sara gehalten hatten, fuhren sie zum National Airport und stellten den Wagen ab. Da es nun stärker regnete, zog Fiske den Trenchcoat enger um seinen Körper und den Hut tiefer in die Stirn. Er öffnete einen großen Regenschirm und hielt ihn über Sara. Sie betraten das Terminal und gingen zur anderen Seite der Flugsteige, wo sie in eine Limousine mit getönten Scheiben stiegen. Ein paar Minuten später fuhr der Wagen vom Bordstein los.

Hinter ihnen waren die beiden FBI-Agenten, von denen einer bereits seine Vorgesetzten über die neueste Entwicklung informierte. Dann ging der Mann zum Schalter, um den Zielort der Maschine herauszufinden, die Fiske und

Sara gerade bestiegen. Der andere Agent ging hinaus und beobachtete, wie die Limousine zu dem Falcon 2000 fuhr.

Im Wagen tauschten Fiske und der Fahrer, Chuck Hermans Copilot, soeben die Plätze. Der Fahrer zog den Trenchcoat an und setzte den Hut auf. Aus einiger Entfernung würde er wie Fiske aussehen. Sie hatten vor, dass Sara eine Stunde an Bord der Maschine blieb und während dieser Zeit versuchte, Fiskes Freund beim JAG, Phil Jansen, zu erreichen. Dann würde sie das Flugzeug wieder verlassen. Sie wussten, das FBI würde Sara verhören und nach Fiskes Verbleib ausfragen, besaß aber keine Handhabe, sie auf Dauer festzuhalten.

Der FBI-Agent beobachtete, wie ein dünner, weißhaariger Mann die Gangway des Flugzeugs herunterkam und Sara und den Mann, den er für Fiske hielt, begrüßte, als sie aus dem Wagen stiegen. Dann gingen die drei die Gangway hinauf und verschwanden in der Falcon. Die Limousine fuhr davon. Der FBI-Agent hielt den Blick auf das Flugzeug gerichtet, während die Limousine an ihm vorbeifuhr und dann auf die Straße abbog, die vom Flughafen führte.

Als Fiske, der hinter dem Steuer der Limousine saß, auf den George Washington Parkway abbog, atmete er erleichtert auf. Zehn Minuten später war er auf der Interstate 95 in Richtung Richmond unterwegs. Es herrschte dichter Verkehr, und er brauchte fast drei Stunden, bis er sein Bürogebäude erreicht hatte. Fiske hatte sich bereits bei Billy Hawkins erkundigt: Josh Harms wurde gerade im MCV operiert. Es sehe nicht gut aus, hatte Hawkins gesagt. Fiske parkte den Wagen und betrat das Gebäude durch den Hintereingang, nur für alle Fälle.

Er ging in den Keller und zum Lagerraum. Er flehte stumm, dass Rufus dort auf ihn wartete. Er klopfte an die Tür. »Rufus?«, sagte er leise. »Ich bin es, John Fiske.«

Rufus öffnete vorsichtig die Tür.

»Verschwinden wir von hier.«

Rufus hielt ihn am Arm fest. »Wie geht es Josh?«

»Er wird operiert. Sie können nur beten.«

»Das tue ich schon die ganze Zeit.«

Sie verließen das Gebäude durch den Hintereingang, gingen zu Fiskes Wagen und stiegen rasch ein.

»Wohin fahren wir?«, fragte Rufus.

»Wollen Sie mir von dem Brief von der Army erzählen?«

»Was ist damit?«

»Die Army wollte eine Nachuntersuchung wegen des Phencyclidin-Tests durchführen, nicht wahr?«

Rufus erstarrte. »Phen-was?«

»Sie wissen schon, PCP. Engelsstaub.«

»Woher wissen Sie davon?«

»Das Gleiche ist auch einem anderen Soldaten namens Stanley passiert, der an einem ähnlichen Schwindelprogramm teilgenommen hat. Stanley haben sie LSD verabreicht.«

»Ich war in keinem verdammten PCP-Programm, selbst wenn die Kerle das behaupten.« Rufus holte den Brief hervor und reichte ihn Fiske.

Der überflog ihn. Dann blickte er Harms an. »Erzählen Sie mir davon, Rufus.«

Harms lehnte sich so weit zurück, wie er konnte. Er war so groß, dass seine Knie das Armaturenbrett und sein Kopf den Wagenhimmel berührten. »Sie hatten es schon eine ganze Weile auf mich abgesehen. Tremaine und Rayfield.«

»Und Dellasandro? Corporal Leo Dellasandro?«

»Ja, der auch. Sie waren wohl nicht allzu begeistert darüber, dass ich schön warm und gemütlich in den Staaten saß, und sei es im Bau.«

»Hat man von Ihrer Dyslexie gewusst?«

»Sie scheinen ja verdammt viel zu wissen.«

»Nun reden Sie schon.«

»Ich bin sehr oft mit den Kerlen aneinander gerasselt. Tremaine musste mal eine Nacht mit mir im Bau absitzen, weil er gesoffen hatte. Er hat mir glatt ins Gesicht gesagt, was er von mir hielt. Ich glaube, die haben alles genau geplant. Eines Nachts kamen sie in den Bau. Leo hatte eine Pistole. Ich musste die Augen schließen und mich auf den

Boden legen. Dann stachen sie irgendetwas in mich rein, bevor ich es so richtig mitbekam. Ich machte die Augen auf und sah die Nadel in meinem Arm. Und die Kerle standen lachend um mich rum und warteten drauf, dass ich starb. Das konnte ich deutlich aus dem raushören, was sie sagten. Sie haben mir eine Überdosis von dem Zeug verpasst.«

»Verdammt ... man hat Sie mit PCP voll gepumpt, und Sie konnten trotzdem aus dem Bau ausbrechen?«

»Mein ganzer Körper schien ... anzuschwellen, als würde man mich mit Luft voll pumpen. Ich weiß noch, dass ich aufstand und ... und das Gefühl hatte, der Raum wär nicht mehr groß genug für mich. Ich hab Tremaine und die anderen von mir abgeschüttelt, als wären sie Strohpuppen. Sie hatten die Tür nicht abgeschlossen. Der Dienst habende Wachtposten kam angestürmt, aber ich rannte ihn einfach über den Haufen, und dann ... dann war ich draußen.«

Rufus' Atem ging schneller, und seine riesigen Hände schlossen und öffneten sich wieder, als würde er erneut durchleben, was man ihm vor so langer Zeit angetan hatte.

»Und Sie sind Ruth Ann Mosley über den Weg gelaufen?«

»Sie hat ihren Bruder besucht.« Rufus schlug mit der Faust aufs Armaturenbrett. »Hätte Gott mich doch niedergestreckt, bevor ich diesem kleinen Mädchen begegnete. Warum musste es ein Kind sein? Warum?« Tränen strömten über Rufus' Gesicht.

»Es war nicht Ihre Schuld, Rufus. PCP kann einen zu allem bringen, zu allem. Es war nicht Ihre Schuld!«

Rufus riss die Hände hoch. »Die hier waren es«, rief er. »Ganz gleich, was für eine Scheiße sie in mich hineingepumpt haben, es ändert nichts daran, dass ich dieses wunderschöne kleine Mädchen getötet habe. Und nichts auf dieser Welt kann das ungeschehen machen. Oder? Oder?« Rufus funkelte Fiske zornig an; dann aber schloss er die Augen, sank zurück und blieb regungslos sitzen, wie tot.

Fiske versuchte, ruhig zu bleiben. »Und bis Sie den Brief bekamen, haben Sie sich an nichts erinnert?«

Allmählich fing Rufus sich wieder. »Verdammt, all diese

Jahre habe ich mich nur daran erinnert, dass ich an diesem Abend im Bau saß und die Bibel gelesen habe, die meine Momma mir gegeben hat. Dann weiß ich nur noch, dass ich neben diesem toten kleinen Mädchen kniete. Das war alles.« Er wischte sich mit dem Ärmel die Tränen ab.

»Auch so etwas kann PCP bewirken. Es nimmt einem das Gedächtnis. Der Schock hat wahrscheinlich auch eine Rolle gespielt.«

Rufus atmete tief ein. »Manchmal glaube ich, diese Scheiße ist noch in mir.«

»Aber Sie haben sich trotzdem des Mordes schuldig bekannt?«

»Es gab jede Menge Zeugen. Samuel Rider hat gesagt, wenn ich mich nicht auf den Kuhhandel einlasse, werden sie mich verurteilen und hinrichten. Verdammt noch mal, was sollte ich denn tun?«

Fiske dachte kurz darüber nach. »Ich hätte wahrscheinlich dasselbe getan«, sagte er dann.

»Aber als ich dann diesen Brief bekam, da war's so, als würde in meinem Kopf ein Licht angehen, und irgendein Teil von meinem Gehirn, der die ganze Zeit dunkel gewesen war, wurde plötzlich ganz hell, und alles fiel mir wieder ein. Jede verdammte Kleinigkeit.«

»Und dann haben Sie den Brief an das Gericht geschrieben und Rider gebeten, den Antrag für Sie einzureichen?«

Rufus nickte. »Und dann hat Ihr Bruder mich besucht. Er hat gesagt, dass er an die Gerechtigkeit glaubt und mir helfen will, falls ich die Wahrheit sage. Er war ein guter Mensch.«

»Ja, das war er«, sagte Fiske heiser.

»Aber er hatte meinen Brief mitgebracht. Rayfield und der alte Vic würden ihn nicht gehen lassen. Auf keinen Fall. Als ich es herausfand, bin ich durchgedreht. Sie brachten mich auf die Krankenstation und haben versucht, mich da umzubringen. Dann kam ich ins Krankenhaus, und Josh hat mich da rausgeholt.«

»Sie haben gesagt, Tremaine und Rayfield wären tot.«

Rufus nickte. Er atmete noch einmal tief ein, beobachtete, wie der Regen über die dunkle Skyline von Richmond fiel, und schaute dann Fiske an. »Jetzt wissen Sie alles, was ich weiß. Was werden wir jetzt tun?«

»Ich weiß es noch nicht genau.« Mehr fiel Fiske nicht dazu ein.

KAPITEL 56

Chuck Herman lächelte, als er im Mittelgang des Flugzeugs an Sara vorüberkam. »Das ist das erste Mal, dass man mich dafür bezahlt, nicht zu fliegen.«

»Wir sind in Washington, Chuck«, erwiderte Sara trocken. »Hier bezahlt man Bauern dafür, kein Getreide anzubauen.«

Sie griff zum zehnten Mal nach dem Handy und wählte Phil Jansens Privatnummer. Sara hatte bei seiner Behörde angerufen und erfahren, dass Jansen bereits nach Hause gegangen war. Mit großer Erleichterung hörte sie nun, wie er abhob. Sie stellte sich rasch vor und erklärte, was sie mit Fiske zu schaffen hatte.

»Ich habe nicht viel Zeit, Mr Jansen, also möchte ich gleich zur Sache kommen. Hat die Army früher Versuche mit PCP durchgeführt?«

Jansens Stimme klang plötzlich verkniffen. »Warum genau wollen Sie das wissen, Miss Evans?«

»John glaubt, dass man Rufus Harms gegen seinen Willen PCP verabreicht hat, als er vor fünfundzwanzig Jahren in Fort Plessy einsaß. John geht davon aus, dass Harms unter dem Einfluss von PCP durchgedreht ist und ein kleines Mädchen getötet hat. Seitdem sitzt er wegen dieses Verbrechens im Gefängnis.«

Sara fasste alles zusammen, was sie und Fiske erfahren hatten, auch das, was Rufus ihnen in Riders Kanzlei erzählt hatte. »Rufus Harms hat vor kurzem einen Brief von der Army bekommen«, fuhr sie fort, »in dem er gebeten wurde, an einer Nachuntersuchung teilzunehmen, bei der man feststellen wollte, welche Langzeitwirkung PCP hat. So ist es doch auch bei Sergeant James Stanley gewesen, nicht wahr? Die Army hat ihm einen Brief geschickt. Nur deshalb hat Stanley erfahren, dass die Army ihm LSD verabreicht hat. Nun, wir nehmen an, dass einige Militärangehörige Harms im Gefängnis unter Zwang PCP injiziert haben, was aber nichts mit einem Testprogramm zu tun hatte. Wir glauben vielmehr, dass man Harms mit dieser Droge töten wollte. Doch er konnte sich befreien und hat unter dem Einfluss des PCP den Mord an dem Mädchen begangen.«

»Augenblick mal«, sagte Jansen. »Warum hat die Army Harms einen Brief geschickt und behauptet, er habe an einem Testprogramm teilgenommen, wenn dem gar nicht so war?«

»Wir vermuten, dass diejenigen, die Harms das PCP verabreichten, ihn einfach als Testperson bei dem Programm eingetragen haben.«

»Und warum?«

»Wäre Harms an diesem Teufelszeug gestorben, hätte es eine Autopsie gegeben, bei der die Substanz wahrscheinlich in seinem Blut nachgewiesen worden wäre.«

»Ja, logisch«, sagte Jansen langsam. »Also haben sie die Unterlagen gefälscht und Harms als Testperson eingetragen, um das zu vertuschen. Hätte ein Arzt die Leiche obduziert, hätte er als Todesursache eine Überreaktion auf die Droge genannt. Das ist doch nicht zu fassen.«

»So ein Programm hat es also gegeben?«

»Ja«, gestand Jansen ein. »Die Geheimhaltung wurde mittlerweile aufgehoben, die Information ist allgemein zugänglich. In den siebziger Jahren hat die Army gemeinsam mit der CIA eine solche Versuchsreihe durchgeführt. Man wollte feststellen, ob man mit PCP besonders leistungsfähige Soldaten ›erschaffen‹ könnte. Wenn Harms in den Unterlagen des Programms aufgeführt war, wird er vor kurzem die Aufforderung bekommen haben, sich zu einer Nachuntersuchung einzufinden.« Jansen hielt kurz inne. »Was haben Sie und John jetzt vor?«

»Wenn wir das nur wüssten.« Sara bedankte sich bei Jansen und beendete das Gespräch.

Sie wartete noch eine Zeit lang, stieg dann aus der Maschine und ging über die Rollbahn zum Terminal. Prompt wurde sie von den beiden FBI-Agenten aufgehalten.

»Wo ist Fiske?«, fragte der eine.

»John Fiske?«, gab Sara sich ahnungslos.

»Nun kommen Sie schon, Miss Evans.«

»Er ist schon eine ganze Weile weg.«

Die Agenten blickten sie verblüfft an. »Weg? Wie denn?«

»Mit dem Wagen gefahren, so viel ich weiß. Wenn Sie mich jetzt bitte entschuldigen würden.«

Sara lächelte, als die beiden Männer zum Flugzeug rannten. Sie hatten keine legale Handhabe, sie festzuhalten. Sara nutzte die Gelegenheit, in den Shuttlebus zum Parkhaus zu springen und in ihren Wagen zu steigen. Sie fuhr vom Flughafengelände und in Richtung Süden. Plötzlich kam ihr ein Gedanke, und sie hielt an einer Tankstelle. Sie öffnete Fiskes Aktenkoffer und nahm die Dokumente heraus, die er aus St. Louis bekommen hatte. Sie war sich nicht sicher, wie eingehend Fiske die Unterlagen studiert hatte, doch es war ja möglich, dass die Army eine Kopie ihres Briefes an Rufus Harms seiner Personalakte hinzugefügt hatte – auch wenn diese Akte genau genommen nach dem Verfahren vor dem Kriegsgericht geschlossen worden war. Doch einen Versuch war es wert.

Eine halbe Stunde später lehnte Sara sich enttäuscht zurück. Sie wollte die Unterlagen wieder im Aktenkoffer verstauen, als ihre Hand sich um die Personalliste von Fort Plessy schloss. Sie blätterte die Seiten durch, sah die Namen Victor Tremaine und Frank Rayfield. Dann fiel Saras Blick auf den Namen Rufus Harms, und Trauer spiegelte sich in ihren Augen. So viele Jahre seines Lebens hatte man diesem Mann geraubt.

Gedankenverloren blätterte sie die Akte durch, überflog die anderen Namen auf der Personalliste. Sie bemerkte einen weiteren – und erstarrte. Als sie endlich ihre Benommenheit abschüttelte, war ihre Reaktion dermaßen heftig, dass sie sich den Kopf am Fenster stieß. Sie ließ die Akte wie eine heiße Kartoffel fallen, drehte den Zündschlüssel, legte den Gang ein und fuhr so schnell los, dass die Reifen auf dem glatten Fahrbahnbelag der Tankstelle laut kreischten.

Die Liste war auf die Fußmatte aus Gummi gefallen, und als Sara hinunterschaute, schien der Name Warren McKenna ihren Blick höhnisch zu erwidern. Sie sah nicht in den Rückspiegel und bemerkte deshalb auch nicht den Wagen, der ihr vom Flughafen gefolgt war.

KAPITEL 57

Harold Ramsey lehnte sich im Sessel zurück. Der Ausdruck auf seinem Gesicht war ernst. »Ich hätte mir nie träumen lassen, dass so etwas hier je passieren könnte.«

McKenna und Chandler saßen in Ramseys Büro. McKenna beobachtete den Obersten Richter genau. Für einen Moment schienen sie Blickkontakt herzustellen; dann schaute McKenna zur Seite und sah stattdessen zu Chandler hinüber.

»Nun ja«, sagte Chandler, »wir haben keine handfesten Beweise, ob Michael Fiske nun einen Berufungsantrag gestohlen hat oder nicht. Wir wissen nicht einmal mit Sicherheit, ob es so einen Antrag überhaupt gab.«

Ramsey schüttelte verneinend den Kopf. »Kann es nach dem Gespräch mit Sara Evans noch den geringsten Zweifel daran geben?«

Gespräch? Es war wohl eher eine Inquisition gewesen, ging es Chandler durch den Kopf. »Trotzdem ist es Spekulation. Und ich rate davon ab, sich mit dieser Information an die Öffentlichkeit zu wenden.«

»Ich gebe Detective Chandler Recht«, sagte McKenna. »Das könnte die Ermittlungen behindern.«

»Ich dachte, Sie wären überzeugt, dass John Fiske hinter alledem steckt«, erwiderte Ramsey. »Falls Sie Ihre Meinung geändert haben, sind wir jetzt wohl noch keinen Schritt weiter als vor zwei Tagen.«

»Mordfälle klären sich nicht einfach von allein auf. Und der Fall, mit dem wir es hier zu tun haben, ist komplizierter als die meisten anderen. Außerdem habe ich nie behauptet, meine Meinung geändert zu haben«, erklärte McKenna. »Fiskes Pistole ist aus seinem Büro verschwunden. Das war keine große Überraschung für mich. Keine Angst, die Teile des Puzzles werden sich schon zusammenfügen.«

Ramsey schien nicht davon überzeugt zu sein.

»Es kann doch nicht schaden, wenn wir noch ein wenig abwarten«, meinte Chandler. »Und wenn sich alles so ergibt, wie wir es uns erhoffen, braucht die Öffentlichkeit vielleicht nie davon zu erfahren.«

»Ich weiß wirklich nicht, wie das möglich sein sollte«, sagte Ramsey wütend. »Aber diese Katastrophe kann wohl kaum noch schlimmer werden, wenn wir Ihren Rat befolgen. Vorerst. Was ist mit Fiske und Evans? Wo sind sie?«

»Wir lassen sie beschatten«, erwiderte McKenna.

»Dann wissen Sie also, wo die beiden sich im Augenblick befinden?«, fragte Ramsey.

Der Ausdruck auf McKennas Gesicht änderte sich nicht. Er würde nicht eingestehen, dass es sowohl Sara als auch Fiske gelungen war, sich der Beschattung zu entziehen. McKenna hatte die Nachricht unmittelbar vor Beginn dieser Besprechung erhalten.

»Ja«, sagte er.

»Und wo sind sie zurzeit?«, fragte Ramsey.

»Diese Information darf ich Ihnen leider nicht geben, Chief Justice. So gern ich es tun würde«, fügte er rasch hinzu. »Aber das ist streng vertraulich.«

Ramsey betrachtete ihn düster. »Agent McKenna, Sie haben versprochen, das Gericht über die Fortschritte bei den Ermittlungen in diesem Fall auf dem Laufenden zu halten.«

»Ja. Deshalb bin ich hier.«

»Das Gericht verfügt über eine eigene Polizeitruppe. Chief Dellasandro und Ron Klaus sind in diesem Augenblick damit beschäftigt, den Fall endlich aufzuklären. Wir führen unsere eigene Ermittlung durch, und es liegt in unser aller Interesse, dass wir uns vorbehaltlos austauschen.

Und nun beantworten Sie bitte meine Frage. Wo sind Fiske und Evans?«

»Ihre Ausführungen sind logisch, Chief Justice, aber ich befürchte, ich darf Ihnen diese Information trotzdem nicht geben«, erwiderte McKenna. »Die grundsätzliche Vorgehensweise des FBI, Sie verstehen.«

Ramsey runzelte die Stirn.

»Dann werde ich mich wohl an eine andere Stelle im FBI wenden müssen«, sagte er. »Ich bin nicht besonders versessen darauf, jemanden zu übergehen, Agent McKenna, aber außergewöhnliche Umstände rechtfertigen außergewöhnliche Maßnahmen.«

»Ich gebe Ihnen gern die Namen und Telefonnummern der Personen, die Sie anrufen können, angefangen beim FBI-Direktor persönlich«, bot McKenna freundlich an.

»Haben Sie mir irgendetwas mitzuteilen, das wirklich von Bedeutung ist?«, fragte Ramsey trocken. »Oder war's das?«

McKenna erhob sich. »Wir setzen alles daran, dieser Sache auf den Grund zu gehen. Und ich bin überzeugt, dass es uns mit ein bisschen Glück gelingen wird.«

Ramsey stand ebenfalls auf. Er überragte seine beiden Gesprächspartner. »Noch ein guter Rat, Agent McKenna. Überlassen Sie nie etwas dem Glück. Wer das tut, bedauert es später meistens.«

Sara schloss die Tür ihres Cottages auf und eilte hinein. Sie hatte unterwegs vergeblich versucht, Fiske per Autotelefon zu Hause und in seinem Büro zu erreichen. Sie hatte sogar mit Ed Fiske telefoniert, aber auch der hatte nichts von seinem Sohn gehört. Sara ließ die Handtasche auf den Küchentisch fallen, ging nach oben, schlüpfte aus ihren nassen Sachen und zog Jeans und ein T-Shirt an. Sie wusste nicht, was sie tun sollte, war ratlos, hilflos, der Panik nahe. Du lieber Himmel! Dellasandro war in die Sache verwickelt, was schlimm genug war, denn er war über den Stand der Ermittlungen genau informiert. Aber dass FBI-

Agent Warren McKenna ebenfalls beteiligt war, kam möglicherweise einer Katastrophe gleich. McKenna leitete praktisch die verdammte Ermittlung! Nun erkannte Sara, auf welche Weise dieser Mann zu jedem Zeitpunkt die Fäden in der Hand gehalten und die weitere Entwicklung manipuliert hatte. McKenna hatte Fiske belastet und sie selbst gezwungen, beim Gericht zu kündigen – und das alles nur, um John ein Motiv für den Mord an seinem Bruder unterzuschieben. McKennas Anschuldigungen waren an den Haaren herbeigezogen, und doch hörte alles sich völlig logisch an, wenn man lediglich die reinen Fakten betrachtete.

Sara versuchte, Chandler in seinem Büro zu erreichen. Sie wollte genau wissen, ob Agent McKenna in Fort Plessy stationiert gewesen war oder es sich nur um eine andere Person gleichen Namens gehandelt hatte. Sie glaubte nicht an einen solchen Zufall, musste aber völlige Gewissheit haben. Sara fluchte leise, als auch Chandler nicht abhob. Wen konnte sie noch anrufen? Wer konnte ihr diese Information verschaffen? Jansen vielleicht, aber der würde bestimmt eine ganze Weile dafür brauchen. Plötzlich fiel Sara die Lösung ein. Sie wählte die Nummer. Nach dreimaligem Klingeln hob eine Frau ab. Es war die Haushälterin.

»Ist er da? Hier spricht Sara Evans.«

Kurz darauf kam Jordan Knight an den Apparat. »Sara?«

»Ich weiß, es ist ein sehr unpassender Zeitpunkt, Senator ...«

»Ich habe gehört, was heute passiert ist.« Sein Ton war kalt.

»Ich weiß, was Sie jetzt denken. Und ich fürchte, es wird Ihre Meinung nicht ändern, egal was ich Ihnen jetzt sage.«

»Da haben Sie wahrscheinlich Recht. Doch was immer davon zu halten ist, Beth tut die Sache schrecklich Leid. Sie hat Sie bis zuletzt unterstützt.«

»Und ich bin Ihrer Frau sehr dankbar dafür, aber ...« Sara bemühte sich, ihre Nerven im Zaum zu halten. Jetzt zählte jede Sekunde. »Könnten Sie mir einen Gefallen tun?«

»Einen Gefallen?« Jordans Stimme klang verblüfft.

»Eine Information über eine bestimmte Person.«

»Das halte ich für höchst unpassend, Sara.«

»Ich werde Sie nie wieder anrufen, Senator, aber ich benötige diese Information dringend, sehr dringend, und in Anbetracht Ihrer Verbindungen und Ihrer Möglichkeiten sind Sie der einzige Mensch, den ich darum bitten könnte. Senator? Um der alten Zeiten willen.«

Jordan dachte kurz darüber nach. »Tja, Sara, ich bin nun mal nicht in meinem Büro. Eigentlich wollte ich gerade mit Beth zu Abend essen.«

»Aber Sie könnten doch in Ihrem Büro anrufen, oder vielleicht beim FBI.«

»Beim FBI?«, sagte er laut.

Sara sprach rasch weiter. »Mehr als ein Anruf ist nicht erforderlich. Ich bin zu Hause. Die Person, bei der Sie sich erkundigen, könnte mich direkt zurückrufen. Dann müssten Sie nicht mehr mit mir sprechen.«

Schließlich gab Jordan nach. »Na schön, was wollen Sie wissen?«

»Es geht um Agent McKenna.«

»Was ist mit ihm?«

»Ich muss wissen, ob er in der Army gedient hat. Genauer gesagt, in den siebziger Jahren in Fort Plessy.«

»Warum, in aller Welt, interessiert Sie das?«

»Senator, es würde viel zu lange dauern, um Ihnen das zu erklären.«

Er seufzte. »Also gut. Ich werde sehen, was ich für Sie tun kann. Ich lasse es von einem Mitarbeiter meines Büros nachprüfen. Er wird Sie dann anrufen. Sie sind zu Hause?«

»Ja.«

»Ich hoffe, Sie wissen, was Sie tun, Sara.«

»Sie werden mir wahrscheinlich nicht glauben, Senator, aber ich weiß es sehr wohl.«

»Wenn Sie es sagen«, erwiderte er. Er klang nicht gerade überzeugt.

Als Jordan Knight nach etwa fünfzehn Minuten wieder

ins Esszimmer kam, blickte Elizabeth zu ihm auf. »Was in aller Welt hat Sara denn gewollt?«

»Es ist wirklich seltsam. Du kennst doch diesen FBI-Agenten? Den Mann, über den du dich beklagt hast?«

Elizabeth setzte sich auf. »Warren McKenna? Was ist mit ihm?«

»Sara wollte wissen, ob er in der Army gedient hat.«

Elizabeth Knight ließ ihre Gabel fallen.

Jordan musterte sie neugierig. Er hatte ihre Anspannung bemerkt. »Ist alles in Ordnung mit dir?«

»Mir geht es gut. Es war nur ein furchtbarer Tag.«

»Ich weiß, Schatz, ich weiß«, sagte er tröstend und blickte auf sein kaltes Abendessen hinunter. »Ich glaube, unser gemütlicher Abend ist soeben den Bach runtergerauscht.«

»Was hast du Sara gesagt?«

»Was ich ihr gesagt habe? Dass ich es überprüfe. Und dass sich jemand bei ihr melden wird. Ich habe in meinem Büro angerufen. Sie können vielleicht per Computer ermitteln, ob McKenna in der Army war.«

»Wo ist Sara?«

»Zu Hause. Sie wartet darauf, dass mein Mitarbeiter sie zurückruft.«

Elizabeth stand auf. Sie war kreidebleich geworden.

»Du lieber Gott. Beth, was ist denn mit dir?«

»Ich habe schreckliche Kopfschmerzen. Ich brauche ein Aspirin.«

»Ich werde es dir holen.«

»Nein, nein, ich gehe schon selbst. Setz dich jetzt erst mal und iss. Vielleicht können wir uns doch noch einen entspannenden Abend machen.«

Ein besorgt dreinschauender Jordan Knight blickte seiner Frau nach, die über den Flur ging. Elizabeth hatte mit einem Mal tatsächlich höllische Kopfschmerzen und brauchte wirklich ein Aspirin. Im Bad löste sie eine Tablette in Wasser auf und trank das Glas aus; dann schlüpfte sie durch die Diele ins Schlafzimmer, nahm den Telefonhörer von der Gabel und wählte eine Nummer.

»Hallo?«, sagte die Stimme.

»Sara Evans hat gerade angerufen. Sie hat Jordan um eine Auskunft gebeten.«

»Um was für eine?«

»Sie wollte wissen, ob Sie je in der Army waren.«

Warren McKenna lockerte seine Krawatte und trank einen Schluck Wasser aus dem Glas auf seinem Schreibtisch. Er war gerade vom Gespräch mit Ramsey und Chandler im Gericht zurückgekommen. »Und was hat er ihr gesagt?«

»Dass er es überprüft und sich bei ihr meldet.« Elizabeth bemühte sich, die Tränen zurückzudrängen.

McKenna nickte schwach. »Wo ist sie?«

»Zu Hause, hat sie Jordan gesagt.«

»Und John Fiske?«

»Das weiß ich nicht. Das hat sie offenbar nicht erwähnt.«

McKenna griff nach seinem Mantel. »Danke für die Information, Richterin Knight. Vielleicht erweist sie sich als wertvoller als eine Ihrer Urteilsbegründungen.«

Elizabeth Knight legte den Hörer langsam auf und hob ihn dann wieder ab. Sie konnte es nicht einfach dabei bewenden lassen. Sie rief die Auskunft an und bekam die gewünschte Nummer. Die Telefonzentrale nahm ihren Anruf entgegen. »Detective Chandler, bitte. Sagen Sie ihm, Richterin Elizabeth Knight möchte ihn sprechen und dass es dringend ist.«

Chandler meldete sich. »Was kann ich für Sie tun, Frau Richterin?«

»Bitte fragen Sie mich nicht, woher ich es weiß, Detective Chandler, aber Sie müssen sofort zu Sara Evans fahren. Sie ist zu Hause, und ich glaube, Sie schwebt in Lebensgefahr. Bitte beeilen Sie sich!«

Chandler verschwendete keine Zeit mit Fragen. Er legte auf und stürmte aus seinem Büro.

Elizabeth Knight ließ den Hörer langsam auf die Gabel sinken. Sie hatte damit gerechnet, dass die Arbeit beim Obersten Gericht immensen Druck mit sich brachte, aber das hier … Sie wusste, dass ihr Leben zerstört war, ganz gleich, wie die Sache ausging. Für sie gab es keine Rettung mehr, keinen Ausweg. Was für eine Ironie, dachte sie, dass mich letzten Endes die Gerechtigkeit vernichten wird.

Der Mann trug dunkle Kleidung und hatte sich eine Skimaske übers Gesicht gezogen. Er war Sara zuerst nach Richmond gefolgt; dann auch auf ihrem Rückweg nach Washington, als sie von Fiske und den FBI-Agenten begleitet wurde. Er war aufrichtig dankbar, dass Sara die FBI-Agenten abgeschüttelt hatte; das vereinfachte seine Aufgabe beträchtlich. Er ging in die Hocke, schlich zum Wagen und öffnete die Fahrertür. Die Innenbeleuchtung flammte auf, und der Mann drehte schnell an dem Rädchen, um das Licht zu dämpfen. Er blickte zum Haus hinüber. Sara ging gerade hinter einem der Fenster vorbei, schaute aber nicht hinaus. Der Mann zog eine kleine Taschenlampe hervor und ließ den Strahl durch das Wageninnere gleiten. Er sah die Papiere auf dem Boden, warf einen Blick auf die Unterlagen und bemerkte den mit Kugelschreiber eingekreisten Namen. Er sammelte die Akten ein und steckte sie in einen Rucksack, den er umgeschnallt hatte. Dann zog er eine Pistole aus dem Halfter und schraubte einen Schalldämpfer auf die Mündung. Als er wieder zum Haus blickte, war Sara hinter dem Fenster verschwunden. Aber der Mann wusste, sie war dort. Allein. Er knipste die Taschenlampe aus und ging zum Haus.

Sara schritt nervös in der Küche auf und ab, blickte ständig auf die Uhr und wartete auf den Anruf von Jordan Knights Büro. Dann trat sie auf die hintere Veranda und beobachtete, wie ein Düsenflugzeug unter dem Baldachin aus dunklen Wolken hinwegglitt. Sie schaute hinunter zu ihrem Segelboot, das gegen die Gummireifen stieß, die sie als Puffer zwischen dem glatten Fiberglas und dem rauen Holz der Anlegestelle angebracht hatte. Als sie an die letzte Nacht dachte, legte sich unwillkürlich ein Lächeln auf ihre Lippen. Doch es verblich, als sie sich daran erinnerte, was sie und Fiske nach ihrer Begegnung im Altenheim besprochen hatten. Sie drückte die nackten Zehen gegen das feuchte Holz und genoss es für einen Augenblick, die beruhigenden Gerüche der nassen ländlichen Umgebung einzuatmen.

Sara ging wieder ins Haus, stieg die Treppe hinauf, blieb an der Schwelle des Schlafzimmers stehen und schaute hinein. Das Bett war noch immer nicht gemacht. Sie setzte sich auf die Matratze, nahm eine Ecke des Lakens in die Hand und dachte wieder an die vergangene Nacht zurück und daran, wie Fiske sein T-Shirt heruntergezogen hatte. Die Narbe verlief vom Bauchnabel bis zum Hals, hatte Ed gesagt. Als würde diese Narbe irgendeine Rolle für sie spielen. Und doch ging Fiske offensichtlich davon aus.

Sara hörte, wie ein weiterer Jet über das Haus hinwegdonnerte; dann kehrte wieder Stille ein. Eine so tiefe Stille, dass Sara deutlich hörte, wie die Hintertür des Hauses geöffnet wurde. Sie sprang auf und lief zur Treppe. »John?« Niemand antwortete, und als unten das Licht erlosch, rieselte kalte Furcht ihr Rückgrat hinunter. Sara rannte ins Schlafzimmer und schloss die Tür hinter sich ab. Ihre Brust hob sich, der Pulsschlag dröhnte in ihren Ohren. Verzweifelt schaute sie sich nach einer Waffe um, denn eine Fluchtmöglichkeit gab es nicht. Das Fenster war klein, doch selbst, wenn sie hindurchschlüpfen könnte, befand es sich im zweiten Stock, ein paar Meter über dem Betonboden, und es erschien Sara nicht ratsam, sich bei einem Sprung beide Beine zu brechen.

Ihre Verzweiflung verwandelte sich in Panik, als sie die Schritte hörte. Sie verfluchte sich, weil sie im Schlafzimmer kein Telefon hatte anbringen lassen. Sie hielt den Atem an, als sie sah, wie der Türknopf sich langsam drehte, bis das Schloss ihm Einhalt gebot. Doch Schloss und Tür waren alt, sehr alt. Als ein wuchtiger Schlag gegen das Türblatt krachte, sprang Sara instinktiv zurück. Ein leiser Schrei kam über ihre Lippen. Gehetzt schaute sie sich um. Ihr Blick fiel auf das Himmelbett. Sie lief hinüber, riss eine der ananasförmigen Verzierungen von einem Bettpfosten ab. Gott sei Dank war sie nie dazu gekommen, das Bett mit einem Himmel versehen zu lassen. Die Verzierung bestand aus massivem Holz und war mindestens ein Pfund schwer.

Rasch lief Sara zur Tür zurück und hob die Hand mit dem Holzstück. Ein weiterer Schlag traf von außen das Türblatt; Holz splitterte, und das Schloss verbog sich unter der Wucht des Hiebes. Sara streckte den Arm aus, schloss die Tür blitzschnell auf und sprang wieder zurück. Jetzt, da die Tür nicht mehr verriegelt war, flog sie beim nächsten Schlag auf, und der Mann wurde vom eigenen Schwung in den Raum getragen. Saras Arm fuhr herab, und das Holzstück traf sein Ziel. Der Mann brach stöhnend zusammen und hielt sich die Schulter.

Sara wusste, dass Rayfield und Tremaine tot waren. Also musste es sich bei dem Unbekannten, den sie gerade niedergeschlagen hatte, entweder um Dellasandro handeln oder – Sara schauderte bei dem Gedanken, dass dieser Mann in ihrem Haus war – um Warren McKenna. Sie stürmte die Treppe hinunter, nahm immer mehrere Stufen auf einmal, schnappte sich die Wagenschlüssel vom Tisch, riss die Haustür auf – und stieß einen entsetzten Schrei aus.

Der zweite Mann blickte Sara ruhig und kühl an. Dann richtete Leo Dellasandro eine Pistole auf sie und trat einen Schritt vor. Der Mann in Schwarz kam die Treppe hinunter; er hielt sich die Schulter, richtete aber ebenfalls eine Pistole auf Sara. Sie schaute zu dem Mann hinter ihr. Es musste McKenna sein. Aber dann runzelte sie die Stirn. Der FBI-Agent war wesentlich größer.

Der Mann nahm die Skimaske ab, und Richard Perkins starrte sie an. Dann lächelte er über Saras offensichtliches Erstaunen und holte einige Papiere aus seinem Rucksack. »Sie müssen meinen Namen auf dem Dienstplan von Fort Plessy übersehen haben, Sara. Wie nachlässig von Ihnen.«

Sie funkelte ihn wütend an. »Der Marshal des Obersten Gerichtshofs und sein Polizeichef … Beteiligte an einem verabscheuungswürdigen Verbrechen.«

»Harms hat dieses Mädchen getötet, nicht ich«, sagte Dellasandro.

»Haben Sie sich das eingeredet, Leo? Nicht Rufus hat das Mädchen getötet, sondern Sie. Als hätten Sie ihr die Hände selbst um den Hals gelegt.«

Dellasandro verzog wütend das Gesicht. »Dieses Arschloch. Wäre es nach mir gegangen, hätte ich ihn mit Blei und nicht mit einer Droge voll gepumpt. Er war eine Schande für die Uniform.«

»Er war Dyslektiker!«, schrie Sara ihn an. »Er hat seine Befehle nicht befolgt, weil er sie nicht verstehen konnte, Sie Idiot! Sie haben sein Leben und das dieses Mädchens umsonst zerstört.«

Auf Dellasandros Gesicht erschien ein schiefes Grinsen. »So sehe ich das aber nicht. Überhaupt nicht. Harms hat bekommen, was er verdient.«

»Was macht Ihr Gesicht, Leo? John hat Sie ja richtig schön erwischt. Übrigens weiß er alles.«

»Dann werden wir ihm wohl auch einen Besuch abstatten müssen.«

»Sie, Vic Tremaine und Frank Rayfield?«

»Da haben Sie verdammt Recht«, sagte Chief Dellasandro schnaubend.

»Ihre Komplizen sind tot.« Sara lächelte, während Dellasandros Lächeln verblich. »Sie haben Rufus und seinen Bruder in einen Hinterhalt gelockt, konnten den Job aber nicht zu Ende bringen. Genau wie beim letzten Mal«, fügte sie spöttisch hinzu.

»Dann muss ich es diesmal für die anderen mit erledigen.«

Sara musterte ihn von oben bis unten und schüttelte schließlich angewidert den Kopf. »Verraten Sie mir eins, Leo. Wie konnte eine Ratte wie Sie jemals Polizeichef werden?«

Er versetzte ihr eine Ohrfeige und hätte sie noch einmal geschlagen, hätte Perkins ihn nicht daran gehindert. »Wir haben keine Zeit für so einen Scheiß, Leo.« Er packte Sara an der Schulter.

In diesem Augenblick klingelte das Telefon.

Perkins blickte Dellasandro an. »Fiske?« Dann schaute er zu Sara. »Fiske ist bei Harms, nicht wahr? Deshalb mussten Sie sich trennen, stimmt's?« Als das Telefon erneut klingelte, wandte Sara den Blick ab. Perkins hielt ihr die Pistole unter das Kinn und krümmte den Finger um den Abzug. »Ich frage Sie noch einmal. Ist Fiske bei Rufus Harms?« Er drückte ihr die Waffe fester unters Kinn. »Ich schwöre Ihnen, in zwei Sekunden haben Sie keinen Kopf mehr. Raus mit der Sprache!«

»Ja! Ja, er ist bei ihm«, stieß Sara erstickt hervor, als das Metall gegen ihre Luftröhre drückte.

Perkins schob sie zum Telefon. »Gehen Sie ran. Wenn es Fiske ist, verabreden Sie sich irgendwo mit ihm. Hier in der Nähe, aber ein abgelegener Ort. Sagen Sie ihm, Sie hätten noch etwas Wichtiges herausgefunden. Wenn Sie ihn auf irgendeine Weise warnen, sind Sie tot.«

Sara zögerte.

»Nun machen Sie schon! Oder wollen Sie unbedingt sterben?«

Sara erkannte jetzt, dass der sonst so sanftmütige Perkins in Wirklichkeit der gefährlichere der beiden Männer war. Langsam griff sie nach dem Telefon. Perkins trat dicht neben sie, um jedes Wort mithören zu können, und drückte ihr die Pistole an die Schläfe. Sara atmete tief ein, zwang sich, die Panik aus ihrer Stimme zu halten.

»Hallo?«

»Sara?« Es war Fiske.

»Ich habe überall versucht, dich zu erreichen.«

»Ich weiß. Ich habe gerade meinen Anrufbeantworter abgehört. Rufus ist bei mir.«

Perkins verstärkte den Druck der Waffe an Saras Schläfe. »Wo seid ihr?«, fragte sie.

»Auf halbem Weg nach Washington. Auf einem Rastplatz.«

»Was hast du jetzt vor?«

»Es wird Zeit, dass wir Chandler informieren. Rufus und ich sind uns einig.«

Perkins schüttelte den Kopf und wies auf das Telefon. »Ich halte das für keine so gute Idee, John.«

»Warum nicht?«

»Ich ... ich habe einiges herausgefunden, das du wissen solltest. Bevor du dich an Chandler wendest.«

»Was denn?«

»Das kann ich dir am Telefon nicht sagen. Es könnte abgehört werden.«

»Jetzt mach aber 'nen Punkt, Sara. Das bezweifle ich stark.«

»Weißt du was, John. Gib mir einfach die Nummer des Apparats, von dem du anrufst, und ich rufe dich vom Auto aus zurück.« Sie schaute Perkins an. »Wir könnten uns irgendwo treffen und anschließend zu Chandler fahren. Das FBI kennt das Nummernschild des Wagens, in dem ihr sitzt. Du musst ihn sowieso loswerden.«

Fiske gab ihr die Nummer durch. Sara schrieb sie auf den Notizblock neben dem Telefon und riss die oberste Seite ab.

»Und du kannst es mir ganz bestimmt nicht am Telefon sagen?«

»Ich habe mit deinem Freund beim JAG gesprochen«, erwiderte Sara und sprach ein stummes Gebet, dass Fiske jetzt richtig reagieren und nichts Falsches sagen würde. Sonst war sie tot. Sie musste ihm vertrauen. »Darnell Jackson hat mir von den PCP-Versuchen berichtet.«

Fiske runzelte die Stirn und blickte zu Rufus hinüber, der im Wagen saß. Langsam senkte die Dunkelheit sich über die Raststätte. Darnell Jackson. »Auf Darnell ist nun mal Verlass«, antwortete Fiske rasch.

Sara atmete unhörbar aus. »Ich rufe dich in fünf Minuten zurück.« Sie legte auf und schaute die beiden Männer an.

Perkins grinste boshaft. »Gut gemacht, Sara. Und jetzt fahren wir zu Ihren Freunden.«

KAPITEL 58

Nachdem Sara zurückgerufen und Fiske den Treffpunkt durchgegeben hatte, führte dieser sofort ein weiteres Gespräch. Das waren schlechte Nachrichten. Sehr schlechte. Nach dem Anruf stieg Fiske wieder in den Wagen und blickte Rufus an. »Er hat Sara.«

»Wer hat sie?«, fragte Harms.

»Ihr alter Kamerad. Dellasandro. Er ist als Einziger noch übrig.«

»Was soll das heißen, als Einziger noch übrig?«

»Rayfield und Tremaine sind tot. Bleibt nur Dellasandro übrig. Sara hat mich gewarnt, ohne dass er es mitbekommen hat ...« Fiske hielt inne und starrte Rufus an, der ihn noch immer fragend musterte. »Rufus«, sagte er dann zögernd, »wie viele Personen waren damals in der Nacht bei Ihnen in der Zelle?«

»Fünf.«

Fiske ließ sich im Sitz zurücksinken. »Ich weiß nur von den dreien, die ich gerade genannt habe. Wer sind die beiden anderen?«

»Perkins. Dick Perkins.«

Für einen Augenblick wurde Fiske schwindlig. »Was? Richard Perkins ist der Marshal des Obersten Gerichtshofs.«

»Ich habe ihn seit dieser Nacht nicht mehr gesehen und bin verdammt froh darüber. Von Tremaine abgesehen war er der Schlimmste von denen. Er kam immer in die Zelle, um mich mit seinem verdammten Knüppel zu verprügeln. Er hat mir auch das PCP gespritzt.«

»Und der fünfte Mann?«
»Keine Ahnung. Ich hatte ihn nie zuvor gesehen.«
»Macht nichts. Ich glaube, ich weiß, wer er ist.« Sara hatte zwar nicht gesagt, dass sie einen weiteren Namen auf der Personalliste von Fort Plessy gefunden hatte, doch Fiske war sich ziemlich sicher. Warren McKennas Gesicht erschien vor seinem geistigen Auge. Deshalb also versuchte der FBI-Agent, ihm den Mord in die Schuhe zu schieben. Alles passte zusammen.
Fiske ließ den Motor an.
»Wohin fahren wir?«
»Sara hat einen Treffpunkt mit mir vereinbart. An einem Rastplatz am George Washington Parkway in Virginia. Ich habe versucht, Chandler zu erreichen, aber er war nicht da. Ich habe ihm eine Nachricht hinterlassen, wohin wir fahren. Hoffentlich kommt er rechtzeitig.«
»Und wir fahren hin?«
»Wenn wir nicht dort erscheinen, werden die Kerle Sara umbringen. Aber Sie müssen nicht mitkommen.«
Als Antwort zog Rufus eine Pistole aus der Tasche und reichte sie Fiske. »Können Sie damit umgehen?«
Fiske nahm die Pistole, zog den Schlitten zurück und vergewisserte sich, dass die Waffe geladen war. »Ich komme schon damit klar«, sagte er.

Mitternacht war bereits vorbei, und auf dem Parkway herrschte kaum Verkehr. An zahlreichen Stellen gab es Rastplätze mit Picknickbereichen und kleinen Parks, die tagsüber zahlreiche Familien zum Grillen und zwanglosen Verweilen einluden. Doch als Fiske nun die breite Straße entlangfuhr, war die Gegend dunkel und verlassen. Und sie barg eine tödliche Gefahr, wie er wusste. Er betrachtete die Ausfahrtschilder, bis er dasjenige fand, das er suchte. Augenblicke, nachdem er das Schild gesehen hatte, bemerkte er Saras Wagen auf dem ansonsten leeren Parkplatz. Hohe Bäume trennten den Platz von der Rasenfläche, die als Grillplatz und Spielplatz für Kinder diente. Dahinter erkannte Fiske ein noch dunkleres, schwarzes Band: den Potomac River.

Rufus lag auf dem Rücksitz, die Augen auf einer Höhe mit dem unteren Rand der Fensterscheibe. Sein Blick glitt über die dunkle Landschaft. »Jemand sitzt im Wagen«, sagte er. »Kann aber nicht erkennen, ob es ein Mann oder eine Frau ist.«

Fiske kniff die Augen zusammen und nickte bestätigend. Sie hatten eine Art Plan ausgearbeitet. Nachdem ihnen nun das Gelände bekannt war, konnten sie versuchen, diesen Plan in die Tat umzusetzen. Fiske fuhr ein Stück weiter, bis sie eine Kurve erreichten, die von Saras Wagen aus nicht eingesehen werden konnte. Nachdem Fiske gehalten hatte, öffnete Rufus die hintere Tür und verschwand rasch zwischen den Bäumen neben der Straße. Sie hatten vereinbart, dass Rufus versuchen sollte, sich unbemerkt dem Parkplatz zu nähern.

Fiske fuhr auf die freie Fläche und hielt ein paar Meter von Saras Wagen entfernt. Als er hinüberschaute, stellte er erleichtert fest, dass Sara hinter dem Steuer saß. Er zog die Pistole, stieg langsam aus und blickte über seinen Wagen hinweg zu ihr. »Sara?«

Sie schaute ihn an, nickte und lächelte verkniffen. Das Lächeln verblich, als sich neben ihr ein Mann aufrichtete und ihr eine Pistole an den Kopf drückte. Beide stiegen auf der Fahrerseite aus. Dellasandro legte einen Arm um Saras Hals; mit der anderen Hand drückte er die Waffe an ihre Schläfe.

»Hier drüben, Fiske«, sagte Dellasandro. John bemühte sich, einen schockierten Eindruck zu machen.

»Wo ist Harms?«, fragte Dellasandro.

Fiske rieb sich übertrieben den Hals. »Er hat es sich anders überlegt. Wollte nicht zu den Cops gehen. Er hat mir eins übergezogen und ist abgehauen.«

»Und hat Ihnen den Wagen überlassen? Sagen Sie mir die Wahrheit, oder ich puste Ihrer Freundin ein Stück Blei ins Hirn.«

»Ich sage die Wahrheit. Sie wissen doch, dass Harms fünfundzwanzig Jahre lang im Gefängnis saß. Er hat den Wagen nicht genommen, weil er nicht mal fahren kann.«

Dellasandro dachte kurz darüber nach. »Kommen Sie her. Aber ich will Ihre Hände sehen. Hoch damit.«

Fiske schob die Pistole auf dem Rücken unter den Gürtel und hob die Hände. Langsam trat er um den Wagen und ging auf Sara und Dellasandro zu. Als er näher kam, sah er die hässliche Prellung auf Saras Wange. »Alles in Ordnung, Sara?«

Sie nickte. »Es tut mir Leid, John.«

»Halten Sie gefälligst die Klappe«, fuhr Dellasandro sie an und wandte sich an Fiske. »Wo genau hat Harms sich von Ihnen getrennt?«

»Als wir von der Interstate fuhren. Wir haben die Route One genommen.«

»Es war ziemlich dumm vom guten Rufus, zu Fuß abzuhauen. Er wird nicht weit kommen.«

»Tja, wie heißt es doch so schön? Man kann ein Pferd zur Tränke bringen, aber zum Trinken zwingen kann man es nicht ...«

»Warum glaube ich kein Wort von dem, was Sie sagen?«

»Vielleicht, weil Sie Ihr Leben lang ein verlogener Scheißkerl waren. Und jetzt glauben Sie, alle Menschen wären so.«

Dellasandro richtete die Waffe auf Fiskes Kopf. »Es wird mir einen Heidenspaß machen, Sie endlich abzuknallen.«

»Ist aber nicht ganz einfach, mehrere Leichen zu beseitigen.«

Dellasandro schaute zum Fluss. »Mutter Natur wird uns schon dabei helfen.«

»Und Sie glauben nicht, dass Chandler Verdacht schöpft?«

»Wieso denn? Die Cops glauben, Sie hätten Ihren Bruder wegen des Geldes von der Versicherung abgeknallt. Die Kleine hier wurde heute wegen Ihnen und Ihrem dämlichen Bruder gefeuert. Ihre ganze Karriere ist hinüber. Sie beide treffen sich, es kommt zum Streit. Vielleicht haben

Sie die arme Miss Evans getötet und dann Selbstmord begangen. Vielleicht war es auch genau anders herum. Wen interessiert das schon? Man findet Ihren Wagen, und ein paar Tage oder Wochen später entdeckt man Ihre Leichen, die irgendwo im Fluss treiben – oder vielmehr das, was von ihnen übrig ist. Fall abgeschlossen.«

»Das ist ein ziemlich guter Plan. Und da ich weiß, dass er auf keinen Fall von Ihnen stammen kann, ist wohl die Frage erlaubt, wo Ihre Partner sind.«

»Wovon sprechen Sie?«

»Die beiden anderen, die in jener Nacht bei Harms in der Zelle waren.«

»Perkins ist einer davon«, stieß Sara hervor. »Er ist auch hier.«

»Halten Sie die Klappe!«, brüllte Dellasandro.

»Dass Perkins dabei war, wusste ich schon. Und ich kann mir auch denken, wer der andere ist.«

»Erklären Sie Ihre Theorien den Fischen. Los jetzt.«

Sie alle gingen auf das Ufer zu. Fiske warf einen Blick zu Dellasandro zurück.

»Denken Sie nicht mal daran, Fiske«, sagte der Polizeichef. »Ich würde Sie noch aus fünfzig Metern Entfernung treffen. Und falls Sie sich abgesprochen haben, dass dieses dämliche schwarze Riesenbaby mich von hinten angreift ... na, dann soll er mal kommen.«

Fiske biss sich auf die Lippe. Genau das war ihr Plan gewesen.

Ein Knall ertönte, und eine Kugel fuhr neben Dellasandros Bein in den Boden. Er schrie auf und nahm die Pistole von Saras Kopf.

Fiske hämmerte Dellasandro mit solcher Wucht die Faust in den Magen, dass der Mann sich zusammenkrümmte. Ein Kinnhaken riss seinen Kopf in den Nacken. Bevor Dellasandro sich erholen konnte, stürmte Rufus hinter einem Baum hervor und rannte ihn mit der Urgewalt eines Panzers über den Haufen. Der Mann rollte die Böschung zum Ufer hinunter und fiel ins Wasser. Fiske zog seine Pistole. Rufus wollte Dellasandro gerade nachsetzen, als weitere Kugeln an ihnen vorbeisirrten. Sie warfen sich zu Boden.

Fiske legte schützend einen Arm über Sara. »Haben Sie irgendwas gesehen, Rufus?«

»Ja, aber es wird Ihnen nicht gefallen. Ich glaube, die Schüsse kamen aus zwei verschiedenen Richtungen.«

»Na, toll. Die beiden Komplizen von diesem Mistkerl sind hier. Scheiße!« Fiske umklammerte den Pistolengriff fester. »Passen Sie auf, Rufus. Wir schießen beide zweimal. Wenn die Kerle das Feuer erwidern, können wir vielleicht das Mündungsfeuer sehen und wissen, wo die beiden stecken. Dann gebe ich Ihnen Feuerschutz, und Sie schnappen sich Sara und verschwinden von hier. Schlagen Sie sich zu Saras Wagen durch und hauen Sie ab. Jemand muss Chandler informieren«, fügte er hinzu, bevor Sara etwas sagen konnte.

»Ich bleibe hier«, sagte Rufus. »Ich bin diesen Arschlöchern viel mehr schuldig als Sie.«

»Sie mussten lange genug unter den Kerlen leiden.« Fiske streckte die Hand mit der Pistole aus. »Sie übernehmen die linke Seite, ich die rechte. Eins, zwei, drei – jetzt!« Sara hielt sich die Ohren zu, als die Schüsse dröhnten. Ein paar Sekunden später wurde das Feuer erwidert.

Fiske und Rufus sahen schnell, wo die Mündungsblitze aufflackerten. »Einer von denen ballert wild durch die Gegend«, sagte Fiske. »Vielleicht haben wir ihn getroffen. Alles klar, ich schieße in beide Richtungen. Halten Sie Ihre Waffe bereit, feuern Sie aber nicht. Ich krieche zehn Meter nach rechts und ziehe ihr Feuer auf mich. Ich werde bis zwanzig zählen, und wenn Sie dann den ersten Schuss hören, laufen Sie los.«

Fiske setzte sich in Bewegung, doch Sara hielt seine Hand fest, wollte ihn nicht gehen lassen.

Fiske hätte ihr gern etwas Ermutigendes, Zuversichtliches gesagt, um ihr zu zeigen, dass er keine Angst hatte. Aber er hatte Angst. »Ich weiß, was ich tue, Sara. Und ich schätze mal, fünfzig Jahre sind besser als nichts.«

Sie schaute ihm nach, als er über den Boden robbte. Sie war sicher, ihn zum letzten Mal lebend zu sehen.

Eine Minute später fiel der erste Schuss. Rufus trug Sara mehr zum Wagen, als dass sie lief. Sie schafften es unverletzt, und Rufus riss die Tür auf und schob Sara in den Wagen, bevor er ebenfalls hineinsprang.

Fiske bewegte sich langsam durch das Unterholz. Der Geruch heißen Metalls und verbrannten Schießpulvers haftete ihm an. Seine Zuversicht war endgültig von ihm abgefallen. Er hatte seine Schüsse sorgfältig gezählt, hatte aber nicht wissen können, dass das Magazin nicht vollständig geladen war. Fiske hatte keine Munition mehr. Als er hörte, wie der Motor ansprang, lächelte er grimmig. Da er für einen Moment abgelenkt war und seine Ohren noch von den Schüssen klingelten, die er abgefeuert hatte, hörte er das Geräusch hinter sich erst, als es zu spät war.

Triefend nass vom Flusswasser richtete Dellasandro die Pistole auf ihn. Fiske brachte keinen Laut über die Lippen; sein Mund war zu trocken. Er konnte kaum mehr atmen, als ihm die Aussichtslosigkeit seiner Situation bewusst wurde. Zwei Kugeln steckten bereits in seinem Körper – die dritte würde allem ein Ende machen. Darnell Jackson hatte auf Fiskes Pistole gestarrt und die Fassung verloren, nachdem er Fiskes Partner erschossen hatte; Dellasandro würde keine solchen Probleme haben. Fiske blickte zum Fluss hinüber. Eine Woche im Wasser, und nicht einmal sein Vater würde ihn identifizieren können. Er schaute wieder Leo Dellasandro an: sein letzter Anblick auf Erden.

Als der Schuss knallte, beobachtete Fiske in fassungslosem Erschrecken, wie Leo Dellasandro zusammenbrach und regungslos liegen blieb.

Fiske hob den Blick – und wünschte sich im gleichen Augenblick, Dellasandro hätte ihn erschossen. McKenna starrte auf ihn hinunter. Fiske schüttelte den Kopf. Warum konnte es nicht Chandler sein? Warum hatte er nicht dieses eine Mal Glück? Und dann sah er Dellasandros Pistole, die dicht neben ihm zu Boden gefallen war.

»Versuchen Sie es gar nicht erst, Fiske«, sagte McKenna scharf.

»Sie Arschloch!«

»Eigentlich dachte ich, Sie wollten mir danken.«

»Warum? Weil Sie Ihren Komplizen erschossen haben, bevor Sie mich töten?«

Wie zur Antwort zog McKenna eine andere Pistole aus seiner Tasche. »Hier ist Ihre Waffe. Ich habe sie zufällig gefunden.«

»Na klar doch. Eines Tages werden Sie bekommen, was Sie verdient haben, Dreckskerl.«

McKenna warf einen Blick auf Dellasandro. »Eigentlich habe ich's gerade schon bekommen.«

Fassungslos beobachtete Fiske, was der FBI-Mann als Nächstes tat.

McKenna drehte die Waffe herum und reichte sie ihm, mit dem Griff nach vorn. »Jetzt erschießen Sie mich ja nicht.« Er streckte eine Hand aus und half Fiske hoch. »Chandler ist unterwegs. Ich habe ihn bei Sara Evans' Haus noch abgepasst. Bin dort angekommen, als Perkins und Dellasandro gerade mit Sara losfuhren. Ich hab mir gedacht, dass die Burschen Sie mit Sara in eine Falle locken wollten, und bin Ihnen als inoffizielle Verstärkung gefolgt. Aber ich war ein bisschen besser als Ihre vorherige Rückendeckung. Ich bin eben immer auf der Hut.«

Fiske starrte ihn nur an, bekam kein Wort über die Lippen.

»Perkins ist abgehauen. Er war der andere, der auf Sie geschossen hat. Ich wollte ihn ausschalten, aber er war zu weit weg. Ich habe auch den Schuss abgefeuert, der Leo abgelenkt hat. Hab mir gedacht, dass Rufus irgendwo hier in der Nähe ist.«

»Ich dachte, Sie wären einer der Männer, die an jenem Abend im Militärgefängnis waren«, sagte Fiske.

»Ich war einer von ihnen.«

»Und warum helfen Sie mir jetzt? Wollen Sie mit Ihrem Gewissen ins Reine kommen? Dann wären Sie der Einzige von den fünf Mistkerlen, der Probleme damit hat.«

»Ich gehörte nicht zu den fünf.«

»Aber Sie haben doch gerade gesagt, Sie wären an jenem Abend im Gefängnis gewesen.«

»Außer Rufus waren an dem Abend sechs Männer dort.«

Fiske schaute ihn verwirrt an. »Ich verstehe nicht …«

»Ich war an besagtem Abend der Dienst habende Wachtposten, John. Ich hab fünfundzwanzig Jahre gebraucht, um dahinter zu kommen, was damals geschehen ist, und ohne Sie und Sara hätte ich es nie geschafft. Kurz nachdem Sie in Ihrem Büro die Sache mit dem PCP aufgedeckt hatten, kam ich ebenfalls dahinter. Ich habe nie von den Drogenversuchen in Fort Plessy gewusst, aber die hat man vermutlich auch nicht an die große Glocke gehängt.«

»Ob sonst jemand davon gewusst hat oder nicht – damals hat wohl kaum einer etwas darum gegeben, was aus Rufus Harms wird.«

»Ich schon.« McKenna richtete den Blick zu Boden. »Ich hatte bloß nicht den Mumm, etwas dagegen zu unternehmen … bis es zu spät war. Ich hätte diese ganze Schweinerei verhindern können.« Als McKennas Gedanken in die Vergangenheit schweiften, schien sein Körper für einen Augenblick in sich zusammenzusacken. »Aber ich habe es nicht getan.«

Fiske betrachtete den Mann. Ihm schwirrte der Kopf, so sehr hatten sich in den letzten Minuten die Ereignisse überstürzt. »Na ja, aber jetzt unternehmen Sie etwas dagegen.«

»Ja. Fünfundzwanzig Jahre zu spät.«

»Rufus muss nicht mehr ins Gefängnis zurück, oder? Nur das ist wichtig für ihn.«

McKenna schaute wieder auf. »Rufus ist jetzt frei, John. Niemand wird ihn je wieder ins Gefängnis stecken. Wenn irgendjemand es versucht, muss er zuerst an mir vorbei. Und glauben Sie mir, das wird keiner schaffen.«

Fiske blickte zur Straße. »Was ist mit Perkins?«

McKenna lächelte. »Ich weiß genau, wohin Perkins fährt.

Wir können Sara übers Autotelefon anrufen und ihr Bescheid geben. Sobald Chandler hier ist, fahren wir los.«

»Wohin?«

»Perkins wird die fünfte Person aufsuchen, die an jenem Abend im Militärgefängnis war.«

»Wer? Wer war es?«

»Sie werden es erfahren. Bald werden Sie alles wissen.«

KAPITEL 59

Als die Frau die Tür öffnete, stürmte Perkins an ihr vorbei. »Wo ist er?«

»In seinem Arbeitszimmer.«

Perkins rannte über den Korridor und stieß die Tür auf. Der groß gewachsene Mann blickte ihn an. Er wirkte völlig ruhig.

Perkins schloss die Tür. »Es ist vorbei. Ich verschwinde.«

Jordan Knight lehnte sich zurück und schüttelte den Kopf. »Wenn du davonläufst, wissen sie, dass du schuldig bist.«

»Das wissen sie jetzt schon. Ich habe Sara Evans entführt. Und Leo dürfte mittlerweile tot sein.«

»Du bist Sara Evans gefolgt, seit sie heute das Gericht verließ. Als ich dich anrief, habe ich gehofft, du würdest dich um alles kümmern. Aber trotzdem steht lediglich Evans' Wort gegen deins.«

»Weshalb sollte sie so etwas erfinden?«

Jordan rieb sich das Kinn. »Denk doch mal nach. Evans wurde heute gefeuert. Du hast sie des Gebäudes verwiesen. Sie erhebt wüste Beschuldigungen gegen dich; vielleicht kannst du noch ein paar erfinden, um deine Position zu stärken.«

»Rufus Harms läuft noch frei herum. Ich habe ihn gesehen.«

Jordans Gesicht verdüsterte sich. »Ach, der berühmte Mr Harms.«

»Er hat Frank und Vic getötet.«

»Dann müssen wir uns um zwei Personen weniger Sorgen machen.«

»Du bist verdammt kaltblütig, Herr Senator. Du hast ihnen befohlen, Michael Fiske zu töten. Du hast das alles in Gang gesetzt.«

Jordan schaute nachdenklich drein. »Mir ist noch immer nicht klar, wieso Rufus Harms in diesem Berufungsantrag auch mich genannt hat. Euch kannte er alle. Ich war nicht mal in der Army.«

»Harms hat deinen Namen gar nicht genannt.«

Senator Knight riss entsetzt die Augen auf; dann aber loderte plötzlich ein Funken Hoffnung darin.

»Ich habe mit Tremaine gesprochen«, erklärte Perkins. »Rayfield hat dich belogen. Harms hat dich in dem Antrag gar nicht erwähnt. Nur uns vier.«

»Dann bin ich also der einzige Unbekannte.« Jordan stand auf und schaute Perkins an. Mein Gott, das bedeutete, ihm blieb doch noch ein Ausweg. Nur noch eine Sache erledigen, sich nur noch mit einer Person befassen, und dieser Albtraum war vorbei. Bei dem Gedanken daran zitterte er beinahe.

»Wer weiß, für wie lange? Mein Gott, wie konnte es nur dazu kommen? Wir pumpen das Arschloch mit PCP voll, und darauf läuft es nun hinaus.«

»Eigentlich hast du ihn mit PCP voll gedröhnt, Richard.«

»Jetzt tu nicht so selbstherrlich. Es war deine Idee, ihm das Zeug zu verabreichen, du CIA-Superagent.«

»Ja, sicher – ich habe dort die Versuche durchgeführt. Und mitbekommen, wie du dich ständig über Harms beschwert hast. Ich wollte dir lediglich einen Gefallen tun.« Er musterte Perkins mit beinahe unverschämter Gelassenheit. »Heute bin ich natürlich strikt gegen jede Art von Drogen.«

»Natürlich! Schwingst du bis zum Ende Wahlkampfreden? Bist du auch gegen jede Art von Mord? Was hält der mächtige Senator denn von Mord?«

»Ich habe nie jemanden getötet.«

»Was ist mit diesem kleinen Mädchen, Jordan? Was ist mit ihm?«

»Rufus Harms hat sich dieses Verbrechens schuldig bekannt. So viel ich weiß, wurde der Schuldspruch nicht aufgehoben.«

»Aber das wird bald der Fall sein, wenn wir nichts unternehmen.«

»Und du willst wirklich davonlaufen?«

»Ich hab nicht vor, in irgendeinem Todestrakt auf die Giftspritze zu warten.«

»Ich nehme an, du brauchst Geld?«

Perkins nickte. »Ich habe keine hübsche kleine Altersversorgung, wie wir sie auch für Vic und Frank zusammengeschnürt haben. Ich hatte schon immer die schlechte Angewohnheit, über meine Verhältnisse zu leben.«

Jordan nahm einen Schlüssel aus seiner Tasche und öffnete eine Schreibtischschublade. »Ich habe etwas Bargeld hier. Den Rest kriegst du später. Für den Anfang kann ich dir fünfzigtausend geben.«

»Hört sich gut an. Für den Anfang.«

Jordan drehte sich um und richtete eine Pistole auf Perkins.

»Verdammt, was soll der Scheiß, Jordan?«

»Du bist hier hereingestürmt, völlig von Sinnen, und hast mir von den ungeheuerlichen Verbrechen erzählt, die du begangen hast ... und auch davon, dass du Sara Evans entführt hast. Warum, weiß ich nicht. Du hast mich bedroht. Ich habe es gerade noch geschafft, an meine Pistole heranzukommen und dich in Notwehr zu erschießen.«

»Du bist verrückt! Das kauft dir keiner ab!«

»O doch, Richard.« Jordan drückte ab, und Perkins brach zusammen. Der Senator hörte einen Schrei aus dem Korridor. Er lief zu der Leiche, durchsuchte Perkins rasch, fand seine Waffe, drückte sie dem Toten in die Hand und feuerte einen Schuss in die Wand ab. »Alles in Ordnung«, rief er, erhob sich und ließ die Pistole fallen. »Mein Gott, dieser Verrückte wollte mich töten! Großer Gott!« Er öffnete die Tür und erstarrte, als er Rufus Harms sah. Hinter ihm standen Chandler, McKenna, Fiske und Sara.

Jordan konnte nur mit Mühe den Blick von Rufus lösen. Er schaute Chandler an. »Richard Perkins ist hier hereingestürmt und hat wüste Drohungen ausgestoßen. Der Verrückte hat auf mich geschossen! Zum Glück war ich der bessere Schütze.«

McKenna trat vor. »Senator, Sie erinnern sich nicht an mich, oder? Ich meine, außerhalb des FBI?«

Jordan Knight betrachtete ihn, ohne ihn wiederzuerkennen.

McKenna trat näher an Knight heran. »Perkins und Dellasandro haben sich auch nicht mehr an mich erinnert. Es ist schon lange her, und wir alle haben uns sehr verändert. Außerdem waren an diesem Abend alle ziemlich betrunken. Alle außer mir.«

»Ich habe nicht die leiseste Ahnung, wovon Sie sprechen.«

»Ich war der Dienst habende Wachtposten an dem Abend, als Sie und Ihre Freunde in Fort Plessy zu Rufus Harms in die Zelle gegangen sind. Es war das erste und einzige Mal, dass ich Wache im Bau schob. Wahrscheinlich hat sich deshalb niemand an mich erinnert.«

Jordan Knight zuckte zusammen. »Müsste ich wissen, wovon Sie sprechen?«

»Ich habe Sie zu Rufus in die Zelle gelassen, weil ich ein frisch gebackener Private war, der die Hosen gestrichen voll hatte und unter dem Befehl eines Captain stand. Und dann kam Rufus aus der Zelle gestürmt, hat mich niedergeschlagen und unser aller Leben für immer verändert. Fünfundzwanzig verdammte Jahre lang habe ich mich gefragt, was tatsächlich in dieser Zelle passiert ist. Ich habe damals nichts gesagt, weil ich Angst hatte. Rayfield war der ranghöchste Offizier. Er hat es so gedreht, dass ich keinen Ärger kriegte. Er hat mir aber sehr deutlich gemacht, dass es besser für mich wäre, nicht zu sagen, dass Sie alle in dieser Zelle waren. Und als ich endlich den Mut hatte, den Mund aufzumachen, war alles vorbei, und Rufus saß im Gefängnis. All diese Jahre habe ich mit dieser Schuld gelebt. Aber ich bin ja noch mal glimpflich davongekommen.« McKenna schaute Rufus an. »Es tut mir Leid. Ich war schwach und feige. Wahrscheinlich ist es kein Trost für Sie, was ich jetzt sage, aber ... es ist kein Tag vergangen, an dem ich mich nicht dafür gehasst habe.«

Jordan räusperte sich. »Sehr ergreifend, Agent McKenna. Doch wenn Sie glauben, mich an jenem Abend im Gefängnis gesehen zu haben, irren Sie sich.«

»Die CIA-Unterlagen werden beweisen, dass Sie in Fort Plessy waren und an dort stationierten Soldaten Versuche mit PCP durchgeführt haben«, erwiderte McKenna.

»Verschaffen Sie sich diese Unterlagen ruhig, falls es sie überhaupt noch gibt. Vielleicht bin ich ja tatsächlich dort gewesen. Na und? Ich war damals bei der CIA. Das ist kein Geheimnis. Die Öffentlichkeit ist darüber informiert.«

»Was werden Ihre Wähler wohl davon halten, dass Sie Soldaten PCP verabreicht haben?«, fragte Chandler hitzig.

»Selbst wenn ich so etwas getan hätte – was ich entschieden bestreite –, war das Programm von höchster Stelle angeordnet und völlig legal, wie meine Frau Ihnen sicher bestätigen wird.«

»Die Vereinigten Staaten gegen Stanley?«, sagte Sara voller Bitterkeit.

Jordans Blick wich nicht von McKenna. »So ein Zufall, dass Sie behaupten, in dem Gefängnis gewesen zu sein, und dass Sie nun in diesem Fall ermitteln«, sagte er.

»Es war kein Zufall«, lautete McKennas überraschende Antwort. »Nach meiner Dienstzeit in der Army habe ich meinen College-Abschluss gemacht und dann die FBI-Akademie besucht. Aber ich habe Sie und die anderen genau im Auge behalten. Schuldgefühle sind ein sehr starker Antrieb. Rayfield und Tremaine ließen sich dorthin versetzen, wo auch Rufus war. Das kam mir verdächtig vor, war aber noch kein Beweis. Perkins und Dellasandro sind mit Ihnen durch die Lande gezogen. Sie waren in einigen ihrer zahlreichen Firmen beschäftigt. Ich ließ mich nach Richmond versetzen, um in Ihrer Nähe zu sein. Als Sie in die Politik gingen, folgten die beiden Ihnen erneut. In Washington haben Sie ihnen dann Jobs beim Senat besorgt. Ich ließ mich ebenfalls dorthin versetzen. Als Sie vor ein paar Jahren einen Sitz im Rechtsausschuss des Senats bekamen, haben Sie Dellasandro und Perkins Anstellungen beim Obersten Gerichtshof besorgt. Wirklich nett von Ihnen. Auf diese Weise müssen Sie sich revanchiert haben. Das war Teil Ihrer kleinen Vereinbarung. Rayfield und Tremaine haben auf Rufus aufgepasst. Sie haben sich um Perkins und Leo gekümmert. Wenn wir ihre Konten überprüfen, finden wir bestimmt irgendwo eine hübsche kleine Altersvorsorge.

Als ich von dem Mord an Michael Fiske erfuhr, habe ich dafür gesorgt, dass mir der Fall übertragen wurde, weil Mike Fiske beim Obersten Gerichtshof beschäftigt war. Als ich dann herausfand, dass Rufus irgendetwas mit dem Mord an Fiske zu tun hatte, habe ich gebetet, das jahrelange Warten und Beobachten möge sich auszahlen. Und jetzt ist die Wahrheit endlich ans Licht gekommen.«

»Die Wahrheit? Absurde Spekulationen«, erwiderte Jordan Knight. »Ihren eigenen Worten kann man entnehmen, dass Sie irgendeinen krankhaften Rachefeldzug gegen mich führen. Es ist ungeheuerlich, dass Sie in mein Haus kommen und diese Beschuldigungen gegen mich erheben! Noch dazu, nachdem dieser Mann mich ermorden wollte, sodass ich ihn in Notwehr erschießen musste.« Er blickte frostig in die Runde. »Verlassen Sie auf der Stelle meine Wohnung! Alle! Nur Sie, Detective Chandler, möchte ich bitten, diesen offensichtlichen Fall von Notwehr zu Protokoll zu nehmen.«

McKenna zog ein Handy aus der Tasche, sprach hinein und lauschte der Antwort. »Sie sind verhaftet, Senator Jordan. Ich bin sicher, Detective Chandler wird mir Amtshilfe leisten.«

»Verschwinden Sie, verdammt noch mal! Sofort!«

»Ich werde Ihnen jetzt Ihre Rechte vorlesen.«

»Ich sorge dafür, dass man Sie an den Arsch der Welt versetzt! Sie können nichts beweisen.«

»Ganz im Gegenteil. Ich werde Ihre Festnahme mit Ihren eigenen Worten begründen.« Unter den Blicken aller anderen ging McKenna vor der Knieöffnung des Schreibtisches in die Hocke, tastete dort kurz mit der Hand und hielt dann ein Abhörgerät in die Höhe. »Ihre Erklärungen waren laut und deutlich im Überwachungswagen zu hören, der vor dem Haus steht.« Er schaute Fiske an. »Knight hat Rayfield befohlen, Ihren Bruder zu töten.«

»Das ist illegal!«, stieß Jordan Knight wutentbrannt hervor. »Kein Richter in dieser Stadt hätte Ihnen die Genehmigung erteilt, ein solches Gerät in meiner Wohnung anzubringen. Nicht ich werde ins Gefängnis gehen, sondern Sie!«

»Eine richterliche Genehmigung war nicht erforderlich. Wir hatten die persönliche Erlaubnis, dieses Gerät anzubringen.«

»Das ist ja lächerlich!«, brüllte Jordan Knight. Er schien sich jeden Augenblick auf den FBI-Agenten stürzen zu wollen. »Ich verlange, dass Sie mir die Tonbänder augenblicklich aushändigen. Und wenn Sie annehmen, irgendjemand würde glauben, ich hätte Ihnen diese Erlaubnis erteilt, sind Sie ein Vollidiot!«

»Nicht du hast diese Erlaubnis erteilt, Jordan. Das war ich.«

Als Elizabeth Knight das Zimmer betrat, wich das Blut aus Jordans Gesicht. Sie schaute Perkins' Leiche nicht einmal an. Ihr Blick blieb auf ihren Mann gerichtet.

»Du?«

»Ich wohne auch hier, Jordan. Ich habe die Einwilligung gegeben.«

»In Gottes Namen, warum?«

Elizabeth hielt seinem Blick noch einen Moment stand und berührte dann Rufus Harms' Ärmel. »Wegen dieses Mannes, Jordan. Nur wegen dieses Mannes war ich stark genug, zu tun, was getan werden musste.«

»Wegen ihm? Er ist ein Kindermörder!«

»Es ist sinnlos, Jordan. Ich kenne die Wahrheit. Für das, was du getan hast, soll dich der Teufel holen.«

»Was ich getan habe? Ich habe meinem Land gedient!« Er richtete den zitternden Finger auf Rufus. »Dieser Mann dagegen hat sich nie für irgendetwas eingesetzt, weder für ein Ideal noch für irgendeinen Menschen. Der Mistkerl hatte den Tod verdient.«

Schneller, als man es Rufus' massigem Körper zutrauen konnte, stand er vor Jordan Knight. Seine riesigen Pranken legten sich um den Hals des Senators, und er wuchtete den Mann gegen die Wand.

»Zum Teufel mit Ihnen!«, donnerte Rufus. Sein Griff verstärkte sich, und Jordans Gesicht lief rot an.

McKenna und Chandler zogen ihre Waffen, brachten es aber nicht fertig, zu schießen. Sie warfen sich einen raschen Blick zu, stürzten sich auf Rufus und packten ihn. Doch sie hätten genauso gut am Stamm einer Eiche zerren können.

»Jordan!«, schrie Elizabeth.

»Hören Sie auf, Rufus!«, rief Sara.

Jordan Knight drohte jeden Augenblick das Bewusstsein zu verlieren.

Fiske trat vor. »Rufus? Rufus!« Fiske atmete tief durch; dann sprach er es aus. »Josh hat es nicht geschafft.« Augenblicklich lockerte Rufus den Griff um Jordan Knights Kehle und starrte Fiske an. »Er ist tot, Rufus. Wir haben beide unsere Brüder verloren.« Fiske zitterte sichtlich, und Sara legte eine Hand auf seine Schulter. »Wenn Sie ihn umbringen, gehen Sie wieder ins Gefängnis. Dann war Joshs Tod umsonst.«

Tränen strömten über Rufus' Gesicht, und er lockerte seinen Griff noch mehr.

»Tun Sie es nicht, Rufus.« Fiske trat noch einen unsicheren Schritt vor. »Sie machen alles kaputt!«

Und noch während die beiden Männer, die ihre Brüder verloren hatten, einander anschauten, ließ Rufus los, und ein keuchender Jordan Knight fiel auf den Teppich.

Jordan gönnte seiner Frau keinen Blick, als McKenna ihn in Handschellen abführte. Eine Stunde später hatte die

Spurensicherung ihre Arbeit abgeschlossen, und Perkins' Leiche wurde aus der Wohnung gebracht. Chandler, Rufus, Sara und Fiske blieben zurück. Elizabeth Knight war im Schlafzimmer.

»Wie viel von der Wahrheit haben Sie gewusst, Buford?«, fragte Fiske.

»Einen Teil. McKenna und ich haben uns mehrmals unterhalten. Zuerst dachte ich, er glaubte wirklich, dass Sie etwas mit dem Mord zu tun hatten, oder er könnte Sie einfach nicht ausstehen.« Chandler lächelte. »Aber als er dann erfuhr, dass Rufus irgendwie in die Sache verwickelt war, änderte sich seine Meinung. Es gefiel mir trotzdem nicht, alles so zu drehen, dass Sie als Sündenbock dastanden. Und McKenna hat auch dafür gesorgt, dass Sara gefeuert wurde.«

»Warum eigentlich?«, fragte Sara.

»Weil Sie beide der Wahrheit zu nahe kamen. Und das bedeutete, dass Sie in Gefahr gerieten. Die Leute, die hinter der ganzen Sache steckten, waren zu allem fähig, und das wusste McKenna. Aber er hatte keine Beweise. Er musste die wahren Schuldigen glauben machen, dass Sie die zwei Hauptverdächtigen waren. Jedes Mal, wenn Perkins und Dellasandro in der Nähe waren, hat McKenna betont, dass er Harms' Berufungsantrag für Schwindel hielt – und Sie, John, für den Mörder Ihres Bruders. Er hat Ihre Pistole gestohlen und dafür gesorgt, dass Perkins und Dellasandro erfuhren, dass die Waffe verschwunden war. McKenna hoffte, sie damit in Sicherheit wiegen und zu einem Fehler verleiten zu können. Und er wollte damit Sie beide aus der Schusslinie bringen.«

»Was ihm aber nicht gelungen ist«, sagte Sara und zitterte plötzlich am ganzen Leib.

»Nun ja, McKenna hat nicht damit gerechnet, dass Sie die Beamten abschütteln, die Sie beschatten und schützen sollten. Nachdem er Richterin Knight dazu gebracht hatte, in die Abhöraktion einzuwilligen, musste er die Falle nur noch zuschnappen lassen. McKenna hatte der Richterin bereits gesagt, dass er Ihren Mann von Fort Plessy her kannte. Als der Senator ihr dann sagte, er müsse einen Anruf tätigen, um herauszufinden, ob McKenna je dort stationiert war, wusste sie, dass er log.«

»Also hat Richterin Knight mir wahrscheinlich das Leben gerettet, weil sie so schnell geschaltet hat«, sagte Sara.

Chandler nickte. »Als dann alles den Bach herunterging, wusste McKenna, dass Perkins versuchen würde, sich abzusetzen. Und dafür brauchte er Jordan Knights Hilfe. So ist es dann ja auch gekommen. Leider konnten wir nicht ahnen, dass der Senator Perkins umbringt. Aber das wird mir keine schlaflosen Nächte bereiten.« Chandler blickte Rufus Harms an. »Ich muss Sie in Gewahrsam nehmen, aber es wird nicht für lange sein.«

»Ich will meinen Bruder sehen.«

Chandler nickte. »Das lässt sich einrichten.«

»Ich begleite Sie, Rufus«, sagte Fiske.

Als sie das Zimmer verließen, kam Elizabeth Knight ihnen auf dem Flur entgegen.

»Sie waren heute Abend sehr tapfer, Richterin Knight«, sagte Chandler. »Ich weiß, wie schmerzlich es für Sie gewesen sein muss.«

Elizabeth streckte eine Hand nach Rufus Harms aus. »Nach allem, was Sie durchgemacht haben, Mr Harms, wird es Ihnen nicht viel bedeuten, aber das alles tut mir sehr Leid. So furchtbar Leid.«

Rufus nahm sanft ihre Hand. »Das bedeutet mir sehr viel, Ma'am. Mir und meinem Bruder.«

Als sie zur Tür gingen, bedachte Elizabeth Knight jeden von ihnen mit einem seltsamen Blick. »Leben Sie wohl«, sagte sie mit einem Beiklang der Endgültigkeit.

Sie gingen zum Lift. Während die drei Männer in die Kabine traten, zögerte Sara. »Ich komme später nach«, sagte sie. Als die Fahrstuhltüren sich schlossen, lief sie zur Wohnung der Knights zurück. Mary öffnete ihr.

»Wo ist Richterin Knight?«

»In ihrem Schlafzimmer. Warum ...«

Sara stürmte an der Haushälterin vorbei und riss die Schlafzimmertür auf. Elizabeth Knight saß auf dem Bett und schaute zu ihrer ehemaligen Assessorin auf. Die Richterin hatte eine Hand zur Faust geballt; neben ihr lag eine leere Arzneiflasche.

Sara ging langsam zu ihr, setzte sich und nahm Elizabeths Hand. Sie öffnete sie, und die Tabletten fielen prasselnd zu Boden. »Elizabeth, das ist keine Lösung. Sie müssen damit fertig werden.«

»Damit fertig werden?«, sagte Elizabeth hysterisch. »Mein Leben wurde gerade in Handschellen durch diese Tür hinausgeführt.«

»Jordan Knight wurde gerade durch diese Tür hinausgeführt. Richterin Elizabeth Knight sitzt hier neben mir. Dieselbe Richterin Knight, die den Obersten Gerichtshof ins nächste Jahrhundert führen wird.«

»Sara ...« Tränen strömten ihr übers Gesicht.

»Ihre Ernennung gilt auf Lebenszeit. Und es steckt noch sehr viel Leben in Ihnen.« Sara drückte ihre Hand. »Ich würde Ihnen bei Ihrer Arbeit gern helfen. Bei Ihrer sehr wichtigen Arbeit. Wenn Sie mich zurückhaben wollen.«

Sara legte die Arme um die zitternden Schultern der Frau.

»Ich weiß nicht, ob ich das durchstehen kann ... überleben kann.«

»Das können Sie. Sie sind eine sehr starke Frau. Und Sie brauchen es nicht allein durchzustehen. Das verspreche ich Ihnen.«

Elizabeth umklammerte die Schultern der jungen Frau. »Werden Sie diese Nacht bei mir bleiben, Sara?«

»Ich bleibe, so lange Sie wollen.«

KAPITEL 60

Da Josh Harms Träger des Silver Star, Purple Heart und der Medaille für hervorragende Dienste war, hatte er ein Anrecht darauf, mit eingeschränkten militärischen Ehren – die höchsten, mit denen ein Wehrpflichtiger ausgezeichnet werden konnte – auf dem Arlington National Cemetery bestattet zu werden. Doch der Beauftragte der Army, der Rufus aufgesucht hatte, um alles zu arrangieren, schien es ihm unbedingt ausreden zu wollen.

»Josh wurde angeschossen, hat viele Kameraden aus seiner Kompanie gerettet und wurde mit einem Haufen Orden ausgezeichnet«, sagte Rufus und musterte die Uniform des Mannes und die schlichte Reihe bunter Anstecknadeln, die auf seine Teilnahme an Einsätzen und Manövern hinwiesen. »Mit viel mehr, als Sie bekommen haben.«

Der Mann schürzte die Lippen. »Seine Dienstakte war nicht die sauberste. Er hatte große Schwierigkeiten, sich in die Befehlsstruktur einzugliedern. Trotz seiner Tapferkeit und all seiner Orden hat er die Army weder gemocht noch respektiert.«

»Und Sie meinen wirklich, es wäre respektlos, ihn dort bei all den Generälen und anderen hohen Tieren zu begraben?«

»Auf dem Friedhof von Arlington werden die Grabstätten knapp. Verstehen Sie mich bitte nicht falsch, aber es wäre vielleicht angebrachter, diese Gräber für Soldaten zu reservieren, die ehrlich stolz darauf waren, die Uniform zu tragen.«

»Obwohl Josh sich dieses Ehrengrab redlich verdient hat?«, sagte Rufus.

»Das bestreite ich nicht. Aber ich kann einfach nicht glauben, dass Ihr Bruder dort begraben sein möchte.«

»Er wird den toten hohen Tieren wohl bis in alle Ewigkeit sagen, was er von ihnen hält.«

»So was in der Art«, erwiderte der Mann trocken. »Also sind wir uns einig? Sie lassen ihn woanders bestatten?«

Rufus musterte den Mann. »Nein. Es bleibt dabei.«

Und so wurde an einem kühlen, klaren Tag im Oktober Joshua Harms, ehemaliger Sergeant der bewaffneten Streitkräfte der Vereinigten Staaten von Amerika, auf dem Arlington National Cemetery zur letzten Ruhe gebettet. Auf dem Heldenfriedhof standen dermaßen viele weiße Kreuze, dass es aus einer bestimmten Perspektive so aussah, als wäre bereits der erste Schnee gefallen. Als die Ehrenwache den Salut feuerte und der Trompeter zum Zapfenstreich blies, wurde der schlichte Sarg der Erde übergeben. Rufus und einer von Joshs Söhnen bekamen von einem ernsten und respektvollen Armeeoffizier die zu einem Dreieck gefaltete Flagge, während Fiske, Sara, McKenna und Chandler zuschauten.

Als Rufus später am Grab seines Bruders betete, dachte er an all die Toten, die hier begraben waren, zumeist im Namen des Krieges. Dieser Ort diente sowohl Männern als auch Frauen – Tribut ihres Landes bei bewaffneten Konflikten – als letzte Ruhestätte. Doch für Rufus ging alles viel tiefer und viel weiter, bis zum ersten Buch Mose und dem, was dahinter lag: Die Toten, die hier begraben waren, konnten die Schuld an allen Kriegen einem Mann namens Kain geben, der an seinem Bruder Abel den ersten Mord begangen hatte.

Als Rufus sein Gebet beendet hatte, das Gespräch mit seinem Gott und seinem Bruder, erhob er sich und legte einen Arm um den Neffen, den er an diesem Tag zum ersten Mal gesehen hatte. Sein Herz war schwer von Trauer, und doch war er guten Mutes. Er wusste, dass sein Bruder jetzt an einem besseren Ort war. Solange Rufus lebte, würde Josh Harms niemals in Vergessenheit geraten. Und wenn Rufus zu seinem Herrn gerufen wurde, würde er seinen Bruder wieder in die Arme schließen.

KAPITEL 61

Zwei Tage später wurde Michael Fiske auf einem Privatfriedhof am Stadtrand von Richmond beigesetzt. Sehr viele Trauergäste hatten sich eingefunden, darunter sämtliche Richter des Obersten Gerichtshofs. Mit einem alten Anzug bekleidet, stand Ed Fiske unbeholfen neben seinem älteren Sohn und nahm die Beileidsbekundungen von Richtern, Anwälten und zahlreichen Angehörigen der politischen und gesellschaftlichen Elite Virginias entgegen.

Harold Ramsey sprach Ed Fiske besonders lange Trost zu; dann wandte er sich an John.

»Ich weiß zu schätzen, was Sie getan haben, John. Und auch das große Opfer, das Ihr Bruder gebracht hat.«

»Das höchste Opfer«, erwiderte Fiske in unfreundlichem Tonfall.

Ramsey nickte. »Und ich respektiere Ihre Ansichten. Ich hoffe aufrichtig, Sie können auch die meinen respektieren.«

John schüttelte dem Mann die Hand. »Anders geht es wohl nicht auf dieser Welt.«

Als John den Obersten Richter betrachtete, musste er an den Vorschlag denken, den er Rufus gemacht hatte: Er hatte ihn ermutigt, jeden zu verklagen, der ihm Leid zugefügt hatte, einschließlich der Army und Jordan Knights. Bei Mord gab es keine Verjährungsfrist, und der Vertuschungsversuch, den Knight und die anderen inszeniert hatten, war ein Verstoß gegen zahlreiche weitere Gesetze.

Doch Rufus hatte Fiskes Rat ausgeschlagen. »Kein irdischer Richter könnte diese Männer an einen so schlimmen

Ort schicken wie der, an dem sie nun sind«, hatte er gesagt. »Das ist ihre wahre Strafe. Und Knight muss leben mit dem, was er getan hat. Das reicht mir. Ich habe keinen Grund, mich wieder mit Gerichten und Richtern anzulegen. Ich will bloß mein Leben als freier Mann genießen und viel Zeit mit Joshs Kindern verbringen. Das Grab meiner Momma besuchen. Mehr nicht.«

Schließlich hatte Fiske eingesehen, dass Rufus Recht hatte. Auf Grund der Präzedenzfälle, die der Oberste Gerichtshof geschaffen hatte, konnte er die Army ohnehin nicht verklagen – es sei denn, es gelang Elizabeth Knight, ihre Ansichten im Fall Barbara Chance durchzusetzen und Militärangehörigen die gleichen Grundrechte zu verschaffen, wie alle anderen Bürger dieses Landes sie besaßen. Aber dazu musste sie erst Ramsey besiegen. Doch je länger Fiske darüber nachdachte, desto deutlicher wurde ihm: Wenn jemand Ramsey schlagen konnte, dann Elizabeth Knight. Nun, die kommenden Jahre würden es zeigen.

Doch einiges würde Fiske – mit Unterstützung des JAG-Anwalts Phil Jansen – für Rufus immerhin durchsetzen: eine ehrenvolle Entlassung, eine volle Militärpension sowie eine Entschädigung. Rufus Harms würde nicht von der Hand in den Mund leben müssen. Nicht nach allem, was er durchgemacht hatte.

Sara und Elizabeth Knight kamen zu Fiske und rissen ihn aus seinen Gedanken. Sara arbeitete inzwischen wieder als Assessorin Elizabeth Knights am Obersten Gericht, wo sich die Dinge allmählich wieder normalisierten – sofern von normalen Verhältnissen die Rede sein konnte, wenn zwei brillante Juristen wie Knight und Ramsey sich beharkten und um die Vormachtstellung kämpften.

»Ich fühle mich zutiefst verantwortlich für alles, was geschehen ist«, sagte Elizabeth.

Fiske wusste, dass sie die Scheidung eingereicht hatte. Die Regierung und besonders die Army wollten den Mantel des Schweigens über die Vorfälle breiten. In Washington wurde bereits kräftig an Fäden gezogen. Es konnte sogar sein, dass Jordan Knight trotz der erwiesenen Verbrechen nicht ins Gefängnis musste. Die überaus gerissenen Anwälte des Senators hatten die Rechtmäßigkeit der elektronischen Überwachung bereits erfolgreich angezweifelt, auch wenn Elizabeth darin eingewilligt hatte. In einem Gespräch unter vier Augen hatte McKenna Fiske bereits gestanden, dass die Installation der Abhöranlage eine sehr riskante Strategie gewesen war, da sie nicht die Einwilligung des unmittelbar Beteiligten – Jordan Knight – eingeholt hatten. Es konnte sein, dass die Bandaufnahme als Beweismittel nicht vor Gericht zugelassen wurde. Und eine andere Möglichkeit, Jordan Knight zu belasten, sah der FBI-Mann nicht. Ohne die Tonbandaufnahme konnten Chandler und McKenna der Staatsanwaltschaft praktisch keine Beweise vorlegen.

Die Vorstellung, dass Jordan Knight straffrei davonkam, erweckte in Fiske den Wunsch, dem Mann mitten in der Nacht mit seiner Neun-Millimeter-Pistole einen Besuch abzustatten. Doch Knight hatte schon gelitten und würde weiterhin leiden. Die Abhöraktion hatte erhebliche Auswirkungen gehabt. Jordan Knight war von seinem Amt als Senator zurückgetreten und hatte, was für ihn noch schlimmer war, die Frau verloren, die er zutiefst liebte. Doch er besaß ja noch seine Ranch in New Mexico. Soll diese Ranch dein siebentausend Morgen großes Gefängnis sein, dachte Fiske.

»Wenn ich jemals etwas für Sie tun kann, lassen Sie es mich wissen«, sagte Elizabeth Knight zu Rufus.

»Das gilt auch für mich«, fügte Fiske hinzu.

Eine halbe Stunde, nachdem die letzten Trauergäste gegangen waren, beobachteten Ed Fiske, John und Sara, wie die Stühle und der grüne Teppich entfernt wurden. Der Sarg wurde ins Grab hinuntergelassen, und die Platte wurde über die Gruft gelegt. Dann wurde Erde darauf geschaufelt. John sprach noch ein paar Minuten mit seinem Vater und Sara und sagte ihnen dann, er käme später zum Haus seines Vaters nach. Nachdem Ed und Sara losgefahren waren, schaute John noch einmal zu der frisch aufgeschütteten Erde – und fuhr verblüfft zusammen. Die Friedhofsarbeiter waren mittlerweile fertig, doch neben der neuen Grabstätte kniete Rufus Harms, eine Bibel in der Hand, die Augen geschlossen.

Fiske ging zu ihm und legte ihm eine Hand auf die Schulter. »Alles in Ordnung, Rufus? Ich wusste gar nicht, dass Sie noch hier sind.«

Rufus hielt die Augen geschlossen und sagte keinen Laut. Fiske sah, dass seine Lippen sich leicht bewegten. Erst nach einer geraumen Weile schaute Rufus schließlich zu John auf.

»Was ist, Rufus?«

»Ich habe gebetet.«

»Oh.«

»Was ist mit Ihnen?«

»Was soll mit mir sein?«

»Haben Sie schon für Ihren Bruder gebetet?«

»Rufus, ich war seit der High School nicht mehr in der Kirche.«

Rufus ergriff Fiskes Ärmel und zog ihn zu sich hinab. »Dann ist es an der Zeit, dass Sie wieder damit anfangen.«

Fiske schaute auf das Grab hinunter. Sein Gesicht war plötzlich bleich geworden. »Jetzt hören Sie aber auf, Rufus, das ist nicht komisch.«

»Es ist überhaupt nichts Komisches daran, sich zu verabschieden. Sprechen Sie mit Ihrem Bruder, und dann sprechen Sie mit Gott.«

»Ich kenne keine Gebete mehr.«

»Dann beten Sie nicht. Sagen Sie einfach etwas. Ganz schlichte Worte.«

»Was meinen Sie damit?«

Rufus hatte bereits wieder die Augen geschlossen und antwortete nicht.

Fiske schaute sich um, ob jemand ihn beobachtete. Dann wandte er sich wieder dem Grab zu, schaute über Rufus hinweg, faltete unbeholfen die Hände, ließ sie dann aber verlegen wieder sinken. Er spürte, wie die Feuchtigkeit der Erde durch seine Hosenbeine sickerte, rührte sich aber nicht. Neben sich spürte er Rufus' tröstliche Gegenwart und schloss die Augen. Er wusste nicht, ob er ohne Rufus nicht einfach gegangen wäre.

Er konzentrierte sich auf alles, was geschehen war. Er dachte an seine Eltern. Das Geld von der Versicherung hatte es Gladys zum ersten Mal seit Jahren ermöglicht, zur Kosmetikerin zu gehen, und sie hatten ihr auch ein paar neue Kleider gekauft. Für seine Mutter war er noch immer Mike, der Kleine, doch immerhin erinnerte sie sich an einen ihrer Söhne. Ed Fiske würde bald einen neuen Ford-Pick-up fahren, und er hatte die Hypothek auf das Haus abbezahlt. Und im nächsten Jahr wollte er mit John zum Angeln, zu einem See in den Ozark-Bergen. Sie mussten für vieles dankbar sein.

Dann dachte John an Sara, lächelnd und voller Dankbarkeit, auch wenn sein Leben mit dieser Frau nun viel komplizierter werden würde. Wie alt mochte er werden? Fünfzig? Sechzig? Vielleicht sogar siebzig? Wie hieß es doch gleich so schön? Im Zweifel für den Angeklagten. Er hatte noch eine Frist. Und vielleicht gab das Leben mit Sara ihm neue Kraft, neuen Lebensmut, einen noch stärkeren Willen zu kämpfen.

John hob den Kopf, roch die feuchte Luft. Der Geruch brennender Blätter stieg ihm in die Nase. Der leichte Wind trug den Schrei eines Kleinkindes aus der Ferne an sein Ohr. Der Schrei jungen Lebens, der die Stille der Toten um ihn herum zerriss. John lehnte sich ein wenig zurück, um bequemer zu knien, drückte die Knie fester in den Boden, in dem nun Mike ruhte. Mit einem Mal hieß er die kühle Berührung der Erde willkommen.

Und obwohl es ihm schwer fiel, wandte er seine Gedanken schließlich dem toten Bruder zu, bat ihn stumm um Verzeihung für den Groll, den er so lange gehegt hatte. Er konzentrierte sich auf die Wirklichkeit. Auf die Wahrheit. Auf seinen kleinen Bruder, für den er alles getan hätte. Er dachte daran, wie stolz seine Eltern – und auch er – gewesen waren, dass sie gemeinsam einen außergewöhnlichen Jungen großgezogen hatten, der zu einem guten Menschen herangewachsen war, zu einem Mann mit all den kleinen Fehlern, den Ecken und Kanten, Stärken und Schwächen wie alle anderen.

Durch die anderthalb Meter Erde, durch die Kränze, die darauf lagen, konnte John das Gesicht seines Bruders im Bronzesarg deutlich sehen, den dunklen Anzug, in dem er bestattet worden war, das Haar auf der Seite gescheitelt, die Hände auf der Brust gefaltet, die Augen geschlossen. In friedlicher Ruhe. Viel zu früh aus dem Leben geschieden. Mikes außergewöhnlicher Verstand hatte sein Potenzial nicht mehr entfalten können.

Es dauerte nicht lange, dann setzte das Zittern ein. Die zwei Jahre des Schweigens, die John Fiske ihnen beiden aufgezwungen hatte, waren nichts im Vergleich zu der Leere und Verlorenheit, die nun er selbst verspürte. Es war, als sei Billy Hawkins in diesem Augenblick zur Tür hereingekommen und habe ihm gesagt, dass Mike, die andere Hälfte seines Ichs, tot sei. Nur, dass er nun die Leiche nicht identifizieren musste. Er musste nicht nach falscher Trauer suchen und sie mit seinem Vater teilen. Er musste nicht erleben, dass seine Mutter ihn mit falschem Namen ansprach. Er musste nicht sein Leben aufs Spiel setzen, um die Mörder seines Bruders zu suchen. Aber er musste etwas anderes tun. Und diese Aufgabe war die schwerste von allen.

John spürte das Brennen in seiner Brust, aber diesmal war es nicht die Narbe, die sich bemerkbar machte. Dieser Schmerz konnte ihn nicht töten, war aber um vieles stärker als der, den die beiden Kugeln in seinem Leib ihm zufügten. Was er in den letzten Tagen über seinen Bruder erfahren hatte, verdeutlichte ihm auf schmerzliche Weise, wie dumm, wie unfair es gewesen war, Mike aus seinem Leben auszuschließen. Hätte er es nur versucht, hätte er das alles schon erfahren können, als Mike noch lebte. Nun war sein Bruder tot. Er hatte ihn endgültig verloren. Er musste sich von ihm verabschieden und wollte es nicht. Er wollte nichts sehnlicher, als dass sein Bruder zurückkam. Er wollte noch so viel mit ihm unternehmen, wollte ihm all seine Liebe zeigen. John hatte das Gefühl, es würde ihm das Herz zerreißen, wenn er Mike das alles nicht sagen konnte.

»O Gott«, stöhnte er leise. Er konnte es nicht. Er spürte, dass sein Körper ihn im Stich ließ. Plötzlich strömten die Tränen ungehemmt, und seine Schultern zuckten. Er konnte sich kaum mehr aufrecht halten, doch eine große, starke Hand hielt ihn fest, stützte ihn. Sein Körper fühlte sich ganz leicht und zerbrechlich an, als habe er einen Teil davon irgendwo zurückgelassen. Seine Augen schwammen in Tränen, und er konnte Rufus nur undeutlich erkennen. Der riesige Mann hatte ihm eine Hand unter den Arm gelegt, hielt ihn, gab ihm von seiner Kraft. Rufus' Augen waren noch immer geschlossen, und sein Kopf war dem Himmel zugewandt; die Lippen bewegten sich fast unmerklich, während er weiter seine Gebete sprach.

In diesem Augenblick beneidete John Fiske diesen Mann wie niemanden sonst; er beneidete Rufus Harms, der ebenfalls seinen Bruder verloren hatte und buchstäblich nichts auf der Welt besaß. Und doch war Rufus in gewisser Weise, in einer sehr bedeutsamen Hinsicht der reichste Mensch auf Erden. Wie konnte jemand einen so starken Glauben haben? Ohne Zweifel, ohne Hader, aus tiefstem Herzen?

Als John das ruhige Gesicht seines Freundes betrachtete, der neben ihm kniete, überlegte er, wie schön es doch sein musste, ganz genau zu wissen, dass ein geliebter Mensch an einem besseren Ort war und für alle Ewigkeit von Güte, Wärme, Liebe umarmt und behütet wurde. Eine so tröstliche Vorstellung genau zu dem Zeitpunkt, da man sie am dringendsten benötigte. Wie oft kam so etwas im Leben vor? Der Tod als freudiger Anlass. Als Beginn. Als etwas, dass das Leben unendlich viel wertvoller machte – und zugleich unendlich viel wertloser.

Fiske wandte den Blick von Rufus ab und blickte auf das Grab hinunter. Er schloss die Augen, senkte den Kopf, faltete fest die Hände und schickte sich an, seinen Frieden zu machen. Mit seinem Bruder unter der Erde. Und mit allem und jedem darüber.

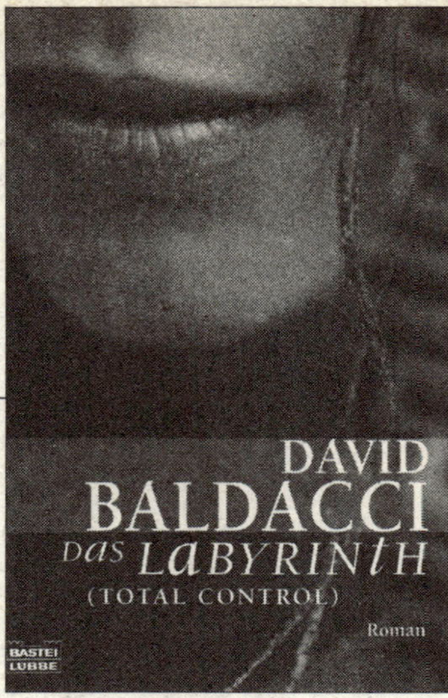

Während einer Besprechung erfährt die Wirtschaftsanwältin Sidney Archer, daß ihr Mann bei einem Flugzeugabsturz ums Leben gekommen sein soll. An Bord der Maschine waren der Präsident des amerikanischen Zentralbankrates – und anscheinend auch Sidneys Mann Jason, ein aufstrebender Computer-Experte. Noch während Sidney versucht, das Unfaßbare zu verarbeiten, teilt ihr Jasons Chef seinen Verdacht mit, ihr Mann habe sich mit firmeninternen Informationen zur Konkurrenz abgesetzt. Sidney will die Wahrheit wissen – und findet Unterstützung bei Lee Sawyer, einem FBI-Agenten, der den Flugzeugabsturz untersucht. War die Ursache des Unglücks Sabotage? Und wenn ja, wer sollte das Opfer sein: der Bankenchef – oder Jason, dessen Leben ein einziges Geheimnis zu sein scheint ...

ISBN 3-404-12976-8

BASTEI
LÜBBE

**›Seien Sie vorsichtig mit Ihren Wünschen.
Sie könnten in Erfüllung gehen.‹**

Die bildhübsche LuAnn lebt mit ihrem Töchterchen Lisa und ihrem nichtsnutzigen Lebensgefährten in einem heruntergekommenen Wohnwagen. Gefangen im Teufelskreis der Hoffnungslosigkeit, schlägt sie sich mit Gelegenheitsjobs durch – bis sie ein mysteriöses Angebot erhält: Ein Mann namens Jackson bietet ihr an, sie zur Hauptgewinnerin in der staatlichen Lotterie zu machen. Einzige Bedingung: Sie müsse genau das tun, was er ihr sage, und dürfe sich niemandem anvertrauen. LuAnn akzeptiert – und gewinnt. Aber dann erkennt sie, daß das Spiel mit dem Glück in Wirklichkeit tödlicher Ernst ist ...

›Vergessen Sie Grisham. Die neue Antwort auf Thriller-Fragen heißt Baldacci.‹

Frankfurter Rundschau

ISBN 3-404-14348-5

BASTEI
LÜBBE

»Gewohnt brillant – schlaflose Nächte garantiert!«
FREUNDIN

In einem Bunker unterhalb von Washinton, D.C., trifft sich eine Gruppe von Männern, um eine junge Frau zum Tode zu verurteilen. Das Opfer ist Faith Lockhart, eine Lobbyistin, die aussagen will, was sie über Bestechungen in Washington weiß. Aus diesem Grund steht sie unter dem Schutz des FBI. Als beim Attentat auf Faith ihr Bewacher getötet wird, entkommt sie mit Hilfe des Privatdetektivs Lee Adams. Auf der gemeinsamen Flucht vor den Profi-Killern decken die beiden eine unglaubliche Verschwörung auf. Aber kann Faith ihrem Begleiter wirklich trauen?

»Gnadenlos gut.« HAMBURGER ABENDBLATT

ISBN 3-404-14715-4

BASTEI
LÜBBE